程光炜 编选

中国当代文学经典阅读

ZHONGGUO DANGDAI WENXUE JINGDIAN YUEDU

北京大学出版社
PEKING UNIVERSITY PRESS

图书在版编目(CIP)数据

中国当代文学经典阅读/程光炜编选.—北京：北京大学出版社，2012.3
（博雅大学堂·中国语言文学）
ISBN 978-7-301-13693-5

Ⅰ.①中… Ⅱ.①程… Ⅲ.①中国文学：当代文学—作品综合集—高等学校—教材 Ⅳ.①I217.1

中国版本图书馆 CIP 数据核字(2011)第 218502 号

书　　名	中国当代文学经典阅读 ZHONGGUO DANGDAI WENXUE JINGDIAN YUEDU
著作责任者	程光炜　编选
责任编辑	张雅秋
标准书号	ISBN 978-7-301-13693-5
出版发行	北京大学出版社
地　　址	北京市海淀区成府路 205 号　100871
网　　址	http://www.pup.cn　新浪微博：@北京大学出版社
电子邮箱	编辑部 wsz@pup.cn　总编室 zpup@pup.cn
电　　话	邮购部 010-62752015　发行部 010-62750672 编辑部 010-62757065
印　刷　者	三河市博文印刷有限公司
经　销　者	新华书店
	965 毫米×1300 毫米　16 开本　32 印张　764 千字 2012 年 3 月第 1 版　2023 年 8 月第 5 次印刷
定　　价	79.00 元

未经许可，不得以任何方式复制或抄袭本书之部分或全部内容。
版权所有，侵权必究
举报电话：010-62752024　电子邮箱：fd@pup.pku.edu.cn
图书如有印装质量问题，请与出版部联系，电话：010-62756370

编选前言

习近平总书记在《高举中国特色社会主义伟大旗帜 为全面建设社会主义现代化国家而团结奋斗——在中国共产党第二十次全国代表大会上的报告》中指出:"坚守中华文化立场,提炼展示中华文明的精神标识和文化精髓,加快构建中国话语和中国叙事体系,讲好中国故事、传播好中国声音,展现可信、可爱、可敬的中国形象。"本书秉承这一思想,为国内各高校中国语言文学等相关专业的广大师生呈现了这些中国现当代文学经典作品。本书主编秉承这一思想,为国内各高校中国语言文学等相关专业的广大师生编选了这本《中国当代文学经典阅读》。

学生学习中国现当代文学史这门课程,最为重要的工作就是阅读文学作品。只有直观地大量地阅读文学作品,文学史的视野和知识才能够逐步建立起来。当我们孤立地读某篇作品时,所获得的只是一些粗浅的主观性的印象,但是,当大量阅读不同时代、风格和流派的文学作品时,就不会再被孤立在一般印象中,而会在类似博物馆般的众多文学作品中产生对比性、参照性的阅读感受。当对比性、参照性的阅读感受产生时,我们对文学作品的阅读就会更加挑剔、严格,就会不仅仅感性地而是更理性地辨认出第一流的作家和作品,同时建立起自己的文学修养。在这个意义上可以说,文学的经典选本就是文学史的博物馆。当几十部、几百部文学作品经过编选者的认真筛选,被集中编入一本书时,文学史博物馆就出现在了读者的面前。在这座博物馆里,陈列着近百年来中国现当代文学的各种流派、作家的作品,它们呈现着不同的文学风格,也呈现着参差不齐的文学探索、创作的历史状况。经常在这座博物馆里流连的人,有资格成为它的专业性读者。

本书编选者意识到,任何时期的文学作品选本,都受制于当时年代人们对于文学的认识、当时的史观和文学观。所以,编者在编选过程中,比较多地考虑了当前研究界的一些学科共识;入选作品的比例、分量,即是在此基础上形成。另外,在发表当时产生过一定影响的作品,在今天也许不符合"审美化"的要求,但是,由于它们对当时的文学观念、转型发挥过作用,所以,选入一些供学生阅读,能够增强阅读的历史感。它们不是毫无裨益的。对于学习本专业课程的学生来说,与其预先固定起自己的审美趣味,还不如先扩大阅读范围,了解更多文学流派和作家作品产生的背景;通过阅读这些作品,进一步了解当时的时代语境,也许是更为适当的。编选者认为,一个视野开阔、多重的阅读者,在专业素质上是优先于视野狭窄和单一的阅读者的。

本书中,每篇作品(包括存目)后面,都配有简单的"延伸阅读",这样安排的目的是:

一、介绍近年来学术界研究文学作品的成果和动态。

二、通过简略解读找到进入文学作品的途径。

目 录

编选前言/1

小 说

孙 犁
  荷花淀——白洋淀纪事之一/1
  铁木前传(存目)/5

萧也牧
  我们夫妇之间/6

赵树理
  登记/16
  锻炼锻炼(存目)/30
  三里湾(存目)/30

路 翎
  洼地上的"战役"(存目)/31

王愿坚
  党费(存目)/31

王 蒙
  组织部新来的青年人/32

宗 璞
  红豆(存目)/52

茹志鹃
  百合花(存目)/53

陈翔鹤
  陶渊明写《挽歌》(存目)/53

白先勇
  永远的尹雪艳/54
  游园惊梦/62

陈映真
  将军族(存目)/74

梁 斌
  红旗谱(存目)/74

吴 强
  红日(存目)/74

目录

杨　沫
　　青春之歌(存目)/75
曲　波
　　林海雪原(存目)/75
罗广斌　杨益言
　　红岩(存目)/75
欧阳山
　　三家巷(存目)/76
柳　青
　　创业史(存目)/76
老　舍
　　正红旗下(存目)/77
浩　然
　　艳阳天(存目)/77
　　金光大道(存目)/78
礼　平
　　晚霞消失的时候(存目)/78
靳　凡
　　公开的情书(存目)/79
赵振开
　　波动(存目)/79
王　蒙
　　夜的眼/80
　　活动变人形(存目)/85
高晓声
　　李顺大造屋(存目)/85
汪曾祺
　　受戒/86
　　异秉/97
路　遥
　　人生/103
　　平凡的世界(存目)/196
张贤亮
　　绿化树(存目)/196
史铁生
　　我的遥远的清平湾/197
韩少功
　　爸爸爸/206
　　马桥词典(存目)/232

目 录

贾平凹
  黑氏/233
  浮躁(存目)/253
  高老庄(存目)/253
  废都(存目)/253

铁　凝
  哦,香雪(存目)/254
  大浴女(存目)/254

徐　星
  无主题变奏(存目)/255

刘索拉
  你别无选择(存目)/255

马　原
  冈底斯的诱惑(存目)/255

扎西达娃
  系在皮绳扣上的魂(存目)/256

残　雪
  山上的小屋(存目)/256

莫　言
  透明的红萝卜/257
  秋千架/284
  檀香刑(存目)/294

阿　城
  棋王/295

张　炜
  古船(存目)/315

苏　童
  妻妾成群/316
  妇女生活(存目)/342

王　朔
  顽主(存目)/342

余　华
  十八岁出门远行/343
  活着(存目)/347
  许三观卖血记(存目)/347

王安忆
  文革轶事(存目)/348
  米尼(存目)/348
  我爱比尔/349

目录

　　长恨歌(存目)/395
李　锐
　　厚土(存目)/395
刘震云
　　新兵连(存目)/396
　　一地鸡毛/397
刘　恒
　　狗日的粮食(存目)/424
池　莉
　　烦恼人生(存目)/424
方　方
　　风景(存目)/425
杨　绛
　　洗澡(存目)/425
陈忠实
　　白鹿原(存目)/426
阿　来
　　尘埃落定(存目)/426
刘庆邦
　　鞋(存目)/427
林　白
　　一个人的战争(存目)/427
陈　染
　　私人生活(存目)/428
阎连科
　　受活(存目)/428

诗　歌

何其芳
　　回答/429
艾　青
　　礁石(存目)/431
　　鱼化石(存目)/431
　　光的赞歌(存目)/432
臧克家
　　有的人(存目)/432
闻　捷
　　苹果树下(存目)/433

目 录

公 刘
　　西盟的早晨(存目)/433
蔡其矫
　　雾中汉水(存目)/434
林 子
　　给他(存目)/434
曾 卓
　　有赠/435
食 指
　　这是四点零八分的北京/437
余光中
　　乡愁/438
牛 汉
　　悼念一棵枫树/439
绿 原
　　重读《圣经》——"牛棚"诗抄第 n 篇/441
穆 旦
　　冬(存目)/443
　　停电之后(存目)/443
洛 夫
　　边界望乡(存目)/444
北 岛
　　回答/445
　　迷途/446
　　结局或开始——献给遇罗克/447
舒 婷
　　致橡树/449
　　秋夜送友/450
　　小窗之歌/451
顾 城
　　一代人/452
杨 炼
　　诺日朗(存目)/452
多 多
　　春之舞(存目)/453
梁小斌
　　雪白的墙(存目)/453
于 坚
　　感谢父亲/454

目录

韩 东
    有关大雁塔/456
李亚伟
    中文系/457
欧阳江河
    玻璃工厂/460
    聆听/462
翟永明
    母亲/465
西 川
    在哈尔盖仰望星空/467
柏 桦
    衰老经/468
张 枣
    镜中/469
陈东东
    雨中的马(存目)/470
王家新
    瓦雷金诺叙事曲(存目)/470
张曙光
    岁月的遗照(存目)/470
孙文波
    在无名小镇上(存目)/471
臧 棣
    燕园纪事(存目)/471

散 文

傅 雷
    傅雷家书(节选)/472
巴 金
    怀念萧珊/475
杨 绛
    干校六记(存目)/482
贾平凹
    静虚村记(存目)/482
台静农
    伤逝(存目)/483
梁实秋
    忆青岛(存目)/483

史铁生
　　我与地坛/484
余秋雨
　　西湖梦/495

戏　剧

老　舍
　　茶馆(存目)/500
田　汉
　　关汉卿(存目)/500
高行健
　　小站(存目)/501

小　说

荷 花 淀
——白洋淀纪事之一

孙　犁

　　月亮升起来，院子里凉爽得很，干净得很，白天破好的苇眉子潮润润的，正好编席。女人坐在小院当中，手指上缠绞着柔滑修长的苇眉子。苇眉子又薄又细，在她怀里跳跃着。

　　要问白洋淀有多少苇地？不知道。每年出多少苇子？不知道。只晓得，每年芦花飘飞苇叶黄的时候，全淀的芦苇收割，垛起垛来，在白洋淀周围的广场上，就成了一条苇子的长城。女人们，在场里院里编着席。编成了多少席？六月里，淀水涨满，有无数的船只，运输银白雪亮的席子出口，不久，各地的城市村庄，就全有了花纹又密、又精致的席子用了。大家争着买：

　　"好席子，白洋淀席！"

　　这女人编着席。不久在她的身子下面，就编成了一大片。她象坐在一片洁白的雪地上，也象坐在一片洁白的云彩上。她有时望望淀里，淀里也是一片银白世界。水面笼起一层薄薄透明的雾，风吹过来，带着新鲜的荷叶荷花香。

　　但是大门还没关，丈夫还没回来。

　　很晚丈夫才回来了。这年轻人不过二十五六岁，头戴一顶大草帽，上身穿一件洁白的小褂，黑单裤卷过了膝盖，光着脚。他叫水生，小苇庄的游击组长，党的负责人。今天领着游击组到区上开会去来。女人抬头笑着问：

　　"今天怎么回来的这么晚了？"站起来要去端饭。水生坐在台阶上说：

　　"吃过饭了，你不要去拿。"

　　女人就又坐在席子上。她望着丈夫的脸，她看出他的脸有些红涨，说话也有些气喘。她问：

　　"他们几个哩？"

　　水生说：

　　"还在区上。爹哩？"

　　女人说：

　　"睡了。"

　　"小华哩？"

　　"和他爷爷去收了半天虾篓，早就睡了。他们几个为什么还不回来？"

　　水生笑了一下。女人看出他笑的不象平常。

　　"怎么了，你？"

　　水生小声说：

　　"明天我就到大部队上去了。"

女人的手指震动了一下,想是叫苇眉子划破了手,她把一个手指放在嘴里吮了一下。水生说:

"今天县委召集我们开会。假若敌人再在同口安上据点,那和端村就成了一条线,淀里的斗争形势就变了。会上决定成立一个地区队,我第一个举手报了名的。"

女人低着头说:

"你总是很积极的。"

水生说:

"我是村里的游击组长,是干部,自然要站在头里,他们几个也报了名。他们不敢回来,怕家里的人拖尾巴。公推我代表,回来和家里人们说一说。他们全觉得你还开明一些。"

女人没有说话。过了一会,她才说:

"你走,我不拦你,家里怎么办?"

水生指着父亲的小房叫她小声一些。说:

"家里,自然有别人照顾。可是咱的庄子小,这一次参军的就有七个。庄上青年人少了,也不能全靠别人,家里的事,你就多做些,爹老了,小华还不顶事。"

女人鼻子里有些酸,但她并没有哭。只说:

"你明白家里的难处就好了。"

水生想安慰她。因为要考虑准备的事情还太多,他只说了两句:

"千斤的担子你先担吧,打走了鬼子,我回来谢你。"

说罢,他就到别人家里去了,他说回来再和父亲谈。

鸡叫的时候,水生才回来。女人还是呆呆的坐在院子里等他,她说:

"你有什么话嘱咐我吧!"

"没有什么话了,我走了,你要不断进步,识字,生产。"

"嗯。"

"什么事也不要落在别人后面!"

"嗯,还有什么?"

"不要叫敌人汉奸捉活的。捉住了要和他拚命。"这才是那最重要的一句,女人流着眼泪答应了他。

第二天,女人给他打点好一个小小的包裹,里面包了一身新单衣,一条新毛巾,一双新鞋子。那几家也是这些东西,交水生带去。一家人送他出了门。父亲一手拉着小华,对他说:

"水生,你干的是光荣事情,我不拦你,你放心走吧。大人孩子我给你照顾,什么也不要惦记。"

全庄的男女老少也送他出来,水生对大家笑一笑,上船走了。

女人们到底有些藕断丝连。过了两天,四个青年妇女集在水生家里来,大家商量:

"听说他们还在这里没走。我不拖尾巴,可是忘下了一件衣裳。"

"我有句要紧的话得和他说说。"

水生的女人说:

"听他说鬼子要在同口安据点……"

"那里就碰得那么巧,我们快去快回来。"

"我本来不想去,可是俺婆婆非叫我再去看看他,有什么看头啊!"

于是这几个女人偷偷坐在一只小船上,划到对面马庄去了。

到了马庄,她们不敢到街上去找,来到村头一个亲戚家里。亲戚说:你们来的不巧,昨天晚上他们还在这里,半夜里走了,谁也不知开到哪里去。你们不用惦记他们,听说水生一来就当了副排长,大家都是欢天喜地的……

几个女人羞红着脸告辞出来,摇开靠在岸边上的小船。现在已经快到晌午了,万里无云,可是因为在水上,还有些凉风。这风从南面吹过来,从稻秧上苇尖上吹过来。水面没有一只船,水象无边的跳荡的水银。

几个女人有点失望,也有些伤心,各人在心里骂着自己的狠心贼。可是青年人,永远朝着愉快的事情想,女人们尤其容易忘记那些不痛快。不久,她们就又说笑起来了。

"你看说走就走了。"

"可慌(高兴的意思)哩,比什么也慌,比过新年,娶新——也没见他这么慌过!"

"拴马桩也不顶事了。"

"不行了,脱了缰了!"

"一到军队里,他一准得忘了家里的人。"

"那是真的,我们家里住过一些年轻的队伍,一天到晚仰着脖子出来唱,进去唱,我们一辈子也没那么乐过。等他们闲下来没有事了,我就傻想:该低下头了吧。你猜人家干什么?用白粉子在我家映壁上画上许多圆圈圈,一个一个蹲在院子里,托着枪瞄那个,又唱起来了!"

她们轻轻划着船,船两边的水哗,哗,哗。顺手从水里捞上一棵菱角来,菱角还很嫩很小,乳白色。顺手又丢到水里去。那棵菱角就又安安稳稳浮在水面上生长去了。

"现在你知道他们到了哪里?"

"管他哩,也许跑到天边上去了!"

她们都抬起头往远处看了看。

"唉呀!那边过来一只船。"

"唉呀!日本,你看那衣裳!"

"快摇!"

小船拚命往前摇。她们心里也许有些后悔,不该这么冒冒失失走来;也许有些怨恨那些走远了的人。但是立刻就想,什么也别想了,快摇,大船紧紧追过来了。

大船追的很紧。

幸亏是这些青年妇女,白洋淀长大的,她们摇的小船飞快。小船活象离开了水皮的一条打跳的梭鱼。她们从小跟这小船打交道,驶起来,就象织布穿梭,缝衣透针一般快。

假如敌人追上了,就跳到水里去死吧!

后面大船来的飞快。那明明白白是鬼子!这几个青年妇女咬紧牙制止住心跳,摇橹的手并没有慌,水在两旁大声哗哗,哗哗,哗哗哗!

"往荷花淀里摇!那里水浅,大船过不去。"

她们奔着那不知道有几亩大小的荷花淀去,那一望无边际的密密层层的大荷叶,迎着阳光舒展着,就象铜墙铁壁一样。粉色荷花箭高高的挺出来,是监视白洋淀的哨兵吧!

她们向荷花淀里摇，最后，努力的一摇，小船窜进了荷花淀。几只野鸭扑楞楞飞起，尖声惊叫，掠着水面飞走了。就在她们的耳边响起一排枪！

整个荷花淀全震荡起来。她们想，陷在敌人的埋伏里了，一准要死了，一齐翻身跳到水里去。渐渐听清楚枪声只是向着外面，她们才又扒着船帮露出头来。她们看见不远的地方，那宽厚肥大的荷叶下面，有一个人的脸，下半截身子长在水里。荷花变成人了？那不是我们的水生吗？又往左右看去，不久各人就找到了各人丈夫的脸，啊！原来是他们！

但是那些隐蔽在大荷叶下面的战士们，正在聚精会神瞄着敌人射击，半眼也没有看她们。枪声清脆，三五排枪过后，他们投出了手榴弹，冲出了荷花淀。

手榴弹把敌人那只大船击沉，一切都沉下去了。水面上只剩下一团烟硝火药气味。战士们就在那里大声欢笑着，打捞战利品。他们又开始了沉到水底捞出大鱼来的拿手戏。他们争着捞出敌人的枪支、子弹带，然后是一袋子一袋子叫水浸透了的面粉和大米。水生拍打着水去追赶一个在水波上滚动的东西，是一包用精致纸盒装着的饼干。

妇女们带着浑身水，又坐到她们的小船上去了。

水生追回那个纸盒，一只手高高举起，一只手用力拍打着水，好使自己不沉下去。对着荷花淀吆喝：

"出来吧，你们！"

好象带着很大的气。

她们只好摇着船出来。忽然从她们的船底下冒出一个人来，只有水生的女人认的那是区小队的队长。这个人抹一把脸上的水问她们：

"你们干什么去来呀？"

水生的女人说：

"又给他们送了一些衣裳来！"

小队长回头对水生说：

"都是你村的？"

"不是她们是谁，一群落后分子！"说完把纸盒顺手丢在女人们船上，一泅，又沉到水底下去了，到很远的地方才钻出来。

小队长开了个玩笑，他说：

"你们也没有白来，不是你们，我们的伏击不会这么彻底。可是，任务已经完成，该回去晒晒衣裳了。情况还紧得很！"

战士们已经把打捞出来的战利品，全装在他们的小船上，准备转移。一人摘了一片大荷叶顶在头上，抵挡正午的太阳。几个青年妇女把掉在水里又捞出来的小包裹，丢给了他们，战士们的三只小船就奔着东南方向，箭一样飞去了。不久就消失在中午水面上的烟波里。

几个青年妇女划着她们的小船赶紧回家，一个个象落水鸡似的。一路走着，因过于刺激和兴奋，她们又说笑起来，坐在船头脸朝后的一个噘着嘴说：

"你看他们那个横样子，见了我们爱搭理不搭理的！"

"啊，好象我们给他们丢了什么人似的。"

她们自己也笑了，今天的事情不算光彩，可是：

"我们没枪，有枪就不往荷花淀里跑，在大淀里就和鬼子干起来！"

"我今天也算看见打仗了。打仗有什么出奇,只要你不着慌,谁还不会趴在那里放枪呀!"

"打沉了,我也会浮水捞东西,我管保比他们水式好,再深点我也不怕!"

"水生嫂,回去我们也成立队伍,不然以后还能出门吗!"

"刚当上兵就小看我们,过二年,更把我们看得一钱不值了,谁比谁落后多少呢!"

这一年秋季,她们学会了射击。冬天,打冰夹鱼的时候,她们一个个登在流星一样的冰船上,来回警戒。敌人围剿那百顷大苇塘的时候,她们配合子弟兵作战,出入在那芦苇的海里。

1945 年于延安

延伸阅读:《荷花淀》创作于孙犁在延安工作、学习期间,正式发表于 1945 年 5 月 15 日《解放日报》副刊。由于赵树理的小说广为人知,这篇小说的名气显然受到了压制,它最后成为"名作",是在 1949 年 8 月作为同名小说集、散文集在上海生活·读书·新知三联书店出版,以及 1950 年代选入中学课本,被逐步经典化之后。作品取自作者抗战时期的山地、平原战斗生活。孙犁后来很多作品,都与这一时期的个人经历有关。

铁木前传(存目)

孙 犁

延伸阅读:它是孙犁 1949 年之后的一部重要作品。然而,这部作品的写作过程却伴随着孙犁将近十年的一场大病。郭志刚在《孙犁传》中说:"1956 年 3 月,孙犁正紧张地写他的《铁木前传》,已经写到第十九节(现在读者看到的这部中篇,一共是二十节)。这天午睡起来,他忽然感到一阵眩晕,接着摔倒下去。"这个细节,成为了解这部小说的一个角度,即孙犁作为一个专业作家创作的状态和诚实的态度。参见郭志刚:《孙犁传》,第 307、308 页,北京,十月文艺出版社,1990 年。

我们夫妇之间

萧也牧

一 "真是知识分子和工农结合的典型！"

我是一个知识分子出身的干部；我的妻却是贫农出身，她十五岁上就参加革命，在一个军火工厂里整整做了六年工。

三年前我们结了婚。当时我们不在一起，工作的地方相隔有百十来里，只在逢年逢节的时候才能见面。所以婚后的生活也很难说好还是坏；只是有一次却使我很感动：因为我有胃病，一挨冻就要发作，可是棉衣又很单薄！那年，正快下雪的时候，她给我捎来了一件毛背心，还附着一封信，信上说：

……天快下雪了！你的胃病怎样了？真叫我着急得不知道怎么着好！我早有心给你打件毛背心，倒也不是羊毛贵，就是钱凑不够！我就在每天下午放工以后，上山割柴禾，可是天气太短了！一下工，天很快就黑了！所以一直割了半个多月，才割了不少柴禾，卖给厂里的马号里了，卖了二千块边币，秤了两斤羊毛，问老乡借了个纺车，纺成了毛线，打了这件毛背心！

因为我不会打，打的又不时样又尽是疙瘩，请你原谅！希望你穿上这件毛背心，就不再发胃病，好好的为人民服务……

读着这封信，我仿佛看到了她那矮小的身影，在那黄昏时候，手拿镰刀，独自一个人，弯着腰，在那荒坡野地里，迎着彻骨的寒风，一把，一把，一把地割着稀疏的茅草……她这样做，完全是为着我！为着我不挨冻，为着我"不再发胃病，好好的为人民服务……"突然，我流泪了！可是我感到了幸福！

两年以后的秋天，我们有了小孩，组织上就把我们调在一块工作。那时，我们住在一个叫"抬头湾"的山村里。

每当晚上，我在那昏黄的油灯下赶工作，她呢，哄着孩子睡了以后，默默地坐在我底身旁，吃力地、认真地、一笔一划地练习写大楷……

山村的夜是那样的静寂，远远地能听见"胭脂河"的流水，"哗哗"的流过村边。时间该是半夜了吧，我想她又是照顾孩子，又是工作……一定是很累了，就说："你先睡吧！"她一听我的话，总是立刻睁大了有点朦胧了的睡眼："不！"继续练她的大楷……直到我也放下工作。

早上，孩子醒得很早，她就起来哄："嗯嗯……听妈妈的话，别把爸爸扰醒了……"孩子才几个月大，当然不懂得，还是嚷！于是她就蹑手蹑脚地起来，抱着孩子，到隔壁老乡屋里的热炕头上哄着去了。

闲时,她教我纺线、织布;我给她批仿,在她写的大楷上划红圈,或是教她打珠算,讨论土地政策……

每天下午,孩子睡着了,我们抬水去浇种在窗前的几棵白菜;到沟里帮老乡打枣,或是盘腿坐在炕上,我搓"布卷"(棉花条儿),拐线,她纺线,纺车"嗡嗡"的响,声音是那样静穆、和谐……

虽然我们的出身、经历……差别是那样的大,虽然我们工作的性质是那样的不同:我成天坐在屋子里画统计表,整理工作材料;她呢,成天和老百姓们打交道!……但在这些日子里边,我们不论在生活上、感情上……却觉得很融洽,很愉快!同志们也好意地开玩笑说:"看你这两口子,真是知识分子和工农结合的典型!"

但是,不到一年的光景,我们却吵起架来了,甚至有一个时候,我曾经怀疑到:我们的夫妇生活是否能继续巩固下去。那是我们进了北京城以后的事。

二 "……李克同志:你的心大大的变了!"

今年二月间,我们进了北京。这城市,我也是第一次来,但那些高楼大厦,那些丝织的窗帘,有花的地毯,那些沙发,那些洁净的街道,霓虹灯,那些从跳舞厅里传出来的爵士乐……对我是那样的熟悉,调和……好像回到了故乡一样。这一切对我发出了强烈的诱惑,连走路也觉得分外轻松……虽然我离开大城市已经有十二年的岁月,虽然我身上还是披着满是尘土的粗布棉衣……可是我暗暗地想:新的生活开始了!

可是她呢?进城以前,一天也没有离开过深山、大沟和沙滩,这城市的一切,对于她,我敢说,连做梦也没梦见过的!应该比我更兴奋才对,可是,她不!

进城的第二天,我们从街上回来,我问她:"你看这城市好不好?"她大不为然,却发了一通议论:那么多的人!男不像男女不像女的!男人头上也抹油……女人更看不的!那么冷的天气也露着小腿;怕人不知道她有皮衣,就让毛儿朝外翻着穿!嘴唇血红红,像是吃了死老鼠似的,头发像个草鸡窝!那样子,她还觉得美的不行!坐在电车里还掏出小镜子来照半天!整天挤挤嚷嚷,来来去去,成天干什么呵……总之,一句话:看不惯!说到最后,她问我:"他们干活也不?那来那么多的钱?"

我说:"这就叫做城市呵!你这农村脑瓜吃不开啦!"她却不服气:"鸡巴!你没看见?刚才一个蹬三轮的小孩,至多不过十三四,瘦的像只猴儿,却拖着一个气儿吹起来似的大胖子——足有一百八十斤!坐在车里,翘了个二郎腿,含了根烟卷儿,亏他还那样'得'!(得意,自得其乐的意思)……俺老根据地那见过!得好好儿改造一下子!"

我说:"当然要改造!可是得慢慢的来;而且也不能要求城市完全和农村一样!"

她却更不服气了:"嘿!我早看透了!像你那脑瓜,别叫人家把你改造了!还说哩!"

我觉得她的感觉确实要比我锐利得多,但我总以为她也是说说罢了,谁知道她不仅那么说;她在行动上也显得和城市的一切生活习惯不合拍!虽然也都是在一些小地方。

那时候,机关里还没开伙,每天给每人发一万块钱,到外边去买来吃。有一次,我们俩到了一家饭铺里。走到楼上,坐下了,她开口就先问价钱:"你们的炒饼多少钱一盘?""面条呢?""馍馍呢?"……她一听那跑堂的一报价钱,就把我一拉,没等我站起来,她就在头里走下楼去。弄得那跑堂的莫名其妙,睁大了眼睛,奇怪地看了我们几眼。当时,真使我有点下不来台,说实话,我真想生气!可是,她又是那样坚决,又有什么办法呢？只好硬着头皮跟着她走！

一面下楼，她说："好贵！这哪里是我们来的地方！"我说："钱也够了！"她说："不！一顿饭吃好几斤小米；顶农民一家子吃两天！哪敢那么胡花！"

出了饭铺，我默默地跟着她走来走去，最后，在街角上的一个小饭摊上坐下了！还是她先开口，要了斤半棒子面饼子！两碗馄饨。大概她见我老不说话，怕我生气，就格外要了一碟子熏肉，旁若无人地对我说："别生气了！给你改善改善生活！"

像这类事，总还可以容忍。我想一个"农村观点"十足的"土豹子"，总是难免的；慢慢总会改变过来……

那知她并不！

那时，机关里来了不少才参加工作的新同志；有男的也有女的。她竟不看场合，常常当着他们的面，一板正经地批评起我来。她见我抽纸烟，就又有了话了："看你真会享受！身边就留不住一个隔宿的钱！给孩子做小褂还没布呢！一枝连一枝的抽！也不怕熏得慌！你忘了？在山里，向房东要一把烂烟，合上大芝麻叶抽，不也是过了？"

开始，我笑着说："这可不是在抬头湾啦！环境不同了呵！"

她却有了气啦："我不待识你！环境变了，你发了财啦？没了钱，你还不是又把人家扔在地上的烟屁股拣起来，卷着抽！"

不知道是怎么回事儿，我的脸，"唰"的就红了！站在一旁看热闹的青年男女同志们，本来看得就很有兴趣；这时候，就有人天真活泼地嚷起来："哈哈！脸红啦！脸红啦！"旁的同志也马上随声附和，并且大鼓其掌："红啦！红啦！"这一嚷，我的脸，果真更加发烫了！

我发觉，她自从来北京以后，在这短短的时间里边，她的狭隘、保守、固执……越来越明显，即使是她自己也知道错了，她也不认输！我对她的一切的规劝和批评，完全是耳边风！常常是，我才一开口，她就提出了一大堆的问题来难我："我们是来改造城市的，还是让城市来改造我们？""我们是不是应该开展节约，反对浪费？""我们是不是应该保持艰苦奋斗、简单朴素的作风？"等等。她所说的确实也都是正确的，因此，弄得我也无言答对，这样一来，她也就更理直气壮了，仿佛真理和正义，完全是在她的一边；而我，倒像是犯了错误了！她几次很严肃地劝我："需要好好的反省一下！"

我有什么可反省的呢？我自己固然有些缺点，但并不像她说的那样严重，除了沉默，我还有什么办法？可是，有一次，我忽然再也不能沉默了！我们破例的吵了一架，这在我们结婚以来，还是第一次。

在今年六七月间，连日天雨，报上不断登着冀中和冀西一带闹水灾的消息；突然，她的精神也随着紧张起来了！每天报来，她就抢着去看。我发现，她是专门在找报上所列举的水患成灾的县份和村名……她一面读着，不断地发出惊叹："呵呵！怎么得了呀！才翻了身的农民，还没缓过气来，地又叫淹了！呵呵……"

有一次，我正在整理各地灾情的材料，她看着报，就大声嚷了起来："这怎么着好呵！俺村的地全叫淹了！嗳呀！日子怎么着过呀！我娘又该挨饿了呵！怎么着呵！嗳！说呀！你说呀！"这我才发觉她是在征求我的意见。我出口说了句俏皮话："天要下雨，娘要嫁人——谁也没法治！党和政府自会想办法，你操心也枉然！"冷不防，她一伸手，一指头直通到我的额角上："没良心的鬼！你忘了本啦！这十年来谁养活你来着？"我说："反正不是你家！"她却真的又生我的气了："你进了城就把广大农民忘啦？你是什么观点？你是什么思想？光他妈的会说漂亮话！"我说："谁比得上你的思想！'当当当'的好成份！又是工人阶级出身！"她把桌子一拍："放你妈的臭屁！你别讽刺人啦！"就再也不理我了,好像很伤心的样子。

过了几天,我恰好得了一笔稿费;够买一双皮鞋,买一条纸烟,还可以看一次电影,吃一次"冰淇淋"……我很高兴,我把钱放在枕头心里,不让她知道。

第二天,我正准备取钱上街,钱却怎么找也找不见了,心里真着急。我只好问她:"我的钱呢？"她说："什么？钱？哪里来的钱？你交给谁啦？"我继续找,直找得头上冒烟！她却"噗哧"一声笑了！我知道准是她拿了,于是我就很正经他说："这钱不是我的！""得了！你别唬弄我没文化了！稿费单上还有你的名字呢！""是,是,我这钱,我有用处！我要去买一套'干部必读'——十二本书！好好加强理论学习,比什么也重要！""谁还知不道谁哩！加强你的'冰鸡宁','烟斗牌'烟去吧！"我一看不对头,只好恳求了:"你拿一半行不行？"她却说："我早给家寄走了！"我不免吃了一惊："真的？"她说："唬弄鬼！"

我不知不觉地提高了嗓音："这钱是我的！你不应该不哼一声就没收了！"那知她的嗓音更大："你没花过我的钱？嗯？你的花被面,你的毛背心……是谁的钱买的？"我说："不稀罕！反正你得检讨检讨,你这样做对不对？"她说："对！家里闹水灾,不该救济救济么？"我说："你把钱捐给救灾委员会,那就算你的思想意识强,为什么给自己家里寄呀——那还不是自私自利农民意识！"她却真的火了："反正比浪费强！钱我是寄走了！你看着办吧！"我说："咱们分家！"她说："马上分！今儿格黑价（今天晚上）你就不行盖我的被子！"我说："好好好！"我一扭头就走了……

说也笑人,为了这么芝麻粒大的一点事,我们三天没说话,而且觉得很伤脑筋！恰好星期六那天晚上,机关内部组织了一个音乐晚会,会跳舞的同志就自动的跳起舞来,这正好解闷,我就去参加了！

我正下场,忽然发现:她抱着孩子来了！一看她的神色,知道糟了！她气冲冲地,直窜到我的面前,把孩子往我怀里一塞："你倒会散心！孩子有你一半责任,我抱够了！你抱抱吧！"我说："跳完这一场就回去！"她二话没说,把孩子往旁边的"沙发"上一撩,雄赳赳地走了……

孩子不见他妈,就"哇哇"地嚎啕起来,和着手风琴的伴奏,发出一种奇怪的音乐,引起了人们的注意。

我红着脸,抱起孩子,回到卧室里去。只见她伏在桌上写字呢！我悄悄地走到她的背后一看,原来她在给我写信："李克同志:你的心大大的变了……"她发觉我来,马上又把纸撕了！

孩子见了妈,挂着两行眼泪,笑着,跳着,"哇！哇！"地叫,向她扑去,她才接过孩子,解开怀来喂奶,一面走到门边,背贴着门,向我命令地说："不许走！咱们谈判谈判！"

三　她真是一个倔强的人

这些虽然都是非原则问题,但也恰好正在这些非原则问题上面,我们之间的感情,开始有了裂痕！结婚以来,我仿佛才发现我们的感情、爱好、趣味……差别是这样的大！她对我,越看越不顺眼,而我也一样,渐渐就连她一些不值一提的地方,我也看不惯了！比方:发下了新制服,同样是灰布"列宁装",旁的女同志们穿上了,就另一个样儿:八角帽往后脑瓜上一盖,额前露出蓬松的散发,腰带一束,走起路来,两脚成一条直线,就显得那么洒脱而自然……而她呢,怕帽子被风吹掉似的,戴得毕恭毕正,帽沿直挨眉边,走在柏油马路上,还是像她早先爬山下坡的样子,两腿向里微弯,迈着八字步,一摇一摆,土气十足……我这些感觉,我也知道是小资产阶级的,当然不敢放到桌子面上去讲！但总之一句话:她使我越来越感觉过不去,甚至我曾经想到:我们的夫妇关系是否可以继续维持下去？

幸好,不久她被分配到另一个机关去工作了！我欢欢喜喜的打发她走了,精神上好像反倒轻松了许多！

我想她这种狭隘、保守、固执……恐怕很难有所改变的了！她真是一个倔强的人！

我们分手以后,约摸有个半月的时光,她连电话也没来过一个,却对旁人说:离了我她也能活！

可是,我却不能！即使我对她有很多不满,然而孩子总还是十分可爱的！我一想起那孩子的乌亮墨黑的大圆眼,和他那"牙牙"欲语的神气……,我就十分怀念！终于还是我先去找她去了！那知道一见她,她却向我一挥手:"今天工作太忙,改日来吧！"

我说她真是个倔强的人。这评语,越来越觉得确切了！特别是又发生了几件事情以后。

当她到了那机关不久,找来了一个保姆:姓陈,叫小娟。样子很灵俐,她爸爸是个蹬三轮的工人。

那天正好是星期日,我在她机关里。那"老妈子房"里的掌柜,领着小娟来上工。一进门,指着我们俩,对小娟说:"这是小少爷的母亲,这是……"

小娟毕恭毕正的向她鞠了个躬,叫了一声:"太太！"那知道我的妻,一听"太太"两个字,就像叫蝎子螫着了似的嚷起来:"呀！呀！别叫别叫！我不是'太太'！我是我是……我们解放军里头没有'太太'！我姓张,你叫我张同志好了！记住！我叫张同志！要不你就叫我大姐！"她说着就把小娟拉到炕上,和她并排坐下了。弄的那"老妈子房"的掌柜,先是奇怪,接着也笑了:"对对！叫张同志！'太太'那名儿,嘿嘿！不时新了！太封建！太封建！"

我的妻马上就给小娟上起政治课来:说她自己也是个穷人,曾经受过旧社会的压迫,后来共产党来了,她就参加了革命,得到了解放……因为工作太忙,孩子照顾不了,所以请小娟来帮忙,这样,她对小娟说:你也是参加了革命工作,咱们一律平等！和旧社会雇老妈子完全不一样……等等。

小娟听得很高兴,不住嘴地说:"您说得真好！您说得真好！"

小娟这孩子,虽说是灵俐,可是记性并不好！一不小心,常常又叫"太太"了！每逢这功夫,我的妻决不放松,一定及时纠正,并且又得上一堂政治课！弄得小娟反倒很不安了！

自从小娟来了以后,我的妻几次三番给我打电话:要我给小娟找识字课本、找笔墨纸砚……并且还给她订了学习计划:一天认五个字、写一张仿……一星期还有一堂政治课。我的妻自任文化教员兼政治教员。

每次周末的晚上,我去找她的时候,总是见她在给小娟上课,一板正经地念道:"穷人、要、翻身、团结、一条心、永远、跟着、共产党、前进",小娟就跟着念:"穷、人、要、翻、身……"不知道为什么,我有点感动了!心想:她真是个倔强的人呵!

有一次周末的傍晚,我们从东长安街散步回来,看见"七星舞厅"门口,围着一圈人。过去一看:只见有一个胖子,西服笔挺,像个绅士,一手抓住一个十三四岁的小孩,一手张着五个红萝卜般粗的手指,"劈!劈!拍!拍!"直向那小孩的脸上乱打,恨不得一巴掌就劈开他的脑瓜。那小孩穿着一件长过膝盖的破军装,猴头猴脑,两耳透明,直流口水……杀猪般地嚷着:"娘嗳!娘嗳!"嘴角的左右,挂下了两道紫血……

看热闹的人,越来越多;抄着手的、微弯着头的、口含着烟卷儿的……但是,都很坦然!

这情景,在我看来,也已经是很生疏的了!觉得很不顺眼,正想问,忽听得人群里有人喝道:

"住手!你凭什么压迫人!"嗓音又尖又高。

一瞬眼间,我突然发现:那人不是别人;正是她,是我的妻!这时候,她昂头挺胸地站在那胖子的面前,正像武侠小说里所描写的——那种"路见不平,拔刀相助"的侠客的神气!我突然觉得精神上有点震动,但同时,马上又模糊地想:她真是好管闲事!不知道怎么着才好……

那胖子仍然一手拧住那小孩不放,一手贴到花领结上,很有礼貌地微微一笑!心平气和地向围着的人们说:"这小子,太可恶,太可恶!不知道的人,以为我压迫人,其实,不然!我这个舞厅,是在人民政府里登记了的,是正当的营业,是高尚的娱乐!拿捐,拿税……而他,这孩子,却用石头子儿,往里——"他一挥手:"扔!如果,把我的客人们,全撵走了,那么,我——又当如何呢……"他还想接着演讲,却叫我的妻打断了他的话:

"你说得对!这孩子扔石头子儿,也可以说是一个错误!可是,我们是有政府的有秩序的!不是无政府主义!就说他犯了天大的法,也应该送政府法办!你有什么权力随便打人?嗯?有什么权力?你打得他满嘴流血,好像你还受了屈似的?嗯?让大伙儿评评理!"

这时候,人群里就有人嚷起来:"对对对!这同志说得对!"

有一个苦力模样的人,也就走到那胖子面前,转过身来,指着那胖子向大伙儿说:"这位先生说的不假!这小孩儿是往舞厅里扔了一个石头子儿!我亲眼看见的……"

胖子马上微笑点头:"诸位听着!不假吧!光凭我一个人说不行!不行!"

那苦力接着说:"可惜这位先生说得不全!那小孩儿凭吗平白无故的扔石头子儿哩?是那么一回事儿:刚才他在舞厅门口向客人们要钱,这位先生撵他走,他走慢了一步,这位先生'拍!'的给了他一个响锅贴(耳光)!回头,过了一会儿,这小孩就扔了个石头子儿,就又叫这位先生抓住了。这我也是亲眼看见的!现时不是那个世道了,是人就得说实话!"

胖子显得有点不安了,掏出一块小花手绢来不住地擦额角,对我的妻说:"同志!我认错行不行?"说着掏出了一张五百元的人民券,向那小孩一伸:"给!买糖吃!哈哈!"

那被打了一顿的小孩,好像一切的仇恨,马上就消失了!把嘴角的血一擦,正想伸手去接,却马上被我的妻喝住了:"别拿!太便宜啦!一顿巴掌只值五百块钱?"

胖子马上伸手到口袋里,慷慨地说:"再加二百!"

我的妻却发了大火啦:"嗯!你真明白!你以为还在旧社会——有钱能使鬼推磨,有钱能使鬼上树?哪怕你掏一百万人民券,也不能允许你随便压迫人;随便破坏人民政府的威信！走！咱们到派出所去！咱们是有政府的！"

围着的人也就说："对对！"

结果还是到了派出所。

那胖子先生认了错，表示切实悔过。于是罚了他二千元人民券，赔偿给那小孩作医药费。同时也批评了那小孩，以后不要扔石头子儿。

我跟随着我的妻从派出所回来，她很兴奋地问我："刚才你怎么一句话也不说？"我说："我有什么说的！那样的事，在城市里多得很，凭你一个人就管清了？这是社会问题，得慢慢……"我的话还没有说完，就叫她打断了："去鸡巴的吧！不吃你这一套！我就要管！这是新社会，我就不让随便压迫人！我就不让随便破坏咱们政府的威信！咱们是有政府的，不是无政府主义！"我连忙说："对对对！正确！"同时也觉得有点好笑，我真想说:什么叫"无政府主义"？你知道么？瞎用新名辞儿！可是，我知道这句话是说不得的！

她真是一个倔强的人呵！我开始分析:她对旧社会的习惯为什么那样的憎恨？绝无妥协调和的余地！我想，这和她自己切身的经历是分不开的。

她出身在贫农的家庭，十一岁上就被用五斗三升高粱卖给人家当了童养媳，受尽了人间一切的辛酸，她的身上、头上、眉梢上……至今还留着被婆婆和早先的丈夫用烧火棍打的、擀面杖打的、用剪子铰的伤痕！共产党来了，她就毅然决然地参加了革命！为着自己的命运战斗了！革命对于她，真可以说是"破釜沉舟，背水一战"！绝无后退的路！

她曾经在游击区跳沟爬墙，和日本人、汉奸搏斗！她的手杀过人……

她曾经在老山沟里的军火工厂里，制造子弹、装配步枪……为了突击生产，把右手的食指在"压力机"上撞下了一小节指头，成了一个疙瘩……

日本人来"扫荡"了！她率领着一班女工，连夜抬着机器，淌过齐大腿根的水去"坚壁"，因此落下了"寒腿"的病，每逢阴雨，至今还隐隐作痛……

有一次深夜，工厂失火，她奋勇当先，率领了二十五个女工去抢救器材，差一点没烧死在火里……

在这些艰苦的日子里，她开始学习认字、写字……终于学成了"粗通文字"……

在一九四四年，她当选了"劳动英雄"。出席晋察冀边区第二届英模大会，我记得当她在大会上作完了典型报告的末了，她举着胳膊宣誓似地说："……在旧社会里我是个老几？我只值五斗三升高粱米！这会儿大伙儿说我是英雄！叫我来开会，让我上台说话……唉！没有共产党那会有我呵！我愿意为着全世界被压迫的人们彻底的解放，流尽我最后一滴血！"——那时候我在大会上担任收集和整理材料的工作。组织上分配我给她写传记，我们整整谈了三个晚上。也就在这个时候，我爱上了她。

四　我们结婚三年，直到今天我仿佛才对她有了比较深刻的了解……

那一切的苦难，使她变得倔强。今天她来到城市;和这城市所遗留的旧习惯，她不妥协，不迁就，她立志要改造这城市！因此，有些地方她就显得固执、狭隘……甚至显得很不虚心了！特别是对于我更是如此。也因此使得我们之间的感情有了裂痕！但我对她依然还很留恋,还没有决心和勇气断然和她决裂!特别是当我比较清醒的时候,仔细想来,我们之间的一切冲突和纠纷,原来都是一些极其琐碎的小节,并非是生活里边最根本的东西!所以我决心用理智和忍耐,甚至迁就,来帮助她克服某些缺点!

我以为,我对她的分析和结论,已经是很完满很公平,而且觉得这样做,对我来说是仿佛将要牺牲一些什么!

那知道她还并不如我想像的那样!

首先是她的某些观点和生活方式也在改变着:最明显的例子是:她现在所担任的工作是女工工作,在那些女工里边,也有不少擦粉抹口红的,也有不少脑袋像个"草鸡窝"的……可是她和她们很能接近,已经变得很亲近……有一次,我故意问她:"你不是很讨厌那些擦粉抹口红,头发像'草鸡窝'的人么?"她却很认真地教训起我来了:"你不能从形式上、生活习惯上去看问题!她们在旧社会都是被压迫的人!她们迫切需要解放!同志!狭隘的保守观点要不得!"哈哈!她又学了一套新理论啦!

同时,她自己在服装上也变得整洁起来了!"他妈的""鸡巴"……一类的口头语也没有了!见了生人也显得很有礼貌!最使我奇怪的是:她在小市上也买了一双旧皮鞋,逢是集会、游行的时候才穿上了!回来,又赶忙脱了,很小心地藏到床底下的一个小木匣里……我逗她说:"小心让城市把你改造了啊!"她说:"组织上号召过我们:现在我们新国家成立了!我们的行动、态度,要代表大国家的精神;风纪扣要扣好,走路不要东张西望;不要一面走一面吃东西,在可能条件下要讲究整洁朴素,不腐化不浪费就行!"我暗暗地想:女同志到底是爱漂亮的呵!但在某些基本问题上,她不容易接受人家的意见,不认错的毛病,恐怕是很难改变的!

可是随着时间的前进,我又发现我对她的了解不但不完全,而且是相反的!我总还是习惯从形式上去看问题!

有一次周末,我去看她,她独自抱着孩子坐在炕角里沉思。我说:"小娟呢?她吃饭去了?"她不安地说:"不!她走了!"接着她就告诉我:她们机关里有一个本地做饭的大师傅,有一只怀表,在昨天早晨开饭的时候不见了!恰好这时候,只有小娟到伙房里去倒过水,旁人没去过!同时,早先机关里在拾掇大客厅的时候,她拣了几个扣子。所以就有人怀疑那只表也是她拿的!另外,早先有些同志也嚷嚷过,有的说丢了个化学梳子,有的说丢了一块毛巾……那大师傅也没和别的同志商量,就去找我的妻,肯定说那只表是小娟拿的!要我的妻向小娟追究。于是,她就问小娟拿了那只表没有?问的小娟直啼哭,一口咬定说:没拿!并且说:"大姐!要是我拿了,就算对不起您的一片好心!"小娟这孩子个性太强,受不了这,马上非走不可!挡也挡不住!

可是,就在这天晚上,大师傅自己又把表找着了!

这一下,我的妻的激动和不安,真是无法形容!翻来覆去,一夜没睡好觉!她对我说,机关里那么多的人为什么不怀疑旁人,偏偏就怀疑是小娟拿的表?你说老干部们都受过锻炼,决计不会拿的,这倒也是理由;可是机关里留用的旧人员很多,他们也没受过革命锻炼,那么为什么不怀疑是他们拿的呢?她说:"这是什么观点?这还不是小看穷人么?"我说:"算了!事情已经过去了,鸡毛蒜皮的一点事!"她说:"什么?这是思想问题哩!"

第二天清早,她让我陪她到小娟家里去走一趟。我说:"那又何必呢!人已经走了!要是让她知道表又找着了,她爸爸说我们诬赖人!老百姓知道了这件事,对我们的影响很不好!"

她说:"不!我们错了,为什么不认错呢?要不,小娟一辈子一想起这件事,就要伤心!影响更不好!"

可是,我还是认为不去的好!说实话,也就是说:我没有那样大的勇气!她说:"你给看孩子,我去!"我又怕孩子啼哭了没法治!只好硬着头皮,抱着孩子跟她走了!

到了小娟家里,只见她爸爸在拾掇车子,一见我们,就显得很尴尬的样子说:"那表的事我知道了!昨天晚上我就揍了她一顿!我对她说:咱们人穷志不穷!要是你真的拿了,我的老脸往那里摆?你不说真话,非打死你不解!刚才,我又揍了她一阵子!她可还是一口咬定:没拿!我正想找您去说说,我这孩子顶老实,手也严实,敢情也不准是她拿的!"

我听了,胸口直打扑通,而她反倒很镇静很自然,微笑着说:"不!大伯!我是来赔不是的!表已经找着了!不是小娟拿的!请你原谅!"

正在这时候,小娟从屋里出来了!红肿着双眼,扑到我的妻的怀里,两肩一耸一耸地哭了!我的妻摸着她的小辫,轻声地说:"小娟!你怪我不?"小娟哽咽着说:"不!大姐!您是,您是个,好人!您待我的好处,我,我,我这辈子也忘不了!"

我发现:我的妻的眼里,"扑索索"地掉下两颗黄豆大的泪点,滴到小娟的头上!

我们结婚三年,我还是第一次在人面前见她掉泪,那么个倔强的人呵!怎么今天也哭啦!

从这以后,我有好几天感到不安,我在她身上发现了不少新的东西,而正是我所没有的!也正是我所感觉她表现狭隘、保守、固执……的地方!也正从这些地方,我们的感情开始有了裂痕!我想到夫妇之间的感情到底应该建筑在什么基础上……我们结婚三年,到今天,我仿佛才觉得对她有了比较深刻的了解!我真应该后悔,真应该像她过去屡次严肃地向我说过的:需要好好地反省一下了!

我正想不等到周末,就找她去深谈一次,恰好那天傍晚,我正在整理劳资关系的材料,她倒来找我了!我觉得有些不寻常,因为在平时她是轻易不来找我的!我问她:"有什么事?"她说:"没事就不许来找你么?"坐了好一会儿,一句话也没说,最后,她说:"到你们屋顶平台上去坐坐好吗?"我说:"好的!"不知道为什么,我的心有点发跳,我怕要发生什么不能推测的事情了……

到了屋顶上,坐了一会儿,她忽然说:"我犯了错误了!"我不觉吃了一惊:"什么?"她笑了,说:"也不是什么大了不起的事!"接着她就说:昨天她们区里,西单商场有一家皮鞋铺里的一个掌柜,嫌学徒晚上到区里开会回去晚了,把那学徒骂了个狗血喷头。那学徒找区工会办事处,她一听就生了气,跑到那铺子里把那掌柜训了个眼发蓝!走路的人都围过来看,觉得很奇怪!今天区里开检讨会,同志们批评她:工作方式太简单;亲自和掌柜吵架,对那学徒也没好处,有点"包办代替",群众影响也不好!并且还批评她的工作一贯有点太急;恨不得一下子就把社会改造好。同时太不讲究工作的方式方法……

她说完了,叹了口气,把头靠到我的胸前,半仰着脸问我:"这该怎么着好?"我说:"你没接受批评吧?"她摇了摇头:"那里!自己错了,还能不接受?那怎么算是个同志呢?我都坦白地接受了!"我说:"那就算了!还有什么难过的呢!"她忽然紧握着我的手说:"唉!只怪自己文化、理论水平太低!政策掌握得不稳!不能很好地完成党所给我的任务!以后你好好帮我提高吧!"

我说:"这是一方面。可是你也不要把自己的优点忽略了!比方拿我来说:文化上——初中毕业;革命历史——和你一样;工作职位——我是个资料科科长;每天所接触的是工作材料、总结报告,脑子里成天转着的是——党的政策。按理说,对于现实生活里边所发生的问题,应该比你有更锐利的感觉,应该更是是非分明。可是在这些方面我还不如你!——你不要笑!这是真话。我参加革命的时间不算短了!可是在我的思想感情里边,依然还保留着一部分小资产阶级脱离现实生活的成分!和工农的思想感情,特别是在感情上,还有一定的距离,旧的生活习惯和爱好,仍然对我有着很大的吸引力,甚至是不自觉的。——你有这个感觉吗?而你呢?虽说文化水准、理论知识、工作职位都比我低——这也是真话。可是你倔强、坚定、朴素、憎爱分明——这句话的意思就是说你有着很深的阶级仇恨心和同情心。可是你确实也有点急躁情绪——恨不得一个早起的功夫就把社会改造好。因此,常常喜欢用简单的工作方法方式,问题想得不够深不够远。你和我的这些缺点,都会阻碍我们的进步,不能更好地来完成党所给予我们的任务。我相信:在党的教育下加上自己的努力,我们一定都会很快进步的!你记得我们在'抬头湾'的时候,同志们不是曾经好意地和我们开过玩笑么,说:'看你这两口子真是知识分子和工农结合的典型!'我看,我们倒是真要在这些方面彼此取长补短,好好地结合一下呢……"我像演讲似地说了不少话,要是在往日,准是早被她卡断了!可是,她今天听得好像很入神,并不讨厌,我说一句,她点一下头,当我说完了,她突然紧紧地握着我的手不放。沉默了一会儿,她说:"以后,我们再见面的时候,不要老是说些婆婆妈妈的话;像今天这样多谈些问题,该多好啊!"

我为她那诚恳的真挚的态度感动了!我的心又突突地发跳了!我向四面一望,但见四野的红墙绿瓦和那青翠坚实的松柏,发出一片光芒。一朵白云,在那又高又蓝的天边飞过……夕阳照到她的脸上,映出一片红霞。微风拂着她那蓬松的额发,她闭着眼睛……我忽然发现她怎么变得那样美丽了呵!我不自觉地俯下脸去,吻着她的脸……仿佛回复到了我们过去初恋时的,那些幸福的时光。她用手轻轻地推开了我说:"时间不早了!该回去喂孩子奶呵!"

1949年秋天,初稿于北京
重改于天津海河之滨

延伸阅读:这是1949年之后第一篇"挨批"的短篇小说,它的主题触及了当代文学一根敏感的神经,即不能怀疑"农村包围城市"的革命神圣性,女主角的形象显然是它的化身。这是"现代文学"与"当代文学"的一个分界岭,也是一个转折,因此,《我们夫妇之间》的象征意义远远要大于它的文学意义。从作品本身看,其实是一篇并不十分精彩的小说。

登　记

赵树理

一　罗汉钱

诸位朋友们：今天让我来说个新故事。这个故事题目叫《登记》，要从一个罗汉钱说起。

这个故事要是出在三十年前，"罗汉钱"这东西就不用解释；可惜我要说的故事是个新故事，听书的朋友们又有一大半是年轻人，因此在没有说故事以前，就得先把"罗汉钱"这东西交代一下：

据说罗汉钱是清朝康熙年间铸的一种特别钱，个子也和普通的康熙钱一样大小，只是"康熙"的"熙"字左边少一直画；铜的颜色特别黄，看起来有点像黄金。相传铸那一种钱的时候，把一个金罗汉像化在铜里边，因此一个钱有三成金。这种传说可靠不可靠不是我们要管的事，不过这种钱确实有点可爱——农村里的青年小伙子们，爱漂亮的，常好在口里衔一个罗汉钱，和城市人们爱包镶金牙的习惯一样，直到现在还有些偏僻的地方仍然保留着这种习惯；有的用五个钱叫银匠给打一只戒指，戴到手上活像金的。不过要在好多钱里挑一个罗汉钱可很不容易：兴制钱的时候，聪明的孩子们，常好在大人拿回来的钱里边挑，一年半载也不见得能碰见一个。制钱虽说不兴了，罗汉钱可是谁也不出手的，可惜是没有几个。说过了钱，就该说故事：

有个农村叫张家庄。张家庄有个张木匠。张木匠有个好老婆，外号叫个"小飞蛾"。小飞蛾生了个女儿叫"艾艾"，算到一九五〇年阴历正月十五元宵节，虚岁二十，周岁十九。庄上有个青年叫"小晚"，正和艾艾搞恋爱。故事就出在他们两个人身上。

照我这么说，性急的朋友们或者要说我不在行："怎么一个'罗汉钱'还要交代半天，说到故事中间的人物，反而一句也不交代？照这样说下去，不是五分钟就说完了吗？"其实不然：有些事情不到交代时候，早早交代出来是累赘；到了该交代的时候，想不交代也不行。闲话少说，我还是接着说吧：

张木匠一家就这么三口人——他两口子和这个女儿艾艾——独住一个小院：他两口住北房，艾艾住西房。今年①阴历正月十五夜里，庄上又要玩龙灯，张木匠是老把式，甩尾巴的，吃过晚饭丢下碗就出去玩去了。艾艾洗罢了锅碗，就跟她妈相跟着，锁上院门，也出去看灯了。后来三个人走了个三岔：张木匠玩龙灯，小飞蛾满街看热闹，艾艾可只看放花炮起火，因为花炮起火是小晚放的。艾艾等小晚放完了花炮起火就回去了，小飞蛾在各街道上飞了一遍也回去了，只有张木匠不玩到底放不下手，因此他回去得

---

① 指一九五〇年。

最晚。

艾艾回得北房里等了一阵等不回她妈来，就倒在她妈的床上睡着了。小飞蛾回来见闺女睡在自己的床上，就轻轻推了一把说："艾艾！醒醒！"艾艾没有醒来，只翻了一个身，有一个明晃晃的小东西从她衣裳口袋里溜出来，叮铃一声掉到地下，小飞蛾端过灯来一看："这闺女！几时把我的罗汉钱偷到手？"她的罗汉钱原来藏在板箱子里边的首饰匣子里。这时候，她也不再叫艾艾，先去放她的罗汉钱。她拿出钥匙来，先开了箱子上的锁，又开了首饰匣子上的锁，到她原来放钱的地方放钱："咦！怎么我的钱还在？"摸出来拿到灯下一看：一样，都是罗汉钱，她自己那一个因为隔着两层木头没有见过潮湿气，还是那么黄，只是不如艾艾那个亮一点。她看了艾艾一眼，艾艾仍然睡得那么憨（酣）。她自言自语说："憨闺女！你怎么也会干这个了？说不定也是戒指换的吧？"她看看艾艾的两只手，光光的；捏了捏口袋，似乎有个戒指，掏出来一看是顶针圈儿。她叹了一口气说："唉！算个甚？娘儿们一对戒指，换了两个罗汉钱！明天叫五婶再去一趟赶快给她把婆家说定了就算了！不要等闹出什么故事来！"她把顶针圈儿还给艾艾装回口袋去，拿着两个罗汉钱想起她自己那一个钱的来历。

这里就非交代一下不行了。为了要说明小飞蛾那个罗汉钱的来历，先得从小飞蛾为什么叫"小飞蛾"说起：

二十多年前，张木匠在一个阴历腊月三十日娶亲。娶的这一天，庄上人都去看热闹。当新媳妇取去了盖头红的时候，一个青年小伙子对着另一个小伙子的耳朵悄悄说："看！小飞蛾！"那个小伙子笑了一笑说："活像！"不多一会，屋里、院里，你的嘴对我的耳朵，我的嘴又对他的耳朵，各哩各得嚷嚷这三个字——"小飞蛾""小飞蛾""小飞蛾"……

原来这地方一个梆子戏班里有个有名的武旦，身材不很高，那时候也不过二十来岁，一出场，抬手动脚都有戏，眉毛眼睛都会说话。唱《金山寺》她装白娘娘，跑起来白罗裙满台飞，一个人撑满台，好像一只蚕蛾儿，人都叫她"小飞蛾"。张木匠娶的这个新媳妇就像她——叫张木匠自己说，也说是"越看越像"。

第二天是大年初一，按这地方的习惯，用两个妇女搀着新媳妇，一个小孩在头里背条红毯儿，到邻近各家去拜个年——不过只是走到就算，并不真正磕头。早饭以后，背红毯的孩子刚一出门，有个青年就远远地喊叫："都快看！小飞蛾出来了！"他这么一喊，马上聚了一堆人，好像正月十五看龙灯那么热闹，新媳妇的一举一动大家都很关心："看看！进了她隔壁五婶院子里了！""又出来了又出来了！到老秋孩院子里去了！……"

张木匠娶了这么个媳妇，当然觉得是得了个宝贝，一九里，除了给舅舅去拜了一趟年，再也不愿意出门，连明带夜陪着小飞蛾玩；穿起小飞蛾的花衣裳扮女人，想逗小飞蛾笑；偷了小飞蛾的斗方戒指，故意要叫小飞蛾满屋子里撵他，……可是小飞蛾偏没心情，只冷冷地跟他说："不要打哈哈！"

几个月过后，不知道谁从小飞蛾的娘家东王庄带了一件消息来，说小飞蛾在娘家有个相好的叫保安。这消息传到张家庄，有些青年小伙子就和张木匠开玩笑："小木匠，回去先咳嗽一声，不要叫跟保安碰了头！""小飞蛾是你的？至少有人家保安一半！"张木匠听了这些话，才明白了小飞蛾对自己冷淡的原因，好几次想跟小飞蛾生气，可是一进了家门，就又退一步想："过去的事不提它吧，只要以后不胡来就算了！"后来这消息传到他妈耳朵里,他妈把他叫到背地里,骂了他一顿"没骨头",骂罢了又劝他说:"人是苦虫!痛痛打一顿就改过来了!舍不得了不得……"他受过了这顿教训以后,就好好留心找小飞蛾的岔子。

有一次他到丈人家里去,碰见保安手上戴了个斗方戒指,和小飞蛾的戒指一个样;回来一看小飞蛾的手,小飞蛾的戒指果然只留下一只。"他妈的!真是有人家保安一半!"他把这消息报告了他妈,他妈说:"快打吧!如今打还打得过来!要打就打她个够受!轻来轻去不抵事!"他正一肚子肮脏气,他妈又给他打了打算盘,自然就非打不行了。他拉了一根铁火柱正要走,他妈一把拉住他说:"快丢手!不能使这个!细家伙打得疼,又不伤骨头,顶好是用小锯子上的梁!"

他从他的一捆木匠家具里边抽出一条小锯梁子来,尺半长,一指厚,木头很结实,打起来管保很得劲。他妈为什么知道这家具好打人呢?原来他妈当年年轻时候也有过小飞蛾跟保安那些事,后来是被老木匠用这家具打过来的。闲话少说,张木匠拿上这件得劲的家伙,黑丧着脸从他妈的房子里走出来,回到自己的房里去。

小飞蛾见他一进门,照例应酬了他一下说:"你拿的那个是什么?"张木匠没有理她的话,用锯梁子指着她的手说:"戒指怎么只剩了一只?说!"这一问,问得小飞蛾头发根一支杈。小飞蛾抬头看看他的脸,看见他的眼睛要吃人,吓得她马上没有答上话来,张木匠的锯梁子早就打在她的腿上了。她是个娇闺女,从来没有挨过谁一下打,才挨了一下,痛得她叫了一声低下头去摸腿,又被张木匠抓住她的头发,把她按在床边上,拉下裤子来"披、披、披"一连打了好几十下。她起先还怕招得人来看笑话,憋住气不想哭,后来实在支不住了,只顾喘气,想哭也哭不上来,等到张木匠打得没了劲扔下家伙走出去,她觉得浑身的筋往一处抽,喘了半天才哭了一声就又压住了气,头上的汗,把头发湿得跟在热汤里捞出来的一样,就这样喘一阵哭一声喘一阵哭一声,差不多有一顿饭工夫哭声才连起来。一家住一院,外边人听不见,张木匠打罢了早已走了,婆婆连看也不来看,远远地在北房里喊:"还哭什么?看多么排场?多么有体面?"小飞蛾哭了一阵以后,屁股蛋疼得好像谁用锥子剜,摸了一摸满手血,咬着牙提起裤子,站也站不住。

她的戒指是怎样送给保安的,以后张木匠也没有问,她自己自然也没有说。原来是她在端午那一天到娘家去过节,保安想要她个贴身的东西,她给保安卸了一个戒指;她也要叫保安给她个贴身的东西,保安把口兜衔的罗汉钱送了她。

自从她挨了这一顿打之后,这个罗汉钱更成了她的宝贝。人怕伤了心:从挨打那天起,她看见张木匠好像看见了狼,没有说话先哆嗦。张木匠也莫想看上她一个笑脸——每次回来,从门外看见她还是活人,一进门就变成死人了。有一次,一个鸡要下蛋,没有回窝里去,小飞蛾正在院里撵,张木匠从外边回来,看见她那神气,真有点像在戏台上系着白罗裙唱白娘娘的那个小飞蛾,可是小飞蛾一看见他,就连鸡也不撵了,赶紧规规矩矩走回房里去。张木匠生了气,撵到房子里跟她说:"人说你是'小飞蛾',怎么一见了我就把你那翅膀搭拉下来了?我是狼?""呱"一个耳刮子。小飞蛾因为不愿多挨耳刮子,也想在张木匠面前装个笑脸,可惜是不论怎么装也装得不像,还不如不装。张木匠看不上活泼的小飞蛾,觉着家里没了趣,以后到外边做活,一年半载不回家,路过家门口也不愿进去,听说在外面找了好几个相好的。张木匠走了,家里只留下婆媳两个。婆婆跟丈夫是一势,一天跟小飞蛾说不够两句话,路上碰着了扭着脸走,小飞蛾离娘家虽然不远,可是有嫌疑,去不得;娘家爹妈听说闺女丢了丑,也没有脸来看望。这样一来,全世界上再没有一个人跟小飞蛾是一势了,小飞蛾只好一面伺候婆婆,一面偷偷地玩她那个罗汉钱。她每天晚上打发婆婆睡了觉,回到自己房子里关上门,把罗汉钱拿出来看了又看,有时候对着罗汉钱悄悄说:"罗汉钱!要命也是你,保命也是你!人家打死我我也不舍你!咱俩死活在一起!"她有时候变得跟小孩子一样,把罗汉钱暖到手心里,贴到脸上,按到胸上,衔到口里……除了张木匠回家来那有数的几天以外,每天夜上她都是离了罗汉钱睡不着觉,直到生了艾艾,才把它存到首饰匣子里。

她剩下的那只戒指是自从挨了之后就放进首饰匣子里去的。当艾艾长到十五那一年,她拿出匣子来给艾艾找帽花,艾艾看见了戒指就要。她生怕艾艾再看见罗汉钱,赶快把戒指给了艾艾就把匣子锁起来了。那时候张木匠和小飞蛾的关系比以前好了一点,因为闺女也大了,他妈也死了,小飞蛾和保安也早就没有联系了。又因为两口子只生了艾艾这么个孤闺女,两个人也常借着女儿开开玩笑。艾艾戴上了小飞蛾那只斗方戒指,张木匠指着说:"这原来是一对来!"艾艾问:"那一只哩?"张木匠说:"问你妈!"艾艾正要问小飞蛾,小飞蛾翻了张木匠一眼。艾艾只当是她妈丢了,也就不问了。这只戒指就是这么着到了艾艾手的。

以前的事已经交代清楚,再回头来接着说今年(一九五〇年)正月十五夜里的事吧:

小飞蛾手里拿着两个罗汉钱,想起自己那个钱的来历来,其中酸辣苦甜什么味儿也有过:说这算件好事吧,跟着它吃了多少苦;说这算件坏事吧,想一遍也满有味。自己这个,不论好坏都算过去了;闺女这个又算件什么事呢?把它没收了吧,说不定闺女为它费了多少心;悄悄还给她吧,难道看着她走自己的伤心路吗?她正在想来想去得不着主意,听见门外有人走得响,张木匠玩罢了龙灯回来了,因此她也顾不上考虑,两个钱随便往箱里一手,就把箱子锁住。

这时候鸡都快叫了,张木匠见艾艾还没有回房去睡,就发了脾气:"艾艾,起来!"因为他喊的声音太大,吓得艾艾哆嗦了一下一骨碌爬起来,瞪着眼问:"什么事,什么事?"小飞蛾说:"不能慢慢叫?看你把闺女吓得那个样子!"又向艾艾说:"艾!醒了没有?什么事也没有,你爹叫你回去睡哩!"张木匠说:"看你把她惯成什么样子!"艾艾这才醒过来,什么也没有说,笑了一笑就走了。

张木匠听得艾艾回西房去关上门,自己也把门关上,回头一边脱衣服一边悄悄跟小飞蛾说:"这二年给咱艾艾提亲的那么多,你总是挑来挑去都觉着不合适。东院五婶说的那一家有成呀没成?快把她出脱了吧!外面的闲话可大哩!人家都说:一个马家院的燕燕,一个咱家的艾艾,是村里两个招风的东西;如今燕燕有了主了,就光剩下咱艾艾了!"小飞蛾说:"不是听说村公所不准燕燕跟小进结婚吗?我听说他们两个要到区上登记,村公所不给开证明,后来怎么又说成了?"张木匠说:"人家说她招风,就指的是她跟小进的事,当然人家不给他们证明!后来说的另是一家西王庄的,是五婶给保的媒,后天就要去办登记!"小飞蛾说:"我看村公所那些人也是些假正经,瞎挑眼!既然嫌咱艾艾的声名不好,这二年说媒的为什么那么多哩?民事主任为什么还托着五婶给他的外甥提哩?"张木匠说:"我这几天只顾玩灯,也忘记了问你:这一家这几年过得究竟怎么样?"小飞蛾说:"我也摸不着!虽说都在一个东王庄,可是人家住在南头,我妈住在北头,没有事也不常走动。五婶说她明天还要去,要不我明天也到我妈家走一趟,顺便到他家里看看去吧?"张木匠说:"也可以!"停了一下子他又向小飞蛾说:"我再问你个没大小的话:咱艾艾跟小晚究竟是有的事呀没的事?"小飞蛾当然不愿意把罗汉钱的事告诉给他,只推他说:"不用管这些吧!闺女大了,找个婆家打发出去就不生事了!"

二　眼　力

艾艾也和她妈年轻时候一样,自从有了罗汉钱,每天晚上把钱捏在手里,衔在口里睡觉。这天晚上回去把衣服上的口袋摸遍了,也找不着罗汉钱,掌着灯满地找也找不着,只好空空地睡了。第二天早晨她比谁也起得早,为了找罗汉钱,起来先扫地,扫得特别细致——结果自然还是找不着。停了一会,她听见妈妈开了门,她就又跑去给她妈扫地。她妈见她钻到床底下去扫,明知道她是找钱,也明知道是白费工夫找不着,可是也不好向她说破,只笑着说了一句:"看我的艾艾多么孝顺?"

吃过早饭,五婶来叫小飞蛾往娘家去,张木匠照着二十多年来的老习惯自然要跟着去。

张木匠这个老习惯还得交代一下:自从二十多年前他发现小飞蛾把一只戒指送给了保安以后,知道小飞蛾并不爱他,不是就跟小飞蛾不好了吗?可是每当小飞蛾要去娘家的时候,他就又好像很爱护她,步步不离她。后来他妈也死了,艾艾也长大了,两个人的关系又定下来了,可是还不改这个老习惯。有一回,小飞蛾说:"还不放心吗?"张木匠说:"反正跟惯了,还是跟着去吧!"直到现在还是这样。

五婶、张木匠、小飞蛾三个人都要动身了,小飞蛾说:"艾艾!你不去看看你姥姥!"艾艾说:"我不去!初三不是才去过了吗?"张木匠说:"不去就不去吧!好好给我看家!不要到外边飞去!"说罢,三个人就相跟着走了。

艾艾仍忘不了找她的罗汉钱。她要是寻出钥匙,到箱子里去找,管保还能多找出一个来,不过她梦也梦不到箱子里,她只沿着她到过的地方找,直找到晌午仍是没有影踪。钱找不着,也没有心思做饭吃,天气晌午多了,她只烤了两个馒头吃了吃。

刚刚吃过馒头,小晚来了。艾艾拉住小晚的手,第一句话就是:"罗汉钱丢了!""丢就丢了吧!""气得我连饭也吃不下去!""那也值得生个气?我看那都算不了什么!在着能抵什么用?听说你爹你妈跟东院里五奶奶去给你找主儿去了。是不是?""咱哪里知道那老不死的为什么那么爱管闲事?""咱们这算吹了吧?""吹不了!""要是人家说成了呢?""成不了!""为什么?""我不干!""由得了你?""试试看!"正说着,外边有人进来,两个人赶快停住。

进来的是马家院的燕燕。艾艾说:"燕燕姊!快坐下!"燕燕看见只有他们两个人,就笑着说:"对不起!我还是躲开点好!"艾艾笑了笑没答话,按住肩膀把她按得坐到凳子上。燕燕问:"你们的事怎么样?想出办法来了没有?"艾艾说:"我们正谈这个!"燕燕的眼圈一红接着就说:"要办快想法,不要学我这没出息的耽搁了事!"说了这么句话,眼里就滚出两点泪来,引得艾艾和小晚也陪她伤心,眼边也湿了。

过了一阵,三个人都揉了揉眼,小晚问燕燕:"不是还没有登记?"燕燕说:"明天就要去!"艾艾问:"这个人怎么样?"燕燕说:"谁可见过人家个影儿?"艾艾又问:"不能改口了吗?"燕燕说:"我妈说:'你不愿意我就死在你手!'我还说什么?"艾艾说:"去年腊月你跟小进到村公所去写证明信,村公所不给写,是怎么说的?什么理由?"燕燕说:"什么理由!还不是民事主任那个死脑筋作怪?人家说咱声名不正,除不给写信,还叫我检讨哩!"小晚说:"明天你再去了,人家民事主任就不要你检讨了吗?"燕燕说:"那还用我亲自去?只要是父母主婚,谁去也写得出来;真正自由的除不写还要叫检讨!就那人家还说是反对父母主婚!"小晚向艾艾说:"我看咱这算吹了!五奶奶今天去给你说的这个,一来是人家民事主任的外甥,二来又有你妈作主。你妈今天要听了东院五奶奶的话,回来也跟你死呀活呀地一闹,明天你还不跟人家到区上去登记?"艾艾说:"我妈可不跟我闹,她还只怕我闹她哩!"

　　正说着,门外跑进一个人来,隔着窗就先喊叫:"老张叔叔,老张叔叔!"艾艾拉了燕燕一把说:"小进哥哥又来找你!"还没等燕燕答话,小进就跑进来了。燕燕本来想找他诉一诉苦,两三天也没有找着个空子,这会见他来了,赶快和艾艾坐到床边,把凳子空出来让他坐,两眼直对着他,可是一时想不起来该怎样开口。小进没有理她,也没坐,只朝着艾艾说:"老张叔叔哩?场上好多人请他教我们玩龙灯去哩!"艾艾说:"我爹到我姥姥家去了。你快坐下!"小进说:"我还有事!"说着翻了燕燕一眼就走出去,走到院里,又故意叫着小晚说:"小晚!到外边玩玩去吧,瞎磨那些闲工夫有什么用处?回去叫你爹花上几石米吧!有的是!"说着就走远了。燕燕一肚子冤枉没处说,一埋头爬在床边哭起来,艾艾和小晚两个人劝也劝不住。

　　劝了一会,燕燕忍住了哭跟他两个人说:"我劝你们早些想想办法吧!你看弄成这个样子伤心不伤心?"艾艾说:"你看有什么办法?村里的大人们都是些老脑筋,谁也不愿揽咱的事,想找个人到我妈跟前提一提也找不着。"小晚说:"说好话的没有,说坏话的可不少;成天有人劝我爹说:'早些给孩子定上一个吧!不要叫尽管耽搁着!'"燕燕猛然间挺起腰来,跟发誓一样地说:"我来当你们的介绍人!我管跟你们两头的大人们提这事!"又跟艾艾说:"一村里就咱这么两个不要脸闺女,已经耽搁了一个我,难道叫连你也耽搁了?"小晚站起来说:"燕燕姊!我给你敬个礼!不论行不行冒跟我爹提一提!不行也不过是吹了吧?总比这么着不长不短好得多!就这样吧,我得走了!不要让民事主任碰上了再叫你们检讨!"说了就走了。

　　艾艾又和燕燕计划了一下,见了谁该怎样说见了谁该怎样说,东院里五奶奶要给民事主任的外甥说成了又该怎样顶。她两人正计划得起劲,小飞蛾回来了。她两个让小飞蛾坐了之后,燕燕正打算提个头儿,可是还没有等她开口,五婶就赶来了。五婶说:"不论说人,不论说家,都没有什么包弹的!婆婆就是咱村民事主任的姊姊,你还不知道人家那脾气多么好?闺女到那里管保受不了气!你还是不要错打了主意!"小飞蛾说:"话叫有着吧!回头我再和她爹商量商量!"五婶见小飞蛾不愿意,又应酬了几句就走了,艾艾可喜得满脸笑涡。

　　小飞蛾为什么不愿意呢?这就得谈谈她这一次去娘家的经过:早饭后他们三个人相跟着到了东王庄,先到了小飞蛾她妈家里。五婶叫小飞蛾跟她到民事主任的外甥家里看看去,小飞蛾说:"相跟去不好!不如你先到他家去,我随后再去,就说是去叫你相跟着回去,省得人家说咱是亲自送上门的!"

　　南头这家也只有三口人——老两口,一个孩子——就是张家庄民事主任的姊姊、姊夫和外甥:孩子玩去了,家里只剩下老两口。五婶一进去,老汉老婆齐让坐。几句见面话说过后,老汉就问:"你说的那三家,究竟是哪一家合适些?"五婶说:"依我看都差不多,不过那两家都有主了,如今只剩下小飞蛾家这一个了!"老汉说:"怎么那么快?"五婶说:"十八九的大姑娘自然快得很了!"老婆向老汉说:"我叫快点决定,你偏是那么慢腾腾地拖！好的都叫人家挑完了！"五婶故意说："小一点的不少！就再说个十四五的吧？反正还比你的孩子大！"老婆说："老嫂子！不要说笑话了！我要是愿意要十四五的，还用得搬你这么大的面子吗？"五婶说："要大的可算再找不上了！你怎么说'好的都叫人家挑完了'？我看三个里头，就还数人家小飞蛾这一个标致！我想你也该见过吧！长得不是跟二十年前的小飞蛾一个样吗？"老婆说："人样儿满说得过去，不过听说她声名不正！"五婶说："要不是那点毛病，还能留到十八九不占个家吗？以前那两个不一样吗？"老婆说："要是有那个毛病，咱不是花着钱买个气布袋吗？"五婶说："你不要听外人瞎谣传！要真有大毛病的话，你娘家兄弟还叫我来给你提吗？那点小毛病也算不了什么，只要到咱家改过来就行了！"老汉说："还改什么？什么样的老母下什么样的儿！小飞蛾从小就是那么个东西！"五婶说："改得了！人是苦虫！痛痛打一顿以后就没有事了！"老汉说："生就的骨头，哪里打得过来？"五婶说："打得过来，打得过来！小飞蛾那时候，还不是张木匠一顿锯梁子打过来的？"

他们正说到这里，小飞蛾正走到当院里，正赶上听见五婶末了说的那两句话。她一听，马上停了步，看了看院里没人，就又悄悄溜出院来往回走。她想："难道这挨打也得一辈传一辈吗？去你妈的！我的闺女用不着请你管教！"回到她家里，她妈和张木匠都问："怎么样？"她说："不行！不跟他来！"大家又问她为什么，她说："不提他吧！反正不合适！"她妈见她咕嘟着个嘴，问她怎么那样不高兴，她自然不便细说，只说是"昨天晚上熬了夜"，说了就到套间里睡觉去了。

其实她怎么睡得着呢？五婶那两句话好像戳破了她的旧伤口，新事旧事，想起来再也放不下。她想："我娘儿们的命运为什么这么一样呢？当初不知道是什么鬼跟上了我，叫我用一只戒指换了个罗汉钱，害得后来被人家打了个半死，直到现在还跟犯人一样，一出门人家就得在后边押解着。如今这事又出在我的艾艾身上了。真是冤孽：我会干这没出息事，你偏也会！从这前半截事情看起来，娘儿们好像钻在一个圈子里。傻孩子呀！这个圈子，你妈半辈子没有得跳出去，难道你就也跳不出去了吗？"她又前前后后想了一下：不论是和她年纪差不多的姊妹们，不论是才出了阁的姑娘们，凡有像罗汉钱这一类行为的，就没有一个不挨打——婆婆打，丈夫打，寻自尽，守活寡……"反正挨打的根儿已经扎下了！贱骨头！不争气！许就许了吧！不论嫁给谁还不是一样挨打？"头脑要是简单一点，打下这么个主意也就算了，可是她的头脑偏不那么简单，闭上了眼睛，就又想起张木匠打她那时候那股牛劲：瞪起那两只吃人的眼睛，用尽他那一身气力，满把子揪住头发往那床沿上"扑差"一按，跟打骡子一样一连打几十下也不让人喘口气……"妈呀！怕煞人了！二十年来，几时想起来都是满身打哆嗦！不行！我的艾艾哪里受得住这个？……"就这样反一遍、正一遍尽管想，晌午就连一点什么也吃不下去，为着应付她妈，胡乱吃了四五个饺子。

午饭以后，五婶等不着她，就到她妈家里来找。五婶还要请她到南头看看，她说"怕天气晚了赶天黑赶不到家"。三个人往张家庄走，五婶还要跟她麻烦，说了民事主任的外甥一百二十分好。她因为不想听下去，又拿出二十多年前那"小飞蛾"的精神在前边飞，虽说只跟五婶差十来步远，可弄得五婶直赶了一路也没有赶上她。进了村，张木匠被一伙学着玩龙灯的青年叫到场里去了，小飞蛾一直飞回了家。五婶还不甘心，就赶到小飞蛾家里，后来碰了个软钉子，应酬了几句就走了。艾艾见她妈没有答应了，自然眉开眼笑；燕燕看见这情形，也觉着要说的话更好说一点。

燕燕趁着小飞蛾没有注意,给艾艾递了个眼色叫她走开。艾艾走开了,燕燕就向小飞蛾说:"婶婶!我也给艾艾做个媒吧?"小飞蛾觉着她有点孩子气,笑着跟她说:"你怎么也能做媒?"燕燕也笑着说:"我怎么就不能做媒?"小飞蛾说:"你有人家东院五婶那张嘴?"燕燕说:"她那么会说,怎么还没有把你说得答应了她?"小飞蛾说:"不合适我就能答应她了?"燕燕说:"可见全看合适不合适,不在乎会说不会说!我提一个管保合适!"小飞蛾说:"你冒说说!"燕燕说:"我提小晚!"小飞蛾说:"我早就知道你说的是他!快不要提他!你们这些闺女家,以后要放稳重点!外边闲话一大堆!"燕燕说:"我也学东院五奶奶几句话:'不论说人,不论说家,都没有什么包弹的!'不过我的话比她的话实在得多,不像她那老糊涂,'有的说没的道!'婶婶!你想想我的话对不对?"小飞蛾说:"你光说好的,不说坏的!外边的闲话你挡得住吗?"燕燕说:"闲话也不过出在小晚身上,说闲话的人又都是些老脑筋,索性把艾艾嫁给小晚,看他们还有什么说的?"小飞蛾一想:"这孩子不敢轻看!这么办了,管保以后不生闲气,挨打这件事也就再不用传给艾艾了!"她这么一想,觉着燕燕实在伶俐可爱,就伸手抚摸着燕燕的头发说:"好孩子!你还当得了个媒人!"燕燕见她转过弯来,就紧赶着问她:"婶婶!你算愿意了吧?"小飞蛾说:"好孩子!不要急!还有你叔叔!等他回来跟他商量商量!"

燕燕说服了小飞蛾,就辞别过小飞蛾去给艾艾报喜信,不想一出门,艾艾就站在窗外。艾艾拉住她的手,叫她不要声张。两个人相跟着到了院门外,燕燕说:"都听见了吧!"艾艾说:"听见了!谢谢你!"燕燕说:"且不要谢,还有一头哩!你先到街上看灯去,到合作社门口那个热闹地方等着我,我到小晚家试试看!"说了就走了。

燕燕到了小晚家,也走的是妇女路线,先和小晚他娘接头。这地方的普通习惯,只要女家吐了口,男家的话好说,没有费多大工夫,就说妥了。

她跑到合作社门口,拉上艾艾走到个僻静处,把胜利的结果一报告,并且说:"只要你妈今天晚上能跟你爹讲通,明天就可以去登记。"艾艾听罢,自然是千恩万谢高高兴兴回去了,剩下她想想人家的事,又想想自己的事,两下一对照,伤心得很,趁着这个僻静地方,悄悄哭了一大阵,直到街上人都散了她才回去,回去躺下之后,一直考虑"明天到区上还是牺牲自己呀,还是得罪妈妈",一夜也不曾合上眼。

小飞蛾呢?自从燕燕和艾艾走出去,她把小晚这一家子细细研究了好几遍:日子也过得,家里也和气,大人们脾气都很平和,孩子又漂亮又正干,年纪也相当,挑来挑去挑不着毛病。这时候,她完全同意了,暗暗夸奖艾艾说:"好孩子!你的眼力不错!说闲话的人真是老脑筋!"想到这里,她又想起头一天晚上那个罗汉钱。她又揭开箱子找出那个钱来,心想还了艾艾,又想不到该怎样给她。她正拿着这个在手里搓来搓去想法子,艾艾一股劲跑回来。艾艾看见她手里有个东西,就问:"妈!你拿了个什么的?"小飞蛾用两根指头捏起来向她说:"罗汉钱!""哪儿来的?""我拾(拣)的!""妈!那是我的!""你哪儿来的?""我,我也是拾的!"艾艾说着就笑了。小飞蛾看了看她的脸说:"是你的还给了你!"艾艾接过来还装在她的衣裳口袋里。

一会,张木匠玩罢龙灯回来了,艾艾回房去做她的好梦,张木匠和小飞蛾商量艾艾的婚事。

三　不准登记

当天晚上,艾艾回房以后,明知道她的爹妈要谈自己的婚事,自然睡不着觉,爬在窗上听了一会,因为隔着半个院子两重窗,也听不出道理来,只听见了两句话。听见两句什么话呢?当她爹妈谈了一阵争执起来之后,她妈说:"你说这么办了有什么坏处?"她爹说:"坏处是没有,不过挡不住村里人说闲话!"以后的声音又低下去,艾艾就听不见了。

这一晚艾艾自然没有睡好,第二天早晨起来,本来想先去找燕燕,可是乡村姑娘们,要是家里没有个嫂嫂的话,扫地,抹灰尘,生火做饭,洗锅碗这几件事就成了自己照例的公事,非办不行。她只担心燕燕往区上走了,好容易等到吃过饭,把碗筷收拾起来泡到锅里,偷偷地用锅盖盖起来就跑到燕燕家里去。

她本来想请燕燕替她问一问她妈和她爹商量的结果如何,可是一到了燕燕家,就碰上了别的情况,这番话就不得不搁一搁。这时候,燕燕在床上躺着,她妈坐在那里央告她起来,五婶站在地上等候着。艾艾问:"燕燕姊怎么样了?"燕燕她妈说:"燕燕只怕怄不死我哩!"燕燕躺着说:"都由了你了,还要说我是跟你怄气!"她妈说:"不是怄气怎么不起来啊? 好孩子! 不要怄了快起! 来让你五奶奶给你说到区上的规矩! 再到村公所要上一封介绍信,快走吧! 天不早了!"燕燕说:"我死也不去村公所! 我还怕民事主任再要我检讨哩!"她妈说:"小奶奶! 你不去村公所我替你去! 可是你也得起来叫你五奶奶给你说说规矩呀!"燕燕赌着气坐起来说:"分明是按老封建规矩办事,偏要叫人假眉三道去出洋相! 什么好规矩? 说吧!"五婶见她的气色不好,就先劝她说:"孩子!再不要别别扭扭的! 要喜欢一点! 这是恭喜事!"燕燕说:"快说你们那假眉三道的规矩吧! 什么恭喜事? 你们喜的吧,我也喜的?"五婶说:"算了算了! 气话不要说了! 到了区上,我把介绍信递给王助理员。王助理员看了信,问你多大了,你就说多大了;问你是'自愿'吗? 你就说'自愿'……"燕燕说:"这哪里能算自愿?"五婶说:"傻孩子! 你就那么说对了! 问过自愿以后,他要不再问什么就算了;他要再问你为什么愿意,你就说'因为他能劳动'。"燕燕说:"屁! 我连人家个鬼影儿也没有见过,怎么知道人家劳动不劳动?"他妈说:"我这闺女的主意可真哩! 怄不死我总不能算拉倒!"燕燕说:"妈! 这怎么能算是我怄你? 我真正是不知道呀! 你也不要生气了! 要我说什么我给你说什么好了! 反正就是个我来! 五奶奶! 还有什么鬼路道,一股气说完了算! 我都照着你的来!"五婶说:"也再没有什么了!"

这时候,小晚来找艾艾,见燕燕母女俩闹得不开交,也就站住来看结果。结果是燕燕答应到了区上照五婶的话说,她妈跟五婶替她到村公所去要介绍信。

等燕燕她妈跟五婶出去之后,艾艾跟燕燕说:"燕燕姊! 你今天不高兴,我也不知道该怎样劝劝你……"燕燕说:"我这辈子算现成了,还有什么高兴不高兴? 我还没有问你:你爹同意不同意?"艾艾说:"我也不好问! 你今天遇了事了,改日再说吧!"燕燕说:"不! 我偏要马上管! 要管管到底,不要叫都弄成我这样! 能办成一件也叫我妈长长见识! 你就在我这里等一等,让我去问一问你妈,要是答应了,咱们相跟到区上去!"

燕燕走了,剩下了小晚和艾艾。艾艾说:"听我爹那口气,好像也不反对,听说你家的大人们也愿意了,现在担心的只是民事主任的介绍信!"小晚说:"我也是这么想:咱庄上凡是他插过腿的事,不依了他就都出不了他的手。别看他口口声声说你声名不好,只要嫁给他的外甥,管保就没事了!"艾艾说:"对! 事情是明明白白的! 他不给咱们写,咱们该怎么办?"两个人都愣了,谁也想不出办法来。停了一会,燕燕回来了,说是张木匠也愿意了,可以一同到区上去登记。艾艾跟她说到村公所写介绍信不容易,她也觉着是一件难事,后来想了想说:"你们去吧! 趁着他给我写罢了你们就提出,他要是不愿意写的话,你们就问他'别人来了可以替人写,亲自来了为什么不行?'看他说什么!"小晚说:"对!他要是再不给写,咱俩就不拿介绍信到区上去登记。区上问起介绍信,咱就说民事主任是封建脑筋,别人去了可以替人写,自己去了偏不给写!"艾艾说:"那样你不把燕燕姊的事给说漏了吗?"燕燕说:"说漏了自然更好了!你们给说漏了,我妈也怨不着我!"小晚说:"人家要问介绍人哩?"燕燕说:"就说是我!"小晚说:"写信时候,介绍人也得去呀?"燕燕想了一想说:"可以!我跟你们去!"艾艾说:"你不是不愿意到村公所去吗?"燕燕说:"我是不去要我的介绍信,给别人办事还可以。咱们到村公所门口等着,等我妈一出门咱们就进去!"艾艾说:"民事主任要说你声名不正不能当介绍人呢?"燕燕说:"这回我可有话说!"三个人商量好了,就往村公所去。他们正走到村公所门口,她妈跟五婶就出来了。五婶说:"不用来了!信写好了!"燕燕说:"我也得问是怎么写的,不要叫去了说不对!"她妈听着只当是燕燕真愿意了,就笑着跟她说:"你要早是这样,不省得妈来跑一趟?快问问回来吃些饭走吧!"说着就分头走开。

他们三个走进村公所,民事主任才写过信,墨盒还没有盖上。民事主任看见他们这几个人在一块就没有好气,撇开艾艾和小晚,专对燕燕说:"回去吧!信已经交给你妈了!"燕燕说:"我知道!这回是给他们两个人写!"主任瞟了小晚和艾艾一眼说:"你两个?""我两个!""自己也都不检讨一下!"小晚说:"检讨过了!我两个都愿意!"主任说:"怕你们不愿意哩?"艾艾说:"你说怕谁不愿意?我爹我妈也都愿意!"小晚说:"我爹我妈也都愿意!"主任说:"谁的介绍人?"燕燕说:"我!""你怎么能当介绍人?""我怎么不能当介绍人?""趁你的好声名哩?""声名不好为什么还给我写介绍信?"主任答不上来就发了脾气:"去你们的!都不是正经东西!"艾艾看见仍不行了,就又顶了他一句:"嫁给你的外甥就成了正经东西了。是不是?"

这一下更问得主任出不上气来。主任对艾艾,确实有两种正相反的估价:有一次,他看见艾艾跟小晚拉手,他自言自语说:"坏透了!跟年轻时候的小飞蛾一个样!"又一次,他在他姊姊家里给他的外甥提亲提到了艾艾名下,他姊姊说:"不知道闺女怎么样?"他说:"好闺女!跟年轻时候的小飞蛾一个样!"这两种评价,在他自己看起来并不矛盾:说"好"是指她长得好,说"坏"是指她的行为坏——他以为世界上的男人接近女人就是坏透了的行为。不过主任对于"身材"和"行为"还不是平均主义看法:他以为"身材"是天生的,是什么就是什么;行为是可以随着丈夫的意思改变的,只要痛痛打一顿,说叫她变个什么样就能变成个什么样。在这一点上,他和东院五婶的意见根本相同。可是这道理他向艾艾说不得,要是说出来,艾艾准会对他说:"这个民事主任用不着你来当,最好是让给东院五奶奶当吧!"

闲话少说,还是接着说吧:当艾艾问嫁给他的外甥算不算正经的时候,他半天接不上气来,就很蛮地把墨盒盖子一盖说:"任你们有天大的本事,这个介绍信我不写!"艾艾说:"不写我们也要去登记!区上问起来我就请他们给评一评这个理!"主任说:"不服的你就去试试!区上又不是不知道你们的好声名!"吵了半天,还是不给写,他们只得走出来。

燕燕回家去吃过饭,艾艾回家去洗过锅碗,五婶、燕燕、小晚和艾艾,四个人都往区上去。

三个青年人都觉着五婶讨厌,故意跑在前边不让五婶追上,累得五婶直喘气。走到区公所门口,门口站着五六个人,男女老少都有,只是一个也认不得。原来五婶约着人家西王庄那个孩子在区公所门口等,现在这五六个人,好像也都是等人,有两个大人似乎也是当介绍人的,其中有两个青年男子,一个有二十多岁,一个有十五六岁。燕燕他们三个人,都估量着那个十五六岁的就是给燕燕说的那一个,因为五婶说过"实岁数是十五",可是谁也认不得,不愿意随便打招呼。停了一会,五婶赶到了。五婶在区门边一看说:"怎么西王庄那个孩子还没有来?"她这么一说,他们三个才知道是估量错了,原来那一个也不是。就在这时候,收发室里跑出一个小孩子来向五婶嚷着说:"老大娘!我早就来了!"嗓子比燕燕的嗓子还尖。燕燕一看,比自己低一头,黑光光的小头发,红红的小脸蛋,两只小眼睛睁得像小猫,伸直了他的小胖手,手背上还有五个小涡涡。燕燕想:"这孩子倒也很俏皮,不过我看他还该吃奶,为什么他就要结婚?"五婶说:"咱们进去吧!"他们先到收发处挂了号,四个人相跟着进去了。

　　正月天,亲戚们彼此来往得多,说成了的亲事也特别多,王助理员的办公室挤满了领结婚证的人,累得王助理员满头汗。屋子小,他们进去站在门边,只能挨着次序往桌边挤。看见别人办的手续,跟五婶说的一样,很简单:助理员看了介绍信,"你叫什么名?"叫什么。"多大了?"多大了。"自愿吗?""自愿!""为什么愿嫁他?"或者"为什么愿娶她?""因为他能劳动!"这一套,听起来好像背书,可是谁也只好那么背着,背了就发给一张红纸片叫男女双方和介绍人都盖指印。也有两件不准的,那就是有破绽:一件是假岁数报得太不相称,一件是从前有过纠纷。

　　快轮到他们了,燕燕把艾艾推到前边说:"先办你的!"艾艾便挤到桌边。这时候弄出个笑话来:助理员伸着手要介绍信,西王庄那个孩子也已经挤到桌边,信就在手里预备着,一下子就递上去!五婶看见着了急,拉了他一把说:"错了错了!"那孩子说:"不错,人家都是一人一封!"原来五婶在区门口没有把艾艾和燕燕向那孩子交代清楚,那孩子看见艾艾比燕燕小一点,以为一定是这个小的。王助理员接住他的信还没有赶上拆开,小晚就挤过去跟他说:"说你错了你还不服哩!"回头指了指燕燕又向他说:"你是跟那一个!"经他一说破,满屋子弄了个哄堂大笑!王助理员又把信递给那个孩子说:"你怎么连你的对象也认不得?"小晚说:"我两个没有介绍信,能不能登记?"王助理员说:"为什么没有介绍信?"艾艾说:"民事主任不给写!燕燕她妈替她去还给写,我们亲自去了不给写!他要叫我嫁给他的外甥!""你们是哪个村?""张家庄!"问艾艾:"你叫什么?""张艾艾!"王助理员注意了她一下说:"你就是张艾艾呀?""是!"王助理员又看着小晚说:"那末你一定就是李小晚了?"小晚说:"是!"王助理员说:"谁的介绍人呢?"燕燕说:"我!""你叫什么?""马燕燕!"王助理员说:"你两个都来了?你怎么能当介绍人?""我怎么不能当介绍人?""村里有报告,说你的声名不正!"三个人同问:"有什么证据?"王助理员说:"说你们早就有来往!"小晚说:"早有个来往有什么不好?没来往不是会把对象认错了吗?"这句话又说得大家笑起来。王助理员说:"村里既然有报告,等调查调查再说吧!"燕燕说:"助理员!你说叫他们两人结了婚有什么不好?为什么还要调查呢?他们两个人都没有结过婚,和谁也没有麻烦!两个人又是真正自愿,还要调查什么呢?"助理员说:"反正还得调查调查!这件事就这样了。"又指着西王庄那个孩子说:"拿你的信来吧!"小孩子递上了信,五婶一边把村公所给燕燕的介绍信也递上去。

　　王助理员问西王庄那个孩子:"你叫什么?""王旦!""十几了?""十……二十了!"小王旦说了个"十"就觉着五婶教他的话不一样,赶快改了口。王助理员说:"怎么叫个'十二十'呢?"小王旦没话说,王助理员又问:"你们是自愿吗?""自愿。""为什么愿意跟她结婚?""因为她能劳动!"王助理员又看了看燕燕的介绍信说:"马燕燕!你说他究竟多大了!"燕燕说:"我不知道!"五婶急得向燕燕说:"你怎么说不知道?"燕燕回答说:"五奶奶!我真正不知道!你哪里跟我说过这个?"五婶不知道燕燕是有意叫弄不成事,还暗暗地埋怨燕燕说:"这闺女心眼儿为什么这么死?就算我没有跟你说过,可是人家说二十,你就不会跟着说二十吗?"在这时候,小王旦偏要卖弄他的聪明。他说:"人家是真正不知道!我住在西王庄,人家住在张家庄,我两个谁也没有见过谁,人家怎么知道我多大了呢?"王助理员说:"我早就知道你没有见过她!要是见过,怎么还能认错了呢?你没有见过人家,怎么知道人家能劳动?小孩子家尽说瞎话!不准你们两个登记!一来男方的岁数不实在,说不上什么自愿不自愿;二来见了面连认也不认得,根本不能算自由婚姻!都回去吧!"

五个人都出了区公所:小王旦回西王庄去了,五婶和他们三个年轻人仍回张家庄去。在路上,五婶怪燕燕说错了话,燕燕故意怪五婶教她说话的时候没有教全。艾艾跟小晚说王助理员的脑筋不清楚,燕燕说王助理员的脑筋还不错。

他们四个人相跟了一段,还跟来的时候一样,三个青年走在前边商量自己的事,五婶在后边赶也赶不上。他们谈到以后该怎么样办,燕燕仍然帮着艾艾和小晚想办法,他们两个也愿意帮着燕燕,叫她重跟小进好起来。用外交上的字眼说,也可以叫做"订下了互助条约"。

四　谁该检讨

前边说过:张家庄的民事主任对妇女的看法是"身材第一,行为第二,行为是可以随着丈夫的意思改变的"。其实这种看法在张家庄是很普遍的一种看法,不只是民事主任一个人如此——要是他一个人,也不会给这两个大闺女造成坏的"声名"。张家庄只剩这么两个大闺女,这两个人又都各自结交了个男人。谁也说她们"坏透了",可是谁也只想给自己人介绍,介绍不成功就越说她们"坏",因此她们两个的声名就"越来越坏"。

自从她们到区上走了一趟,事情公开了,老年人都认为"更坏得不能提了",也就不提了;打算给自己人介绍的看见没有希望了,也就提得少了;青年人大部分从前只跟着大人瞎吵吵,心里边其实早就赞成,见大人不多提了也就不吵吵了;另有几个原来想和小晚竞争一下,后来见艾艾的心已经落到小晚身上,他们也就没劲了;再加上公开了之后,谁要当面说闲话,她们就要当面质问:"我们结了婚有什么坏处?"这句话的力量很大,谁也回答不出道理来。有这好多原因,说闲话的人一天比一天少起来。她两个的声名也一天比一天好起来。

在这两对婚姻问题上,成问题的只有三个人:一个是燕燕她妈,说死说活嫌败兴,死不赞成;一个是民事主任,死不给写介绍信;再一个就是区上的王助理员,光说空话不办事,艾艾跟小晚去问过几次,仍是那一句话:"以后调查调查再说。"因为有这三个人,就把四个人的事情给拖延下来。

他们四个都是不当家的孩子,家里的大人,燕燕她妈还反对,其余的纵不反对也不给他们撑腰,有心到县里去告状去,在家里先请不准假。在这个情况下面,气得他们每天骂民事主任,骂王助理员。

一直骂了两个月,还是不长不短,仍然没有结果。种谷的时候,有一天晚上,小晚到合作社去,合作社掌柜笑着跟他说:"小晚!你们结婚的事情怎么样了?"小晚说:"人家区上还没有调查好哩!"掌柜说:"几时就调查好了?"小晚说:"还不得了十年二十年?"掌柜:"你真会长期打算!现在不用等那么长时候了!婚姻法公布出来了!看了那上边的规定,你们两个完全合法!"小晚只当他是开玩笑,就说:"看你这个掌柜多么不老实?"掌柜正经跟他说:"真的!给你看看报!"说着递给他一张报。小晚先看见报上的大字觉着真有这回事,就拿到灯下各里各节往下念。掌柜说:"让我念给你听!"说着接过来一口气念下去。等掌柜念完,大家都说:"小晚这一下撞对了!明天再去登记去吧!完全合法!"

小晚有了这个底,从合作社出来就去找艾艾;因为他们和燕燕小进有互助条约,艾艾又去找燕燕,小晚又去找小进。不大一会,四个人到了艾艾家开了个会,因为燕燕不愿意马上得罪她妈,决定第二天先让艾艾和小晚去登记。燕燕说:"只要你们能领回结婚证来,我妈那里的话就好说一点。虽然你说我妈不同意也可以,依我看能说通还是说通了好!"大家也就同意了她的话。

这天晚上散会之后,小晚和艾艾各自准备了半夜,计划着第二天到区上,王助理员要仍然不准,他们用什么话跟他说。不料第二天到了区上,王助理员什么也没有再问就给填上了结婚证。

隔了一天,区公所通知村公所,说小晚和艾艾的婚姻是模范婚姻,要村里把结婚的日期报一下,到那时候区里的干部还要来参加他们的结婚典礼。

因为区里说是模范婚姻,村里人除了太顽固的,差不多也都另换了一种看法;青年人们本来就赞成,有好多自动来给他们帮忙筹备,不几天就准备停当了。

结婚这一天,区上来了两个干部——一个区分委书记,一个王助理员。村上的干部差不多全体参加了——民事主任本来不想到场,区上说别的干部可以不参加,他非参加不可,他没法,也只得来。

因为区上说是模范婚姻,村上的群众自然也来得特别多,把小晚家一个院子全都挤满。

会开了,新人就了位,不知道哪个孩子从外边学来的新调皮,要新媳妇报告恋爱经过,还要叫从罗汉钱说起。艾艾说:"那算什么稀奇?我送了他个戒指,他送了我个罗汉钱。一句话不就说完了吗?"

有个青年小伙子说:"她这么说行不行?"大家说:"不行!""不行怎么办?""叫她再说!"艾艾说:"你们这么说我可不赞成!这又不是斗争会!"有的说:"我们好意来给你帮个忙,凑个热闹,你怎么撑起我们来了?"艾艾说:"大家帮我的忙我很欢迎,不过可不愿意挨斗争!罗汉钱的事实在没有多少话说的,大家要我说,我可以说一些别的事!"大家说:"可以!""说什么都好!"艾艾说:"大家不是都知道我的声名不正吗?你们知道这怨谁?"有的说:"你说怨谁?"艾艾说:"怨谁?谁不叫我们两个人结婚就怨谁!你们大家想想:要是早一年结了婚,不是早就正了吗?大家讲起官话来,都会说'男女婚姻要自主',你们说:咱们村里谁自主过?说老实话,有没有一个不是父母主婚?"大家心里都觉着对,只是对区干部不好意思么说。艾艾又接着说:"要说有的话,女的就只有我和燕燕两个,可是民事主任常常要叫我们检讨!我们检讨过了,要说有错的话,就是说我们不该自主!说到这里了我也坦白坦白:为了这事,我整整骂了民事主任两个月了,现在让我来赔个情!"大家问:"都骂了些什么话?"艾艾说:"现在我们俩人的事情已经成功了,前边的事就都不提它了……"大家一定要艾艾说,艾艾总不肯说,小晚站起来笑着说:"我说了吧!我也骂过!主任可不要恼,我不过是当成故事来说的。我说:……我也愿意,她也愿意,就是你这个当主任的不愿意!我两个结了婚,能把你的什么事坏了?老顽固!死脑筋!外甥路线!嫁给你的外甥,管保就不用检讨了!"大家都看着民事主任笑,民事主任没有说话。区分委书记说:"你也给王助理员提点意见!"小晚说:"王助理员倒是个好人,可惜认不得真假!光听人家说个'自愿',也不看说得有劲没劲,连我都能看出是假的来,他都给人家发了结婚证!问人家自愿的理由,更问得没道理:只要人家真是自愿,那管得着人家什么理由?他既然要这样问,人家就跟背书一样给他背一句'因为他能劳动'。哪个庄稼人不能劳动?这也算个理由吗?轮上我们这真正自愿的了,他说村里有报告,说我们两个人早就有来往,还得调查调查。村里报告我们早就有来往,还不能证明我们是自愿吗?那还要调查什么?难道过去连一点来往也没有才叫自愿吗?"小晚说到这里,又吃吃吃笑着说:"我再说句老实话,我们也骂过王助理员。我们说:'助理员,傻不傻?不要真,光要假!多少假的都准了,一对真的要调查!'王助理员你可不要恼我们!从你给我们发了结婚证那一天,我们就再也没有骂过你一句!"

区分委书记说:"你骂得对!我保证谁也不恼你们!群众说你们声名不正,那是他们头脑里还有些封建思想,以后要大家慢慢去掉。村民事主任因为想给他外甥介绍,就不给你们写介绍信,那是他干涉婚姻。中央人民政府公布了婚姻法以后,谁再有这种行为,是要送到法院判罪的。王助理员迟迟不发结婚证,那叫官僚主义不肯用脑子!他自己这几天正在区上检讨。中央人民政府的婚姻法公布以后,我们共产党全党保证执行,我们区分委会也正在讨论这事,今天就是为了搜集你们的意见来的!"区分委书记说着向全场看了一看说:"党员同志们,你们说说人家骂得对不对呀?检查一下咱们区上村上这几年处理错了多少婚姻问题?想想有多少人天天骂咱们?再要不纠正,受了党内处分不算,群众也要把咱们骂死了!"

散会以后,大家都说这种婚姻结得很好,都说:"两个人以后一定很和气,总不会像小飞蛾那时候叫张木匠打得个半死!"连一向说人家声名不正的老头子老太太,也有说好的了。

这天晚上,燕燕她妈的思想就打通了,亲自跟燕燕说叫她第二天跟小进到区上去登记。

1950年6月5日

延伸阅读 赵树理是跟《在延安文艺座谈会上的讲话》关系最早和最深的作家,同时分歧也最为深刻,这是他迄今仍然被人们反复关注和研究的主要原因之一。问题就在,赵树理想为普通人写小说,表达他们的喜怒哀乐和对生活的看法。《登记》显然形式上在配合这种想法。它是评书体小说。有人认为:"运用评书笔法,赵树理是有意为之的。他始终认为,戏剧曲艺是中国劳动人民的最佳精神食粮,可惜这良好传统一直不为新文艺界所承认。"参见戴光中:《赵树理传》,第330页,北京,十月文艺出版社,1987年。

锻炼锻炼(存目)

赵树理

延伸阅读：解读这篇小说，需要了解赵树理对小说的看法，他说："我的作品，我自己常常叫它是问题小说。为什么叫这个名字，就是我写的小说，都是我下乡工作时在工作中所碰到的问题，感到那个问题不解决会妨碍我们工作的进展，应该把它提出来。"当然，这也是解读他所有作品的钥匙。参见戴光中：《赵树理传》，第348页，北京，十月文艺出版社，1987年。

三里湾(存目)

赵树理

延伸阅读：关于合作化运动的争论，对这部长篇小说的主题有重要影响。有人说："这场争论，似乎左右着《三里湾》的创作构思，赵树理原来的意图，'是反映办社过程中集体主义思想与资本主义思想的斗争．'后来，他说：'写《三里湾》时，我是感到有一个问题需要解决，就是农村合作化应不应该扩大，对有资本主义思想的人，和对扩大农业社有抵触的人应该怎样批评。因为当时有些地方正在收缩农业社，但我觉得社还是应该扩大。"参见戴光中：《赵树理传》，第289页，北京，十月文艺出版社，1987年。

洼地上的"战役"(存目)

路　翎

延伸阅读:在1950年代文学中,作品的"问题"经常不是来自作品本身,而是与写它的作者有关。这篇小说之受到批判,显然是在批判"胡风反党集团"运动中被牵连的,故事虽然写到志愿军与朝鲜姑娘的爱情,但如果是别的作者,也许不会受人注意。路翎是胡风文艺思想在文学创作上的主要体现者,这也难怪当时的批评家要把目标对准这篇普通的小说了。所以,阅读"十七年"文学作品,是不能不把"社会思潮"带入自己的视野的,否则就难以理解那个年代的复杂性。

党费(存目)

王愿坚

延伸阅读:1956至1966年,王愿坚被抽去编选革命回忆录《星火燎原》,接触了大量土地革命战争、抗日战争时期的历史资料,加之他本人也是1945年参加八路军的老战士,峥嵘的岁月和难忘的记忆都促使他拿起笔来。他接连发表了《粮食的故事》《妈妈》《七根火柴》《黎明的河边》和《党费》等小说,其中《七根火柴》因为选入中学课本而广为人知。以歌颂中共领导人民从事革命斗争的战争题材,因此成为王愿坚创作的主要特色。《党费》发表在《解放军文艺》1954年第12期。

组织部新来的青年人

王 蒙

一

三月,天空中纷洒着似雨似雪的东西。三轮车在区委会门口停住,一个年轻人跳下来。车夫看了看门口挂着的大牌子客气地对乘客说:"您到这儿来,我不收钱。"传达室的工人、复员荣军老吕微跛着脚走出,问明了那年轻人的来历后,连忙帮他搬下微湿的行李,又去把组织部的秘书赵慧文叫出来。赵慧文紧握着林震的两只手,说:"我们等你好久了。"这个叫林震的年轻人,在小学教师支部的时候就与赵慧文认识。她的苍白而美丽的脸上,两只大眼睛闪着友善亲切的光亮,只是下眼皮上有着因疲倦而现出来的青色。她带林震到男宿舍,把行李放好,解开,把湿了的毡子晾上,再铺被褥。在她料理这些事情的时候,常常撩一撩自己的头发,正像那些能干而漂亮的女同志们一样。

她说:"我们等了你好久!半年前就要调你来,区人民委员会文教科死也不同意,后来区委书记直接找区长要人,又和教育局人事室吵了一回,这才把你调了来。"

"可我前天才知道,"林震说,"听说调我到区委会,真不知怎么好。咱们区委会净干什么呀?"

"什么都干。"

"组织部呢?"

"组织部就做组织工作。"

"工作忙不忙?"

"有时候忙,有时候不忙。"

赵慧文端详着林震的床铺,摇摇头,大姐姐似的不以为然地说:"小伙子,真不讲卫生!瞧那枕头布,已经由白变黑;被头呢,吸饱了你脖子上的油;还有床单,那么多折子,简直成了泡泡纱……"

林震觉得,他一走进区委会的门,他的新的生活刚一开始,就碰到了一个很亲切的人。

他带着一种节日的兴奋心情跑着到组织部第一副部长的办公室去报到。副部长有一个古怪的名字:刘世吾。在林震心跳着敲门的时候,他正仰着脸衔着烟考虑组织部的工作规划。他热情而得体地接待林震,让林震坐在沙发上,自己坐在办公桌边,推一推玻璃板上叠得高高的文件,从容地问:

"怎么样?"他的左眼微皱,右手弹着烟灰。

"支部书记通知我后天搬来,我在学校已经没事,今天就来了。叫我到组织部工作,我怕干不了,我是个新党员,过去做小学教师,小学教师的工作与党的组织工作有些不同……"

林震说着他早已准备好的话,说得很不自然,正像小学生第一次见老师一样。于是他感到这间屋子很热。三月中旬,冬天就要过去,屋里还生着火,玻璃上的霜花溶解成一条条的污道子。他的额头沁出了汗珠,他想掏出手绢擦擦,在衣袋里摸索了半天没有找到。

刘世吾机械地点着头,看也不看地从那一大叠文件中抽出一个牛皮纸袋,打开纸袋,拿出林震的党员登记表,锐利的眼光迅速掠过,宽阔的前额上出现了密密的皱纹,闭了一下眼,手扶着椅子背站起来,披着的棉袄从肩头滑落了,然后用熟练的毫不费力的声调说:

"好,对,好极了,组织部正缺干部,你来得好。不,我们的工作并不难做,学习学习就会做的,就那么回事。而且你原来是在下边工作的……相当不错嘛,是不是不错?"

林震觉得这种称赞似乎有某种嘲笑意味,他惶恐地摇头:"我工作做得并不好……"

刘世吾的不太整洁的脸上现出隐约的笑容,他的眼光聪敏地闪动着,继续说:"当然也可能有困难,可能。这是个了不起的工作。中央的一位同志说过,组织工作是给党管家的。如果家管不好,党就没有力量。"然后他不等问就加以解释:"管什么家呢?发展党和巩固党,壮大党的组织和增强党组织的战斗力,把党的生活建立在集体领导、批评和自我批评、与密切联系群众的基础上。这样做好了,党组织就是坚强的、活泼的、有战斗力的,就足以团结和指引群众,完成和更好地完成社会主义建设与社会主义改造的各项任务……"

他每说一句话,都干咳一下,但说到那些惯用话的时候,快得像说一个字。譬如他说"把党的生活建立在……上",听起来就像"把生活建在登登登上",他纯熟地驾驭那些林震觉得是相当深奥的概念,像拨弄算盘子一样的灵活。林震集中最大的注意力,仍然不能把他讲的话全部把握住。

接着,刘世吾给他分配了工作。

当林震推门要走的时候,刘世吾又叫住他,用另一种全然不同的随意神情问:

"怎么样,小林,有对象了没有?"

"没……"林震的脸刷地红了。

"大小伙子还红脸?"刘世吾大笑了,"才二十二岁,不忙。"他又问:"口袋里装着什么书?"

林震拿出书,说出书名:"《拖拉机站站长与总农艺师》。"

刘世吾拿过书去,从中间打开看了几行,问:"这是他们团中央推荐给你们青年看的吧?"

林震点头。

"借我看看。"

"您有时间看小说吗?"林震看着副部长桌上的大叠材料,惊异了。

刘世吾用手托了托书,试了试分量,微皱着左眼说:"怎么样?这么一薄本有半个夜车就开完啦。四本《静静的顿河》我只看了一个星期,就那么回事。"

当林震走向组织部大办公室的时候,天已经放晴,残留的几片云现出了亮晶晶的边缘。太阳照亮了区委会的大院子。人们都在忙碌:一个穿军服的同志挟着皮包匆匆走过,传达室的老吕提着两个大铁壶给会议室送茶水,可以听见一个女同志顽强地对着电话机子说:"不行,最迟明天早上!不行……"还可以听见忽快忽慢的框哧、框哧声——是一只生疏的手使用着打字机,"他也和我一样,是新调来的吧?"林震不知凭什么理由,猜打字员一定是个女的。他在走廊上站了一站,望着耀眼的区委会的院子,高兴自己新生活的开始。

二

组织部的干部算上林震一共二十四个人,其中三个人临时调到肃反办公室去了,一个人半日工作准备考大学,一个人请产假。能按时工作的只剩下十九个人。四个人做干部工作,十五个人按工厂、机关、学校分工管理建党工作,林震被分配与工厂支部联系组织发展党的工作。

组织部部长由区委副书记李宗秦兼任,他并不常过问组织部的事,实际工作是由第一副部长刘世吾掌握。另一个副部长负责干部工作。具体指导林震工作的是工厂建党组组长韩常新。

韩常新的风度与刘世吾迥然不同。他二十六岁,穿蓝色海军呢制服,干净得抖都抖不下土。他有高大的身材,配着英武的只因为粉刺太多而略有瑕疵的脸。他拍着林震的肩膀,用嘹亮的嗓音讲解工作,不时发出豪放的笑声,使林震想:"他比领导干部还像领导干部。"特别是第二天韩常新与一个支部的组织委员的谈话,加强了他给林震的这种印象。

"为什么你们只谈了半小时?我在电话里告诉你,至少要用两小时讨论发展计划!"

那个组织委员说:"这个月生产任务太忙……"

韩常新打断了他的话,富有教训意味地说:"生产任务忙就不认真研究发展工作了,这是把中心工作与经常工作对立起来,也是党不管党的一种表现……"

林震弄不明白什么叫"中心工作与经常工作对立起来"和"党不管党",他熟悉的是另外一类名词:"课堂五环节"与"直观教具"。他很钦佩韩常新的这种气魄与能力——迅速地提高到原则上分析问题和指示别人。

他转过头,看见正伏在桌上复写材料的赵慧文,她皱着眉怀疑地看一看韩常新,然后扶正头上的假琥珀发卡,用微带忧郁的目光看向窗外。

晚上,有的干部去参加基层支部的组织生活,有的休息了,赵慧文仍然赶着复写"税务分局培养、提拔干部的经验",累了一天,手腕酸痛,不时在写的中间撂下笔,摇摇手,往手上吹口气。林震自告奋勇来帮忙,她拒绝了,说:"你抄,我不放心。"于是林震帮她把抄过的美浓纸叠整齐,站在她身旁,起一点精神支援作用。她一边抄,一边时时抬头看林震,林震问:"干吗老看我?"赵慧文咬了一下复写笔,笑了笑。

林震是一九五三年秋天由师范学校毕业的,当时是候补党员,被分配到这个区的中心小学当教员。作了教师的他,仍然保持中学生的生活习惯:清晨练哑铃,夜晚记日记,每个大节日——五一、七……以前到处征求人们对他的意见。曾经有人预言,过不了三个月他就会被那些生活不规律的成年人"同化"。但,不久以后,许多教师夸奖他也羡慕他了,说:"这孩子无忧无虑,无牵无挂,除了工作,就是工作……"

他也没有辜负这种羡慕,一九五四年寒假,由于教学上的成绩,他受到了教育局的奖励。

人们也许以为,这位年轻的教师就会这样平稳地、满足而快乐地度过自己的青年时代。但是不,孩子般单纯的林震,也有自己的心事。

一年以后,他更经常焦灼地鞭策自己。是因为社会主义高潮的推动,全国青年社会主义积极分子会议的召开,还是因为年龄的增长?

他已经二十二岁了,记得在初中一年级时作过一篇文,题目是"当我××岁的时候",他写成"当我二十二岁的时候,我要……"现在二十二岁,他的生命史上好像还是白纸,没有功勋,没有创造,没有冒险,也没有爱情——连给某个姑娘写一封信的事都没有做过。他努力工作,但是他做的少、慢,和年轻积极分子们比较,和生活的飞奔比较,难道能安慰自己吗?他订规划,学这学那,做这做那,他要一日千里!

这时,接到调动工作的通知,"当我二十二岁的时候,我成了党工作者……"也许真正的生活在这里开始了?他抑制住对于小学教育工作和孩子们的依恋,燃烧起对新的工作的渴望。支部书记和他谈话的那个晚上,他想了一夜。

就这样,林震口袋里装着《拖拉机站站长与总农艺师》,兴高采烈地登上区委会的石阶,对于党工作者(他是根据电影里全能的党委书记的形象来猜测他们的)的生活,充满了神圣的憧憬。但是,等他接触到那些忙碌而自信的领导同志,看到来往的文件和同时举行的会议,听那些尖锐争吵与高深的分析,他眨眨那些特别的淡褐色眼珠的眼睛,心里有点怯……

到区委会的第四天,林震去通华麻袋厂了解第一季度发展党员工作的情况,去以前,他看了有关的文件和名叫"怎样进行调查研究"的小册子,再三地请教了韩常新,他密密麻麻地写了一篇提纲,然后飞快地骑着新领到的自行车,向麻袋厂驶去。

工厂门口的警卫同志听说他是委员会的干部,没要他签名,信任地请他进去了。穿过一个大空场,走过一片放麻的露天仓库与机器隆隆响的厂房,他心神不安地去敲厂长兼支部书记王清泉办公室的门,得到了里面"进来"的回答后,他慢慢地走进去,怕走快了显得没有经验,他看见一个阔脸、粗脖子、身材矮小的男人正与一个头发上抹了许多油的驼背的男人下棋。小个子的同志抬起头,右手玩着棋子,问清了林震找谁以后,不耐烦地挥一挥手:"你去西跨院党支部办公室找魏鹤鸣,他是组织委员。"然后低下头继续下棋。

林震找着了红脸的魏鹤鸣,开始按提纲发问了:"一九五六年第一季度,你们发展了几个人?"

"一个半。"魏鹤鸣粗声粗气地说。

"什么叫'半'?"

"有一个通过了,区委拖了两个多月还没有批下来。"

林震掏出笔记本记了下来。又问:

"发展工作是怎么样进行的,有什么经验?"

"进行过程和向来一样——和党章的规定一样。"

林震看了看对方,为什么他说出的话像搁了一个星期的窝窝头一样干巴?魏鹤鸣托着腮,眼睛看着别处,心里也像在想别的事。

林震又问:"发展工作的成绩怎么样?"

魏鹤鸣答:"刚才说过了,就是那些。"他好像应付似地希望快点谈完。

林震不知道应该再问什么了,预备了一下午的提纲,和人家只谈上五分钟就用完了。他很窘。

这时门被一只有力的手推开了。那个小个子的同志进来,匆匆忙忙地问魏鹤鸣:"来信的事你知道吗?"

魏鹤鸣无精打采地点了点头。

小个子的同志来回踱着步子,然后劈开腿站在房中央:"你们要想办法!质量问题去年就提出来了,为什么还等着合同单位给纺织工业部写信?在社会主义高潮当中我们的生产迟迟不能提高,这是耻辱!"

魏鹤鸣冷冷地看着小个子的脸,用颤抖的声音问:"您说谁?"

"我说你们大家!"小个子手一挥,把林震也包括在里面了。

魏鹤鸣因为抑制着愤怒的爆发而显得可怕,他的红脸更红了,他站起来问:"那么您呢?您不负责任?"

"我当然负责。"小个子的同志却平静了,"对于上级,我负责,他们怎样处分我我也接受。对于我,你得负责,谁让你作生产科长呢?你得小心……"说完,他威胁地看了魏鹤鸣一眼,走了。

魏鹤鸣坐下,把棉袄的扣子全解开了,喘着气。林震问:"他是谁?"魏鹤鸣讽刺地说:"你不认识?他就是厂长王清泉。"

于是魏鹤鸣向林震详细谈起了王清泉的情况。王清泉原来在中央某部工作,因为在男女关系上犯错误受了处分,一九五一年调到这个厂子作副厂长,一九五三年厂长他调,他就被提拔作厂长。他一向是吃饱了转一转,躲在办公室批批文件下下棋,然后每月在工会大会、党支部大会、团总支大会上讲话,批评工人群众竞赛没搞好,对质量不关心,有经济主义思想……魏鹤鸣没说完,王清泉又推门进来了。他看看左腕上的表,下令说:"今天中午十二点十分,你通知党、团、工会和行政各科室的负责人到厂长室开会。"然后把门砰地一带,走了。

魏鹤鸣嘟哝着:"你看他怎么样。"

林震说:"你别光发牢骚,你批评他,也可以向上级反映,上级决不允许有这样的厂长。"

魏鹤鸣笑了,问林震:"老林同志,你是新来的吧?"

"老林"同志脸红了。

魏鹤鸣说:"批评不动!他根本不参加党的会议,你上哪儿批评去!偶而参加一次,你提意见,他说:'提意见是好的,不过应该掌握分寸,也应该看时间、场合。现在,我们不应该因为个人意见侵占党支部讨论国家任务的宝贵时间。'好,不占用宝贵时间,我找他个别提,于是我们俩吵成了现在这个样子。"

"向上级反映呢?"

"一九五四年我给纺织工业部和区委写了信,部里一位张同志与你们那儿的老韩同志下来检查了一回。检查结果是:'官僚主义较严重,但主要是作风问题,任务基本上完成了,只是完成任务的方法有缺点。'然后找王清泉'批评'了一下,又找我鼓励了一下,开展自下而上的批评的精神,就完事了。此后,王厂长有一个来月对工作比较认真,不久他得了肾病,病好以后他说自己是'因劳致疾',就又成了这个样子。"

"你再反映呀！"

"哼，后来与韩常新也不知说过多少次，老韩也不答理，反倒向我进行教育说，应该尊重领导，加强团结。也许我不该这样。"

林震出了厂子再骑上自行车的时候，车轮旋转的速度就慢多了。他深深地把眉头皱起来。他发现他的工作的第一步就有重重的困难，但他也受到一种刺激，甚至是激励——这正是发挥战斗精神的时候啊！他想着想着，直到因为车子溜进了急行线而受到交通民警的申斥。

四

吃完午饭，林震迫不及待地找韩常新汇报情况。韩常新有些疲倦地靠着沙发背，高大的身体显得笨重，从身上掏出火柴盒，拿起一根火柴剔牙。

林震杂乱地叙述他去麻袋厂的见闻，韩常新脚尖打着地不住地说"是的，我知道。"然后他拍一拍林震的肩膀，愉快地说："情况没了解上来不要紧，第一次下去嘛。下次就好了。"

林震说："可是我了解了关于王清泉的情况。"他把笔记本打开。

韩常新把他的笔记本合上，告诉他，"对，这个情况我早知道。前年区委让我处理过这个事情，我严厉地批评过他，指出他的缺点和危险性，我们谈了至少有三四个钟头……"

"可是并没有效果呀，魏鹤鸣说他只好一个月……"林震插嘴说。

"一个月也是效果，而且决不止一个月。魏鹤鸣那个人思想上有问题，见人就告厂长的状……"

"他告的状是不是真的？"

"很难说不真，也很难说全真。当然这个问题是应该解决的，我和区委副书记李宗秦同志谈过。"

"副书记的意见是什么？"

"副书记同意我的意见，王清泉的问题是应该解决也是可能解决的……不过，你不要一下子就陷到这里边去。"

"我？"

"是的。你第一次去一个工厂，全面情况也不了解，你的任务又不是去解决王清泉的问题，而且，直爽地说，解决他的问题也需要更有经验的干部，何况我们并不是没有管过这件事……你要是一下子陷到这个里头，三个月也出不来，第一季度的建党总结还了解不了解？上级正催我们交汇报呢！"

林震说不出话。

韩常新又拍拍林震的肩膀："不要急躁嘛，咱们区三千个党员，百十几个支部，你一来就什么问题都摸还行？"他打了个哈欠，有倦意的脸上的粉刺涨红了："啊——哈，该睡午觉了。"

"那，发展工作怎么再去了解？"林震没有办法地问。

韩常新又去拍林震的肩膀，林震不由得躲开了。韩常新有把握地说："明天咱们俩一齐去，我帮你去了解，好不好？"然后他拉着林震一同到宿舍去。

第二天,林震很有兴趣观察韩常新如何了解情况。三年前,林震在北京师范上学的时候,出去作过见习教师,老教师在前面讲,林震和学生一起听,学了不少东西。这次,他也抱着见习的态度,打开笔记本,准备把韩常新的工作过程详细记录下来。

韩常新问魏鹤鸣:"发展了几个党员?"

"一个半。"

"不是一个半,是两个,我是检查你们的发展情况,不是检查区委批没批。"韩常新纠正他,又问:"这两个人本季度生产计划完成的怎么样?"

"很好,他们一个超额百分之七,一个超额百分之四,厂里黑板报还表扬……"

谈起生产情况,魏鹤鸣似乎起劲了些,但是韩常新打断了他的话:"他们有些什么缺点?"

魏鹤鸣想了半天,空空洞洞地说了些缺点。

韩常新叫他给所举的缺点提一些例子。

提完例子,韩常新再问他党的积极分子完成本季度生产任务的情况,他特别感兴趣的是一些数字和具体事例,至于这些先进的工人克服困难、钻研创造的过程,他听都不要听。

回来以后,韩常新用流利的行书示范地写了一个"麻袋厂发展工作简况",内容是这样的:

……本季度(一九五六年一月——三月)麻袋厂支部基本上贯彻了积极慎重发展新党员的方针,在建党工作上取得了一定的成绩,新通过的党员朱××与范××受到了共产党员的光荣称号的鼓舞,增强了主人翁的观念,在第一季度繁重的生产任务中各超额百分之七,百分之四。广大积极分子,围绕在支部周围,受到了朱××与范××模范事例的教育,并为争取入党的决心所推动,发挥了劳动的积极性与创造性,良好地完成或者超额完成了第一季度的生产任务……(下面是一系列数字与具体事例)这说明:一、建党工作不仅与生产工作不会发生矛盾,而且大大推动了生产,任何借口生产忙而忽视建党工作的作法是错误的。二……但同时必须指出,麻袋厂支部的建党工作,也仍然存在着一定的缺点……例如……

林震把写着"简况"的片艳纸捧在手里看了又看,他有一刹那甚至于怀疑自己去没去过麻袋厂,还是上次与韩常新同去时自己睡着了,为什么许多情况他根本不记得呢?他迷惑地问韩常新:

"这,这是根据什么写的?"

"根据那天魏鹤鸣的汇报呀。"

"他们在生产上取得的成绩是因为建党工作么?"林震口吃起来。

韩常新抖一抖裤角,说:"当然。"

"不吧?上次魏鹤鸣并没有这样讲。他们的生产提高了,也可能是由于开展竞赛,也许由于青年团建立了监督岗,未必是建党工作的成绩……"

"当然,我不否认。各种因素是统一起来的,不能形而上学地割裂地分析这是甲项工作的成绩,那是乙项工作的成绩。"

"那,譬如我们写第一季度的捕鼠工作总结,是不是也可以用这些数字和事例呢?"

韩常新沉着地笑了,他笑林震不懂"行",他说:"那可以灵活掌握……"

林震又抓住几个小问题问：

"你怎么知道他们的生产任务是繁重的呢？"

"难道现在会有一个工厂任务很清闲吗？"

林震目瞪口呆了。

五

初到区委会十天的生活，在林震头脑中积累起的印象与产生的问题，比他在小学呆了两年的还多。区委会的工作是紧张而严肃的，在区委书记办公室，连日开会到深夜。从汉语拼音到预防大脑炎，从劳动保护到政治经济学讲座，无一不经过区委会的忠实的手。林震有一次去收发室取报纸，看见一份厚厚的材料，第一页上写着"区人民委员会党组关于调整公私合营工商业的分布、管理、经营方法及贯彻市委关于公私合营工商业工人工资问题的报告的请示"。他怀着敬畏的心情看着这份厚得像一本书的材料和它的长题目。有时，一眼望去，却又觉得区委干部们是随意而松懈的，他们在办公时间聊天，看报纸，大胆地拿林震认为最严肃的题目开玩笑，例如，青年监督岗开展工作，韩常新半嘲笑地说："吓，小青年们脑门子热起来啦……"林震参加的组织部一次部务会议也很有意思，讨论市委布置的一个临时任务，大家抽着烟，说着笑话，打着岔，开了两个钟头，拖拖沓沓，没有什么结果。这时，皱着眉思索了好久的刘世吾提出了一个方案，马上热烈地展开了讨论，很多人发表了使林震惊佩的精彩意见。林震觉得，这最后的三十多分钟的讨论要比以前的两个钟头有效十倍。某些时候，譬如说夜里，各屋亮着灯：第一会议室，出席座谈会的胖胖的工商业者愉快地与统战部长交换意见；第二会议室，各单位的学习辅导员们为"价值"与"价格"的关系争得面红耳赤；组织部坐着等待入党谈话的激动的年轻人，而市委的某个严厉的书记出现在书记办公室，找区委正副书记汇报贯彻工资改革的情况……这时，人声嘈杂，人影交错，电话铃声断断续续，林震仿佛从中听到了本区生活的脉搏的跳动，而区委会这座不新的、平凡的院落，也变得辉煌壮观起来。

在一切印象中，最突出和新鲜的印象是关于刘世吾的：刘世吾工作极多，常常同一个时间好几个电话催他去开会，但他还是一会儿就看完了《拖拉机站站长与总农艺师》，把书移借给了韩常新；而且，他已经把前一个月公布的拼音文字草案学会了，开始在开会时用拼音文字作记录了。某些传阅文件刘世吾拿过来看看题目和结尾就签上名送走，也有的不到三千字的指示他看上一下午，密密麻麻地划上各种符号。刘世吾有时一面听韩常新汇报情况，一面漫不经心地查阅其他的材料，听着听着却突然指出："上次你汇报的情况不是这样！"韩常新不自然地笑着，刘世吾的眼睛捉摸不定地闪着光；但刘世吾并不深入追究，仍然查他的材料，于是韩常新恢复了常态，有声有色地汇报下去。

赵慧文与韩常新的关系也被林震看出了一些疑窦：韩常新对一切人都是拍着肩膀，称呼着"老王""小李"，亲热而随便，独独对赵慧文，却是一种礼貌的"公事公办"的态度。这样说话，"赵慧文同志，党刊第一百〇四期放在哪里？"而赵慧文也用顺从包含着警戒的神情对待他。

……四月，东风悄悄地刮起，不再被人喜爱的火炉蜷缩在阴暗的贮藏室，只有各房间熏黑了的屋顶还存留着严冬的痕迹。往年,这个时候,林震就会带着活泼的孩子们去卧佛寺或者西山八大处踏青,在早开的桃李与混浊的溪水中寻找春天的消息……区委会的生活却不怎么受季节的影响,继续以那种紧张的节奏和复杂的色彩流转着。当林震从院里的垂柳上摘下一颗多汁的嫩芽时,他稍微有点怅惘,因为春天来得那么快,而他,却没做出什么有意义的事情来迎接这个美妙的季节……

晚上九点钟,林震走进了刘世吾办公室的门。赵慧文正在这里,她穿着紫黑色的毛衣,脸儿在灯光下显得越发苍白。听到有人进来,她迅速地转过头来,林震仍然看见了她略略突出的颧骨上的泪迹。他回身要走,低着头吸烟的刘世吾作手势止住他:"坐在这儿吧,我们就谈完了。"

林震坐在一角,远远地隔着灯光看报,刘世吾用烟卷在空中划着圆圈,诚恳地说:"相信我的话吧,没错。年轻人都这样,最初互相美化,慢慢发现了缺点,就觉得都很平凡。不要作不切实际的要求,没有遗弃,没有虐待,没有发现他政治上、品质上的问题,怎么能说生活不下去呢?才四年嘛。你的许多想法是从苏联电影里学习来的,实际上,就那么回事……"

赵慧文没说话,她撩一撩头发,临走的时候,对林震惨然地一笑。

刘世吾走到林震旁边,问:"怎么样?"他丢下烟蒂,又掏出一支来点上火,紧接着贪婪地吸了几口,缓缓地吐着白烟,告诉林震:"赵慧文跟她爱人又闹翻了……"接着,他开开窗户,一阵风吹掉了办公桌上的几张纸,传来了前院里散会以后人们的笑声,招呼声和自行车铃响。

刘世吾把只抽了几口的烟扔出去,伸了个懒腰,扶着窗户,低声说:"真的是春天了呢!"

"我想谈谈来区委工作的情况,我有一些问题不知道怎么解决。"林震用一种坚决的神气说,同时把落在地上的纸页拾起来。

"对,很好。"刘世吾仍然靠着窗户框子。

林震从去麻袋厂说起:"……我走到厂长室,正看见王清泉同志……"

"下棋呢还是打扑克?"刘世吾微笑着问。

"您怎么知道?"林震惊骇了。

"他老兄什么时候干什么我都算得出来,"刘世吾慢慢地说:"这个老兄棋瘾很大,有一次在咱这儿开了半截会,他出去上厕所,半天不回来,我出去一找,原来他看见老吕和区委书记的儿子下棋,他在旁边'支'上'招儿'了。"

林震把魏鹤鸣对他的控告讲了一遍。

刘世吾关上窗户,拉一把椅子坐下,用两个手扶着膝头支持着身体,轻轻地摆动着头:

"魏鹤鸣是个直性子,他一来就和王清泉吵得面红耳赤……你知道,王清泉也是个特殊人物,不太简单。抗日胜利以后,王清泉被派到国民党军队里工作,他作过国民党军的副团长,是个呱呱叫的情报人员。一九四七年以后他与我们的联系中断,直到解放以后才接上线。他是去瓦解敌人的,但是他自己也染上国民党军官的一些习气,改不过来,其实是个英勇的老同志。"

"这样……"

"是啊。"刘世吾严肃地点点头,接着说,"当然,这不能为他辩护,党是派他去战胜敌人而不是与敌人同流合污,所以他的错误是应该纠正的。"

"怎么去解决呢?魏鹤鸣说,这个问题已经拖了好久。他到处写过信……"

"是啊。"刘世吾又干咳了一会,作着手势说:"现在下边支部里各类问题很多,你如果一一的用手工业的方法去解决,那是事倍功半的。而且,上级布置的任务追着屁股,完成这些任务已经感到很吃力。作为领导,必须掌握一种把个别问题与一般问题结合起来,把上级分配的任务与基层存在的问题结合起来的艺术。再者,王清泉工作不努力是事实,但还没有发展到消极怠工的地步;作风有些生硬,也不是什么违法乱纪;显然,这不是组织处理问题而是经常教育的问题。从各方面看,解决这个问题的时机目前还不成熟。"

林震沉默着,他判断不清究竟哪样对;是娜斯嘉的"对坏事决不容忍"对呢,还是刘世吾的"条件成熟论"对。他一想起王清泉那样的厂长就觉得难受,但是,他驳不倒刘世吾的"领导艺术"。刘世吾又告诉他:"其实,有类似毛病的干部也不只一个……",这更加使得林震睁大了眼睛,觉得这跟他在小学时所听的党课的内容不是一个味儿。

后来,林震又把看到的韩常新如何了解情况与写简报的事说了说,他说,他觉得这样整理简报不太真实。

刘世吾大笑起来,说:"老韩……这家伙……,真高明……"笑完了,又长出一口气,告诉林震:"对,我把你的意见告诉他。"

林震犹豫着,刘世吾问:"还有别的意见么?"

于是林震勇敢地提出:"我不知道为什么,来了区委会以后发现了许多许多缺点,过去我想像的党的领导机关不是这样……"

刘世吾把茶杯一放:"当然,想像总是好的,实际呢,就那么回事。问题不在有没有缺点,而在什么是主导的。我们区委的工作,包括组织部的工作,成绩是基本的呢,还是缺点是基本的?显然成绩是基本的,缺点是前进中的缺点。我们伟大的事业,正是由这些有缺点的组织和党员完成着的。"

走出办公室以后,林震有一种奇怪的感觉:和刘世吾谈话似乎可以消食化气,而他自己的那些肯定的判断,明确的意见,却变得模糊不清了。他更加惶惑了。

六

不久,在党小组会上,林震受到了一次严厉的批评。

事情是这样:有一次,林震去麻袋厂,魏鹤鸣说,由于季度生产质量指标没有达到,王厂长狠狠地训了一回工人,工人意见很大,魏鹤鸣打算找些人开个座谈会,搜集意见,准备向上反映。林震很同意这种做法,以为这样也许能促进"条件的成熟"。过了三天,王清泉气急败坏地到区委会找副书记李宗秦,说魏鹤鸣在林震支持下搞小集团进行反领导的活动,还说参加魏鹤鸣主持的座谈会的工人都有历史问题……最后自己请求辞职。李宗秦批评了他的一些缺点,同意制止魏鹤鸣再开座谈会,"至于林震,"他对王清泉说,"我们会给以应有的教育的。"

批评会上,韩常新分析道:"林震同志没有和领导上商量,擅自同意魏鹤鸣召集座谈会,这首先是一种无组织无纪律的行为……"

林震不服气,他说:"没有请示领导,是我的错。但是我不明白为什么我们不但不去主动了解群众的意见,反而制止基层这样作!"

"谁说我们不了解?"韩常新翘起一只腿,"我们对麻袋厂的情况统统掌握……"

"掌握了而不去解决,这正是最痛心的!党章上规定着,我们党员应该向一切违反党的利益的现象作斗争……"林震的脸变青了。

富有经验的刘世吾开始发言了,他向来就专门能在一定的关头起扭转局面的作用。

"林震同志的工作热情不错,但是他刚来一个月就给组织部的干部讲党章,未免仓促了些。林震以为自己是支持自下而上的批评,是作一件漂亮事,他的动机当然是好的;不过,自下而上的批评必须有领导地去开展,譬如这回事,请林震同志想一想:第一,魏鹤鸣是不是对王清泉有个人成见呢?很难说没有。那么魏鹤鸣那样积极地去召集座谈会,可不可能有什么个人目的呢?我看不一定完全不可能。第二,参加会的人是不是有一些历史复杂别有用心的分子呢?这也应该考虑到。第三,开这样一个会,会不会在群众里造成一种王清泉快要挨整了的印象因而天下大乱了呢?等等。至于林震同志的思想情况,我愿意直爽地提出一个推测:年轻人容易把生活理想化,他以为生活应该怎样,便要求生活怎样,作一个党工作者,要多考虑的却是客观现实,是生活可能怎样。年轻人也容易过高估计自己,抱负甚多,一到新的工作岗位就想对缺点斗争一番,充当个娜斯嘉式的英雄。这是一种可贵的、可爱的想法,也是一种虚妄……"

林震像被打中了似地颤了一下,他紧咬住下嘴唇。

他鼓起勇气再问:"那么王清泉……"刘世吾把头一扬:"我明天找他谈话,有原则性的并不仅是你一个人。"

七

星期六晚上,韩常新举行婚礼。林震走进礼堂,他不喜欢那弥漫的呛人的烟气,还有地上杂乱的糖果皮与空中杂乱的哄笑;没等婚礼开始他就退了出来。

组织部的办公室黑着,他拉开灯,看见自己桌上的信,是小学的同事们写来的,其中还夹着孩子们用小手签了名的信:

> 林老师:您身体好吗?我们特别特别想您,女同学都哭了,后来就不哭了,后来我们作算术,题目特别特别难,我们费了半天劲,中于算出来了……

看着信,林震不禁独自笑起来了,他拿起笔把"中于"改成"终于",准备在回信时告诉他们下次要避免别字。他仿佛看见了系蝴蝶结的李琳琳、爱画水彩画的刘小毛和常常把铅笔头含在嘴里的孟飞……他猛把头从信纸上抬起来,所看见的却是电话、吸墨纸和玻璃板。他所熟悉的孩子的世界和他的单纯的工作已经离他而去了,新的工作要复杂得多……他想起前天党小组会上人们对他的批评。难道自己真的错了?真的是莽撞和幼稚,再加几分年轻人的廉价的勇气?也许真的应该切实估量一下自己,把分内的事作好,过两年,等到自己"成熟"了以后再干预一切吧?

礼堂里传来爆发的掌声和笑声。

一只手落在肩上,他吃惊地回过头来,灯光显得刺眼,赵慧文没有声响地站在他的身边,女同志走路都有这种不声不响的本事。

赵慧文问:"怎么不去玩?"

"我懒得去。你呢？"

"我该回家了，"赵慧文说，"到我家坐坐好吧？省得一个人在这儿想心事。"

"我没有心事。"林震分辩着，但他接受了赵慧文的好意。

赵慧文住在离区委会不远的一个小院落里。

孩子睡在浅蓝色的小床里，幸福地含着指头。赵慧文吻了儿子，拉林震到自己房间里来。

"他父亲不回来吧？"林震问。

赵慧文摇摇头。

这间卧室好像是布置得很仓促，墙壁因为空无一物而显得过分洁白，盆架孤单地缩在一角，窗台上的花瓶傻气地张着口；只有床头小桌上的收音机，好像还能扰乱这卧室的安静。

林震坐在藤椅上，赵慧文靠墙站着。林震指着花瓶说："应该插枝花，"又指着墙壁说："为什么不买几张画挂上？"

赵慧文说："经常也不在，就没有管它。"然后她指着收音机问："听不听？星期六晚上，总有好的音乐。"

收音机亮了，一种梦幻的柔美的旋律从远处飘来，慢慢变得热情激荡。提琴奏出的诗一样的主题立即揪住了林震的心。他托着腮，屏住了气。他的青春，他的追求，他的碰壁，似乎都能与这乐曲相通。

赵慧文背着手靠在墙上，不顾衣服蹭上了石灰粉，等这段乐曲过去，她用和音乐一样的声音说："这是柴可夫斯基的意大利随想曲，让人想到南国，想到海……我在文工团的时候常听它，慢慢觉得，这调子不是别人演奏出的，而是从我心里钻出来的……"

"在文工团？"

"参加军事干部学校以后被分配去的，在朝鲜，我用我的蹩脚的嗓子给战士唱过歌，我是个哑嗓子的歌手。"

林震像第一次见面似的又重新打量赵慧文。

"怎么？不像了吧？"这时电台改放"剧场实况"了，赵慧文把收音机关了。

"你是文工团的，为什么很少唱歌？"林震问。

她不回答，走到床边，坐下。她说："我们谈谈吧，小林，告诉我，你对咱们区委的印象怎么样？"

"不知道，我是说，还不明确。"

"你对韩常新和刘世吾有点意见吧，是不？"

"也许。"

"当初我也这样，从部队转业到这里，和部队的严格准确比较，许多东西我看不惯。我给他们提了好多意见，和韩常新激动地吵过一回，但是他们笑我幼稚，笑我工作没作好意见倒一大堆，慢慢地我发现，和区委的这些缺点作斗争是我力不胜任的……"

"为什么力不胜任？"林震像刺痛了似地跳起来，他的眉毛拧在一起了。

"这是我的错，"赵慧文抓起一个枕头，放在腿上，"那时我觉得自己水平太低，自己也很不完美，却想纠正那些水平比自己高得多的同志，实在不量力。而且，刘世吾、韩常新还有别人，他们确实把有些工作作得很好。他们的缺点散布在咱们工作的成绩里边，就像灰尘散布在美好的空气中，你嗅得出来，但抓不住，这正是难办的地方。"

"对!"林震把右拳头打在左手掌上。

赵慧文也有些激动了,她把枕头抛开,话说得更慢,她说:"我做的是事务工作,领导同志也不大过问,加上个人生活上的许多牵扯,我沉默了,于是,上班抄抄写写,下班给孩子洗尿布,买奶粉。我觉得我老得很快,参加军干校时候那种热情和幻想,不知道哪里去了。"她沉默着,一个一个地捏着自己的手指,接着说,"两个月以前,北京市进入社会主义高潮,工人、店员还有资本家,放着鞭炮,打着锣鼓到区委会报喜,工人、店员把入党申请书直接送到组织部,大街上一天一变,整个区委会彻夜通明,吃饭的时候,宣传部、财经部的同志滔滔不绝地讲着社会主义高潮中的各种气象;可我们组织部呢? 工作改进很少! 打电话催催发展数字,按前年的格式添几条新例子写写总结……最近,大家检查保守思想,组织部也检查,拖拖沓沓开了三次会,然后写个材料完事。……哎,我说乱了,社会主义高潮中,每一声鞭炮都刺着我,当我复写批准新党员通知的时候,我的手激动得发抖,可是我们的工作就这样依然故我地下去吗?"她喘了一口气,来回踱着,然后接着说:"我在党小组会上谈自己的想法,韩常新满足地问:'难道我们发展数字的完成比例不是各区最高的? 难道市委组织部没要我们写过经验?'然后他进行分析,说我情绪不够乐观,是因为不安心事务工作……"

"开始的时候,韩常新给人一个了不起的印象,但是实际一接触……"林震又说起那次写汇报的事。

赵慧文同意地点头:"这一二年,虽然我没提什么意见,但我无时无刻不在观察。生活里的一切,有表面也有内容,作到金玉其外,并不是难事。譬如韩常新,充领导他会拉长了声音训人,写汇报他会强拉硬扯生动的例子,分析问题,他会用几个无所不包的概念;于是,俨然成了个少壮有为的干部,他漂浮在生活上边,悠然得意。"

"那么刘世吾呢?"林震问,"他决不像韩常新那样浅薄,但是他的那些独到的见解,精辟的分析,好像包含着一种可怕的冷漠,看到他容忍王清泉这样的厂长,我无法理解,而当我想向他表示什么意见的时候,他的议论却使人越绕越糊涂,除了跟着他走,似乎没有别的路……"

"刘世吾有一句口头语:就那么回事。他看透了一切,以为一切就那么回事。按他自己的说法,他知道什么是'是',什么是'非',还知道'是'一定战胜'非',又知道'是'不是一下子战胜'非',他什么都知道,什么都见过——党的工作给人的经验本来很多;于是他不再操心,不再爱也不再恨。他取笑缺陷,仅仅是取笑,欣赏成绩,仅仅是欣赏。他满有把握地应付一切,再也不需要虔诚地学习什么,除了拼音文字之类的具体知识。一旦他认为条件成熟需要干一气,他一把把事情抓在手里,教育这个,处理那个,俨然是一切人的上司。凭他的经验和智慧,他当然可以作好一些事,于是他更加自信。"赵慧文毫不容情地说道。这些话曾经在多少个不眠的夜晚萦绕在她的心头……

"我们区委副书记兼部长呢? 他不管么?"

赵慧文更加兴奋了,她说:"李宗秦身体不好,他想去作理论研究工作,嫌区的工作过于具体。他作组织部长只是挂名,把一切事情推给刘世吾。这也是一种相当普遍的不正常的现象,有一批老党员,因为病,因为文化水平低,或者因为是首长爱人,他们挂着厂长、校长和书记的名,却由副厂长、教导主任、秘书或者某个干事作实际工作。"

"我们的正书记——周润祥同志呢?"

"周润祥是一个非常令人尊敬的领导同志,但是他工作太多,忙着肃反、私营企业的改造……各种带有突击性的任务,我们组织部的工作呢,一般说永远成不了带突击性的中心任务,所以他管的也不多。"

"那……怎么办呢?"林震直到现在,才开始明白了事情的复杂性,一个缺点,仿佛粘在从上到下的一系列的缘故上。

"是啊。"赵慧文沉思地用手指弹着自己的腿,好像在弹一架钢琴,然后她向着远处笑了,她说:"谢谢你……"

"谢我?"林震以为自己听错了。

"是的,见到你,我好像又年轻了。你天不怕地不怕,敢于和一切坏现象作斗争,于是我有一种婆婆妈妈的预感:你……一场风波要起来了。"

林震脸红了。他根本没有想到这些,他正为自己的无能而十分羞耻。他嘟哝着说:"但愿是真正的风波而不是瞎胡闹。"然后他问:"你想了这么多,分析得这么清楚,为什么只是憋在心里呢?"

"我老觉得没有把握,"赵慧文把手放在自己的胸前,"我看了想,想了又看,我有时候想得一夜都睡不好,我问自己:'你的工作是事务性的,你能理解这些吗?'"

"你怎么会这样想?我觉得你刚才说的对极了!你应该把你刚才说的对区委书记谈,或者写成材料给《人民日报》……"

"瞧,你又来了。"赵慧文露出润湿的牙齿笑了。

"怎么叫又来了?"林震不高兴地站起来,使劲搔着头皮,"我也想过多少次,我觉得,人要在斗争中使自己变正确,而不能等到正确了才去作斗争!"

赵慧文突然推门出去了,把林震一个人留在这空旷的屋子里,他嗅见了肥皂的香气。马上,赵慧文回来了,端着一个长柄的小锅,她跳着进来,像一个梳着三只辫子的小姑娘。她打开锅盖,戏剧性地向林震说:

"来,我们吃荸荠,煮熟的荸荠,我没有找到别的好吃的。"

"我从小就喜欢吃熟荸荠,"林震愉快地把锅接过来,他挑了一个大的没剥皮就咬了一口,然后他皱着眉吐了出来,"这是个坏的,又酸又臭。"赵慧文大笑了。林震气愤地把捏烂了的酸荸荠扔到地上。

临走的时候,夜已经深了,纯净的天空上布满了畏怯的小星星。有一个老头吆喝:"炸丸子开锅!"推车走过。林震站在门外,赵慧文站在门里,她的眼睛在黑暗中闪光,她说:"下次来的时候,墙上就有画了。"

林震会心地笑着:"而且希望你把丢下的歌儿唱起来!"他摇了一下她的手。

林震用力地呼吸着春夜的清香之气,一股温暖的泉水在心头涌了上来。

八

韩常新最近被任命为组织部副部长。新婚和被提拔,使他愈益精神焕发和朝气勃勃。他每天刮一次脸,在参观了服装展览会以后又做了一套凡尔丁料子的衣服。不过,最近他亲自出马下去检查工作少了,主要是在办公室听汇报,改文件和找人谈话。刘世吾仍然那么忙……

一天,晚饭以后,韩常新把《拖拉机站站长与总农艺师》还给林震,他用手弹一弹那本书,点点头说:"很有意思,也很荒唐。当个作家倒不坏,编得天花乱坠。赶明儿我得了风湿性关节炎或者犯错误受了处分，就也写小说去。"

林震接过书，赶快拉开抽屉，把它压在最底下。

刘世吾坐在另一边的沙发上正出神地研究一盘象棋残局，听了韩常新的话，刻薄地说："老韩将来得关节炎或者受处分倒不见得不可能，至于小说，我们可以放心，至少在这个行星上不会会到您的大作。"他说的时候一点不像开玩笑，以致韩常新尴尬地转过头，装没听见。

这时刘世吾又把林震叫过去，坐在他旁边，问："最近看什么书了？有没有好的借我看看？"

林震说没有。

刘世吾挪动着身体，斜躺在沙发上，两手托在脑后，半闭着眼，缓慢地说："最近在《译文》上看了《被开垦的处女地》第二部的片段，人家写得真好，活得很……"

"您常看小说？"林震真不大相信。

"我愿意荣幸地表示，我和你一样地爱读书：小说、诗歌，包括童话。解放以前，我最喜欢屠格涅夫，小学五年级，我已经读《贵族之家》，我为伦蒙那个德国老头儿流泪，我也喜欢叶琳娜。英沙罗夫写得却并不好……可他的书有一种清新的、委婉多情的调子。"他忽地站起来，走近林震，扶着沙发背，弯着腰继续说，"现在也爱看，看的时候很入迷，看完了又觉得没什么，你知道，"他紧挨着林震坐下，又半闭起眼睛，"当我读一本好小说的时候，我梦想一种单纯的、美妙的、透明的生活。我想去作水手，或者穿上白衣服研究红血球，或者作一个花匠，专门培植十样锦……"他笑了。从来没有这样笑过，不是用机智，而是用心。"可还是得作什么组织部长。"他摊开了手。

"为什么您把现在的工作看得和小说那么不一样呢？党的工作不单纯，不美妙，也不透明吗？"林震友好而关切地问。

刘世吾接连摇头，咳嗽了一会，又站起来，靠到远一点的地方，嘲笑地说："党工作者不适合看小说。……譬如，"他用手在空中一划，"拿发展党员来说，小说可以写：'在壮丽的事业里，多少名新战士参加了无产阶级的先锋行列，万岁！'而我们呢，组织部呢，却正在发愁：第一，某支部组织委员工作马大哈，谈不清新党员的历史情况。第二，组织部压了百十几个等着批准的新党员，没时间审查。第三，新党员需经常委会批准，常委员一听开会批准党员就请假。第四，公安局长参加常委会批准党员的时候老是打瞌睡……"

"您不对！"林震大声说，他像本人受了侮辱一样地难以忍耐，"您看不见壮丽的事业，只看见某某在打瞌睡……难道您也打瞌睡了？"

刘世吾笑了笑，叫韩常新："来，看看报上登的这个象棋残局，该先挪车呢还是先跳马？"

九

魏鹤鸣告诉林震，他要求回到车间作工人，他说："这个支部委员和生产科长我干不了。"林震费尽唇舌，劝他把那次座谈会搜集的意见写给党报，并且质问他："你退缩了，你不信任党和国家了，是吗？"后来魏鹤鸣和几个意见较多的工人写了一封长信，偷偷地寄给报纸，连魏鹤鸣本人都对自己有些怀疑："也许这又是'小集团活动'？那就处罚我吧!"他是带着有罪的心情把大信封扔进邮箱的。

五月中旬,《北京日报》以显明的标题登出揭发王清泉官僚主义作风的群众来信。署名"麻袋厂一群工人"的信,愤怒地要求领导上处理这一问题。《北京日报》编者也在按语中指出:"……有关领导部门应迅速作认真的检查……"

赵慧文首先发现了,她叫林震来看。林震兴奋得手发抖,看了半天连不成句子,他想:"好! 终于揭出来了! 还是党报有力量!"

他把报纸拿给刘世吾看,刘世吾仔细地看了几遍,然后抖一抖报纸,客观地说:"好,开刀了!"

这时,区委书记周润祥走进来,他问:"王清泉的情况你们了解不?"

刘世吾不慌不忙地说:"麻袋厂支部的一些不健康的情况那是确实存在的。过去,我们就了解过,最近我亲自找王清泉谈过话,同时小林同志也去了解过。"他转身向林震:"小林,你谈谈王清泉的情况吧。"

有人敲门,魏鹤鸣紧张地撞进来,他的脸由红色变成了青色,他说,王厂长在看到《北京日报》以后非常生气,现在正追查写信的人。

……经过党报的揭发与区委书记的过问,刘世吾以出乎林震意料之外的雷厉风行的精神处理了麻袋厂的问题。刘世吾一下决心,就可以把工作作得很出色。他把其他工作交代给别人,连日与林震一起下到麻袋厂去。他深入车间,详细调查了王清泉工作的一切情况,征询工人群众的一切意见。然后,与各有关部门进行了联系,只用了一个多星期的时间,就对王清泉作了处理——党内和行政都予以撤职处分。

处理王清泉的大会一直开到深夜,开完会,外面下起雨,雨忽大忽小,久久地不停息。风吹到人脸上有些凉。刘世吾与林震到附近的一个小铺子去吃馄饨。

这是新近公私合营的小铺子,整理得干净而且舒适。由于下雨,顾客不多。他们避开热气腾腾的馄饨锅,在墙角的小桌旁坐下来。

他们要了馄饨,刘世吾还要了白酒,他呷了一口酒,掐着手指,有些感触地说:"我这是第六次参加处理犯错误的负责干部的问题了,头几次,我的心很沉重。"由于在大会上激昂地讲过话,他的嗓音有些嘶哑,"党工作者是医生,他要给人治病,他自己却是并不轻松的。"他用无名指轻轻敲着桌子。

林震同意地点头。

刘世吾忽然问:"今天是几号?"

"五月二十。"林震告诉他。

"五月二十,对了。九年前的今天,'青年军'二〇八师打坏了我的腿。"

"打坏了腿?"林震对刘世吾的过去历史还不了解。

刘世吾不说话,雨一阵大起来,他听着那哗啦哗啦的单调的响声,嗅着潮湿的土气。一个被雨淋透的小孩子跑进来避雨,小孩的头发在往下滴水。

刘世吾招呼店员:"切一盘肘子。"然后告诉林震:"一九四七年,我在北大作自治会主席。参加五·二〇游行的时候,二〇八师的流氓打坏了我的腿。"他挽起裤子,可以看到一道弧形的疤痕,然后他站起来:"看,我的左腿是不是比右腿短一点?"

林震第一次以深深的尊敬和爱戴的眼光看着他。

喝了几口酒,刘世吾的脸微微发红,他坐下,把肉片夹给林震,然后斜着头说:"那时候……我是多么热情,多么年轻啊! 我真恨不得……"

"现在就不年轻,不热情了么?"林震用期待的眼光看着。

"当然不,"刘世吾玩着空酒杯,"可是我真忙啊!忙得什么都习惯了,疲倦了。解放以来从来没睡够过八小时觉。我处理这个人和那个人,却没有时间处理处理自己。"他托起腮,用最质朴的人对人的态度看着林震,"是啊,一个布尔什维克,经验要丰富,但是心要单纯。……再来一两!"刘世吾举起酒杯,向店员招手。

这时,林震已经开始被他深刻和真诚的抒发所感动了。刘世吾接着闷闷地说:"据说,炊事员的职业病是缺少良好食欲,饭菜是他们做的,他们整天和饭菜打交道。我们,党工作者,我们创造了新生活,结果,生活反倒不能激动我们……"

林震的嘴动了动,刘世吾摆摆手,表示希望不要现在就和他辩论。他不说话,独自托着腮发愣。

"雨小多了,这场雨对麦子不错,"过了半天,刘世吾叹了口气,忽然又说:"你这个干部好,比韩常新强。"

林震在慌乱中赶紧喝汤。刘世吾盯着他,亲切地笑着,问他:"赵慧文最近怎么样?"

"她情绪挺好。"林震随口说。他拿起筷子去夹熟肉,看见了他熟悉的刘世吾的闪烁的目光。

刘世吾把椅子拉近他,缓缓地说:"原谅我的直爽,但是我有责任告诉你……"

"什么?"林震停止了夹肉。

"据我看,赵慧文对你的感情有些不……"

林震颤抖着手放下了筷子。

离开馄饨铺,雨已经停了,星光从黑云下面迅速地露出来,风更凉了,积水漏漏地从马路两边的泄水池流下去。林震迷惘地跑回宿舍,好像喝了酒的不是刘世吾,倒是他。同宿舍的同志都睡得很甜,粗短的和细长的鼾声此起彼伏。林震坐在床上,摸着湿了的裤角,眼前浮现了赵慧文的苍白而美丽的脸。……他还是个毛小伙子,他什么也没经历过,什么都不懂。他走近窗子,把脸紧贴在外面沾满了水珠的冰冷的玻璃上。

十

区委常委开会讨论麻袋厂的问题。

林震列席参加。他坐在一角,心跳、紧张、手心里出了汗。他的衣袋里装着好几千字的发言提纲,准备在常委会上从麻袋厂事件扯出组织部工作中的问题。他觉得麻袋厂问题的揭发和解决,造成了最好的机会,可以促请领导从根本上考虑一下组织部的工作。时候到了!

刘世吾正在条理分明地汇报情况。书记周润祥显出沉思的神色,用左拳托着士兵式的粗壮而宽大的脸,右腕子压着一张纸,时而在上面写几个字。李宗秦用食指在空中写划着。韩常新也参加了会,他专心地把自己的鞋带解开又系上。

林震几次想说话,但是心跳得使他喘不上气。第一次参加常委会,就作这种大胆的发言,未免过于莽撞吧?不怕,不怕!他鼓励自己。他想起八岁那年在青岛学跳水,他也一边听着心跳,一边生气地对自己说:"不怕,不怕!"

区委常委批准了刘世吾对于麻袋厂问题提出的处理意见,马上就要进行下面一项议程了,林震霍地举起了手。

"有意见吗?不举手就可以发言的。"周书记笑着说。

林震站起来,碰响了椅子,掏出笔记本看着提纲,他不敢看大家。

他说:"王清泉个人是作了处理了,但是如何保证不再有第二、第三个王清泉出现呢?我们应该检查一下区委组织工作中的缺点:第一,我们只抓了建党,对于巩固党没给以应有的注意,使基层的党内斗争处于自流状态。第二,我们明知有问题却拖延着不去解决,王清泉来厂子整整五年,问题一直存在而且愈发展愈重。……具体地说,我认为韩常新同志与刘世吾同志有责任……"

会场起了轻微的骚动,有人咳嗽,有人放下了烟卷,有人打开笔记本,有人挪了一下椅子。

韩常新耸了一下肩,用舌头舐了一下扭动着的牙床,讽刺地说:"往往听到一种事后诸葛亮的意见:'为什么不早一点处理呢?'当然是愈早愈好喽……高、饶事件发生了,有人问为什么不早一点,贝利亚,也有人问为什么不早一点。再者,组织部并不能保证第二、三个王清泉不会出现,林震同志也未尝能保证这一点。"

林震抬起头,用激怒的目光看韩常新。韩常新却只是冷冷地笑。林震压抑着自己说:"老韩同志知道缺点的存在是规律,但他不知道克服缺点前进更是规律。老韩同志和刘部长,就是抱住头一个规律,因而对各种严重的缺点采取了容忍乃至于麻木的态度!"说完,他用手抹了抹头上的汗,他也不知道自己怎么敢说得这样尖锐,但是终究说出来了,他有一种如释重负的感觉。

李宗秦在空中划着的食指停住了,周润祥转头看看林震又看看大家,他的沉重的身躯使木椅发出了吱吱声。他向刘世吾示意:"你的意见?"

刘世吾点点头:"小林同志的意见是对的,他的精神也给了我一些启发……"然后他悠闲地蹭到桌子边去倒茶水,用手抚摸着茶碗沉思地说:"不过具体到麻袋厂事件,倒难说了。组织部门巩固党的工作抓的不够,是的,我们干部太少,建党还抓不过来。麻袋厂王清泉的处理,应该说还是及时而有效的。在宣布处理的工人大会上,工人的情绪空前高涨,有些落后的工人也表示更认识到了党的大公无私,有一个老工人在台上一边讲话一边落泪,他们口口声声说着感谢党,感谢区委……"

林震小声说:"是的,正因为这样,我才觉得我们工作中的麻木、拖延、不负责任,是对群众犯罪。"他提高了声音,"党是人民的、阶级的心脏,我们不能容忍心脏上有灰尘,就不能容忍党的机关的缺点!"

李宗秦把两手交叉起来放在膝头,他缓缓地说,像是一边说一边思索着如何造句:"我认为林震、韩常新、刘世吾同志的主要争论有两个症结,一个是规律性与能动性的问题,……一个是……"

林震以不知从哪儿来的勇气对李宗秦说:"我希望不要只作冷静而全面的分析……"他没有说下去,他怕自己掉下眼泪来。

周润祥看一看林震,又看一看李宗秦,皱起了眉头,沉默了一会,迅速地写了几个字,然后他对大家说:"讨论下一项议程吧。"

散会后,林震气恼得没有吃下饭。区委书记的态度他没想到。他不满甚至有点失望。韩常新与刘世吾找他一齐出去散步,就像根本没理会他对他们的不满意,这使林震更意识到自己和他们力量的悬殊。他苦笑着想:"你还以为常委会上发一席言就可以起好大的作用呢!"他打开抽屉,拿起那本被韩常新嘲笑过的苏联小说,翻开第一篇,上面写着:"按娜斯嘉的方式生活!"他自言自语:"真难啊!"

他缺少了什么呢?

十一

第二天下班以后,赵慧文告诉林震:"到我家吃饭去吧,我自己包饺子。"他想推辞,赵慧文已经走了。

林震犹豫了好久,终于在食堂吃了饭再到赵慧文家去。赵慧文的饺子刚刚煮熟。她穿上暗红色的旗袍,系着围裙,手上沾满面粉,像一个殷勤的主妇似地对林震说:"新下来的豆角做的馅子……"

林震嗫嚅地说:"我吃过了。"

赵慧文不信,跑出去给他拿来了筷子,林震再三表示确实吃过,赵慧文不满意地一个人吃起来。林震不安地坐在一旁,一会儿看看这,一会儿看看那,一会儿搓搓手,一会儿晃一晃身体。

"小林,有什么事么?"赵慧文停止了吃饺子。

"没……有。"

"告诉我吧。"赵慧文目不转睛地看着他。

"昨天在常委会上我把意见都提了,区委书记睬都不睬……"

赵慧文咬着筷子端想了想,她坚决地说:"不会的,周润祥同志只是不轻易发表意见……"

"也许,"林震半信半疑地说,他低下头,不敢正面接触赵慧文关切的目光。

赵慧文吃了几个饺子,又问:"还有呢?"

林震的心跳起来了。他抬起头,看见了赵慧文的好意的眼睛,他轻轻地叫:"赵慧文同志……"

赵慧文放下筷子,靠在椅子背上,有些吃惊了。

"我很想知道,你是否幸福。"林震用一种粗重的完全像大人一样的声音说,"我看见过你的眼泪,在刘世吾的办公室,那时候春天刚来……后来忘记了。我自己马马虎虎地过日子,也不会关心人。你幸福吗?"

赵慧文略略疑惑地看着他,摇头,"有时候我也忘记……"然后点头,"会的,会幸福的。你为什么问它呢?"她安详地笑着。

林震把刘世吾对他讲的告诉了她:"……请原谅我,把刘世吾同志随便讲的一些话告诉了你,那完全是瞎说……我很愿意和你一起说话或者听交响乐,你好极了,那是自然而然的,……也许这里边有什么不好的,不合适的东西,马马虎虎的我忽然多虑了,我恐怕我扰乱谁。"林震抱歉地结束了。

赵慧文安详地笑着,接着皱起了眉尖儿,又抬起了细瘦的胳臂,用力擦了一下前额,然后她甩了一下头,好像甩掉什么不愉快的心事似地转过身去了。

她慢慢地走到墙壁上新挂的油画前边,默默地看画。那幅画的题目是"春",莫斯科,太阳在春天初次出现,母亲和孩子到街头去……

一会,她又转过身来,迅速地坐在床上,一只手扶着床栏杆,异常平静地说:"你说了些什么呀？真是！我不会作那些不经过考虑的事。我有丈夫,有孩子,我还没和你谈过我的丈夫,"她不用常说的"爱人",而强调地说着"丈夫","我们在五二年结的婚,我才十九,真不该结婚那么早。他从部队里转业,在中央一个部里作科长,他慢慢地染上了一种油条劲儿,争地位、争待遇,和别人不团结。我们之间呢,好像也只剩下了星期六晚上回来和星期一走。我的看法是：或者是崇高的爱情,或者什么都没有。我们争吵了……但我仍然等待着……他最近出差去上海,等回来,我要和他好好谈一谈。可你说了些什么呢？"她又一次问,"小林,你是我所尊敬的顶好的朋友,但你还是个孩子——这个称呼也许不对,对不起。我们都希望一种真正的生活,我们希望组织部成为真正的党的工作机构,我觉着你像是我的弟弟,你盼望我振作起来,是吧？生活是应该有互相支援和友谊的温暖,我从来就害怕冷淡。就是这些了,还有什么呢？还能有什么呢？"

林震惶恐地说："我不该受刘世吾话的影响……"

"不,"赵慧文摇头,"刘世吾同志是聪明人,他的警告也许并不是完全没有必要,然后……"她深深地吐了一口气："那就好了。"

她收拾起碗筷,出去了。

林震茫然地站起,来回踱着步子,他想着,想着,好像有许多话要说,慢慢地,又没有了。他要说什么呢？本来什么都没有发生。生活有时候带来某种情绪的波流,使人激动也使人困扰,然后波流流过去,没的一点痕迹……真的没有痕迹吗？它留下对于相逢者的纯洁和美好的记忆,虽然淡淡,却难忘……

赵慧文又进来了,她领着两岁的儿子,还提着一个书包。小孩已经与林震见过几次面,亲热地叫林震"夫夫"——他说不清"叔叔"。

林震用强健的手臂把他举了起来。空旷的屋子里顿时充满了孩子的笑闹声。

赵慧文打开书包,拿出一叠纸,翻着,说："今天晚上,我要让你看几样东西。我已经把三年来看到的组织工作中的一些问题和自己的意见写了一个草稿。这个……"她不好意思地摸了一下一张橡皮纸："大概这是可笑的,我给自己规定了一个竞赛的办法。让今天的自己和昨天的自己竞赛。我划了表,如果我的工作有了失误——写入党批准通知的时候抄错了名字或者统计错了新党员人数,我就在表上划一个黑叉子,如果一天没有错,就画一个小红旗。连续一个月都是红旗,我就买一条漂亮的头巾或者别的什么奖励自己……也许,这像幼儿园的作法吧？你好笑吗？"

林震入神地听着,他严肃地说："决不,我尊敬你对你自己的……"

临走的时候,夜已经深了,林震站在门外,赵慧文站在门里,她的眼睛在黑暗中闪着光,她说："今天的夜色非常好,你同意吗？你嗅见了槐花的香气了没有？平凡的小白花,它比牡丹清雅,比桃李浓馥,你嗅不见？真是！再见。明天一早就见面了,我们各自投身在伟大而麻烦的工作里边。然后晚上来找我吧,我们听美丽的意大利随想曲。听完歌,我给你煮荸荠,然后我们把荸荠皮扔的满地都是……"

……林震靠着组织部的门前的大柱子好久好久地呆立着,望着夜的天空。初夏的南风吹拂着——他来时是残冬,现在已经初夏了。他在区委会度过了第一个春天。

他作好的事情简直很少,简直就是没有,但他学了很多,多懂了不少事,他懂得了生活的真正美好和真正的分量；他懂得了斗争的困难和斗争的价值。他渐渐明白,在这平凡而又伟大的、包罗万象的、担负着无数艰巨任务的区委会,单凭个人的勇气是作不成任何事情的……从明天……

办公室的小刘走过,叫他:"林震,你上哪儿去了?快去找周润祥同志,他刚才找了你三次。"

区委书记找林震了吗?那么不是从明天,而是从现在,他要尽一切力量去争取领导的指引,这正是目前最重要的……

隔着窗子,他看见绿色的台灯和夜间办公的区委书记的高大侧影,他坚决地、迫不及待地敲响领导同志办公室的门。

(原载《人民文学》1956年第9期)

延伸阅读: 这是王蒙1950年代最为著名的一篇小说,新时期因被选入《重放的鲜花》而广为流传。小说最初发表在《人民文学》1956年第9期,"反右"运动开始后受到激烈批判,但又因有毛泽东"官僚主义为什么不能批判"的指示,王蒙幸免于难,被调至北京师范学院任教。两年后,他被补为"右派"。作家认为小说是自己诗情和思想的真实流露:"一个自以为是天之骄子的年轻人,一个被历史所娇宠的天选人才、少年意气的共产党员,才会有这样的倾吐,这样的诗篇,这样的袒露心扉。"参见《王蒙自传》第一部《半生多事》,第142页,广州,花城出版社,2006年。

红豆(存目)

宗　璞

延伸阅读: 像王蒙的《组织部新来的青年人》一样,这也是一篇出名于1950年代、新时期被选入《重放的鲜花》的小说。宗璞是哲学家冯友兰之女,在高级知识分子圈子中长大,她的文学修养和小说选材,也明显留有这种生活的痕迹。作品取自解放初期一位刚刚参加革命的女大学生偶尔回到大学女生宿舍,唤起对大学爱情、学生时光的美好记忆的故事。作者也许无心,但事实上是用"对照"的方式描写了新旧时代的转折,它的价值在于帮助读者抓住了历史间隙。

百合花(存目)

茹志鹃

延伸阅读：该小说发表于《延河》1958年第3期。由于茅盾的欣赏和力荐，茹志鹃迅速成名，被视为当时从事短篇小说创作的优秀女作家之一。茹志鹃1940年代参加新四军，在部队从事文艺宣传工作，这使她有机会接触战争生活中的人和故事。作品选材角度新颖、巧妙，通过一个农村新媳妇的视角，呈现一个新战士的成长以及他勇于献身的精神，同时不忘把浓郁的人情糅进其中，唤起读者的美感和诗意的想象。

陶渊明写《挽歌》(存目)

陈翔鹤

延伸阅读：小说见于《人民文学》1961年第11期。在那个年代，这是一篇"不合时宜"的文学作品，同时也是一篇书生气十足的作品。作者当时在中国科学院哲学社会学部做历史研究，小说又被标明是"历史小说"，因此无论是作者的身份还是题材，都给人比较"敏感"的感觉。也是因为这种特殊的历史语境，它之受到批判和指责，也在意料之中。

永远的尹雪艳

白先勇

一

尹雪艳总也不老。十几年前那一班在上海百乐门舞厅替她捧场的五陵年少,有些天平开了顶,有些两鬓添了霜;有些来台湾降成了铁厂、水泥厂、人造纤维厂的闲顾问,但也有少数却升成了银行的董事长、机关里的大主管。不管人事怎么变迁,尹雪艳永远是尹雪艳,在台北仍旧穿着她那一身蝉翼纱的素白旗袍,一径那么浅浅地笑着,连眼角儿也不肯皱一下。

尹雪艳着实迷人。但谁也没能道出她真正迷人的地方。尹雪艳从来不爱擦胭抹粉,有时最多在嘴唇上点者些似有似无的蜜丝佛陀;尹雪艳也不爱穿红戴绿,天时炎热,一个夏天,她都浑身银白,净扮的了不得。不错,尹雪艳是有一身雪白的肌肤,细挑的身材,容长的脸蛋儿配着一副俏丽甜净的眉眼子,但是这些都不是尹雪艳出奇的地方。见过尹雪艳的人都这么说,也不知是何道理,无论尹雪艳一举手、一投足,总有一份世人不及的风情。别人伸个腰、蹙一下眉,难看,但是尹雪艳做起来,却又别有一番妩媚了。尹雪艳也不多言、不多语,紧要的场合插上几句苏州腔的上海话,又中听、又熨帖。有些荷包不足的舞客,攀不上叫尹雪艳的台子,但是他们却去百乐门坐坐,观观尹雪艳的风采,听她讲几句吴侬软话,心里也是舒服的。尹雪艳在舞池子里,微仰着头,轻摆着腰,一径是那么不慌不忙地起舞着;即使跳着快狐步,尹雪艳从来也没有失过分寸,仍旧显得那么从容,那么轻盈,像一球随风飘荡的柳絮,脚下没有扎根似的。尹雪艳有她自己的旋律,尹雪艳有她自己的拍子,绝不因外界的迁异,影响到她的均衡。

尹雪艳迷人的地方实在讲不清,数不尽。但是有一点却大大增加了她的神秘。尹雪艳名气大了,难免招忌,她同行的姊妹淘醋心重的就到处吵起说:尹雪艳的八字带着重煞,犯了白虎,沾上的人,轻者家败,重者人亡。谁知道就是为着尹雪艳享了重煞的令誉,上海洋场的男士们都对她增加了十分的兴味。生活悠闲了,家当丰沃了,就不免想冒险,去闯闯这颗红遍了黄浦滩的煞星儿。上海棉纱财阀王家的少老板王贵生就是其中探险者之一。天天开着崭新的凯迪拉克,在百乐门门口候着尹雪艳转完台子,两人一同上国际饭店二十四楼的屋顶花园去共进华美的宵夜。望着天上的月亮及灿烂的星斗,王贵生说,如果用他家的金条儿能够搭成一道天梯,他愿意爬上天空去把那弯月牙儿摘下来,插在尹雪艳的云鬓上。尹雪艳吟吟地笑着,总也不出声,伸出她那兰花般细巧的手,慢条斯理地将一枚枚涂着俄国乌鱼子的小月牙儿饼拈到嘴里去。

王贵生拼命地投资,不择手段地赚钱,想把原来的财富堆成三倍四倍,将尹雪艳身边那批富有的逐鹿者一一击倒,然后用钻石玛瑙串成一根链子,套在尹雪艳的脖子上,把她牵回家去。当王贵生犯上官商勾结的重罪,下狱枪毙的那一天,尹雪艳在百乐门停了一宵,算是对王贵生致了哀。

最后赢得尹雪艳的却是上海金融界一位热可炙手的洪处长。洪处长休掉了前妻,抛弃了三个儿女,答应了尹雪艳十条条件。于是尹雪艳变成了洪夫人,住在上海法租界一幢从日本人接收过来华贵的花园洋房里。两三个月的工夫,尹雪艳便像一株晚开的玉梨花,在上海上流社会的场合中以压倒群芳的姿态绽发起来。

尹雪艳着实有压场的本领。每当盛宴华筵,无论在场的贵人名媛,穿着紫貂,围着火狸,当尹雪艳披着她那件翻领束腰的银狐大氅,像一阵三月的微风,轻盈盈地闪进来时,全场的人都好像给这阵风熏中了一般,总是情不自禁地向她迎过来。尹雪艳在人堆子里,像个冰雪化成的精灵,冷艳逼人,踏着风一般的步子,看得那些绅士以及仕女们的眼睛都一齐冒出火来。这就是尹雪艳:在兆丰夜总会的舞厅里、在兰心剧院的过道上以及在霞飞路上一幢幢侯门官府的客堂中,一身银白,歪靠在沙发椅上,嘴角一径挂着那道吟吟浅笑,把场合中许多银行界的经理、协理、纱厂的老板及小开,以及一些新贵和他们的夫人们都拘到跟前来。

可是洪处长的八字到底软了些,没能抵得住尹雪艳的重煞。一年丢官,两年破产,到了台北来连个闲职也没捞上。尹雪艳离开洪处长时还算有良心,除了自己的家当外,只带走一个从上海跟来的名厨师及两个苏州娘姨。

二

尹雪艳的新公馆落在仁爱路四段的高级住宅区里,是一幢崭新的西式洋房,有个十分宽敞的客厅,容得下两三桌酒席。尹雪艳对她的新公馆倒是刻意经营过一番。客厅的家具是一色桃花心红木桌椅。几张老式大靠背的沙发,塞满了黑丝面子鸳鸯戏水的湘绣靠枕,人一坐下去就陷进了一半,倚在柔软的丝枕上,十分舒适。到过尹公馆的人,都称赞尹雪艳的客厅布置妥帖,叫人坐着不肯动身。打麻将有特别设备的麻将间,麻将桌、麻将灯都设计得十分精巧。有些客人喜欢挖花,尹雪艳还特别腾出一间有隔音设备的房间,挖花的客人可以关在里面恣意唱和。冬天有暖炉,夏天有冷气,坐在尹公馆里,很容易忘记外面台北市的阴寒及溽暑。客厅案头的古玩花瓶,四时都供着鲜花。尹雪艳对于花道十分讲究,中山北路的玫瑰花店常年都送来上选的鲜货,整个夏天,尹雪艳的客厅中都细细地透着一股又甜又腻的晚香玉。

尹雪艳的新公馆很快地便成为她旧遇新知的聚会所。老朋友来到时,谈谈老话,大家都有一腔怀古的幽情,想一会儿当年,在尹雪艳面前发发牢骚,好像尹雪艳便是上海百乐门时代永恒的象征,京沪繁华的佐证一般。

"阿媛,看看干爹的头发都白光喽!侬还像枝万年青一式,愈来愈年轻!"

吴经理在上海当过银行的总经理,是百乐门的座上常客,来到台北赋闲,在一家铁工厂挂个顾问的名义。见到尹雪艳,他总爱拉着她半开玩笑而又不免带点自怜的口吻这样说。吴经理的头发确实全白了,而且患着严重的风湿,走起路来,十分蹒跚,眼睛又害沙眼,眼毛倒插,常年淌着眼泪,眼圈已经开始溃烂,露出粉红的肉来。冬天时候,尹雪艳总把客厅里那架电暖炉移到吴经理的脚跟前,亲自奉上一盅铁观音,笑吟吟地说道:"哪里的话,干爹才是老当益壮呢!"

吴经理心中熨帖了，恢复了不少自信，眨着他那烂掉了睫毛的老花眼，在尹公馆里，当众票了一出"坐宫"，以苍凉沙哑的嗓子唱出："我好比浅水龙，被困在沙滩。"

尹雪艳有迷男人的功夫，也有迷女人的功夫。跟尹雪艳结交的那班太太们，打从上海起，就背地数落她。当尹雪艳平步青云时，这班太太们气不忿，说道：凭你怎么爬，左不过是个货腰娘。当尹雪艳的靠山相好遭到厄运的时候，她们就叹气道：命是逃不过的，煞气重的娘儿们到底沾惹不得。可是十几年来这班太太们一个也舍不得离开尹雪艳，到了台北都一窝蜂似的聚到尹雪艳的公馆里，她们不得不承认尹雪艳实在有她惊动人的地方。尹雪艳在台北的鸿祥绸缎庄打得出七五折，在小花园里挑得出最登样的绣花鞋儿，红楼的绍兴戏码，尹雪艳最在行，吴燕丽唱《孟丽君》的时候，尹雪艳可以拿得到免费的前座戏票，论起两门町的京沪小吃，尹雪艳又是无一不精了。于是这班太太们，由尹雪艳领队，逛西门町、看绍兴戏、坐在三六九里吃桂花汤团，往往把十几年来不如意的事儿一股脑儿抛掉，好像尹雪艳周身都透着上海大千世界荣华的麝香一般，熏得这班往事沧桑的中年妇人都进入半醉的状态，而不由自主都津津乐道起上海五香斋的蟹黄面来。这班太太们常常容易闹情绪。尹雪艳对于她们都一一施以广泛的同情，她总耐心地聆听她们的怨艾及委曲，必要时说几句安抚的话，把她们焦躁的脾气一一熨平。

"输呀，输得精光才好呢！反正家里有老牛马垫背，我不输，也有旁人替我输！"

每逢宋太太搓麻将输了钱时就向尹雪艳带着酸意地抱怨道。宋太太在台湾得了妇女更年期的痴肥症，体重暴增到一百八十多磅，形态十分臃肿，走多了路，会犯气喘。宋太太的心酸话较多，因为她先生宋协理有了外遇，对她颇为冷落，而且对方又是一个身段苗条的小酒女。十几年前宋太太在上海的社交场合出过一阵风头，因此她对以往的日子特别向往。

尹雪艳自然是宋太太倾诉衷肠的适当人选，因为只有她才能体会宋太太那种今昔之感。有时讲到伤心处，宋太太会禁不住掩面而泣。

"宋家阿姐，'人无千日好，花无百日红'，谁又能保得住一辈子享荣华受富贵呢？"

于是尹雪艳便递过热毛巾给宋太太揩面，怜悯地劝说道。

宋太太不肯认命，总要抽抽搭搭地怨怼一番："我就不信我的命又要比别人差些！像侬吧，尹家妹妹，侬一辈子是不必发愁的，自然有人会来帮衬侬。"

三

尹雪艳确实不必发愁，尹公馆门前的车马从来也未曾断过。老朋友固然把尹公馆当做世外桃源，一般新知也在尹公馆找到别处稀有的吸引力。尹雪艳公馆一向维持它的气派。尹雪艳从来不肯把它降低于上海霞飞路的排场。出入的人士，纵然有些是过了时的，但是他们有他们的身份，有他们的派头，因此一进到尹公馆，大家都觉得自己重要，即使是十几年前作废了的头衔，经过尹雪艳娇声亲切地称呼起来，也如同受过诰封一般，心理上恢复了不少的优越感。至于一般新知，尹公馆更是建立社交的好所在了。

当然，最吸引人的，还是尹雪艳本身。尹雪艳是一个最称职的主人。每一位客人，不分尊卑老幼，她都招呼得妥妥帖帖。一进到尹公馆，坐在客厅中那些铺满黑丝面椅垫的沙发上，大家都有一种宾至如归、乐不思蜀的亲切之感，因此，做会总在尹公馆开标，请生日酒总在尹公馆开席,即使没有名堂的日子,大家也立一个名目,凑到尹公馆成一个牌局。一年里,倒有大半的日子,尹公馆里总是高朋满座。

尹雪艳本人极少下场,逢到这些日期,她总预先替客人们安排好牌局;有时两桌,有时三桌。她对每位客人的牌品及癖性都摸得清清楚楚,因此牌搭子总配得十分理想,从来没有伤过和气。尹雪艳本人督导着两个头干脸净的苏州娘姨在旁边招呼着。午点是宁波年糕或者湖州粽子。晚饭是尹公馆上海名厨的京沪小菜:金银腿、贵妃鸡、抢虾、醉蟹——

尹雪艳亲自设计了一个转动的菜牌,天天转出一桌桌精致的筵席来。到了下半夜,两个娘姨便捧上雪白喷了明星花露水的冰面巾,让大战方酣的客人们揩面醒脑,然后便是一碗鸡汤银丝面作了宵夜。客人们掷下的桌面十分慷慨,每次总上两三千。赢了钱的客人固然值得兴奋,即使输了钱的客人也是心甘情愿。在尹公馆里吃了玩了,末了还由尹雪艳差人叫好计程车,一一送回家去。

当牌局进展激烈的当儿,尹雪艳便换上轻装,周旋在几个牌桌之间,踏着她那风一般的步子,轻盈盈地来回巡视着,像个通身银白的女祭司,替那些作战的人们祈祷和祭祀。

"阿媛,干爹又快输脱底喽!"

每到败北阶段,吴经理就眨着他那烂掉了睫毛的眼睛,向尹雪艳发出讨救的哀号。

"还早呢,干爹,下四圈就该你摸清一色了。"

尹雪艳把个黑丝椅垫枕到吴经理害了风湿症的背脊上,怜恤地安慰着这个命运乖谬的老人。

"尹小姐,你是看到的。今晚我可没打错一张牌,手气就那么背!"

女客人那边也经常向尹雪艳发出乞怜的呼吁,有时宋太太输急了,也顾不得身份,就抓起两颗骰子啐道:"呸!呸!呸!勿要面孔的东西,看你霉到什么辰光!"

尹雪艳也照例过去,用着充满同情的语调,安抚她们一番。这个时候,尹雪艳的话就如同神谕一般令人敬畏。在麻将桌上,一个人的命运往往不受控制,客人们都讨尹雪艳的口采来恢复信心及加强斗志。尹雪艳站在一旁,叼着金嘴子的三个九,徐徐地喷着烟圈,以悲天悯人的眼光看着她这一群得意的、失意的、老年的、壮年的、曾经叱咤风云的、曾经风华绝代的客人们,狂热地互相厮杀,互相宰割。

四

新来的客人中,有一位叫徐壮图的中年男士,是上海交通大学的毕业生;生得品貌堂堂,高高的个儿,结实的身体,穿着剪裁合度的西装,显得分外英挺。徐壮图是个台北市新兴的实业巨子,随着台北市的工业化,许多大企业应运而生。徐壮图头脑灵活,具有丰富的现代化工商管理的知识,才是四十出头,便出任一家大水泥公司的经理。徐壮图有位贤惠的太太及两个可爱的孩子。家庭美满,事业充满前途,徐壮图成为一个雄心勃勃的企业家。

徐壮图第一次进入尹公馆是在一个庆生酒会上。尹雪艳替吴经理做六十大寿,徐壮图是吴经理的外甥,也就随着吴经理来到尹雪艳的公馆。

那天尹雪艳着实装饰了一番,穿着一袭月白短袖的织锦旗袍,襟上一排香妃色的大盘扣;脚上也是月白缎子的软底绣花鞋,鞋尖却点着两瓣肉色的海棠叶儿。为了讨喜气,尹雪艳破例地在右鬓簪上一朵酒杯大血红的郁金香,而耳朵上却吊着一对寸把长的银坠子。客厅里的寿堂也布置得喜气洋洋。案上全换上才铰下的晚香玉,徐壮图一踏进去,就嗅中一阵沁人脑肺的甜香。

"阿媛,干爹替侬带来顶顶体面的一位人客。"吴经理穿着一身崭新的纺绸长衫,佝着背,笑呵呵地把徐壮图介绍给尹雪艳道,然后指着尹雪艳说:"我这位干小姐呀,实在孝顺不过。我这个老朽三灾六难的还要赶着替我做生。我忖忖:我现在又不在职,又不问世,这把老骨头天天还要给触霉头的风湿症来折磨。管他折福也罢,今朝我且大模大样地生受了干小姐这场寿酒再讲。我这位外甥,年轻有为,难得放纵一回,今朝也来跟我们这群老朽一道开心开心。阿媛是个最妥当的主人家,我把壮图交把侬,侬好好地招待招待他吧。"

"徐先生是稀客,又是干爹的亲戚,自然要跟别人不同一点。"尹雪艳笑吟吟地答道,发上那朵血红的郁金香颤巍巍地抖动着。

徐壮图果然受到尹雪艳特别的款待。在席上,尹雪艳坐在徐壮图旁边一径殷勤地向他劝酒让菜,然后歪向他低声说道:"徐先生,这道是我们大师傅的拿手,你尝尝,比外面馆子做的如何?"

用完席后,尹雪艳亲自盛上一碗冰冻杏仁豆腐捧给徐壮图,上面却放着两颗鲜红的樱桃。用完席成上牌局的时候,尹雪艳经常走到徐壮图背后看他打牌。徐壮图的牌张不熟,时常发错张子。才是八圈,徐壮图已经输掉一半筹码。有一轮,徐壮图正当发出一张梅花五筒的时候,突然尹雪艳从后面欠过身伸出她那细巧的手把徐壮图的手背按住说道:"徐先生,这张牌是打不得的。"

那一盘徐壮图便和了一副"满园花",一下子就把输出去的筹码赢回了大半。客人中有一个开玩笑抗议道:"尹小姐,你怎么不来替我也点点张子,瞧瞧我也输完啦。"

"人家徐先生头一趟到我们家,当然不好意思让他吃了亏回去的喽。"徐壮图回头看到尹雪艳朝着他满面堆着笑容,一对银耳坠子吊在她乌黑的发脚下来回地浪荡着。

客厅中的晚香玉到了半夜,吐出一蓬蓬的浓香来。席间徐壮图喝了不少热花雕,加上牌桌上和了那盘"满园花"的亢奋,临走时他已经有些微醺的感觉了。

"尹小姐,全得你的指教,要不然今晚的麻将一定全盘败北呦。"

尹雪艳送徐壮图出大门时,徐壮图感激地对尹雪艳说道。

尹雪艳站在门框里,一身白色的衣衫,双手合抱在胸前,像一尊观世音,朝着徐壮图笑吟吟地答道:"哪里的话,隔日徐先生来白相,我们再一道研究研究麻将经。"

隔了两日,果然徐壮图又来到了尹公馆,向尹雪艳讨教麻将的诀窍。

五

徐壮图太太坐在家中的藤椅上,呆望着大门,两腮一天天消瘦,眼睛凹成了两个深坑。

当徐太太的干妈吴家阿婆来探望她的时候,她牵着徐太太的手失惊叫道:"哎呀,我的干小姐,才是个把月没见着,怎么你就瘦脱了形?"

吴家阿婆是一个六十来岁的妇人,硕壮的身材,没有半根白发,一双放大的小脚,仍旧行走如飞。吴家阿婆曾经上四川青城山去听过道，拜了上面白云观里一位道行高深的法师做师父。这位老法师因为看上吴家阿婆天资禀异，飞升时便把衣钵传了给她。吴家阿婆在台北家中设了一个法堂，中央供着她老师父的神像。神像下面悬着八尺见方黄绫一幅。据吴家阿婆说，她老师父常在这幅黄绫上显灵，向她授予机宜，因此吴家阿婆可以预卜凶吉，消灾除祸。吴家阿婆的信徒颇众，大多是中年妇女，有些颇有社会地位。经济环境不虞匮乏，这些太太们的心灵难免感到空虚。于是每月初一十五，她们便停止一天麻将，或者标会的聚会，成群结队来到吴家阿婆的法堂上，虔诚地念经叩拜，布施散财，救济贫困，以求自身或家人的安宁。有些有疑难大症，有些家庭纠纷，吴家阿婆一律慷慨施以许诺，答应在老法师灵前替她们祈求神助。

"我的太太，我看你的气色竟是不好呢！"吴家阿婆仔细端详了徐太太一番，摇头叹息。徐太太低首俯面忍不住伤心哭泣，向吴家阿婆道出了许多衷肠话来。

"亲妈，你老人家是看到的，"徐太太流着泪断断续续地诉说道，"我们徐先生和我结婚这么久，别说破脸，连句重话都向来没有过。我们徐先生是个争强好胜的人。他一向都这么说：'男人的心五分倒有三分应该放在事业上。'来台湾熬了这十来年，好不容易盼着他们水泥公司发达起来，他才出了头，我看他每天为公事在外面忙着应酬，我心里只有暗暗着急。事业不事业倒在其次，求祈他身体康宁，我们母子再苦些也是情愿的。谁知道打上月起，我们徐先生竟好像变了一个人似的。经常两晚三晚不回家。我问一声，他就摔碗砸筷，脾气暴得了不得。前天连两个孩子都挨了一顿狠打。有人传话给我听说是我们徐先生在外面有了人，而且人家还是个有头有脸的人物。亲妈，我这个本本分分的人那里经过这些事情？人还撑得住不走样？"

"干小姐，"吴家阿婆拍了一下巴掌说道，"你不提呢，我也就不说了。你知道我是最怕兜揽是非的人。你叫我声亲妈，我当然也就向着你些。你知道那个胖婆儿宋太太呀，她先生宋协理搞上个什么'五月花'的小酒女。她跑到我那里一把鼻涕一把眼泪要我替她求求老师父。我拿她先生的八字来一算，果然冲犯了东西。宋太太在老师父灵前许了重愿，我替她念了十二本经。现在她男人不是乖乖地回去了？后来我就劝宋太太：'整天少和那些狐狸精似的女人穷混，念经做善事要紧！'宋太太就一五一十地把你们徐先生的事情原原本本数了给我听。那个尹雪艳呀，你以为她是个什么好东西？她没有两下，就能拢得住这些人？连你们徐先生那么个正人君子她都有本事抓得牢。这种事情历史上是有的，褒姒、妲己、飞燕、太真——这起祸水！你以为都是真人吗？妖孽！凡是到了乱世，这些妖孽都纷纷下凡，扰乱人间。那个尹雪艳还不知道是个什么东西变的呢！我看你呀，总得变个法儿替你们徐先生消了这场灾难才好。"

"亲妈，"徐太太忍不住又哭了起来，"你晓得我们徐先生不是那种没有良心的男人。每次他在外面逗留了回来，他嘴里虽然不说，我晓得他心里是过意不去的。有时他一个人闷坐着猛抽烟，头筋叠暴起来，样子真唬人。我又不敢去劝解他，只有干着急。这几天他更是着了魔一般，回来嚷着说公司里人人都寻他晦气。他和那些工人也使脾气，昨天还把人家开除了几个。我劝他犯不着和那些粗人计较，他连我也呵斥了一顿。他的行径反常得很，看着不像，真不由得不叫人担心哪！"

"就是说呀！"吴家阿婆点头说道，"怕是你们徐先生也犯着了什么吧？你且把他的八字递给我，回去我替他测一测。"

徐太太把徐壮图的八字抄给了吴家阿婆说道："亲妈，全托你老人家的福了。"

"放心，"吴家阿婆临走时说道，"我们老师父最是法力无边，能够替人排难解厄的。"

然而老师父的法力并没有能够拯救徐壮图。有一天，正当徐壮图向一个工人拍起桌子喝骂的时候，那个工人突然发了狂，把扁钻从徐壮图前胸刺穿到后胸。

六

徐壮图的治丧委员会吴经理当了总干事。因为连日奔忙，风湿又弄翻了，他在极乐殡仪馆穿出穿进的时候，一径拄着拐杖，十分蹒跚。开吊的那一天灵堂就设在殡仪馆里。一时亲戚友好的花圈丧帐白簇簇的一直排到殡仪馆的门口来。水泥公司同仁捧的却是"痛失英才"四个大字。来祭吊的人从早上九点钟起开始络绎不绝。徐太太早已哭成了痴人，一身麻衣丧服带着两个孩子，跪在灵前答谢。吴家阿婆却率领了十二个道士，身着法衣，手执拂尘，在灵堂后面的法坛打解冤洗业醮。此外并有僧尼十数人在念经超度，拜大悲忏。

正午的时候，来祭吊的人早挤满了一堂，正当众人熙攘之际，突然人群里起了一阵骚动，接着全堂静寂下来，一片肃穆。原来尹雪艳不知什么时候却像一阵风一般地闪了进来。

尹雪艳仍旧一身素白打扮，脸上未施脂粉，轻盈盈地走到管事台前，不慌不忙地提起毛笔，在签名簿上一挥而就地签上了名，然后款款地步到灵堂中央，客人们都候地分开两边，让尹雪艳走到灵台跟前，尹雪艳凝着神，敛着容，朝着徐壮图的遗像深深地鞠了三鞠躬。这时在场的亲友大家都呆如木鸡。

有些显得惊讶，有些却是忿愤，也有些满脸惶惑，可是大家都好似被一股潜力镇住了，未敢轻举妄动。这次徐壮图的惨死，徐太太那一边有些亲戚迁怒于尹雪艳，他们都没有料到尹雪艳居然有这个胆识闯进徐家的灵堂来。场合过分紧张突兀，一时大家都有点手足无措。尹雪艳行完礼后，却走到徐家太太面前，伸出手抚摸了一下两个孩子的头，然后庄重地和徐太太握了一握手。正当众人面面相觑的当儿，尹雪艳却踏着她那风一般的步子走出了极乐殡仪馆。一时灵堂里一阵大乱，徐太太突然跪倒在地，昏厥了过去，吴家阿婆赶紧丢掉拂尘，抢身过去，将徐太太抱到后堂去。

当晚，尹雪艳的公馆里又成上了牌局，有些牌搭子是白天在徐壮图祭悼会后约好的。吴经理又带了两位新客人来。一位是南国纺织厂新上任的余经理；另一位是大华企业公司的周董事长。这晚吴经理的手气却出了奇迹，一连串的在和满贯。吴经理不停地笑着叫着，眼泪从他烂掉了睫毛的血红眼圈一滴滴淌下来。到了第十二圈，有一盘吴经理突然双手乱舞大叫起来："阿媛，快来！快来！'四喜临门'！这真是百年难见的怪牌。东、南、西、北——全齐了，外带自摸双！人家说和了大四喜，兆头不祥。我倒楣了一辈子，和了这副怪牌，从此否极泰来。阿媛，阿媛，侬看看这副牌可爱不可爱？有趣不有趣？"

吴经理喊着笑着把麻将撒满了一桌子。尹雪艳站到吴经理身边，轻轻地按着吴经理的肩膀，笑吟吟地说道："干爹，快打起精神多和两盘。回头赢了余经理及周董事长他们的钱，我来吃你的红！"

延伸阅读：作家是国民党著名将领白崇禧的儿子，据他回忆，从小接触的都是上流社会的人物,加之受到良好教育,最后毕业于台湾大学外语系,这使他的文学创作具有两个鲜明特点:一是"贵族"阶层意识和眼光;二是精湛的文化和文学修养。这两个特点,一直贯穿于他创作的过程之中,成为他的小说有别于"台大文学一代"的特色。小说叙及舞女尹雪艳从上海到台北的生活变迁,连带出当时政界军界后裔风光不再、繁华尽失的落难生活。虽然尹家宴席和牌桌照样,但仍然令人兴起历史的感叹。

游园惊梦

白先勇

钱夫人到达台北近郊天母窦公馆的时候,窦公馆门前两旁的汽车已经排满了,大多是官家的黑色小轿车。钱夫人坐的计程车开到门口她便命令司机停了下来。窦公馆的两扇铁门大敞,门灯高烧,大门两侧一边站了一个卫士,门口有个随从打扮的人正在那儿忙着招呼宾客的司机。钱夫人一下车,那个随从便赶紧迎了上来,他穿了一身藏青哔叽的中山装,两鬓花白。钱夫人从皮包里掏出了一张名片递给他,那个随从接过名片,即忙向钱夫人深深的行了一个礼,操了苏北口音,满面堆着笑容说道:

"钱夫人,我是刘副官,夫人大概不记得了?"

"是刘副官吗?"钱夫人打量了他一下,微带惊愕的说道,"对了,那时在南京到你们公馆见过你的。你好,刘副官。"

"托夫人的福,"刘副官又深深的行了一礼,赶忙把钱夫人让了进去,然后抢在前面用手电筒照路,引着钱夫人走上一条水泥砌的汽车过道,绕着花园往正屋里去。

"夫人这向好?"刘副官一行引着路,回头笑着向钱夫人说道。

"还好,谢谢你,"钱夫人答道,"你们长官夫人都好呀?我有好几年没见着他们了。"

"我们夫人好,长官最近为了公事忙一些,"刘副官应道。

窦公馆的花园十分深阔,钱夫人打量了一下,满园子里影影绰绰,都是些树木花草,围墙周遭却密密的栽了一圈椰子树,一片秋后的清月,已经升过高大的椰树干子来了。钱夫人跟着刘副官绕过了几丛棕榈树,窦公馆那座两层楼的房子便赫然出现在眼前,整座大楼,上上下下灯火通明,亮得好像烧着了一般。一条宽敞的石级引上了楼前一个弧形的大露台,露台的石栏边沿上却整整齐齐的置了十来盆一排齐胸的桂木,钱夫人一踏上露台,一阵桂花的浓香侵袭过来了。楼前正门大开,里面有几个仆人穿梭一般来往着。刘副官停在门口,哈着身子,做了个手势,毕恭毕敬的说了声:

"夫人请。"

钱夫人一走入门内前厅,刘副官便对一个女仆说道:"快去报告夫人,钱将军夫人到了。"

前厅只摆了一堂精巧的红木几椅,几案上搁了一套景泰蓝的瓶樽,一只鱼篓瓶里斜插了几支万年青;右侧壁上,嵌了一面鹅卵形的大穿衣镜。钱夫人走到镜前,把身上那件玄色秋大衣卸下,一个女仆赶忙上前把大衣接了过去。钱夫人往镜里瞟了一眼,很快的用手把右鬓一绺松弛的头发捋了一下。下午六点钟才去西门町红玫瑰做的头发,刚才穿过花园,吃风一撩,就乱了。钱夫人往镜子又凑近了一步,身上那件墨绿杭绸的旗袍,她也觉得颜色有点不对劲儿。她记得这种丝绸,在灯光底下照起来,绿汪汪翡翠似的,大概这间前厅不够亮,镜子里看起来,竟有点发乌,难道真的是料子旧了?这份杭绸还是从南京带出来的呢。这些年都没舍得穿，为了赴这场宴才从箱子里拿出来裁了。早知如此，还不如到鸿翔绸庄去买份新的。可是她总觉得台湾的衣料粗糙，光泽扎眼，尤其是丝绸，哪里及得上大陆货那么细致，那么柔熟？

"五妹妹到底来了，"一阵脚步声，窦夫人走了出来，一把便攥住了钱夫人的双手笑道。

"三阿姐，"钱夫人也笑着叫道，"来晚了，累你们好等。"

"哪里的话，恰是时候，我们正要入席呢。"

窦夫人说着便挽了钱夫人往正厅走去。在走廊上，钱夫人用眼角扫了窦夫人两下，她心中不禁觇敲起来；桂枝香果然还是没有老。临离开南京那年，自己明明还在梅园新村的公馆替桂枝香请过三十岁的生日酒，得月台的几个姐妹淘都差不多到齐了——嫁给上海棉纱大王陶鼎新的老二露凝香，桂枝香的妹子后来嫁给任主席任子久做小的十三天辣椒，还有她自己的亲妹妹十七月月红——几个人还学洋派凑份子替桂枝香定制了一个三十寸两层楼的大寿糕，上面足足插了三十根红蜡烛。现在她总该有四十大几了吧？钱夫人又朝窦夫人瞄了一下。窦夫人穿了一身银灰洒朱砂的薄纱旗袍。足上也配了一双银灰闪光的高跟鞋，右手的无名指上戴了一只莲子大的钻戒，左腕也笼了一付白金镶碎钻的手串，发上却插了一把珊瑚缺月钗，一对寸把长的紫瑛坠子直吊下发脚外来，衬得她丰白的面庞愈加雍容矜贵起来。在南京那时，桂枝香可没有这般风光，她记得她那时还做小，窦瑞生也不过是个次长，现在窦瑞生的官大了，桂枝香也扶了正，难为她熬了这些年，到底给她熬出了头了。

"瑞生到南部开会去了，他听说五妹妹今晚要来，特地着我向你问好呢，"窦夫人笑着侧过身来向钱夫人说道。

"哦，难为窦大哥还那么有心，"钱夫人答道。一走近正厅，里面一阵人语喧笑便传了出来，窦夫人在正厅门口停了下来，又握住钱夫人的双手笑道：

"五妹妹，你早就该搬来台北了，我一直都挂着，你一个人住在南部那种地方有多冷清呢？今夜你是无论如何缺不得席的——十三也来了。"

"她也在这儿吗？"钱夫人问道。

"你知道呀，任子久一死，她便搬出了任家，"窦夫人说着又凑到钱夫人耳边笑道，"任子久是有几份家当的，十三一个人也算过得舒服了。今晚就是她起的哄。来到台湾还是头一遭呢。她把天香票房里的几位朋友搬了来，锣鼓笙箫都是全的，他们还巴望着你上去显两手呢。"

"罢了，罢了，那里还能来这个玩意儿！"钱夫人急忙挣脱了窦夫人，摆着手笑道。

"客气话不必说了，五妹妹，你当年的老工夫一定是在的，连你蓝田玉都不能，别人还敢开腔吗？"窦夫人笑道，也不等钱夫人分辩便挽了她往正厅里走去。

正厅里东一堆西一堆，锦簇绣丛一般，早坐满了衣裙明艳的客人。厅堂异常宽大，呈凸字形，是个中西合璧的款式。左半边置着一堂软垫沙发，右半边置着一堂紫檀硬木桌椅，中间地板上却隔着一张两寸厚刷着二龙抢珠的大地毯，沙发两长四短，对开围着，黑绒底子洒满了醉红的海棠叶儿，中开一张长方矮几上摆了一只两尺高天青细磁胆瓶，瓶里冒着一大蓬金骨红肉的龙须菊。右半边八张紫檀椅子团团围着一张嵌纹石桌面的八仙桌。桌子上早布满了各式的糖盒茶具。厅堂凸字尖端，也摆着六张一式的红木靠椅，椅子三三分开，圈了个半圆，中间缺口处却高高竖了一档乌木架流云蝙蝠镶云母片的屏风。钱夫人看见那些椅子上搁满了饶钱琴弦,椅子前端有两个木架,一个架着一只小鼓,另一只却齐齐的插了一排笙箫管笛。厅堂里灯光辉煌,两旁的座灯从地面斜射上来,照得一面大铜锣金光闪烁。

窦夫人把钱夫人先引到厅堂左半边,然后走到一张沙发跟前对一位五十多岁穿了珠灰旗袍,带了一身玉器的女客说道:

"赖夫人,这是钱夫人,你们大概见过的吧?"

钱夫人认得那位女客是赖祥云的太太,以前在南京时,社交场合里见过几面,那时赖祥云大概是个司令官,来到台湾,报纸上倒常见到他的名字。

"这位大概就是钱鹏公的夫人了?"赖夫人本来正和身旁一位男客在说话,这下才转过身来,打量了钱夫人半晌,款款地立了起来笑着说道。一面和钱夫人握手,一面又扶了头。说道:

"我是说面熟得很!"

然后转向着身边一位黑红脸身材硕肥头顶光秃穿了宝蓝丝葛长袍的男客说:

"刚才我还和余参军长聊天,梅兰芳第一次到上海在丹桂第一台唱的是什么戏,再也想不起来了。你们瞧,我的记性!"

余参军长老早立了起来,朝着钱夫人笑嘻嘻的行了一个礼说道:

"夫人久违了。那年在南京励志社大会串瞻仰过夫人的风采的。我还记得夫人票的是'游园惊梦'呢!"

"是呀。"赖夫人接嘴道,"我一直听说钱夫人的盛名,今天晚上总算有耳福要领教了。"

钱夫人赶忙向余参军长谦谢了一番,她记得余参军长在南京时来过她公馆一次,可是她又仿佛记得他后来好像犯了什么大案子被革了职退休了。接着窦夫人又引着她过去把在座的几位客人都一一介绍一轮。几位夫人太太她一个也不认识,她们的年纪都相当轻,大概来到台湾才兴起来的。

"我们到那边去吧,十二和几位票友都在那儿。"

窦夫人说着又把钱夫人领到厅堂的右手边去。她们两人一过去,一位穿红旗袍的女客便踏着碎步迎了上来,一把便将钱夫人的手臂勾了过去,笑得全身乱颤说道:

"五阿姐,刚才三阿姐告诉我你也要来,我就喜得叫道:'好哇,今晚可真把名角给抬了出来了!'"

钱夫人方才听窦夫人说天辣椒蒋碧月也在这里,她心中就踌躇了一番,不知天辣椒嫁了人这些年,可收敛了一些没有。那时大伙儿在南京夫子庙得月台清唱的时候,有风头总是她占先,扭着她们师傅专拣讨好的戏唱。一出台,也不管清唱的规矩,就脸朝了那些捧角的,一双眼睛钩子一般,直伸到台下去。同是一个娘生的,性格儿却差得那么远。论到懂世故,有担待,除了她姐姐桂枝香再也找不出第二个人来。桂枝香那儿的便宜,天辣椒也算检尽了。任子久连她姐姐的聘礼都下定了,天辣椒却有本事拦腰一把给夺了过去。也亏桂枝香有涵养,等了多少年才委委曲曲做了窦瑞生的三房。难怪桂枝香老叹息说:是亲妹子才专拣自己的姐姐往脚下踹呢!钱夫人又打量了一下天辣椒蒋碧月,蒋碧月穿了一身火红的缎子旗袍,两只手腕上,铮铮锵锵,直戴了八只扭花金丝镯,脸上勾得十分入时,眼皮上抹了眼圈膏,眼角儿也着了墨,一头蓬得像鸟窝似的头发,两鬓上却刷出几只俏皮的月牙钩来。任子久一死,这个天辣椒比从前反而愈更标劲,愈更佻挞了,这些年的动乱,在这个女人身上,竟找不出半丝痕迹来。

"哪,你们见识见识吧,这位钱夫人才是真正的女梅兰芳呢!"

蒋碧月挽了钱夫人向座上几个男女票友客人介绍道。几位男客都慌忙不迭站了起来朝了钱夫人含笑施礼。

"碧月,不要胡说,给这几位内行听了笑话。"

钱夫人一行还礼,一行轻轻责怪蒋碧月道。

"碧月的话倒没有说差。"窦夫人也插嘴笑道,"你的昆曲也算是得了梅派的真传了。"

"三阿姐——"

钱夫人含糊的叫了一声,想分辩几句。可是若论到昆曲,连钱鹏志也对她说过:

"老五,南北名角我都听过,你的'昆腔'也算是个好的了。"

钱鹏志说,就是为着在南京得月台听了她的"游园惊梦",回到上海去,日思夜想,心里怎么也丢不下,才又转了回来娶她的。钱鹏志一迳对她讲,能得她在身边,唱几句"昆腔"作娱,他的下半辈子也就无所求了。那时她刚在得月台冒红,一句"昆腔",台下一声满堂彩,得月台的师傅说:一个夫子庙算起来,就数蓝田玉唱得最正派。

"就是说呀,五阿姐,你来见见,这位徐太太也是个昆曲大王呢!"蒋碧月把钱夫人引到一位着黑旗袍,十分净扮的年轻女客跟前说道,然后又笑着向窦夫人说:"三阿姐,回头我们让徐太太唱'游园',五阿姐唱'惊梦',把这出昆腔的戏祖宗搬出来,让两位名角上去较量较量,也好给我们饱饱耳福。"

那位徐太太连忙立了起来,道了不敢。钱夫人也赶忙谦让了几句,心中却着实嗔怪天辣椒讲话太过冒失,今天晚上这些人,大概没有一个不懂戏的,恐怕这位徐太太就现放着是个好角色,回头要给抬了上去,倒不可以大意呢。运腔转调,这些人都不足畏,倒是在南部这么久,嗓子一直没有认真吊过,却不知如何了。而且裁缝师傅的话果然说中:台北不兴长旗袍喽。在座的——连那个老得脸上起了鸡皮皱的赖夫人在内,个个的旗袍下摆都缩到差不多到膝盖上去,露出大半截腿子来。在南京那时,哪个夫人的旗袍不是长得快拖到脚面上来了的?后悔没有听从裁缝师傅,回头穿了这身长旗袍站出去,不晓得还登不登样。一上台,一亮相,最要紧了。那时在南京梅园新村请客唱戏,每次一站上去,还没开腔就先把那台下压住了的。

"程参谋,我把钱夫人交给你。你不替我好好伺候着,明天罚你作东。"

窦夫人把钱夫人引到一个三十多岁的军官面前笑着说道,然后转身悄声对钱夫人说:"五妹妹,你在这里聊聊,程参谋最懂戏的,我得进去招呼着上席了。"

"钱夫人久仰了。"

程参谋朝着钱夫人,立了正,利落的一鞠躬,行了一个军礼。他穿了一身浅色凡呢丁的军礼服,外套的翻领上别了一付金亮的两朵梅花中校领章,一双短统皮鞋靠在一起,乌光水滑的。钱夫人看见他笑起来时,咧着一口齐朵朵净白的牙齿,容长的面孔,下巴剃得青亮,眼睛细长上挑,随一双飞扬的眉毛,往两鬓插去,一杆葱的鼻梁,鼻尖却微微向上旬,一头墨浓的头发,处处都抿的妥妥帖帖的。他的身段颀长,着了军服分外英发,可是钱夫人觉得他这一声招呼里却又透着温柔,半点也没带武人的粗糙。

"夫人请坐。"

程参谋把自己的椅子让了出来,将椅子上那张海绵椅垫挪挪正,请钱夫人就了坐,然后立即走到那张八仙桌端了一盅茉莉香片及一个四色糖盒来,钱夫人正要伸手去接

过那盅石榴红的磁杯,程参谋却低声笑道:

"小心烫了手,夫人。"

然后打了那个描金乌漆糖盒,佝下身子,双手捧到钱夫人面前,笑吟吟地望着钱夫人,等她挑选。钱夫人随手抓了一把松瓤,程参谋忙劝止道:

"夫人,这个东西顶伤嗓子。我看夫人还是尝颗蜜枣,润润喉吧。"

随着便拈起一根牙签挑了一枚蜜枣,递给钱夫人。钱夫人道了谢,将那枚蜜枣接了过来,塞到嘴里,一阵沁甜的蜜味,果然十分甘芳。程参谋另外搬了一张椅子,在钱夫人右侧坐了下来。

"夫人最近看戏没有?"程参谋坐定后笑着问道。他说话时,身子总是微微倾斜过来,十分专注似的,钱夫人看见他又露出了一口白净的牙齿来,灯光下,照得莹亮。

"好久没看了,"钱夫人答道,她低下头去,细细的啜了一口手里那盅香片,"住在南部,难得有好戏。"

"张爱云这几天正在国光戏院演'洛神'呢,夫人。"

"是吗?"钱夫人应道,一直俯着首在饮茶,沉吟了半晌才说道,"我还是在上海天蟾舞台看她演过这出戏——那是好久以前了。"

"她的做工还是在的,到底不愧是'青衣祭酒',把个宓妃和曹子建两个人那段情意,演得细腻到了十分。"

钱夫人抬起头来,触到了程参谋的目光,她即刻侧过了头去。程参谋那双细长的眼睛,好像把人都罩住了似的。

"谁演得这般细腻呀?"天辣椒蒋碧月插了进来笑道,程参谋赶忙立起来,让了座。蒋碧月抓了一把朝阳瓜子,跷起腿嗑着瓜子笑道:"程参谋,人人说你懂戏,钱夫人可是戏里的通天教主,我看你趁早别在这儿班门弄斧了。"

"我正在和钱夫人讲究张爱云的'洛神',向钱夫人讨教呢。"程参谋对蒋碧月说着,眼睛却瞟向了钱夫人。

"哦,原来是说张爱云吗?"蒋碧月噗哧笑了一下,"她在台湾教教戏也就罢了,偏偏又要去唱'洛神',扮起宓妃来也不像呀!上礼拜六我才去国光看来,买到了后排,只见她嘴巴动,声音也听不到,半出戏还没唱完,她嗓子先就哑掉了——嗳唷,三阿姐来请上席了。"

一个仆人拉了客厅通向饭厅的一扇镂空心卍字的桃花心木推门,窦夫人已经从饭厅里走了出来。整座饭厅银素装饰,明亮得像雪洞一般,两桌席上,却是猩红的细布桌面,杯碗羹箸一律都是银的。客人们进去后都你推我让,不肯上坐。

"还是我占先吧,这样让法,这餐饭也吃不成了,倒是辜负了主人的这番心意!"

赖夫人走到第一桌的主位坐了下来,然后又招呼着余参军长说道:

"余参军长,你也来我旁边坐下吧。刚才梅兰芳的戏,我们还没有论出头绪来呢。"

余参军长把手一拱,笑嘻嘻的道了一声:"遵命。"客人们哄然一笑便都相随入了席。到了第二桌,大家又推让起来了,赖夫人隔着桌子向钱夫人笑着叫道:

"钱夫人,我看你也学学我吧。"

窦夫人便过来拥着钱夫人走到第二桌主位上,低声在她耳边说道:

"五妹妹,你就坐下吧。你不占先,别人不好入座的。"

钱夫人环视了一下,第二桌的客人都站在那儿带笑瞅着她。钱夫人赶忙含糊地推辞了两句,坐了下去,一阵心跳,连她的脸都有点发热了。倒不是她没经过这种场面,好久没有应酬,竟有点不惯了。从前钱鹏志在的时候,筵席之间,十有八九的主位,倒是她占先的。钱鹏志的夫人当然上坐,她从来也不必推让。南京那起夫人太太们,能僭过她辈分的,还数不出几个来。她可不能跟那些官儿的姨太太们去比,她可是钱鹏志明公正道迎回去做填房夫人的。可怜桂枝香那时出面请客都没份儿,连生日酒还是她替桂枝香做的呢。到了台湾桂枝香才敢这么出头摆场面,而她那时才冒二十岁,一个清唱的姑娘,一夜间便成了将军夫人了。卖唱的嫁给小户人家还遭多少议论,又何况是入了侯门?连她亲妹子十七月月红还刻薄过她两句:姐姐,你的辫子也该铰了,明日你和钱将军走在一起,人家还以为你是他的孙女儿呢!钱鹏志娶她那年已经六十靠边了,然而怎么说她也是他正正经经的填房夫人啊。她明白她的身份,她也珍惜她的身份。跟了钱鹏志那十几年,筵前酒后,那次她不是捏着一把冷汗,任是多大的场面,总是应付得妥妥帖帖的?走在人前,一样风华翩跹,谁又敢议论她是秦淮河得月台的蓝田玉了?

"难为你了,老五。"

钱鹏志常常抚着她的腮对她这样说道。她听了总是心里一酸,许多的委曲却是没法诉的。难道她还能怨钱鹏志吗?是她自己心甘情愿的。钱鹏志娶她的时候就分明和她说清楚了,他是为着听了她的"游园惊梦"才想把她接回去伴他的晚年的。可是她妹子月月红说的呢,钱鹏志好当她的爷爷了,她还要希冀甚么?到底应了得月台瞎子师娘那把铁嘴:五姑娘,你们这种人只有嫁给年纪大的,当女儿一般疼惜算了,年轻的,那里靠得住?可是瞎子师娘偏偏又捏着她的手,眨巴着一双青光眼叹息道:荣华富贵你是享定了,蓝田玉,只可惜你长错了一根骨头,也是你前世的冤孽!不是冤孽还是什么?除却天上的月亮摘不到,世上的金银财宝,钱鹏志怕不都设法捧了来讨她的欢心。她体验得出钱鹏志那番苦心。钱鹏志怕她念着出身低微,在达官贵人面前气馁胆怯,总是百般怂恿着她讲排场,耍派头。梅园新村钱夫人宴客的款式怕不噪反了整个南京城,钱公馆里的酒席钱,"袁大头"就用得罪过花啦的。单就替桂枝香请生日酒那天吧,梅园新村的公馆里一摆就是十台,吹箫的是琴雪芳那儿搬来的吴声豪,大厨司却是花了十块大洋特别从桃叶渡的绿柳居接来的。

"窦夫人,你们大司务是那儿请来的呀?来到台湾我还是头一次吃到这么讲究的鱼翅呢。"赖夫人说道。

"他原是黄钦之黄部长家在上海时候的厨子,来到台湾才到我们这儿来的。"窦夫人答道。

"那就难怪了,"余参军长接口道,"黄钦公是有名的吃家呢。"

"那天要能借府上的大司务去烧个翅,请起客来就风光了。"赖夫人说道。

"那还不容易?我也乐得去白吃一餐呢!"窦夫人说道,客人们都笑了起来。

"钱夫人,请用碗翅吧,"程参谋盛了一碗红烧鱼翅,加了一匙羹镇江醋,搁在钱夫人面前,然后又低声笑道:

"这道菜,是我们公馆里出了名的。"

钱夫人还没有来得及尝鱼翅,窦夫人却从隔壁桌子走了过来,敬了一轮酒,特别又叫程参谋替她斟满了,走到钱夫人身边,按着她的肩膀笑道:

"五妹妹,我们两个好久没有对过杯了。"

说完便和钱夫人碰了一下杯,一口喝尽,钱夫人也细细的干掉了。窦夫人离开时又对程参谋说道：

"程参谋，好好替我劝酒啊！你长官不在，你就在那一桌替他做主人吧。"

程参谋立起，执了一把银酒壶，弯了身，笑吟吟便往钱夫人杯里筛酒，钱夫人忙阻止道：

"程参谋，你替别人斟吧，我的酒量有限得很。"

程参谋却站着不动，望着钱夫人笑道：

"夫人，花雕不比别的酒，最易发散。我知道夫人回头还要用嗓子，这个酒暖过了，少喝点儿，不会伤喉咙的。"

"钱夫人是海量，不要饶过她！"

坐在钱夫人对面的蒋碧月却走了过来，也不用人让，自己先斟满了一杯，举到钱夫人面前笑道：

"五阿姐，我也好久没有和你喝过双钟儿了。"

钱夫人推开了蒋碧月的手，轻轻咳了一下说道：

"碧月，这样喝法要醉了。"

"到底是不赏妹子的脸，我喝双份儿好啦，回头醉了，最多让他们抬回去就是了。"

蒋碧月一仰头便干了一杯，程参谋连忙捧上另一杯，她也接过去一气干了，然后把个银酒杯倒过来，在钱夫人脸上一晃。客人们都鼓起掌来喝道：

"到底是蒋小姐豪兴！"

钱夫人只得举起了杯子，缓缓的将一杯花雕饮尽。酒倒是烫得暖暖的，一下喉，就像一杯热流般，周身游荡起来了。可是台湾的花雕到底不及大陆的那么醇厚，饮下去终究有点割喉。虽说花雕容易发散，饮急了，后劲才凶呢。没想到真正从绍兴办来的那些陈年花雕也那么伤人。那晚到底中了她们的道儿！她们大伙儿都说，几杯花雕哪里就能把嗓子喝哑了？难得是桂枝香的好日子，姐妹们不知何日才能聚得齐，主人尚且不开怀，客人那能恣意呢？连月月红十七也夹在里面起哄：姐姐，我们姐妹俩儿也来干一杯，亲热亲热一下。月月红穿了一身大金大红缎子旗袍，艳得像只鹦哥儿，一双眼睛，鹘伶伶地尽是水光。姐姐不赏脸，她说，姐姐到底不赏妹子的脸，她说道。逞够了强，捡够了便宜，还要赶着说风凉话。难怪桂枝香叹息：是亲妹子才专拣自己的姐姐在脚下踹呢。月月红——就算她年轻不懂事，郑彦青他就不该也跟了来胡闹着。他也捧了满满的一杯酒，咧着一口雪白的牙齿说道：夫人，我也来敬夫人一杯。他喝得两颧鲜红，眼睛烧得像两团黑水，一双带刺的马靴拍达一声并在一起，弯着身腰柔柔的叫道：夫人——

"这下该轮到我了，夫人。"程参谋立起身，双手举起了酒杯，笑吟吟地说道。

"真的不行了，程参谋。"钱夫人微俯着首，喃喃说道。"我先干三杯，表示点敬意，夫人请随意好了。"

程参谋一连便喝了三杯，一片酒晕把他整张脸都盖了过去了。他的额头发出了亮光，鼻尖上也冒出几颗汗珠子来。钱夫人端起了酒杯，在唇边略略沾了一下。程参谋替钱夫人拈了一只贵妃鸡的肉翅，自己也挟了一个鸡头来过酒。

"嗳唷，你敬的是什么酒呀？"

蒋碧月站起来，伸头前去嗅了一卞余参军长手里那杯酒，尖着嗓门叫了起来，余参军长正捧着一只与众不同的金色鸡缸杯在敬蒋碧月的酒。

"小姐，这杯是'通宵酒'哪！"余参军长笑嘻嘻的说道，他那张黑红脸早已喝得像猪肝似的了。

"'呀呀啐,何人与你们通宵哪!'"蒋碧月把手一挥,打起京白说道:

"蒋小姐,百花亭里还没摆起来,你先就'醉酒'了。"赖夫人隔着桌子笑着叫道,客人们又一声哄笑起来。窦夫人也站了起来对客人们说道:

"我们也该上场了,请各位到客厅那边去吧。"

客人们都立了起来,赖夫人带头,鱼贯而入进到客厅里,分别坐下。几位男票友却走到那档屏风面前几张红木椅子就了座,一边调弄起管弦来。六个人,除了胡琴外,一个拉二胡,一个弹月琴,一个管小鼓拍板,另外两个人立着,一个擎了一双铙钹,一个手里却吊了一面大铜锣。

"夫人,那位杨先生真是把好胡琴,他的洞箫,台湾还找不出第二个人呢,回头你听他一吹,就知道了。"

程参谋指着那位拉胡琴姓杨的票友,在钱夫人耳根下说道。钱夫人微微斜靠在一张单人沙发上,程参谋在她身旁一张皮垫矮圆凳上坐了下来。他又替钱夫人沏了一盅茉莉香片,钱夫人一面品着茶,一面顺着程参谋的手,朝那位姓杨的票友望去。那位姓杨的票友约莫五十上下,穿了一件古铜色起暗团花的熟罗长衫,面貌十分清癯,一双手指修长,洁白得像十管白玉一般,他将一柄胡琴从布袋子里抽了出来,腿上垫一块青搭布,将胡琴搁在上面,架上了弦弓,随便咿呀的调了一下,微微将头一垂,一扬手,猛地一声胡琴,便像抛线一般窜了起来,一段夜深沉,奏得十分清脆嘹亮,一奏毕,余参军长便头一个跳了起来叫了声:"好胡琴!"客人们便也都鼓起掌来。接着锣鼓齐鸣,凑出了一只"将军令"的上场牌子来。窦夫人也跟着满客厅一一去延请客人们上场演唱,正当客人们相互推让间,余参军长已经拥着蒋碧月走到胡琴那边,然后起起丑腔叫道:

"启娘娘,这便是百花亭了。"

蒋碧月双手握着嘴,笑得前俯后仰,两只腕上几个扭花金镯子,铮铮锵锵的抖响着。客人们都跟着哄喝彩起来,胡琴便奏出了"贵妃醉酒"里的四平调。蒋碧月身也不转,面朝客人便唱了起来。唱到过门的时候,余参军长跑出去托了一个朱红茶盘进来,上面搁了那只金色的鸡缸杯,一手撩了袍子,在蒋碧月跟前做了个半跪的姿势,效那高力士叫道:

"启娘娘,奴婢敬酒。"

蒋碧月果然装了醉态,东歪西倒的做出了种种身段,弯下身去,用嘴将那只酒杯衔了起来,然后又把杯子当啷一声掷到地上,唱出了两句:

人生在世如春梦

且自开怀饮几盅

客人们早笑得滚做了一团,窦夫人笑得岔了气,沙着喉咙对了赖夫人喊道:

"我看我们碧月今晚真的醉了!"

赖夫人笑得直用绢子揩眼泪,一面大声叫道:"蒋小姐醉了倒不要紧,只是莫学那杨玉环又去喝一缸醋就行了。"

客人们正在闹着要蒋碧月唱下去,蒋碧月却摇摇摆摆的走了下来,把那位徐太太给抬了上去,然后对客人们宣布道:

"昆曲大王来给我们唱'游园'了,回头再请另一位昆曲泰斗——钱夫人来接唱'惊梦'。"

钱夫人赶忙抬起了头来,将手里的茶杯搁到左边的矮几上,她看见徐太太已经站到那档屏风前面,半背着身子,一只手却扶在插笙箫的那只乌木架上。她穿着一身净黑的丝绒旗袍,脑后松松地挽了一个贵妇髻,半面脸微微向外,莹白的耳垂露在发外,上面吊着一丸翠绿的坠子。客厅里几只喇叭形的座灯像数道注光,把徐太太那细挑的身影,袅袅娜娜地推送到那档云母屏风上去。

"五阿姐,你仔细听听,看看徐太太的'游园'跟你唱的可有个高下。"

蒋碧月走了过来,一下子便坐到了程参谋的身边,伸过头来,一只手拍着钱夫人的肩,悄声笑着说道。

"夫人,今晚总算我有缘,能领教夫人的'昆腔'了。"

程参谋也转过头来,望着钱夫人笑道。钱夫人睨着蒋碧月手腕上那只金光乱窜的扭花镯子,她忽然感到一阵微微的晕眩。一股酒意涌上了她的脑门似的,刚才灌下去的那几杯花雕好像渐渐着力了,她觉得两眼发热,视线都有点朦胧起来。蒋碧月身上那袭红旗袍如同一团火焰,一下子明晃晃的烧到了程参谋的身上,程参谋衣领上那几枚金梅花,便像火星子般,跳跃了起来。蒋碧月的一对眼睛像两丸黑水银在她醉红的脸上溜转起来,程参谋那双细长的眼睛却眯成了一条缝,射出了逼人的锐光,两张脸都向着她,一齐咧着整齐的白牙,朝她微笑着,两张红得发油光的脸庞渐渐的靠拢起来,凑在一块儿,咧着白牙,朝她笑着。洞箫和笛子都鸣了起来,笛音如同流水,把靡靡下沉的箫声又托了起来,送进"游园"的"皂罗袍"中去——

　　原来姹紫嫣红开遍

　　似这般都付与断井颓垣

　　良辰美景奈何天

　　便赏心乐事谁家院——

杜丽娘唱的这段"昆腔"便算是昆曲的警句了。连吴声豪也说:钱夫人,您这段"皂罗袍"便是梅兰芳也不能过的。可是吴声豪的箫却偏偏吹得那么高。(吴师傅,今晚让她们灌多了,嗓子靠不住,吹低些吧。)吴声豪说,练嗓子的人,第一要忌酒;然而月月红十七却端着那杯花雕过来说道:姐姐,我们姐妹俩儿也来干一杯。她穿得大金大红的,还要说,姐姐,你不赏脸。不是这样说,妹子,不是姐姐不赏脸。实在为着他是姐姐命中的冤孽。瞎子师娘不是说过:荣华富贵——蓝田玉,可惜你长错了一根骨头。冤孽呵。他可不就是姐姐命中招的冤孽了?懂吗,妹子,冤孽。然而他也捧着酒杯来叫道:夫人。他笼着斜皮带,戴着金亮的领章,腰干子扎得挺细,一双带白铜刺的长统马靴乌光水滑的啪哒一声靠在一起,眼皮都喝得泛了桃花,却叫道:夫人。谁不知道南京梅园新村的钱夫人呢?钱鹏公,钱将军的夫人啊。钱鹏志的夫人。钱鹏志的随从参谋。钱将军的夫人,钱将军的参谋。钱将军。难为你了,老五,钱鹏志说道,可怜你还那么年轻。然而年轻的人哪里会有良心呢?瞎子师娘说,你们这种人,只有年纪大的才懂得疼惜啊。荣华富贵——只可惜长错了一根骨头。懂吗?妹子,他就是姐姐命中招的冤孽了。钱将军的夫人。将钱军的随从参谋。将军夫人。随从参谋。冤孽,我说。冤孽,我说。(吴师傅,吹得低一些,我的嗓子有点不行了。哎,这段"山坡羊"。)

　　没乱里春情难遣

　　蓦地里怀人幽怨

　　则为俺生小婵娟

拣名门一例一例里神仙眷
　　甚良缘把青春抛的远
　　俺的睡情谁见——

　　那团红火焰又熊熊的冒了起来了,烧得那两道飞扬的眉毛,发出了青湿的汗光。两张醉红的脸又渐渐的靠拢在一处,一齐咧着白牙,笑了起来。紫箫上那几根玉管子似的手指,上下飞跃着。那袭袅娜的身影儿,在那档雪青的云母屏风上,随着灯光,仿仿佛佛的摇曳起来。洞箫声愈来愈低沉,愈来愈凄咽,好像把杜丽娘满腔的怨情都吹了出来似的。杜丽娘快要入梦了,柳梦梅也该上场了。可是吴声豪却说,"惊梦"里幽会那一段,最是露骨不过的。(吴师傅吹低一点,今晚我喝多了酒。)然而他却偏捧着酒杯过来叫道,夫人。他那双乌光水滑的马靴啪哒一声靠在一处,一双白铜马刺扎得人的眼睛都发痛了。他喝得眼皮泛了桃花,还要那么叫道:夫人,我来扶你上马,夫人,他说道,他的马裤把两条修长的腿子翻得滚圆,夹在马肚子上,像一双钳子。他的马是白的,路也是白的,树干子也是白的,他那匹白马在猛烈的太阳底下照得发了亮。他们说:到中山陵的那条路上两旁种满了白桦树。他那匹白马在桦树林子里奔跑起来,活像一头麦秆丛中乱窜的兔儿。太阳照在马背上,蒸出一缕缕的白烟来。一匹白的,一匹黑的——两匹马都在流汗了。而他身上却沾满了触鼻的马汗。他的眉毛变得碧青,神眼像两团烧着了的黑火,汗珠子一行行从他额上流到他鲜红的颧上来。太阳,我叫道。太阳照得人的眼睛都睁不开了。那些树杆子,又白净,又细滑,一层层树皮都卸掉了,露出里面赤裸裸的嫩肉来,他们说:那条路上种满了白桦树。太阳,我叫道,太阳直射到人的眼睛上来了。于是他便放柔了声音唤道:夫人。钱将军的夫人。钱将军的随从参谋。钱将军的——老五,钱鹏志叫道,他的喉咙已经咽住了。老五,他喑哑的喊道,你要珍重吓。他的头发乱得像一丛枯白的茅草,他的眼睛坑出了两只黑窟窿,他从白床单下伸出他那只瘦黑的手来,说道,珍重吓,老五。他抖索的打开了那只描金的百宝匣儿,这是祖母绿,他取出了第一层押屉。这是猫儿眼。这是翡翠叶子。珍重吓,老五,他那乌青的嘴皮颤抖着,可怜你还这么年轻。荣华富贵——只可惜你长错了一根骨头。冤孽,妹子,他就是姐姐命中招的冤孽了。你听我说,妹子,冤孽呵。荣华富贵——可是我只活过那么一次。懂吗? 妹子,他就是我的冤孽了。荣华富贵——只有那一次。荣华富贵——我只活过一次。懂吗? 妹子,你听我说,妹子。姐姐不赏脸,月月红却端着酒过来说道,他的眼睛亮得剩了两泡水。姐姐到底不赏妹子的脸,她穿得一身大金大红的,像一团火一般,坐到了他的身边去。(吴师傅,我喝多了花雕)

　　迁延,这衷怀那处言
　　淹煎,泼残生除问天——

　　就是那一刻,泼残生——就是那一刻,她坐到他身边,一身大金大红的,就是那一刻,那两张醉红的面孔渐渐的凑拢在一起,就在那一刻,我看到了他们的眼睛:她的眼睛,他的眼睛。完了,我知道,就在那一刻,除问天——(吴师傅,我的嗓子。)完了,我的喉咙,你摸摸我的喉咙,在发抖吗? 完了,在发抖? 天——天——(吴师傅,我唱不出来了。)天——天——完了,荣华富贵——可是我只活过一次,——冤孽、冤孽、冤孽——天——天——(吴师傅,我的嗓子。)——就在那一刻,哑掉了——天——天——

　　"五阿姐,该是你'惊梦'的时候了,"蒋碧月站了起来,走到钱夫人面前,伸出了她那一双戴满了扭花金丝镯的手臂,笑吟吟的说道。

"夫人——"程参谋也立了起来，站在钱夫人跟前，微微倾着身子，轻轻地叫道。

"五妹妹，请你上场吧，"窦夫人走了过来，一面向钱夫人伸出手说道。

锣鼓笙箫一齐鸣了起来，奏出了一只"万年欢"的牌子来。客人们都倏地离了座，钱夫人看见满客厅里都是些手臂在交挥拍击，把徐太太团团围在客厅中央。笙箫管笛愈吹愈急切，那面铜锣高高的举了起来，敲得金光乱闪。

"我不能唱了，"钱夫人望着蒋碧月，微微摇了两下头，喃喃说道。

"那可不行！"蒋碧月一把捉住了钱夫人的双手，"五阿姐，你这位名角今晚无论如何逃不掉的。"

"我的嗓子哑了，"钱夫人突然用力摔开了蒋碧月的双手，嘎声说道，她觉得全身的血液一下子都涌到头上来了似的，两腮滚热，喉头好像猛让刀片拉了一下，一阵阵的刺痛起来，她听见窦夫人插进来说：

"五妹妹不唱算了——余参军长，我看今晚还是你这位名黑头来压轴吧。"

"好呀，好呀，"那边赖夫人马上响应道，"我有好久没有领教余参军长的'八大锤'了。"

说着赖夫人便叫余参军长推到了锣鼓那边。余参军长一站上去，便拱了手朝下面道了一声"献丑"，客人们一阵哄笑，他便开始唱了一段金兀术上场时的"点绛唇"；一面唱着，一面又撩起了袍子，做了个上马的姿势，踏着马步便在客厅中央环走起来，他那张宽肥的醉脸涨得紫红，双眼圆睁，两道粗眉一齐竖起，几声呐喊，把胡琴都压了下去。赖夫人笑得弯了腰，跑上去，跟在余参军长后头直拍着手，蒋碧月即刻上去加入了他们的行列，不停地尖起嗓子叫着"好黑头！好黑头！"另外几位女客也上去跟了他们喝彩，团团围走，于是客厅里的笑声便一阵比一阵暴涨了起来。余参军长一唱歌，几个着白衣黑裤的女佣已经端了一碗碗的红枣桂圆汤进来让客人们润喉了。

窦夫人引了客人们走出到屋外的露台上的时候，外面的空气里早充满了风露，客人们都穿上了大衣，窦夫人却围了一张白丝的大披肩，走到了台阶的下端。钱夫人立在露台的石栏旁边，往天上望去，她看见那片秋月恰恰的升到中天，把窦公馆花园里的树木路阶都照得镀了一层白霜，露台上那十几盆桂花，香气都比先前浓了许多，像一阵湿雾似的，一下子罩到了她的面上来。

"赖将军夫人的车子来了，"刘副官站在台阶下面，往上大声通报各家的汽车。头一辆开进来的，便是赖夫人那架黑色崭新的林肯，一个穿着制服的司机赶忙跳了下来，打开车门，弯了腰毕恭毕敬的候着。赖夫人走下台阶，和窦夫人道了别，把余参军长也带上了车，坐进去后，却伸出头来向窦夫人笑道：

"窦夫人，府上这一夜戏，就是当年梅兰芳和金少山也不能过的！"

"可是呢，"窦夫人笑着答道，"余参军长的黑头真是赛过金霸王了。"

立在台阶上的客人都笑了起来，一齐向赖夫人挥手作别。第二辆开进来的，却是窦夫人自己的小包车，把几位票友客人都送走了。接着程参谋自己开了一辆吉普军车进来，蒋碧月马上走了下去，捞起旗袍，跨上车子去，程参谋赶着过来，把她扶上了司机旁边的座位上，蒋碧月却歪出半个身子来笑道：

"这架吉普车连门都没有，回头怕不把我摔出马路上去呢！"

"小心点开啊，程参谋，"窦夫人说道，又把程参谋叫了过去，附耳嘱咐了几句，程参谋直点着头笑应道："夫人请放心。"

然后他朝了钱夫人,立了正,深深的行了一个礼,抬起头来笑道:

"钱夫人,我先告辞了。"

说完便利落的跳上了车子,发了火,开动起来。

"三阿姐再见!五阿姐再见!"

蒋碧月从车门伸出手来,不停的招挥着,钱夫人看见她臂上那一串扭花镯子,在空中划了几个金圈圈。

"钱夫人的车子呢?"客人快走尽的时候,窦夫人站在台阶下问刘副官道:

"报告夫人,钱将军夫人是坐计程车来的,"刘副官立了正答道。

"三阿姐——"钱夫人站在露台上叫了一声,她老早就想跟窦夫人说替她叫一辆计程车来了,可是刚才客人多,她总觉得有点堵口,钱鹏志过世后,她那辆官家汽车已经归还政府了。

"那么我的汽车回来,立刻传进来送钱夫人吧,"窦夫人马上接口道。

"是,夫人。"刘副官接了命令便退走了。

窦夫人回转身,便向着露台走了上来,钱夫人看见她身上那块白披肩,在月光下,像朵云似的簇拥着她。一阵风掠过去,周遭的椰树都沙沙地鸣了起来。把窦夫人身上那块大披肩吹得姗姗扬起,钱夫人赶忙用手把大衣领子锁了起来,连连打了两个寒噤。刚才滚热的面腮,吃这阵凉风一扬逼,汗毛都张开了。

"我们进去吧,五妹妹。"窦夫人伸出手来,搂着钱夫人的肩膀往屋内走去,"我叫人沏壶茶来,我们正好谈谈心——你这么久没来,可发觉台北变了些没有?"

钱夫人沉吟了半晌,侧过头来答道:

"变多喽。"

走到房子门口的时候,她又轻轻的加了一句:

"变得我都快不认识了——起了好多新的高楼大厦。"

延伸阅读: 白先勇的小说有古典气质,文字端庄,有丰富的韵味。也由于旧戏的经验和训练,作家经常能够借助古代戏曲的题材资源,重塑现代小说的精魂。这种贯穿式的而不是修修补补或断裂式的文学创作,令人将当代小说与现代小说联系起来,从而建立起中国20世纪文学的历史完整性。关于这一点,白先勇的小说可以说是功不可没的。

将军族(存目)

陈映真

延伸阅读:陈映真1937年出生于台湾台北县,原名陈永善,1961年毕业于淡江大学英文系。因与朋友阅读马列著作和鲁迅小说,遭到逮捕和迫害,从此成为台湾本土的"左翼作家"。陈映真是现实主义作家,他的小说关注现实,批判社会黑暗,曾经产生过很大影响。最近几年,研究陈映真的成果仍然很多,一时成为大陆学界的"显学"。

红旗谱(存目)

梁 斌

延伸阅读:戴锦华指出:"文艺为无产阶级政治服务,作为社会主义现实主义艺术的规定与使命,决定了十七年的艺术必须在对社会现实的经典表述与再塑中完成其意识形态实践;同时,也决定了其意识形态的铭文必须是中心构置、而不是中心偏移的。《红旗谱》中的意识形态铭文正是由革命传奇中的英雄(朱老忠)来负载的。"这个结论指出了小说主人公与作品主题之间的密切关系。参见唐小兵编:《再解读》,第170页,香港,牛津大学出版社,1993年。

红日(存目)

吴 强

延伸阅读:1949年之后,描写土地革命、抗日战争和解放战争的小说创作成为一个热点,因为很多作者都是这些战争的"亲历者",丰富的生活体验和战争记忆,以及创作积累,是这类小说的艺术成就高于其他小说的主要原因。冯牧评价道:"作为一部文学作品,它并不只是写出了一个普通的战场、一支普通的军队、一次普通的战役,而是把这一切方面、一切生活场景以及一切身临其境的人们的思想和行动,都自然而细密地交织在一起,构成了一幅色彩斑斓的历史图卷。"冯牧:《革命的战歌,英雄的颂歌——略论〈红日〉的成就及其弱点》,《文艺报》1958年第21期。

青春之歌(存目)

杨 沫

延伸阅读:《青春之歌》的中心叙事是女青年的成长与中国革命的关系,后者的本质属性暗示了前者成长的必然轨道。作品初稿本来是一部小资小说,经过在北京几大出版社之间的坎坷旅行,它的主题和题材被迅速革命化,读者看到的终稿实际上与初稿有了很大不同。1950、1960年代出版的几部"红色经典"的修改过程,都曾经历过这种程序。但也有人认为:"《青春之歌》围绕着女主人公林道静的个人命运与青春之旅,结构起一组多元决定的人物关系式。"这种多元阅读视野,是这部长篇小说成为研究热点的原因之一。参见唐小兵编:《再解读》,第158页,香港,牛津大学出版社,1993年。

林海雪原(存目)

曲 波

延伸阅读:现在学术界都把它和《铁道游击队》等描写战争、出版于"十七年"的小说,称为"革命通俗小说",其根据在于,它们吸收了中国传统武侠小说的某种元素,用于表现革命战士出生入死的斗争精神。李杨就认为:这部"讲述40年代末期一支解放军小分队奉命深入东北林海雪原清剿国民党残匪的故事的'革命通俗小说',却将一个现代意义的'革命'主题内置于一个古老的'报恩复仇'框架中,以此完成了对传统的'创造性转化'"。参见李杨:《50—70年代中国文学经典再解读》,第7页,济南,山东教育出版社,2003年。

红岩(存目)

罗广斌 杨益言

延伸阅读:《红岩》描写重庆解放前夕被囚革命者的反抗和斗争的故事,曾经感动过那个年代的很多年轻人。这部小说在新时期的地位有所下降,1990年代后,它再次成为研究焦点,为此出现过不少成果。李杨认为:"作为'十七年文学'向'文革文学'过渡时期的重要作品,《红岩》不仅再现了这种'去家庭化'的过程中家庭关系的弱化,更重要是展示了家庭与革命之间势不两立的冲突。"参见李杨:《50—70年代中国文学经典再解读》,第7页,济南,山东教育出版社,2003年。

三家巷(存目)

欧阳山

延伸阅读:在"十七年"红色经典小说中,欧阳山的这部长篇小说不能说独一无二,但至少也是极有特色的作品。它描写几个家庭的青年在成长为革命者的过程中的不同表现,从一个侧面表现了个人与革命之间的复杂性。这和《青春之歌》相比,明显是更有层次感的。另外,作品以广州为中心,既揭示了中国革命前后承传的多重性,更重要的是在艺术上显现了南中国的地域环境和特色,读过它的读者都会对此持有深刻的印象。与此同时,由于作者是老作家,与一些红色经典小说比较,作品艺术上的老到、圆熟也是比较突出的。

创业史(存目)

柳 青

延伸阅读:旷新年认为:"农村合作化的根本目的是改造小农经济和避免阶级分化。这也成为了考验革命中国的重要问题。因此,农村合作化成为了中国当代文学最重要的题材之一。"他认为柳青是一个有鲜明历史意识的大作家,"柳青要使《创业史》成为我国'社会主义革命的一面镜子'"。但是,小说出版后即引起争论,当时还是北大中文系青年教师的严家炎著文批评柳青"拔高"梁生宝的形象,遭到柳青的反驳。参见旷新年:《写在当代文学边上》,第41、48页,上海,上海教育出版社,2005年。

正红旗下(存目)

老 舍

延伸阅读:纯粹从一个作家的能力来看,老舍并不善于表现新题材、新人物。在现代文学时期,他的作品主要以老北京的各种市民形象为表现对象。1949年之后,虽然他一度表现得很积极,先后写下许多反映新北京变化的话剧作品,如《龙须沟》等,但在内行看来,他最擅长并为人称道的仍然是在对老北京人物的开掘上,经典话剧《茶馆》是一突出例证。老舍专攻领域仍然是长篇小说,《正红旗下》显示出作家的勃勃野心,他试图再次回到这一创作领域,写出一部大作品来。读者从中读出的精彩描写,和对人物环境及性格的精准描写,恐怕无不为之赞叹。可惜的是,这部长篇未能完成,其中原因需要花费很大精力予以探讨。

艳阳天(存目)

浩 然

延伸阅读:"《艳阳天》是1957年开始动笔,1962年重写,1964年出版第一卷,其间经过六次大修改。"这是继柳青《创业史》之后农村题材中规模宏大、具有史诗追求的长篇小说,也是作家浩然最为重要的作品。到新时期,随着"浩然重评"的到来,这部小说的地位在急速下降。1990年代后,又一轮"浩然重评"使人们意识到,"重评"已经超出作家个人范畴,它构成了对革命文学复杂而曲折的总体认识。这个过程显然到目前为止也没有结束。参见杨鼎川:《1967:狂乱的文学年代》,第94页,济南,山东教育出版社,1998年。

金光大道(存目)

浩 然

延伸阅读：杨鼎川指出："浩然的多卷集长篇小说《金光大道》，第一卷和第二卷分别于1972年8月和1974年5月由人民文学出版社出版。第三、第四卷虽然于'文革'结束时写完，却已无机会面世。这部小说的已出版部分后来曾受到批判，一般认为是在极左思潮和'三突出'等创作理论指导下的产物，很深地打上了'文革'和'四人帮'反动思潮的烙印。"艺术上，《金光大道》要逊于《艳阳天》，但是作为当代文学前30年重要的农村题材小说，它的历史价值和复杂性仍需重新讨论。参见杨鼎川：《1967：狂乱的文学年代》，第106页，济南，山东教育出版社，1998年。

晚霞消失的时候(存目)

礼 平

延伸阅读：该小说写于1970年代，在新时期公开发表。据作者回忆，它创作的缘起根源于目睹北京红卫兵运动的兴起和失败，这个事件促使礼平开始重新反思"文革"。他说："它是在文化革命还没有结束的时候写的，我写它的时候，中国正处在黎明前最灰暗的时刻，请注意我说的不是'黑暗'。从这个意义上说，我的小说应该早于所谓'新时期文学'。它在年代上属于手抄本时期，只是没有来得及传抄起来而已，我在新时期的文学大潮中应该是最早的起步者之一。"参见礼平、王斌：《只是当时已惘然——〈晚霞消失的时候〉与红卫兵往事》，《上海文化》2009年第3期。

公开的情书(存目)

靳 凡

延伸阅读：该小说在新时期公开发表之前，已经在青年人中作为"手抄本"广泛流传。小说以"通信体"写成，实际记录的是一代人的思想史。作者刘青峰(靳凡)回忆："这篇小说写于1972年，我与观涛结婚不到半年。当时观涛在杭州塑料厂当工人，每天三班倒，我则在贵州清镇中学教书。年轻人的共同点是爱好文学，我们也不例外。在文革年代，具有独立思想的文学创作不被官方意识形态允许，只能是地下的。正是这类作品记录了青年一代的新追求。除了《公开的情书》这个中篇以外，我们还创作了几个短篇和一些短诗。"参见刘青峰、黄平：《〈公开的情书〉与70年代》，《上海文化》2009年第3期。

波动(存目)

赵振开

延伸阅读：诗人北岛(赵振开)是以诗歌创作著称于世的，但他也有零星的小说创作，其中比较有名的是中篇小说《波动》。小说完成于1974年，1975年又经过作者修改。据北岛回忆，他起初在家里偷偷修改，被父母发现后，又转至十三陵水库一位朋友家，接着又被附近居委会的人觉察，于是再次返回北京。一部外国电影的剧本对这个作品的修改产生了较大影响，"在桌上摊开稿纸，我翻开由中国电影出版社出版的电影剧本《卡萨布兰卡》。这本书借来多日，爱不释手，对我的修改极有参考价值，特别是对话，那是小说最难的部分。"参见北岛：《断章》，引自北岛、李陀主编：《七十年代》，第29页，香港，牛津大学出版社，2008年。

夜 的 眼

王 蒙

路灯当然是一下子就全亮了的。但是陈杲总觉得是从他的头顶抛出去两道光流。街道两端，光河看不到头。槐树留下了朴质而又丰满的影子。等候公共汽车的人们也在人行道上放下了自己的浓的和淡的各人不止一个的影子。

大汽车和小汽车。无轨电车和自行车。鸣笛声和说笑声。大城市的夜晚才最有大城市的活力和特点。开始有了稀稀落落的、然而是引人注目的霓虹灯和理发馆门前的旋转花浪。有烫了的头发和留了的长发。高跟鞋和半高跟鞋，无袖套头的裙衫。花露水和雪花膏的气味。城市和女人刚刚开始略略打扮一下自己，已经有人坐不住了。这很有趣；陈杲已经有二十多年不到这个大城市来了。

二十多年，他待在一个边远的省份的一个边远的小镇，那里的路灯有三分之一是不亮的，灯泡健全的那三分之二又有三分之一的夜晚得不到供电，不知是由于遗忘还是由于燃料调配失灵。但问题不大，因为那里的人大致上也是按照农村的日出而作，日落而息的古制生活的，下午六点一过，所有的机关、工厂、商店、食堂就都下了班了。人们晚上都待在自己的家里抱孩子，抽烟，洗衣服，说一些说了就忘的话。

汽车来了，蓝色的，车身是那种挂连式的，很长大，售票员向着扩音器说话。人们挤挤拥拥地下了车，陈杲和另一些人挤挤拥拥地上了车。很挤，没有座位，但是令人愉快，售票员是个脸儿红扑扑的、口齿伶俐而且嗓音响亮的小姑娘。在陈杲的边远小镇，这样的姑娘不被选到文工团去报幕才怪。她熟练地一撳电门，遮着罩子的供看票用的小灯亮了，撕掉几张票以后，叭，又灭了。许多的街灯、树影、建筑物和行人掠过去了，又要到站了，清脆的嗓子报着站名，叭，罩灯又亮了，人们又在挤挤搡搡。

上来两个工人装束的青年，两个人情绪激动地在谈论着："……关键在于民主，民主，民主……"来大城市一周，陈杲到处听到人们在谈论民主，在大城市谈论民主就和在那个边远的小镇谈论羊腿把子一样普遍。这大概是因为大城市的肉食供应比较充足吧，人们不必为羊腿操心。这真让人羡慕。陈杲微笑了。

但是民主与羊腿是不矛盾的。没有民主，到了嘴边的羊腿也会被人夺走。而不能帮助边远的小镇的人们得到更多、更肥美的羊腿的民主则只是奢侈的空谈。陈杲到这个城市来是参加座谈会的，座谈会的题目被规定为短篇小说和戏剧的创作。粉碎"四人帮"后，陈杲接连发表了五六篇小说，有些人夸他写得更成熟了，路子更宽了，更多的人说他还没有恢复到二十余年前的水平。过分注意羊腿的人，小说技巧就会退化的，但是懂得了羊腿的重要性和迫切性却是一大进步和一大收获。这次应邀来开会，火车在一个小站上停留了一小时零十二分钟，因为那里有一个没有户口而有羊腿、卖高价的人被轧死了；那人为了早一点把羊腿卖出去，竟然不顾死活地在停下来的列车下面钻行，结果，制动闸失灵，列车滑动了那么一点点，可怜人就完了。这一直使陈杲觉得沉重。

正像从前在这样的座谈会上他总是年龄最小的一个一样，现在这一类会上他却是比较年长的了，而已显得土气，皮肤黑、粗糙。比他年轻、肩膀宽、个子高、眼睛大的同志在发言中表达了许多新鲜、大胆、尖锐、活泼的思想。令人顿开茅塞，令人心旷神怡，令人猛醒，令人激奋。结果文艺问题倒是讨论不起来，尽管主持会议的人拼命想引导大家围绕中心，大家谈得最多的还是关于"四人帮"赖于立足的土壤，关于反封建，关于民主与法制、道德与风气，关于公园里有愈来愈多的青年人聚众跳交谊舞、用电子吉他伴奏，以及公园管理人员如何千方百计地与这种灾祸作斗争；从每隔三分钟放送一次禁止跳这种舞的通告、罚款的办法到提前两个小时净园。陈杲也在会上发了言，比起其他人，他的发言是低调门的，"要一点一滴，从我们脚下做起，从我们自己做起。"他说。这个会上的发言如果能有一半，不，五分之一，不，十分之一变为现实，那就简直是不得了！这一点使陈杲兴奋，却又惶惑。

车到了终点站，但乘客仍然满满的。大家都很轻松自如，对于售票员的收票验票的呼吁满不在意，售票员的声音里带有点怒气了。像一切外地人一样，陈杲早早就高举起手中的全程车票，但售票员却连看他都不看一眼，他规规矩矩地主动把票子送到售票员手里，售票员连接都没接。

他掏出"通讯录"小本本，打开蓝灰色的塑料皮，查出地址，开始打问。他一个人却有好几个人向他指点，只有在这一点上他觉得这个大城市的人还保留"好礼"的传统。他道了谢，离开了灯光耀眼的公共汽车终点站，三拐两弯，走进一片迷宫似的新住宅区。

说是迷宫不是因为它复杂，而是因为它简单，六层高的居民楼，每一幢和每一幢都没有区别。密密麻麻的堆满了乱七八糟的东西的阳台，密密麻麻的闪耀着日光灯的青辉和普通灯泡的黄光的窗子。连每一幢楼的窗口里传出来的声音也是差不多的。电视正在播送国际足球比赛，中国队踢进去一个球，球场上的观众和电视荧光屏前面的观众欢呼在一起，人们狂热地喊叫着，掌声和欢呼声像涨起来的海潮，人们熟悉的老体育广播员张之也在拼命喊叫，其实，这个时候的解说是多余的。另外，有的窗口里传出锤子敲打门板的声音，剁菜的声音和孩子之间吵闹和大人的威胁声音。

这么多声音，灯光，杂物都堆积在像一个一个的火柴匣一样呆立着的楼房里；对于这种密集的生活，陈杲觉得有点陌生、不大习惯，甚至有点可笑。和楼房一样高的一棵棵的树影又给这种生活铺上薄薄的一层神秘。在边远的小镇，晚间听到的最多的是狗叫，他熟悉这些狗叫熟悉到这种程度，以致在一片汪汪声中他能分辨哪个声音是出自哪种毛色的哪一只狗和它的主人是谁。再有就是载重卡车夜间行车的声音，车灯刺激着人的眼睛，车一过，什么都看不见了。临街的房屋都随着汽车的颠簸而震颤。

行走在这迷宫一样的居民楼里，陈杲似乎有一点后悔。真不应该离开那一条明亮的大街，不应该离开那个拥拥搡搡的热闹而愉快的公共汽车，大家一起在大路上前进，这是多么好啊，然而现在呢，他一个人来到这里。要不就待在招待所，根本不要出来，那就更好，他可以和那些比他年龄小的朋友们整晚整晚地争辩，每个人都争着发表自己的医治林彪和"四人帮"留下的后遗症的处方。他们谈论贝尔格莱德、东京、香港和新加坡。晚饭以后他们还可以买一盘炸虾片和一盘煮花生米，叫上一升啤酒，既消暑又助谈兴。然而现在呢，他莫名其妙地坐了好长时间的车，要按一个莫名其妙的地址去找一个莫名其妙的人办一件莫名其妙的事。其实事一点也不莫名其妙，很正常，很应该，只是他办起来不合适罢了，让他办这件事还不如让他上台跳芭蕾舞，饰演《天鹅湖》中的王子。他走起路来都有一点跛,当然不注意倒也看不出,这是"横扫一切"留下的小小的纪念。

这种倒胃口的感觉使他想起二十多年前离开这个大城市时,那也是一种离了群的悲哀。

因为他发表了几篇当时认为太过分而现在又认为太不够的小说,这使他长期在95%和5%之间荡秋千,这真是一个危险的游戏。

按照人们所说的,对面不太远的那一幢楼就是了,偏偏赶上这儿在施工,好像在这里还要安装什么管道,不,不止是管道,还有砖瓦木石呢,可能还要盖两间平房,可能是食堂,当然也可能是公共厕所,总之,一道很宽的沟,他大概跳不过去,被横扫以前本来是可以跳过去的,所以他必须找一个桥梁,找一块木板,于是他顺着沟走来走去,焦躁起来,竟没有找到什么木板,白白地多走了冤枉路,绕还是跳?不,还不能服老,于是他后退了几步,一、二、三,不好,一只腿好像陷在沙子里,但已经跳了起来,不是腾空而起,而是落到沟里。幸好,沟底还没有什么硬的或者尖利的东西。但他也过了将近十分钟才从疼痛和恐惧中清醒过来。他笑了,拍打了一下身上的土,一跛一拐地爬了出来。谁知道刚爬出来又一脚踩到一个雨水洼里,他慌忙从水洼里抽出了脚,鞋和袜子已经都湿了,脚感到很碜牙,和吃了带土的米饭时嘴的感觉一样。他一抬头,看到楼边的一根歪歪斜斜的杆子上的一个孤零零的、光色显得橙红的小小的电灯泡。这个电灯泡存在在这里,就像在一面大黑板上画了一个小小的问号,或者说是惊叹号也行。

他走近了问号或惊叹号,楼窗里又传出来欢呼混合着打口哨的声音,大概是外国队又踢进了一个球。他凑近楼口,仔细察看了一下楼口上面的字迹,断定这就是他要找的那个地方。但他不放心,站在楼口等候一个过往的人,好再打听一下,同时怪不好意思。

他临走以前,那个边远的地方的一位他很熟悉也很尊重的领导同志找了他去,交给他一封信,让他到大城市去找一个什么公司的领导人。"我们是老战友",当地的陈杲所熟悉的领导同志说,"我信上已经写了,咱们机关的唯一的一辆上海牌小卧车坏了,管理人员和驾驶员已经跑了好几个地方,看来本省是修不好的了,缺几个关键性的部件。我这个老战友是主管汽车修配行业的,早就向我打过保票,说是'修车的事包在我身上',你去找找他,联系好了拍一个电报来……"

就是这么一件普普通通的事。找一个私人,一个老友,一个有职有权的领导,为另一个有职有权、在当地可以称得上是德高望重的领导所属单位修理一辆属于国家所有的小汽车。没有理由拒绝这位老同志的委托,而懂得羊腿的重要性的陈杲也就不对带信找人的必要性发生怀疑。顺便为当地办点事当然是他应尽的义务,但是,接受这个任务以后总觉得好像是穿上了一双不合脚的鞋,或是穿上一条裤子结果发现两条裤腿的颜色不一样。

边远的小镇的同志似乎"洞察"了他的心理,所以他刚到大城市不久就接连收到了来自小镇的电报,催他快点去讨个结果。反正我也不是为了个人。反正我从来也没坐过那辆上海牌,今后也不会坐。他鼓励着自己,经过了街灯如川的大路,离开了明亮如舞台的终点站和热情的乘客,绕来绕去,掉到沟里又爬出来,一身土,一脚泥,来到了。

终于从两个孩子口里证明了楼号和门号的无误,然后他快步走到了四楼,找对了门,先平静了一下,调匀呼吸,然后尽可能轻柔地、文明地然而又是足够响亮地敲响了门。

没有动静,然而门内似乎有点声音传出来,他把耳朵贴在门板上,好像有音乐,于是他摒弃了方才刹那间"哟,没在家"的既丧气而又庆幸的侥幸心理,坚决地再把门敲了一次。三次敲门之后,咚咚咚传来了脚步声,吱扭,旋转暗锁,咣当,门打开了,是一个头发蓬乱的小伙子,上身光光的,大腿光光的,浑身上下只有一条白布裤衩和一双海绵拖鞋,他的肌肉和皮肤闪着光。"找谁?"他问,口气里有一些不耐烦。

"我找×××同志",陈杲按照信封上的名字说道。"他不在。"小伙子转身就要关门,陈杲向前迈了一步,用这个大城市的最标准的口语发音和最礼貌的词句作了自我介绍,然后问道:"您是不是×××同志家里的人(估计是×××的儿子,其实对这样一个晚辈完全不必用'您'),您能不能听我说一说我的事情并转达给×××同志?"

黑暗里看不到小伙子的表情,但凭直觉可以感到他皱了一下眉,迟疑了一下,"来吧",他转身就走,并不招呼客人,那样子好像通知病人去拔牙的口腔医院的护士。

陈杲跟着他走去。小伙子的脚步声——咚、咚、咚。陈杲脚步声——嚓、嚓、嚓。黑咕咚咚的过道。左一个门,右一个门,过了好几个门。一个门里原来还有那么多门。有一个门被拉开了,柔和的光线,柔媚的歌声,柔热的酒气传了出来。

钢丝床,杏黄色的绸面被子,没有叠起来,堆在那里,好像倒置的一个大烧麦。落地式台灯,金属支柱发出拒人于千里之外的亮光。床头柜的柜门半开,露出了门边上的弹珠。边远的小镇有好多好友托付陈杲给他们代买弹珠,但是没有买着。那里,做大立柜的高潮方兴未艾。再移动一下眼光,藤椅和躺椅,圆桌,桌布就是"样板戏"《红灯记》第四场鸠山的客厅里铺过的那一张。四个喇叭的袖珍录音机,进口货。香港歌星的歌声,声音软,吐字硬,舌头大,嗓子细。听起来只叫人禁不住一笑。如果把这条录音带拿到边远的小镇放一放,也许比入侵一个骑兵团还要怕人。只有床头柜上的一个装着半杯水的玻璃杯使陈杲觉得熟悉,亲切,看到这个玻璃杯,就像在异乡的陌生人中发现了老相识。甚至是相交不深或者曾有芥蒂的人,在那种场合都会变成好朋友。

陈杲发现门前的一个破方凳,便搬过来,自己坐下了。他身上脏。他开始叙述自己的来意,说两句又等一等,希望小伙子把录音机的声音关小一些,等了几次发现没有关小的意思,便径自说下去。奇怪,一向不算不善于谈话的陈杲好像被人偷去了嘴巴,他说得结结巴巴,前言不搭后语,有些词用得不伦不类,比如本来是要说"想请×××同志帮助给联系一下",竟说成了"请您多照顾",好像是他来向这个小伙子申请补助费。本来是要说:"我先来联系一下",竟说成了"我来联络联络"。而且连说话的声音也变了,好像不是他自己的声音,而是一把钝锯在锯榆木。

说完,他把信掏了出来,小伙子斜仰着坐在躺椅上一动也不动,年龄大概有小伙子的两倍的陈杲只好走过去把边远地区领导同志的亲笔信送了过去。顺便,他看清了小伙子那张充满了厌倦和愚蠢的自负的脸。一脸的粉刺和青春疙瘩。

小伙子打开信,略略一看,非常轩蔑地笑了一下,左脚却随着软硬软硬的歌声打起拍子来。录音机和香港"歌星"的歌声,对于陈杲来说也还是新事物,他并不讨厌或者反对这种唱法,但他也不认为这种唱法有多大意思,他的脸上出现了一个轻蔑的笑容,不自觉的。

"这个×××(说的是边远地区的那位领导),是我爸爸的战友吗(按,到现在为止他没有作自我介绍,从理论上还无法证明他的爸爸是谁)?我怎么没听我爸爸说过?"

这句话给了陈杲一种受辱的感觉。"你年轻嘛,你爸爸可能没对你说过……"陈杲也不再客气了,回敬了一句。"我爸爸倒是说过,一找他修车,就都成了他的战友了!"

陈杲的脸发烧,心突突地跳起来,额头上沁出了汗珠,"难道你爸爸不认识×××(边远地区的首长)吗?他是一九三六年就到延安去的,去年在《红旗》上还发表过一篇文章……他的哥哥是××军区的司令啊!"

陈杲急急忙忙地竟然说起了这样一些报字号的话,特别是当他提到那位知名的大人物、××军区的司令时,刷地一下子,他两眼一阵晕眩而且汗流浃背了。

小伙子的反应是一个二十倍于方才的轻蔑的笑容,而且笑出了声。

陈杲无地自容,他低下了头。

"我跟您这么说吧,"小伙子站了起来,一副作总结的架势,"现在办什么事,主要靠两条,一条你得有东西,你们能拿点什么东西来呢?"

"我们,我们有什么呢?"陈杲问着自己:"我们有……羊腿……"他自言自语地说。

"羊腿不行,"小伙子又笑了,由于轻蔑过度,变成了怜悯了,"再一条,干脆说实话,就靠招摇撞骗……何必非找我爸爸呢,如果你们有东西,又有会办事的人,该用谁的名义就用去好了。"然后,他又补了一句,"我爸爸到北戴河出差去了……"他没有说"疗养"。

陈杲昏昏然,临走到门口的时候他忽然停下了脚,不由得侧起了耳朵,录音机里放送的是真正的音乐,匈牙利作曲家韦哈尔的《舞会圆舞曲》。一片树叶在旋转,飞旋在三面是雪山的一个高山湖泊的碧蓝碧蓝的水面上,他们的那个边远的小镇,就在高山湖泊的那边。一只野天鹅,栖息在湖面上了。

黑洞洞的楼道。陈杲像喝醉了一样地连跑带跳地冲了下来。咚咚咚咚,不知道是他的脚步声还是他的心跳声更像一面鼓;一出楼门,抬头,天啊,那个小小的问号或者惊叹号一样的暗淡的灯泡忽然变红了,好像是魔鬼的眼睛。

多么可怕的眼睛,它能使鸟变成鼠,马变成虫。陈杲连跑带蹿,毫不费力地从土沟前一跃而过,球赛结束了,电视广播员用温柔而亲切的声音预报第二天的天气。他飞快地来到了公共汽车的终点——起点站。等车的人仍然是那么多。有一群青年女工是去工厂上夜班的,她们正在七嘴八舌地议论车间的评奖。有一对青年男女,甚至在等车的时候也互相拉着手,扳着腰肢。今日的四铭先生看了准保又要休克了。陈杲上了车,站在门边。这个售票员已经不年轻了,她的身体是那样单薄,隔着衬衫好像可以看到她的突出的、硬硬的肩胛骨。二十年的坎坷,二十年的改造,陈杲学会了许多宝贵的东西,也丢失了一点本来绝对不应该丢失的东西。然而他仍然爱灯光,爱上夜班的工人,爱民主,评奖、羊腿……铃声响了,"哧"地一声又一声,三个门分别关上了,树影和灯影开始后退了,"有没有票的没有?"售票员问了一句,不等陈杲掏出零钱,"叭"地一声把票灯关熄了。她以为,乘车的都是有月票的夜班工人呢。

延伸阅读:某种意义上,这篇小说带着点儿作家的自叙传性质。它于1979年发表,这一年王蒙被北京市委组织部调回北京。它记叙了作家返回北京前后一段独特的生活历程。作品表面上是写作家的"归来",其中又穿插着1979年前后北京社会悄然的变化。正是在这种多重情景中,小说为我们提供了远比作品本身更为丰富的东西。如果采取文学社会学的阅读方式,《夜的眼》想必能够提供当时文学批评所无法给予的许多内涵。

活动变人形(存目)

王 蒙

延伸阅读: 它被认为是王蒙1980年代小说创作中在面对传统文化时,最具自我反思力量的作品。洪子诚认为:"他的小说,出离了对创伤的哀诉和愤激的抨击,这是他幽默、温婉的风格的思想基础。在长篇《活动变人形》中,试图解剖传统文化,表现在东西方冲突下知识分子的灵魂和困窘,对封建文化深层结构的残酷、野蛮,尤其是它不仅'吃人',且'自食',有令人悚然的揭示。"参见洪子诚:《中国当代文学概说》,第112页,香港,青文书屋,1997年。

李顺大造屋(存目)

高晓声

延伸阅读: 这篇小说文字虽不长,却是深刻概括"十七年"农业合作化运动及农民命运的精彩之作。有人评价说:"高晓声写农民的小说,引人注意的是重新提出'国民性'的问题。评论界也曾经指出这是鲁迅等的小说主题的继续。高晓声认为,中国当代农民悲剧命运的造成,除了外部的压力外,这些长期未能解决温饱的农民自己也有责任,那就是他们身上传统性格的弱点。"参见洪子诚:《中国当代文学概说》,第114页,香港,青文书屋,1997年。

受 戒

汪曾祺

明海出家已经四年了。

他是十三岁来的。

这个地方的地名有点怪,叫庵赵庄。赵,是因为庄上大都姓赵。叫做庄,可是人家住得很分散,这里两三家,那里两三家。一出门,远远可以看到,走起来得走一会,因为没有大路,都是弯弯曲曲的田埂。庵,是因为有一个庵。庵叫菩提庵,可是大家叫讹了,叫成荸荠庵,连庵里的和尚也这样叫。"宝刹何处?"——"荸荠庵。"庵本来是住尼姑的。"和尚庙""尼姑庵"嘛。可是荸荠庵住的是和尚。也许因为荸荠庵不大,大者为庙,小者为庵。

明海在家叫小明子。他是从小就确定要出家的。他的家乡不叫"出家",叫"当和尚"。他的家乡出和尚。就像有的地方出劁猪的,有的地方出织席子的,有的地方出箍桶的,有的地方出弹棉花的,有的地方出画匠,有的地方出婊子,他的家乡出和尚。人家弟兄多,就派一个出去当和尚。当和尚也要通过关系,也有帮。这地方的和尚有的走得很远。有到杭州灵隐寺的、上海静安寺的、镇江金山寺的、扬州天宁寺的。一般的就在本县的寺庙。明海家田少,老大、老二、老三,就足够种的了。他是老四。他七岁那年,他当和尚的舅舅回家,他爹、他娘就和舅舅商议,决定叫他当和尚。他当时在旁边,觉得这实在是在情在理,没有理由反对。当和尚有很多好处。一是可以吃现成饭,哪个庙里都是管饭的。二是可以攒钱。只要学会了放瑜伽焰口,拜梁皇忏,可以按例分到辛苦钱。积攒起来,将来还俗娶亲也可以;不想还俗,买几亩田也可以。当和尚也不容易,一要面如朗月,二要声如钟磬,三要聪明记性好。他舅舅给他相了相面,叫他前走几步,后走几步,又叫他喊了一声赶牛打场的号子:"格当嘚——",说是"明子准能当个好和尚,我包了!"要当和尚,得下点本,——念几年书。哪有不认字的和尚呢!于是明子就开蒙入学,读了《三字经》《百家姓》《四言杂字》《幼学琼林》《上论、下论》《上孟、下孟》,每天还写一张仿。村里都夸他字写得好,很黑。

舅舅按照约定的日期又回了家,带了一件他自己穿的和尚领的短衫,叫明子娘改小一点,给明子穿上。明子穿了这件和尚短衫,下身还是在家穿的紫花裤子,赤脚穿了一双新布鞋,跟他爹、他娘磕了一个头,就随舅舅走了。

他上学时起了个学名,叫明海。舅舅说,不用改了。于是"明海"就从学名变成了法名。

过了一个湖。好大一个湖!穿过一个县城。县城真热闹:官盐店,税务局,肉铺里挂着成边的猪,一个驴子在磨芝麻,满街都是小磨香油的香味,布店,卖茉莉粉、梳头油的什么斋,卖绒花的,卖丝线的,打把式卖膏药的,吹糖人的,耍蛇的,……他什么都想看看。舅舅一劲地推他:"快走!快走!"

到了一个河边,有一只船在等着他们。船上有一个五十来岁的瘦长瘦长的大伯,船头蹲着一个跟明子差不多大的女孩子,在剥一个莲蓬吃。明子和舅舅坐到舱里。船就开了。

明子听见有人跟他说话,是那个女孩子。

"是你要到荸荠庵当和尚吗?"

明子点点头。

"当和尚要烧戒疤呕!你不怕?"

明子不知道怎么回答,就含含糊糊地摇了摇头。

"你叫什么?"

"明海。"

"在家的时候?"

"叫明子。"

"明子!我叫小英子!我们是邻居。我家挨着荸荠庵。——给你!"

小英子把吃剩的半个莲蓬扔给明海,小明子就剥开莲蓬壳,一颗一颗吃起来。

大伯一桨一桨地划着,只听见船桨泼水的声音:

"哗——许!哗——许!"

荸荠庵的地势很好,在一片高地上。这一带就数这片地高,当初建庵的人很会选地方。门前是一条河。门外是一片很大的打谷场。三面都是高大的柳树。山门里是一个穿堂。迎门供着弥勒佛。不知是哪一位名士撰写了一副对联:

　　大肚能容容天下难容之事
　　开颜一笑笑世间可笑之人

弥勒佛背后,是韦驮。过穿堂,是一个不小的天井,种着两棵白果树。天井两边各有三间厢房。走过天井,便是大殿,供着三世佛。佛像连龛才四尺来高。大殿东边是方丈,西边是库房。大殿东侧,有一个小小的六角门,白门绿字,刻着一副对联:

　　一花一世界
　　三藐三菩提

进门有一个狭长的天井,几块假山石,几盆花,有二间小房。

小和尚的日子清闲得很。一早起来,开山门,扫地。庵里的地铺的都是筛底方砖,好扫得很,给弥勒佛、韦驮烧一炷香,正殿的三世佛面前也烧一炷香,磕三个头,念三声"南无阿弥陀佛",敲三声磬。这庵里的和尚不兴做什么早课、晚课,明子这三声磬就全都代替了。然后,挑水,喂猪。然后,等当家和尚,即明子的舅舅起来,教他念经。

教念经也跟教书一样,师父面前一本经,徒弟面前一本经,师父唱一句,徒弟跟着唱一句。是唱哎。舅舅一边唱,一边还用手在桌上拍板。一板一眼,拍得很响,就跟教唱戏一样。是跟教唱戏一样,完全一样哎。连用的名词都一样。舅舅说,念经:一要板眼准,二要合工尺。说:当一个好和尚,得有条好嗓子。说:民国十年闹大水,运河倒了堤,最后在清水潭合龙,因为大水淹死的人很多,放了一台大焰口,十三大师——十三个正座和尚,各大庙的方丈都来了,下面的和尚上百。谁当这个首座?推来推去,还是石桥——善因寺的方丈!他往上一坐,就跟地藏王菩萨一样,这就不用说了;那一声"开香赞",围看的上千人立时鸦雀无声。说:嗓子要练,夏练三伏,冬练三九,要练丹田气!

说:要吃得苦中苦,方为人上人!说:和尚里也有状元、榜眼、探花!要用心,不要贪玩!舅舅这一番大法说得明海和尚实在是五体投地,于是就一板一眼地跟着舅舅唱起来。

"炉香乍爇——"
"炉香乍爇——"
"法界蒙薰——"
"法界蒙薰——"
"诸佛现金身……"
"诸佛现金身……"
……

等明海学完了早经,——他晚上临睡前还要学一段,叫做晚经,——荸荠庵的师父们就都陆续起床了。

这庵里人口简单,一共六个人。连明海在内,五个和尚。

有一个老和尚,六十几了,是舅舅的师叔,法名普照,但是知道的人很少,因为很少人叫他法名,都称之为老和尚或老师父,明海叫他师爷爷。这是个很枯寂的人,一天关在房里,就是那"一花一世界"里。也看不见他念佛,只是那么一声不响地坐着。他是吃斋的,过年时除外。

下面就是师兄弟三个,仁字排行:仁山、仁海、仁渡。庵里庵外,有的称他们为大师父、二师父;有的称之为山师父、海师父。只有仁渡,没有叫他"渡师父"的,因为听起来不像话,大都直呼之为仁渡。他也只配如此,因为他还年轻,才二十多岁。

仁山,即明子的舅舅,是当家的。不叫"方丈",也不叫"住持",却叫"当家的",是很有道理的,因为他确确实实干的是当家的职务。他屋里摆的是一张账桌,桌子上放的是账簿和算盘。账簿共有三本。一本是经账,一本是租账,一本是债账。和尚要做法事,做法事要收钱,——要不,当和尚干什么?常做的法事是放焰口。正规的焰口是十个人。一个正座,一个敲鼓的,两边一边四个。人少了,八个,一边三个,也凑合了。荸荠庵只有四个和尚,要放整焰口就得和别的庙里合伙。这样的时候也有过。通常只是放半台焰口。一个正座,一个敲鼓,另外一边一个。一来找别的庙里合伙费事;二来这一带放得起整焰口的人家也不多。有的时候,谁家死了人,就只请两个,甚至一个和尚咕噜咕噜念一通经,敲打几声法器就算完事。很多人家的经钱不是当时就给,往往要等秋后才还。这就得记账。另外,和尚放焰口的辛苦钱不是一样的。就像唱戏一样,有份子。正座第一份。因为他要领唱,而且还要独唱。当中有一大段"叹骷髅",别的和尚都放下法器休息。只有首座一个人有板有眼地慢声吟唱。第二份是敲鼓的。你以为这容易呀?哼,单是一开头的"发擂",手上没功夫就敲不出迟疾顿挫!其余的,就一样了。这也得记上:某月某日、谁家焰口半台,谁正座,谁敲鼓……省得到年底结账时赌咒骂娘。……这庵里有几十亩庙产,租给人种,到时候要收租。庵里还放债。租债一向倒很少亏欠,因为租佃借钱的人怕菩萨不高兴。这三本账就够仁山忙的了。另外香烛灯火、油盐"福食",这也得随时记账呀。除了账簿之外,山师父的方丈的墙上还挂着一块水牌,上漆四个红字:"勤笔免思"。

仁山所说当一个好和尚的三个条件,他自己其实一条也不具备。他的相貌只要用两个字就说清楚了:黄,胖。声音也不像钟磬,倒像母猪。聪明吗?难说,打牌老输。他在庵里从不穿袈裟,连海青直裰也免了。经常是披着件短僧衣,袒露着一个黄色的肚子。下面是光脚踢拉着一双僧鞋,——新鞋他也是踏拉着。他一天就是这样不衫不履地这里走走,那里走走,发出母猪一样的声音:"哼——哼——"。

二师父仁海。他是有老婆的。他老婆每年夏秋之间来住几个月,因为庵里凉快。庵里有六个人,其中之一,就是这位和尚的家眷。仁山、仁海叫他嫂子,明海叫她师娘。这两口子都很爱干净,整天的洗涮。傍晚的时候,坐在天井里乘凉。白天,闷在屋里不出来。

三师父是个很聪明精干的人。有时一笔账大师兄扒了半天算盘也算不清,他眼珠子转两转,早算得一清二楚。他打牌赢的时候多,二三十张牌落地,上下家手里有些什么牌,他就差不多都知道了。他打牌时,总有人爱在他后面看歪头胡。谁家约他打牌、就说"想送两个钱给你。"他不但经忏俱通(小庙的和尚能够拜忏的不多),而且身怀绝技,会"飞铙"。七月间有些地方做盂兰会,在旷地上放大焰口,几十个和尚,穿绣花袈裟,飞铙。飞铙就是把十多斤重的大铙钹飞起来。到了一定的时候,全部法器皆停,只几十副大铙紧张急促地敲起来。忽然起手,大铙向半空中飞去,一面飞,一面旋转。然后,又落下来,接住。接住不是平平常常地接住,有各种架势,"犀牛望月""苏秦背剑"……这哪是念经,这是耍杂技。也算是地藏王菩萨爱看这个,但真正因此快乐起来的是人,尤其是妇女和孩子。这是年轻漂亮的和尚出风头的机会。一场大焰口过后,也像一个好戏班子过后一样,会有一个两个大姑娘、小媳妇失踪,——跟和尚跑了。他还会放"花焰口"。有的人家,亲戚中多风流子弟,在不是很哀伤的佛事——如做冥寿时,就会提出放花焰口。所谓"花焰口"就是在正焰口之后,叫和尚唱小调,拉丝弦,吹管笛,敲鼓板,而且可以点唱。仁渡一个人可以唱一夜不重头。仁渡前几年一直在外面,近二年才常住在庵里。据说他有相好的,而且不止一个。他平常可是很规矩,看到姑娘媳妇总是老老实实的,连一句玩笑话都不说,一句小调山歌都不唱。有一回,在打谷场上乘凉的时候,一伙人把他围起来,非叫他唱两个不可。他却情不过,说:"好,唱一个。不唱家乡的。家乡的你们都熟。唱个安徽的。"

> 姐和小郎打大麦,
> 一转子讲得听不得。
> 听不得就听不得,
> 打完了大麦打小麦。

唱完了,大家还嫌不够,他就又唱了一个:

> 姐儿生得漂漂的,
> 两个奶子翘翘的。
> 有心上去摸一把,
> 心里有点跳跳的。
> ……

这个庵里无所谓清规,连这两个字也没人提起。

仁山吃水烟,连出门做法事也带着他的水烟袋。

他们经常打牌。这是个打牌的好地方。把大殿上吃饭的方桌往门口一搭,斜放着,就是牌桌。桌子一放好,仁山就从他的方丈里把筹码拿出来,哗啦一声倒在桌上。斗纸牌的时候多,搓麻将的时候少。牌客除了师兄弟三人,常来的是一个收鸭毛的,一个打兔子兼偷鸡的,都是正经人。收鸭毛的担一副竹筐,串乡串镇,拉长了沙哑的声音喊叫:

"鸭毛卖钱——!"

偷鸡的有一件家什——铜蜻蜓。看准了一只老母鸡,把铜蜻蜓一丢,鸡婆子上去就是一口。这一啄,铜蜻蜓的硬簧绷开,鸡嘴撑住了,叫不出来了。正在这鸡十分纳闷的时候,上去一把薅住。

明子曾经跟这位正经人要过铜蜻蜓看看。他拿到小英子家门前试了一试,果然!小英的娘知道了,骂明子:

"要死了!儿子!你怎么到我家来玩铜蜻蜓了!"

小英子跑过来:

"给我!给我!"

她也试了试,真灵,一个黑母鸡一下子就把嘴撑住,傻了眼了!

下雨阴天,这二位就光临荸荠庵,消磨一天。

有时没有外客,就把老师叔也拉出来,打牌的结局,大都是当家和尚气得鼓鼓的:

"×妈妈的!又输了!下回不来了!"

他们吃肉不瞒人。年下也杀猪。杀猪就在大殿上。一切都和在家人一样,开水、木桶、尖刀。捆猪的时候,猪也是没命地叫。跟在家人不同的,是多一道仪式,要给即将升天的猪崽念一道"往生咒",并且总是老师叔念,神情很庄重:

"……一切胎生、卵生、息生,来从虚空来,还归虚空去。往生再世,皆当欢喜。南无阿弥陀佛!"

三师父仁渡一刀子下去,鲜红的猪血就带着很多沫子喷出来。

……

明子老往小英子家里跑。

小英子的家像一个小岛,三面都是河,西面有一条小路通到荸荠庵。独门独户,岛上只有这一家。岛上有六棵大桑树,夏天都结大桑椹,三棵结白的,三棵结紫的;一个菜园子,瓜豆蔬菜,四时不缺。院墙下半截是砖砌的,上半截是泥夯的。大门是桐油油过的,贴着一副万年红的春联:

  向阳门第春常在
  积善人家庆有余

门里是一个很宽的院子。院子里一边是牛屋、碓棚;一边是猪圈、鸡窠,还有个关鸭子的栅栏。露天地放着一具石磨。正北面是住房,也是砖基土筑,上面盖的一半是瓦,一半是草。房子翻修了才三年,木料还露着白茬。正中是堂屋,家神菩萨的画像上贴的金还没有发黑。两边是卧房。隔扇窗上各嵌了一块一尺见方的玻璃,明亮亮的,——这在乡下是不多见的。房檐下一边种着一棵石榴树,一边种着一棵栀子花,都齐房檐高了。夏天开了花,一红一白,好看得很。栀子花香得冲鼻子。顺风的时候,在荸荠庵都闻得见。

这家人口不多。他家当然是姓赵,一共四口人:赵大伯、赵大妈,两个女儿,大英子、小英子。老两口没有儿子。因为这些年人不得病,牛不生灾,也没有大旱大水闹蝗虫,日子过得很兴旺。他们家自己有田,本来够吃的了,又租种了庵上的十亩田。自己的田里,一亩种了荸荠,——这一半是小英子的主意,她爱吃荸荠,一亩种了茨菇。家里喂了一大群鸡鸭,单是鸡蛋鸭毛就够一年的油盐了。赵大伯是个能干人。他是一个"全把式",不但田里场上样样精通,还会罾鱼、洗磨、凿砻、修水库、修船、砌墙、烧砖、箍桶、劈篾、绞麻绳。他不咳嗽,不腰疼,结结实实,像一棵榆树。人很和气,一天不声不响。赵大伯是一棵摇钱树,赵大娘就是个聚宝盆。大娘精神得出奇。五十岁了,两个眼睛还是清亮亮的。不论什么时候,头都是梳得滑溜溜的,身上衣服都是格挣挣的。像老头子一样,她一天不闲着。煮猪食,喂猪,腌咸菜,她腌的咸萝卜干非常好吃,舂粉子,磨小豆腐,编蓑衣,织芦篚。

她还会剪花样子。这里嫁闺女,陪嫁妆,磁坛子、锡罐子,都要用梅红纸剪出吉祥花样,贴在上面,讨个吉利,也才好看:"丹凤朝阳"呀、"白头到老"呀、"子孙万代"呀、"福寿绵长"呀。二三十里的人家都来请她:"大娘,好日子是十六,你哪天去呀?"——"十五,我一大清早就来!"

"一定呀!"——"一定!一定!"

两个女儿,长得跟她娘像一个模子里托出来的。眼睛长得尤其像,白眼珠鸭蛋青,黑眼珠棋子黑,定神时如清水,闪动时像星星。浑身上下,头是头,脚是脚。头发滑溜溜的,衣服格挣挣的。——这里的风俗,十五六岁的姑娘就都梳上头了。这两个丫头,这一头的好头发!通红的发根,雪白的簪子!娘女三个去赶集,一集的人都朝她们望。

姐妹俩长得很像,性格不同。大姑娘很文静,话很少,像父亲。小英子比她娘还会说,一天咭咭呱呱地不停。大姐说:

"你一天到晚咭咭呱呱——"

"像个喜鹊!"

"你自己说的!——吵得人心乱!"

"心乱?"

"心乱!"

"你心乱怪我呀!"

二姑娘话里有话。大英子已经有了人家。小人她偷偷地看过,人很敦厚,也不难看,家道也殷实,她满意。已经下过小定,日子还没有定下来。她这二年,很少出房门,整天赶她的嫁妆。大裁大剪,她都会。挑花绣花,不如娘。她可又嫌娘出的样子太老了。她到城里看过新娘子,说人家现在绣的都是活花活草。这可把娘难住了。最后是喜鹊忽然一拍屁股:"我给你保举一个人!"

这人是谁?是明子。明子念"上孟下孟"的时候,不知怎么得了半套《芥子园》,他喜欢得很。到了荸荠庵,他还常翻出来看,有时还把旧账簿子翻过来,照着描。小英子说:

"他会画!画得跟活的一样!"

小英子把明海请到家里来,给他磨墨铺纸,小和尚画了几张,大英子喜欢得了不得:

"就是这样!就是这样!这就可以乱插!"——所谓"乱插"是绣花的一种针法;绣了第一层,第二层的针脚插进第一层的针缝,这样颜色就可由深到淡,不露痕迹,不像娘那一代绣的花是平针,深浅之间,界限分明,一道一道的。小英子就像个书童,又像个参谋:

"画一朵石榴花!"

"画一朵栀子花!"

她把花掐来,明海就照着画。

到后来,凤仙花、石竹子、水蓼、淡竹叶、天竺果子、腊梅花,他都能画。

大娘看着也喜欢,搂住明海的和尚头:

"你真聪明!你给我当一个干儿子吧!"

小英子捺住他的肩膀,说:

"快叫,快叫!"

小明子跪在地下磕了一个头,从此就叫小英子的娘做干娘。

大英子绣的三双鞋,三十里方圆都传遍了。很多姑娘都走路坐船来看。看完了,就说"啧啧啧,真好看!这哪是绣的,这是一朵鲜花!"她们就拿了纸来央大娘求了小和尚来画。有求画账檐的,有求画门帘飘带的,有求画鞋头花的。每回明子来画花,小英子就给他做点好吃的,煮两个鸡蛋,蒸一碗芋头,煎几个藕团子。

因为照顾姐姐赶嫁妆,田里的零碎生活小英子就全包了。她的帮手,是明子。

这地方的忙活是栽秧、车高田水、薅头遍草,再就是割稻子、打场了。这几茬重活,自己一家是忙不过来的。这地方兴换工。排好了日期,几家顾一家,轮流转。不收工钱,但是吃好的。一天吃六顿,两头见肉,顿顿有酒。干活时,敲着锣鼓,唱着歌,热闹得很。其余的时候,各顾各,不显得紧张。

薅三遍草的时候,秧已经很高了,低下头看不见人。一听见非常脆亮的嗓子在一片浓绿里唱:

栀子哎开花哎六瓣头哎……

姐家哎门前哎一道桥哎……

明海就知道小英子在哪里,三步两步就赶到,赶到就低头薅起草来。傍晚牵牛"打汪,"是明子的事——水牛怕蚊子。这里的习惯,牛卸了轭,饮了水,就牵到一口和好泥水的"汪"里,由它自己打滚扑腾,弄得全身都是泥浆,这样蚊子就咬不透了。低田上水,只要一挂十四轧的水车,两个人车半天就够了。明子和小英子就伏在车杠上,不紧不慢地踩着车轴上的拐子,轻轻地唱着明海向三师父学来的各处山歌。打场的时候,明子能替赵大伯一会,让他回家吃饭。——赵家自己没有场,每年都在荸荠庵外面的场上打谷子。他一扬鞭子,喊起了打场号子:

"格当嘚——"

这打场号子有音无字,可是九转十三弯,比什么山歌号子都好听。赵大娘在家,听见明子的号子,就侧起耳朵:

"这孩子这条嗓子!"

连大英子也停下针线:

"真好听!"

小英子非常骄傲地说:

"一十三省数第一!"

晚上,他们一起看场。——荸荠庵收来的租稻也晒在场上。他们并肩坐在一个石碌子上,听青蛙打鼓,听寒蛇唱歌,——这个地方以为蝼蛄叫是蚯蚓叫,而且叫蚯蚓叫

"寒蛇",听纺纱婆子不停地纺纱,"呦——",看萤火虫飞来飞去,看天上的流星。

"呀!我忘了在裤带上打一个结!"小英子说。

这里的人相信,在流星掉下来的时候在裤带上打一个结,心里想什么好事,就能如愿。

……

"掐"荸荠,这是小英子最爱干的生活。秋天过去了,地净场光,荸荠的叶子枯了,——荸荠的笔直的小葱一样的圆叶子里是一格一格的,用手一掐,哔哔地响,小英子最爱掐着玩,——荸荠藏在烂泥里。赤了脚,在凉浸浸滑溜溜的泥里踩着,——哎,一个硬疙瘩!伸手下去,一个红紫红紫的荸荠。她自己爱干这生活,还拉了明子一起去。她老是故意用自己的光脚去踩明子的脚。

她挎着一篮子荸荠回去了,在柔软的田埂上留下一串脚印,明海看着她的脚印。傻了。五个小小的趾头,脚掌平平的,脚跟细细的,脚弓部分缺了一块。明海身上有一种从来没过的感觉,他觉得心里痒痒的。这一串美丽的脚印把小和尚的心搞乱了。

……

明子常搭赵家的船进城,给庵里买香烛,买油盐。闲时是赵大伯划船;忙时是小英子去,划船的是明子。

从庵赵庄到县城,当中要经过一片很大的芦花荡子。芦苇长得密密的,当中一条水路,四边不见人。划到这里,明子总是无端端地觉得心里很紧张,他就使劲地划桨。

小英子喊起来:

"明子!明子!你怎么啦?你发疯啦?为什么划得这么快?"

……

明海到善因寺去受戒。

"你真的要去烧戒疤呀?"

"真的。"

"好好的头皮上烧八个洞,那不疼死啦?"

"咬咬牙。舅舅说这是当和尚的一大关,总要过的。"

"不受戒不行吗?"

"不受戒的是野和尚。"

"受了戒有啥好处?"

"受了戒就可以到处云游、逢寺挂褡。"

"什么叫'挂褡'?"

"就是在庙里住。有斋就吃。"

"不把钱?"

"不把钱。有法事,还得先尽外来的师父。"

"怪不得都说'远来的和尚会念经'。就凭头上这几个戒疤?"

"还要有一份戒牒。"

"闹半天,受戒就是领一张和尚的合格文凭呀!"

"就是!"

"我划船送你去。"

"好。"

小英子早早就把船划到荸荠庵门前。不知是什么道理,她兴奋得很。她充满了好奇心,想去看看善因寺这座大庙,看看受戒是个啥样子。

善因寺是全县第一大庙,在东门外,面临一条水很深的护城河,三面都是大树,寺在树林子里,远处只能隐隐约约看到一点金碧辉煌的屋顶,不知道有多大。树上到处挂着"谨防恶犬"的牌子。这寺里的狗出名的厉害。平常不大有人进去。放戒期间,任人游看,恶狗都锁起来了。

好人一座庙!庙门的门坎比小英子的胲膝都高。迎门画着两块大牌,一边一块,一块写着斗大两个大字:"放戒",一块是:"禁止喧哗",这庙里果然是气象庄严,到了这里谁也不敢大声咳嗽。明海自去报名办事,小英子就到处看看。好家伙,这哼哈二将、四大天王,有三丈多高,都是簇新的,才装修了不久。天井有二亩地大,铺着青石,种着苍松翠柏,"大雄宝殿",这才真是个"大殿"!一进去,凉飕飕的。到处都是金光耀眼。释迦牟尼佛坐在一个莲花座上。单是莲座,就比小英子还高。抬起头来也看不全他的脸,只看到一个微微闭着的嘴唇和胖墩墩的下巴。两边的两根大红蜡烛,一搂多粗。佛像前的大供桌上供着鲜花、绒花、绢花,还有珊瑚树、玉如意、整棵的大象牙。香炉里烧着檀香。小英子出了庙,闻着自己的衣服都是香的。挂了好些幡。这些幡不知是什么缎子的,那么厚重,绣的花真细。这么大一口磬,里头能装五担水!这么大一个木鱼,有一头牛大,漆得通红。她又去转了转罗汉堂,爬到千佛楼上看了看。真有一千个小佛!她还跟着一些人去看了看藏经楼。藏经楼没有什么看头,都是经书。妈吧!逛了这么一圈,腿都酸了。小英子想起还要给家里打油,替姐姐配丝线,给娘买鞋面布,给自己买两个坠围裙飘带的银蝴蝶,给爹买旱烟,就出庙了。

等把事情办齐,晌午了。她又到庙里看了看,和尚正在吃粥。好大一个"膳堂",坐得下八百个和尚。吃粥也有这样多讲究:正面法座上摆着两个锡胆瓶,里面插着红绒花,后面盘膝坐着一个穿了大红满金绣袈裟的和尚,手里拿了戒尺。这戒尺是要打人的。哪个和尚吃粥吃出了声音,他下来就是一戒尺。不过他并不真的打人,只是做个样子。真稀奇,那么多的和尚吃粥,竟然不出一点声音!她看见明子也坐在里面,想跟他打个招呼又不好打。想了想,管他禁止不禁止喧哗,就大声喊了一句:"我走啦!"她看见明子目不斜视的微微点了点头,就不管很多人都朝自己看,大摇大摆地走了。

第四天一大清早小英子就去看明子。她知道明子受戒是第三天半夜,——烧戒疤是不许人看的。她知道要请老剃头师傅剃头,要剃得横摸顺摸都摸不出头发茬子,要不然一烧,就会"走"了戒,烧成了一片。她知道是用枣泥子先点在头皮上,然后用香头子点着。她知道烧了戒疤就喝一碗蘑菇汤,让它"发",还不能躺下,要不停地走动,叫做"散戒"。这些都是明子告诉她的。明子是听舅舅说的。

她一看,和尚真在那里"散戒",在城墙根底下的荒地里。一个一个,穿了新海青,光光的头皮上都有八个黑点子。——这黑疤掉了,才会露出白白的、圆圆的"戒疤"。和尚都笑嘻嘻的,好像很高兴。她一眼就看见了明子。隔着一条护城河,就喊他:

"明子!"

"小英子!"

"你受了戒啦?"

"受了。"
"疼吗?"
"疼。"
"现在还疼吗?"
"现在疼过去了。"
"你哪天回去?"
"后天。"
"上午? 下午?"
"下午。"
"我来接你!"
"好!"
……

小英子把明海接上船。
小英子这天穿了一件细白夏布上衣,下边是黑洋纱的裤子,赤脚穿了一双龙须草的细草鞋,头上一边插着一朵栀子花,一边插着一朵石榴花。她看见明子穿了新海青,里面露出短褂子的白领子,就说:"把你那外面的一件脱了,你不热呀!"
他们一人一把桨。小英子在中舱,明子扳艄,在船尾。
她一路问了明子很多话,好像一年没有看见了。
她问,烧戒疤的时候,有人哭吗? 喊吗?
明子说,没有人哭,只是不住地念佛。有个山东和尚骂人:
"俺日你奶奶! 俺不烧了!"
她问善因寺的方丈石桥是相貌和声音都很出众吗?
"是的。"
"说他的方丈比小姐的绣房还讲究?"
"讲究。什么东西都是绣花的。"
"他屋里很香?"
"很香。他烧的是伽楠香,贵得很。"
"听说他会做诗,会画画,会写字?"
"会。庙里走廊两头的砖额上,都刻着他写的大字。"
"他是有个小老婆吗?"
"有一个。"
"才十九岁?"
"听说。"
"好看吗?"
"都说好看。"
"你没看见?"
"我怎么会看见? 我关在庙里。"
明子告诉她,善因寺一个老和尚告诉他,寺里有意选他当沙弥尾,不过还没有定,要等主事的和尚商议。

"什么叫'沙弥尾'"?

"放一堂戒,要选出一个沙弥头,一个沙弥尾。沙弥头要老成,要会念很多经。沙弥尾要年轻,聪明,相貌好。"

"当了沙弥尾跟别的和尚有什么不同?"

"沙弥头,沙弥尾,将来都能当方丈。现在的方丈退居了,就当。石桥原来就是沙弥尾。"

"你当沙弥尾吗?"

"还不一定哪。"

"你当方丈,管善因寺?管这么大一个庙?!"

"还早呐!"

划了一气,小英子说:"你不要当方丈!"

"好,不当。"

"你也不要当沙弥尾!"

"好,不当。"

又划了一气,看见那一片芦花荡子了。

小英子忽然把桨放下,走到船尾,趴在明子的耳朵旁边,小声地说:

"我给你当老婆,你要不要?"

明子眼睛鼓得大大的。

"你说话呀!"

明子说:"嗯。"

"什么叫'嗯'呀!要不要,要不要?"

明子大声地说:"要!"

"你喊什么!"

明子小小声说:"要——!"

"快点划!"

英子跳到中舱,两只桨飞快地划起来,划进了芦花荡。

芦花才吐新穗。紫灰色的芦穗,发着银光,软软的,滑溜溜的,像一串丝线。有的地方结了蒲棒,通红的,像一枝一枝小蜡烛。青浮萍,紫浮萍。长脚蚊子,水蜘蛛。野菱角开着四瓣的小白花。惊起一只青桩(一种水鸟),擦着芦穗,扑鲁鲁飞远了。

1980年8月12日,写43年前的一个梦

延伸阅读:1980年代,人们还把这篇小说归入"风俗小说";1990年代后,随着汪曾祺文学地位的迅速提升,有的文学史开始把他看做启发了寻根小说一代的示范性作家,认为1940年代现代文学的传统在1980年代的复活,是通过他得以实现的。但人们仍然给予这些小说以较高的评价:"他在八十年代写的短篇,以取材于他的家乡(江苏高邮)市镇的旧日生活的作品,取得较高成就,如《受戒》《大淖记事》《异秉》。"参见洪子诚:《中国当代文学概说》,第144页,香港,青文书屋,1997年。

异　秉

汪曾祺

　　王二是这条街的人看着他发达起来的。

　　不知从什么时候起,他就在保全堂药店廊檐下摆一个熏烧摊子。"熏烧"就是卤味。他下午来,上午在家里。

　　他家在后街濒河的高坡上,四面不挨人家。房子很旧了,碎砖墙,草顶泥地,倒是不厌逼,也很干净,夏天很凉快。一共三间。正中是堂屋,在"天地君亲师"的下面便是一具石磨。一边是厨房,也就是作坊。一边是卧房,住着王二的一家。他上无父母,嫡亲的只有四口人,一个媳妇,一儿一女。这家总是那么安静,从外面听不到什么声音。后街的人家总是吵吵闹闹。男人揪着头发打老婆,女人拿火叉打孩子,老太婆拿菜刀剁着砧板诅咒偷了她的下蛋鸡的贼。王家从来没有这些声音。他们家起得很早。天不亮王二就起来备料,然后就烧煮。他媳妇梳好头就推磨磨豆腐。——王二的熏烧摊每天要卖出很多回卤豆腐干,这豆腐干是自家做的。磨得了豆腐,就帮王二烧火。火光照得她的圆盘脸红红的(附近的空气里弥漫着王二家飘出的五香味)。后来王二喂了一头小毛驴,她就不用围着磨盘转了,只要把小驴牵上磨,不时往磨眼里倒半碗豆子,注一点水就行了。省出时间,好做针线。一家四口,大裁小剪,很费工夫。两个孩子,大儿子长得像妈,圆乎乎的脸,两个眼睛笑起来一道缝。小女儿像父亲,瘦长脸,眼睛挺大。儿子念了几年私塾,能记账了,就不念了。他一天就是牵了小驴去饮,放它到草地上去打滚。到大了一点,就帮父亲洗料备料做生意,放驴的差事就归了妹妹了。

　　每天下午,在上学的孩子放学、人家淘晚饭米的时候,他就来摆他的摊子。他为什么选中保全堂来摆他的摊子呢?是因为这地点好,东街西街和附近几条巷子到这里都不远;因为保全堂的廊檐宽,柜台到铺门有相当的余地;还是因为这是一家药店,药店到晚上生意就比较清淡,——很少人晚上上药铺抓药的,他摆个摊子碍不着人家的买卖,都说不清。当初还一定是请人向药店的东家说了好话,亲自登门叩谢过的。反正,有年头了。他的摊子的全副"生财"——这地方把做买卖的用具叫做"生财",就寄放在药店店堂的后面过道里,挨墙放着,上面就是悬在二梁上的赵公元帅的神龛,这些"生财"包括两块长板,两条三条腿的高板凳(这种高凳一边两条腿,在两头;一边一条腿在当中),以及好几个一面装了玻璃的匣子。他把板凳支好,长板放平,玻璃匣子排开。这些玻璃匣子里装的是黑瓜子、白瓜子、盐炒豌豆、油炸豌豆、兰花豆、五香花生米,长板的一头摆开"熏烧"。"熏烧"除回卤豆腐干之外,主要是牛肉、蒲包肉和猪头肉。这地方一般人家是不大吃牛肉的。吃,也极少红烧、清炖,只是到熏烧摊子去买。这种牛肉是五香加盐煮好,外面染了通红的红曲,一大块一大块的堆在那里。买多少,现切,放在送过来的盘子里,抓一把青蒜,浇一勺辣椒糊。蒲包肉似乎是这个县里特有的。用一个三寸来长直径寸半的蒲包,里面衬上豆腐皮,塞满了加了粉子的碎肉,封了口,拦腰用一道麻绳系紧,成一个葫芦形。煮熟以后,倒出来,也是一个带有蒲包印迹的葫芦。切成片,很香。猪头肉则分门别类地卖,拱嘴、耳朵、脸子,——脸子有个专门名词,叫"大肥"。要什么,切什么。到了上灯以后,王二的生意就到了高潮。只见他拿了刀不停地切,一面还忙着收钱,包油炸的、盐炒的豌豆、瓜子,很少有歇一歇的时候。一直忙到九点多钟,在他的两盏高罩的煤油灯里煤油已经点去了一多半,装熏烧的盘子和装豌豆的匣子都已经见了底的时候,他媳妇给他送饭来了,他才用热水擦一把脸,吃晚饭。吃完晚饭,总还有一些零零星星的生意,他不忙收摊子,就端了一杯热茶,坐到保全堂店堂里的椅子上,听人聊天,一面拿眼睛瞟着他的摊子,见有人走来,就起身切一盘,包两包,他的主顾都是熟人,谁什么时候来,买什么,他心里都是有数的。

　　这一条街上的店铺、摆摊的,生意如何,彼此都很清楚,近几年,景况都不大好。有几家好一些,但也只是能维持。有的是逐渐地败落下来了。先是货架上的东西越来越空,只出不进,最后就出让"生财",关门歇业。只有王二的生意却越做越兴旺,他的摊子越摆越大,装炒货的匣子,装熏烧的洋瓷盘子,越来越多。每天晚上到了买卖高潮的时候,摊子外面有时会拥着好些人。好天气还好,遇上下雨下雪(下雨下雪买他的东西的比平常更多),叫主顾在当街打伞站着,实在很不过意。于是经人说合,出了租钱,他就把他的摊子搬到隔壁源昌烟店的店堂里去了。

　　源昌烟店是个老名号,专卖旱烟,做门市,也做批发。一边是柜台,一边是刨烟的作坊。这一带抽的旱烟是刨成丝的。刨烟师傅把烟叶子一张一张立着叠在一个特制的木床子上,用皮绳木楔卡紧,两腿夹着床子,用一个刨刃有半尺宽的大刨子刨。烟是黄的。他们都穿了白布套裤。这套裤也都变黄了。下了工,脱了套裤,他们身上也到处是黄的。头发也是黄的。——手艺人都带着他那个行业特有的颜色。染坊师傅的指甲缝里都是蓝的,碾米师傅的眉毛总是白蒙蒙的。原来,源昌号每天有四个师傅、四副床子刨烟。每天总有一些大人孩子站在旁边看。后来减成三个,两个,一个。最后连这一个也辞了。这家的东家就靠卖一点纸烟、火柴、零包的茶叶维持生活,也还卖一点寇来的旱烟、皮丝烟。不知道为什么,原来挺敞亮的店堂变得黑暗了,牌匾上的金字也都无精打采了。那座柜台显得特别的大。大,而空。

　　王二来了,就占了半边店堂,就是原来刨烟师傅刨烟的地方。他的摊子原来在保全堂廊檐是东西向横放着的,迁到源昌,就改成南北向,直放了。所以,已经不能算是一个摊子,而是半爿店铺了。他在原有的板子之外增加了一块,摆成一个曲尺形,俨然也就是一个柜台。他所卖的东西的品种也增加了。即以熏烧而论,除了原有的回卤豆腐干、牛肉、猪头肉、蒲包肉之外,春天,卖一种叫做"鹅"的野味,——这是一种候鸟,长嘴长脚,因为是桃花开时来的,不知是哪位文人雅士给它起了一个名称叫"桃花鹅";卖鹌鹑;入冬以后,他就挂出一个长条形的玻璃镜框,里面用大红蜡笺写了泥金字:"即日起新添美味羊糕五香兔肉"。这地方人没有自己家里做羊肉的;都是从熏烧摊上买。只有一种吃法:带皮白煮,冻实,切片,加青蒜、辣椒糊,还有一把必不可少的胡萝卜丝(据说这是最能解膻气的)。酱油、醋,买回来自己加。兔肉,也像牛肉似的加盐和五香煮,染了通红的红曲。

　　这条街上过年时的春联是各式各样的。有的是特制嵌了字号的。比如保全堂,就是由该店拔贡出身的东家拟制的"保我黎民,全登寿域",有些大字号,比如布店,口气很大,贴的是"生涯宗子贡,贸易效陶朱",最常见的是"生意兴隆通四海,财源茂盛达三江"；小本经营的买卖的则很谦虚地写出："生意三春草，财源雨后花"。这么一副春联，用于王二的超摊子准铺子，真是再贴切不过了，虽然王二并没有想到贴这样一副春联，——他也没处贴呀，这铺面的字号还是"源昌"。他的生意真是三春草、雨后花一样地起来了。"起来"最显眼的标志是他把长罩煤油灯撤掉，挂起一盏呼呼作响的汽灯。须知，汽灯这东西只有钱庄、绸缎庄才用，而王二，居然在一个熏烧摊子的上面，挂起来了。这白亮白亮的汽灯，越显得源昌柜台里的一盏煤油灯十分地暗淡了。

　　王二的发达，是从他的生活也看得出来的。第一，他可以自由地去听书。王二最爱听书。走到街上，在形形色色招贴告示中间，他最注意的是说书的报条。那是三寸宽，四尺来长的一条黄颜色的纸，浓墨写道："特聘维扬×××先生在×××（茶馆）开讲××（三国、水浒、岳传……）是月×日起风雨无阻"。以前去听书都要经过考虑。一是花钱，二是费时间，更主要的是考虑这于他的身份不大相称：一个卖熏烧的，常常听书，怕人议论。近年来，他觉得可以了，想听就去。小蓬莱、五柳园（这都是说书的茶馆），都去，三国、水浒、岳传，都听。尤其是夏天，天长，穿了竹布的或夏布的长衫，拿了一吊钱，就去了。下午的书一点开书，不到四点钟就"明日请早"了（这里说书的规矩是在说书先生说到预定的地方，留下一个扣子，跑堂的茶房高喝一声"明日请早——！"听客们就纷纷起身散场），这耽误不了他的生意。他一天忙到晚，只有这一段时间得空。第二，过年推牌九，他在下注时不犹豫。王二平常绝不赌钱，只有过年赌五天。过年赌钱不犯禁，家家店铺里都可赌钱。初一起，不做生意，铺门关起来，里面黑洞洞的。保全堂柜台里身，有一个小穿堂，是供神农祖师的地方，上面有个天窗，比较亮堂。拉开神农画像前的一张方桌，哗啦一声，骨牌和骰子就倒出来了。打麻将多是社会地位相近的，推牌九则不论。谁都可以来。保全堂的"同仁"（除了陶先生和陈相公），替人家收房钱的抡元，卖活鱼的疤眼——他曾得外症，治愈后左眼留一大疤，小学生给他起了个外号叫"巴颜喀拉山"，这外号竟传开了，一街人都叫他巴颜喀拉山，虽然有人不知道这是什么意思——，王二。输赢说大不大，说小可也不小。十吊钱推一庄。十吊钱相当于三块洋钱。下注稍大的是一吊钱三三四，一吊钱分三道：三百、三百、四百。七点赢一道，八点赢两道，若是抓到一副九点或是天地杠，庄家赔一吊钱。王二下"三三四"是常事。有的竟会下到五吊钱一注孤丁，把五吊钱稳稳地推出去，心不跳，手不抖（收房钱的抡元下到五百钱一注时手就抖个不住）。赢得多了，他也能上去推两庄。推牌九这玩意，财越大，气越粗，王二输的时候竟不多。

　　王二把他的买卖乔迁到隔壁源昌去了，但是每天九点以后他一定还是端了一杯茶到保全堂店堂里来坐个点把钟。儿子大了，晚上再来的零星生意，他一个人就可以应付了。

　　且说保全堂。

　　这是一家门面不大的药店。不知为什么，这药店的东家用人，不用本地人，从上到下，从管事的到挑水的，一律是淮城人。他们每年有一个月的假期，轮流回家，去干传宗接代的事。其余十一个月，都住在店里。他们的老婆就守十一个月的寡。药店的"同仁"，一律称为"先生"。先生里分为几等。一等的是"管事"，即经理。当了管事就是终身职务，很少听说过有东家把管事辞了的。除非老管事病故，才会延聘一位新管事。当了管事，就有"身股"，或称"人股"，到了年底可以按股分红。因此，他对生意是兢兢业业、忠心耿耿的。东家从不到店，管事负责一切，他照例一个人单独睡在神农像后面的一间屋子里，名叫"后柜"。总账、银钱，贵重的药材如犀角、羚羊、麝香，都锁在这间屋子里,钥匙在他身上,——人参、鹿茸不算什么贵重东西。吃饭的时候,管事总是坐在横头末席,以示代表东家奉陪诸位先生。熬到"管事"能有几人?全城一共才有那么几家药店。保全堂的管事姓卢。二等的叫"刀上",管切药和"跌"丸药。药店每天都有很多药要切,"饮片"切得整齐不整齐,漂亮不漂亮,直接影响生意好坏。内行人一看,就知道这药是什么人切出来的。"刀上"是个技术人员,薪金最高,在店中地位也最尊。吃饭时他照例坐在上首的二席,——除了有客,头席总是虚着的。逢年过节,药王生日(药王不是神农氏,却是孙思邈),有酒,管事的举杯,必得"刀上"先喝一口,大家才喝。保全堂的"刀上"是全县头一把刀,他要是闹脾气辞职,马上就有别家抢着请他去。好在此人虽有点高傲,有点偏,却轻易不发脾气。他姓许。其余的都叫"同事"。那读法却有点特别,重音在"同"字上。他们的职务就是抓药,写帐。"同事"是没有什么了不起的,每年都有被辞退的可能。辞退时"管事"并不说话,只是在腊月有一桌辞年酒,算是东家向"同仁"道一年的辛苦,只要是把哪位"同事"请到上席去,该"同事"就二话不说,客客气气地卷起铺盖另谋高就。当然,事前就从旁漏出一点风声的,并不当真是打一闷棍。该辞退"同事"在八月节后就有预感。有的早就和别家谈好,很潇洒地走了;有的则请人斡旋,留一年再看。后一种,总要作一点"检讨",下一点"保证"。"回炉的烧饼不香",辞而不去,面上无光,身价就低了。保全堂的陶先生,就已经有三次要被请到上席了。他咳嗽痰喘,人也不精明。终于没有坐上席,一则是同行店伙纷纷来说情:辞了他,他上谁家去呢?谁家会要这样一个痰篓子呢?这岂非绝了他的生计?二则,他还有一点好处,即不回家。他四十多岁了,却没有传宗接代的任务,因为他没有娶过亲。这样,陶先生就只有更加勤勉,更加谨慎了。每逢他的喘病发作时,有人问:"陶先生,你这两天又不大好吧?"他就一面喘嗽着一面说:"啊不,很好,很(呼噜呼噜)好!"

以上,是"先生"一级。"先生"以下,是学生意的。药店管学生意的却有一个奇怪称呼,叫做"相公"。

因此,这药店除煮饭挑水的之外,实有四等人:"管事""刀上""同事""相公"。

保全堂的几位"相公"都已经过了三年零一节,满师走了。现有的"相公"姓陈。

陈相公脑袋大大的,眼睛圆圆的,嘴唇厚厚的,说话声气粗粗的——呜噜呜噜地说不清楚。

他一天的生活如下:起得比谁都早。起来就把"先生"们的尿壶都倒了涮干净控在厕所里。扫地、擦桌椅、擦柜台。到处掸土。开门。这地方的店铺大都是"铺闼子门",——一列宽可一尺的厚厚的门板嵌在门框和门槛的槽子里。陈相公就一块一块卸出来,按"东一""东二""东三""东四""西一""西二""西三""西四"次序,靠墙竖好。晒药、收药。太阳出来时,把许先生切好的"饮片""跌"好的丸药,——都放在匾筛里,用头顶着,爬上梯子,到屋顶的晒台上放好;傍晚时再放下来。这是他一天最快乐的时候。他可以登高四望。看得见许多店铺和人家的房顶,都是黑黑的。看得见远处的绿树,绿树后面缓缓移动的帆。看得见鸽子,看得见飘动摇摆的风筝。到了七月,傍晚,还可以看巧云。七月的云多变幻,当地叫做"巧云"。那是真好看呀:灰的、白的、黄的、桔红的,镶着金边,一会一个样,像狮子的,像老虎的,像马、像狗的。此时的陈相公,真是古人所说的"心旷神怡"。其余的时候,就很刻板枯燥了。碾药。两脚踏着木板,在一个船形的铁碾槽子里碾。倘若碾的是胡椒,就要不停地打喷嚏。裁纸。用一个大弯刀,把一沓一沓的白粉连纸裁成大小不等的方块,包药用。刷印包装纸。他每天还有两项例行的公事。上午，要搓很多抽水烟用的纸媒子。把装铜钱的钱板翻过来，用"表心纸"一根一根地搓。保全堂没有人抽水烟，但不知什么道理每天都要搓许多纸媒子，谁来都可取几根，这已经成了一种"传统"。下午，擦灯罩。药店里里外外，要用十来盏煤油灯。所有灯罩，每天都要擦一遍。晚上，摊膏药。从上灯起，直到王二过店堂里来闲坐，他一直都在摊膏药。到十点多钟，把先生们的尿壶都放到他们的床下，该吹灭的灯都吹灭了，上了门，他就可以准备睡觉了。先生们都睡在后面的厢屋里，陈相公睡在店堂里。把铺板一放，铺盖摊开，这就是他一个人的天地了。临睡前他总要背两篇《汤头歌诀》，——药店的先生总要懂一点医道。小户人家有病不求医，到药店来说明病状，先生们随口就要说出："吃一剂小柴胡汤吧"，"服三副藿香正气丸"，"上一点七厘散"。有时，坐在被窝里想一会家，想想他的多年守寡的母亲，想想他家房门背后的一张贴了多年的麒麟送子的年画。想不一会，困了，把脑袋放倒，立刻就响起了很大的鼾声。

　　陈相公已经学了一年多生意了。他已经给赵公元帅和神农爷烧了三十次香。初一、十五，都要给这二位烧香，这照例是陈相公的事。赵公元帅手执金鞭，身骑黑虎，两旁有一副八寸长的黑地金字的小对联："手执金鞭驱宝至，身骑黑虎送财来。"神农爷虬髯披发，赤身露体，腰里围着一圈很大的树叶，手指甲、脚趾甲都很长，一只手捏着一棵灵芝草，坐在一块石头上。陈相公对这二位看得很熟，烧香的时候很虔敬。

　　陈相公老是挨打。学生意没有不挨打的，陈相公挨打的次数也似稍多了一点。挨打的原因大都是因为做错了事：纸裁歪了，灯罩擦破了。这孩子也好像不大聪明，记性不好，做事迟钝。打他的多是卢先生。卢先生不是暴脾气，打他是为他好，要他成人。有一次可挨了大打。他收药，下梯一脚踩空了，把一匾筛泽泻翻到了阴沟里。这回打他的是许先生。他用一根闩门的木棍没头没脸的把他痛打了一顿，打得这孩子哇哇地乱叫："哎呀！哎呀！我下回不了！下回不了！哎呀！哎呀！我错了！哎呀！哎呀！"谁也不能去劝，因为知道许先生的脾气，越劝越打得凶，何况他这回的错是不小（泽泻不是贵药，但切起来很费工，要切成厚薄一样，状如铜钱的圆片）。后来还是煮饭的老朱来劝住了。这老朱来得比谁都早，人又出名的忠诚耿直。他从来没有正经吃过一顿饭，都是把大家吃剩的残汤剩水泡一点锅巴吃。因此，一店人都对他很敬畏。他一把夺过许先生手里的门闩，说了一句话："他也是人生父母养的！"

　　陈相公挨了打，当时没敢哭。到了晚上，上了门，一个人呜呜地哭了半天。他向他远在故乡的母亲说："妈妈，我又挨打了！妈妈，不要紧，再挨两年打，我就能养活你老人家了！"

　　王二每天到保全堂店堂里来，是因为这里热闹。别的店铺到九点多钟，就没有什么人，往往只有一个管事在算账，一个学徒在打盹。保全堂正是高朋满座的时候。这些先生都是无家可归的光棍，这时都聚集到店堂里来。还有几个常客，收房钱的抡元，卖活鱼的巴颜喀拉山，给人家熬鸦片烟的老炳，还有一个张汉。这张汉是对门万顺酱园连家的一个亲戚兼食客，全名是张汉轩，大家却都叫他张汉。大概是觉得已经沦为食客，就不必"轩"了。此人有七十岁，长得活像一个伏尔泰，一张尖脸，一个尖尖的鼻子。他年轻时在外地做过幕僚，走过很多地方，见多识广，什么都知道，是个百事通。比如说抽烟，他就告诉你烟有五种：水、旱、鼻、雅、潮。"雅"是鸦片。"潮"是潮烟，这地方谁也没见过。说喝酒，他就能说出山东黄、状元红、莲花白……说喝茶，他就告诉你狮峰龙井、苏州的碧螺春、云南的"烤茶"是在怎样一个罐里烤的，福建的功夫茶的茶杯比酒盅还小，就是吃了一只炖肘子，也只能喝三杯，这茶太酽了。他熟读《子不语》《夜雨秋灯录》，能讲许多鬼狐故事。他还知道云南怎样放蛊，湘西怎样赶尸。他还亲眼见到过旱魃、僵尸、狐狸精，有时间，有地点，有鼻子有眼。三教九流，医卜星相，他全知道。他读过《麻衣神相》《柳庄神相》，会算"奇门遁甲""六壬课""灵棋经"。他总要到快九点钟时才出现（白天不知道他干什么），他一来，大家精神为之一振，这一晚上就全听他一个人刮划。他很会讲，起承转合，抑扬顿挫，有声有色。他也像说书先生一样，说到筋节处就停住了，慢慢地抽烟，急得大家一劲地催他："后来呢？后来呢？"这也是陈相公一天比较快乐的时候。他一边摊着膏药，一边听着。有时，听得太入神了，摊膏药的扦子停留在油纸上，会废掉一张膏药。他一发现，赶紧偷偷塞进口袋里。这时也不会被发现，不会挨打。

有一天，张汉谈起人生有命。说朱洪武、沈万山、范丹是同年同月同日同时，都是丑时建生，鸡鸣头遍。但是一声鸡叫，可就命分三等了：抬头朱洪武，低头沈万山，勾一勾就是穷范丹。朱洪武贵为天子，沈万山富甲天下，穷范丹冻饿而死。他又说凡是成大事业，有大作为，兴旺发达的，都有异相，或有特殊的秉赋。汉高祖刘邦，股有七十二黑子——就是屁股上有七十二颗黑痣，谁有过？明太祖朱元璋，生就是五岳朝天，——两额、两颧、下巴，都突出，状如五岳，谁有过？樊哙能把一条整猪腿生吃下去，燕人张翼德，睡着了也睁着眼睛。就是市井之人，凡有走了一步好运的，也莫不有与众不同之处。必有非常之人，乃成非常之事。大家听了，不禁暗暗点头。

张汉猛吸了几口旱烟，忽然话锋一转，向王二道：

"即以王二而论，他这些年飞黄腾达，财源茂盛，也必有其异秉。"

"……？"

王二不解何为"异秉"。

"就是与众不同，和别人不一样的地方。你说说，你说说！"

大家也都怂恿王二："说说！说说！"

王二虽然发了一点财，却随时不忘自己的身份，从不僭越自大，在大家敦促之下，只有很诚恳地欠一欠身说：

"我呀，有那么一点：大小解分清。"他怕大家不懂，又解释道："我解手时，总是先解小手，后解大手。"

张汉一听，拍了一下手，说："就是说，不是屎尿一起来，难得！"

说着，已经过了十点半了，大家起身道别。该上门了。卢先生向柜台里一看，陈相公不见了，就大声喊："陈相公！"

喊了几声，没有应声。

原来陈相公在厕所里。这是陶先生发现的。他一头走进厕所，发现陈相公已经蹲在那里。本来，这时候都不是他们俩解大手的时候。

1948年旧稿
1980年5月20日重写

延伸阅读：读汪曾祺本时期的小说，会发现民间社会的人性没有毁灭，反而保留着很多原初性的东西，与控诉社会丑恶的伤痕文学、反思文学大相径庭。有人指出："他写南方市镇的和尚、挑夫、锡匠、店铺老板、伙计、画家、教师，并不吝啬笔墨写环绕着人物的景物、风俗。对于笔下的市井平民和下层知识分子的僵化刻板的生活和卑琐的心理行为，不无针砭和嘲讽，但更多的是发掘深藏于民间的美和健康人性。"参见洪子诚：《中国当代文学概说》，第144、145页，香港，青文书屋，1997年。

人　生

路　遥

第一章

农历六月初十,一个阴云密布的傍晚,盛夏热闹纷繁的大地突然沉寂下来;连一些最爱叫唤的虫子也都悄没声响了,似乎处在一种急躁不安的等待中。地上没一丝风尘,河里的青蛙纷纷跳上岸,没命地向两岸的庄稼地和公路上蹦窜着。天闷热地像一口大蒸笼,黑沉沉的乌云正从西边的老牛山那边铺过来。地平线上,已经有一些零碎而短促的闪电,但还没有打雷。只听见那低沉的、连续不断的嗡嗡声从远方的天空传来,带给人一种恐怖的信息——一场大雷雨就要到来了。

这时候,高家村高玉德当民办教师的独生儿高加林,正光着上身,从村前的小河里趟水过来,几乎是跑着向自己家里走去。他是刚从公社开毕教师会回来的,此刻浑身大汗淋漓,汗衫和那件漂亮的深蓝涤良夏衣提在手里,匆忙地进了村,上了硷畔,一头扑进了家门。他刚站在自家窑里的脚地上,就听见外面传来一声低沉的闷雷的吼声。

他父亲正赤脚片儿蹲在炕上抽旱烟,一只手悠闲地捋着下巴上的一撮白胡子。他母亲颠着小脚往炕上端饭。

他两口见儿子回来,两张核桃皮皱脸立刻笑得像两朵花。他们显然庆幸儿子赶在大雨之前进了家门。同时,在他们看来,亲爱的儿子走了不是五天,而是五年;是从什么天涯海角归来似的,老父亲立刻凑到煤油灯前,笑嘻嘻地用小指头上专心留下的那个长指甲打掉了一朵灯花,满窑里立刻亮堂了许多。他喜爱地看看儿子,嘴张了几下,也没有说出什么来,老母亲赶紧把端上炕的玉米面馍又重新端下去,放到锅台上,开始张罗着给儿子炒鸡蛋,烙白面饼;她还用她那爱得过分的感情,跌跌撞撞走过来,把儿子放在炕上的衫子披在他汗水直淌的光身子上,嗔怒地说:"二杆子!操心凉了!"

高加林什么话也没说。他把母亲披在他身上的衣服重新放在炕上,连鞋也没脱,就躺在了前炕的铺盖卷上。他脸对着黑洞洞的窗户,说:"妈,你别做饭了,我什么也不想吃。"

老两口的脸顿时又都恢复了核桃皮状,不由得相互交换了一下眼色,都在心里说:娃娃今儿个不知出了什么事,心里不畅快?一道闪电几乎把整个窗户都照亮了,接着,像山崩地陷一般响了一声可怕的炸雷。听见外面立刻乱起了大风,沙尘把窗户纸打得啪啪价响。

老两口愣怔地望了半天儿子的背影,不知他倒究怎啦?

"加林,你是不是身上不舒服?"母亲用颤音问他,一只手拿着舀面瓢。"不是……"他回答。

"和谁吵架啦?"父亲接着母亲问。

"没……""那倒究怎啦?"老两口几乎同时问。

唉!加林可从来都没有这样啊!他每次从城里回来,总是给他们说长道短的,还给他们带一堆吃食:面包啦,蛋糕啦,硬给他们手里塞;说他们牙口不好,这些东西又有"养料",又绵软,吃到肚子里好消化。今儿个显然发生什么大事了,看把娃娃愁成个啥!高玉德看了一眼老婆的愁眉苦脸,顾不得抽烟了。把烟灰在炕栏石上磕掉,用挽在胸前钮扣上的手帕揩去鼻尖上的一滴清鼻涕,身上往儿子躺的地方挪了挪,问:"加林,倒究出了什么事啦?你给我们说说嘛!你看把你妈都急成啥啦!"高加林一条胳膊撑着,慢慢爬起来,身体沉重得像受了重伤一般。他靠在铺盖卷上,也不看父母亲,眼睛茫然地望着对面墙,开口说:"我的书教不成了……"

"什么?"老两口同时惊叫一声,张开的嘴巴半天也合不拢了。

加林仍然保持着那个姿势,说:"我的民办教师被下了。今天会上宣布的。"

"你犯了什么王法?老天爷呀……"老母亲手里的舀面瓢一下子掉在锅台上,摔成了两瓣。

"是不是减教师哩?这几年民办教师不是一直都增加吗?怎么一下子又减开了?"父亲紧张地问他。

"没减……"

"那马店学校不是少了一个教师?"他母亲也凑到他跟前来了。

"没少……"

"那怎么能没少?不让你教了,那它不是就少了?"他父亲一脸的奇怪。

高加林烦躁地转过脸,对他父母亲发开了火:"你们真笨!不让我教了,人家不会叫旁人教?"

老两口这下子才恍然大悟。他父亲急得用瘦手摸着赤脚片,偷声缓气地问:"那他们叫谁教哩?"

"谁?谁!再有个谁!三星!"高加林又猛地躺在了铺盖上,拉了被子的一角,把头蒙起来。

老两口一下子木然了,满窑里一片死气沉沉。

这时候,听见外面雨点已经急促地敲打起了大地,风声和雨声逐渐加大,越来越猛烈。窗纸不时被闪电照亮,暴烈的雷声接二连三地吼叫着。外面的整个天地似乎都淹没在了一片混乱中。

高加林仍然蒙着头,他父亲鼻尖上的一滴清鼻涕颤动着,眼看要掉下来了,老汉也顾不得去揩;那只粗糙的手再也顾不得悠闲地将下巴上的那撮白胡子了,转而一个劲地摸着赤脚片儿。他母亲身子佝偻着伏在炕栏石上,不断用围裙擦眼睛。窑里静悄悄的,只听见锅台后面那只老黄猫的呼噜声。

外面暴风雨的喧嚣更猛烈了。风雨声中,突然传来了一阵"轰隆轰隆"的声音——这是山洪从河道里涌下来了。

足足有一刻钟,这个灯光摇晃的土窑洞失去了任何生气,三个人都陷入难受和痛苦中。

这个打击对这个家庭来说显然是严重的,对于高加林来说,他高中毕业没有考上大学,已经受了很大的精神创伤。亏得这三年教书,他既不要参加繁重的体力劳动,又有时间继续学习,对他喜爱的文科深入钻研。他最近在地区报上已经发表过两三篇诗歌和散文,全是这段时间苦钻苦熬的结果。现在这一切都结束了,他将不得不像父亲一样开始自己的农民生涯。他虽然没有认真地在土地上劳动过,但他是农民的儿子,知道在这贫瘠的山区当个农民意味着什么,农民啊,他们那全部伟大的艰辛他都一清二楚!他虽然从来也没鄙视过任何一个农民,但他自己从来都没有当农民的精神准备!不必隐瞒,他十几年拼命读书,就是为了不像他父亲一样一辈子当土地的主人(或者按他的另一种说法是奴隶)。虽然这几年当民办教师,但这个职业对他来说还是充满希望的。几年以后,通过考试,他或许会转为正式的国家教师。到那时,他再努力,争取做他认为更好的工作。可是现在,他所抱有的幻想和希望彻底破灭了。此刻,他躺在这里,脸在被角下面痛苦地抽搐着,一只手狠狠地揪着自己的头发。

对于高玉德老两口子来说,今晚上这不幸的消息就像谁在他们的头上敲了一棍。他们首先心疼自己的独生子:他从小娇生惯养,没受过苦,嫩皮嫩肉的,往后漫长的艰苦劳动怎能熬下去呀!再说,加林这几年教书,挣的全劳力工分,他们一家三口的日子过得并不紧巴。要是儿子不教书了,又急忙不习惯劳动,他们往后的日子肯定不好过。他们老两口都老了,再不像往年,只靠四只手在地里刨挖,也能供养儿子上学"求功名",想到所有这些可怕的后果,他们又难受,又恐慌。加林他妈在无声地啜泣;他爸虽然没哭,但看起来比哭还难受。老汉手把赤脚片摸了半天,开始自言自语叫起苦来:

"明楼啊,你精过分了!你能过分了!你强过分了!仗你当个大队书记,什么不讲理的事你都敢做嘛!我加林好好的教了三年书,你三星今年才高中毕业嘛!你怎好意思整造我的娃娃哩?你不要理了,连脸也不要了?明楼!你做这事伤天理哩!老天爷总有一天要睁眼呀!可怜我那苦命的娃娃!啊嘿嘿嘿嘿嘿……"

高玉德老汉终于忍不住哭出声来,两行浑浊的老泪在皱纹脸上淌下来,流进了下巴上那一撮白胡子中间。

高加林听见他父母亲哭,猛地从铺盖上爬起来,两只眼睛里闪着怕人的凶光。他对父母吼叫说:"你们哭什么!我豁出这条命,也要和他高明楼小子拼个高低!"说罢他便一纵身跳下炕来。

这一下子慌坏了高玉德。他也赤脚片跳下炕来,赶忙捉住了儿子的光胳膊。同时,他妈也颠着小脚绕过来,脊背抵在了门板上。老两口把光着上身的儿子堵在了脚地当中。

高加林急躁地对慌了手脚的两个老人说:"哎呀呀!我并不是要去杀人嘛!我是要写状子告他!妈,你去把书桌里我的钢笔拿来!"高玉德听见儿子说这话,比看见儿子操起家具行凶还恐慌。他死死按着儿子的光胳膊,央告他说:"好我的小老子哩!你可千万不要闯这乱子呀!人家通天着哩!公社、县上都踩得地皮响。你告他,除什么事也不顶,往后可把咱抠掐死呀!我老了,争不得这口气了;你还嫩,招架不住人家的打击报复。你可千万不能做这事啊……"

他妈也过来扯着他的另一条光胳膊,接着他爸的话,也央告他说:"好我的娃娃哩,你爸说得对对的!高明楼心眼不对,你告他,咱这家人往后就没活路了……"

高加林浑身硬得像一截子树桩,他鼻子口里喷着热气,根本不听二老的规劝,大声说:"反正这样活受气,还不如和他狗日的拼了!兔子急了还咬一口哩,咱这人活成个啥了!我不管顶事不顶事,非告他不行!"他说着,竭力想把两条光胳膊从四只衰老的手里挣脱出来。但那四只手把他抓得更紧了。两个老人哭成一气。他母亲摇摇晃晃的，几乎要摔倒了，嘴里一股劲央告说："好我的娃娃哩，你再犟，妈就给你下跪呀……"

高加林一看父母亲的可怜相，鼻子一酸，一把扶住快要栽倒的母亲，头痛苦地摇了几下，说："妈妈，你别这样，我听你们的话，不告了……"

两个老人这才放开儿子，用手背手掌擦拭着脸上的泪水。高加林身子僵硬地靠在炕栏石上，沉重地低下头。外面，虽然不再打闪吼雷，雨仍然像瓢泼一样哗哗地倾倒着。河道里传来像怪兽一般咆哮的山洪声，令人毛骨悚然。

他妈见他平息下来，便从箱子里翻出一件蓝布衣服，披在他冰凉的光身子上，然后叹了一口气，转到后面锅台上给他做饭去了。他父亲摸索着装起一锅烟，手抖得划了十几根火柴才点着——而忘记了煤油灯的火苗就在他的眼前跳荡。他吸了一口烟，弯腰弓背地转到儿子面前，思思谋谋地说："咱千万不敢告人家。可是，就这样还不行……是的，就这样还不行！"他决断地喊叫说。

高加林抬起头来，认真地听父亲另外还有什么惩罚高明楼的高见。

高玉德头低倾着吸烟，一副老谋深算的样子。过了好一会，他才扬起那饱经世故的庄稼人的老皱脸，对儿子说："你听着！你不光不敢告人家，以后见了明楼还要主动叫人家叔叔哩！脸不要沉，要笑！人家现在肯定留心咱们的态度哩！"他又转过白发苍苍的头，给正在做饭的老伴嘱咐："加林他妈，你听着！你往后见了明楼家里的人，要给人家笑脸！明楼今年没栽起茄子，你明天把咱自留地的茄子摘上一筐送过去。可不要叫人家看出咱是专意讨好人家啊！唉！说来说去，咱加林今后的前途还要人家照顾哩！人活低了，就要按低的来哩……加林妈，你听见了没？"

"嗯……"锅台那边传来一声几乎是哭一般的应承。

泪水终于从高加林的眼里涌出来了。他猛地转过身，一头扑在炕栏石上，伤心地痛哭起来。

外面的雨不知什么时候停了，只听见大地上淙淙的流水声和河道里山洪的怒吼声混交在一起，使得这个夜晚久久地平静不下来了……

第二章

高加林醒来以后，他自己并不知道时光已经接近中午了。

近一个月来，他每天都是这样，睡得很早，起得很迟。其实真正睡眠的时间倒并不多；他整晚整晚在黑暗中大睁着眼睛。从搅得乱翻翻的被褥看来，这种痛苦的休息简直等于活受罪。只是临近天明，当父母亲摸索着要起床，村里也开始有了嘈杂的人声时，他才开始迷糊起来。他朦胧地听见母亲从院子里抱回柴禾，叭哒叭哒地拉起了风箱；又听见父亲的瘸腿一轻一重地在地上走来走去，收拾出山的工具，并且还嘱咐他母亲给他把饭做好一点……他于是就眼里噙着泪水睡着了。

现在他虽然醒了，头脑仍然是昏沉沉的。睡是再睡不着了，但又不想爬起来。

他从枕头边摸出剩的不多几根的纸烟盒，抽出一支点着，贪婪地吸着，向土窑顶上喷着烟雾。他最近的烟瘾越来越大了，右手的两个手指头熏得焦黄。可是纸烟却没有了——准确地说，是他没有买纸烟的钱了。当民办教师时，每月除过工分，还有几块钱的补贴，足够他买纸烟吸的。

接连抽了两支烟,他才感到他完全醒了。本来最好再抽一支更解馋,但烟盒里只剩了最后一支——这要留给刷牙以后享用。

　　他开始穿衣服。每穿完一件,总要愣怔半天,才穿另一件。

　　好长时间他才磨磨蹭蹭下了炕,在水瓮里舀了一勺凉水往干毛巾上一浇,用毛巾中间湿了的那一小片对付着擦擦肿胀的眼睛。然后他舀一缸子凉水,到院子里去刷牙。

　　外面的阳光多刺眼啊!他好像一下子来到了另一个世界。天蓝得像水洗过一般。雪白的云朵静静地飘浮在空中。大川道里,连片的玉米绿毡似的一直铺到西面的老牛山下。川道两边的大山挡住了视线,更远的天边弥漫着一层淡蓝色的雾霭。向阳的山坡大部分是麦田,有的已经翻过,土是深棕色的;有的没有翻过,被太阳晒得白花花的,像刚煮过的羊皮。所有麦田里复种的糜子和荞麦都已经出齐,泛出一层淡淡浅绿。川道上下的几个村庄,全都罩在枣树的绿荫中,很少看得见房屋;只看见每个村前的打麦场上,都立着密集的麦秸垛,远远望去像黄色的蘑菇一般。

　　他的视线被远处一片绿色水潭似的枣林吸引住了。他怕看见那地方,但又由不得不看。在那一片绿荫中,隐隐约约露出两排整齐的石窑洞。那就是他曾工作和生活了三年的学校。

　　这学校是周围几个村子共同办的,共有一百多学生,最高是五年级,每年都要向城关公社中学输送一批初中学生。高加林一直当五年级的班主任。这个年级的算术和语文课也都由他代。他并且还给全校各年级上音乐和图画课——他在那里曾是一个很受尊重的角色。别了,这一切!

　　他无精打采地转过脸,蹲在硷畔上开始刷牙。

　　村子里静悄悄的。男人们都出山劳动去了,孩子们都在村外放野,村里已经有零星的叭哒叭哒拉风箱的声音,这里那里的窑顶上,也开始升起了一炷一炷蓝色的炊烟。这是一些麻利的妇女开始为自己的男人和孩子们准备午饭了。河道里,密集的杨柳丛中,叫蚂蚱间隔地发出那种叫人心烦的单调的大合唱。

　　高加林刷牙的时候,看见他母亲正佝偻着身子,在对面自留地的茄子畦里拔草,满头白发在阳光下那么显眼。一种难受和羞愧使他的胸部一阵绞痛。他很快把牙刷从嘴里拔出来,在心里说:我这一个月实在不像话了!两个老人整天在地里操磨,我怎能老呆在家里闹情绪呢?不出山,让全村人笑话!是的,他已经感到全村人都在另眼看他了。大家对高明楼做的不讲理的事已经习以为常了,但对村里任何一个不劳动的二流子都反感。庄稼人嘛,不出山劳动,那是叫任何人都瞧不起的。加林痛苦地想,他可再不能这样下去了!生活是严酷的,他必须承认他目前的地位——他已经是一个地地道道的农民了!

　　高加林这样想着,正准备转身往回走,听见背后有人说:"高老师,你在家哩?"他转身一看,认出是后川马店村一队的生产队长马拴。

　　马拴虽然不识字,但是代表马店大队参加学校管理委员会,常来学校开会,他们很熟悉。这是一个老实后生,心地善良,但人又不死板,做庄稼和搞买卖都是一把好手。

　　他看见平时淳朴的马拴今天一反常态。他推一辆崭新的自行车,车子被彩色塑料带缠得花花绿绿,连辐条上都缠着一些色彩鲜艳的绒球,讲究得给人一种俗气的感觉。他本人打扮得也和自行车一样体面:大热的天,一身灰的确良衬衣外面又套一身蓝涤卡罩衣;头上戴着黄的确良军式帽,晒得焦黑的胳膊上撑一支明晃晃的镀金链手表。他大概自己也为自己的打扮和行装有点不好意思,别扭地笑着。加林此刻虽然心情不好,也为马拴这身扎眼的装束忍不住笑了,问:"你打扮得像新女婿一样,干啥去了?"

马拴脸通红,笑了笑说:"看媳妇去了!人家正给我说你们村刘立本的二女子哩!"

加林这才明白为什么他今天里外一崭新。眼下农民看对象都是这种打扮。他问:"是巧珍吗?"

"就是的。"

"那你把这川道里的头梢子拔了!你不听人家说,巧珍是'盖满川'吗?"加林开玩笑说。

"果子是颗好果子,就怕吃不到咱嘴里!"憨厚的马拴笑嘻嘻地说了句粗话。

"看得怎样?成了吧?"

"离城(成)还有十五里!咱跑了几回,看他们家里大人倒没啥意见,就是本人连一次面也不露。大概嫌咱没文化,脸黑。脸是没人家白,论文化,她也和我一样,斗大字不识几升!唉,现在女的心都高了!"

"慢慢来,别着急!"

"对对对!"马拴哈哈大笑了。

"回我们家喝点水吧?"

"不了,在我老丈人家里喝过了!"

这回轮上高加林哈哈大笑了。他想不到这个不识字的农民说话这么幽默。

马拴戴手表的胳膊扬了扬,给他打了告别,便跨上车子,向川道里的架子车路飞奔而去了。

加林靠在硷畔的一棵枣树上,一直望着他的背影没入了玉米的绿色海洋里。他忍不住扭过头向后村刘立本家的院子望了望。

刘立本绰号叫"二能人",队里什么官也不当,但全村人尊罢高明楼就最敬他。他心眼活泛,前几年投机倒把,这二年堂堂皇皇做起了生意,挣钱快得马都撵不上,家里光景是全村最好的。高明楼虽然是村里的"大能人",但在经济线上,远远赶不上"二能人"。对于有钱人,庄稼人一般都是很尊重的。不过,村里人尊重刘立本,也还有另外一个原因。立本的大女儿巧英前年和高明楼的大儿子结婚了,所以他的身份在村里又高了一截。"大能人"和"二能人"一联亲,两家简直成了村里的主宰。全村只有他们两家圈围墙,盖门楼,一家在前村,一家在后村,虎踞龙盘,俨然是这川道里像样的大户人家。

从内心说,高加林可不像一般庄稼人那样羡慕和尊重这两家人。他虽然出身寒门,但他没本事的父亲用劳动换来的钱供养他上学,已经把他身上的泥土味冲洗得差不多了。他已经有了一般人们所说的知识分子的"清高"。在他看来,高明楼和刘立本都不值得尊敬,他们的精神甚至连一些光景不好的庄稼人都不如。高明楼人不正派,仗着有点权,欺上压下,已经有点"乡霸"的味道;刘立本只知道攒钱,前面两个女儿连书都不让念——他认为念书是白花钱。只是后来,才把三女儿巧玲送学校,现在算高中快毕业了。这两家的子弟他也不放在眼里。高明楼把精能全占了,两个儿子脑子都很迟笨。二儿子三星要不是走后门,怕连高中都上不了。刘立本的三个女儿都长得像花朵一样好看,人也都精精明明的,可惜有两个是文盲。

虽然这样,加林此刻站在硷畔上只是恼恨地想:他们虽然被他瞧不起,但他自己现在又是个什么光景呢?

一种强烈的心理上的报复情绪使他忍不住咬牙切齿。他突然产生了这样的思想：假若没有高明楼，命运如果让他当农民，他也许会死心塌地在土地上生活一辈子！可是现在，只要高家村有高明楼，他就非要比他更有出息不可！要比高明楼他们强，非得离开高家村不行！这里很难比过他们！他决心要在精神上，要在社会的面前，和高明楼他们比个一高二低！

他把缸子牙刷送回窑，打开箱子找一件外衣，准备到前川菜园下面的那个水潭里洗个澡。

他翻出一件黄色的军用上衣，眼睛突然亮了。这件衣服是他叔父从新疆部队上寄回的，他宝贵得一直舍不得穿。他父亲唯一的弟弟从小出去当兵，解放以后才和家里联系上，几十年没回一次家。一年通几次信，年底给他们寄一点零花钱，关系仅此而已。叔父听说是副师政委，这是他们家的光荣和骄傲，只是离家远，在他们的生活中不起什么作用。

高加林拿起这件衣服，突然想起要给叔父写一封信，告诉一下他目前的处境，看叔父能不能在新疆给他找个工作。当然，他立刻想到，父母亲就他一个独苗儿，就是叔父在那里能给他找下工作，他们也不会让他去的。但他决定还是要给叔父写信。他渴望远走高飞——到时候，他会说服父母亲的。

他于是很快伏在桌子上，用他文科方面的专长，很动感情地给叔父写了一封信，放在了箱子里。他想明天县城遇集，他托人把信在城里很快寄出去。

这个突然冒出来的想法，给他精神上带来很大的安慰。他立刻觉得轻松起来，甚至有点高兴。

他把这件黄军衣穿在身上，愉快地出了门，沿着通往前川的架子车路，向那片色彩斑斓的菜园走去。

黄土高原八月的田野是极其迷人的，远方的千山万岭，只有在这个时候才用惹眼的绿色装扮起来。大川道里，玉米已经一人多高，每一株都怀了一个到两个可爱的小绿棒；绿棒的顶端，都吐出了粉红的缨丝。山坡上，蔓豆、小豆、黄豆、土豆，都在开花，红、白、黄、蓝，点缀在无边无涯的绿色之间。庄稼大部分都刚锄过二遍，又因为不久前下了饱墒雨，因此地里没有显出旱象，湿润润，水淋淋，绿蓁蓁，看了真叫人愉快和舒坦。

高加林轻快地走着，烦恼暂时放到了一边，年轻人那种热烈的血液又在他身上欢畅地激荡起来。他折了一朵粉红色的打碗碗花，两个指头捻动着花茎，从一片灰白的包心菜地里穿过，接连跳过了几个土塄坎，来到了河道里。

他飞快地脱掉长衣服，在那一潭绿水的上石崖上扩胸、下蹲——他已经决定不是简单洗个澡，而要好好游一次泳。

他的裸体是很健美的。修长的身材，没有体力劳动留下的任何印记，但又很壮实，看得出他进行过正规的体育锻炼。脸上的皮肤稍有点黑；高鼻梁，大花眼，两道剑眉特别耐看。头发乱蓬蓬的，但并不是不讲究，而是专门讲究这个样子。他是英俊的，尤其是在他沉思和皱着眉头的时候，更显示出一种很有魅力的男性美。

高加林活动了一会，便像跳水运动员一般从石崖上一纵身跳了下去，身体在空中划了一条弧线，就优美地没入了碧绿的水潭中。他在水里用各种姿势游着，看来蛮像一回事。

一刻钟以后，他从跌水哨的一边爬上来，在上面的浅水里用肥皂洗了一遍身子，然后躲在一个石窝里换了裤子,光着上身回到石崖上面,躺在一棵桃树下。这棵桃树是一辈子打光棍的德顺老汉的。桃子还没熟的时候,好心的老光棍就全摘了分给村里的娃娃。现在这树上只留下一些不很茂密的树叶,倒也能遮一些荫凉。

高加林把衫子铺到地上,两只手交叉着垫到脑后,舒展开身子躺下来,透过树叶的缝隙,无意识地望着水一般清澈的蓝天。时光已经到了中午,但他的肚子也不觉得饿。河道离得很近,但水声听起来像是很远,潺潺地,像小提琴拉出来的声音一般好听。

这时候,在他右侧的玉米地里,突然传来一阵女孩子悠扬的信天游歌声:

上河里(哪个)鸭子下河里鹅,

一对对(哪个)毛眼眼望哥哥……

歌声甜美而嘹亮,只是缺乏训练,带有一点野味。他仔细听了一下,声音像是刘立本家的巧珍,他一下子记起刚才马栓看媳妇的洋相,又联想到巧珍唱的歌,忍不住笑了,心里说:"你哥哥专门来望你哩,没望见你;他人走了,你现在才望他哩……"

他这样想这件可笑事时,就听见他旁边的玉米林子里响起沙沙的声音。坏了!大概是巧珍从这里过路回家呀。

高加林慌忙坐起来,两把穿上了衣服。他的最后一颗扣子还没扣上,巧珍提一篮子猪草已经站在他面前了。

刘巧珍看起来根本不像个农村姑娘。漂亮不必说,装束既不土气,也不俗气。草绿的确良裤子,洗得发白的蓝劳动布上衣,水红的确良衬衣的大翻领翻在外边,使得一张美丽的脸庞显得异常生动。

她扑闪着一双水灵灵的大眼睛,局促地望了一眼高加林,然后从草篮里摸出一个熟得皮都有点发黄的甜瓜递到高加林面前,说:"我们家自留地的。我种的。你吃吧,甜得要命!"接着,她又从口袋里掏出自己洗得干干净净的花手帕,让加林揩一揩甜瓜。

高加林很勉强地接过甜瓜,但没有接她的手帕,轻淡地对她说:"我现在不想吃,我一会再……"

巧珍似乎还想和他说话,看他这副样子,犹豫了一下,低着头向上边地畔的小路上走了。

高加林把甜瓜放在一边,下意识地回过头朝地畔上望了一眼,结果发现走着的巧珍也正回过头望他。他赶忙扭过头,烦恼地躺在了地上,他在感情上对这个不识字的俊女子很讨厌,因为她姐姐是高明楼的儿媳妇!

他并不想吃甜瓜,此刻倒很想抽一支烟。他明知道纸烟早已经抽光,卷着抽的旱烟叶子也没带来,但两只手还是下意识地在身上所有的衣袋上都按了按,结果只是失望地叹了一口气。

"加林!加林!快回去吃饭嘛!躺在这儿干啥哩?"他听见父亲在上地畔上叫他。他站起身,把巧珍送的那个甜瓜装在上衣口袋里,向上地畔上走去。

他上了地畔,先把父亲的烟锅接过来,点着一锅,拼命吸了一口,立刻呛得他弯下腰咳嗽了半天。

他父亲叹息了一声,说:"别抽这旱烟了,劲太大!"他把旱烟锅从儿子手里夺过来,说:"加林,我在山里思谋了一下,明儿个县里逢集,干脆让你妈蒸上一锅白馍,你提上卖去!咱家里点灯油和盐都快完了,一个来钱处都没有嘛!再说,卖上两个钱,还能给你买一条纸烟哩!"

高加林揩了揩咳嗽呛出的眼泪，直起腰看了看父亲等待他回答的目光，犹豫了半天。他很快想起他给叔父写好的信，觉得明天上一趟县城也好，他可以亲自把信发出去——要是托给别人邮，万一丢了怎么办？他于是同意了父亲的这个提议，决定明天到县城赶集去。

第三章

吃过早饭不久，在大马河川道通往县城的简易公路上，已经开始出现了熙熙攘攘去赶集的庄稼人。由于这两年农村政策的变化，个体经济有了大发展，赶集上会，买卖生意，已经重新成了庄稼人生活的重要内容。

公路上，年轻人骑着用彩色塑料缠绕得花花绿绿的自行车，一群一伙地奔驰而过。他们都穿上了崭新的"见人"衣裳，不是涤卡，就是涤良，看起来时兴得很。粗糙的庄稼人的赤脚片上，庄重地穿上尼龙袜和塑料凉鞋。脸洗得干干净净，头梳得光光溜溜，兴高采烈地去县城露面：去逛商店，去看戏，去买时兴货，去交朋友，去和对象见面……

更多的庄稼人大都是肩挑手提：担柴的、挑菜的、吆猪的、牵羊的、提蛋的、抱鸡的、拉驴的、推车的；秤匠、鞋匠、铁匠、木匠、石匠、箦匠、毡匠、箍锅匠、泥瓦匠、游医、巫婆、赌棍、小偷、吹鼓手、牲口贩子……都纷纷向县城涌去了。川北山根下的公路上，蹚起了一股又一股的黄尘。

当高加林挽着一篮子蒸馍加入这个洪流的时候，他立刻后悔起来。他感到自己突然变成一个真正的乡巴佬了。他觉得公路上前前后后的人都朝他看。他，一个曾经是潇潇洒洒的教师，现在却像一个农村老太婆一样，上集卖蒸馍去了！他的心难受得像无数虫子在咬着。

但这一切是毫无办法的。严峻的生活把他赶上了这条尘土飞扬的路。他不得不承认，他现在只能这样开始新的生活。家里已经连买油量盐的钱都没了，父母亲那么大的年纪都还整天为生活苦熬苦累，他一个年轻轻的后生，怎好意思一股劲不下吃闲饭呢？他提着蒸馍篮子，头尽量低着，什么也不看，只瞅着脚下的路，匆匆地向县城走。路上，他想起父亲临走时嘱咐他，叫他卖馍时要吆喝，他的脸立刻感到火辣辣地发烧。天啊，他怎能喊出声来！

"可是，"他想，"如果我不叫卖，谁知道我提这蒸馍是干啥哩？"

走到一个小沟岔的时候，高加林突然想：干脆让我先跑到这没人的拐沟里试验喊叫一下，到城里好习惯一些嘛！

他满脸通红朝公路两头望了望，见没什么人，于是就像做一件见不得人的事一样，匆忙地折身走进了公路边的那条拐沟里。

他在这荒沟里走了好一段路，直到看不见公路的时候才站住。

他站住，口张了一下，但没勇气喊出声来。又张了一下口，还是不行。短短的时间里，汗水已经沁满了他的额头。四野里静悄悄的，几只雪白的蝴蝶在他面前一丛淡蓝色的野花里安详地飞着；两面山坡上茂密的苦艾发出一股新鲜刺鼻的味道。高加林感到整个大地都在敛声屏气地等待他那一声"白蒸馍哎——！"

啊呀，这是那么的难人！他感到就像要在大庭广众面前学一声狗叫唤一样受辱。

他用手背擦了一下额头的汗水，决心下一声非喊出来不可！他狠狠地咽了一口唾沫,把眼一闭,张开嘴怪叫一声:"白蒸馍哎——"

他听见四山里都在回荡着他那一声演戏般的、悲哀的喊叫声。他牙咬住嘴唇,强忍着没让眼里的泪花子溢出来。

他直愣愣地在这个荒沟野地里站了老半天,才难受地回到公路上,继续向县城走去。从他们村到县城有十来里路,但他感到这段路是多么的漫长和艰难。他知道,更大的困难还在前头——在那万头攒动的集市上!

当他走到大马河与县河交汇的地方,县城的全貌已经出现在视野之内了。一片平房和楼房交织的建筑物,高低错落,从半山坡一直延伸到河岸上。亲爱的县城还像往日一样,灰蓬蓬地显出了它那诱人的魅力。他没有到过更大的城市,县城在他的眼里就是大城市,就是别一番天地。他对这里的一切都是熟悉的、亲切的;从初中到高中,他都是在这里度过。他对自己和社会的深入认识,对未来生活的无数梦想,都是在这里开始的。学校、街道、电影院、商店、浴池、体育场……生活是多么的丰富多彩!可是,三年前,他就和这一切告别了……

现在,他又来了。再不是当年的翩翩少年,衣服整洁而笔挺,满身的香皂味,胸前骄傲地别着本县最高学府的校徽。他现在提着蒸馍篮子,是一个普通的赶集的庄稼人了。

往事的回忆使他心酸。他靠在大马河桥的石栏杆上,感到头有点眩晕起来。四面八方赶集的人群正源源不绝地通过大桥,进了街道。远处城市中心街道的上空,腾起很大一片灰尘,嘈杂的市声听起来像蜂群发出的嗡嗡声一般。

他猛然想到一个更糟糕的问题:要是碰上他在县城的同学怎么办?

他下意识地抬起头,先慌忙朝前后看了看。这时候他才真正后悔赶这趟集了。一般的赶集倒也没什么,可他是来卖蒸馍的呀!

现在折回去吗?可这怎行呢!他已经走到了县城。再说,家里连一点零花钱都没有了,这样回去,父母亲虽然不会说什么,但他们肯定心里会难受的——不仅为这篮没卖掉的蒸馍,更为他的没出息而难受!

"不,"他想,"我既然来了,就是硬着头皮也要到集上去!"

当然,他也在心里祈告,千万不要碰上县城里同学。

他很快提起篮子,过了桥,向街道上走去。他准备穿过街道,到南关里去。那里是猪市、粮食市和菜市,人很稠,除过买菜的干部,大部分都是庄稼人,不显眼。

当他路过汽车站候车室外面的马路时,脸刷一下白了——白了的脸很快又变得通红。他感到全身的血一下都向脸上涌上来了:他猛然看见他高中时的同班同学黄亚萍和张克南正站在候车室门口。躲是来不及了,他俩显然也看见了他,已经先后向他走过来了。

高加林恨不得把这篮子馍一下扔到一个人所不知的地方。张克南和黄亚萍很快走到他面前了,他只好伸出空着的那只手和克南握了握手。

他俩问他提个篮子干啥去呀?他即兴撒了个谎,说去城南一个亲戚家里走一趟。

黄亚萍很快热情地对他说:"加林,你进步真大呀!我看见你在地区报上发表的那几篇散文啦!真不简单!文笔很优美,我都在笔记本上抄了好几段呢!"

"你还在马店教书吗?"克南问他。

他摇摇头,苦笑了一下说:"已经被大队书记的儿子换下来了,现在已经回队当了社员。"

黄亚萍立刻焦虑地说:"那你学习和写文章的时间更少了!"

高加林解嘲地说:"时间更多了!不是有一个诗人写诗说:'我们用镢头在大地上写下了无数的诗行'吗?"

他的幽默把他的两个同学都逗笑了。

"你们出差去吗?"加林问他们俩。他隐约地感到,他两个的关系似乎有点微妙。在中学时,他俩的关系倒也很一般。

"我不出去。克南要到北京给他们单位买彩色电视机。我是闲逛哩……"黄亚萍说,似乎有点不好意思。

"你还在副食公司当保管吗?"加林问克南。

"不。前不久刚调到副食门市上。"克南说。

"高升了!当了门市部主任!不过,前面还有个副字!"亚萍有点嘲弄地看了看克南,不以为然地撇了一下嘴。

"要买什么烟酒一类的东西,你来,我尽量给你想办法。我这人没其它能耐,就能办这么些具体事。唉,现在乡下人买一点东西真难!"克南对他说。

尽管张克南这些话都是真诚的,但高加林由于他自己的地位,对这些话却敏感了。他觉得张克南这些话是在夸耀自己的优越感。他的自尊心太强了,因此精神立刻处于一种藐视一切的状态,稍有点不客气地说:"要买我想其它办法,不敢给老同学添麻烦!"

一句话把张克南刺了个大红脸。

黄亚萍也是个机灵人,已经听出他俩话不投机,便对高加林说:"你下午要是有空,上我们广播站来坐坐嘛!你毕业后,进县城从不来找我们拉拉话。你还是那个样子,脾气真犟!"

"你们现在位置高了,咱区区老百姓,实在不敢高攀!"加林的坏毛病又犯了!一旦他感到自己受了辱,话立刻变得非常刻薄,简直叫人下不了台。

张克南已经明显地有点受不了了,正好车站的广播员让旅客排队买票,这一下把大家都解脱了。

克南马上和他握了手,先走了。亚萍犹豫了一下,对他说:"……我真的想和你拉拉话。你知道,我也爱好文学,但这几年当个广播员,光练了嘴皮子了,连一篇小小的东西都写不成,你一定来!"她的邀请是真诚的,但高加林不知为什么,心里感到很不舒服。他对亚萍说:"有空我会来的。你快去送克南吧,我走了。"

黄亚萍的脸刷一下红了,说:"我不是去送他的!我来车站接一个老家来的亲戚……"她显然也即兴撒了个谎。加林心里想:你根本没必要撒谎!

高加林再不说什么,他向她很礼貌地点点头,便转身向街道上走去。他一边走,一边心里为他和亚萍各自撒的谎感到好笑,忍不住自言自语说:"你去接你的'亲戚'吧,我也得看我的'亲戚'去了……"

但是,刚才和克南、亚萍的见面,很快又勾起了他对往日学校生活的回忆。在学校时,亚萍是班长,他是学习干事,他们之间的交往是比较多的。他俩也是班上学习最好的,又都爱好文学,互相很尊重。他和克南平时不是太接近的,因为都在校篮球队,只是打球的时候才在一块交往得多一些。

黄亚萍是江苏人,她父亲是县武装部长和县委常委。亚萍是在他刚上高中的那年随父亲调来县上,插入他那个班的。她带有鲜明的南方姑娘的特点,又经见过世面;那种聪敏、大方和不俗气,立刻在整个学校都很惹眼了。高加林虽然出身农民家庭,也没到过大城市,但平时读书涉猎的范围很广;又由于山区闭塞的环境反而刺激了他爱幻想的天性,因而显得比一般同学飘洒,眼界更宽阔。黄亚萍很快发现了他的这种气质,很自然地在班上更接近他。他同样也喜欢和她在一块。因为在这之前,他还没有接触过这样的女生。本地女同学和黄亚萍相比,都有点不大方,有的又很俗气,动不动就说吃说穿,学习大部分都赶不上男同学,他很少和她们交往。他俩有时在一块讨论共同看过的一本小说,或者说音乐,说绘画,谈论国际问题。班上的同学一度曾议论过他们的长长短短。他当时并不敢想什么出边的事。

　　他和黄亚萍相比,有难以克服的自卑感。这不是说他个人比她差,而是指家庭、经济条件和社会地位这些方面而言。在这些方面,张克南全部有,克南父亲是县商业局长,他母亲也是县药材公司的副经理,在县上都是很像样的人物。当时克南也对亚萍有好感,经常设法和她接近,但看出她并没有和他过多交往的愿望。

　　很快,高中毕业了。他们班一个也没有考上大学。农村户口的同学都回了农村,城市户口的纷纷寻门路找工作。亚萍凭她一口高水平的普通话到了县广播站,当了播音员。克南在县副食公司当了保管。生活的变化使他们很快就隔开很远了,尽管他们相距只有十来里路,但在实际生活中,他们已经是在两个世界了。高加林回村后,起初每当听见黄亚萍清脆好听的普通话播音的时候,总有一种很惆怅的感觉,就好像丢了一件贵重的东西,而且没指望找回来了。后来,这一切都渐渐地淡漠了。只是不知什么时候,他隐约听另外村一个同学说,黄亚萍可能正和张克南谈恋爱时,他才又莫名其妙地难受了一下。以后他便很快把这一切都推得更远了,很长时间甚至没有想到过他们……他刚才碰见他们,感到很晦气,他现在一边提着蒸馍篮子往热闹的集市中间走一边眼睛灵活地转动着,以防再碰上城里工作的同学。刚到十字街口,接近人流漩涡的地方,他又碰到了一个熟人!

　　不过,这回他倒没什么恐慌。当他们城关公社文教专干马占胜有点尴尬地过来和他握手时,他这一刻不觉得胳膊上挽的蒸馍篮子丢人了——哼!让他看看吧,正是他们把他逼到了这个地步!当专干问他干啥时,他很干脆地告诉他:卖蒸馍!他并且从篮子里取出一个来,硬往马占胜手里塞;他感到他拿的是一颗冒烟的、带有强烈报复性的手榴弹!

　　马占胜两只手慌忙把这个蒸馍捉住,又重新硬塞到篮子里,手在已经有了胡茬的脸上摸了一把,显得很难受的样子说:"加林!你大概一直在心里恨我哩!我一肚子苦水无处倒哇!有些话,我真想给你说,又不好说!现在你听我给你说。"马占胜把高加林拉在十字街自行车修理部的一个拐角处,又摸了一把脸,放低声音说:

　　"唉,好加林哩!你不知情,咱公社的赵书记和你们村的高明楼是十几年的老交情了。别看是上下级关系,两人好得不分你我。前几年,明楼家没什么要安排的人,就一直让你教书。今年他二小子高中毕业了,他在公社跑了几回,老赵当然要考虑。你知道,这几年国民经济调整哩,国家在农村又不招工招干,因此农村把民办教师这工作看得很重要。明楼当然想叫他小子干这事嘛!下另外村子的教师,人家谁让哩?因此,就只好把你下了,让三星上。这事虽然是我在会上宣布的,可这不是我决定的嘛!我马占胜哪有这么大的牛皮!因此,好加林哩,你千万不要恨我!"

高加林心不在焉地用手指头理了理头发,对专干说:"老马,你太多心了,你不说,我也都了解这些情况,我们共事几年了,你应该了解我。"

"我当然了解你!全公社教师里面,你是拔尖的!再说,你这娃娃心眼活,性子硬,我就喜欢这号人。不怕!……噢,我忘了告诉你了,我已经调到县政府的劳动局,算是提拔了,当了个副局长。我前几天还给公社赵书记谈过,叫他有机会就考虑再让你当教师。赵书记满口答应了……不怕!你等着!……你快忙你的,我还要开个会哩。新官上任三把火!咱烧不起来火,最起码得按时给人家应酬嘛!……"

马占胜说完,手在脸上摸了一把,和高加林握了一下手,像逃避什么似地很快就钻到了人群里。

高加林因为一直就对这个公社有名的滑头没有好感,所以基本上没认真听他说了些什么。他现在只知道他离开了城关公社,高升到县政府了。但这些和他有什么关系呢?他现在最要紧的是把胳膊上挽的这篮子蒸馍卖掉!

高加林很快从街道里的人群中挤过,向南关的交易市场走去。

第四章

县城南关的交易市场热闹得简直叫人眼花缭乱。一大片空场地,挤满了各式各样买卖东西的人。以菜市、猪市、牲口市和熟食摊为主,形成了四个基本的中心。另一个最大的人群中心是河南一个什么县的驯兽表演团,用破旧的蓝布围了一个大圈当剧场,庄稼人挤破脑袋两毛钱买一张票,去看狗熊打篮球,哈叭狗跳罗圈。市场上弥漫着灰尘,噪音像洪水声一般喧嚣,到处充满了庄稼人的烟味和汗味。

高加林提着那篮子馍,从本县那条主要的大街上满头大汗地挤过来,就投入到这个闹哄哄的人海里了。

他提着篮子在人群里瞎挤了一气,自己也不知道该到哪里去。他是个讲卫生的人,雪白的毛巾一直把馍篮子盖得严严的,生怕落进去灰尘。谁也看不出他是个干什么的,有几次他试图把口张开,喊叫一声,但怎么也喊不出声音来。他听见市场上所有卖东西的人都在吆喝,尤其是一些生意油子,那叫卖的声音简直成了一种表演艺术。他以前听见这样的喊叫,只觉得好笑。可现在他在心里很佩服这种什么也不顾忌的欢畅舒坦的叫喊声,觉得也是一种很大的本事。他自己明显地感到,他在这个世界里,成了一个最无能的人。

正当他在人堆里茫然乱挤的时候,听见背后有个妇女对旁边一个什么人说:"今儿个死老头子又要喝酒,请下一堆客人,热得不想做饭,国营食堂的馍又黑又脏,串半天,这市场上还没个卖好白馍的……"

高加林一听,赶忙转过身,准备把蒸馍上的毛巾揭开。可他身子刚转过去,马上又转了过来,慌忙躲到一个卖木锨的老汉身后——他看见那个寻找着买馍的妇女正好是张克南他妈!以前上学时,他去过克南家一两次,克南他妈认识他!

可怜的小伙子像小偷一样藏在那个卖木锨的老汉背后,直等到看不见克南他妈才又走动起来。也许克南他妈早认不得他了,但他的自尊心使他不能和这样一个过去认识的人做这笔买卖。

这时候,满城的高音喇叭响了起来。喇叭里传来了黄亚萍预报节目的声音。亚萍的声音通过扩音器,变得更庄重和柔和;普通话的水平简直可以和中央台的女播音员乱真。

高加林疲乏地背靠在一根水泥电杆上,两道剑眉在眉骨上一跳一跳的。他眼睛微微地闭住,牙齿咬着嘴唇。他想到克南此刻也许正在长途汽车上悠闲地观赏着原野上的风光;黄亚萍正坐在漂亮的播音室里,高雅地念着广播稿……而他,却在这尘土飞扬的市场上颠簸着为几个钱受屈受辱,心里顿时翻起了一股苦涩的味道。

他已经完全无心卖馍了。他决定离开这个他无能为力的场所,到一个稍微清静的地方呆一会,至于馍卖不了怎么办,现在他也不想考虑了。到哪里去呢?他突然想起了他已经久违的县文化馆阅览室。他很快又从大街里挤过来,来到十字街以北的县文化馆。因为他爱好文学,文化馆他有几个熟人,本来想进去喝点水,但他很快又打消了这个念头——他今天怕见任何熟人!

他径直进了阅览室,把馍篮放在长椅的角上,从报架上把《人民日报》《光明日报》《中国青年报》《参考消息》和本省的报纸取了一堆,坐在椅子上看起来。这里没什么人。

在城市喧嚣的海洋里,难得有这平静的一隅。

他最近由于生活发生了混乱,很多天没看报纸杂志了。他从初中就养成了每天看报的习惯,一天不看报纸总像缺个什么似的。当他好多天以后重新进入报纸的世界,立刻就把所有的一切都忘了个一干二净。

他首先看《人民日报》的国际版。他很关心国际问题,曾梦想过进国际关系学院读书。在高中时,他曾钉过一个很大的笔记本,里面虚张声势地写上"中东问题""欧洲共同体国家相互政治经济关系研究""东盟五国和印支三国未来关系的演变""中美苏三角关系中美国的因素"等等胡思乱想的"研究"题目。现在他想起来已经有点可笑,但当时的"气派"却把同学们吓了一跳!其实他也并没能"研究"什么,只不过剪贴了一点报刊资料而已。

他先把各种报纸翻着浏览了一遍,然后找了一篇长一点的文章"过瘾"。他身子蜷曲在长椅子里,看起了韩念龙在联合国召开的柬埔寨国际会议上的发言。

他把几种大报好多天的重要内容几乎通通看完以后,浑身感到一种十分熨帖舒服的疲倦。

直到阅览室的工作人员来关门的时候,他才大吃一惊:现在已经到城里人吃下午饭的时光了!

他慌忙提起蒸馍篮子,出了阅览室。

太阳已经远远向西边倾斜过去了。市声基本落下,街道上稀稀落落的没有了多少人。

啊呀,他在阅览室呆的时间太长了!现在怎么办呢?庄稼人大部分都已经像潮水一样退出了城市,这时候他要是再出现在街上,很容易碰见熟悉的同学。

想来想去,没有什么办法了。他站在阅览室的门口踌躇了半天,最后只好决定提篮子回家去。

他垂头丧气出了城,向大马河川道那里走去,一切都还是来的样子,篮子里的白馍一个也没少。他赶这回集,连一分钱的买卖都没做。

他走到大马河桥上时,突然看见他们村的巧珍立在桥头上,手里拿块红手帕扇着脸,身边撑着他们家新买的那辆"飞鸽"牌自行车。巧珍看见他,主动走过来了,并且站在了他的面前——

实际上等于把他堵在了路上。

"加林,你是不是卖馍去了?"她脸红扑扑的,不知为什么,看来精神有点紧张,身体像发抖似地微微颤动着,两条腿似乎都有点站不稳。

"嗯……"高加林应承了一声,很奇怪地看了她一眼,没话寻话地说:"你也赶集去了?"

"嗯……"巧珍用手帕揩着脸上沁出的汗珠,眼睛斜看着她的自行车,但精神却在注意他,说:"我来赶集,一点事也没……加林,"她突然转过脸看着他说,"我知道你一个馍也没卖掉!我知道哩!你怕丢人!你干脆把馍给我,你在这里把我的车子看住,让我给你卖去!"

巧珍说着,两只手很快过来拿他的篮子。

高加林闷头闷脑地还没反应过来这是怎么一回事,巧珍已经从他胳膊上把篮子夺走了。

她什么话也没说,提着篮子就返身向街道上走去了。高加林望着她远去的苗条的背影,不知该如何是好。他两只手在桥栏杆上摸来摸去,怎么也弄不清楚为什么突然出现了这样的事情。

对于巧珍来说,她今天的行动是蓄谋已久的。不是一天两天,而是多少年埋藏在她心中的感情,已经忍无可忍——

她要爆发了!否则,她觉得自己简直活不下去了!

刘立本这个漂亮得像花朵一样的二女子,并不是那种简单的农村姑娘。她虽然没有上过学,但感受和理解事物的能力很强,因此精神方面的追求很不平常。加上她天生的多情,形成了她极为丰富的内心世界。村前庄后的庄稼人只看见她外表的美,而不能理解她那绚丽的精神光彩。可惜她自己又没文化,无法接近她认为"更有意思"的人。她在有文化的人面前,有一种深刻的自卑感。她常在心里怨她父亲不供她学。等她明白过来时,一切都已经为时过晚了。为了这个无法弥补的不幸,她不知暗暗哭过多少回鼻子。

但她决心要选择一个有文化、而又在精神方面很丰富的男人做自己的伴侣。就她的漂亮来说,要找个公社的一般干部,或者农村出去的国家正式工人,都是很容易的;而且给她介绍这方面对象的媒人把她家的门槛都快踩断了。但她统统拒绝了。这些人在她看来,有的连农民都不如。退一步说,就是和这样的人结婚,男人经常在外面,一年回不来几次;娃娃、家庭都要她一个人操磨。这样的例子在农村多得很!而最根本的是,这些人里没有她看得上的。如果真正有合她心的男人,她就是做出任何牺牲也心甘情愿。她就是这样的人!

她父亲虽然生了她,养活了她,但根本不理解她。他见她不寻干部、工人,就急着给她找农村的,并且一心看下个马店的马拴。马拴这人前几年公社农田基建会战时,她和他接触不少。他人诚实,心眼也不死,做买卖很利索,劳动也是村前庄后出名的。家里的光景富裕而殷实,拿农村的眼光看,算是上等人家。但她就是产生不了爱马拴的感情。尽管马拴热心地三一回五一回常往她家里跑,她总是躲着不见面,急得她父亲把她骂过好几回了。

其实,她并不是没有自己心上的人。多年来,她内心里一直都在为这个人发狂发痴——这人就是高加林!

巧珍刚懂得人世间还有爱情这一回事的时候,就在心里爱上了加林。她爱他的飘洒的风度,漂亮的体型和那处处都表现出来的大丈夫气质。她认为男人就应该像个男人;她最讨厌男人身上的女人气。她想,她如果跟了加林这样的男人,就是跟上他跳了崖也值得!她同时也非常喜欢他的那一身本事:吹拉弹唱,样样在行;会安电灯,会开拖拉机,还会给报纸上写文章哩!再说,又爱讲卫生,衣服不管新旧,常穿得干干净净,浑身的香皂味!

她曾在心里无数次梦想她和这个人在一起的情景:她把她的手放在他的手里,让他拉着,在春天的田野里,在夏天的花丛中,在秋天的果林里,在冬天的雪地上,走呀,跑呀,并且像人家电影里一样,让他把她抱住,亲她……

可是在现实生活里,她的自卑感使她连走近他的勇气都没有。她时时刻刻在想念他,又处处在躲避他。她怕她的走路、姿势和说话在他面前显出什么不妥当来,惹她心爱的人笑话。但是,她的心思和眼睛却从来也没有离开过他啊!

加林上高中时,她尽管知道人家将来肯定要远走高飞,她永远不会得到他,但她仍然一往情深,在内心里爱着他。每当加林星期天回来的时候,她便找借口不出山,坐在家院子的硷畔上,偷偷地望对面加林家的院子。加林要是到村子前面的水潭去游泳,她就赶忙提个猪草篮子到水潭附近的地里去打猪草。星期天下午,她目送着加林出了村子,上县城去了,她便忍不住眼泪汪汪,感到他再也不回高家村了。

加林高中毕业没考上大学,灰溜溜地回到村里以后,巧珍高兴得几乎发了疯。她多少次的梦想露出了希望的光芒。她谋算:加林现在成了农民,大概将来就得找个农村媳妇吧?如果他找农村户口的姑娘,她虽然没文化,但她自己有信心让他爱她。她知道她有一个别的姑娘很难比上的长处:俊。

可是,希望的光芒很快暗淡了。加林当了教师。教师现在是唯一有希望进入商品粮世界的。按加林的能力来说,将来完全有把握转成正式教师。

她又陷入了深深的痛苦之中。她常常一个人躲在她们家河畔上的那棵老槐树后面,向学校那里呆呆地张望。她目送着加林从那条被学生娃踩得白光刺眼的小路上向学校走去;又望着他从那条路上向村里走来……

她是个心眼很活的姑娘!所有这一切做得谁也看不出来。是的,村里谁也不知道这个俊女孩子的梦想和痛苦!只有她在县城正上高中的妹妹巧玲,似乎有一点觉察,有时对她麻木的发呆和莫名其妙的焦躁不安,诡秘地一笑,或真诚地为她叹息一声!现在,在高加林又一次当了农民的时候,她那长期被压抑的感情又一次剧烈地复活了。这次就好像火山冲破了地壳,感情的洪流简直连她自己也控制不住了。她为他当了农民而高兴,又同时为他的痛苦而痛苦——为此,她甚至还在她大姐面前骂高明楼不是个人!

她不知道该怎样心疼他。昨天中午,她看见他去游泳的时候,匆忙提了猪草篮在水潭边的玉米地里穿过,顺便摘了自留地的一个甜瓜,想破开脸皮去安慰一下他;今天她看见他上集去了,又骑了个车子撵来了。她今天上集的确什么事也没:她赶这回集,完全是想找机会对他说出她全部的心里话!她今天实际上一直都不远不近地跟着加林在集上的人群里挤。

她看见亲爱的人提着蒸馍篮子,在人群里躲躲闪闪,一个也卖不了,后来痛苦地靠在水泥电杆上闭起眼睛的时候,她脸上的泪水也刷刷地淌着,手帕揩也揩不及。

后来,她看见加林进了文化馆,知道他的蒸馍是卖不出去了。她当时很想也进阅览室去,但她想自己不识字,进那里去干什么?再说,那里面人多,她不好和加林说什么话。于是,她就骑车来到大马河桥上,在那里等他过来,从中午一直站到下午……刘巧珍现在提着一篮子蒸馍,兴奋地走在县城的大街上,感到天地一下子变得非常明亮了;好像街道上所有的人都在咧着嘴巴或者抿着嘴向她笑。迎面过来一群幼儿园刚放了学的娃娃,她抱住一个就亲了一口!

直到过了十字街,穿过城里那条主要街道,来到南关的自由交易市场时,她才停住了脚步,忍不住害躁地笑自己的荒唐:她原来根本不是打算来卖这篮蒸馍的,而准备送给城里她的一个姨姨家。她姨家住在十字街上面的山坡上,她现在却疯头胀脑地跑到了这里!至于馍钱,她不会向姨姨要的,她早已给加林准备好了。她并且还给加林买了一条好烟,已放在自行车的花布提包里了。

她很快又掉转身,向姨姨家走去。巧珍把一篮子蒸馍给姨姨家放下,折转身就起身。她姨和她姨夫硬拉住让她吃饭,她坚决地拒绝了:她怕加林在桥上等她等得不耐烦。

她提着空篮子从姨姨家出来,几乎是跑着向大马河桥上赶去。

第五章

高加林立在大马河桥上,对刚才发生的事半天百思不得其解。他后来索性把这事看得很简单:巧珍是个单纯的女子,又是同村人,看见他没把馍卖掉,就主动为他帮了个忙。农村姑娘经常赶集上会买卖东西,不像他一样窘迫和为难。

但不论怎样,他对巧珍对他帮这个忙,心里很感谢她。他虽然和刘立本家里的人很少交往,可是感觉刘立本的三个女儿和刘立本不太一样。她们都继承了刘立本的精明,但品行看来都比刘立本端正;对待村里贫家薄业的庄稼人,也不像她们的父亲那般傲气十足。她们都尊大爱小,村里人看来都喜欢她们。三姐妹长得很出众,可惜巧珍和她姐巧英都没上过学,妹妹巧玲正上高中,听说是现在中学里的"校花"。对于一个农民来说,找到刘立本家的女子做媳妇的确是难得的。高明楼眼疾手快,把巧英给他大儿子娶过去了。现在巧珍的媒人也是踢塌门槛;这一段马店的马拴又里外的确良穿上往刘立本家愣跑哩。高加林想起马拴那天的打扮,又忍不住笑了。太阳正从大马河西边无垠的大山中间沉落。通往他们村的川道里,已经罩上了暗影;川道里庄稼的绿色似乎显得深了一些。夹在庄稼地中间的公路上,几乎没有了人迹,公路静悄悄地伸向绿色的深处。东南方向的县城,已经罩在一片蓝色的烟气中了。从北边流来的县河,水面不像深秋那般开阔,平静地在县城下边绕过,向南流去了;水面上辉映着夕阳明亮的光芒。河边上,一群光屁股小孩在泥滩上追逐,嬉耍;洗衣服的城市妇女正在收拾晒在岸边草地上花花绿绿的衣服和床单。高加林不时回头向县城街道那边张望。他觉得巧珍也不一定能把那篮子馍卖了——因为现在集市都已经散了。

当他终于看见巧珍提着篮子小跑着向他走来时,他认定她没有把馍卖掉——这其间的时间太短了!

巧珍来到他面前，很快把一卷钱塞到他手里说："你点点，一毛五一个，看对不对？"

高加林惊讶地看了看她胳膊上的空篮子，接过钱塞在口袋里，心里对她充满了非常感激的心情。他不知该向她说句什么话。停了半天，才说："巧珍，你真能行！"

刘巧珍听了加林的这句表扬话，高兴得满脸光彩，甚至眼睛里都水汪汪的。

加林伸出手，说："把篮子给我，你赶快骑车回去，太阳都要落了。"

巧珍没给他，反而把篮子往她的自行车前把上一挂，说："咱们一块走！"说着就推车。

加林一下子感到很为难。和同村的一个女子骑一辆车子回家，让庄前村后的人看见了，实在不美气。但他又感到急忙找不出理由拒绝巧珍的好心。

他略踌躇了一下，对巧珍撒谎说："我骑车带人不行，怕把你摔了。"

"我带你！"巧珍两只手扶着车把，亲切地看了加林一眼，又不好意思地低下了头。

"啊呀，那怎行呢！"加林一只手在头发里搔着，不知该怎办。

"干脆，咱别骑车，一搭里走着回。"巧珍漂亮的大眼睛执拗地望着他，突起的胸脯一起一伏。

看来她真诚地要和他相跟着回村了。加林看没办法了，只好说："行，那咱走，让我把车子推上。"

他伸手要推车，巧珍用肩膀轻轻把他推了一下，说："你走了一天，累了。我来时骑着车，一点也不累，让我来推。"

就这样，他俩相跟着起身了，出了桥头，向西一拐，上了大马河川道的简易公路，向高家村走去。

太阳刚刚落山，西边的天上飞起了一大片红色的霞朵。除过山尖上染着一抹淡淡的桔黄色的光芒，川两边大山浓重的阴影已经笼罩了川道，空气也显得凉森森的了。大马河两岸所有的高秆作物现在都在出穗吐缨。玉米、高粱、谷子，长得齐楚楚的，都已冒过了人头。各种豆类作物都在开花，空气里弥漫着一股清淡芬芳的香味。远处的山坡上，羊群正在下沟，绿草丛中滚动着点点白色。富丽的夏日的大地，在傍晚显得格外宁静而庄严。

高加林和刘巧珍在绿色甬道中走着，路两边的庄稼把他们和外面的世界隔开，造成了一种神秘的境界。两个青年男女在这样的环境中相跟着走路，他们的心都由不得咚咚地跳。

他俩起先都不说话。巧珍推着车，走得很慢。加林为了不和她并排，只好比她走得更慢一点，和她稍微错开一点距离。此刻，他自己感到了一种从来没有过的精神上的紧张：因为他从来没有单独和一个姑娘在这样悄没声响的环境中走过。而且他们又走得这样慢。简直和散步一样。

高加林由不得认真看了一眼前面巧珍的侧影。他惊异地发现巧珍比他过去的印象更要漂亮。她那高挑的身材像白杨树一般可爱，从头到脚，所有的曲线都是完美的。衣服都是半旧的：发白的浅毛蓝裤子，淡黄色的的确良短袖衫，浅棕色凉鞋，比凉鞋的颜色更浅一点的棕色尼龙袜。她推着自行车，眼睛似乎只盯着前面的一个地方，但并不是认真看什么，从侧面可以看见她扬起脸微微笑着，有时上半身弯过来，似乎想和他说什么，但又很快羞涩地转过身，仍像刚才那样望着前面。高加林突然想起，他好像在什么地方见到过和巧珍一样的姑娘。他仔细回忆一下，才想起他是看到过一张类似的画，好像是幅俄罗斯画家的油画。画面上也是一片绿色的庄稼地,地面的一条小路上,一个苗条美丽的姑娘一边走,一边正向远方望去,只不过她头上好像拢着一条鲜红的头巾……

在高加林这样胡思乱想的时候,他前面的巧珍内心里正像开水锅那般翻腾着。第一次和她心爱的人单独走在一块,使得这个不识字的农村姑娘陶醉在一种巨大的幸福之中。为了这一天,她已经梦想了好多年。她的心在狂跳着;她推车子的两只手在颤抖着;感情的潮水在心中涌动,千言万语都卡在喉咙眼里,不知从哪里说起。她今天决心要把一切都说给他听,可她又一时羞得说不出口。她尽量放慢脚步,等天黑下来,她又想:就这样不言不语走着也不行啊!总得先说点什么才对。她于是转过脸,也不看加林,说:"高明楼心眼子真坏,什么强事都敢做……"

加林奇怪地看了看她,说:"他是你们的亲戚,你还能骂他?"

"谁和他亲戚?他是我姐姐的公公,和我没一点相干!"巧珍大胆地回过头看了一眼加林。

"你敢在你姐面前骂她公公吗?"

"我早骂过了!我在他本人面前也敢骂!"巧珍故意放慢脚步,让加林和她并排走。

高加林一时弄不清楚为什么巧珍在他面前骂高明楼,便故意说:"高书记心眼子怎个坏?我还看不出来。"

巧珍一下子停住了脚步,愤愤地说:"加林!他活动得把你的教师下了,让他儿子上!看现在把你愁成啥了……"

高加林也不得不停住脚步,他看见他面前那张可爱的脸上是一副真诚同情他的表情。

他没有说什么,只是叹了一口气,就又朝前走了。

巧珍推车赶上来,大胆地靠近他,和他并排走着,亲切地说:"他做的歪事老天爷知道,将来会报应他的!加林哥,你不要太熬煎,你这几天瘦了。其实,当农民就当农民,天下农民一茬人哩!不比他干部们活得差。咱农村有山有水,空气又好,只要有个合心的家庭,日子也会畅快的……"

高加林听着巧珍这样的话,心里感到很亲切。他现在需要人安慰。他于是很想和她拉拉家常话。他半开玩笑地说:"我上了两天学,现在要文文不上,要武武不下,当个农民,劳动又不好,将来还不把老婆娃娃饿死呀!"他说完,自己先嘿嘿地笑了。

巧珍猛地停住脚步,扬起头,看着加林说:

"加林哥!你如果不嫌我,咱们两个一搭里过!你在家里盛着,我给咱上山劳动!不会叫你受苦的……"巧珍说完,低下头,一只手扶着车把,另一只手局促地扯着衣服边。

血"轰"一下子冲上了高加林的头。他吃惊地看着巧珍,立刻感到手足无措,感到胸口像火烧一般灼疼。身上的肌肉紧绷起来。四肢变得麻木而僵硬。

爱情?来得这么突然?他连一点精神准备都没有。他还没有谈过恋爱,更没有想到过要爱巧珍。他感到恐慌,又感到新奇;他带着这复杂的心情又很不自然地去看立在他面前的巧珍。她仍然害羞地低着头,像一只可爱的小羊羔依恋在他身边。她身上散发出来的温馨的气息在强烈地感染着他,那白杨树一般苗条的身体和暗影中显得更加美丽的脸庞深深地打动了他的心。他尽量控制着自己,对巧珍说:"咱们这样站在路上不好。天黑了,快走吧……"

巧珍对他点点头,两个人就又开始走了。加林没说话,从她手里接过车把,她也不说话,把车子让他推着。他们谁也不知该说什么好。半天,高加林才问她:"你怎猛然说起这么个事?"

"怎是猛然呢?"巧珍扬起头,眼泪在脸上静静地淌着。她于是一边抹眼泪,一边把她这几年所有的一切一点也不瞒地给他叙说起来……高加林一边听她说,一边感到自己的眼睛潮湿起来。他虽然是个心很硬的人,但已经被巧珍的感情深深感动了。一旦他受了感动的时候,就立即产生了一种奇异的激情:他的眼睛马上飞动起无数彩色的画面;无数他最喜欢的音乐旋律也在耳边响起来;而眼前真实的山、水、大地反倒变得虚幻了……他在听完巧珍所说的一切以后,把自行车"啪"地撑在公路上,两只手神经质地在身上乱摸起来。

巧珍看着他这副样子,突然笑了起来。她一边笑,一边抹去脸上的泪水,一边从车子后架上取下她的花提包,从里面掏出一包"云香"牌香烟,递到他面前。

高加林惊讶地张开嘴巴,说:"你怎知道我是找烟哩?"

她妩媚地对他咧嘴一笑,说:"我就是知道。快抽上一支!我给你买了一条哩!"高加林走近她,先没有接烟,用一种极其亲切和喜爱的眼光怔怔地看着她。她也扬起脸看着他,并且很快把两只手轻轻地放在他的胸脯上。加林犹豫了一下,轻轻地搂住她的肩背,然后坚决地把他发烫的额头贴在她同样发烫的额头上。他闭住眼睛,觉得他失去了任何记忆和想象………

当他们重新肩并肩走在路上的时候,月亮已经升起来了。月光把绿色的山川照得一片迷朦;大马河的流水声在静悄悄的夜里显得非常响亮。村子就在前边——在公路下边的河湾里,他们就要分手各回各家了。

在分路口,巧珍把提包里的那条烟掏出来,放在加林的篮子里,头低下,小声说:"加林哥,再亲一下我……"

高加林把她抱住,在她脸上亲了一下,对她说:"巧珍,不要给你家里人说。记着,谁也不要让知道!……以后,你要刷牙哩……"巧珍在黑暗中对他点点头,说:"你说什么我都听……"

"你快回去。家里人问你为啥这么晚回来,你怎说呀?"

"我就说到城里我姨家去了。"

加林对她点点头,提起篮子转身就走了。巧珍推着车子从另一条路上向家里走去。

高加林进了村子的时候,一种懊悔的情绪突然涌上他的心头。他后悔自己感情太冲动,似乎匆忙地犯了一个错误。他感到这样一来,自己大概就要当农民了。再说,他自己在没有认真考虑的情况下就亲了一个女孩子,对巧珍和自己都是不负责任的。使他更难受的是,他觉得他今夜永远告别了他过去无邪的二十四年,从此便给他人生的履历表上划上了一个标志。不管这一切是愉快的还是痛苦的,他都想哭一场!当他走进自己家门时,他爸他妈都坐在炕上等他。饭早已拾掇好了,可是,他们显然还没有动筷子。见他回来,他爸赶忙问他:"怎么回事?天黑了好一阵了,把人心焦死了!"

他妈瞪了他爸一眼:"娃娃头一回做这营生,难成个啥了,你还嫌娃娃回来得迟!"她问儿子:"馍卖了吗?"

加林说:"卖了。"他掏出巧珍给他的钱,递到父亲手里。

高玉德老汉嘴噙住烟锅,凑到灯前,两只瘦手点了点钱,说:"是这!干脆叫你妈明早上蒸一锅馍,你再提着卖去。这总比上山劳动苦轻!"

加林痛苦地摇摇头,说:"我不去做这营生了,我上山劳动呀!"这时候,他妈从后炕的针线篮里拿出一封信,对他说:"你二爸来信了,快给咱念念。"

加林突然想起,他今天为那篮该死的馍,竟然忘了把他给叔父写的信寄出去了——现在还装在他的口袋里!他从他妈手里接过叔父的信,在灯前给两个老人念起来——

大哥、嫂嫂:

　你们好!今天写信,主要告诉你们一件事:最近上级决定让我转到地方工作。我几十年都在军队,对军队很有感情,但要听党的话,服从组织安排。现在还没有定下到哪里工作。

　等定下来后,再给你们写信。

　今年咱们那里庄稼长得怎样?生活有没有困难?需要什么,请来信。加林侄儿已经开学了吧?愿他好好为党的教育事业努力工作。祝你们好!

弟:玉智

高加林念完,把信又递给他妈,心里想:既然是这样,他给叔父写的信寄没寄出去,现在关系已不大了。

第六章

刘巧珍刷牙了。这件事本来很平常,可一旦在她身上出现,立刻便在村里传得风一股雨一股的。在村民们看来,刷牙是干部和读书人的派势,土包子老百姓谁还讲究这?高加林刷牙,高三星刷牙,巧珍的妹妹巧玲刷牙,大家谁也不奇怪,唯独不识字的女社员刘巧珍刷牙,大家感到又新奇又不习惯。

"哼,刘立本的二女子能翘得上天呀!好好个娃娃,怎突然学成了这个样子?"

"一天门外也没逛,斗大的字不识一升,倒学起文明来了!""卫生卫生,老母猪不讲卫生,一肚子下十几个胖猪娃哩!"

"哈呀,你们没见,一早上圪蹴在河畔上,满嘴血糊子直淌!看过洋不洋?"

村里少数思想古旧、不习惯现代文明的人,在山里,在路上,在家里,纷纷议论他们村新出现的这个"西洋景"。

刘巧珍根本不管这些议论,她非刷牙不可!因为这是亲爱的加林哥要她这样做的啊!痴情的姑娘为了让心爱的男人喜欢,任何勇气都能鼓起来。她根本不管世人的讥笑;她为了加林的爱情什么都可忍受。

这天早晨,她端着牙缸,又蹲在他们家的河畔上刷开了牙,没刷几下,生硬的牙刷很快就把牙床弄破了,情况正如村里人传说的"满嘴里冒着血糊子"。但她不管这些,照样使劲刷。巧玲告诉她,刚开始刷牙,把牙床刷破是正常的,刷几次就好了。这时候,碰巧几个出山的女子路过她家门前,嬉皮笑脸地站下看她出"洋相";另外一些村里的碎脑娃娃看见这几个女子围在这里,不知出了啥事,也跑过来凑热闹;紧接着,几个早起拾粪路过这里的老汉也过来看新奇。

这些人围住这个刷牙的人,稀奇地议论着,声音嗡嗡地响成一片。那几个拾粪老头竟然在她前面蹲下来,像观察一头生病的牛犊一样,互相指着她的嘴巴各抒己见。后面来的一个老汉看见她满嘴里冒着血沫子,还以为得了啥急症,对其他老汉惊呼:"还不赶快请个医生来？"逗得在场的人都哈哈大笑了。

巧珍本来想和周围的人辩解几句，大大方方开个玩笑解脱自己，无奈嘴里说不成话。她也不管这些了，照样不慌不忙刷她的牙。她本来想结束了，但又赌气地想：我多刷一会让他们看，叫他们看得习惯着！

她右手很不灵巧地拿牙刷在嘴里鼓弄了好一阵后，然后取出牙刷，喝了一口缸子里的清水，漱了漱口，把牙膏沫子吐在地上，又喝了一口水漱起来。周围一圈人的眼光就从那牙缸子里看到她的嘴上，又从她的嘴上看到土地上。

这时候，巧珍她爸赶着两头牛正从河沟里上他家的河畔。这个庄稼人兼生意人前几天又买了两头牛，还没转手卖出去，刚才吆着牲口到沟里饮水去。

立本五十来岁，脸白里透红，皱纹很少，看起来还年轻。他穿一身干净的蓝咔叽衣服，不过是庄稼人的式样；头上戴着白市布瓜壳帽，看起来不太像个农民，至少像是城里机关灶上的炊事员。刘立本吆牛上了河畔，见一群人围住巧珍看她刷牙，早已气得鬼火冒心了！他发现巧珍这几天衣服一天三换，头梳个没完没了，竟然还能翘得刷起了牙。他前两天早想发火了，但觉得女子大了，怕她吃消不了，硬忍着没吭声。

现在他看见巧珍在一群人面前丢人败兴，实在起火得不行了。他丢下两头牛不管，满脸通红，豁开人群，大声喝骂道："不要脸的东西，还不快滚回去！给老子跑到门外丢人来了！"

刘立本一声喝骂，赶散了所有看热闹的人。娃娃女子们先跑了，几个老汉慌忙提起拾粪筐，尴尬地出了他们本不该来的这个地方。巧珍手里提着个刷牙缸子，眼里噙着两颗泪珠说："爸，你为啥骂人哩！我刷牙讲卫生，有什么不对？"

"狗屁卫生！你个土包子老百姓，满嘴的白沫子，全村人都在笑话你这个败家子！你羞先人哩！"

"不管怎样，刷个牙算什么错！"巧珍嘴硬地辩解说："你看你的牙，五十来岁就掉了那么多，说不定就是因为没……"

"放屁！牙好牙坏是天生的，和刷不刷有屁相干！你爷一辈子没刷牙，活了八十岁还满口齐牙，临殁的前一年还咬得吃核桃哩！你趁早把你那些刷牙家具撇了！"

"那巧玲刷牙你为什么不管？"

"巧玲是巧玲，你是你！人家是学生，你是个老百姓！"

"老百姓就连卫生也不能讲了？"巧珍一下委屈得哭开了。她大声和父亲嚷着说："你为什么不供我上学？你就知道个钱！你再知道个啥？你把我的一辈子都毁了，叫我成了个睁眼瞎子！今儿个我刷个牙，你还要这样欺负我……"她一下背过身，双手蒙住脸哭得更厉害了。

刘立本一下子慌了。他很快觉得他刚才太过分——他已经好多年不这样对待孩子了，他赶忙过来乖哄她说："爸爸不对，你别哭了，以后要刷，就在咱家灶火圪崂里刷，不要跑到河畔上刷嘛！村里人笑话哩……"

"让他们笑话！我什么也不怕！我就要到硷畔上刷！"巧珍狠狠地对父亲说。

刘立本叹了一口气，回头向院子后面看了看，立刻惊叫一声，撒开腿就跑——他的那两头牛已快把他辛苦务养起来的几畦包心菜啃光了！

巧珍擦去泪水，委屈地转身回了家。她先洗了脸，然后对着镜子认真地梳起了头发。她把原来的两根粗黑的短辫，改成像城里姑娘们正时兴的那种发式；把头发用花手帕在脑后扎成蓬蓬松松的一团。穿什么衣服呢？她感到苦恼起来。

　　自从那晚上以后，巧珍每时每刻都想见加林；想和他拉话，想和他亲亲热热在一块。可是不知为什么，加林好像一直在躲避她，好像不愿意和她照面，她想起加林哥那晚上那么喜爱地亲她，现在又对她这么冷淡，忍不住委屈得眼泪汪汪了。

　　她看见他这几天已经出山劳动了，一下子穿得那么烂，腰里还束一根草绳，装束得就像个叫花子一样。他每天早上都扛起老镢头，去山上给队里掏麦田塄子，中午也不回来，和众人一块吃送饭。他有新衣服，为什么要穿得那么破烂？昨天她看见他在井边担水，肩背上的衣服已经被什么划破一个大口子，露出的一块皮肉晒得黑红。她站在自家硷畔上，心疼得直掉泪，想跑下去看他，可加林哥好像不愿理她，担着水头也不回就走了——他明明看见了她啊！

　　她昨个晚上，一夜都没睡好觉。想来想去，不知道加林为啥又不愿理她了。后来，她突然想到：是不是加林嫌她穿得太新了？这几天，她可是把她最好的衣服都拿出来穿过了。

　　可能就是因为这！你看他穿得多烂！他大概觉得她太轻浮了！人家是知识人，不像农村人恋爱，首先换新衣服。她太俗气了！她看见加林哥穿那身烂衣服，反而觉他比穿新衣服还要俊，更飘洒了！可她却正好相反，换了最新的衣服！加林哥一定看见反感了。可她又难受地想：加林哥呀，我之所以这样，还是为了你呀！

　　现在她决定把那件米黄的确良短袖衫和那条深蓝色的确良裤子换下来，重新穿上平时她劳动穿的那身衣服：半旧的草绿色裤子，洗得发白的蓝劳动布上衣，再把水红衬衣的大翻领翻在外面。

　　她打扮好后，就肩起锄头向前村走去。今天组里锄玉米，正好加林在玉米地对面的山坡上挖麦田塄，他肯定会看见她的……

　　高加林在赶罢集第二天，就出山劳动了。像和什么人赌气似的，他穿了一身最破烂的衣服，还给腰里束了一根草绳，首先把自己的外表"化装"成了个农民。其实，村里还没一个农民穿得像他这么破烂。他参加劳动在村里引起了纷纷议论。许多人认为他吃不下苦，做上两天活说不定就躺倒了。大家很同情他；这个村文化人不多，感到他来到大家的行列里实在不协调。尤其是村里的年轻妇女们，一看原来穿得风风流流的"先生"变成了一个叫花子一样打扮的人，都啧啧地为他惋惜。

　　高家村村子并不大，四十多户人家，散落在大马河川道南边一个小沟口的半山坡上。一半家户住在沟口外的川道边，另一半延伸到沟口里面。沟里一股长年不断的细流水，在村脚下淌过，注入了大马河。大马河两岸的一大片川地，是他们主要舀米挖面的地方。川道两边的山上，耕地面积倒比川里大得多，但都是广种薄收，大部分是麦田。

　　前些年由于村子小，四十多户人家一直是集体生产和统一分配，实际上是大队核算。这两年随着政策的改变，也分成了两个生产责任组。许多社员要求再往小划一些，有的甚至提出干脆包产到户。但高明楼书记暂时顶住了这种压力。他们直到眼下还没有分开。这两年书记心里并不美气。他既觉得现时的政策他接受不了——拿他的话说，"把社会主义的摊子踢腾光了"；另一方面又觉得他无法抗拒社会的潮流，感到一切似乎都势在必行。他常撇凉腔说，"合作化的恩情咱永不忘，包产到户也不敢挡。"实际上，他目前尽量在拖延，只分成两个"责任组"（实际上是两个生产队）好给公社交差，证明高家村也按新政策办事哩。

高加林家在前村一组。川道里现时正锄玉米,他不太会锄地,就跟山上翻麦田的人去挖地畔。

他的劳动立刻震惊了庄稼人。第一天上地畔,他就把上身脱了个精光,也不和其他人说话,没命地挖起了地畔。没有一顿饭的功夫,两只手便打满了泡。他也不管这些,仍然拼命挖。泡拧破了。手上很快出了血,把镢把都染红了;但他还是那般疯狂地干着。大家纷纷劝他慢一点,或者休息一下再干,他摇摇头,谁的话也不听,只是没命地抡镢头……

今天又是这样,他的镢把很快又被血染红了。

犁地的德顺老汉一看他这阵势,赶忙喝住牛,跑过来把镢头从加林手里夺下,扔到一边,两撇白胡子气得直抖。他抓起两把干黄土抹到他糊血的两手上,硬把他拉到一个背阴处,不让他逞凶了。德顺老汉一辈子打光棍,有一颗极其善良的心。他爱村里的每一个娃娃。有一点好东西,自己舍不得吃,满庄转着给娃娃们手里塞。尤其是加林,他对这孩子充满了感情。小时候加林上学,家境不好,有时连买一支铅笔的钱都没有,他三毛五毛的常给他。加林在中学上学时,他去县城里卖瓜卖果,常留半筐给他提到学校里。现在他看见加林这般拼命,两只嫩手被镢把拧了个稀巴烂,心里实在受不了。老汉把加林拉在一个土崖的背影下,硬按着让他坐下。他又抓了两把干黄土抹在他手上,说:"黄土是止血的……加林!你再不敢耍二杆子了。刚开始劳动,一定要把劲使匀。往后的日子长着呢!唉,你这个犟脾气!"

加林此刻才感到他的手像刀割一般疼。他把两只手掌紧紧合在一起,弯下头在光胳膊上困难地揩了揩汗,说:"德顺爷爷,我一开始就想把最苦的都尝个遍,以后就什么苦活也不怕了。你不要管我,就让我这样干吧。再说,我现在思想上麻乱得很,劳动苦一点,皮肉疼一点,我就把这些不痛快事都忘了……手烂叫它烂吧!"

他抬起乱蓬蓬的头,牙咬着嘴唇,显出一副对自己残酷的表情。

德顺老汉点起一锅旱烟,坐在他旁边,一只手在他落满黄尘的头上摸了一把,无可奈何地摇摇白雪一样的脑袋,说:"明天你不要挖地畔了,跟我学耕地。你看你的手,再不敢握镢把了,等手好了再……"

加林坚决地摇摇头:"不,我要让镢把把我的烂手再拧好!"他说完就站起来,向地里走去,向两只烂手唾了两下,掂起镢头又没命地挖起来。阳光火爆爆的晒着他通红的光脊背,汗水很快把他的裤腰湿透了。

德顺老汉看着他这副犟劲,叹了一口气,把崖根下一罐水提过去,放在离加林不远的地方,说:"这罐水都是你的。天热,你不习惯,都喝了……"他叹了一口气,又去犁地去了。

高加林一个人把一道地畔挖完,过来抱住水罐,一口气喝了一半。他本想又一下全喝完,但看了看像个土人似的德顺爷爷,就把水又送到地头回牛的地方。

现在他一屁股坐下来,浑身骨头似乎全掉了,两只手像抓着两把蒺针,疼得万箭钻心!

不过,他也感到了一种无法言语的愉快。他让所有的庄稼人看见:他们衡量一个优秀庄稼人最重要的品质——吃苦精神,他高加林也具备。从性格上说,他的确是个强者;而这个优点在某些情况下又使他犯错误。

他用一只烂手摸出一支烟,点着,狠狠吸了一口。他觉得这是他有生以来抽得最香的一支烟。

这时,他突然看见巧珍正站在对面川道里的玉米地畔上,仰起头向他这里张望。他虽然看不清她脸上的表情,但他感到她就像要腾空而起,向他这边飞来了。

他的心立刻感到针扎一般刺疼……

第七章

高加林疲乏地躺在土炕上,连晚饭都累得不想吃了。他母亲愁眉苦脸地把饭端上端下,规劝他,像乖哄娃娃一般絮叨说:"人是铁,饭是钢,你不想吃,也要挣扎着吃……"他父亲叫他明天干脆别出山去了,歇息一天,好慢慢让习惯着。

他们说了些什么,加林一句也没听见。此刻他的思想完全集中到巧珍身上了。赶集那天以后,他一直非常后悔他对巧珍做出的冲动行为。他觉得自己目前的处境,根本不是谈情说爱的时候。他甚至觉得他匆忙地和一个没文化的农村姑娘发生这样的事,简直是一种堕落和消沉的表现,等于承认自己要一辈子甘心当农民了。其实他内心里那种对自己未来生活的幻想之火,根本没有熄灭。他现在虽然满身黄尘当了农民,但总不相信他永远就是这个样子。他还年轻,只有二十四岁,有时间等待转机。要是和巧珍结合在一起,他无疑就要拴在土地上了。

但是,更叫他苦恼的是,巧珍已经怎样都不能从他的心灵里抹掉了,他尽管这几天躲避她,而实际上他非常想念她。这种矛盾和痛苦,比手被镢把拧烂更难忍受。

巧珍那漂亮的、充满热烈感情的生动脸庞,她那白杨树一般苗条的身体,时刻都在他眼前晃动着。

尤其是晚上劳动回来,他僵硬的身体疲倦地躺在土炕上,这种想念的感情就愈加强烈。他想:如果她此刻要在他身边,他的精神和身体也许马上会松弛下来;她会把他躁动不安的心潮变成风平浪静的湖水。

她是爱他的,爱得那么强烈。他看见她这几天接二连三换衣服,知道这完全是为他的。今天他收工回来,锄地的人都走了,他还看见她站在对面河畔上——那也是在等他。但他却又避开了她。他知道她哭了;也想象得来她一个人在玉米地的小路上往家里走的时候,心情会是怎样的难受啊!他太不近人情了!她那样想和他在一起,他为什么要躲开她呢?他自己实际上不是也渴望和她在一起吗?

他在土炕上躺不住了,激情的洪流立刻冲垮了他建立起的理智防堤。眼下他很快把一切都又抛在了一边,只想很快见到她,和她呆在一块。他爬起来,下了炕,对父母亲说他到后村有个事,就匆忙地出了门。

夜静悄悄的。天上的星星已经出齐,月光朦胧地辉耀着,大地上一切都影影绰绰,充满了一种神秘的气氛。

高加林走到后村,在刘立本家的坡底下站住了。他不知道怎样才能把巧珍叫出来。

正当他犹豫地望着刘立本家的高墙大院时,突然看见大门外那棵老槐树背后转出一个人,匆匆地向坡下走来了。啊,亲爱的人!她实际上一直就在那里不抱什么希望地等待着他的出现!

高加林的心咚咚地狂跳着,也不说话,转而下了沟底,沿小河上面的小路,向村外走去。他不时回头看看,巧珍不远不近地跟着他。

他走到村外河对面一块谷地里,在一棵杜梨树下舒服地躺下来,激动地听着那甜蜜的脚步声正沙沙地走近他。

她来了。他马上坐起来。她稍犹豫了一下,就胆怯地、然而坚决地靠着他坐下了。她没说话,先在他胳膊上衣服被葛针划破一道大口子的地方,在那块晒得黑红的皮肤上亲了一口。然后她两只手抱住他的肩头,脸贴在她刚才亲吻过的地方,亲热而委屈地啜泣起来。

高加林侧身抱住她的肩头,把脸紧贴在她头上,两大颗泪珠也忍不住从眼里涌出来,滴进了她黑漆一般的头发里。他现在才感到,这个亲他的人也是他最亲的人!

巧珍头伏在他胸前,哭着问他:"加林哥,你这几天为什么不理我?"

"你一定难过了……"高加林用他的烂手抚摸着她头发。

"你知道人的心就对了……"巧珍抬起头,闪着泪光的眼睛委屈地望着他。

"巧珍,我再也不那样了。"加林在她额头上亲了一下。

巧珍两条抖索的胳膊搂住他的脖子,笑逐颜开地流着泪,说:"加林哥,你给天上的玉皇大帝发个誓!"

加林被逗笑了,说:"你真迷信!巧珍,你相信我……你为什么没穿那件米黄色短袖?那衣服你穿上特别好看……"

"我怕你嫌不好看,才又换上了这身。"巧珍淘气地向他撅了一下嘴。

"你明天再穿上。"

"嗯。只要你喜欢,我天天穿!"巧珍一边说,一边从身后拿出一个花布提包,掏出四个煮鸡蛋,又掏出一包蛋糕,放在加林面前。

高加林感到惊讶极了。他刚才只顾看巧珍,根本没发现她还给他拿这么多吃的。

巧珍一边给他剥鸡蛋皮,一边说:"我知道你晚上没吃饭。我们这些满年劳动的人,刚回家都累得不想吃饭,别说你了!"她把鸡蛋和一块蛋糕递给他。"蛋糕是我妈前几天害病时,我姐给拿来的,我妈没舍得吃。我今晚是从箱子里偷出来的!"巧珍不好意思地笑了笑,"你要是不来找我,我今晚上非到你家给你送去不可!"

加林咽下去一口蛋糕,赶忙对她说:"千万不敢这样!让你爸知道了,小心把你腿打断!"加林开玩笑对她说。

巧珍又把一个剥了皮的鸡蛋塞到加林手里,亲切地看着他那副狼吞虎咽的样子,然后手和脑袋一齐贴在他肩膀上,充满柔情地说:"加林哥,我看见你比我爸和我妈还亲……"

"傻话!你真是个傻女子!"高加林把手里的半个鸡蛋塞进嘴里,在她头上轻轻拍了一下,正好手上一个破了的泡碰在巧珍的发卡上,疼得他"哎哟"叫唤了一声。

巧珍像触了电一般抬起头,不知他发生了什么事。很快,她明白了。她手忙脚乱地在提包里翻起来,嘴里说:"看,我倒忘了……"她从提包里掏出一瓶碘酒和一包药棉,把加林的一只手拉过来,放到她膝盖上,给他抹药水。

加林又一次惊讶得张开嘴巴,问她:"你怎知道我手烂了?"

巧珍低着头给他手上擦药水,说:"天上玉皇大帝告诉我的。"她嘿嘿地笑了一声,"村里谁不知道你的手烂了!你们先生的手真是娇气!"她扬起脸朝他亲昵地笑着,微微咧开嘴巴,露出两排刷过的洁白的牙齿,像白玉米籽儿一般好看。

巨大的感情的潮水在高加林的胸膛里澎湃起来。

爱情啊,甜蜜的爱情!它像无声的春雨悄然地洒落在他焦躁的心田上。他以前只从小说里感到过它的魅力,现在这一切,他都全部真实地体验到了,而最宝贵的是,他的幸福正是在他不幸的时候到来的!

在巧珍把他的两只手涂满药水以后,他便以无比惬意的心情,在土地上躺了下来。巧珍轻轻依傍着他,脸紧紧贴在他胸脯上,像是专心谛听他的心如何跳动。他们默默地偎在一起,像牵牛花绕着向日葵。星星如同亮闪闪的珍珠一般撒满了暗蓝色的天空。西边老牛山起伏不平的曲线,像谁用碳笔勾出来似的柔美;大马河在远处潺潺地流淌,像二胡拉出来的旋律一般好听。一阵轻风吹过来,遍地的谷叶响起了沙沙沙的响声。风停了,身边一切便又寂静下来。头顶上,婆婆的,墨绿色的叶丛中,不成熟的杜梨在朦胧的月下泛着点点青光。

他们就这样静静地、甜蜜地躺在星空下,躺在大地的怀抱里……

当爱情在一个青年人身上第一次苏醒以后,它会转变为一种巨大的力量。甚至对生活完全失去信心的人,热烈的爱情也可能会使他的精神重新闪闪发光。当然,奥勃洛摩夫那样的人是例外,因为他实际上已经等于一个死人。

高加林由于巧珍那种令人心醉的爱情,一下子便从灰心丧气的情绪中,重新激发起对生活的热情。爱的暖流漫过了精神上的冻土地带,新的生机便勃发了。

爱情使他对土地重新唤起了一种深厚的感情。他本来就是土地的儿子。他出生在这里,在故乡的山水间度过梦一样美妙的童年。后来他长大了,进城上了学,身上的泥土味渐渐少了,他和土地之间的联系也就淡了许多;现在,他从巧珍纯朴美丽的爱情里,又深深地感到:他不该那样害怕在土地上生活;在这亲爱的黄土地上,生活依然能结出甜美的果实!

高加林渐渐开始正常地对待劳动,再不像刚开始的几天,以一种压抑变态的心理,用毁灭性的劳动来折磨肉体,以转移精神上的苦闷。经过一段时间,他的手变得坚硬多了。第二天早晨起来,腰腿也不像以前那般酸疼难忍。他并且学会了犁地和难度很大的锄地分苗。后来,纸烟变得不香了,在山里开始卷旱烟吃。他锻炼着把当教师养成的斟词酌句的说话习惯,变成地道的农民语言;他学着说粗鲁话,和妇女们开玩笑。衣服也不故意穿得么破烂,该洗就洗,该换就换。

中午回来,他主动上自留地给父亲帮忙;回家给母亲拉风箱。他并且还养了许多兔子,想搞点副业。他忙忙碌碌,俨然像个过光景的庄稼人了。

白天是劳苦的,但他有一个愉快的夜晚。正是因为有这么一个幸福的向往,他才觉得其它的熬累不那么沉重了。

夜晚,天黑严以后,他和巧珍就在村外的庄稼地里相会了。他们在密密的青纱帐里,有时像孩子一样手拉着手,默默地沿着庄稼地中间的小路,漫无目的地走着;有时站住,互相亲一下,甜蜜地相视一笑。走累了的时候,他们就找一个僻静的地方,加林躺下来,用愉快的叹息驱散劳动的疲乏,巧珍就偎在他身边,用手梳理他落满尘土的乱蓬蓬的头发;或者用她小巧的嘴巴贴着他的耳朵,轻轻地、轻轻地给他唱那些祖先留传下来的古老的歌谣。有时候,加林就在这样的催眠曲中睡着了,拉起了响亮的鼾声。他的亲爱的女朋友就赶忙摇醒他,心疼地说:"看把你累成个啥了。你明天歇上一天!"她把他的手拉过来蒙住她的脸,"等咱结婚了,你七天头上就歇一天!我让你像学校里一样,过星期天……"

高加林每天都沉醉在这样的柔情蜜意里，一切原来的想法退得很远了。只是有些时候，当他偶尔看见骑自行车的县上和公社的干部们，从河对面公路上奔驰而过，雪白的的确良衫风被吹得飘飘忽忽的惬意身影时，他的心才猛然感到一种说不出的惆怅；一股苦涩的味道翻上心头，顿时就像吞了一口难咽的中药。他尽量使自己很快从这种情绪中解脱出来。直等到他又看见了巧珍，骚乱的心情才能彻底平息——就像吃完中药，又吃了一勺蜜糖一样。

他现在时时刻刻都想和巧珍在一起。遗憾的是，他们不在一个生产组，白天劳动很难见面，他们都想得要命。有时候，两个组劳动离得很近时，一等休息，他就装着去寻找什么，总要跑到后村组劳动的地方磨蹭一会。在这样的场所里，他并不能和巧珍说什么话；他只是用眼睛看看她。这时候，旁的人谁也不知道，只有他们两个心里清楚，这反而更有一种说不出的甜蜜味道。

有时候，他没有什么借口，去不了她那里，她就会用她带点野味的嗓音，唱那两声叫人心动弹的信天游——

　　上河里(哪个)鸭子下河里鹅，
　　一对对(哪个)毛眼眼望哥哥……

他在远处听见这歌声，总忍不住咧开嘴巴笑。

而在巧珍那边，她刚一唱完，姑娘们就和她开玩笑说："巧珍，马拴骑着车子又来了，快用你的毛眼眼望下下！"

她气得又骂她们，又撑着给她们扬土，可心里骄傲地想："我哥哥比马拴强十倍，你们将来知道了，把你们眼红死！"

在高加林和巧珍如胶似漆地热恋的时候，给巧珍说媒的人还在刘立本家里源源不断地出现。刘立本嘴说如今世事不同以往，主意得由女子拿，可他心里有数。他只看下个马拴——他家光景好，马拴人虽老实，但懂生意，将来丈人女婿合伙做买卖，得心应手。只是巧珍看不下这个黑炭一样的后生，得他好好做一番工作。他甚至想请他亲家明楼出面说服巧珍。在高加林这方面，也有不少庄户人家不时来登门说亲。加林父母一看他们穷家薄业的，还有人给说媳妇，高兴得老两口嘴巴都合不拢。尤其是山背后村里一个不要彩礼就想跟加林的女子，着实使高玉德老两口动了心。但所有他们认为的大喜事都被加林一笑置之了。

这样，加林和巧珍觉得也好，可以掩一下他们的关系。他们暂时还不想公开他们的秘密；因为住在一个村，不说其它，光众人那些粗鲁的玩笑就叫人受不了。他们不愿让人把他们那种平静而神秘的幸福打破。

有一次，加林和德顺爷爷一块犁地的时候，老汉问他："加林，你要媳妇不？"加林笑了笑说："想要也没合适的。"

"你看巧珍怎样？"老光棍突然问他。

加林的脸刷地红了，一时不知道该说什么。

德顺爷爷笑眯眯地说："我看你们两个最合适！巧珍又俊，人品又好；你们两个天生的一对！加林，你这小子有眼光哩！"

加林有点慌恐地说："德顺爷爷，我连想也没想。"

"小子，甭哄我，我老汉看出来了！"

加林向他努了努嘴，说："好爷爷哩，你千万不敢瞎说！"

德顺爷爷两只老皱手抓住他的手说:"我嘴牢得铁撬都撬不开!我是为你们两个娃娃高兴啊!好啊!就像旧曲里唱的,你们两个'实实的天配就'……"

中午,他和德顺爷爷犁罢地往回去,在村口突然又碰见了马拴。他还和上次一样,里外的确良,推着那辆花红柳绿的自行车。加林有点不愉快地想:他肯定又是到巧珍家去了。

马拴把加林热情地挡在了路上。他先不说什么,等德顺老汉走前一段以后,才开口说:"高老师,唉!我在刘立本家都快把腿跑断了,人家巧珍根本不理茬嘛!我这见庙就烧香哩,你是这本村人,又是先生,你大概也和立本熟着哩,你能不能也从旁给我出一把力?"

高加林心里很不痛快,但他尽量不在脸上露出来。他勉强笑了笑,对马拴说:"你别再瞎跑了,巧珍已经看下对象了。"

"谁?"马拴吃惊地问。

"你慢慢就会知道的……"

高加林说完,绕开丧气的马拴,回家去了。

第八章

关于高加林和刘巧珍的谣言立刻在全村传播开来。

他们的坏名声首先是从庄里几个黑夜出去偷西瓜的小学生那里露出来的。他们说有一晚上,他们看见以前的高老师在村外打麦场的麦秸垛后面,正和后村的巧珍抱在一块亲嘴哩。

又有人证实,他看见他俩在一个晚上,一块躺在前川道高粱地里……谣言经过众人嘴巴的加工,变得越来越恶毒。有人说巧珍的肚子已经大了;而又有的人说,她实际上已经刮了一个孩子,并且连刮孩子的时间和地点都编得有眉有眼。

风声终于传到了刘立本耳朵里。戴白瓜壳帽的"二能人"气得鼻子口里三股冒气!这天午饭时分,他不由分说,先把败坏了门风的女儿在自家灶圪里打了一顿,然后气冲冲地去找前村的高玉德。"二能人"现在才恍然大悟:这多天来,巧珍能得刷牙,一天衣服三换,黑天半夜在外面疯跑,原来都是为了高玉德那个败家子儿啊!

他先跑到玉德家的破墙烂院里,站在门外问高玉德在不在。加林妈在窑里告诉他:老汉不在。

"这亮红晌午,都在家里吃饭哩,他跑到什么地方去了?"立本在院里坚持问。

"大概又到自留地刨挖去了。"加林妈跑出来,让村里这个体面人进窑来坐坐。立本说他忙,掉转头就走了。

他出了大门,下了小河,拐过一个小山峁,径直向高玉德的自留地走去。一路上他在心里嘲笑:"哼,就知道在土里刨!穷得满窑没一件值钱东西,还想把我女子给你那个寒窑里娶呀!尿泡尿照照你们的影子,看配不配!"

他老远看见高玉德正佝偻着罗锅腰锄糜子,就加快脚步向那边走去。他上了地畔,尽管满肚子火气,还是按老习惯称呼这个比他大十几岁的同村人:"高大哥,你先歇一歇,我有话要对你说。"

高玉德看见村里这个傲人,在这大热天跑到地里来找他,慌得不知出了什么事,赶忙把锄往地里一栽，向立本迎过来。

他俩圪蹴在土崖影下，玉德老汉把旱烟锅给他递让过去。立本摆摆手，说："你吃你的，我嫌那呛！"他说着，从口袋里摸出一根四川出的"工"字牌卷烟噙到嘴里，拿打火机点着，加烟带气长长地吐了一口，拐过头，脸沉沉地说："高大哥！你加林在外面做瞎事，你为什么不管都？咱这村风门风都要败在你这小子手里了！"

"什么事？"高玉德老汉吃惊地从白胡子嘴里拔出烟锅，脸对脸问立本。

"什么事？"刘立本一闪身站起来，嘴里气愤地喷着白沫子，说："你那个败家子，黑天半夜把我巧珍勾引出去，在外面疯跑，全村人都在传播这丢脸事。我刘立本臊得恨不能把脑袋夹到裤裆里，你高玉德倒心安理得装起糊涂来了！"刘立本说着，夹卷烟的手指头气得直抖。

"啊呀，好立本哩！我的确不知道这码子事！"高玉德老汉冤枉地叫道。"我现在就叫你知道哩！你要是不管教，叫我碰见他胡骚情，非把他小子的腿打断不可！"

高玉德虽然一辈子窝窝囊囊，但听见这个能人口出狂言，竟然要把他的独苗儿腿往断打，便"呼"地从地上站起来，黄铜烟锅头子指着立本白瓜壳帽脑袋，吼叫着说："你小子敢把我加林动一指头，我就敢把你脑壳劈了！"老汉一脸凶气，像一头逗恼了的老犍牛。

乖人不常恼，恼了不得了。刘立本看见这个没本事的死老汉，一下子变得这么厉害，吃惊之中慌忙后退了一步，半天不知该如何对付。他索性转过身，傲然地背操起两条胳膊，从高玉德的土豆地里穿过去，一边走，一边回过头说："我和你没完！咱走着瞧吧！我不信没办法治你父子俩！真个没世事了！"

刘立本穿过高玉德正在吐放白花的土豆地，又从来路下了河湾。这个能人又急又气，站在河湾里竟不知道自己该到哪里去。

他是农村传统道德最坚决的卫道士，平时做买卖，什么鬼都敢捣，但是一遇伤面子的事，他却是看得很重要的，在他看来，人活着，一是为钱，二还要脸。钱，钱，挣钱还不是为了活得体面吗？现在，他那不争气的女子，竟然连体面都不要了，跟个文不上武不下的没出息穷小子，胡弄得满村刮风下雨。此刻，他站在河湾里，把巧珍恨得咬牙切齿：坏东西啊！你做下这等没脸事，叫你老子在这上下川道里怎见众人呀。刘立本在河湾里旋磨了半天，突然想起了他亲家。他想：好，让明楼出面把他加林小子收拾一顿！他不怕我刘立本，但他怕高明楼！明楼是书记！他小子受不下地里的苦，将来要再谋个民办教师，非得过明楼的关不行！

他于是从河湾里拐到前村的小路上，上了一道小坡，向明楼家走去。高明楼家和他家一样，一线五孔大石窑，比村里其他人家明显阔得多。亲家不久前也圈了围墙，盖了门楼。但立本觉得他亲家这院地方根本比不上自己的。明楼把门楼盖得土里土气，围墙也是用横石片插起来的；而他的门楼又高又排场，两边还有石对联一副。再说，明楼的窑檐接的是石板。石板虽比庄里其他人家齐整好看，可他家是用一色的青砖砌起，戴了"砖帽"，像城里机关的办公窑一样！更重要的是，他亲家的窑面石都是皮条錾溜的，看起来粗糙多了。而他的窑面石全部是细錾摆过，白灰勾缝，浑然一体！

不过，他今天来这里没心思比较双方院落的长长短短。他今天来是有求于亲家的。在这些方面，不像挣钱和籚谋，他清楚自己不如明楼。大女儿巧英和亲家母热情地把他招呼着入了中窑。中窑实际上是明楼的"会客室"，里面不盘炕，像公社的客房一样，搁一张床,被褥干干净净地摆着,平时不住人。要是公社、县上来个下乡干部,村里哪家人也别想请去,明楼会把他招待在这里下榻。靠窗户的地方,摆着两把刚做起的、式样俗气的沙发,还没蒙上布,用麻袋片裹着。

立本坐下来,亲家母手脚麻利地端来一壶茶,放在他面前。立本没喝,抽出一根卷烟点着,问:"明楼上哪儿去了?"

"你还不知道?他到公社开会已经走了好几天,说今天回来呀,现在还不见回来,大概要到后晌了。"亲家母说。

"我前一段去内蒙草里买了一匹马,回来这几天也没到哪里去,因此我不知道明楼出去开会……"刘立本轻淡地说。

"有什么事吗?"亲家母问他。

"没什么事。一点小事……他不在家就算了,我走了。"立本站起就准备起身。巧英掂着两个面手,堵在门口说:"爸爸,我都把面和上了,你就在这里吃!"他亲家母也竭力留他吃饭。

立本想了想,家里刚闹过架,巧珍和他老婆都正在哭,回去也心烦。再说,他肚子也的确有点饿了。这阵回家没人做饭。于是他又重新坐到了明楼家的沙发上,喝起了茶。他想:吃完饭,我干脆到村前的路上等他明楼回来!

当刘立本重新在高明楼家坐下来的时候,高玉德老汉还下巴支在锄把上,站在他的自留地里发愣怔。

刚才刘立本没头没脑给他发了顿脾气,说他儿子勾引他的女子,实在叫老汉摸不着头脑。

本来,高玉德老汉最近情绪不坏。他看见他的儿子从苦恼中解脱出来,收心务正,已经蛮像一回事了。他已经日薄西山,但儿子正活在旺处,将来娶个媳妇,生儿育女,他就是闭了眼睡在黄土里,也平了心。加林性子比他硬,将来光景肯定能过前去的。现在突然听见这码子事,心头感到非常沉痛。乡里人谁不讲究个明媒正娶?想不到儿子竟然偷鸡摸狗,多让人败兴啊!再说,本村邻舍,这号事最容易把人弄臭!

他同时又想:巧珍倒的确是个好娃娃,这川道十几个村子也是数得上的。加林在农村能找这样一个媳妇,那真个是他娃娃的福分。但就是要娶,也应该按乡俗来嘛,该走的路都要走到,怎能黑天半夜到野场地里去呢,如果按立本说的,全村人现在大概都把加林看成个不正相的人了。可怕啊!一个人一旦毁了名誉,将来连个瞎子瘸子媳妇都找不上;众人就把他看成个没人气的人了。不光小看,以后谁也不愿和他共事了。糊涂小子!你怎能这么缺窍?

高玉德老汉已经没心思锄地了。他拖着风湿性关节炎病腿,一瘸一拐从小路上下了河湾。

虽说他还没吃午饭,但此刻肚子一点也不饿。他坐在河边的一棵老柳树下,瘦手摸着赤脚片,思谋这事该怎么办才好。他虽然老了,但脑筋还灵。他又从巧珍那方面想。他想:说不定这女娃娃真的喜欢我加林呢!要不要正式请个媒人光明正大说这亲事?但他一想到刘立本,就心寒了。他这个穷家薄业,怎敢高攀人家?别说是他,就是比他光景强的人家,也攀不上刘立本!

太阳已经偏过了头顶,西面的山把阴影投到了沟底,时分已到后晌了。玉德老汉仍坐在树荫下摸他的赤脚片儿,不知这事该怎样处理。

"哎！你一个人坐在这里思谋什么哩？"有一个人在背后说话。

玉德老汉转过头，看见是老光棍德顺。他很想和他拉拉话。他们虽然年龄相差不少，却是一辈子的老朋友了；旧社会扛长工找的常是一个事主家。他招招手说："德顺，你来坐一坐。我这阵心烦得要命！"

德顺一边往他身边坐，一边把肩上的锄头放下，说："我还忙着哩！今后晌要赶着把我那块自留地再锄一下，满地又草糊了！"他接过高玉德递过来的烟锅，问他："熬煎什么事哩？你有那么飚正个好儿子，光景一两年就翻上来了。加林实在是个好娃娃！别看他明楼、立本现在耍红火哩，将来他们谁也闹不过加林的世事！"

"唉！"玉德老汉长叹一声，"你还夸他哩！这二杆子已经给我闯下乱子了！"

"什么乱子？"德顺一脸皱纹都缩到了眼角边上。

高玉德犹豫了一下，才说："这小子和刘立本那个二女子一块胡鬼混哩，现在满村都在风一股雨一股的传播，我不信你没听说？"

"我早看出来了！谁说他们鬼混哩？年轻人相好，这有个什么？"

"啊呀，你早知道了，为啥不给我早说？"高玉德生气地对老朋友头一拐，把他瞪了一眼。

"我还以为你知道这事哩！两个娃娃正好配一对！年轻人看见年轻人好嘛！"德顺老汉笑嘻嘻地对恼悻悻的玉德老汉说。

"老不正经！要好，也看怎个好哩！怎能黑天半夜胡逛哩！"

"哎呀，你这个老古板！咱又不是没年轻过！我一辈子没娶过老婆，年轻时候也混帐过两天，别说而今的时兴青年了！"

"好你哩，别说诳话了！立本刚刚来给我发了一顿凶，还说要把我加林的腿打断哩！我看要出事呀！你看这该怎么办？"高玉德一脸愁相，一只手不断摸着赤脚片。

"你别管刘立本那两声吓唬话！刚能把狐子吓跑！他再逞强，也强不过他女子！只要巧珍看下加林，谁都挡不定！就是这话，不信你等着看！你甭愁了，你这人就是爱忧愁！我还忙着哩，你快回去吃饭咯！"

德顺老汉把烟锅交给高玉德，站起身一肩锄就走了，嘴里还有上气没下气地哼起信天游小曲。

高玉德看着他远去的背影，觉得他比自己年龄大得多，但身子骨可比自己硬朗。他在心里说：哼！天下光棍没忧愁！一个人饱了全家都饱了。你能说争气话哩！叫你也有个儿子看看吧！把你愁不死才怪哩！小时候急得大不了，大了又急得成不了事；更不要说给娘老子闯下一河滩乱子了！

高玉德老汉感到两腿不光疼，而且已经麻了，就站起来，一瘸一拐往家里走去。高玉德进了家门，见加林正光着上身躺在炕上看书。加林他妈不在，大概到旁边窑里睡觉去了。

老汉把锄往门圪捞里一挂，对正在看书的儿子说："你还看书哩！硬是书把你看坏了！这么大的小子，还不懂人情世故！你什么时候才不叫人操心啊……"

高加林坐起来，摸不着父亲这番话是什么意思。他看着父亲说："我怎啦？"

"怎啦？你做的好事嘛！今儿个刘立本跑到咱自留地找我，说你和巧珍长了短了的，说满村都在议论你们两个的没脸事！"高玉德又蹲在脚地上，用手摸起了脚。

高加林脑子一下子嗡嗡直响。他把手里的书放到炕上，半天才说："我的事你不要管,众人愿说啥哩!"

高玉德抬起苍白头,说:"你小子小心着!刘立本说要往断打你的腿哩!"

高加林牙咬住嘴唇,轻蔑地冷笑了一声,说:"既然这样,我会叫他更不好看!"

高玉德站起来,走前一步,痛心疾首地对儿子说:"你千万不要再给我闯乱子了!你早早死了心!咱这光景怎能高攀人家嘛!人家是什么光景?这一条大马河川都是拔梢的!"

高加林把两条光胳膊交叉放在结实的胸脯上,对一脸可怜相的父亲说:"谁高攀谁家?爸,你一辈子真没出息!你甭怕!这事我做的,由我作主!"

高玉德看着儿子那张倔强的脸,痛苦地叫道:

"我的憨娃娃呀,你总有一天要跌跤的……"

第九章

高明楼从公社开罢会,独个儿一人在简易公路上步行往回去——他家的自行车被二小子三星推到学校了。车子是他主动让儿子推去的。儿子当了教师,各方面都要体面一些,没个车子不行!

高家村的当家人五十岁已出头,但走起路来精神还蛮好。他一身旧蓝咔叽布制服,颜色已经灰白;单布帽檐下面,一张红堂堂的脸上,两只眼睛炯炯有神。

明楼此刻走在路上,心情儿不太美气。这次公社召开的还是落实生产责任制的会议。看来形势有点逼人了。旁的许多村已经有联产到劳的。公社赵书记一再要叫大队书记解放思想,能联产到户、到劳的,要尽快实行。

"名词不一样了,可这还不是单干哩?"高明楼心里不满地想。实际上,他自己也清楚,现时的新政策的确能多打粮,多赚钱,尤其是山区,绝大部分农民都拥护。

他不满意这政策主要是从他自己考虑的。以前全村人在一块,他一天山都不出,整天圪蹴在家里"做工作",一天一个全劳力工分,等于是脱产干部。队里从钱粮到大大小小的事他都有权管。这多年,村里大人娃娃谁不尊他怕他?要是分成一家一户,各过各的光景,谁还再尿他高明楼!他多年来都是指教人的人,一旦失了势,对他来说,那可真不是个味道。

更叫他头疼的是,分给他那一份土地也得要他自己种!他就要像其他人一样,整天得在土地上劳苦了。他已多年没劳动,一下子怎能受了这份罪?

在强大的社会变化的潮流面前,他感到自己是渺小的。他高明楼挡不住社会的潮流。但他想,能拖就拖吧,实在不行了再说,最起码今年是分不成了!

他一路思谋着,不知不觉已经快到村子了。

"明楼,你回来了?"高明楼听见公路边的山坡上,有人给他打招呼。

他抬头一看,是德顺老汉。德顺虽然比他死去的父亲小六七岁,但两个人年轻时相好过,他一直叫老汉干大。他虽然是村里的领导,面子上的人情世故他都做得很圆滑,因此对德顺老汉常显出尊重的样子。

"干大,你今年自留地的庄稼还不错嘛!能打不少粮哩!"他站下,朝上面的德顺老汉随便这么说。

"多给我一点地,我还能打更多的粮哩!明楼,人家旁的村都往开分哩,咱们村怎还不见动静?这多少年众人搅混在一起,都耍二流子哩,一个哄一个哩,而今虽说分成两个组,实际上和没分差不多!"

"干大,不要急嘛!咱集体搞了多少年,一下子就能分个球净毛干?这几天两个组麦地都快翻完了吧?"明楼转了话题问老汉。

德顺老汉把锄放下,拿着旱烟锅下来了;老光棍大概不想给书记建个什么议。他总是这样,爱管个闲事,常动不动给干儿在生产上指拨。明楼一般说来还听他的——一辈子的庄稼人嘛,说什么都在行。

明楼现在看老汉从坡上下来了,知道他又要给他建议什么了,只好耐下心等他唠叨一阵。

他给德顺老汉抽了一根纸烟,两个人就圪蹴在了路畔上。

德顺老汉在明楼的打火机上吸着烟,说:"明楼,现时麦地都翻完了,马上就是白露,光一点化肥种麦子怎行?往年这时候,都要到城里去拉一些茅粪,今年你怎不抓这件事?"

明楼摇摇头:"往年一个队,说做什么,统一就安排了,今年分成两个组,你长我短的,怎个弄?再说,两个组都还有没锄二遍的地呢,人手怕抽不出来。"

"这有什么难的?这几天先少去两个人嘛!两个组合在一起拉,拉回来两家都能用。"

明楼想了一下,说:"这也行。还像往年一样,你把这事领料上。先套上两个架子车,前村连你先去两个人,再让后村巧珍到城里用她姨家的空窑,给你们晚上做一顿饭。过几天等地里的活消停了,再多套几个架子车,两个组多去一些人。你看这行不行?"

"行,我去!前村先叫加林去。队里这一段苦重,娃娃没惯了,叫歇息几天;拉粪活总轻一点。"

提起加林,明楼脸有点红,嘴里很快"嗯嗯"着同意了德顺老汉的安排。

老汉见他的"建议"被干儿采纳了,就站起身又锄地去了。明楼也把纸烟把子一丢,思思谋谋又起身往回走。

德顺老汉刚才提起加林,使他又不由得想到这个被他赶回生产队的本村后生了。

加林是高明楼眼看着长大的。他小时候就脾气倔犟,性子很硬,人又聪敏。在庄前村后,显得比他同年龄的娃娃都强。高明楼在那时候就对这娃娃很感兴趣。加林城里上学时,每逢星期六回来,他常爱到加林家串门。他虽是个老百姓,还爱关心点国际大事,加林正好这方面又懂得多,常给他说这个国家那个国家的事,把个高明楼听得半夜不回家。他常在心里感叹:高玉德命好!一辈子死没本事,可生养下一个足劲儿子!他自己的两个儿子太平庸了。老大上了两年学,笨得学不进去,老是一年级,最后只好回来当了农民。不是他在村里的威望,刘立本怎能把巧英给他的儿子?三星不是他用队里的东西在公社、县上巴结下几个干部,也怕连初中都上不了。按成绩不行,可那二年是推荐。现在总算把高中混完了。二儿子高中毕业后,他着实发愁了。旁的工作一眼看见不行——而今入公家的门难!他决心要给儿子谋求个民办教师的位置;他决不愿意两个儿子都当农民。有个教师儿子,他在门外也体面。再说,三星也从没吃过苦,劳动他受不了,弄不好会成个死二流子!

他原来想两全其美,和公社教育专干马占胜商量,看能不能下旁的村一个教师,叫三星上;最好不要叫三星顶加林。他有恻隐之心。他盘算过,别看村里几十户人家,他谁也不怕，但感到加林虽然人小，可心硬人强，弄不好，将来说不定会成为他的仇人，让他一辈子不得安生！再说，他老了，加林还年轻，他就是现在没法对付自己，但将来得了势，儿孙手里都要出气呀！他的两个儿子明显不是加林的对手！因此他不想惹这后生，想尽量下不下加林的教师。

可马占胜马上嘲笑他想得太美了！是的，哪个村愿把位置让给他们村呢？就这样，他只好狠着心把加林的教师下了，让三星上。但这以后，这件事总是他个心病。尽管高玉德老两口比以前更巴结他了，可高加林明显地在仇恨他，加林刚开始劳动，听说手上的血把镢把都染红了，谁也说不下他，照样拼命，说要让手烂得更厉害些！他听后心里忍不住打了个冷颤，心想：啊呀，这小子的心残着哩！他从这件事上，更看出加林不是个松动货。于是他的心病越来越加重了。

高明楼之所以好多年统辖高家村，说明他不是个简单人。他老谋深算，思想要比一般庄稼人多巴好多弯。

高明楼一路低头走着，思谋着这件事，觉得没什么好办法能使他的心灵安宁一些。

他走到大马河河湾的岔路上，抬起头向村里照了照，突然看见他亲家刘立本圪蹴在一棵老枣树下抽卷烟。他心想：大概到内蒙古又买了匹便宜马，等着给他能哩！

刘立本在亲家母家里吃完饭，就圪蹴在这里等上了明楼。

女儿给他做下的丢脸事，使他感到自己的个子都低了几寸。他现在想让明楼先把加林收拾一顿，把这事先镇压下去。然后得马上给巧珍找人家。今年能出嫁就出嫁，最迟不能拖过明年。女子大了，不寻人家，说出事就出事！他还想让明楼出面，说服巧珍和马店的马拴结亲。他是书记，面子大！

高明楼走到枣树下，很自然地蹲在了立本的对面。两亲家先让了一番烟。明楼嫌卷烟太硬，立本嫌纸烟没劲。两个人只好各吸各的。

"怎样？又买了便宜货了吧？能挣多少钱？"明楼问他的生意人亲家。

"挣钱顶个球！"立本粗鲁地叫道，情绪败坏地把头一拐。

"我头一次听你把钱不当一回事。"明楼脸上露出一丝讽刺的笑容，同时也不知道亲家有什么不高兴。看他满脸气呼呼的样子，就问："你有什么不顺心的事？你今年钱挣得快把口袋都撑破了，还不满意吗？而今这政策正是你的好政策！"他又不由得露出讽刺的笑容。

"好你哩，不要挖苦我了。我现在滚油浇心哩！"刘立本两条胳膊朝亲家一摊，脸上显出一副哭相。

高明楼一看他这样子，也认真起来，说："哭了半天还不知道你哭谁哩！你说你倒究出了什么事嘛！"

刘立本把正在抽的半截子卷烟扔到旁边的草地上，难受地说："巧珍给我做下丢脸事了！"

"那么好个娃娃，弄下什么事了？"高明楼惊讶地问。

"唉，真叫人没法提！高玉德那个缺德儿子勾引我巧珍，黑地里在外面疯跑，弄得满村都风风雨雨。你看我这人现在活成个甚了！"刘立本咽了一口唾沫，难受地把头倒勾了下来。

高明楼一下子笑了："哈呀，我还以为是什么事哩！不就是他们两个谈恋爱吗？"

"狗屁恋爱！连个媒人也没经，黑天半夜在外面鬼混，把先人都羞死了！"刘立本抬起头,气愤地吼叫起来。

高明楼把刘立本溅在他脸上的唾沫星子揩掉,说:"立本,你整天走州过县做买卖,思想怎还这么古板?你没吃过猪肉,连猪哼哼都没听过?现在的年轻人还像咱们过去那样吗?你还没见的多着哩!我前几年都要到大寨参观一回,路过西安、太原,看见城市的青年男女,在大街上的稠人广众面前胳膊套胳膊走路哩!开始看见还觉得不文明,后来看惯了才觉得人家那才是文明……"

刘立本听了亲家这一番话,又气又失望。他原来还想叫明楼训一顿高加林,想不到明楼竟然指教起他来了。他嘴唇子抖着说:"加林是个什么东西?文不上武不下的,糟蹋我巧珍哩!"

高明楼眼一瞪:"怕人家加林看不下巧珍哩!只要人家看下了,你能都能不过来哩,还说人家糟蹋你女子哩!"

"加林有个什么出息?又不会劳动,又不会做生意,将来光景一烂包!""人家是高中生,你女子斗大字不识一升!"

"高中生顶个屁!还不是要戳牛屁股?"刘立本轻蔑地一撇嘴,并且又加添说:"牛屁股都不会戳!"

高明楼身子往立本旁边挪了挪,开始苦口婆心劝解起亲家来:"好立本哩,你的目光太短浅了。你根本不能小看加林。不是我说哩,这一条川道里,和他一样大的年轻人,顶上他的不多。他会写,会画,会唱,会拉,性子又硬,心计又灵,一身的大丈夫气概!别看你我人称'大能人''二能人',将来村里真正的能人是他!他什么学不会?他要是愿意做,怕你骑上马都撵不上他哩!现在我把他的教师下了,为的是叫三星上。这事明说哩,我做得有点强。以后有空子,我还要给他找个营生干哩!要是他和巧珍结婚了,不是和我也成亲戚了吗?"

刘立本对他这一番话根本不以为然。他鼻子里哼了一声说:"看高玉德那是什么家庭?塌墙烂院,家里没一件值钱东西!高玉德又死没本事,加林他能什么哩?"

"哈呀!值钱东西是哪里来的?还不是人挣的?只要立得住,什么东西也会有!至于高玉德有本事没本事,那碍不了大事。巧珍是寻女婿哩,又不是寻公公!你别看他家现在穷,加林能把家立起来的!你我当年是什么样子?旧社会,你老子和我老子还都不是给地主刘国璋扛长工吗?"

刘立本仍然没有被他亲家的雄辩折服,反而一闪身站起来,火气十足地说:"你别给我灌清米汤了!我长眼睛着哩!难道自己看不清高玉德家的前程吗?他那不成器的儿子,我看不下!你能说光面子话哩!巧珍是我的女子,我不能把她往黑水坑里垫!"

"你看不下,可巧珍能看下哩!看你还有什么办法!"高明楼也站起来,觉得他亲家已经有点可笑了。

"我没办法?我把他龟孙子的腿往断打呀!"

"咦呀?看把你能的!……好亲家哩,你这阵在气头上,我没办法说服你。不过,你也别太逞能了!这而今都是自由恋爱,法律保护婚姻哩!只要娃娃们同意,别说娘老子,就是天王老子也管不住!你敢动手动脚,小心公安局的法绳!"高明楼终究是大队书记,懂得法律政策,立刻将这武器拿出来警告他亲家。

刘立本的确被他这话唬住了。他怔了半天,在自己的脑袋上狠狠拍了一巴掌,转过身丢下明楼,独自一个人扯大步走了。两亲家今天第一次没把话说到一块!

高明楼在他后面慢慢往家里走。他心想：刘立本做生意算个把式，其它方面实在不精明。

　　按明楼的想法，巧珍最好能和加林结亲。一方面，他觉得巧珍能寻这么个女婿，也的确不错了；另一方面，他很愿意加林和他大儿子成担子，将来和立本三家亲套亲，联成一体，在村里势众力强。这样一来，加林和他成了亲戚，也就不好意思为下了教师而恨他了。本来，高明楼刚听立本说这件事，心里有点高兴——他一路上正盘算怎样平息加林仇恨他的火焰哩！现在他看亲家对此事这样坚决地反对，也就摸不来事情的结局倒究会怎样了。

第十章

　　早晨，太阳已经冒花了，高加林才爬起来，到沟里石崖下的水井上去担水。他昨晚上一夜翻腾得没好觉，起来得迟了。

　　石头围了一圈的水井，脏得像个烂池塘。井底上是泥糊子，蛤蟆衣；水面上漂着一些碎柴烂草。蚊子和孑孓充斥着这个全村人吃水的地方。

　　他手里的马勺犹豫了半天，终于还是没有舀水。他索性赌气似地和两只桶一起蹲在了井台边。

　　此刻他的心情感到烦躁和压抑。全村正在用各种各样的风言风语议论他和巧珍的"不正经"，还听说刘立本已经把巧珍打了一顿，事情看来闹得更大了。眼前他又看见水井脏成这样也没人管（大家年年月月就喝这样的水，拿这样的水做饭），心里更不舒畅了。所有这一切，使他感到沉重和痛苦：现代文明的风啊，你什么时候才能吹到这落后闭塞的地方？

　　他的心躁动不安，又觉得他很难在农村呆下去了。可是，别的出路又在哪里呢？他抬起头，向沟口望出去，大山很快就堵住了视线。天地总是这么的狭窄！他闭住眼，又由不得想起了无边无垠的平原，繁华热闹的大城市，气势磅礴的火车头，箭一样升入天空的飞机……他常用这种幻想来满足自己的精神需要。

　　当他睁开眼睛的时候，他仍然在现实中。他看了看水井，脏东西仍然没有沉淀下去。他叹了一口气，想：要是撒一点漂白粉也许会好点。可是哪来得这东西呢？漂白粉只有县城才能搞到。

　　他的腿蹲得有点麻了，就站起来。

　　他忍不住朝巧珍硷畔上望了望。他什么人也没看见。巧珍大概出山去了；或者被她父亲打得躺在炕上不能动了吧？要么，就是她害怕了，不敢再站在他们家硷畔上那棵老槐树下望他了——他每次担水，她差不多都在那里望他。他们常无言地默默一笑，或者相互做个鬼脸。

　　突然，高加林眼睛一亮：他看见巧珍竟然又从那棵老槐树背后转出来了！她两条胳膊静静地垂着，又高兴又害臊地望着他，似乎还在笑！这家伙！

　　她的头向他们家硷畔上面扬了扬，意思叫加林看那上面。加林向山坡上望去，见刘立本正在撅着屁股锄自留地。

　　高加林立刻感到出气粗了。刘立本之所以打巧珍，还放肆地训斥他父亲，实际上是眼里没他高加林！"二能人"仗着他会赚几个钱，向来不把他这一家人放在眼里。

加林决定今天要报复他。他要和巧珍公开拉话,让他看一看!把他气死!他故意把声音放大一点喊:"巧珍,你下来!我有个事要和你说!"

巧珍一下惊得不知该怎办。她下意识地先回过头朝她家的硷畔上看了看。刘立本不知听见没听见,但仍然在低头锄他的地。巧珍终于坚决从坡里下来了。她甚至连路都不走,从近处的草洼里连跑带跳转下来,径直走向井台。

她来到他面前,鞋袜和裤管被露水浸得湿淋淋的。她忐忑不安地抠着手指头,小声问:"加林哥……什么事?村子上面有人看咱两个呢,我爸……"

"不怕!"加林手指头理了一下披在额前的一绺头发说,"专门叫他们看!咱又不是做坏事哩……你爸打你了吗?"

他有点心疼地望着她白嫩的脸庞和亭亭玉立的身姿。

巧珍长睫毛下的眼睛里闪着泪花,含笑咬着嘴唇,不好意思地说:"没打……骂了几句……"

"他再要对你动武,我就对他不客气了!"加林气呼呼地说。

"你千万不要动气。我爸刀子嘴豆腐心,不敢太把我怎样。你别着气,我们家的事有我哩!"巧珍扑闪着漂亮的眼睛,劝解她心爱的人。她看了看他身边的空水桶,问:"你怎不舀水哩?"加林下巴朝水井里呶了呶,说:"脏得像个茅坑!"

巧珍叹了一口气,说:"没办法。就这么脏,大家也都还吃。"她转而忍俊不禁地失声笑了,"农村有句俗话,说不干不净,吃了没病……"

加林没笑,把桶从井边提下来,放到一块石头上,对巧珍说:"干脆,咱两个到城里找点漂白粉去。先撒着,罢了咱叫几个年轻人好好把水井收拾一下。"

"我也跟你去?一块去?"巧珍吃惊地问。

"一块去!你把你们家的自行车推上,我带你,一块去!咱们干脆什么也别管了!村里人愿笑话啥哩!"加林看着巧珍的眼睛,"你敢不敢?"

"敢!你送桶去!我回去推车子,换个衣服。你也把衣服换一换!你别光给水井讲卫生,看你的衣服脏成啥了!你脱下,明天我给你好好洗一洗。"

加林高兴得脑袋一扬,用农村的粗话对他的情人开了一句玩笑:"实在是个好老婆!"

巧珍亲昵地撅起嘴,朝加林脸上调皮地吹了一口气,说:"难听死了……"他们各自都怀着无比激动的心情,各回各家去了。

对于巧珍来说,在家里人和村里人众目睽睽之下,跟加林骑一个车子去逛县城,这无疑是一个大胆的挑战。对于她目前的处境来说,这需要多大的勇气啊!她之所以不怕父亲的打骂,不怕村里人笑话,完全是因为她对加林的痴迷的爱情!只要跟着加林,他让她一起跳崖,她也会眼睛不闭就跟他跳下去的!对高加林来说,他做出这个决定,是对他所憎恨的农村旧道德观念和庸俗舆论的挑战;也是对傲气十足的"二能人"的报复和打击!

加林把空水桶放到家里,从箱子里翻出那身多时没穿的见人衣裳。他拿香皂洗了脸和头发,立刻感到容光焕发,浑身轻轻飘飘的。他对着镜子梳了梳头发,觉得自己强悍而且英俊。他父亲出了山,母亲上了自留地,家里没人。他在一个小木箱里取出几块钱装在口袋里,就出门在硷畔上等巧珍——后村人出来都要经过他家门前硷畔下的小路。

巧珍来了,穿着那身他所喜爱的衣服:米黄色短袖上衣,深蓝的确良裤子。乌黑油亮的头发用花手帕在脑后扎成蓬松的一团,脸白嫩得像初春刚开放的梨花。

他俩肩并肩从村中的小路上向川道里走去。两个人都感到新奇、激动,谁连一句话也不说;也不好意思相互看一眼。这是人生最富有的一刻。他们两个黑夜独自在庄稼地里的时候,他们的爱情只是他们自己的感受。现在,他们要把自己的幸福向整个世界公开展示。他们现在更多的感受是一种庄严和骄傲。

巧珍是骄傲的:让众人看看吧!她,一个不识字的农村姑娘,正和一个多才多艺、强壮标致的"先生",相跟着去县城!

加林是骄傲的:让一村满川的庄稼人看看吧!大马河川里最俊的姑娘、著名的"财神爷"刘立本的女儿,正像一只可爱的小羊羔一般,温顺地跟在他的身边!

村里立刻为这事轰动起来。没出山的婆姨女子、老人娃娃,都纷纷出来看他们。对面山坡和川道里锄地的庄稼人,也都把家具撇下,来到地畔上,看村里这两个"洋人"。有羡慕的哑巴嘴的,有敲怪话的,也有撇凉腔的。正人君子探头缩脑地看;粗鲁俗人垂涎欲滴地看。更多的都感到非常新奇和有意思。尤其是村里的青年男女,又羡慕,又眼红;川道一组锄地的两个暗中相好的姑娘和后生,看着看着,竟然在人背后一个把一个的手拉住了!

高加林和刘巧珍知道这些,但也不管这些,只顾走他们的。一群碎娃娃在他们很远的背后,嘻嘻哈哈,给他们扔小土圪垯,还一哇声有节奏地喊:"高加林、刘巧珍,老婆老汉逛县城……"

高玉德老汉在对面山坡上和众人一块锄地。起先他还不知道大家跑到地畔上看什么新奇,也把锄撂下过来看了。当他看见是这码子事时,很快在人家的玩笑和哄笑声中跌跌撞撞退回到玉米地里。他老脸臊得通红,一屁股坐在锄把上,两只瘦手索索地抖着,不住气的摸起了赤脚片。他在心里暗暗叫道:乱了!乱了!刘立本这阵在哪里呢?要是叫"二能人"看见了,不把这两个疯子打倒在地才怪哩!

刘立本此刻就在他家硷畔上的自留地里。所有这一切"二能人"也都看见了。不过,高玉德老汉的担心过分了。"二能人"正像他女子说的,刀子嘴豆腐心。他此刻虽然又气又急,但终于没勇气在众人的目光下,做出玉德老汉所担心的那种好汉举动来。他也只是一屁股坐到锄把上,双手抱住脑袋,接二连三地叹起了气……

第二天早晨,高家村的水井边发生了一场混乱。早上担水的庄稼人来到井边,发现水里有些东西。大家不知道这是何物,都不敢舀水了,井边一下子聚了好多人。有人证实,这些"白东西"是加林、巧珍和另外几个年轻人撒进去的。有人又解释,这是因为加林爱干净,嫌井水脏,给里面放了些洗衣粉。有的人说不是洗衣粉,是一种什么"药"。

天老子呀!不管是洗衣粉还是药,怎能随便往井里放呢?所有的人都用粗话咒骂:高玉德的嫩小子不要这一村人的命了!有人赶快跑到前村去报告高明楼——让大队书记看看吧!

更多担水的人都在急躁地议论和咒骂。那几个和加林一起"撒药"的年轻庄稼人给众人解释,井里撒的是漂白粉,是为了讲卫生的,众人立刻把他几个骂了个狗血喷头:"你几个瞎眼小子,跟上疯子扬黄尘哩!"

"你妈不讲卫生,生养得你缺胳膊了还是少腿了?"

"胡成精哩!把龙王爷惹恼了,水脉一断,你们喝尿去吧!"

那几个拥护加林这次卫生革命的人，不管众人怎么骂，都舀了水，担回家去了；但他们的父亲立刻把他们担回的水，都倒在了院子里。

水井边围的人越来越多了。而刘立本家里正在打架：刘立本扑着打巧珍；巧珍他妈护着巧珍，和老汉扭打在一起，亏得巧英和她女婿正在他们家，好不容易才把架拉开！刘立本气得连早饭也不吃，出去搞生意去了——他是从自家窑后的小路上转后山走的，生怕水井边的人们看见他。

高加林听说井边发生的事，要出来给乡党们说明情况，结果被他爸他妈一人扯住一条胳膊，死活不让他出门。老两口先顾不上责备儿子，只是怕他出去在井边挨打。

这时候，刘立本的三女儿巧玲从后沟里拿一本书走出来。她刚考完大学，在家里等结果。她起得很早，到后沟里背英语单词去了，因此刚才家里打架的事，她并不知道。现在她看见井边围了这么多人，就好奇地走过来打问出了什么事。

有人马上嘲讽地说："你二姐和你二姐夫嫌水井脏，放了些洗衣粉。你们家大概常喝洗衣粉水吧？看把你们脸喝得多白！"

巧玲的脸刷地红到了耳根。她虽然还不到二十岁，但个子已经和巧珍一般高。她和她二姐一样长得很漂亮，但比巧珍更有风度。巧玲早已看出她二姐在爱加林——现在知道她真的和加林好了。她对加林也是又喜欢又尊重，因此为二姐能找这么个对象，心里很高兴。昨晚给水井里撒漂白粉的事，她也知道，于是她就试图拿学校里学的化学原理给众人说漂白粉的作用。

她的话还没完，有人就粗鲁地打断了她："哼！说得倒美！你爬下先喝上一口！和你二姐夫一样咬京腔哩！伙穿一条裤子！"众人哄然大笑了。

巧玲眼里转着泪花子，羞得转身就跑——愚昧很快就打败了科学。

这时，听到消息的高明楼，赶忙先跑到巧珍家问情况。本来他想去问加林，但想了一下，还是没去，先跑到亲家家里来了。他一进亲家的院子，看见他们家四个女人都在哭。刘立本已经不见了踪影。他的大儿子正笨嘴笨舌劝一顿丈母娘，又劝一顿小姨子。明楼叫她们都别哭了，说事情有他哩！

他在巧珍和巧玲嘴里问清情况后，很快折转身出了刘立本家的大门，扯大步向沟底的水井边走去。

高明楼来到井边，众人立刻平静下来；他们看村里这个强硬的领导人怎办呀。明楼把旧制服外衣的扣子一颗颗解开，两只手叉着粗壮的腰，目光炯炯有神，向井边走去，众人纷纷把路给他让开。

他弯腰在水井里象征性地看一看，然后掉过头对众人说："哈呀！咱们真是些榆木脑瓜！加林给咱一村人做了一件好事，你们却在咒骂他，实实的冤枉了人家娃娃！本来，水井早该整修了，怪我没把这当一回事！你们为什么不担这水？这水现在把漂白粉一撒，是最干净的水了！五大叔，把你的马勺给我！"高明楼说着，便从身边的一个老汉手里接过铜马勺，在水井里舀了半马勺凉水一展脖子喝了个精光！

这家伙用手摸了一把胡茬子上的水，笑哈哈地说："我高明楼头一个喝这水！实践检验真理呢！你们现在难道还不敢担这水吗？"大家都嘿嘿地笑了。气势雄伟的高明楼使众人一下子便服贴了。大家于是开始争着舀水——赶快担回去好出山呀，太阳已经一竿子高了！

第十一章

高加林在他的"卫生革命"引起一场风波以后,心情便陷入了很大的苦闷中。夜晚,他有时也不主动去找巧珍了,独自一个人站在村头古庙前那棵老椿树下面,望着星光下朦胧的、连绵不断的大山,久久地出神。全村人都已入了梦乡,看不见一星灯火;夏夜的风把他的头发吹得纷乱。

有时,在一种令人沉重的寂静中,他突然会听见遥远的地平线那边,似乎隐隐约约有些隆隆的响声。他抬头看,天很晴,不像是打雷。啊,在那遥远的地方,此刻什么在响呢?是汽车?是火车?是飞机?不知为什么,他总觉得这声音好像是朝着他们村来的。美丽的憧憬和幻想,常使他短暂地忘记了疲劳和不愉快;黑暗中他微微咧开嘴巴,惊喜地用眼睛和耳朵仔细搜索起远方的这些声音来。听着听着,他又觉得他什么也没有听见;才知道这只不过是他的一种幻觉罢了。他于是就轻轻叹一口气,闭住眼睛靠在了树干上。

巧珍总会在这样的时候,悄悄地来了。他非常喜欢她这样不出声地、悄然地来到他身边。他把他的胳膊轻轻搭在她的肩头。她的爱情和温存像往常一样,给他很大的安慰,但是,已不能完全冲刷掉他心中重新又泛起的惆怅和苦闷了。过去那些向往和追求的意念,又逐渐在他心中复活。他现在又强烈地产生了要离开高家村,到外面去当个工人或者干部的想法——最好把巧珍也能带出去!

他虽然这样想,不知为什么,又不想告诉巧珍。

其实,聪敏的巧珍最近已经看出了他的心思。从内心上讲,她不愿意让加林离开高家村,离开她,她怕失去他——加林哥有文化,可以远走高飞;她不识字,这一辈子就是土地上的人了。加林哥要工作了,还会不会像现在一样爱她?

但是,当她看见亲爱的人苦闷成这个样子,又很想叫他出去工作。这样他就会高兴和愉快的。要是加林高兴和愉快,她也就感到心里好受一些。她想加林哥就是寻了工作,也再不会忘了她;她就在家里好好劳动,把娃娃抚养好。将来娃娃大了,有个工作的老子,在社会上也不受屈。再说,自己的男人在门外工作,她脸上也光彩。

这样想的时候,她就很希望加林哥出去工作,好让他少些苦恼。可是,她又认真一盘算,觉得根本没门!现时这号事都要有腿哩!加林哥当个民办教师,都让瞎心眼子高明楼挤掉了,更不要说找正式工作了。

这一天晚上,还是在那棵老椿树下,当她看见加林还是那么愁眉苦脸时,就主动对他说:"加林哥,你干脆想办法去工作去!我知道你的心思!看把你愁成啥了!我很想叫你出去!"

加林两只手抓住她的肩头,长久地看着她的脸。亲爱的人!她在什么时候都了解他的心思,也理解他的心思。

他看了她老半天,才开玩笑说:"你叫我出去,不怕我不要你了吗?"

"不怕。只要你活得畅快,我……"她一下子哭了,紧紧抱住他,像菟丝子缠在草上一般,说:"你什么时候也甭把我丢下……"

加林下巴搁在她头上,笑着说:"你啊!看你这样子,好像我已经有工作了!"

巧珍也抬起头笑了。她抹去脸上的泪水,说:"加林哥,真的,只要有门道,我支持你出去工作！你一身才能，窝在咱高家村施展不开。再说，你从小没劳动惯，受不了这苦。将来你要是出去了，我就在家里给咱种自留地、抚养娃娃；你有空了就回来看我；我农闲了，就和娃娃一搭里来和你住在一起……"

加林苦恼地摇摇头："咱们别再瞎盘算了，现在要出去找工作根本不行。咱还是在咱的农村好好打主意……你看你胳膊凉得像冰一样，小心感冒了！夜已经深了，咱们回！"

他们像往常一样，互相亲了对方，就各回各家去了。

高加林进了家门，发现高明楼正坐在他们家炕栏石上，和他父亲拉话。

见他进门来，他父亲马上说："你到哪里去了？你明楼叔等了你半天！"

高明楼对他咧嘴笑了笑，说："也没什么事喀！唉，加林！咱这农村，意识就是落后！你好心给水井里放了些漂白粉，人还以为你下了毒药呢！真是些榆木脑瓜！"

他父亲笑嘻嘻地对高明楼说："全凭你了！要不是你压茬，那一天早上肯定要出事呀！"

他母亲也赶忙补充说："对着哩！咱村里的事，就看他明楼叔拿哩！"

加林坐在脚地板凳上，也不看高明楼，说："也怪我。我事先没给大家说清楚。"高明楼吐了一口烟，说："事情已经过去了，再不提了，过两天两个组都抽几个人，把水井整修一下，把石堰再往高垒一些。哈呀！不整修再不行了！我前一个月看见一头老母猪躺在里面洗澡哩！"他两个手指头把纸烟把子捏灭，丢在脚地上，"我今黑夜来是想和你商量个事。是这，咱准备到城里拉一点茅粪，好准备种麦。后组里正锄地，人手抽不出来；准备前组先去两个人。我考虑了一下，想让你和德顺老汉去，不知你愿意不愿意？"

加林没说话。他父亲赶忙对他说："你去！你明楼叔给你寻了苦轻营生嘛！晚上只拉一回，用不了两三个小时，白天一天就歇在家里。往年大家都抢着去做这营生哩！"

高明楼又掏出一根烟，在煤油灯上吸着，看着低头不语的加林说："你大概怕城里碰上熟人，不好意思吧？年轻人爱面子！其实，晚上嘛，根本碰不上！"

高加林抬起头，只说了两个字："我去。"

明楼一看他同意了，便从炕栏石上下来，准备起身了。高玉德慌忙赤脚片溜下炕，同时加林他妈也从灶火圪捞里撑出来，准备送书记。高明楼在门口挡住他们，然后对后面的加林说："你大概还不知道，拉粪去的人还按老规程，在城里吃一顿饭，钱和粮由队里补贴。今年还是巧珍去做饭，城里她姨家有一孔空窑。"

高加林点点头，嗯了一声。

高玉德一听是巧珍去做饭，嘴张了几张，结结巴巴说："明楼！做饭苦轻，最好去个老汉！巧珍年轻，现在劳动正繁忙，后组的地还没锄完哩……"

高明楼想笑又没好意思笑出来。他对玉德老汉说："还是巧珍去合适。城里做饭的窑是她姨家的，生人去了怕不方便……"说完就拧转身走了。

德顺老汉和加林、巧珍在村对面的简易公路上套好架子车，已经临近黄昏，远远近近都开始模糊起来了，对面村子里，收工回来的人声和孩子们的叫闹声，夹杂着正在入圈的羊的咩咩声，组成了乡间这一刻特有的热闹的骚乱气氛。

德顺老汉一巴掌在驴屁股上打掉一只牛虻，过来把草垫子放到车辕上，说："甭怕臭！没臭的，也就没有香的！闻惯了也就闻不见了。"他走到前车子旁边，从怀里掏出一个扁扁的酒壶，抿了一口，诡秘地对加林和巧珍一笑："你们两个坐在后面车子上，我打头。吆牲灵我是老把式了,你们跟着就是。现在天还没黑,两个先坐开些!"他得意地眨眨眼,坐在了前面的车辕上。后面车上的加林和巧珍被德顺老汉说得很不好意思,也真的别别扭扭一人坐在一个车辕上,身子离得很开。

德顺老汉"得儿"一声,毛驴便迈开均匀的步子,走开了。两辆车子一前一后,在苍茫的暮色中向县城走去。

德顺老汉在前面又抿了一口酒,醉意便来了,竟然张开豁牙漏气的嘴巴唱了两声信天游——

　　哎哟!年轻人看见年轻人好,
　　白胡子老汉不中用了……

加林和巧珍在后面车上逗得直笑。

德顺老汉听见他们笑,摸了一下白胡子,说:"啊呀,你们笑什么哩?真的,你们年轻人真好!少男少女,亲亲热热,我老了,但看见你们在一块,心里也由不得高兴啊……"

加林在后面喊:"德顺爷,你一辈子为啥不娶媳妇?你年轻时候谈过恋爱没?""恋?爱?哼!我年轻时候比你们还恋的爱!"他又抿了一口酒,皱纹脸上泛起红潮,眼睛眯起来,望着东边山头上刚刚升起的月亮,不言传了。

驴儿打着响鼻,蹄子在土路上得得地敲打着。月光迷迷朦朦,照出一川泼墨似的庄稼。

大地沉寂下来,河道里的水声却好像涨高了许多。大马河隐没在两岸的庄稼地之中,只是在车子路过石砭石崖的时候,才看得见它波光闪闪的水面。

高加林又在后面问:"德顺爷,你说说你年轻时候的风流事嘛!我不相信那时还会恋爱哩!"他朝身边的巧珍做了个鬼脸,意思是对她说:我激老汉哩!

德顺老汉终于忍不住了,抿了一口酒,说:"哼!我不会恋爱?你爸才不会哩!那时我和你爸,还有高明楼和刘立本的老子,一块给刘国璋揽工,你爸年龄小,人又胆小,经常鼻涕往嘴里流哩!硬是我把你妈和你爸说成的……我那时已经二十几岁了,刘国璋看我心眼还活,农活不忙了,就打发我吆牲灵到口外去驮盐,驮皮货。那时,我就在无定河畔的一个歇脚店里,结交了店主家的女子,成了相好。那女子叫个灵转,长得比咱县剧团的小旦都俊样。我每次赶牲灵到他们那里,灵转都计算得准准的。等我一在他们村的前砭上出现,她就唱信天游迎接我哩。她的嗓音真好啊!就像银铃碰银铃一样好听……"

"唱什么歌哩?"巧珍插嘴问。

"听我给你们唱!"老汉得意地头一拐,就在前面醉心地唱起来了——

　　走头头的那个骡子哟三盏盏的灯,
　　戴上了那个铜铃子哟哇哇的声;
　　你若是我的哥哥哟招一招手,
　　你不是我的哥哥哟走呀走你的路……

老汉唱完,长长吐了一口气,说:"我歇进那店,就不想走了。灵转背转她爸,偷得给我吃羊肉扁食,荞面饸饹……一到晚上,她就偷偷从她的房子里溜出来,摸到我的窑里来了……一天,两天,眼看时间耽搁的太多了,我只得又赶着牲灵,起身往口外走。那灵转常哭得像泪人一样,直把我送到无定河畔,又给我唱信天游……"

"大概唱的是'走西口'吧?对不对?"加林笑着说。

"对着哩!"说着,老汉又忍不住唱了起来。他的声音是沙哑的,似乎还有点哽咽;并且一边唱,一边吸着鼻涕——

哥哥你走西口,小妹妹实难留;手拉着哥哥的手,送你到大门口。
哥哥你走西口,小妹妹送你走;有几句知心话,哥哥你记心头:
走路你走大路,万不要走小路;大路上人马稠,小路上有贼寇。
坐船你坐船后,万不要坐船头;船头上风浪大,操心掉在水里头。
日落你就安生,天明再登程;风寒路冷你一个人,全靠你自操心。
哥哥你走西口,万不要交朋友;交下的朋友多,你就忘了奴——
有钱的是朋友,没钱的两眼瞅;哪能比上小妹妹我,天长日又久……

德顺老汉上气不接下气地唱着。到后来,已经曲不成调,变成了一句一句地说歌词;说到后来,竟然抽抽嗒嗒哭起来了;哭了一阵,又嘿嘿笑出了声,说:"啊呀,把它的!这是干甚哩!老呀老了,还老得这么不正相!哭鼻流水的,惹你们娃娃家笑话哩……"

巧珍不知什么时候已经靠在了加林的胸脯上,脸上静静地挂着两串泪珠。加林也不知什么时候,用他的胳膊按住了巧珍的肩头。月亮升高了,远方的山影黑黝黝的,蒙上一层神秘的色彩。路两边的玉米和高粱长得像两堵绿色的墙;车子在碎石子路上碾过,发出轻微的沙沙声;路边茂密的苦艾散放出浓烈清新的味道,直往人鼻孔里钻。好一个夏夜啊!

"德顺爷,灵转后来干啥去了?"巧珍贴着加林的胸脯,问前面车子上黯然伤神的老汉。

德顺老汉叹了一口气:"后来,听说她让天津一个买卖人娶走了。她不依,她老子硬让人家引走了……天津啊,那是到了天尽头了!从此,我再也没见我那心上的人儿!我一辈子也就再不娶媳妇了。唉,娶个不称心的老婆,就像喝凉水一样,寡淡无味……"

巧珍说:"说不定灵转现在还活着?"

"我死不了,她就活着!她一辈子都揣在我心里……"

车子拐一个山峁,前面突然亮起了一片灯火,各种建筑物在月亮和灯火交织的光气里,影影绰绰地显露了出来。

县城到了。德顺老汉摸出酒壶抿了一口。他手里虽然不拿鞭子,也还像一个吆牲灵出身的把式那样,胳膊在空中一抡:"得儿——"

两辆车子轻快地跑起来,驴蹄子得得地敲打着路面,拐上了大马桥,向县城奔驰而去……

第十二章

加林和德顺爷灌满一车粪以后,老汉体力已经有点不支;加上又喝了不少酒,走路都摇摇晃晃的。加林硬把老汉送到巧珍做饭的窑里,让他坐到热炕头上歇着;他就一个人拉着另一个架子车去掏粪。他拉着车,尽量不走大街,也尽量不走灯光明亮处。虽然已经到夜里,街巷里基本没得什么人,但他仍然紧张地防备着,生怕碰见熟人和同学。

他拉着架子车,在街道北头那边一些分散的机关单位之间转悠。这个季节,乡里来城里掏粪的人很多;有时在一个单位的厕所里,茅坑底上还弄不了一担粪。他已走了几个单位,架子车上的大粪桶还没装满一半。

前面就是县广播站。他犹豫地站在了街角一个暗影里。他想起了他的同学黄亚萍。他站了一会,决定还是不去广播站的厕所掏粪。

他远远地绕开路,向车站那边走去——那里过往人多,说不定厕所里粪要多一些。他在灯光若明若暗的街道上走着,心里忍不住感叹:生活的变化真如同春夏秋冬,一寒一暑,差别甚远!三年前,这样的夜晚,他此刻或者在明亮温馨的教室里读书;或者在电影院散场的人群里,和同学们说说笑笑走向学校;要不,就是穿着鲜红的运动衣,潇洒地奔驰在县体育场的灯光篮球场上,参加篮球比赛,听那不绝耳的喝彩声……

现在,他却拉着茅粪桶,东避西躲,鬼鬼祟祟,像一个夜游鬼一样。他忍不住转过头,又望了一眼灯光闪烁的广播站。黄亚萍此刻在干什么呢?读书?看电视?喝茶?

他很快觉得自己有点可笑了。自己现在这副样子,想这些干啥呢?他现在应该赶快把这车子粪装满才对。是的,人做啥就为啥操心哩!他现在的心思主要在掏粪上。哪个厕所要是没粪,他立刻失望丧气;哪个厕所里粪要是多一点,他高兴得直想笑!因为德顺爷爷就是这个样子,他感染了他,也使得他的心理渐渐自觉地成了这个样子。劳动啊,它是艰苦的,但也有它本身的欢乐!

高加林把粪车放在车站大门外,然后进去看厕所有没粪。他在厕所前面看了看,高兴得像发现了金子一般:厕所里的粪多得几乎几架子车也拉不完!

当他转到厕所后面的时候,一下子又不高兴了:不知哪里的生产队,已经在茅坑后面做了一个门,并且还上了锁。

高加林气愤地想:屎尿都有人霸占哩!他妈的,我今天要"反霸"了!高加林的坏脾气遇到这类事最容易引逗起来。他拾起一块石头片,没有砸锁,而是把锁下的铁扣环撬起来,打开了门。他从车子上把粪担子和粪勺取下来,开始在车站厕所的茅坑里舀起了粪。

他刚担了一担粪灌到架子车上的粪桶里,正准备去担第二担,突然有两个壮实的年轻人也来拉粪了。他们一色的的确良裤子,红背心上面印着"先锋"两个黄字。

加林知道,这是城关"先锋"队的人。这个队是蔬菜队,富足是全县有名的。这两个年轻人一看加林正在担粪,气呼呼地放下架子车,过来了。"你为什么偷我们的粪?"其中一个已经挡住了加林的路。

"粪是你们的?"加林不以为然地反问。

"当然是我们的!"另一个在旁边喊叫。

"怎能是你们的?这是公共厕所,又不是你们队的人屙尿的!"

"放你妈的屁!"前面那个后生已经破口了。

"把嘴放干净!骂谁哩?"加林浑身的肌肉绷紧了。

"骂你哩!你小子知道不知道?我们为了这点粪,满年四季给车站上的干部供菜,一分钱都不要!你凭什么来偷?"旁边那个人立眉竖眼地朝他喊叫。

"放下两块钱!赔锁子!"前面那人双手叉腰,说。

"赔钱?"加林头一扭,"我还要担哩!你们这些粪霸!"说着就担着粪担往前走。那两个人都握住了拳头。前面的那个眼明手快,当胸就给了高加林一拳。加林两眼冒火,把粪担往地上一摞,拉起舀粪的粪勺,就向那后生砍去!前面的人一跳,躲过去了,后面的那个刹那间也操起了粪勺。于是,三个掏粪的人就在车站的停车场上打了起来;长柄粪勺在空中飞舞,粪点子把三个人都溅了满身。迷蒙的月光静静地照耀着这个骚乱的场面。一个小伙子的脚被加林一粪勺打麻了,叫唤了一声蹲在了地下;而加林自己的脊背上却被另外一个人砍了一粪勺。

直到车站的人跑出来,才把架拉开。光头站长把双方劝说了半天,让加林不要拉了;说车站已经和"先锋"队订了"合同",粪只能由他们拉。加林在心里骂道:"还有脸说'合同'哩!拿你这个臭厕所白换着吃菜哩!"他觉得再要担这粪,肯定还要打架的。人家两个人,他一个人,打不过。再说,他们离队近,要是再叫来一群人,把他打不死才怪哩!他于是只好把粪担放在车上,拉起架子车离开了车站。

这附近只剩副食公司没去拉了。他原来主要考虑他的另一个同学张克南在那里工作,所以没去。

现在他猛然记起,克南不是已经调到副食门市去工作了吗?他很快决定去副食公司的厕所再看看。

他拉着车子,闻见自己满身的臭气;衣服和头发上都溅满了粪便,脊背上被砍了一粪勺的地方,疼得火烧火燎。他也不管这些;他只想着赶快把这车子粪装满,好早点回村——

德顺爷和巧珍大概已经等急了。

他把架子车放在副食公司的大门口上,先进去看厕所有没有粪。他从来没到过这里,找了半天才把厕所找见。他看了看,粪并不多,也很稀,但还是可以把他的粪桶子装满的。可只有一个不方便处:厕所到大门口路不太好,有几个地方很狭窄,粪车拉不到厕所旁边。

他于是决定一担一担往出担;担出来再倒进车上的粪桶里。高加林忙碌地从车上取下粪担,到后面的厕所里担出了第一担粪。担过副食公司院子的时候,在院子东南角一棵泡桐树下坐着的几个人,连连咂巴起了嘴,哼哼唧唧,显然嫌臭味打扰了他们在院子里乘凉。高加林自己也觉得很抱歉。但这是没法的事。他内心里希望这些干部原谅他。第二回他把粪担出来的时候,情况仍然是这样。但他还是硬着头皮担。第三回担出来的时候,有一个妇女出口了,声音很大,是故意说给他听的:"迟不但,早不担,偏偏在这个时候担,臭死人了!"高加林听见这刺耳话,忍不住脚步停住了。但他想,再有一两回车上的粪桶就装满了,忍着点,赶快装满就走。

当他把这担粪灌完,又担着空担子进了院子的时候,那妇女竟然站起来,朝他这边喊:"担粪的!你把人臭死了!你到其它地方去担喀,甭在这里欺负人了!"

高加林一下子站在院子里,两只手气得索索抖,牙齿狠狠咬住了嘴唇;明明是她在欺负人,竟然反咬说他欺负人。火气从他心里冒上来,又被他强压了下去。他刚才已经和别人打了一架,不愿再发生什么冲突和纠葛;而且车子上的粪桶再有一两担就能装满,忍一忍,今晚上的任务就完成了。

于是他就又去担粪了。

等这回担出来的时候,那妇女竟然又站起来,气更大了,嗓门更粗了,话也更难听了:"你这人耳朵坏了?给你说了一遍你不听,还在这里担,讨厌死人了!"

她旁边一个似乎老一点的干部说:"你不要费嘴舌了,叫担去;担完了就不臭了!"

"这些乡巴佬,真讨厌!"那妇女又骂了一句。

高加林这下不能忍受了!他鼻根一酸,在心里想:乡里人就这么受气啊!一年辛辛苦苦,把日头从东山背到西山,打下粮食,晒干簸净,拣最好的送到城里,让这些人吃。

他们吃了,屁股一撅就屙就尿,又是乡里人来给他们拾掇,给他们打扫卫生,他们还这样欺负乡下人!

他对这个妇女产生了一种强烈的愤恨心理。

他一下子把一担茅粪放在副食公司的院当中,鼻子口里三股冒气向那棵泡桐树下走去。

他要和那个放肆的女人辩几句。当他快走到那几个人跟前的时候,那妇女先站起来,一下子不知这个愣后生要干什么呀,他旁边的几个老干部也紧张地站起来了。高加林猛地停住了脚步,立刻感到惶愧不安了:天啊,这妇女竟然是张克南他妈!

他离她十几步远,已清楚地认出是她。他一下子不知如何是好了,前不好前,后不好后,两只手慌乱地抠起了手指头。不论怎样,他不能和他妈吵嘴呀!这事太叫人尴尬了!他想:怎办呀?给她道个歉?可他又没惹她!要不说个"对不起"?正在他进退两难时,克南他妈竟然一指头指住他,问:"你是哪里来的?拉粪都不瞅个时候,专门在这个时候整造人呢!你过来干啥呀?还想吃个人?"

她显然已经记不得他是谁了。是的,他现在穿得破破烂烂,满身大粪;脸也再不是学生时期那样白净,变得粗粗糙糙的,成了地地道道的农民。他以前只去过克南家两三次,她怎能把他记住呢?既然是这样,他高加林也就不想客气了。但他出于对老同学母亲的尊重,还是尽量语气平静地解释说:"您不要生气,我很快就完了。这没有办法。我们在晚上进城拉粪,也是考虑到白天机关工作,不卫生;想不到你们晚上在院里乘凉哩⋯⋯"

旁边那几个干部都说:"算了,算了,赶快装满拉走⋯⋯"

但克南他妈还气冲冲地说:"走远!一身的粪!臭烘烘的!"

加林一下子恼了。他恶狠狠地对老同学他妈说:"我身上是不太干净,不过,我闻见你身上也有一股臭味!"

克南他妈一下子气得满脸肉直颤,就要过来拉扯他了;亏得旁边那几个人硬把她挡住,然后叫加林不要闹了,去拉他的粪。

高加林掉转身,过去担起那担茅粪,强忍着泪水出了副食公司的大门。他把粪倒进车子上的粪桶里,尽管还得两担才能满,他也不去担了,拉起架子车就走。

他拉着架子车,转到了通往街道的马路上,鼻子一阵又一阵发酸。城市的灯光已经渐渐地稀疏了,建筑物大部分都隐匿在黑暗中。只有河对面水文站的灯光仍然亮着,在水面上投下了长长的桔红色的光芒,随着粼粼波光,像是一团一团的火焰在水中燃烧。高加林的心中也燃烧着火焰。他把粪车子拉在路边停下来,眼里转着泪花子,望着悄然寂静的城市,心里说:我非要到这里来不可!我有文化,有知识,我比这里生活的年轻人哪一点差?我为什么要受这样的屈辱呢?

这时候,他的目光向水文站下面灯火映红的河面上望去,觉得景色非常壮观。他浑身的血沸腾起来,竟扔下粪车子,向那里奔去。快到河边的时候,他穿过一大片菜地。他知道这是"先锋"队的。想起刚才车站上的斗殴,他便鼻子口里热气直冒,跑过去报复似的摘了一抱西红柿。

他来到河边的一个被灯光照亮的水潭边,先把一抱西红柿抛到水里,然后他自己也跟着一纵身跳了下去。

他在水里憋着气,尽量使自己往下沉;然后又让身体慢慢浮上水面来。他游了一阵,把西红柿一个个从水面上捞起,洗净,又扔到岸上。他自己也拖着水淋淋的衣服爬上来,一屁股坐下,抓起一个西红柿,狼吞虎咽吃了起来……

高加林折腾了半夜,才和德顺老汉、巧珍拉着两架子车茅粪回到村里。

巧珍先回了家。他和德顺老汉把粪倒在村前的粪坑里,拿土盖起来。德顺老汉独个儿去经管牲口去了。他便怀着一颗快快不快的心回到了家里。他父亲在前炕上拉呼噜;他母亲爬起来,问他怎这时候才回来。他没有回答,在箱子里寻找干衣服。他母亲摸索着,从后炕头的针线篮里取出一封信递给他,说:"你二爸来的。你先看,我睡呀,明早上再给我们念……"说完就躺下睡了。

高加林先没换衣服,赶忙拆开信,凑到煤油灯前看起来——

大哥、嫂嫂:

你们好!我要告诉你们一个好事:组织已经同意了我的请求,让我转业到咱们地区工作了。现在听地方上来函说,初步决定安排让我在地区专署当劳动局长。

我是很高兴的,几十年离别家乡,梦里都常想回来。现在我也年过半百,俗话说,落叶归根,在家乡度过晚年是我最大的愿望。我的几个孩子都已经在新疆参加了工作,为了不给党增添麻烦,就让他们在当地工作吧,不转回来了。我和孩子妈,再有最小的加平,一共三口人回来。

我要是回到咱地区,等工作定下来,就准备回咱村子一回,看望你们。余言见面再叙。

弟:玉智

高加林看完信,激动得在炕栏石上狠狠拍了一巴掌,大声喊:"爸!妈!快醒一醒……"

第十三章

早饭时分,一辆草绿色的吉普车开进高家村,在村子中央那块空场地上停下来。高玉德当兵走了几十年的弟弟回来了!消息风快就传遍了全村。村里的人,不论大人还是娃娃,纷纷丢下正在吃饭的碗,向高玉德家的破墙烂院里涌来了。

高家村好多年都没有这样热闹过。老婆老汉们拄着拐杖,媳妇们抱着吃奶娃娃,庄稼人推迟了出山的时间,学生娃们背着上学起身的书包,熙熙攘攘,大呼大叫,纷纷跑来看"大干部"。全村的狗不知这里发生了什么事,也吠叫着跟人跑来了。村子里乱纷纷的,比谁家娶媳妇还红火。

高玉德家的窑里已经挤满了人。更多的人都涌在院子里和硷畔上,轮流挤到门口,好奇地看他们村在门外的这个最大的人物。

加林妈在旁边窑里做饭。好多婆姨女子都在帮助她。有的拉风箱,有的切菜,有的擀面。遇到这样的事,所有的邻居都乐意帮忙。高加林从叔父的提包里拿出许多糖,正给人群里的娃娃们散发。他尽量想保持一种含蓄的态度,但掩饰不住的兴奋仍然使他容光焕发,动作也显得比平时零碎了。

高玉德、高玉智两弟兄被一群年纪大的人包围在他家的脚地当中。玉智已经换上了地方干部的服装,比他哥看上去不是小十岁,而是小二十岁。他身材不高,但挺胖,红光满面,很少有皱纹。头发还是乌黑的,只是两鬓角夹杂几根白发。他笑容满面,辨认他小时候的伙伴们。这些人都已年过半百，又亲切又拘束地接过他双手敬上的纸烟。德顺老汉和另外一些长辈进来的时候，玉智把他们一个个搀扶着坐在炕栏石上，问他们的身体和牙口怎样？这些老汉们又都从炕栏石上溜下来，在他身上摸一摸，或者拍一拍，纷纷张开没牙的嘴抢着嚷嚷："啊，好身体……""听说你身上挂了不少彩？"

"有一阵子，你渺无音信，还传说你牺牲了呢！"

"哈呀，就听说你而今把官熬大了！"

……高玉智笑呵呵地回答他们的问话。玉德老汉站在他旁边，嘴里噙着旱烟锅，一边笑，一边用瘦手抹眼泪。

陪同高玉智回村的县劳动局副局长马占胜同志，出去解了个手，就再挤不进高玉德家的院里了。

高加林在碥畔上碰见他，硬拉着他往回挤。但马占胜说："先等等。你叔父几十年第一次回家，村里人都想看他哩！你要是不忙，咱先到吉普车里坐一坐！"

加林今天很高兴，说他现在没什么事，就和老马向吉普车那边走去。吉普车里已经挤满了一群娃娃，占胜要赶他们下来，加林拦住他说："算了，算了，娃娃没见过这东西，叫坐一坐，咱先就在这树下站一会。"

占胜一条胳膊亲热地搂着加林的肩头，对他说："旁的事我先不和你拉搭；我先只对你说一句话，你的工作我们会很快妥善解决的……"

高加林的心猛一阵狂跳。这句话对他的神经冲击太大了！在他还没有反应过来的时候，高明楼已经站在了他们面前。

明楼笑着说："加林，你还不回家招呼你二爸去？你爸你妈人老了，手脚不麻利，家里又再没个人……"他说完转过身，热情地和马占胜握起了手。

加林说："老马挤不到我家里，我陪他在这儿站一会。"

明楼说："你去你的。叫马局长先到我家里坐一坐。另外，你告诉你妈，你叔父头一顿饭在你们家吃，下一顿饭就不要准备了，我们家已经准备上了。啊呀，多不容易呀！玉智几十年闹革命不回家，说什么也得在我家里吃一顿饭！"他转过头对占胜说："玉智是我们村在门外最大的干部，是整个高家村的光荣！"

"高玉智同志现在是咱们地区的劳动局长，我的直接上级。"马占胜对高明楼说。

"我已经知道了！"高明楼一边说，一边让加林回家忙去，他便拉着马占胜到前村他们家去了。

吃过饭以后，加林跟着父亲和叔父上了祖父祖母的坟地。

祖坟在村子后面一个向阳的山坡上。两座坟堆上长满了茂密的蒿柴茅草——两位老人在这里已经长眠十几年了。

玉德老汉从随手提来的竹篮里取出一些馍和油糕，放在石头供桌上；又拿出一把黄裱纸点着烧了；然后拉着玉智和加林跪下磕头。玉智稍犹豫了一下，但看见他哥脸像黑霜打了一般难看，就跟着跪下了。在这样的场合，劳动局长只得入乡随俗。他们三个连磕了三个头。

加林和他叔父站了起来。玉德老汉却一头扑到黄土地上，啊嘿嘿嘿嘿地哭开了，弄得他两个都很尴尬。听见他哥伤心的哭声，玉智也掏出手帕抹着不断涌出来的泪水。他从小离开父母亲，直到他们入土，他也再没见他们。他记起在他小时候老人们受的苦，又想到他以后一直没有在他们身边，也由不得失声痛哭起来。加林皱着眉头在一边看他们哭。两弟兄哭了一阵后,玉智把他哥搀扶起来。玉德老汉哽哽咽咽说:"咱老人……活的时候……把罪受了……"

高玉智非常内疚地说:"我一直在外,没好好管老人,想起来心里很难过。这已经没法弥补了。现在,我已回到咱家乡工作了,以后我要尽量帮扶你们哩……有什么困难,你就说,哥!我要把对咱老人欠的情,在你和嫂子身上补起来……"

高玉德怔了一阵,说:"我们老两口也是快入土的人,没什么要牵累你的。现在农村政策活了,家里有吃有穿,没什么大熬煎。要说大熬煎,就是你这个侄儿子!"他朝加林看了看,"高中毕了业,就在村里劳动。大家有腿的,都走后门工作了,他……"

"你不是在村里教书着哩?"玉智转过头问加林。

没等加林回答,玉德老汉赶忙说:"现在学生娃少了,用不了那么多教师,就回来了。"他生怕加林在他兄弟面前告高明楼。他不愿意让玉智知道明楼下了加林的教师。不管怎说,明楼是他们村的领导,不能惹!玉智屁股一拍就走了,但他们要和明楼在一个村生活一辈子哩!

高玉智沉默了一会,对他哥说:"好哥哩,按说,你提出什么要求,我都要尊哩!但这件事你千万不要为难我!我任职后,地委和专署领导找我谈了话,说地区劳动局的前任局长,就是走后门招工太多,民愤很大,才撤换了的。领导说我刚从部队下来,又一直是做政治工作的,就让我担任了这个职务。这是信任我哩!我怎能辜负组织的信任,刚上任就做这些违法事呢?其它事怎样都可以,但这种可是坚决不能做啊!哥,你要理解我的心情哩……"

高玉德老汉听兄弟这么一说,思谋了半天,说:"既然是这样,也就不能为难你了。唉……"老汉长叹了一口气,拍了拍膝盖上的土,便叫玉智和加林回村;他说走时明楼一再嘱咐,他们家的饭做好了,专门等着玉智哩……

高明楼此刻正和马占胜在他的"会客室"里拉话。

明楼现在心里很慌,生怕高加林跟他叔父告他,说他走后门让自己儿子当了教师,而把他弄回队里参加了劳动。当时这事是他和占胜共同谋划的,因此这两个当事人现在首先就谈这事。

"万一这事让高局长知道了怎办?"明楼问正在喝茶的马占胜。

占胜咧嘴一笑:"有个比教师更好的工作让他干,他还能再对咱说一长二短吗?"

"更好的工作?"明楼瞪起眼,"现时国家又不在农村招工招干,哪有比民办教师更好的工作?"

"正好最近地区给咱县上的小煤窑批了几个指标。当然,这几个指标本来没城关公社的,因为城关以前走的人太多了。"马占胜接过明楼递上的纸烟,点着吸了一口。

"加林恐怕不愿去掏炭!"

"谁让他掏炭哩?现在县委通讯组正缺个通讯干事,加林又能写,以工代干,让他就干这工作,保险他满意!"

"这恐怕要费周折哩!"

"我早把上上下下弄好了。到时填个表,你这里把大队章子一盖,公社和县上有我哩。反正手续做得合合法法,捣鬼也要捣得实事求是嘛!"马占胜一句不通顺的笑话,不光逗笑了高明楼,他把自己也逗笑了。两个人哈哈大笑一番,明楼才问:"高局长提起给加林找工作的事没?""啊呀!你就在高家村是个精明人!"马占胜讥讽地看了一眼高明楼,"而今办这类事,哪个笨蛋领导明说哩?这就看手下人的心眼活不活嘛!咱主动给领导把这种事办了,领导表面上还批评你哩,可心里恨不得马上把你提拔了!"

高明楼惊得张开嘴半天合不拢。他心里想:怪不得占胜年纪不大,三十刚出头,就从公社的一般干部提成副局长了!这人不得了,以后的前程大着哩!

正在他俩拉话的时候,三星已经引着高玉智进了院子。

明楼和占胜慌忙迎了出去。

高明楼把地区和县上的两位局长接进"会客室",他老婆上茶,他的大媳妇敬烟点火。

高玉智本不想来这里,但他哥不让,让他一定得去吃这顿饭!说明楼是村里的领导人,不能伤了他的脸。再说,老先人都姓高!他只好来了。

高明楼让占胜先陪高局长喝茶抽烟,他过来在厨房里嘱咐他老婆和儿媳妇先别忙着上菜。

他出了院子,把正在院墙角里抽烟的三星叫过来,压低声音问:"你怎不把你高大叔和加林也叫来?"

"你没给我嘱咐叫他两个嘛!"他儿子困惑地看着他爸恼悻悻的脸。"糊脑松!实实的糊脑松!你他妈的把书念到屁股里了!你快给我再叫去!"

在上饭的前一刻,高玉德终于被三星捉着胳膊拉来了。

明楼慌忙出去,亲热地扶住他的另一条胳膊,问:"加林怎不来?"

玉德老汉说:"那是个犟板筋,不来就算了!"

高玉德立刻被明楼父子俩簇拥着进了窑,扶在了上席上;高玉智和马占胜分坐在两边。

明楼在下席上落了座。

饭菜很快就上来了。偌大的红油漆八仙桌,挤满了碟子、盆子、大碗、小碗,山珍和海味都有,比县招待所的客饭要丰盛得多。这家伙不知从哪里搞来这么多稀罕东西!

明楼起来敬酒。第一杯满上,双手齐眉举起,敬到高玉德面前。高玉德两只瘦手哆哆嗦嗦接过了酒杯。一杯酒下肚,老汉的五脏六腑搅成了一团!他看看高明楼满脸巴结的笑容,又看看身边的弟弟,老汉内心那无限的感慨,还用在这里细细摆出来吗?

半个月以后,高玉德的独生子高加林就成了国家正式工人;并且只去县煤矿报个到,尔后就要在县委大院当干部了。他是怎样走到这一步的?中间经过些什么手续?这些连他自己也不知道。他只填了一张招工表。其余的事都由马占胜一手包办了。生活在一瞬间就发生了巨大的转折!

村里人对这类事已经麻木了,因此谁也没有大惊小怪。高加林教师下了当农民,大家不奇怪,因为高明楼的儿子高中毕业了。高加林突然又在县上参加了工作,大家也不奇怪,因为他的叔父现在当了地区的劳动局长。他们有时也在山里骂现在社会上的一些不正之风,但他们的厚道使他们仅限于骂骂而已。还能怎样呢?

高加林离开村子的时候,他父亲正病着。母亲要侍候他父亲,也没来送他。只有一往情深的刘巧珍伴着他出了村,一直把他送到河湾里的分路口上。铺盖和箱子在前几天已运走了,他只带个提包,巧珍像城里姑娘一样,大方地和他一边扯一根提包系子。

他们在河湾的分路口上站住后,默默地相对而立。这里,他曾亲过她。但现在是白天,他不能亲她了。

"加林哥,你常想着我……"巧珍牙咬着嘴唇,泪水在脸上扑簌簌地淌了下来。加林对她点点头。

"你就和我一个人好……"巧珍抬起泪水斑斑的脸,望着他的脸。加林又对她点点头,怔怔地望了她一眼,就慢慢转过了身。他上了公路,回过头来,见巧珍还站在河湾里望着他。泪水一下子模糊了高加林的眼睛。

他久久地站着,望着巧珍白杨树一般可爱的身姿;望着高家村参差不齐的村舍;望着绿色笼罩了的大马河川道;心里一下子涌起了一股依恋的感情。尽管他渴望离开这里,到更广阔的天地去生活,但他觉得对这生他养他的故乡田地,内心里仍然是深深热爱着的!

他用手指头抹去眼角的泪水,坚决地转过身,向县城走去了。

在前面,在生活的道路上,他将会怎样走下去呢?

第十四章

高加林进县城以后,情绪好几天都不能平静下来,一切都好像是做梦一样。他高兴得如狂似醉,但又有点惴惴不安。他从田野上再一次来到城市,不过,这一次进来非同以往。当年他来到县城,基本上还是个乡下孩子,在城市的面前胆怯而且惶恐。几年活跃的学校生活,使他渐渐把自己的思想感情和生活习惯与城市紧密地融合在了一起;他很快把自己从里到外都变成了一个城里人。农村对他来说,变得淡漠了,有时候成了生活舞台上的一道布景,他只有在寒暑假才重新领略一下其中的情趣。

正当他和城市分不开的时候,城市却毫不留情地把他遣送了出来。高中毕业了,大学又没考上,他只得回到自己已经有些陌生的土地上。当时的痛苦对这样一个向往很高的青年人来说,是可想而知的,也是可以理解的。但这并不是通常人们说的命运摆布人。国家目前正处于困难时期,不可能满足所有公民的愿望与要求。

如果社会各方面的肌体是健康的,无疑会正确地引导这样的青年认识整个国家利益和个人前途的关系。我们可以回顾一下我国五十年代和六十年代初期对于类似社会问题的解决。令人遗憾的是,我们当今的现实生活中有马占胜和高明楼这样的人。他们为了个人的利益,有时毫不顾忌地给这些徘徊在生活十字路口的人当头一棒,使他们对生活更加悲观;有时,还是出于个人目的,他们又一下子把这些人推到生活的顺风船上,转眼时来运转,使得这些人在高兴的同时,也感到自己顺利得有点茫然。

高加林现在之所以高兴得如狂似醉,是他认识到,这次进县城,再不是一个匆匆过客了;他已经成了县城的一员,当然,他一旦到了这样的境地,就不会满足于一生都呆在这里。不过,眼下他能在这个城市占据一个位置,已经完全心满意足了。何况,他现在的这个位置在这个城市是多么令人瞩目啊!通讯干事,就是县上的"记者";到处采访,又写文章又照相,名字还可以上报纸。县上开个大会,照相机一挎,敢在庄严神圣的主席台上平出平进!

他知道他今天这一切全仰仗马占胜同志。他叔父诚心诚意不给他办事!但是,他不办,有人替他办。他从自己人间天上一般的变化中,才具体地体验到了什么叫"后门"——后门,可真比前门的威力大啊!想到他是从"后门"进来的,心里也不免有些惴惴不安;现在到处都在反这东西!

但他很快又想:查出来的是少数!占胜说,哪个猫都沾腥哩!他让他放心,说出了事有他哩!于是他就尽量不往这方面想了。他觉得他既然已经成了国家干部,就要好好工作,搞出成绩来。这种心情也是真实的。他有时还把他的变化归到党的关怀上,下决心努力为党工作——并且还庄严地想:干脆,明年就写入党申请书!

他的领导叫景若虹。老景比他大十几岁,瘦高个,戴一副白框眼镜。他文化革命开始那年在省上师范大学中文系毕业。在高加林来之前,老景是县上唯一的通讯干事。

老景初次见面,给人的印象非常和蔼,表面上不多言语,但开口一谈吐,学问很大,性格内涵也很深。高加林很快就喜欢上了他,称他景老师。老景虽然没任命什么官,但不用说是他的当然领导。上班后的头一两天,老景不让他工作;让他先整顿一下自己的行装和办公室,没事了出去玩一玩。

他和老景的办公室在县委的客房院里,四面围墙,单独开门。他和老景一人占一孔造价标准很高的窑洞。其余五孔窑洞是本县最高级的"宾馆",只有省上和地委领导偶尔来一次,住几天。把通讯干事安排在这里办公,显示了县委领导对舆论宣传工作的重视。这里条件好,又安静,适合写文章。

高加林在外面晾晒完铺盖,放好了箱子。老景带他去县委办公室领了一套办公用具,桌椅板凳和公文柜在他来的前一天都已经摆好了。所有这些弄好以后,高加林独个儿在窑里走来走去,这里看看,那里摸摸,忍不住嘴里哼起了他所喜爱的一首苏联歌曲《第聂伯河汹涌澎湃》;或者在镜子里照一会自己生气勃勃的脸。一切都叫人舒心爽气!西斜的阳光从大玻璃窗户射进来,洒在淡黄色的写字台上,一片明光灿烂,和他的心境形成了完美和谐的映照。全部安排好了,在县委的大灶上吃完下午饭,他就悠然自得地出去散步——先到他的母校县立中学。

正在假期,校园里没什么人。他徜徉在这亲切熟悉的地方,过去生活的全部事情都浮现在眼前了,手风琴的醉心的声音,学校运动会上的笑语喧哗,也在耳边喧响起来。当年同学们的脸庞一个个都历历在目,最后,他回忆的风帆才在黄亚萍的身边停下来。他和她在哪一块地方讨论过什么问题,说过什么话,现在想起来都一清二楚。

他在他经常去的几个地方分别按当年的姿势坐了坐,或躺一躺,忍不住热泪盈眶了。所有少年时期经历过的一草一木,在任何时候都会非常亲切地保留在一个人的记忆中,并且一想起就叫人甜蜜得鼻子发酸!

从学校里出来,他又去了县体育场——他是体育爱好者,是学校许多项运动队的队员。

尤其是篮球,他和克南都是校队的主力。他曾在这里度过许多激动人心的傍晚!

他从体育场转出来,从街道上走了过去,像巡礼似的把主要的地方都转悠了一遍,最后才爬上东岗。

东岗长满了一片一片的小树林,有的树还是当年他们在清明节栽下的。山顶上是烈士陵园,埋葬着一百多名为解放这座县城牺牲了的战士。那已经有些斑驳的石碑告诉人们,从那时到现在已经过去了三十多个年头。

这是县城风景最优美的地方。一般的市民兴趣都在剧院和体育场上,经常来这里的大部分是中学教师、医院里的大夫这样一些本城的知识分子。山冈很大,没几个人来,显得幽静极了。高加林坐在一棵大槐树下。透过树林子的缝隙,可以看见县城的全貌。一切都和三年前他离开时差不多,只是街面上新添了几座三四层的楼房,显得

"洋"了一些。县河上新架起了一座宏伟的大桥,一头连起河对面几个公社通向县城的大路,另一头直接伸到县体育场的大门上。

西边的太阳正在下沉,落日的红晕抹在一片瓦蓝色的建筑物上。城市在这一刻给人一种异常辉煌的景象。城外黄土高原无边无际的山岭,像起伏不平的浪涛,涌向了遥远的地平线……当星星点点的灯火在城里亮起来的时候,高加林才站起来,下了东岗。一路上,他忍不住狂热地张开双臂,面对灯火闪闪的县城,嘴里喃喃地说:"我再也不能离开你了……"

县城南面的一场暴风骤雨,给高加林提供了第一次工作的机会。暴雨是早晨开始下的。城里雨也不小,但根据电话汇报,雨最大的地方是南马河公社。那里好几个村庄都被洪水淹没了。初步统计,有三十多个人被洪水冲走,至今没有一点踪影;窑洞和房屋被水冲垮,许多人无家可归;全公社已经展开紧张的救灾活动……为了及时报道救灾情况,正在患感冒的景若虹决定当天亲自去南马河公社。高加林坚决不让老景去;因为雨仍然在下着,老景感冒很重,淋雨根本不行。

加林硬不让老景去,而要求老景让他去。他对老景说,他第一次出去搞工作,这正是一个考验,就是稿子写不好,他也可以把材料收集回来让老景写。景若虹只好同意了。

高加林没骑自行车,因为听说南马河的大部分路都被冲坏了。他穿了一件公用雨衣,裤子挽在半腿把上,冒雨向南马河公社赶去。他一路上热血沸腾。他性格中有一种冒险精神——也可以说是英雄主义品格。这种精神在无聊的斗殴中显示是可悲的,但遇到这样的情况,却显得很可贵了。

他在这种时候,精力充沛,精神集中,动作灵敏,思路清晰,一刹那间需要牺牲什么,他就会献出什么!

他是黄昏前出发的,出城没走几里路,天就黑了。

雨在头上浇盖着,天黑得伸出手看不见巴掌。他尽管路不熟,但仍然几乎是小跑着向南马河走。嗓门渴得像要烧着水,他就随便伏在路的水边坑里喝上几口。脚不知什么时候碰破了,连骨头都感到生疼。但所有这一切反而增加了他的愉快心情——这决不是夸大的说法!真的,高加林此刻感到他真正像个新闻记者了。他尽管一天记者也没当,但深刻理解这个行业的光荣就在于它所要求的无畏的献身精神。他看过一些资料,知道在激烈的战场上,许多记者都是和突击队员一起冲锋——就在刚攻克的阵地上发出电讯稿。多美!

高加林是县上第一个到达南马河公社的干部。县委副书记率领的救灾队伍比他迟到了整整五个钟头——已经临近天明了。加林到南马河时,公社干部谁也不认识他。他自己给他们介绍说,他是县上新任通讯干事,赶来采访报道救灾情况的。大家一看这个二十刚出头的青年人浑身糊成个泥圪塔,脚上还流着血,立刻深受感动,赶忙给他做饭吃。公社干部们也是刚从灾情最重的一个大队回来,吃完饭,准备又起身到另一些大队去。他们一个个也都是浑身透湿,脸被泥糊得只露两只眼睛。公社书记刘玉海浑身负了七处伤,都用纱布缠着,简直就像刚从打仗的火线上下来一般。

他们硬让加林换身衣服,把脚包扎一下,然后由公社文书在家向他汇报情况,其余的人又都出发去做救灾工作了。

加林坚决不依,硬要跟大家一块去。他只从提包里拿出塑料袋包的笔记本和钢笔,就强行跟着他们出发了。公社文书开玩笑说,他要先给县上的通讯干事写一篇报道,表扬他的这种工作精神。半路上,这支满身泥巴的队伍分成了几组,分别到几个大队去查看情况,组织救灾。

高加林和文书小马跟书记刘玉海到寺佛大队去。一路上,他们谁也看不见谁,摸索着相跟前进。河道里山洪的咆哮声震耳欲聋,雨仍然飘泼似地倾泻着。公社文书一边跌跌爬爬,一边给他谈全公社已知的受灾情况和公社的救灾措施。高加林在心里记录着。书记刘玉海一声不吭,走在前边。

到寺佛大队后,他们刚一落脚,村里就跑来许多人,一个个哭鼻流水,纷纷告诉刘玉海塌了多少窑,冲走了多少牲口,毁坏了多少庄稼……刘玉海胳膊腿都缠着纱布,脸黑苍苍的,大声问队干部:"人怎样?"

大家回答:"人都在哩!"

刘玉海没受伤的左胳膊一抡,吼雷一般喊道:"只要人在,什么也不怕!"

这一声把大家顿时喊得精神振奋了起来。刘玉海马上把队干部们拉在公窑的灶火圪崂里,在地上圪蹴成一圈,商量起了救急的办法。高加林也被刘玉海这一声喊叫强烈地震动了。他侧过头,看见圪蹴在庄稼人中间的刘玉海,形象就像《红旗谱》里的朱老忠一样粗犷和有气魄。他看到他浑身都带着伤,还这样操心老百姓的事,心里非常感动。生活中有马占胜、高明楼这样的奸猾干部,同时也有刘玉海这样的好干部啊! 马占胜虽然给他走了后门,但他在内心里并不喜欢他。刘玉海虽然第一次见面,他就被这个人强烈地吸引住了。

他想起刚才老刘那声喊叫,灵感立刻来了。他把笔记本和钢笔从塑料袋里掏出来,写下了他的第一篇报道的题目:《只要有人在,大灾也不怕》。

他就着公窑里微弱的灯火,专心写起了这篇报道。外面哗哗的大雨和河道里的山洪声喧嚣成了一片巨大的声响,但他都听不见。他激动得笔杆抖颤,在本子上飞快地写着。消息报道的门路架数他都懂得——他经常读报,各种文体早都在心中熟悉了。写完稿子后,他就跟刘玉海到救灾现场,泥一把水一把地和众人一起干了起来。第二天早晨,他把他的报道托公社的邮递员送到了老景的手里。晚上,他和刘玉海、文书一同回到公社,参加了一次紧急会议。会上,各队回来的干部分别汇报了情况。高加林第一次参加这样的会议,但他毫不拘束地向许多人问,搜集具体的情况和一些英雄模范事迹。

会后,除过值班人员外,刘玉海给大家安排了三个钟头的睡觉时间,然后半夜里又准备出发。

高加林没有睡。他在煤油灯下又连续写了三篇短通讯和一篇综合报道。他写完后,出来站在公社门前,舒展了一下胳膊腿。

这时候,县上的有线广播开始播音。首先是本县节目,广播上传来黄亚萍圆润洪亮的普通话:"……社员同志们,现在请听加林采写的报道:《只要有人在,大灾也不怕》……"亚萍的声音听起来有点激动,尤其是读到刘玉海那一段事迹时很动感情,播音节奏似乎也比平时要快一点。

高加林站在窑檐下,心咚咚地跳着,一直听完了他的第一篇报道——尊敬的景老师连一个字都没改!

一种幸福的感情立刻涌上了高加林的心头,使他忍不住在哗哗的雨夜里轻轻吹起了口哨。

第二天,加林收到老景一张纸条,上面简短写着几个字:你干得很出色。等着你的下一批报道。什么时候回县城,由你决定……高加林遵照老景的指示,把南马河抗灾的报道一篇又一篇发回到县上。晚上和早晨,有线广播不时传来黄亚萍圆润洪亮的普通话声:"……现在播送加林从南马河抗灾第一线采写的报道……"一直到第五天,高加林才随县委的慰问团一起回到了城里。

第十五章

高加林从南马河回来以后,倒在床上就什么也不知道了。

他已经整整睡了一个晚上。第二天,他连早饭也没起来吃,继续睡。他在迷糊中,突然听见好像有人敲门。起先他以为是敲老景的门,仔细一听,却是敲他的门。他想,大概是老景叫他哩!赶忙从床上起来,一边穿衣服,一边对门外说:"景老师,你进来!"门外传来一阵咯咯的笑声。一听是个女的!

他赶忙又朝门外喊:"先等一等!"

他很快把衣服穿上,前去开门。

门一打开,他惊讶地后退了一步:原来是黄亚萍!

亚萍手扶住门框,含笑望着他。她已不像在学校时那么纤弱,变得丰满了。脸似乎没什么变化,不过南方姑娘的特点更加显著:两道弯弯的眉毛像笔画出来似的。上身是一件式样新颖的薄薄的淡水红短袖,下身是乳白色筒裤,半高跟赭色皮凉鞋——这些都是高加林一瞥之中的印象。

黄亚萍走进高加林的办公室,说:"你到县上工作了,为什么不来找我们?当了大记者,把老同学不放在眼里了!"

高加林慌忙解释说,他刚来,比较忙乱;接着很快又去了南马河;说他正准备这两天去看她和克南。

"克南怎没来?"加林一边给同学倒水,一边问。

黄亚萍说:"人家现在是实业家,哪有串门的心思!"

加林把茶杯放在黄亚萍面前,过去坐在床上,说:"克南的确是个实业家,很早我就看出他发展前途很大,国家现在正需要这样的人才。"

"别说克南了,让他当他的实业家去!"亚萍开玩笑说。"说说你吧!你一定累坏了!南马河那些抗灾报道写得太好了,有几篇我广播录音时都流了泪……"

"没你说的那么好。头一次写这类文章,很外行,全凭景老师修改。"加林谦虚地说,但他心里很高兴。

"你比在学校里时又瘦了一些,不过像更结实了,个子也好像又长高了。"亚萍一边喝茶,一边用眼睛打量他。

加林被她看得有点不好意思,搪塞说:"当了两天劳动人民,可能比过去结实一些……"

亚萍很快意识到了加林的局促,自己也不好意思地把目光从加林身上移开,低头喝起了茶水。

他们沉默了一会。黄亚萍低头喝了一会茶,才又开口说:"你到了城里,我很高兴,又有个谈得来的人了。你不知道,这几年能把人闷死。大家都忙忙碌碌过日子,天下事什么也不闻不问。很想天上地下地和谁聊聊天,满城还找不下一个人!"

"你说得太过分了。这样的人有的是,可能你不太熟悉的缘故。你太傲气了,一般人不容易接近你。"加林笑着说。

黄亚萍也笑了,说:"可能有这方面的原因,但我的确感到生活过得有点沉闷。我希望能有一点浪漫主义的东西。"

"好在有克南哩……"加林自己也不知道为什么顺口说出了这句话。

"克南你又不是不知道!人心眼倒不坏,但我总觉得他身上有情趣的东西太少了。不过,这几年他还是给了我不少帮助……你大概知道我们后来的……情况。"黄亚萍有些脸红了。

"从旁听到过一点。"加林说。

"你今天中午到我们家去吃饭吧!"黄亚萍抬起头,热情地邀请他。

加林赶忙说:"不了,不了,我根本不习惯去生人家吃饭。"

"我是生人吗?"黄亚萍有点委屈地问他。

"我是说我不认识你母亲。"

"一回生,二回熟!"

"谢谢你的好意,我不……"

"怕人?""嗯……""乡巴佬!"黄亚萍咯咯笑了。

高加林并没有为这句嘲笑话生气。他很高兴亚萍这种亲切的玩笑。以前在学校时,她就常开玩笑叫他乡巴佬。

"乡巴佬就乡巴佬。本来就是乡巴佬。"他高兴地看了一眼黄亚萍。

亚萍也看着他说:"你实际上根本不像个乡下人了。不过,有时候又表现出乡里人的一股憨气,挺逗人的……你不去我们家吃饭就算了,但你可要常来广播站,咱们好好聊聊天,像过去在学校一样,行吗?"

高加林一时不知该如何回答。过去学校的生活又一幕一幕在眼前闪过。不过,那时他们还是孩子,都很单纯。而现在,他们性格中共同的东西很多,话也能说到一块。但他知道再很难像学生时期那样交往了。他们都已二十多岁了,还能像过去那样无拘无束地交往吗?说心里话,他很愿意和亚萍交谈。他们都已经成了干部,又都到了一个惹人注目的年龄。再说,她和克南已经是恋爱关系,他必须考虑到这个因素。他犹豫了一下,见亚萍还看着他,等他说话,便支支吾吾说:"有时间,我一定去广播站拜访你。"

"外交部的语言!什么拜访?你干脆说拜会好了!我知道你研究国际问题,把外交辞令学熟悉了!"

高加林忍不住大笑了,说:"你和过去一样,嘴不饶人!好吧,我一定去广播站找你!"

"你不来也行。我到你这里来!"

加林有点不高兴了,说:"亚萍,我请求你不要经常来我这里。我刚工作。怕影响……很对不起……"

黄亚萍也马上觉得,她自己今天已经有点失去了分寸,便很快站起来,没什么合适的掩饰,只好说:"我开玩笑哩!你赶快休息吧,我走了……真的,有时间到广播站来拉拉话,咱们从学校毕业后,分别已经三年多了……"

高加林很诚恳地对她点点头。

黄亚萍从县委大院出来后，感到胸口和额头像火烧似的发烫。高加林的突然出现，把她平静的内心世界搅翻了！

中学毕业以后，她在县上参加了工作，加林回了农村，他们从此就分手了。分别后最初的一年，她时不时想起他，过去在学校他们一块那些很要好的交往情景，也常在她眼前闪来闪去。她有时甚至很想念他。她长这么大，跟父亲走过好几个地方上学，所有她认识的男同学，都没有像加林这样印象深刻。她原来根本看不起农村来的学生，认为他们不会有太出色的，但和加林接触后，她改变了自己的看法。加林的性格、眼界、聪敏和精神追求都是她很喜欢的。

后来，他们分开了，虽然距离只有十来里路，但如同两个世界。毕业时，他们谁也没有相约再见的勇气啊！就这样，一晃就是三年。直到前不久她在车站送克南出差时，才又看见了他。那次见面，弄得她精神好几天都恍恍惚惚的。

高中毕业后，克南比在学校时更接近她了。他经常三一回五一回往广播站跑，给她送吃送喝。来了什么时兴货，也替她买来。她起先很讨厌他这样。在学校时，克南就常找机会给她献殷勤，她总是避开了——她的交往兴趣主要在高加林身上。但是，现在她工作了，单位上人生地疏，她的傲性子别人又不好接近，也确实感到有点孤独。克南总算同学几年，相互也比较了解，后来她就渐渐和克南好起来。她发现克南做啥事有股实干劲，心地也很善良，尤其在生活方面，他是一个很周到的人。他身上有些东西她不喜欢，他自己也有所察觉，在她面前尽量克服着。他也真有心。她一般生病从不告诉父母亲，常一个人在单位躺着，但瞒不住克南。他立刻就像一个细心的护士和保姆一样守护在她身边。他做一手好菜，一天几换样侍候她吃。

她渐渐受了感动，接受了克南对她的爱情。双方父母也都很满意。这两年，他们的感情已比较平稳地固定了下来。她对克南也开始喜欢了。他虽然风度不很潇洒，但长得也并不难看。标准的男子汉体格，肩膀宽宽的，这几年在副食部门工作，身体胖了一些，但并不是臃肿，反而增加了某种男子汉气概。他和她一同相跟着看电影，也是全城比较瞩目的一对。

前不久，军分区已基本同意亚萍父亲提出转业到老家江苏地方上工作的请求。父亲在那边的工作地点基本联系好了，在南京市内。亚萍是独生女，按规定，可以在父母身边工作。他父亲的一个老战友在江苏省级机关任领导职务，去年回老家时路过南京，这个叔叔听了她的播音，当时就让她到江苏人民广播电台当播音员。现在她要是回到南京，干这工作基本没问题。问题是克南。但他父亲已经给南京的许多老战友写了信，给克南联系工作单位，准备让克南和他们家一同调过去……生活本来一切都是在平静、正常和满意中进行的。可是，现在却突然闯进来个高加林！

当亚萍第一次翻送加林在南马河采写的抗灾报道时，才从老景那里知道，加林已经是县委的通讯干事了。她念着他那才气横溢的文章，感情顿时燃烧了起来；过去的一切又猛然地出现在她的眼前。她在录广播稿时，面对旋转的磁盘，的确落了泪，但并不完全是稿件的内容使她受了感动；而是她想起了她和加林过去在学校里的那些生活。她现在才清楚，她实际上一直是爱他的！他也是她真正爱的人！她后来之所以和克南好了，主要是因为加林回了农村，她再没有希望和他生活在一块。不必隐瞒，她还不能为了爱情而嫁给一个农民；她想她一辈子吃不了那么多苦！

现在,加林已经参加了工作,那个对她来说是非常害怕的前提已经不复存在。同等条件下,把加林和克南放在她爱情的天平上称一下,克南的分量显然远远比不上加林了……于是,她今天早晨刚听说加林回来了,就忍不住跑来看望他……现在她走在返回广播站的小路上,心情又激动又难受。她现在看见加林变得更潇洒了:颀长健美的身材,瘦削坚毅的脸庞,眼睛清澈而明亮,有点像小说《钢铁是怎样炼成的》里面保尔·柯察金的插图肖像;或者更像电影《红与黑》中的于连·索黑尔。"如果我和他一块生活一辈子好多啊!"亚萍一边走,一边心里想。可是,她马上又觉得很难爱,因为她同时想起了克南。

"哎呀,走路低着个头,小心跌倒!"

迎面一声话音,惊得亚萍抬起了头:她正想克南的事,克南他妈就在她眼前!她不喜欢克南他妈——药材公司副经理身上有一股市民和官场的混合气息。

克南妈把手里提的几条肥鱼扬了扬,说:"中午来!南方人在咱这里真是受罪,一年都吃不上个鱼!这是副食公司刚从后山公社的水库里捞出来的……"

"伯母,我不去,我在你们家已经吃得太多了。"亚萍尽量笑着说。

"看这娃娃说的!我们家怎么成了你们家!"

亚萍一下子被克南他妈这句饶口舌的话逗笑了,也马上饶舌说:"你们家怎么成了我们家?"

克南妈也逗得哈哈大笑了。

亚萍对她说:"我今天胃不舒服,不想吃饭。我要赶忙回去躺一会。"

"要不要药?公司门市上新进了一种胃疼片,效果……"

"我有,不麻烦您了。"

亚萍说完,就匆匆从克南妈身边绕过去,向广播站走去。

她一进自己的房子,一下子就躺在床铺上。她从头下面拉出枕巾,把自己的脸蒙起来。刚躺下不一会,就听见有人敲门。她厌烦地问:"谁?"

"我。"克南的声音。她烦躁地下去开了门。

克南一进来,高兴地对她说:"中午到我家吃鱼去!刚打出来的鲜鱼!我买了几条,我妈已经提回去了……"

"你们母子就知道个吃!吃!你看你吃得快胖成了个猪了!去年新织的毛衣,刚穿一冬,领子就撑得像桶口一般大!"黄亚萍气冲冲地又躺在了床上,拿枕巾把脸盖起来。

这一顿劈头盖脸的冰雹,打得张克南就像折了腰的糜子,蔫头耷脑地站在脚地上,不知如何是好;亲爱的亚萍今天发生了什么事?他不知所措地两只手互相搓了一会,走过去,轻轻把蒙在亚萍脸上的枕巾揭开。亚萍一把夺过去,又盖到脸上,大声喊叫说:"你走开!"

张克南惶惑地倒退了两步,哭一般说:"你今天倒究是怎了嘛……"过了好一会,亚萍才坐起来,把脸上的枕巾抹下,尽量平静一点地对呆立在脚地上的克南说:"你别生气。我今天身体有点不舒服……""那今天晚上的电影你能不能去看?"克南一边从口袋里掏电影票,一边说。"听人家说这电影可好哩!巴基斯坦的,上下集,叫《永恒的爱情》。"

黄亚萍叹了一口气,说:"我去……"

第十六章

  高加林立刻就在县城成了一个引人注目的人物。他的各种才能很快在这个天地里施展开了。地区报和省报已经发表了他写的不少通讯报道;并且还在省报的副刊上登载了一篇写本地风土人情的散文。他没多时就跟老景学会了照相和印放相片的技术。每逢县上有一些重大的社会活动,他胸前挂个带闪光灯的照相机,就潇洒地出没于稠人广众面前,显得特别惹眼。加上他又是一个标致漂亮的小伙子,更使他具有一种吸引力了。不久,人们便开始纷纷打问:新出现在这个城市的小伙子,叫什么?什么出身?多大年纪?哪里人?……许多陌生的姑娘也在一些场合给他飘飞眼,千方百计想接近他。
  傍晚的时候,他又在县体育场大出风头。县级各单位正轮流进行篮球比赛。高加林原来就是中学队的主力队员,现在又成了县委机关队的主力。山区县城除过电影院,就数体育场最红火。篮球场灯火通明,四周围水泥看台上的观众经常挤得水泄不通。高加林穿一身天蓝色运动衣,两臂和裤缝上都一式两道白杠,显得英姿勃发;加上他篮球技术在本城又是第一流的,立刻就吸引了整个体育场看台上的球迷。
  在一个万人左右的山区县城里,具备这样多种才能、而又长得潇洒的青年人并不多见——他被大家宠爱是正常的。
  很快,他走到国营食堂里买饭吃,出同等的钱和粮票,女服务员给他端出来的饭菜比别人又多又好;在百货公司,他一进去,售货员就主动问他买什么;他从街道上走过,有人就在背后指划说:"看,这就是县上的记者!常背个照相机!在报纸上都会写文章哩!"或者说:"这就是十一号,打前锋的!动作又快,投篮又准!"
  高加林简直成了这个城市的一颗明星。
  不用说,他的精神现在处于最活跃、最有生气的状态中。他工作起来,再苦再累也感觉不到。要到哪里采访,骑个车子就跑了。回到城里,整晚整晚伏在办公桌上写稿子。经济也开始宽裕起来了。除过工资,还有稿费。当然,报纸上发的文章,稿费收入远没有广播站的多;广播站每篇稿子两元稿费,他几乎每天都写——"本县节目"天天有,但县上写稿的人并不多。
  他内心里每时每刻都充满了一种骄傲和自豪的感觉,自尊心得到了最大的满足。有时候也由不得轻飘飘起来,和同志们说话言词敏锐尖刻,才气外露,得意的表情明显地挂在脸上。有时他又满头大汗对这种身不由己的冲动,进行严厉的内心反省,警告自己不要太张狂:他有更大的抱负和想法,不能满足于在这个县城所达到的光荣;如果不注意,他的前程就可能要受挫折——他已经明显地感到了许多人在嫉妒他的走红。
  这样想的时候,他就稍微收敛一下。一些可以大出风头的地方,开始有意回避了。没事的时候,他就跑到东岗的小树林里沉思默想;或者一个人在没人的田野里狂奔突跳一阵,以抒发他内心压抑不住的愉快感情。
  他只去县广播站找过一回黄亚萍。但亚萍"不失前言",经常来找他谈天说地。起先他对亚萍这种做法很烦恼,不愿和她多说什么。可亚萍寻找机会和他讨论各种问题。看来她这几年看了不少书,知识面也很宽,说起什么来都头头是道;并且还把她写的一些小诗给他看。渐渐地,加林也对这些交谈很感兴趣了。他自己在城里也再没更能谈得来的人。老景知识渊博,但年龄比他大;他不敢把自己和老景放在平等地位上交谈,大部分是请教。

他俩很快恢复了中学时期的那种交往。不过,加林小心翼翼,讨论只限于知识和学问的范围。当然,他有时也闪现出这样的念头:我要是能和亚萍结合,那我们一辈子的生活会是非常愉快的;我们相互之间的理解能力都很强,共同语言又多……这种念头很快就被另一处感情压下去了——巧珍那亲切可爱的脸庞立刻出现在他的眼前。而且每当这样的时候,他对巧珍的爱似乎更加强烈了。他到县里后一直很忙,还没见巧珍的面。听说她到县里找了他几回,他都下乡去了,他想过一段抽出时间,要回一次家。

这一天午饭后,加林去县文化馆翻杂志,偶然在这里又碰上了亚萍——她是来借书的。

他们在一张椅子上坐下来,马上东拉西扯地又谈起了国际问题。这方面加林比较特长,从波兰"团结"工会说到霍梅尼和已在法国政治避难的伊朗前总统巴尼萨德尔;然后又谈到里根决定美国本土生产和储存中子弹在欧洲和苏联引起的反响。最后,还详细地给亚萍讲了一条并不为一般公众所关注的国际消息:关于美国机场塔台工作人员罢工的情况;以及美国政府对这次罢工的强硬态度和欧洲、欧洲以外一些国家机场塔台工作人员支持美国同行的行动……

亚萍听得津津有味,秀丽的脸庞对着加林的脸,热烈的目光一直爱慕和敬佩地盯着他。

加林说完这些后,亚萍也不甘示弱,给他谈起了国际能源问题。她先告诉加林,世界主要能源已从煤转变到石油。但70年代以来,能源消费迅速增多,一些主要产油地区的石油资源已快消耗殆尽;新的能源危机必然要在世界出现。另外,据联合国新闻处发表的一份文件说,1950年,世界陆地面积有四分之一覆盖着森林,但到今天一半的森林已经在斧头、推土机、链锯和火灾之下消失了。仅在非洲,每年大约有500万英亩森林被当作燃料烧掉。联合国粮农组织的调查表明,全世界的一亿多人口深受燃料严重短缺之苦……

黄亚萍口若悬河,侃侃而谈。她接着又告诉加林,除了石油,现在有十四种新能源和可再生能源的复合能源,即,太阳能、地热能、风力、水力、生物能、薪柴、木炭、油页岩、焦油砂、海洋能、波浪能、潮汐能、泥炭和畜力……

高加林听她滔滔不绝地讲述着,惊讶得半天合不拢嘴。他想不到亚萍知道的东西这么广泛和详细!

接着,他们又一块谈起了文学。亚萍犹豫了一下,从口袋里掏出一片纸,递给高加林说:"我昨天写的一首小诗,你看看。"高加林接过,看见纸上写着:

赠加林

　　我愿你是生着翅膀的大雁,
　　　自由地去爱每一片蓝天;
　　哪一块土地更适合你生存,
　　　你就应该把那里当作你的家园……

高加林看完后,脸上热辣辣的。他把这张纸片递给亚萍,说:"诗写得很好。但我有点不太明白我为什么应该是一只大雁……"

亚萍没接,说:"你留着。我是给你写的。你会慢慢明白这里面的意思的。"他们都感到话题再很难转到其它方面了;而关于这首诗,看来两个人也再不好说什么,就都从椅子上站起来，准备分手了。两个人都有点兴奋。

亚萍走了。加林把她送给他的诗装进口袋里，从后面慢慢出了阅览室的门。他心情惆怅地怔怔站了一会；正准备到县水泥厂去采访一件事，一辆拖斗车的大型拖拉机吼叫着停在他身边。

加林惊讶地看见，开拖拉机的驾驶员竟然是高明楼当教师的儿子三星！

三星已从驾驶座上跳下来，笑嘻嘻地站在他面前。

"你怎开起了拖拉机？"加林问。

"你走后没几天，占胜叔叔就把我安排到县农机局的机械化施工队了。现在正在咱大马河上川道里搞农田基建。"

"那你走了，谁顶你教书哩？"

"现在巧玲教上了。"三星说。

"她没考上大学？"

"没……"三星犹豫了一下，说："巧珍看你来了。她就坐我的拖拉机下来的。我路过咱村，她正在公路边的地里劳动，就让我把她捎来……她在前面邮电局门前下车的，说到县委去找你……"

加林胸口一热，向三星打了个招呼，就转身急匆匆向县委走去。高加林走到县委大门口的时候，见巧珍正在门口旋磨着朝县委大院里张望。她还没有看见他正从后面走来。

高加林望了一眼她的背影，见她上身仍穿着那件米黄色短袖。一切都和过去一样，苗条的身材仍然是那般可爱；乌黑的头发还用花手帕扎着，只是稍有点乱——大概是因为从地里直接上的拖拉机，没来得及梳。看一眼她的身体，高加林的心里就有点火烧火燎起来。

当巧珍看见他站在她面前时，眼睛一下子亮了，脸上挂上了灿烂的笑容，对他说："我要进去找你，人家门房里的人说你不在，不让我进去……"

加林对她说，"现在走，到我办公室去。"说完就在头前走，巧珍跟在他后面。一进加林的办公室，巧珍就向他怀里扑来。加林赶忙把她推开，说："这不是在庄稼地里！我的领导就住在隔壁……你先坐在椅子上，我给你倒一杯水。"他说着就去取水杯。

巧珍没有坐，一直亲热地看着她亲爱的人，委屈地说："你走了，再也不回来……我已经到城里找了你几回，人家都说你下乡去了……"

"我确实忙！"加林一边说，一边把水杯放在办公桌上，让巧珍喝。

巧珍没喝，过去在他床铺上摸摸，又揣揣被子、捏捏褥子，嘴里唠叨着："被子太薄了，罢了我给你絮一点新棉花；褥子下面光毡也不行，我把我们家那张狗皮褥子给你拿来……"

"哎呀，"加林说，"狗皮褥子掂到这县委机关，毛烘烘的，人家笑话哩！"

"狗皮暖和……"

"我不冷！你千万不要拿来！"加林有点严厉地说。

巧珍看见加林脸上不高兴，马上不说狗皮褥子了。但她一时又不知该说什么，就随口说："三星已经开了拖拉机，巧珍教上书了，她没考上大学。"

"这些三星都给我说了，我已经知道了。"

"咱们庄的水井修好了！堰子也加高了。"

"嗯……"

"你们家的老母猪下了十二个猪娃,一个被老母猪压死了,还剩下……"

"哎呀,这还要往下说哩?不是剩下十一个了吗?你喝水!"

"是剩下十一个了,可是,第二天又死了一个……"

"哎呀哎呀!你快别说了!"加林烦躁地从桌子上拉起一张报纸,脸对着,但并不看。

他想起刚才和亚萍那些海阔天空的讨论,多有意思!现在听巧珍说的都是这些叫人感到乏味的话;他心里不免涌上了一股说不出的滋味。

巧珍看见他对自己这样烦躁,不知她哪一句话没说对,她并不知道加林现在心里想什么,但感觉他似乎对她不像以前那样亲热了。再说些什么呢?她自己也不知道了。她除过这些事,还再能说些什么!她决说不出十四种新能源和可再生能源的复合能源!加林看见巧珍局促地坐在他床边,不说话了,只是望着他,脸上的表情看来有点可怜——想叫他喜欢自己而又不知道该怎样才能叫他喜欢!他又很心疼她了,站起来对她说:"快吃下午饭了,你在办公室先等着,让我到食堂里给咱打饭去,咱俩一块吃。"

巧珍赶忙说:"我一点也不饿!我得赶快回去。我为了赶三星的车,锄还在地里撂着,也没给其他人嘱咐……"

她从床边站起来,从怀里贴身的地方掏出一卷钱,走到加林面前说:"加林哥,你在城里花销大,工资又不高,这五十块钱给你,灶上吃不饱,你就到街上食堂买得吃去。再给你买一双运动鞋,听三星说你常打球,费鞋……前半年红利已经决分了,我分了九十二块钱呢……"

高加林忍不住鼻根一酸,泪花子在眼里旋转开了。他抓住巧珍递钱的手说:"巧珍!我现在有钱,也能吃得饱,根本不缺钱……这钱你给你买几件时兴衣裳……"

"你一定要拿上!"巧珍硬给他手里塞。

他只好说:"你如果再这样,我就恼了!"

巧珍看他脸上真的不高兴了,就只好委屈地把钱收起来,说:"我给你留着!你什么时候缺钱花,我就给你……我要走了。"

加林和她相跟着出了门,对她说:"你先到大马河桥上等我;我到街上有个事,一会就来了……"

巧珍对他点点头,先走了。

高加林飞快地跑到街上的百货门市部,用他今天刚从广播站领来的稿费,买了一条鲜艳的红头巾,他把红头巾装在自己随身带的挂包里,就向大马河桥头赶去。

高加林一直就想给巧珍买一条红头巾。因为他第一次和巧珍恋爱的时候,想起他看过的一张外国油画上,有一个漂亮的姑娘很像巧珍,只是画面上的姑娘头上包着红头巾。出于一种浪漫,也出于一种纪念,虽然在这大热的夏天,他也要亲自把这条红头巾包在巧珍的头上。

他赶到大马河桥头时,巧珍正站在那天等他卖馍回来的那个地方。触景生情,一种爱的热流刹那间漫上了他的心头。

他和她肩并肩走下桥头,转向大马河川道。

拐过一个山峁,加林看看前后没人,就站住,从挂包里取出那条红头巾,给巧珍拢在了头上。

巧珍并不明白她亲爱的人为什么这样，但她全身心感到了这是加林在亲她爱她！

她也不说什么，一下子紧紧抱住他，幸福的泪水在脸上刷刷地淌下来了……高加林送毕巧珍，返回到街上的时候，突然感到他刚才和巧珍的亲热，已经远远不如他过去在庄稼地里那样令人陶醉了！为了这个不愉快的体会，他抬起头，向灰蒙蒙的天上长长吐了一口气……

第十七章

黄亚萍的精神正处于激烈的动荡之中。她现在内心里狂热地爱着高加林；觉得她无论如何要和高加林生活在一块。她已经下决心要和张克南中断恋爱关系了。

问题是她父母亲将会怎样看待她的行为呢？她是他们的独生女儿，从小娇生惯养，父母亲抢着亲她，什么事上也不愿她受委屈。但是他们太爱克南了。这几年里，克南几乎像儿子一样孝敬他们；他们也像对待儿子一样对待他。她要是和克南断了关系，肯定会给父母亲的精神带来沉重的打击。再说，两家四个大人的关系也已经亲密得如同一家人一样。她父亲是军人，非常讲义气，一定认为这是天下最不道德的事！

不管怎样，她想来想去，还是决定非和克南断绝关系不可。不管父母亲和社会舆论怎样看，她对这事有她自己的看法。在这个县城里，黄亚萍可以算得上少数几个"现代青年"之一，在她看来，追求个人幸福是一个人的权利和自由，"我是我自己的"，谁也没权力干涉她的追求，包括至亲至爱的父亲；他们只是从岳父岳母的角度看女婿，而她应该是从爱情的角度看爱人。别说是她和克南现在还是恋爱关系，就是已经结婚了，她发现她实际上爱另外一个人，她也要和他离婚！在她这方面，决心已经下定了。现在她最苦恼的是，高加林是不是爱她呢？从她个人感觉，高加林是很喜欢她的；而且他们在学校时就比一般同学相好。

她想：就她各方面的条件来说，高加林也应该爱她！她长得虽然不像电影明星，但在这个城里就算数一数二的——她对自己的长相基本上是这样估计的。另外，她的家庭在社会上的地位和经济状况都比高加林强。更主要的是，他们很快要到南京去安家，她将会是江苏人民广播电台的播音员。她知道高加林是一个向往很远大的人，将来跟他们家去南京对他肯定有吸引力。不像张克南，在她父母面前不敢说，私下里还单独劝她不要去南京；说这地方已经人熟地熟生活过得很安乐——这人真没出息！

虽然她对加林爱她有一定的把握，但也不全尽然——有时候，他的脾气很古怪，常常有一些特别的行为。

但不管怎样，她要和他把问题谈明。她已经不能忍受了。最近以来，她吃不下去饭，晚上经常失眠，工作已经出了几次差错。大前天早晨，轮她值班，她一晚上失眠，快天明时才睡着，竟然连闹钟都没吵醒她，结果广播时间整整推迟了十五分钟。广播站长带着好几个人愣打门板才把她叫醒。因为这事，领导已经批评了她。

这天中午，她只吃了几口饭。想来想去，再不能拖下去了，于是就准备到县委去找高加林。

她刚要起身，克南却来了，气得她差点要哭出来。

"你怎又不高兴？"克南自己也马上一脸愁相。"你最近是不是身上什么地方有病哩？干脆，我下午陪你到医院检查一下！"克南愁眉苦脸地看着她说。

"不要检查！我害的是心脏病！"亚萍往床上一躺，赌气地说，也不看他。

"心脏病？"克南慌了，"你什么时候得的？"

"哎呀！谁有心脏病？你真笨！你连个玩笑都听不来嘛！"亚萍又烦又躁地说。

"我看见不像是开玩笑，也就当成真的了。"克南松了一口气，笑着说。他给自己倒了一杯水，坐在桌前的椅子上，说："亚萍，加林参加工作，来县上时间已经不短了。我今天才突然想起，咱两个应该请他吃一顿饭。在学校时，咱们关系都不错，你和加林也谈得来，现在在县城里工作的同学也不多……就在国营食堂请他，那里我人熟，一个系统的，方便……"

黄亚萍躺在床上，一句话也不说。

克南又问她："你说行不行？"

躺在床上的黄亚萍转过脸，几乎是央告着说："好克南哩，你不要扯这些了，我心烦得要命，你不要再折磨我了！你上班去，让我睡一会……"

克南见她这样，只好站起来。他走到门前，又折转身，准备亲一下亚萍。黄亚萍一下子把头蒙在被子里，喊叫说："不要这样了！你快走！"

克南又失望又急躁地叹了一口气，走了。

黄亚萍躺在床上，好长时间爬不起来。她一刹那间觉得很痛苦：克南太老实了，他竟然看不出来她爱加林，还要请加林吃饭！她觉得也对克南有点太残酷了。她暂时决定今天中午不去找加林谈了。吃下午饭时，她心烦意乱地回到了家里。

他父亲正戴着老花镜，仔细地读报纸上的一篇社论，红铅笔在字行下一道一道划着。

她母亲见她回来，赶忙从后边箱子里拿出一件衣服，说："克南他爸去上海出差给你买的，克南妈才送来的，你试试……"

她把她妈递到手边的衣服一推，说："先放一边去。我不舒服……"

她爸侧过头，眼睛从镜框上面瞅着她说："亚萍，我看你最近好像精神不大对，像有什么心事？"

亚萍也不看父亲，拿梳子对着镜子认真地一边梳头发，一边说："不久，我可能做出一个重大的决定。不过，现在不告诉你们。"

"是不是要和克南结婚？"她母亲问她。

"不，离婚！"她说完，忍不住为这句话笑了。

她母亲也笑了，说："永远是个调皮鬼！还没结婚就离婚哩！"她父亲又低下头看报纸，笑眯眯地，嘴里也嘟囔了一句："真是个调皮鬼……"

两位老人谁都没认真对待女儿的这句话——他们不久就会知道这句话意味着什么了。

黄亚萍现在进一步认定，她得很快去找加林谈明她的心思。决不能再拖下去了！早一点解决了，所有的当事人精神上也就早一点解脱了。她不能再这样瞒着克南，也不能再这样折磨他了。她梳完头，换了一身深蓝色学生装，晚饭也没吃，就从家里出来，径直向县委走去。

她来到通讯组，高加林不在办公室，门上还吊把锁。

是不是下乡去了？她感到很难受。她很快到隔壁窑洞问景若虹。老景告诉她，加林没有下乡，今天一天都在办公室写稿子，刚才吃完饭出去散步去了。

谁知道他现在在哪里散步呢？这再不好问老景了。

她犹豫了一下，还是开口问："老景，你知道高加林到什么地方散步去了？"

景若虹机警地看了她一眼，说："这我一下也说不准。有急事吗？"

"没……"黄亚萍一下子感到脸上热辣辣的。

她正准备转身走，景若虹突然拍了一下脑门，对她说："可能去东岗了，他常爱去那里溜达。"

"谢谢您。"亚萍向他点点头，便又从县委大院里出来了。

高加林此刻的确在东岗。

他靠在一棵槐树上，手指头夹着一根纸烟。他最近抽烟抽得很厉害。整整写了一天稿子，头脑一直昏昏沉沉的。现在被野外的风一吹，又加上烟的刺激，脑子很快又清醒了。

他由不得又交替想起了黄亚萍和巧珍。他不知为什么，一闲下来就同时想这两个人。毫无疑问，亚萍已经给了他一些爱情的暗示。但他觉得又有点奇怪：她不是一直和克南很好吗？从内心上说，亚萍以前一直就是他理想中的爱人。过去他不敢想，现在他也许敢想了，但情况又变得复杂了。她和克南已经恋爱了，而他也和巧珍恋爱了。想来想去，一切都好像已经无法挽回，他也就尽力说服自己不要再多考虑这事了。但亚萍一次又一次找他，除过语言的暗示，还用表情、目光向他表示：她爱她！他已经是恋爱过的人，对这一切都非常敏感；而且亚萍简直等于给他明说了。他的心潮早已开始激荡，并且感到一场风暴就要来临——他为之激动，又为之战栗！

一切将会怎样发展？什么时候闪电？什么时候吼雷？什么时候卷起狂风暴雨？高加林靠在树干上，一边吸烟，一边胡思乱想。他觉得他想了许多问题，又觉得他什么也没想。

一场普遍的透雨落过以后，大地很快凉了下来。虽然伏天未尽，但立秋已经近二十天。

在山区，除过中午短暂地炎热一会，一早一晚已经感到有点冷了。

高加林没有穿长袖衫，胳膊已冷得受不了。他于是便起身下山。一层淡淡的雾气从沟底里漫上来，凉森森地带着一股潮气。他一边慢慢下山，一边向县城瞭望，城里又是灯火一片了。眼下已经没有多少人在外面乘凉，县城的大街小巷变得很清静，像洪水落下的河道。一盏又一盏桔黄色的路灯，静静地照耀着空荡荡的街面。只有十字街头还有一些人；那里不时传来卖小吃的摊贩无精打采的吆喝声……

高加林沿着一条小土路，刚下了一个小坡，看见前面上来了一个人。他忍不住站下了。

直等那人走近，他才大吃了一惊：原来是黄亚萍！

"你怎上这儿来了？"他又兴奋又惊讶地问。

亚萍两只手斜插在衣裤里，笑着说："这又不是你家的祖坟！别人为啥不能上来？"

"一说话就和打枪一样！"加林说，"天这么黑了，你一个人……"

"谁说我一个人？"

加林赶忙又向山下的小路上望了望，说："克南哩？怎不见他？"

"他又不是我的尾巴，跟我干什么？"

"哪还有什么人哩？""你不是个人？""我？""嗯！"加林一下子感到心跳得像要从胸

膛里蹦出来似的。

亚萍声音突然变得非常轻柔地说:"加林,你别怕,咱们一块坐一坐。"

高加林犹豫了一下,就和她一起走到旁边一片不太茂密的小杏树林里。他们坐下来,两个人都摘了几片杏叶,在手里捏着、摸着、撕着,半天谁也没说话。

"我要走了……"亚萍突然开口说。

"到什么地方出差去?"加林转过头问。

"不是出差,是永远离开这里!"亚萍怔怔地望着灯火闪烁的城市,说。

"啊?"加林忍不住失口叫了一声。

"……我父亲很快就要转业到南京工作,我也要调过去。"亚萍转过头对加林说。

"你愿意走吗?"加林的眼睛紧紧盯着她的眼睛。

黄亚萍把脸稍微迈开一点,憧憬似地望着星光灿烂的远方,喃喃地说:"我当然愿意走!南方,是我的家乡,我从小生在那里,尽管后来跟父母到了北方,但我梦里都想念我的美丽的故乡……"她眼里似乎闪动着泪水,喃喃地念道:"江南好,风景旧曾谙:日出江花红胜火,春来江水绿如蓝,能不忆江南!……"

加林忍不住接着她念道:"江南忆,最忆是杭州:山寺月中寻桂子,郡亭枕上看潮头。何日更重游?……"

亚萍转过头,热烈地望着加林,说:"南京离杭州很近。上有天堂,下有苏杭。苏州就是江苏省的……"

"唉……"加林叹了一口气,"那些地方我这一辈子是去不成了!"

"你想不想去?"亚萍扬起头,脸上露出一种无法描述的微笑。"

我联合国都想去!"加林把手中的树叶一丢,把头扭到一边去。

"我是问你想不想去南京、苏州、杭州,还有上海?"

"不会有到那些地方出差的机会。"

"要是一个人在那远地方玩,也没什么意思!"亚萍说。

"你去不会是一个人,有克南陪你哩……"

"我希望不是他,而是你!"

高加林猛地回过头,眼睛像燃烧似的看着黄亚萍。

黄亚萍眼里泪花闪闪,激动地说:"加林!自从你到县里以后,我的心就一天也没有宁静过。在学校时,我就很喜欢你。不过,那时我们年龄都小,不太懂这些事。后来你又回了农村……现在,当我再看见你的时候,我才知道我真正爱的人是你!克南我并不反感,但我实际上对他产生不了爱情。实际上,我父母亲比我更爱他……咱们在一块生活吧!跟我们家到南京去!你是一个很有前途的人,在大城市里就会有大发展。我回去可能在省广播电台当播音员;我一定让父亲设法通过关系,让你到《新华日报》或者省电台去当记者……"

高加林低下头,一只手狠狠从地里拔出一棵羊角草,又随手扔到了坡底下;接着又拔出一棵,自己也跟着站起来。

亚萍也跟着站起来;她闪着泪光的眼睛一直在盯着他的脸。加林手在自己的光胳膊上摸了一把,说:"我冷得实在受不了,咱们走吧……亚萍,你先别急,让我好好想一想……"黄亚萍对他点点头。两个人转到小土路上,相跟着一前一后下了山……

第十八章

高加林预感到的暴风雨终于来到了,内心激烈的斗争是不可避免的。他虽然只有二十四岁,但已不是一个马马虎虎的人;而且往往比他同龄的青年人思想感情要更为复杂。

他在进行一场非常严重的抉择。

毫无疑问,黄亚萍和刘巧珍放在一起比较,不平衡是显而易见的——在他最初的考虑中,倾向就有了偏重。

他当然想和黄亚萍结合在一起。他现在觉得黄亚萍和他各方面都合适。她有文化,聪敏,家庭条件也好,又是一个漂亮的南方姑娘。在她身上弥漫着一种对他来说是非常神秘的魅力。像巧珍这样的本地姑娘,尤其是农村姑娘,他非常熟悉,一眼就能看到底。他认为她们是单纯的,也往往是单调的。但是,黄亚萍他又了解又不了解。虽然一块交往很多,但她好像还有无数更多的东西他不知道。家庭出身和经济条件的差别,不同的生活环境和个人经历,使他们天然地隔了一层什么,这反而更增加了他对她的神秘感。他觉得她云雾缭绕,他不能走近她。中学时期的交往像雨后蓝天上美丽的彩虹一般,很快就消失了,变成了一种记忆中的印象。这印象以前也偶然从心头翻上来,叫他若有所失地惆怅一样;但接着也就很快消失得无踪无影……

现在,这些过去曾幻想过的游丝断缕,突然就变成了一种实实在在的东西。黄亚萍已经向他表示了爱情。只要他现在愿意,他就将和她一块生活!生活啊,生活!有时候它把现实变成了梦想,有时候它又把梦想变成了现实!

但他不能不认真考虑他和巧珍的关系。他和她已经热烈地相爱了一段时间,巧珍爱他,不比克南爱亚萍差。所不同的是,亚萍说她对克南没有感情,而他在内心深处是爱巧珍的。

巧珍的美丽和善良,多情和温柔,无私的、全身心的爱,曾最初唤醒了他潜在的青春萌动,点燃起了他身上的爱情火焰。这一切,他在内心里是很感激她的——因为有了她,他前一段尽管有其它苦恼,但在感情生活上却是多么富有啊……现在,当黄亚萍向他表示了爱情,并准备让他跟她去南京工作的时候,他才把爱情和他的前途联系在一起看了。他想:巧珍将来除过是个优秀的农村家庭妇女,再也没什么发展了。如果他一辈子当农民,他和巧珍结合也就心满意足了。可是现在他已经是"公家人",将来要和巧珍结婚,很少有共同生活的情趣;而且也很难再有共同语言:他考虑的是写文章,巧珍还是只能说些农村里婆婆妈妈的事。上次她来看他,他已经明显地感到了苦恼。再说,他要是和巧珍结婚了,他实际上也就被拴在这个县城了;而他的向往又很高很远。一到县城工作以后,他就想将来决不能在这里呆一辈子;要远走高飞,到大地方去发展自己的前途……现在,这一切就等他说个"愿意"就行了。

他反复考虑,觉得他不能为了巧珍的爱情,而贻误了自己生活道路上这个重要的转折——这也许是决定自己整个一生命运的转折!不仅如此,单就从找爱人的角度来看,亚萍也可能比巧珍理想得多!他虽然还没和亚萍像巧珍那样恋爱过,但他感到肯定要更好,更丰富,更有色彩!

他权衡了一切以后,已决定要和巧珍断绝关系,跟亚萍远走高飞了!当然,他的良心非常不安——他还不是一个十恶不赦的坏蛋！克南方面他考虑得很少,主要在巧珍方面。他像一个疯子一样在自己的窑里转圈圈走;用拳头捣办公桌;把头往墙壁上碰……后来,他强迫自己不朝这方面想。他在心里自我嘲弄地说:"你是一个混蛋！你已经不要良心了,还想良心干什么……"他尽量得使他的心变得铁硬,并且咬牙切齿地警告自己:不要反顾！不要软弱！为了远大的前途,必须做出牺牲！有时对自己也要残酷一些！现在,这个已经"铁了心"的人,开始考虑他和巧珍断绝关系的方式。他预想这是一个撕心裂胆的场面,就想用一种很简短的方式向过去告别。使他苦恼的是,巧珍一个字也不识,要不,给她写一封信是最好的断交方式了;这样可能避免双方面对面的痛苦。

他于是一整天躺在床上,考虑他怎样和巧珍断绝关系。

黄亚萍不失时机地来了,问他考虑得怎样？

他犹豫了很一会,才把他和巧珍的关系,大略地给亚萍说了一下。黄亚萍听后,先是半天没说话。后来,她带着一脸的惊讶,说:"你原来在农村想和一个不识字的农村女人结婚？"

"嗯。"加林肯定地点点头。

"这简直是一种自我毁灭！你一个有文化的高中生,又有满身的才能,怎么能和一个不识字的农村女人结婚？我真不理解你当时是怎样想的！"

"住嘴！"加林一下子愤怒地从床上跳起来,"我那时黄尘满面,平顶子老百姓一个,你们哪个城里的小姐来爱我？"

亚萍一下子被他的愤怒吓住了,半天才说:"你这么凶！克南可从来都没对我发过这么大的火！"

"你找你的克南去！"加林一下子躺在铺盖上,闭住了眼睛。一种新的烦恼涌上了心头。他心里也想:"哼！巧珍从来也不这样对我说话……"没过一会,亚萍来到他床边,手轻轻地在他肩膀上推了一把。高加林睁开眼,看见她眼里闪着泪光。

他仍在生气,不理她。

亚萍声音有点激动地说:"加林！你千万别生气！你给我发火,我心里除不生气,反而很高兴！你不知道,张克南你就是把刀放在他脖颈上都发不起来火！有时,我真想叫这个人愤怒了,美美给我发一通火,把我骂一通,可你怎样骂他,挖苦他,他总是对你笑嘻嘻的,气得人只能流泪。我就喜欢你这种性格！男子汉,大丈夫,血气方刚……"

高加林暂时还不能知道,她这话倒究是真的还是为了与他和好而编的。但他看见亚萍两道弯弯的细眉下,一双眼眼泪汪汪的,心便软了,说:"我这人脾气不好……以后在一块生活,你可能要受不了。"

"加林！"亚萍一把抓住他的肩头,问:"那你是说,你愿意和我一块生活了？"他恍惚地对她点了点头。

亚萍顺床边坐下,和他挨在一起。加林很快把自己的身子往开挪了挪。不知为什么,他此刻一下子又想起了巧珍。他觉得他这一刻无法接受黄亚萍的这种表示感情的方式。

高加林沉默了一会,对亚萍说:"我得要和巧珍把这事谈清楚……不瞒你说,我心里很不好受……请你原谅,我不愿对你说假话。"

"是的,你应该很快结束你们的不幸！"

"也可能是不幸的结束!"他像宿命论者一样回答她。

"我和克南好办,我给他写一封信就行了。在感情上我没有什么特别痛苦的,只不过同情和可怜他罢了。他倒是真心实意爱我……"

"克南是会很痛苦的……"加林叹了一口气。

"克南我先不考虑,我现在主要考虑我父母亲。他们一心喜欢克南,而且又都是老干部,道德观念完全是过去的……"

"你父母肯定不会接受我!他们要门当户对的!我一个老百姓的儿子,会辱没他们的尊严!"加林又突然暴躁地喊着说。

亚萍用极温柔的音调说:"你看你,又发脾气了。其实,我父母倒不一定是那样的人,关键是他们认为我已经和克南时间长了,全城都知道,两家的关系又很深了,怕……"

"那就算了!"加林打断她的话。

黄亚萍一下子哭了,站起来说:"加林!你别这样发脾气行不行?我的事由我作主哩!我父母最后一定会尊重我的选择……现在我唯一要知道的是,你爱不爱我!是不是要和我好!"她说着,坚决地挨着他的身边坐下来了……

黄亚萍回到家里,按时作息的父母亲早已在他们的房间里睡着了。她进了自己的房子,扭开灯,先坐在桌前的椅子上,什么也不做,静静地坐着——她的心在欢蹦乱跳!

她即刻又站起来,在镜子前立了一会。她看见自己在笑。

她又躺在床上;躺下后又马上坐起来。

她站在脚地当中,不知自己做什么好;思绪像浪花,飞溅的流水一般活跃。先是一连串往事的片断从眼前映过;接着是刚才所发生的从头到尾的一切细节,然后又是未来各式各样幻想的镜头……直到她洗完脸,脑子才稍微冷了下来。

晚上肯定又要失眠。失眠就失眠吧!反正明早上她不值班,另外一个人广播,她可以在家睡觉——至于明天上午能不能睡着,她也没有把握。

那么,现在该做什么呢?给克南写信?还是给父母亲"发表声明"?父母亲已经睡着了。那么,就给克南先写信!

她刚拿着信纸、信封和钢笔,马上又改变了主意:不!还是先给父母亲谈谈!这是最主要的!让他们早一点知道更好!

于是她开了自己的门,出了院子。

这个睡不着觉的人也决心不让她父母亲睡了。

她敲了敲父母亲的门,叫道:"爸爸,妈妈,你们起来,过我这边来一下!我有个要紧事给你们说!"

里面的灯开了,听见一阵紧张的唏嘘声。站在外面的任性的女儿这时候抿嘴直笑,回到了自己的房子里。

她母亲先过来了。接着父亲一边穿外套,一边也跌跌撞撞进了她的房间。两个人都先后紧张地问她:"出了什么事?"

黄亚萍看见父母亲都这么紧张,先忍不住笑了,然后又严肃起来,说:"你们别紧张。这事并不很急,但有些震动性!"

父亲瞪起眼看着她,还没反应过来他的这个任性的小宝贝,为什么黑天半夜把他老两口叫起来。

她母亲揉了揉眼睛,也着急地对她说:"哎呀,好萍萍哩!有什么事你就快说!你把人急死了!"

黄亚萍想了一下,说:"事情很复杂,但今晚上我先大概说一下。详细情况将来我不说,你们也会追问的……是这样,我已经和另外一个男同志好了,并且已经在恋爱;因此我要和克南断绝关系……"

"什么?什么?什么?……"她父母亲都从坐的地方站起来,惊慌失措地看着他们的女儿。

"对我来说,这已经不能改变了。我知道你们对克南很爱,但我并不喜欢他……"一阵长时间的沉默。她父亲半天才清醒过来,困难地咽了一口唾沫,悲哀地说:"克南当初不是你引回来的?这已经两年多了,全城人都知道!我和老张,你妈和克南妈,这关系……天啊,你这个任性的东西!我和你妈把你惯坏了,现在你这样叫我们伤心……"老汉捶胸顿足,两片厚嘴唇像蜜蜂翅膀似的颤动着。

她母亲已伏在她的床上哭开了。

她父亲尽管爱她胜过爱自己,但看来今晚实在气坏了,猛烈地发起了火:"你这是典型的资产阶级思想!你们现在这些青年真叫人痛心啊!垮掉的一代!无法无天的一代!革命要在你们手里葬送呀!……"老汉感情过于冲动,什么过分话都往出倒!黄亚萍一下伏在桌子上哭起来。她父亲从来都没有这样骂过她;她一下子忍受不了。

母亲见女儿哭了,也哭着,过来数说起了老汉:"就是萍萍不对,你也不能这样吼喊我的娃娃……"

"都是你惯坏的!"老军人咆哮着说。

"你没惯?"亚萍她妈也喊叫起来。

亚萍她爸一拧身出去了。出去后,他也没回房子去,站在院子里,掏出一根纸烟,在烟盒上敲得崩崩直响,也不往着点。亚萍站起来,两只手硬把她母亲推出房子,然后关上了门。她过去拿毛巾把脸上的泪水擦干净,然后坐到桌子前,开始给克南写信——

克南:

为了我们都好,我必须告诉你:我已经和加林相爱了,咱们的恋爱关系现在应该断绝;以后像过去一样,还是要好的同学和同志。我知道你会很痛苦,但你应该想想,为一个不爱你的女人而痛苦,是不值得的。你应该寻找真正爱你的人。我相信你会找到这样的人。我愿你得到幸福。

你自己应该知道,我在学校时就和加林感情好。现在我觉得我真正爱的人是他,而不是你。过去咱们两个之所以发展了关系,完全是因为你适时地关怀了我,使我受了感动。但这并不是爱情。你是好人,也是一个出色的人。不要因为我影响你的发展。你也不要恨加林。如果你认为你受了伤害,这完全是一个人造成的;是我追求加林,你恨我吧!

我在内心里永远感谢你。我还要告诉你:在我爱情以外所有友爱的朋友中,你是我的第一个朋友。如果你能原谅我,那么我请求你为我祝福。

亚萍　写于匆忙中

第十九章

高加林把自行车放到路边,然后伏在大马河的桥栏杆上,低头看着大马河的流水绕过曲曲折折的河道,穿过桥下,汇入到县河里去了。他在这里等着巧珍。他昨天让回村的三星捎话给巧珍,让她今天到县城来一下。他决定今天要把他和巧珍的关系解脱。他既不愿意回高家村完结这件事,也不愿意在机关。他估计巧珍会痛不欲生,当场闹得他下不了台。

前天,老景让他过两天到刘家湾公社去,采访一下秋田管理方面的经验,他就突然决定把这件事放在大马河桥头了。因为去刘家湾公社的路,正好过了大马河桥,向另外一条川道拐过去。在这里谈完,两个人就能很快各走各的路,谁也看不见谁了……高加林伏在桥栏杆上,反复考虑他怎样给巧珍说这件事。开头的话就想了好多种,但又觉得都不行,他索性觉得还是直截了当一点更好。弯拐来拐去,归根结底说的还不就是要和她分手吗?

在他这样想的时候,听见背后突然有人喊:"加林哥……"一声喊叫,像尖刀在他心上捅了一下!他转过身,见巧珍推着车子,已经站在他面前了。她来得真快!是的,对于他要求的事,她总是尽量做得让他满意。

"加林哥,没出什么事吧!昨天我听三星捎话说,你让我来一下,我晚上急得睡不着觉,又去问三星看是不是你病了,他说不是……"她把自行车紧靠加林的车子放好,一边说着,向他走过来,和他一起伏在了桥栏杆上。

高加林看见她今天穿了一身新衣服,浑身上下都打扮得漂漂亮亮的,顿时感动得有点心酸。

他怕他的意志被感情重新瓦解,赶快进入了话题。

"巧珍……"

"唔。"她抬头看见他满脸愁云,心疼地问:"你怎了?"

加林把头迈向一边,说:"我想对你说一件事,但很难开口……"

巧珍亲切地看着他,疼爱地说:"加林哥,你说吧!既然你心里有话,就给我说,千万别憋在心里!"

"说出来怕你要哭。"

巧珍一愣,但她还是说:"你说吧,我……不哭!"

"巧珍……"

"唔……"

"我可能要调到几千里路以外的一个地方去工作了,咱们……"

巧珍一下子把手指头塞在嘴里,痛苦地咬着。过了一会,才说:"那你……去吧。"

"你怎办呀?"

"……"

"我主要考虑这事……"

一阵长时间的沉默。两串泪珠静静地从巧珍的脸颊上淌下来了。她的两只手痉挛地抓着桥栏杆,哽咽地说:"……加林哥,你再别说了!你的意思我都明白了!你……去吧!我决不会连累你!加林哥,你参加工作后,我就想过不知多少次了,我尽管爱你爱得要命,但知道我配不上你了。我一个字不识,给你帮不上忙,还要拖累你的工作……你走你的,到处面找个更好的对象……到外面你多操心,人生地疏,不像咱本乡田地……加林哥,你不知道,我是怎么爱你……"

巧珍说不下去了,掏出手绢一下子塞在了自己的嘴里!

高加林眼里也涌满了泪水。他不看巧珍,说:"你……哭了……"

巧珍摇摇头,泪水在脸上刷刷地淌着,一串接一串掉在了桥下的大马河里。清朗朗的大马河,流过桥洞,流进了夏日浑黄的县河里……沉默……沉默……整个世界都好像沉默了……

巧珍迅疾地转过身,说:"加林哥……我走了!"

他想拦住她,但又没拦。他的头在巧珍的面前,在整个世界面前,深深地低下了。

她摇摇晃晃走过去,困难地骑上了她的自行车,然后就头也不回地向大马河川飞跑而去了。等加林抬起头的时候,眼前只剩下了满川绿色的庄稼和一条空荡荡的黄土路……

高加林也猛地骑上了他的车子,转到通往刘家湾的公社的公路上。他疯狂地蹬着脚踏,耳边风声呼呼直响,眼前的公路变成了一条模模糊糊的、飘曳摆动的黄带子……

他骑到一个四处不见人的地方,把自行车猛地拐进了公路边的一个小沟里。他把车子摔在地上,身子一下伏在一块草地上,双手蒙面,像孩子一样大声号啕起来。这一刻,他对自己仇恨而且憎恶!一个钟头以后,他在沟里一个水池边洗了洗脸,才推着车子又上了公路。

现在他感觉到自己稍微轻松了一些。眼前,阳光下的青山绿水,一片鲜明;天蓝得像水洗过一般,没有一丝云彩。一只鹰在头顶上盘旋了一会,便像箭似地飞向了遥远的天边……

五天以后,高加林从刘家湾公社返回县城,就和黄亚萍开始了他们新的恋爱生活。

他们恋爱的方式完全是"现代"的。

他们穿着游泳衣,一到中午就去城外的水潭里去游泳。游完泳,戴着墨镜躺在河边的沙滩上晒太阳。傍晚,他们就在东岗消磨时间;一块天上地下的说东道西;或者一首连一首地唱歌。黄亚萍按自己的审美观点,很快把高加林重新打扮了一番:咖啡色大翻领外套,天蓝色料子筒裤,米黄色风雨衣。她自己也重新烫了头发,用一根红丝带子一扎,显得非常浪漫。浑身上下全部是上海出的时兴成衣。

有时候,他们从野外玩回来,两个人骑一辆自行车,像故意让人注目似的,黄亚萍带着高加林,洋洋得意地通过了县城的街道……他们的确太引人注目了。全城都在议论他们,许多人骂他们是"业余华侨"。但是他们根本不理睬社会的舆论,疯狂地陶醉在他们罗曼谛克的热恋中。高加林起先并不愿意这样。但黄亚萍说,他们不久就要离开这个县城了,别人愿怎样看他们呢!她要高加林更洒脱一些,将来到大城市好很快适应那里的生活。高加林就抱着一种"实习"的态度,任随黄亚萍折腾。

他的情绪当然是很兴奋的,因为黄亚萍把他带到了另一个生活的天地。他感动新奇而激动,就像他十四岁那年第一次坐汽车一样。

他当然也有不满意和烦恼。他和亚萍深入接触,才感到她太任性了。他和她在一起,不像他和巧珍,一切都由着他,她是绝对服从他的。但黄亚萍不是这样。她大部分是按她的意志支配他,要他服从她。

有时正当他们愉快至极的时候,他就猛然会想起巧珍来,心顿时像刀绞一般疼痛,情绪一下子就从沸点降到了冰点,把个兴致勃勃的黄亚萍弄得败兴极了。亚萍一时又猜不透他为什么情绪会这么失常,感到很苦恼。于是,她为了改变他这状况,有时又想法子瞎折腾,使得高加林失常的现象频频加剧,这反过来又更加剧了她的苦恼。他们有时候简直是一种苦恋！有一天上午，雨下的很大，县委宣传部正开全体会议。隔壁电话室喊高加林接电话。

加林拿起话筒一听，是亚萍的声音。她告诉他，她的一把进口的削苹果刀子，丢在昨天他们玩的地方了，让高加林赶快到那地方给她找一找。

加林在电话上告诉她，他现在正开会，而且雨又这么大，等中午休息的时候他再去。

亚萍立刻在电话上撒起了娇，说他连这个事也如此冷淡她，她很难受；并且还在电话里抽抽嗒嗒起来。

高加林烦恼极了，只好到会议室给主持会的部长撒了个谎，说一个熟人在街上让他下来有个急事，他得出去一下。

部长同意后，他就回到宿舍取了那件风雨衣，骑了个车子就跑。还没到街上，风雨衣就全湿透了。他冒着大雨，赶到县城南边他们曾呆过的那个小洼地里。他下了车，在这地方搜寻那把刀子。找了半天，他几乎把每一棵草都翻拨过了，还是没有找到。虽然没有找见，这件事他想他已经尽了责任，就浑身透湿，骑着车子向广播站跑去，告诉她刀子没找见。

他推开亚萍的门，见她正兴奋地笑着，说："你去了？"

加林说："去了。没找见。"

亚萍突然咯咯地笑了，从衣袋里掏出了那把刀子。

"找见了？"加林问。

"原来就没丢！我故意和你开个玩笑，看你对我的话能听到什么程度！你别生气，我是即兴地浪漫一下……"

"混蛋！陈词滥调！"高加林愤怒地骂道，嘴唇直哆嗦。他很快转过身就走了。黄亚萍这下才知道她的恶作剧太过分了，吓得不知如何是好，一个人在房子里哭了起来。

高加林回到办公室，换了湿衣裳，痛苦地躺在了床铺上。这时候，巧珍的身影又出现在他的眼前，她那美丽善良的脸庞，温柔而甜蜜地对他微笑着。他忍不住把头埋在枕头里哭了，嘴里喃喃地一遍又一遍叫着她的名字……

第二天，黄亚萍买了许多罐头和其它吃的来找他，也是哭着给他道歉，保证以后再不让他生气了。

加林看她这样，也就和她又和好了。黄亚萍就像烈性酒一样，使他头疼，又能使他陶醉。不过，她对他的所有这些疯狂，也都是出于爱他——这点他最能强烈体验到的。在物质方面，她对他更是非常豁达的。她的工资几乎全花在了他身上；给他买了春夏秋冬各式各样的时兴服装，还托人在北京买了一双三接头皮鞋（他还没敢穿）。平时，罐头、糕点、高级牛奶糖、咖啡、可可粉、麦乳精，不断头地给他送来——

这些东西连县委书记恐怕也不常吃，她还把自己进口带日历全自动手表给了他；她自己却带他的上海牌表。这些方面，亚萍是完全可以做出牺牲的……

很快，他们就又进入了那种罗曼谛克式的热恋之中。

正在高加林和黄亚萍这样"浪漫"的时候，他父亲和德顺老汉有一天突然来到他的住处。

两位老人一进他的办公室，脸色就都不好看。

高加林把奶糖、水果、糕点给他们摆下一桌子；又冲了两杯很浓的白糖水放在他们面前。

他们谁也不吃不喝。高加林知道他们要说什么了,就很恭敬地坐在他们面前,低下头,两只手轮流在脸上摸着,以调节他的不安的心情。

"你把良心卖了！加林啊……"德顺老汉先开口说。"巧珍那么个好娃娃,你把人家撂在了半路上！你作孽哩！加林啊,我从小亲你,看着你长大的,我掏出心给人说句实话吧！归根结底,你是咱土里长出来的一棵苗,你的根应该扎在咱的土里啊！你现在是个豆芽菜！根上一点土也没有了,轻飘飘的,不知你上天呀还是入地呀！你……我什么话都是敢对你说哩！你苦了巧珍,到头来也把你自己害了……"老汉说不下去了,闭住眼,一口一口长送气。

他爸接着也开了口:"当初,我说你甭和立本的女子牵扯,人家门风高！反过来说,现在你把人活高了,也就不能再做没良心的事！再说,那巧珍也的确是个好娃娃,你走了,常给咱担水,帮你妈做饭,推磨,喂猪……唉,好娃娃哩！甭看你浮高了,为你这没良心事,现在一川道的人都低看你哩！我和你妈都不敢到众人面前露脸,人家都叫你是晃脑小子哩！听说你现在又找了个洋女人,咱们这个穷家薄业怎样侍候下人家？你,趁早散了这宗亲事……"

"人常说,浮得高,跌得重！"德顺老汉接着他爸又指教他说,"不管你到了什么时候,咱为人的老根本不能丢啊……"

"我常不上城,今儿个专门拉了你德顺爷,来给你敲两句钟耳子话！你还年轻,不懂世事,往后活人的日子长着哩！爸爸快四十岁才得了你这个独苗,生怕你在活人这条路上有个闪失啊……"他父亲说着,老眼里已经汪满了泪水。

两个老人一人一阵子说着,情绪都很激动。

高加林一直低着头,像一个受审的犯人一样。

老半天,他才抬起头,叹了一口气说,"你们说得也许都对,但我已经上了这钩杆,下不来了。再说,你们有你们的活法,我有我的活法！我不愿意再像你们一样,就在咱高家村的土里刨挖一生……我给你们买饭去……"他站起来要去张罗,但两个老人也站起来,说他们人老腿硬,得赶忙起身上路,要不赶天黑也回不到高家村。他们根本不想吃饭,实际上却还想对他说许多话;但现在一看他们再说什么也不顶事了——这个人已经有了他自己的一套,用他们的生活哲学已经不能说服他了。于是他们就起身告别。

高加林一看他们坚决要走,只好相伴着他们,一直把他俩送到大马河桥头。两位老人心情相当沉重地走了。

高加林自己也很难过。德顺爷和他爸说的话,听起来道理很一般,但却像铅一样,沉甸甸地灌在了他的心里……

不久,一个新的消息突然又使高加林欣喜若狂了:省报要办一个短期新闻培训班,让各县去一个人学习,时间是一个月。县委宣传部已决定让他去。

他听到这个消息后,德顺爷和他爸给他造成的坏情境很快消失了。他一晚上高兴得没睡着觉——这可是他有生以来第一次出远门,进省会,去逛大城市呀！

走的那天,亚萍和他相跟着去车站。他身上穿的和提包里提的东西,全是她精心为他准备的。她并且坚持让他穿上了那双三接头皮鞋。第一回穿这皮鞋走路,他感到又别扭又带劲……当汽车从车站门口驶出来,亚萍的笑脸和她挥动的手臂闪过以后,他的心很快就随着疾驰的汽车飞腾起来,飞向了远方无边的原野和那飞红流绿的大城市……

第二十章

高家村的人好几天没有见巧珍出山劳动,都感到很奇怪。因为这个爱劳动的女娃娃很少这样连续几天不出山的;她一年中挣的工分,比她那生意人老子都要多。

不久,人们才知道,可爱的巧珍原来是遭了这么大的不幸!

立刻,全村人都开始纷纷议论这件事了,就像巧珍和加林当初恋爱时一样。大部分人现在很可怜这个不幸的姑娘;也有个别人对她的不幸幸灾乐祸。不过,所有的人都一致认为,刘立本的二女子这下子算彻底毁了:她就是不寻短见,恐怕也要成了个神经病人。因为谁都知道,这种事对一个女孩子意味着什么;更何况,她对高玉德的小子是多么地迷恋啊!

可是,没过几天,村里人就看见,她又在田野上出现了,像一匹带着病的、勤劳的小牝马一样,又开始了土地上的辛劳。她先在她家的自留地里营务庄稼;整修她家菜园边上破了的篱笆。后来,也又和大家一起劳动了,只不过一天到晚很少和谁说话;但是却仍然和往常一样,该做什么,就做什么。刚强的姑娘!她既没寻短见,也没神经失常;人生的灾难打倒了她,但她又从地上爬起来了!就连那些曾对她的不幸幸灾乐祸的人,也不得不在内心里对她肃然起敬!

所有的人都对她察颜观色。普遍的印象是:她瘦多了!

她能不瘦吗?半个月来,她很少能咽下去饭,也很难睡上一个熟觉。每天夜半更深,她就一个人在被窝里偷偷地哭;哭她的不幸,哭她的苦命,哭她那被埋葬了的爱情梦想!

她曾想到过死。但当她一看见生活和劳动过二十多年的大地山川,看见土地上她用汗水浇绿的禾苗,这种念头就顿时消散得一干二净。她留恋这个世界:她爱太阳,爱土地,爱劳动,爱清朗朗的大马河,爱大马河畔的青草和野花……她不能死!她应该活下去!她要劳动!她要在土地上寻找别的地方找不到的东西。

经过这样一次感情生活的大动荡,她才似乎明白了,她在爱情上的追求是多么天真!悲剧不是命运造成的,而是她和亲爱的加林哥差别太大了。她现在只能接受现实对她的这个宣判,老老实实按自己的条件来生活。

但是,不论这样,她在感情上根本不能割舍她对高加林的爱。她永远也不会恨他;她爱他,哪怕这爱是多么地苦!

家里谁也劝说不下她,她天天要挣扎着下地去劳动。她觉得大地的胸怀是无比宽阔的,它能容纳了人世间的所有痛苦。晚上劳动回来,她就悄然地回到自己的窑洞,不洗脸,不梳头,也不想吃饭,靠在铺盖卷上让泪水静静地流。她母亲,她大姐和巧玲轮流过来陪她,劝她吃饭,也和她一起流眼泪。她们哭,主要是怕她想不开,寻了短见。

刘立本睡在另外一个窑里长吁短叹。自从这事发生后,他就病了;头上被火罐拔下许多黑色的印记。他本来对巧珍和加林的事一直满肚子火气未消,但现在看见他娃娃已经成了这个样子,也就再不忍心对她说什么埋怨话了。村里和他家不和的人,已经在讥笑他的女儿,说她攀高没攀上,叫人家甩到了半路上,活该……这些话让仇人们去说吧!作父亲的怎能再给娃娃心上捅刀子呢?但他在心里咬牙切齿地恨高玉德的坏小子,害了他的巧珍。

人世间的事情往往说不来。就在这个时候,马店的马拴竟然正式托起媒人来,要娶巧珍。好几个媒人已经来过了,一看他家这形势,都坐一下子就尴尬地走了。

又过了几天,马拴却在一个晚上又自己找上门来了。

刘立本一家看他这样实心,也就在另外一孔窑洞里接待了他。不管怎样说,在巧珍这样不幸的时候,这个小伙子却来求亲,使得刘立本一家人心里都很受感动。至于这事行不行,刘立本现在已不再考虑了。事到如今,立本已经再不愿勉强女儿的婚事。苦命的孩子已经受了委屈,他再不能委屈她了。他老婆给马拴做饭,他拖着病恹恹的身子,来到巧珍的窑洞。

他坐在炕边上,无精打采地摸出一根卷烟,吸了两口又捏灭,对靠在铺盖卷上的女儿说:"巧珍,你想开些……高玉德家这个坏小子,老天他报应他呀!"他一提起加林就愤怒了,从炕上溜下来,站在脚地当中破口大骂:"王八羔子!坏蛋!他妈的,将来不得好死,五雷轰顶呀!把他小子烧成个黑木桩……"

巧珍一下子坐起来,靠在枕头上喘着气说:"爸爸,你不要骂他!不要骂他!不要咒他!不要……"

刘立本住了口,沉重地叹息了一声,说:"巧珍,过去了你伤心事就再不提它了,你也就不要再难过了。高加林,你把他忘了!你千万不要想不开,自己损躏自己,你还没活人哩……以前爸爸想给你瞅人家,也是为了你好。从今往后,你的事爸爸再不强求你了。不过,你也不小了,你自己给自己寻个人家吧。心不要太高,爸爸害得你没念书,如今你也就寻个本本分分的庄稼人……唉,马拴这几天又托起了媒人往咱家跑,但这事我再不强求你了。你要是不同意了,我就直截了当地给他回个话,让他不要再来了……他今天又亲自到咱家。"

"他现在还在吗?"巧珍问她父亲。

"在哩……"

"你让他过来一下……"

她父亲看了她一眼,不知道她这是什么意思,就转身出去了。不一会,马拴一个人进来了。

他看了一眼炕上的巧珍,很局促地坐在前炕边上,两只手搓来搓去。"马拴,你真的要娶我吗?"巧珍问。

马拴不敢看她,说:"我早就看下你了!心里一直像猫爪子抓一般……后来,听说你和高老师成了,我的心也就凉了。高老师是文化人,咱是个土老百姓,不敢比,就死了心……前几天,听说高老师和城里的女子恋上了爱,不要你了,我的心就又动了,所以……"

"我已经在村前后庄名誉不好了,难道你不嫌……"

"不嫌!"马拴叫道:"这有什么哩?年轻人,谁没个三曲四折?再说,你也甭怨高老师,人家现在成了国营干部,你又不识字,人家和你过不到一块。咱乡俗话说,金花配银花,西葫芦配瓜。咱两个没文化,正能合在一块哩!巧珍,我不会叫你一辈子受苦的!我有力气,心眼也不死;我一辈子就是当牛做马,也不能委屈了你。咱乡里人能享多少福,我都要叫你享上……"粗壮的庄稼人说到这里,已经大动感情了,掏出火柴"咔"地擦着,才发现纸烟还没从口袋里取出来。

眼泪一下子从巧珍红肿的眼睛里扑簌簌地淌下来了,她说:"马拴,你再别说了。

我……同意。咱们很快就办事吧！就在这几天！"马拴把掏出的纸烟又一把塞到口袋里，跳下炕，兴奋得满面红光，嘴唇子直颤。

巧珍对他说："你过去叫我爸过来一下。你不要过来了。"

巧珍赶忙往出走，在门槛上绊了一下，几乎跌倒。

不一会，刘立本黯淡的病容脸上挂着一丝笑意走过来了。

马拴赶忙对他说："爸爸，我已经同意和马拴结婚。我要很快办事！就在这三五天！"

刘立本一下子不知所措了，说："这……时间这么紧，要不要两家简单地准备迎送一下？"

"爸爸，你告诉马拴，事情完全按咱的乡俗来。咱家里你们也准备一下。你和我妈当年结婚怎样过事，我结婚也就怎样过事！"

"我们那时是旧式的……"

"旧的就旧的！"她痛苦地喊叫说。

刘立本马上退了出来。他过来先把巧珍的意思给马拴说了。马拴说没问题，他即刻回去准备，订吹手，准备席面，至于其它结婚方面的东西，他前两年就办齐备了。

刘立本送走马拴以后，很快跑到前村去找高明楼。

明楼听说巧珍已经同意和马拴结婚，先吃了一惊，然后对亲家说："也好！高加林现在位置高了，咱的娃娃攀不上了。马拴在庄稼人里头，也就是像样的……"

"现在主要是巧珍有点赌气，要按咱过去的老乡俗行婚礼，这……"

"不怕！"明楼决断地说，"就按娃娃的意思来！现在党的政策放宽了，这又不是搞迷信活动哩！你就按娃娃说的办！这几天要是忙不过来，叫我大小子和刘巧英给你们帮忙去……"

刘巧珍和马拴举行结婚仪式的这一天，高家村和马店两个村都洋溢着一种喜庆的气氛。两个村的大部分庄稼人都没有出山。在高家村这里，除门中人当然被邀请为宾客以外，村里的一些外姓旁人也被事主家请去帮忙了。村里的大人娃娃都穿起见人衣裳。即是不参加婚礼的村民，也都换上了干净衣服；因为看红火，在客人面前露脸，总得要体面一些。

高加林的父母亲当然是例外。高玉德老汉一早就躲着出山去了。加林他妈去了邻村一个亲戚家——也是躲这场难看。

全村只有一个人躺在自己家里没出门，这就是德顺老汉。重感情的老光棍此刻躺在土炕的光席片上，老泪止不住的流。他为巧珍的不幸伤心，也为加林的负情而难过。

娶亲仪式的开头首先在马店那里进行。马拴的一个姨姨和姑姑是引人的主要角色。另一个更主要的角色是马拴他大舅——男女双方的舅家都是属第一等宾客。吹鼓手一行五人走在前面，他们后面是迎新媳妇的高头大马；鞍前鞍后，披红挂彩。黑铁塔一样的马拴现在骑在马上——这叫"压马"，按规程新女婿要"压"到本村的村头，然后再返回自己家里等新媳妇回来。马拴后面，是他姑和他姨，都骑着毛驴；他姑夫和姨父分别给自己的老婆牵着驴缰绳。他舅作为"领队"断后，和媒人走在一起——媒人是两家的贵宾，既是引人的，又是送人的。这支队伍一进高家村，吹鼓手长号一吹，接着便鼓乐齐鸣了；两个吹唢呐的人腮帮子鼓得像拳头一般大，吱哩哇喇吹起了"大摆队"。同时，在刘立本家的硷畔上，已经噼噼啪啪响起了欢迎的鞭炮声。迎亲的人被拉下不久后,第一顿饭就开始了;按习俗是吃饸饹。

吹鼓手在院墙角里围成一圈,开始吹奏起慢板调。

刘立本家的院子里,硷畔上,窑顶上,此刻都挤满了看红火热闹的人,娃娃们大呼小叫,婆姨女子说说笑笑。

因为要赶时间,第一顿饭刚完,就开始上席。席面是传统的"八碗",四荤四素,四冷四热;一壶烧酒居中,八个白瓷酒杯在红油漆八仙桌上转过摆开。第一席是双方的舅家;接下来是其他嫡亲;然后是门中人、帮忙的人和刘立本的亲朋。吹鼓手们一直在等着——要等到所有的人吃完之后才能轮上他们……就在里里外外红火热闹的时候,巧珍正一个人呆在她自己的窑里。她坐在炕头上,呆呆地望着对面墙壁的一个地方,动也不动。外面的乐器声,人的喧哗声,端盘子的吆喝声,都好像离她很远很远。她想不到,二十二年的姑娘生活,就这样结束了;她从此就要跟一个男人一块生活一辈子了。她决没有想到,她把自己的命运和马栓结合在一起;她心爱过的人是高加林!她为他哭过,为他笑过,做过无数次关于他的梦。现在,梦已经做完了……

她呆呆地坐了一会,感到疲乏得要命,就靠在铺盖上,闭住了眼。渐渐地,她感到迷迷糊糊的,接着便睡着了。

门"吱扭"一声,把她惊醒了。

她倒转头,见是她妈进来了,手里拿着一摞衣服。

"把衣服换上,再洗个脸,梳个头。快起身了……"她妈轻声对她说。

她用手指头抹去了眼角两颗冰凉的泪珠,慢慢坐起来,下了炕。这时候,外面的鼓乐突然吹奏得更快更热烈了,这意味着最后一席已经起场,吹鼓手正在结束他们的工作,准备吃饭了。她妈只好赶紧把她扶在椅子上,给她换衣服。换完衣服,她就又倒了一盆热水,给她洗去满脸泪痕,然后就开始给她梳头。就在这时,她妹妹巧玲进来了。她刚放学,也没去吃饭,就进来看她二姐。漂亮的巧玲很像过去的巧珍,修长的身材像白杨树一般苗条,一张生动的脸流露出内心的温柔和多情;长睫毛下的两只大眼睛,会说话似的扑闪着。

巧珍看见妹妹,便伸出自己的一只手,抓住了巧玲的手,非常动情地说:"巧玲,好妹妹,你不要忘了二姐……你要常来看我。二姐没有念过书,但心里喜欢有文化的人……我现在只有看见你,心里才畅快一点……"

巧玲眼里转着泪花子,说:"二姐,我知道你现在心里很苦……"

巧珍说:"妹妹你放心,不管怎样,我还得活人。我要和马栓一块劳动,生儿育女,过一辈子光景……"

巧玲在巧珍面前蹲下来,两只手捏住巧珍的手说:"二姐,你说得对。我以后一定会经常去看你的。我从来就爱你,虽然你没上过学,但你想的事很多,我虽然上了学,但受了你不少好影响,否则,我的性格很倔,也不会像今天这样开展……二姐!你也不要过分想以往的事了。对待社会,我们常说要向前看,对一个人来说,也要向前看。生活总是这样,不能叫人处处都满意。但我们还要热情地活下去。人活一生,值得爱的东西很多,不要因为一个方面不满意,就灰心。比如说我吧,梦里都想上大学,但没考上,我就不活人了吗?我现在就好好教书,让村里的其他娃娃将来多考几个大学生,就是不能教书,回村劳动了,该怎样还要怎样哩……"

已经在各方面开始成熟的巧玲,这一番话把巧珍说得眼睛亮了起来。她的手紧紧抓着巧玲的手,只是说:"你一定常来看我,常给我说这些话……"

巧玲不住地给她点头,然后突然愤愤地说:"高加林太没良心了!"巧珍摇摇头,又痛苦地闭住了眼睛。

准备送人的巧英进来了。她让她妈赶紧收拾齐备,说已经准备起身了。她妈让巧玲去吃饭。巧玲走后,她把窑里其它东西查看了一下,然后从后面箱子里拿出一块红丝绸,用发卡别在了巧珍的头上——这是蒙面的盖头。

太阳西斜的时候,娶亲的人马一摆溜从刘立本家的土坡里下来了。唢呐、锣鼓、号声、鞭炮声响成一片。出村的道路两旁和村里所有人家的硷畔上,都挤满了看热闹的人。娃娃们引着狗,在娶亲队伍的前后乱跑。

吹鼓手们在最前面鼓乐齐鸣,缓缓引路;紧跟着是男方娶亲的人马。新媳妇红丝绸盖头蒙面,骑在披红挂彩的高头大马上,走在中间。后面是送人的女方亲戚,按规矩是引人的一倍,几乎包括了刘立本两口子全部参加婚礼的亲戚。立本按乡俗把这支队伍送到坡下,就返回自己家里——他一进大门,立刻长长舒了一口气……

娶亲的人马在通过村子的时候,行进得特别缓慢——似乎为了让这热闹非凡的一刻,更深刻地留在村民的记忆里……巧珍骑在马上,尽量使自己很虚弱的身体不要倒下来;她红丝绸下面的一张脸,痛苦地抽搐着。

在估计快要出村的时候,她忍不住用手捻开盖头一角;她看见了加林家的硷畔;她曾多少次朝那里张望过啊!她也看见了河对面一棵杜梨树——就在那树下,在那一片绿色的谷林里,他们曾躺在一起,抱过、亲过……别了,过去的一切!她放下红丝绸,重新蒙住了脸,泪水再一次从她干枯的眼睛里涌出来了……

第二十一章

张克南把他的全部苦恼都发泄在了一根榆木树棒上。这根去了根梢的榆木树棒,就躺在他家院子的石炭和柴垛旁。

他们家现在做饭和今年一个冬天的引火柴,本来早已经绰绰有余,根本不需要劈柴了。

就是缺少劈柴,他们向来谁又亲自动过手呢?没了买几担就行了,不需要张克南费这么大的劲!这根粗壮的榆木树棒,谁也不记得是哪一年躺在他们家院子的;也忘了是什么人给他们送来的。反正一直就在那里堵挡柴垛,防止摞好的劈柴倒下来。

张克南在接到黄亚萍断交信的第二天,就从副食门市部后边的院子里,带回一把长柄大斧头,一声不吭地破起了这根榆林棒。在本地的树木中,榆树的纤维是最坚韧的,一般人谁也不做劈柴烧——因为很难破开。

张克南一下班就劈。他好多天实际上没有劈下来几根柴。他也根本不管劈下来了还是没劈下来。反正只是劈得满头满身的汗,气喘得像拉风箱一般急促。但他一刻也不停地挥动着那把长柄斧头……实在累得支持不住了,就回去仰面躺在床铺上,头枕着自己的两个手掌,闭住眼一句话也不说。

他母亲有时过来看他这副样子,也一句话不说,只是沉着脸瞅他两眼。她内心有些什么翻腾看不出来,只是戒了一年的烟又开始抽上了。克南他父亲正在县党校学习,经常不回家。这个独院整天都静得没有一点儿声响。

这一天,他拼命劈了一会榆树棒,又闭住眼躺在了床铺上,高大结实的身体像没有了气息似的,动也不动。

他母亲进来了。这次她开了口:"南南,你起来!"

张克南好像没听见,仍然一动不动躺着。

"起来!我有个事要给你说!你像你没出息的父亲一样,二十几岁了,看窝囊成个啥!"

克南睁开眼,看了看母亲阴沉的脸,不说话,仍然躺着。

"我给你说!我前两天已经打问清楚了,高加林那小子是走后门参加工作的!是马屁精马占胜办的!材料我都掌握了!"她脸上露出一丝捉摸不定的笑影。

张克南仍然没有理会他母亲,他不知道这个事和自己的失恋有什么关系,淡淡地说:"前门后门,反正都一样……"

"你这个窝囊废!我给你说,你妈前几天已经给地委纪律检查委员会揭发控告了这件事。今天听县纪委你姜叔叔说,地纪委很重视这件事,已经派来了人,今天已经到了县上。他高加林小子完蛋了!"

张克南一闪身爬起来,眼瞪着他妈,喊:"妈!你怎能做这事呢?这事谁要做叫谁做去吧!咱怎能做这事呢?这样咱就成了小人了!"

"放你妈的臭屁!你这个没出息的东西!爱人都叫人家挖走了,还说这一个钱不值的混帐话!我为什么不揭发控告他狗日的?一个乡巴佬欺负到老娘的头上,老娘不报复他还轻饶他呀?再说,他走后门,违法乱纪,我一个国家干部,有责任维护党的纪律!"

"妈,从原则上说,你是对的。但从道义上说,咱这样做,就毁了!众人都长眼着哩!决不会认为你党性强,而是报私仇哩!咱不能用错纠错!"

他妈抢前一步,上来啪啪地打了张克南几个耳光,然后一屁股坐在床上哭起来了;嘴里伤心地喊叫说:"我的命真苦啊!生下这么个不成器的东西……"

克南手摸着被母亲打过的脸,眼泪直淌,说:"妈妈!你知道,我非常喜欢亚萍……我心里一直像刀割一般难受,我甚至想死!我也恨过高加林!但我想来想去,这是没有办法的事!俗话说,强扭的瓜不甜。既然亚萍不喜欢我,喜欢高加林,我就是再痛苦也得承认这个现实。你知道,我心善,从小连别人杀鸡我都不敢看。我一生中最害怕最厌恶的就是屠宰场!我一听见猪的嚎叫,就头发倒竖,神经都要错乱了。因此,我也不愿看见在我的生活周围,在人与人之间,精神上互相屠杀……妈妈!我虽然才二十五岁,但我已经经历了一些生活;我之所以社会上朋友多,大家也愿意和我交往,就因为我待人诚恳宽厚……我也有我自己的缺点,性格不坚强,在生活中魄力不够,视野狭窄,亚萍正是不喜欢我这些。但她并不知道,我还不至于就是一个堕落的人!亚萍!你不完全了解我啊……"张克南两只手抓住自己的胸口,先是对他妈说,后来又对他看不见的亚萍说,脸痛苦地扭成了一种可怕的形象。

他说完后,一下子倒在了床上,死沉沉的就像谁丢下了一口袋粮食……很久以后,克南才从床上爬起来。他妈不知道什么时候走了;也不知道她到哪里去了。院子里静得像荒寺古庙一般。

克南出了门,在院墙根下急促地来回走了好长时间。

地上丢了十几根烟把子以后,他出了门,直接向广播站走去。他找到黄亚萍,很快把他母亲给地纪委写信、地纪委已经派人到县里的情况,统统给亚萍说了,同时也说了他自己的所有心里话,他让亚萍看有没有办法挽救这个局面。

黄亚萍听完后,先顾不上急,出口就骂:"你妈是个卑鄙的人!"她然后眼里闪着泪光,对克南说:"克南,你是个好人……"

高加林走后门参加工作的问题,被地纪委和县纪委迅速查清落实了。与此同时,高加林的叔父也知道了这件事,两次给县委书记打电话,让组织坚决把高加林退回去。

眼下,这样的问题一直就是公众最关心的。这事很快在县城传开;街头巷尾,人们纷纷在议论。

在县委的一次常委会上,这件事被专门列入了议题。调查的人列席了常委会,详细汇报了这个事件的调查情况。

常委会的决定很快就做出了:撤销高加林的工作和城市户口,送回所在大队;县劳动局副局长马占胜无视党的纪律,多次走后门搞不正之风,撤销其领导职务,调出劳动局,等候人事部门重新分配工作……

专门的文件很快下达到了有关单位。马占胜急得像热锅上的蚂蚁,到处拜访领导,托人求情,说让他好好检讨,请求县委不要给他处分。后来,他看一切暂时都无济于事,就只好到处叫冤说:"啊呀呀,这下舔屁股舔到他妈的刀刃上了……"

这几天,除过马占胜,另一个事中人黄亚萍也在四处奔跑,打探消息,找她父亲的朋友,看能不能挽回局面,不要让高加林回了农村。当她看见县委下达的文件后,才知道局面是挽不回来了。

"完了!完了!一切都完了……"她在心里喊叫着,不知该怎么办。她料不到生活的变化如同闪电一般迅疾;她刚刚开始了愉快,马上又陷入了痛苦!

她揪扯着自己的头发,在床上打滚。她无法忍受这个打击所带来的痛苦。她痛苦的焦点在哪里呢?

这是不言而喻的:她真诚地爱高加林,但她也真诚地不情愿高加林是个农民!她正是为这个矛盾而痛苦!

如果有一个方面的坚定选择,她也就不会如此痛苦了:假若她不去爱高加林,那高加林就是下了地狱也与她无干;如果她为了爱情什么也不顾,那高加林就是下地狱她也会跟着下去!矛盾是无法统一的。两个方面她自己认为都很重要:她爱高加林而又怕他当农民啊!

生活对于她这样的人总是无情的。如果她不确立和坚定自己的生活原则,生活就会不断地给她提出这样严峻的问题,让她选择。不选择也不行!生活本身的矛盾就是无所不在的上帝,谁也别想摆脱它!黄亚萍觉得自己不知如何是好,加林本人不在,她又没有更亲密的朋友和她一块商量。克南倒是可以商量,但他又在他们之间处于这样的位置,根本不能去找。

她于是想起她亲爱的父亲。她现在只能和他谈这件事。

怎样和父亲谈呢?他本来就反对她离开克南而找加林。在这件事上,她已伤了他的心,他会怎样对待她目前的困ران难处境呢?不管怎样,她还是去找父亲。

她回家去找他,他不在家。妈妈告诉她:父亲在办公室里。她就又跑到了他的办公室。

她父亲正戴着老花镜,看《解放军报》。见她进来,就把老花镜摘下,放在报纸上。

"爸爸,高加林的事你知道不知道?"

"我怎不知道? 常委会我都参加了……"

"这怎办呀嘛……""什么怎办呀?""我怎办呀?""你?""嗯……"

她父亲抬起头,望着窗户,沉默了半天。他点燃一支烟,也不看她,仍然望着窗户说:

"你们现在年轻人的心思,我很难理解。你们太爱感情用事了。你们没有经受过革命生活的严格训练,身上小资产阶级东西太多。正是这些东西,导致了你现在的处境……"

"爸爸,你先不要给我上政治课! 你知道,我现在有多么痛苦……"

"痛苦是你自己造成的。"

"不! 我觉得生活太冷酷了,它总是在捉弄人的命运!"

"不要抱怨生活! 生活永远是公正的! 你应该怨你自己!"老军人大声说着,激动地从椅子上站起来,长眉毛下的一双眼睛,炯炯有神地望着他的女儿。

黄亚萍跺了一下脚,拉着哭调说:

"爸爸,我想不到你一下子变得对我这样冷酷! 我恨你!"

她父亲一下子心软了,走过来用粗大的手掌抚摸了一下她的头发,让她坐在椅子上,掏出手帕揩掉她眼角的泪水。然后他转过身,冲了一杯麦乳精,加了一大勺白糖,给她放在面前,说:"先喝点水,你嗓子都哑了……"

他又坐进他办公桌前的圈椅里,手指头在桌子上崩崩地敲着,怔怔地看女儿一小口一小口喝那杯饮料。

半天,他才往椅背上一靠,长长出了一口气说:"我不怀疑你对那个小伙子的感情,我虽然没见他,但知道我女儿爱上的人不会太平庸,最起码是有才华的人。因此,你那么突然地抛开克南,我和你妈妈尽管很难过,也感觉对老张一家人很抱愧,但我们没有强行制止你这样做。爸爸一生在炮弹林里走南闯北,九死一生,多半辈子人了,才得了你这个宝贝。就你我而言,我把你看得比我重要;我不愿使你受一丝委屈。正因为这样,我对你的关心只限于不让你受委屈,而没有更多地教育你树立正确的人生观……"他突然停顿了下来,手在空中一挥,对自己不满地唠叨说:"扯这些干啥哩! 一切都为时过晚了!"他吸了一口烟,回头看了看静静坐着的女儿,说:

"这事我已经考虑过了,这次你最好能听爸爸的。咱们马上要到南京,那个小伙子是农民,我们怎能把他带去呢? 就是把他放在郊区农村当社员,你们一辈子怎样过日子? 感情归感情,现实归现实,你应该……"

"你让我去和加林断吗?"黄亚萍抬起头,两片嘴唇颤动着。

"是的。听说他现在在省里开会,快回来了,你找他……"

"不,爸爸! 别说了! 我怎能去找他断绝关系呢? 我爱他! 我们才刚刚恋爱! 他现在遭受的打击已经够重了,我怎能再给他打击呢? 我……"

"萍萍,这种事再不能任性了! 这种事也不允许人任性了! 如果不能在一块生活,迟早总要断的,早断一天更好! 痛苦就会少一点……"

"永远不会少! 我永远会痛苦的……"

他父亲站起来,低着头在地上慢慢蹀着步,接连叹了两口气,说:"一生经历了无数苦恼事,哪一件苦恼事也没有这件事叫人这么苦恼……苦恼啊!"他摇摇头,"本来,你和克南好好的,可是……噢,前天我刚收到老战友的信,说南京那里已经给克南联系工作单位了……"

黄亚萍一下站起来,大声喊:"现在你别提克南!别提他的名字……"她走过去,坐在父亲的圈椅里,拉过一张白纸来。

"你要干什么?"父亲站住问她。

"我要给加林写信,告诉这一切!"

父亲赶忙走到她身边说:"你现在千万不要给他写信!这么严重的事,让他知道了,在外面出了事怎办?他不是快回来了吗?"黄亚萍想了一下,把纸推到一边。父亲的这个意见她听从了,说:"按原来省上通知的时间,再一个星期就回来了。"

她走过去,把父亲墙上挂的日历嚓嚓地接连扯了七页。

第二十二章

经过平原和大城市的洗礼,高加林兴致勃勃地回到这个山区县城来了。他下了公共汽车,出了车站,猛一下觉得县城变化很大,变得让人感到很陌生。城廓是这么小!街道是这么短窄!好像经过了一番不幸的大变迁,人稀稀拉拉,四处静悄悄的,似乎没有什么声响。

县城一点儿也没变。是他的感觉变了。任何人只要刚从喧哗如水的大城市再回到这样僻静的山区县城,都会有这种印象。高加林出了车站,走在马路上,脚步似乎坚实而又自在。他觉得对他未来的生活更有自信心了。虽然时间很短暂,但他已经基本了解了外边的世界大概是怎一回事。他把眼前这个小世界和外面的大世界一比较,感到他在这里不必缩头缩脑生活,完全可以放开手脚……他的心情就像一个游了一次大海的人,又回到小水潭里一样。

他出车站没走几步,碰见了他们村的三星。他穿一身油污的工作服,羡慕地过来和他握手,问:"回来了?"

高加林对他点点头,问:"你干什么哩?"

三星说:"我开的拖拉机坏了,今早上来城里修理,晚上就又到咱上川里去呀。"

"咱村和我们家里没什么事吧?"他随便问。

"没……就是……巧珍前不久结婚了……"

"和谁?"高加林感到头"嗡"地响了一声。

"和马拴……你在!我还忙着哩!"三星一看他脸色变得很难看,就赶忙走了。高加林听到这个消息,心里一下子涌起一种说不出的难受滋味。他在马路上若有所失地站了好一阵。他想不到巧珍这样快就结婚了。听到一个爱过自己的姑娘和别人结了婚,这总叫人心里不美气。他马上意识到,这样呆立在马路当中也不合适,就又提着包往县委走。不过,他走得很慢,脚步也有点沉重起来。他感到街上的人也都似乎有点怪眉怪眼地看他,就像他们知道他心里有什么不愉快似的。

其实,街上的人这样看他,完全是出于另外的原因——

这一点要等他回到县委才能明白。

他回到办公室刚把东西放下,老景就过来了,他先问了他这次出去的一些情况,然后突然沉默了起来;脸上的表情也很不自然。高加林很奇怪,他看出了老景好像要和他谈什么,又感到难开口。老景坐在他的椅子上,又沉默了一会,才终于把有关他走后门参加工作被揭发、县委已经决定让他回农村的前前后后，全部给他说了。并告诉他，是克南母亲给地纪委写信揭发的；还听说克南和他母亲吵了一架，反对她这样做……

高加林听完后，脑子一下子变成了一片空白。

他麻木地立在脚地当中，甚至不知道自己现在在什么地方。他后来只听见老景断断续续说，他曾找过县委书记，说他工作很出色，请求暂时用雇用的形式继续工作；但书记不同意，说这事影响太大，让赶快给他办清手续，让他立刻就回队；还听说他叔父打了电话，让组织把他坚决退回去……

老景什么时候走的？他不知道。当他确实明白过来他面临的是什么时，一下子反应不过来眼下他该做什么。

他先把烟掏出来，但没抽，扔到了门背后。烟扔掉后，又莫名其妙地掏出了火柴。他把火柴盒抽出来，哗一下全撒在了地上。然后，他又弯下腰，一根一根往火柴盒里拾；拾起以后，又撒在了地上，又拾……

一个钟头以后，他的脑子才恢复了正常。

事情马上变得单纯极了：他不就是又要回到他们村，回到土地上去当社员吗？紧接着他第一个想到的是巧珍。他在桌子上狠狠砸了一拳，绝望地叫道："晚了！我这个混蛋……"

接下来他才想到了黄亚萍。她没有引起他过分的痛苦，只是嘴里喃喃地说了一句："生活啊，真是开了一个玩笑……"

是生活开了他一个玩笑，还是他开了生活一个玩笑？他不得而知。正像巧珍认为她和高加林的关系是做了一场梦一样，他感觉他和黄亚萍的关系也是做了一场梦。一切都是毫无疑问的：他现在又成了农民，他和黄亚萍中间，也就自然又横上了一条无法逾越的鸿沟。和亚萍结婚，跟她到南京去……这一切马上变成了一个笑话！即使亚萍现在对他的爱情仍然是坚决的，但他自己已经坚定地认为这事再不可能了；他们仍然应该回到各自原来的位置上。他尽管是个理想主义者，但在具体问题上又很现实。

至于他个人生活道路上这个短暂而又复杂的变化过程，他现在来不及更多地思考。他甚至觉得眼前这个结局很自然；反正今天不发生，明天就可能发生。他有预感，但思想上又一直有意回避考虑。前一个时期，他也明知道他眼前升起的是一道虹，但他宁愿让自己把它看作是桥！

他希望的那种"桥"本来就不存在；虹是出现了，而且色彩斑斓，但也很快消失了。

他现在仍然面对的是自己的现实。

是的，现实是不能以个人的意志为转移的。谁如果要离开自己的现实，就等于要离开地球。一个人应该有理想，甚至应该有幻想，但他千万不能抛开现实生活，去盲目追求实际上还不能得到的东西。尤其是对于刚踏入生活道路的年轻人来说，这应该是一个最重要的认识。

可是，社会也不能回避自己的责任。我们应该真正廓清生活中无数不合理的东西，让阳光照亮生活的每一个角落；使那些正徘徊在生活十字路口的年轻人走向正轨，让他们的才能得到充分的发展，让他们的理想得以实现。祖国的未来属于年轻的一代，祖国的未来也得指靠他们！

当然，作为青年人自己来说，重要的是正确对待理想和现实生活。哪怕你的追求是正当的，也不能通过邪门歪道去实现啊！而且一旦摔了跤，反过来会给人造成一种多大的痛苦,甚至能毁掉人的一生!

高加林的悲剧包含诸方面的复杂因素——关于这一切,就让明断的公众去评说吧!我们现在仍然叙述我们的生活故事。加林现在还顾不得考虑其它。他现在首先要考虑的是,他怎样处理他和亚萍的关系。

实际上,这件事他已经在心里决定了:他要主动找黄亚萍断绝关系!他洗了一把脸,把那双三接头皮鞋脱掉,扔在床底下,拿出了巧珍给他做的那双布鞋。布鞋啊,一针针,一线线,那里面缝着多少柔情蜜意!他一下子把这双已经落满尘土的布鞋捂在胸口上,泪水止不住从眼睛里涌出来了……

他换了鞋,就起身去找黄亚萍——现在中午已经下班了,亚萍肯定在家里。他想他这是第一次上亚萍家,也是最后一次。正在他刚要出门的时候,克南却突然进了他的办公室。

他们相对而立,一阵长时间的沉默。

半天,高加林才说:"你坐……"

克南坐在他办公桌旁边的一把椅子上。他自己也在他的床边坐下来。"加林,你现在一定很恨我……"克南没有看他,说。

高加林也没有看他,说:"不……你应该恨我!"

"你现在心里小看我!认为我张克南是个小人!"

"不,"加林回过头,认真说,"我了解你……关于这件事,和你没关系。这我已经知道了。实际上,就是你写信揭发我走了后门,我也可以理解。因为是我首先伤害了你……你即使报复我,也是正当的……"

张克南猛地抬起头,怔怔地看着高加林:"你是一个有血性的人。尽管咱们性格不一样,但我过去一直在内心很尊重你。我现在仍然尊重你。过去的事情已经过去了……我现在不知道眼前我该怎样帮助你。我知道你现在很痛苦,亚萍也在痛苦……我不愿意你们痛苦……"

"你更痛苦!"加林站起来,"现在让我们结束这个不幸的局面吧!你和亚萍仍然恢复你们的一切。我现在唯一要求你的,就是你能谅解我以前给你带来的痛苦……"

"不!"克南也站起来,"尽管我爱亚萍,亚萍实际上是爱你的!我的痛苦已经过去了,一切我也都想通了……亚萍也不会离开你……"

"我要离开她!我要主动和她断绝关系!这我已经决定了!"

"她是爱你的……"

"我真正爱的实际上是另外一个人!"高加林大声说。

张克南惊讶地望着他,半天说不出话来。高加林又颓唐地坐在床边上,一绺乱蓬蓬的头发耷拉在他苍白的额头上。

克南沉默了一下,然后走到高加林面前,说:"……加林,我们不说这些事了。我现在主要考虑你要回农村,生活会很艰苦的。我原来也知道,你们家并不太富裕……我们家经济情况好一点,你如果需要我……"

克南还没说完,高加林一下子愤怒地站起来,大声咆哮:"别污辱我了!你滚出去!滚出去!"

克南一下子呆住了。他眼里闪着泪花,看了一眼高加林,慢慢转过了身。

高加林又猛然走上前来,用一条胳膊搂住了他的肩膀,用一种亲切低沉的音调说:"……克南,对不起。你怎能说这种话呢?如果我不了解你是出于一种真诚,我就马上会把你打倒在这里……原谅我,你走吧!我要马上找亚萍结束我们之间的一切。原谅我……"他们在门外沉默地握手告别了。

黄亚萍听说高加林回来了,正准备去找他,想不到高加林已经找到她门上来了。亚萍在大门口把他接回到自己房子里。他父母亲分别拿着糕点、纸烟、茶壶、茶杯,过来放在桌子上,就都退出去了。亚萍把一杯茶放到他面前,着急地问:"你知道了吗?"

高加林喝了一口茶,平静地说:"知道了。"

黄亚萍一下子伏在他旁边的桌子上,呜咽着哭开了。

高加林从侧面看着她耸动着的圆润的肩膀,看着她烫过的蓬松柔软的头发,心里又忍不住隐隐作疼起来。他又记起省城的大街上、公园里,那些一对一对挽着胳膊走路的青年男女。当时他曾想过:不久,我和亚萍也会这样手挽着手,徜徉在南京的大街上;去长江边看朝霞染红的浪花;去雨花台捡五颜六色的雨花石……他一边想着,一边难受地咽着唾沫。他一直向往的理想生活,本来已经就要实现,可现在一下子就又破灭了。他感到胸口一阵剧烈的疼痛,赶忙用拳头抵住。

亚萍抬起头来,满面泪痕说:"你明天到地区去!找你叔父,让他重新考虑给你找个工作!"

加林点着一支烟,狠狠吸了一口,说:"他原来就反对这样做。这次他也打了电话,让把我退回去。对他来说,这样做也是对的,我并不抱怨他。现在我更不准备去找他了。说来说去,路还得自己走。现在事情很简单,我只再回到我们村去……"

"你不能回去!"她认真地叫道。

加林苦笑了:"不是能不能回去,而是必须要回去!"

"回去可怎办呀……"亚萍抬起头,脸痛苦地对着天花板,喃喃地念叨着,两只手神经质地捋着头发。

"怎办呀?还能怎办呀!回去当农民!"

"我们怎办呀?"亚萍脸对着他的脸,像是问自己,又像是问加林。

"我已经想好了。我来找你,也就是说这事的!"加林站起来,走过去靠在墙上,"我们现在应该结束我们的关系。你还是和克南一块生活吧!他是非常爱你的……"

"不,我要和你在一块!"黄亚萍也站起来,靠在桌子上。

"这已经是不可能的了,我已经又成了农民,我们无法在一块生活。再说,你很快要到南京去工作了。"

"我不工作了!也不到南京去了!我退职!我跟你去当农民!我不能没有你……"亚萍一下子双手蒙住脸,痛哭流涕了。可怜的姑娘!她现在这些话倒不全是感情用事。她也是一个有个性的人,到如今,完全可以做出崇高的牺牲。而她现在在内心里比任何时候都要更爱高加林!

高加林一口接一口地吸着烟,说:"亚萍,怎能这样呢?我根本不值得你做这样的牺牲。就是你真的跟我去当农民,难道我一辈子的灵魂就能安宁吗?你一直娇生惯养,农村的苦你吃不了……亚萍,我知道你对我的感情是真诚的。为了这,我很感激你。我自己一直也是非常喜欢你的。但我现在才深切感到,从感情上来说,我实际上更爱巧珍,尽管她连一个字也不识。我想我现在不应该对你隐瞒这一点……"

亚萍突然惊讶而绝望地望着他的脸,一下子震惊得发呆了。她麻木地呆立了好长时间,然后用袖口揩去脸上的泪水,向前走了两步,站在高加林面前,缓缓说:"如果是这样,那么……我祝你们……幸福……"她向他伸出手来,两行泪水静静地在脸上流着。

加林握住她的手,说:"巧珍已经和别人结婚了……现在让我来真诚地祝你和克南幸福吧!"

他说完,就把他的手从她的手里抽出来,转过身就往门外走。亚萍后边一把扯住他,伤心地说:"你……再吻我一下……"

高加林回过头,在她的泪水脸上吻了吻,然后嘴里含着一股苦涩的味道,匆匆跨出了门槛……

高加林从黄亚萍家里出来以后,先没回自己的办公室,径直去县农机修配厂找来三星,让他把他的全部行李在当天晚上就捎回家里去了。然后他和老景一起把所有该办的手续全部办清,就一个人关住门在光床板上躺了下来……

第二十三章

(并非结局)

在高三星把加林的铺盖卷捎回村的当天晚上,高家村的大部分人都知道了这件事。全村人都很感慨,谁也没有想到小伙子竟然落了这么个下场!

玉德老两口倒平静地接受了三星捎回来的铺盖卷,也平静地接受了儿子的这个命运。他们一辈子不相别的,只相信命运;他们认为人在命运面前是没什么可说的。

对这事感到满意的是刘立本,他也认为这是老天爷终于睁了眼,给了高加林应得的报应。他当晚就很有兴致地跑到明楼家,向三星打问这件事的根根梢梢。

但他亲家却没有显出多少兴致来。听了这事,明楼反而显得心情很沉重。这倒不是说他同情高加林,而是他从这件事里敏感地意识到,社会对他们这种人的威胁越来越大了!就连占胜这样的精能人都说垮就垮了台,他一个不识字的农村干部又有多少能耐呢?谁知道什么时候,说不定也会清算到他的头上?另外,他的老心病也马上犯了。他认为高加林不管怎样,都已经在心里恨上了他;往后他们又要同在一个村里闹世事,这小伙子将是他最头疼的一个人。从这一点上说,明楼不愿让高加林回来,宁愿他在外面飞黄腾达去!

就在当晚村里各种人对高加林回村进行各种议论的时候,刘立本的老婆和她的大女儿巧英,却正在立本家一孔闲窑里策划一件妇道人家的伎俩……

第二天一大早,立本的大女儿巧英提了个筐子,出了村,来到大马河湾的分路口附近打猪草。这地方并没有多少猪能吃的东西,巧英弄了半天还没把筐底子铺满。

巧英实际上并不是来打猪草的!她要在这里进行她和她妈昨天晚上谋划过的那件事。两个糊涂的女人,为了出气,决定由巧英在今天把回村的高加林堵在这里,狠狠地奚落他一通!因为今天上午村里的男男女女都在这附近的地里劳动,因此在这个地方闹一下最合适。

到时候,田野里的人就都会过来看热闹;而且很快就会在大马河上下川道传得刮风下雨!把他高加林小子的名誉弄得臭臭的!叫他再能!

这件事昨天晚上母女俩谋划时,被巧玲在门外听见了。有文化的高中生进去劝母亲和姐姐千万不要这样,说到时人家不会笑话高加林,而丢人的反倒会是她们!但两个不识字的妇道人家却把她臭骂了一通,弄得巧玲当晚上跑到学校另一个女老师那里睡觉去了。巧英已经有了一个孩子,不像做姑娘时那般漂亮了,但仍然容貌出众。每逢跟集上会,竟然还有一些远地的陌生小伙子以为她是个姑娘,就倾心地向她求爱;她立刻就用农村妇女最难听的粗话把这些人骂得狗血喷头。和两个妹子不大一样,她从里到外把父母的一切都全盘继承了,有时心胸狭窄,精明得有点糊涂;但心地倒也善良,还有一股泼辣劲儿。眼下这行为纯粹是一肚子气鼓起来的。

现在她一边心不在焉地打猪草,一边留心望着前川道的公路,心里盘算她怎样给高加林制造这场难看。她一直脸色阴沉,撅着个嘴,早已经像演员一样进入了角色。

她突然听见背后传来一阵慌乱的脚步声。回过头一看,竟然是大妹子巧珍!这真的是巧珍。她穿一件朴素的印花布衫和一条蓝布裤,脚上是她自己做的布鞋;头发也留成了农村那种普通的"短帽盖"。她一切方面都变成一个农村少妇了,但看起来似乎倒比原来更惹眼,更漂亮。对于本来就美的人,衣着的质朴更能给人增加美感。巧珍的脸上没有通常新婚妇女那种特别的幸福光彩,但也看不出不久前那场不幸给她留下的阴影。

"你到这儿干啥来了?"巧英问妹子。

"姐姐,快回!你千万不能这样!人家笑话呀!"巧珍扯住巧英的袖口说。

"什么事笑话我哩?"巧英愚蠢地装出一副惊讶的样子。

"好姐姐哩!巧玲昨晚上跑到我那里,把什么事都给我说了。我昨晚上急得一夜没睡着。今早上,我跑到咱家里,把妈妈数说了一番,她也觉得不该;然后我就来……"

"你真是个受罪鬼!"巧英打断了她的话,一下子恨得牙咬住嘴唇,半天不言语了。过了好一会,她才愤愤地说:"高加林不光辱没了你,把咱们一家人都拿猪尿泡打了,满身的臊气!你能忍了这口气,你忍着!我们可忍受不了!我今儿个非给他小子难看不可!"

"好姐姐哩!他现在也够可怜了,要是墙倒众人推,他往后可怎样活下去呀……"巧珍说着,泪水已经在眼眶里旋转起来。

巧英执拗地把头一拧,说:"你别管!这是我的事!"说着,把手里的筐子往地上一丢,一屁股坐在一块石头上,双手狠狠把膝盖一抱,像一个粗野的男人一样。

巧珍一下子跪在巧英面前,把头抵在姐姐的怀里,哽咽着说:"我给你跪下了!姐姐!我央告你!你不要这样对待加林!不管怎样,我心疼他!你要是这样整治加林,就等于拿刀子捅我的心哩……"

善良的品格和对不幸的妹妹的巨大同情心,使得巧英一下子心软了。她一只手上去抹自己眼里涌出的泪珠,另一只手亲热地摩挲着巧珍的头,说,"珍珍,你不要哭了!姐姐知道你的心!姐姐不了……"她停了半天,突然又叹了一口气说:"我心里知道你最爱他。咳!这坏小子要是早叫公家开除回来就好了……现在可怎办呀?我看得出来,这坏小子实际上心里也是爱你的!说不定他还要你哩,可现在……"

"不!"巧珍抬起泪水斑斑的脸,"这是不可能的,我已经结婚了。再说,我也应该和马拴过一辈子!马拴是好人,对我也好,我已经伤过心了,我再不能伤马拴的心了……"

巧英又长出了一口气,说:"那你回喀。我也就回呀……"说着就站起来拿筐子。

巧珍也站起来,问:"你公公在不在家?"

"在哩。怎啦?"巧英问。

"是这样的,我昨晚还听巧玲说,公社可能还要叫咱们学校增加一个教师。加林回来一下子又习惯不了地里的劳动,我想看能不能叫他再教书。马拴是校管委会的,他昨晚上说马店村有他哩,说他一定代表马店村去给公社说。咱村里公公拿事,我想拉你一块去求求明楼叔,让加林再去教书。你在旁边一定要帮我说话,你是他的儿媳妇,面子比我大……"

巧英惊讶地张开嘴,望着妹妹怔了半天。她一条胳膊挽起筐子,过来用另一条胳膊搂住巧珍的肩头,说:"那咱们回!妹子,你可真有一副菩萨心肠……"

天还没有明时,高加林就赤手空拳悄然地离开了县委大院。他匆匆走过没有人迹的街道,步履踉跄,神态麻木,高挑的个子不像平时那般笔直,背微微地有些驼了;失神的眼睛深陷的眼眶里,没有一点光气,头发也乱蓬蓬的像一团茅草。整个脸上像蒙了一层灰尘,额头上都似乎显出了几条细细的皱纹。漂亮而潇洒的小伙子啊,一下子就好像老了许多岁!

到现在,高加林才感觉到自己像个一无所有的叫花子一般。他感觉到自己孤零零的,前不着村,后不靠店。他不知道自己从什么路上走来,又向什么路上走去……

当他走到大马河桥上的时候,他一下子有气无力地伏在了桥栏杆上。桥下,清清的大马河在黎明前闪着青幽幽的波光,穿过桥洞,汇入了初秋涨宽了的县河里。县河浑黄的流水平静地绕过城下,流向了看不见的远方。

他手抚着桥栏杆,想起第一次卖馍返回的时候,巧珍就是站在这里等他的;想起在这同一个地方,他不久前又曾狠心地和她断绝了关系……眼下他又在这里了,可是他现在还有什么呢?他幻想的工作和未来在大城市生活的梦想破灭了,黄亚萍又退回到了他生活的远景上;亲爱的刘巧珍被他冷酷地抛弃,现在已和别人结了婚。他真想一纵身从这桥上跳下去!

这一切怨谁呢?想来想去,他现在谁也不怨了,反而恨起了自己:他的悲剧是他自己造成的!他为了虚荣而抛弃了生活的原则,落了今天这个下场!他渐渐明白,如果他就这样下去,他躲过了生活的这一次惩罚,也躲不过去下一次惩罚——那时候,他也许就被彻底毁灭了……

严峻的现实生活最能教育人,它使高加林此刻减少了一些狂热,而增强了一些自我反省的力量。他进一步想:假如他跟黄亚萍去了南京,他这一辈子就会真的幸福吗?他能不能就和他幻想的那样在生活中平步青云?亚萍会不会永远爱他?南京比他出色的人谁知有多少,以后根本无法保证她不再去爱其他男人,而把他甩到一边,就像甩张克南一样。可是,如果他和巧珍结了婚,他就敢保证巧珍永远会爱他。他们一辈子在农村生活苦一点,但会活得很幸福的……现在,他把生活中最宝贵的东西轻易地丢弃了!他做了昧良心的事!爸爸和德顺爷的话应验了,他害了别人,也害了自己!他搅乱了许多人的生活,也把自己的生活搅了个一塌糊涂……

黎明不知什么时候已经静悄悄地来临了。县城的灯光先后熄灭,大地万物在一种自然柔和的光亮中脱去了夜的黑衣裳,显出了它们各自的面目。时令已进入初秋,山头和川道里的庄稼、树木,绿色中已夹杂了点点斑黄。

城里已经又开始纷纷攘攘了。一天的生活像往常一样开始了它的节奏。高加林望了一眼罩在蓝色雾霭中的县城,就回过头,穿过桥面,拐进了大马河川道。

他走在庄稼地中间的简易公路上,心里涌起了一种从未体验过的难受。他已经多少次从这条路上走来走去。从这条路上走到城市,又从这条路上走回农村。这短短的十华里土路,对他来说,是多么的漫长!这也象征着他已经走过的生活道路——短暂而曲折!他折一枝柳树梢,一边走,一边轻轻抽打着路边的杂草,心想:他回到村里后,人们会怎样看他呢?他将怎样再开始在那里生活呢?亲爱的巧珍已经不在了!如果有她在,他也就不会像现在这样难受和痛苦了。她那火一样热烈和水一样温柔的爱,会把他所有的苦恼冲洗掉。可是现在……他忍不住一下子站在路上,痛不欲生地张开嘴,想大声嘶叫,又叫不出声来!他两只手疯狂地揪扯着自己的胸脯,外衣上的钮扣"崩崩"地一颗颗飞掉了。

早晨的太阳照耀在初秋的原野上,大地立刻展现出了一片斑斓的色彩。庄稼和青草的绿叶上,闪耀着亮晶晶的露珠。脚下的土路潮润润的,不起一点黄尘。高加林在路上摇摇晃晃地走着,走几步就站下,站一会再走……

离村子还有一里路的地方,他听见河对面的山坡上,有一群孩子叽叽喳喳地说话,其中听见一个男孩子大声喊:"高老师回来啦……"他知道这是他们村的砍柴娃娃,都是他过去的学生。

突然,有一个孩子在对面山坡上唱起了信天游——

哥哥你不成材,

卖了良心才回来……

孩子们都哈哈大笑,叽叽喳喳地跑到沟里去了。

这古老的歌谣,虽然从孩子的口里唱出来,但它那深沉的谴责力量,仍然使高加林感到惊心动魄。他知道,这些孩子是唱给他听的。唉!孩子们都这样厌恶他,村里的大人们就更不用说了。

他走不远,就看见了自己的村子。一片茂密的枣树林掩映着前半个村子;另外半个村伸在沟口里,他看不见。

他忍不住停下了脚,忧伤地看了一眼他熟悉的家乡。一切都是原来的样子——但对他来说,一切又都不一样了……

就在这时,许多刚下地的村里人,却都从这里那里的庄稼地里钻出来,纷纷向他跑来了。

他不知道这是怎一回事,村里的人们就先后围在了他身边,开始向他问长问短。所有人的话语、表情、眼神,都不含任何恶意和嘲笑,反而都很真诚。大家还七嘴八舌地安慰他哩。

"回来就回来吧,你也不要灰心!"

"天下农民一茬子人哩!进门外和当干部的总是少数!"

"咱农村苦是苦,也有咱农村的好处哩!旁的不说,吃的都是新鲜东西!"

"慢慢看吧,将来有机会还能出去哩。"

……。亲爱的父老乡亲们!他们在一个人走运的时候,也许对你躲得很远;但当你跌了跤的时候,众人却都伸出自己粗壮的手来帮扶你。他们那伟大的同情心,永远都会给予不幸的人!高加林忍不住热泪盈眶。他一句话也说不出来,只是掏出纸烟,给大家一人散了一根。

庄稼人们问候和安慰了他一番,就都又下地去了。

当高加林再迈步向村子走去的时候,感到身上像吹过了一阵风似的松动了一些。

他抬头望着满川厚实的庄稼,望着浓绿笼罩的村庄,对这单纯而又丰富的故乡田地,心中涌起了一种深厚的情感,就像他离开它已经很长时间了,现在才回来……当他从公路上转下来,走到大马河湾的分路口上时,腿猛一下子软得再也走不动了。他很快又想起,他和巧珍第一次相跟着从县城回来时,就是在这个地方分手的——现在他们却永远地分手了。他也想起,当他离开村子去县城参加工作时,巧珍也正是在这个地方送他的。现在他回来了,她是再不会来接他了……他坐在一块石头上,身上像火烧着一般烫热。他用两只手蒙住眼睛,头无力地垂在胸前。他真不知道往后的日子怎么过呀?他嘴里喃喃地说:"亲爱的人!我要是不失去你就好了……"泪水立刻像涌泉一般地从指缝里淌出来了……

好久,高加林才抬起头。他猛然发现,德顺爷爷正蹲在他面前。他不知道德顺爷爷是什么时候蹲在他面前的,他只是静静地蹲着,抽着旱烟锅。

他见他抬起头来,便笑眯眯地说:"你还有眼泪呢?"接着一脸皱纹一下子缩到眼角边,摇了摇那白雪一般的头颅,痛心地说;"娃娃呀,回来劳动这不怕,劳动不下贱!可你把一块金子丢了!巧珍,那可是一块金子啊!"

"爷爷,我心里难过。你先别说了。我现在也知道,我本来已经得到了金子,但像土圪垯一样扔了。我现在觉得活着实在没意思,真想死……"

"胡说!"德顺爷爷一下子站起来,"你才二十四岁,怎么能有这么些混帐想法?如果按你这么说,我早该死了!我,快七十岁的孤老头子了,无儿无女,一辈子光棍一条。但我还天天心里热腾腾的,想多活它几年!别说你还是个嫩娃娃哩!我虽然没有妻室儿女,但觉得活着总还是有意思的。我爱过,也痛苦过;我用这两只手劳动过,种过五谷,栽过树,修过路……这些难道也不是活得有意思吗?——拿你们年轻人的词说叫幸福。幸福!你小子不知道,我把我树上的果子摘了分给村里的娃娃们,我心里可有多……幸福!不是么,你小时候也吃过我的多少果子啊!你小子还不知道,我栽下一棵树,心里就想,我死了,后世人在那树上摘着吃果子,他们就会说,这是以前村里的光棍老汉德顺栽下的……"

德顺老汉大动感情地说着,像是在教导加林,又像是借此机会总结他自己的人生,他像一个热血沸腾的老诗人,又像一个哲学家;那只拿烟锅的,衰老的手在剧烈的抖动着。

高加林一下子站起来了。傲气的高中生虽然研究过国际问题,读过许多本书,知道霍梅尼和巴尼萨德尔,知道里根的中子弹政策,但他没有想到这个满身补丁的老光棍农民,在他对生活失望的时候,给他讲了这么深奥的人生课题。他望着亲爱的德顺爷爷那张老皱脸,一双失去光彩的眼睛里重新飘荡起了两点火星。

德顺爷爷用缀补丁的袖口揩了一下脸上的汗水,说:"听说你今上午要回来,我就专门在这里等你,想给你说几句话。你的心可千万不能倒了!你也再不要看不起咱这山乡圪垯了。"他用枯瘦的手指头把四周围的大地山川指了一圈,说:"就是这山,这水,这土地,一代一代养活了我们。没有这土地,世界上就什么也不会有!是的,不会有!只要咱们爱劳动,一切都还会好起来的。再说,而今党的政策也对头了,现在生活一天天往好变。咱农村往后的前程大着哩,屈不了你的才!娃娃,你不要灰心!一个男子汉,不怕跌跤,就怕跌倒了不往起爬,那就变成个死狗了……"

"爷爷,你的话给我开了窍,我会记住的,也会重新好好开始生活。刚才我在前川碰见庄里的其他人,他们也给我说了不少宽心话。唉,我现在就担心高明楼和刘立本两家人往后会找我的麻烦,另眼看我……"

"啊呀,这你别担心!就是为了这事,我刚才还去明楼家找了他。我和他爸当年是拜把兄弟,我敢指教他哩!我已经把话给他敲明了,叫他再不要捣你的鬼……噢,我倒忘了给你说了!我刚才去明楼家,正碰见巧珍央求明楼,让他去公社做做工作,让你再教书哩!巧珍说得鼻子一把泪一把!明楼当下也应承了。不知为什么,他儿媳妇巧英也帮巧珍说话哩。你不要担心,书教成教不成没什么,好好重新开始活你的人吧……啊,巧珍,多好的娃娃!那心就像金子一样……金子一样啊……"德顺老汉泪水夺眶而出,顿时哽咽得说不下去了。

高加林一下子扑倒在德顺爷爷的脚下,两只手紧紧抓着两把黄土,沉痛地呻吟着,喊叫了一声:"我的亲人哪……"

1981年夏天初稿于陕北甘泉,
同年秋天改于西安、咸阳,冬天再改于北京

延伸阅读:"路遥(1949—1992)在1982年写出短篇小说《人生》时,他实际上就进入到新时期最重要的小说家之中。"《人生》是对1980年代改革开放初期一部分怀有理想却又处处碰壁的一代青年的概括,它选择农村青年作为小说主人公,就更能浓缩在历史转折之际,人们奋斗的勇气和失败的悲壮了。"县城"在小说里成为主人公高加林的现代化想象,而他与巧珍自身历史的断裂,则使作品为读者提供了无比丰富和复杂的时代内容。参见程光炜:《当代文学通说》,《文艺争鸣》2009年第10期。

平凡的世界(存目)

路　遥

延伸阅读：黄平认为："理解孙少平，必须回到八十年代'改革'的历史语境，'改革'对于'劳动'合法性的承认（比如作为'改革'的'起源性神话'。主流意识形态对于小岗村的记述），题中应有之义，在于历史主体的'解放'。孙少平们的'劳动'，必然包含着面向：改造'个人'与改造'世界'。"这是路遥的小说至今仍然值得珍视的原因。参见黄平：《从"劳动"到"奋斗"——"励志型"读法、改革文学与〈平凡的世界〉》，《文艺争鸣》2010年第5期。

绿化树(存目)

张贤亮

延伸阅读：《绿化树》发表后，曾被人们高度认可，认为是思考"人的解放"的罕见小说。它对历史的记录，以及以"当事人"的身份揭露当时罪恶的大胆和力度，确实都是惊人的。然而，值得重新思考的是男主人公对两位女性的态度，他的精神的优越感，因为一个需要讨论的问题就是，难道"知识者"的解放一定要以对"劳动者"的矮化为前提吗？另外，作品对主人公病态心理的描写，带着控诉那个年代的罪恶的目的，然而它如果再一次被"正面化"，同样也会构成新的文学的缺陷。

我的遥远的清平湾

史铁生

北方的黄牛一般分为蒙古牛和华北牛。华北牛中要数秦川牛和南阳牛最好,个儿大,肩峰很高,劲儿足。华北牛和蒙古牛杂交的牛更漂亮,犄角向前弯去,顶架也厉害,而且皮实、好养。对北方的黄牛,我多少懂一点。这么说吧:现在要是有谁想买牛,我担保能给他挑头好的。看体形,看牙口,看精神儿,这谁都知道;光凭这些也许能挑到一头不坏的,可未必能挑到一头真正的好牛。关键是得看脾气,拿根鞭子,一甩,"嗖"的一声,好牛就会瞪圆了眼睛,左蹦右跳。这样的牛干起活来下死劲,走得欢。疲牛呢?听见鞭子响准是把腰往下一塌,闭一下眼睛。忍了。这样的牛,别要。

我插队的时候喂过两年牛,那是在陕北的一个小山村儿——清平湾。

我们那个地方虽然也还算是黄土高原,却只有黄土,见不到真正的平坦的塬地了。由于洪水年年吞噬,塬地总在塌方,顺着沟、渠、小河,流进了黄河。从洛川再往北,全是一座座黄的山峁或一道道黄的山梁,绵延不断。树很少,少到哪座山上有几棵什么树,老乡们都记得清清楚楚;只有打新窑或是做棺木的时候,才放倒一、两棵。碗口粗的柏树就稀罕得不得了。要是谁能做上一口薄柏木板的棺材,大伙儿就都佩服,方圆几十里内都会传开。

在山上拦牛的时候,我常想,要是那一座座黄土山都是谷堆、麦垛,山坡上的胡蒿和沟壑里的狼牙刺都是柏树林,就好了。和我一起拦牛的老汉总是"唏溜唏溜"地抽着旱烟,笑笑说:"那可就一股劲儿吃白馍馍了。老汉儿家、老婆儿家都睡一口好材。"

和我一起拦牛的老汉姓白。陕北话里,"白"发"破"的音,我们都管他叫"破老汉"。也许还因为他穷吧,英语中的"poor"就是"穷"的意思。或者还因为别的:那几颗零零碎碎的牙,那几根稀稀拉拉的胡子。尤其是他的嗓子——他爱唱,可嗓子像破锣。傍晚赶着牛回村的时候,最后一缕阳光照在崖畔上,红的。破老汉用镢把挑起一捆柴,扛着,一路走一路唱:"崖畔上开花崖畔上红,受苦人过得好光景……"声音拉得很长,虽不洪亮,但颤微微的,悠扬。碰巧了,崖顶上探出两个小脑瓜,竖着耳朵听一阵,跑了:可能是狐狸,也可能是野羊。不过,要想靠打猎为生可不行,野兽很少。我们那地方突出的特点是穷,穷山穷水,"好光景"永远是"受苦人"的一种盼望。天快黑的时候,进山寻野菜的孩子们也都回村了,大的拉着小的,小的扯着更小的,每人的臂弯里都扎着个小篮儿,装着苦菜、苋菜或者小蒜、蘑菇……孩子们跟在牛群后面,"叽叽嘎嘎"地吵,争抢着把牛粪撮回窑里去。

越是穷地方,农活也越重。春天播种;夏天收麦;秋天玉米、高粱、谷子都熟了,更忙;冬天打坝、修梯田,总不得闲。单说春种吧,往山上送粪全靠人挑。一担粪六、七十斤,一早上就得送四、五趟;挣两个工分,合六分钱。在北京,才够买两根冰棍儿的。那地方当然没有冰棍儿,在山上干活渴急了,什么水都喝。天不亮,耕地的人们就扛着木犁、赶着牛上山了。太阳出来,已经耕完了几垧地。火红的太阳把牛和人的影子长长地印在山坡上,扶犁的后面跟着撒粪的,撒粪的后头跟着点籽的,点籽的后头是打土坷拉的,一行人慢慢地、有节奏地向前移动,随着那悠长的吆牛声。吆牛声有时疲惫、凄婉;有时又欢快、诙谐,引动一片笑声。那情景几乎使我忘记自己是生活在哪个世纪,默默地想着人类遥远而漫长的历史。人类好像就是这么走过来的。

清明节的时候我病倒了,腰腿疼得厉害。那时只以为是坐骨神经疼,或是腰肌劳损,没想到会发展到现在这么严重。陕北的清明前后爱刮风,天都是黄的。太阳白蒙蒙的。窑洞的窗纸被风沙打得"唰啦啦"响。我一个人躺在土炕上……

那天,队长端来了一碗白馍……

陕北的风俗,清明节家家都蒸白馍,再穷也要蒸几个。白馍被染得红红绿绿的,老乡管那叫"zi chui"。开始我们不知道是哪两个字,也不知道什么意思,跟着叫"紫锤"。后来才知道,是叫"子推",是为纪念春秋时期一个叫介子推的人的。破老汉说,那是个刚强的人,宁可被人烧死在山里,也不出去作官。我没有考证过,也不知史学家们对此作何评价。反正吃一顿白馍,清平湾的老老少少都很高兴。尤其是孩子们,头好几天就喊着要吃子推馍馍了。春秋距今两千多年了,陕北的文化很古老,就像黄河。譬如,陕北话中有好些很文的字眼:"喊"不说"喊",要说"呐喊";香菜,叫芫菜;"骗人"也不说"骗人",叫作"玄谎"……连最没文化的老婆儿也会用"酝酿"这词儿。开社员会时,黑压压坐了一窑人,小油灯冒着黑烟,四下里闪着烟袋锅的红光。支书念完了文件,喊一声:"不敢睡!大家讨论个一下!"人群中于是息了鼾声,不紧不慢地应着:"酝酿酝酿了再……"这"酝酿"二字使人想到那儿确是革命圣地,老乡们还记得当年的好作风。可在我们插队的那些年里,"酝酿"不过是一种习惯了的口头语罢了。乡亲们说"酝酿"的时候,心里也明白:球事不顶!可支书让发言,大伙总得有个说的;支书也是难,其实那些政策条文早已经定了。最后,支书再喊一声:"同意啊不?"大伙回答:"同意——"然后回窑睡觉。

那天,队长把一碗"子推"放在炕沿上,让我吃。他也坐在炕沿上,"吧嗒吧嗒"地抽烟。"子推"浮头用的是头两茬面,很白;里头都是黑面,麸子全磨了进去。队长看着我吃,不言语。临走时,他吹吹烟锅儿,说:"唉!'心儿'家不容易,离家远。""心儿"就是孩子的意思。

队里再开会时,队长提议让我喂牛。社员们都赞成。"年轻后生家,不敢让腰腿作下病,好好价把咱的牛喂上!"老老小小见了我都这么说。在那个地方,担粪、砍柴、挑水、清明磨豆腐、端午做凉粉、出麻油、打窑洞……全靠自己动手。腰腿可是劳动的本钱;唯一能够代替人力的牛简直是宝贝。老乡把喂牛这样的机要工作交给我,我心里很感动,嘴上却说不出什么。农民们不看嘴,看手。

我喂十头,破老汉喂十头,在同一个饲养场上。饲养场建在村子的最高处,一片平地,两排牛棚,三眼堆放草料的破石窑。清平河水整日价"哗哗啦啦"的,水很浅,在村前拐了一个弯,形成了一个水潭。河湾的一边是石崖,另一边是一片开阔的河滩。夏天,村里的孩子们光着屁股在河滩上折腾,往水潭里"扑通扑通"地跳,有时候捉到一只鳖,又笑又嚷,闹翻了天。破老汉坐在饲养场前面的窑顶上看着,一袋接一袋地抽烟。

"'心儿'家不晓得愁，"他说，然后就哑着个嗓子唱起来："提起那家来，家有名，家住在绥德三十里铺村……"破老汉是绥德人，年轻时打短工来到清平湾，就住下了。绥德出打短工的，出石匠，出说书的，那地方更穷。

绥德还出吹手。农历年前后，坐在饲养场上，常能听到那欢乐的唢呐声。那些吹手也有从米脂、佳县来的，但多数是绥德人。他们到处串，随便站在谁家窑前就吹上一阵。如果碰巧那家要娶媳妇，他们就被推去，"呜哩哇啦"地吹一天，吃一天好饭。要是运气不好，吹完了，就只能向人家要一点吃的或钱。或多或少，家家都给，破老汉尤其给得多。他说："谁也有难下的时候"。原先，他也干过那营生，吃是能吃饱，可是常要受冻，要是没人请，夜里就得住寒窑。"揽工人儿难，哎哟，揽工人儿难；正月里上工十月里满，受的牛马苦，吃的猪狗饭……"他唱着，给牛添草。破老汉一肚子歌。

小时候就知道陕北民歌。到清平湾不久，干活歇下的时候我们就请老乡唱，大伙都说破老汉爱唱，也唱得好。"老汉的日子熬煎咧，人愁了才唱得好山歌。"确实，陕北的民歌多半都有一种忧伤的调子。但是，一唱起来，人就快活了。有时候赶着牛出村，破老汉憋细了嗓子唱《走西口》，"哥哥你走西口，小妹妹也难留，手拉着哥哥的手，送哥到大门口。走路你走大路，再不要走小路，大路上人马多，来回解忧愁……"场院的婆姨、女子们嘻嘻哈哈地冲我嚷，"让老汉儿唱个《光棍哭妻》嘛，老汉儿唱得可美！"破老汉只做没听见，调子一转，唱起了《女儿嫁》："一更里叮当响，小哥哥进了我的绣房，娘问女孩儿什么响，西北风刮得门栓响嘛哎哟……"往下的歌词就不宜言传了。我和老汉赶着牛走出很远了，还听见婆姨、女子们在场院上骂。老汉冲我眨眨眼，撅一条柳条，赶着牛，唱一路。

破老汉只带着个七、八岁的小孙女过。那孩子小名儿叫"留小儿"。两口人的饭常是她做。

把牛赶到山里。正是晌午。太阳把黄土烤得发红，要冒火似的。草丛里不知名的小虫子"磁——磁——"地叫。群山也显得疲乏，无精打采地互相挨靠着。方圆十几里内只有我和破老汉，只有我们的吆牛声。哪儿有泉水，破老汉都知道：几镢头挖成一个小土坑，一会儿坑里就积起了水。细珠子似的小气泡一串串地往上冒，水很小，又凉又甜。"你看下我来，我也看下你……"老汉喝水，抹抹嘴，扯着嗓子又唱一句。不知道他又想起了什么。

夏天拦牛可不轻闲，好草都长在田边，离庄稼很近。我们东奔西跑地吆喝着，骂着。破老汉骂牛就像骂人，爹、娘、八辈祖宗，骂得那么亲热。稍不留神，哪个狡猾的家伙就会偷吃了田苗。最讨厌的是破老汉喂的那头老黑牛，称得上是"老谋深算"。它能把野草和田苗分得一清二楚。它假装吃着田边的草，慢慢接近田苗，低着头，眼睛却溜着我。我看着它的时候，田苗离它再近它也不吃，一副廉洁奉公的样儿；我刚一回头，它就趁机啃倒一棵玉米或高粱，调头便走。我识破了它的诡计，它再接近田苗时，假装不看它，等它确信无虞把舌头伸向禁区之际，我才大吼一声。老家伙趔趔趄趄地后退，既惊慌又愧悔，那样子倒有点可怜。

陕北的牛也是苦，有时候看着它们累得草也不想吃，"呼嗤呼嗤"喘粗气，身子都跟着晃，我真害怕它们趴架。尤其是当年那些牛争抢着去舔地上渗出的盐碱的时候，真觉得造物主太不公平。我几次想给它们买些盐，但自己嘴又馋，家里寄来的钱都买鸡蛋吃了。

每天晚上，我和破老汉都要在饲养场上呆到十一、二点，一遍遍给牛添草。草添得要勤，每次不能太多。留小儿跟在老汉身边，寸步不离。她的小手绢里总包两块红薯或一把玉米粒。破老汉用牛吃剩下的草疙节打起一堆火，干的"噼噼啪啪"响，湿的"磁磁"冒烟。火光照亮了饲养场，照着吃草的牛，四周的山显得更高，黑魆魆的。留小儿把红薯或玉米埋在烧尽的草灰里；如果是玉米，就得用树枝拨来拨去，"啪"地一响，爆出了一个玉米花。那是山里娃最好的零嘴儿了。

留小儿没完没了地问我北京的事。"真个是在窑里看电影？""不是窑，是电影院。""前回你说是窑里。""噢，那是电视。一个方匣匣，和电影一样。"她歪着头想，大约想象不出，又问起别的。"啥时想吃肉，就吃？""嗯。""玄谎！""真的。""成天价想吃呢？""那就成天价吃。"这些话她问过好多次了，也知道我怎么回答，但还是问。"你说北京人都不爱吃白肉？"她觉得北京人不爱吃肥肉，很奇怪。她仰着小脸儿，望着天上的星星；北京的神秘，对她来说，不亚于那道银河。

"山里的娃娃什么也解不开"，破老汉说。破老汉是见过世面的，他三七年就入了党，跟队伍一直打到广州。他常常讲起广州：霓虹灯成宿地点着、广州人连蛇也吃、到处是高楼、楼里有电梯……留小儿听得觉也不睡。我说："城里人也不懂得农村的事呢。""城里人解开个狗吗？"留小儿问，"咯咯"地笑。她指的是我们刚到清平湾的时候，被狗追得满村跑。"学生价连犍牛和生牛也解不开，"留小儿说着去摸摸正在吃草的牛，一边数叨："红犍牛、猴犍牛、花生牛……爷！老黑牛怕是难活下了，不肯吃！""它老了，熬了。"老汉说。山里的夜晚静极了，只听见牛吃草的"沙沙"声，蛐蛐叫，有时远处还传来狼嗥。破老汉有把破胡琴，"吱吱嘎嘎"地拉起来，唱："一九头上才立冬，阎王领兵下河东，幽州困住杨文广，年太平，金花小姐领大兵，……"把历史唱了个颠三倒四。

留小儿最常问的还是天安门。"你常去天安门？""常去。""常能照着毛主席？""哪的来，我从来没见过。""咦？！他就生在天安门上，你去了会照不着？"她大概以为毛主席总站在天安门上，像画上画的那样。有一回她趴在我耳边说："你冬里回北京把我引上行不？"我说："就怕你爷爷不让。""你跟他说说嘛，他可相信你说的了。盘缠我有。""你哪儿来的钱？""卖鸡蛋的钱，我爷爷不要，都给了我，让我买褂褂儿的。""多少？""五块！""不够。""嘻——我哄你，看，八块半！"她掏出个小布包，打开，有两张一块的，其余全是一毛、两毛的。那些钱大半是我买了鸡蛋给破老汉的。平时实在是饿得够呛想解解馋，也就是买几个鸡蛋。我怎么跟留小儿说呢？我真想冬天回家时把她带上。可就在那年冬天，我病厉害了。

其实，喂牛没什么难的，用破老汉的话说，只要勤谨，肯操心就行。喂牛，苦不重，就是熬人，夜里得起来好几趟，一年到头睡不成个囫囵觉。冬天，半夜从热被窝里爬出来的滋味可不是好受的。尤其五更天给牛拌料，牛埋下头吃得香，我坐在牛槽边的青石板上能睡好几觉。破老汉在我耳边叨唠：黑市的粮价又涨了、合作社来了花条绒、留小儿的袄烂得露了花……我"哼哼哈哈"地应着，刚梦见全聚德的烤鸭，又忽然掉进了什刹海的冰窟窿，打了个冷颤醒了，破老汉还没叨叨完。"要不回窑睡去吧，二次料我给你拌上，"老汉说。天上划过一道亮光，是流星。月亮也躲进了山谷。星星和山峦，不知是谁望着谁，或者谁忘了谁，"这营生不是后生家做的，后生家正是好睡觉的时候，"破老汉说，然后"唉、唉——"地发着感慨。我又迷迷糊糊地入了梦乡。

碰上下雨下雪，我们俩就躲进牛棚。牛棚里尽是粪尿，连打个盹的地方也没有。那时候我的腿和腰就总酸疼。"倒运的天"！破老汉骂，然后对我说："北京够咋美，偏来这山沟沟里作什么嘛。""您那时候怎么没留在广州？"我随便问。他抓抓那几根黄胡子，用烟锅儿在烟荷包里不停地剜，瞪着眼睛愣半天，说："咋！让你把我问着了，我也不晓得咋价日鬼的。"然后又愣半天，似乎回忆着到底是什么原因。"唉，毬毛擀不成个毡，山里人当不成个官。"他说，"我那阵儿要是不回来，这阵儿也住上洋楼了，也把警卫员带上了。山里人憨着咧，只要打罢了仗就回家，哪搭儿也不胜窑里好。毬！要不，我的留小儿这阵儿还愁穿不上个条绒袄儿？"

每回家里给我寄钱来，破老汉总嚷着让我请他抽纸烟。"行！"我说："'牡丹'的怎么样？""唏——'黄金叶'的就拔尖了！""可有个条件，"我凑到他耳边，"得给'后沟里的'送几根去。""憨娃娃！"他骂。"后沟里的"指的是住在后沟里的一个寡妇，比破老汉小十九岁，村里人都知道那寡妇对破老汉不错。老汉抽着纸烟，望着远处。我也哼一句："你看下我来，我也看下你……"递给他几根纸烟，向后沟的方向示意。他不言传，笑眯眯地不知道想了什么。末了，他把几根纸烟装进烟荷包，说："留小儿大了嫁到北京去呀！"说罢笑笑，知道那是不沾边儿的事。

在后山上拦牛的时候，远远地望着后沟里的那眼土窑洞，我问破老汉："那婆姨怎么样？""亮亮妈，人可好。"他说。我问："那你干嘛不跟她过？""唏——老了老了还……"他打岔，"算了吧！"我说："那你夜里常往她窑里跑。"我其实是开玩笑。"咦！不敢瞎说！"他装得一本正经。我诈他："我都看见了，你还不承认！"他不言传了，尴尬地笑着。其实我什么也没看见。

破老汉望着山脚下的那眼窑洞。窑前，亮亮妈正费力地劈着一疙瘩树根；一个男孩子帮着她劈，是亮亮。"我看你就把她娶了吧，她一个人也够难的。再说就有人给你缝衣裳了。""唉，丢下留小儿谁管？""一搭里过嘛！""她的亮亮也娇惯得危险，留小儿要受气呢。后妈总不顶亲的。""什么后妈，留小儿得管她叫奶奶了。""还不一样？"山里没人，我们敞开了说。亮亮家的窑顶上冒起了炊烟。老汉呆呆地望着，一缕蓝色的轻烟在山沟里飘绕。小学校放学的钟声"当当"地敲响了。太阳下山了，收工的人们扛着锄头在暮霭中走。拦羊的也吆喝着羊群回村了，大羊喊，小羊叫"咩咩"地响成一片。老汉还是呆呆地坐着，闷闷地抽烟。他分明是心动了，可又怕对不起留小儿。留小儿的大死得惨，平时谁也不敢向破老汉问起这事，据说，老汉一想起就哭，自己打自己的嘴巴。听说，都是因为破老汉舍不得给大夫多送些礼，把儿子的病给耽误了；其实，送十来斤米或者面就行。那些年月啊！

秋天，在山里拦牛简直是一种享受。庄稼都收完了，地里光秃秃的，山洼、沟掌里的荒草却长得茂盛。把牛往沟里一轰，可以躺在沟门上睡觉；或是把牛赶上山，在山下的路口上坐下，看书。秋山的色彩也不再那么单调：半崖上小灌木的叶子红了，杜梨树的叶子黄了，酸枣棵子缀满了珊瑚珠似的小酸枣……尤其是山坡上绽开了一丛丛野花，淡蓝色的，一丛挨着一丛，雾蒙蒙的。灰色的小田鼠从黄土坷垃后面探头探脑；野鸽子从悬崖上的洞里钻出来，"扑愣愣"飞上天；野鸡"咕咕嘎嘎"地叫，时而出现在崖顶上，时而又钻进了草丛……我很奇怪，生活那么苦，竟没人逮食这些小动物。也许是因为没有枪，也许是因为这些鸟太小也太少，不过多半还是因为别的。譬如：春天燕子飞来时，家家都把窗户打开，希望燕子到窑里来作窝；很多家窑里都住着一窝燕儿，没人伤害它们。谁要是说燕子的肉也能吃，老乡们就会露出惊讶的神色，瞪你一眼："咦！燕儿嘛!"仿佛那无异于亵渎了神灵。

  种完了麦子,牛就都闲下了,我和破老汉整天在山里拦牛。老汉闲不着,把牛赶到地方,跟我交代几句就不见了。有时忽然见他出现在半崖上,奋力地劈砍着一棵小灌木。吃的难,烧的也难,为了一把柴,常要爬上很高很陡的悬崖。老汉说,过去不是这样,过去人少,山里的好柴砍也砍不完,密密匝匝的,人也钻不进去。老人们最怀恋的是红军刚到陕北的时候,打倒了地主,分了地,单干。"才红了那阵儿,吃也有得吃,烧也有得烧,这咋会儿,做过啦!"老乡们都这么说。真是,"这咋会儿",迷信活动倒死灰复燃。有一回,传说从黄河东来了神神,有些老乡到十几里外的一个破庙去祷告,许愿。破老汉不去。我问他为什么,他皱着眉头不说,又哼哼着《山丹丹开花红艳艳》。那是才红了那阵儿的歌。过了半天,使劲磕磕烟袋锅,叹了口气:"都是那号婆姨闹的!""哪号?"我有点明知故问。他用烟袋指指天,摇摇头,撇撇嘴:"那号婆姨,我一照就晓得……"如此算来,破老汉反"四人帮"要比"四·五"运动早好几年呢!

  在山里,有那些牛作伴,即便剩我一个人,也并不寂寞。我半天半天地看着那些牛,它们的一举一动都意味着什么,我全懂。平时,牛不爱叫,只有奶着犊子的生牛才爱叫。太阳偏西,奶着犊儿的生牛就急着要回村了,你要是不让它回,它就"哞——哞——"地叫个不停,急得团团转,无心再吃草。有一回,我在山洼洼里,睡着了,醒来太阳已经挨近了山顶。我和破老汉吆起牛回村,忽然发现少了一头。山里常有被雨水冲成的暗洞,牛踩上就会掉下去摔坏。破老汉先也一惊,但马上看明白,说:"没麻搭,它想儿了,回去了。"我才发现,少了的是一头奶犊儿的生牛。离村老远,就听见饲养场上一声声牛叫了,儿一声,娘一声,似乎一天不见,母子间有说不完的贴心话。牛不老在母亲肚子底下一下一下地撞,吃奶,母牛的目光充满了温柔、慈爱,神态那么满足,平静。我喜欢那头母牛,喜欢那只牛不老。我最喜欢的是一头红犍牛,高高的肩峰,腰长腿壮,单套也能拉得动大步犁。红犍牛的犄角长得好,又粗又长,向前弯去;几次碰上邻村的牛群,它都把对方的首领顶得败阵而逃。我总是多给它拌些料,犒劳它。但它不是首领。最讨厌的还是那头老黑牛,不仅老奸巨猾,而且专横跋扈,双套它也会气喘吁吁,却占着首领的位置。遇到外"部落"的首领,它倒也勇敢,但不下两个回合,便跑得比平时都快了。那头老生牛就好,虽然比老黑牛还老,却和蔼得很,再小的牛冲它伸伸脖子,它也会耐心地为之舔毛……和牛在一起,也可谓其乐无穷了,不然怎么办呢?方圆十几里内看不见一个人,全是山。偶尔有拦羊的从山梁上走过,冲我呐喊两声。黑色的山羊在陡峭的岩壁上走,如走平地,远远看去像是悬挂着的棋盘;白色的绵羊走在下边,是白棋子。山沟里有泉水,渴了就喝,热了就脱个精光,洗一通。那生活倒是自由自在,就是常常饿肚子。

  破老汉有个弟弟,我就是顶替了他喂牛的。据说那人奸猾,偷牛料;头几年还因为投机倒把坐过县大狱。我倒不觉得那人有多坏,他不过是蒸了白馍跑到几十里外的水站上去卖高价,从中赚出几升玉米、高粱米。白面自家舍不得吃。还说他捉了乌鸦,做熟了当鸡卖,而且白馍里也掺了假。破老汉看不上他弟弟,破老汉佩服的是老老实实的受苦人。

  一阵山歌,破老汉担着两捆柴回来了。"饿了吧?"他问我。"我把你的干粮吃了,"我说。"吃得下那号干粮?"他似乎感到快慰,他"哼哼唉唉"地唱着,带我到山背洼里的一棵大杜梨树下。"咋吃!"他说着爬上树去。他那年已经五十六岁了,看上去还要老,可爬起树来却比我强。他站在树上,把一杈杈结满了杜梨的树枝撅下来,扔给我。那果实是古铜色的,小指盖儿大小,上面有黄色的碎斑点,酸极了,倒牙。老汉坐在树杈上吃,又唱起来:"对面价沟里流河水,横山里下来些游击队……"那是《信天游》。老汉大约又想起了当年。他说他给刘志丹抬过棺材,守过灵。别人说他是吹牛。破老汉有时是好吹吹牛。"牵牛牛开花羊跑春,二月里见罢到如今……"还是《信天游》。我冲他喊:"不是夜来黑喽才见罢吗?""憨娃娃,你还不赶紧寻个婆姨?操心把'心儿'耽误下!"他反唇相讥。"'后沟里的'可会迷男人?""咦!亮亮妈,人可好!""这两捆柴,敢是给亮亮妈砍的吧?""谁情愿要,谁扛去。"这话是真的,老汉穷,可不小气。

　　有一回我半夜起来去喂牛,借着一缕淡淡的月光,摸进草窑。刚要搂草,忽然从草堆里站起两个人来,吓得我头皮发麻,不禁喊了一声,把那两个人也吓得够呛。一个岁数大些的连忙说:"别怕,我们是好人。"破老汉提着个马灯跑了过来,以为是有了狼。那两个人是瞎子说书的,从绥德来。天黑了,就摸进草窑,睡了。破老汉把他们引回自家窑里,端出剩干粮让他们吃。陕北有句民谣:"老乡见老乡,两眼泪汪汪。"老汉和两个瞎子长吁短叹,唠了一宿。

　　第二天晚上,破老汉操持着,全村人出钱请两个瞎子说了一回书。书说得乱七八糟,李玉和也有,姜太公也有,一会是伍子胥一夜白了头,一会又是主席语录。窑顶上,院墙上,磨盘上,坐得全是人,都听得入神。可说的是什么,谁也含糊。人们听的那么个调调儿。陕北的说书实际是唱,弹着三弦儿,艾艾怨怨地唱,如泣如诉,像是村前汩汩而流的清平河水。河水上跳动着月光。满山的高粱、谷子被晚风吹得"沙沙"响,时不时传来一阵响亮的驴叫。破老汉搂着留小儿坐在人堆里,小声跟着唱。亮亮妈带着亮亮坐在窑顶上,穿得齐齐整整。留小儿在老汉怀里睡着了,她本想是听完了书再去饲养场上爆玉米花的,手里攥着那个小手绢包儿。山村里难得热闹那么一回。

　　我倒宁愿去看牛顶架,那实在也是一项有益的娱乐,给人一种力量的感受,一种拼搏的激励。我对牛打架颇有研究。二十头牛(主要是那十几头犍牛、公牛)都排了座次,当然不是以姓氏笔划为序,但究竟根据什么,我一开始也糊涂。我喂的那头最壮的红犍牛却敬畏破老汉喂的那头老黑牛。红犍牛正是年轻力壮的时候,肩峰上的肌肉像一座小山,走起路来步履生风,而老黑牛却已显出龙钟老态,也瘦,只剩了一副高大的骨架。然而,老黑牛却是首领。遇上有哪头母牛发了情,老黑牛便几乎不吃不喝地看定在那母牛身旁,绝不允许其它同性接近。我几次怂恿红犍牛向它挑战,然而只要老黑牛晃晃犄角,红犍牛便慌忙躲开。我实在憎恨老黑牛的狂妄、专横,又为红犍牛的怯懦而生气。后来我才知道,牛的排座次是根据每年一度的角斗,谁夺了魁,便在这一年中被尊崇为首领,享有"三宫六院"的特权,即便它在这一年中变得病弱或衰老,其它的牛也仍为它当年的威风所震慑,不敢贸然不恭。习惯势力到处在起作用。可是,一开春就不同了,闲了一冬,十几头犍牛、公牛都积攒了气力,是重新较量、争魁的时候了。"男子汉"们各自权衡了对手和自己的实力,自然地推举出一头(有时是两头)体魄最大,实力最强的新秀,与前冠军进行决赛。那年春天,我的红犍牛处在新秀的位置上,开始对老黑牛有所怠慢了。我悄悄促成它们决斗,把它们引到开阔的河滩上去(否则会有危险)。这事不能让破老汉发觉,否则他会骂。一开始,红犍牛仍有些胆怯,老黑牛尚有余威。但也许是春天的母牛们都显得愈发俊俏吧,红犍牛终于受不住异性的吸引或是轻蔑,"哞——哞——"地叫着向老黑牛挑战了。它们拉开了架势,对峙着,用蹄子刨土,瞪红了眼睛,慢慢地接近,接近……猛地扭打到一起。这时候需要的是力量,是勇气。犄角的形状起很大作用,倘是两支粗长而向前弯去的角,便极有利,左右一晃就会顶到对方的虚弱处,然而,红犍牛和老黑牛都长了这样两支角。这就要比机智了。前冠军毕竟老朽了,过于相信自己的势力和威风,新秀却认真、敏捷。红犍牛占据了有利地形(站在高一些的地方比较有利),逼得老黑牛步步退却,只剩招架之功。红犍牛毫不松懈,瞧准机会把头一低,一晃一冲,顶到了对方的脖子。老黑牛转身败走,红犍牛追上去再给老首领的屁股上加一道失败的标记。第一回合就此结束。这样的较量通常是五局三胜制或九局五胜制。新秀连胜几局,元老便自愿到一旁回忆自己当年的骁勇去了。

为了这事,破老汉阴沉着脸给我看。我笑嘻嘻地递过一根纸烟去。他抽着烟,望着老黑牛屁股上的伤痕,说:"它老了呀!它救过人的命……"

据说,有一年除夕夜里,家家都在窑里喝米酒、吃油馍,破老汉忽然听见牛叫、狼嗥。他想起了一头出生不久的牛不老,赶紧跑到牛棚。好家伙,就见这黑牛把一只狼顶在墙旮旯里,黑牛的脸被狼抓得流着血,但它一动不动,把犄角牢牢地插进了狼的肚子。老汉打死了那只狼,卖了狼皮,全村人抽了一回纸烟。

"不,不是这。"破老汉说,"那一年村里的牛死的死,杀的杀(他没说是哪年),快光了。全凭好歹留下来的这头黑牛和那头老生牛,村里的牛才又多起来。全靠了它,要不全村人倒运吧!"破老汉摸摸老黑牛的犄角。他对它分外敬重。"这牛死了,可不敢吃它的肉,得埋了它。"破老汉说。

可是,老黑牛最终还是被人拖到河滩上杀了。那年冬天,老黑牛不小心踩上了山坡上的暗洞,摔断了腿。牛被杀的时候要流泪,是真的。只有破老汉和我没有吃它的肉。那天村里处处飘着肉香。老汉呆坐在老黑牛空荡荡的槽前,只是一个劲抽烟。

我至今还记得这么件事:有天夜里,我几次起来给牛添草,都发现老黑牛站着,不卧下。别的牛都累得早早地卧下睡了,只有它喘着粗气,站着。我以为它病了。走进牛棚,摸摸它的耳朵,这才发现,在它肚皮底下卧着一只牛不老。小牛犊正睡得香,响着均匀的鼾声。牛棚很窄,各有各的"床位",如果老黑牛卧下,就会把小牛犊压坏。我把小牛犊赶开(它睡的是"自由床位"),老黑牛"噗通"一声卧倒了。它看着我,我看着它。它一定是感激我了,它不知道谁应该感激它。

那年冬天我的腿忽然用不上劲儿了,回到北京不久,两条腿都开始萎缩。

住在医院里的时候,一个从陕北回京探亲的同学来看我,带来了乡亲们捎给我的东西:小米、绿豆、红枣儿、芝麻……我认出了一个小手绢包儿,我知道那里头准是玉米花。

那个同学最后从兜里摸出一张十斤的粮票,说是破老汉让他捎给我的。粮票很破,渍透了油污,中间用一条白纸相连。

"我对他说这是陕西省通用的。在北京不能用,破老汉不信,说:'咦!你们北京就那么高级?我卖了十斤好小米换来的,咋啦不能用?!'我只好带给你。破老汉说你治病时会用得上。"

唔,我记得他儿子的病是怎么耽误了的,他以为北京也和那儿一样。

十年过去了。前年留小儿来了趟北京,她真的自个儿攒够了盘缠!她说这两年农村的生活好多了,能吃饱,一年还能吃好多回肉。她说,黑肉真的还是比白肉好吃些。

"清平河水还流吗?"我糊里巴涂地这样问。

"流哩嘛!"留小儿"咯咯"地笑。

"我那头红犍牛还活着吗?"

"在哩！老下了。"

我想象不出我那头浑身是劲儿的红犍牛老了会是什么样，大概跟老黑牛差不多吧，既专横又慈爱……

留小儿给他爷爷买了把新二胡。自己想买台缝纫机可没买到。

"你爷爷还爱唱吗？"

"一天价瞎唱。"

"还唱《走西口》吗？"

"唱。"

"《揽工调》呢？"

"什么都唱。"

"不是愁了才唱吗？"

"咦？！谁说？"

关于民歌产生的原因，还是请音乐家和美学家们去研究吧。我只是常常记起牛群在土地上舔食那些渗出的盐的情景，于是就又想起破老汉那悠悠的山歌："崖畔上开花崖畔上红，受苦人过得好光景……"如今，"好光景"已不仅仅是"受苦人"的一种盼望了。老汉唱的本也不是崖畔上那一缕残阳的红光，而是长在崖畔上的一种野花，叫山丹丹，红的，年年开。

哦，我的白老汉，我的牛群，我的遥远的清平湾……

延伸阅读：作者因病从插队的陕北回到北京，又因身体瘫痪在一家街道小工厂谋生，陷入人生的困局。然而，他反而从过去生活中发现了美和温暖，这是令人惊讶的。所以，当时的文学评论认为它是一首牧歌，是充满诗意的让人耳目一新的作品。这篇小说是知青小说的转折点，早期的悲剧渲染和后来的理想颂歌，都不足以表现当事人内心最真实的记忆，它显然是对知青小说单调化的有益补充。

爸爸爸

韩少功

一

他生下来时，闭着眼睛睡了两天两夜，不吃不喝，一个死人相，把亲人们吓坏了，直到第三天才哇地哭出一声来。

能在地上爬来爬去的时候，他就被寨子里的人逗来逗去，学着怎样做人。很快学会了两句话，一是"爸爸"，二是"×妈妈"。后一句粗野，但出自儿童，并无实在意义，完全可以把它当作一个符号，比方当作"×吗吗"也是可以的。

三五年过去了，七八年也过去了，他还是只能说这两句话，而且眼目无神，行动呆滞，畸形的脑袋倒很大，像个倒竖的青皮葫芦，以脑袋自居，装着些古怪的物质。吃饱了的时候，他嘴角沾着一两颗残饭，胸前油水光光一片，摇摇晃晃地四处访问，见人不分男女老幼，亲切地喊一声"爸爸"。要是你大笑，他也很开心。要是你生气，冲他瞪一眼，他也深谙其意，朝你头顶上的某个位置眼皮一轮，翻上一个慢腾腾的白眼，咕噜一声"×吗吗"，掉头颠颠地跑开去。

他轮眼皮是很费力的，似乎要靠胸腹和颈脖的充分准备，运上一口长气，才能翻上一个白眼。掉头也是很费力的，软软的颈脖上，脑袋像个胡椒碾锤摇来晃去，须甩出一个很大的弧度，才能稳稳地旋到位。他跑起路来更费力，深一脚浅一脚找不到重心，靠整个上身尽量前倾，才能划开步子，靠目光扛着眉毛尽量往上顶，才能看清方向。他一步步跨度很大，像赛跑冲线的动作在屏幕上慢速放映。

都需要一个名字，上红帖或墓碑，于是他就成了"丙崽"。

丙崽有很多"爸爸"，却没见过真正的爸爸。据说父亲不满意婆娘的丑陋，不满意她生下了这么个孽障，觉得自己很没面子，很早就贩鸦片出山，再也没有回来。有人说他已经被土匪裁了，有人说他还在岳州开豆腐坊，有人则说他沾花惹草，把几个钱都嫖光了，某某曾亲眼看见他在辰州街上讨饭。他是否存在，说不清楚，成了个不太重要的谜。

丙崽他娘种菜喂鸡，还是个接生婆。常有些妇女上门来，在她耳边叽叽咕咕一阵，然后她带上剪刀什么的，跟着来人交头接耳地出门去。那把剪刀剪鞋样，剪酸菜，剪指甲，也剪出山寨一代人，一个未来。她剪下了不少活脱脱的生命，自己身上落下的这团肉却长不成个人样。她遍访草医，求神拜佛，对着木头人或泥巴人磕头，还是没有使儿子学会第三句话。有人悄悄传说，多年前她在灶房里码柴，曾打死一只蜘蛛。那蜘蛛绿眼赤身，有瓦罐大，织的网如一匹布，拿到火塘里一烧，气味臭满一山三日不绝。那当然是蜘蛛精了。冒犯神明，现世报应，有什么奇怪的呢？

不知她听说过这些没有,反正她发过一次疯病,被人灌了一嘴大粪,病好了,还胖了些,胖得像个禾场滚子,腰间一轮轮肉往下垂。只是像儿子一样,间或也翻一个白眼。

母子住在寨口边一栋木屋里,同别的人家一样,木屋在雨打日晒之下微微发黑,木柱木梁都毫无必要地粗大厚重——这里的树反正不值钱。门前有引水竹管,有猪屎狗粪,有经常晾晒着的红红绿绿的小孩衣裤以及被褥,上面荷叶般的尿痕当然是丙崽的成果。丙崽呢,在门前戳蚯蚓、搓鸡粪、抓泥巴,玩腻了,就挂着鼻涕打望人影。碰到一些后生倒树归来或上山去"赶肉"——就是去打野猪,他被那些红扑扑的脸所感动,会友好地喊一声"爸爸——"

哄然大笑。

被他眼睛盯住了的后生,往往会红着脸气呼呼地上来,骂几句粗话,对他晃一晃拳头。要不,干脆在他的葫芦脑袋上敲一丁公。

有时,后生们也互相逗耍。某个后生笑嘻嘻地拉住他,指着另一位开始教唆:"喊爸爸,快喊爸爸。"见他犹疑,或许还会塞一把红薯片子或炒板栗。当他照办之后,照例会有一阵旁人的开心大笑,照例会有丁公或耳光落在他头上。如果他愤怒地回敬一句"×吗吗",昏天黑地中,头上就火辣辣地更痛了。

两句话似乎是有不同意义的,可对于他来说,效果都一样。

他会哭,哇的一声哭出来。

妈妈赶过来,横眉瞪眼地把他拉走,有时还拍着巴掌,拍着大腿,蓬头散发地破口大骂。如果骂一句,在胯里抹一下,据说就更能增强语言的恶毒。"黑天良的,遭瘟病的,要砍脑壳的!渠是一个宝崽,你们欺侮一个宝崽,几多毒辣呀。老天爷你长眼呀,你视呀,要不是吾,这些家伙何事会从娘肚子里拱出来?他们吃谷米,还没长成个人样,就烂肝烂肺,欺侮吾娘崽呀⋯⋯"

"视"是看的意思。"渠"是他的意思。"吾"是我的意思。"宝崽"是"呆子"的意思。她是山外嫁进来的,口音古怪,有点好笑和费解。但只要她不咒"背时鸟"——据说这是绝后的意思,后生们一般不会怎么计较,笑一阵,散开去。

骂着,哭着,哭着又骂着,日子还热闹,似乎还值得边抱怨边过下去。后生们在门前来来往往,一个个冒出胡桩和皱纹,背也慢慢弯了,直到又一批挂鼻涕的奶崽长成门长树大的后生。只有丙崽凝固不动,长来长去还是只有背篓高,永远穿着开裆的红花裤。母亲说他只有"十三岁",说了好几年,但他的脸相明显见老,额上叠着不少抬头纹。

夜晚,母亲常常关起门来,把他稳在火塘边,坐在自己的膝下,膝抵膝地对他喃喃说话。说的词语,说的腔调,说话时悠悠然摇晃着竹椅的模样,都像其他母亲对待自己的孩子:"你这个奶崽,往后有什么用呢?你不听话,你教不变,吃饭吃得多,穿衣最费布,又不学好样。养你还不如养条狗,狗还可以守屋。养你还不如养头猪,猪还可以杀肉呢。呵呵呵,你这个奶崽,有什么用啊,睚眦大的用也没有,长了个鸡鸡,往后哪个媳妇愿意上门?⋯⋯"

丙崽望着这个颇像妈妈的妈妈,望着那死鱼般眼睛里的光辉,觉得这些嗡嗡的声音一点也不新鲜,舔舔嘴唇,兴冲冲地顶撞:"×吗吗。"

母亲也习惯了,不计较,还是悠悠然地前后摇着身子,把竹椅摇得吱呀呀地响。

"你收了亲以后,还记得娘么?"

"×吗吗。"

"你生了娃崽以后,还记得娘么?"
"×吗吗。"
"你当了官发了财,会把娘当狗屎嫌吧?"
"×吗吗。"
"一张嘴只晓得骂人,好厉害咧。"

丙崽娘笑了,笑得眼小脖子粗。对于她来说,这种关起门来的对话,是一种谁也无权夺去的亲情享受。

二

寨子落在大山里和白云上,人们常常出门就一脚踏进云里。你一走,前面的云就退,后面的云就跟,白茫茫云海总是不远不近地团团围着你,留给你脚下一块永远也走不完的小孤岛,托你浮游。

小岛上并不寂寞。有时可见树上一些铁甲子鸟,黑如焦炭,小如拇指,叫得特别焦脆和宏亮,有金属的共鸣声。它们好像从远古一直活到现在,从没变什么样。有时还可见白云上飘来一片硕大的黑影,像打开了的两页书,粗看是鹰,细看是蝶,粗看是黑灰色的,细看才发现黑翅上有绿色、黄色、橘红色等复杂的纹络斑点,隐隐约约,似有非有,如同不能理解的文字。

行人对这些看也不看,毫无兴趣,只是认真地赶路。要是觉得迷路了,赶紧撒尿,赶紧骂娘,据说这是对付"岔路鬼"的办法。

点点滴滴一泡热尿,落入白云中去了。云下面发生了一些什么事情,似与寨里的人没有多大关系。秦时设过郡,汉时也设过郡,到明代"改土归流"……这都是听一些进山来的牛皮商和鸦片贩子说的。说就说了,山里却一切依旧,吃饭还是靠自己种粮。官家人连千家坪都不常涉足,从没到山里来过。

种粮是实在的,蛇虫瘴疠也是实在的。山中多蛇,蛇粗如水桶,蛇细如竹筷,常在路边草丛嗖嗖地一闪,对某个牛皮商的满心喜悦抽上黑黑的一鞭。据说蛇好淫,即便被装入笼子里,见到妖娆妇女,还会在笼中上下顿跌,躁动不已,几近气绝。取蛇胆也不易,据说击蛇头则胆入尾,击蛇尾则胆入头,耽搁久了,蛇胆化水,也就没用了。人们的办法是把草扎成妇人形,涂饰彩粉,引淫蛇抱缠游戏之,再割其胸取胆,那色胆包天的家伙在这一过程中竟陶陶然毫无感觉。还有一种挑生虫,春夏两季多见,人一旦染上虫毒,就会眼珠青黄,十指发黑,嚼生豆不腥,含黄连不苦,吃鱼会腹生活鱼,吃鸡会腹生活鸡。在这种情况下,解毒办法就是赶快杀一头白牛,让患者喝下生牛血,对满盆牛血学三声公鸡叫。

至于满山密密的林木,同大家当然更有关系了。大雪封山时,寄命一塘火。大木无须砍断,从门外直接插入火塘,一截截烧完便算完事。以至这里的火塘都直接对着大门,可减少劈柴的劳累。有一种楠木,长得很直,质地紧密,却虫防蚁,有微香,长至几丈或十几丈才撑开枝叶。古代常有采官进山,催调徭役倒伐这种树,去给州府做宫室的楹栋,支撑官僚们生前的威风。山民们则喜欢用它打造舟船,远远行至辰州、岳州、乃至江浙,由那些"下边人"拆船取材,移作它用,琢磨成花窗或妆匣。下边人把这种树木称为香楠。

人们出山当然有危险。木船或木排循溪水下行，遇到急流险滩，稍不留神就会船毁排散，尸骨不存。这是第一条。碰上祭谷神的，可能取了你的人头。碰上剪径的，可能钩了你的车船，刮了你的钱财。这是第二条。还有些妇人，用公鸡血掺和几种毒虫，干制成粉，藏于指甲缝中，趁你不留意时往你茶杯中轻轻一弹，令你饮茶之后暴死于途。这叫"放蛊"。据说放蛊者由此而益寿延年，至少也要攒下一些留给来世的阴寿。当然是害怕蛊祸，此地的青壮后生一般不会轻易远行，远行也不敢随便饮水，实在干渴难忍，视潭中或井中有活鱼游动，才敢前去捧喝两口。

有一次，两个汉子身上衣单，去一个石洞避风雨，摸索到洞里，发现那里有一大堆骷髅，石壁上还有刀砍出来的一些花纹，如鸟兽，如地图，似蝌蚪文，全不可解。谁知道这是怎么回事？谁知道这是不是一次放蛊的后果？

加上大岭深坑，山路崎岖，大树实在不易外运，于是长了也是白长，派不上多大用场，雄姿英发地长起来，又在阳光雨露下默默老死山中。枝叶腐烂，年年厚积，若有人软软地踏上去，腐积层就冒出几注黑汁和一些水泡，冒出阴湿浓烈的酸臭，浸染着一代代山猪和野豹的嚎叫。这些叫声总是凄厉而悠长。

村村寨寨所以都变黑了。

这些村寨不知来自何处。有的说来自陕西，有的说来自广西，说不太清楚。他们的语言和山下的千家坪的就很不相同。比如把"说"说成"话"，把"站立"说成"倚"，把"睡觉"说成"卧"，把近指的"他"与远指的"渠"严格区分，颇有点古风。人际称呼也特别古怪，好像是很讲究大团结，故意混淆远近和亲疏，于是父亲被称为"叔叔"，叔叔被称作"爹爹"，姐姐成了"哥哥"，嫂嫂成了"姐姐"，如此等等。"爸爸"一词，还是人们从千家坪带进山来的，暂时算不上流行。所以，按照这里的老规矩，丙崽家那个离家远走杳无音信的人，应该是丙崽的"叔叔"。

这当然与他没太大关系。叫爹爹也好，叫叔叔也罢，丙崽反正从未见过那人。就像山寨里有些孩子一样，丙崽无须认识父亲，甚至不必从父姓。如果不是母亲吐露往事，他们可能永远不知自己的骨血与哪一个汉子有关。

但人们还是有认祖归宗的强烈冲动。对祖先较为详细的解释，是古歌里唱的。山里太阳落得早，夜晚长得无聊，大家就懒懒散散地串门，唱歌，摆古，说农事，说匪患，打瞌睡，毫无目的也行。坐得最多的地方，当然是那些灶台和茶柜都被山猪油抹得清清亮亮的殷实人家。壁上有时点着山猪油灯壳子，发出淡蓝色的光，幽幽可怖。有时人们还往铁丝编成的灯篮里添块松膏，待松膏烧得噼叭一炸，铜色火光惶惶一闪，灯篮就睡意浓浓地抽搐几下。火塘里的青烟冒出来，冬天可用来取暖，夏天可用来驱蚊。栋梁壁顶都被烟火熏得黑如焦炭，浑然黑色中看不清什么线条和界限，只有一股清冽的烟味戳鼻。要是火烧得太旺，气流上冲，梁上一根根灰线子不断摇晃，点点烟屑从天而降，翻舞飞腾，最后飘到人们的头上、肩上、或者膝头上，不被人们注意。

德龙最会唱歌，包括唱古歌。他没有胡子，眉毛也淡，平时极风流，妇女们一提起他就含笑切齿咒骂。他天生的娘娘腔，嗓音尖而细，憋住鼻腔一起调，一句句像刀子在你脑门顶里剜着，刮着，挤着，让你一身皮肉发紧。大家紧惯了，还紧出了满心的佩服：德龙的喉咙真是个喉咙呵！

他揣着一条敲掉了毒牙的青蛇，跨进门来，嬉皮笑脸，被大家取笑一番以后，不劳多劝就会盯住木梁，捏捏喉头，认真地开唱：

辰州县里好多房？
　　好多柱来好多梁？
　　鸡公岭上好多鸟？
　　好多窝来好多毛？

　　这类"十八扯"相当于开场白或定场诗，是些不打紧的铺垫。唱得气顺了，身子热了，眼里有邪邪的光亮进出，风流情歌就开始登场：

　　思郎猛哎，
　　行路思来睡也思，
　　行路思郎留半路，
　　睡也思郎留半床。

　　德成风流，最愿意唱风流歌，每次都唱得女人们面红耳赤地躲避，唱得主妇用棒槌打他出门。当然，如果寨里有红白喜事，或是逢年过节祈神祭祖，那么照老规矩，大家就得表情肃然地唱"简"，即唱历史，唱死去的人。歌手一个个展开接力唱，可以一唱数日不停，从祖父唱到曾祖父，从曾祖父唱到太祖父，一直唱到远古的姜凉。姜凉是我们的祖先，但姜凉没有府方生得早。府方又没有火牛生得早。火牛又没有优耐生得早。优耐是他爹妈生的，谁生下优耐他爹呢？那就是刑天——也许就是晋人陶潜诗中那个"猛志固常在"的刑天吧？刑天刚生下来的时候，天像白泥，地像黑泥，叠在一起，连老鼠也住不下。他举起斧头奋力大砍，天地才得以分开。可是他用劲用得太猛啦，把自己的头也砍掉了，于是以后成了个无头鬼，只能以乳头为眼，以肚脐为嘴，长得很难看的。但幸亏有了这个无头鬼，他挥舞着大斧，向上敲了三年，天才升上去；向下敲了三年，地才降下来。这才有了世界。

　　刑天的后代怎么来到这里呢？——那是很早以前，很早很早以前，很早很早很早以前，五支奶和六支祖住在东海边上，发现子孙渐渐多了，家族渐渐大了，到处都住满了人，没有晒席大一块空地。怎么办呢？五家嫂共一个舂房，六家姑共一担水桶，这怎么活下去呵？于是，在凤凰的提议下，大家带上犁耙，坐上枫木船和楠木船，向西山迁移。他们以凤凰为前导，找到了黄央央的金水河，金子再贵也是淘得尽的。他们找到了白花花的银水河，银子再贵也是挖得完的。他们最后才找到了青幽幽的稻米江。稻米江，稻米江，有稻米才能养育子孙。于是大家唱着笑着来了。

　　奶奶离东方兮队伍长，
　　公公离东方兮队伍长。
　　走走又走走兮高山头，
　　回头看家乡兮白云后。
　　行行又行行兮天坳口，
　　奶奶和公公兮真难受。
　　抬头望西方兮万重山，
　　越走路越远兮哪是头？

　　据说，曾经有个史官到过千家坪，说他们唱的根本不是事实。那人说，刑天是争夺帝位时被黄帝砍头的。此地彭、李、麻、莫四大姓，原来住在云梦泽一带，也不是什么"东海边"。后因黄帝与炎帝大战，难民才沿着五溪向西南方向逃亡，进了夷蛮山地。奇怪的是，这些难民居然忘记了战争，古歌里没有一点战争逼迫的影子。

鸡头寨的人不相信史官，更相信他们的德龙——尽管对德龙的淡眉毛看不上眼。眉淡如水，完全是孤贫之相。

德龙唱了十几年，带着那条小青蛇出山去了。

他似乎就是丙崽的父亲。

三

丙崽对陌生人最感兴趣。碰上匠人或商贩进寨，他都会迎上去大喊一声"爸爸"，吓得对方惊慌不已。

碰到这种情况，丙崽娘半是害羞，半是得意，对儿子又原谅又责怪地呵斥："你乱喊什么？要死呵？"

呵斥完了，她眉开眼笑。

窑匠来了，丙崽也要跟着上窑去看，但窑匠说老规矩不容。传说烧窑是三国时的诸葛亮南征时路过这里教给山民们的，所以现在窑匠动土，先要挂一太极图顶礼膜拜。点火也极有讲究，须焚香燃炮在先，南北两处点火在后，窑匠念念有辞地轻摇鹅毛扇——诸葛亮不就是用的鹅毛扇吗？

女人和小孩不能上窑，后生去担泥坯也得禁恶言秽语。这些规矩，使大家对窑匠颇感神秘。歇工时，后生就围着他，请他抽烟，恭敬地讨教技艺，顺便也打听点山外的事。这其中，最为客气的可能要数石仁，他一见窑匠就喊"哥"喊"叔"，第二句就热情问候"我嫂""我婶"——指窑匠的女人。有时候对方反应不过来，不知道他是扯上了谁。三言两语说亲热了，石仁还会盛情邀请窑匠到他家去吃肉饭，吃粑粑，去"卧夜"。

石仁对窑匠最讨好，但一再讨好的同时也经常添乱，不是把堆码的窑坯撞垮了，就是把桶模踩烂了，把弓线拉断了，气得窑匠大骂他"圆手板"和"花脚乌龟"，后来干脆不准他上窑来——权当他是另一个丙崽。

这使他多少有些沮丧和寞落。他外号仁宝，是个老后生，虽至今没有婚娶，但自认为是人才，常与外来的客人攀攀关系。无所事事的时候，他溜进林子里，偷看女崽们笑笑闹闹的溪边洗澡，被那些白色影子弄得快快活活的心痛。但他眼睛不好，看不大清楚，作为补偿，就常常去看小女崽撒尿，看母狗母猪母牛的某个部位。有一次，他用木棍对一头母牛进行探究，被丙崽娘看见了。这婆娘爱拨弄是非，回头就找这个嘀咕几句，找那个嘀咕几句，眉头跳跳的，见仁宝来了才镇定自若地走开。后来仁宝上山挖个笋子，刮点松膏，或是到牛栏房去加点草料，也总看见那婆娘探头探脑，装着在寻草药什么的，死鱼般的眼睛充满信心地往这边瞥一瞥，瞥得仁宝心里发毛。

仁宝没理由发作，骂了阵无名娘，还是不解恨，只好在丙崽身上出气，一见到他，注意到周围没什么旁人，就狠狠地在他脸上扇耳光。

小老头被打惯了，经得打，嘴巴歪歪地扯了几下，没有痛苦的表情。

石仁再来几下，直到手指有些痛。

"×吗吗，×吗吗……"小老头这才感到形势不妙，稳稳地逃跑。

仁宝追上去，捏紧他的后颈皮，逼着他给自己磕了几个响头，直到他额上有几颗陷进皮肉的沙粒。

他哇哇哭起来。但哭没有用，等那婆娘来了，他一张哑巴嘴说不清谁是凶手，只能眼睛翻成全白,额上青筋一根根暴出来,愤怒地揪自己的头发,咬自己的手指,朝着天大喊大叫,疯了一样。

丙崽娘在他身上找了找,没发现什么伤痕,"哭,哭死呵?走不稳,要出来野,摔痛了,怪哪个?"

丙崽气绝,把自己的指头咬出血来。

就这样,仁宝报复了一次又一次,婆娘欠下的债,让小崽子加倍偿还,他自己躲在远处暗笑。不过,丙崽后来也多了心眼。有一次再次惨遭欺凌,待母亲赶过来,他居然止住哭泣,手指地上的一个脚印:"×吗吗"。那是一个皮鞋底印迹,让丙崽娘一看就真相大白。"好你个仁宝臭肠子哎,你鼻子里长蛆,你耳朵里流脓,你眼睛里生霉长毛呵?你欺侮我不成,就来欺侮一个蠢崽,你枯窝心毒窝心不得好死呀——"她一把鼻涕一把泪,拉着丙崽去寻找凶手,"贼娘养的你出来,你出来!老娘今天把丙崽带来了,你不拿刀子杀了他,老娘就同你没完!你不拿锤子锤瘪他,老娘就一头撞死在你面前……"

这一夜,据说仁宝吓得没敢回家。

不过,后来仁宝同她并没有结仇,一见到她还"婶娘"前"婶娘"后的喊得特别甜。帮她家舂个米,修个桶,找窑匠讨点废砖瓦,都是挽起袖子轰轰烈烈地干。摘了几个南瓜或几个包谷,也忙着给她家送去。有人说,他是同丙崽娘打过一架,但打着打着就搂到一起去了,搂着搂着就撕裤子了——这件事就发生在他们去千家坪告官的路上,就发生在林子里,不知是真是假。还有人说,当时丙崽"×吗吗×吗吗"地骑到仁宝的头上揪打,反而被他娘一巴掌煽开,被赶到一边去,也不知是真是假。

反正结果有点蹊跷。看见仁宝有时给呆子一把杨梅或者红薯片,妇女们免不了更多指指点点:真的吗?不会吧?诸如此类。

丙崽对红薯片并不领情,一把掷回仁宝。"×吗吗。"

"你疯呵?好吃的。"

"×吗吗!"

"我×你妈妈呢。"

丙崽一口浓痰吐到仁宝的身上。

妇女们大笑:仁宝伢子,这下知道了吧?要×吗吗还不容易呵……她们没说完,差点笑得气岔,羞得仁宝一脸胀红夺路而逃。大概是受到笑声的鼓舞,丙崽左右看看,更加猖狂起来,把自己拉的屎抓了个满手,偏斜着脑袋,轮出一个白眼,继续追击仁宝,一路"×吗吗×吗吗×吗吗",竟把一条汉子追得满山跑。

仁宝跑下山去了。直到半个多月以后,他才重新出现在人们眼前。他头发剪短了,胡桩刮光了,还带回了一些新鲜玩意儿,一个玻璃瓶子,一盏破马灯,一条能长能短的松紧带子,一张旧报纸或一张不知是何人的小照片。他踏着一双更不合脚的旧皮鞋壳子,在石板路上嘎嘎咯咯地响,很有新时代气象。"你好!"他逢人便招呼,招呼的方式很怪异,让大家听不大懂。你什么好呢?又没生病,能不好么?

仁宝的父亲仲满是个裁缝,看见菜园里杂草深得可以藏一头猪,气不打一处来,对儿子脚下的皮鞋最感到戳眼:"畜生!死到哪里去了?有本事就莫回来!"

"你以为我想回来?我一进门就窝心冲。"

"你还想跑?看老子不剁了你的脚!"

"剁就要剁死,老子好投胎到千家坪去。"

"到千家坪,吃金子屙银子是吧?"

"千家坪的王先生穿皮鞋,鞋底还钉了铁掌子,走起来当当地响,你视过?"

仲满没见过什么钉铁掌的皮鞋,不便吭声,停了片刻才说:"皮鞋子上不得坡,下不得河,不透气,穿起来脚臭,有什么稀奇?"

"铁掌子,我是说铁掌子。"

"只有骡马才钉掌子,你不做人,想做畜生?"

仁宝觉得父亲侮辱了自己的同志,十分恼怒,狠狠地报复了一句:"辣椒秧子都干死了,晓得么?"

叭——裁缝一只鞋摔过来,正打中仁宝的脑袋。他不允许儿子如此不遵孝道。

"哼!"

仁宝怕第二只鞋子,但坚强地不去摸脑袋,冲冲地走进楼上自己的房间,继续戳他的旧马灯罩子。

听说他挨了打,后生们去问他,他总是否认,并且严肃地岔开话题:"这鬼地方,太保守了,太落后了,不是人活的地方。"

后生们不明白"保守"是什么意思,更不明白玻璃瓶子和马灯罩子有何用途,于是新名词就更有价值,能说新名词的仁宝也更可敬。人们常见他愤世嫉俗,对什么也看不顺眼,又见他忙忙碌碌,很有把握地在家里研究着什么。有时研究对联,有时研究松紧带子,有时研究烧石灰窑。有一回,还神秘地告诉后生们:他在千家坪学会了挖煤,现在他要在山里挖出金子来。金子!黄央央的金子哩!

他真的提着山锄,在山里转了好几天。有几个想沾光的后生,偷偷地跟着看,看了几天,发现他并没有真正动手。

对付同伴们的疑惑,他宽容地笑一笑,然后拍拍对方的肩,贴心地作些勉励:"就要开始了,听说没有?上面来人了,已经到了千家坪,真的。"

或者说:"就要开始啦,真的,明天就会落雪,秧都靠不住。"说完回头望一望什么,似乎总有个无形的人在跟着他。

有时甚至干脆只有一句:"你等着吧,可能就在明天。"

这些话赫赫有威,使同伴们好奇和崇敬,但大家不解其中深意,仍是一头雾水。要开始,当然好,要开始什么呢?要怎么开始呢?是要开始烧石灰窑,还是要开始挖金子,还是像他曾经说过的那样——下山去做上门女婿?不过众人觉得他踏着皮鞋壳子,总有沉思的表情,想必有深谋远虑。邀伴去犁田、倒树、或者砍茅草,干这一类庸俗的事,不敢叫他了。

仁宝从此渐渐有了老相,人瘦毛长一脸黑。他两眼更加眯,没看清人的时候,一脸戳戳的怒气。看清了,就可能迅速地堆出微笑。尤其是对待一些不凡人士:窑匠、木匠、界(锯)匠、商贩、读书人、阴阳先生等等,他总是顺着对方的言语,及时表示出惊讶,愤慨、惜惋、欢喜,乃至悲天悯人的庄严。随着他一个劲地点头,后颈上一点黑壳也有张有弛。当然,奉承一阵以后,他也会巧妙地暗示自己到过千家坪,见识过那里的官道和酒楼。有时他还从衣袋摸出一块纸片,谦虚谨慎地考一考外来人,看对方能否记得瓦岗寨的一条好汉到六条好汉,能否懂一点对联的平仄。

这一天,寨子里照例祭谷神,男女老少都聚集在祠堂。仁宝大不以为然,不过受父亲鞋底的威胁,还是不得不去应付一下。只是他脸上一直充满冷笑。可笑呵,年年祭谷神,也没祭出个好年成,有什么意思?不就是落后么?他见过千家坪的人作阳春,那才叫真正的作家,所谓作田的专家。哪像这鬼地方,一年只一道犁,甚至不犁不耙,不开水圳也不铲田埂,更不打粪凼,只是见草就烧一把火,还想田里结谷?再说就算田里结了谷,与他的雄图大志有何关系?他看到大家在香火前翘起屁股下拜,更觉得气愤和鄙夷。为什么不行帽沿礼?什么年月了,怎么就不能文明和进步?他在千家坪见过帽沿礼的,那才叫振奋人心!

他自信地对身边一个后生说:"会开始的。"

"开始?"后生不解地点点头。

"你要相信我的话。"

"相信,当然相信。"

他觉得对方并非知音,没什么意思。于是目光往左边的女人们投过去。有个媳妇,戴着耳环,不停地用衣袖擦着汗珠。跪下去时没注意,侧边的裤缝胀开了,露出了里面的白肉。仁宝眯着眼睛,看不太清楚,不过这已经足够,可以让他发挥想象,似乎目光已像一条蛇,从那窄窄的缝里钻了进去,曲曲折折转了好几个弯,上下奔蹿,恢恢乎游刃有余。他在脑子里已经开始亲热那位女人的肩膀、膝盖,乃至脚上每个趾头,甚至舌尖有了点酸味和咸味……

直到叭的一声,他感觉脑门顶遭到重重一击才猛醒过来。回头一看,是丙崽娘两只冒火的大圆眼,"你娘的×,借走老娘的板凳,还不还回来?"

"我……什么时候借过板凳?"

"你还装蒜?就不记得了?"丙崽娘又一只鞋子举起来了。

四

女人们白天爱串人家,偷偷地沿着屋檐溜进东家或西家,凑在火塘边叽叽咕咕,茶水喝干了几吊壶,尿桶里涨了好几寸,直说得个个面色发白,汗毛倒竖,才拿起竹篮或捣衣的木棰,罢休而去。

一般来说,她们谈得最多的是婚嫁之事。比如说,哪个男人暗取了哪个女子的一根头发,念上七十二遍"花咒",就把那女子迷住了。又比如说,哪个女子未婚先孕,用大凉的蓝靛打胎,居然打出了一个满身长毛的猴子。如此等等。有时候,她们也讨论一些不祥之兆:某家的鸡叫起来像鸭;腊月里居然没下一场雪;还有丙崽娘去岭那边接生带回的消息,说鸡尾寨的三阿公坐在屋里被一条大蜈蚣咬死,死了两天还没有人知道,结果有只脚被老鼠吃去一半——这些事端是不是有些不吉?

但后来又有人说,三阿公并没有死,前两天还看见他在坡上扳笋子。这样一说,三阿公又变得恍恍惚惚,有无都成为一个问题了。

像要印证这些兆头,后来一阵倒春寒,下了一阵冰雹,田里大部分禾苗都冻成了黑水,只剩下稀稀拉拉几根,像没有拔尽的鸡毛。几天后暴热,田里又多虫,稻谷都长成了草。粮食立刻就成了焦心的话题。家家都觉得奶崽太多,太能吃,又觉得米桶太浅,一舀就见底。有人开始借谷,一借就有了连锁反应,不管桶里有谷没谷,都踊跃地借,大张旗鼓地借,以示自己也会盘算别人。丙崽娘也借得要死要活的,其实她这几年大模大样地积德,义务照看祠堂,偷偷省下了不少猫粮。祠堂里不能没有猫,不然老鼠啃了族谱和牌位怎么办？搅了祖宗的安宁怎么办？养猫也不能没有猫粮。丙崽娘每年从公田收成里分得两担谷，每天拿瓦罐盛半罐饭，吃吃喝喝从一些门户前经过，说是去送猫食，其实一进祠堂就自己吃了。只可怜那只饿猫，只吃点糠粉野菜，饿得皮包骨，成天蚊子一样尖叫。

靠这只老猫，娘崽两个居然混过了春荒。大家似乎知道这个中机巧，有人在她背后指指点点。她横眉横眼，装着没听见就是。

一直借到寨子里人心惶惶，女人们又开始谈起杀人祭谷神。丙崽娘有点兴高采烈，积极投入了这场对谷神的议论。得闲的时候，就带上针线鞋底，拉上丙崽，矮胖的身子左一顿，右一顿，屁股磨进一家家高大的门槛。对一些没听说过谷神的女崽，她谆谆教导：这可是个老规矩呐。不杀人是不能祭谷神的，要杀人就要杀个男的，选头发最密的杀，肉块都分给狗吃。杀到哪一家，就叫哪一家"吃天粮"……说得女子睁大眼睛，脸色发白，相互挤靠得越来越紧，她又笑起来，神秘地压低声音："你屋里不会吃天粮的，放心。你男人头发胡子都稀么……不过，也不蛮稀。"或者说："你屋里不会吃天粮的，放心。你竹哥太瘦了，没有几斤肉，不过……也不蛮瘦。嗯啦。"

她圆睁双眼，把一户户女人都安慰得心惊肉跳之后，才弯着一个指头，把碗里的茶叶扒起来，嚼得吱吱响，严肃认真地告别："吾去视一下。"

"视一下"有很含混的意思，包括我去打听一下，我去说说情，有我做主，或者是我去看看我的鸡埘什么的，都通。但在女人们的恐慌中，这种含混也很温暖，似乎也值得寄予希望。

实在是割野葱去了。

然后是看鸡埘去了。

鸡埘那边就是仁宝父子的家。丙崽娘看完鸡埘，总是朝那边望一眼。这一眼的意思也很模糊，似乎是招呼，似乎是警惕，似乎是窥探隐私，似乎是不示弱地挑战：看你能把我怎么样？每天都这样偷偷地望几眼，叫仲裁缝心里猫抓似的。

仲裁缝恨女人，尤恨丙崽娘，那个圆不圆瘦不瘦的家伙。说起来，她还算他的弟媳，又与他为邻，两家地坪相连树荫相接，要是拆了墙壁，大家会发现对方也不过是吃饭、睡觉、训儿子，没什么两样。但越接近就越看得清楚，看出些不一样来。丙崽娘常常挑起一竹篙女人的衣裤，显眼地晒在地坪里，正冲着裁缝的大门，使他一出门就觉得晦气，这不是有辱斯文么？她还经常在地坪里摊晒一些胞衣，作为大补佳药拿去吃，或卖钱。那些婆娘们腹中落下来的肉囊，有血腥气，在晒席上翻来滚去的，晒出一条条皱纹，恰似一个个鬼魂，令人须发倒竖。

不过，这一切都不如她那眼光可恶。似乎是心不在焉地瞅一眼，有毫无理由的理由，有毫不关心的关心，像投来一条无形的毒蛇。堂堂仲满的儿子就是被这样的毒蛇缠住，乱了辈份，毁了伦常，闹出一些恶浊不堪的闲言，岂不是往他仲满耳朵里灌脓？

"妖怪！"

有一天，仲裁缝在大门口怒骂。

地坪里没有他人，只有丙崽娘。她架起一条腿，撕剥脚皮，哼了一声，吐出一口痰，又恨恨剥下两大块茧皮。

就这样交了恶。

但仲裁缝从来不对丙崽做手脚。有一回，小老头怯怯地来到他家门口，研究了一下他脸上的麻子,吐了两个痰泡,把一团绿色鼻涕抹在布料上。裁缝忍无可忍,但还是没有恶语,只是横了一眼,旋即把布料塞进灶口,烧了。

避女人与小子,乃有君子之风。仲裁缝算不算君子,不好说。但他从不与女人交道,从不同后生笑闹,在寨子里是个颇有"话份"的长者。话份在这里也是一个含糊概念,初到这里来的人许久还弄不明白。似乎有钱,有一门技术,有一把胡须,有一个很出息的儿子或女婿,就有了所谓话份。后生们都以毕生精力来争取话份。

有话份,就意味着有人来听你说话。仲裁缝粗通文墨,自婆娘早死之后,孤独度日,晴耕雨读,翻破了几本六叔留下来的线装书,知道不少似真似假的旧事。晋公子重耳、吕洞宾、马伏波,还有他最为崇拜的贤相诸葛亮,都常在他嘴中出入。尤其是坐在火塘边的时候,他把竹烟管喝得嗬嗬的响,慢条斯理说一句,停半天再说一句,三个字一顿,五个字一断,间或夹上一声"哎",久久没有下文,目光茫茫然,不像是在同听者说话,而是在同死去的先人禅对。后生们望着他脸上几颗冷峻的阴麻子,不敢催促他。

"汽车算个卵。"他说,"卧龙先生,造了木牛流马,逢山过山,逢水过水。只怪后人太蠢,就失传了。"

他还说:"先人一个个身高八尺,力敌千钧,日行三百。哪像现在,生出那号小杂种,茄子不是茄子,豆角不是豆角。"

大家知道他是说丙崽。

"先人真有那么高大?"有个后生表示怀疑,"上次我们挖坟砖,挖出来的骨头同我们的差不多,没长到哪里去呵。"

"晓得什么!"仲满哼了一声,"人死了,骨头就缩了。"

"那年千家坪唱戏,诸葛亮还是个矮子。"

"书真戏假,戏台上的事能信么?"

他越这样崇敬古人,越觉得日子不顺心。摇着蒲扇,还是感到闷,鼻尖上直冒汗——呸,妖怪,先前哪有这么热呢?那时候六月天的夜里也要盖被子呵。他觉得椅子也很不合意,吱吱呀呀叫得很阴险——妖怪,如今的手艺也真是哄鬼呵,哪像先前一张椅子,从出嫁坐到做外婆,还是紧紧实实的。想来想去,觉得没有了卧龙先生,这世道恐怕是要败了,这鸡头寨怕是要绝人了。

眼下,听人们都在议论天灾,议论杀人祭谷神,听得让人烦。他坐在家里不知要如何才好。好像出了点问题,仔细思量,才知是自己肚子饿。近来很少有人接他去做衣,即使接他去做上门工,主家的饭食也越来越稀软——此事最不可容忍。人是铁,饭是钢么,人吃饭怎么成了猪吃潲?如果米饭不是粒粒如铁砂,他情愿不摸筷子。当然,更让他寒心的是,今天是什么日子?是他五十岁大寿。想想看,寿星佬居然饿着,这日子还能过?

"仁拐子!"他叫喊。

没有人回答。

"仁拐子,要舂米啦!"

他又喊了一声,上楼去找找,还是没有找到米,只有半箩瘪壳谷,充其量只能拿来喂喂鸡。还有去年攒下来一担包谷和几十个南瓜,竟然也不翼而飞。他往儿子的房间看看,发现那铺盖上全是灰土,还有老鼠屎,看来很久没有人睡过,使他不免吃了一惊。

他明白了什么,一句话也没说,只是啪啪两下,狠抽自己的耳光。"家门不幸,家门不幸呵。老子前世作了什么孽？……"

他看见墙边几个大瓦坛子，很久没有装酸菜了，倒立在那里，像几个囚犯受着大刑，永远倒栽在那里。他还看见一具棺木，不知是仁宝为谁准备的，横霸中央，不可一世。有一只老鼠钻出棺材，在墙根一晃即逝，更让他明白了什么。妖怪！对了，就是这个妖怪——他梦见过的，这家伙眼红足赤，抹了胭脂一般，拱手而立，眼睛滴溜溜地转，还同情地冲他一笑。这不就是古书上说的红眼媚鼠吗？不就是德龙家那妖婆附体的精怪吗？仁拐子一定是被它媚住的，是被它勾了魂魄的。

仲裁缝气喘吁吁，下楼找到铁尺，回头找媚鼠算账。一铁尺打过去，咣地破了个坛子，老鼠尾巴又缩进壁缝去了。他跑到另一房间，撬破一个木柜，捅烂两只箩筐，还是没有成功捕杀。他咚咚咚地蹿到楼下，对可疑之处一律给予惊天动地的检查。一瞬间，碗钵烂了，吊壶也倒了，桌椅板凳都苦苦地跪倒或趴下，尘灰到处飞扬。当他引火大烧鼠洞的时候，一不小心，黑油油的帐子又接上火，燎起热爆爆的一片金黄色光亮。

幸亏老黑狗前来相助，媚鼠总算被他找到，被他戳死，六只肉溜溜的乳鼠也被他斩首，拿到火塘中烧出了一股奇臭。他听见地坪中有脚步声，回过头，没看见儿子，只有丙崽娘蓬头散发，半掩胸襟，朝这边瞄了一眼。

大概是闻到了奇臭，不知这里发生了什么事。

他更加冒火，一咬牙，把老鼠的尸灰泡在水里，喝了下去。

他脸发黑，感到丹田之气已尽，默坐一阵之后出门而去。此时公鸡正在叫午，寨子里静得像没有人，只有两只蝴蝶在无声飞绕。对面是鸡公岭一片狰狞石壁，斑斓石纹有的像刀枪，有的像旗鼓，有的像兜鍪铠甲，有的像战马长车。还有些石脉不知含了什么东西，呈深深赭色，如淋漓鲜血劈头劈脑地从山顶泻下来，一片惨烈的兵家气象。仲裁缝突然觉得，他听到了来自那里的轰隆隆声浪，听到了先人们正在对自己召唤。

路过瓜棚时，见绿叶丛中冒出一张老人的脸。

"仲爷，吃了？"

"吃了。"他淡淡一笑。

"要祭谷神了？"

"要祭的吧？"

"轮到谁的脑袋？"

"听说……摇签。"

"摇签？"

"摇到我就好了。"

"活着是没什么意思。"

"我都活过了五十，该回去了。"

"谁说不是呢？"

"省得饿肚皮，省得挑担子。"

"还省得蚊子蚂蟥咬。"

"省得日晒雨淋。"

"省得受儿孙的气。"

双方不再说话。

山上的树漫天生长。从茶子坡过去，大木就多了。有些树上扎了篾条，那都是寿木。寨里的人很小就要上山给自己看寿木，看中了，留个记号，以后每年检查一两次，直到自己最终躺进寿木做成的棺材。但仲裁缝很少进山，也一直没选过寿木，而且憎恶这一棵棵居心不良的鸟树。君子坐有坐相，站有站相，死也要有个死威，死得顶天立地，还用得着准备什么？他提着弯刀进山来，就是要选一处好风景，砍出一个尖尖的树桩，然后桩尖对准粪门，一声嘿，坐桩而死，死出个慷慨激昂。他见过这种死法。前些年马子洞的龙拐子就是一个。他咳痰，咳得不耐烦了，就昂首挺胸地坐死在桩上。后来人们发现血流满地，桩前的草皮都被他抓破，抓出了两个坑，翻出了一堆堆浮土，可见他死得惨烈、死得好，不仅上了族谱的忠烈篇，还在四乡八里传为美谈。

他选定了一棵松树，用裁缝的手，不熟练地砍削起来。

五

为什么祭谷神不用猪羊而要用人肉，为什么杀人得杀个男人，最好是须发茂密的男人……这些道理从来无人深究。

有些寨子祭谷神，喜欢杀其它寨子的人，或者去路上劫杀过往的陌生商客，但鸡头寨似乎民风朴实，从不对神明弄虚作假，要杀就杀本寨人。抽签是确定对象的公道办法，从此以后每年对死者亲属补三担公田稻谷，算是补偿和抚恤。这一次，一签摇出来，摇到了丙崽的名下，让很多男人松了口气，一致认为丙崽真是幸运：这就对了，一个活活受罪的废物，天天受嘲笑和挨耳光，死了不就是脱离苦海？今后不再折磨他娘，还能每年给他娘赚回几担口粮，岂不是无本万利的好事？

听到这消息，丙崽娘两眼翻白，当场晕了过去。几个汉子不由分说，照例放一挂鞭炮以示祝贺，把昏昏入睡的丙崽塞入一只麻袋，抬着往祠堂而去。不料只走到半道，天上劈下一个炸雷，打得几个汉子脚底发麻，晕头转向，齐刷刷倒在泥水里。他们好半天才醒过来，吓得赶快对天叩拜，及时反省自己的罪过：莫非谷神大仙嫌丙崽肉少，对这个祭品很不满意，怒冲冲给出一个警告？

这样，丙崽娘哭着闹着赶上来，把麻袋打开，把咕咕噜噜的丙崽抱回家去，汉子们也就没怎么拦阻。

重新商议，重新摇签，杀了另一个短命鬼，是后来的事。不过像很多寨子一样，鸡头寨这次祭过谷神以后还是灾厄未除，地上依然大旱，下种的秋玉米没怎么出苗，稻田里的虫子也没退去。人们更恐慌了，不仅把周边山上的野菜挖了个遍，不仅把镯子耳环都拿去换粮食，而且鬼鬼祟祟张惶失措摩拳擦掌准备炸掉鸡头峰——这是一位巫师的主意。据这位巫师一边揪鼻涕一边说，流年不利，年成不好，主要是叫鸡精在作怪。你们没看见么？鸡头峰正冲着寨子里的田土，把五谷收成都啄进肚子里去啦。

巫师抓狂时发出的大声鸡叫，给人们印象很深。

风声传出去，七里路以外的鸡尾寨立刻炸了锅。道理是这样：若斩了鸡头，鸡尾还如何出粪？没有鸡尾出粪，鸡尾寨还拿什么丰收五谷？要知道，鸡尾寨是个大寨，有几百号人口，在寨前的石头大牌坊下进进出出，全靠叫鸡精一个粪门的照顾，近年来比较富足。那寨子出了一些读书人，据说有的在新疆带兵，回乡省亲都是坐八人大轿。每逢过年，那寨子里家家宰牛，牛叫声此起彼落，牛皮商也最喜欢往那里钻。

不仅鸡头吃谷鸡尾出粪的说法，一直在暗暗流传使两寨生隙，而且鸡尾寨去年一连几胎都生女崽,还生了什么葡萄胎,也是两寨不和的原因。有人说,鸡尾寨路口的一口水井和一棵樟树,就是保佑全寨的阳根和阴穴,是寨子里发人的保障。一年前有鸡头寨的某后生路过那里,上树摸鸟蛋,弄断一根枝桠,不就伤了鸡尾寨的命根?那后生还往井里丢了一只烂草鞋,不就是闹出什么葡萄胎的根由?……眼下,旧恨未消新仇又起,贼坯们还要炸掉鸡头峰,也太歹毒了吧?

双方初次交手,是在两寨交界处吵了一架,还动起了手脚。鸡尾寨有人受伤,脑袋上留下一条深沟,嘴里大冒白色泡沫。鸡头寨也有人挂彩,肠子溜到肚皮外,带血带水地拖了两丈多远,被旁人捡起来,理成一小堆重新塞回肚囊。

不得了啦,不得了啦。寨子里锣声大震,人人头上都缠着白布条,家家大门上都倒挂着一条长裤,祖宗牌位前还有人们咬破手指洒下的血迹。这都是决一死战的表示。看着大人们忙着扛树木去寨前堵路设障,或是在阶前嚯嚯地磨刀,丙崽倒是显得很兴奋,大概把热闹当成了过年的景象。他到处喊"爸爸",摇摇摆摆地敲着一面小铜锣,口袋里装有红薯丝,掏出来一两根,就撒落了三四根,引来两条狗跟着他转。他对仲裁缝家的老黑狗会意地一笑,又朝两棵芭蕉树哇地叫嚣了一声,看见前面有一条牛,又低压着脑袋,朝那一边一顿一顿地慢跑。

几个娃崽也在路口疯玩,看见了他。

"视,宝崽来了。"

"他没有叔叔,是个野崽。"

"吾晓得,渠是蜘蛛变的。"

"根本不是,渠的妈妈是蜘蛛变的。"

"要渠磕头,好不好!"

"不,要渠吃牛屎,吃最臭最臭的!啊呀,臭死人!"

……

丙崽朝他们敲了一下锣,舔舔鼻涕,兴奋地招呼:"爸爸爸——"

"哪个是你爸爸?呸,矮下来!"

娃崽们围上去,捏他的耳朵,把他揪到一堆牛屎前,逼他跪下去,鼻尖就要顶着牛粪堆了。"张嘴,你张嘴!"他们大喊。

幸好来了一群大人,才使娃崽们停止胡闹,遗憾地一哄而散。但丙崽还在那里久久地跪着,发现周围已无人影,才爬起来朝四下看看,咕咕哝哝,阴险地把一个小娃崽的斗笠狠狠踩上几脚,再若无其事地跟上人群,去看热闹。

大人们牵来了一头牛,牛身上的泥片已被洗刷干净了,须毛清晰,屁股头的胯骨显得十分突出。湿滑的牛嘴一挪一磨,散发出来自胃里的一种草料臭。

一个汉子提着大刀走过来,把刀插在地上,脱光上衣,大碗喝酒。那刀也令丙崽感到新奇。刀被磨得铮亮,刀口一道银光,柔顺而清凉,十分诱人。有花纹的刀柄被桐油擦得黄澄澄的,看来很合手,好像就要跳到你手上来,不用你费什么气力,就会嚓嚓嚓地朝什么东西砍去。"吉辰已到,太上显灵——"随着有人一声大呼,锣鼓齐鸣,鞭炮炸响,那汉子已经喝完酒,叭的一声,砸了酒碗,拔起刀来,一跺脚,一声嘿,手起刀落,牛头就在地动山摇之间离开了牛身,像一块泥土慢慢垮下来。牛角戳地之时,牛眼还圆圆地睁着,牛颈则像一个西瓜的剖面,皮层裹着鲜鲜的红肉——没有头的牛身还稳稳站了片刻。

娃崽们吓了一跳。他们不知道,为什么当牛身最终向前扑倒的时候,大人们都会一齐欢呼起来:

"赢了!"

"我们赢了!"

"我们赢定了!"

"拍死姓罗的那些臭杂种——"

……

其实这是一种战前预测方式。据说当年马伏波将军南征,每次战斗之前都要砍牛头问凶吉,如牛向前倒,就是预示胜利,若牛向后倒,就得赶快撤兵。

人们的欢呼太响亮了,吓得丙崽上嘴唇跳了一下,咕咕哝哝。他看见有一缕红红的东西,从大人们的腿下流出来,一条赤蛇般地弯弯曲曲急蹿。他蹲下去捏了捏,感到有些滑手,往衣上一抹,倒是很好看。不一会,他满身满脸就全是牛血。大概弄到嘴里的牛血有些腥,小老头翻了个白眼。

丙崽娘也提了个篮子来,想看看牛肉怎么分。听人家说,没人上阵的人家没有肉吃,正噘着嘴巴生气。一眼瞥见丙崽这血污污的全身,更把脸盘气大了。"你要死,要死呵?"她上前揪住小老头的嘴巴,揪得他眼皮往下扯,黑眼珠转不过来,似乎还望着祠堂那边。

"×吗吗。"

"又要老子洗,又要老子洗,你这个催命鬼要磨死我呵?还不如拿你去祭了谷神,也让老娘的手歇上几天呵。"

"×吗吗×吗吗。"

她把丙崽像提猫一样提回家去。

整整一天,丙崽没有衣穿,全身赤条条。他似乎还知道点羞耻,没有出门去巡游,只是听到远处急促地敲锣,也敲几下自己的小铜锣。看见妇女们哭哭泣泣燃着香火去祠堂,他也在水沟边插上一排树枝,把一堆牛粪当作叩拜的对象。不知什么时候,他倒在地上睡了一觉。醒来时觉得寨子里特别安静,就再睡了一觉,直到斜斜的夕阳投照在他身上,把他全身抹出了一片金色。

他醒来的时候,发现自己在祠堂的大瓦盖下,嘈杂的脚步声,叫骂声,哭嚎声,铁器碰撞声,响在他的周围。借着闪烁烁的松明子,他看不清这里的全景,只见男女老幼全是头缠白布,一眼望去,密密的白点起起伏伏飘移游动。好些女人互相搀扶着,依靠着,搂抱着,哭得捶胸顿足,泪水湿了袖口和肩头。丙崽娘一屁股坐在地上,不时用袖口去擦眼睛,也把眼圈哭红了,显得一张娃娃脸很纯真了。她坐在二满家的媳妇旁,用力收缩鼻孔,捏住对方的手,用外乡口音说:"人生一世,草木一秋,去也就去了。你要往开处想,呵?你还有后,有兄弟,有爷娘。吾呢,那死鬼不知是死是活,一个丙崽也当不得正人用的,比你还苦十倍呵。"

她劝别人莫哭,自己却带头大哭,使对方更加泪水横飞。

"打冤家总是有个三长两短。早死也是死,晚死也是死。早死早投胎,说不定投个富贵人家,还强了。呵?"

对方还是哭出奇怪声调,听上去是剪刀在玻璃上划出的尖声。

大概想到了什么伤心事,丙崽娘拍着双膝更加大放悲声,哭得自己头上的白布条在胸前滑上去,又滑下来。"吾那娘老子哎,你做的好事呀。你疼大姐,疼二姐,疼三姐,就是不疼吾呀。你做的好事呀,马桶脚盆都没有哇……"

这就不知道是什么意思了。

正堂里烧了一堆柴火,噼噼啪啪炸出些火光。靠三根大树支着,一口大铁锅架在火上,冒出咕咕嘟嘟的沸腾声,还有腾腾热气冲得屋梁上的蝙蝠四处乱窜。人们闻到了肉香,但人们也知道,锅里不光有猪肉,还有人肉。按照打冤家的老规矩,对敌人必须食肉寝皮,取尸体若干,切成了一块块,与猪肉块混成一锅,最能让战士们吃出豪气与勇气。当然,猪肉油水厚一些,味道鲜一些。为了怕人们专挑猪肉,也为了避免抢食之下秩序混乱,肉块必须公平分配,由一个汉子站在木凳上,抄一杆梭镖往锅里胡乱去戳,戳到什么就是什么,戳给谁谁就得吃。这叫吃"枪头肉"。

前面已经有人吃开了。有的吃到了肺,不知是猪肺还是人肺。有的吃到了肝,不知是猪肝还是人肝。有的吃到了猪脚,倒是吃得很安心。有的吃到了人手,当下就胸口作涌,哇的一声呕吐出来。

柴火的热气一浪浪袭来,把前排人的胸脯和胯裆都烤烫了,使他们不由自主往后挪。油浸浸的那杆梭标映着火光,油浸浸的发亮,不时从锅里带出一点汁水,就零零星星洒下三两火珠,落入身影后的暗处。一个赤膊大汉突然站起来,发疯般地大叫一声:"给老子上人肉!老子就是要吃罗老八的窝心肝肺……"

几个不甘示弱的汉子也站起来:

嚼罗老八的骨头!

嚼罗老八的脚筋!

老子要拿罗老八的鸡巴伴辣椒!

……

场面有点乱。人影错杂之际,火光把人影投射在四壁和屋顶,使那些比真人放大了几倍乃至十几倍的黑影,一下被拉长,一下被缩短,忽大忽小,忽胖忽瘦,扭曲成各种形状。

"德龙家的,过来!"

叫到丙崽娘的名字了。她哭得泪眼糊糊的,还在连连拍膝,"吾不要哇,吃命哇……"

"碗拿来。"

"罗老八是我接生的哇,他还喊我干娘哇……"

"德龙家的,你娘的╳吃不吃?丙崽,你吃!"

丙崽穿着开裆裤,很不耐烦地被旁人推到前面,很不情愿地从旁人手里接过一个碗。他抓起碗里一块什么肺,被烫了一下,嗅了一嗅,大概觉得气味不好,翻了个白眼,连碗带肺都丢了,朝母亲怀里跑去。

"你要吃!"有人把肺块捡起来,重新放在碗里。

"你非吃不可!"很多油亮亮的大嘴都冲着他叫喊。

一位白胡子老人,对他伸出寸多长的指甲,响亮地咳了一声,激动地教诲:"同仇敌忾,生死相托,既是鸡头寨的儿孙,岂有不吃之理?"

"吃!"掌竹扦的那位汉子,把碗再次塞到他怀里,于是屋顶上出现了一个无比巨大的手影。

丙崽看着屋顶上黑影,哇地一声哭了。

六

　　仁宝下山耍了几日,顺便想打打零工,交交朋友。要是机会好,找个机会做上门女婿也不错。他听说前几天有一队枪兵从千家坪过,觉得太好了。嘿,这不就是要开始了么?可枪兵过就过了,既没有往鸡头寨去改天换地,也没邀他去畅谈一下什么理想,使他相当失望。倒是有一个买炭的伙计从山里慌慌地出来,说鸡头寨与鸡尾寨行武了,还说马子溪漂下来了一具尸体,不知为什么脚朝上头朝下,泡得一张脸有砧板大,吓死人……

　　仁宝吓了一跳:还果真打起来了么?

　　他在外面人缘很广,在鸡尾寨也有一位窑匠朋友,一位铜匠朋友,一位教书匠朋友,堪称莫逆,不可伤情面的。如今打什么冤家呢?同饮一溪水,同烧一山柴,大家坐拢来喝杯酒吃碗肉不就结了?

　　仁宝回到了寨子里,发现父亲脸色苍白,重伤在床——那天他去坐桩,被一个砍柴的发现,把他救了回来,但下体的伤口一时半刻封不了疤。

　　"不是渠不孝,仲爹何事会寻绝路?"

　　"坐桩没死成,兴怕也会被气死。"

　　"崽大爷难做,没得办法呵。"

　　"你看渠个脸相,吊眉吊眼的,是个克爹的种。"

　　"他娘故得那样早,恐怕也是被克的吧?"

　　……这一类话,从耳后飘来,仁宝不可能没听到。他跪在老爹的床前,抽了自己几个耳光,在地上砸出几个响头,又去借谷米给仲裁缝做了一顿干饭。见裁缝还是不理他,便毫无意义地扫了扫地,毫无意义地踩死了几只蚂蚁,毫无意义地把马灯罩子再研究了片刻,怏怏地往祠堂而去。

　　祠堂门前一圈人,都头缠白布条,正谈论着打冤家的事。这似乎是仁宝重建形象的好机会,只是大家都红了眼,红得仁宝也有几分激动,一开腔竟完全忘了自己回寨子来的初衷。"鸡头峰嘛,这个,当然,是可以不炸的。请个阴阳先生来,做点关口,什么邪气都是可以破掉的是不是?"他显出知书识礼的公允,"不过话说回来,说回来。他们姓罗的明火执仗打上门来,也欺人太甚不是?小事就不要争了,不争——"他闭着眼睛拖出长长的尾音,接着恶狠狠扫了众人一眼,"但我们要争口气,争个不受欺!"

　　"仁宝说得对,我们被他们欺侮太久了!"一个汉子说。

　　仁宝受到鼓舞,说得更为滔滔不绝:"人心都是肉长的,总得讲个天地良心吧?莫说是你们,我对鸡尾寨的人怎么样?他们来了,我冲豆子茶,豆子是要多抓一把的。到时候吃饭,我油盐是要多下一些的。怎么能翻脸不认人呢?树活一张皮,人活一口气,对这样不知好歹的畜性,你还有什么道理可讲?……"

　　打冤家的正义性,由他以新的方式再次解说。众人如果不觉得他的道理有多新鲜,至少觉得那恶狠狠的扫视还是很感人。他眯着眼睛看出这一点,看到自己忤逆不孝和怕死躲战的恶名几乎消除,更为兴高采烈,把衣襟嚓的一下撕开,抡起一把山锄,朝地上狠狠砸出一个洞,"量小非君子,无毒不丈夫。呸!老子的命——就在今天了!"

　　他勇猛地扎了扎腰带,勇猛地在祠堂冲进冲出,又勇猛地上了一趟茅房,弄得众人都肃然起敬。

从这一天起,他似乎成了个预备烈士,总像要开始什么大事,在寨子内外无端地游来转去,好像在巡视哨卡,又好像在检查熬硝一类备战工作,无论看一棵树还是一块岩石,都锁着眉头目光凝重,有种出征临战之际壮士一去不复还的肃穆。转游完了,他见人就心情沉重地嘱托后事:"金哥,以后家父就拜托你了。我们从小就像嫡亲兄弟,不分彼此的。那次赶肉,要不是你,吾早就命归阴府了。你给吾的好处,吾都记得的……"

"二伯爷,腰子还阴痛么?你老要好好保重。以前很多事只怪吾没做好。吾本来要给你砍一屋柴禾,但来不及了。那次帮你垫楼板,也没垫得齐整。往后的日子里,你想吃就吃点,要穿就穿点,身子骨不灵便,就莫下田了。侄儿无用,服侍你的日子不多了,这几句还是烦请你把它往心里去……"

"庆嫂子,有件事早就想找你说一说。吾以前做了好些蠢事,有对不起你的地方,你千万莫记恨。有一次我偷了你的两个菜瓜,给窑匠师傅吃了,你不晓得。现在吾想起来,脔心蒂都是痛的。吾今日特地来说声得罪了,对不起呵。你要咒就咒,你要打就打……"

"幺姐……你……你在洗衣么?这一次实在是没办法了。你千万莫难过,千万莫伤身子。吾是个没用的人,文不得,武不得,连几丘田也做不肥。不过人生一世,总是要死的。这一点我明白。八尺男儿,报家报国,义不容辞。你话呢?好些事眼下也没法讲了。反正只要你心里还有一个石仁哥,我也就落心落意去了。你千万……硬朗点,形势总会好的。吾这就告辞了……"

他很能克制悲伤,不时缩缩鼻子。

弄得连最讨厌他的幺姐也都有些戚戚然,泪水夺眶而出。"石仁,你不要这样,我以前也不是真恨你……"

"不,吾决心已定。"他低着头,望着路边一块破瓦片。

"不是说不打了吗?"

"你也相信?"他悲壮地一笑。

几天下来,大家都不知道他要干什么,不知道他马上要干什么。听见他的皮鞋子还是在石阶上响来响去,发现他还没有去赴汤蹈火。好在寨子里这一段很乱,又是鸡上屋,又是牛吃禾,又是办丧事和操武艺,众人没顾上研究这位大英雄。甚至也慢慢习惯了。要是他不忙,众人还会觉得少了点什么,有什么地方不对劲。

这一天,从鸡尾寨传来消息:对方准备告官。这样鸡头寨也得有所准备,仁宝在外面的脚路广,更得有所作为才对。不过他并没有同官府打过交道,对文书款式没有太多把握。两位老人想了想,记起仲裁缝说过的什么,对提笔的那位说:"兴许,叫禀帖吧?"

仁宝想起了什么,摇摇手:"不是不是,叫报告。"

"禀帖吧?"

"是报告。"

"总得有上有下,要讲点礼性。"

"要讲礼性,报告就最礼性了。"仁宝宽容地一笑,"没错的,没错的。"

"你去问你叔叔。"

"他只懂些老皇历,晓得个屁呵。"

"你读过好多书?他读过好多书?"

"现在还读什么书？下边人都看报纸了。"

"下边人打个屁也是香的？什么报告不报告，听起来太戳气了。"

"伯爷们，大哥们，听吾的，决不会错的。昨天落了场大雨，难道老规矩还能用？我们这里也太保守了，真的。你们去千家坪视一视，既然人家都吃酱油，所以都照镜子，都穿皮鞋。你们晓不晓得？松紧带子是什么东西做的？是橡筋，这是个好东西。马灯烧的是什么东西？是汽油，也是个好东西。你们想想，还能写什么禀帖么？正因为如此，我们就要赶紧决定下来，再不能犹豫了，所以你们视吧。"

众人被他"既然""因为""所以"了一番，似懂非懂，半天没答上话来。想想昨天确实落了雨，就在他"难道"般的严正感面前，勉强同意写成"报帖"。

接下来又发生一些问题。老班子要用文言写，他主张用什么白话写；老班子主张用农历，他主张用什么公历；老班子主张在报告后面盖马蹄印，他说马蹄印太保守了，太难看了，太污浊了，只能惹外人笑话，应该以什么签名代替。他时而沉思，时而宽容，时而谦虚地点头附和——但附和之后又要"把话说回来"，介绍各种新章法和新理论，俨然一个通情达理的新党。

"仁麻拐，你耳朵里好多毛！"丙崽娘忍无可忍，突然大喊了一声，"你哪来这么多弯弯肠子？四处打锣，到处都有你，都有你这一坨狗屎！"

"婶娘……"仁宝嘿嘿一笑。

"哪个是你婶娘，呸呸呸……"丙崽娘抽了自己嘴巴一掌，眼眶一红，眼泪就流出来，"你晓得的，老娘的剪刀等着你！"

说完拉着丙崽就走。

人们不知丙崽娘为何这样悲愤，不免悄声议论起来。仁宝急了，说她是个神经病，从来就不说人话么。然后忙掏出几皮烟叶，一皮皮分送给男人们，自己一点也不剩。加上一个劲的讨好，他鸡啄米似地地点头哈腰，到处拍肩膀和送笑脸，慷慨英雄之态荡然无存。事后一个汉子揪住仁宝逼问："你对德龙家的到底怎么样了？她硬是吃得下你。"仁宝捶胸顿足地说："老天在上，我能怎么样？她是我婶娘，一个禾场滚子。我就是鸡巴再骚，不怕她碾死我？"汉子上下打量仁宝一眼，还是半信半疑。

七

告官的代表从千家坪回来，说官府收是收下了报贴，但还得派人上山来查勘事实，才能最终断案。不过从办案官的脸色来看，好像是凶多吉少。且不说鸡尾寨人脉广，在官场里有关系，就是说话这一条，鸡头寨也不占上风。他们的口音别出一格，办案官听着听着就发脾气："你们说些什么话？把舌头扯直了再说好不好？"

爹妈给的舌头就是这样，还要怎么个直法？

"下次再在公堂上讲鸟语，先掌嘴三十！"办案官又说。

加上三位代表一到千家坪就水土不服，又是胸闷，又是头晕，又是呕吐拉稀，这官司看来是太不好打，也打不下去的。他们十张嘴顶不了仇家的一张嘴，这官司还能打么？难怪仲裁缝说过，先民有仇不动朝不告官，是祸是福从来都自己扛，那才是好汉。

告官叫走"舌道"，叫做文胜。行武叫做走"牙道"，叫做武胜。到底是要用舌还是要用牙，寨子里分成两派意见，一时无法统一。有个后生突然想起了一件事，说那天杀牛以占胜败,结果并不灵。倒是丙崽当时在场咒了句"╳妈妈",像是给了个坏兆头,却灵验了……这不十分可疑吗?这一想,大家都觉得丙崽神秘。丙崽有一次从山崖上滚下来,不但没有死,还毫发未损,不是神了吗?丙崽有一次被棋盘蛇咬了一口,不但没有倒地立毙,还活蹦乱跳手舞足蹈追着蛇要打,不是更神了吗?这样一件大神物,只会说"爸爸"和"×吗吗"两句话,莫非就是泄露天机的阴阳二卦?

大家都觉得是这个理,于是连忙取来一架滑竿,就是两根竹子夹一张椅子,把丙崽抬到祠堂前。香火也即刻点燃。

"丙相公……"

"丙大爷……"

"丙仙……"

汉子们伏拜在他面前,紧紧盯住他,对他额上的抬头纹充满希望。

丙崽刚坐过滑竿,十分快活,脸上笑纹舒展,鼻涕炸了一个泡。他把停止不动的滑竿踢了一脚,发现它还是不再动,翻了个白眼。

实在不好理解。

是不是他要高兴了才会显灵?有人狠狠心,把家里珍藏很久的一块粽粑找来,贡献给鸡头寨第一大高人。丙崽这才兴奋起来,急急地掰粽粑,没抓稳,掉了一块,其实就掉在他右脚边,但他脑袋转起来不灵便,轮着眼皮居然朝左边望去。这样个吃法,是吃一半掉一半。每掉一块,他照例去找,照例找错了方向。有时也能阴差阳错,发现了前几次掉下的碎粑,他捡起来就往嘴里塞。

他拍拍巴掌,听见了麻雀叫,仰头轮了个方向不够准确的白眼。最后指定了一个方向:"爸爸。"

好,终于有了结果。照事先的约定,他叫"爸爸"就意味着舌道,意味着官司还得继续打。主张用舌的一派因此欢欣鼓舞,一颗悬心总算落到实处。不过,主张牙道的一派还是犹疑,一再琢磨丙崽的其它意思。比方他手里的粽粑总是掉了一半,就没什么意味吗?嘴里吹了一个涎泡,又是什么含义?至于他的手指朝上,所指之处有祠堂一个尖尖的檐角,向上弯弯地翘起,像一只黑色老凤举翅欲飞。那不会是更重要的指点吧?

"渠是指麻雀,还是指树?"

"不,是指屋檐。"

"檐和言同音,是不是说要言和?"

"胡说,檐和炎同音,双火为炎么。他是说要用火攻。"

争了半天,天意又变得茫然难测。

不管是出于天意还是人意,这一天战端再起。鸡尾寨的人主动杀上山来。先是浓烟滚滚,大概是有人故意放火,大火顺着南风,很快就烧焦了鸡头寨的前山,直烧得鸟雀乱飞,一根根竹子炸得惊天动地,黑黑的烟灰到处降落。要不是侥幸碰上一场雨,整个寨子连同后山以及更多的山林,恐怕都得惨遭毒手。接下来,一伙满脸涂着血污的男女,据说嘴里念了刀枪不入的金刚咒,据说头上淋了祛邪避祸的狗血酒,越过大木横陈的路卡,操持刀枪哇哇哇往上冲,如同阎王殿开了大门。他们与迎战的壮丁们混成一团,又砍又劈,又戳又刺,又揍又踢,又咬又啃,经常分不清你我敌友。杀红了眼的时候,一锄头挖到自家人也是难免的。看花了眼的时候,对着一个树蔸大砍大杀也有可能。杀呵,杀呵,杀呵——杀你猪婆养的——杀你狗公倄的——在那一刻,一颗离开了身子的脑袋还在眨眼。一截离开了胳膊的手掌还在抓挠。一具没有脑袋的身子还在向前狂跑。很多人体就这样四分五裂和各行其是。

黑红色或淡红色的鲜血,迅速喷红了草坡和田土,汇入了干枯的沟渠……这一天夜里,特别安静。

活下来的人似乎被遍地鲜血吓懵了,震呆了,已经不知道哭泣,已经没有泪水。只有竹义家的媳妇疯了,在寨子里走一路就笑一路,唱一路戏文。

一些骨瘦如柴的狗异常活跃,被空气中的血腥味刺激得呜呜乱叫,须毛奋张,两耳竖立。它们也许太饿了,纷纷挤出门缝和跳越石墙,身体拉成一条直线,向血腥味狂射而去,在草坡上或溪沟里找到尸体,撕咬着,咀嚼着,咬得骨头咯咯咯脆响。一只只狗很快就吃得肚大肥圆,打着饱嗝,眼睛红红的,在茅草中蹿来蹿去时闹出很大动静。它们所到之处都会有血迹。肉块也被它们叼得满处都是。有时你去灶房,无意中搬开一捆柴禾,也许会发现柴弯里滚出一只陌生的手或者脚。

把人肉吃习惯以后,它们对活人也变得很有兴趣,总是心怀叵测地跟着人影。尤其是见到有人吵架,音容有些异样,它们就会盯住不放,大大方方地露出尖牙,长长的舌头活泼得像一条飘带,一片水波,等待着什么结果发生。据说竹义家的阿公有次在树下瞌睡,竟被狗误认成尸体,把它大咬了一口。

丙崽把一泡屎拉在椅子上了。

丙崽娘照例唤狗来舔:"呵哩——呵哩——呵哩——"

狗来了,嗅一嗅,又舔舔舌头走了,似乎对粪便已丧失热情。它们刚才听到召唤,不得不来敷衍一下,只是不想在主人面前过于趾高气昂,显得它们富贵并不忘旧情。

于是寨子里屎多了,苍蝇多了,到处都臭起来。丙崽娘遇到二满家的媳妇,缩了缩鼻子,"你身上怎么有股臭味?"

竹义家的瞪大眼,"怪事,是你身上臭。"

两人嗅了一阵,发现大家手都是臭的,袖口也都是臭的,连棒槌和竹篮也有股怪味,这才恍然大悟:原来空气早就臭了,连嘴里说出的话都像放屁。

丙崽娘一直自诩自己娘家是大户,最为干净整洁,因此她从来活得与众不同,即便时逢乱世,即便眼下差不多家家举丧,她还是贵人习惯依旧,带上草把和茶枯,把丙崽拉到水井边狠狠擦洗。但她腹中的米粮实在太少,以前吃下的胞衣也不管用,只是洗净了丙崽的屁股,裤子与椅子上的臭味却怎么也洗不掉。她喘着气,翻着白眼,两眼一黑便歪歪地倒下。

不知自己是怎样醒来的,是怎样摸回家的。没有被狗咬,恐怕就是万幸。她听着窗外的激情狗吠,望着蚊帐上和墙上密密麻麻的苍蝇,伤心地嚎啕大哭起来:"吾那娘老子哎,你做的好事呀。你疼大姐、疼二姐、疼三姐,就是不疼吾呀,你怎么把吾丢到这个黄连罐里来了,一丢就是几十年哇……"

丙崽怯怯地看着她,试探着敲了一下小铜锣,想使她高兴。

她望着儿子,手心朝上推了两把鼻涕,慈祥地点头:"来,坐到娘面前来。"

"爸爸。"儿子稳稳地坐下了。

"你一定不能死,你一定要活下去。伢呵,你要去找你那个砍脑壳的鬼!"

她咬着牙关,两眼像对对眼,黑眸子往鼻梁挤,眸子之外有一圈宽宽的眼白,让丙崽有些惊慌。

"×吗吗。"他轻声试了一句。

"你要去找你爸爸,他叫德龙,淡眉毛,细脑壳,会唱些瘟歌。"

"×吗吗。"

"你记住,他兴许在辰州,兴许在岳州,有人视过他的。"

"×吗吗。"

"你要告诉那个畜生,他害得吾娘崽好苦呵。你天天被人打,吾天天被人欺,人家哪个愿意正眼朝我们看一眼？要不是祠堂里一份猫粮,吾娘崽早就死了。要不是你娘不要脸,把一张脸皮任人踩,吾娘崽也早就死了。你要一五一十都告诉那个畜生——"

"×吗吗。"

"你要杀了他!"

丙崽不吭声了,上嘴唇跳了跳。

"吾晓得,你听懂了,听懂了的。你是娘的好崽。"丙崽娘笑了,眼中溢出一滴泪。

她轻轻拍着丙崽,把对方哄睡了,然后挽着个菜篮,一顿一顿地上山去,大概是去采野菜。但她再也没有回来。后来有各种传说,有的说她被蛇咬死了,有的说她被鸡尾寨的人裁了,还有的说她碰上岔路鬼,迷了路,丢了魂,最后摔到山崖下……据说有人看见过她的一只鞋子挂在树上。

这些都无关紧要。寨子里已经减少很多人,再减少一个,不是什么大不了的事。只是丙崽在一直等母亲归来。太阳下山,石蛙呱呱地叫,门前小道上的脚步声渐稀,他还没有见到那张熟悉的面孔。好像有很多蚊子,咬得他全身麻麻地直炸。小老头使劲地挠着,挠出了血,愤怒起来。他要报复蚊子,便把椅子推倒,把茶水泼在床上,把柴灰灌到吊壶里。一块石头砸过去,铁锅也叭的一声裂开。他颠覆了一个世界。

一切都沉入暗夜中,门外还是没有熟悉的脚步声。只有寨子里的隐隐哭声,有邻居木楼里麻子脸裁缝断断续续的呻吟。

小老头在蚊虫的包围下睡了一觉,醒来后觉得肚子饿,跟跟跄跄地走出寨子。月亮很圆,很白,浓浓的光雾照得遍地如白昼,连对面山上每棵树和每棵草,似乎也能看得一清二楚。溪那边,哗哗响处有一片银光灼灼的流水,大片银光中有几团黑影,像捅出了几个洞,其实是雄踞水中的巨石。石蛙已经沉寂,大概它们也睡了。但远处不知何处传来的密集狗吠,像传说着什么夜里发生的大事。

丙崽咬着指头继续走。妈妈曾带着他出外接生孩子。也许妈妈现在就在那些地方,他要去找。他在月光下走着,在笼罩大地的云雾之中走着,上身微微前倾,膝盖悠悠地一晃一晃,像随时可能折断。不知过了多久,不知走了多远,他踢到了一个斗笠,又踢到了一个藤编的盾牌,空落落地响。他咕噜了几声,撒了一泡尿,把盾牌狠踩了一脚。他发现前面躺着一个人,是女的,有散乱的长发,但丙崽从来没有见过。他摇了摇她的手,打她的耳光,扯她的头发,见她总是不能醒来。他手摸女人的乳房,知道这肥大的东西可以吃,便捧着它吸了几口,不过没吸到什么滋味,只好扫兴地撒手。他发现这个女人的腹部很柔软,有弹性,便骑上去,又是后仰又是上跳,感觉自己瘦尖尖的屁股十分舒服。

"爸爸。"小老头累了,靠着肥大乳房,靠着这个很像妈妈的女人睡了。两人的脸都被月光照得如同白纸。还有耳环一闪。

八

"爸爸。"

丙崽指着祠堂的檐角傻笑。

檐角确实没有什么奇怪,像伤痕累累的一只欲飞老凤。瓦是窑匠们烧制的,用山里的树,用山里的泥,烧出这只老凤的全身羽毛。也许一片片羽毛太沉重,它就飞不起来了,只能静听山里的斑鸠、鹧鸪、画眉以及乌鸦,静听一个个早晨和夜晚,于是听出了苍苍老态。但它还是昂着头,盯住一颗星星或一朵云。它肯定还想拖起整个屋顶腾空而去,像当年引导鸡头寨的祖先们一样,飞向一个美好的地方。

两个后生从祠堂里抬着大铁锅出来,见到丙崽不禁有些奇怪。

"那不是丙崽吗?"

"渠的娘都死了,渠还没死?"

"八字贱得好,死不到渠的头上。"

"怕是阎王老子忘记了。"

"听说渠从崖上跌下来,硬是跌不死。我就不信。"

"再让他跌一次,如何?"

"这个小杂种,上次还吃粽粑。"说话者是指丙崽曾经荣任大仙,享受过特殊优待,因此气不打一处来。

"就是,我们都吞糠咽菜,渠当了官呵?还可以吃粽粑,只怕还要八道酒席?"

两个后生放下锅,大步闯上前来,先把丙崽的全身搜了一遍,没发现红薯丝也没发现包谷粒。其中一位本就窝火,见丙崽坐瘪了他的斗笠更是火冒三丈,伸手一抹,根本没用什么气力,丙崽就像一棵草倒下了。另一位抽出尖刀顶住他的鼻尖,唾沫星飞到丙崽脸上:"快,抽自己的嘴巴!你不抽,老子剥了你,煮了你!"

"敢!"

身后冒出冷冰冰的声音,两个后生回头看,是铁青的一张麻脸。

仲裁缝是最讲辈分的,伸出两个指头,剑指两个后生的鼻子:"渠是你们叔爹,高了两个辈份,岂能无礼?"

后生立刻想到了自己的地位,想到仲裁缝还是丙崽的伯伯,立刻避开怒目交换了一个眼色,老老实实抬锅去。

仲裁缝向家里走去,想了想,又回转身对侄儿伸出巴掌:"手!"

丙崽往后躲,翻了个白眼,不像是看他,只是看他头上的一棵树。他全身紧张得直颤抖,上嘴唇跳了跳,是试图压住恐惧的勉强一笑。

他的手太冷,太瘦,太小,简直是只鸡爪。仲裁缝抓住它,如同抓住一块冰,不觉全身颤了一下。他帮丙崽抹了抹脸,赶走对方头上几只苍蝇,扣好对方两个衣扣。这件衣不知是谁做的——他从来没给亲侄儿做过衣。

"跟吾走。"

"爸爸。"

"听话。"

"爸爸。"

"谁是你爸爸?"

"×吗吗。"

"畜生!"

……

裁缝不再看他,只是牵着他,默默地走下坡。不知为什么,看着空空荡荡的寨子,裁缝突然想起自己做过的很多很多衣,长的、短的、肥的、瘦的、艳的、素的,一件件向他飘来,像一个个无头鬼,在眼前摇来晃去。包括那天他看见鸡尾寨的一具尸体,上面的衣不也是出自他一双手?——他认得那针脚,认得那裁片。想到这里,他把丙崽的小爪子抓得更紧,"不要怕,吾就是你爸。你跟吾走。"

几条狗兴冲冲地跟着他们。

山里有一种草,叫雀芋,味甘,却很毒,传说鸟触即死,兽遇则僵。仲裁缝今天已采来雀芋半篮,熬了半锅汤水。事情看来只能这样了:寨里已多日断粮,几头牛和青壮男女,要留下来做阳春,繁衍子孙,传接香火,老弱病残就不用留了吧,就不要增加负担了吧?族谱上白纸黑字,列祖列宗们不也是这样干过吗?仲裁缝经常念及自己生不逢时,无功无业,愧对先人,今天总算以一锅毒药殉了古道,也算是稍稍有了些安慰。

裁缝先把丙崽带到药锅前,摸了摸对方的头,给他灌了半碗药汤。

"爸爸。"大概觉得味道还不错,丙崽笑了。

仲裁缝拍拍丙崽的肩,也舒心地笑了,带着他走向其它人家。他们沿着一条石阶,弯弯曲曲地升高,走过路旁石块垒成的矮墙,走过路旁厚重的木柱和木梁。矮墙中伸出好些杂草和野花,招引着蜻蜓蝴蝶。有些家户还没有盖房,只有路边的屋基,立了些光溜溜的木柱和横梁。大梁上飘动着避邪的红纸。

几条狗还是跟着他们。

裁缝提着木桶,知道药汤应该送往哪些人家。那些人家似乎也早知约定。见到裁缝与丙崽来到门前,老人们都摆上空碗,在大门边静静等待。

"时辰到了?"

"到了。"

"多舀点吧。"

"小半碗就够。"

"我怕不牢靠。"

"你放心,放心。"

元贵老倌扶着拐杖上来请:"仲满,吾还想去铡把牛草。"

裁缝说:"你去,不碍事的。"

老人颤颤抖抖地走了,铡完草,搓搓手,又颤颤抖抖地回来。接过大陶碗,喉头滚动了两下,就喝光了药汤。胡须上还挂着几点水珠。

"仲满,你坐。"

"不坐了。今天天气好燥热。"

"嗯啦,好燥热。"

另一位老人抱着一个瞎眼小奶崽,给仲裁缝看了看,眼里旋着一圈泪。"仲满,你视视,兴许要给渠换件裇子?你连的那件,渠还没上过身。"

裁缝眨了一下眼皮,表示赞同。

老人转身回屋,不一会儿,让瞎眼奶崽穿着新崭崭的褂子,还戴着发亮的长命锁。老人枯瘦的手在新布上摸着,划出嚓嚓的响声。"这下就好了,这下就好了。让我孙儿到了阴间,好歹有个体面呵。"

"还是蛮合身的。"裁缝说。

"娃崽就是费衣。"

老人先给瞎眼奶崽灌了药汤,自己接着一饮而尽。

木桶已经很轻了,仲裁缝想了想,记起最后一位——玉堂爹爹,实际上是玉堂婆婆。这位老妇人总是坐在门前晒太阳,日长月久,如一座门神,已经老得莫辨男女。她指甲长长的,用无齿的牙龈艰难地勾留口水,皮肤如一件宽大的衣衫,落在骨架上。她架起的一条瘦腿,居然可以和另一条腿同时着地。任何人上前问话,她都听不见,只是漠然地望你一眼,向你展示白蒙蒙的眸子。

裁缝走到她正前面,她才感觉到身边有了人,昏浊的眼里闪耀一丝微弱的光。她明白什么,牙龈勾一勾口水,指指裁缝,又指指自己。

裁缝知道她的意思,先向她跪下,磕了三个头,然后掰开对方的嘴巴,朝无牙的黑洞里灌下药汤。

老门神呛了两下,嘴角边挂着残汤。

在仲裁缝点燃的一挂鞭炮声中,在此起彼伏的狗吠声中,裁缝也喝下了药汤,然后抱着丙崽端坐在家门口。像其它老弱病残一样,他也面对东方。因为祖先是从那边来的,他们此刻要回到那边去了。在那里,一片云海,波涛凝结不动,被太阳光照射的一边晶莹闪亮,镶嵌着阴暗的另一边。几座山头从云海中探出头来,好像太寂寞,互相打打招呼。一只金黄色的大蝴蝶从云海中飘来,像一闪一闪的火花,飘过永远也飞不完的群山,最后飘落到鸡头寨,飘落在一头老黑牛的背上——似乎是世界上最大的一只蝴蝶。

两天之后,鸡尾寨的男人们上来了,还夹着一些女人和儿童。听说这边的人要"过山",迁往其它地方,他们想来捡点什么有用的东西。官府的什么人也来过了。在官家人主持之下,鸡尾寨作为胜利的一方操办"洗心酒",带来两只烤羊和两坛谷酒,让胜败两方都喝得脸红红的,互相交清人头,一起折刀为誓,表示永不报冤。

一座座木屋已经烧毁,冒出淡淡的青烟,只留下遍地焦土和一些破瓦坛,还暴露出各家各户无锅的灶台,一个个黑色的洞口。屋基窄狭得难以让人相信——人们原来就活在这样小的圈子里?酸甜苦辣的日子就交给了这样的洞穴?鸡头寨的青壮男女仍然头缠着白布条,目光黯淡,容形憔悴。他们准备上路了。一些外嫁的姑娘在这个时候也抛夫别子,回到娘家,决意跟随兄弟姊妹,今后要死要活都捆在一起。他们把犁耙、斧镰、锅盆、衣被、箱篓,都拴在牛背或马背上,错错落落形成一列长队。一个锈马灯壳子,咣咣地晃在牛屁股上。最后剩下来的十几只羊和几只狗,一声不吭地跟着主人,似乎也知道生活将重新开始。

作为临别仪式,他们在后山脚下的一排新坟前磕头三拜,各自抓一把故土,用一块布包上,揣入自己的襟怀。

在泪水一涌而出之际,他们齐声大喊"嘿哟喂"——开始唱"简":

……他们的祖先是姜凉。姜凉没有府方生得早。府方没有火牛生得早。火牛没有优耐生得早。优耐没有刑天生得早。他们原来住在东海边,后来子孙渐渐多了,家族渐渐大了,到处住满了人,没有晒席大一块空地。怎么办呢?五家嫂共一个舂房,六家姑共一担水桶。这怎么活得下去呢?没有晒席大一块空地呵,于是大家带上犁耙,在凤凰的引导下,坐上了枫木船和楠木船。

  奶奶离东方兮队伍长,
  公公离东方兮队伍长。
  走走又走走兮高山头,
  回头看家乡兮白云后。
  行行又行行兮天坳口,
  奶奶和公公兮真难受。
  抬头望西方兮万重山,
  越走路越远兮哪是头?
  ……

男女都认真地唱着,或者说是卖力地喊着。尤其是外嫁归来的女人们,更是喊得泪流满面。声音不太整齐,很干,很直,很尖利,没有颤音和滑音,一句句粗重无比,喊得歌唱者们闭上眼,引颈塌腰,气绝了才留一个向下的小小转音,落下尾声,再连接下一句。他们喊出了满山回音,喊得巨石绝壁和茂密竹木都发出嗡嗡嗡声响,连鸡尾寨的人也在声浪中不无惊愕,只能一动不动。

一行白鹭被这种呐喊惊吓,飞出了树林,朝天边掠去。

  抬头望西方兮万重山,
  越走路越远兮哪是头?

还加花音,还加"嘿哟嘿"。仍然是一首描写金水河、银水河以及稻米江的歌,毫无对战争和灾害的记叙,一丝血腥气也没有。

一丝也没有。

远行人影微缩成黑点,折入青青的山谷,向更深远的深山里去了。但牛铃声和马铃声,还有关于稻米江的幸福歌唱,还从无边的绿色中淡淡透出,轻轻地飘来,在冷冽的溪流上跳荡。溪水边有很多石头,其中有几块特别平整和光滑,简直晶莹如镜,显然是女人们长期捣衣的结果。这几面深色大镜摄入山间万象却永远不再吐露。也许,当草木把这一片废墟覆盖之后,野猪会常来这里嚎叫,野鸡会常来这里结窝。路经这里的猎手或客商,会发现这个山谷与其它山谷没什么不同,只是溪边那几块深色石块有点奇异,似有些来历,藏着什么秘密。

丙崽不知从什么地方冒出来了——他居然没有死,而且头上的脓疮也褪了红,净了脓,结了壳,葫芦脑袋在脖子上摇得特别灵活。他赤条条地坐在一条墙基上,用树枝搅着半个瓦坛子里的水,搅起了一道道旋转的太阳光流。他听着远方的歌声,方位不准地拍了一下巴掌,用很轻很轻的声音,咕哝着他从来不知道是什么模样的那个人:

"爸爸。"

他虽然瘦小和苍老,但脐眼足有铜钱大,令旁边几个小娃崽十分惊奇和崇拜。他们争相观看那个伟大的脐眼,友好地送给他几块石头,学着他的样,拍拍巴掌,纷纷喊起来:

"爸爸爸爸爸——"

一位妇女走过来,对另一位妇女说:"这个装得湘水么?"于是,把丙崽面前那半坛子旋转的光流拿走了。

1985 年 1 月

* 最初发表于 1985 年《人民文学》杂志,后收入小说集《诱惑》,已译成英文、德文、法文、意文、西文、荷文、日文、韩文、越文等。

延伸阅读:《爸爸爸》是一篇实验性的小说,表明在走出"十七年"后,青年一代作家所开启的对小说主题和艺术的大胆探索。批评家吴亮对这种探索表达了自己的欣喜:"在这么一个思想状态下,我就有意识地放弃掉个人既定的评判框架和惯用的尺度,试图以一种陌生无知的态度来进入小说的阅读。"这段评论反映了人们对 1980 年代新潮小说的基本态度,由此表明无论作家、批评家还是读者,都将进入一个新的文学的年代。参见吴亮、程德培编:《新小说在 1985 年·序言》,上海,上海社会科学出版社,1986 年。

马桥词典(存目)

韩少功

延伸阅读:这部长篇小说出版后,曾受到批评家张颐武的指责,认为它有"抄袭之嫌",随后发生了韩少功与他的激烈争论。不过,作品表现了在寻根小说潮流之后,韩少功对小说的自觉探索,所以对它的定论仍然有待时日。旷新年认为:"《马桥词典》凸现了'普通话'和'马桥方言'之间的冲突和歧义。"需要从语义的层面重新理解作家创作的意图。参见旷新年:《写在当代文学边上》,第 142 页,上海,上海教育出版社,2005 年。

黑　氏

贾平凹

一

  黑氏的年龄比丈夫大,黑氏把什么都干了,喂猪、揽羊,上青崖头上砍柴火。一到晚上,小男人就缠她。男人是个小猴猴,看了许多书,学着许多新方法来折磨。她又气又恨,一腿子可以把他弹下炕去,"你是我的地!"小男人却说,他愿意怎么犁都可以。夜黑漆漆的,点点星辰,寒冷从窗棂里透进来。小男人压迫着她,口里却叫着别人的名字,黑氏知道那是些村里鲜嫩的女子,泪水潸然满面。等丈夫滚在一边大病一场的睡着去了,她哽咽出声,嗟啜不已。
  这边厢房一动静,那边厢房就发恨声,公公骂道:"长声短叹地发什么贱气,好吃好喝得肚子鼓涨睡不着吗?"公公的脾气越来越暴躁,黑氏就不敢再出声,听得还在骂了句:"在娘家吃什么了,穿什么了,跌到福窝里了还不顺心?"哗哩啪啦拨算盘。公公是镇上的信贷员,算盘上的功夫深,双手打得"狮子滚绣球"。这两年日胜一日富起来,家人就给她难看脸色,恶声败气,批点她地面粗,手脚肥胖,丑。黑氏是知足人,深山的娘家穷,茶饭是比以前好。哥哥的脸色黄蜡蜡的,十天半月来镇上赶集,拿些山货到这家,吃一顿饭要走了,总说:"我妹子有福!"她心里苦苦的。好哥哥,吃得好了就有福?这话却倒不到人面前去,只是越发伏低伏小。私下里盼着养个儿来,有个贴己,送子娘娘却偏不光顾。如此睁着大的眼睛在黑暗里思想,窗外就没有了星星,淅淅沥沥落起雨来,倒熬煎这雨一下,坡上的红苕蔓子就要沿蔓生根,得去再一次翻锄了。
  这当儿,院门很响地被人拍了一下,接着是门环"哐哐哐"三声摇动。那边厢房的公公立即应声:"来了,来了!"趿了鞋出去开门。是一个男人的声音,压声问:"又和谁喝酒?"公公说:"没外人,专等着你呢。"两人就骂了一阵天雨,进屋到那边厢房了,叽叽咕咕,鬼念经般说话。
  婆婆已经起来了,拿那杆竹管烟袋敲打她的厢房门框,叫:"黑,起来!你爹和客人要喝酒,你下厨炒几个菜去。你装什么呀,睡得这么深沉!"
  家里时常来人,黑氏已经习惯了,她不解的是客人常要半夜里来,有时扛来好多东西,用木箱和麻袋装着,公公不让任何人动,她也就装个猫儿狗儿,不言语。厨房里炒得一盘鸡蛋,一碟变蛋,一碟臭豆腐,一碗熏肉。一箕盘端了进公公房里,瞧见客人是个极风流的人,正将桌上一沓钱推给公公说:"这些是你的,怎么样,只要⋯⋯"公公用脚在桌下踏了客人的脚,抹下头上的帽子,随便一放,钱票盖住了。黑氏乖觉,全装混沌,怯怯地看着客人说:"黑漆半夜的,没好菜的。"客人便大胆地看她,看得生怪,黑氏慌得用手抚扣子,害怕扣子扣错了,惹人耻笑。

公公便说:"睡去吧,你还呆在这里干啥?"

黑氏放赦一般回来,坐在炕上了,小男人已经转醒,悄声问:"谁来了,是马乡长吗?"黑氏说:"马乡长鼻子大,这个人气派呢。"小男人说:"这是东村姓王的,他跑运输发了大财了,有了钱讨了个县城女子,嫩面得能弹出水!"黑氏默然无语。小男人又说:"他发了财了,敢不到咱家来,爹又落一笔钱了!"黑氏说:"人家跑运输,爹落的什么多钱?"男人说:"爹入股呀!"黑氏一直对这家人疑惑,就再问:"爹哪有钱入股?"小男人黑暗里眼里放光,说:"你以为嫁给我平凡吗,我爹虽不是什么领导,我爹却是和什么打交道的? 你丑人倒有丑福!"黑氏说:"我不稀罕那么多钱,当初嫁你,你也是没钱的光棍!"小男人说:"我知道你害怕我家发财哩,怕你越来越不配我哩!"黑氏咬了嘴唇,听那边厢房公公劝客人酒,喝得已经晕头,有盘子翻跌桌下,发着破裂的声响。小男人说:"怎的不说话?"黑氏说:"我不是为我想,我是为你想的,钱来路不明,多了会瞎人的。"小男人说:"哟,你那么清高,结婚时你娘怎的要我出个棺材钱? 隔壁的钱来路明,你跟他过活去?!"

黑氏拉过被子连身子带头裹严睡倒了。

眼睛闭着,心却睡不着,一股黑血在肚里翻腾。恨娘家人穷,不能门当户对,又恨小男人家有了钱,口大气粗……直挨到鸡叫三遍,窸窸窣窣又起来,得给猪熬食了。雨还在落着,院子里水汪汪一片白亮。忽见得隔壁那家院子上空红光一片,甚是吃惊,爬上院墙头的梯子看时,隔壁人家台阶上生着一堆篝火,一个人蹲在旁边,将一条新制的扁担一头支在门坎下,一头伸过火上,双手趁趁地往下压。八尺余长的桑木扁担就两头翘,翘得一张弓。黑氏便叫:"木犊,起得早? 难得落了雨,也不蒙头睡个懒觉?"

木犊回过头来,倒是吓了一跳,火光映在脸上,红膛膛的像酱了猪血,瞧见是黑氏,笑,嗤嗤啦啦响。

黑氏又说:"一条扁担,还那么伺候?"

木犊说:"不收拾软和,它砍肩哩!"

黑氏说:"反正它是压人的,你也要去南山担龙须草吗?"

木陆说:"南院秃子,三天一来回,赚得三块多钱的,我比他有力气。"

黑氏说:"人家都出去跑大生意,千儿八百的挣哩……"

木犊说:"咱没车,就是有车,没怎个本事的。"

黑氏在墙头上长长叹了一口气。黑氏可怜这木犊,家底缺乏,人又笨拙,和一个老爹过活,三十二三了,还娶不下个女人做针线,裤子破了,白线黑线揪疙瘩瘩。本要说句"你哪有秃子灵活,担龙须草走山路,瓷脚笨手的可要小心",话到口边又咽了,待要走下梯子,木犊却叫:"黑,给你个热的!"手就在火堆里刨,刨出个黑乎乎的东西,两手那么倒着,大声吸溜,跑过墙根处了,踮脚尖往上递。黑氏看着是颗拳头大的洋芋。

黑氏说:"我不吃,还没洗脸哩!"下了一节梯子。下去了,又上来,见木犊又换了一只手,还在努力往上递,黑黑的肚皮露在外边。她伸手接住了,烫得如炭火,掰开,黎明里白花花两半,窜一股热气,她咬了一口。

木犊问:"面不面?"满足地想笑,又嗤啦一下。

黑氏已经走下梯子,头上让雨淋湿了,嘀嘀嗒嗒顺着头发往下流水。

二

到了冬天,木犊担折了两条扁担,肩头上隆了很大的肉包,指甲掐也不觉生痛。家里却并没见有大变样,顾住了油盐酱醋,和爹新做了一身棉衣,光景不宽展也不太寒酸。十一月初六,出了个大红日头,父子俩新做了一条更长的扁担,在火上烤了,用磁片刮磨,一遍又一遍上了豆油,能照出蓬头和垢脸。中午时分,于院中设了香案,将那扁担两头挂红横放案上,木犊跪倒在尘埃里磕头作揖,敬扁担神。木犊感念扁担使他家有了零用碎钱,他不再去担龙须草了,趁天寒地冷,去更深远的山里担木炭。祀奠之后,老爹将一口袋干粮缚在扁担头上,别六双草鞋在木犊的后腰带,送儿子出门。木犊反身退至院门口,转正身,齐足立于门内,叩齿三十六通,以右手大拇指在地上先划四纵,后划五横,毕,咒曰:"四纵五横吾今出行禹王卫道蚩尤避兵盗贼不得起虎狼不侵行远归乡故当吾者死背吾者亡急急如九天玄女律令。"咒毕,再不反顾,大步而去。老爹望儿走远,捡一土块压在四纵五横上,倚在门上,热泪肆涌,遂听得隔壁院子里劈劈啪啪一阵鞭炮轰响。

黑氏一家是要搬迁了。

腊月里,信贷员又入了一股到镇上一家蘑菇厂,天晓得这厂子那么大的本钱,买了许多菌种,盖了许多作坊,培育成功,收入成倍成倍往上翻,他家就得了流水一般的钱路,便也就卖了旧屋,在镇上盖了一院房,一砖到顶,堂皇得似了爷庙。这家暴发,村人皆目瞪口呆,黑氏也惊魂落魄。好多人来帮忙搬家,黑氏把从娘家带来的一块石枕也放到拉车上,小男人将它撂了。

黑氏说:"这是我的枕头。"

小男人说:"到镇上住呀,你还学那野人?"

黑氏说:"我从小枕惯了,不枕,脑壳烧得疼哩!"

小男人骂道:"贱命!"还是把石枕撂了。

黑氏怔怔地立了一会,旁边的人都看她,她没有顶撞丈夫,也不哭,后来抱了石枕,油污污的,过来给了木犊爹。

她说:"伯,我们要走了,这块石枕给你留下,它是天星落下来的,我爷枕了一辈子,我爹枕,出嫁时娘陪给我。它好生凉,枕上从不害眼哩。"

从此黑氏住在镇上,她更忙累了,要做了家里老少吃的喝的,鸡、猪、狗、猫要她经管,地里的活也全是她,且公婆讲究起体面,日日强调屋里屋外一星灰尘不要,一根麦秸不留,她睡得比以前更少了。小男人老嫌她多吃,要求不能再胖,人一瘦脸更黑,又骂她是黑豆皮。年终家里买给她一双鞋,人造革的,说是皮货,逢集便要她穿,黑氏脚肥,塞进去疼得难受,从集上回来,鞋脱到一边去就噙着眼泪哭。她知道小男人不是疼她,是嫌她丑,但娘生她丑样,也不是一双皮鞋能改变的!小男人就打她,用刀子吓唬她。打她打得太过分了,她一下子发了凶,反身一抱,小男人脚手并作的端在怀里,丢粪筐一样丢在炕上。她说:"我是让你试试我的力气哩!"

这消息被外人得知,全都耻笑,黑氏在地里干活了,有人就问:"黑,又教训你男人了吗?"黑氏缄口不答。那人就又问:"黑,你怎的不穿皮鞋了?你们家那么富,你怎不向你公公要一个手表戴戴!"

这话说得多了，黑氏也嘀咕，怎的这家这般有钱，村里镇上做生意的人家多，也不见钱这么来得容易？夜里小男人回来，她问根底，小男人说："这话我也听得多了，人都在发嫉恨哩！外边再有人问你，你就说：政策允许哩，怎么着？！"

黑氏越发奇怪的，夜里总有客来，和公公在卧房里说话，她一进去，那话就住了。白日里，却总是请乡上的干部来吃酒，乡长一次吃醉了，指着公公鼻子说："你他娘地，活得倒比我乡长强，管一个信用社，什么都有了！我可告诉你呀，有人联名写信说你在贷款上有手脚！"公公顿时脸面煞白，忙扶乡长睡在她的炕上，供喝茶喝醋，结果吐得满炕皆是。不久，突然镇上有了风声，说是公公提出赞助办学，要拿出三万元扩建镇上小学。黑氏着实惊骇，公公能拿出这么多钱！这些钱平日放在哪里，家底拢共有多少？又不久，县上就来了人，召集了镇村大会，公公站在会台上，披红戴花，满面红光，从此，一面红底黄字的大锦旗就挂在了中堂，院门敞开，过路人老远便瞧见一片红堂堂。再不久，学校焕然一新，公公作了名誉校长，小男人破例做了教师，教授体育，日日率领学生打篮球，快活得如做了神仙。

黑氏不明白公公那么吝啬的人竟又那么大方，黑氏现在是明白了。小男人夜里折磨她，说她现在不是农民的婆娘了，是公家干部的夫人。黑氏不知道干部的好处，她受的是更粗野的罪，不许点灯，他叫她是镇上最俏的一个女子的名字，要求叫一声，还让她应一声。她气愤不过："她是她，我是我，你有本事寻她去。"

此话不幸言中，丈夫果然夜里不回来了。一日不回，两日不回，黑氏到学校去，丈夫的房里有一个女人。女人是镇上最俏的，小男人说，我们在谈学习哩。黑氏心下想：或许真是学习，那咱就无趣了。临走说："你几夜不回了，这房子潮，晚上得买些炭烘烘。"

小男人一月两月不来缠她，她轻省了许多，夜里能睡囫囵觉，后来却感到了空落。小男人不是省油的灯，身子一日不济一日消瘦，她心上又犯了疑，去学校看时，人家又在学习哩，她没证没据的，闷闷的又转回来。

学校里有一个校工，是很远的西川人，给教师白日做一顿饭，夜里教师全回家了（这学校教师都是民办教师），他看守门户。黑暗里拿凳子坐在门口，一边明灭抽烟，一边放最大音量听一台收音机。黑氏到学校去，与这校工认识了，知道他叫来顺，眉心有一颗痣，人长的又老实又乖觉，却穷得可怜，脚上老是一双黄胶鞋，走路咕咕响，像是灌了水。

黑氏一来，来顺就叫，同时将屁股下的小矮凳让出来，让她听收音机里的女人唱。

黑氏说："来顺，你那么会过日子，挣国家的钱，脚上老穿那黄胶鞋，你不嫌烧吗？"

来顺就把脚收了，老实得如一只猫，说："我何不想穿得体面，月挣二十八块钱，我爷八十了，老得胡胡涂涂，我娘又是病身子，三个妹妹都在上学……我能像你男人那么有福？"

黑氏说："你还有个爷？"下边话没有说出，意思是：上头三个老人，光三副棺材就够半辈还不清账了！就又问："来顺，你女人身体还好？"

来顺说："我哪儿有女人？前年订了一个，人家又退了，跟了个万元户的跛子儿子，我一气才到这里干了校工。"

黑氏为他叹了一口气。

三天后，黑氏从箱底取出一双布鞋来，拿给来顺穿。来顺以为是趣话，夸了一通针脚好，却是不敢收。黑氏说："来顺你好争气！嫌这料面不是灯心绒吗？这可是新的，做给我那一口人,他穿了一天又去穿皮鞋了。你试试,合脚不?"来顺端盆子洗了脚,脚又长又厚,穿进去好夹。黑氏笑了一回,说用剪子铰开一点鞋口,将就穿几日是几日吧。来顺口里应着,却并未去铰,干完活了,就穿了新鞋,扭秧歌似地走。

小男人知道黑氏给了来顺鞋,并不恼,说:"来顺薄命,三十多了还是个童身子!"黑氏说:"没婆娘了想婆娘,有婆娘了一月两月不回来!"小男人说:"你给他送鞋,你也给他个稀罕东西去!"黑氏说:"放你娘的屁!"塞给他个冷枕头。小男人却认真说:"我说的是真话,咱谁也不管谁。"黑氏问:"你这啥意思。让我给你放缰绳吗?我问你,你在学校玩着打球,和那些女的有多少习要学?"两人捣起嘴来,小男人就动了手,他力气不行,手脚却利索,一拳打在黑氏肚上,自个翻身却往学校睡去了。公公婆婆又一顿臭骂,气得黑氏一夜未合眼,天明起来眼圈都乌黑。她有心去学校闹一场,一到校门口,心却软了:小男人这不好那不好,毕竟现在是教师了,闹开来也太丢人。来顺见是她,热情招呼,问她眼圈怎的黑了,她泪水婆婆,拉来顺到没人处,说:"来顺,你是实诚人,你不要哄我了,我那口子在这里可本分?"来顺吓了一跳,半天没有作声。黑氏问得紧了,说:"这我不知道啊,这事要捉双,我怎能七说八道?他这等人物,光头整脸的,他还能作孽胡来?"黑氏想了想,也不再问:"你黑白在学校,你替我留神他。这事天知地知你知我知,不要对外人提起,人倒笑我没能耐。"来顺点头,看着她走了,发了许多感慨。

一日,吃罢晚饭,黑氏到河里去担水,河沿上蹲着来顺洗衣服。来顺似乎要对她说什么,欲言又止,黑氏狐疑,说:"你有事在瞒我?"来顺越发尴尬,口里含糊不知所云。黑氏就说:"常言道,人只可皮相,不能骨相。你也是这般角色!"来顺就放沉了脑袋,说了小男人如何如何长久同镇上一女人私通,那女的又翻了脸,新近又与乡长的小女子撮在一处,今日夜里,那女子又去学校了,也不避他,先是房里亮着灯,后来灯也灭了,如此云云。黑氏听罢,身闪了几闪有些不稳。来顺说:"这话我万不该对你说,可不说良心上又过不去……你不要生气,他反正是你的人,那女的她爹就是乡长,她也不能明打明……"黑氏没说一句话,挑了水回去了。

黑氏挑水到村口,一丢担子把水倒了。坐下来呜呜地哭,她料到小男人会走这一步,但真真正正知道这事了,却感到如此突然,受不了打击!当下只身跑到学校去,来顺还没有回来,校内一片漆黑,她却有些害怕了。这事是天下丑事,冷不了破门进去,那女的也是没结婚的货,再色胆包天,也是有脸面的,弄不好上吊投河,那也是出性命的祸事!黑氏想,罢了,罢了,只戳散他俩,男的怯胆,女的羞愧,囫囵自己一对夫妻罢。就立在院子里喊小男人的名字,小男人应了声,说他睡了,有事明日说。她说:"爹让我给你说件要紧事,你快起来,我先到茅房去一下!"她是让那女子趁机出门逃去,就故意放重脚步,真的到后院厕所去。

返回来,小男人的房子亮了灯。她进去,被子并没有叠,丈夫坐在床上吸烟,屋里燃着一炷香,香香的。小男人说:"什么事,等不到天明?"口气冷淡。黑氏说:"这地方我来不得吗?你多时不回去,这夫不夫妻不妻的……"小男人便说:"就说这些?说完了回去吧!"黑氏站起来要走,却听见柜子后有些微响动,低头看时,柜下有着一双脚,小小巧巧的。她无声地哼笑一下,又稳稳地坐下,直勾勾看起丈夫说:"我今日就不走了,我要你给我倒一杯水来。"小男人已经发觉她的用意了,脸上有了慌张,倒一杯水放在她面前。黑氏再说:"再倒一杯水。"又一杯倒上了。她平平静静地说:"来吧,喝口水吧,喝口热水不会伤了身子的。"柜子后旋闪出一个女子,粉红内衣,鬓发蓬松,一脸狐妖。

黑氏看了,心下也惊叹,这骚货也真艳乍!那女子脸并不红,在床沿坐了,仰眼盯房上顶棚,全无羞愧之色,黑氏倒大惊,有这等厚脸的!气血顿时上脸,平静了半日,还是说:"我不打你们,也不骂你们,我是求你们,别使这个家活活拆散,事情闹大了,与我不好,与谁也不会好。去吧,喝了这水去吧。"那女子穿好衣服走出去了,从门口又转回来,带走了桌上的香脂盒。黑氏忽地嘴唇抖动,脸无血色,从凳子上跌下来,不省人事。

之后,小男人并不收敛,依旧同那女子如漆如胶,作出龌龊肮脏之事。黑氏倒后悔那夜自己的宽容,和小男人打闹过几次。小男人仗着爹的财力,乡长的权力,倒越发一意肆行,苦得黑氏常找着来顺哭诉,来顺也陪她掉两颗三颗热烫眼泪。

一日,逢集,天寒地冻,黑氏瑟瑟地在市场买炭。偏巧遇着木犊,木犊身脸乌黑,形如饿鬼,见黑氏却惊道:"黑,你病了,瘦得这样?"黑氏想起墙头送洋芋之事,肠肚皆软,不觉歔嘘不已。木犊是善心人,当下也唏溜鼻子问道:"是不是你那口人欺辱你?村里人都在说……"如此这般问了情况,黑氏就哭得泪人一样,木犊劝了半日方止。

下半晌,木犊寻着来顺,将来顺骂了个狗血淋头,说是不该把事情告诉黑氏!来顺好委屈,说不告诉黑氏,他良心上不得下去。木犊说:"那起什么作用,信贷员的儿子是那路坏子,狗忘不了吃屎,你让黑知道了,只能让她人不人鬼不鬼!如今瘦成那个样子,你就良心安妥了?"噎得来顺无言以对。两个男人苦了半天,不知如何解救黑氏,木犊就骂信贷父子钱瞎了眼也瞎了心,偏偏乡长对他们是好的,这信贷员暗中又给乡长使了多少黑钱!到底来顺脑子快,说:"锅底里抽柴火,咱收拾那女子去!那女子没了脸面再到学校。黑的男人就或许会安生!"当夜两人蒙了脸面,来顺放哨,木犊伏在路边,见那女子往学校去,木犊虎扑上去,擂拳便打,末了五指在那嫩脸上抓出血道,骂:"你既不要脸,就抓了你这皮!"

乡长的女子被打,只有小男人和这女子明白为何被打,对人却无法说出,只告爹有人夜半拦路行奸。乡长责令乡派出所破案,这女子提供罪犯说话声像木犊,把木犊抓去,木犊供言不讳,却说了原委。派出所没有呈报县公安局,但也未放了他,以乡长旨意罚他十五天拘留。

三

但是,小男人却极快与黑氏离了婚;重结二婚,小男人娶的是乡长的女子。

黑氏离开了暴发户,并不远走高飞,她变得刚强起来,拒不要原夫家的一椽一瓦,回到村里,借居在早先生产队一间牛棚里。娘家的哥闻风赶来,叫一声:"妹子!"泪水涟涟。黑氏说:"你哭啥哩,你妹子做了什么丢人事体?!"哥不哭了。又埋怨妹子逢着好光景不过,落到这步田地,要领她回到娘家去。黑氏说:"我偏不走,我看着这家人能唱什么好戏!"

白日里精心伺候分得的一亩田地,样样都行,不比任何男人差半分。夜里自个烧锅做饭,用一把扫帚磨扫了路边枯草末末,将炕煨得烫热,躺下去,这边身子烙了翻那边,舒服而省心。她先前以为女人离了男人,就是没了树的藤,是断了线的筝,但如今看来,女人也是人,活得更旺实!来顺时常到她家里来,帮她劈一抱柴,挑一担水,陪着说说话,她也逢饭了让吃饭,没饭了泡杯茶,天一黄昏,就说:"你走吧,寡妇门前是非多哩!"

来顺不在乎这些,来顺照常来,说起信贷员那一家,又入了一家草袋厂的股,盈了许多大钱,两人就叹一阵世事。末了她突然问:"那两个男女过得好吧?"来顺说:"有钱使得鬼推磨!那女的肚皮子大了,年内怕要坐月子。"黑氏就痴眼看河对岸的山,她无意于天上的云,远村的烟,来顺不知道她想什么,她也说不清。末了,一个很轻的很淡的笑留在嘴边,打发来顺去了。

村子里却有了议论,说来顺要打这女人的主意。议论先是黑氏不晓,到后碎言断语捕捉了些,心里也扑扑腾腾跳动。早晨对着镜子梳头,镜子里有一张脸,脸黑是黑,却比先前光润得多。她惊奇自己并不老,甚至也并不丑恶,自言自语道:"我难道就剩下了不成?"双耳下也染上两点红晕,心里有一种说不出的意味。

当来顺再来,黑氏就留神他的眉里眼里,来顺果然说出许多话来,让她听了耳朵发烧。但每当这个时候,黑氏就想起一个人,木犊,顽强地在眼前晃。木犊为了她,被抓去受了十五天拘留,那驼子老爹日日送饭,竟一次绊了石头,罐子破了,稀饭泼了一地,老老的人坐在地上哭,她心里就惨惨地像刀子割!放出木犊那天,她见着木犊了,他胡子很长,脸色寡白,见了她却说:"黑,没想我倒害了你,让你受寡了……"可她住到这牛棚里,木犊却再不闪面,他是还觉得对不住她,不来见面,还是天热了,不担炭了又去深山担了龙须草?黑氏这般一走神,来顺作乖,就嗟叹数声,说:"那没良心的东西弃了你,也算他心坏了,眼也瞎了!他说你丑,丑在哪里?这般整齐的人物,你也不愁没个新窝的。"黑氏也便把脸弄成柔和样子,微笑一下,让来顺不必多说。来顺即刻回去,想入非非。自此衣衫破旧,却洗浆干净,脸子白白的,也有心和小男人在学校里说些闲话,笑过几回。

黑氏稍稍充足的精神又消乏了,最害怕的秋雨到来,她坐在炕头上,看门前水滩里明灭雨泡。再往远处,是田埂,是河流,是重重叠叠的山。黑氏文化浅,不懂得作诗之类,却全然有诗的意味,一种沉重的愁绪袭在心上,压迫着。她记起了在娘家做女儿的秋雨天,记起在小男人家的秋雨天,今日凄凄惨惨可怜的样子,心中悲哀怫郁无处可泄,只在昏昏蒙蒙的暮色下,把头埋在两个手掌上,消磨了又消磨,听雨点喊喊嘈嘈急落过后,繁者减缓,屋檐水隔三减四地滴答,痴痴想起作寡以后事情,记出许多媒人和包括来顺在内的许多男人,觉得都不过一个当时无聊而一过去即难作合的幻梦罢了。

她突然操心河边的那一块地,地是她新拾的,种有萝卜,夜里涨水能否被冲掉呢?雨已经衰竭,风势依然,黑氏察看萝卜无恙,河水并不怎么变化,水闪着镏光活活流着,像是很凶。忽然在极远的地方闪一下火亮,倏儿又灭了,定睛看去,河的对岸有了微微一点红,如狐的眼睛,忽儿不见了,忽儿又出现在下方,同时有了水波声,不久一切消失,响一种咯吱细音到了这边滩上。

黑氏以为是鬼,气全屏住,窥觑黑影走近,见是一个担龙须草的人蹚河过来,那结实的块头,拙笨的步姿,黑氏认出来,叫一声:"木犊!"

木犊骇绝,骤然如跌在地上,嘴上掉下一个烟蒂,划一道暗红不见了。等分辨面前是黑氏,黑暗里将裤子穿着好,就笑了,嗤啦声比以往重了许多。

黑氏说:"这风雨天,你还过河?水涨会卷你到老河口去!"

木犊说:"草收齐了,不连夜回来,那我就困在山里饿死。你一个人不在家,敢到这里来?"

黑氏说:"我来看萝卜,担心被水冲了。"

木犊说:"你要没菜吃了,到我家去,今年我萝卜好哩,又白又长的,够你吃的!"

黑氏说:"我吃你做啥的?!"

这话使木犊若沉深渊,明白面对着一个女人,一个年纪轻轻的寡妇,热情仿佛骤然下沉,半天冒不出水面,略显粗鲁地问:"黑,你还没个男人?这年头,没有男人怎么过日子,要找了,你就看准准的,嫁一个疼你的!"

黑氏顿时觉得鼻子不通,见塞作热,身子只是怠懒,靠在一棵河柳上。

木犊说完,亦无别说,见女人不言传,慌得忐忑不安。两人皆陷入缄默,各把思想放在这看到的河水、柳树,以及对面而立的人物以外的一个地方去了。直待到远方一声野狗的嗥吠,方清醒过来,黑氏说:"回吧。"木犊方觉起肩上的担子的沉重,两人一路无话。

十天后,有媒人找黑氏,说有男人出三百元聘礼娶她,问是哪个,说是来顺,黑氏心里作念:果然是他,他是敢有这份主张的!慌了手脚。媒人说:"人穷是穷,皮相齐整,况且老家不在这里,成亲后他带你离开这里,眼不见那一家人,心里不生气!"黑氏却说:"我不在乎穷,我就是穷家女子。我拿定主意是不走的,我要争口气,比试着那一家人!"媒人倒着了恼,说道:"你也是不掂轻重!那一家人成了乡长的亲家,有钱有势,你能奈何人家?"黑氏说:"我不奈何,政策奈何哩!"媒人说:"你好瓜,落到这地步!政策是什么,政策是烤洋芋;人熟了,洋芋是软的;人生了,洋芋是硬的。"黑氏说:"像你说的,真没世事了?"媒人又说:"依你说是不悦意来顺?你和来顺眉里眼里都有情意,正经提了,却不愿意?"黑氏说:"这是谁说的,我和来顺有什么瓜葛?"两人言不投合,媒人走了,几天里再不闪面,黑氏倒窝了一肚子气。

忽一晚,又一媒人来家,提的是木犊,她倒噗地笑了,说:"光棍子都来寻上门了!"媒人说,这全是木犊老爹缠她不放,问及木犊,木犊只说黑氏好,却不敢配黑氏,夜里本是操着木犊一块来的,走到半路,抱住一棵树再拉不下来了。黑氏听着,又忍不住轻轻笑,笑着笑着,眼里噙一颗大的泪珠。黑氏一落泪,泣不成声,趴在炕上难受去了,媒人以为黑氏动心,说句:"木犊家境你知道,人穷却心正,你也是吃过钱多的亏。模样吗,虽除了忠厚没别的出色处,但人样光堂了,心里野,吃了五谷想六味……听说来顺出的是三百财礼,木犊这三百五放在柜上了。"媒人走了,黑氏抓了三百五十元追出来,没追上,回来痴痴坐了半夜。

种罢小麦,黑氏结婚了。木犊把头和下巴剃得铁青,腰里系了一节红绸子,戴了一顶新帽子,在院子里招呼众亲众邻喝酒。他不会喝酒,却陪着来客喝了几盅,头重脚轻,言语放浪。硬逼着来客多吃多喝,不相信别人肚饱,瓮着声说:"再吃呀,三碗能饱吗?我一顿饭都加两碗哩!"

黑氏坐在炕上,按规矩只能呆坐,听院子里吃声繁响,继之是笑语呐喊,全戏逗木犊。她从窗格往外看,看到那堵墙头,想起以前是院墙那边人,两个人隔墙头递洋芋吃,想不来人是什么动物,一生要闹出什么折腾?目光斜视来客,偏偏没见来顺,忽然心头又重新加上什么颇重的东西,气也屏住,呼吸不匀。木犊进来,说声"头痛",倒在炕就醉了。驼背老爹后进来,连唤几声,木犊不醒,说道:"这木犊,你要招呼客哩,客还没走,你倒醉了?!"去取了枕头让儿子枕,黑氏看时,枕是石枕,是她当年送的。

入夜,木犊醒来,见是黑氏穿了一身新衣,坐在灯下,那衣服把黑氏几年前的青春寻回来,心里万般涌动,叫声:"黑!"却无下语,嗤啦一笑,又嗤啦一笑,欲近来又怯胆,搓手不已,可笑如顽童忸怩。黑氏知道他是童子身,人丑家穷又欠言辞,从没有安排女人的经验,可笑了顿生可怜,她梳理了光生生的头发,心想:今日嫁他,就是他的人……黑氏是过来的,偏也作几分羞色,眼角眉底漾一种风情。木犊噗地便吹灭了灯,像饿虎一样扑来。

天明醒来,气象一派更新,黑氏看压在身上的一对胳膊,强健如铁棒,筋络凸起,黄毛丛生。最后落眼到卧房门的桑木扁担上,漆锃锃发亮,就想这根扁担养活了两张口,今添一口,这蛮牛一样的丈夫将会日复一日,年复一年在她的身上,更是在这扁担上耗去精力和生命,鼻子不觉发酸起来。他终于醒了,给她讲好多新的感觉和体验,讲他如何要疼她爱她,他可以一拳打死一条狗,拳头却绝不落到她身上,讲他只守这一个女人,一生就心满意足,决不采路旁的野花。他,木犊,似乎还说到他当光棍时的苦楚,在包谷地里看见一对狗……黑氏就说:"木犊,你昨日怎的不请来顺来喝酒?"

木犊说:"请了,他说来的,却没来。"

黑氏说:"他也是个好人,你在他面前不要气盛,几时了,好好待他喝场酒。"

木犊说:"嗯。"

第三天,木犊卖龙须草回来,才路过村前打麦场上,麦秸堆后走出来顺。来顺突然间瘦了许多,眼睛混浊无光,说:"木犊,你好快活!有了婆娘,活成人物了!"木犊就拱手,埋怨那天为何不来?来顺:"那日没去,今日给喝喜酒吗?"木犊说:"好的,才卖了龙须草,口袋有钱,你等着,我买酒去!"即刻返镇上提了一瓶酒风卷而至,央如家炒了菜喝,来顺说不必,就在这儿干喝。两人到麦秸堆后握瓶子你一口我一口喝将不止。

木犊是不善喝的人,陪了几来回,眼里就出双影,来顺还是自喝又劝喝,自个一口酒一声祝贺,就呜呜哭起来,说:"木犊,你是我的朋友,你可以穿我的衣,不可占我的妻!"木犊吓了一跳,说他并不敢作这六畜不如勾当。来顺又说:"黑,是你婆娘,也是我婆娘,这女人我比你提亲的早,我掏三百元,你掏三百五,你把她娶了!我没钱,我就是缺钱!"木犊知道来顺有心思,喝了酒说酒话,他也是听黑氏说过来顺让人提过亲,拿了三百元的事,当下说:"来顺,你这冤枉我,也冤枉了黑,她不嫁你,不是你掏的钱比我少,她也没要我的钱!"来顺愣了半响,打着酒嗝问:"这是真的?"木犊指天发咒。来顺就举着瓶子说:"我冤枉她了,我没有再去,我迟了一步。咱喝,我喝,你喝!"木犊这时倒觉得很过意不去,有些对不住了来顺,就强撑着再喝,不久天旋地转,身软如泥。当时有一孩子在旁边看到,急去报告驼子爹,老爹赶来时,木犊已醉得不省人事,来顺还在给他灌酒。当下夺了酒瓶,摔个粉碎,骂道:"来顺,你好没德行,你要不下女人,恨我儿子!你知道木犊人瞎,心里没道数,你是要用酒央死他吗?"来顺也醉了八成,忙道没那歹心。驼子老爹气上来扇他一个耳光,背木犊回家去,骂不绝口。

四

无端风波,来顺落得一片骂名,多久也不敢到黑氏家来。

黑氏倒时时悬念于他,认为来顺不至于那么心坏,说知给木犊,木犊却讷讷说不清个是非。驼子老爹却猫头鹰一般,老远一见来顺就骂,在家里也当着儿子和儿媳骂,骂毕了就说一通"咱家穷,家穷风正,哪个野猫也不能欺负了这门户"之话,木犊醒不开老爹的话,黑氏听得出,那意思全说给她,是:木犊配你是配不上,既然你做了他的婆娘,你就得把篱笆儿扎好,不敢有个三心二意!黑氏脸粗心不粗,她受过小男人吃里扒外的亏,将心比心,她是清白怎么做婆娘的。

但黑氏黎明醒来的时候,总听到镇子学校的铃声,铃声悠悠,钻进这屋里,钻入她耳中,她就想起那个白脸脸敲铃人,想不来此人夜里怎么睡得稳,敲完铃了,又独独一人坐在校房门门口在想什么,干什么?

木犊偏在这铃声敲响之后,便醒过来,已经成了习惯。他又要到地里去,光了脊梁刨地,那汗冲着尘土在背上弯曲流下,如爬一背蚯蚓。或者,他再往深山去担龙须草,担木炭,浑身黑得像烧出的瓷壶,大白着眼仁,在锯齿一样的过风梁上行而行。极度的奔波,深沉的疲倦,木犊的支持能力已经到了极限,他似乎是忘却了炕上还有一个酥软软的女人,他睡去如死去一般。但是,家境并不为之起色。多了一个黑氏,衣服有人缝了,父子的肉露不到外边,茶饭有了滋味,可穷家深坑,那钱入不敷出,比较左邻右舍,没个出人头地可能。一家三人愁得不知如何为好。

黑氏说:"木犊,你一根扁担溜山,人把力出尽了,挣不来钱,信贷员那家钱却那么好赚,咱也得想想别的法子。"

木犊说:"你是不是又想那一家了?"

黑氏说:"我想那家作甚,那么不廉耻? 我想别人能做赚钱的生意,咱就不行了? 咱不说能像那家一样暴发,也不至于这么老穷下去。"

到底做些什么,木犊老虎吃天无处下爪,黑氏也两眼乌黑。木犊有一天到镇子上去,路过信贷员入股的草袋厂,齐刷刷一院子的绞绳机、织袋机,各色男女在手忙脚乱操作,阵势甚是气派。一时企羡,强烈的欲望恍恍惚惚摇动其心,似乎有些招架不住。便走进去,这儿看看,那儿动动,顿时攫住一个夸大的念头,见信贷员从大门进来,便说:"阿叔,这厂子还要人不要人?"信贷员有一副眼镜,半戴半挂在鼻梁上,用镜子上边的半圆眼睛看人,说:"当然要人!"木犊说:"那收下我吧,我也织草袋呀!"信贷员当着做工的人,倒笑笑,说:"墙边有个石础子,你提起来看能砸几下?"木犊脱了衫子,一口气运进肚,肚皮黑黑地凸一张鼓,提了石础子一下、两下,连砸了四十八下,已热得满头大汗,做工的人全都匿笑不已。木犊说:"我肚子饥了,吃四碗饭,能砸六十下!"信贷员说:"好了,你就是干这一行的,你去镇上看谁家垒墙打根基,你去吧!"木犊方知人家戏谑了他,气得满脸黑红。

回家来对黑氏说了,黑氏浑身哆嗦,骂道:"谁叫你去找他? 咱就是饿死,也不去他门上要饭!"木犊说:"他不让我在厂里做工,我也不做了,明日我再去找他,我去信用社贷款,咱有了本到镇上去做买卖。"黑氏说:"甭寻他! 他能给你贷款? 贷款的人谁不暗里送他东西! 咱有东西送他不如撂于河里听个响!"两个人说来议去,到后来相对无言。

翌日,木犊灰沓沓出门,中午返回,却鼻里眼里透笑。黑氏问时,木犊说,他在镇上遇见王家老七了,老七也是本分人,无脚蟹,没钱少本事做生意,就到山外铜官煤矿上去下窑。下窑是和鬼打交道,到阎王殿去作客,但他却安安全全,三个月挣得一千三百元,回来买椽置瓦要盖新屋呀。黑氏没去过铜官,知不晓下窑是什么情景,出蛮力挣大钱,心里也颇高兴。两口筹备着出外的衣物、盘缠,驼子老爹回来得知了,头摇得如拨浪鼓,说:"旧社会我去过那儿,那钱是拿命换哩。听说好女子都不嫁那边人,嫁了要尿三年黑水,且差不多要做寡妇!"说寡妇,儿媳就是寡妇来的,驼子觉得失口。黑氏说:"凭力气挣钱,那钱都不好挣,咱把王家老七问问,看看那里情况到底如何?"结果老七叫来,问个仔细,老七说:"苦是苦,也不像你爹说的可怕,钱确实挣得多,就看你命小命大?"木犊说:"我命好,三十三四了还能娶个婆娘,命还不好?"立意要去。黑氏和老爹也不强拦。

出门那天,这家人特意请吃了王家老七,叮咛一路承携,木犊人笨眼瓷,在外全靠他了。老七板式腔子。老爹便又是设了香案,要木犊拜天拜地拜列宗列祖,再退至门口,反身立于门内,念出门咒语,划四纵五横护身符,泪水婆婆送他上路。

木犊一走,偌大土炕上睡个黑氏。木犊在家打呼噜,她已经习惯在呼噜声中蒙头酣睡,如今没了雷打的轰响,她一夜要醒来数回,从窗户往外看夜空,星稀月明,银光泻炕,千声万声为丈夫祈祷,却每每在黎明之中,听得到学校的铃声,婉转凄凉,像是一首悲悲的歌。

地里的活全部留给黑氏了,她锄地,她挑粪,她收获,别人的种已经种下了,她的地还没有刨完。月光底下,驼子老爹帮她,年迈人累得咯血,睡倒了。她只好又在家给老人请中医,在火炉上煎熬草药。

再到地里去,两天前刨的一半的地,却剩下了一小半。黑氏生疑:馍不吃有人会吃,地不刨也会有人来刨?这人是谁,如此亲善?夜里是二十九,乌云吞了月亮,黑氏再去刨地,地畔上有一个黑影,忽大忽小。她惊过去,刨地人竟是来顺!

她没有叫他,立在他的身后,呼吸觉得不匀。来顺为这些微的特异的声息注了意,回过头来了,也没有说话,但眼睛放光,黑暗里看得清有奇异之色。

黑氏说:"谁叫你替我刨地?"口气倒有些愤怒。

来顺说:"我不能到家里去,我还不能到地里来?"

黑氏不知道再说些什么话,默了半天,拿了镢头刨地。来顺也刨地。两人离得很近,也不说话,各自的惶恐和茫然中两人又觉得距离得很远很远。

这夜里,天黑得涂炭,田野空无人影,连一只游狗也没有,土拨鼠有,它悄悄扒土,不理人的事情。一直刨到鸡叫了,地刨完,虽不是处女地,但静夜里的新土在潮气和露水里散发出一股浓烈的清馨。黑氏和来顺坐在地头上,激动使他们并不感到疲劳,慌恐却更是在消失了繁重劳作之后陷于凝固的沉默中。黑氏压抑不住了,同时感到了一种不该的情绪,说:"来顺,多谢你了,你快回去睡吧。"

此话说得十分无劲,充满了柔情,夜色也有些冲淡了。来顺说:"我不要你谢我,我睡也睡不着。"

黑氏说:"那……到我家去,给你做了饭吃。"

来顺说:"你敢?!"

黑氏确实不敢。驼子老爹虽然病着,他的耳不聋眼不瞎,况且丈夫木犊不在家,三更半夜领一个壮实男人回去,别人不说,自己也害怕。她埋下了头,再一次说:"来顺,你再不要帮我家了。"

来顺却发疯地站起来说:"我就要帮,我不能看着你苦得这样!"黑暗里,来顺走近了,浓重的烟味和酸臭的男人汗味堵住了黑氏的鼻孔,她感觉到了一双抖颤的烫热的又是粗糙的手来抓她的手,她忽地触电般地跳开,随即挥打一下手,打在空里,夺原路跑走了。

第二天的中午,乡邮员送来了一封信,是远在千里的地下另一个属于黑暗的木犊来的。木犊的字认得并不比黑氏多,信是写在一张烟盒皮上的,寥寥数字,惟有一句:"天要冷了,夜里睡不好觉,把我的毛○○捎来。"

黑氏念了三遍,看不懂画○○是何意思?又是"夜里睡不好觉"的事,就想到不点灯的事情上，虽然根木犊只忘不了那事，但毕竟在想着她，她想起了那一丑陋但还可爱的嘴脸来。就嗔怒骂一声："这瞎人哟！"驼子老爹手捏着随信寄回的五十元，神情亢奋，专注看儿媳读信的表情。此时疑惑，问信上内容，黑氏又念了一遍，正羞正慌，驼子说："噢，这是让捎他那件羊毛夹袄袄哩。这木犊，一定是不会写袄袄二字，就画了圆圈代替了。"说得黑氏登时面上无光。

于无人之处，黑氏倒为自己的猜想荒唐而窃笑，丈夫终是文墨不多的下苦人，写一封信，难如下一次窑，必是万不得已的事才写上，哪里会是有情趣有闲致写那逗情取骚的文字？黑氏吁一口长气，倒操心起那憨人远门在外，举目无亲，吃什么，睡什么地方，怎样在那地穴里不用眼睛又浑身得长眼睛地爬行拉煤？她庆幸昨天晚上没有被来顺拉住手，她对得住为她去挣钱的丈夫！

一想到来顺，黑氏就竭力以排外的警惕来完满自己对丈夫的忠诚，但是这种完满，于远在千里的木犊是最宜的，于这个正在疯狂如狼虎的少妇年纪而空守一面大炕的人是极不平衡的，她多少感觉到了一种内疚，对来顺不起，"他说到底是好人，"她暗中给自己说，或许，当初重嫁时，她极可能就是嫁给来顺。人生的婚姻实在无法估量，一个女人要不将身心交付这个男人，要不是那个男人，交付给这个了，他在家一尽享用，而那个在这个不在家之时却也无法占有，这也就是人生的命运吗？

当黑氏再一次在田野的地埂上采打蔓花菜，远远地看见来顺了，就主动打招呼。女人一高兴，来顺也就高兴了。他们站在暖洋洋的初冬的太阳下，说了许多话，来顺也让她注意到了田地那边一河活活的流水，注意到河对岸山崖下腾浮的一道蓝如火焰的雾霭，以及阳光云雾所使致远山呈现的虚幻的抛物线。黑氏三十多年里生在山里长在山里，山里的奇景妙色第一次领悟，她感到美如作梦。

她日益丰润，早先那一身黑瓷滚圆的肌肉，现在变得细腻绵软，口角边添上了细细皱纹，却愈发使嘴唇圆满如一颗沙果。木犊每月捎回的五十元钱，除了替老爹添置了一顶毡帽，她给自己也缝制了一件蓝底小白花的套衫。这衫子得体而大方。把头发光光地梳理贴在头上，提一篮萝卜到河里去洗，她显出几分风韵。有一次从小路上匆匆跑过，正背着出山的日头万道霞光，一个人在路头看了，大声叫了一下"美！"羞得她蹲下不动。那人是来顺，还在夸说她跑过来时，霞光在她人体轮廓上幻出一层像绒毛一样的红晕，"是菩萨身上的灵光！"

使黑氏最沉重的负担，是驼子老爹的病情，老不见好，身子一日不济一日。家里粗茶淡饭尚有，吃荤唋肉却不敢奢侈。她赤了脚到水渠淤泥里去打捞螺蛳，山地人称海巴牛的，回来热水烫了，剜出一点肉在铜勺中炒了奉爹。一日晌午，吃罢午饭，驼子老爹在炕上歇身，黑氏爬在院墙头上卸架杆上的红苕枝蔓下来搥猪糠，来顺在门前轻轻叫她。

来顺神色神秘，用嘴努努上屋，小声问："老爹在？"

黑氏说："睡了。"

来顺就跳进门限，站在一架纵横交错覆盖院子一角的葡萄架下，说："睡了好，要不他看我是老虎豹子一样可怕！"

黑氏说："你有事？"

来顺并不作答，脸诡诡笑，葡萄蔓筛下的光点落其全身，顽皮可笑如一童子，从怀里往外掏一个霜杀得朱红的蓖麻大叶包。

来顺说："灶上今日改善伙食，每个人四块，我见你下水里捞海巴牛儿，知你胃里寡，我吃了一块。"

蓖麻叶里包着三块肥嘟嘟的酱赤赤的熟猪肉。

黑氏呼吸有一股热东西冲在心口，双手接过来时，却说："瞧你，孩子一样，我哪里嘴馋！你吃吧，我不吃的。"

来顺说："怎么能不吃？"

黑氏说："我这么胖的，越吃越胖了，你吃了吧，别让外人看见，倒碜眼！"

来顺说："那我吃一块，你吃两块！"

黑氏吃了一块，满口油香，另一块却用蓖麻叶包了说要留给老爹，话未落点，驼子从门里走出来，两眼凶光，破口大骂："我哪里少了这一块肉，木犊屋里的，你不怕那肉里有毒药？你把它吐了！"趔趔趄趄横过来，夺过肉摔在地上，用脚踩得一片油渍，那枯瘦的指头就戳在了来顺的鼻子上，吼："来顺，你这不正经的东西，你送她什么肉？！她穷死饿死与你有何干系，亏你这份好心！木犊没在，你竟能欺负到我家门上，他是个能行角色，你到乡长的女儿那里耍骚去！"骂得来顺眼睁不开，灰溜溜夺门逃走。他自己还余怒未消，返回屋去时，却软坐在门限上，虚汗直冒，一口白沫。

黑氏立即便将院门关了，免得四邻知道，扶老爹上炕，作了许多解释，就到自己屋里痴痴呆坐。她怪这驼子太是多心，没事的事惹出事来，倒让她重新审视这来顺，愈觉让他委屈。女人之所以称为女人，自多了一份比男人所没有的柔水一般的同情心，她满足于男人对她的爱悦，一个动作，几句言语，就可以换得万般感念。而男人，若野蛮无赖式的一味施侵略政策，这感念就随之消灭，但乖觉的男人则来一种小技，装作受屈受辱，那女人的柔水就海一样深，四处溢流。来顺正是如此，在第二天黑氏主动去了放学后的学校房门，安慰一下来顺，来顺一脸苦相，黑氏就多呆了一会，在盆子里搓起泡好的衣服。

这夜月光冰洁，蛐蛐鸣叫不是十分寒冷，亦不多少潮闷，正是心性勃发之良机。来顺见黑氏真心待他，愁情忧绪很快从心上退却，说了许多话，许多话说在一条既出线又未出线的边缘地带，常常是双关语，后来见黑氏双手搓衣，鬓角发动，飘飘飞飞，多几分娇媚，便自己把握不住自己，那一双饥渴的爪子就钳住了黑氏的腰。黑氏惊慌挣扎，但全无效，先是叫"来顺！来顺！你疯了？！"后来就一语不发，处于昏蒙状态，完全被放倒在了那张小床上。同情心是女人的优点，缺点却往往根源于这同情之心，今晚上黑氏吃了亏。

她清白过来，房子的灯，芯小如豆，忽而暗下来，要灭又不灭，焰浅蓝像雾，微漾不静。她记起刚才身子被放倒后，这个强有力的人却并没木犊那种粗暴，耐心抚爱，一派文明，明白他是处理女人的老手，或是初试，则无师自通，这是比木犊高明之处。但后来，脑子又一片空白，翻起床，也不看来顺，无言返回家去。

来顺也不明了她所思所想，寻不出一句安妥的话对她说，默默望她去了，她听见学校里突然有了收音机声，且音量颇大。

五

到了四月，木犊回来了，木犊原本面黑，粗而大的毛孔里嵌了煤屑，水洗不净，黑得如鬼如魔。羊毛袄袄已被磨成布絮，永远存之地下的另一世界，但那一件布做的裹兜里，有一个特大的口袋，缝得严严密密，内部有二千一百二十元。千里外坐火车，搭汽车，睡旅店，三天四夜未能脱衣，二千一百二十元的钱票在家取出时，汗水已经将其浸湿发软，臭不可闻。村人视木犊为英雄，数月光景，旋即获得这么多钱！木犊大讲铜官犹如异国归来。钱使信贷员的儿子堕落，钱也使木犊喜欢得差点死去。只是夜里，他才如实说起地下那另一世界的黑暗和可怕，说一个班一天一夜，他带三十二个饼子下去，于坑道里狼虎一样地吃嚼。说从井下出来，井口站满了下井者的家属。一直愣愣瞧着亲人出现，他没有人等他，于阳光下刺激双眼寸步难行，蹲在那里半天适应，完全是一个黑蜘蛛，瞎眼狗熊。说他学会了敬神，买了护身桃木符，在一次塌方里，眼瞧着一个同班被石头砸死，血从头上喷水一样射流。黑氏听得毛骨悚然，捂了嘴，不让再说，扑上去把丈夫搂在怀里，用泪水潇潇的脸温存那发散汗臭的胸膛，手臂，头上的五官各部。绝然不愿提及和来顺的事。

木犊在镇集上遇见了信贷员，信贷员问："木犊发财了？"木犊说："比起你，小拇指头和腰了！"信贷员哈哈大笑，说："我当初没收你做工，没贷你钱，也是激你去发愤，你还真的发财了！二千多元，你怎么处理呀，能不能存储到信用社，让生儿子生孙子取利息呢？"

木犊说知黑氏，黑氏坚持这二千元不必存，更不能乱花，有本钱了就干一项营生。结果选中开店，因为木犊除了下苦力外，别无所长，而镇子东街头有一间小门面，月租四十元，是合算的。自此，一家小小饭店开张，日里黄昏，店前的一株大柳，万千枝条迎风微漾，深绿浅绿之中就飘闪一面招旗。镇上不繁华，人皆没有白日在街面买吃习惯，而以镇为枢纽，南来北往东西复返的生意人，做工人，赶路人，却全在饭店用膳。吃客便是上帝，笑脸赔着在柳下的石凳上歇了，沏一壶茶过去，两口就烧水擀面，黑氏在案头上抖动着两颗硕大丰腴的垂奶，将面擀得薄纸一张，待木犊烧水未开之时，附身在窗台上，与吃客搭讪会话。吃客经见多，见了女人兴趣正好，也乐意说些老鼠成精，人妖结婚之类奇闻，惹得黑氏讶一通乐一通，表情丰富。女人的极有奇特趣味的印象就刻在吃客心上，到处扬说，这饭店生意倒日日兴隆，入夜，镇上人有喝烧酒之风，店里便顿时热闹。酒可以使山地的男人变成另一个种族，放肆的说粗言秽语，拉木犊入座，木犊不喝，就嚷黑氏陪酒，竟三个五个男人的胳膊按住她的手，要她陪喝不可，木犊就也劝黑氏喝，嗤嗤啦啦只是呆笑。酗酒者就不免骂一通木犊有艳福，守住这么一个中看的又能干的婆娘，木犊也自高自大，夸口几句自己做男人的气魄。如此，日复一日，月复一月，远近人皆知这家饭店，说饭店就说到店老板娘，少不得有些浮浪子弟，对着黑氏不三不四。

一日，店里过了饭辰，木犊去家照看驼子老爹，黑氏刷了案板正坐着歇息，小男人一透一透在店门往里看，见黑氏抬了头，忙一脸正经，便显出大有漫不经心之神气，用指甲刀噻噻地刮五个指头尖的骨片。黑氏说："你来干啥，要吃饭这会不卖了！"小男人说："别那么翻脸不认人，我也是你的男人哩！日子过的不错嘛！"黑氏说："要不了饭的！"低头将刷过的案板又刷一次，以为小男人已经走了，一抬头，他还在，一条腿跨在门限上，软软地闪，专心看手里的一件东西，说："这是什么呀？"黑氏没料到他竟未走，听了这话，不觉顺口说句："什么东西？"小男人就走进来，手一展，一只蓝色的电子表，其显示面上有两个黑点不停变幻。小男人说："要不要，给你吧？"黑氏"呸"地吐一口，将他掀出店口，门也随之关个严实。

但是，信贷员却有时到店来预备饭菜，招待来找他的客人。来了，黑氏当认他不得，平静着脸算账，一分不少，一文不赊。木犊去涎了脸让坐让茶，饭菜吃罢，便又拿自己的烟末匣子放在桌上，让人家来吸，信贷员问起行情，又无巨细说明。反复强调生意比不得信贷员的工厂收入。其恭敬卑怯，为黑氏所不齿，当面暗示，背后数说。木犊说："人家毕竟是这地面的大人物！"黑氏平生第一口将唾沫喷在他的面上。

钱来路活泛，极有盈余，不幸的是驼子老爹却病情沉重卧炕半月之后，汤水不进。阳寿殆尽，伸腿升天去了。夫妇俩关店十天，痛哭一场，葬老人入土。驼子一生贫苦，性情刚硬，却死的清白，使这店家又少了一份后顾之忧，却苦了黑氏和木犊夜夜一人看守饭店，一人看守老屋。日久，木犊就将不点灯之事淡冷，后来一月两月竟似乎要忘却了。

来顺依旧在学校烧水做饭，敲铃打杂，每每看得小男人与乡长之女好时两件东西贴拢一起，唧哝有声，就如眼中钻沙痒痛不堪，恶时又桌翻椅倒，于窗口将枕头抛出，将茶壶和裤衩抛出，就又想起与黑氏交情。按捺不住一份心绪萦绕于另一个人身上。驼子老爹死后，他从心底里呼出一口长气，却买了纸去到驼子的灵前，点化了，哭了一场，木犊见他哭得伤心，大受感动，双手去扶，黑氏却说："让他哭吧，哭一哭也好！"话中意思，只有她知道，来顺知道。

此后，木犊消除了对来顺的反感，来顺没事常踱到店来，热乎招待，逢吃也让吃，逢喝也让喝，这来顺是聪慧之极，眼中有水，手脚勤快，也帮这家刷碗收筷，门口应酬，介绍饭菜，招揽吃客倒确实比木犊强出十倍八倍。

但黑氏最明白来顺的心，见他殷勤，总是不安，好言好语要他一边歇去。愈是这样，木犊愈觉来顺人好，来顺愈要加劲为黑氏殷勤。黑氏私下对木犊说："店是咱的店，要人家帮什么忙，他要再来，什么也不让他做！"木犊说："他愿帮忙就帮忙，一片好心，硬要阻拦，倒显生分，冷他一个热肠！"黑氏只好不语。

一个晚上，月色朦胧，黑氏从饭店赶老屋来睡，正坐院里搔腿揉腰。院门敞着，门外的几棵老槐树下，新生了许多幼株，黑黝黝在风里摇曳。倏忽听得有细响，蛇样爬行的沙沙声音，好疑，槐树丛子里有一点烟火，暗红如萤，便惊起，询问："谁在那儿？"那人走近来，却是来顺。

黑氏说："你鬼鬼祟祟，以为是贼呢！"

来顺说："你夜里有屋，木犊还睡在店里？"

黑氏说："我们也分了班的！夜里他要剁肉馅的。你是到哪儿去的，路过这里？"

来顺在月下说："从学校来的，专到这里来的！"

黑氏腔子里的一颗心别地一跳，便说："你坐吧。今夜月亮蛮好，你近日没回老家去吗？算黄算割是不是有叫了？"

女人的慌口慌心，来顺全觉察到，他要想办法稳住她的情绪，说道："昨天夜里叫过两声，再过四天，就是小满。人过小满说大话，今年麦子成色要比往年好。我们山里麦才扬花，和川道差二十多天，到时候我来做你们家的麦客。"

黑氏轻轻笑了一下，说："你也是，恁事也帮我们……"

来顺就说："黑，我这几天尽是做梦，我也思想，我是不该到你家来，可梦里老做到你，醒来心就慌慌的……"

黑氏果然平静下来，问道："做什么梦？"

来顺说："有时梦你穿一身新衣，到镇上去，好多人给你吹奏唢呐，你唱起戏来，样子像十七、十八的一样。有时梦你坐在店前柳树下哭。梦到好的，心里就叽咕，说，梦是反做的,会不会有什么不好的兆征?梦到坏的,又担怕应了实际,就要来看看,你说好笑不好笑?"

黑氏就真的笑了,说:"来顺你嘴甜,说得中听哩!"

来顺正色道:"这可是真的,有半句假,让鬼摄了魂去!"

女人就看着来顺,瞧那一张白光光瘦脸,被瞧的也不回避,反以更加的勇敢用眼睛回敬,看出她的情味溢在眉里眼里,不觉神思荡漾,如升云头。

后来,这女人就偏过头去,看天上的月亮,看院墙根边的一株柳上栖息的一对鸟。鸟是夫妇,以爪平衡身子于细枝上,一只已经睡熟,一只朦胧复朦胧。想到人生如鸟类,白日比翼齐飞,夜来依偎而睡,这原本是活在世上的内容。可眼前的来顺,孤身独影,夜夜为别人的婆娘做梦,着实是活人的可怜!不觉气伤神黯,又轻轻叹息一声。

黑氏说:"来顺,你要闷得慌,就来我家坐坐。你也是这般年纪的人,无论如何,你还是找不下一个女人吗?"

此话触到痛处,来顺却没落泪,反倒笑了。

黑氏问:"你笑什么呀?"

来顺说:"我活该是光棍命!那时节,我本是再多找上你几回,事情就成了,可我没有……木犊命比我好。"

黑氏没有言语。

来顺又说:"黑,木犊待你还好?开店是好事,也实在累人,你要保重身子,月月到你们女人家身上有红的日子,你不要见冷水,你却还到河里挑那么满两桶水?!"

黑氏一惊,这些事他哪里知道?是观察她的脸色吗?这些,木犊也是从不知道的,陪自己吃喝睡觉的木犊不知,这一个来顺却看得出!黑氏突然觉得白脸汉子是将她完全装在心上的,就大为感动。

黑氏说:"他人呆,只是肯听我话。"

两人说此说彼,来顺忘了时间,黑氏也忘了时间。离开深山,嫁到这平川道来,她和小男人没有这么说过家常话。嫁给木犊,木犊虽不欺她打她,但木犊别的一点不会,甚至压根想不到,使她时觉寂寞袭心。人毕竟是人,除了被受尊重人格之外,还有接受抚爱的欲望,尤其是女人,说老虎时就是老虎,该小猫小狗就是小猫小狗啊!

说说话话,不知不觉,自自然然,来顺是把黑氏的手握住了,用软和的舌头舔,用牙轻轻地咬。黑氏没有吱出一声,事毕了,她送他出门,星月满空,夜更深沉,村外四面包围着的即将成熟的麦子,在清风中涌动,将月光漾出波般的亮闪,浓重的令人心醉的四月田野地气使黑氏饱饱地吸了几口,涨满了全部胸膛。

白日开门,连麦收天也未停止,木犊像一头任重耐劳的牛,夜里割麦、碾场、翻地、播种,白日开店卖饭,人累得失了形体,一收拾完当日的工作,就如一条从树梢跌下来的死蛇一样,趴在炕上沉睡不醒。

黑氏夜半醒来,摇不起他,后来就等着学校的铃响。

这一家再不是往日的穷人了,他们也有钱,村人企羡,黑氏碰见信贷员和小男人了,也不远远避开,目光直直地走过去。一次逢集,一家私人经营的衣服铺里,小男人偕着乡长的女儿在问一条丝织围巾的价,大声吵闹,为五角钱论高论低,黑氏走近去,虎虎地问:"多少钱?"回答是:"十三块。"黑氏说:"取一条!"随手从口袋抽出钱来,拎围巾扬长走了,逊得小男人和乡长的女儿脸红不已,难堪不已。这围巾黑氏却没有系,冬天里也不系。木犊说:"那你何苦,买这干啥?"黑氏说:"为了啥,你还不明白?!"木犊见黑氏用钱大方,慢慢也手大起来,外人常捉弄他,动不动和他打赌,赌输了就罚他买酒买烟,或者到店里来啃几个猪蹄,吃两碗面条。到后,竟耍起钱来,打扑克赢输,一玩起性则通宵达旦,也不光顾黑氏一个人睡在偌大的土炕上。

黑氏很有一些意见了,吃饭时,炒两个小菜放在桌上,桌边安好两个椅子,一心让木犊一块吃,木犊却一只海碗里盛完饭,将菜夹在饭上,端着到门外找人,一边聊一边吃,晚饭过后,黑氏让木犊和她坐坐,木犊说:"店里的事,你安排,需要干啥你给我说!"黑氏说:"你不会说说别的话吗?"木犊说:"还有什么话?没有啥了!睡吧。"一躺下来就呼呼入睡。

这时节,来顺来了,黑氏就不让走,问这问那地说话。一夜,木犊又去耍钱,来顺和黑氏在家聊天,聊到夜深,说起木犊,黑氏长吁短叹,眼噙泪水。来顺劝慰,反倒愈劝慰愈使她伤心,后来伏在来顺腿上,竟低低抽泣不住。……鸡叫二遍,门被拍响,木犊推门进来,屋里没点灯,倏忽间似有什么影子从后窗一闪,问道:"黑,窗外像有什么?"黑氏恐极,却说:"有什么有鬼?"木犊脱衣上炕,睡下了说:"我这眼睛不行了,还以为有个什么在窗外动!人都说有鬼,虽没见过,晚上还是早早把窗关了。"黑氏说:"你还这么想到我!让鬼来吧,屋里没人,鬼给我作作伴也好。"木犊说:"说有鬼,哪里就有鬼了?睡吧。"就鼾声顿起。

六

从来不曾预料的事,往往它就发生了,发生得突兀,当事的人和旁观的人皆措手不及。信贷员一夜之间陷入了困境,自从锒铛入狱,一去十五年不能生还。

信贷员触犯了法律,三年来,一共贪污挪用公款去入股办私人企业三万三千元。利用贷款,明敲暗诈,从中受到不义之财六千六百元。事情败露,穷追不舍,他便被一辆囚车装着走了。

县调查组到镇上住了十天,第十天早晨,一阵刺激人耳的汽车喇叭声吵醒了饭店里熟睡的黑氏。她隔着窗棂往外看,东方欲晓,囚车停在信贷员家的门口。黑氏心惊肉跳,使劲蹬那头死睡的木犊,小声叫:"快起来,公安局要抓人了!"两人开门出来,镇街上已经站满了人,全在喊喊啾啾。

黑氏过去问:"是抓谁了?"

那人说:"你还不知道吗?恶有恶报,善有善报,信贷员到他受罪的时候了!"

黑氏却终不明白这事她怎么能知道?!信贷员的为所欲为,黑氏在做他的儿媳之时,便疑心他的不法不正,离开这家,她再未过问这家事,她盼望有朝一日他会受到应有惩罚,但当明晃晃的铁铐套在了信贷员的手上,小男人哭死哭活撵着囚车跑,黑氏竟有些心软,口里念作:这一家完了,全完了!

回到饭店,脸色有些发白,木犊问:"黑,调查组来,你提供什么证据了?"

黑氏说:"人家没有找我,就是找我,我能说出个什么证据吗?"

木犊说:"外边有人说是你写信告发的,你和这家是仇人,把信贷员整死了!"

黑氏方明白街上人对她说话的意思,就说道:"这是胡猜测哩。他也是天怒人怨,咱不告他,自有告他的人呢!"

木犊说:"这世事真摸不透,那一阵他是万元户,是名誉校长,披红戴花的,这一阵便成坏人?"

黑氏说:"你懂得什么,别人哄着吃了你,你也不知道,他投资办学,那是买后路钱哩,可天到底不容恶人!"

木犊问:"这么说,那儿子再当不了教师了?"

黑氏说过"那是可能的",但不再言语。

小男人果然从学校开销了,依旧做他的农民,再不能领着学生在操场上打篮球,于双杠上腾翻飞动。人蔫得霜杀一般,蓬头垢面,人不人鬼不鬼。老子作孽,欠下的赃款儿子得还,小男人将新盖的楼房出卖了一半,还欠八百元,听说愁得夜里在家里呜呜地哭。

来顺将小男人的近况告知黑氏,黑氏对木犊说:"木犊,他家挥霍了公家的钱,那得一分不少还给公家,可他现在没钱,也够愁得可怜……"木犊击掌叫道:"这好,这好,他应该上吊去死!"黑氏说:"我想咱日子好过了,又眼看着他家报应,咱受的气也算出了,如今他毕竟年轻,又有老母、婆娘,日子也是要让他过的,咱拿了钱,替他填了这笔钱窟窿,你的主见如何?"木犊说:"你这是怎么了啦?你这不遭人耻笑吗?"黑氏说:"外人笑甚,当初我被离婚,外人耻笑我,今日我救济他家,只能外人耻笑他家!"主意不改,木犊只好依她。

黑氏去找小男人,小男人的娘自愧难容,躲在内屋不敢见面,小男人一人独坐自己房间,四面光墙,衣柜衣箱俱无,见了黑氏掏出钱来,扑倒在地,要给黑氏磕头。黑氏才知道信贷员抓走之后,乡长受到党内严重警告,削去官职,调到另一乡政府去当一名小干事了。那女儿,小男人的婆娘第二天卷了家里物什往娘家去住。

不久,风声迭起,尽说小男人和乡长女儿二婚事:先,新夫新妇,如胶如漆,恨不能白白夜夜两人合了一人,大天白昼的在房里作那种勾当,让学生隔窗也觑见。到后,那婆娘就厌烦起来,时常不到学校过夜,有人看见在县城的旧城墙的洞处与一英俊年少生搂抱相啃。这事人人皆传,小男人却蒙在鼓里,渐渐发觉婆娘不与他睡,殴打了几回,后虽夫妇同床,却各自为阵。再后,双方协定星期天晚上过一次那动物生活,而那婆娘即总是晚饭之后即吞服三粒安眠片,于昏昏沉沉无知无觉之中随他便。黑氏听说了,好不心伤,一面幸灾乐祸,一面又怨乡长的女儿心底残酷!

小男人总算没有离婚,但婆娘不回家来也如同离了婚一般。此日,木犊和黑氏正在饭店和面,小男人胆怯怯坐在店前柳下叫"木犊哥!"木犊招呼他进来,沏了茶喝,来顺也来了,三个男人各怀个心思说话,小男人说:"木犊哥,我想到山外铜官去下煤窑,那路线是怎么走的?"来顺说:"你也要去下窑,那是什么苦,你能耐得?"小男人说:"我得要钱呀!"木犊说:"去去也好,可得头提在手里,你要是个命大的,挖个三月五月,回来也可办个正事。"黑氏于灯影暗处立定,不到桌边来,想这小男人若早有此心此志,也不会落魄到这般狼狈,由此想到自己一生所遇,不禁流下几滴眼泪。

钱害了小男人,如今小男人又得去找钱,小男人一生都被钱压迫着。

他果然去了铜官,但不出两月,一封电报拍来,一次井内塌方,小男人砸死了。尸体运回来,黑氏去看了,已经没有脑袋,空剩一张脸皮,她哭了一声,昏倒在地,醒来从饭店取了一个干葫芦装在脖上,将那脸皮贴上脑袋的模样。

这年秋天,社会越发时兴改革,大城市的工厂、单位见天有人到镇子上来,推销产品,购买山货,镇子扩大了两条街道,往日两边街面的洞里坐着做针线的女人,一边手中忙活,一边说着有盐没醋的闲话,如今都装了板门,安了比门还大的斜窗,于里边摆了货架经营。黑氏的饭店也应时扩建,一间改作三间,直到了门前大柳树下。经营项目已不是面条,可以炒各种肉菜。大师傅是月薪百元聘请的一位县城关老者,木犊还是那一身打扮,不破烂,也不干净,做粗笨重活,而黑氏衣着整洁,光头整脸,专在桌前招客接待。洗碟刷锅锅的,则是一个并不苗条,屁股硕大的女子,女子没爹没娘,与哥嫂过活,请来帮工,吃喝管后,月薪三十。

  黑氏颇爱这肥胖女子,好吃好喝从不避过,天黑收店关门,也拉她同自己睡,说好多关于男人的事,关于做女人的事。这女子人粗心细,早开那一份情窦,也问到入店来怎不见他们夫妇去一块睡觉,黑氏就以话支开。

  来顺时常来店,与主人、帮工说笑,三盅热酒下肚,眼却发痴,死死盯住从屋顶破洞之处斜射下来的光柱出神。肥胖女子不解,看那光柱,并无异样,有无数的活的小飞物在其中沉浮。黑氏就说了:"去刷碗吧!"自己却坐在桌前喝酒,亦复一语不发。

  入夜,黑氏要胖女子和她回屋去睡,木犊又睡到店里,老厨师傅就说:"木犊,你怎么不回去陪婆娘,你是信不过我吗?"木犊说:"回去睡和这儿不一样吗?"老者说:"当然不一样,你让人家没个暖脚的吗?"木犊就嗤啦作笑:"一把年纪了,又不是少年夫妻!"老者说:"多大年纪?你有我大吗?我像你这般时候,夜夜不想出门的。"木犊就又笑,说:"我也是回去的,不也就是那回事吗,一月半月的那么一次就罢了!"老者说:"你这男人!也该回去说说贴己话,县城里的夫妇,每晚城外河堤上肩挨肩散步的。"说毕,就叹息一声,说出一句旧不旧新不新的话,"城乡到底有区别的!"

  但是,木犊睡在店里了,黑氏却有几次支使肥胖女子半夜到店里去取什么东西。有一次回来很委屈。黑氏装着不理会。

  八月十五的晚上,月亮出得特别圆。人都在家里吃团圆月饼,剥花生,栗子,来店用膳的人极少。老厨师下午也回县城关家去了,肥胖女子早早收了店,在门前石桌上摆了水酒茶点,招呼店主人夫妇来享用,却远近见不了黑氏的踪影。木犊说:"八成去学校了,来顺今夜一个人孤零零的,她是去叫了。"一等不来,二等还不来,木犊遣肥胖女子去看。回来说学校门锁着,狗大个人儿也不曾见。

  而同时在通往深山的五十里外,一个小山村里,村子里发生了一件事。一个孩子于村口锐声叫:"快去看呀,好看得很的东西,一条绳子拴了,村长也去了!"正家家吃月饼的男人和女人以为是山外来了耍猴的主儿,要趁这月明风清佳节之夜为村人助兴,还是某某猎户又从山上提回什么稀罕、珍贵飞禽走兽,一齐跑去观看。在村口的山溪,过了横卧的独木老柳渡桥,一块瓜田的作废的草庵里,一对赤身男女被绳缚,身上被人盖了一张被单。村长正在审问:

  ——你们是哪里人?

  ——西川村的。

  ——为什么到这儿?

  ——回家去,天黑了,路不好走,在这歇一夜。

  ——你们是什么关系?

  ——夫妻。

  ——有什么证明?带结婚证吗?是不是私奔的一对贱东西?是不是人贩子,骗拐了这女人?

——不是。我还带着被盖卷,我们是往外做工的,要赶着回去团圆,赶不及了……

言之有理,村长便解了绳,喝退看热闹的人,还他们衣服穿。但村人却有认为既是夫妻却野外过夜,又偏是于这么好的月夜在他们村口,有败兴他们之罪,便提了一桶凉水从头至脚哗地倾倒在这男女身上,以示惩罚。那男女各叫了一声,双双顺路急跑,女的跌了一跤,"哎哟"连声,那男子扶起,发急地说:"要跑,跑出一身汗了,凉气就渗不到骨头里去!"

女人抬起头来,被架着跑,终不明白这路还有多少远程,路的尽头,等着她的是苦是甜,是悲是喜?

延伸阅读:1980年代初期,贾平凹很多小说都表现农村改革中人性的变化,《黑氏》是其中一个代表。但是,这种变化并不是彻底的,还残留有传统社会的痕迹。雷达指出:"这部小说不仅写出了黑氏精神历程的沉重和漫长,更可贵的是写出了黑氏终于从传统的茧壳中脱出后,仍带着的那些剥离传统时的丝丝缕缕。贾平凹写她在中秋夜与来顺私奔,一张薄被盖着两个叛逆者的裸体,这虽有人性觉醒的意味,却终未脱出愚昧原始的表现形式。"参见雷达:《模式与活力》,《读书》1986年第7期。

浮躁(存目)

贾平凹

延伸阅读:《浮躁》是贾平凹 1980 年代最好的长篇小说。1990 年代他的其他重要长篇出版之后,《浮躁》地位有所下降,但仍不失为观察那个年代西部山区农民生活变迁的一部好作品。谢有顺认为,《浮躁》等小说,"有着非常结实的中国化的现实面貌,他的确写出了商州、西安(包括整个西北)的生活精髓,尤其是他那强大的写实才能,以及杰出的语言及物能力,使他的写作在表现当代生活方面成了一个范本"。参见谢有顺:《时刻背负着精神的重担——谈贾平凹的文学整体观》,原载贾平凹著《阿尔萨斯》,南京,江苏文艺出版社,2003 年。

高老庄(存目)

贾平凹

延伸阅读:《高老庄》是一部非常乡俗化的小说,通过子路的返乡,折射出千百年来西北农村活化石一般的永恒面貌。有人评价说:"《高老庄》中有一个重要的场面,那就是子路父亲祭日的宴席,几乎所有的重要人物都登场了,那个狭小的范围,可谓是乡村文明及其冲突的一次集中展示。贾平凹的能力就在这么窄小的空间里表现得淋漓尽致。西夏与菊娃的关系,子路的应酬,亲朋好友的闲谈,狗锁的死要面子,迷胡叔的神里神气,蔡老黑、苏红、王厂长等人的与众不同,往往经由寥寥数笔或是几句简短的对话就跃然纸上,从而达到传统的白描手法也难以达到的生动效果。"参见谢有顺:《时刻背负着精神的重担——谈贾平凹的文学整体观》,原载贾平凹著《阿尔萨斯》,南京,江苏文艺出版社,2003 年。

废都(存目)

贾平凹

延伸阅读:1993 年后,贾平凹长篇小说《废都》引起很大争论,以此作为标志性的事件,1990年代文学开始了。尘埃落定,批评家雷达的意见值得重视,他说:"由书名而提到川端康成,并不是出于索隐的兴趣,而是想探知贾平凹何以会突然写了《废都》。有人说他走火入魔了,无法理喻他创作此书的动因。的确,《废都》在贾的创作中前所未有,这倒不在他首次描写了都市知识分子的生活,而在于剖露灵魂的大胆,性描写的肆无忌惮,由审美走向审丑,由美文走向'丑'文,以及那透骨的悲凉,彻底的绝望。"参见雷达:《心灵的挣扎——〈废都〉辨析》,《当代作家评论》1993年第6期。孟繁华也认为:"一部《废都》震惊天下,不同的读者都可从中找到自己需要的东西。"参见孟繁华:《面对今日中国的关怀与忧患》,《当代作家评论》1997年第1期。

哦,香雪(存目)

铁 凝

延伸阅读:在文学史研究中,这篇小说一向被认为反映了"人情美""人性美",但最近有人提出不同的看法,认为从香雪命运中可以看出"十七年""户籍制度"对她的制度性制约,而在1980年代的文学批评中,由于批评者的精英视角,香雪们的卑贱经验却受到了严重忽视和压抑。从这篇小说和王蒙、陈丹晨、雷达、顾传菁等人的文学批评看,香雪的形象基本是按照"善良""纯真"和"美好"这一诗意化的文学规划来设计的,没有人真正关心她三顿饭/二顿饭、铅笔盒/换铅笔盒等纯粹来自下层劳动人民的感受和焦虑。参见程光炜:《香雪们的"1980年代"》,《上海文学》2011年第2期。

大浴女(存目)

铁 凝

延伸阅读:写革命年代人性与欲望的冲突和纠缠,是该小说创作上的一个亮点。它尤其集中地描写了人与环境、家族之间的紧张关系,而这种紧张关系,已与伤痕文学明显不同。实际上,铁凝一向擅长以女性为视点,凸显时代矛盾和人的困境。有人评价说:"《大浴女》是铁凝继《玫瑰门》之后的又一力作。它同样不是一部描写女性如何'善良美丽'的小说,而是一个家族女性的复杂故事。"参见西慧玲:《寻找母亲的声音——世纪末长篇小说"女性系谱"拟建》,《文艺评论》2003年第3期。

无主题变奏(存目)

徐 星

延伸阅读：1985年前后，徐星与刘索拉、张辛欣等一起拉开了都市青年小说创作的序幕。这种小说从伤痕文学的重大题材中退出，反观敏感的都市青年如何在现代化进程中寻找自我、同时陷入迷茫的精神历程。小说中的主人公退学写小说，在小饭馆当跑堂的伙计，而且自以为找到了自己的位置。然而，在世俗社会观念中，这种与社会的脱轨，显然是有悖常理的。即使是他的恋人老Q，也期待把他重新拉回知识精英的圈子。《无主题变奏》虽然不能算是第一流的作品，但通过它可以了解1980年代变革中的都市生活，仍不失其参考价值。

你别无选择(存目)

刘索拉

延伸阅读：小说的结构零乱，主人公的性格也没有贯穿始终，人物关系更是随兴所至，但这些都不能影响它在当代小说史上的独特地位。王晓明对作家有精彩的分析，他说："20世纪人类精神生活的一个重要特点，就是许多年轻人都比年长者更容易悲观。就拿我们周围的情况来说吧，那种与年龄极不相称的透彻和通达态度，就在年轻人中间相当普遍。""我只是想指出，刘索拉是在与70年代末完全不同的精神气氛里走向文学的"，这"决定了刘索拉要为《你别无选择》缝制那样一件闹剧的外套"。参见王晓明：《疲惫的心灵——从张辛欣、刘索拉和残雪的小说谈起》，《上海文学》1988年第5期。

冈底斯的诱惑(存目)

马 原

延伸阅读：可以说，马原是被上海新潮批评家推出的一个先锋小说家，对他评价最勤最有力的是吴亮和李劼。当时，批评家主要肯定了他对小说叙述方法和语言的贡献，但是今天反过来再读他们的评论，可以对1980年代的先锋小说形成新的反思角度。吴亮指出："马原对这种因叙述而涌来的故事既然失去了有效的理智控制，那么自然，一种由叙述的符咒呼唤来的东西就会对马原构成反控制。果真，一个一个人物、意象、场景接踵而至，它们由于不带有明确的意义，就显然是十分神秘的。"这种人为化的神秘感，使先锋小说在1980年代文学中大放光彩，但它不表现丰富复杂历史生活或无力表现的弱点也由此暴露无遗。参见吴亮：《马原的叙述圈套》，《当代作家评论》1987年第3期。

系在皮绳扣上的魂（存目）

扎西达娃

延伸阅读：1982年前后，西藏拉萨形成了一个以马原、扎西达娃为核心的先锋小说家圈子。他们比当时许多作家更早阅读拉美魔幻现实主义小说，并在《西藏文学》上开辟专栏予以讨论。直到1985年前后，这个圈子才受到注意，《收获》编辑程永新在杂志上组织栏目，强力推荐他们的小说，再加上《上海文学》《人民文学》推波助澜，马原和扎西达娃迅速成名。这篇小说采用的从外部看西藏的艺术视角，是一种把作者熟悉的西藏重新陌生化的创作方法，其中留下很多魔幻现实主义小说的痕迹，是自不待言的。

山上的小屋（存目）

残 雪

延伸阅读：残雪小说的风格，一方面来自"文革"中的家庭遭遇，另一方面可能是受到卡夫卡小说的启发。这篇小说令人震惊地揭示了在非常年代，由于残酷迫害对主人公心灵世界所造成的巨大的扭曲和变形。作品非常个人化，同时也带来了阅读的晦涩感。陈晓明认为："残雪的小说确实给出了非常丰富的心理经验，一种意识流的语言碎片。她在当代中国的文学中，也许是唯一一个坚持用幻想/心理经验来揭示人性深刻性的作家。"参见陈晓明：《中国当代文学主潮》，第402页，北京，北京大学出版社，2009年。

透明的红萝卜

莫　言

一

秋天的一个早晨，潮气很重，杂草上、瓦片上都凝结着一层透明的露水。槐树上已经有了浅黄色的叶片，挂在槐树上的红锈斑斑的铁钟也被露水打得湿漉漉的。队长披着夹袄，一手里抓着一块高粱面饼子，一手里捏着一棵剥皮的大葱，慢吞吞地朝着钟下走。走到钟下时，手里的东西全没了，只有两个腮帮子象秋田里搬运粮草的老田鼠一样饱满地鼓着。他拉动钟绳，钟锤撞击钟壁，"嘡嘡嘡"响成一片。老老少少的人从胡同里涌出来，汇集到钟下，眼巴巴地望着队长，象一群木偶。队长用力把食物吞咽下去，抬起袖子擦擦被络腮胡子包围着的嘴。人们一齐瞅着队长的嘴，只听到那张嘴一张开——那张嘴一张开就骂："他娘的腿！公社里这些狗娘养的，今日抽两个瓦工，明日调两个木工，几个劳力全被他们给零打碎敲了。小石匠，公社要加宽村后的滞洪闸，每个生产队里抽调一个石匠，一个小工，只好你去了。"队长对着一个高个子宽肩膀的小伙子说。

小石匠长得很潇洒，眉毛黑黑的，牙齿是白的，一白一黑，衬托得满面英姿。他把脑袋轻轻摇了一下，一绺滑到额头上的头发轻轻地甩上去。他稍微有点口吃地问队长去当小工的人是谁，队长怕冷似地把膀子抱起来，双眼象风车一样旋转着，嘴里嘟嘟地说："按说去个妇女好，可妇女要拾棉花。去个男劳力又屈了料。"最后，他的目光停在墙角上。墙角上站着一个十岁左右的男孩子。孩子赤着脚，光着脊梁，穿一条又肥又长的白底带绿条条的大裤头子，裤头上染着一块块的污渍，有的象青草的汁液，有的象干结的鼻血。裤头的下沿齐着膝盖。孩子的小腿上布满了闪亮的小疤点。

"黑孩儿，你这个小狗日的还活着？"队长看着孩子那凸起的瘦胸脯，说，"我寻思着你该去见阎王了。打摆子好了吗？"

孩子不说话，只是把两只又黑又亮的眼睛直盯着队长看。他的头很大，脖子细长，挑着这样一个大脑袋显得随时都有压折的危险。

"你是不是要干点活儿挣几个工分？你这个熊样子能干什么？放个屁都怕把你震倒。你跟上小石匠到滞洪闸上去当小工吧，怎么样？回家找把小锤子，就坐在那儿砸石头子儿，愿意动弹就多砸几块，不愿动弹就少砸几块，根据历史的经验，公社的差事都是胡弄洋鬼子的干活。"

孩子慢慢地蹭到小石匠身边，扯扯小石匠的衣角。小石匠友好地拍拍他的光葫芦头，说："回家跟你后娘要锤子，我在桥头上等你。"

孩子向前跑了。有跑的动作，没有跑的速度，两只细胳膊使劲甩动着，象谷地里被风吹动着的稻草人。人们的目光都追着他,看着他光着的背,忽然都感到身上发冷。队长把夹袄使劲扯了扯,对着孩子喊:"回家跟你后娘要件褂子穿着,嘻,你这个小可怜虫儿。"

他翘腿蹑脚地走进家门。一个挂着两条清鼻涕的小男孩正蹲在院子里和着尿泥,看着他来了,便扬起那张扁乎乎的脸,夆煞着手叫:"可……可……抱……"黑孩弯腰从地上拣起一个浅红色的杏树叶儿,给后母生的弟弟把鼻涕擦了,又把粘着鼻涕的树叶象贴传单一样"巴唧"拍到墙上。对着弟弟摆摆手,他向屋里溜去,从墙角上找到一把铁柄羊角锤子,又悄悄地溜出来。小男孩又冲着他叫唤,他找了一根树枝,围着弟弟画了一个大大的圆圈,扔掉树枝,匆匆向村后跑去。他的村子后边是一条不算大也不算小的河,河上有一座九孔石桥。河堤上长满垂柳,由于夏天大水的浸泡,树干上生满了红色的须根。现在水退了,须根也干巴了。柳叶已经老了,桔黄色的落叶随着河水缓缓地向前漂。几只鸭子在河边上游动着,不时把红色的嘴插到水草中,"呱唧呱唧"地搜索着,也不知吃到什么没有。

孩子跑上河堤,已经累得气喘吁吁。凸起的胸脯里象有只小母鸡在打鸣。

"黑孩!"小石匠站在桥头上大声喊他,"快点跑!"

黑孩用跑的姿式走到小石匠跟前,小石匠看了他一眼,问:"你不冷?"

黑孩怔怔地盯着小石匠。小石匠穿着一条劳动布的裤子,一件劳动布夹克式上装,上装里套着一件火红色的运动衫,运动衫领子耀眼地翻出来,孩子盯着领口,象盯着一团火。

"看着我干什么?"小石匠轻轻拨拉了一下孩子的头,孩子的头象货郎鼓一样晃了晃。"你呀",小石匠说,"生被你后娘给打傻了。"

小石匠吹着口哨,手指在黑孩头上轻轻地敲着鼓点,两人一起走上了九孔桥。黑孩很小心地走着,尽量使头处在最适宜小石匠敲打的位置上。小石匠的手指骨节粗大,坚硬得象小棒槌,敲在光头上很痛,黑孩忍着,一声不吭,只是把嘴角微微吊起来。小石匠的嘴非常灵巧,两片红润的嘴唇忽而噘起,忽而张开,从他唇间流出百灵鸟的婉啭啼声,响,脆,直冲到云霄里去。

过了桥上了对面的河堤,向西走半里路,就是滞洪闸,滞洪闸实际上也是一座桥,与桥不同的是它插上闸板能挡水,拔开闸板能放洪。河堤的漫坡上栽着一簇簇蓬松的紫穗槐。河堤里边是几十米宽的河滩地,河滩细软的沙土上,长着一些大水落后匆匆生出来的野草。河堤外边是辽阔的原野,连年放洪,水里挟带的沙土淤积起来,改良了板结的黑土,土地变得特别肥沃。今年洪水不大,没有危及河堤,滞洪闸没开闸滞洪,放洪区里种植了大片的孟加拉国黄麻。黄麻长得象原始森林一样茂密。正是清晨,还有些薄雾缭绕在黄麻梢头,远远看去,雾下的黄麻地象深邃的海洋。

小石匠和黑孩悠悠逛逛地走到滞洪闸上时,闸前的沙地上已集合了两堆人。一堆男,一堆女,象两个对垒的阵营。一个公社干部拿着一个小本子站在男人和女人之间说着什么,他的胳膊忽而扬起来,忽而垂下去。小石匠牵着黑孩,沿着闸头上的水泥台阶,走到公社干部面前。小石匠说:"刘副主任,我们村来了。"小石匠经常给公社出官差,刘副主任经常带领人马完成各类工程,彼此认识。黑孩看着刘副主任那宽阔的嘴巴。那构成嘴巴的两片紫色嘴唇碰撞着,发出一连串音节:"小石匠,又是你这个滑头小子!你们村真他妈的会找人,派你这个笊篱捞不住的滑蛋来,够我淘的啦。小工呢?"

孩子感到小石匠的手指在自己头上敲了敲。

"这也算个人？"刘副主任捏着黑孩的脖子摇晃了几下,黑孩的脚跟儿几乎离了地皮。"派这么个小瘦猴来,你能拿动锤子吗？"刘副主任虎着脸问黑孩。

"行了,刘副主任,刘太阳。社会主义优越性嘛,人人都要吃饭。黑孩家三代贫农,社会主义不管他谁管他？何况他没有亲娘跟着后娘过日子,亲爹鬼迷心窍下了关东,一去三年没个影,不知是被熊瞎子舔了,还是被狼崽子啖了。你的阶级感情哪儿去了？"小石匠把黑孩从刘太阳副主任手里拽过来,半真半假地说。

黑孩被推搡得有点头晕。刚才靠近刘副主任时,他闻到了那张阔嘴里喷出了一股酒气。一闻到这种味儿他就恶心,后娘嘴里也有这种味。爹走了以后,后娘经常让他拿着地瓜干子到小卖铺里去换酒。后娘一喝就醉,喝醉了他就要挨打、挨拧、挨咬。

"小瘦猴！"刘副主任骂了黑孩一句,再也不管他,继续训起话来。

黑孩提着那把羊角铁锤,焉儿古唧地走上滞洪闸。滞洪闸有一百米长,十几米高,闸的北面是一个和闸身等长的方槽,方槽里还残留着夏天的雨水。孩子站在闸上,把着石栏杆,望着水底下的石头,几条黑色的瘦鱼在石缝里笨拙地游动。滞洪闸两头连结着高高的河堤,河堤也就是通往县城的道路。闸身有五米宽,两边各有一道半米高的石栏杆。前几年,有几个骑自行车的人被马车撩上闸下,有的摔断了腿,有的摔折了腰,有的摔死了。那时候他比现在当然还小,但比现在身上肉多,那时候父亲还没去关东,后娘也不喝酒。他跑到闸上来看热闹,他来得晚了点,摔到闸下的人已被拉走了,只有闸下的水槽里还有几团发红发浑的地方。他的鼻子很灵,嗅到了水里飘上来的血腥味……

他的手扶住冰凉的白石栏杆,羊角锤在栏杆上敲了一下,栏杆和锤子一齐响起来。倾听着羊角铁锤和白石栏杆的声音,往事便从眼前消散了。太阳很亮地照着闸外大片的黄麻,他看到那些薄雾匆匆忙忙地在黄麻里钻来钻去。黄麻太密了,下半部似乎还有间隙,上半部的枝叶挤在一起,湿漉漉,油亮亮。他继续往西看,看到黄麻地西边有一块地瓜地,地瓜叶子紫勾勾地亮。黑孩知道这种地瓜是新品种,蔓儿短,结瓜多,面大味道甜,白皮红瓤儿,煮熟了就爆炸。地瓜地的北边是一片菜园,社员的自留地统统归了公,队里只好种菜园。黑孩知道这块菜园和地瓜都是五里外的一个村庄的,这个村子挺富。菜园里有白菜,似乎还有萝卜。萝卜缨儿绿得发黑,长得很旺。菜园子中间有两间孤独的房屋,住着一个孤独的老头,孩子都知道。菜园的北边是一望无际的黄麻。菜园的西边又是一望无际的黄麻。三面黄麻一面堤,使地瓜地和菜地变在一个方方的大井。孩子想着,想着,那些紫色的叶片,绿色的叶片,在一瞬间变成井中水,紧跟着黄麻也变成了水,几只在黄麻梢头飞蹿的麻雀变成了绿色的翠鸟,在水面上捕食鱼虾……

刘副主任还在训话。他的话的大意是,为了农业学大寨,水利是农业的命脉,八字宪法水是一法,没有水的农业就象没有娘的孩子,有了娘,这个娘也没有奶子,有了奶子,这个奶子也是个瞎奶子,没有奶水,孩子活不了,活了也象那个瘦猴。(刘副主任用手指指着闸上的黑孩。黑孩背对着人群,他脊梁上有两块大疤瘌,被阳光照得忽啦忽啦打闪电)而且这个闸太窄,不安全,年年摔死人,公社革委特别重视,认真研究后决定加宽这个滞洪闸。因此调来了全公社各大队共合二百余名民工。第一阶段的任务是这样的,姑娘媳妇半老婆子加上那个瘦猴(他又指指闸上的孩子,阳光照着大疤瘌,象照着两面小镜子),把那五百方石头砸成柏子养心丸或者是鸡蛋黄那么大的石头子儿。石匠们要把所有的石料按照尺寸剥磨整齐。这两个是我们的铁匠(他指着两个棕色的人,这两个人一个高,一个低,一个老,一个少),负责修理石匠们秃了尖的钢钻子之类。吃饭嘛,离村近的回家吃,离村远的到前边村里吃,我们开了一个伙房。睡觉嘛,离村近的回家睡,离村远的睡桥洞(他指指滞洪闸下那几十个桥洞)。女的从东边向西睡,男的从西边向东睡。桥洞里铺着麦秸草,暄得象钢丝床,舒服死你们这些狗日的。"

"刘副主任,你也睡桥洞吗?"

我是领导。我有自行车。我愿意在这儿睡不愿意在这儿睡是我的事,你别操心烂了肺。官长骑马士兵也骑马吗?狗日的,好好干,每天工分不少挣,还补你们一斤水利粮,两毛水利钱,谁不愿干就滚蛋。连小瘦猴也得一份钱粮,修完闸他保证要胖起来……

刘副主任的话,黑孩一句也没听到。他的两根细胳膊拐在石栏杆上,双手夹住羊角锤。他听到黄麻地里响着鸟叫般的音乐和音乐般的秋虫鸣唱。逃逸的雾气碰撞着黄麻叶子和深红或是淡绿的茎秆,发出震耳欲聋的声响。蚂蚱剪动翅羽的声音象火车过铁桥。他在梦中见过一次火车,那是一个独眼的怪物,叫着跑,比马还快,要是站着跑呢?那次梦中,火车刚站起来,他就被后娘的扫炕条帚打醒了。后娘让他去河里挑水。条帚打在他屁股上,不痛,只有热乎乎的感觉。打屁股的声音好象在很远的地方有人用棍子抽一麻袋棉花。他把扁担钩儿挽上去一扣,水桶刚刚离开地皮。担着满满两桶水,他听到自己的骨头"咯崩咯崩"地响。肋条跟胯骨连在了一起。爬陡峭的河堤时,他双手扶着扁担,摇摇晃晃。上堤的小路被一棵棵柳树扭得弯弯曲曲。柳树干上象装了磁铁,把铁皮水桶吸得摇摇摆摆。树撞了桶,桶把水撒在小路上,很滑,他一脚踏上去,象踩着一块西瓜皮。不知道用什么姿式他趴下了,水象瀑布一样把他浇湿了。他的脸碰破了路,鼻子尖成了一个平面,一根草梗在平面上印了一个小沟沟。几滴鼻血流到嘴里,他吐了一口,咽了一口。铁桶一跟欢唱着滚到河里去了。他爬起来,去追赶铁桶。两个桶一个歪在河边的水草里,一个被河水载着向前漂。他沿着水边追上去,脚下长满了四个棱的他和一班孩子们称之为"狗蛋子"的野草。尽管他用脚指头使劲扒着草根,还是滑到河里。河水温暖,没到了他的肚脐。裤头湿了,漂起来,围在他的腰间,象一团海蜇皮。他呼呼隆隆蹚着水追上去,抓住水桶,逆着水往回走。他把两只胳膊叁煞开,一只手拖着桶,另一只手一下一下划着水。水很硬,顶得他趔趔趄趄。他把身体斜起来,弓着脖子往前用力。好象有一群鱼把他包围了,两条大腿之间有若干温柔的鱼嘴在吻他。他停下来,仔细体会着,但一停住,那种感觉顿时就消逝了。水面忽地一暗,好象鱼群惊惶散开。一走起来,愉快的感觉又出现了,好象鱼儿又聚拢过来。于是他再也不停,半闭着眼睛,向前走啊,走……

"黑孩!"

"黑孩!"

他猛然惊醒,眼睛大睁开,那些鱼儿又忽地消失了。羊角铁锤从他手中挣脱了,笔直地钻到闸下的绿水里,溅起了一朵白菊花一样的水花。

"这个小瘦猴,脑子肯定有毛病。"刘太阳上闸去,拧着黑孩的耳朵,大声说:"过去,跟那些娘们砸石子去,看你能不能从里边认个干娘。"

小石匠也走上来,摸摸黑孩凉森森的头皮,说:"去吧,去摸上你的锤子来。砸几块算几块,砸够了就要要。"

"你敢偷奸磨滑我就割下你的耳朵下酒。"刘太阳张着大嘴说。

黑孩哆嗦了一下。他从栏杆空里钻出去,双手勾住最下边一根石杆,身子一下子挂在栏杆下边。

"你找死!"小石匠惊叫着,猫腰去扯孩子的手。黑孩往下一缩,身体贴在桥墩菱状突出的石棱上,轻巧地溜了下去。黑孩子贴在白桥墩上,象粉墙上一只壁虎。他哧溜到水槽里,把羊角锤摸上来,然后爬出水槽,钻进桥洞不见了。

"这小瘦猴!"刘太阳摸着下巴说,"他妈的这个小瘦猴!"

黑孩从桥洞里钻出来,畏畏缩缩地朝着那群女人走去。女人们正在笑骂着。话很脏,有几个姑娘夹杂在里边,想听又怕听,脸儿一个个红扑扑的象鸡冠子花。男孩黑黑地出现在她们面前时,她们的嘴一下子全封住了。愣了一会儿,有几个咬着耳朵低语,看着黑孩没反应,声音就渐渐大了起来。

"瞧瞧,这个可怜样儿!都什么节气了还让孩子光着。"

"不是自己腔里养出来的就是不行。"

"听说他后娘在家里干那行呢……"

黑孩转过身去,眼睛望着河水,不再看这些女人。河水一块红一块绿,河南岸的柳叶象蜻蜓一样飞舞着。

一个蒙着一条紫红色方头巾的姑娘站在黑孩背后,轻轻地问:"哎,小孩,你是哪个村的?"

黑孩歪歪头,用眼角扫了姑娘一下。他看到姑娘的嘴上有一层细细的金黄色的茸毛,她的两眼很大,但由于眼睫毛太多,毛茸茸的,显出一副睡眼惺忪的样子。

"小孩,你叫什么名字?"

黑孩正和沙地上一棵老蒺藜作战,他用脚指头把一个个六个尖或是八个尖的蒺藜撕下来,用脚掌去捻。他的脚象骡马的硬蹄一样,蒺藜尖一根根断了,蒺藜一个个碎了。

姑娘愉快地笑起来:"真有本事,小黑孩,你的脚象挂着铁掌一样。哎,你怎么不说话?"姑娘用两个手指戳着孩子的肩头说:"听到了没有,我问你话呢!"

黑孩感觉到那两个温暖的手指顺着他的肩头滑下去,停到他背上的伤疤上。

"哎,这,是怎么弄的?"

孩子的两个耳朵动了动。姑娘这才注意到他的两耳长得十分夸张。

"耳朵还会动,哟,小兔一样。"

黑孩感觉到那只手又移到他的耳朵上,两个指头在捻着他漂亮的耳垂。

"告诉我,黑孩,这些伤疤,"姑娘轻轻地扯着男孩的耳朵把他的身体调转来,黑孩齐着姑娘的胸口。他不抬头,眼睛平视着,看见的是一些由红线交叉成的方格,有一条梢儿发黄的辫子躺在方格布上。"是狗咬的?生疮啦?上树拉的?你这个小可怜……"

黑孩感动地仰起脸来,望着姑娘浑圆的下巴。他的鼻子吸了一下。

"菊子,想认个干儿吗?"一个脸盘肥大的女人冲着姑娘喊。

黑孩的眼睛转了几下,眼白象灰蛾儿扑楞。

"对,我就叫菊子,前屯的,离这儿十里,你愿意说话就叫我菊子姐好啦。"姑娘对黑孩说。

"菊子,是不是看上他了?想招个小女婿吗?那可够你熬的,这只小鸭子上架要得几年哩……"

"臭老婆,张嘴就喷粪。"姑娘骂着那个胖女人。她把黑孩牵到象山岭一样的碎石堆前,找了一块平整的石头摆好,说,"就坐在这儿吧,靠着我,慢慢砸。"她自己也找了一块光滑石头,给自己弄了个座位,靠着男孩坐下来。很快,滞洪闸前这一片沙地上,就响起了"噼噼啪啪"的敲打石头声。女人们以黑孩为话题议论着人世的艰难和造就这艰难的种种原因,这些"娘儿们哲学"里,永恒真理羼杂着胡说八道,菊子姑娘一点都没往耳里入,她很留意地观察着孩子。黑孩起初还以那双大眼睛的偶然一瞥来回答姑娘的关注,但很快就象入了定一样,眼睛大睁着,也不知他看着什么,姑娘紧张地看着他。他左手摸着石头块儿,右手举着羊角锤,每举一次都显得筋疲力竭,锤子落下时好象猛抛重物一样失去控制。有时姑娘几乎要惊叫起来,但什么也没发生,羊角铁锤在空中划着曲里拐弯的轨迹,但总能落到石头上。

黑孩的眼睛本来是专注地看着石头的,但是他听到了河上传来了一种奇异的声音,很象鱼群在咂喋,声音细微,忽远忽近,他用力地捕捉着,眼睛与耳朵并用,他看到了河上有发亮的气体起伏上升,声音就藏在气体里。只要他看着那神奇的气体,美妙的声音就逃跑不了。他的脸色渐渐红润起来,嘴角上漾起动人的微笑。他早忘记了自己坐在什么地方干什么,仿佛一上一下举着的手臂是属于另一个人的。后来,他感到右手食指一阵麻木,右胳膊也不由自主地抽搐了一下。他的嘴里突然迸出了一个音节,象哀叫又象叹息。低头看时,发现食指指甲盖已经破成好几半,几股血从指甲破缝里渗出来。

"小黑孩,砸着手了是不?"姑娘耸身站起,两步跨到孩子面前蹲下,"亲娘哟,砸成了什么样子? 哪里有象你这样干活的? 人在这儿,心早飞到不知哪国去了。"

姑娘数落着黑孩。黑孩用手抓起一把土按到砸破的手指上。

"黑孩,你昏了? 土里什么脏东西都有!"姑娘拖起黑孩向河边走去,孩子的脚板很响地扇着油光光的河滩地。在水边上蹲下,姑娘抓住孩子的手浸到河水里。一股小小的黄浊流在孩子的手指前形成了。黄土冲光手,血丝又渗出来,象红线一样在水里抖动,孩子的指甲象砸碎的玉片。

"痛吗?"

他不吱声。这时候他的眼睛又盯住了水底的河虾,河虾身体透亮,两根长须冉冉飘动,十分优美。

姑娘掏出一条绣着月季花的手绢,把他的手指包起来。牵着他回到石堆旁,姑娘说:"行了,坐着耍吧,没人管你,冒失鬼。"

女人们也都停下了手中的锤子,把湿漉漉的目光投过来,石堆旁一时很静。一群群绵羊般的白云从青蓝蓝的天上飞奔而过,投下一团团稍纵即逝的暗影,时断时续地笼罩着苍白的河滩和无可奈何的河水。女人们脸上都出现一种荒凉的表情,好象寸草不生的盐碱地。待了好长一会儿,她们才如梦初醒,重新砸起石子来,锤声寥落单调,透出了一股无可奈何的情绪。

黑孩默默地坐着,目不转睛地看着手绢上的红花儿。在红花旁边又有一朵花儿出现了,那是指甲里的血渗出来了。女人们很快又忘了他,"嘎嘎咯咯"地说笑起来。黑孩把伤手举起来放在嘴边,用牙齿咬开手绢的结儿,又用右手抓起一把土,按到伤指上。姑娘刚要开口说话,却发现他用牙齿和右手又把手绢扎好了。她长长地叹了一口气,举起锤子,沉重地打在一块酱红色的石片上。石片很坚硬,石棱儿象刀刃一样,石棱与锤棱相接,碰出了几个很大的火星,大白天也看得清。

中午,刘副主任骑着辆乌黑的自行车从黑孩和小石匠的村子里窜出来。他站在滞洪闸上吹响了收工哨。他接着宣布,伙房已经开火,离家五里以外的民工才有资格去吃饭。人们匆匆地收拾着工具。姑娘站起来。孩子站起来。

"黑孩,你离家几里?"

黑孩不理她,脑袋转动着,象在寻找什么。姑娘的头跟着黑孩的头转动,当黑孩的头不动了时,她也把头定住,眼睛向前望,正碰上小石匠活泼的眼睛,两人对视了几十秒钟。小石匠说:"黑孩,走吧,回家吃饭,你不用瞪眼,瞪眼也是白瞪眼,咱俩离家不到二里,没有吃伙房的福份。"

"你们俩是一个村的?"姑娘问小石匠。

小石匠兴奋地口吃起来,他用手指指村子,说他和黑孩就是这村人,过了桥就到了家。姑娘和小石匠说了一些平常但很热乎的话。小石匠知道了姑娘家住前屯,可以吃伙房,可以睡桥洞。姑娘说,吃伙房愿意,睡桥洞不愿意。秋天里刮秋风,桥洞凉。姑娘还悄悄地问小石匠黑孩是不是哑巴。小石匠说绝对不是,这孩子可灵性哩,他四五岁时说起话来就象竹筒里晃豌豆,咯崩咯崩脆。可是后来,话越来越少,动不动就象尊小石像一样发呆,谁也不知道他寻想着什么。你看看他那双眼睛吧,黑洞洞的,一眼看不到底。姑娘说看得出来这孩子灵性,不知为什么我很喜欢他,就象我的小弟弟一样。小石匠说,那是你人好心眼儿善良。

小石匠、姑娘、黑孩儿,不知不觉落到了最后边,他和她谈得很热乎,恨不得走一步退两步。黑孩跟在他俩身后,高抬腿、轻放脚,神情和动作都很象一只沿着墙边巡逻的小公猫。在九孔桥上,刚刚在紫穗槐树丛里耽误了时间的刘太阳骑着车子"嘎嘎啦啦"地赶上来,桥很窄,他不得不跳下车子。

"你们还在这儿磨蹭?黑猴,今天上午干得怎么样?噢,你的爪子怎么啦?"

"他的手让锤子打破了。"

"他妈的。小石匠,你今天中午就去找你们队长,让他趁早换人,出了人命我可担不起。"

"他这是公伤,你忍心撵他走?"姑娘大声说。

"刘主任,咱俩多年的老交情了,你说,这么大个工地,还多这么个孩子?你让他瘸着只手到队里去干什么?"小石匠说。

"瘦猴儿,真你妈的,"刘太阳沉吟着说,"给你调个活儿吧,给铁匠炉拉风匣,怎么样?会不会?"

孩子求援似地看看小石匠,又看看姑娘。

"会拉,是不是黑孩?"小石匠说。

姑娘也冲着他鼓励地点点头。

二

黑孩在铁匠炉上拉风箱拉到第五天,赤裸的身体变得象优质煤块一样乌黑发亮;他全身上下,只剩下牙齿和眼白还是白的。这样一来,他的眼睛就更加动人,当他闭紧嘴角看着谁的时候,谁的心就象被热铁烙着一样难受。他的鼻翼两侧的沟沟里落满煤屑,头发长出有半寸长了,半寸长的头发间也全是煤屑。现在,全工地的男人女人们都叫他

"黑孩"儿,他谁也不理,连认真看你一眼也不。只有菊子姑娘和小石匠来跟他说话时,他才用眼睛回答他们。昨天中午,工地上的人们全去吃饭了,铁匠师傅的一把小锤和一个淬火用的新水桶被人偷走了。刘太阳在滞洪闸上大骂了半个小时。他分派给黑孩一个新任务:每天中午放工吃饭后,留在工地看守工具,午饭由铁匠师傅从伙房里带来。刘副主任说,便宜黑孩这个狗小子一顿午饭。

人全走了,喧闹了一上午的工地静得很。黑孩走出桥洞,在闸前的沙地上慢慢地踱步。他倒背着胳膊,双手捂着屁股,蹙着眉毛,额头上出现三道深深的皱纹。他翻来复去地数着桥洞,从两片嘴唇间"叭儿叭儿"地吐出一个个小泡泡儿。在第七个桥墩前,他站住了,然后双腿夹住桥墩的菱状石棱,一耸一耸地往上爬。爬到半截时,他滑了下来,肚皮上擦破了一大块,渗出一层血珠来。他弯腰抓起一把土,按到肚子上。然后倒退几步,抬起手掌打着眼罩,看着桥墩与桥面相接处那道石缝,他放心了。

很快地他又走到了妇女们砸石子的地方,他曾经坐过的那块石头没有了。他很准地找到了菊子姑娘的座位,他认识她那把六棱石匠锤。他坐在姑娘的座位上,不断地扭动着身体,变换着姿式,一直等调整到眼睛跟第七个桥墩上那条石缝成一条直线时,才稳稳地坐住,双眼紧盯着石缝里那个东西……

那天中午,他早早地跑到滞洪闸下,在西边第一个桥洞里蹲下来。他眼睛一遍遍地抚摸红炉、铁钳、大锤、小锤、铁桶、煤铲,甚至每块煤,甚至每块煤渣。快到上工时间了,他右手拿起煤铲,捅开了压住火的红炉,左手用力一拉风箱,煤烟和着煤灰飞起来,迷了眼睛,他使劲揉着,眼眶处充血发了紫。风箱里新勒的鸡毛,很沉,他一只手拉起来有些吃力。右手食指被碰了一下。看手指时才想起那条包着伤指的手绢。手绢已经不白了,月季花还是鲜红的。他转了一个念头,走出桥洞,四下打量着。在第七个桥墩前,他解下手绢用口叼着,费力地爬上去,把手绢塞到石缝里……三捅两戳,火灭了。他的额上沁出一层汗珠。这时桥洞外响起踢踢踏踏的脚步声,他惶恐地倒退着,一直退到脊背贴着凉凉的石壁。黑孩看到一个短腿的青年弯着腰走进桥洞,那姿式好象要证明桥洞很低他人很高。黑孩咧了咧嘴。短腿青年看着被捅灭的火炉和拉出半截的风箱,又看看紧贴石壁站着的他,骂一声:"小狗崽子!你来折腾什么?火也捅灭了,风匣也拉歪了,欠揍的小混蛋"。黑孩听到头上响起一阵风声,感到有一个带棱角的巴掌在自己头皮上扇过去,紧接着听到一个很脆的响,象在地上摔死一只青蛙。

"滚出去砸你的石头子儿,小混蛋!"青年人骂着。

黑孩这才知道这就是小铁匠。小铁匠的脸上布满密集的粉刺疙瘩,鼻子象牛犊的鼻子一样,扁扁的,平平的,上边布满汗珠。黑孩看到小铁匠麻利地清理炉膛。又看着他从桥洞的角上抓过一把金黄的麦秸塞到炉膛里,点燃,轻轻地拉几下风箱,麦秸先冒出又轻又白的烟,紧跟着窜出火苗。小铁匠铲了一铲湿漉漉的煤,薄薄地撒在正在燃烧的麦秸上,拉几箱的手一直不停。又撒了一层煤。又撒了一层煤。炉里窜起焦黄的烟,烟里夹带着呛鼻子的煤味。小铁匠用铁铲尖儿把炉中煤一戳,几缕强劲有力的暗红色的火苗窜了出来,煤着了。

黑孩兴奋地"嗷"了一声。

"你还不滚,小混蛋!"

一个又高又瘦的老头子慢吞吞地走进桥洞,问小铁匠:"不是压住火了吗?怎么又生?"他的语声沉闷,声音象是从胸膈以下发出来的。

"被这个小混蛋给捅灭了。"小铁匠抬起煤铲指指黑孩。

"你让他拉吗。"老头说。他把一块蛋黄色的油布围在腰间,把两块蛋黄色的油布绑在脚脖子上护住了脚面。油布上布满了火星烧成的洞洞眼眼。黑孩知道这就是老铁匠了。

"让他拉风匣,你专管打锤,这样你也轻松一点。"老铁匠说。

"让这么个毛孩子拉风匣?你看他瘦得那个猴样,在火炉边还不给烤成干柴棍儿!"小铁匠不满意的嘟哝着。

刘太阳一步闯进来,翻着眼皮说:"怎么啦?不是你说的要个拉火的吗?"

"要拉火的不要他!刘副,你看看他瘦得那个样子,恐怕连他妈的煤铲都拿不动,你派他来干什么?臭杞摆碟凑样数!"

"我知道你小子的鬼心眼子。你想要个大姑娘来给你拉火是不是?挑个最漂亮的,让那个蒙着紫红色方头巾的来?美得你这个臊包狗蛋!黑孩,拉风匣吧。"刘太阳冲着小铁匠说,"你他妈的好好教教他!"

黑孩畏畏缩缩地走到风箱前站定,目光却期待什么似地望着老铁匠的脸。孩子发现,老铁匠的脸色象炒焦了的小麦,鼻子尖象颗熟透了的山楂。他走上前来,教给黑孩一些烧火的要领。黑孩的耳朵抖动着,把老铁匠的话儿全听进去了。

刚开始拉火时,他手忙脚乱,满身都是汗水,火焰烤得他的皮肤象针尖刺着一样疼痛。老铁匠面部没有表情,僵硬犹如瓦片,连看也不看他一眼。黑孩咬着下嘴唇,不断地抬起黑胳膊擦着流到眼睛上边的汗水。他的鸡胸脯一起一伏,嘴和鼻孔象风箱一样"呼哧呼哧"喷着气。

小石匠送来磨秃的钢钻待修,看着黑孩那副样子,说:"能不能挺住?挺不住就吱一声,还去砸你的石头子儿。"

黑孩连头都没抬。

"这孬种!"小石匠把钢钻扔在地上,走了。但很快他又折了回来,和菊子姑娘一起。菊子把方头巾扎在脖子上,整个脸显得更加完整。

桥洞里的小铁匠忽然感到眼前一亮,使劲咽了一口唾液,又用肥厚的舌头舔了舔干裂的嘴唇。他的两只眼睛不比黑孩的眼睛小,但右眼里有一个鸭蛋皮色的"萝卜花"遮盖了瞳孔。天长日久地用左眼看东西,养成了脑袋往右歪的习惯。他的头枕在右肩上,左眼里射出一道灼热的光,直盯着姑娘红扑扑的脸膛。十八磅的大铁锤头朝下站在他的两腿间,他手扶锤把子,象拄着一根拐棍。

炉中烟火升腾,黑烟挟带着火星直冲到桥面上,又愤怒地反扑下来。孩子的脸笼罩在烟雾里,他咳嗽着,胸脯里"哐哐"地响。老铁匠冷冷地看了黑孩一眼,从磨得油亮的皮口袋里掏出烟袋,慢吞吞地装上烟,就着炉火点燃,把两股白色烟喷进黑色烟里,鼻孔里两撮黑毛抖动着,他从烟雾里漠然地看了一眼桥洞口的小石匠和菊子,这才对黑孩说:"少加煤,撒匀一点。"

孩子急促地拉着风箱,瘦身子前倾后仰,炉火照着他汗湿的胸脯,每一根肋巴条都清清楚楚。左胸脯的肋条缝中,他的心脏象只小耗子一样可怜巴巴地跳动着。老铁匠说:"拉长一点,一下是一下。"

菊子姑娘看到黑孩的下唇流出深红的血,眼睛里顿时充满泪水。她喊道:"黑孩,不给他们干了。走,回去跟我砸石子儿。"她走到风箱前,捏住了黑孩那两条干柴棍一样的细胳膊。黑孩拼命挣扎着,喉咙里呜呜地响着,象一条要咬人的小狗。他身体很轻,姑娘架着他的胳膊把他端出了桥洞,他粗糙的脚趾划着地面,地上的碎石片儿哗哗地响着。

"黑孩,咱不给他们干了,你顶不住烟熏火燎,你这么瘦,流光了汗,就烤成锅巴啦。还是跟姐姐去砸石子儿轻松。"一边说着,一边把他放下,用一只手拖着他往石堆那边走。她的胳膊粗壮有力,手很大很柔软,捏着黑孩的手腕,象捏着一条小山羊腿。黑孩打着坠,脚后跟哗哗啦啦犁着地上的碎石片。"小傻瓜,小拗种,好好跟我走。"姑娘停住脚,回头对他说着,手用力捏捏他的腕子,"看看你这小狗腿,我要一用劲,保准捏碎了,那么重的活你怎么干得了?"黑孩恨恨地盯了她一眼,猛地低下头,在姑娘胖胖的手腕上狠狠地咬了一口。她"哎哟"了一声,松开手,黑孩转身跑回了桥洞。

黑孩的牙齿十分锋利,姑娘的手腕上被咬出了两排深深的牙印。他的犬齿是两个锥牙儿,这两个锥牙在姑娘腕上钻出了两个流血的小洞。小石匠关切地走上前去,掏出一条皱巴巴的手绢要给姑娘包扎。她推开他,眼睛也不看他,弯腰从地上抓起一把土,按在伤口上。

"有病菌!"小石匠吃惊地叫喊。

姑娘走回乱石堆前,寻着自己的座位坐下来,呆呆地瞅着河水上层出不穷的波纹,一块石头儿也不砸。

"看看,又傻了一个。"

"黑孩八成会使魔法。"

女人们咬着耳朵低语。

"黑孩,你给我滚出来,狗崽子,狗咬吕洞宾,不识好人心。"小石匠骂着往铁匠炉所在的桥洞里走。

一股脏乎乎、热烘烘的水泼出来,劈头盖脸蒙住了小石匠。小石匠对得正,桥洞里瞄得准,半桶水几乎没浪费一滴。他柔软的黄头发上,劳动布夹克衫上、大红运动衫翻领上,沾满了铁屑和煤灰,脏水象小溪一样从头往脚流。

"瞎了狗眼了!"小石匠大骂着冲进桥洞,"谁干的?说,谁干的?"

没有人答理他。桥洞里黑烟散尽,炉火正旺,紫红色的老铁匠用一把长长的铁钳子把一根烧得发白透亮的钢钻子从炉里夹出来,钻子尖上"噼噼"地爆着耀眼的钢花。老铁匠把钻子放在铁砧上,用小叫锤敲了一下铁砧的边缘,铁砧清脆地回答着他。他的左手操着长把铁钳,铁钳夹着钻子,钻子按着他的意思翻滚着;右手的小右锤很快地敲着钢钻。他的小锤敲到哪儿,独眼小铁匠的十八磅大铁锤就打到哪儿。老铁匠的小锤象鸡啄米一样迅疾,小铁匠的大锤一步不让,桥洞里习习生出热风。在惊心动魄的锻打声中,钢钻子火星四溅,火星溅到老铁匠和小铁匠围腰护脚的油布上,"滋滋"地冒着白色的烟。火星也飞到了黑孩裸露的皮肤上,他咧着嘴,龇出两排雪白的小狼牙齿。钢火在他肚皮上烫起几个大燎泡,他一点都没有痛的表情,眼睛里跳动着心荡神迷的火苗,两个瘦削的肩头耸起来,脖子使劲缩着,双臂交叠在胸前,手捂着下巴和嘴巴,挤得鼻子上满是皱纹。

秃钻子被打出了尖,颜色暗淡下来——先是殷红,继而是银白。地下落着一层灰白的铁屑,铁屑引燃了一根草梗,草梗悠闲地冒着袅袅的白烟。

"谁他妈的泼了我?"小石匠盯着小铁匠骂。

"老子泼的,怎么着?"小铁匠遍体放光,双手拄着锤把,优雅地歪着头,说。

"你瞎眼了吗?"

"瞎了一个。老爹泼水你走路,碰上了算你运气。"

"你讲理不讲?"

"这年头,拳头大就有理。"小铁匠捏起拳头,胳膊上的肉隆起来。

"来吧,独眼龙!老子今天把你这只狗眼也打瞎。"小石匠怒气冲冲地靠了前,老铁匠好象无意地往前跨了一步,撞了他一下。小石匠猛然觉得老人那双深深地眍着的眼窝里射出了一股物质,好象暗示着什么,他顿时感到浑身肌肉松弛。老铁匠微微扬起脸,极随便地哼唱了一句说不出是什么味道的戏文或是歌词来。

恋着你刀马娴熟通晓诗书少年英武,跟着你闯荡江湖风餐露宿吃尽了世上千般苦。

老铁匠只唱了这一句,声音戛然而止,听得出他把一大截悲怆凄楚的尾音咽进了肚子。老铁匠又看了小石匠一眼,低下头去给刚打出尖的钻子淬火。淬火前,他捋起右手衣袖,把手伸进水桶里试着水温,他的小臂上有一个深紫色的伤疤,圆圆的,中间凸出,尽管这个伤疤不象一只眼睛,但小石匠却觉得这个紫疤象一只古怪的眼睛盯着自己。他撇了一下嘴,恍恍惚惚象中了魔症,飘飘地出了桥洞,红炉这边,一下午没见到他的影子。

……孩子的眼睛酸了,头皮也晒得发烫。他从姑娘的座位上站起来,踱回到铁匠炉边。桥洞里很暗,他摸摸索索地坐在老铁匠的马扎上,什么都不想的时候,双手便火烧火燎地痛起来,他把手放在凉森森的石壁上,赶快去想过去的事情。

三天前,老铁匠请假回家拿棉衣和铺盖,他说人老了腿值钱,不愿天天往家跑,在红炉边絮个铺,冻不着的。(黑孩抬眼看看老铁匠的铺。桥洞的北边已经用闸板堵起来了,几缕亮光从板缝里漏进来,斜照着老铁匠那件油晃晃的棉袄和那条狗毛脱落的皮褥子。)老师傅回了家,小铁匠成了一洞之主。那天上午进桥洞来,他挺着胸,凸着肚,好颜好色地说:"黑孩,生火,老东西回家了,咱们俩干。"

黑孩看着他。

"瞪什么眼,兔崽子!你瞧不起老子是不?老子跟着老东西已经熬了整三年啦,他那点把戏我全知道。"小铁匠说。

黑孩懒洋洋地生起火来。小铁匠得意地哼着什么。他把几支头天没来得及修的钢钻插进炉煌烧着。黑孩把火拉得很旺,照着自己的黑脸透出红来。小铁匠忽然笑起来,说:"黑孩,你小子冒充老红军准行,浑身是疤。"

孩子使劲拉火。

"这几天怎么也不见你那个浪干娘来看你啦?你咬了她一口,把她得罪啦,狗儿子。她的胳膊什么味儿?是酸的还是甜的?你狗日的好口福。要是让我捞到她那条白嫩胳膊,我象吃黄瓜一样啃着吃了。"

黑孩提起长钳,夹起一根烧透了的钢钻扔到砧子上。

"哟,儿子,好快!"小铁匠抄起一把比大锤小比小锤大的中锤,一手掌钳,一手抡锤,狠狠地打起来。黑孩呆呆地看着。小铁匠一身好力气,铁锤耍得出神出鬼,打出的钢钻尖儿棱角分明,象支削好的铅笔。黑孩很悲哀地看着老铁匠那把小叫锤儿。小铁匠用铁钳夹着打好的钢钻到桶边淬火,他淬火的动作跟老铁匠一模一样。黑孩背过脸,又去看那把躺在砧子旁边的小叫锤,小叫锤的木把儿象老牛的角尖一样又光又滑。

小铁匠好马快刀，一会儿功夫就修好十几支钢钻。他得意地坐在师傅的马扎上卷烟。卷好烟，插进嘴，吩咐黑孩夹过一块通红的炭给他点着。

"儿子，看到了吧？没有老梆子我们照样干！"

小铁匠正得意着，刚才拿走钻子的石匠们找他来了。

"小铁匠，你淬得什么鸟火？不是崩头就是弯尖，这是剥石头，不是打豆腐。没有弯弯肚子，别吞镰头刀子。等你师傅回来吧，别拿着我们的钢钻练功夫。"

石匠们把那十几支坏钻子扔在地上。走了。小铁匠脸变了色，咤呼着黑孩拉火烧钻子。一会儿功夫他又把钻子打好，淬好，亲自抱着送到工地上。他前脚进了桥洞，石匠们后脚就跟来了。坏钻子扔在地上，脏话扔在小铁匠头上："去你娘的蛋，别耍我们的大头了，看看你淬的火！全崩了你娘的尖啦！"

黑孩看看小铁匠，嘴角上漾出两道纹来，谁也不知道他是高兴还是难过。小铁匠把工具摔得"噼哩卡啦"响，蹲到地上，呼呼地吐闷气。他抽了一支烟，那只独眼古噜噜地转着，射出迷茫暴躁的光线，两条大蝌蚪一样的眉毛急遽地扭动着。他扔掉烟屁股，站起来，说：

"妈的，就不信羊不吃蒿子！黑孩，拉火再干！"

黑孩无精打采地拉着风箱，动作一下比一下迟缓。小铁匠催他，骂他，他连头都不抬。钻子又烧好了。小铁匠草草打了几锤，就急不可耐地到桶边淬火。这次他改变了方式，不是象老铁匠那样一点点地淬，而是整个钻子一下插到水里。桶里的水吱吱地叫着，一股白气绞着麻花冲起来。小铁匠把钢钻提起来，举到眼前，歪着头察看花纹和颜色。看了一阵，他就把这支钻子放在砧子上，用锤轻轻一敲，钢钻断成两半。他沮丧地把锤子扔到地上，把那半截钻子用力甩到桥洞外边去。坏钻子躺在洞前石片上，怎么看都难受。

"去把那根钻子捡回来！"小铁匠怒冲冲地吩咐黑孩。黑孩的耳朵动了动，脚却没有动。他的屁股上挨了一脚，肩膀上被捅了一钳子，耳边响起打雷一样的吼声："去把钻子捡回来。"

黑孩垂着头走到钻子前，一点一点弯下腰去，伸手把钻子抓起来。他听到手里"滋滋啦啦"地响，象握着一只知了。鼻子里也嗅到炒猪肉的味道。钻子沉重地掉在地上。

小铁匠一愣，紧接着大笑起来："兔崽子，老子还忘了钻子是热的，烫熟了猪爪子，啃吧！"

黑孩走回桥洞，一眼也不看小铁匠，把烫熟了皮肉的手淹到水桶里泡了泡，又慢悠悠走出桥洞。他弯下腰去，仔细地端详着那半截钢钻子。钢钻是银灰色的，表面粗糙，有好多小颗粒。地上的湿土在钢钻下冒着白气，那白气很细，若有若无。他更低地俯下身去，屁股高高地翘起来，大裤头全褪到屁股上，露出比小腿颜色略浅的大腿。他的一只手捂在背上，一只手从肩前垂下去，慢慢地接近钢钻，水珠沿着指尖滴下去，钢钻子嗤啦一声响。水珠在钻子上跳动着，叫着，缩小着，变成一圈波纹，先扩大一下，立即收缩，终于消逝了。他的指尖已经感到了钢钻的灼热，这种灼热感一直传导到他心里去。

"你他妈的在那儿干什么，弯腰撅腚，冒充走资派吗？"小铁匠在桥洞里喊他。

他一把攥住钢钻，哆嗦着，左手使劲抓着屁股，不慌不忙走回来。小铁匠看到黑孩手里冒出黄烟，眼象风瘫病人一样喎斜着叫："扔、扔掉！"他的嗓子变了调，象猫叫一样，"扔掉呀，你这个小混蛋！"

黑孩在小铁匠面前蹲下,松开手,抖了两抖,钻子打了两滚儿躺在小铁匠脚前。然后就那么蹲着,仰望着小铁匠的脸。

　　小铁匠浑身哆嗦起来:"别看我,狗小子,别看我。"他拧过脸去。黑孩站起来,走出桥洞……他记得他走出桥洞后望了一会儿西天,天上连一丝云彩也没有,只有半个又白又薄的月亮,象一块小小的云……

　　他想得很累,耳朵里有蜜蜂的叫声。从马扎子上起来,走到老铁匠的铺前躺下来。头枕着棉袄,眼皮不知不觉合上了。他感到有一个人在抚摸自己的脸,抚摸自己的手,痛,他忍着。有两滴沉甸甸的水珠落下来,一滴落在两片唇间,他咽了;一滴打到鼻尖上,鼻子被砸得酸溜溜的。

　　"黑孩、黑孩,醒醒,吃饭啦。"

　　他觉得鼻子酸得厉害,匆忙爬起来,看着姑娘。有两股水儿想从眼窝里滚出来,他使劲憋住,终于让水儿流进喉咙。

　　"给你。"姑娘解开那条紫红色头巾。头巾里包着两个窝窝头。一个窝窝头的眼里塞着一根腌黄瓜,一个窝窝头眼里栽着一棵大葱。一根长长的梢儿发黄的头发沾在窝窝头上。姑娘用两个指头拈起头发,轻轻一弹,头发落地时声音很响,黑孩听到了。

　　"吃吧,你这条小狗!"姑娘摸着他的脖子说。

　　黑孩咬葱咬黄瓜咬窝窝头,一边咀嚼一边看姑娘。

　　"手是怎么烫的?是不是独眼龙使坏?还咬我吗?看看你的狗牙多快。"

　　孩子的耳朵使劲忽扇着,左手举起窝窝头,右手举起大葱腌黄瓜,遮住了脸。

三

　　夜里,莫名其妙地下了一场雷阵雨。清晨上工时,人们看到工地上的石头子儿被洗得干干净净,沙地被拍打的平平整整。闸下水槽里的水增了两拃,水面蓝汪汪地映出天上残余的乌云。天气仿佛一下子冷了,秋风从桥洞里穿过来,和着海洋一样的黄麻地里的綷縩之声,使人感到从心里往外冷。老铁匠穿上了他那件亮甲似的棉袄,棉袄的扣子全掉光了,只好把两扇襟儿交错着掩起来,拦腰捆上一根红色胶皮电线。黑孩还是只穿一条大裤头子,光背赤足,但也看不出他有半点瑟缩。他原来扎腰的那根布条儿不知是扔了还是藏了,他腰里现在也扎着一节红胶皮电线。他的头发这几天象发疯一样地长,已经有二寸长,头发根根竖起,象刺猬的硬毛。民工们看着他赤脚踩着石头上积存的雨水走过工地,脸上都表现出怜悯加敬佩的表情来。

　　"冷不冷?"老铁匠低声问。

　　黑孩惶惑地望着老铁匠,好象根本不理解他问话的意思。"问你哩!冷吗?"老铁匠提高了声音。惶惑的神色从他眼里消失了,他垂下头,开始生火。他左手轻拉风箱,右手持煤铲,眼睛望着燃烧的麦秸草。老铁匠从草铺上拿起一件油腻腻的褂子给黑孩披上。黑孩扭动着身体,显出非常难受的样子。老铁匠一离开,他就把褂子脱下来,放回到铺上去。老铁匠摇摇头,蹲下去抽烟。

　　"黑孩,怪不得你死活不离开铁匠炉,原来是图着烤火暖和哩,妈的,人小心眼儿不少。"小铁匠打了一个百无聊赖的呵欠,说。

　　工地上响起哨子声,刘副主任说,全体集合。民工们集合到闸前向阳的地方,男人抱着膀子，女人纳着鞋底子。黑孩偷觑着第七个桥墩上的石缝，心里忐忑不安。刘副主任说，天就要冷，因此必须加班赶，争取结冰前浇完混凝土底槽。从今天起每晚七点到十点为加班时间，每人发给半斤粮，两毛钱。谁也没提什么意见。二百多张脸上各有表情。黑孩看到小石匠的白脸发红发紫，姑娘的红脸发灰发白。

当天晚上，滞洪闸工地上点亮了三盏气灯。气灯发着白炽刺眼的光，一盏照耀石匠们的工场，一盏照着妇女们砸石子儿的地方。妇女们多数有孩子和家务，半斤粮食两毛钱只好不挣。灯下只围着十几个姑娘。她们都离村较远，大着胆子挤在一个桥洞里睡觉，桥洞两头都堵上了闸板，只在正面留了个洞，钻进钻出。菊子姑娘有时钻桥洞，有时去村里睡(村里有她一个姨表姐，丈夫在县城当临时工，有时晚上不回家睡，表姐就约她去作伴)。第三盏气灯放在铁匠炉的桥洞里，照着老年青年和少年。石匠工场上锤声叮当，钢钻子啃着石头，不时迸出红色的火星。石匠们干得还算卖劲，小石匠脱掉夹克衫，大红运动衣象火炬一样燃烧着。姑娘们围灯坐着，产生许多美妙联想。有时嘎嘎大笑，有时窃窃私语，砸石子的声音零零落落。在她们发出的各种声音的间隙里，充填着河上的流水声。菊子放下锤子，悄悄站起来，向河边走去。灯光把她的影子长长地投在沙地上。"当心被光棍子把你捉去。"一个姑娘在菊子身后说。菊子很快走出灯光的圈子。这时她看到的灯光象几个白亮亮的小刺球，球刺儿伸到她面前停住了，刺尖儿是红的、软的。后来她又迎着灯光走上去。她忽然想去看看黑孩儿在干什么，便躲避着灯光，闪到第一个桥墩的暗影里。

她看到黑孩儿象个小精灵一样活动着，雪亮的灯光照着他赤裸的身体，象涂了一层釉影。仿佛这皮肤是刷着铜色的陶瓷橡皮，既有弹性又有韧性，撕不烂也扎不透。黑孩似乎胖了一点点，肋条和皮肤之间疏远了一些。也难怪了，每天中午她都从伙房里给他捎来好吃的。黑孩很少回家吃饭，只是晚上回家睡觉，有时候可能连家也不回——姑娘有天早晨发现他从桥洞里钻出来，头发上顶着麦秸草。黑孩双手拉着风箱，动作轻柔舒展，好象不是他拉着风箱而是风箱拉着他。他的身体前倾后仰，脑袋象在舒缓的河水中漂动着的西瓜，两只黑眼睛里有两个亮点上下起伏着，如萤火虫优雅地飞动。

小铁匠在铁钻子旁边以他一贯的姿式立着，双手挂着锤柄，头歪着，眼睛瞪着，象一只深思熟虑的小公鸡。

老铁匠从炉子里把一支烧熟的大钢钻夹了出来，黑孩把另一支坏钻子捅到大钢钻腾出的位置上。烧透的钢钻白里透着绿。老铁匠把大钢钻放到铁砧上，用小叫锤敲砧子边，小铁匠懒洋洋地抄起大锤，象抢麻秆一样抢起来，大锤轻飘飘地落在钢钻子上，钢花立刻光彩夺目地向四面八方飞溅。钢花碰到石壁上，破碎成更多的小钢花落地，钢花碰到黑孩微微凸起的肚皮，软绵绵地弹回去，在空中画出一个个漂亮的半圆弧，坠落下去。钢花与黑孩肚皮相撞以及反弹后在空中飞行时，空气摩擦发热发声。打过第一锤，小铁匠如同梦中猛醒一般绷紧肌肉，他的动作越来越快，姑娘看到石壁上一个怪影在跳跃，耳边响彻"咣咣咣咣"的钢铁声。小铁匠塑铁成形的技术已经十分高超，老铁匠右手的小叫锤只剩下干敲砧子边的份儿。至于该打钢钻的什么地方，小铁匠是一目了然。老铁匠翻动钢钻，眼睛和意念刚刚到了钢钻的某个需要锻打的部位，小铁匠的重锤就敲上去了，甚至比他想的还要快。

姑娘目瞪口呆地欣赏着小铁匠的好手段，同时也忘不了看着黑孩和老铁匠。打得最精彩的时候，是黑孩最麻木的时候(他连眼睛都闭上了，呼吸和风箱同步)，也是老铁匠最悲哀的时候,仿佛小铁匠不是打钢钻而是打他的尊严。

钢钻锻打成形,老铁匠背过身去淬火,他意味深长地看了小铁匠一眼,两个嘴角轻蔑地往下撇了撇。小铁匠直勾勾地看着师傅的动作。姑娘看到老铁匠伸出手试试桶里的水,把钻子举起来看了看,然后身体弯着象对虾,眼瞅着桶里的水,把钻子尖儿轻轻地、试试探探地触及水面,桶里水"咝咝"地响着,一股很细的蒸气窜上来,笼罩住老铁匠的红鼻子。一会儿,老铁匠把钢钻提起来举到眼前,象穿针引线一样瞄着钻子尖,好象那上边有美妙的画图,老头脸上神采飞扬,每条绉纹里都溢出欣悦。他好象得出一个满意答案似地点点头,把钻子全淹到水里,蒸气轰然上升,桥洞里形成一个小小的蘑菇烟云。气灯光变得红殷殷的,一切全都朦胧晃动。雾气散尽,桥洞里恢复平静,依然是黑孩梦幻般拉风箱,依然是小铁匠公鸡般冥思苦想,依然是老铁匠如枣者脸如漆者眼如屎克郎者臂上疤痕。

老铁匠又提出一支烧熟的钢钻,下面是重复刚才的一切,一直到老铁匠要淬火时,情况才发生了一些变化。老铁匠伸手试水温。加凉水。满意神色。正当老铁匠要为手中的钻子淬火时,小铁匠耸身一跳到了桶边,非常迅速地把右手伸进了水桶。老铁匠连想都没想,就把钢钻戳到小伙子的右小臂上。一股烧焦皮肉的腥臭味儿从桥洞里飞出来,钻进姑娘的鼻孔。

小铁匠"嗷"地号叫一声,他直起腰,对着老铁匠恶狠狠地笑着,大声喊:"师傅,三年啦!"

老铁匠把钢钻扔在桶里,桶里翻滚着热浪头,蒸气又一次弥漫桥洞。姑娘看不清他们的脸子,只听到老铁匠在雾中说:"记住吧!"

没等烟雾散尽她就跑了,她使劲捂住嘴,有一股苦涩的味儿在她胃里翻腾着。坐在石堆前,旁边一个姑娘调皮地问她:"菊子,这一大会儿才回去,是跟着大青年钻黄麻地了吧?"她没有回腔,听凭着那个姑娘奚落。她用两个手指捏着喉咙,极力不让自己发出声音。

收工的哨声响了。三个钟头里姑娘恍惚在梦幻中。"想汉子了吗?菊子?""走吧,菊子。"她们招呼着她。她坐着不动,看着灯光下憧憧的人影。

"菊子,"小石匠板板整整地站在她身后说,"你表姐让我捎信给你,让你今夜去作伴,咱们一道走吗?"

"走吗?你问谁呢?"

"你怎么啦?是不是冻病啦?"

"你说谁冻病啦?"

"说你哩!"

"别说我。"

"走吗?"

"走。"

石桥下水声响亮,她站住了。小石匠离她只有一步远。她回过头去,看到滞洪闸西边第一个桥洞还是灯火通明,其他两盏气灯已经熄灭。她朝滞洪闸工地走去。

"找黑孩吗?"

"看看他。"

"我们一块去吧,这小混蛋,别迷迷糊糊掉下桥。"

菊子感觉到小石匠离自己很近了,似乎能听到他"砰砰"的心跳声。走着,走着。她的头一倾斜,立刻就碰到小石匠结实的肩膀,她又把身子往后一仰,一只粗壮的胳膊便把她揽住了。小石匠把自己一只大手捂在姑娘窝窝头一样的乳房上,轻轻地按摩着,她的心在乳房下象鸽子一样乱扑楞。脚不停地朝着闸下走,走进亮圈前,她把他的手从自己胸前移开。他通情达理地松开了她。

"黑孩!"她叫。

"黑孩!"他也叫。

小铁匠用只眼看着她和他,腮帮子抽动一下。老铁匠坐在自己的草铺上,双手端着烟袋,象端着一杆盒子炮。他打量了一下深红色的菊子和淡黄色的小石匠,疲惫而宽厚地说:"坐下等吧,他一会儿就来。"

……黑孩提着一只空水桶,沿着河堤往上爬。收工后,小铁匠伸着懒腰说:"饿死啦。黑孩,提上桶,去北边扒点地瓜,拔几个萝卜来,我们开夜餐。"

黑孩睡眼迷蒙地看看老铁匠。老铁匠坐在草铺上,象只羽毛凌乱的败阵公鸡。

"瞅什么?狗小子,老子让你去你尽管去。"小铁匠腰挺得笔直,脖子一抻一抻地说。他用眼扫了一下瘫坐在铺上的师傅。胳膊上的烫伤很痛,但手上愉快的感觉完全压倒了臂上的伤痛,那个温度可是绝对的舒适绝对的妙。

黑孩拎起一只空水桶,踢踢踏踏往外走。走出桥洞,仿佛"忽通"一声掉下了井,四周黑得使他的眼睛里不时迸出闪电一样的虚光,他胆怯地蹲下去,闭了一会眼睛。当他睁开眼睛时,天色变淡了,天空中的星光暖暖地照着地,也照着瓦灰色的大地……

河堤上的紫穗槐枝条交叉伸展着,他用一只手分拨着枝条,仄着肩膀往上走。他的手捋着湿漉漉的枝条和枝条顶端一串串结实饱满的树籽,微带苦涩的槐枝味儿直往他面上扑。他的脚忽然碰到一个软绵绵热乎乎的东西,脚下响起一声"唧喳",没及他想起这是只花脸鹌,这花脸鹌就懵头转向地飞起来,象一块黑石头一样落到堤外的黄麻地里。他惋惜地用脚去摸花脸鹌趴窝的地方,那儿很干燥,有一簇干草,草上还留着鸟儿的体温。站在河堤上,他听到姑娘和小石匠喊他。他拍了一下铁桶,姑娘和小石匠不叫了。这时他听到了前边的河水明亮地向前流动着,村子里不知哪棵树上有只猫头鹰凄厉地叫了一声。后娘一怕天打雷,二怕猫头鹰叫。他希望天天打雷,夜夜有猫头鹰在后娘窗前啼叫。槐枝上的露水把他的胳膊濡湿了,他在裤头上擦擦胳膊。穿过河堤上的路走下堤去。这时他的眼睛适应了黑暗,看东西非常清楚,连咖啡色的泥土和紫色的地瓜叶儿的细微色调差异也能分辨。他在地里蹲下,用手扒开瓜垅儿,把地瓜撕下来,"叮叮当当"地扔到桶里。扒了一会儿,他的手指上有什么东西掉下,打得地瓜叶儿哆嗦着响了一声。他用右手摸摸左手,才知道那个被打碎的指甲盖儿整个儿脱落了。水桶已经很重,他拐着水桶往北走。在萝卜地里,他一个挨一个地拔了六个萝卜,把缨儿拧掉扔在地上,萝卜装进水桶……

"你把黑孩弄到哪儿去了?"小石匠焦急地问小铁匠。

"你急什么?又不是你儿子!"小铁匠说。

"黑孩呢?"姑娘两只眼盯着小铁匠一只眼问。

"等等,他扒地瓜去了。你别走,等着吃烤地瓜。"小铁匠温和地说。

"你让他去偷?"

"什么叫偷?只要不拿回家去就不算偷!"小铁匠理直气壮地说。

"你怎么不去扒？"

"我是他师傅。"

"狗屁！"

"狗屁就狗屁吧！"小铁匠眼睛一亮，对着桥洞外骂道："黑孩，你他妈的去哪里扒地瓜？是不是到了阿尔巴尼亚？"

黑孩歪着肩膀，双手提着桶鼻子，趔趔趄趄地走进桥洞，他浑身沾满了泥土，象在地里打过滚一样。

"哟，我的儿！真够下狠的了，让你去扒几个，你扒来一桶！"小铁匠高声地埋怨着黑孩，说，"去，把萝卜拿到池子里洗洗泥。"

"算了，你别指使他了。"姑娘说，"你拉火烤地瓜，我去洗萝卜。"

小铁匠把地瓜转着圈子垒在炉火旁，轻松地拉着火。菊子把萝卜提回来，放在一块干净石头上。一个小萝卜滚下来，沾了一身铁屑停在小石匠脚前，他弯腰把它捡起来。

"拿来，我再去洗洗。"

"算了，光那五个大萝卜就尽够吃了。"小石匠说着，顺手把那个小萝卜放在铁砧子上。

黑孩走到风箱前，从小铁匠手里把风箱拉杆接过来。小铁匠看了姑娘一眼，对黑孩说："让你歇歇哩，狗日的。闲着手痒痒？好吧，给你，这可不怨我，慢着点拉，越慢越好，要不就烤糊了。"

小石匠和菊子并肩坐在桥洞的西边石壁前。小铁匠坐在黑孩后边。老铁匠面南坐在北边铺上，烟锅里的烟早烧透了，但他还是双手捧烟袋，双肘支在膝盖上。

夜已经很深了，黑孩温柔地拉着风箱，风箱吹出的风犹如婴孩的鼾声。河上传来的水声越加明亮起来，似乎它既有形状又有颜色，不但可闻，而且可见。河滩上影影绰绰，如有小兽在追逐，尖细的趾爪踩在细沙上，声音细微如同毫毛纤毫毕现，有一根根又细又长的银丝儿，刺透河的明亮音乐穿过来。闸北边的黄麻地里，"泼剌剌"一声响，麻秆儿碰撞着，摇晃着，好久才平静。全工地上只剩下这盏气灯了，开初在那两盏气灯周围寻找过光明的飞虫们，经过短暂的迷惘之后，一齐麇集到铁匠炉边来，为了追求光明，把气灯的玻璃罩子撞得"哔哔啪啪"响。小石匠走到气灯前，捏着气杆，"噗唧噗唧"打气。气灯玻璃罩破了一个洞，一只蝼蛄猛地撞进去，炽亮的石棉纱罩撞掉了，桥洞里一团黑暗。待了一会儿，才能彼此看清嘴脸。黑孩的风箱把炉火吹得如几片柔软的红绸布在抖动，桥洞里充溢着地瓜熟了的香味。小铁匠用铁钳把地瓜挨个翻动一遍。香味愈来愈浓，终于，他们手持地瓜红萝卜吃起来。扒掉皮的地瓜白气袅袅，他们一口凉，一口热，急一口，慢一口，咯咯吱吱，唏唏溜溜，鼻尖上吃出汗珠。小铁匠比别人多吃了一个萝卜两个地瓜。老铁匠一点也没吃，坐在那儿如同石雕。

"黑孩，回家吗？"姑娘问。

黑孩伸出舌头，舔掉唇上残留的地瓜渣儿，他的小肚子鼓鼓的。

"你后娘能给你留门吗？"小石匠说，"钻麦秸窝儿吗？"

黑孩咳嗽了一声。把一块地瓜皮扔到炉火里，拉了几下风箱，地瓜皮卷曲，燃烧，桥洞里一股焦糊味。

"烧什么你？小杂种，"小铁匠说，"别回家，我收你当个干儿吧，又是干儿又是徒弟，跟着我闯荡江湖，保你吃香的喝辣的。"

透明的红萝卜

小铁匠一语未了,桥洞里响起凄凉亢奋的歌唱声。小石匠浑身立时爆起一层幸福的鸡皮疙瘩,这歌词或是戏文他那天听过一个开头。

恋着你刀马娴熟,通晓诗书,少年英武,跟着你闯荡江湖,风餐露宿,受尽了世上千般苦——

老头子把脊梁靠在闸板上,从板缝里吹进来的黄麻地里的风掠过他的头顶,他头顶上几根花白的毛发随着炉里跳动不止的煤火轻轻颤动。他的脸无限感慨。腮上很细的两根咬肌象两条蚯蚓一样蠕动着,双眼恰似两粒燃烧的炭火。

……你全不念三载共枕,如云如雨,一片恩情,当作粪土。奴为你夏夜打扇,冬夜暖足,怀中的香瓜,腹中的火炉……你骏马高官,良田千亩,丢弃奴家招赘相府,我我我是苦命的奴呀……

姑娘的心高高悬着,嘴巴半张开,睫毛也不眨动一下地瞅着老铁匠微微仰起的表情无限丰富的脸和他细长的脖颈上那个象水银珠一样灵活地上下移动着的喉结。凄婉哀怨的旋律如同秋雨抽打着她心中的田地,她正要哭出来时,那旋律又变得昂扬壮丽浩渺无边,她的心象风中的柳条一样飘荡着,同时,有一种麻酥酥的感觉从脊椎里直冲到头顶,于是她的身体非常自然地歪在小石匠肩上,双手把玩着小石匠那只厚茧重重的大手,眼里泪光点点,身心沉浸在老铁匠的歌里,意里。老铁匠的瘦脸上焕发出夺目的光彩,她仿佛从那儿发现了自己象歌声一样的未来……

小石匠怜爱地用胳膊揽住姑娘,那只大手又轻轻地按在姑娘硬梆梆的乳房上。小铁匠坐在黑孩背后,但很快他就坐不住了,他听到老铁匠象头老驴一样叫着,声音刺耳,难听。一会儿,他连驴叫声也听不到了。他半蹲起来,歪着头,左眼几乎竖了起来,目光象一只爪子,在姑娘的脸上撕着,抓着。小石匠温存地把手按到姑娘胸脯上时,小铁匠的肚子里燃起了火,火苗子直冲到喉咙,又从鼻孔里、嘴巴里喷出来。他感到自己蹲在一根压缩的弹簧上,稍一松神就会被弹射到空中,与滞洪闸半米厚的钢筋混凝土桥面相撞,他忍着,咬着牙。

黑孩双手扶着风箱杆儿,炉中的火已经很弱了,一绺蓝色火苗和一绺黄色火苗在煤结上跳跃着,有时,火苗儿被气流托起来,离开炉面很高,在空中浮动着,人影一晃动,两个火苗又落下去。孩子目中无人,他试图用一只眼睛盯住一个火苗,让一只眼黄一只眼蓝,可总也办不到,他没法把双眼视线分开。于是他懊丧地从火上把目光移开,左右巡睃着,忽然定在了炉前的铁砧上。铁砧踞伏着,象只巨兽。他的嘴第一次大张着,发出一声感叹(感叹声淹没在老铁匠高亢的歌声里)。黑孩的眼睛原本大而亮,这时更变得如同电光源。他看到了一幅奇特美丽的图画:光滑的铁砧子。泛着青幽幽蓝幽幽的光。泛着青蓝幽幽光的铁砧子上,有一个金色的红萝卜。红萝卜的形状和大小都象一个大个阳梨,还拖着一条长尾巴,尾巴上的根根须须象金色的羊毛。红萝卜晶莹透明,玲珑剔透。透明的、金色的外壳里苞孕着活泼的银色液体。红萝卜的线条流畅优美,从美丽的弧线上泛出一圈金色的光芒。光芒有长有短,长的如麦芒,短的如睫毛,全是金色,……老铁匠的歌唱被推出去很远很远,象一个小蝇子的嗡嗡声。他象个影子一样飘过风箱,站在铁砧前,伸出了沾满泥土煤屑、挨过砸伤烫伤的小手,小手抖抖索索……当黑孩的手就要捉住小萝卜时,小铁匠猛地审起来,他踢翻了一个水桶,水汩汩地流着,渍湿了老铁匠的草铺。他一把将那个萝卜抢过来,那只独眼充着血:"狗日的! 公狗! 母狗! 你也配吃萝卜? 老子肚里着火,嗓里冒烟,正要它解渴!"小铁匠张开牙齿焦黑的大嘴就要啃那个萝卜。黑孩以少有的敏捷跳起来,两只细胳膊插进小铁匠的臂弯里,身体悬空一挂,又嘟噜滑下来,萝卜落到了地上。小铁匠对准黑孩的屁股踢了一脚,黑孩一头扎到姑娘怀里,小石匠大手一翻,稳稳地托住了他。

老铁匠停下了嘶哑的歌喉,慢慢地站起来。姑娘和小石匠也站起来。六只眼睛一起瞪着小铁匠。黑孩头很晕,眼前的一切都在转动。使劲晃晃头,他看到小铁匠又拿着萝卜往嘴里塞。他抓起一块煤渣投过去,煤渣擦着小铁匠腮边飞过,碰到闸板上,落在老铁匠铺上。

"日你娘,看我打死你!"小铁匠咆哮着。

小石匠跨前一步,说:"你要欺负孩子?"

"把萝卜还给他!"姑娘说。

"还给他?老子偏不。"小铁匠冲出桥洞,扬起胳膊猛力一甩,萝卜带着飕飕的风声向前飞去,很久,河里传来了水面的破裂声。

黑孩的眼前出现了一道金色的长虹,他的身体软软地倒在小石匠和姑娘中间。

四

那个金色红萝卜砸在河面上,水花飞溅起来。萝卜漂了一会儿,便慢慢沉入水底。在水底下它慢滚动着,一层层黄沙很快就掩埋了它。从萝卜砸破的河面上,升腾起沉甸甸的迷雾,凌晨时分,雾积满了河谷,河水在雾下伤感地呜咽着。几只早起的鸭子站在河边,忧悒地盯着滚动的雾。有一只大胆的鸭子耐不住了,蹒跚着朝河里走。在蓬生的水草前,浓雾象帐子一样挡住了它。它把脖子向左向右向前伸着,雾象海绵一样富于伸缩性,它只好退回来,"呷呷"地发着牢骚。后来,太阳钻出来了,河上的雾被剑一样的阳光劈开了一条条胡同和隧道,从胡同里,鸭子们望见一个高个子老头儿挑着一卷铺盖和几件沉甸甸的铁器,沿着河边往西走去了。老头的背驼得很厉害,担子沉重,把它的肩膀使劲压下去,脖子象天鹅一样伸出来。老头子走了,又来了一个光背赤脚的黑孩子。那只公鸭子跟它身边那只母鸭子交换了一个眼神,意思是说:记得吧?那次就是他,水桶撞翻柳树滚下河,人在堤上做狗趴,最后也下了河拖着桶残水,那只水桶差点没把麻鸭那个臊包砸死……母鸭子连忙回应:是呀是呀是呀,麻鸭那个讨厌家伙,天天追着我说下流话,砸死它倒利索……

黑孩在水边慢慢地走着,眼睛极力想穿透迷雾,他听到河对岸的鸭子在"呷呷呷呷,嘎嘎嘎嘎"地乱叫着。他蹲下去,大脑袋放在膝盖上,双手抱住凉森森的小腿。他感觉到太阳出来了,阳光晒着背,象在身后生着一个铁匠炉。夜里他没回家,猫在一个桥洞里睡。公鸡啼鸣时他听到老铁匠在桥洞里很响地说了几句话,后来一切归于沉寂。他再也睡不着,便踏着冰凉的沙土来河边。他看到了老铁匠伛偻的背影,正想追上去,不料脚下一滑,摔了一个屁股墩,等他爬起来时,老铁匠已经消逝在迷雾中了。现在他蹲着,看着阳光把河雾象切豆腐一样分割开,他望见了河对岸的鸭子,鸭子也用高贵的目光看着他。露出来的水面象银子一样耀眼,看不到河底,他非常失望。他听到工地上吵嚷起来,刘太阳副主任响亮地骂着:"娘的,铁匠炉里出了鬼了,老混蛋连招呼都不打就卷了铺盖,小混蛋也没了影子,还有没有组织纪律性?"

"黑孩!"

"黑孩!"

"那不是黑孩吗？瞧，在水边蹲着。"

姑娘和小石匠跑过来，一人架着一支胳膊把他拉起来。

"小可怜，蹲在这儿干什么？"姑娘伸手摘掉他头顶上的麦秸草，说，"别蹲在这儿，怪冷的。"

"昨夜里还剩下些地瓜，让独眼龙给你烤烤。"

"老师傅走了。"姑娘沉重地说。

"走了。"

"怎么办？让他跟着独眼？要是独眼折磨他呢？"

"没事，这孩子没有吃不了的苦。再说，还有我们呢，谅他不敢太过火的。"

两个架着黑孩往工地上走，黑孩一步一回头。

"傻蛋，走吧，走吧，河里有什么好看的？"小石匠捏捏黑孩的胳膊。

"我以为你狗日的让老猫叼了去了呢！"刘太阳冲着黑孩说。他又问小铁匠："怎么样你？把老头挤兑走了，活儿可不准给我误了。淬不出钻子来我剜了你的独眼。"

小铁匠傲慢地笑笑，说："请着好吧，刘头。不过，老头儿那份钱粮可得给我补贴上，要不我不干。"

"我要先看看你的活。中就中，不中你也滚他妈的蛋！"

"生火，干儿。"小铁匠命令黑孩。

整整一个上午，黑孩就象丢了魂一样，动作杂乱，活儿毛草，有时，他把一大铲煤塞到炉里，使桥洞里黑烟滚滚；有时，他又把钢钻倒头儿插进炉膛，该烧的地方不烧，不该烧的地方反而烧化了。"狗日的，你的心到哪儿去啦？"小铁匠恼怒地骂着。他忙得满身是汗，绝技在身的兴奋劲儿从汗珠缝里不停地流溢出来。黑孩看到他在淬火前先把手插到桶里试试水温，手臂上被钢钻烫伤的地方缠着一道破布，似乎有一股臭鱼烂虾的味道从伤口里散出来。黑孩的眼里蒙着一层淡淡的云翳，情绪非常低落。九点钟以后，阳光异常美丽，阴暗的桥洞里，一道光线照着西壁，折射得满洞辉煌。小铁匠把钢钻淬好，亲自拿着送给石匠师傅去鉴定。黑孩扔下手中工具，蹑手蹑脚溜出桥洞，突然的光明也象突然的黑暗一样使他头晕眼花。略为迟疑了一下，他便飞跑起来，只用了十几秒钟，他就站在河水边缘上了。那些四个棱的狗蛋子草好奇地望着他，开着紫色花朵的水芡和擎着咖啡色头颅的香附草贪婪地嗅着他满身的煤烟味儿。河上飘逸着水草的清香和链鱼的微腥，他的鼻翅扇动着，肺叶象活泼的斑鸠在展翅飞翔。河面上一片白，白里掺着黑和紫。他的眼睛生涩刺痛，但还是目不转睛，好象要看穿水面上漂着的这层水银般的亮色。后来，他双手提起裤头的下沿，试试探探下了水，跳舞般地向前走。河水起初只淹到他的膝盖，很快淹到大腿，他把裤头使劲捆起来，两半葡萄色的小屁股露了出来。这时候他已经立在河的中央了，四周的光一齐往他身上扑，往他身上涂，往他眼里钻，把他的黑眼睛染成了坝上青香蕉一样的颜色。河水湍急，一股股水流撞着他的腿。他站在河的硬硬的沙底上，但一会儿，脚下的沙便被流水掏走了，他站在沙坑里，裤头全湿了，一半贴着大腿，一半在屁股后飘起来，裤头上的煤灰把一部分河水染黑了。沙土从脚下卷起来，抚摸着他的小腿，两颗琥珀色的水珠挂在他的腮上，他的嘴角使劲抽动着。他在河中走动起来，用脚试探着，摸索着，寻找着。

"黑孩！黑孩！"

他听到小铁匠在桥洞前喊叫着。

"黑孩,想死吗？"

他听到小铁匠到了水边,连头也不回,小铁匠只能看到他青色的背。

"上来呀！"小铁匠挖起一块泥巴,对准黑孩投过去,泥巴擦着他的头发梢子落到河水里,河面上荡开椭圆形的波纹。又一坨泥巴扔过来,正打着他的背,他往前扑了一下,嘴唇沾到了河水。他转回身,"唿唿隆隆"地踹着水往河边上走。黑孩遍身水珠儿,站在小铁匠面前。水珠儿从皮肤上往下滚动,一串一串的,"嘟噜噜"地响。大裤头子贴在身上,小鸡子象蚕蛹一样硬梆梆地翘着。小铁匠举起那只熊掌一样的大巴掌刚要扇下去,忽然觉得心脏让猫爪子给剐了一下子,黑孩的眼睛直盯着他的脸。

"快去拉火。师傅我淬出的钢钻,不比老家伙差。"他得意地拍拍黑孩的脖颈。

铁匠炉上暂时没有活儿,小铁匠把昨夜剩下的生地瓜放在炉边烤着。黄麻地里的风又轻轻地吹进来了。阳光很正地射进桥洞。小铁匠用铁钳翻动着烤出焦油的地瓜,嘴里得意地哼着："从北京到南京,没见过裤裆里拉电灯。黑孩,你见过裤裆里拉电灯吗？你干娘裤裆里拉电灯哩……"小铁匠忽然记似地对黑孩说："快点,拔两个萝卜去,拔回来赏你两个地瓜。"黑孩的眼睛猛然一亮,小铁匠从他肋条缝里看到他那颗小心儿使劲地跳了两下,正想说什么没及开口,孩子就象家兔一样跑走了。

黑孩爬上河堤时,听到菊子姑娘远远地叫了他一声。他回过头,阳光捂住了他的眼。他下了河堤,一头钻进黄麻地。黄麻是散种的,不成坨也不成行,种子多的地方黄麻杆儿细如手指,铅笔;种子少的地方,麻秆如镰柄,手臂。但全都是一样高矮。他站在大堤上望麻田时,如同望着微波荡漾的湖水。他用双手分拨着粗粗细细的麻秆往前走,麻秆上的硬刺儿扎着他的皮肤,成熟的麻叶纷纷落地。他很快就钻到了和萝卜地平行着的地方,拐了一个直角往西走。接近萝卜地时,他趴在地上,慢慢往外爬。很快他就看到了满地墨绿色的萝卜缨子。萝卜缨子的间隙里,阳光照着一片通红的萝卜头儿。他刚要钻出黄麻地,又悄悄地缩回来。一个老头正在萝卜垅里爬行着,一边爬一边从口袋里往外掏着麦粒,一穴一穴地点种在萝卜垅沟中间。骄傲的秋阳晒着他的背,他穿着一件白布褂儿,脊沟湿漉漉的,微风扬起灰尘,使汗湿的地方发了黄。黑孩又膝行着退了几米远,趴在地上,双手支起下巴,透过麻秆的间隙,望着那些萝卜。萝卜田里有无数的红眼睛望着他,那些萝卜缨子也在一瞬间变成了乌黑的头发,象飞鸟的尾羽一样耸动不止……

一个红脸膛汉子从地瓜地里大步走过来,站在老头背后,猛不丁地说："哎,老生,你说昨天夜里遭了贼？"

老头手忙脚乱地爬起来,垂着手回答："遭了,偷了六个萝卜,缨子留下了,地瓜八墩,蔓子留下了。"

"怕是让修闸的那些狗日的偷去了,加点小心,中饭晚点回去吃。"

"我听着啦,队长。"老头儿说。

黑孩和老头一起,目送着红脸汉子走上大堤。老头坐在萝卜地里,面对着孩子。黑孩又惶乱地往后退出一节,这时,密密麻麻的黄麻把他的视线遮住了。

"黑孩！"

"黑孩！"

姑娘和小石匠站在大堤上,对着黄麻地喊着。他们背对着正响的太阳,阳光照着散工的人群。

"我看到他钻到黄麻地里,我还以为他去撒尿拉屎了呢!"姑娘说。

"独眼龙难道又欺负他了?"小石匠说。

"黑孩!"

"黑孩!"

姑娘和小石匠的男女声二重喊贴着黄麻梢头象燕子一样滑翔,正在黄麻梢头捕食灰色小蛾的家燕被惊吓得高飞,好一会儿才落下来。小铁匠站在桥洞前边,独眼望着这并膀站着的男女,感到肚子越胀越大。方才姑娘和小石匠来找黑孩,那语气那神态就象找他们的孩子。"等着吧,丫头养的你们!"他恨恨地低语着。

"黑孩!黑孩!"姑娘说,"他怕是钻到黄麻地里睡着了。"

"去看看吗?"小石匠乞求地看着姑娘。

"去吗?去吧。"

两个人拉着手下了堤,钻到黄麻地里。小铁匠尾追着冲上河堤,他看到黄麻叶子象波浪一样翻滚着,黄麻杆子"唰拉拉"地响着,一男一女的声音在喊叫黑孩,声音象从水里传上来的一样……

黑孩趴累了,舒了一口气,翻了一个身,仰面朝天躺起来。他的身下是干燥的沙土,沙上铺着一层薄薄的黄麻落叶。他后脑勺枕着双手,肚子很瘦的凹陷着,一个带着红点的黄叶飘飘地落下来,盖住了他满是煤灰的肚脐。他望着上方,看到一缕粗一缕细的蓝色光线从黄麻叶缝中透下来,黄麻叶片好象成群的金麻雀在飞舞。成群的金麻雀有时又象一簇簇的葫芦蛾,蛾翅上的斑点象小铁匠眼中那个棕色的萝卜花一样愉快地跳动。

"黑孩!"

"黑孩!"

熟悉的声音把他从梦幻中唤醒,他坐起来,用手臂摇了一下身边那棵粗大的黄麻。

"这孩子,睡着了吗?"

"不会的,我们这么大声喊。他肯定是溜回家去了。"

"这小东西……"

"这里真好……"

"是好……"

声音越来越低,象两只鱼儿在水面上吐水泡。黑孩身上象有细小的电流通过,他有点紧张,双膝跪着,扭动着耳朵,调整着视线,目光终于通过了无数障碍,看到了他的朋友被麻秆分割得影绰绰的身躯。一时间极静了的黄麻地里掠过了一阵小风,风吹动了部分麻叶,麻杆儿全没动。又有几个叶片落下来,黑孩听到了它们振动空气的声音。他很惊异很新鲜地看到一根紫红色头巾轻飘飘地落到黄麻杆上,麻杆上的刺儿挂住了围巾,象挑着一面沉默的旗帜,那件红格儿上衣也落到地上。成片的黄麻象浪潮一样对着他涌过来。他慢慢地站起来,背过身,一直向前走,一种异样的感觉猛烈冲击着他。

五

一连十几天,姑娘和小石匠好象把黑孩忘记了,再也不结伴到桥洞里来看望他。每当中午和晚上,黑孩就听到黄麻地里响起百灵鸟婉转的歌唱声,他的脸上浮起冰冷的微笑,好象他知道这只鸟在叫着什么。小铁匠是比黑孩晚好几天才注意到百灵鸟的叫声的。他躲在桥洞里仔细观察着,终于发现了奥秘:只要百灵鸟叫起来,工地上就看不见小石匠的影子,菊子姑娘就坐立不安,眼睛四下打量,很快就会扔下锤子溜走。姑娘溜走后一会儿,百灵鸟就歇了歌喉。这时,小铁匠的脸色就变得更加难看,脾气变得更加暴躁。他开始喝起酒来。黑孩每天都要走过石桥到村里小卖部给他装一瓶地瓜烧酒。

这天晚上,月光皎皎如水,百灵鸟又叫起来了。黄麻地里的熏风象温柔的爱情扑向工地。小铁匠攥着酒瓶子,把半瓶烧酒一气灌下去,那只眼睛被烧得泪汪汪的。刘太阳副主任这些天回家娶儿媳妇去了,工地上人心涣散,加夜班的石匠们多半躺在桥洞里吸烟,没有钻子要修理,炉火半死不活地跳动着。

"黑孩……去,给老子拔几个萝卜来……"酒精烧着小铁匠的胃,他感到口中要喷火。

黑孩象木棍一样立在风箱边上,看着小铁匠。

"你,等着老子揍你吗?去……"

黑孩走进月光地,绕着月光下无限神秘的黄麻地,穿过花花绿绿的地瓜地,到了晃动着沙漠蜃影的萝卜地。等他提着一个萝卜走回桥洞时,小铁匠已经歪在草铺上呼呼地睡了。黑孩把萝卜放在铁砧子上,手颤抖着拨亮炉火,可再也弄不出那一蓝一黄升腾到空中的火苗,他变换着角度,瞅那个放在铁砧子上的萝卜,萝卜象蒙着一层暗红色的破布,难看极了,孩子沮丧地垂下头。

这天夜里,黑孩没有睡好。他躺在一个桥洞里,翻来复去地打着滚。刘副主任不在,民工们全都跑回家去睡觉。桥洞里只剩下一层薄薄的麦秸草。月光斜斜地照进桥洞,桥洞里一片清冷光辉,河水声、黄麻声、小铁匠在最西边桥洞里发出的鼾声。以及其它一些莫名其妙的声音,一齐钻进了他的耳朵。石头上的麦草闪闪烁烁,直扎着他的眼睛。他把所有的麦秸草都收拢起来,堆成一个小草岭,然后钻进去,风还是能从草缝里钻进来,他使劲蜷缩着,不敢动了。他想让自己睡觉,可总是睡不着。他总是想着那个萝卜,那是个什么样的萝卜呀。金色的,透明。他一会儿好象站在河水中,一会儿又站在萝卜地里,他到处找呀,到处找……

第二天早晨,太阳还没出来,月亮还没完全失去光彩,成群的黑老鸹惊惶失措地叫着从工地上空掠过,滞洪闸上留下了它们脱落的肮脏羽毛。东边的地平线上,立着十几条大树一样的灰云,枝杈上挂满了破烂的布条。黑孩从桥洞里一钻出来就感到浑身发冷,象他前些日子打摆子时寒颤上来一样滋味。刘副主任昨天回来了,检查了工地上的情况,他非常生气,大骂了所有的民工。所以今天人们来得都很早,干活也卖力,工地上的锤声象池塘里的蛙鸣连成一片。今天要修的钢钻很多,小铁匠的工作态度也非常认真,活儿干得又麻利又漂亮。来换钢钻的石匠们不断地夸奖他,说他的淬火功夫甚至超过了老铁匠,淬出的钢钻又快又韧,下下都咬石头。

太阳两竿子高的时候,小石匠送来两支钢钻待修。这是两支新钻,每支要值四五块钱。小铁匠瞥瞥神采焕发的小石匠,独眼里射出一道冷光。小石匠没觉察到小铁匠的表情,幸福的眼睛里看到的全是幸福。黑孩儿感到心里害怕,他看出小铁匠要作弄小石匠了。小铁匠把那两支钢钻烧得象银子一样白,草草地在砧子上打出尖儿,然后一下子浸到水里去……

小石匠提着钢钻走了,小铁匠嘴上滑过一个得意的笑容,他对着黑孩眯眯眼,说:

"孙子,他他妈的也配使老子淬出的钻子?儿子,你说他配吗?"黑孩缩在角落里,使劲打着哆嗦。一会儿,小石匠回到铁匠炉边,他把两支钻子扔到小铁匠跟前,骂道:"独眼龙,你这是淬得什么火?"

"孙子,叫唤什么?"小铁匠说。

"睁开你那只独眼看看!"

"这是你的钻子不好。"

"放屁,你这是成心作弄老子。"

"作弄你又怎么着?爷们看着你就长气!""你、你,"小石匠气得脸色煞白,说,"有种你出来!"

"老子怕你不成!"小铁匠撕下腰间扎着的油布,光着背,象只棕熊一样踱过去。

小石匠站在闸前的沙地上,把夹克衫和红运动衣脱下来,只穿一件小背心。他身材高大,面孔象个书生,身体壮得象棵树。小铁匠脚上还扎着那两块防烫的油布,脚掌踩得地上尖利的石片欻欻地响,他的臂长腿短,上身的肌肉非常发达。

"文打还是武打?"小铁匠不屑一顾地说。

"随你的便。"小石匠也不屑一顾地说。

"你最好回家让你爹立个字据,打死了别让我赔儿子。"

"你最好回家先钉口棺材。"

骂着阵,两个人靠在了一起。黑孩远远地蹲着,一直没停地打着哆嗦。他看到,小铁匠和小石匠最初的交锋很象开玩笑。小石匠卷着舌头啐了小铁匠一脸唾沫,小铁匠扬起长臂,把拳头捅过去,小石匠一退,这一拳打空了。又啐。又一拳。又退。闪空。但小石匠的第三口唾沫没迸出唇,肩头上就被小铁匠猛捅了一拳,他的身体不由自主地转了一圈。

人们惊叫着围拢上来,高喊着:"别打了,别打了。"但没有人上前拉架。后来,连喊声也没有了,大家都睁大眼,屏住气,看着这两个身段截然不同的小伙子比试力气。菊子姑娘脸色灰白,使劲地抓住她身边一个姑娘的肩头。当她的情人吃了小铁匠的铁拳时,她就低声呻唤着,眼睛象一朵盛开的墨菊。

决斗还难分高低,你打我一拳,我也打你一拳,小石匠个头高,拳头打得漂亮潇洒,但显然有点飘,有点花哨,力量不很足,小铁匠动作稍慢一点,但出拳凶狠扎实,被他慒上一拳,小石匠就要转一个圈。后来,小铁匠头上挨了一拳,有点晕头转向,小石匠趁机上前,雨点般的拳头打得小铁匠的身体澎澎地响。小铁匠一猫腰,钻进了小石匠腑下,两只长臂象两条鳗鱼一样缠住了小石匠的腰,小石匠急忙夹住小铁匠的头,两个人前进,后退,后退,又前进,小石匠支持不住,仰面朝天摔在沙地上。

人群里爆发了一阵欢呼。

小铁匠站起来,吐吐口中的血沫子,歪着头,象只斗胜的公鸡。

小石匠爬起来,向着小铁匠扑过去。一白一黑两个身体又扭在一起。这次小石匠把身体伏得很低,保护着自己的下三路不让小铁匠得手,四只胳膊紧紧地纠缠着,有时候,小石匠把小铁匠撩起来,转着圈抡动,但并不能把小铁匠摔出去。小石匠气喘吁吁,满身都是汗水,小铁匠却连一个汗珠都没掉。小石匠体力不支,步伐错乱,眼前出现重影,稍一懈息,手臂便被拨开,小铁匠抱住他的腰,篐得他出气不匀,他再次仰天倒地。

第三个回合小石匠败得更惨,小铁匠一个癞狗钻裆把他扛起来,摔出去足有两米远。

菊子姑娘哭着扑上去,扶起了小石匠。在菊子姑娘的哭声中,小铁匠脸上的喜色顿时消逝,换上了满面凄凉。他呆呆地站着。小石匠爬起来,拨开菊子的手,抓起一把沙土,对准小铁匠的脸打上去。沙土迷住了小铁匠的独眼,他象野兽一样嗥叫着,使劲搓着眼睛。小石匠趁机扑上去,卡着小铁匠的脖子把他按倒,拳头象搧鼓一样对着小铁匠的脑袋乱打……

这时候,从人们的腿缝里,钻出了一个黑色的影子。这是黑孩。他象只大鸟一样飞到小石匠背后,用他那两只鸡爪一样的黑手抓住小石匠的腮帮子使劲往后扳,小石匠龇着牙,咧着嘴,"嗷嗷"地叫着,又一次沉重地倒在沙地上。

小铁匠挣扎着坐起来,两只大手摸起地上的碎石片儿,向着四周抛撒。"畜牲!狗!"骂声和着石头片儿,象冰雹一样横扫着周围的人群,人们慌乱地躲闪着。菊子姑娘突然惨叫了一声。小铁匠的手象死了一样停住了。他的独眼里的沙土已被泪水冲积到眼角上,露出了瞳孔。他朦胧地看到菊子姑娘的右眼里插着一块白色的石片,好象眼里长出一朵银耳。他怪叫一声,捂着眼睛,躺在地上痛苦地扭动着。

黑孩听到姑娘的惨叫,便松开了自己的手。他的手指把小石匠的腮帮子抓出两排染着煤灰的血印。趁着人们慌乱的时候,他悄悄地跑回桥洞,蹲在最黑暗的角落上,牙齿"的的"地打着战,偷眼望着工地上乱纷纷的人群。

六

第二天,滞洪闸工地上消失了小石匠和菊子姑娘的影子,整个工地笼罩着沉闷压抑的气氛。太阳象抽风般颤抖着,一股股萧杀的秋风把黄麻吹得象大海一样波浪起伏,一群群麻雀惊恐不安地在黄麻梢头躁叫着。风穿过桥洞,扬起尘土,把半边天都染黄了。一直到九点多钟,风才停住,太阳也慢慢恢复正常。

刚娶完儿媳妇回来的刘太阳副主任碰上了这些事,心里窝着一腔火,他站在铁匠炉前,把小铁匠骂得狗血淋头,并扬言要抠出他那只独眼给菊子姑娘补眼。小铁匠一气不吭,黑脸上的刺疙瘩一粒粒憋得通红,他大口喘着气,大口喝着酒。

石匠们不知被什么力量催动着,玩儿命地干活,钢钻子磨秃了一大批,堆在红炉旁等着修理。小铁匠象大虾一样蜷曲在草铺上,咕咕地灌着酒,桥洞里酒气扑鼻。

刘副主任发火了,用脚踹着小铁匠骂:"你害怕了?装孙子了?躺着装死就没事了?滚起来修钻子,这样也许能将功补过。"

小铁匠把手中的酒瓶向上抛起来,酒瓶在桥面上砰然撞碎,碎玻璃掺着烧酒落了刘副主任一头。小铁匠跳起来,一路歪斜跑出去,喊着:"老子怕什么,老子天都不怕,死都不怕,还怕什么?"他爬上滞洪闸,继续高叫着:"我谁都不怕!"他的腿碰到了石栏杆,身子歪歪扭扭,桥下有人喊:"小铁匠,当心掉下桥。""掉下桥?"他哈哈大笑起来,笑着攀上石栏杆,一松手,抖抖擞擞地站在石栏杆上。桥下的人都中了魔,入了定,呼吸也不敢用力。

小铁匠双臂夵煞开,一上一下起伏着,象两只羽毛丰满的翅膀。他在窄窄的石栏杆上走起来,身体晃来晃去。他慢走变成快走,快走变成小跑,桥下的人捂住眼睛,又松手露出眼睛。

小铁匠一起一伏晃晃悠悠地在石栏杆上跑着,栏杆下乌蓝的水里映出他变了形的身影。他从西头跑到东头,又从东头跑回来,一边跑一边唱起来:"南京到北京,没见过裤裆里拉电灯,格里咙格里格咙,里格咙,里格咙,南京到北京,没见过裤裆里打弹弓……"

几个大胆的石匠跑上闸去,把小铁匠拖了下来。他拼命挣扎着,骂着:"别他妈的管我,老子是杂技英豪,那些大姐在电影上走绳子,老子在闸上走栏杆,你们说,谁他妈的厉害……"几个人累得气喘吁吁,总算把他弄回桥洞里。他象块泥巴一样瘫在铺上,嘴里吐着白沫,手撕着喉咙,哭叫着:"亲娘哟,难受死了,黑孩,好徒弟,救救师傅吧,去拔个萝卜来……"

人们突然发现,黑孩穿上了一件包住屁股的大褂子,褂子是用崭新的、又厚又重的小帆布缝的。这种布非常结实,五年也穿不破。那条大裤头子在褂子下边露出很短的一截,好象褂子的一个花边。黑孩的脚上穿着一双崭新的回力球鞋,由于鞋子太大,只好紧紧地系住鞋带,球鞋变得象两条丑陋的胖头鲇鱼。

"黑孩,听到了吗?你师傅让你去干什么?"一个老石匠用烟袋杆子戳着黑孩的背说。

黑孩走出桥洞,爬上河堤,钻进黄麻地。黄麻地里已经有了一条依稀可辨的小径,麻秆儿都向两边分开。走着走着,他停住脚。这儿一片黄麻倒地,象有人打过滚。他用手背揉揉眼睛,抽泣了一声,继续向前走。走了一会,他趴下,爬进萝卜地。那个瘦老头不在,他直起腰,走到萝卜地中央,蹲下去,看到萝卜垅里点种的麦子已经钻出紫红的锥芽,他双膝跪地,拔出了一个萝卜,萝卜的细根与土壤分别时发出水泡破裂一样的声响。黑孩认真地听着这声响,一直追着它飞到天上去。天上纤云也无,明媚秀丽的秋阳一无遮拦地把光线投下来。黑孩把手中那个萝卜举起来,对着阳光察看。他希望还能看到那天晚上从铁砧上看到的奇异景象,他希望这个萝卜在阳光照耀下能象那个隐藏在河水中的萝卜一样晶莹剔透,泛出一圈金色的光芒。但是这个萝卜使他失望了。它不剔透也不玲珑,既没有金色光圈,更看不到金色光圈里苞孕着的活泼的银色液体。他又拔出一个萝卜,又举到阳光下端详,他又失望了。以后的事情就变得很简单了。他膝行一步。拔两个萝卜。举起来看看。扔掉。又膝行一步,拔,举,看,扔……

看菜园的老头子眼睛象两滴混浊的水,他蹲在白菜地里捉拿钻心虫儿。捉一个用手指捏死,再捉一个还捏死。天近中午了,他站起来,想去叫醒正在看院子里睡觉的队长。队长夜里误了觉,白天村里不安宁,难以补觉,看院屋子里只能听到秋虫浅吟,正好睡觉。老头儿一直起腰,就听到脊椎骨"叭哽叭哽"响。他恍然看到阳光下的萝卜地一片通红,好象遍地是火苗子。老头打起眼罩,急步向前走,一直走到萝卜地里,他才看得那遍地通红的竟是拔出来的还没有完全长成的萝卜。

"作孽啊!"老头子大叫一声。他看到一个孩子正跪在那儿,举着一个大萝卜望太阳。孩子的眼睛是那么大,那么亮,看着就让人难受。但老头子还是不客气地抓住他,扯起来,拖到看园屋子里,叫醒了队长。

"队长,坏了,萝卜,让这个小熊给拔了一半。"

队长睡眼惺忪地跑到萝卜地里看了看,走回来时也满脸杀气。对着黑孩的屁股他狠踢了一脚,黑孩半天才爬起来。队长没等他清醒过来,又给了他一耳巴子。

"小兔崽子,你是哪个村的?"

黑孩迷惘的眼睛里满是泪水。

"谁让你来搞破坏?"

黑孩的眼睛清澈如水。

"你叫什么名字?"

黑孩的眼睛里水光潋滟。

"你爹叫什么名字?"

两行泪水从黑孩眼里流下来。

"他娘的,是个小哑巴。"

黑孩的嘴唇轻轻嚅动着。

"队长,行行好,放了他吧。"瘦老头说。

"放了他?"队长笑着说,"是要放了他。"

队长把黑孩的新褂子、新鞋子、大裤头子全剥下来,团成一堆,扔到墙角上,说:"回家告诉你爹,让他来给你拿衣裳。滚吧!"

黑孩转身走了,起初他还好象害羞似地用手捂住小鸡儿,走了几步就松开了手。老头子看着这个一丝不挂的黑孩,抽抽答答地哭起来。

黑孩钻进了黄麻地,象一条鱼儿游进了大海。扑簌簌黄麻叶儿抖,明晃晃秋天阳光照。

黑孩——黑孩——

延伸阅读:莫言小说从 1980 年代至今,受到外国小说影响最深的是马尔克斯的《百年孤独》,后者成为其小说结构、语言形式的基本构成因素;与此同时,《聊斋志异》和作家童年经验与故乡传说等也进入了这一建构过程。较早指出这篇小说"童年视角"的是批评家程德培,他说:"莫言作品的儿童视角,不止是在于他经常地把孩提时代作为描写的对象,重要的还是他那些最优秀的篇什都表现了儿童所惯有的不定向性和浮光掠影的印象,一种对幻想世界的创造和对物象世界的变形,一种对圆形和线条的偏好。"参见程德培:《被记忆缠绕的世界——莫言创作中的童年视角》,《上海文学》1986年第 4 期。

秋 千 架

莫 言

高密东北乡原产白色温驯的大狗，绵延数代之后，很难再见一匹纯种。现在，那儿家家养的多是一些杂狗，偶有一只白色的，也总是在身体的某一部位生出杂毛，显出混血的痕迹来。但只要这杂毛的面积在整个狗体的面积中占的比例不大，又不是在特别显眼的部位，大家也就习惯地以"白狗"称之，并不去循名求实，过分地挑毛病。有一匹全身皆白、只黑了两只前爪的白狗，垂头丧气地从故乡小河上那座颓败的石桥上走过来时，我正在桥头下的石阶上捧着清清的河水洗脸。农历七月末，低洼的高密东北乡燠热难挨，我从县城通往乡镇的公共汽车里钻出来，汗水已浸透衣服，脖子和脸上落满了黄黄的尘土。洗完脖子和脸，又很想脱得一丝不挂跳进河里去，但看到与石桥连接的褐色田间路上，远远地有人在走动，也就罢了这念头，站起来，用未婚妻赠送的系列手绢中的一条揩着脸和颈。时间已过午，太阳略偏西，一阵阵东南风吹过来。凉爽温和的东南风让人极舒服，让高粱梢头轻轻摇摆，飒飒做响，让一条越走越大的白狗毛儿耸起，尾巴轻摇。它近了，我看到了它的两个黑爪子。

那条黑爪子白狗走到桥头，停住脚，回头望望土路，又抬起下巴望望我，用那两只浑浊的狗眼。狗眼里的神色遥远荒凉，含有一种模糊的暗示，这遥远荒凉的暗示唤起内心深处一种迷蒙的感受。

求学离开家乡后，父母亲也搬迁到外省我哥哥处居住，故乡无亲人，我也就不再回来。一晃就是十年，距离不短也不长。暑假前，父亲到我任教的学院来看我，说起故乡事，不由感慨系之。他希望我能回去看看，我说工作忙，脱不开身，父亲不以为然地摇摇头。父亲走了，我心里总觉不安。终于下了决心，割断丝丝缕缕，回来了。

白狗又回头望褐色的土路，又仰脸看我，狗眼依然浑浊。我看着它那两个黑爪子，惊讶地要回忆点什么时，它却缩进鲜红的舌头，对着我叫了两声。接着，它蹲在桥头的石桩上，跷起一条后腿，习惯性地撒尿。完事后，竟也沿着我下桥头的路，慢慢地挪下来，站在我身边，尾巴夯拉进腿间，伸出舌头，一下一下地舐着水。

它似乎在等人，显出一副喝水并非因为口渴的消闲样子。河水中映出狗脸上那种漠然的表情，水底的游鱼不断从狗脸上穿过。狗和鱼都不怕我，我确凿地嗅到狗腥气和鱼腥气，甚至产生一脚踢它进水中抓鱼的恶劣想法。又想还是"狗道"些吧，而这时，狗卷起尾巴，抬起脸，冷冷地瞅我一眼，一步步走上桥头去。我看到它把颈上的毛耸了耸，激动不安地向来路跑去。土路两边是大片的穗子灰绿的高粱。飘着纯白云朵的小小蓝天，罩着板块相连的原野。我走上桥头，拎起旅行袋，想急急过桥去，这儿离我的村庄还有十二里路吧，来前没给村里的人们打招呼，早早赶进去，也好让人家方便食宿。正想着，就看到白狗小跑步开路，从路边的高粱地里，领出一个背着大捆高粱叶子的人来。

我在农村滚了近二十年，自然晓得这高粱叶子是牛马的上等饲料，也知道褪掉晒米时高粱的老叶子，不大影响高粱的产量。远远地看着一大捆高粱叶子蹒跚地移过来，心里为之沉重。我很清楚暑天里钻进密不透风的高粱地里打叶子的滋味，汗水遍身胸口发闷是不必说了，最苦的还是叶子上的细毛与你汗淋淋的皮肤接触。我为自己轻松地叹了一口气。渐渐地看清了驮着高粱叶子弯曲着走过来的人。蓝褂子，黑裤子，乌脚杆子黄胶鞋，要不是垂着的发，我是不大可能看出她是个女人的，尽管她一出现就离我很近。她的头与地面平行着，脖子探出很长。是为了减轻肩头的痛苦吧？她用一只手按着搭在肩头的背棍的下头，另一只手从颈后绕过去，把着背棍的上头。阳光照着她的颈子上和头皮上亮晶晶的汗水。高粱叶子葱绿，新鲜。她一步步挪着，终于上了桥。桥的宽度跟她背上的草捆差不多，我退到白狗适才停下记号的桥头石旁站定，看着它和她过桥。

我恍然觉得白狗和她之间有一条看不见的线，白狗紧一步慢一步地颠着，这条线也松松紧紧地牵着。走到我面前时，它又瞥着我，用那双遥远的狗眼。狗眼里那种模糊的暗示在一瞬间变得异常清晰，它那两只黑爪子一下子撕破了我心头的迷雾，让我马上想到她。她的低垂的头从我身边滑过去，短促的喘息声和扑鼻的汗酸永留在我的感觉里。猛地把背上沉重的高粱叶子摔掉，她把身体缓缓舒展开。那一大捆叶子在她身后，差不多齐着她的胸乳。我看到叶子捆与她身体接触的地方，明显地凹进去，特别着力的部位，是湿漉漉揉烂了的叶子。我知道，她身体上揉烂了高粱叶子的那些部位，现在一定非常舒服；站在漾着清凉水气的桥头上，让田野里的风吹拂着，她一定体会到了轻松和满足。轻松，满足，是构成幸福的要素，对此，在逝去的岁月里，我是有体会的。

她挺直腰板后，暂时地像失去了知觉。脸上的灰垢显出了汗水的道道。生动的嘴巴张着，吐出一口口长长的气。鼻梁挺秀如一管葱。脸色黝黑。牙齿洁白。

故乡出漂亮女人，历代都有选进宫廷的。现在也有几个在京城里演电影的，这几个人我见过，也就是那么个样，比她强不了许多。如果她不是破了相，没准儿早成了大演员。十几年前，她婷婷如一枝花，双目皎皎如星。

"暖！"我喊了一声。

她用左眼盯着我看，眼白上布满血丝，看起来很恶。

"暖，小姑！"我注解性地又喊了一声。

我今年二十九，她小我两岁，分别十年，变化很大，要不是秋千架上的失误给她留下的残疾，我不会敢认她。白狗也专注地打量着我，算一算，它竟有十二岁，应该是匹老狗了。我没想到它居然还活着，看起来还蛮健康。那年端午节，它只有篮球般大，父亲从县城里我舅爷家把它抱来。十二年前，纯种白狗已近绝迹，连这种有小缺陷，大致还可以称为白狗的也很难求了。舅爷是以养狗谋利的人，父亲把它抱回来，不会不依仗着老外甥对舅舅放无赖的招数。在杂种花狗充斥乡村的时候，父亲抱回来它，引起众人的称羡，也有出三十块钱高价来买的，当然被婉言回绝了。即便是那时的农村，在我们高密东北乡这种荒僻地方，还是有不少乐趣，养狗当如是解。只要不逢大天灾，一般都能足食，所以狗类得以繁衍。

我十九岁，暖十七岁那一年，白狗四个月的时候，一队队解放军，一辆辆军车，从北边过来，络绎不绝过石桥。我们中学在桥头旁边扎起席棚给解放军烧茶水，学生宣传队在席棚边上敲锣打鼓，唱歌跳舞。桥很窄，第一辆大卡车悬着半边轮子，小心翼翼开过去了。第二辆的后轮压断了一块桥石，翻到了河里，车上载的锅碗瓢盆砸碎了不少，满河里漂着油花子。一群战士跳下河,把司机从驾驶楼里拖出来,水淋淋地抬到岸上。几个穿白大褂的军人围上去。一个戴白手套的人,手举着耳机子,大声地喊叫。我和暖是宣传队的骨干,忘了歌唱鼓噪,直着眼看热闹。后来,过来几个很大的首长,跟我们学校里的贫下中农代表郭麻子大爷握手,跟我们校革委刘主任握手,戴好手套,又对着我们挥挥手。然后,一溜儿站在那儿,看着队伍继续过河。郭麻子大爷让我吹笛,刘主任让暖唱歌。暖问:"唱什么?"刘主任说:"唱《看到你们格外亲》。"于是,就吹就唱。战士们一行行踏着桥过河,汽车一辆辆涉水过河。(小河里的水呀清悠悠,庄稼盖满了沟)车头激起雪白的浪花,车后留下黄色的浊流。(解放军进山来,帮助咱们闹秋收)大卡车过完后,两辆小吉普车也呆头呆脑下了河。一辆飞速过河,溅起五六米高的雪浪花;一辆一头钻进水里,嗡嗡怪叫着被淹死丁,从河水中冒出一股青烟。(拉起了家常话,多少往事涌上心头)"糟糕!"一个首长说。另一个首长说:"他妈的笨蛋!让王猴子派人把车抬上去。"(吃的是一锅饭,点的是一灯油)很快的就有几十个解放军在河水中推那辆撒了气的吉普车,解放军都是穿着军装下了河,河水仅仅没膝,但他们都湿到胸口,湿后变深了颜色的军衣紧贴在身上,显出了肥的瘦的腿和臀。(你们是俺们的亲骨肉,你们是俺们的贴心人)那几个穿白大褂的人把那个水淋淋的司机抬上一辆涂着红十字的汽车。(党的恩情说不尽,见到你们总觉得格外亲)首长们转过身来,看样子准备过桥去,我提着笛子,暖张着口,怔怔地看着首长。一个戴着黑边眼镜的首长对着我们点点头,说:"唱得不错,吹得也不错。"郭麻子大爷说:"首长们辛苦了。孩子们胡吹瞎咧咧,别见笑。"他摸出一包烟,拆开,很恭敬地敬过去,首长们客气地谢绝了。一辆轱辘很多的车停在河对岸,几个战士跳上去,扔下几盘粗大的钢丝绳和一些白色的木棒。戴黑边眼镜的首长对身边一个年轻英俊的军官说:"蔡队长,你们宣传队送一些乐器呀之类的给他们。"

队伍过了河,分散到各村去。师部住在我们村。那些日子就像过年一样,全村人都激动。从我家厢房里扯出了几十根电话线,伸展到四面八方去。英俊的蔡队长带着一群吹拉弹唱的文艺兵住在暖家。我天天去玩,和蔡队长混得很熟。蔡队长让暖唱歌给他听。他是个高大的青年,头发蓬松着,眉毛高挑着。暖唱歌时,他低着头拼命抽烟,我看到他的耳朵轻轻地抖动着。他说暖条件不错,很不错,可惜缺乏名师指导。他说我也很有发展前途。他很喜欢我家那只黑爪子小白狗,父亲知道后,马上要送给他,他没要。队伍要开拔那天,我爹和暖的爹一块来了,央求蔡队长把我和暖带走,蔡队长说,回去跟首长汇报一下,年底征兵时就把我们征去。临别时,蔡队长送我一本《笛子演奏法》,送暖一本《怎样演唱革命歌曲》。

"小姑,"我发窘地说,"你不认识我了吗?"

我们村是杂姓庄子,张王李杜,四面八方凑起来的,各种辈分的排列,有点乱七八糟,姑姑嫁给侄子,侄子拐跑婶婶的事时有发生,只要年龄相仿,也就没人嗤笑。我称暖为小姑是从小惯成的叫法,并无一点血缘骨肉的情分在内。十几年前,当把"暖"与"小姑"含混着乱叫一通时,是别有一番滋味在心头的。这一别十年,都老大不小,虽还是那样叫着,但已经无滋味了。

"小姑,难道你真的不认识我了吗?"说完这句话,我马上谴责了自己的迟钝。她的脸上,早已是凄凉的景色了。汗水依然浸洇着,将一绺干枯的头发粘到腮边。黝黑的脸上透出灰白来。左眼里有明亮的水光闪烁。右边没有眼，没有泪，深深凹进去的眼眶里，栽着一排乱纷纷的黑睫毛。我的心拳拳着，实在不忍看那凹陷，便故意把目光散了，瞄着她委婉的眉毛和在半天阳光下因汗湿而闪亮的头发。她左腮上的肌肉联动着眼眶的睫毛和眶上的眉毛，微微地抽搐着，造成了一种凄凉古怪的表情。别人看见她不会动心，我看见她无法不动心……

十几年前那个晚上，我跑到你家对你说："小姑，打秋千的人都散了，走，我们去打个痛快。"你说："我打盹呢。"我说："别拿一把啦！寒食节过了八天啦，队里明天就要拆秋千架用木头。今早晨车把式对队长嘟哝，嫌把大车绳当秋千绳用，都快磨断了。"你打了一个呵欠，说："那就去吧。"白狗长成一个半大狗了，细筋细骨，比小时候难看。它跟在我们身后，月亮照着它的毛，它的毛闪烁银光，秋千架竖在场院边上，两根立木，一根横木，两个铁吊环，两根粗绳，一个木踏板。秋千架，默立在月光下，阴森森，像个鬼门关。架后不远是场院沟，沟里生着绵亘不断的刺槐树丛，尖尖又坚硬的刺针上，挑着青灰色的月亮。

"我坐着，你荡我。"你说。

"我把你荡到天上去。"

"带上白狗。"

"你别想花花点子了。"

你把白狗叫过来，你说："白狗，让你也悠悠悠悠。"

你一只手扶住绳子，一只手揽住白狗，它委屈地嘤嘤着。我站在跳板上，用双腿夹住你和狗，一下一下用力，秋千渐渐有了惯性。我们渐渐升高，月光动荡如水，耳边习习生风，我有点头晕。你格格地笑着，白狗呜呜地叫着，终于悠平了横梁。我眼前交替出现田野和河流，房屋和坟丘，凉风拂面来，凉风拂面去。我低头看着你的眼睛，问："小姑，好不好？"

你说："好，上了天啦。"

绳子断了。我落在秋千架下，你和白狗飞到刺槐丛中去，一根槐针扎进了你的右眼。白狗从树丛中钻出来，在秋千架下醉酒般地转着圈，秋千把它晃晕了……

"这些年……过得还不错吧？"我嗫嚅着。

我看到她耸起的双肩塌了下来，脸上紧张的肌肉也一下子松弛了。也许是因为生理补偿或是因为努力劳作而变得极大的左眼里，突然射出了冷冰冰的光线，刺得我浑身不自在。

"怎么会错呢？有饭吃，有衣穿，有男人，有孩子，除了缺一只眼，什么都不缺，这不就是'不错'吗？"她很泼地说着。

我一时语塞了，想了半天，竟说："我留在母校任教了，据说，就要提我为讲师了……我很想家，不但想家乡的人，还想家乡的小河，石桥，田野，田野里的红高粱，清新的空气，婉转的鸟啼……趁着放暑假，我就回来啦。"

"有什么好想的，这破地方。想这破桥？高粱地里像他妈 X 的蒸笼一样，快把人蒸熟了。"她说着，沿着漫坡走下桥，站着把那件泛着白碱花的男式蓝制服褂子脱下来，扔在身边石头上，弯下腰去洗脸洗脖子。她上身只穿一件肥大的圆领汗衫，衫上已烂出密麻麻的小洞。它曾经是白色的，现在是灰色的。汗衫扎进裤腰里，一根打着卷的白绷带束着她的裤子，她再也不看我，撩着水洗脸洗脖子洗胳膊。最后，她旁若无人地把汗衫下摆从裤腰里拽出来,撩起来,掬水洗胸膛。汗衫很快就湿了,紧贴在肥大下垂的乳房上。看着那两个物件,我很淡地想,这个那个的,也不过是这么回事。正像乡下孩子们唱的:没结婚是金奶子,结了婚是银奶子,生了孩子是狗奶子。我于是问:"几个孩子了?"

"三个。"她拢拢头发,扯着汗衫抖了抖,又重新塞进裤腰里去。

"不是说只准生一胎吗?"

"我也没生二胎。"见我不解,她又冷冷地解释,"一胎生了三个,吐噜吐噜,像下狗一样。"

我缺乏诚实地笑着。她拎起蓝上衣,在膝盖上抽打几下,穿到身上去,从下往上扣着纽扣。趴在草捆旁边的白狗也站起来,抖擞着毛,伸着懒腰。

我说:"你可真能干。"

"不能干有什么法子?该遭多少罪都是一定的,想躲也躲不开。"

"男孩女孩都有吧?"

"全是公的。"

"你可真是好福气,多子多福。"

"豆腐!"

"这还是那条狗吧?"

"活不了几天啦。"

"一晃就是十几年。"

"再一晃就该死啦。"

"可不,"我渐渐有些烦恼起来,对坐在草捆旁的白狗说,"这条老狗,还挺能活!"

"噢,兴你们活就不兴我们活?吃米的要活,吃糠的也要活;高级的要活,低级的也要活。"

"你怎么成了这样?"我说,"谁是高级?谁是低级?"

"你不就挺高级的吗?大学讲师!"

我面红耳热,讷讷无言,一时觉得难以忍受这窝囊气,搜寻着刻薄词儿想反讥,又一想,罢了。我提起旅行袋,干瘪地笑着,说:"我可能住到我八叔家,你有空就来耍吧。"

"我嫁到了王家丘子,你知道吗?"

"你不说我不知道。"

"知道不知道的,没有大景色了。"她平平地说:"要是不嫌你小姑人模狗样的,就抽空来耍吧,进村打听'个眼暖'家,没有不知道的。"

"小姑,真想不到成了这样……"

"这就是命,人的命,天管定,胡思乱想不中用。"她款款地从桥下上来,站在草捆前说,"行行好吧,帮我把草掀到肩上。"

我心里立刻热得不行,勇敢地说:"我帮你背回去吧!"

"不敢用!"说着,她在草捆前跪下,把背棍放在肩头,说:"起吧。"

我转到她背后,抓住捆绳,用力上提,借着这股劲儿,她站了起来。

她的身体又弯曲起来,为了背得舒适一点,她用力地颠了几下背上的草捆,高粱叶子沙沙啦啦地响着。从很低的地方传上来她瓮声瓮气的话:"来耍吧。"

白狗对我吠叫几声,跑到前边去了。我久久地立在桥头上,看着这一大捆高粱叶子在缓慢地往北移动,一直到白狗变成了白点,人和草捆变成了比白点大的黑点,我才转身往南走。

从桥头到王家丘子七里路。

从桥头到我们村十二里路。

从我们村到王家丘子十九里路,八叔让我骑车去。我说算了吧,十几里路走着去就行。八叔说:现在富了,自行车家家有,不是前几年啦,全村只有一辆半辆车子,要借也不容易,稀罕物儿谁愿借呢。我说我知道富了,看到了自行车满街筒子乱蹿,但我不想骑车,当了几年知识分子,当出几套痔疮,还是走路好。八叔说:念书可见也不是件太好的事,七病八灾不说,人还疯疯癫癫的。你说你去她家干么子,瞎的瞎,哑的哑,也不怕村里人笑话你。鱼找鱼,虾找虾,不要低了自己的身分啊!我说八叔我不和您争执,我扔了二十数三十的人啦,心里有数。八叔悻悻地忙自己的事去了,不来管我。

我很希望能在桥头上再碰到她和白狗,如果再有那么一大捆高粱叶子,我豁出命去也要帮她背回家;白狗和她,都会成为可能的向导,把我引导到她家里去。城里都到了人人关注时装、个个追赶时髦的时代了,故乡的人,却对我的牛仔裤投过鄙夷的目光,弄得我很狼狈。于是解释:处理货,三块六毛钱一条——其实我花了二十五块钱,既然便宜,村里的人们也就原谅了我。王家丘子的村民们是不知道我的裤子便宜的,碰不到她和狗,只好进村再问路,难免招人注意。如此想着,就更加希望碰到她,或者白狗。但毕竟落了空。一过石桥,看到太阳很红地从高粱棵里冒出来,河里躺着一根粗大的红光柱,鲜艳地染遍了河水。太阳红得有些古怪,周围似乎还环绕着一些黑气,大概是要落雨了吧。

我撑着折叠伞,在一阵倾斜的疏雨中进了村。一个仄楞着肩膀的老女人正在横穿街道,风翻动着长大的衣襟,风使她摇摇摆摆。我收起伞,提着,迎上去问路。"大娘,暖家在哪儿住?"她斜斜地站定,困惑地转动着昏暗的眼。风通过花白的头发,翻动的衣襟,柔软的树木,表现出自己来;雨点大如铜钱,疏可跑马,间或有一滴打到她的脸上。"暖家在哪住?"我又问。"哪个暖家?"她问,我只好说"个眼暖家。"老女人阴沉地瞥我一眼,抬起胳膊,指着街道旁边一排蓝瓦房。

站在甬道上我大声喊:"暖姑在家吗?"

最先应了我的喊叫的,是那条黑爪子老白狗。它不像那些围着你腾跃咆哮,仗人势在窝里横咬不死你,也要吓死你的恶狗,它安安稳稳地趴在檐下铺了干草的狗窝里,眯缝着狗眼,象征性地叫着,充分显示出良种白狗温良宽厚的品质来。

我又喊,暖在屋里很脆地答应了一声,出来迎接我的却是一个满腮黄胡子两只黄眼珠的剽悍男子。他用土黄色的眼珠子恶狠狠地打量着我,在我那条牛仔裤上停住目光,嘴巴歪歪地撇起,脸上显出疯狂的表情。他向前跨一步——我慌忙退一步——,翘起右手的小拇指头,在我眼前急遽地晃动着,口里发出一大串断断续续的音节。我虽然从八叔的口里,知道了暖姑的丈夫是个哑巴,但见了真人狂状,心里仍然立刻沉甸甸的。独眼嫁哑巴,弯刀对着瓢切菜,按说也并不委屈着哪一个,可我心里仍然立刻就沉甸甸的。

暖姑,那时我们想得美。蔡队长走了,把很大的希望留给我们。他走那天,你直视着他,流出的泪水都是给他的。蔡队长脸色灰白,从衣袋里摸出一把牛角小梳子递给你。我也哭了,我说:"蔡队长,我们等你来招我们。"蔡队长说:"等着吧。"等到高粱通红了的深秋,听说县城里有招兵的解放军,咱俩兴奋得觉都睡不稳了。学校里有老师进县城办事,我们托他去人武部打听一下,看看蔡队长来没来。老师去了。老师回来了。老师对我们说:今年来招兵的解放军一律黄褂蓝裤,空军地勤兵,不是蔡队长那部分。我失望了,你充满信心地对我说:"蔡队长不会骗我们!"我说:"人家早就把这码事忘了。"你爹也说:"给你们个棒槌,你们就当了针。他是把你们当小孩哄怂着玩哩,好人不当兵,好铁不打钉,混混毕了业,回家来拉弯弯铁,别净想俏事儿。"你说:"他可没把我当小孩子。他决不把我当小孩子。"说着,你的脸上浮起浓艳的红色。你爹说:"能得你。"我惊诧地看着你变色的脸,看着你脸上那种隐隐约约的特异表情,语无伦次地说:"也许,他今年不来后年来,后年不来大后年来。"蔡队长可真是个仪表堂堂的美男子啊! 他四肢修长,面部线条冷峭,胡茬子总刮得青白。后来,你坦率地对我说,他在临走前一个晚上,抱着你的头,轻轻地亲了一下。你说他亲完后呻吟着说:小妹妹,你真纯洁……为此我心中有过无名的恼怒。你说:"当了兵,我就嫁给他。"我说:"别做美梦了! 倒贴上二百斤猪肉,蔡队长也不会要你。""他不要我,我再嫁给你。""我不要!"我大声叫着。你白我一眼,说:"烧得你不轻!"现在回想起来,你那时就很有点样子了,你那花蕾般的胸脯,经常让我心跳。

哑巴显然瞧不起我,他用翘起的小拇指表示着对我的轻蔑和憎恶。我堆起满脸笑,想争取他的友谊,他却把双手的指头交叉在一起,弄出很怪的形状,举到我的面前。我从少年时代的恶作剧中积累起来的知识里,找到了这种手势的低级下流的答案,心里顿时产生了手捧癞蛤蟆的感觉。我甚至都想抽身逃走了,却见三个同样相貌、同样装束的光头小男孩从屋里滚出来,站在门口,用同样的土黄色小眼珠瞅着我,头一律往右倾,像三只羽毛未丰、性情暴躁的小公鸡。孩子的脸显得很老相,额上都有抬头纹,下腭骨阔大结实,全都微微地颤抖着。我急忙掏出糖来,对他们说:"请吃糖。"哑巴立即对他们挥挥手,嘴里蹦出几个简单的音节。男孩们眼巴巴地瞅着我手中花花绿绿的糖块,不敢动一动。我想走过去,哑巴挡在我面前,蛮横地挥舞着胳膊,口里发着令人发怵的怪叫。

暖把双手交叠在腹部,步履略有些踉跄地走出屋来。我很快明白了她迟迟不出屋的原因,干净的阴丹士林蓝布褂子,褶儿很挺的灰的确良裤子,显然都是刚换的。士林蓝布和用士林蓝布缝成的李铁梅式褂子久不见了,乍一见心中便有一种怀旧的情绪快快而生。穿这种褂子的胸部丰硕的少妇别有风韵。暖是脖子挺拔的女人,脸型也很清雅。她右眼眶里装进了假眼,面部恢复了平衡。我的心为她良苦的心感到忧伤,我用低调观察着人生,心弦纤细如丝,明察秋毫,并自然地战栗。不能细看那眼睛,它没有生命,它浑浊地闪着磷光。她发现了我在注视她,便低了头,绕过哑巴走到我面前,摘下我肩上的挎包,说:"进屋去吧。"

哑巴猛地把她搡开,怒气冲冲的样子,眼睛里像要出电。他指指我的裤子,又翘起小拇指,晃动着,嘴里嗷嗷叫着,五官都在动作,忽而挤成一撮,忽而大开大裂,脸上表情生动可怖。最后,他把一口唾沫啐在地上,用骨节很大的脚踩了踩。哑巴对我的憎恶看来是与牛仔裤有直接关系的,我后悔穿这条裤子回故乡,我决心回村就找八叔一条肥腰裤子换上。

"小姑,你看,大哥不认识我。"我尴尬地说。

她推了哑巴一把,指指我,翘翘大拇指,又指指我们村庄的方向,指指我的手,指指我口袋里的钢笔和我胸前的校徽,比划出写字的动作,又比划出一本方方正正的书,又伸出大拇指,指指天空。她脸上的表情丰富多彩。哑巴稍一愣,马上消失了全身的锋芒,目光温顺得像个大孩子。他犬吠般地笑着,张着大嘴,露出一口黄色的板牙。他用手掌拍拍我的心窝,然后,跺脚,吼叫,脸憋得通红。我完全理解了他的意思,感动得不行。我为自己赢得了哑兄弟的信任感到浑身的轻松。那三个男孩子躲躲闪闪地凑上来,目不转睛地看着我手中的糖。

我说:"来呀!"

男孩们抬起眼看看他们的父亲。哑巴嘿嘿一笑,孩子们就敏捷地蹿上来,把我手中的糖抢走了。为争夺掉在地上的一块糖,三颗光脑袋挤在一起攒动着。哑巴看着他们笑。暖发出一声轻轻的叹息,她说:

"你什么都看到了,笑话死俺吧。"

"小姑……我怎么敢……他们都很可爱……"

哑巴敏感地看着我,笑笑,转过身去,用大脚板几下子就把厮缠在一起的三个男孩踢开。男孩们咻咻地喘着气,汹汹地对视着。我摸出所有的糖,均匀地分成三份,递给他们,哑巴嗷嗷地叫着,对着男孩打手势。男孩都把手藏到背后去,一步步往后退。哑巴更响地嗷了一阵,男孩便抽搐着脸,每人拿出一块糖,放在父亲关节粗大的手里,然后呼号一声,消逝得无影无踪。哑巴把三块糖托着,笨拙地看了一会,就转眼对着我。嘴里啊啊手比划。我不懂,求援地看着暖。暖说:"他说他早就知道你的大名,你从北京带来的高级糖,他要吃块尝尝。"我做了一个往嘴里扔食物的姿势。他笑了,仔细地剥开糖纸,把糖扔进口里去,嚼着,歪着头,仿佛在聆听什么。他又一次伸出大拇指,我这次完全明白他是在夸奖糖的高级了。很快地他又吃了第二块糖。我对暖说,下次回来,一定带些真正的高级糖给大哥吃。暖说:"你还能再来吗?"我说一定来。

哑巴吃完第二块糖,略一想,把手中那块糖递到暖的面前。暖闭眼,"嗷——"哑巴吼了一声。我心里抖着,见他又把手往暖脸前伸,暖闭眼,摇了摇头。"嗷——嗷——"哑巴愤怒地吼叫着,左手揪住暖的头发,往后扯着,使她的脸仰起来,右手把那块糖送到自己嘴边,用牙齿撕掉糖纸,两个手指捏着那块沾着他黏黏的口涎的糖,硬塞进她的嘴里去。她的嘴不算小,但被他那两根小黄瓜一样的手指比得很小。他乌黑的粗手指使她的双唇显得玲珑妖嫩。在他的大手下,那张脸变得单薄脆弱。

她含着那块糖,不吐也不嚼,脸上表情平淡如死水。哑巴为了自己的胜利,对着我得意地笑。

她含混地说:"进屋吧,我们多傻,就这么在风里站着。"我目光巡睃着院子,她说:"你看什么?那是头大草驴,又踢又咬,生人不敢近身,在他手里老老实实的。春上他又去买那头牛,才下了犊一个月。"

她家院子里有个大敞棚,敞棚里养着驴和牛。牛极瘦,腿下有一头肥滚滚的牛犊在吃奶,它蹬着后腿、摇着尾巴,不时用头撞击母牛的乳房,母牛痛苦地弓起背,眼睛里闪着幽幽的蓝光。

哑巴是海量,一瓶浓烈的"诸城白干",他喝了十分之九,我喝了十分之一。他面不改色,我头晕乎乎。他又开了一瓶酒,为我斟满杯,双手举杯过头敬我。我生怕伤了这个朋友的心。便抱着电灯泡捣蒜的决心,接过酒来干了。怕他再敬,便装出不能支持的样子,歪在被子上。他兴奋得脸通红,对着暖比划,暖和他对着比划一阵,轻声对我说:

"你别和他比,你十个也醉不过他一个。你千万不要喝醉。"她用力盯了我一眼。我翘起大拇指,指指他,翘起小拇指,指指自己。于是撤去酒,端上饺子来。我说:"小姑,一起吃吧。"暖征得哑巴同意,三个男孩便爬上炕,挤在一簇,狼吞虎咽。暖站在炕下,端饭倒水伺候我们,让她吃,她说肚子难受,不想吃。

饭后,风停云散,狠毒的日头灼灼地在正南挂着。暖从柜子里拿出一块黄布,指指三个孩子,对哑巴比划着东北方向。哑巴点点头。暖对我说:"你歇一会儿吧,我到乡镇去给孩子们裁几件衣服。不要等我,过了晌你就走。"她狠狠地看我一眼,挟起包袱,一溜风走出院子,白狗伸着舌头跟在她身后。

哑巴与我对面坐着,只要一碰上我的目光,他就咧开嘴笑。三个小男孩闹了一阵,侧歪在炕上睡了,他们几乎是同时入睡。太阳一出来,立刻便感到热,蝉在外面树上聒噪着。哑巴脱掉褂子,裸出上身发达的肌肉,闻着他身上挥发出来的野兽般的气息,我害怕,我无聊。哑巴紧密地眨巴着眼,双手搓着胸膛,搓下一条条鼠屎般的灰泥。他还不时地伸出蜥蜴般灵活的舌头舔着厚厚的嘴唇。我感到恶心,燥热,心里想起桥下粼粼的绿水。阳光透过窗户,晒着我穿牛仔裤的腿。我抬胳膊看表。"噢噢噢!"哑巴喊着,跳下炕,从抽屉里摸出一块电子手表给我看。我看着他脸上祈望的神情,便不诚实地用小拇指点点我腕上的表,用大拇指点点他的电子表。他果然非常地高兴起来,把电子手表套在右手腕子上,我指指他的左手腕子,他迷惘地摇摇头。我笑了一下。

"好热的天。今年庄稼长得挺好。秋天收晚田。你养那头驴很有气度。三中全会后,农民生活大大提高了。大哥富起来了,该去买台电视机。'诸城白干'到底是老牌子,劲冲。"

"噢噢,噢噢。"他脸上充满幸福感,用并拢的手摸摸头皮,比比脖子。我惊愕地想,他要砍掉谁的脑袋吗?他见我不解,很着急,手哆嗦着,"噢噢噢,噢噢噢!"他用手指着自己的右眼,又摸头皮,手顺着头皮往下滑,到脖颈处,停住。我明白了。他要说暖什么事给我知道。我点点头。他摸摸自己两个黑乎乎的乳头,指指孩子,又摸摸肚子。我似懂非懂,摇摇头。他焦急地蹲起来,调动起几乎全部的形体向我传达信息,我用力地点着头,我想应该学学哑语。最后,我满脸挂汗向他告辞,这没有什么难理解的,他脸上显出孩子般的真情来,拍拍我的心,又拍拍自己的心。我干脆大声说:"大哥,我们是好兄弟!"他三巴掌打起三个男孩来,让他们带着眵目糊给我送行。在门口,我从挎包里摸出那把自动折叠伞送他,并教他使用方法。他如获至宝,举着伞,弹开,收拢,收拢,弹开,翻来覆去地弄。三个男孩仰脸看着忽开忽合的伞,腭骨又索索地抖起来。我戳了他一下,指指南去的路。"噢噢。"他叫着,摆摆手,飞步跑回家去。他拿出一把拃多长的刀子,拨开牛角刀鞘,举到我的面前。刀刃上寒光闪闪,看得出来是件利物。他踮起脚,拽下门口杨树上一根拇指粗细的树枝来,用刀去削,树枝一节节落在地上。

他把刀子塞到我的挎包里。

走着路,我想,他虽然哑,但仍不失为一条有性格的男子汉,暖姑嫁给他,想必也不会有太多的苦头吃,不能说话,日久天长习惯之后,凭借手势和眼神,也可以拆除生理缺陷造成的交流障碍。我种种软弱的想法,也许是犯着杞人忧天倾的毛病了。走到桥头间,已不去想她的事,只想跳进河里洗个澡。路上清静无人。上午下那点雨,早就蒸发掉了,地上是一层灰黄的尘土。路两边窸窣着油亮的高粱叶子,蝗虫在蓬草间飞动,闪烁着粉红的内翅,翅膀剪动空气,发出"喀达喀达"的响声。桥下水声泼剌,白狗蹲在桥头。

白狗见到我便鸣叫起来,龇着一嘴雪白的狗牙。我预感到事情的微妙。白狗站起来,向高粱地里走,一边走,一边频频回头鸣叫,好像是召唤着我。脑子里浮现出侦探小说里的一些情节,横着心跟狗走,并把手伸进挎包里,紧紧地握着哑巴送我的利刃。分开茂密的高粱钻进去,看到她坐在那儿,小包袱放在身边。她压倒了一边高粱,辟出了一块空间,四周的高粱壁立着,如同屏风。看我进来,她从包袱里抽出黄布,展开在压倒的高粱上。一大片斑驳的暗影在她脸上晃动着。白狗趴到一边去,把头伏在平伸的前爪上,"哈达哈达"地喘气。

我浑身发紧发冷,牙齿打战,下腭僵硬,嘴巴笨拙:"你……不是去乡镇了吗?怎么跑到这里来……"

"我信了命。"一道明亮的眼泪在她的腮上汩汩地流着,她说,"我对白狗说,'狗呀,狗,你要是懂我的心,就去桥头上给我领来他,他要是能来就是我们的缘分未断',它把你给我领来啦。"

"你快回家去吧。"我从挎包里摸出刀,说:"他把刀都给了我。"

"你一走就是十年,寻思着这辈子见不着你了。你还没结婚?还没结婚。……你也看到他啦,就那样,要亲能把你亲死,要揍能把你揍死……我随便和哪个男人说句话,就招他怀疑,也恨不得用绳拴起我来。闷得我整天和白狗说话,狗呀,自从我瞎了眼,你就跟着我,你比我老得还要快。嫁给他第二年上,怀了孕,肚子像吹气球一样胀起来,临分娩时,路都走不动了,站着望不到自己的脚尖。一胎生了三个儿子,四斤多重一个,瘦得像一堆猫。要哭一齐哭,要吃一齐吃,只有两个奶子,轮着班吃,吃不到的就哭。那二年,我差点瘫了。孩子落了草,就一直悬着心,老天,别让他们像他爹,让他们一个个开口说话……他们七八个月时,我心就凉了。那情景不对呀,一个个又呆又聋,哭起来像擀饼柱子不会拐弯。我祷告着,天啊,天!别让俺一窝都哑了呀,哪怕有一个响巴,和我作伴说说话……到底还是全哑巴了……"

我深深地垂下头,嗫嚅着:"姑……小姑……都怨我,那年,要不是我拉你去打秋千……"

"没有你的事,想来想去还是怨我自己。那年,我对你说,蔡队长亲过我的头……要是我胆儿大,硬去队伍上找他,他就会收留我,他是真心实意地喜欢我。后来就在秋千架上出了事。你上学后给我写信,我故意不回信。我想,我已经破了相,配不上你了,只叫一人寒,不叫二人单,想想我真傻。你说实话,要是我当时提出要嫁给你,你会要我吗?"

我看着她狂放的脸,感动地说:"一定会要的,一定会。"

"好你……你也该明白……怕你厌恶,我装上了假眼。我正在期上……我要个会说话的孩子……你答应了就是救了我了,你不答应就是害死了我了。有一千条理由,有一万个借口,你都不要对我说。"

……

1985 年 4 月

延伸阅读: 小说写人的残疾,以及这种残疾对人物生活造成的巨大破坏。由于作者叙述的冷漠,读者在阅读时产生的是一种在震惊中无法言说的感觉。这种感觉在《红高粱》《透明的红萝卜》《檀香刑》中都有。批评家李洁非对这种感觉有一个总结,叫做"恶心",当然不只是"恶心"所能全部概括的。他说:"当你每每看到这种颠倒的现象时,必受一种梦般的折磨;那是特殊的恶心感,就像在闷热的火车车厢里突然觉察到'圣洁的人体'所散发的难闻气味。"参见李洁非:《莫言小说里的"恶心"》,《当代作家评论》1988年第5期。

檀香刑(存目)

莫　言

延伸阅读:这是一部写中国古代残酷刑罚的精彩小说,它是作者对小说艺术的一次大胆挑战。与作者其他小说略有不同,作者对人物性格和行为细部的耐心刻画,到了入木三分的地步,确实令人惊叹。批评家洪治纲评价道:"莫言的长篇小说《檀香刑》既是一部汪洋恣肆、激情迸射的新历史小说典范之作,又是一部借刑场为舞台、以施刑为高潮的现代寓言体戏剧。它以极度民间化的传奇故事为底色,借助那种看似非常传统的文本结构,充分展示了作者内心深处非凡的艺术想象力和高超的叙事独创性,张扬了作者长期所崇尚的那种生命内在的强悍美、悲壮美。"参见洪治纲:《刑场背后的历史——论〈檀香刑〉》,《南方文坛》2001年第6期。

棋　王

阿　城

第一章

一

　　车站是乱得不能再乱，成千上万的人都在说话。谁也不去注意那条临时挂起来的大红布标语。这标语大约挂了不少次，字纸都折得有些坏。喇叭里放着一首又一首的语录歌儿，唱得大家心更慌。

　　我的几个朋友，都已被我送走插队，现在轮到我了，竟没有人来送。父母生前颇有些污点，运动一开始即被打翻死去。家具上都有机关的铝牌编号，于是统统收走，倒也名正言顺。我虽孤身一人，却算不得独子，不在留城政策之内。我野狼似的转悠一年多，终于还是决定要走。此去的地方按月有二十几元工资，我便很向往，争了要去，居然就批准了。因为所去之地与别国相邻，斗争之中除了阶级，尚有国际，出身孬一些，组织上不太放心。我争得这个信任和权利，欢喜是不用说的，更重要的是，每月二十几元，一个人如何用得完？只是没人来送，就有些不耐烦，于是先钻进车厢，想找个地方坐下，任凭站台上千万人话别。

　　车厢里靠站台一面的窗子已经挤满各校的知青，都探出身去说笑哭泣。另一面的窗子朝南，冬日的阳光斜射进来，冷清清地照在北边儿众多的屁股上。两边儿行李架上塞满了东西。我走动着找我的座位号，却发现还有一个精瘦的学生孤坐着，手拢在袖管儿里，隔窗望着车站南边儿的空车皮。

　　我的座位恰与他在一个格儿里，是斜对面儿，于是就坐下了，也把手拢在袖里。那个学生瞄了我一下，眼里突然放出光来，问："下棋吗？"倒吓了我一跳，急忙摆手说："不会！"他不相信地看着我说："这么细长的手指头，就是个捏棋子儿的，你肯定会。来一盘吧，我带来家伙呢。"说着就抬身从窗钩上取下书包，往里掏着。我说："我只会马走日，象走田。你没人送吗？"他已把棋盒拿出来，放在茶几上。塑料棋盘却搁不下，他想了想，就横摆了，说："不碍事，一样下。来来来，你先走。"我笑起来，说："你没人送吗？这么乱，下什么棋？"他一边码好最后一个棋子，一边说："我他妈要谁送？去的是有饭吃的地方，闹得这么哭哭啼啼的。来，你先走。"我奇怪了，可还是拈起炮，往当头上一移。我的棋还没移到，他的马却"啪"的一声跳好，比我还快。我就故意将炮移过当头的地方停下。他很快地看了一眼我的下巴，说："你还说不会？这炮二平六的开局，我在郑州遇见一个葛人，就是这么走，险些输给他。炮二平五当头炮，是老开局，可有气势，而且是最稳的。嗯？你走。"我倒不知怎么走了，手在棋盘上游移着。他不动声色地看着整个棋盘，又把手袖起来。

就在这时，车厢乱了起来。好多人拥进来，隔着玻璃往外招手。我就站起身，也隔着玻璃往北看月台上。站上的人都拥到车厢前，都在叫，乱成一片。车身忽地一动，人群"嗡"地一下，哭声四起。我的背被谁捅了一下，回头一看，他一手护着棋盘，说："没你这么下棋的，走哇！"我实在没心思下棋，而且心里有些酸，就硬硬地说："我不下了。这是什么时候！"他很惊愕地看着我，忽然像明白了，身子软下去，不再说话。

车开了一会儿，车厢开始平静下来。有水送过来，大家就掏出缸子要水。我旁边的人打了水，说："谁的棋？收了放缸子。"他很可怜的样子，问："下棋吗？"要放缸的人说："反正没意思，来一盘吧。"他就很高兴，连忙码好棋子。对手说："这横着算怎么回事儿？没法儿看。"他搓着手说："凑合了，平常看棋的时候，棋盘不等于是横着的？你先走。"对手很老练地拿起棋子儿，嘴里叫着："当头炮。"他跟着跳上马。对手马上把他的卒吃了，他也立刻用马吃了对方的炮。我看这种简单的开局没有大意思，又实在对象棋不感兴趣，就转了头。

这时一个同学走过来，像在找什么人，一眼望到我，就说："来来来，四缺一，就差你了。"我知道他们是在打牌，就摇摇头。同学走到我们这一格，正待伸手拉我，忽然大叫："棋呆子，你怎么在这儿？你妹妹刚才把你找苦了，我说没见啊。没想到你在我们学校这节车厢里，气儿都不吭一声。你瞧你瞧，又下上了。"

棋呆子红了脸，没好气地说："你管天管地，还管我下棋？走，该你走了。"就又催促我身边的对手。我这时听出点音儿来，就问同学："他就是王一生？"同学睁了眼，说："你不认识他？唉呀，你白活了。你不知道棋呆子？"我说："我知道棋呆子就是王一生，可不知道王一生就是他。"说着，就仔细看着这个精瘦的学生。王一生勉强笑一笑，只看着棋盘。

王一生简直大名鼎鼎。我们学校与旁边几个中学常常有学生之间的象棋厮杀，后来拚出几个高手。几个高手之间常摆擂台，渐渐地，几乎每次冠军就都是王一生了。我因为不喜欢象棋，也就不去关心什么象棋冠军，但王一生的大名，却常被班上几个棋篓子供在嘴上，我也就对其事迹略闻一二，知道王一生外号棋呆子，棋下得神不用说，而且在他们学校那一年级里数理成绩总是前数名。我想棋下得好而且有个数学脑子，这很合情理，可我又不信人们说的那些王一生的呆事，觉得不过是大家寻逸闻鄙事，以快言论罢了。后来运动起来，忽然一天大家传说棋呆子在串连时犯了事儿，被人押回学校了。我对棋呆子能出去串连表示怀疑，因为以前大家对他的描述说明他不可能解决串连时的吃喝问题。

可大家说呆子确实去串连了，因为老下棋，被人瞄中，就同他各处走，常常送他一点儿钱，他也不问，只是收下。后来才知道，每到一处，呆子必要挤地头看下棋。看上一盘，必要把输家拨开，与赢家杀一盘。初时大家见他其貌不扬，不与他下。他执意要杀，于是就杀。几步下来，对方出了小汗，嘴却不软。呆子也不说话，只是出手极快，像是连想都不想。待到对方终于闭了嘴，连一圈儿观棋的人也要慢慢思索棋路而不再支招儿的时候，与呆子同行的人就开始摸包儿。大家正看得紧张，哪里想到钱包已经易主？待三盘下来，众人都摸头。这时呆子倒成了棋主，连问可有谁还要杀？有那不服的，就坐下来杀，最后仍是无一盘得利。

后来常常是众人齐做一方，七嘴八舌与呆子对手。呆子也不忙，反倒促众人快走，因为师傅多了，常为一步棋如何走自家争吵起来。就这样，在一处呆子可以连杀上一天。后来有那观棋的人发觉钱包丢了，闹嚷起来。慢慢有几个有心计的人暗中观察，看见有人掏包，也不响，之后见那人晚上来邀呆子走，就发一声喊，将扒手与呆子一齐绑了，由造反队审。呆子糊糊涂涂，只说别人常给他钱，大约是可怜他，也不知钱如何来，自己只是喜欢下棋。审主看他好像，就命人押了回来，一时各校传为逸事。后来听说呆子认为外省马路棋手高手不多，不能长进，就托人找城里名手近战。有个同学就带他去见自己的父亲，据说是国内名手。名手见了呆子，也不多说，只摆一副据说是宋时留下的残局，要呆子走。呆子看了半晌，一五一十道来，替古人赢了。名手很惊讶，要收呆子为徒。不料呆子却问："这残局你可走通了？"名手没反应过来，就说："还未通。"呆子说："那我为什么要做你的徒弟？"

名手只好请呆子开路，事后对自己的儿子说："你这同学倨傲不逊，棋品连着人品，照这样下去，棋品必劣。"又举了一些最新指示，说若能好好学习，棋锋必健。后来呆子认识了一个捡烂纸的老头儿，被老头儿连杀三天而仅赢一盘。呆子就执意要替老头儿去撕大字报纸，不要老头儿劳动。不料有一天撕了某造反团刚贴的"檄文"，被人拿获，又被这造反团栽诬于对立派，说对方"施阴谋，弄诡计"，必讨之，而且是可忍，孰不可忍！对立派又阴使人偷出呆子，用了呆子的名义，对先前的造反团反戈一击。一时呆子的大名"王一生"贴得满街都是，许多外省来取经的革命战士许久才明白王一生原来是个棋呆子，就有人请了去外省会一些江湖名手。交手之后，各有胜负，不过呆子的棋据说是越下越精了。只可惜全国忙于革命，否则呆子不知会有什么造就。

这时我旁边的人也明白对手是王一生，连说下不了了。王一生便很沮丧。我说："你妹妹来送你，你也不知和家里人说说话儿，倒拉着我下棋！"王一生看着我说："你哪儿知道我们这些人是怎么回事儿？你们这些人好日子过惯了，世上不明白的事儿多着呢！你家父母大约是舍不得你走了？"我怔了怔，看着手说："哪儿来父母，都死球了。"我的同学就添油加醋地叙了我一番，我有些不耐烦，说："我家死人，你倒有了故事了。"王一生想了想，对我说："那你这两年靠什么活着？"我说："混一天算一天。"王一生就看定了我问："怎么混？"我不答。

呆了一会儿，王一生叹一声，说："混可不易。一天不吃饭，棋路都乱。不管怎么说，你父母在时，你家日子还好过。"我不服气，说："你父母在，当然要说风凉话。"我的同学见话不投机，就岔开说："呆子，这里没有你的对手，走，和我们打牌去吧。"呆子笑一笑，说："牌算什么，瞄睡着也能赢你们。"我旁边儿的人说："据说你下棋可以不吃饭？"我说："人一迷上什么，吃饭倒是不重要的事。大约能干出什么事儿的人，总免不了有这种傻事。"王一生想一想，又摇摇头，说："我可不是这样。"说完就去看窗外。

一路下去，慢慢我发觉我和王一生之间，既开始有互相的信任和基于经验的同情，又有各自的疑问。他总是问我与他认识之前是怎么生活的，尤其是父母死后的两年是怎么混的。我大略地告诉他，可他又特别在一些细节上详细地打听，主要是关于吃。例如讲到有一次我一天没有吃到东西，他就问："一点儿都没吃到吗？"我说："一点儿也没有。"他又问："那你后来吃到东西是在什么时候？"我说："后来碰到一个同学，他要用书包装很多东西，就把书包翻倒过来腾干净，里面有一个干馒头，掉在地上就碎了。我一边儿和他说话，一边儿就把这些碎馒头吃下去。不过，说老实话，干烧饼比干馒头解饱得多，而且顶时候儿。"他同意我关于干烧饼的见解，可马上又问："我是说，你吃到这个干馒头的时候是几点？过了当天夜里十二点吗？"我说："噢，不。是晚上十点吧。"他又问："那第二天你吃了什么？"我有点儿不耐烦。讲老实话，我不太愿意复述这些事情，尤其是细节。我觉得这些事情总在腐蚀我，它们与我以前对生活的认识太不合辙，总好像是在嘲笑我的理想。我说："当天晚上我睡在那个同学家。第二天早上，同学买了两个油饼，我吃了一个。上午我随他去跑一些事，中午他请我在街上吃。晚上嘛，我不好意思再在他那儿吃，可另一个同学来了，知道我没什么着落，硬拉了我去他家，当然吃得还可以。怎么样？还有什么不清楚？"他笑了，说："你才不是你刚才说的什么'一天没吃东西'。你十二点以前吃了一个馒头，没有超过二十四小时。更何况第二天你的伙食水平不低，平均下来，你两天的热量还是可以的。"我说："你恐怕还是有些呆！要知道，人吃饭，不但是肚子的需要，而且是一种精神需要。不知道下一顿在什么地方，人就特别想到吃，而且，饿得快。"他说："你家道尚好的时候，有这种精神压力吗？恐怕没有什么精神需求吧？有，也只不过是想好上再好，那是馋。馋是你们这些人的特点。"我承认他说得有些道理，禁不住问他："你总在说你们、你们，可你是什么人？"他迅速看着其他地方，只是不看我，说："我当然不同了。我主要是对吃要求得比较实在。唉，不说这些了，你真的不喜欢下棋？何以解忧？唯有象棋。"我瞧着他说："你有什么忧？"他仍然不看我，"没有什么忧，没有。'忧'这玩意儿，是他妈文人的佐料儿。我们这种人，没有什么忧，顶多有些不痛快。何以解不痛快？唯有象棋。"

我看他对吃很感兴趣，就注意他吃的时候。列车上给我们这几节知青车厢送饭时，他若心思不在下棋上，就稍稍有些不安。听见前面大家拿吃时铝盒的碰撞声，他常常闭上眼，嘴巴紧紧收着，倒好像有些恶心。拿到饭后，马上就开始吃，吃得很快，喉节一缩一缩的，脸上绷满了筋。常常突然停下来，很小心地将嘴边或下巴上的饭粒儿和汤水油花儿用整个儿食指抹进嘴里。若饭粒儿落在衣服上，就马上一按，拈进嘴里。若一个没按住，饭粒儿由衣服上掉下地，他立刻双脚不再移动，转了上身找。这时候他若碰上我的目光，就放慢速度。吃完以后，他把两只筷子吮净，拿水把饭盒冲满，先将上面一层油花吸净，然后就带着安全到达彼岸的神色小口小口的呷。有一次，他在下棋，左手轻轻地叩茶几。一粒干缩了的饭粒儿也轻轻地小声跳着。他一下注意到了，就迅速将那个饭粒儿放进嘴里，腮上立刻显出筋络。我知道这种干饭粒儿很容易嵌到槽牙里，巴在那儿，舌头是赶它不出的。果然，呆了一会儿，他就伸手到嘴里去抠。终于嚼完，和着一大股口水，"咕"地一声儿咽下去，喉节慢慢地移下来，眼睛里有了泪花。他对吃是虔诚的，而且很精细。有时你会可怜那些饭被他吃得一个渣儿都不剩，真有点儿惨无人道。我在火车上一直看他下棋，发现他同样是精细的，但就有气度得多。他常常在我们还根本看不出已是败局时就开始重码棋子，说："再来一盘吧。"有的人不服输，非要下完，总觉得被他那样暗示死刑存些侥幸。他也奉陪，用四五步棋逼死对方，说："非要听'将'，有瘾？"

我每看到他吃饭，就回想起杰克·伦敦的《热爱生命》，终于在一次饭后他小口呷汤时讲了这个故事。我因为有过饥饿的经验，所以特别渲染了故事中的饥饿感觉。他不再喝汤，只是把饭盒端在嘴边儿，一动不动地听我讲。我讲完了，他呆了许久，凝视着饭盒里的水，轻轻吸了一口，才很严肃地看着我说："这个人是对的。他当然要把饼干藏在褥子底下。照你讲，他是对失去食物发生精神上的恐惧，是精神病？不，他有道理，太有道理了。写书的人怎么可以这么理解这个人呢？杰……杰什么？嗯，杰克·伦敦，这个小子他妈真是饱汉子不知饿汉饥。"我马上指出杰克·伦敦是一个如何如何的人。他说："是呀,不管怎么样,像你说的,杰克·伦敦后来出了名,肯定不愁吃的,他当然会叼着根烟,写些嘲笑饥饿的故事。"我说："杰克·伦敦丝毫也没有嘲笑饥饿,他是……"他不耐烦地打断我说："怎么不是嘲笑?把一个特别清楚饥饿是怎么回事儿的人写成发了神经,我不喜欢。"我只好苦笑,不再说什么。可是一没人和他下棋了,他就又问我:"嗯?再讲个吃的故事?其实杰克·伦敦那个故事挺好。"我有些不高兴地说:"那根本不是个吃的故事,那是一个讲生命的故事。你不愧为棋呆子。"大约是我脸上有种表情,他于是不知怎么办才好。我心里有一种东西升上来,我还是喜欢他的,就说:"好吧,巴尔扎克的《邦斯舅舅》听过吗?"他摇摇头。我就又好好儿描述一下邦斯舅舅这个老饕。不料他听完,马上就说:"这个故事不好,这是一个馋的故事,不是吃的故事。邦斯这个老头儿若只是吃而不馋,不会死。我不喜欢这个故事。"他马上意识到这最后一句话,就急忙说:"倒也不是不喜欢。不过洋人总和咱们不一样,隔着一层。我给你讲个故事吧。"我马上感了兴趣:棋呆子居然也有故事!他把身体靠得舒服一些,说:"从前哪,"笑了笑,又说:"老是他妈从前,可这个故事是我们院儿的五奶奶讲的。嗯——老辈子的时候,有这么一家子,吃喝不愁。粮食一囤一囤的,顿顿想吃多少吃多少,嘿,可美气了。后来呢,娶了个儿媳妇。那真能干,就没说把饭做糊过,不干不稀,特解饱。可这媳妇,每做一顿饭,必抓出一把米来藏好……"听到这儿,我忍不住插嘴:"老掉牙的故事了,还不是后来遇了荒年,大家没饭吃,媳妇把每日攒下的米拿出来,不但自家有了,还分给穷人?"他很惊奇地坐直了,看着我说:"你知道这个故事?可那米没有分给别人,五奶奶没有说分给别人。"我笑了,说:"这是教育小孩儿要节约的故事,你还拿来有滋有味儿地讲,你真是呆子。这不是一个吃的故事。"他摇摇头,说:"这太是吃的故事了。首先得有饭,才能吃,这家子有一囤一囤的粮食。可光穷吃不行,得记着断顿儿的时候,每顿都要欠一点儿。老话儿说'半饥半饱日子长'嘛。"我想笑但没笑出来,似乎明白了一些什么。为了打消这种异样的感触,就说:"呆子,我跟你下棋吧。"他一下高兴起来,紧一紧手脸,啪啪啪就把棋码好,说:"对,说什么吃的故事,还是下棋。下棋最好,何以解不痛快?唯有下象棋。啊?哈哈哈!你先走。"我又是当头炮,他随后把马跳好。我随便动了一个子儿,他很快地把兵移前一格儿。我并不真心下棋,心想他念到中学,大约是读过不少书的,就问:"你读过曹操的《短歌行》?"他说:"什么《短歌行》?"我说:"那你怎么知道'何以解忧,唯有杜康'?"他愣了,问:"杜康是什么?"我说:"杜康是一个造酒的人,后来也就代表酒,你把杜康换成象棋,倒也风趣。"他摆了一下头,说:"啊,不是。这句话是一个老头儿说的,我每回和他下棋,他总说这句。"我想起了传闻中的捡烂纸老头儿,就问:"是捡烂纸的老头儿吗?"他看了我一眼,说:"不是。不过,捡烂纸的老头儿棋下得好,我在他那儿学到不少东西。"我很感兴趣地问:"这老头儿是个什么人?怎么下得一手好棋还捡烂纸?"他很轻地笑了一下,说:"下棋不当饭。老头儿要吃饭,还得捡烂纸。可不知他以前是什么人。有一回,我抄的几张棋谱不知怎么找不到了,以为当垃圾倒出去了,就到垃圾站去翻。正翻着,这老头儿推着筐过来了,指着我说:'你个大小伙子,怎么抢我的买卖?'我说不是,是找丢了的东西,他问什么东西,我没搭理他。可他问个不停,'钱,存折儿?结婚帖子?'我只好说是棋谱,正说着,就找到了。他说叫他看看。他在路灯底下挺快就看完了,说'这棋没根哪'。我说这是以前市里的象棋比赛。可他说,'哪儿的比赛也没用,你瞧这,这叫棋路?狗脑子。'我心想怕是遇上异人了，就问他当怎么走。老头儿哗哗说了一通棋谱儿，我一听，真的不凡，就提出要跟他下一盘。老头让我先说。我们俩就在垃圾站下盲棋，我是连输五盘。老头儿棋路猛听头几步，没什么，可着子真阴真狠，打闪一般，网得开，收得又紧又快。后来我们见天儿在垃圾站下盲棋，每天回去我就琢磨他的棋路，以后居然跟他平过一盘，还赢过一盘。其实赢的那盘我们一共才走了十几步。老头儿用铅丝扒子敲了半天地面，叹一声，'你赢了。'我高兴了，直说要到他那儿去看看。老头儿白了我一眼，说，'撑的?!'告诉我明天晚上再在这儿等他。第二天我去了，见他推着筐远远来了。到了跟前，从筐里取出一个小布包，递到我手上，说这也是谱儿，让我拿回去，看瞧得懂不。又说哪天有走不动的棋，让我到这儿来说给他听听，兴许他就走动了。我赶紧回到家里，打开一看，还真他妈不懂。这是本异书，也不知是哪朝哪代的，手抄，边边角角儿，补了又补。上面写的东西，不像是说象棋，好像是说另外的什么事儿。我第二天又去找老头儿，说我看不懂，他哈哈一笑，说他先给我说一段儿，提个醒儿。他一开说，把我吓了一跳。原来开宗明义，是讲男女的事儿，我说这是四旧。老头儿叹了，说什么是旧？我这每天捡烂纸是不是在捡旧？可我回去把它们分门别类，卖了钱，养活自己，不是新？又说咱们中国道家讲阴阳，这开篇是借男女讲阴阳之气。阴阳之气相游相交，初不可太盛，太盛则折，折就是'折断'的'折'。我点点头。'太盛则折，太弱则泻'。老头儿说我的毛病是太盛。又说，若对手盛，则以柔化之。可要在化的同时，造成克势。柔不是弱，是容，是收，是含。含而化之，让对手入你的势。这势要你造，需无为而无不为。无为即是道，也就是棋运之大不可变，你想变，就不是象棋，输不用说了，连棋边儿都沾不上。棋运不可悖，但每局的势要自己造。棋运和势既有，那可就无所不为了。玄是真玄，可细琢磨，是那么个理儿。我说，这么讲是真提气，可这下棋，千变万化，怎么才能准赢呢？老头儿说这就是造势的学问了。造势妙在契机。谁也不走子儿，这棋没法儿下。可只要对方一动，势就可入，就可导。高手你入他很难，这就要损。损他一个子儿，损自己一个子儿，先导开，或找眼钉下，止住他的入势，铺排下自己的入势。这时你万不可死损，势式要相机而变。势势有相因之气，势套势，小势开导，大势含而化之，根连根，别人就奈何不得。老头儿说我只有套，势不太明。套可以算出百步之远，但无势，不成气候。又说我脑子好，有琢磨劲儿，后来输我的那一盘，就是大势已破，再下，就是玩了。老头儿说他日子不多了，无儿无女，遇见我，就传给我吧。我说你老人家棋道这么好，怎么干这种营生呢？老头儿叹了一口气，说这棋是祖上传下来的，但有训——'为棋不为生'，为棋是养性，生会坏性，所以生不可太盛。又说他从小没学过什么谋生本事，现在想来，倒是训坏了他。"我似乎听明白了一些棋道，可很奇怪，就问："棋道与生道难道有什么不同么？"王一生说："我也是这么说，而且魔症起来，问他天下大势。老头儿说，棋就是这么几个子儿，棋盘就是这么大，无非是道同势不同，可这子儿你全能看在眼底。天下的事，不知道的太多。这每天的大字报，张张都新鲜，虽看出点道儿，可不能究底。子儿不全摆上，这棋就没法儿下。"

我就又问那本棋谱。王一生很沮丧地说："我每天带在身上，反覆地看。后来你知道，我撕大字报被造反团捉住，书就被他们搜了去，说是四旧，给毁了，而且是当着我的面儿毁的。好在书已在我脑子里，不怕他们。"我就又和王一生感叹了许久。

火车终于到了，所有的知识青年都又被用卡车运到农场。在总场，各分场的人上来领我们。我找到王一生，说："呆子，要分手了，别忘了交情，有事儿没事儿，互相走动。"他说当然。

第二章

　　这个农场在大山林里,活计就是砍树、烧山、挖坑,再栽树。不栽树的时候,就种点儿粮食。交通不便,运输不够,常常就买不到煤油点灯。晚上黑灯瞎火,大家凑在一起臭聊,天南地北。又因为常割资本主义尾巴,生活就清苦得很,常常一个月每人只有五钱油,吃饭钟一敲,大家就疾跑如飞。大锅菜是先煮后搁油,油又少,只在汤上浮几个大花儿。落在后边,常常就只能吃清水南瓜或清水茄子。米倒是不缺,国家供应商品粮,每人每月四十二斤。可没油水,挖山又不是轻活,肚子就越吃越大。我倒是没有什么,毕竟强似讨吃。每月又有二十几元工薪,家里没有人惦记着,又没有找女朋友,就买了烟学抽,不料越抽越凶。

　　山上活儿紧时,常常累翻,就想:呆子不知怎么干?那么精瘦的一个人。晚上大家闲聊,多是精神会餐。我又想,呆子的吃相可能更恶了。我父亲在时,炒得一手好菜,母亲都比不上他,星期天常邀了同事,专事品尝,我自然精于此道。因此聊起来,常常是主角,说得大家个个儿腮胀,常常发一声喊,将我按倒在地上,说像我这样儿的人实在是祸害,不如宰了炒吃。下雨时节,大家都慌忙上山去挖笋,又到沟里捉田鸡,无奈没有油,常常吃得胃酸。山上总要放火,野兽们都惊走了,极难打到。即使打到,野物们走惯了,没膘,熬不得油。尺把长的老鼠也捉来吃,因鼠是吃粮的,大家说鼠肉就是人肉,也算吃人吧。我又常想,呆子难道不馋?好上加好,固然是馋,其实饿时更馋。不馋,吃的本能不能发挥,也不得寄托。又想,呆子不知还下棋不下棋。我们分场与他们分场隔着近百里,来去一趟不容易,也就见不着。

　　转眼到了夏季。有一天,我正在山上干活儿,远远望见山下小路上有一个人。大家觉得影儿生,就议论是什么人。有人说是小毛的男的吧。小毛是队里一个女知青,新近在外场找了一个朋友,可谁也没见过。大家就议论可能是这个人来找小毛,于是满山喊小毛,说她的汉子来了。小毛丢了锄,跌跌撞撞跑过来,伸了脱子看。还没等小毛看好,我却认出来人是王一生——棋呆子。于是大叫,别人倒吓了一跳,都问:"找你的?"我很得意。我们这个队有四个省市的知青,与我同来的不多,自然他们不认识王一生。我这时正代理一个管三四个人的小组长,于是对大家说:"散了,不干了。大家也别回去,帮我看看山上可有什么吃的弄点儿。到钟点儿再下山,拿到我那儿去烧。你们打了饭,都过来一起吃。"大家于是就钻进乱草里去寻了。

　　我跳着跑下山,王一生已经站住,一脸高兴的样子,远远地问:"你怎么知道是我?"我到了他跟前说:"远远就看你呆头呆脑,还真是你。你怎么老也不来看我?"他跟我并排走着,说:"你也老不来看我呀!"我见他背上的汗浸出衣衫,头发已是一绺一绺的,一脸的灰土,只有眼睛和牙齿放光,嘴上也是一层土,干得起皱,就说:"你怎么摸来的?"他说:"搭一段儿车,走一段儿路,出来半个月了。"我吓了一跳,问:"不到百里,怎么走这么多天?"他说:"回去细说。"

　　说话间已经到了沟底队里。场上几只猪跑来跑去,个个儿瘦得赛狗。还不到下班时间,冷冷清清的,只有队上伙房隐隐传来叮叮当当的声音。

　　到了我的宿舍,就直进去。这里并不锁门,都没有多余的东西可拿,不必防谁。我放了盆,叫他等着,就提桶打热水来给他洗。到了伙房,与炊事员讲,我这个月的五钱油全数领出来，以后就领生菜，不再打熟菜。炊事员问："来客了？"我说："可不！"炊事员就打开锁了的柜子，舀一小匙油找了个碗盛给我，又拿了三只长茄子，说："明天还来打菜吧，从后天算起，方便。"我从锅里舀了热水，捉回宿舍。

王一生把衣裳脱了，只剩一条裤衩，呼噜呼噜地洗。洗完后，将脏衣服按在水里泡着，然后一件一件搓，洗好涮好，拧干晾在门口绳上。我说："你还挺麻利的。"他说："从小自己干，惯了。几件衣服，也不费事。"说着就在床上坐下，弯了手臂，去挠背后，肋骨一根根动着。我拿出烟来请他抽。他很老练地敲出一支，舔了一头儿，倒过来叼着。我先给他点了，自己也点上。他支起肩深吸进去，慢慢地吐出来，浑身荡一下，笑了，说："真不错。"我说："怎么样？也抽上了？日子过得不错呀？"他看看草顶，又看看在门口转来转去的猪，低下头，轻轻拍着净是绿筋的瘦腿，半晌才说："不错，真不错。还说什么呢？粮？钱？还要什么呢？不错，真不错。你怎么样？"他透过烟雾问我。我也感叹了，说："钱是不少，粮也多，没错儿，可没油哇。大锅菜吃得胃酸。主要是没什么玩儿的，没书，没电影儿。去哪儿也不容易，老在这个沟儿里转，闷得无聊。"他看看我，摇一下头，说："你们这些人哪！没法儿说，想的净是锦上添花。我挺知足，还要什么呢？你呀，你就叫书害了。你在车上给我讲的两个故事，我琢磨了，后来挺喜欢的。你不错，读了不少书。可是，归到底，解决什么呢？是呀，一个人拼命想活着，最后都神经了，后来好了，活下来了，可接着怎么生活呢？像邦斯那样？有吃，有喝，好收藏个什么，可有个馋的毛病，人家不请吃就活得不痛快。人要知足，顿顿饱就是福。"他不说了，看着自己的脚趾动来动去，又用后脚跟去擦另一只脚的背，吐出一口烟，用手在腿上掸了掸。

我很后悔用油来表示我对生活的不满意，还用书和电影儿这种可有可无的东西表示我对生活的不满足，因为这些在他看来，实在是超出基准线上的东西，他不会为这些烦闷。我突然觉得很泄气，有些同意他的说法。是呀，还要什么呢？我不是也感到挺好了吗？不用吃了上顿惦记着下顿，床不管怎么烂，也还是自己的，不用窜来窜去找刷夜的地方。可是我常常烦闷的是什么呢？为什么就那么想看看随便什么一本书呢？电影儿这种东西，灯一亮就全醒过来了，图个什么呢？可我隐隐有一种欲望在心里，说不清楚，但我大致觉出是关于活着的什么东西。

我问他："你还下棋吗？"他就像走棋那么快地说："当然，还用说？"我说："是呀，你觉得一切都好，干吗还要下棋呢？下棋不多余吗？"他把烟卷儿停在半空，摸了一下脸说："我迷象棋，一下棋，就什么都忘了。呆在棋里舒服。就是没有棋盘，棋子儿，我在心里就能下，碍谁的事儿啦？"我说："假如有一天不让你下棋，也不许你想走棋的事儿，你觉得怎么样？"他挺奇怪地看着我说："不可能，那怎么可能？我能在心里下呀！还能把我脑子挖了？你挣说些不可能的事儿。"我叹了一口气，说："下棋这事儿看来是不错。看了一本儿书，你不能老在脑子里过篇儿，老想看看新的。下棋可不一样了，自己能变着花样儿玩。"他笑着对我说："怎么样，学棋吧？咱们现在吃喝不愁了，顶多是照你说的，不够好，又活不出个大意思来。书你哪儿找去？下棋吧，有忧下棋解。"

我想了想，说："我实在对棋不感兴趣。我们队倒有个人，据说下得不错。"他把烟屁股使劲儿扔出门外，眼睛又放出光来："真的？有下棋的？嘿，我真还来对了。他在哪儿？"我说："还没下班呢。看你急的，你不是来看我的吗？"他双手抱着脖子仰在我的被子上，看着自己松松的肚皮，说："我这半年，就找不到下棋的。后来想，天下异人多得很，这野林子里我就不信找不到个下棋下得好的。现在我请了事假，一路找人下棋，就找到你这儿来了。"我说:"你不挣钱了?怎么活着呢?"他说:"你不知道,我妹妹在城里分了工矿,挣钱了,我也就不用给家寄那么多钱了。我就想,趁这功夫儿,会会棋手。怎么样?你一会儿把你说的那人找来下一盘?"我说当然,心里一动,就又问他:"你家里到底是怎么个情况呢?"

他叹了一口气,望着屋顶,很久才说:"穷。困难啊!我们家三口儿人,母亲死了,只有父亲、妹妹和我。我父亲嘛,挣得少,按平均生活费的说法儿,我们一人才不到十块。我母亲死后,父亲就喝酒,而且越喝越多,手里有俩钱儿就喝,就骂人。邻居劝,他不是不听,就是一把鼻涕一把泪,弄得人家也挺难过。我有一回跟我父亲说:'你不喝就不行?有什么好处呢?'他说:'你不知道酒是什么玩意儿,它是老爷们儿的觉啊!咱们这日子挺不易,你妈去了,你们又小。我烦哪,我没文化,这把年纪,一辈子这点子钱算是到头儿了。你妈死的时候,嘱咐了,怎么着也要供你念完初中再挣钱。你们让我喝口酒,啊?对老人有什么过不去的,下辈子算吧。'"他看了看我,又说:"不瞒你说,我母亲解放前是窑里的。后来大概是有人看上了,做了人家的小,也算从良。有烟吗?"我扔过一支烟给他,他点上了,把烟头儿吹得红红的,两眼不错珠儿地盯着,许久才说:"后来,我妈又跟人跑了,据说买她的那家欺负她,当老妈子不说,还打。后来跟的这个是什么人,我不知道,我只知道我是我妈跟这个人生的。刚一解放,我妈跟的那个人就不见了。当时我妈怀着我,吃穿无着,就跟了我现在这个父亲。我这个后爹是卖力气的,可临到解放的时候儿,身子骨儿不行,又没文化,钱就挣得少。和我妈过了以后,原指着相帮着好一点儿,可没想到添了我妹妹后,我妈一天不如一天。那时候我才上小学,脑筋好,老师都喜欢我。可学校春游、看电影我都不在,给家里省一点儿是一点儿。我妈怕委屈了我,拖累着个身子,到处找活。有一回,我和我母亲给印刷厂叠书页子,是一本讲象棋的书。叠好了,我妈还没送去,我就一篇一篇对看。不承想,就看出点儿意思来。于是有空儿就到街下看人家下棋。看了有些日子,就手痒痒,没敢跟家里要钱,自己用硬纸剪了一副棋,拿到学校去下。下着下着就熟了。于是又到街上和别人下。原先我看人家下得挺好,可我这一跟他们真下,还就赢了。一家伙就下了一晚上,饭也没吃。我妈找来了,把我打回去。唉,我妈身子弱,都打不痛我。到了家,她竟给我跪下了,说:'小祖宗,我就指望你了!你若不好好儿念书,妈就死在这儿。'我一听这话吓坏了,忙说:'妈,我没不好好儿念书。您起来,我不下棋了。'我把我妈扶起来坐着。那天晚上,我跟我妈叠页子,叠着叠着,就走了神儿,想着一路棋。我妈叹一口气说,'你也是,看不上电影儿,也不去公园,就玩儿这么个棋。唉,下吧。可妈的话你得记着,不许玩儿疯了。功课要是拉下了,我不饶你。我和你爹都不识字儿,可我们会问老师。老师若说你功课跟不上,你再说什么也不行。'我答应了。我怎么会把功课拉下呢?学校的算术,我跟玩儿似的。这以后,我放了学,先做功课,完了就下棋,吃完饭,就帮我妈干活儿,一直到睡觉。因为叠页子不用动脑筋,所以就在脑子里走棋,有的时候,魔症了,会突然一拍书页,喊棋步,把家里人都吓一跳。"我说:"怨不得你棋下得这么好,小时候棋就都在你脑子里呢!"他苦笑笑说:"是呀,后来老师就让我去少年宫象棋组,说好好儿学,将来能拿大冠军呢!可我妈说,'咱们不去什么象棋组,要学,就学有用的本事。下棋下得好,还当饭吃了?有那点儿功夫,在学校多学点儿东西比什么不好?你跟你们老师们说,不去象棋组,要是你们老师还没教你的本事,你就跟老师说,你教了我,将来有大用呢。啊?专学下棋?这以前都是有钱人干的!妈以前见过这种人,那都是身份,他们不指着下棋吃饭。妈以前呆过的地方,也有女的会下棋,可要的钱也多。唉,你不知道,你不懂。下下玩儿可以,别专学,啊?'我跟老师说了,老师想了想,没说什么。后来老师买了一副棋送我,我拿给妈看,妈说,'唉,这是善心人哪!可你记住,先说吃,再说下棋。等你挣了钱,养活家了,爱怎么下就怎么下,随你。'"我感叹了,说:"这下儿好了,你挣了钱,你就能撒着欢儿地下了,你妈也就放心了。"王一生把脚搬上床,盘了坐,两只手互相捏着腕子,看着地下说:"我妈看不见我挣钱了。家里供我念到初一,我妈就死了。死之前,特别跟我说,'这一条街都说你棋下得好,妈信。可妈在棋上疼不了你。你在棋上怎么出息,到底不是饭碗。妈不能看你念完初中,跟你爹说了,怎么着困难,也要念完。高中,妈打听了,那是为上大学,咱们家用不着上大学,你爹也不行了,你妹妹还小,等你初中念完了就挣钱,家里就靠你了。妈要走了,一辈子也没给你留下什么,只捡人家的牙刷把,给你磨了一副棋。'说着,就叫我从枕头底下拿出一个小布包来,打开一看,都是一小点儿大的子儿,磨得是光了又光,赛象牙,可上头没字儿。妈说,'我不识字,怕刻不对。你拿去,自己刻吧,也算妈疼你好下棋。'我们家多困难,我没哭过,哭管什么呢?可看着这副没字儿的棋,我绷不住了。"

我鼻子有些酸,就低了眼,叹道:"唉,当母亲的。"王一生不再说话,只是抽烟。

山上的人下来了,打到两条蛇。大家见了王一生,都很客气,问是几分场的,那边儿伙食怎么样。王一生答了,就过去摸一摸晾着的衣裤,还没有干。我让他先穿我的,他说吃饭要出汗,先光着吧。大家见他很随和,也就随便聊起来。我自然将王一生的棋道吹了一番,以示来者不凡。大家都说让队里的高手"脚卵"来与王一生下。一个人跑了去喊,不一刻,脚卵来了。脚卵是南方大城市的知识青年,个子非常高,又非常瘦。动作起来颇有些文气,衣服总要穿得整整齐齐,有时候走在山间小路上,看到这样一个高个儿纤尘不染,衣冠楚楚,真令人生疑。脚卵弯腰进来,很远就伸出手来要握,王一生糊涂了一下,马上明白了,也伸出手去,脸却红了。握过手,脚卵把双手捏在一起端在肚子前面,说:"我叫倪斌,人儿倪,文武斌。因为腿长,大家叫我脚卵。卵是很粗俗的话,请不要介意,这里的人文化水平是很低的。贵姓?"王一生比倪斌矮下去两个头,就仰着头说:"我姓王,叫王一生。"倪斌说:"王一生?蛮好,蛮好,名字蛮好的。一生是哪两个字?"王一生直仰着脖子,说:"一二三的一,生活的生。"倪斌说:"蛮好,蛮好。"就把长臂曲着往外一摆,说:"请坐。听说你钻研象棋?蛮好,蛮好,象棋是很高级的文化。我父亲是下得很好的,有些名气,喏,他们都知道。我会走一点点,很爱好,不过在这里没有对手。你请坐。"王一生坐回床上,很尴尬地笑着,不知说什么好。倪斌并不坐下,只把手虚放在胸前,微微向前侧了一下身子,说:"对不起,我刚刚下班,还没有梳洗,你候一下好了,我马上就来。噢,问一下,乃父也是棋道里的人么?"王一生很快地摇头,刚要说什么,但只是喘了一口气。倪斌说:"蛮好,蛮好。好,一会儿我再来。"我说:"脚卵洗了澡,来吃蛇肉。"倪斌一边退出去,一边说:"不必了,不必了。好的,好的。"大家笑起来,向外嚷:"你到底来是不来?什么'不必了,好的'!"倪斌在门外说:"蛇肉当然是要吃的,一会儿下棋是要动脑筋的。"

大家笑着脚卵,关了门,三四个人精着屁股,上上下下地洗,互相开着身体的玩笑。王一生不知在想什么,坐在床里边,让开擦身的人。我一边将蛇头撕下来,一边对王一生说:"别理脚卵,他就是这么神神道道的一个人。"有一个人对我说:"你的这个朋友要真是有两下子,今天有一场好杀。脚卵的父亲在我们市里,真是很有名气哩。"另外的人说："爹是爹，儿是儿，棋还遗传了？"王一生说："家传的棋，有厉害的。几代沉下的棋路，不可小看。一会儿下起来看吧。"说着就紧一紧手脸。我把蛇挂起来，将皮剥下，不洗，放在案板上，用竹刀把肉划开，并不切断，盘在一个大碗内，放近一个大锅里，锅底蓄上水，叫："洗完了没有？我可开门了！"大家慌忙穿上短裤。我到外边地上摆三块土坯，中间架起柴引着，就将锅放在土坯上，把猪吆喝远了，说："谁来看看？别叫猪拱了。开锅后十分钟端下来。"就进屋收拾茄子。

有人把脸盆洗干净，到伙房打了四五斤饭和一小盆清水茄子，捎回来一棵葱和两瓣野蒜、一小块姜，我说还缺盐，就又有人跑去拿来一块，捣碎在纸上放着。

脚卵远远地来了，手里抓着一个黑木盒子。我问："脚卵，可有酱油膏？"脚卵迟疑了一下，返身回去。我又大叫："有醋精拿点儿来！"

蛇肉到了时间，端进屋里，掀开锅，一大团蒸气冒出来，大家并不缩头，慢慢看清了，都叫一声好。两大条蛇肉亮晶晶地盘在碗里，粉粉地冒蒸气。我嗖的一下将碗端出来，吹吹手指，说："开始准备胃液吧！"王一生也挤过来看，问："整着怎么吃？"我说："蛇肉碰不得铁，碰铁就腥，所以不切，用筷子撕着蘸料吃。"我又将切好的茄块儿放进锅里蒸。

脚卵来了，用纸包了一小块儿酱油膏，又用一张小纸包了几颗白色的小粒儿，我问是什么，脚卵说："这是草酸，去污用的，不过可以代替醋。我没有醋精，酱油膏也没有了，就这一点点。"我说："凑合了。"脚卵把盒子放在床上，打开，原来是一副棋，乌木做的棋子，暗暗的发亮。字用刀刻出来，笔划很细，却是篆字，用金丝银丝嵌了，古色古香。棋盘是一幅绢，中间亦是篆字：楚河汉界。大家凑过去看，脚卵就很得意，说："这是古董，明朝的，很值钱。我来的时候，我父亲给我的。以前和你们下棋，用不到这么好的棋。今天王一生来嘛，我们好好下。"王一生大约从来没有见过这么精彩的棋具，很小心地摸，又紧一紧手脸。

我将酱油膏和草酸冲好水，把葱末、姜末和蒜末投进去，叫声："吃起来！"大家就乒乒乓乓地盛饭，伸筷撕那蛇肉蘸料，刚入嘴嚼，纷纷嚷鲜。

我问王一生是不是有些像蟹肉，王一生一边儿嚼着，一边儿说："我没吃过螃蟹，不知道。"脚卵伸过头去问："你没有吃过螃蟹？怎么会呢？"王一生也不答话，只顾吃。脚卵就放下筷，说："年年中秋节，我父亲就约一些名人到家里来，吃螃蟹，下棋，品酒，作诗。都是些很高雅的人，诗做得很好的，还要互相写在扇子上。这些扇子过多少年也是很值钱的。"大家并不理会他，只顾吃。脚卵眼看蛇肉渐少，也急忙捏起筷子来，不再说什么。

不一刻，蛇肉吃完，只剩两副蛇骨在碗里。我又把蒸熟的茄块儿端上来，放小许蒜和盐拌了。再将锅里热水倒掉，续上新水，把蛇骨放进去熬汤。大家喘一口气，接着伸筷，不一刻，茄子也吃净。我便把汤端上来，蛇骨已经煮散，在锅底刷拉刷拉地响。这里屋外常有一二处小丛的野茴香，我就拔来几棵，揪在汤里，立刻屋里异香扑鼻。大家这时饭已吃净，纷纷舀了汤在碗里，热热的小口呷，不似刚才紧张，话也多起来了。

脚卵抹一抹头发，说："蛮好，蛮好的。"就拿出一支烟，先让了王一生，又自己叼了一支，烟包正待放回衣袋里，想了想，便放在小饭桌上，摆一摆手说："今天吃的，都是山珍，海味是吃不到的。我家里常吃海味的，非常讲究，据我父亲讲，我爷爷在时，专雇一个老太婆，整天就是从燕窝里拔脏东西。燕窝这种东西，是海鸟叼来小鱼小虾，用口水粘起来的，所以里面各种脏东西多得很，要很细心地一点一点清理，一天也就能搞清一个,再用小火慢慢地蒸。每天吃一点,对身体非常好。"王一生听呆了,问:"一个人每天就专门是管做燕窝的? 好家伙! 自己买来鱼虾,熬在一起,不等于燕窝吗?"脚卵微微一笑,说:"要不怎么燕窝贵呢? 第一,这燕窝长在海中峭壁上,要拼命去挖。第二,这海鸟的口水是很珍贵的东西,是温补的。因此,舍命、费工时,又是补品,能吃燕窝,也是说明家里有钱和有身份。"大家就说这燕窝一定非常好吃。脚卵又微微一笑,说:"我吃过的,很腥。"大家就感叹了,说费这么多钱,吃一口腥,太划不来。

天黑下来,早升在半空的月亮渐渐亮了。我点起油灯,立刻四壁都是人影子。脚卵就说:"王一生,我们来下一盘?"王一生大概还没有从燕窝里醒过来,听见脚卵问,只微微点一点头。脚卵出去了。王一生奇怪了,问:"嗯?"大家笑而不答。一会儿,脚卵又来了,穿得笔挺,身后随来许多人,进屋都看看王一生。脚卵慢慢摆好棋,问:"你先走?"王一生说:"你吧。"大家就上上下下围了看。

走出十多步,王一生有些不安,但也只是暗暗捻一下手指。走过三十几步,王一生很快地说:"重摆吧。"大家奇怪,看看王一生,又看看脚卵,不知是谁赢了。脚卵微微一笑,说:"一赢不算胜。"就伸手抽一颗烟点上。王一生没有表情,默默地把棋重新码好。两人又走。又走到十多步,脚卵半天不动,直到把一根烟吸完,又走了几步,脚卵慢慢地说:"再来一盘。"大家又奇怪是谁赢了,纷纷问。王一生很快地将棋码成一个方堆,看看脚卵问:"走盲棋?"脚卵沉吟了一下,点点头。两人就口述棋步。好几个人摸摸头,摸摸脖子,说下得好没意思,不知谁是赢家。就有几个人离开走出去,把油灯带得一明一暗。

我觉出有点儿冷,就问王一生:"你不穿点儿衣裳?"王一生没有理我。我感到没有意思,就坐在床里,看大家也是一会儿看看脚卵,一会儿看看王一生,像是瞧从来没有见过的两个怪物。油灯下,王一生抱了双膝,锁骨后陷下两个深窝,盯着油灯,时不时拍一下身上的蚊虫。脚卵两条长腿抵在胸口,一只大手将整个儿脸遮了,另一只大手飞快地将指头捏来弄去。说了许久,脚卵放下手,很快地笑一笑,说:"我乱了,记不得。"就又摆了棋再下。不久,脚卵抬起头,看着王一生说:"天下是你的。"抽出一支烟给王一生,又说:"你的棋是跟谁学的?"王一生也看着脚卵,说:"跟天下人。"脚卵说:"蛮好,蛮好,你的棋蛮好。"大家看出是谁赢了,都高兴松动起来,盯着王一生看。

脚卵把手搓来搓去,说:"我们这里没有会下棋的人,我的棋路生了。今天碰到你,蛮高兴的,我们做个朋友。"王一生说:"将来有机会,一定见见你父亲。"脚卵很高兴,说:"那好,好极了,有机会一定去见见他。我不过是玩玩棋。"停了一会儿,又说:"你参加地区的比赛,没有问题。"王一生问:"什么比赛?"脚卵说:"咱们地区,要组织一个运动会,其中有棋类。地区管文教的书记我认得,他早年在我们市里,与我父亲认识。我到农场来,我父亲给他带过信,请他照顾。我找过他,他说我不如打篮球。我怎么会打篮球呢? 那是很野蛮的运动,要伤身体的。这次运动会,他来信告诉我,让我争取参加农场的棋类队到地区比赛,赢了,调动自然好说。你棋下到这个地步,参加农场队,不成问题。你回你们场,去报名就可以了。将来总场选拔,肯定会有你。"王一生很高兴,起来把衣裳穿上,显得更瘦。大家又聊了很久。

将近午夜,大家都散去,只剩下宿舍里同住的四个人与王一生、脚卵。脚卵站起来,说:"我去拿些东西来吃。"大家都很兴奋,等着他。一会儿,脚卵弯腰进来,把东西放在床上,摆出六颗巧克力,半袋麦乳精,纸包的一斤精白挂面。巧克力大家一口咽了,来回舔着嘴唇。麦乳精冲成稀稀的六碗,喝得满屋喉咙响。王一生笑嘻嘻地说:"世界上还有这种东西?苦甜苦甜的。"我又把火升起来,开了锅,把面下了,说:"可惜没有调料。"脚卵:"我还有酱油膏。"我说:"你不是只有一小块儿了吗?"脚卵不好意思地说:"咳,今天不容易,王一生来了,我再贡献一些。"就又拿了来。

大家吃了,纷纷点起烟,打着哈欠,说没想到脚卵还有如许存货,藏得倒严实,脚卵急忙申辩这是剩下的全部了。大家吵着要去翻,王一生说:"不要闹,人家的是人家的,从来农场存到现在,说明人家会过日子。倪斌,你说,这比赛什么时候开始呢?"脚卵说:"起码还有半年。"王一生不再说话。我说:"好了,休息吧。王一生,你和我睡在我的床上。脚卵,明天再聊。"大家就起身收拾床铺,放蚊帐。我和王一生送脚卵到门口,看他高高的个子在青白的月光下远远去了。王一生叹一口气,说:"倪斌是个好人。"

王一生又呆了一天,第三天早上,执意要走。脚卵穿了破衣服,肩了锄来送。两人握了手,倪斌说:"后会有期。"大家远远在山坡上招手。我送王一生出了山沟,王一生拦住,说:"回去吧。"我嘱咐他,到了别的分场,有什么困难,托人来告诉我,若回来路过,再来玩儿。王一生整了整书包带儿,就急急地顺公路走了,脚下扬起细土,衣裳晃来晃去,裤管儿前后荡着,像是没有屁股。

第三章

这以后,大家没事儿,常提起王一生,津津有味儿的回忆王一生光膀子大战脚卵。我说了王一生如何如何不容易,脚卵说:"我父亲说过的,'寒门出高士'。据我父亲讲,我们祖上是元朝的倪云林。倪祖很爱干净,开始的时候,家里有钱,当然是讲究的。后来兵荒马乱,家道败了,倪祖就卖了家产,到处走,常在荒野店投宿,很遇到一些高士。后来与一个会下棋的村野之人相识,学得一手好棋。现在大家只晓得倪云林是元四家里的一个,诗书画绝佳,却不晓得倪云林还会下棋。倪祖后来信佛参禅,将棋炼进禅宗,自成一路。这棋只我们这一宗传下来。王一生赢了我,不晓得他是什么路,总归是高手了。"大家都不知道倪云林是什么人,只听脚卵神吹,将信将疑,可也认定脚卵的棋有些来路,王一生既然赢了脚卵,当然更了不起。这里的知青在城里都是平民出身,多是寒苦的,自然更看重王一生。

将近半年,王一生不再露面。只是这里那里传来消息,说有个叫王一生的,外号棋呆子,在某处与某某下棋,赢了某某。大家也很高兴,即使有输的消息,都一致否认,说王一生怎会输棋呢?我给王一生所在的分场队里写了信,也不见回音,大家就催我去一趟。我因为这样那样的事,加上农场知青常常斗殴,又输进火药枪互相射击,路途险恶,终于没有去。

一天脚卵在山上对我说,他已经报名参加棋类比赛了,过两天就去总场,问王一生可有消息?我说没有。大家就说王一生肯定会到总场比赛,相约一起请假去总场看看。

过了两天,队里的活儿稀松,大家就纷纷找了各种藉口请假到总场,盼着能见着王一生。我也请了假出来。

总场就在地区所在地,大家走了两天才到。这个地区虽是省以下的行政单位,却只有交叉的两条街,沿街有一些商店,货架上不是空的,即是"展品概不出售"。可是大家仍然很兴奋,觉得到了繁华地界,就沿街一个馆子一个馆子地吃,都先只叫净肉,一盘一盘地吞下去，拍拍肚子出来，觉得日光晃眼，竟有些肉醉，就找了一处草地，躺下来抽烟，又纷纷昏睡过去。

醒来后，大家又回到街上细细吃了一些面食，然后到总场去。

一行人高高兴兴到了总场，找到文体干事，问可有一个叫王一生的来报到。干事翻了半天花名册，说没有。大家不信，拿过花名册来七手八脚地找，真的没有，就问干事是不是搞漏掉了。干事说花名册是按各分场报上来的名字编的，都已分好号码，编好组，只等明天开赛。大家你望望我，我望望你，搞不清是怎么回事儿。我说："找脚卵去。"脚卵在运动员们住下的草棚里，见了他，大家就问。脚卵说："我也奇怪呢。这里乱糟糟的，我的号是棋类，可把我分到球类组来，让我今晚就参加总场联队训练，说了半天也不行，还说主要靠我进球得分。"大家笑起来，说："管他赛什么，你们的伙食差不了。可王一生没来太可惜了。"

直到比赛开始，也没有见王一生的影子。问了他们分场来的人，都说很久没见王一生了。大家有些慌，又没办法，只好去看脚卵赛篮球。脚卵痛苦不堪，规矩一点儿不懂，球也抓不住，投出去总是三不沾，抢得猛一些，他就抽身出来，瞪着大眼看别人争。文体干事急得抓耳挠腮，大家又笑得前仰后合。每场下来，脚卵总是嚷野蛮，埋怨脏。

赛了两天，决出总场各类运动代表队，到地区参加地区决赛。大家看看王一生还没有影子，就都相约要回去了。脚卵要留在地区文教书记家再待一两天，就送我们走一段。快到街口，忽然有人一指："那不是王一生？"大家顺方向一看，真是他。王一生在街口另一面急急地走来，没有看见我们。我们一齐大叫，他猛地站住，看见我们，就横街向我们跑来。到了跟前，大家纷纷问他怎么不来参加比赛？王一生很着急的样子，说："这半年我总请事假出来下棋，等我知道报名赶回去，分场说我表现不好，不准我出来参加比赛，连名都没报上。我刚找了由头儿，跑上来看看赛得怎么样。怎么样？赛得怎么样？"大家一迭声儿地说早赛完了，现在是参加与各县代表队的比赛，夺地区冠军。王一生愣了半晌，说："也好，夺地区冠军必是各县高手，看看也不赖。"我说："你还没吃东西吧？走，街上随便吃点儿什么去。"脚卵与王一生握过手，也惋惜不已。大家就又拥到一家小馆儿，买了一些饭菜，边吃边叹息。王一生说："我是要看看地区的象棋大赛。你们怎么样？要回去吗？"大家都说出来的时间太长了，要回去。我说："我再陪你一两天吧。脚卵也在这里。"于是又有两三个人也说留下来再耍一耍。

脚卵就领留下的人去文教书记家，说是看看王一生还有没有参加比赛的可能。走不多久，就到了。只见一扇小铁门紧闭着，进去就有人问找谁，见了脚卵，不再说什么，只让等一下。一会儿叫进了，大家一起走进一幢大房子，只见窗台上摆了一溜儿花草，伺候得很滋润。大大的一面墙上只一幅主席诗词的挂轴儿，绫子黄黄的很浅。屋内只摆几把藤椅，茶几上放着几张大报与油印的简报。不一会儿，书记出来，胖胖的，很快地与每个人握手，又叫人把简报收走，就请大家坐下来。大家没见过管着几个县的人的家，头都转来转去地看。书记呆了一下，就问："都是倪斌的同学吗？"大家纷纷回过头看书记，不知该谁回答。脚卵欠一下身，说："都是我们队上的。这一位就是王一生。"说着用手掌向王一生一倾。书记看着王一生："噢，你就是王一生？好。这两天，倪斌常提到你。怎么样，选到地区来赛了吗？"王一生正想答话，倪斌马上就说："王一生这次有些事耽误了，没有报上名。现在事情办完了，看看还能不能参加地区比赛。您看呢？"书记用胖手在扶手上轻轻拍了两下，又轻轻用中指很慢地擦着鼻沟儿，说："啊，是这样。不好办。你没有取得县一级的资格,不好办。听说你很有天才,可是没有取得资格去参加比赛,下面要说话的,啊?"王一生低了头,说:"我也不是要参加比赛,只是来看。"书记说:"那是可以的,那欢迎。倪斌,你去桌上,左边的那个桌子,上面有一份打印的比赛日程。你拿来看看,象棋类是怎么安排的。"倪斌早一步跨进里屋,马上把材料拿出来,看了一下,说:"要赛三天呢!"就递给书记。书记也不看,把它放在茶几上,掸一掸手,说:"是啊,几个县嘛。啊?还有什么问题吗?"大家都站起来,说走了。书记与离他近的人很快地握了手,说:"倪斌,你晚上来,嗯?"倪斌欠欠身说好的,就和大家一起出来。大家到了街上,舒了一口气,说笑起来。

大家漫无目的地在街上走,讲起还要在这里呆三天,恐怕身上的钱支持不住。王一生说他可以找到睡觉的地方,人多一点恐怕还是有办法,这样就能不去住店,省下不少钱。倪斌不好意思地说他可以住在书记家。于是大家一起随王一生去找住的地方。

原来王一生已经来过几次地区,认识了一个文化馆画画儿的,于是便带了我们投奔这位画家。到了文化馆,一进去,就听见远远的唱的,有拉的,有吹的,便猜是宣传队在演练。只见三四个女的,穿着蓝线衣裤,胸蹶得不能再高,一扭一扭地走过来,近了,并不让路,直脖直脸地过去。我们赶紧闪在一边儿,都有点儿脸红。倪斌低低地说:"这几位是地区的名角。在小地方,有她们这样的功夫,蛮不容易的。"大家就又回过头去看名角。

画家住在一个小角落里,门口鸡鸭转来转去,沿墙摆了一溜儿各类杂物,草就在杂物中间长出来。门又被许多晒着的衣裤布单遮住。王一生领我们从衣裤中弯腰过去,叫那画家。马上就乒乒乓乓出来一个人,见了王一生,说:"来了?都进来吧。"画家只是一间小屋,里面一张小木床,到处是书、杂志、颜色和纸笔。墙上钉满了画的画儿。大家顺序进去,画家就把东西挪来挪去腾地方,大家挤着坐下,不敢再动。画家又迈过大家出去,一会儿提来一个暖瓶,给大家倒水。大家传着各式的缸子、碗,都有了,捧着喝。画家也坐下来,问王一生:"参加运动会了吗?"王一生叹着将事情讲了一遍。画家说:"只好这样了。要待几天呢?"王一生就说:"正是为这事来找你。这些都是我的朋友。你看能不能找个地方,大家挤一挤睡?"画家沉吟半晌,说:"你每次来,在我这里挤还凑合。这么多人,嗯——让我看看。"他忽然眼里放出光采来,说:"文化馆里有个礼堂,舞台倒是很大。今天晚上为运动会的人演出,演出之后,你们就在舞台上睡,怎么样?今天我还可以带你们进去看演出。电工与我很熟的,跟他说一声,进去睡没问题。只不过脏一些。"大家都纷纷说再好不过了。脚卵放下心的样子,小心地站起来,说:"那好,诸位,我先走一步。"大家要站起来送,却谁也站不起来。脚卵按住大家,连说不必了,一脚就迈出屋外。画家说:"好大的个子!是打球的吧?"大家笑起来,讲了脚卵的笑话。画家听了,说:"是啊,你们也都够脏的。走,去洗洗澡,我也去。"大家就一个一个顺序出去,还是碰得叮当乱响。

原来这地区所在地,有一条江远远流过。大家走了许久,方才到了。江面不甚宽阔,水却很急,近岸的地方,有一些小洼儿。四处无人,大家脱了衣裤,都很认真地洗,将画家带来的一块肥皂用完。又把衣裤泡了,在石头上抽打,拧干后铺在石头上晒,除了游水的,其余便纷纷趴在岸上晒。画家早洗完,坐在一边儿,掏出个本子在画。我发觉了,过去站在他身后看。原来他在画我们几个人的裸体速写。经他这一画,我倒发觉我们这些每日在山上苦的人,却矫健异常,不禁赞叹起来。大家又围过来看,屁股白白的晃来晃去。画家说："干活儿的人,肌肉线条极有特点,又很分明。虽然各部份发展可能不太平衡,可真的人体,常常是这样,变化万端。我以前在学院画人体,女人体居多,太往标准处靠,男人体也常静在那里,感觉不出肌肉滚动,越画越死。今天真是个难得的机会。"有人说羞处不好看,画家就在纸上用笔把说的人的羞处涂成一个疙瘩,大家就都笑起来。衣裤干了,纷纷穿上。

这时已近傍晚,太阳垂在两山之间,江面上便金子一般滚动,岸边石头也如热铁般红起来。有鸟儿在水面上掠来掠去,叫声传得很远。对岸有人在拖长声音吼山歌,却不见影子,只觉声音慢慢小了。大家都凝了神看。许久,王一生长叹一声,却不说什么。

大家又都往回走,在街上拉了画家一起吃些东西,画家倒好酒量。天黑了,画家领我们到礼堂后台入口,与一个人点头说了,招呼大家悄悄进去,缩在边幕上看。时间到了,幕并不开,说是书记还未来。演员们化了妆,在后台走来走去,伸一伸手脚,互相取笑着。忽然外面响动起来,我拨了幕布一看,只见书记缓缓进来,在前排坐下,周围空着,后面黑压压一礼堂人。于是开演,演出甚为激烈,尘土四起。演员们在台上泪光闪闪,退下来一过边幕,就嬉笑颜开,连说怎么怎么错了。王一生倒很入戏,脸上时阴时晴,嘴一直张着,全没有在棋盘前的镇静。戏一结束,王一生一个人在边幕拍起手来,我连忙止住他,向台下望去,书记不知什么时候已经走了,前两排仍然空着。

大家出来,摸黑拐到画家家里,脚卵已在屋里,见我们来了,就与画家出来和大家在外面站着,画家说："王一生,你可以参加比赛了。"王一生问:"怎么回事儿?"脚卵说,晚上他在书记家里,书记跟他叙起家常,说十几年前常去他家,见过不少字画儿,不知运动起来,损失了没有?脚卵说还有一些,书记就不说话了。过了一会儿书记又说,脚卵的调动大约不成问题,到地区文教部门找个位置,跟下面打个招呼,办起来也快,让脚卵写信回家讲一讲。于是又谈起字画古董,说大家现在都不知道这些东西的价值,书记自己倒是常在心里想着。脚卵就说,他写信给家里,看能不能送书记一两幅,既然书记帮了这么大忙,感谢是应该的。又说,自己在队里有一副明朝的乌木棋,极是考究,书记若是还看得上,下次带上来。书记很高兴,连说带上来看看。又说你的朋友王一生,他倒可以和下面的人说一说,一个地区的比赛,不必那么严格,举贤不避私嘛。就挂了电话,电话里回答说,没有问题,请书记放心,叫王一生明天就参加比赛。

大家听了,都很高兴,称赞脚卵路道粗,王一生却没说话。脚卵走后,画家带了大家找到电工,开了礼堂后门,悄悄进去。电工说天凉了,问要不要把幕布放下来垫盖着,大家都说好,就七手八脚爬上去摘下幕布铺在台上。一个人走到台边,对着空空的座位一敬礼,尖着嗓子学报幕员,说:"下一个节目——睡觉。现在开始。"大家悄悄地笑,纷纷钻进幕布躺下了。

躺下许久,我发觉王一生还没有睡着,就说:"睡吧,明天要参加比赛呢!"王一生在黑暗里说:"我不赛了,没意思。倪斌是好心,可我不想赛了。"我说:"咳,管它!你能赛棋,脚卵能调上来,一副棋算什么?"王一生说:"那是他父亲的棋呀!东西好坏不说,是个信物。我妈妈留给我的那副无字棋,我一直性命一样存着,现在生活好了,妈的话,我也忘不了。倪斌怎么就可以送人呢?"我说:"脚卵家里有钱,一副棋算什么呢?他家里知道儿子活得好一些了,棋是舍得的。"王一生说:"我反正是不赛了,被人作了交易,倒像是我沾了便宜。我下得赢下不赢是我自己的事,这样赛,被人戳脊梁骨。"不知是谁也没睡着,大约都听见了,咕噜一声:"呆子。"

第四章

  第二天一早儿，大家满身是土地起来，找水擦了擦，又约画家到街上去吃。画家执意不肯，正说着，脚卵来了，很高兴的样子。王一生对他说："我不参加这个比赛。"大家呆了，脚卵问："蛮好的，怎么不赛了呢？省里还下来人视察呢！"王一生说："不赛就不赛了。"我说了说，脚卵叹道："书记是个文化人，蛮喜欢这些的。棋虽然是家里传下的，可我实在受不了农场这个罪，我只想有个干净的地方住一住，不要每天脏兮兮的。棋不能当饭吃的，用它通一些关节，还是值的。家里也不很景气，不会怪我。"画家把双臂抱在胸前，抬起一只手摸了摸脸，看着天说："倪斌，不能怪你。你没有什么了不得的要求。我这两年，也常常犯糊涂，生活太具体了。幸亏我还会画画儿。何以解忧？唯有——唉。"王一生很惊奇的看着画家，慢慢转了脸对脚卵说："倪斌，谢谢你。这次比赛决出高手，我登门去与他们下。我不参加这次比赛了。"脚卵忽然很兴奋，攥起大手一顿，说："这样，这样！我呢，去跟书记说一下，组织一个友谊赛。你要是赢了这次的冠军，无疑是真正的冠军。输了呢，也不太失身份。"王一生呆了呆："千万不要跟什么书记说，我自己找他们下。要下，就与前三名都下。"

  大家也不好再说什么，就去看各种比赛，倒也热闹。王一生只钻在棋类场地外面，看各局的明棋。第三天，决出前三名。之后是发奖，又是演出，会场乱哄哄的，也听不清谁得的是什么奖。

  脚卵让我们在会场等着，过了不久，就领来两个人，都是制服打扮。脚卵作了介绍，原来是象棋比赛的第二、三名。脚卵说："这位是王一生，棋蛮厉害的，想与你们两位高手下一下，大家也是一个互相学习的机会。"两个人看了看王一生，问："那怎么不参加比赛呢？我们在这里呆了许多天，要回去了。"王一生说："我不耽误你们，与你们两人同时下。"两人互相看了看，忽然悟到，说："盲棋？"王一生点一点头。两人立刻变了态度，笑着说："我们没下过盲棋。"王一生说："不要紧，你们看着明棋下。来，咱们找个地方儿。"话不知怎么就传了出去，立刻嚷动了，会场上各县的人都说有一个农场的小子没有赛着，不服气，要同时与亚、季军比试。百十个人把我们围了起来，挤来挤去地看，大家觉得有了责任，便站在王一生身边儿。王一生倒低了头，对两个人说："走吧，走吧，太扎眼。"有一个人挤了进来，说："哪个要下棋？就是你吗？我们大爷这次是冠军，听说你不服气，叫我来请你。"王一生慢慢地说："不必。你大爷要是肯下，我和你们三人同下。"众人都轰动了，拥着往棋场走去。到了街上，百十个走成一片。行人见了，纷纷问怎么回事，可是知青打架？待明白了，就都跟着走。走过半条街，竟有上千人跟着跑来跑去。商店里的店员和顾客也都站出来张望。长途车路过这里开不过，乘客们纷纷探出头来，只见一街人头攒动，尘土飞起多高，轰轰的，乱纸踏得嚓嚓响。一个傻子呆呆地在街中心，咿咿呀呀地唱，有人发了善心，把他拖开，傻子就依了墙根儿唱。四五条狗窜来窜去，觉得是它们在引路打狼，汪汪叫着。

  到了棋场，竟有数千人围住，土扬在半空，许久落不下来。棋场的标语标志早已摘除，出来一个人，见这么多人，脸都白了。脚卵上去与他交涉，他很快地看着众人，连连点头儿，半天才明白是借场子用，急忙打开门，连说"可以可以"，见众人都要进去，就急了。我们几个，马上到门口守住，放进脚卵、王一生和两个得了名誉的人。这时有一人走出来,对我们说:"高手既然和三个人下,多我一个不怕,我也算一个。"众人又嚷动了,又有人报名。我不知怎么办好,只得进去告诉王一生。王一生咬一咬嘴说:"你们两个怎么样?"那两个人赶紧站起来,连说可以。我出去统计了,连冠军在内,对手共是十人,脚卵说:"十不吉利的,九个人好了。"于是就九个人。冠军总不见来,有人来报,既是下盲棋,冠军只在家里,命人传棋。王一生想了想,说好吧。九个人就关在场里。墙外一副明棋不够用,于是有人拿来八张整开白纸,很快地画了格儿。又有人用硬纸剪了百十个方棋子儿,用红黑颜色写了,背后粘上细绳,挂在棋格儿的钉子上,风一吹,轻轻地晃成一片,街上人也嚷成一片。

人是越来越多。后来的人拼命往前挤,挤不进去,就抓住人打听,以为是杀人的告示。妇女们也抱着孩子们,远远围成一片。又有许多人支了自行车,站在后架上伸脖子看,人群一挤,连着倒,喊成一团。半大的孩子们钻来钻去,被大人们用腿拱出去。数千人闹闹嚷嚷,街上像半空响着闷雷。

王一生坐在场当中一个靠背椅上,把手放在两条腿上,眼睛虚望着,一头一脸都是土,像是被传讯的歹人。我不禁笑起来,过去给他拍一拍土。他按住我的手,我觉出他有些抖。王一生低低地说:"事情闹大了。你们几个朋友看好,一有动静,一起跑。"我说:"不会。只要你赢了,什么都好办。争口气。怎么样?有把握吗?九个人哪!头三名都在这里!"王一生沉吟了一下,说:"怕江湖的不怕朝廷的,参加对比赛的人的棋路我都看了,就不知道其他六个人会不会冒出冤家。书包你拿着,不管怎么样,书包不能丢。书包里有……"王一生看了看我,"我妈的无字棋。"他的瘦脸上又干又脏,鼻沟也黑了,头发立着,喉咙一动一动的,两眼黑得吓人。我知道他拼了,心里有些酸,只说:"保重!"就离了他。他一个人空空地在场中央,谁也不看,静静的像一块铁。

棋开始了。上千人不再出声儿。只有自愿服务的人一会儿紧一会儿慢地用话传出棋步,外边儿自愿服务的人就变动着棋子儿。风吹得八张大纸哗哗地响,棋子儿荡来荡去。太阳斜斜地照在一切上,烧得耀眼。前几十排的人都坐下了,仰起头看,后面的人也挤得紧紧的,一个个土眉土眼,头发长长短短吹得飘,再没人动一下,似乎都把命放在棋里搏。

我心里忽然有一种很古的东西涌上来,喉咙紧紧地往上走。读过的书,有的近了,有的远了,模糊了。平时十分佩服的项羽、刘邦都目瞪口呆,倒是尸横遍野的那些黑脸士兵,从地下爬起来,哑了喉咙,慢慢移动。一个樵夫,提了斧在野唱。忽然又仿佛见了呆子的母亲,用一双弱手一张一张地折书页。

我不由伸手到王一生书包里去掏摸,捏到一个小布包儿,拽出来一看,是个旧蓝斜纹布的小口袋,上面绣了一只蝙蝠,布的四边儿都用线做了圈口,针脚很是细密。取出一个棋子,确实很小,在太阳底下竟是半透明的,像是一只眼睛,正柔和地瞧着。我把它攥在手里。

太阳终于落下去,立即爽快了。人们仍在看着,但议论起来。里边儿传出一句王一生的棋步,外面的人就嚷动一下。专有几个人骑车为在家的冠军传送着棋步,大家就不太客气,笑话起来。

我又进去,看见脚卵很高兴的样子,心里就松开一些,问:"怎么样?我不懂棋。"脚卵抹一抹头发,说:"蛮好,蛮好。这种阵式,我从来也没有见过,你想想看,九个人与他一个人,九局连环!车轮大战!我要写信给我的父亲,把这次的棋谱都寄给他。"这时有两个人从各自的棋盘前站起来,朝着王一生鞠躬,说:"甘拜下风。"就捏着手出去了。王一生点点头儿,看了他们的位置一眼。

王一生的姿式没有变,仍旧是双手扶膝,眼平视着,像是望着极远极远的远处,又像是盯着极近的近处,瘦瘦的肩挑着宽大的衣服,土没拍干净,东一块儿,西一块儿。喉节许久才动一下。我第一次承认象棋也是运动,而且是马拉松,是多一倍的马拉松!我在学校时,参加过长跑,开始后的五百米,确实极累,但过了一个限度,就像不是在用脑子跑,而像一架无人驾驶飞机,又像是一架到了高度的滑翔机只管滑翔下去。可这象棋,始终是处在一种机敏的运动之中,兜捕对手,逼向死角,不能疏忽。我忽然担心起王一生的身体来。这几天,大家因为钱紧,不敢怎么吃,晚上睡得又晚,谁也没想到会有这么一个场面。看着王一生稳稳地坐在那里,我又替他捏一口气:死顶吧!我们在山上扛木料,两个人一根,不管路不是路,沟不是沟,也得咬牙,死活不能放手。谁若是顶不住软了,自己伤了不说,另一个也得被木头震得吐血。可这回是王一生一个人过沟坎儿,我们帮不上忙。我找了点儿凉水来,悄悄走近他,在他跟前一挡,他抖了一下,眼睛刀子似的看了我一下,一会儿才认出是我,就干干地笑了一下。我指指水碗,他接过去,正要喝,一个局号报了棋步。他把碗高高地平端着,水纹丝儿不动。他看着碗边儿,回报了棋步,就把碗缓缓凑到嘴边儿。这时下一个局号又报了棋步,他把嘴定在碗边儿,半晌,回报了棋步,才咽一口水下去,"咕"的一声儿,声音大得可怕,眼里有了泪花。他把碗递过来,眼睛望望我,有一种说不出的东西在里面游动,嘴角儿缓缓流下一滴水,把下巴和脖子上的土冲开一道沟儿。我又把碗递过去,他竖起手掌止住我,回到他的世界里去了。

我出来,天已黑了。有山民打着松枝火把,有人用手电筒照着,黄乎乎的,一团明亮。大约是地区的各种单位下班了,人更多了。狗也在人前蹲着,看人挂动棋子,眼神凄凄的,像是在担忧。几个同来的队上知青,各被人围了打听。不一会儿,"王一生""棋呆子""是个知青""棋是道家的棋",就在人们嘴上传。我有些发噱,本想到人群里说说,但又止住了,随人们传吧,我开始高兴起来。这时墙上只有三局在下了。

忽然人群发一声喊。我回头一看,原来只剩了一盘,恰是与冠军的那一盘。盘上只有不多几个子儿。王一生的黑子儿远远近近地峙在对方棋营格里,后方老帅稳稳地呆着,尚有一"士"伴着,好像帝王与近侍在聊天儿,等着前方将士得胜回朝;又似乎隐隐看见有人在伺候酒宴,点起尺把长的红蜡烛,有人在悄悄地调整管弦,单等有人跪奏捷报,鼓乐齐鸣。我的肚子拖长了音儿在响,脚下觉得软了,就拣个地方坐下,仰头看最后的围猎,生怕有什么差池。

红子儿半天不动,大家不耐烦了,纷纷看骑车的人来没有,嗡嗡地响成一片。忽然人群乱起来,纷纷闪开。只见一老者,精光头皮,由旁人搀着,慢慢走出来,嘴嚅动着,上上下下看着八张定局残子。众人纷纷传着,这就是本届地区冠军,是这个山区的一个世家后人,这次"出山"玩玩儿棋,不想就夺了头把交椅,评了这次比赛的大势,直叹棋道不兴。老者看完了棋,轻轻押一抻衣衫,跺一跺土,昂了头,由人搀进棋场。众人都一拥而起。我急忙抢进了大门,跟在后面。只见老者进了大门,立定,往前看去。

王一生孤身一人坐在大屋子中央,瞪眼看着我们,双手支在膝上,铁铸一个细树桩,似无所见,似无所闻。高高的一盏电灯,暗暗地照在他脸上,眼睛深陷进去,黑黑的似俯视大千世界,茫茫宇宙。那生命像聚在一头乱发中,久久不散,又慢慢弥漫开来,灼得人脸热。众人都呆了,都不说话。外面传了半天,眼前却是一个瘦小黑魂,静静地坐着,众人都不禁吸了一口凉气。

半响,老者咳嗽一下,底气很足,十分洪亮,在屋里荡来荡去。王一生忽然目光短了,发觉了众人,轻轻地挣了一下,却动不了。老者推开搀的人,向前迈了几步,立定,双手合在腹前摩挲了一下,朗声叫道:"后生,老朽身有不便,不能亲赴沙场。命人传棋,实出无奈。你小小年纪,就有这般棋道,我看了,汇道禅于一炉,神机妙算,先声有势,后发制人,遣龙治水,气贯阴阳,古今儒将,不过如此。老朽有幸与你接手,感触不少,中华棋道,毕竟不颓,愿与你做个忘年之交。老朽这盘棋下到这里,权做赏玩,不知你可愿意平手言和,给老朽一点面子?"

王一生再挣了一下,仍起不来。我和脚卵急忙过去,托住他的腋下,提他起来。他的腿仍是坐着的样子,直不了,半空悬着。我感到手里好像只有几斤的份量,就暗示脚卵把王一生放下,用手去揉他的双腿。大家都拥过来,老者摇头叹息着。脚卵用大手在王一生身上,脸上,脖子上缓缓地用力揉。半响,王一生的身子软下来,靠在我们手上,喉咙嘶嘶地响着,慢慢把嘴张开,又合上,再张开,"啊啊"着。很久,才呜呜地说:"和了吧。"

老者很感动的样子,说:"今晚你是不是就在我那儿歇了?养息两天,我们谈谈棋?"王一生摇摇头,轻轻地说:"不了,我还有朋友。大家一起来的,还是大家在一起吧。我们到、到文化馆去,那里有个朋友。"画家就在人丛里喊:"走吧,到我那里去,我已经买好了吃的,你们几个一起去。真不容易啊。"大家慢慢拥我们出来,火把一团儿照着。山民和地区的人层层团了,争睹棋王风采,又都点头儿叹息。

我搀了王一生慢慢走,光亮一直随着。进了文化馆,到了画家的屋子,虽然有人帮着劝散,窗上还是挤满了人,慌得画家急忙把一些画儿藏了。

人渐渐散了,王一生还有一些木。我忽然觉出左手还攥着那个棋子,就张了手给王一生看。王一生呆呆地盯着,似乎不认得,可喉咙里就有了响声,猛然"哇"地一声儿吐出一些粘液,呜呜地说:"妈,儿今天……妈——"大家都有些酸,扫了地下,打来水,劝了。王一生哭过,滞气调理过来,有了精神,就一起吃饭。画家竟喝得大醉,也不管大家,一个人倒在木床上睡去。电工领了我们,脚卵也跟着,一齐到礼堂台上去睡。

夜黑黑的,伸手不见五指。王一生已经睡死。我却还似乎耳边人声嚷动,眼前火把通明,山民们铁了脸,肩着柴禾林中走,咿咿呀呀地唱。我笑起来,想:不做俗人,哪儿会知道这般乐趣?家破人亡,平了头每日荷锄,却自有真人生在里面,识到了,即是幸,即是福。衣食是本,自有人类,就是每日在忙这个。可囿在其中,终于还不太像人。倦意渐渐上来,就拥了幕布,沉沉睡去。

延伸阅读:寻根小说表面上来自一种倡导,实际上所表现的诉求是不同的,这种不同与作者个人经验的差异应该有着直接的关系。比如说,同样是"知青作者",韩少功与阿城无论小说观念还是对生活的理解都存在着明显的差异。李杨指出:"《棋王》的确不是直接写政治,而且作者也在意识层面有意地远离政治。虽然小说中的故事发生在'文革'时代,但'文革'只是《棋王》故事的远景。"其中一个原因,是因为作者对"下层人民的这种理解",一定程度上源自于他家庭的变故和他成年后人生态度的变化,以及此后逐渐形成的对中国文化传统的看法。参见李杨:《重返80年代:如何重返以及如何重返》,《当代作家评论》2007年第1期。

古船(存目)

张 炜

延伸阅读:《古船》在 1980 年代小说创作中的重要地位,至今都不被怀疑。为此,郜元宝评价道:"《古船》在 80 年代中期出现,似乎整个八十年代风起云涌的小说,很少有超过它的。"他认为:"《古船》最大的特点,是尽可能强烈地展览人性的黑暗,揭露人生的苦痛、历史的无常直至道德的绝境。"从文学主题看,它根源于当时的文化反思浪潮,希望从人性角度反省传统文化的问题,用沉思的而不是激烈辩驳的方式去呈现作者内心的痛苦,这种托尔斯泰式的文学表现手法,在当时青年作家中是比较少见的。参见郜元宝:《"意识形态"与"大地"的二元转化》,《社会科学》1994 年第 7 期。

妻妾成群

苏 童

　　四太太颂莲被抬进陈家花园的时候是十九岁,她是傍晚时分由四个乡下轿夫抬进花园西侧后门的,仆人们正在井边洗旧毛线,看见那顶轿子悄悄地从月亮门里挤进来,下来一个白衣黑裙的女学生。仆人们以为是在北平读书的大小姐回家了,迎上去一看不是,是一个满脸尘土疲惫不堪的女学生。那一年颂莲留着齐耳的短发,用一条天蓝色的缎带箍住,她的脸是圆圆的,不施脂粉,但显得有点苍白。颂莲钻出轿子,站在草地上茫然环顾。黑裙下面横着一只藤条箱子。在秋日的阳光下颂莲的身影单薄纤细,散发出纸人一样呆板的气息。她抬起胳膊擦着脸上的汗,仆人们注意到她擦汗不是用手帕而是用衣袖,这一点给他们留下了深刻的印象。

　　颂莲走到水井边,她对洗毛线的雁儿说,"让我洗把脸吧,我三天没洗脸了。"雁儿给她吊上一桶水,看着她把脸埋进水里,颂莲的弓着的身体像腰鼓一样被什么击打着,簌簌地抖动。雁儿说,"你要肥皂吗?"颂莲没说话,雁儿又说,"水太凉是吗?"颂莲还是没说话。雁儿朝井边的其他女佣使了个眼色,捂住嘴笑,女佣们猜测来客是陈家的哪个穷亲戚。他们对陈家的所有来客几乎都能判断出各自的身份。大概就是这时候颂莲猛地回过头,她的脸在洗濯之后泛出一种更加醒目的寒意,眉毛很细很黑,渐渐地拧起来。颂莲瞟了雁儿一眼,她说,"你傻笑什么,还不去把水泼掉?"雁儿仍然笑着,"你是谁呀,这么厉害?"颂莲揉了雁儿一把,拎起藤条箱子离开井边,走了几步她回过头,说,"我是谁? 你们迟早要知道的。"

　　第二天陈府的人都知道陈佐千老爷娶了四太太颂莲。颂莲住在后花园的南厢房里,紧挨着三太太梅珊的住处。陈佐千把原先下房里的雁儿给四太太做了使唤丫鬟。

　　第二天雁儿去见颂莲的时候心里胆怯,低着头喊了声四太太,但颂莲已经忘了雁儿对她的冲撞,或者颂莲根本就没记住雁儿是谁。颂莲这天换了套粉绸旗袍,脚上趿双绣花拖鞋,她脸上的气色一夜间就恢复过来,看上去和气许多,她把雁儿拉到身边,端详一番,对旁边的陈佐千说,她长得还不算讨厌。然后她对雁儿说,你蹲下,我看看你的头发。雁儿蹲下来感觉到颂莲的手在挑她的头发,仔细地察看什么,然后她听见颂莲说,"你没有虱子吧,我最怕虱子。"雁儿咬住嘴唇没说话,她觉得颂莲的手像冰凉的刀锋切割她的头发,有一点疼痛。颂莲说,"你头上什么味? 真难闻,快拿块香皂洗头去。"雁儿站起来,她垂着手站在那儿不动。陈佐千瞪了她一眼,"没听见四太太说话?"雁儿说,"昨天才洗过头。"陈佐千拉高嗓门喊,"别废话,让你去洗就得去洗,小心揍你。"

　　雁儿端了一盆水在海棠树下洗头,洗得委屈,心里的气恨像一块铁坠在那里。午后阳光照射着两棵海棠树,一根晾衣绳拴在两棵树上,四太太颂莲的白衣黑裙在微风中摇曳。雁儿朝四处环顾一圈,后花园阒寂无人,她走到晾衣绳那儿,朝颂莲的白衫上吐了一口唾沫,朝黑裙上又吐了一口。

陈佐千这年刚好五十挂零。陈佐千五十岁时纳颂莲为妾,事情是在半秘密状态下进行的。直到颂莲进门的前一天,原配太太毓如还浑然不知。陈佐千带着颂莲去见毓如,毓如在佛堂里捻着佛珠诵经。陈佐千说,这是大太太。颂莲刚要上去行礼,毓如手里的佛珠突然断了线,滚了一地,毓如推开红木靠椅下地捡佛珠,口中念念有词,罪过,罪过。颂莲相帮去捡,被毓如轻轻地推开,她说,罪过,罪过,始终没抬眼看颂莲一眼。颂莲看着毓如肥胖的身体伏在潮湿的地板上捡佛珠,捂着嘴无声地笑了一笑,她看看陈佐千,陈佐千说,好吧,我们走了。颂莲跨出佛堂门槛,就挽住陈佐千的手臂,说,"她有一百岁了吧,这么老?"陈佐千没说话,颂莲又说,"她信佛?怎么在家里念经?"陈佐千说,"什么信佛,闲着没事干,滥竽充数罢了。"

颂莲在二太太卓云那里受到了热情的礼遇。卓云让丫鬟拿了西瓜子、葵花子、南瓜子还有各种蜜饯招待颂莲。他们坐下后卓云的头一句话就是说瓜子,这儿没有好瓜子,我嗑的瓜子都是托人从苏州买来的。颂莲在卓云那里嗑了半天瓜子,嗑得有点厌烦,她不喜欢这些零嘴,又不好表露出来。颂莲偷偷地瞟陈佐千,示意离开,但陈佐千似乎有意要在卓云这里多呆一会儿,对颂莲的眼神视若无睹。颂莲由此判断陈佐千是宠爱卓云的,眼睛就不由得停留在卓云的脸上、身上。卓云的容貌有一种温婉的清秀,即使是细微的皱纹和略显松弛的皮肤也遮掩不了,举手投足之间,更有一种大家闺秀的风范。颂莲想,卓云这样的女人容易讨男人喜欢,女人也不会太讨厌她。颂莲很快地就喊卓云姐姐了。

陈家前三房太太中,梅珊离颂莲最近,但却是颂莲最后一个见到的。颂莲早就听说梅珊的倾国倾城之貌,一心想见她,陈佐千不肯带她去。他说,这么近,你自己去吧。颂莲说,我去过了,丫鬟说她病了,拦住门不让我进。陈佐千鼻孔里哼了一声,她一不高兴就称病。又说,她想爬到我头上来。颂莲说,你让她爬吗?陈佐千挥挥手,休想,女人永远爬不到男人的头上来。

颂莲走过北厢房,看见梅珊的窗上挂着粉色的抽纱窗帘,屋里透出一股什么草花的香气。颂莲站在窗前停留了一会儿,忽然忍不住心里偷窥的欲望,她屏住气轻轻掀开窗帘,这一掀差点把颂莲吓得灵魂出窍,窗帘后面的梅珊也在看她,目光相撞,只是刹那间的事情,颂莲便仓皇地逃走了。

到了夜里,陈佐千来颂莲房里过夜。颂莲替他把衣服脱了,换上睡衣,陈佐千说,我不穿睡衣,我喜欢光着睡。颂莲就把目光掉开去,说,随便你,不过最好穿上睡衣,会着凉。陈佐千笑起来,你不是怕我着凉,你是怕看我光着屁股。颂莲说,我才不怕呢。她转过脸时颊上已经绯红。这是她头一次清晰地面对陈佐千的身体,陈佐千形同仙鹤,干瘦细长,生殖器像弓一样绷紧着。颂莲有点透不过气来,她说,你怎么这样瘦?陈佐千爬到床上,钻进丝绵被窝里说,让她们掏的。

颂莲侧身去关灯,被陈佐千拦住了,陈佐千说,别关,我要看你,关上灯就什么也看不见了。颂莲摸了摸他的脸说,随便你,反正我什么也不懂,听你的。

颂莲仿佛从高处往一个黑暗深谷坠落,疼痛、晕眩伴随着轻松的感觉。奇怪的是意识中不断浮现梅珊的脸,那张美丽绝伦的脸也隐没在黑暗中间。颂莲说,她真怪。你说谁?三太太,她在窗帘背后看我。陈佐千的手从颂莲的乳房上移到嘴唇上,别说话,现在别说话。就是这时候房门被轻轻敲了两记。两个人都惊了一下,陈佐千朝颂莲摇摇头,拉灭了灯。隔了不大一会儿,敲门声又响起来。陈佐千跳起来,恼怒地吼起来,谁敲门? 门外响起一个怯生生的女孩声音,三太太病了,喊老爷去。陈佐千说,撒谎,又撒谎,回去对她说我睡下了。门外的女孩说,三太太得的急病,非要你去呢。她说她快死了。陈佐千坐在床上想了会儿,自言自语说她又要什么花招。颂莲看着他左右为难的样子,推了他一把,你就去吧,真死了可不好说。

这一夜陈佐千没有回来。颂莲留神听北厢房的动静,好像什么事也没有。唯有知更鸟在石榴树上啼啭几声,留下凄清悠远的余音。颂莲睡不着了,人浮在怅然之上,悲哀之下,第二天早早起来梳妆,她看见自己的脸发生了某种深刻的变化,眼圈是青黑色的。颂莲已经知道梅珊是怎么回事,但第二天看见陈佐千从北厢房出来时,颂莲还是迎上去问梅珊的病情,给三太太请医生了吗? 陈佐千尴尬地摇摇头,他满面倦容,话也懒得说,只是抓住颂莲的手软绵绵地捏了一下。

颂莲上了一年大学后嫁给陈佐千,原因很简单,颂莲父亲经营的茶厂倒闭了,没有钱负担她的费用。颂莲辍学回家的第三天,听见家人在厨房里乱喊乱叫,她跑过去一看,父亲斜靠在水池边,池子里是满满一池血水,泛着气泡。父亲把手上的静脉割破了,很轻松地上了黄泉路。颂莲记得她当时绝望的感觉,她架着父亲冰凉的身体,她自己整个比尸体更加冰凉。灾难临头她一点也哭不出来。那个水池后来好几天没人用,颂莲仍然在水池里洗头。颂莲没有一般女孩无谓的怯懦和恐惧。她很实际。父亲一死,她必须自己负责自己了。在那个水池边,颂莲一遍遍地梳洗头发,藉此冷静地预想以后的生活。所以当继母后来摊牌,让她在做工和嫁人两条路上选择时,她淡然地回答说,当然嫁人。继母又问,你想嫁个一般人家还是有钱人家? 颂莲说,当然有钱人家,这还用问? 继母说,那不一样,去有钱人家是做小,颂莲说,什么叫做小? 继母考虑了一下,说,就是做妾,名分是委屈了点。颂莲冷笑了一声,名分是什么? 名分是我这样人考虑的吗? 反正我交给你卖了,你要是顾及父亲的情义,就把我卖个好主吧。

陈佐千第一次去看颂莲,颂莲闭门不见,从门里扔出一句话,去西餐社见面。陈佐千想毕竟是女学生,总有不同凡俗之处,他在西餐社订了两个位置,等着颂莲来。那天外面下着雨,陈佐千隔窗守望外面细雨蒙蒙的街道,心情又新奇又温馨,这是他前三次婚姻中从所未有的。颂莲打着一顶细花绸伞姗姗而来,陈佐千就开心地笑了。颂莲果然是他想象中漂亮洁净的样子,而且那样年轻。陈佐千记得颂莲在他对面坐下,从提袋里掏出一大把小蜡烛。她轻声对陈佐千说,给我要一盒蛋糕好吧。陈佐千让侍者端来了蛋糕,然后他看见颂莲把小蜡烛一根一根地插上去,一共插了十九根,剩下一根她收回包里。陈佐千说,这是干什么,你今天过生日? 颂莲只是笑笑,她把蜡烛点上,看着蜡烛亮起小小的火苗。颂莲的脸在烛光里变得玲珑剔透,她说,你看这火苗多可爱。陈佐千说,是可爱。说完颂莲就长长地吁了口气,噗地把蜡烛吹灭。陈佐千听见她说,提前过生日吧,十九岁过完了。

陈佐千觉得颂莲的话里有回味之处,直到后来他也经常想起那天颂莲吹蜡烛的情景,这使他感到颂莲身上某种微妙而迷人的力量。作为一个富有性经验的男人,陈佐千更迷恋的是颂莲在床上的热情和机敏。他似乎在初遇颂莲的时候就看见了销魂种种,以后果然被证实。难以判断颂莲是天性如此还是曲意奉承,但陈佐千很满足,他对颂莲的宠爱,陈府上下的人都看在眼里。

后花园的墙角那里有一架紫藤,从夏天到秋天,紫藤花一直沉沉地开着。颂莲从她的窗口看见那些紫色的絮状花朵在秋风中摇曳,一天天地清淡。她注意到紫藤架下有一口井,而且还有石桌和石凳,一个挺闲适的去处却见不到人,通往那里的甬道上长满了杂草。蝴蝶飞过去,蝉也在紫藤枝叶上唱,颂莲想起去年这个时候,她是坐在学校的紫藤架下读书的,一切都恍若惊梦。颂莲慢慢地走过去,她提起裙子,小心不让杂草和昆虫碰蹭,慢慢地撩开几枝藤叶,看见那些石桌石凳上积了一层灰尘。走到井边,井台石壁上长满了青苔,颂莲弯腰朝井中看,井水是蓝黑色的,水面上也浮着陈年的落叶,颂莲看见自己的脸在水中闪烁不定,听见自己的喘息声被吸入井中放大了,沉闷而微弱。有一阵风吹过来,把颂莲的裙子吹得如同飞鸟,颂莲这时感到一种坚硬的凉意,像石头一样慢慢敲她的身体,颂莲开始往回走,往回走的速度很快,回到南厢房的廊下,她吐出一口气,回头又看那个紫藤架,架上倏地落下两三串花,很突然地落下来,颂莲觉得这也很奇怪。

卓云在房里坐着,等着颂莲。她乍地发觉颂莲的脸色很难看,卓云起来扶着颂莲的腰,你怎么啦?颂莲说,我怎么啦?我上外面走了走。卓云说,你脸色不好。颂莲笑了笑说身上来了。卓云也笑,我说老爷怎么又上我那儿去了呢。她打开一个纸包,拉出一卷丝绸来,说,苏州的真丝,送你裁件衣服。颂莲推卓云的手,不行,你给我东西,怎么好意思,应该我给你才对。卓云嘘了一声,这是什么道理?我见你特别可心,就想起来这块绸子,要是隔壁那女人,她掏钱我也不给,我就是这脾气。颂莲就接过绸子放在膝上摩挲着,说,三太太是有点怪。不过,她长得真好看。卓云说,好看什么?脸上的粉霜一刮掉半斤。颂莲又笑,转了话题,我刚才在紫藤架那儿呆了会儿,我挺喜欢那儿的。卓云就叫起来,你去死人井了?别去那儿,那儿晦气。颂莲吃惊道,怎么叫死人井?卓云说,怪不得你进屋脸色不好,那井里死过三个人。颂莲站起身伏在窗口朝紫藤架张望,都是什么人死在井里了?卓云说,都是上代的家眷,都是女的。颂莲还要打听,卓云就说不上来了。卓云只知道这些,她说陈家上下忌讳这些事,大家都守口如瓶。颂莲愣了一会儿,说,这些事情,不知道就不知道罢。

陈家的少爷小姐都住在中院里。颂莲曾经看见忆容和忆云姐妹俩在泥沟边挖蚯蚓,喜眉喜眼天真烂漫的样子,颂莲一眼就能判断她们是卓云的骨血。她站在一边悄悄地看她们,姐妹俩发觉了颂莲,仍然旁若无人,把蚯蚓灌到小竹筒里。颂莲说,你们挖蚯蚓做什么?忆容说,钓鱼呀。忆云却不客气地白了颂莲一眼,不要你管。颂莲有点没趣,走出几步,听见姐妹俩在嘀咕,她也是小老婆,跟妈一样。颂莲一下懵了,她回头愤怒地盯着她们看,忆容嗤嗤地笑着,忆云却丝毫不让地朝她撇嘴,又嘀咕了一句什么。颂莲心想这叫什么事儿,小小年纪就会说难听话。天知道卓云是怎么管这姐妹俩的。

颂莲再碰到卓云时,忍不住就把忆云的话告诉她。卓云说,那孩子就是嘴上没拦的,看我回去拧她的嘴。卓云赔礼后又说,其实我那两个孩子还算省事的,你没见隔壁小少爷,跟狗一样的,见人就咬,吐唾沫。你有没有挨他咬过?颂莲摇摇头,她想起隔壁的小男孩飞澜,站在门廊下,一边啃面包,一边朝她张望,头发梳得油光光的,脚上穿着小皮鞋,颂莲有时候从飞澜脸上能见到类似陈佐千的表情,她从心理上能接受飞澜,也许因为她内心希望给陈佐千再生一个儿子。男孩比女孩好,颂莲想,管他咬不咬人呢。

只有毓如的一双儿女,颂莲很久都没见到。显而易见的是他们在陈府的地位。颂莲经常听到关于对飞浦和忆惠的谈论。飞浦一直在外面收账,还做房地产生意,而忆惠在北平的女子大学读书。颂莲不经意地向雁儿打听飞浦,雁儿说,我们大少爷是有本事的人。颂莲问,怎么个有本事法?雁儿说,反正有本事,陈家现在都靠他。颂莲又问雁儿,大小姐怎么样?雁儿说,我们大小姐又漂亮又文静,以后要嫁贵人的。颂莲心里暗笑,雁儿褒此贬彼的话音让她很厌恶,她就把气发到裙裾下那只波斯猫身上,颂莲抬脚把猫踢开,骂道,贱货,跑这儿舔什么骚?

颂莲对雁儿越来越厌恶,至关重要的一点是她没事就往梅珊屋里跑,而且雁儿每次接过颂莲的内衣内裤去洗时,总是一脸不高兴的样子。颂莲有时候就训她,你挂着脸给谁看,你要不愿跟我就回下房去,去隔壁也行。雁儿申辩说,没有呀,我怎么敢挂脸,天生就没脸。颂莲抓过一把梳子朝她砸过去,雁儿就不再吱声了。颂莲猜测雁儿在外面没少说她的坏话。但她也不能对她太狠,因为她曾经看见陈佐千有一次进门来顺势在雁儿的乳房上摸了一把,虽然是瞬间的很自然的事,颂莲也不得不节制一点,要不然雁儿不会那么张狂。颂莲想,连个小丫鬟也知道靠那一把壮自己的胆,女人就是这种东西。

到了重阳节的前一天,大少爷飞浦回来了。

颂莲正在中院里欣赏菊花,看见毓如和管家都围拢着几个男人,其中一个穿白西服的很年轻,远看背影很魁梧的,颂莲猜他就是飞浦。她看着下人走马灯似的把一车行李包裹运到后院去,渐渐地人都进了屋,颂莲也不好意思进去,她摘了枝菊花,慢慢地踱向后花园,路上看见卓云和梅珊,带着孩子往这边走。卓云拉住颂莲说,大少爷回家了,你不去见个面?颂莲说,我去见他?应该他来见我吧。卓云说,说的也是,应该他先来见你。一边的梅珊则不耐烦地拍拍飞澜的头颈,快走快走。

颂莲真正见到飞浦是在饭桌上。那天陈佐千让厨子开了宴席给飞浦接风,桌上摆满了精致丰盛的菜肴,颂莲睃巡着桌子,不由得想起初进陈府那天,桌上的气派远不如飞浦的接风宴,心里有点犯酸,但是很快她的注意力就转移到飞浦身上了。飞浦坐在毓如身边,毓如对他说了句什么,然后飞浦就欠起身子朝颂莲微笑着点了点头。颂莲也颔首微笑。她对飞浦的第一个感觉是出乎意料的英俊年轻,第二个感觉是他很有心计。颂莲往往是喜欢见面识人的。

第二天就是重阳节了,花匠把花园里的菊花盆全搬到一起去,五颜六色地搭成福、禄、寿、禧四个字。颂莲早早地起来,一个人绕着那些菊花边走边看,早晨有凉风,颂莲只穿了一件毛背心,她就抱着双肩边走边看。远远地她看见飞浦从中院过来,朝这里走。颂莲正犹豫着是否先跟他打招呼,飞浦就喊起来,颂莲你早。颂莲对他直呼其名有点吃惊,她点点头,说,按辈分你不该喊我名字。飞浦站在花圃的另一边,笑着系上衬衫的领扣,说,应该叫你四太太,但你肯定比我小几岁呢,你多大?颂莲显出不高兴的样子侧过脸去看花。飞浦说,你也喜欢菊花?我原以为大清早的可以先抢风水,没想你比我还早。颂莲说,我从小就喜欢菊花,可不是今天才喜欢的。飞浦说,最喜欢哪种?颂莲说,都喜欢,就讨厌蟹爪。飞浦说,那是为什么?颂莲说,蟹爪开得太张狂。飞浦又笑起来说,有意思了,我偏偏最喜欢蟹爪。颂莲睃了飞浦一眼,我猜到你会喜欢它。飞浦又说,那又为什么?颂莲朝前走了几步,说,花非花,人非人,花就是人,人就是花,这个道理你不明白?颂莲猛地抬起头,她察觉出飞浦的眼神里有一种异彩水草般地掠过,她看见了,她能够捕捉它。飞浦叉腰站在菊花那一侧,突然说,我把蟹爪换掉吧。颂莲没有说话。她看着飞浦把蟹爪换掉,端上几盆墨菊摆上。过了一会儿,颂莲又说,花都是好的,摆的字不好,太俗气。飞浦拍拍手上的泥,朝颂莲挤挤眼睛,那就没办法子,福禄寿禧是老爷让摆的,每年都这样,老祖宗传下来的规矩。

颂莲后来想起重阳赏菊的情景,心情就愉快。好像从那天起,她与飞浦之间有了某种默契。颂莲想着飞浦如何把蟹爪搬走,有时会笑出声来。只有颂莲自己知道,她并不是特别讨厌那种叫蟹爪的菊花。

你最喜欢谁?颂莲经常在枕边这样问陈佐千,我们四个人你最喜欢谁?陈佐千说那当然是你了。毓如呢?她早就是只老母鸡了。卓云呢?卓云还凑合着但她有点松松垮垮的了。那么梅珊呢?颂莲总是克制不住对梅珊的好奇心。梅珊是哪里人?陈佐千说,她是哪里人我也不知道,连她自己也不知道。颂莲说那梅珊是孤儿出身?陈佐千说,她是戏子,京剧草台班里唱旦角的。我是票友,有时候去后台看她,请她吃饭,一来二去的她就跟我了。颂莲拍拍陈佐千的脸说,是女人都想跟你。陈佐千说,你这话对了一半,应该说是女人都想跟有钱人。颂莲笑起来,你这话也才对了一半,应该说有钱人有了钱还要女人,要也要不够。

颂莲从来没有听见梅珊唱过京戏,这天早晨窗外飘过来几声悠长清亮的唱腔,把颂莲从梦中惊醒,她推推身边的陈佐千问是不是梅珊在唱?陈佐千迷迷糊糊地说,她高兴了就唱,不高兴了就哭,狗娘养的。颂莲推开窗子,看见花园里夜来降了雪白的秋霜,在紫藤架下,一个穿黑衣黑裙的女人且舞且唱着。果然就是梅珊。

颂莲披衣出来,站在门廊上远远地看着那里的梅珊。梅珊已沉浸其中,颂莲觉得她唱得凄凉婉转,听得心也浮了起来。这样过了好久,梅珊戛然而止,她似乎看见了颂莲的眼睛里充满了泪影。梅珊把长长的水袖搭在肩上往回走,在早晨的天光里,梅珊的脸上、衣服上跳跃着一些水晶色的光点,她的绾成圆髻的头发被霜露打湿,这样走着她整个显得湿润而忧伤,仿佛风中之草。

你哭了?你活得不是很高兴吗,为什么哭?梅珊在颂莲面前站住,淡淡地说。颂莲掏出手绢擦了擦眼角,她说也不知是怎么了,你唱的戏叫什么?叫《女吊》。梅珊说你喜欢听吗?我对京戏一窍不通,主要是你唱得实在动情,听得我也伤心起来。颂莲说着她看见梅珊的脸上第一次露出和善的神情,梅珊低下头看看自己的戏装,她说,本来就是做戏嘛,伤心可不值得。做戏做得好能骗别人,做得不好只能骗骗自己。

陈佐千在颂莲屋里咳嗽起来,颂莲有些尴尬地看着梅珊。梅珊说,你不去伺候他穿衣服?颂莲摇摇头说他自己穿,他又不是小孩子。梅珊便有点悻悻的,她笑了笑说他怎么要我给他穿衣穿鞋,看来人是有贵贱之分。这时候陈佐千又在屋里喊起来,梅珊,进屋来给我唱一段!梅珊的细柳眉立刻挑起来,她冷笑一声,跑到窗前冲里面说,老娘不愿意!

颂莲见识了梅珊的脾气。当她拐弯抹角地说起这个话题时,陈佐千说,都怪我前些年把她娇宠坏了。她不顺心起来敢骂我家祖宗八代。陈佐千说这狗娘养的小婊子,我迟早得狠狠收拾她一回。颂莲说,你也别太狠心了,她其实挺可怜的,没亲没故的,怕你不疼她,脾气就坏了。

以后颂莲和梅珊有了些不冷不热的交往。梅珊迷麻将,经常招呼人去她那里搓麻将,从晚饭过后一直搓到深更半夜。颂莲隔着墙能听见隔壁洗牌的哗啦哗啦的声音,吵得她睡不好觉。她跟陈佐千发牢骚，陈佐千说，你就忍一忍吧，她搓上麻将还算正常一点，反正她把钱输光了我不会给她的，让她去搓，让她去作死。但是有一回梅珊差丫鬟来叫颂莲上牌桌子，颂莲一句话把丫鬟挡了回去，她说，我去搓麻将？亏你们想得出来。丫鬟回去后梅珊自己来了，她说，三缺一，赏个脸吧。颂莲说我不会呀，不是找输吗？梅珊来搜她的胳膊，走吧，输了不收你钱，要不赢了归你，输了我付。颂莲说，那倒不至于，主要是我不喜欢。她说着就看见梅珊的脸挂下来了，梅珊哼了一声说，你这里有什么呀？好像守着个大金库不肯挪一步，不过就是个干瘪老头罢了。颂莲被戗得恶火攻心，刚想发作，难听话溜到嘴边又咽回去了，她咬着嘴唇考虑了几秒钟说，好吧，我跟你去。

另外两个人已经坐在桌前等候了，一个是管家陈佐文，另一个不认识，梅珊介绍说是医生。那人戴着金丝边眼镜，皮肤黑黑的，嘴唇却像女性一样红润而柔情。颂莲以前见他出入过梅珊的屋子，她不知怎么就不相信他是医生。

颂莲坐在牌桌上心不在焉，她是真的不太会打，糊里糊涂就听见他们喊和了，自摸了。她只是掏钱，慢慢地她就心疼起来，她说，我头疼，想歇一歇了。梅珊说，上桌就得打八圈，这是规矩。你恐怕是输得心疼吧。陈佐文在一边说，没关系的，破点小财消灾灭祸。梅珊又说，你今天就算给卓云做好事吧，这一阵她闷死了，把老头儿借她一夜，你输的钱让她掏给你。桌上的两个男人都笑起来。颂莲也笑，梅珊你可真能逗乐，心里却像吞了只苍蝇。

颂莲冷眼观察着梅珊和医生间的眉目传情，她想什么事情都是逃不过她的直觉的。当洗牌时掉下一张牌以后，颂莲弯腰去捡，一下就发现了他们的四条腿的形状，藏在桌下的那四条腿原来紧缠在一起，分开时很快很自然，但颂莲是确确实实看见了。

颂莲不动声色。她再也不去看梅珊和医生的脸了。颂莲这时的心情很复杂，有点惶惑，有点紧张，还有一点幸灾乐祸。她心里说梅珊你活得也太自在了也太张狂了。

秋天里有很多这样的时候，窗外天色阴晦，细雨绵延不绝地落在花园里，从紫荆、石榴树的枝叶上溅起碎玉般的声音。这样的时候颂莲枯坐窗边，睇视外面晾衣绳上一块被雨淋湿的丝绢，她心绪烦躁复杂，有的念头甚至是秘不可示的。

颂莲就不明白为什么每逢阴雨就会想念床笫之事。陈佐千是不会注意到天气对颂莲生理上的影响的。陈佐千只是有点招架不住的窘态。他说，年龄不饶人，我又最烦什么三鞭神油的。陈佐千抚摸颂莲粉红的微微发烫的肌肤，摸到无数欲望的小兔在她皮肤下面跳跃。陈佐千的手渐渐地就狂乱起来，嘴也俯到颂莲的身上。颂莲面色绯红地侧身躺在长沙发上，听见窗外雨珠迸裂的声音，颂莲双目微闭，呻吟道，主要是下雨了。陈佐千没听清，你说什么？项链？颂莲说，对，项链，我想要一串最好的项链。陈佐千说，你要什么我不给你？只是千万别告诉她们。颂莲一下子就翻身坐起来，她们？她们算什么东西？我才不在乎她们呢。陈佐千说，那当然，她们谁也比不上你。他看见颂莲的眼神迅速地发生了变化，颂莲把他推开，很快地穿好内衣走到窗前去了。陈佐千说你怎么了，颂莲回过头，幽怨地说，没情绪了，谁让你提起她们的？

陈佐千怏怏地和颂莲一起看着窗外的雨景。这样的时候整个世界都潮湿难耐起来。花园里空无一人，树叶绿得透出凉意，远远地那边的紫藤架被风掠过，摇晃有如人形。颂莲想起那口井，关于井的一些传闻。颂莲说，这园子里的东西有点鬼气。陈佐千说，哪来的鬼气？颂莲朝紫藤架努努嘴，喏，那口井。陈佐千说，不过就死了两个投井的，自寻短见的。颂莲说，死的谁？陈佐千说，反正你也不认识的，是上一辈的两个女卷。颂莲说,是姨太太吧。陈佐千脸色立刻有点难看了,谁告诉你的?颂莲笑笑说谁也没告诉我,我自己看见的,我走到那口井边,一眼就看见两个女人浮在井底里,一个像我,另一个还是像我。陈佐千说,你别胡说了,以后少上那儿去。颂莲拍拍手说,那不行,我还没去问问那两个鬼魂呢,她们为什么投井?陈佐千说,那还用问,免不了是些污秽事情吧。颂莲沉吟良久,后来她突然说了一句,怪不得这园子里修这么多井。原来是为寻死的人挖的。陈佐千一把搂过颂莲,你越说越离谱,别去胡思乱想。说着陈佐千抓住颂莲的手,让她摸自己的那地方,他说,现在倒又行了,来吧。我就是死在你床上也心甘情愿。

花园里秋雨萧瑟,窗内的房事因此有一种垂死的气息,颂莲的眼前是一片深深幽暗,唯有梳妆台上的几朵紫色雏菊闪烁着稀薄的红影。颂莲听见房门外有什么动静,她随手抓过一只香水瓶子朝房门上砸去。陈佐千你又怎么了,颂莲说,她在偷看。陈佐千说,谁偷看?颂莲说是雁儿。陈佐千笑起来,这有什么可偷看的?再说她也看不见。颂莲厉声说,你别护她,我隔多远也闻得出她的骚味。

黄昏的时候,有一群人围坐在花园里听飞浦吹箫。飞浦换上丝绸衫裤,更显出他的倜傥风流。飞浦持箫坐在中间,四面听箫的多是飞浦做生意的朋友。这时候这群人成为陈府上下关注的中心,仆人们站在门廊上远远地观察他们,窃窃私语。其他在室内的人会听见飞浦的箫声像水一样幽幽地漫进窗口,谁也无法忽略飞浦的箫声。

颂莲往往被飞浦的箫声所打动,有时甚至泪涟涟的。她很想坐到那群男人中间去,离飞浦近一点,持箫的飞浦令她回想起大学里一个独坐空室拉琴的男生,她已经记不清那个男生的脸,对他也不曾有深藏的暗恋,但颂莲易于被这种优美的情景感化,心里是一片秋水涟漪。颂莲踟蹰半天,搬了一张藤椅坐在门廊上,静听着飞浦的箫声。没多久箫声沉寂了,那边的男人们开始说话。颂莲顿时就觉得没趣了,她想,说话多无聊,还不是你诓我我骗你的,人一说起话来就变得虚情假意的了。于是颂莲起身回到房里,她突然想起箱子里也有一管长箫,那是她父亲的遗物。颂莲打开那只藤条箱子,箱子好久没晒,已有一些霉味,那些弃之不穿的学生时代的衣裙整整齐齐地摞着,好像从前的日子尘封了,散出星星点点的怅然和梦想。颂莲把那些衣服腾空了,也没有见那管长箫。她明明记得离家时把箫放进箱底的,怎么会没有了呢?雁儿,雁儿你来。颂莲就朝门廊上喊。雁儿来了,说,四太太怎么不听少爷吹箫了?颂莲说,你有没有动过我的箱子?雁儿说,前一阵你让我收拾箱子的,我把衣服都叠好了呀?颂莲说,你有没有见一管箫?箫?雁儿说,我没见,男人才玩箫呢!颂莲盯住雁儿的眼睛看,冷笑了一声,那么说是你把我的箫偷去了?雁儿说,四太太你也别随便糟践人,我偷你的箫干什么呀?颂莲说,你自然有你的鬼念头,从早到晚心怀鬼胎,还装得没事人似的。雁儿说,四太太你别太冤枉人了,你去问问老爷少爷大太太二太太三太太,我什么时候偷过主子一个铜板的?颂莲不再理睬她,她轻蔑地瞄着雁儿,然后跑到雁儿住的小偏房去,用脚踩着雁儿的杂木箱子说,嘴硬就给我打开。雁儿去拖颂莲的脚,一边哀求说,四太太你别踩我的箱子,我真的没拿你的箫。颂莲看雁儿的神色心中越来越有底,她从屋角抓过一把斧子说,劈碎了看一看,要是没有明天给你个新的箱子。她咬着牙一斧劈下去,雁儿的箱子就散了架。衣物铜板小玩艺儿滚了一地,颂莲把衣物都抖开来看,没有那管箫,但她忽然抓住一个鼓鼓的小白布包,打开一看,里面是个小布人,小布人的胸口刺着三枚细针。颂莲起初觉得好笑,但很快地她就发觉小布人很像她自己,再细细地看,上面有依稀的两个墨迹:颂莲。颂莲的心好像真的被三枚细针刺着,一种尖锐的刺痛感。她的脸一下变得煞白。旁边的雁儿靠着墙,惊惶地看着她。颂莲突然尖叫了一声,她跳起来一把抓住雁儿的头发,把雁儿的头一次一次地往墙上撞。颂莲噙着泪大叫,让你咒我死!让你咒我死!雁儿无力挣脱,她只是软瘫在那里,发出断断续续的呜咽。颂莲累了,喘着气候而想到雁儿是不识字的,那么谁在小布人上写的字呢?这个疑问使她更觉揪心,颂莲后来就蹲下身子来,给雁儿擦泪,她换了种温和的声调,别哭了,事儿过了就过了,以后别这样,我不记仇。不过你得告诉我是谁给你写的字。雁儿还在抽噎着,她摇着头说,我不说,不能说。颂莲说,你不用怕,我也不会闹出去的,你只要告诉我我绝对不会连累你的。雁儿还是摇头。颂莲于是开始提示。是毓如?雁儿摇头。那么肯定是梅珊了?雁儿依然摇头。颂莲倒吸了一口凉气,她的声音有些颤抖了。是卓云吧?雁儿不再摇头了,她的神情显得悲伤而愚蠢。颂莲站起来,仰天说了一句,知人知面不知心哪,我早料到了。

陈佐千看见颂莲眼圈红肿着,一个人呆坐在沙发上,手里捻着一枝枯萎的雏菊。陈佐千说,你刚才哭过?颂莲说,没有呀,你对我这么好,我干什么要哭?陈佐千想了想说,你要是嫌闷,我陪你去花园走走,到外面吃消夜也行。颂莲把手中的菊枝又捻了几下,随手扔出窗外,淡淡地问,你把我的箫弄到哪里去了?陈佐千迟疑了一会儿,说,我怕你分心,收起来了。颂莲的嘴角浮出一丝冷笑,我的心全在这里,能分到哪里去?陈佐千也正色道,那么你说那箫是谁送你的?颂莲懒懒地说,不是信物,是遗物,我父亲的遗物。陈佐千就有点发窘说是我多心了,我以为是哪个男学生送你的。颂莲把手摊开来,说,快取来还我,我的东西我自己来保管。陈佐千更加窘迫起来,他搓着手来回地走,这下坏了,他说,我已经让人把它烧了。陈佐千没听见颂莲再说话,房间里一点一点黑下来。他打开电灯,看见颂莲的脸苍白如雪,眼泪无声地挂在双颊上。

这一夜对于他们两个人来说都是特殊的一夜,颂莲像羊羔一样把自己抱紧了,远离陈佐千的身体,陈佐千用手去抚摸她,仍然得不到一点回应。他一会儿关灯一会儿开灯,看颂莲的脸像一张纸一样漠然无情。陈佐千说,你太过分了,我就差一点给你下跪求饶了。颂莲沉默了一会儿,说,我不舒服。陈佐千说,我最恨别人给我看脸色。颂莲翻了个身说,你去卓云那里吧,反正她总是对人笑的。陈佐千就跳下床来穿衣服,说,去就去,幸亏我还有三房太太。

第二天卓云到颂莲房里来时,颂莲还躺在床上。颂莲看见她掀开门帘的时候打了个莫名的冷颤。她佯睡着闭上眼睛,卓云坐到床头伸手摸摸颂莲的额头说,不烫呀,大概不是生病是生气吧。颂莲眼睛觑着朝她笑了笑,你来啦。卓云就去拉颂莲的手,快起来吧,这样躺没病也孵出毛病来。颂莲说,起来又能干什么?卓云说,给我剪头发,我也剪个你这样的学生头,精神精神。

卓云坐在圆凳上,等着颂莲给她剪头发。颂莲抓起一件旧衣服给她围上,然后用梳子慢慢梳着卓云的头发。颂莲说,剪不好可别怪我,你这样好看的头发,剪起来实在是心慌。卓云说,剪不好也没关系的,这把年纪了还要什么好看。颂莲仍然一下一下地把卓云的头发梳上去又梳下来,那我就剪了。卓云说,剪呀,你怎么那样胆小?颂莲说,主要是手生,怕剪着了你。说完颂莲就剪起来。卓云的乌黑松软的头发一绺绺地掉下来,伴随着剪刀双刃的撞击声。卓云说,你不是挺麻利的吗?颂莲说,你可别夸我,一夸我的手就抖了。说着就听见卓云发出了一声尖厉刺耳的叫声,卓云的耳朵被颂莲的剪刀实实在在地剪了一下。

甚至花园里的人也听见了卓云那声可怕的尖叫,梅珊房里的人都跑过来看个究竟。她们看见卓云捂住右耳疼得直冒虚汗,颂莲拿着把剪刀站在一边,她的脸也发白了,唯有地板上是几绺黑色的头发。你怎么啦?卓云的泪已夺眶而出,她的话没说完就捂住耳朵跑到花园里去了。颂莲愣愣地站在那堆头发边上,手中的剪刀当地掉在地上。她自言自语地说了一声,我的手发抖,我病着呢。然后她把看热闹的佣人都推出门去,你们在这儿干什么?还不快给二太太请医生去。

梅珊牵着飞澜的手,仍然留在房里。她微笑着对颂莲看,颂莲避开她的目光,她操起芦花帚扫着地上的头发,听见梅珊忽然格格笑出了声音。颂莲说,你笑什么?梅珊眨了眨眼睛,我要是恨谁也会把她的耳朵剪掉,全部剪掉,一点不剩。颂莲沉下了脸,你这是什么意思?难道我是有意的吗?梅珊又嬉笑了一声说那只有天知道啦。

颂莲没再理睬梅珊,她兀自躺到床上去,用被子把头蒙住,她听见自己的心怦然狂跳。她不知道自己的心对那一剪刀负不负责任,反正谁都应该相信,她是无意的。这时候她听见梅珊隔着被子对她说话,梅珊说,卓云是慈善面孔蝎子心,她的心眼点子比谁都多。梅珊又说,我自知不是她对手,没准你能跟她斗一斗,这一点我头一次看见你就猜到了。颂莲在被子里动弹了一下,听见梅珊出乎意料地打开了话匣子。梅珊说你想知道我和她生孩子的事情吗?梅珊说我跟卓云差不多一起怀孕的我三个月的时候她差人在我的煎药里放了泻胎药结果我命大胎儿没掉下来后来我们差不多同时临盆她又想先生孩子就花很多钱打外国催产针把阴道都撑破了结果还是我命大我先生了飞澜是个男的她竹篮打水一场空生了忆容不过是个小贱货还比飞澜晚了三个钟头呢。

天已寒秋,女人们都纷纷换上了秋衣,树叶也纷纷在清晨和深夜飘落在地,枯黄的一片覆盖了花园。几个女佣蹲在一起烧树叶,一股焦烟味弥漫开来,颂莲的窗口砰地打开,女佣们看见颂莲的脸因愤怒而涨得绯红。她抓着一把木梳在窗台上敲着,谁让你们烧树叶的?好好的树叶烧得那么难闻。女佣们便收起了笤帚箩筐,一个胆大的女佣说,这么多的树叶,不烧怎么弄?颂莲就把木梳从窗里砸到她的身上,颂莲喊,不准烧就是不准烧!然后她砰地关上了窗子。

四太太的脾气越来越大了。女佣们这么告诉毓如。她不让我们烧树叶,她的脾气怎么越来越大了?毓如把女佣呵斥了一通,不准嚼舌头,轮不到你们来搬弄是非。毓如心里却很气,以往花园里的树叶每年都要烧几次的,难道来了个颂莲就要破这个规矩不成?女佣在一边垂手而立,说,那么树叶不烧了?毓如说,谁说不烧的?你们给我去烧,别理她好了。

女佣再去烧树叶,颂莲就没有露面,只是人去扫灰烬的时候见颂莲走出南厢房。她还穿着夏天的裙子,女佣说她怎么不冷,外面的风这么大。颂莲站在一堆黑灰那里,呆呆地看了会儿,然后她就去中院吃饭。颂莲的裙摆在冷风中飘来飘去,就像一只白色蝴蝶。

颂莲坐在饭桌上,看他们吃。颂莲始终不动筷子。她的脸色冷静而沉郁,抱紧双臂,一副不可侵犯的样子。那天恰逢陈佐千外出,也是府中闹事的时机。飞浦说,咦,你怎么不吃?颂莲说,我已经饱了。飞浦说,你吃过了?颂莲鼻孔里哼了一声,我闻焦烟味已经闻饱了。飞浦摸不着头脑,朝他母亲看。毓如的脸就变了,她对飞浦说,你吃你的饭,管那么多呢。然后她放高嗓门,注视着颂莲,四太太,我倒是听你说说,你说那么多树叶堆在地上怎么弄?颂莲说,我不知道,我有什么资格料理家事?毓如说,年年秋天要烧树叶,从来没什么别扭,怎么你就比别人娇贵?那点烟味就受不了。颂莲说,树叶自己会烂掉的,用得着去烧吗?树叶又不是人。毓如说,你这是什么意思,莫名其妙的。颂莲说,我没什么意思,我还有一点不明白的,为什么要把树叶扫到后院来烧,谁喜欢闻那烟味就在谁那儿烧好了。毓如便听不下去了,她把筷子往桌上一拍,你也不拿个镜子照照,你颂莲在陈家算什么东西?好像谁亏待了你似的。颂莲站起来,目光矜持地停留在毓如蜡黄有点浮肿的脸上。说对了,我算个什么东西?颂莲轻轻地像在自言自语,她微笑着转过身离开,再回头时已经泪光盈盈,她说,天知道你们又算个什么东西?

整整一个下午,颂莲把自己关在室内,连雁儿端茶时也不给开门。颂莲独坐窗前,看见梳妆台上的那瓶大丽菊已枯萎得发黑,她把那束菊花拿出来想扔掉,但她不知道往哪里扔,窗户紧闭着不再打开。颂莲抱着花在房间里踱着,她想来想去结果打开衣橱,把花放了进去。外面秋风又起,是很冷的风,把黑暗一点点往花园里吹。她听见有人敲门。她以为是雁儿又端茶来,就敲了一下门背,烦死了,我不要喝茶。外面的人说,是我,我是飞浦。

颂莲想不到飞浦会来。她把门打开,倚门而立。你来干什么?飞浦的头发让风吹得很凌乱,他捋着头发,有点局促地笑了笑说,他们说你病了,来看看你。颂莲嘘了一声,谁生病啊,要死就死了,生病多磨人。飞浦径直坐到沙发上去,他环顾着房间,突然说,我以为你房间里有好多书。颂莲摊开双手,一本也没有,书现在对我没用了。颂莲仍然站着,她说,你也是来教训我的吗?飞浦摇着头,说,怎么会?我见这些事头疼。颂莲说,那么你是来打圆场的?我看不需要,我这样的人让谁骂一顿也是应该的。飞浦沉默了一会儿说,我母亲其实也没什么坏心。她天性就是固执死板,你别跟她斗气,不值得。颂莲在房间里来回走着,走着突然笑起来,其实我也没想跟大太太斗气,真的,我也不知道自己是怎么回事,你觉得我可笑吗?飞浦又摇头,他咳嗽了一声,慢吞吞地说,人都一样,不知道自己的喜怒哀乐是怎么回事。

他们的谈话很自然地引到那支箫上去。我原来也有一支箫,颂莲说,可惜,可惜弄丢了。那么你也会吹箫啦?飞浦高兴地问。颂莲说,我不会,我没来得及学就丢了。飞浦说,我介绍个朋友教你怎么样?我就是跟他学的。颂莲笑着,不置可否的样子。这时候雁儿端着两碗红枣银耳羹进来,先送到飞浦手上。颂莲在一边说,你看这丫头对你多忠心,不用关照自己就做好点心了。雁儿的脸羞得通红,把另外一碗往桌上一放就逃出去了。颂莲说,雁儿别走呀,大少爷有话跟你说。说着颂莲捂着嘴扑哧一笑。飞浦也笑,他用银勺搅着碗里的点心,说,你对她也太厉害了。颂莲说,你以为她是盏省油灯?这丫头心贱,我这儿来了人,她哪回不在门外偷听?也不知道她害的什么糊涂心思。飞浦察觉到颂莲的不快,赶紧换了话题,他说,我从小就好吃甜食,像这红枣银耳羹什么的,真是不好意思,朋友们都说,女人才喜欢吃甜食。颂莲的神色却依旧是黯然,她开始摩挲自己的指甲玩,那指甲留得细长,涂了凤仙花汁,看上去像一些粉红的鳞片。喂,你在听我讲吗?飞浦说。颂莲说,听着呢,你说女人喜欢吃甜食,男人喜欢吃咸的。飞浦笑着摇摇头,站起身告辞。临走他对颂莲说,你这人有意思,我猜不透你的心。颂莲说,你也一样,我也猜不透你的心。

十二月初七陈府门口挂起了灯笼,这天陈佐千过五十大寿。从早晨起前来祝寿的亲朋好友在陈家花园穿梭不息。陈佐千穿着飞浦赠送的一套黑色礼服在客厅里接待客人,毓如、卓云、梅珊、颂莲和孩子们则簇拥着陈佐千,与来的宾客寒暄。正热闹的时候,猛听见一声脆响,人们都朝一个地方看,看见一只半人高的花瓶已经碎伏在地。

　　原来是飞澜和忆容在那儿追闹,把花瓶从长几上碰翻了。两个孩子站在那儿面面相觑,知道闯了祸。飞澜先从骇怕中惊醒,指着忆容说,是她撞翻的,不关我的事。忆容也连忙把手指到飞澜鼻子上,你追我,是你撞翻的。这时候陈佐千的脸已经幡然变色,但碍于宾客在场的缘故,没有发作。毓如走过来,轻声地然而又是浊重地嘀咕着,孽种,孽种。她把飞澜和忆容拽到外面,一人捆了一巴掌,晦气,晦气。毓如又推了飞澜一把,给我滚远点。飞澜便滚到地上哭叫起来,飞澜的嗓门又尖又亮,传到客厅里。梅珊先就奔了出来,她把飞澜抱住,睃了毓如一眼,说,打得好,打得好,反正早就看不顺眼,能打一下是一下!毓如说,你这算什么话?孩子闯了祸,你不教训一句倒还护着他?梅珊把飞澜往毓如面前推,说,那好,就交给你教训吧,你打呀,往死里打,打死了你心里会舒坦一些。这时卓云和颂莲也跑了出来。卓云拉过忆容,在她头上拍了一下,我的小祖奶奶,你怎么尽给我添乱呢?你说,到底谁打的花瓶?忆容哭起来,不是我,我说了不是我,是飞澜撞翻了桌子。卓云说,不准哭,既然不是你你哭什么?老爷的喜日都给你们冲乱了。梅珊在一边冷笑了一声,说,三小姐小小年纪怎么撒谎不打愣?我在一边看得清清楚楚,是你的胳膊把花瓶带翻的。四个女人一时无话可说,唯有飞澜仍然一声声哭嚎着。颂莲在一边看了一会儿,说,犯不着这样,不就是一只花瓶吗?碎了就碎了,能有什么事?毓如白了颂莲一眼,你说得轻巧,这是一只瓶子的事吗?老爷凡事喜欢图吉利,碰上你们这些人没心没肝的,好端端的陈家迟早要败在你们手里。颂莲说,咦,怎么又是我的错了?算我胡说好了,其实谁想管你们的事?颂莲一扭身离开了是非之地,她往后花园去,路上碰到飞浦和他的一班朋友,飞浦问,你怎么走了?颂莲摸摸自己的额头,说,我头疼,我见了热闹场面头就疼。

　　颂莲真的头疼起来,她想喝水,但水瓶全是空的,雁儿在客厅帮忙,趁势就把这里的事情撂下了。颂莲骂了一声小贱货,自己开了炉门烧水。她进了陈家还是头一次干这种家务活,有点笨手拙脚的。在厨房里站了一会儿,她又走到门廊上,看见后花园此时寂静无比,人都热闹去了,留下一些孤寂,它们在枯枝残叶上一点点滴落,浸入颂莲的心。她又看见那架凋零的紫藤,在风中发出凄迷的絮语,而那口井仍然向她隐晦地呼唤着。颂莲捂住胸口,她觉得她在虚无中听见了某种启迪的声音。

　　颂莲朝井边走去,她的身体无比轻盈,好像在梦中行路一般。有一股植物腐烂的气息弥漫井台四周,颂莲从地上拣起一片紫藤叶子细看了看,把它扔进井里。她看见叶子像一片饰物浮在幽蓝的死水之上,把她的浮影遮盖了一块,她竟然看不见自己的眼睛。颂莲绕着井台转了一圈,始终找不到一个角度看见自己她觉得这很奇怪,一片紫藤叶子,她想,怎么会?正午的阳光在枯井中慢慢地跳跃,幻变成一点点白光,颂莲突然被一个可怕的想象攫住,一只手,有一只手托住紫藤叶遮盖了她的眼睛,这样想着她似乎就真切地看见一只苍白的湿漉漉的手,它从深不可测的井底升起来,遮盖她的眼睛。颂莲惊恐地喊出了声音,手。手。她想返身逃走,但整个身体好像被牢牢地吸附在井台上,欲罢不能。颂莲觉得她像一株被风折断的花,无力地俯下身子,凝视井中。在又一阵的晕眩中她看见井水倏然翻腾喧响,一个模糊的声音自遥远的地方切入耳膜:颂莲,你下来。颂莲,你下来。

　　卓云来找颂莲的时候,颂莲一个人坐在门廊上,手里抱着梅珊养的波斯猫。卓云说,你怎么在这儿?开午宴了。颂莲说,我头晕得厉害,不想去。卓云说,那怎么行?有病也得去呀,场面上的事情,老爷再三吩咐你回去。颂莲说,我真的不想去,难受得快死了,你们就让我清静一会儿吧。卓云笑了笑,说,是不是跟毓如生气呀?没有,我没精神跟谁生气。颂莲露出了不耐烦的神情,她把怀里的猫往地上一扔,说,我想睡一会儿。卓云仍然赔着笑脸,那你就去睡吧,我回去告诉老爷就是了。

　　这一天颂莲昏昏沉沉地睡着,睡着也看见那口井,井中那片紫藤叶,她浑身沁出一身冷汗。谁知道那口井是什么?那片紫藤叶是什么?她颂莲又是什么?后来她懒懒地起来,对着镜子梳洗了一番。她看见自己的面容就像那片枯叶一样憔悴毫无生气。她对镜子里的女人很陌生。她不喜欢那样的女人。颂莲深深地叹了一口气,这时候她想起了陈佐千和生日这些概念,心里对自己的行为不免后悔起来。她自责地想我怎么一味地耍起小性子来了,她深知这对她的生活是有害无益的,于是她连忙打开了衣橱门,从里取出一条水灰色的羊毛围巾,这是她早就为陈佐千的生日准备的礼物。

　　晚宴上全部是陈家自己人了。颂莲进饭厅的时候看见他们都已落座。他们不等我就开桌了。颂莲这样想着走到自己的座位前,飞浦在对面招呼说,你好了?颂莲点点头,她偷窥陈佐千的脸色,陈佐千脸色铁板阴沉,颂莲的心就莫名地跳了一下,她拿着那条羊毛围巾送到他面前,老爷,这是我的微薄之礼。陈佐千嗯了一声,手往边上的圆桌一指,放那边吧。颂莲抓着围巾走过去,看见桌上堆满了家人送的寿礼。一只金戒指,一件狐皮大衣,一只瑞士手表,都用红缎带扎着。颂莲的心又一次略噔了一下,她觉得脸上一阵燥热。重新落座,她听见毓如在一边说,既是寿礼,怎么也不知道扎条红缎带?颂莲装作没听见,她觉得毓如的挑剔实在可恶,但是整整一天她确实神思恍惚,心不在焉。她知道自己已经惹恼了陈佐千,这是她唯一不想干的事情。颂莲竭力想着补救的办法,她应该让他们看到她在老爷面前的特殊地位,她不能做出卑贱的样子,于是颂莲突然对着陈佐千莞尔一笑,她说,老爷,今天是你的吉辰良日,我积蓄不多,送不出金戒指狐皮大衣,我再补送老爷一份礼吧。说着颂莲站起身走到陈佐千跟前,抱住他的脖子,在他脸上亲了一下,又亲了一下。桌上的人都呆住了,望着陈佐千。陈佐千的脸涨得通红,他似乎想说什么,又说不出什么,终于把颂莲一把推开,厉声道,众人面前你放尊重一点。

　　陈佐千这一手其实自然,但颂莲却始料不及,她站在那里,睁着茫然而惊惶的眼睛盯着陈佐千,好一会儿她意识到发生了什么,她捂住了脸,不让他们看见扑簌簌涌出来的眼泪。她一边往外走一边低低地碎帛似的哭泣,桌上的人听见颂莲在说,我做错了什么?我又做错了什么?

　　即使站在一边的女仆也目睹了发生在寿宴上的风波,他们敏感地意识到这将是颂莲在陈府生活的一大转折。到了夜里,两个女仆去门口摘走寿日灯笼,一个说,你猜老爷今天夜里去谁那儿?另一个想了会儿说,猜不出来,这种事还不是凭他的兴致来,谁能猜得到?

　　两个女人面对面坐着,梅珊和颂莲。梅珊是精心打扮过的,画了眉毛,涂了嫣丽的美人牌口红,一件华贵的裘皮大衣搭在膝上,而颂莲是懒懒的刚刚起床的样子,手指上夹着一支烟,虚着眼睛慢慢地吸。奇怪的是两个人都不说话,听墙上的挂钟嘀嗒嘀嗒响,颂莲和梅珊各怀心事,好像两棵树面对面地各怀心事,这在历史上也是常见的。

梅珊说我发现你这两天脾气坏了,是不是身上来了?

颂莲说这跟那个有什么联系,我那个不准,也不知道什么时候来,什么时候又去了。

梅珊说聪明女人这事却糊涂,这个月还没来?别是怀上了吧?

颂莲说没有没有哪有这事?

梅珊说你照理应该有了,陈佐千这方面挺有能耐的,晚上你把小腰儿垫高一点,真的,不诓你。

颂莲说梅珊你嘴上真是没栅栏亏你说得出口。

梅珊说不就这么回事有什么可瞒瞒藏藏的,你要是不给陈家添个人丁,苦日子就在后面了。我们这样人都一回事。

颂莲说陈佐千这一阵子根本就没上我这里来,随便吧,我无所谓的。

梅珊说你是没到那个火候,我就不,我跟他说了,他只要超过五天不上我那里,我就找个伴。我没法过活寡日子。他在我那儿最辛苦,他对我又怕又恨又想要,我可不怕他。

颂莲说这事多无聊,反正我都无所谓的,我就是不明白女人到底是个什么东西,女人到底算个什么东西,就像狗、像猫、像金鱼、像老鼠,什么都像,就是不像人。

梅珊说你别尽自己糟践自己,别担心陈佐千把你冷落了,他还会来你这儿的,你比我们都年轻,又水灵,又有文化,他要是抛下你去找毓如和卓云才是傻瓜呢,她们的腰快赶上水桶那样粗啦。再说当众奚他一下又怎么样呢?

颂莲说你这人真讨厌,我不是这个意思,我是说我自己。

梅珊说别去想那事了,没什么,他就是有点假正经,要是在床上,别说亲一下脸,就是亲他那儿他也乐意。

颂莲说你别说了真让人恶心。

梅珊说那么你跟我上玫瑰戏院去吧,程砚秋来了,演《荒山泪》,怎么样,去散散心吧?

颂莲说我不去,我不想出门,这心就那么一块,怎么样都是那么一块,散散心又能怎么样?

梅珊说你就不能陪陪我,我可是陪你说了这么多话。

颂莲说让我陪你有什么趣呢,你去找陈佐千陪你,他要是没功夫你就找那个医生嘛。

梅珊愣了一下,她的脸立刻挂下来了。梅珊抓起裘皮大衣和围脖起身,她逼近颂莲朝她盯了一眼,一扬手把颂莲嘴里衔着的香烟打在地上,又用脚碾了一下。梅珊厉声说,这可不是玩笑话,你要是跟别人胡说我就把你的嘴撕烂了。我不怕你们,我谁也不怕,谁想害我都是痴心妄想!

飞浦果然领了一个朋友来见颂莲,说是给她请的吹箫老师。颂莲反而手足无措起来,她原先并没把学箫的事情当真。定睛看那个老师,一个皮肤白皙留平头的年轻男子,像学生又不像学生,举手投足有点腼腆拘谨。通报了名字,原来是此地丝绸大王顾家的三公子。颂莲从窗子里看见他们过来,手拉手的。颂莲觉得两个男子手拉手地走路,有一种新鲜而古怪的感觉。

　　看你们两个多要好,颂莲抿着嘴笑道我还没见过两个大男人手拉手走路呢。飞浦的样子有点窘,他说,我们从小就认识,一个学堂念书的。再看顾家少爷,更是脸红红的。颂莲想这位老师有点意思,动辄脸红的男人不知是什么样的男人。颂莲说,我长这么大,就没交上一个好朋友。飞浦说,这也不奇怪,你看上去孤傲,不太容易接近吧。颂莲说,冤枉了,我其实是孤而不傲,要傲总得有点资本吧。我有什么资本傲呢?

　　飞浦从一个黑绸箫袋里抽出那支箫,说,这支送你吧,本来也是顾少爷给我的,借花献佛啦。颂莲接过箫来看了看顾少爷。顾少爷颔首而笑。颂莲把箫竖在唇边,胡乱吹了一个音,说,就怕我笨,学不会。顾少爷说,吹箫很简单的,只要用心,没有学不会的道理。颂莲说,就怕我用不上那份心,我这人的心像沙子一样散的,收不起来。顾少爷又笑了,那就困难了,我只管你吹箫,管不了你的心。飞浦坐下来,看看颂莲,又看看顾少爷,目光中闪烁着他特有的温情。

　　箫有七孔,一个孔是一份情调,缀起来就特别优美,也特别感伤,吹箫人就需要这两种感情。顾少爷很含蓄地看着颂莲说,这两种感情你都有吗?颂莲想了想说,恐怕只有后一种。顾少爷说有也就不错了,感伤也是一份情调。就怕空,就怕你心里什么也没有,那就吹不好箫了。颂莲说,顾少爷先吹一曲吧,让我听听箫里有什么。顾少爷也不推辞,持箫便吹。颂莲听见一丝轻妙柔美的箫声流出来,如泣如诉的。飞浦坐在沙发上闭起了眼睛说,这是《秋怨曲》。

　　毓如的丫鬟福子就是这时候来敲窗的,福子尖声喊着飞浦大少爷,太太让你去客厅见客呢。飞浦说,谁来了?福子说,我不知道,太太让你快去。飞浦皱了皱眉头说,叫客人上这儿来找我。福子仍然敲着窗,喊,太太一定要你去,你不去她要骂死我的。飞浦轻轻骂了一声,讨厌。他无可奈何地站起来,又骂,什么客人?见鬼。顾少爷持箫看着飞浦,疑疑惑惑地问,那这箫还教不教?飞浦挥挥手说,教呀,你在这儿,我去看看就是了。

　　剩下颂莲和顾少爷坐在房里,一时不知说什么好。颂莲突然微笑了一声说,撒谎。顾少爷一惊,你说谁撒谎?颂莲也醒过神来,不是说你,说她,你不懂的。顾少爷有点坐立不安,颂莲发现他的脸又开始红了,她心里又好笑,大户人家的少爷也有这样薄脸皮的,爱脸红无论如何也算是条优点。颂莲就带有怜悯地看着顾少爷,颂莲说,你接着吹呀,还没完呢。顾少爷低头看看手里的箫,把它塞回黑绸箫袋里,低声说,完了,这下没情调了,曲子也就吹完了。好曲就怕败兴,你懂吗?飞浦一走箫就吹不好了。

　　顾少爷很快就起身告辞了。颂莲送他到花园里,心里忽然对他充满感激之情,又不宜表露,她就停步按了按胸口,屈膝道了个万福。顾少爷说,什么时候再学箫?颂莲摇了摇头,不知道。顾少爷想了想说,看飞浦安排吧,又说,飞浦对你很好,他常在朋友面前夸你。颂莲叹了口气,他对我好有什么用?这世界上根本就没人可以依靠。

　　颂莲刚回到屋里,卓云就风风火火闯进来,说飞浦和大太太吵起来了。颂莲先是愣了一下,接着就冷笑道,我就猜到是这么回事。卓云说,你去劝劝吧。颂莲说,我去劝算什么?人家是母子,随便怎么吵,我去劝算什么呢。卓云说,你难道不知道他们吵架是为你?颂莲说,咦,这就更奇怪了,我跟他们井水不犯河水,干吗要把我缠进去?卓云斜睨着颂莲,你也别装糊涂了,你知道他们为什么吵。颂莲的声音不禁尖厉起来,我知道什么?我就知道她容不得谁对我好,她把我看成什么人了?难道我还能跟她儿子有什么吗？颂莲说着眼里又沁出泪花，真无聊，真可恶。她说，怎么这样无聊？卓云的嘴里正嗑着瓜子，这会儿她把手里的瓜子壳塞给一边站着的雁儿，卓云笑着推颂莲一把，你也别发火，身正不怕影子斜，无事不怕鬼敲门，怕什么呀？颂莲说，经你这么一说，我倒好像真有什么怕的了。你爱劝架你去劝好了，我懒得去。卓云说，颂莲你这个人心够狠的，我是真见识了。颂莲说，你太抬举我了，谁的心也不能掏出来看，谁心狠谁自己最清楚。

第二天颂莲在花园里遇到飞浦。飞浦无精打采地走着，一路走一路玩着一只打火机。飞浦装作没有看见颂莲，但颂莲故意高声地喊住了他。颂莲一如既往地跟他站着说话。她问，昨天来的什么客人？害得我箫也没学成。飞浦苦笑了一声，别装糊涂了，今天满园子都在传我跟太太吵架的事。颂莲又问，你们吵什么呢？飞浦摇摇头，一下一下地把打火机打出火来，又吹熄了，他朝四周潦草地看了看，说，呆在家里时间一长就令人生厌，我想出去跑了，还是在外面好，又自由，又快活。颂莲说，我懂了，闹了半天，你还是怕她。飞浦说，不是怕她，是怕烦，怕女人，女人真是让人可怕。颂莲说，你怕女人？那你怎么不怕我？飞浦说，对你也有点怕，不过好多了，你跟她们不一样，所以我喜欢去你那儿。

后来颂莲老想起飞浦漫不经心说的那句话，你跟她们不一样。颂莲觉得飞浦给了她一种起码的安慰，就像若有若无的冬天阳光，带着些许暖意。

以后飞浦就极少到颂莲房里来了，他在生意上好像也做得不顺当，总是闷闷不乐的样子。颂莲只有在饭桌上才能看他，有时候眼前就浮现出梅珊和医生的腿在麻将桌下做的动作，她忍不住地偷偷朝桌下看，看她自己的腿，会不会朝那面伸过去。想到那件事她心里又害怕又激动。

这天飞浦突然来了，站在那儿搓着手，眼睛看着自己的脚。颂莲见他半天不开口，扑哧笑了，你葫芦里卖的什么药，怎么不说话？飞浦说，我要出远门了。颂莲说，你不是经常出远门的吗？飞浦说，这回是去云南，做一笔烟草生意。颂莲说，那有什么，只要不是鸦片生意就行。飞浦说，昨天有个高僧给我算卦，说我此行凶多吉少。本来我从不相信这一套，但这回我好像有点相信了。颂莲说，既然相信就别去，听说那里土匪特别多，割人肉吃。飞浦说，不去不行，一是我想出门，二是为了进账，陈家老这样下去会坐吃山空。老爷现在有点糊涂，我不管谁管？颂莲说，你说得在理，那就去吧，大男人整天窝在家里也不成体统。飞浦搔着头沉默了一会儿，突然说，我要是去了回不来，你会不会哭？颂莲就连忙去捂他的嘴，别自己咒自己。飞浦抓住颂莲的手，翻过来，又翻过去研究，说，我怎么不会看手纹呢？什么名堂也看不出来。也许你命硬，把什么都藏起来了。颂莲抽出了手，说，别闹，让雁儿看见了会乱嚼舌头。飞浦说，她敢！我把她的舌头割了熬汤喝。

颂莲在门廊上跟飞浦说拜拜，看见顾少爷在花园里转悠。颂莲问飞浦，他怎么在外面？飞浦笑笑说，他也怕女人，跟我一样的。又说，他跟我一起去云南。颂莲做了个鬼脸，你们两个倒像夫妻了，形影不离的。飞浦说，你好像有点嫉妒了，你要想去云南我就把你也带去，你去不去？颂莲说，我倒是想去，就是行不通。飞浦说，怎么行不通？颂莲揉了他一把，别装傻，你知道为什么行不通。快走吧，走吧。她看见飞浦跟顾少爷从月牙门里走出去,消失了。她说不清自己对这次告别的感觉是什么,无所谓或者怅怅然的,但有一点她心里明白,飞浦一走她在陈家就更加孤独了。

陈佐千来的时候颂莲正在抽烟。她回头看见他时的第一个反应就是把烟掐灭。她记得陈佐千说过讨厌女人抽烟。陈佐千脱下帽子和外套,等着颂莲过去把它们挂到衣架上去。颂莲迟迟疑疑地走过去,说,老爷好久没来了。陈佐千说你怎么抽起烟来了,女人一抽烟就没有女人味了。颂莲把他的外套挂好,把帽子往自己头上一扣,嬉笑着说,这样就更没有女人味了,是吗?陈佐千就把帽子从她头上捞过来,自己挂到衣架上,他说,颂莲你太调皮了。你调皮起来太过分,也不怪人家说你。颂莲立刻说,说什么?谁说我?到底是人家还是你自己,人家乱嚼舌头我才不在乎,要是老爷你也容不下我,那我只有一死干净。陈佐千皱了下眉头说,好了好了,你们怎么都一样,说着说着就是死,好像日子过得多凄惨似的,我最不喜欢这一套。颂莲就去摇陈佐千的肩膀,既不喜欢,以后不说死就是了,其实好端端的谁说这些,都是伤心话。陈佐千把她搂过来坐到他腿上,那天的事你伤心了?主要是我情绪不好,那天从早到晚我心里乱极了,也不知道为什么,男人过五十岁生日大概都高兴不起来。颂莲说,哪天的事呀?我都忘了。陈佐千笑起来,在她腰上掐了一把,说,哪天的事?我也忘了。

隔了几天不在一起,颂莲突然觉得陈佐千的身体很陌生,而且有一股薄荷油的味道,她猜到陈佐千这几天是在毓如那里的,只有毓如喜欢擦薄荷油。颂莲从床边摸出一瓶香水,朝陈佐千身上细细地洒过了,然后又往自己身上洒了一些。陈佐千说,从哪儿学来的这一套。颂莲说,我不让你身上有她们的气味。陈佐千踢了踢被子,说,你还挺霸道。颂莲说了一声,想霸道也霸道不起呀,忽然又问,飞浦怎么去云南了?陈佐千说,说是去做一笔烟草生意,我随他去。颂莲又说,他跟那个顾少爷怎么那样好?陈佐千笑了一声,说,那有什么奇怪的。男人与男人之间有些事你不懂的。颂莲无声地叹了一口气,她摸着陈佐千精瘦的身体,脑子里倏而浮现出一个秘不告人的念头。她想飞浦躺在被子里会是什么样子?

作为一个具有了性经验的女人,颂莲是忘不了这特殊的一次的。陈佐千已经汗流浃背了,却还是徒劳。她敏锐地发现了陈佐千眼睛里深深的恐惧和迷乱。这是怎么啦?她听见他的声音变得软弱胆怯起来。颂莲的手指像水一样地在他身上流着,她感觉到手下的那个身体像经过了爆裂终于松弛下去,离她越来越远。她明白在陈佐千身上发生了某种悲剧,心里有一种奇怪的感情,不知是喜是悲,她觉得自己很茫然。她摸了下陈佐千的脸说,你是太累了,先睡一会儿吧。陈佐千摇着头说,不是不是,我不相信。颂莲说,那怎么办呢?陈佐千犹豫了一会儿,说,有个办法可能行,就是不知道你肯不肯?颂莲说,只要你高兴,我没有不肯的道理。陈佐千的脸贴过去,咬着颂莲的耳朵,他先说了一句话,颂莲没听懂,他又说一遍,颂莲这回听懂了,她无言以对,脸盎得极红。她翻了个身,看着黑暗中的某个地方,忽然说了一句,那我不成了一条狗了吗?陈佐千说,我不强迫你,你要是不愿意就算了。颂莲还是不语,她的身体像猫一样蜷起来,然后陈佐千就听见了一阵低低的啜泣。陈佐千说,不愿意就不愿意,也用不着哭呀。没想到颂莲的啜泣越来越响,她蒙住脸放声哭起来。陈佐千听了一会儿,说,你再哭我走了。颂莲依然哭泣,陈佐千就掀了被子跳下床,他一边穿衣服一边说,没见过你这种女人,做了婊子还立什么贞节牌坊?

陈佐千拂袖而去。颂莲从床上坐起来,面对黑暗哭了很长时间,她看见月光从窗帘缝隙间投到地上,冷冷的一片,很白很淡的月光。她听见自己的哭声还萦绕着她的耳边,没有消逝,而外面的花园里一片死寂。这时候她想起陈佐千临走说的那句话,浑身便颤得很厉害,她猛地拍了一下被子,对着黑暗的房间喊,谁是婊子,你们才是婊子。

这年冬天在陈府是不寻常的,种种迹象印证了这一点。陈家的四房太太偶尔在一起说起陈佐千脸上不免流露暧昧的神色,她们心照不宣,各怀鬼胎。陈佐千总是在卓云房里过夜,卓云平日的状态就很好,另外的三位太太观察卓云的时候,毫不掩饰眼睛里的疑点,那么卓云你是怎么伺候老爷过夜的呢?

有些早晨,梅珊在紫藤架下披上戏装重温舞台旧梦,一招一式唱念做都很认真,花园里的人们看见梅珊的水袖在风中飘扬,梅珊舞动的身影也像一个俏丽的鬼魅。

四更鼓哇
满江中啊人声寂静
形吊影影吊形我加倍伤情
细思量啊
真是个红颜薄命
可怜我数年来含羞忍泪
枉落个娼妓之名
到如今退难退我进又难进
倒不如葬鱼腹了此残生
杜十娘啊拼一个香消玉殒
纵要死也死一个朗朗清清

颂莲听得入迷,她朝梅珊走过去,抓住她的裙裾,说,别唱了,再唱我的魂要飞了,你唱的什么?梅珊撩起袖子擦掉脸上的红粉,坐到石桌上,只是喘气。颂莲递给她一块丝帕,说,看你脸上擦得红一块白一块的,活脱脱像个鬼魂。梅珊说,人跟鬼就差一口气,人就是鬼,鬼就是人。颂莲说,你刚才唱的什么?听得人心酸。梅珊说,《杜十娘》,我离开戏班子前演的最后一个戏就是这。杜十娘要寻死了,唱得当然心酸。颂莲说,什么时候教我唱唱这一段?梅珊瞄了颂莲一眼,说得轻巧,你也想寻死吗?你什么时候想寻死我就教你。颂莲被戗得说不出话,她呆呆地看着梅珊被油彩弄脏的脸,她发现她现在不恨梅珊,至少是现在不恨,即使她出语伤人。她深知梅珊和毓如再加上她自己,现在有一个共同的仇敌,就是卓云。颂莲只是不屑于表露这种意思。她走到废井边,弯下腰朝井里看了看,忽然笑了一声,鬼,这里才有鬼呢,你知道是谁死在这井里吗?梅珊依然坐在石桌上不动,她说,还能是谁?一个是你,一个是我。颂莲说,梅珊你老开这种玩笑,让人头皮发冷。梅珊笑起来说,你怕了?你又没偷男人,怕什么,偷男人的都死在这井里,陈家好几代了都是这样。颂莲朝后退了一步,说,多可怕,是推下去吗?梅珊甩了甩水袖,站起来说,你问我我问谁,你自己去问那些鬼魂好了。梅珊走到废井边,她也朝井里看了会儿,然后她一字一句念了个道白:屈、死、鬼、哪——

她们在井边断断续续说了一会儿话,不知怎么就说到了陈佐千的暗病上去。梅珊说,油灯再好也有个耗尽的时候,就怕续不上那一壶油哪。又说,这园子里阴气太旺,损了阳气也是命该如此,这下可好,他陈佐千陈老爷占着茅坑不拉屎,苦的是我们,夜夜守空房。说着就又说到了卓云,梅珊咬牙切齿地骂,她那一身贱肉反正是跟着老爷抖你看她抖得多欢恨不得去舔他的屁眼说又甜又香她以为她能兴风作浪看我什么时候狠狠治她一下叫她又哭爹又喊娘。

颂莲却走神了，她每次到废井边总是摆脱不了梦魇般的幻觉。她听见井水在很深的地层翻腾，送上来一些亡灵的语言，她真的听见了，而且感觉到井里泛出冰冷的瘴气，湮没了她的灵魂和肌肤。我怕。颂莲这样喊了一声转身就跑，她听见梅珊在后面喊，喂你怎么啦你要是去告密我可不怕我什么也没说过。

这天忆云放学回家是一个人回来的，卓云马上就意识到什么，她问，忆容呢？忆云把书包朝地上一扔说，她让人打伤了，在医院呢。卓云也来不及细问，就带了两个男仆往医院赶。他们回家已是晚饭时分，忆容头上缠着绷带，被卓云抱到饭桌上，吃饭的人都放下筷子，过来看忆容头上的伤。陈佐千平日最宠爱的就是忆容，他把忆容又抱到自己腿上，问，告诉我是谁打的，明天我扒了他的皮。忆容哭丧着脸，说了一个男孩的名字。陈佐千怒不可遏，说他是谁家的孩子？竟敢打我的女儿。卓云在一边抹着眼泪说，你问她能问出什么名堂来？明天找到那孩子，才能问个仔细，哪个丧尽天良的禽兽不如的东西，对孩子下这样的毒手？毓如微微皱了下眉头，说，吃你们的饭吧，孩子在学堂里打架也是常有的事，也没伤着要害，养几天就好了。卓云说，大太太你也说得太轻巧了，差一点就把眼睛弄瞎了，孩子细皮嫩肉的受得了吗？再说我倒不怎么怪罪孩子，气的是指使他的那个人，要不然，没冤没仇的，那孩子怎么就会从树后面蹿出来，抡起棍子就朝忆容打？梅珊只顾往碗里舀鸡汤，一边说，二太太的心眼也太多，孩子间闹别扭，有什么道理好讲？不要疑神疑鬼的，搞得谁也不愉快。卓云冷冷地说，不愉快的事在后面呢，这口气怎么咽得下去？我倒是非要搞个水落石出不可。

谁也想不到的是，第二天吃午饭的时候，卓云领了一个男孩进了饭间，男孩胖胖的，拖着鼻涕。卓云跟他低声说了句什么，男孩就绕着饭桌转了一圈，挨个看着每个人的脸，突然他就指着梅珊说，是她，她给了我一块钱。梅珊朝天翻了翻眼睛，然后推开椅子，抓住男孩的衣领，你说什么？我凭什么给你一块钱？男孩死命挣脱着，一边嚷嚷，是你给我一块钱，让我去揍陈忆容和陈忆云。梅珊啪地打了男孩一个耳光，骂，放屁，我根本就不认识你个小兔崽，谁让你来诬陷我的？这时候卓云上去把他们拉开，佯笑着说，行了，就算他认错了人，我心中有个数就行了。说着就把男孩推出了吃饭间。

梅珊的脸色很难看，她把勺子朝桌上一扔，说，不要脸。卓云就在这边说，谁不要脸谁心里清楚，还要我把丑事抖个干净啊。陈佐千终于听不下去了，一声怒喝，不想吃饭给我滚，都给我滚！

这事的前后过程颂莲是个局外人，她冷眼观察，不置一词。事实上从一开始她就猜到了梅珊，她懂得梅珊这种品格的女人，爱起来恨起来都疯狂得可怕。她觉得这事残忍而又可笑，完全不加理智，但奇怪的是，她内心同情的一面是梅珊，而不是无辜的忆容，更不是卓云。她想女人是多么奇怪啊，女人能把别人琢磨透了，就是琢磨不透她自己。

颂莲的身上又来了，没有哪次比这回更让颂莲焦虑和烦躁了。那摊紫红色的污血对于颂莲是一种无情的打击。她心里清楚，她怀孕的可能随着陈佐千的冷淡和无能变得可望而不可及。如果这成了事实，那么她将孤零零地像一叶浮萍在陈家花园漂流下去吗？

颂莲发现自己愈来愈容易伤感，苦泪常沾衣襟。颂莲流着泪走到马桶间去，想把污物扔掉。当她看见马桶浮着一张被浸烂的草纸时，就骂了一声，懒货。雁儿好像永远不会用新式的抽水马桶，她方便过后总是忘了冲水。颂莲刚要放水冲，一种超常的敏感和多疑使她萌生一念，她找到一柄刷子，皱紧了鼻子去拨那团草纸，草纸摊开后原形毕露，上面有一个模糊的女人，虽然被水沤烂了，但草纸上的女人却一眼就能分辨，而且是用黑红色的不知什么血画的。颂莲明白，画的又是她，雁儿又换了个法子偷偷对她进行恶咒。她巴望我死，她把我扔在马桶里。颂莲浑身颤抖着把那张草纸捞起来，她一点也不嫌脏了，浑身的血液都被雁儿的恶行点得火烧火燎。她夹着草纸撞开小偏屋的门，雁儿靠着床在打盹。雁儿说，太太你要干什么？颂莲把草纸往她脸上摔过去，雁儿说，什么东西？等到她看清楚了，脸就灰了，嗫嚅着说不是我用的。颂莲气得说不出话，盯视的目光因愤怒而变得绝望。雁儿缩在床上不敢看她，说，画着玩的，不是你。颂莲说，你跟谁学的这套阴毒活儿？你想害死我来当太太是吗？雁儿不敢吱声，抓了那张草纸要往窗外扔。颂莲尖声大喊，不准扔！雁儿回头申辩，这是脏东西，留着干吗？颂莲抱着双臂在屋里走着，留着自然有用。有两条路随你走。一条路是明了，把这脏东西给老爷看，给大家看，我不要你来伺候了，你哪是伺候我？你是来杀我来了。还有一条路是私了。雁儿就怯怯地说，怎么私了？你让我干什么都行，就是别撵我走。颂莲莞尔一笑，私了简单，你把它吃下去。雁儿一惊，太太你说什么？颂莲侧过脸去看着窗外，一字一顿地说，你把它吃下去。雁儿浑身发软，就势蹲了下去，蒙住脸哭起来，那还不如把我打死好。颂莲说，我没劲打你，打你脏了我的手。你也别怨我狠，这叫做以其人之道还治其人之身，书上说的，不会错。雁儿只是蹲在墙角哭，颂莲说，你这会儿又要干净了，不吃就滚蛋，卷铺盖去吧。雁儿哭了很长时间，突然抹了下眼泪，一边哽咽一边说，我吃，吃就吃。然后她抓住那张草纸就往嘴里塞，发出一阵撕心裂肺的干呕声。颂莲冷冷地看着，并没有什么快感，她不知怎么感到寒心，而且反胃得厉害。贱货。她厌恶地看了一眼雁儿，离开了小偏房。

雁儿第二天就病了，病得很厉害，医生来看了，说雁儿得了伤寒。颂莲听了心里像被什么钝器割了一下，隐隐作痛。消息不知怎么透露了出去，佣人们都在谈论颂莲让雁儿吞草纸的事情，说四太太看不出来比谁都阴损，说雁儿的命大概也保不住了。

陈佐千让人把雁儿抬进了医院。他对管家说，尽量给她治，花费全由我来，不要让人骂我们不管下人死活。抬雁儿的时候，颂莲躲在房间里，她从窗帘缝里看见雁儿奄奄一息地躺在担架上，她的头发因为大量掉发而裸露着，模样很怕人。她感觉到雁儿枯黄的目光透过窗帘，很沉重地刺透了她的心。后来陈佐千到颂莲房里来，看见颂莲站在窗前发呆。陈佐千说，你也太阴损了，让别人说尽了闲话，坏了陈家名声。颂莲说，是她先阴损我的，她天天咒我死。陈佐千就恼了，你是主子，她是奴才，你就跟她一般见识？颂莲一时语塞，过了会儿又无力地说，我也没想把她弄病，她是自己害了自己，能全怪我吗？陈佐千挥挥手，不耐烦地说，别说了，你们谁也不好惹，我现在见了你们头就疼。你们最好别再给我添乱了。说完陈佐千就跨出了房门，他听见颂莲在后面幽幽地说，老天，这日子让我怎么过？陈佐千回过头回敬她说，随你怎么过，你喜欢怎么过就怎么过，就是别再让佣人吃草纸了。

一个被唤做宋妈的老女佣，来颂莲这儿伺候。据宋妈自己说，她在陈府里从十五岁干到现在,差不多大半辈子了,飞浦就是她抱大的,还有在外面读大学的大小姐,也是她抱大的,颂莲见她倚老卖老,有心开个玩笑,那么陈老爷也是你抱大的啰。宋妈也听不出来话里的味道,笑起来说,那可没有,不过我是亲眼见他娶了四房太太,娶毓如大太太的时候他才十九岁,胸前佩了一个大金片儿,大太太也佩了一个,足有半斤重啊。到娶卓云二太太,就换了个小金片儿,到娶梅珊三太太,就只是手上各带几个戒指,到了娶你,就什么也没见着了,这陈家可见是一天不如一天了。颂莲说,既然陈家一天不如一天,你还在这儿干什么?宋妈叹口气说,在这里伺候惯了,回老家过清闲日子反而过不惯了。颂莲捂嘴一笑,她说,宋妈要是说的真心话,那这世上当真就有奴才命了。宋妈说,那还有假?人一生下来就有富贵命奴才命,你不信也得信呀,你看我天天伺候你,有一天即使天塌下来地陷下去,只要我们活着,就是我伺候你,不会是你伺候我的。

  宋妈是个愚蠢而唠叨的女佣。颂莲对她不无厌恶,但是在许多穷极无聊的夜晚,她一个人枯坐灯下,时间长了就想找个人说话。颂莲把宋妈喊到房间里陪着她说话,一仆一主的谈话琐碎而缺乏意义,颂莲一会儿就又厌烦,她听着宋妈的唠叨,思想会跑到很远很奇怪的角落去,她其实不听宋妈说话,光是觉得老女佣黄白的嘴唇像虫卵似的蠕动,她觉得这样打发夜晚实在可笑,但又问自己,不这样又能怎么样呢?

  有一回就说起了从前死在废井里的女人。宋妈说那最后一个是四十年前死的,是老太爷的小姨太太,说她还伺候过那个小姨太太半年的光景。颂莲说,怎么死的?宋妈神秘地眨眨眼睛,还不是男男女女的事情!家丑不可外扬,否则老爷要怪罪的。颂莲说,那么说我是外人了?好吧,别说了,你去睡吧。宋妈看看颂莲的脸色,又赔笑脸说,太太你真想听这些脏事?颂莲说,你说我就听。这有什么了不得的?宋妈就压低嗓门说,一个卖豆腐的!她跟一个卖豆腐的私通。颂莲淡淡地说,怎么会跟卖豆腐的呢?宋妈说,那男人豆腐做得很出名,厨子让他送豆腐来,两个人就撞上了。都是年轻血旺的,眉来眼去的就勾搭上了。颂莲说,谁先勾搭谁呀?宋妈嘻地一笑说,那只有鬼知道了,这先后的事说不清,都是男的咬女的,女的咬男的。颂莲又问,怎么知道他们私通的?宋妈说,探子!陈老太爷养了探子呀。那姨太太说是头疼去看医生,老太爷要喊医生上门来,她不肯。老太爷就疑心了,派了探子去跟踪。也怪她谎撒得不圆。到了那卖豆腐的家里,挨到天黑也不出来。探子开始还不敢惊动,后来饿得难受,就上去把门一脚踹开了,说,你们不饿我还饿呢。宋妈说到这里就咯咯笑起来,颂莲看看宋妈笑得前仰后合的,她不笑,端坐着说了声,恶心。颂莲点了一支烟,猛吸了几口,忽然说,那么她是偷了男人才跳井的?宋妈的脸上又有了讳莫如深的表情,她轻声说,鬼知道呢!反正是死在井里了。

  夜里颂莲因此就添了无名的恐惧,她不敢关灯睡觉。关上灯周围就黑得可怕,她似乎看见那口废井跳跃着从紫藤架下跳到她的窗前,看见那些苍白的泛着水光的手在窗户上向她张开,湿漉漉地摇晃着。

  没人知道颂莲对废井传说的恐惧,但她晚上亮灯睡觉的事却让毓如知道了。毓如说了好几次,夜里不关灯?再厚的家底都会败光的。颂莲对此充耳不闻,她发现自己已经倦怠于女人间的嘴仗,她不想申辩,不想占上风,不想对鸡毛蒜皮的小事表示任何兴趣。她想的东西不着边际,漫无目的,连她自己也理不出头绪。她想没什么可说的干脆不说,陈家人后来都发现颂莲变得沉默寡言,他们推测那是因为她失宠于陈老爷的缘故。

眼看就要过年了，陈府上上下下一片忙碌，杀猪宰牛搬运年货。窗外天天是嘈杂混乱。颂莲独坐室内，忽然想起了自己的生日，自己的生日和陈佐千只相差五天，十二月十二，生日早已过去了，她才想起来，不由得心酸酸的，她掏钱让宋妈上街去买点卤菜，还要买一瓶四川烧酒。宋妈说，太太今天是怎么啦？颂莲说，你别管我，我想尝尝醉酒的滋味。然后她就找了一个小酒盅，放在桌上，坐下来盯着那酒盅看，好像就看见了二十年前那个小女婴的样子，被陌生的母亲抱在怀里。其后的二十年时光却想不清晰，只有父亲浸泡在血水里的那只手，仍然想抬起来抚摸她的头发。颂莲闭上眼睛，然后脑子里又是一片空白，唯一清楚的就是生日这个概念。生日。她抓起酒盅看着杯底，杯底上有一点褐色的污迹，她自言自语，十二月十二，这么好记的日子怎么会忘掉的？除了她自己，世界上就没人知道十二月十二是颂莲的生日了。除了她自己，也不会有人来操办她的生日宴会了。

宋妈去了好久才回来，把一大包卤肺、卤肠放到桌上。颂莲说，你怎么买这些东西，脏兮兮的谁吃？宋妈很古怪地打量着颂莲，突然说，雁儿死了，死在医院里。颂莲的心立刻哆嗦了一下，她镇定着自己，问，什么时候死的？宋妈说，不知道，光听说雁儿临死喊你的名字。颂莲的脸有些白，喊我的名字干什么？难道是我害死她的？宋妈说，你别生气呀，我是听人说了才告诉你。生死是天命，怪不着太太。颂莲又问，现在尸体呢？宋妈说，让她家里人抬乡下去了，一家人哭哭啼啼的，好可怜。颂莲打开酒瓶，闻了闻酒气，淡淡地说了一句，也没什么多哭的，活着受苦，死了干净。死了比活着好。

颂莲一个人呷着烧酒，朦朦胧胧听见一阵熟悉的脚步声，门帘被哗地一掀，闯进来一个黑黝黝的男人。颂莲转过脸朝他望了半天，才认出来，竟然是大少爷飞浦。她急忙用台布把桌上的酒菜一古脑的全部盖上，不让飞浦看到，但飞浦还是看见了，他大叫，好啊，你居然在喝酒。颂莲说，你怎么就回来了？飞浦说不死总要回家来的。飞浦多日不见变化很大，脸发黑了，人也粗壮了些，神色却显得很疲惫的样子。颂莲发现他的眼圈下青青的一轮，角膜上可见几缕血丝，这同他的父亲陈佐千如出一辙。

你怎么喝起酒来了，借酒浇愁吗？

愁是酒能消得掉的吗？我是自己在给自己祝寿。

你过生日？你多大了？

管它多大呢，活一天算一天。你要不要喝一杯？给我祝祝寿。

我喝一杯，祝你活到九十九。

胡诌。我才不想活那么长，这恭维话你对老爷说去。

那你想活多久呢？

看情况吧，什么时候不想活就不活了，这也简单。

那我再喝一杯，我让你活得长一点，你要死了那我在家里就找不到说话的人了。

两个人慢慢地呷着酒，又说起那笔烟草生意。飞浦自嘲地说，鸡飞蛋打，我哪里是做生意的料子，不光没赚到，还赔了好几千，不过这一圈玩得够开心的。颂莲说，你的日子已经够开心的了，哪有不开心的事？飞浦又说，你可别去告诉老爷，否则他又训人。颂莲说，我才懒得掺和你们家的事，再说，他现在见我就像见一块破抹布，看都不看一眼。我怎么会去向他说你的不是？

颂莲酒后说话时不再平静了，她话里的明显的感情倾向对着飞浦来的。飞浦当然有所察觉。飞浦的内心开放了许多柔软的花朵，他的脸现在又红又热，他从皮带扣上解下一个鲜艳的绘有龙凤图案的小荷包，递给颂莲。这是我从云南带回来的，给你做个生日礼物吧。颂莲瞥了一眼小荷包，诡谲地一笑说，只有女的送荷包约情郎，哪有反过来的道理呀？飞浦有点窘迫，突然从她手里夺回荷包说，你不要就还给我，本来也是别人送我的。颂莲说，好啊，虚情假义的，拿别人的信物来糊弄我，我要是拿了不脏了我的手？飞浦重新把荷包挂在皮带上，讪讪说，本来就没打算给你，骗骗你的。颂莲的脸就有点沉下来了，我是被骗惯了，谁都来骗我，你也来骗我玩。飞浦低下头，偶尔偷窥一下颂莲的表情，沉默不语了。颂莲突然又问，谁送的荷包？飞浦的膝盖上下抖了几下，说，那你就别问了。

两个人坐着很虚无地呷酒。颂莲把酒盅在手指间转着玩，她看见飞浦现在就坐在对面，他低着头，年轻的头发茂密乌黑，脖子刚劲傲慢地挺直，而一些暗蓝的血管在她的目光里微妙地颤动着。颂莲的心里很潮湿，一种陌生的欲望像风一样灌进身体，她觉得喘不过气来，意识中又出现了梅珊和医生的腿在麻将桌下交缠的画面。颂莲看见了自己修长姣好的双腿，它们像一道漫坡而下的细沙向下塌陷，它们温情而热烈地靠近目标。这是飞浦的脚、膝盖，还有腿，现在她准确地感受了它们的存在。颂莲的眼神迷离起来，她的嘴唇无力地启开，蠕动着。她听见空气中有一种物质碎裂的声音，或者这声音仅仅来自她的身体深处。飞浦抬起了头，他凝视颂莲的眼睛里有一种激情汹涌澎湃着，身体尤其是双脚却僵硬地维持原状。飞浦一动不动。颂莲闭上眼睛，她听见一粗一细两种呼吸紊乱不堪，她把双腿完全靠紧了飞浦，等待着什么发生。好像是许多年一下子过去了，飞浦缩回了膝盖，他像被击垮似的歪在椅背上，沙哑地说，这样不好。颂莲如梦初醒，她嗫嚅着，什么不好？飞浦把双手慢慢地举起来，作了一个揖，不行，我还是怕。他说话时脸痛苦地扭曲了。我还是怕女人。女人太可怕。颂莲说，我听不懂你的话。飞浦就用手搓着脸说，颂莲我喜欢你，我不骗你。颂莲说，你喜欢我却这样待我。飞浦几乎是哽咽了，他摇着头，眼睛始终躲避着颂莲，我没法改变了，老天惩罚我，陈家世代男人都好女色，轮到我不行了，我从小就觉得女人可怕，我怕女人。特别是家里的女人都让我害怕。只有你我不怕，可是我还是不行，你懂吗？颂莲早已潸然泪下，她背过脸去，低低地说，我懂了，你也别解释了，现在我一点也不怪你，真的，一点也不怪你。

颂莲醉酒是在飞浦走了以后，她面色酡红，在房间里手舞足蹈、摔摔打打的。宋妈进来按她不住，只好去喊陈老爷陈佐千来。陈佐千一进屋就被颂莲抱住了，颂莲满嘴酒气，嘴里胡言乱语。陈佐千问宋妈，她怎么喝起酒来了？宋妈说我怎么会知道，她有心事能告诉我吗？陈佐千差宋妈去毓如那里取醒酒药，颂莲就叫起来，不准去，不准告诉那老巫婆。陈佐千很厌恶地把颂莲推到床上，看你这副疯样，不怕让人笑话。颂莲又跳起来，勾住陈佐千的脖子说，老爷今晚陪我，我没人疼，老爷疼疼我吧。陈佐千无可奈何地说，你这样我怎么敢疼你？疼你还不如疼条狗。

毓如听说颂莲醉酒就赶来了。毓如在门口念了几句阿弥陀佛，然后上来把颂莲和陈佐千拉开。她问陈佐千，给她灌药？陈佐千点点头。毓如想摁着颂莲往她嘴里塞药，被颂莲推了个趔趄。毓如就喊，你们都动手呀，给这个疯货点厉害。陈佐千和宋妈也上来架着颂莲，毓如刚把药灌下去，颂莲就哗出来，哗了毓如一脸。毓如说，老爷你怎么不管她？这疯货要翻天了。陈佐千拦腰抱住颂莲，颂莲却一下软瘫在他身上，嘴里说，老爷别走，今天你想干什么都行，舔也行，摸也行，干什么都依你，只要你别走。陈佐千气恼得说不出话,毓如听不下去,冲过来打了颂莲一记耳光,无耻的东西,老爷你把她宠成什么样子了!

南厢房闹成一锅粥,花园里有人跑过来看热闹。陈佐千让宋妈堵住门,不让人进来看热闹。毓如说,出了丑就出个够,还怕让人看?看她以后怎么见人?陈佐千说,你少插嘴,我看你也该灌点醒酒药。宋妈捂着嘴强忍住笑,走到门廊上去把门。看见好多人在窗外探头探脑的。宋妈看见大少爷飞浦把手插在裤袋里,慢慢地朝这里走。她正想让不让飞浦进去呢,飞浦转了个身,又往回走了。

下了头一场大雪,萧瑟荒凉的冬日花园被覆盖了兔绒般的积雪,树枝和屋檐都变得玲珑剔透、晶莹透明起来。陈家几个年幼的孩子早早跑到雪地上堆了雪人,然后就在颂莲的窗外跑来跑去追逐、打雪仗玩。颂莲还听见飞澜在雪地上摔倒后尖声啼哭的声音。还有刺眼的雪光泛在窗户上的色彩。还有吊钟永不衰弱的嘀嗒声。一切都是真切可感,但颂莲仿佛去了趟天国,她不相信自己活着,又将一如既往地度过一天的时光了。

夜里她看见了死者雁儿,死者雁儿是一个秃了头的女人,她看见雁儿在外面站着推她的窗户,一次一次地推。她一点不怕。她等着雁儿残忍的报复。她平静地躺着。她想窗户很快会被推开的。雁儿无声地走进来了,带着一种头发套子,挽成有钱太太的圆髻。颂莲说,你上哪儿买的头发套子?雁儿说,在阎王爷那儿什么都有。然后颂莲就看见雁儿从髻后抽出一根长簪,朝她胸口刺过来。她感觉到一阵刺痛,人就飞速往黑暗深处坠落。她肯定自己死了,千真万确地死了,而且死了那么长时间,好像有几十年了。

颂莲披衣坐在床上,她不相信死是个梦。她看见锦缎被子上真的插了一根长簪,她把它摊在手心上,冰凉冰凉。这也是千真万确的,不是梦。那么,我怎么又活了呢,雁儿又跑到哪里去了呢?

颂莲发现窗子也一如梦中半掩着,从室外穿来的空气新鲜清冽,但颂莲辨别了窗户上雁儿残存的死亡气息。下雪了,世界就剩下一半了。另外一半看不见了,它被静静地抹去,也许这就是一场不彻底的死亡。颂莲想我为什么死到一半又停止了呢,真让人奇怪。另外的一半在哪里?

梅珊从北厢房出来,她穿了件黑貂皮大衣走过雪地,仪态万千容光焕发的美貌,改变了空气的颜色。梅珊走过颂莲的窗前,说,女酒鬼,酒醒了?颂莲说,你出门?这么大的雪。梅珊拍了拍窗子,雪大怕什么?只要能快活,下刀子我也要出门。梅珊扭着腰肢走过去,颂莲不知怎么就朝她喊了一句,你要小心。梅珊回头对颂莲嫣然一笑,颂莲对此印象极深。事实上这也是颂莲最后一次看见梅珊迷人的笑靥。

梅珊是下午被两个家丁带回来的。卓云跟在后面,一边走一边嗑着瓜子。事情说到结果是最简单了,梅珊和医生在一家旅馆里被卓云堵在被窝里,卓云把梅珊的衣服全部扔到外面去,卓云说,你这臭婊子,你怎么跑得出我的手心?

这天颂莲看着梅珊出去又回来,一前一后却不是同一个梅珊。梅珊是被人拖回北厢房去的,梅珊披头散发,双目怒睁,骂着拖拽她的每一个人。她骂卓云说我活着要把你一刀一刀削了死了也要挖你的心喂狗吃。卓云一声不吭,只顾嗑着瓜子。飞澜手里抓着梅珊掉落的一只皮鞋,一路跑一路喊,鞋掉啰,鞋掉啰。颂莲没有看见陈佐千,陈佐千后来是一个人进北厢房去的,那时候北厢房已经被反锁上了。

颂莲无心去隔壁张望,她怀着异样沉重的心情谛听着梅珊的动静。她很想知道陈佐千会怎么处置梅珊，但是隔壁没有丝毫的动静。一个家丁守在门口，摇着一串钥匙，开锁，关锁。陈佐千又出来了，他站在那里朝花园雪景张望了一番，然后甩了甩手，朝南厢房里走过来。

好大的雪，瑞雪兆丰年哪。陈佐千说。陈佐千的脸比预想的要平静得多。颂莲甚至感觉到他的表现里有一种真实的轻松。颂莲倚在床上，直盯着陈佐千的眼睛，她从中另外看到了一丝寒光，这使她恐惧不安。颂莲说，你们会把梅珊怎么样？陈佐千掏出一枝象牙牙签剔着牙，他说，我们能把她怎么样？她自己知道应该怎么样。颂莲说，你们放她一码吧。陈佐千笑了一声，说，该怎么样就怎么样。

颂莲彻夜未眠，心如乱麻。她时刻谛听着隔壁的动静，心里想的都是自己的事情。每每想到自己，一切却又是一片空白，正好像窗外的雪，似有似无，有一半真实，另外一半却是融化的虚幻。到了午夜时分，颂莲忽然又听见了梅珊唱她的京戏，有点不相信自己的耳朵，屏息再听，真的是梅珊在受难夜里唱她的京戏。

　　叹红颜薄命前生就
　　美满姻缘付东流
　　薄幸冤家音信无有
　　啼花泣月在暗里添愁
　　枕边泪呀共那阶前雨
　　隔着窗儿点滴不休
　　山上复有山
　　何日里大刀环
　　那欲化望夫石一片
　　要寄回文只字难
　　总有这角枕锦衾明似绮
　　只怕那孤眠不抵半床寒

整个夜里后花园的气氛很奇特，颂莲辗转难眠，后来又听见飞澜的哭叫声，似乎有人把他从北厢房抱走了。颂莲突然再也想不出梅珊的容貌，只是看见梅珊和医生在麻将桌下交缠着的四条腿，不断地在眼前晃动，又依稀觉得它们像纸片一样单薄，被风吹起来了。好可怜，颂莲自言自语着，听见院墙外响起了第一声鸡啼，鸡啼过后世界又是一片死寂。颂莲想我又要死了，雁儿又要来推窗户了。

颂莲迷迷糊糊半睡半醒着。这是凌晨时分，窗外一阵杂沓的脚步声惊动了颂莲，脚步声从北厢房朝紫藤架那里去。颂莲把窗帘掀开一条缝，看见黑暗中晃动着几个人影，有个人被他们抬着朝紫藤架那里去。凭感觉颂莲知道那是梅珊，梅珊无声地挣扎着被抬着朝紫藤架那里去，梅珊的嘴被堵住了，喊不出声音。颂莲想他们要干什么，他们把梅珊抬到那里去想干什么。黑暗中的一群人走到了废井边，他们围在井边忙碌了一会儿，颂莲就听见一声沉闷的响声，好像井里溅出了很高很白的水珠。是一个人被扔到井里去了。是梅珊被扔到井里去了。

大概静默了两分钟，颂莲发出了那声惊心动魄的狂叫。陈佐千闯进屋子的时候看见她光着脚站在地上，拼命揪着自己的头发。颂莲一声声狂叫着，眼神黯淡无光，面容更是像一张白纸。陈佐千把她架到床上，他清楚地意识到这是颂莲的末日，她已经不是昔日那个女学生颂莲了。陈佐千把被子往她身上压，说，你看见了什么？你到底看见了什么？颂莲说，杀人。杀人。陈佐千说，胡说八道，你看见了什么？你什么也没有看见。你已经疯了。

第二天早晨，陈家花园爆出了两条惊人的新闻。从第二天早晨起，本地的人们，上至绅士淑女阶层，下至普通百姓，都在谈论陈家的事情，三太太梅珊含羞投井，四太太颂莲精神失常。人们普遍认为梅珊之死合情合理，奸夫淫妇从来没有好下场。但是好端端的年轻文静的四太太颂莲怎么就疯了呢，熟知陈家内情的人说，那也很简单，兔死狐悲罢了。

第二年春天，陈佐千陈老爷娶了第五位太太文竹，文竹初进陈府，经常看见一个女人在紫藤架下枯坐，有时候绕着废井一圈一圈地转，对着井中说话。文竹看她长得清秀脱俗，干干净净，不太像疯子，问边上的人说，她是谁？人家就告诉她，那是原先的四太，脑子有毛病了。文竹说，她好奇怪，她跟井说什么话？人家就复述颂莲的话说，我不跳，我不跳，她说她不跳井。

颂莲说她不跳井。

延伸阅读：当代作家中，作品的经典化很大程度来自于它们被改编成电影后在社会上的广泛传播和影响力，这篇小说同样如此。王德威认为："苏童的家史故事中，《妻妾成群》因曾由导演张艺谋改编为电影《大红灯笼高高挂》而最为读者熟知。这个故事写少女颂莲因家贫自愿嫁给半百富户陈佐千为妾，逐渐堕落，原是控诉封建淫威的最佳题材。但苏童反其道而行。我们的女英雄对豪门之内的情欲世界，有着惊人的适应力。她在妻妾争宠的斗争中，绝非省油的灯。苏童写没落大户的世派，显然有张爱玲《金锁记》的影子，但在处理人欲的贪婪与扭曲时，他最重要的灵感，还是出自《金瓶梅》吧？"参见王德威：《当代小说二十家》，第116页，北京，三联书店，2006年。

妇女生活(存目)

苏 童

延伸阅读:这篇小说的评论不多,但并不表明它不重要。像张爱玲、王安忆一样,它对"上海女孩"红颜薄命的文学书写,一路继承着海派文学乱世情缘的传统,同时放出了自己的异彩。作品以1939、1958、1982年三个特殊年头为标界,叙述外婆、母亲和女儿三代女人在大历史冲荡下的坎坷命运,但性格即命运的怪圈又在纠结着人与历史的关系。1990年代以后,当代中国作家由重大社会题材转向个人命运的创作潮流,催生了《妇女生活》回归海派文学的动力,因此,这种偏重以个人为维度的文学书写实际是对前者的补充和丰富,它的文学史意义是自不待言的。

顽主(存目)

王 朔

延伸阅读:1990年代后,对王朔的文学史定位基本是在"反社会"姿态上,他那批小说包括本篇确实具有这种意义。最近以来,年轻研究者试图从文学社会学的角度重新阐释该小说的价值。李云认为,《顽主》的出现,标志着当代文学所扮演的"青少年思想教科书"的历史角色的终结,它很大程度上预示了社会的重大转型:"《顽主》讲述的就是一个在这些范导者和青年之间实际可能发生的故事。在小说中,我们可以看到,王朔有意设置了一个以'范导者'面目出现的反面人物——赵尧舜。"但1980年代改革开放兴起后,尤其是像深圳这种前沿改革城市出现后,青少年的社会观念发生了深刻变化。因此,"这些范导者在某种意义上无疑类似于齐格蒙特·鲍曼曾指出的某种'废弃的人口'"。参见李云:《"范导者"的失效——当文本遭遇历史:〈顽主〉与"蛇口风波"》,程光炜、杨庆祥主编:《文学史的潜力》,第156、169页,北京,文化艺术出版社,2011年。

十八岁出门远行

余 华

柏油马路起伏不止,马路像是贴在海浪上。我走在这条山区公路上,我像一条船。这年我十八岁,我下巴上那几根黄色的胡须迎风飘飘,那是第一批来这里定居的胡须,所以我格外珍重它们。我在这条路上走了整整一天,已经看了很多山和很多云。所有的山所有的云,都让我联想起了熟悉的人。我就朝着它们呼唤他们的绰号。所以尽管走了一天,可我一点也不累。我就这样从早晨里穿过,现在走进了下午的尾声,而且还看到了黄昏的头发。但是我还没走进一家旅店。

我在路上遇到不少人,可他们都不知道前面是何处,前面是否有旅店。他们都这样告诉我:"你走过去看吧。"我觉得他们说的太好了,我确实是在走过去看。可是我还没走进一家旅店。我觉得自己应该为旅店操心。

我奇怪自己走了一天竟只遇到一次汽车。那时是中午,那时我刚刚想搭车,但那时仅仅只是想搭车,那时我还没为旅店操心,那时我只是觉得搭一下车非常了不起。我站在路旁朝那辆汽车挥手,我努力挥得很潇洒。可那个司机看也没看我,汽车和司机一样,也是看也没看,在我眼前一闪就他妈的过去了。我就在汽车后面拚命地追了一阵,我这样做只是为了高兴,因为那时我还没有为旅店操心。我一直追到汽车消失之后,然后我对着自己哈哈大笑,但是我马上发现笑得太厉害会影响呼吸,于是我立刻不笑。接着我就兴致勃勃地继续走路,但心里却开始后悔起来,后悔刚才没在潇洒地挥着的手里放一块大石子。

现在我真想搭车,因为黄昏就要来了,可旅店还在它妈肚子里。但是整个下午竟没再看到一辆汽车。要是现在再拦车,我想我准能拦住。我会躺到公路中央去,我敢肯定所有的汽车都会在我耳边来个急刹车。然而现在连汽车的马达声都听不到。现在我只能走过去看了。这话不错,走过去看。

公路高低起伏,那高处总在诱惑我,诱惑我没命奔上去看旅店,可每次都只看到另一个高处,中间是一个叫人沮丧的弧度。尽管这样我还是一次一次地往高处奔,次次都是没命地奔。眼下我又往高处奔去。这一次我看到了,看到的不是旅店而是汽车。汽车是朝我这个方向停着的,停在公路的低处。我看到那个司机高高翘起的屁股,屁股上有晚霞。司机的脑袋我看不见,他的脑袋正塞在车头里。那车头的盖子斜斜翘起,像是翻起的嘴唇。车厢里高高堆着箩筐,我想着箩筐里装的肯定是水果。当然最好是香蕉。我想他的驾驶室里应该也有,那么我一坐进去就可以拿起来吃了。虽然汽车将要朝我走来的方面开去,但我已经不在乎方向。我现在需要旅店,旅店没有就需要汽车,汽车就在眼前。

我兴致勃勃地跑了过去,向司机打招呼:"老乡,你好。"

司机好像没有听到,仍在拨弄着什么。

"老乡,抽烟。"

这时他才使了使劲,将头从里面拔出来,并伸过来一只黑乎乎的手,夹住我递过去的烟。我赶紧给他点火。他将烟叼在嘴上吸了几口后,又把头塞了进去。

于是我心安理得了,他只要接过我的烟,他就得让我坐他的车。我就绕着汽车转悠起来,转悠是为了侦察箩筐的内容。可是我看不清,便去使用鼻子闻,闻到了苹果味。苹果也不错,我这样想。

不一会他修好了车,就盖上车盖跳了下来。我赶紧走上去说:"老乡,我想搭车。"不料他用黑乎乎的手推了我一把,粗暴地说:"滚开。"

我气得无话可说,他却慢悠悠地打开车门钻了进去,然后发动机响了起来。我知道要是错过这次机会,将不再有机会。我知道现在应该豁出去了。于是我跑到另一侧,也拉开车门钻了进去。我准备与他在驾驶室里大打一场。我进去时首先是冲着他吼了一声:"你嘴里还叼着我的烟。"这时汽车已经活动了。

然而他却笑嘻嘻地十分友好地看起我来,这让我大感不解。他问:"你上哪?"

我说:"随便上哪。"

他又亲切地问:"想吃苹果吗?"他仍然看着我。

"那还用问。"

"到后面去拿吧。"

他把汽车开得那么快,我敢爬出驾驶室爬到后面去吗?于是我就说:"算了吧。"

他说:"去拿吧。"他的眼睛还在看着我。

我说:"别看了,我脸上没公路。"

他这才扭过头去看公路了。

汽车朝我来时的方向驰着,我舒服地坐在座椅上,看着窗外,和司机聊着天。现在我和他已经成为朋友了。我已经知道他是在个体贩运。这汽车是他自己的,苹果也是他的。我还听到了他口袋里面钱儿叮叮当当响。我问他:"你到什么地方去?"

他说:"开过去看吧。"

这话简直象是我兄弟说的,这话可多亲切。我觉得自己与他更亲近了。车窗外的一切应该是我熟悉的,那些山那些云都让我联想起来了另一帮熟悉人来了,于是我又叫唤起另一批绰号来了。

现在我根本不在乎什么旅店,这汽车这司机这座椅让我心安而理得。我不知道汽车要到什么地方去,他也不知道。反正前面是什么地方对我们来说无关紧要,我们只要汽车在驰着,那就驰过去看吧。

可是这汽车抛锚了。那个时候我们已经是好得不能再好的朋友了。我把手搭在他肩上,他把手搭在我肩上。他正在把他的恋爱说给我听,正要说第一次拥抱女性的感觉时,这汽车抛锚了。汽车是在上坡时抛锚的,那个时候汽车突然不叫唤了,像死猪那样突然不动了。于是他又爬到车头上去了,又把那上嘴唇翻了起来,脑袋又塞了进去。我坐在驾驶室里,我知道他的屁股此刻肯定又高高翘起,但上嘴唇挡住了我的视线,我看不到他的屁股。可我听得到他修车的声音。

过了一会他把脑袋拔了出来,把车盖盖上。他那时的手更黑了,他把脏手在衣服上擦了又擦,然后跳到地上走了过来。

"修好了?"我问。

"完了,没法修了。"他说。

"等着瞧吧。"他漫不经心地说。

我仍在汽车里坐着,不知该怎么办。眼下我又想起什么旅店来了。那个时候太阳要落山了,晚霞则像蒸汽似地在升腾。旅店就这样重又来到了我脑中,并且逐渐膨胀,不一会便把我的脑袋塞满了。那时我的脑袋没有了,脑袋的地方长出了一个旅店。

司机这时在公路中央做起了广播操,他从第一节做到最后一节,做得很认真。做完又绕着汽车小跑起来。司机也许是在驾驶室里呆得太久,现在他需要锻炼身体了。看着他在外面活动,我在里面也坐不住,于是打开车门也跳了下去。但我没做广播操也没小跑。我在想着旅店和旅店。

这个时候我看到坡上有五个人骑着自行车下来,每辆自行车后座上都用一根扁担绑着两只很大的箩筐,我想他们大概是附近的农民,大概是卖菜回来。看到有人下来,我心里十分高兴,便迎上去喊道:"老乡,你们好。"

那五个人骑到我跟前时跳下了车,我很高兴地迎了上去,问:"附近有旅店吗?"

他们没有回答,而是问我:"车上装的是什么?"

我说:"是苹果。"

他们五人推着自行车走到汽车旁,有两个人爬到了汽车上,接着就翻下来十筐苹果,下面三个人把筐盖掀开往他们自己的筐里倒。我一时间还不知道发生了什么,那情景让我目瞪口呆。我明白过来就冲了上去,责问:"你们要干什么?"

他们谁也没理睬我,继续倒苹果。我上去抓住其中一个人的手喊道:"有人抢苹果啦!"这时有一只拳头朝我鼻子上狠狠地揍来了,我被打出几米远。爬起来用手一摸,鼻子软塌塌地不是贴着而是挂在脸上了,鲜血像是伤心的眼泪一样流。可当我看清打我的那个身强力壮的大汉时,他们五人已经跨上自行车骑走了。

司机此刻正在慢慢地散步,嘴唇翻着大口大口喘气,他刚才大概跑累了。他好像一点也不知道刚才的事。我朝他喊:"你的苹果被抢走了!"可他根本没注意我在喊什么,仍在慢慢地散步。我真想上去揍他一拳,也让他的鼻子挂起来。我跑过去对着他的耳朵大喊:"你的苹果被抢走了。"他这才转身看了我起来,我发现他的表情越来越高兴,我发现他是在看我的鼻子。

这时候,坡上又有很多人骑着自行车下来了,每辆车后都有两只大筐,骑车的人里面有一些孩子。他们蜂拥而来,又立刻将汽车包围。好些人跳到汽车上面,于是装苹果的箩筐纷纷而下,苹果从一些摔破的筐中像我的鼻血一样流了出来。他们都发疯般往自己筐中装苹果。才一瞬间工夫,车上的苹果全到了地下。那时有几辆手扶拖拉机从坡上隆隆而下,拖拉机也停在汽车旁,跳下一帮大汉开始往拖拉机上装苹果,那些空了的箩筐一只一只被扔了出去。那时的苹果已经满地滚了,所有人都像蛤蟆似地蹲着捡苹果。

我是在这个时候奋不顾身扑上去的,我大声骂着:"强盗!"扑了上去。于是有无数拳脚前来迎接,我全身每个地方几乎同时挨了揍。我支撑着从地上爬起来时,几个孩子朝我击来苹果,苹果撞在脑袋上碎了,但脑袋没碎。我正要扑过去揍那些孩子,有一只脚狠狠地踢在我腰部。我想叫唤一声,可嘴巴一张却没有声音。我跌坐在地上,我再也爬不起来了,只能看着他们乱抢苹果。我开始用眼睛去寻找那司机,这家伙此刻正站在远处朝我哈哈大笑,我便知道现在自己的模样一定比刚才的鼻子更精彩了。

那个时候我连愤怒的力气都没有了。我只能用眼睛看着这些使我愤怒极顶的一切。我最愤怒的是那个司机。

坡上又下来了一些手扶拖拉机和自行车,他们也投入到这场浩劫中去。我看到地上的苹果越来越少,看着一些人离去和一些人来到。来迟的人开始在汽车上动手,我看着他们将车窗玻璃卸了下来,将轮胎卸了下来,又将木板撬了下来。轮胎被卸去后的汽车显得特别垂头丧气,它趴在地上。一些孩子则去捡那些刚才被扔出去的箩筐。我看着地上越来越干净,人也越来越少。可我那时只能看着了,因为我连愤怒的力气都没有了。我坐在地上爬不起来,我只能让目光走来走去。

现在四周空荡荡了,只有一辆手扶拖拉机还停在趴着的汽车旁。有几个人在汽车旁东瞧西望,是在看看还有什么东西可以拿走。看了一阵后才一个一个爬到拖拉机上,于是拖拉机开动了。

这时我看到那个司机也跳到拖拉机上去了,他在车斗里坐下来后还在朝我哈哈大笑。我看到他手里抱着的是我那个红色的背包。他把我的背包抢走了。背包里有我的衣服和我的钱,还有食品和书。可他把我的背包抢走了。

我看着拖拉机爬上了坡,然后就消失了,但仍能听到它的声音,可不一会连声音都没有了。四周一下子寂静下来,天也开始黑下来。我仍在地上坐着,我这时又饥又冷,可我现在什么都没有了。

我在那里坐了很久,然后才慢慢爬起来。我爬起来时很艰难,因为每动一下全身就剧烈地疼痛,但我还是爬了起来。我一拐一拐地走到汽车旁边。那汽车的模样真是惨极了,它遍体鳞伤地趴在那里,我知道自己也是遍体鳞伤了。

天色完全黑了,四周什么都没有,只有遍体鳞伤的汽车和遍体鳞伤的我。我无限悲伤地看着汽车,汽车也无限悲伤地看着我。我伸出手去抚摸了它。它浑身冰凉。那时候开始起风了,风很大,山上树叶摇动时的声音像是海涛的声音,这声音使我恐惧,使我也像汽车一样浑身冰凉。

我打开车门钻了进去,座椅没被他们撬去,这让我心里稍稍有了安慰。我就在驾驶室里躺了下来。我闻到了一股漏出来的汽油味,那气味像是我身内流出的血液的气味。外面风越来越大,但我躺在座椅上开始感到暖和一点了。我感到这汽车虽然遍体鳞伤,可它心窝还是健全的,还是暖和的。我知道自己的心窝也是暖和的。我一直在寻找旅店,没想到旅店你竟在这里。

我躺在汽车的心窝里,想起了那么一个晴朗温和的中午,那时的阳光非常美丽。我记得自己在外面高高兴兴地玩了半天,然后我回家了,在窗外看到父亲正在屋内整理一个红色的背包,我扑在窗口问:"爸爸,你要出门?"

父亲转过身来温和地说:"不,是让你出门。"

"让我出门?"

"是的,你已经十八了,你应该去认识一下外面的世界了。"

后来我就背起了那个漂亮的红背包,父亲在我脑后拍了一下,就像在马屁股上拍了一下。于是我欢快地冲出了家门,像一匹兴高采烈的马一样欢快地奔跑了起来。

1986 年 11 月 16 日北京

延伸阅读:在题材上,它可称之为一篇"成长小说",但放在 1980 年代先锋小说兴起的背景中,该小说显然更接近于美国作家塞林格那篇类似于"垮掉派"思想情绪的《麦田守望者》。不错,作品构思明显受到前者的影响。这是余华的成名作,它不仅表明他开始摆脱传统现实主义小说的控制,正在发生文学观念的转型,更重要的是表明他对什么是小说的"真实"的看法的深刻变化。正因为有这种变化,才会有后来《现实一种》《活着》《许三观卖血记》《兄弟》等等小说的出现。王德威说:"《十八岁出门远行》不按牌理出牌,不仅叙事次序前后颠倒,故事的内容也似漫无头绪,然而这篇小说却预告着余华'现象'到来。"参见王德威:《伤痕即景,暴力奇观——读〈十八岁出门远行〉》,《读书》1998年第5期。

活着(存目)

余 华

延伸阅读:像余华这种"60后"作家,从历史经验上说,是难以表现《活着》所暗示的"大跃进"失败所造成的大饥荒悲剧的。有意思的是,在从先锋小说转型到写实小说之后,余华以他敏锐的社会观察力和艺术表现力为我们提供了真切深厚的生活实感,用小说的方式完成了对历史的"实录"。《活着》与《许三观卖血记》《在细雨中呼喊》等三部长篇小说不仅表明余华从先锋文学到写实文学的成功转型,也使他一跃成为新时期的一线重要作家。为此,评论家谢有顺高度赞扬道:"福贵所经历的苦难,所面对的亲人的一个个的死亡,直至最后只剩下自己一人,这里面的惨烈本来是不亚于余华小说中的任何一个人的,但余华成功地为福贵找到了一个缓解苦难的有效途径——忍耐,这使得整部小说的叙述都因着这种宽阔的忍耐,变得沉郁、悲痛而坚定。"参见谢有顺:《余华的生存哲学及其待解的问题》,《钟山》2002年第1期。

许三观卖血记(存目)

余 华

延伸阅读:与《活着》的实写相比,这篇小说的抽象能力是惊人的,它类似鲁迅的《孔乙己》《伤逝》《祝福》等小说,从生活出发,最后又构成了对生活本身的高度抽象。因此,它带给读者的震撼力远远超过了《活着》。进一步看,这是一种对某种人物类型的提取、概括,由此可以发现千百个同样的故事和人生的根本困境。小说发表后,一时间好评如潮,人们对它的研究兴趣至今未减。吴义勤认为它的价值,一是表明了余华创作在1990年代的转型,二是作家对小说和人生的态度发生了很大变化。他说:"在我看来,《许三观卖血记》标志着先锋作家在文学观念和审美趣味上已经完成了由浓到淡的转型,这种转型可以视作先锋作家自80年代以降所掀起的文学观念革命的终结。"参见吴义勤:《告别"虚伪的形式"——〈许三观卖血记〉之于余华的意义》,《文艺争鸣》2000年第1期。

文革轶事(存目)

王安忆

延伸阅读：小说写"文革"的方式非常独特，这是伤痕期的大多数小说都无法相比的。作者取自一个破落资本家家庭的一角，写"文革"爆发后一家人的手足无措，他们对大时代的适应能力实在太差。倒是出身寒微的未婚女婿赵志国有点办法，但也是被这些破落贵族们看不起的。王安忆显然不熟悉上海资本家的生活，我们从她早期的《流逝》中已经能够看出来。于是，作家避重就轻，不叙述这个家庭的摆设、饮食和详细起居，而把笔墨大量投注到几个女人之间的关系，从这些错综复杂和纠结的人际关系中，来展览"文革"生活的暴力性、粗野性和梦寐性。在王安忆的中篇小说中，或者可以说她全部的小说中，这部小说都是举足轻重、不可忽视的。

米尼(存目)

王安忆

延伸阅读：这同样是一篇被批评界忽视的重要小说。它以上海女知青米尼的生活轨迹为线索，试图观察从"文革"到改革开放人们生活观念的巨变。米尼的"堕落"显然是小说的中心。作家采取的办法是，通过一个人的堕落来观察一二十年上海社会的变迁。我们知道，在王安忆数十年的文学创作中，上海和蚌埠始终是她题材和灵感的主要来源。除她早期的小说之外，1990年代的创作明显转向了海派传统，这种转变影响到她对城市和乡村题材处理方式的变化。为此，汪政、晓华在评价这篇小说时认为："《米尼》更强调偶然、预兆和暗示。插队知青米尼在一次返城途中与阿康相遇，她的人生之旅从此发生了根本性的改变。"参见汪政、晓华：《论王安忆》，《钟山》2000年第4期。

我爱比尔

王安忆

  缓慢起伏的丘陵的前方,出现一棵柏树。在视野里周游了许久,一会儿在左,一会儿在右。其余都是低矮的茶田,没有人影。天是辽阔的,有一些云彩。一辆大客车走在土路上,颠簸着。阿三看着窗栅栏后面的柏树,心想,其实一切都是从爱比尔开始的。

  说起来,那是十年前了。阿三还在师范大学艺术系里读二年级。在这个活跃的年头,阿三和她的同学们频繁地出入展览会、音乐厅和剧场,汲取着新鲜的见识。她们赶上了好时候,什么都能亲闻目睹,甚至还可能试一试。阿三学的是美术专业,她同几个校外的画家,联合举办了一个画展。比尔就是在这画展上出现的。

  画展的另两个画家,是阿三业余学画时期的老师,也是爱护她的大哥哥,都是要比阿三年长近十岁的,在"文化大革命"中度过他们的青春时代。在他们的画里,难免就要宣泄出愤懑的情绪,还有批判的意识。相比之下,阿三无思无虑的水彩画,便以一股唯美的气息吸引了人们。在圈内人的座谈会上,阿三声音颤抖地发言,说她画画只是因为快乐,也吸引了人们。这阵子,阿三很出了些风头。当然,随着画展结束,说过去也过去了。重要的是,比尔。

  比尔是美国驻沪领馆的一名文化官员。他们向来关注中国民间性质的文化活动,再加上比尔的年轻和积极,自然就出现在阿三这小小的画展上了。比尔穿着牛仔裤,条纹衬衣,栗色的头发,喜盈盈的眼睛,是那类电影上电视上经常出现的典型美国青年形象。他自我介绍道:我是毕和瑞。这是他的汉语老师替他起的中国名字,显然,他引以为荣。他对阿三说,她的画具有前卫性。这使阿三欣喜若狂。他用清晰、准确且稚气十足的汉语说:事实上,我们并不需要你来告诉什么,我们看见了我们需要的东西,就足够了。阿三回答道:而我也只要我需要的东西。比尔的眼睛就亮了起来,他伸出一个手指,有力地点着一个地方,说:这就是最有意思的,你只要你的,我们却都有了。

  这几句对话沟通了他们,彼此都觉着很快活。

  比尔问阿三,"阿三"这名字的来历。阿三说她在家排行第三,从小就叫她阿三,现在就拿这来作笔名。比尔说他喜欢这个名字。阿三也问他"毕和瑞"这名字的意思。比尔认真地解释给她听,这是一个吉祥的名字,"和"是"万事和为贵"的"和","瑞"是"瑞雪兆丰年"的"瑞"。阿三见他出口成典,就笑,比尔也笑,再加上一句:我喜欢这个名字。阿三觉着这个年轻的外交官有点傻,你逗他,他却认认真真地回答你,你笑,他也笑。他随和得叫阿三都不相信,怎么都行似的。可阿三也能看出,他不怎么愿意叫他比尔。如要叫他毕和瑞,却又轮到阿三不愿意了,她觉得这是个名不副实的名字。于是她对比尔说:你要我叫你中国名字,你就也要叫我英文名字。比尔就问她的英文名字是什么,她临时胡诌了一个:苏珊。比尔说:这个不好,太多,我给你起一个,就叫 Number Three。阿三这时发现,比尔并不像他看上去那么老实。

就像爱他的中国名字一样,比尔爱中国。中国饭菜,中国文字,中国京剧,中国人的脸。他和许多中国人一样,有一辆自行车,骑着车,汇入街道上的车流之中。现在,他的身边有了阿三,骑的是女式跑车,背着一个背囊,像是要跟着他走天涯似的。其实呢,两人赛车般地疯骑着,最后是走进某个宾馆,去那咖啡座喝饮料。这种地方,是有着势利气的。有一回,比尔去洗手间,阿三一个人先去落座,一个小姐过来送饮料单,很不情愿的表情,说了句:要收兑换券。阿三不回答她,矜持地坐着。等比尔回来,在她对面坐下,小姐再过来时,便是躲着阿三眼睛的。阿三心里就有些好笑。还有些时候,遇到的是一个轻浮的小姐,和比尔打得火热,而把阿三晾在一边,阿三心里也好笑。再听到比尔歌颂中国,就在心里说:你的中国和我的中国可不一样。不过她并不把这层意思说出口,相反,她还鼓励比尔更爱中国。她向比尔介绍中国的民间艺术:上海地方戏,金山农民画,到城隍庙湖心亭喝茶,还去周庄看明清时代的民居。

周庄真是把比尔迷住了。那些小石桥在比尔的大身躯之下,像个小世界。比尔在周庄的桥上走过去,引来一些人跟着。有一个老妇就扯扯阿三的衣袖,很内行地问:他是什么国的人?阿三说:美国。老妇撇着嘴不以为然地说:前几天来过三个英国人,带的照相机比他的大,是托在肩胛上的。这时,比尔和两个小孩攀谈上了。他们告诉比尔,有一户人家的灶间里,也开了一条河,船可直接走进房里。比尔就让他们带路去。两个小孩走在前边,就有别的孩子嘲笑他们,还向他们扔石子。他俩险些儿就要打退堂鼓,还是比尔稳住了局势。他回过身邀请大家一起去,那些孩子则红了脸,退缩了。中午饭以后,比尔和阿三再出现在周庄著名的双桥上,人们就已经熟悉了他们,甚至还有人问道,有没有吃过饭?本是当天就要回去的,可是下午的宁静留住了他们。等到夕照来临,将那桥下的水染金,炊烟也染金,比尔就更走不脱了。他听见了唱晚的牧歌。

他们就决定明天早上回去。

周庄的旅馆大约也是明清时代的,板壁的结构,推开二楼的窗,看着楼下沿水的街市,清明上河图似的。他们俩隔着一面板壁,各从各自的房间窗户伸出头去,看风景,聊天。黄昏的光线是很细致的,连水波都勾出了细纹,丝丝缕缕的。比尔背诵起《桃花源记》,阿三没一句接得上的,也没一句听得进的。想的是些别的事情。后来,天黑到头了,月亮又没升起来,竟连一线光也没有了。两人在一间房内坐了一时,心情忽变得惨淡,甚至有些后悔留在这里。各人都搜寻着话题,想渲染一下气氛,终也没有结果,便分手就寝。关灯前,阿三听见板壁上响了三记,她也叩了三响,彼此就算道了晚安。同时,还生出一点相濡以沫的亲切心情。夜里,阿三醒来一次,发现房内特别明亮,抬头一看,月亮正在周庄的上空。静静地想着,比尔就在隔了一层板的地方,似乎能听见他的鼻息声。可是待她敛息屏气仔细听去,听到的却是哪里传来的电视机里的节目声。阿三这才晓得,其实还不很晚呢。早晨,阿三起来一个人出去转悠。转悠到一处,见薄雾中有一个身影伫立着,走近去,那人转脸朝她一笑,原来是比尔。两人都有些一日不见如隔三秋的心情。

周庄之行使阿三和比尔亲近了一步,建立起一点个人间的关系。在此之前,他们就好像两个文化使者似的,进行着友邦交流。他们再坐到酒吧喝酒,双方的心情都有些变化。有一回,比尔新要了一种酒,让阿三尝尝。他将酒杯递近去,阿三伸过脖子,噘起嘴凑到杯沿上。忽然一抬眼,遇上比尔的眼睛,两人停了有一秒钟,有一些重要的事情就在这一秒钟里发生了。

阿三长的是一双猫眼,通常眯缝了细细一条望着你,忽然间却睁开了,又大又圆。这使她看上去有一种东方的神秘。当它们从垂帘的刘海后面对着比尔的时候,比尔的心就一颤,一股温柔的冲动击中了他。他第一次拥抱阿三,感觉到这小小的柔软无骨的身躯,觉着这女孩太像是九条命的猫变的。他把这个意思说给阿三听,阿三就问:为什么是九条命的?比尔说:在我们西方,就这么认为,猫能够死九次。阿三说:可我死一次就够了。比尔听了,就去吻她,发现她的唇舌也是神秘的,似开又似合。比尔激动难捺,不知把她怎么好。怀里这个肉体的暧昧不明,具有着极大的挑逗性,比尔始料未及。但他最终想到了中国女性的贞操观。汉语老师曾经给他们讲过一本中国古代的"烈女传",给他留下崇高和恐怖的印象。于是,他努力使自己平静下来了。

阿三提起的心放下了,却惶惶的不安。她想,是不是她做错了什么,叫比尔没了兴趣,或者是她太不够主动,也叫比尔没了兴趣。这天余下来的时间里,两人都有些沉闷,各自若有所失。分手时,比尔摸了摸阿三的脑袋,这叫阿三觉出,比尔对她还是有感情的。这天阿三回到学校宿舍,在帐子里好好地审视了一番她的身体。审视的结果是,她的身体没有问题。在灯光的暗影里,显得纯洁无瑕。可矛盾也在这里,它显然是不具备经验的。是不是这个扫了比尔的兴?但是,它勤于学习。她伸了伸腿,在心里对比尔说。

第二天,阿三就着手创造一幅新画,看上去就像是一面壁画的草图。画的是一个没有面目的女人,头发遮住了她的脸,直垂下来,变成了茂盛的兰草,而从她的阴部却昂首开放一朵粉红的大花。在一整幅阴郁的蟹绿蓝里,那粉红花显得格外娇艳。一周之后,新画完成,取名为"阿三的梦境"。在一个周末的大家都回家的下午,阿三把比尔叫到学校,在宿舍里向他展览了这画。比尔看了画后,向阿三提出一个问题。

他说:我理解这画是关于性,那么,你对性的观念是从哪里来的?因为我知道,中国人对性不是这样的态度,那么,就是西方,而我知道,你并没有去过西方,我大约是你认识的第一个西方人。阿三却回答说:这画并不是描写性。比尔一时转不过弯,只得钻进牛角尖说:你可能认为不是,可在你的潜意识里,却一定是的。阿三就笑了:你正好说反了,这画意识里是性,潜意识里却不是。比尔被她搅糊涂了,把最先的问题也忘了。这时,阿三将床头上的一件绸衣服罩上她身上穿的白色连衣裙,说:让我来向你表演中国人的性。说罢,又从同学床头捞了一件睡裙再罩上绸衣服,接着,又套上了第三件。就这样,她套了这层层叠叠、长长短短的一身走向比尔,非得仰起脸才能对住他的眼睛,说:现在,你来向我表演西方人的性。比尔望了她一会儿,动手将她的衣服脱下来,直脱到白色连衣裙,不禁迟疑了一下。可阿三的姿态是等待的,表示还没完结。于是比尔就脱去了她的连衣裙。

最后,阿三说:明白吗?千条江河归大海,这就是我的回答。比尔这才想起自己的问题,可是已经解决了。艺术和理论的铺垫,弥补了阿三经验方面的缺陷。比尔觉着她既天真又老练,身体含着稚气,却那么柔韧,有一股曲折委婉的刺激,非常的缠绵。比尔不由自主了。

阿三的身子糅进了比尔的身子,脑子还是阿三自己的。有一刻她被惊惧抓住,觉着大祸临头。下一刻,欢喜却来了。总之,是不寻常。一阵暴风疾雨过去,她看见了身下的鲜血,很清醒的,她悄悄地扯过毛巾毯,将它遮住,不让比尔看见,而比尔也压根儿没想起这回事来。晚上一个人的时候,阿三觉出了疼痛,可却是让她感觉甜蜜的。她仔细地体味它,这是一个纪念。

后来,比尔就对阿三说,他开始明白东方人对性的感受能力了,那其实是比西方人更灵敏,更细致的。比如,他曾经看过一些中国的春宫,还有日本的浮世绘,做爱的场面,是穿着衣服的,有些还很繁复累赘,然而却格外的性感。阿三说,这就是万绿丛中一点红,要比漫山遍野的红更加浓艳。他们又谈到各国的服饰,均以为日本女性的和服敞开的领子里那一角后颈,要比西方人的比基尼更撩拨人意。然后,他们就穿着衣服做爱,那种受拘束的忍无可忍使得欲望更加高涨。有时候,他们面对面地站着,比尔的手伸进阿三的衣服,那层层叠叠、窸窸窣窣的动静,真叫人心旌摇曳。里头的那个小身子不知在什么地方等着他,是箭在弦上的情势,比尔他何曾经历过啊!他想:这是人吗?这是个精灵啊!

与实际的做爱相比,阿三的兴趣更在营造气氛方面。她是花样百出,一会儿一个节目。像阿三这种发育晚的女孩子,此时还谈不上有什么欲念,再加上心思不在这上头,全想着比尔怎么高兴。同金发碧眼的比尔在一起,阿三有一种戏剧感,任何不真实的事情在此都变得真实了。她因此而能够实现想象的世界,这全缘于比尔。所以,她就必须千方百计地留住比尔,不使他扫兴而离去。阿三晓得自己在做爱上肯定比不过比尔那些也是金发碧眼的对手,她以为比尔一定有着对手,并且想起她们,也毫无妒意。她就想着从别的方面战胜她们。比尔曾经对她说过:你是最特别的。阿三敏感到他没有说"最好的"。她自知有差异,却不知如何迎头赶上,只能另辟蹊径。

他们做爱的地方通常是在周末时阿三的学生宿舍,也曾经到宾馆租过房间,但在那种地方,阿三的艺术全无用武之地。房间太干净,太整齐,也没有可供创作的材料。当然,有浴室,可这又是一个新课题,阿三完全陷入被动。她不知所措地站在淋浴器下面,水淋淋的,由着比尔摆布,倒是有了一点欲念,但是很快被沮丧压倒了。比尔从来不带阿三去他的住处,阿三很识相的从来不问,虽然心里有些嘀咕。但是,在宿舍有在宿舍的好处,那是阿三的地盘,她更加自如,想像力很activated。冬天到了,宿舍里没有暖气,他们在一床床沉重的棉被底下做爱,取暖,于比尔都是新鲜的经验。午后的阳光模模糊糊地照进来,心里有一些颓唐,还有些相依为命似的。

一个外国人,频繁出入学生宿舍,自然会引起校方的注意。先是班主任,后是教导处,最终是校保卫处,陆续找阿三谈话,要她严谨校风校纪,并向她了解比尔的情况。阿三闭口不言,也对比尔闭口不言。但她悄悄着手在校外租借私房。从他们地处南郊的学校,再继续往南去,有一个华泾村,村民都是花农,以种菊花为业。近些年家家新造了楼房,自己住不完,就向市区一些无房户出租。阿三就是到华泾村去租房子的。当阿三打点停当,带比尔到新租的房子里,正是华泾村晒菊花的日子。家家门前都搭着晒花架,铺着白菊花。他们穿行过去,上了二楼,走进阿三的房间。温煦的阳光照在窗帘上,空气中洋溢着苦涩的花香,比尔真是有醉了的感觉。阿三把房间布置得很古怪,一个双人床垫放在正中间,一顶圆帐系在吊扇的挂钩上,垂到地上,罩住床垫。他们就在那里面做爱。

然后,比尔让阿三坐在他的膝间,面对面的。裸着的阿三就像是一个未发育的小女孩,胳膊和腿纤细得一折就断似的。脖子也是细细的,皮肤薄得就像一张纸。可比尔知道,这个小纸人儿的芯子里,有着极大的热情,这就是叫比尔无从释手的地方。比尔摸着阿三的头发,稀薄,柔软,滑得像丝一样,喃喃地说:你是多么的不同啊!这就好像是用另一种材料制作出来的人体,那么轻而弱的材料,能量却一点不减,简直是奇迹。阿三看比尔,就想起小时候曾看过一个电影,阿尔巴尼亚的,名字叫做《第八个是铜像》。比尔就是"铜像"。阿尔巴尼亚电影是那个年代里惟一的西方电影,所以阿三印象深刻。她摸摸比尔,真是钢筋铁骨一般。可她也知道,这铜像的芯子里,是很柔软的温情,那是从他眼睛里看出来的。他们两人互相看着,都觉着不像人,离现实很远的,是一种想象样的东西。

有一次,比尔对阿三说:虽然你的样子是完全的中国女孩,可是你的精神,更接近于我们西方人。这是他为阿三的神秘找到的答案。阿三听了,笑笑,说:我不懂什么精神才是西方的。比尔倒有些说不出话来,想了想,说:中国人重视的是"道",西方人则是将"人"放在首位。阿三就和他说《秋江》这出戏,小尼姑如何思凡,下山投奔民间。比尔听得很出神,然后赞叹道:这故事很像发生在西方。阿三就嗤之以鼻:好东西都在西方!比尔又给她搅糊涂了,不知事情从何说起。但比尔还是感觉到,他与阿三之间,是有着一些误解的,只不过找不出症结来。阿三却是要比比尔清楚,这其实是一个困扰着她的矛盾,那就是,她不希望比尔将她看作一个中国女孩,可是她所以吸引比尔的,就是因为她是一个中国女孩。由于这矛盾,就使她的行为会出现摇摆不定的情形。还有,就是使她竭力要寻找出中西方合流的那一点,以此来调和她的矛盾处境。

现在,她特别热衷于京剧的武打戏。她对比尔说:如果能将《三岔口》中人物动作的路线显现与固定下来,会是一幅什么样的画面呢?她把她所记录下来的《三岔口》的动作线条用国画颜料绘在一长幅白绢上,在比尔生日那天,送给他作礼物。比尔很喜欢,当作围巾系在羽绒服的领子里。然后,两人就去吃自助餐,在一家新开的大酒店里。

正好是感恩节,人特别多,大都是美国人,比尔的几个同事也在,隔了桌子招着手。阿三今天化了很夸张的浓妆,牛仔服里面是长到膝盖的一件男式粗毛衣,底下是羊毛连裤袜,足登棉矮靴。头发束在头顶,打一个结,碎头发披挂下来。看上去,就像一个东方的武士,吸引了人们的目光。小姐走过来点蜡烛,很锐利地扫她一眼,这一眼几乎可以剥皮。这些地方的小姐都有着厉害的眼睛。阿三不免有些夸张地笑着,嘴里的英语也比平时用得多。同比尔一起去攫菜时,她一路同比尔聊天,停停攫攫,流连了许久。最后她挑了一小块蛋糕,插上蜡烛,让比尔吹灭,说:生日快乐!比尔头晕晕的,盯着阿三说:你真奇异。阿三注意到,比尔没有说"你真美"。

出酒店来,两人相拥着走在夜间的马路上。阿三钻在比尔的羽绒服里面,袋鼠女儿似的。嬉笑声在人车稀少的马路上传得很远。两人都有着欲仙的感觉。比尔故作惊讶地说:这是什么地方?曼哈顿,曼谷,吉隆坡,梵蒂冈?阿三听到这胡话,心里欢喜得不得了,真有些忘了在哪里似的,也跟着胡诌一些传奇性的地名。比尔忽地把阿三从怀里推出,退后两步,摆出一个击剑的姿势,说:我是佐罗!阿三立即做出反应,双手叉腰:我是卡门!两人就轮番做击剑和斗牛状,在马路上进进退退。路灯照着,将他们的影子投在地上,奇形怪状的。有人走过,就盯着他们,过去了,还回头看。他们可不在乎,只顾自己乐。闹了一阵,阿三重又钻进比尔的羽绒服里。这时,两人就都安静下来,静静地走着路,有时抬头看看天。深蓝的天被树枝杈挡着,空气是甜润的。

比尔谈起了童年往事。他的父亲是一个资深外交官,出使过非洲、南美洲和亚洲。他的童年就是在这些地方度过。阿三问:你最喜欢哪里?比尔说:我都喜欢,因为它们都不相同,都是特别的。阿三不由想起他说自己特别的话来,心里酸酸的,就非逼着他回答,到底哪一处最喜欢。比尔就好像知道阿三的心思,将她搂紧了,说:你是最特别的。这时候,阿三提出了一个前所未有的问题:比尔,你喜欢我吗?比尔回答道:非常喜欢。由于他接得那么爽快,阿三反有些不满足,觉得准备良久的一件事情却这么简单地过去了。她想:下一回,她要问"爱"这个字。比尔对"爱"总该是郑重的吧!可是,她也犹豫,问"爱"合适不合适。他们之间的关系,与"爱"有没有关系呢?阿三不知道比尔是怎么想的,也不知道自己是怎么想的。

阿三租了华泾村的房子,与比尔的约会倒比过去少了。一是路远,二是一个外国人出现在农人之中,多少有些顾虑。每一次去都要下大决心似的。有时甚至想把比尔装扮起来,潜送进去,好躲掉那些令人不安的目光。好不容易进了屋,他们便要逗留很久,有时是一个下午带一个晚上。阿三正给一个丝绸厂画手绘丝巾,每一条都不重样,画一条有十块钱。于是,四壁便挂满了所谓记录京剧武打的运动线路的丝巾。这些富有流动感的线条,萦绕着他们,他们就好像处在漩涡之中。也有丝巾尚未画上线条的时候,洁白的挂满一墙,而房前房后都是盛开的菊花。他们的床垫便好像一个盛大的葬礼上的一具灵柩。阿三躺在比尔的怀里,心里真想着:就是死也是快乐的。天黑下来,比尔的面目渐渐模糊,轮廓却益发鲜明,像一尊希腊神。阿三动情地吻着比尔,在他巨人般的身躯上,她的吻显得特别细碎和软弱,使她怀疑她能否得到比尔的爱。

比尔说:你是我的大拇指。阿三心里就一动,想:为什么不说是他的肋骨?紧接着又为自己动了这样的念头害起羞来,就以加倍的忘情来回报比尔的爱抚,要悔过似的。这样,她就更无法问出"爱不爱我"的话了。但她却可以将"喜欢"这个题目深入下去。她问比尔究竟喜欢她什么。比尔认真地想了一会儿,然后说:谦逊。阿三听了,脸上的笑容不觉停了停。比尔又说:谦逊是一种高尚的美德。阿三在心里说:那可不是我喜欢的美德,嘴上却道:谢谢,比尔。话里是有讽意的,直心眼的比尔却没听出来。

比尔走了以后,阿三自己留在屋里,也不穿上衣服,就这么裸着,画那丝巾,一笔又一笔,为这个不常使用的房间挣着房租。想着比尔馈赠给她的美德:谦逊,不觉流下眼泪。她哽咽着,手抖着,将颜料撒在身上,这儿一点,那儿一点。她心里有气,却不知该向谁撒去。向比尔吗?比尔正是喜欢她的谦逊,怎么能向他撒气?那么就向自己吧!眼看着她就变成了一只花猫,一只伤心的花猫。

这段日子,阿三缺课很多。她的时间不够,要绘丝巾挣钱,要和比尔在一起,这两桩事都是耗费精力,她必须要有足够的睡眠。现在,她的白天几乎都是用来睡觉的。她独自蜷在那大床垫上,耳畔是邻人们说话的声音,脸上流连着光影,这么半睡半醒着,直到天渐渐暗下来,她也该起来了。她的下眼睑是青紫色的,鼻根上爬着青筋。倘若是要去见比尔,她就要用很长时间来化妆。她的妆越化越重,一张小脸上,满是红颜绿色。尤其是嘴唇,她越描越大,画成那种性感型的厚嘴唇,用的是正红色,鲜艳欲滴。阿三的眼睛本有点近视,房间里的灯光又不够亮,所以实际上的妆要比阿三自己所认为的更加浓烈。看上去,她就好像戴了一具假面。她的服饰也是夸张的,蜡染的宽肩大西装,罩在白色的紧身衣裤外面。或者盘纽斜襟高领的夹袄,下面是一条曳地的长裙,裙底是笨重的方跟皮鞋。

等校方找阿三谈话,提醒她还有一年方能毕业,须认真上课,第二天,阿三不和任何人商量,就打了退学报告。从此,学校里就再找不着她的人影。直到暑假前的一个晚上,她悄悄回到宿舍,带走了她的剩余东西。去的时候,同宿舍的一个女生正一见她，都有些认不出，等认出了，便吃了一惊。看着她收拾完东西要走，才问她知道了没有。阿三说知道什么，她说学校已经将她作开除处理了。阿三笑笑说：随便。神色终有些黯然。那同学要送她，她也没拒绝。两人走在冷清的校园里，路灯照着两条人影。这同学本不是最亲近的，可这时彼此都有些伤感似的，默默地走了一程路。曾经朝夕相伴近三年的景物都隐在暗影里，呼之欲出的情景。然后，阿三就说：回去吧。走出一段，回过头去，那同学还站在原地，就又挥了挥手。

阿三没有告诉比尔被学校开除的事情，带着些自虐的快意。她的住在邻县的家人，更无从知道。她有一段时间，在华泾村蛰伏不出，画丝巾或者睡觉。连比尔都以为她离开了本市。这段时间大约有两个月之久，华泾村又架起了花棚，铺开了白菊花。花香溢满全村，花瓣的碎片飞扬在空中。阿三独坐屋内，世事离她很远，比尔也离她很远。她画了一批素色的丝巾，几乎全是水墨画似的，只黑白两色，挂了四壁。房间像个禅房。她除了吃点面包，再就是喝点水，也像是坐禅。再次走出华泾村时，她苍白瘦削得像一个幽灵。又是穿得一身缟素，白纺绸的连衣裤，拦腰系一块白绸巾。化妆也是尽力化白的，眼影眼圈都用烟灰色。嘴唇是红的，指甲是染红的。穿的鞋是那种彩色嵌拼式的，鞋帮是白的，鞋尖却是一角红，也像染红的脚趾甲。就这么样，来到比尔面前。

比尔惊异阿三的变化。不知在什么地方，变得触目惊心似的。他抚摸着她的皮肤，不知是什么东西，灼着他的手心。他什么都不了解。这个与他肌肤相亲的小女人，其实是与他远离十万八千里的。但是他觉出一种危险，是藏在那东方的神秘背后的。然而，比尔的欲念还是燃烧起来了，有一些肉体以外的东西在吸引着他的性。这像是一种悲剧性的东西，好像有什么面临绝境，使得性的冲动带有着震撼的力量。这一回，是在阿三朋友的房间里。这朋友是个离婚的女人，很理解地将钥匙交给了阿三。周围是人家的东西，有不认识的女人的微笑的照片，还有不认识的女人的洗浴露化妆品的气息，形成一股陷阱似的意味。阿三瘦得要命，比尔从来没经验过这样瘦的女孩。胸部几乎是平坦的，露出搓衣板似的肋骨，臀也是平坦的。他的欲念并不是肉欲，而是一种精神特质的。阿三脱下的衣服雪白的一堆，唇膏被比尔吻得一塌糊涂，浑身上下都是，就像是渗血的伤口。那危险的气氛更强烈了。

很远的地方，楼群中间的空地，有吱嘎吱嘎的秋千声传来。

比尔渐渐平静下来，望着身边的阿三，这才渐渐有些认出她来，说：阿三，这么多天你在做什么？阿三说：在想一件事。比尔问：什么事？阿三说：就是，我爱比尔。说完，就转过脸去，背对着比尔。许多时间过去了，房间里有些暗，两人都没动，按着原先的姿势。终于，比尔说话了，他说：作为我们国家的一名外交官员，我们不允许和共产主义国家的女孩子恋爱。又是许多时间过去，秋千声也静了。比尔几乎要睡着，有一些梦幻从脑海过去，他好像回到了他在美国中部的家乡，有着无垠的玉米地，他在那里读完了中学。忽然一惊，他发现天已经黑了，阿三正窸窣着穿衣服。她的脸洗干净了，头发也重新梳过。他说：很抱歉，阿三。阿三回眸一笑：比尔，你为什么抱歉？于是，比尔便觉得自己文不对题，难道方才发生过什么吗？

什么都像是没有发生过的，比尔和阿三的关系继续着。比尔给阿三介绍了两份家教，一份是教汉语，一份是教国画，教的是美国商社高级职员的孩子，报酬很不薄。因为要对得起，阿三就很认真，可是无奈孩子们不在乎，连家长都让阿三"轻松"些。尤其是那学国画的男孩子，一只长满雀斑的小手满把满抓地握了笔，蘸饱了墨，一笔下去，宣纸上泅开一大片,边上站着的父亲便很敬佩地说:很好!于是,阿三也乐得轻松。两家都是住繁华的淮海路后头的侨汇公寓,外头还是甚嚣尘上,进了门便是另一个世界。气息都是不同的,混合着奶酪、咖啡,植物油,还有国际香型的洗涤用品,羊毛地毯略带腥臭的味道。阿三有了这两份薪水,经济宽裕许多。她便开始在市区寻找房子。

后来,她在一幢老式公寓里找到了房子。是一套中的一间,主人去美国探亲,不知什么时候回来,一半是招租,一半是找人看房子。另外大半套公寓里住了个保姆样子的女人,也是给东家看房子的,每天下午就招来一帮闲人打麻将,直至深夜。因各有各的犯忌之处,所以,与阿三彼此不相干,见面都不说话。华泾村的房子就退掉了。

现在,比尔来就方便多了。这地方是要比华泾村闹,比尔又常是白天来,楼下市声鼎沸,人车熙攘。窗帘是旧平绒的,好几处掉了绒,一抖便有无数毛屑飞扬起来。地板踩上去咯吱地响,还有一股蟑螂屎的气味。这使事情有一股陈旧的感觉,好像已经有成年累月的时间沉淀下来,心里头恹恹的。阿三就在这旧上做文章。她买来许多零头绸缎,做了大大小小十几个靠枕,都是复裥重褶的老样式,床上、沙发上,扶手椅上都是。她给自己买了一件男式的缎子晨衣,裹在身上,比尔手伸进晨衣,说:我怎么找不到你了。他们在柔滑的缎子里做爱,时间倒流一百年似的。她那学生的家长送给她一个咖啡壶,她就在房间里煮小磨咖啡,苦香味弥漫着。主人家有一架老式唱机,坏了多少年,扔在床下,阿三找出来央人修了修,勉强可以听,嗞嗞啦啦地放着老调子。美国人最经不起历史的诱惑,半世纪前的那点情调就足够迷倒他们了。

这是又一场新戏剧,两人重换了角色,说话的语气都变了。这回他们扮的是幽灵,专门在老房子里出没的,弄出些奇异的声响。他们看着对方的脸,看见的都不是真人,心里都在想:这一切多么不可思议!这就是他们彼此都离不了的地方:不可思议!换了谁都做不到,非得是他们两人,比尔和阿三。有时他们赤裸着相拥在窗前,揭了窗帘的一点角,看着马路对面的楼房,窗是黑洞洞的,里面不知有什么人和事,与他们有干连吗?这旧窗幔和旧墙纸围起来的世界,比华泾村的更有隔绝感,别看它是在闹市。从这里走出,再到灯火通明的酒店,两人都有些回不来的感觉。隔着桌子,比尔的手还是搭在阿三的手背上,眼睛对着眼睛。在这凝视中,都染了些那老公寓的暗陈,有了些深刻的东西。

要是换了中国的外交官,就会离开阿三了,可比尔的思路不是这样的。他只觉得他和阿三都很需要,都很快乐,这是美国人在性上的平等观念。于是,阿三也避免使自己往别处想,她对自己说:我爱比尔,这就够了。她真以为自己是快乐的,看,她跳舞跳得多欢啊!大家都为她的旋转鼓掌,她也为人家鼓掌。每当比尔说出一句有趣的话,她就笑个不停。好好地走着,她一下子猴上比尔的背,让比尔背着她走。然后再倒过来,她来背比尔。她哪背得动他呀,只不过是让比尔趴在她背上,迈开着两腿自己走着。比尔一边走,一边唱他大学里拉拉队的歌谣。这时候,阿三多高兴呀!谁能比她和比尔玩得来?

可是,谁知道阿三一个人的时候呢?

这间阴沉的公寓房子里,什么都是破的。天花板那么高,阿三在底下,埋在一堆枕头里,快要没有了似的。阿三自己也忘了自己。这么一埋可以整整一昼夜不吃不喝,睡呢,也是模棱两可的。没有比尔,就没阿三,阿三是为比尔存在并且快活的。这间房子,是因为比尔才活起来的,否则,就和坟墓没有两样。现在,连华泾村的菊花都是遥远的,那时候,对比尔的爱还比较温和,不像现在,变得尖锐起来。阿三有一个娃娃,穿着牛仔背带裤,金黄的头发蓬乱着,像一堆草,手插在口袋,耳朵上挂着"随身听"的耳机。阿三在他的背上写下"比尔"的名字。她将它当比尔,不是像中国传统中的巫术,为了咒他,而是为了爱他。

　　比尔的假期就要来临了,这一去就是几十天。比尔说:我会想念你的,阿三。阿三脱口而出:你们国家的外交官,可以想念共产主义国家的女孩子吗?话一出口,阿三便为她的狭隘后悔了。不料,比尔却笑了。他并没有听出阿三的讽意,他甚至没有联想起他曾经说过的话,他笑着说:我已经在想念了。阿三就更懊恼了,想这比尔心底那么纯净,没有一丝芥蒂。别看他比自己年长,其实却更是个孩子。这么大这么大个的大孩子,是多么可爱啊!阿三将脸埋在他的怀里,想着自己与他这么样的贴近,终于却还要离去,忽然就一阵伤感袭来,顿时泪流满面。比尔以为这是快乐的眼泪,这使他激动起来。这一回,阿三从头到底都在呜咽,比尔在呜咽声里兴奋地喘息。他的脸叫阿三的泪水浸湿了,阿三的伤感也传染给了他,他也想哭,但他以为这是由于快乐。

　　比尔临回美国度假前还来参加领馆的大型酒会,为欢迎大使从北京来上海。阿三也去凑热闹了。一进门,便看见比尔身穿黑色西装,排在接客的队伍里,笑容可掬的。他头发梳得很整齐,脸色显得十分清朗。当他握着阿三的手,说"欢迎光临"的时候,阿三觉着他们就像是初次见面。阿三今天也穿得别致,灯笼裙裤底下是一双木屐式的凉鞋,裸着的肩膀上裹着宽幅的绸巾,耳环是木头珠子穿成的,头发直垂腰间,用一串也是木头的珠子拢着。比尔忙中偷闲地走过来,说了声:你真美!这非但不使阿三感觉亲密,反觉着疏远,是外交的辞令。她看着英俊的比尔与人应酬着,举手投足简直叫人心醉,真是帅啊!阿三手里握着一杯白葡萄酒,站在布满吃食的长餐桌边,等待欢迎仪式开始。人们三三两两站着,说着,也有像她这样单个的,谁也不注意谁。此时,阿三体验到一种失落的心情。

　　露台下草坪周围的灯亮了,天边的晚霞却还没褪尽。人越来越多,渐渐拥挤起来。其中有她认识的一些人,画界的朋友。看见阿三就惊奇地问:阿三,你没走?阿三反问:走到哪里去?朋友说:都传你去了美国。阿三笑笑没答话,朋友就告诉她,某某人去了美国,某某人也去了美国。正说着,人群里掀起一阵小小的浪潮,又有新人来到。是一个女人,穿一身黑套裙,身材瘦高,雍容华贵的样子,可却扬着手臂大声地说话,声音尖利刺耳,有着一股粗鄙气。她显然是这里的老熟人,许多人过来与她招呼。不一会儿,身边就簇拥起一群,众星捧月似的。朋友告诉阿三,这是著名的女作家,人们说,凡能进她家客厅的,都能拿到外国签证。女作家旁若无人地从阿三身边走过,飘过一阵浓郁的香水味,还有她尖利的笑声。人群拥着她过去,连那朋友也尾随而去了,这才看见对面靠墙一排椅子上,坐着两个昔日的女影星,化着浓妆,衣服也很花哨,悄悄地端着盘子吃东西。还有一些人则端着盘子徜徉着吃,大都衣着随便,神情漠然,显见得是一些科技界人士,与什么都不相干的样子。阿三远远看见了比尔,在露台下的草坪中央,与几位留学生模样的美国女孩交谈着。

　　人渐渐聚集到草坪上。由于天黑了,露天里的灯变得明亮起来。女作家也在了那里,又形成一个中心。大厅里只剩下那几个学者,老影星,还有阿三。穿白制服的招待便随便起来,说笑着在打蜡地板上滑步,盘子端斜了,有油炸春卷滑落到地板上,重又拾回到盘子里。她又看不见比尔了。有人过来与她说话,问她从哪里来,做什么的。阿三认出这也是领馆的官员,但不是比尔。她开始是机械地回答问题,渐渐地就有了兴致,也反问他一些问题,那官员很礼貌地作答,然后建议去草坪喝香槟,香槟台就设在那里。等他将阿三置入人群之中,便告辞离去,阿三明白他是照应自己不受冷落。这就是外交官。比尔在人群中穿梭着,也是忙着这些。阿三的情绪被挑起来了,心里轻松了一些,便去找人说话。她原本性情活泼,英文口语也好,不一会儿便成了活跃人物。甚至连那女作家都注意地看了她几眼。酒会行将结束,比尔走过她身边,笑眯眯地问:快活吗?阿三回答:很快活,比尔。最后,她向比尔道别走出领馆,走在夜晚的林阴道上。时候其实还早,意犹未尽。阿三走着走着,忽然唱起歌来。

然后,比尔就走了。

阿三和比尔约好,每星期的某个时间在她朋友家等他的电话。那朋友家只是一个画室,空荡荡的,什么家具也没有,电话就搁在地上。阿三坐在地板上,双手抱着膝盖,望着那架电话机。许多时间过去了,电话没有动静。约定好的时间过去了半天,电话还是没有动静。阿三望那电话久了,觉着那机器怪形怪状的,不知是个什么东西。阿三忽然感到毫无意思,她不明白这电话会和比尔有什么关系,再说,就是比尔,又有什么意思呢?难道说真有一个比尔存在吗?她笑笑,站起身,这才发现腿已经麻木得没知觉了。她拖着身子走了几步,渐渐好些,然后便走出房间,把房门钥匙压在踏脚棕垫底下了。

有时,对比尔的想念比较清晰,她就到曾经与比尔去过的地方,可是事情倒又茫然起来。比尔在哪里呢?什么都是老样子,就是没有比尔。她想不起比尔的面目。走在马路上的任何一个外国人,都是比尔,又都不是比尔。她环顾这老公寓的房间,四处都是陌生人的东西和痕迹,与她有什么关系,她所以在这里,不全是因为比尔?她丢了学籍,孤零零地在这里,不全是因为比尔?可是,比尔究竟是什么呢?她回答自己说:比尔是铜像。

这一天,有人来敲她的门,是两个陌生人,一个年轻些,一个年长些。阿三怀疑地问,是找她吗?他们肯定就是找她。他们态度和蔼却坚决,阿三只得让他们进来。坐定之后,他们便告诉阿三,他们来自国家的安全部门,是向她了解比尔的情况。阿三说,比尔是她的私人朋友,没有义务向他们作汇报。那年长的就说,比尔是美国政府官员,他们有权利了解他在中国活动的情况。阿三说不出话来了。年长的缓和了口气,说他们并无恶意,也无意干预她的私生活,只是希望她考虑到她身为中国公民的责任心,她与外交官比尔的关系确实引人注意,比尔那方面想来也会有所说明,他们自然也有权利过问。阿三依然无话,那两人便也无话,只等着阿三开口。沉默了许久,阿三说道:我和他之间没有什么,真的没有什么。眼泪哽住了她,她哑着声音,摇着头,感到痛彻心肺。她想她说得一点不错,一点不错,她和比尔之间,真的,没有什么。

不久,阿三就搬出了这间老公寓房子,新租了地方。在隔了江的浦东地方,一个新规划的区域里最早的一幢。整幢楼房,只搬进三五户人家,其余就空着。晚上,只那几个窗户亮着,除此都是黑的。楼道里更是寂静无声。从这里再到她任家教的闹市中心的侨汇公寓,真好比换了人间。可是,这并没什么,比尔没有了,其他的都无所谓。算起来,比尔应当来了,可是他找不到她了。再说,很可能他根本没有找她。她想象不出比尔一个人来到那幢老公寓里,按她的门铃,然后,由那隔壁的看房子女人从麻将桌前站起来,给他去开门。不,比尔从来不是这样凡俗的形象。阿三决定结束这段关系了,她想她不能影响比尔作为一个外交官的前程。这么一想,便有了些牺牲的快感。然而,紧接着的一个念头却是:我和比尔之间有什么呢?什么都没有,于是也就没有牺牲这一说了。

没有比尔的日子,一天一天地过去。手绘丝巾渐渐市场饱和,那丝绸厂就想转方向,阿三早已画腻了,正好罢手。这时,有画界的朋友来联合,举办一次画展。她已有多日没有正经画画,且有许多新观念,就积极投入进去。这样,阿三就有些重振旗鼓的意思。当她将画布绷在木框上,再用细钉子一只一只钉牢,她意外地发现,这一切做起来还是那么熟练,灵巧,得心应手。劳动的愉悦从心头升起,比尔变得虚枉了,不值得一提的样子。画笔在画布上的涂抹,使她陷入具体细节的操劳与焦虑,别的全都退而求其次了。倘若不是为了房租和生活,那几份家教阿三也是要辞掉的。现在,她对付完课程后,便急匆匆地往浦东赶,想起有一幅画未完成在等待她,心头竟是有股暖意的。

阿三望着丘陵上的孤独的柏树,心里说:假如事情就停止在这里,不要往下走,也好啊!

她想起那阵子,朋友们又开始来到她的住处,吃着罐头、面包,喝着啤酒、可口可乐,商量办画展的事项,是多么自由的日子啊!可是现在,她看了看窗上的栅栏,不由叹了口气,后来闹得确实也不像话了。要说和比尔有什么关系呢?后来她再没见过比尔,也没有他的消息。她做家教的人家,虽然是比尔的朋友,但他们外国人从不过问别人的私事,你要不提,他们决不会先提。直到两年后,她在那女作家的客厅里,听说比尔已经调任去韩国,再见比尔,更不可能了。阿三想到,当时听到这消息的漠然劲,她简直不知道,她究竟爱还是不爱比尔。

那年的圣诞节,阿三还是给比尔寄了一张卡,没有签名,也没有写下地址。不知比尔接到这没头没脑的圣诞卡,是怎么想的。这年的画展,最终也没有办成。发起人首先退出,为了要去法国。他在马路上结识了一个向他问路的法国老太,恰是个画廊老板,很赏识他的才华,将他办去了法国。其实,仅仅是走了一个人,还不要紧,要紧的是他这一走,人心都散了。其余的人似乎也看见好运在向他们招手。大马路上走来走去的外国老少,不知哪一个可做衣食父母。画展不了了之,阿三的房里堆了一堆新作品,大多是浓墨重彩的色块,隐匿着人形、街道和楼房,诡秘和阴森,具有着二十世纪艺术所共有的特征,那就是形象的抽象和思想的具体,看起来似曾相识。这些年里,阿三看得多了,听得多了,思想有些膨胀,但久不练习,技术退步了,因此,形上的模糊更夸张了抽象感,而思想的针对性则更加鲜明,一切都显得极端和尖锐。其中有些力不从心,还有些言不由衷。有时候,阿三自己对着画坐上半天,会疑惑起来,心想:这是谁的画呢?

当这些画积起了一层薄灰的时候,来了一个人,是本地的美术评论家。文章写得不怎么样,对画的评价也往往莫衷一是,可因为写得多,渐渐也形成了权威。现在,他正为一个香港画商做代理人,这使他在制造社会舆论的同时,又开辟了通往市场的道路。他来到浦东的阿三的住处,看了阿三的画,立即拍板购下了一幅,并且,与阿三展开了讨论。讨论是从为什么作画的问题开的头。阿三说因为快乐,这同几年前的说法一致,语气却更肯定,经过深思熟虑的。评论家说:奇怪的是,说是为了快乐,画面却透露出痛苦。阿三笑道:你难道连这都不懂,快乐和痛苦在本质上是一回事,都是濒临绝境的情感。评论家就问理由,阿三又笑了:还需要理由吗?事情发生了,就存在了,存在就是合理。评论家就又刨根问她:为什么是这样发生,而不是那样发生,这样发生和那样发生之间究竟有什么不同？阿三说也许有不同，也许没有不同。于是他们又谈到事物之间有没有具体的联系。评论家以为表面上没有，实质上却有。阿三的观点则相反，表面上有，实质上却没有。评论家便一下绕回去，说：既是这样孤立的形态，快乐和痛苦怎么会是一回事呢？这就把阿三问愣了。

他们的讨论东一句，西一句的，不太接茬的样子，却都兴致盎然，彼此感觉有启发。评论家回忆起阿三初露头角时的胆怯样子，想她真是成熟得快，都能在一起探讨理论问题了，她是从哪里得来的养料呢？阿三与评论家说着这些，思想逐渐清晰起来，原先对自己新作品的茫然减退了，觉得那正是自己想说的话，一切全都自然而然。

半月之后，阿三拿到了支票，支付的是美金。这似乎是一个证明，证明阿三的画汇入了世界的潮流，为国际画坛所接纳了。阿三不再是一个离群索居的地域性画家了。

从此，评论家便成了常客。务虚完毕，接下来就是赶着阿三作画，像一个督工似的。有一阵子，阿三看到颜料就心烦，想着偷一天懒吧，可是评论家又在敲门了。就是这种农人式的辛苦劳作，将阿三从漫无边际的思想漂流中拯救出来，也将她从懒散中拯救出来。生活变得紧张，而且有目标。现在，那几份家教也结束了，主人们任期已满，先后回国去了。阿三就专心画画，还有看画。她又奔忙于一些画展之间，以及朋友的画室之间，去看他们的新作品，听他们的新想法。阿三过去在班上并不被看作是出色的学生，而现在，评论家的谈话以及卖画的成果使她看见了她的才华。

这段日子里，阿三挥洒掉多少颜料呀！她画腻了那种补丁似的色块以及藏在色块里的实体，开始画那种逼真的小人儿，密密麻麻的，散布在反透视法的平面的十字路口，或者大楼上下，沙丁鱼罐头似的。这是颇费功夫的，是个细活，阿三绣花似的画着。起初的效果确实惊人，由于长久地在画里找不见清晰的人和事，一旦看见这栩栩如生的场景，真是叫人高兴。这些小人儿全都有模有样，有根有据，十分可爱。也能看出，阿三心里的安宁。一些汹涌澎湃的东西过去了，留下的是心细如发的情绪。在这画小人儿里，又有一些时间渐渐沥沥地过去。有时画久了，阿三一抬头，看那太阳已经西去，有轮渡的汽笛传来，不禁生出今夕是何年的感触。

后来，那香港画商就来了，让评论家介绍阿三认识。见面才知道，香港画商是个美国人，在香港有个企业。他并不懂画，可他经过多方调查，预测到若干年后，中国年轻一代的画作，将会获得很大的世界市场。于是，他便订下一个购买计划，专门收买那些未成名的画家的作品。他要的都是西画，并不是中国传统画。这也是来自预测，他认为中国画和那些中国民间技法作品目前的热门只是个暂时，这并不标志中国画家真正走上世界大市场。只有那些操纵着油画刀，在西方观念下成长起来的画家，才有可能承担这角色。阿三便是其中一个。

他在和平饭店请阿三、评论家，还有一个担任翻译的外语学院教师，一起吃了顿晚饭。这一天过得十分快乐，蜡烛点起了，老爵士乐奏起了，邻桌是一个西欧国家的旅行团，随着音乐唱起来了。阿三泪汪汪的，看出去的景色都散了光，她想：坐在眼前的，用筷子笨拙地夹东西吃的美国人，是比尔多好。这种夜晚特别像节日，并且不分国界。阿三就是喜欢这个。这美国人要比比尔年长得多，算得上是半个老头了，可他喝了点酒，也那么活跃，喜欢说笑话，说完之后就停下来左右看他们的反应，好像小孩子做了好事在等待大人的褒奖。看他的样子，一点没有投机商的精明，甚至还有些诗人的浪漫的天真。他虽然老了点，可是神气却不减，也像是莎士比亚戏剧中的人物。他们这样的人种啊,就好像专门为浪漫剧塑造的。这晚上惟一的不足就是评论家的紧张不安情绪。他见阿三英语说得好,可以与美国人直接对话,便担心起阿三会甩开他这个代理人,直接卖画给他,于是阿三和美国人的每一句对话,他都要求那教师替他翻出来,有一些玩笑话不那么好翻,教师有些迟疑,他便眼巴巴地瞪着教师的嘴,好像那里会吐出金豆子来。其实,阿三说的都是一些无关的事情。

　　次日,美国人便来到阿三的画室,后面自然跟着评论家和那位翻译。美国人看阿三的画时候,神色一扫前日晚餐上的傻气,显出严格挑剔的表情。他不再与阿三多话,而是向评论家提出问题。阿三在一旁听着。美国人的问题虽然与绘画艺术无关,却带有商业方面的见识,他说:这些画看起来与西方画几乎无甚区别,假如将落款遮住,人们完全可能认为,是一个美国画家的作品。那么,在市场上,将以什么去引起注意呢?评论家说:一个中国的青年艺术家,在十多年里走完了西方启蒙时期至现代化时代的漫长道路,这本身就是一件值得引起注意的事情。美国人就加重了语气说:可是我指的是,把落款遮住,我们凭什么让人们注意这幅画,而不是那幅画,在我们西方,这样画法的非常多。说着,他将阿三新完成的那幅百货公司的人群的画拉到跟前,说:这完全可以认为,画的是纽约。评论家说:在我们这城市,现在有许多大酒店,你走进去,可以认为是在世界任何地方。美国人接过他的话说:对,可是你走出来,不,不需要走出来,你站在窗口,往外看去,你可以看到,这并不是世界任何地方,这只是中国。阿三不由暗暗叹服这个美国人,他不是看上去那么简单的。然后,他总结道:总之,西方人要看见中国人的油画刀底下的,绝不是西方,而是中国。评论家丧气地说:那么国画,还有西南地区的蜡染制品,不是更彻底的中国?美国人宽容地笑笑:这个问题我们已经讨论过了。

　　美国人这次来,没有买下阿三一幅画,但他对阿三说,他认为她是有才能的,他还是会买她的画。过后,评论家向阿三抱怨,说美国人出尔反尔,他本来特别强调的就是中国青年画家的现代画派作品,现在又来向他要差别。阿三却说她懂美国人的意思,只是觉得为难,当她拿起油画刀时,她的思想方式就是另一种了,这是一个形式和内容合为一体的问题。评论家要她说得明白些,阿三解释道:你看,我用毛笔在宣纸上作画,我的思想就变得简约,含蓄,我是在减法上做文章,这世界是中国式的,是建立在"略"上的;可是,画布,颜料,它们使我看见的却是"增"上的世界,是做加法的,这个世界正好和中国世界相反,一切都是凸现,而后者却是隐匿。评论家不由地点头。阿三接着往下说:中国人的思想就像是金石里的阴刻,而西方人则是阳刻。评论家说:那么能不能用油画刀作阴刻呢?阿三没有回答,她觉得自己已经接近事情深处的核心,可是却触及不了,有什么东西将思想反弹回来了。

　　但这些并没有阻碍阿三继续画画。她决心从另一条途径入手。她搞来许多碑拓,仔细看那些文字的笔画,以及风蚀的残痕。她想:中国画里的水墨,其实黑不止是黑,而是万色之总。因此,她在用色上应当极尽绚烂浓烈之能事。中国意境不是雅吗?她就用俗丽来表达雅,中国意境不是有余地吗?她就用繁复庞杂去做余地。她相信两个极端之间一定有相通之处。接下来的一批画,便是在此思想下画成的。依然是色块与色线,以魏碑为形状基础,很细致的笔触,皴染似的,又像湘绣,织进百色千色。她刚画完一幅时,自己都有些惊奇,但她并不急着往外拿,直等到画成一批,才将它们环壁一周,请评论家光临指导。

　　现在,阿三渐渐有了些名气,外国领事馆举行活动,也常常会寄请柬给她。当然,她不再去美领馆。她把美领馆寄给她的印花请柬划一根火柴,慢慢地烧掉,眼前就好像出现穿了黑色西装微笑迎候的年轻外交官比尔。其实,这时比尔已去了韩国。

阿三在这些聚会里,身边也能聚起一群人了,有些与那女作家分庭抗礼的意思。而且,她不必像女作家那样声嘶力竭地表现,她年轻,打扮不俗,有卖画的好成绩,再加上一口好英语,自然就有了号召力。开始时,她能感觉到女作家敌意的眼光,还有加倍努力的夸张声势。心中不由暗喜,知道这是冲着自己来的,说明她占了些优势。再接着,女作家就来向她套近乎了。一见面就像熟人似的,上前夸奖阿三的裙子,还有手镯,并且把阿三介绍给她的熟人。阿三自然就很友好,向她请教些事。转眼间,两人就成了好朋友,肩挨肩地站着,然后再分头各自去应付自己的一伙。有几次两人交臂而过,就很会心地笑。晚会结束时,女作家便向阿三发出邀请,去她家玩。

女作家住在西区一幢花园洋房的底层。独用的花园并不大,收拾得很整齐,有几棵树,巴掌大的一块草坪。这天她举行的是化装舞会,每个来宾自己设计服装,然后再带一个菜。花园的树枝上点缀了一些小彩灯,放了两把沙滩椅。她自己装扮成黑天鹅的样子,穿了紧身裤,走来走去招呼客人。她的丈夫也很凑趣地戴了一个纸做的眼罩,腰上佩一把剑,算是佐罗,忙东忙西的。阿三把自己化装成一只猫,其实不过是在头上戴一只纸冠,妙的是她在屁股后头拖了一条尾巴,这使女作家很感激。因为除了几个外国人装成中国清朝人,还有一个德国小伙子穿了红卫兵的服饰,其余的客人要么不化装,要么就是不得要领,只是穿着讲究些而已,女客们大多是很拘礼地穿一条曳地长裙。说是化装舞会,其实只说对了一半。

阿三望着满满一房间的人,想起朋友曾经说过的话:凡是能进入她家客厅的,都能拿到外国签证。这说明了这客厅的高尚。此处有些什么人呢?有一个电影明星,有歌剧院的独唱手,角落里弹钢琴的是舞蹈学校里的钢琴伴奏,有文风犀利的杂文作家,专在晚报上开专栏的,有个孔子多少代的后人,在这城市里也算个稀罕了,还有些当年工商界人士的孙辈,再有一个市政府的年轻官员,是自己开着汽车来的。

陆续来到,先是喝饮料,然后吃晚餐,一边吃一边就有出节目的:唱歌,讲故事,说笑话,变戏法,还有出洋相,晚会就到了高潮,大家开始跳舞,还有到花园里去聊天的。聊着聊着,就见落地窗里,一队人肩搭肩地扭了出来,将聊天的人围起,绕着转圈。阿三排在最后一个,就有排头的那个去揪她的尾巴。树枝上的彩灯摇动起来,花园里的暗影变得恍惚不定,队伍终于有点乱,互相踩了脚,最后谁被椅子绊倒在地,才算结束,纷纷回到房间。

女作家忽然拍着手,招呼大家安静,说要宣布一个消息,录音机关上了,嬉闹停止了。女作家从人背后拉出一个女孩子说:劳拉下个星期要去美国。大家便热烈地鼓起掌来,有调皮的立即奔到钢琴前,在键盘上急骤地敲出"星条旗永不落"的旋律。这位英文名叫劳拉的女孩,此时成了中心人物,人们围着她问长问短。一些片言碎语传到阿三耳中,是在议论美领馆的签证官员,一个男的好对付,另一个女的,是台湾人,不好对付,如何才能避开女的,排到男的上班的日子。阿三正竖起耳朵听着,忽然有人拉她的尾巴,回头一看,是女作家。

女作家递给阿三一碟蛋糕,悄声说:劳拉看上去年轻,实际已经三十多了,从云南插队回来后,至今没有男朋友,工作也不合意,这回去美国是读书签证,前景怎么也难预料。女作家脸上出了汗,洗去些脂粉,肤色显出青黄,看上去很疲惫。她狼吞虎咽地吃着蛋糕,嘴角都粘上了白色的奶油。又接着说:劳拉的父亲当年是圣约翰大学毕业,家里很有钱的,"文化大革命"被扫地出门,从此一蹶不振。然后她用手里的勺子指了指那化装成红卫兵的德国人,说:这种纳粹瘪三,算什么意思!被她骂作"纳粹瘪三"的小伙子不知道她在说什么,笑微微的,朝这边举了举酒杯。她俩便也一起朝他笑笑。阿三忽然有些喜欢这个女人。她吞下最后一口蛋糕,抹了抹嘴,带了股重振旗鼓的表情,离开阿三,再去酝酿下一个高潮。

就这样,阿三成了女作家的座上客。女作家再要召集晚会,就是和阿三一起筹备。阿三到底年轻,又是学艺术的,鬼点子就特别多。有一次,她设计一个游戏,让每个来宾不仅要带一个菜,还要带一句话,写在纸条上。这句话一定要有三个条件:什么人,什么地方或者时间,做什么。比如:阿三,吃过晚饭,画画;劳拉,在床上,哭泣;查理,在冰上,跑步。然后,就将句子分三个部分剪断,各自归拢一处。游戏开始,大家坐成一圈,先将"什么人"发下去,再将"什么地方或者时间"发下去,最后是"做什么"。这样,每个人手里就又有了一个完整的句子,不过却是重新组合过的,于是便出现奇异的效果。比如:阿三,在床上,跑步。事前,阿三又撺掇几个年轻会闹的,写一些特别促狭古怪的句子,结果就更是惊人。每一个句子都引起哄堂大笑,几乎将屋顶掀翻。有打趣在座的人,有讽刺大家都认识的人,有调侃当政的要人。终于轮到阿三打开手里的三张条子,拼在一起,要读却没有读出声来。大家都屏住笑等着,以为有一个特别大的意外将来临,这是游戏的策划者嘛。停了一会儿,阿三一个字一个字地读道:比尔,在某个诗情盎然的夜晚,向阿三求爱。这是这一整个谐趣的晚上的一幕正剧,大家有些失望,礼节性地笑了几声。主持人便将字条收拢,洗牌似的洗过,开始了下一轮。

晚会结束已是下半夜,阿三没有回家,在女作家的沙发上蜷了几小时,天就亮了。她悄悄起来,女作家夫妇还在隔壁熟睡,她没有惊动他们,自己拿了块昨晚剩下的蛋糕,又倒了杯剩咖啡。一夜狂欢后,没来得及收拾,遍地狼藉。茶几上还摊着做游戏的纸条。她将它们拢起来,塞进提包,然后轻轻带上门,走了。

早晨的轮渡,只寥寥数人,汽笛在空廓的天水间回响。太阳还没有升起,江面罩着薄雾。阿三的思绪有些茫然,想不起为什么是这时候回家去。耳边有江水的拍击声,一下又一下。浦东渐渐就到了眼前。她走上码头,太阳出了地平线,忽然一切都焕发了光彩,她却感到了疲倦,眼睛是酸涩的,满是隔夜的睡意。

回到房间,她洗了澡,换了衣服,然后拉上窗帘,上了床。阳光照在窗帘上,又有些像夕照。她盘腿坐着,从包里掏出那些字条,将它们分别放作三堆,一个人做起了游戏。她依次抽出三张纸,拼成句子,看一遍推到一边,再排出下一句。周围安静极了,这幢楼房里仅有的一点响动也没有了,人们都上班的上班,上学的上学。阿三静静地排着纸条,她在等待那个句子的出现:比尔,在某个诗情盎然的夜晚,向阿三求爱。她知道不会是这一句了,可是别的一句将是什么呢?终于,"比尔"的名字出现了,然后是:在沙滩上,最后是两个字:游泳。比尔,在沙滩上,游泳。这是什么意思?阿三对自己说。她将纸条团起来扔在床下,打了个呵欠,瞌睡上来了,她都没来得及拉下被子,便睡熟了。

其时,画界正悄然而起一股新画风,就是宣传画风。将当年十分流行的宣传画,以精细写实的风格再现出来,却作一些微妙的改动。就像那一幅画,将达·芬奇的"蒙娜丽莎"添上两撇希特勒式的小胡子。这样的宣传画,通过评论家一类的中间人,流向海外的收藏家。这种画风所要求的写实功力,使得画家们临时抱佛脚地日夜练着基本功。

然后,宣传画又进一步变成新闻照片,以同样的手法作些改动,政治的讽意便更加突出了。阿三似乎是在一觉睡醒之后发现这新走向的。她想她是晚了一步,如何才能迎头赶上,摆脱落伍的处境?她从一个画室跑到另一个画室,这些画室里又充满了兴奋的情绪,前段时期的惶惑摇摆终告结束。人们或是在紧张地作画,或是高谈政治。许多小道新闻和政治笑话在这里流传,这些都成了他们创作的材料。其中最成功的一位是艺术院校的青年教师,他的画已被香港报刊刊登并作专题介绍。这个来自农村的孩子,有着惊人的想像力,将中国历史和现代化社会镶嵌成的场景,令人捧腹,比如秦兵马俑是足球看台上的观众,门将是孔子,罚点球的则是鲁梅尼格。他在他的乱糟糟的单身宿舍里日夜作画,废寝忘食。房间里充满了颜料味,脚汗味,还有方便面的调料味。他以农人样的苦吃苦做,创造和实践着新潮流,走向了世界。

  阿三从这些画室一个圈子兜回来,脑子里乱了一阵子,慢慢地理出了头绪。其实所有的荒诞只来自于一个道理:时间空间的错乱,人和事的错乱。她翻出她的旧画,那些百货公司和十字路口的小人儿,决定就在这上面进行新的构思。她重新设计了调子,是亮丽而逼真的,就像美国柯达胶片的效果。这些小人儿不仅是芸芸众生,那些在醒目位置上的,都担任了重要角色,古今中外的政治人物,电影明星,著名人士,宗教首领,都是大家特别熟悉的形貌,经常在传媒中出现的那些,象征着历史和社会的趋向。此时此地,他们却在街头巷尾忙碌着凡人的生活琐事。这个画面除了那种刻薄的讥讽之外,却还流露出一些令人感动的气息,这是来自于那生活场景的细致和感性,是女性特有的对日常人生的温馨理解。但是,这正使评论家有所犹疑,认为批判的力度不够,充斥着庸俗的市井乐趣。他不能认同他内心的触动,因为许多成功的作品都是违反着内心原则来的。不过评论家还是决定试一试,谁知道,也许呢?这些美国人是那么不可思议。

  许多古怪的画,源源地涌向这些代理人手里,连他们都有些吃不准了。他们的判断力受到挑战,有时便不得不求助于画家。他们将这个画家带去看那个画家的画,将那个画家带去看这个画家的画,听取他们的意见作为参考。同时,也有许多画家,最终抛开了中间人,自己与画商发生了联系。再有就是一些国外的职业的代理商开始进入画界,他们自然是内行多了。他们很快挤走了本地的这些半路出家的中间人,甚至不需要他们介绍画源。他们一到某个酒店住下,就会有画家上门。他们来到的消息,传得比风还快。那个驻香港的美国人果然预料得不错,甚至,比他预料的还要迅速,仅只两年时间,市场就大了起来。而两年后的今天,他却已经把注意力投向越南和柬埔寨。这时候中国大陆的画价,已经远不是当初,带着哄抬的架式,连最无资历的画家,开价也有些吓人,并且非美金不行。过去那些老主顾,如阿三他们,有时也会寄画作的照片给他,他以一个生意人的灵敏嗅觉,看出这些画作的商业气和潮流化,早先的为他视为宝贵价值的那股天真的茫然,不再有了。渐渐的,这个带有开拓者意味的画商便悄然退出了这个城市。

  事情变得很热闹。更多的画家纳入卖画的行列,竞争日益激烈,紧张的气氛笼罩在画室上方。有一些画家率先关闭自己的画室,谢绝参观,为防止探索的成果被模仿。所有的创新一律带有容易模仿的特征,抢第一的风气极盛。新探索面世的这一日,就是被埋没的一日,一大批同种面貌的画作涌现,淹没了独创性。这时候,大家都有些手忙脚乱的,迫不及待。宣传画风已经被真正的宣传画替代。这些不知从哪个角落里觅来的旧宣传画,被剪贴制作成另一幅作品,那画上的污迹和折痕都赋予了抽象的含义,深不可测。拼贴画就这样兴起了,画家们放下画笔,拿起剪子,埋头于制作。

一切都取决于灵感。灵机一动也许就能带来巨大的成功。其中没什么道理好讲。像先前评论家和阿三的那类理论探讨,再是文不对题,在此也不需要了。现在是像参禅似的。人心有些焦虑,好念头迟迟不到。那种农人式的勤勉劳动也不起作用了。那位青年教师已经辞职,背一架照相机,骑一辆自行车出去旅行,抛下了身后这个喧嚣的城市。

阿三住的那幢楼里,陆续有人进来装修,成天敲打个不停,还有冲击钻和电刨的怪响。阿三只得腰里别个"随身听",用耳机把耳朵堵上。就这样还不行,依然吵得头昏。无奈,便避出去,反正在房间里也无甚可做。她已经有许久没有画过了。似乎,该画的都画过了,接下来,再做什么?她已经经历过几次这样丧失目标的阶段,每次都会获得契机,柳暗花明。阿三相信这次也会,所以心头不像前几回那么着慌。可是,契机什么时候来临呢?她无从着手去做努力争取,只有等待。

在阿三的这幢楼的前后左右,都开辟了工地,许多楼房将要平地而起。很快,就是一个大规模的住宅小区了。阿三走在工地旁的泥路上,看着自己的鞋尖,一些草和小花,被她踩进了柔软的泥里。她发现,春天又到了。迎春花疏朗的黄花在冷风凛冽的空气里摇曳着。空气里有一股含蓄的潮湿,也是春天的意思。阿三心情有些好转,轻松起来。

她走到土路的尽头,并没有急着转身,而是走进那一片刚清理出来的空地。这里刚迁走一个乡镇小厂,地上有平地机的压痕,还有汽车轮胎的压痕。这时候,阿三在地上看见了一幅奇异的图画,十几只线织手套被压进了泥地,呈现出纵横交错的线条,分布得那么均匀,手套上的辫子花有一股粗砺而文雅的气质。阿三停住脚步,眼光久久留连在那上面,心想:这才叫踏破铁鞋无觅处,得来全不费功夫。

阿三退出空地,然后转身向回走去。她明白她要做什么了。现在,又有一大堆事情等着她做,而且刻不容缓。

阿三的画室成了制作工场。她用颜料和油剂调制成灰浆,厚厚地抹在画布上,不等它干便将线手套或者线袜随手抛上去,然后压实,再慢慢揭去,使其留下印痕。那分布与交叠的微妙之处,全在于她任意地一抛之间。这带有中国画泼墨的即兴的意味,也带有命运的哲学的意味,还像是一种游戏。有一些手套和袜子抛到了一堆,有一些却抛出了画外,这都是宿命。阿三给这些画起了一个名字,叫做"劳动"。她是反其道而行之的意思,明明是玩耍,却偏说是"劳动"。这批画一出阿三的画室,便在画家之间流传开了。同类型的作品一时间蜂拥而出,当然,印痕的样式各是各的,花色百出,有一些更加别出心裁。其中卖得最好价钱的一幅,是二乘二米大小,刻着砖石瓦砾的锐痕,题目叫做"原始社会"。要追究起来,阿三的画是这一切的源泉,可是大家都心急慌忙的,谁有耐心去追根溯源呢?

当然,也有阿三在别人的源头上发展的时候,比如那些剪贴画。阿三动的是月份牌的脑筋,收集来一些美女月份牌,再行加工。所以,这笔账就不能认真算了。

阿三的这些痕迹画,其实还开了个头,就是绘画向雕塑方面的转变。人们渐渐不甘心只在画布上刻些痕迹,而是要真实物件亲自登场了。一些破布烂衫出现在画面上,甚至更大的物体:水壶,铝锅,火钳,草帽。名堂越来越多。只是这样的作品给那些画商的收藏带来一定的困难。但与此同时,画商为某些画家在海外开办商业展出的好消息也传来了。出国办画展，是每个画家的美好心愿。

阿三开始寻找这样的机会。她把她作品的照片纷纷寄给各领事馆的文化部门，以及她所知道的画商。明知道这样并不会有什么结果，但聊胜于无。随后，她再各个出击。她跨过中间人，直接和画商联系，为他们安排住宿的酒店，陪他们看画，游玩，买东西。就这样，她认识了法国画商马丁。马丁的画廊在法国东部与德国交界的一个小城里，他对中国并不熟悉，阿三是他认识的第一个中国画家。

马丁所在的小城是一个僻静的地方，城里人口不过几万。画廊是他祖父手里创建的。和那个时代的法国人一样，艺术是他生活的一部分，并不视为奢侈的。这个画廊有上下两层，一层是主人的收藏，二层则是流动性的展出。在过去的岁月里，马丁家并不指望它挣钱，只是将它作为他们家庭的一个建设，同时也很骄傲为这小城提供了艺术生活。到了马丁这一代，情形则有些不同。马丁是在美国西部读的大学，学的是传播。他是有些野心，也有些见识。当他回到他那宁静的带有避世意味的故乡小城，就产生了一种要使家乡与世界沟通的想法。他决定利用画廊这个地方。

就像欧洲人从教堂里上了西方艺术的第一课，马丁是在中国餐馆里启蒙了东方文化。那金碧辉煌的厅堂，富丽豪华的气派，俗艳到头又折回到雅的装饰，都暗合着马丁内里的浮华的心意。中国菜也是浓油重彩的，有一股香艳的格调。而与这一切形成对比，中国侍者的黄皮肤的脸却一律呆板，冷漠，面无表情。在垂着华丽流苏的宫灯照耀下，真有些像安格尔的画。在美国读书时，他认识了一个大陆来的中国留学生，就是通过他，再经过几道转折，他来到阿三面前。这时候，他是二十四岁，比阿三小三岁。

马丁是瘦长的个子，颈子和手腕从扣整齐的衣领衣袖中伸出长长的一截，就像是那种正在蹿个子的中学生，无法买到合身的衣服。他的白皮肤叫东方夏季的太阳晒得发红。为了降温，他便一个劲地喝可口可乐，然后就打着嗝，一边说着"对不起"。虽然他去过巴黎和纽约、洛杉矶，上海的拥挤和杂乱还是叫他吓了一跳。他一走出酒店就懵头转向，在联络到阿三之前的两天里，他都是在客房看电视度过。因此，阿三一旦出现，并且说着流利的英语，马丁立即有了种他乡遇故知的心情。然后他们便走出酒店，到各处逛着。一天下来，马丁便晒红了。

严格地说，马丁是个乡巴佬，没见过多少世面。他一步不离地跟着阿三，生怕走丢了。花钱方面也很吝啬，他们总是在那种小铺子里吃饭，并且总是在晚饭前回到酒店，然后就在大堂站住脚，握手，道别，把阿三打发回去了。他对艺术也说不出有多懂，甚至谈不上是爱好艺术。尤其让阿三感到意外的是，他对西方现代艺术几乎无甚见解，他甚至显得有些闭塞。这倒使阿三在他面前有了自信。她陪他逛了三天，就带他去了浦东。当轮渡渐渐离岸，马丁站在甲板上，望着往后退去的外滩的楼群，说，这有些像塞纳河，阿三方才想起马丁是来自法国的青年。

马丁看阿三的画时，神情变得慎重和严肃了。在此之前，他还是腼腆，羞怯，对阿三怀着依赖。他坐在地上，阿三将一幅画安置在他前面，过一会儿，他用手指轻弹一下可口可乐的铁罐，表示可以过去了，阿三就再放上另一幅。他一直没有出声，也没有喝可乐和打嗝，凝神在画上。阿三不由有些不安，她克制着不去看马丁的淡蓝眼睛，那里有着一些决定命运的东西似的。她原先是没有把马丁放在眼里的，可是现在却有些不同。这个画廊老板的孙子，生活在法国，他的天性里就有着一些艺术的领悟力，虽然无法用言语表达。从米开朗琪罗开始的欧洲艺术史，是他们的另一条血脉，他们就像一个有道德的人明辨是非一样明辨艺术的真伪优劣。

上午九点钟的太阳已经炎热起来,电风扇忙碌地转着头,徒劳地驱散着热浪。有一块阳光正照在马丁一边脸颊上,汗流了下来,而他浑然不觉。

所有的画都看过了。马丁喝了一口可乐,又喝了一口,然后把那剩下的半罐统统喝完了。他抬头看着阿三,脸上又恢复了先前羞怯和依赖的表情。他说:你还有没有别的画了。只这一句便把阿三打击了。阿三生硬地说:没有。马丁低下了头,好像犯了错误却又无法改变。停了一会,他说:你很有才能,可是,画画不是这样的。阿三几乎要哭出来,又几乎要笑出来,心想他自己从来没画过一笔画,凭什么下这样的判断。她用讥讽的口气说:真吗?画画应该是怎样的?马丁抬起眼睛,勇敢地直视着阿三,很诚实地说:我不知道。阿三又是一阵哭笑不得。可是在她心底深处,隐隐的,她知道马丁有一点对,正是这个,使她感到恐惧和打击。她也在地上坐下,坐在另一角。热气渐渐灌满了这房间,电风扇的风也是热的。马丁伸手到背囊里又掏出一罐可乐,刚要拉盖,被阿三制止了。她说:我给你拿冰镇的。然后起身去冰箱里拿来,一人一罐。马丁从她手里接可乐时,朝她一笑,很老实卖乖的样子。阿三就不好意思生气了。

马丁说:我热得就像一条狗样,说着就伸出舌头学狗的样子喘气。阿三没好气地说:你是一条会咬人的狗。两人都笑了。有一股谅解的气息在他们之间升起,彼此好像接近了一些。这天的午饭,是吃阿三煮的方便面,面里打上两个鸡蛋,再加一把蒜苗。吃过饭都有些困顿,各在各的角落里打盹,一句没一句地聊着闲天。最热的午后挨过去了,太阳西移,稍稍透气了一些。远处有电动打字机的声音响起。最后,天边泛起了晚霞。先是一团,然后崩裂开来,铺了一大片,光线变得瑰丽多彩。马丁说:这像我家乡的天空。接着就说起那里的情景:蜿蜒上行的石子街,街边的小店,张着太阳伞,门前有卖冰淇淋的,上方悬一只小铃,摇一下铃,老板就出来做买卖。城里有一个方场,早晨有农人设摊卖菜和鲜花。节日的晚上,青年们就走出家门,在方场上跳舞,居民自己组织的乐队奏着乐,通宵达旦。这里的人几乎彼此认识,都是几辈子的老住户,有些人,从来就没有离开过。你知道,马丁说,法国和中国一样,是一个老国家,就是这些永远不离开的人,使我们保持了家乡的观念。最后,他说到了他家的画廊,两人不由都静默了一下。

停了一会,马丁说:我们那里都是一些乡下人,我们喜欢一些本来的东西。本来的东西?阿三反问道,她觉出了这话的意思。马丁朝前方伸出手,抓了一把,说:就是我的手摸得着的,而不是别人告诉我的。阿三也伸出手,却摸在她侧面的墙上:假如摸着的是那隔着的东西,算不算呢?马丁说:那就要运用我们的心了,心比手更有力量。阿三又问:那么头脑呢?还需不需要想象?马丁说:我们必须想象本来的东西。阿三便困惑了,说:那么手摸得着的,和想象的,是不是一种本来的东西呢?马丁笑了,他的晒红的脸忽然焕发出纯洁的光彩:手摸得着的是我们人的本来,想象的是上帝的本来。

现在,阿三觉得和马丁又隔远了,中间隔了一个庞然大物,就是上帝。这使得他们有了根本的不同。一切在马丁是简单明了的,在阿三却混淆不清。阿三不由得羡慕起马丁,可她知道她做不了那样,于是便觉着了悲哀。

这天晚上,他们一起乘轮渡到了浦西,然后在一条曲折的弄堂里找到一家面店。面店设在老式石库门房屋的客堂间里,天井里也摆了桌子,大门口亮着一盏铁罩灯。楼上和隔壁照常过着自己的日子,都已吃过晚饭,开着电视机,频道不同,声音就有些杂沓,又掺着电风扇的嗡嗡声。弄堂里有人摆了睡榻乘凉,聊天或者下棋。他们各人吃一碗雪菜肉丝面，要的啤酒是老板嘱咐邻居小孩临时到弄堂口买来的。他们碰了碰杯，忽然会心地笑了。这一天，虽然没有任何结果，可是，两人却都过得很满意。他们已经是朋友了。

在外滩分手的时候，阿三照往常伸手握别，马丁却说：不，我们应当按法国式的。说着，上前在阿三两颊上亲了亲。阿三看着他弓下瘦长的身子，钻进一辆夏利小车。然后，车开走了，融进不夜的灯火之中。阿三没有回浦东，而是转身跳上一辆公共汽车，向市区去了。

女作家的家里开着空调机，阿三一进去便感到沁骨的凉爽，心也安静了。女作家一个人在，穿着睡衣看电视，问阿三怎么多日不来，是不是有了奇遇？阿三不说话，只一杯杯地喝水，方才面条里大量的味精，这时候显出效果来了。喝了半天水，阿三放下杯子，问了女作家一个关于宗教的问题：上帝在什么地方。女作家戏谑道：你问我？我还问你呢。阿三就有些不好意思，觉着自己造作了。这也就是女作家可爱的地方，她不虚假。女作家又紧逼着阿三问有没有奇遇。阿三很想和她谈些马丁的事，可是一张嘴，说的竟是比尔。她说：比尔，你知道吗？美领馆的那个文化官员。女作家说：怎么不知道，他早已调任韩国了。阿三说：我和他有一段呢，你看我英语说得这样，从哪里来的？就从他那里来的。

女作家认真起来，注意地听着。阿三眼睛里闪着亢奋的光芒，她说着比尔和她的恋情，好像在说别人的故事。她隔一会儿就需重复一句：怎么说呢？她真的找不到合适的词汇，可以把这段传奇描述得更为真实，好叫人信服。一切都像是叙述一部戏剧，只有结尾那一句是肯定无疑的，有现实感的，那就是，比尔说：我们国家的外交官不允许和共产主义国家的女孩子恋爱。这是千真万确，也因为它，女作家相信了阿三的故事。

阿三说完了比尔，心里突然涌上一股空虚感。她怀着恐惧想道：她现在什么都没有了，倘若没有新的事情发生，而且，难道她真的能够忘记比尔吗？她沮丧起来，在沙发上蜷起身子，一言不发了。她感到了这几天受热和奔波的疲乏，喉咙剧痛起来。她怕她要生病，就向女作家讨几片银翘解毒片。女作家递给她药时，她抬起可怜巴巴的眼睛，说：你看我能有一天出去吗？

女作家把药片重重地往她手心里一放，转身回到自己的座位上：出去，出去有什么好？停了一会儿，她缓和下口气，说：阿三，我送给你两句话，有意插花花不发，无心栽柳柳成荫。

第二天，阿三到马丁住的酒店去。马丁已经站在大堂里等她，看见她到来，便很高兴地迎上前。阿三感觉到这一天过后，马丁对她产生的亲切心情，心里有些感动。马丁拉着阿三的手问，今天去什么地方。他觉得阿三有权利安排他的一切。原先，阿三是不打算让马丁和其他画家见面的，可是昨天过来之后，她的计划变了。她晓得马丁不是欣赏他们这些画家的人，他和以往的画商不同，所以也没必要垄断他了。并且，她想到马丁花了这么多法郎来到中国，应当看得再多一些，也不致显得自己太小气。于是她就向马丁宣布今天去另外一些画家的画。然后，他们出发了。

马丁与比尔相比如何呢？阿三问自己。在这矗立着孤零零的柏树的丘陵地带，马丁和比尔一样显得朦胧，含糊不清。好像只是两个概念，而没有形象。

穿过茫然，马丁的眼睛还是浮现起来了。同样是蓝色的眼睛，却也不尽相同。比尔是碧蓝的,是那类典型的蓝眼睛,像诗里写的那样;马丁却是极浅淡的蓝色,几近透明。两人都是高大健壮的,但比尔匀称,似乎身体的各部位都经过了严格的训练,而使其发育完美,比例合格;马丁则像是一棵直接从地里长出来的树,歪歪扭扭,却很有力量。比尔自然更为英俊漂亮,像个好莱坞的明星;马丁却更接近天籁,更为本质。似乎,比尔是个从试管里培育出来的胚胎长成的,马丁却是一千代一万代延续下来的生命果实。而正因为马丁是这么一种自然的生物,阿三便觉着更加隔膜了。连他的吸引也是隔膜的。比尔的世界是大的,喧腾的,开放的;马丁的则是宁静,偏僻,孤立,接近它的道路更为曲折。

他们的爱发生在最后的三天之内。这确是称得上爱的关系。这三天里,他们一天比一天亲密。尤其是马丁,因为知道他们一定是要分离,流露出的情感更为强烈。阿三却要比他乐观,因她抱着事在人为的希望。她留宿在马丁的房间,"请勿打扰"的牌子从傍晚直挂到次日中午。马丁人在旅途,知道这爱情的宿命,不会有任何结果。他对阿三难以释手,他连连地说"我爱你",好像要以爱来拯救一切。阿三想到,她等比尔说出这句话,结果是在马丁这里听到,人事皆不同了。可她心里也是欢喜的。她是相信爱的,和比尔不成,是因为比尔对她不是爱,可是,"马丁爱我"。他们百般缱绻,然后累了,便一同睡去。有时马丁先睁开眼睛,看着阿三的中国人的脸在窗帘透进的薄光里,小而脆弱,纤巧的鼻翼看不出地翕动着,使那轮廓平淡的脸忽显得生气勃勃。他想起在他遥远的家乡,那一家中国餐馆里,有一幅象牙的仕女图。中国人的脸特别适合于浮雕,在那隐约的凹凸间,有一股单纯而奥妙的情调。他真是爱她,他忍不住要去吻她,把她吻醒,再缱绻个不够。

尽管是有这留宿的三晚,阿三仍然感觉与马丁是一场精神上的恋爱,保持着特别纯洁的气息。他们像姐弟一般搂抱着睡觉,又像姐弟一般手牵手地逛街。马丁的那双大手啊,流露出多少虔诚。它是笨拙的,因知道自己笨拙,便小心翼翼。光凭这双手,阿三也知道:"马丁爱我。"看见马丁过于瘦长的四肢,阿三忍不住就要去胳肢他,于是他便像落水的人一样胡乱划动着手脚,将近旁的东西都打落在地。阿三笑着说:我们中国人有一句老话,说男人怕胳肢,就怕老婆。马丁笑着说:我不怕老婆,我怕阿三。听到这话,阿三的心就沉了沉。趁阿三走神,马丁也去胳肢她,却没有收到预想的效果。马丁有点扫兴,可是接触阿三的身体使他温存。他把阿三抱在怀里,看着她的眼睛。这像浮雕似的细致的眼睛里,有一些模糊的神情是为他所不能了解,这触动了马丁,于是他又伤感起来。

他抱着阿三,阿三也抱着他,两人都十分动情,所为的理由却不同。马丁是抱着他的一瞬间,阿三却是抱着她的一生。马丁想,这个中国女孩给了他如此巨大的感动,虽然她画得一点也不对头。阿三想,这个法国男孩能使她重新做人,尽管他摧毁了她对绘画的看法,她可以不再画画。一个是知道一切终于要结束,一个是不知道一切是不是能开始,心中的凄惶是同等的。马丁看阿三,觉着她离他越来越远,如同幻觉一样,捉也捉不住了。阿三看马丁,却将他越看越近,看进她的生活,没有他真的不行。马丁说:阿三,你是我的梦。阿三说:马丁,你是我的最真实。他们彼此都有些听不懂对方的话,沉浸在自己的思想里,被自己的心情苦恼着。

太阳一点一点下去,又一点一点起来。它在房间的固定的一点上慢慢地收住它的光,又在另一点上伸延着它的光。即使隔着窗户上的纱帘,它也能穿透进来。这真是催人落泪的。

　　离别的时刻就要来临了,马丁终于要收拾他的行李了。房间里东一摊西一摊的,他的东西,渐渐地收拢起来,渐渐的就好像没有住过马丁的样子。马丁的剃须刀、香水,马丁的旅游鞋,马丁的衬衫,全都装进了房门边的两个大包里。那两个大包却还是空空的,有许多空余。阿三忽然说:把我装进这里,带我一起走吧!马丁说:我要把你揣在我的口袋里带走。他把阿三的话当作了离别前恋恋不舍的情话,可阿三却一不做二不休,她抓住马丁的手,颤抖着声音说:马丁,带我走,我也要去你的家乡,因为我爱它,因为我爱你。她有些语无伦次,可是马丁听懂了。他的眼睛变得冷静了,却依然十分的诚实。他握住阿三的小手,送到眼前,仔细地看着那透明皮肤底下的蓝色脉络,然后说:阿三,我爱你。听了这话,阿三的身子向他近了一步,昂起头,焦灼地看着他的眼睛。他的眼睛淡得几近无色,那里有着什么呢？马丁接着说:可是,阿三,我从来没想过和一个中国女人在一起生活,我怕我不行。为什么？阿三脱口而出。她知道这问题无聊,不会有结果,可她却急于听到马丁的回答。马丁沉思了一下,说:因为,这对于我不可能。这就是马丁的魅力。他的回答,总是简朴到了极点,简朴到了真理的程度。

　　阿三垂下了手,马丁也松开了她的手。此时,两人都有一股说不出的失望,一个美好的记忆还没有形成就已经破碎了。彼此都猜错了心思,本来的相互理解,现在变成了不理解。都有些委屈,又不便诉说。于是就沉默着。最后的时间在沉默中度过。马丁的中国之行在这最后的时刻变得不堪回首,带着毁于一旦的痛切之感。于阿三来说,却几乎是痛及她的整个人生。她想:比尔不和她好,是因为不是爱她,马丁爱她,却依然不和她好,她究竟在哪一点上出了毛病？

　　最后,就要走出门了,两人又紧紧拥抱在了一起。可是,都体会到这动作里的虚假。似乎,在这一刻里,两人都认识到自己的义务:要将这场恋爱画上一个句号,使之善始善终。两人都极力不流露自己的失望,热烈地亲吻着,心里却感到了疲倦。因此,一旦分手,就都感到如释重负。阿三甚至没有送马丁到机场,只在酒店门口看他坐进出租车,与他挥手告别。她几乎是急着要与他离开。但这只是当时,仅仅过了一分钟,阿三就后悔了。她差一点就要跑回酒店门口,再要一辆出租车,赶往机场。她对自己说:时间还来得及。然而,她努力克制住了。

　　一个人往回走的时候,和马丁在一起的情景便涌上心头,历历在目。这二十天里发生了多少事情啊！天气依然那样炎热,看不见转凉的希望,可是马丁已经走了。阿三的眼泪流了下来。她想起了马丁温存的大手,是那样搀着她的小手,走在这人车熙攘的马路上。这时候,马丁从出租车的窗口望着烈日下赶路的人们,也在想着阿三。他知道他这一生中再也不会遇见这姑娘了,不由心如刀绞。马丁走后给阿三来过两封信,阿三一封也没有回。信封上的那个陌生的法国地名,于她是海角天涯。她知道那是欧洲的腹地,有着几百年不变的纯真的血统,它忠实地驻守在法国,是一道永恒的风景。她没什么要对马丁说的,说什么都无济于事。谈爱吗？算了吧,这是近乎奢侈的消遣,拿自己的感情做游戏。马丁的热情和忧伤,都扇不起阿三的心了。她甚至不懂他到底要什么。看他将他们的关系比作永恒中只能相遇一次的行星,是永远的瞬间,阿三便笑了,心里说:什么叫"永远的瞬间"？话是分开来说的,他,马丁,还有比尔,都是永远,而阿三就是瞬间。阿三把马丁的信都撕了。

可是，有一件事却激怒了阿三，使她平静不下来。那就是，阿三再不能画画了。马丁的全盘否定，在一个重要的节骨眼上，打中了她。她想：马丁，你不负责任！马丁把她苦心建造的房子拆毁了，他应当还她一座，可是没有，他就这样拍拍屁股走了，留下阿三自己，对着一堆废墟。比尔走的时候，阿三还能画画，马丁走了，她却连画画也不能了。阿三虽然没有像爱比尔那样爱马丁——这是她经过比较得出的结论——但是马丁却比比尔更加破坏阿三的生活。

天气终于有了凉意。阿三挂在窗前的一只"叫哥哥"，渐渐声气微弱。阳光变得稀薄透明。房子前后的新楼也平地而起了。远处，有一只塔吊，在有雾的夜晚，那升降臂上的一盏灯，穿过雾障看着阿三，像一只夜的眼。这景色有一种纯洁的，但也是虚空的意味。午后时分，天空积攒着雨云，蜻蜓飞进房间，在突然变暗的黄昏样的光线里飞翔，翅翼闪着幽光。阿三想起马丁说的"本来"的概念。她静静地向昏昧的暗中伸手出去，似乎有蜻蜓飞行搅起的气流掠过手心。这就是"本来"吗？天已经暗到了这样的地步，如同黑夜一样，雨云铺满了整个天空，气压变得很低，呼吸都有些困难。雨马上就要下来了，甚至隐隐地听见有雷声，在厚厚的云层后面滚动。可是忽然间，雨云露出了边缘，阳光从那边缘里射了出来，天又亮了。这时候，才看见雨云原来是在飞速地奔跑，由于面积实在太大，要跑许久才可从头顶跑开。雷电终于没有来临，大雨也过到别的区域，蜻蜓飞走了。那接近于"本来"的幻觉也消逝了。

阿三躺在她的床上，看着窗口的景象。房间里堆着她的没卖出的画，几乎可代表这几年的美术史。没有人上门，人们都知道阿三和一个法国画商打得火热，眼看就要传开阿三去法国的流言。

现在，阿三已经划进专门为外国人准备的那类女孩子，本国的男孩子放弃了打她们的主意。这就是阿三至今没有遇上一个中国求爱者的缘故。她生活在一个神秘的圈子里，外人不可企及。谁也无法知道她们日常起居的真实内容，那就是有时候在最豪华的酒店，吃着空运来的新鲜蚝肉，有时候在偏远的郊区房子，泡方便面吃，只是因为停电而点着蜡烛。她们的时装就挂在石灰水粉白的墙上，罩着一方纱巾。还有她们摩登的鞋子，东一双，西一双的。

无所事事，阿三很想去找女作家。可是她似乎很感惭愧，她的新故事结束得太快，不值得一提。她想起那晚在女作家的客厅里，她的表现是让人有所期待的。她就没有去找她。

这样懒散地度过两个月之后，阿三终于囊中如洗。她这才强打精神去寻找挣钱的途径。上海宾馆对面有一家旅游品商店，老板是她的朋友，曾经向她收购过水彩画和油画，以风景和静物为主。她当时因卖画正走红，自然嫌那收购价低了。但是，现在，她想来想去，只有去找他。她梳洗了一番，吃了最后一包方便面作早饭，就出门去搭轮渡。十月的高朗的天空，使阿三振作了精神。风是爽利的，将她一身的隔宿气扫尽。阿三气色看上去还不坏，心事已经沉淀下去，要有新开头的样子。她甚至已经在考虑将要创作的题材。她想她离开学校之后再也没有去写生过，出外写生的情景来到眼前，便有些兴奋。这样，她又看见了浦西的建筑。江边的绿化地带有老人在做操，还有孩子。经历了这样的骚动的时期，她几乎怀疑还有没有和平的生活。现在，这情景给了她肯定的回答。阿三愉快地想到，去过旅游品店之后，就到女作家那里去蹭一顿午饭，对，要敲她一次竹杠，逼她去红房子。

阿三乘上电车,街景都是令人愉快的。商店刚刚开门,第一批顾客拥进店堂。地面上洒过了水,湿漉漉的,转眼间便干了。阿三的心情这样开朗,以至到了旅游品店,发现这店早已几经转手,竟也没感到太多的沮丧。老板是个中年女人,并不认识阿三的朋友,阿三就又举出四面八方好几位熟人的名字,以期与女老板搭上关系。只有一个得到她模棱两可的回应,她所说的那名字与女老板知道的有一字之差,阿三承认也许是她记错了。这样一来,就好说话些。可是,此时阿三却发现店堂里已不再出售油画和水彩画,多是些瓷砖画,还有俗丽的玻璃画。她就问女老板为什么不再卖油画和水彩画,女老板说那些东西卖不出好价钱,画家要的价又很高,索性算了。阿三就说:我给你画怎么样?女老板很厉害地说:我又没看见过你的画,怎么好说呢?阿三说:我给你画一幅,但你要先给我些定金。女老板就笑了:我没看见过你的画,怎么好给你钱?阿三就说:某某人是我的朋友,也是你的朋友,连这点信任也没有吗?阿三开着玩笑,然后转身出了店门,心里说:你要我画我还未必卖呢。

　　阿三站在林阴道上,秋天的阳光从梧桐叶里洒落在她身上,她感到身心都是轻盈的。新洗的头发直垂到腰下,合起来不过一指头粗细,披开来却千丝万缕。头发的凉滑感觉传到了全身。她穿一条旧的齐膝剪去、露着毛边的牛仔裤,黑色高领线衫的袖口则是从颈下开始,两个肩膀完全袒露着,脚上是一双细跟羊皮镂空凉鞋。她的样子显得很新颖,过路人都要驻足回望。

　　现在,我要去什么地方呢?阿三想。这个思索一点没有使她茫然,她心里是清晰和坚定的。是的,她谈不上有一点茫然,只不过是没有地方去。

　　她在树阴里站了一会儿,心里并不盘算什么。她感到身心那么舒畅,脸上浮起了微笑。身后旅游品店的女老板透过玻璃门看她,似乎也在等待着,看她将去什么地方。她将这女孩子划为某一类人中间。在这里开店的日日夜夜,她见多识广,人们大多逃不出她的判断。

　　阿三细长的发梢在微风中轻轻飘荡,她用一个小玻璃珠子坠住它们,使它们不致太过扬起。她的细带细跟镂空鞋有一只伸下了街沿,好像一个准备涉水的人在试着水的流速和凉热。她的身姿从后看来,像是一个舞蹈里的静止场面,忽然间她的身体跃然一动,她跨下了人行道,向马路对面的宾馆走去。女老板的脸上浮起了微笑,似乎是,果然不出她所料。

　　阿三走进大堂,左右环顾一下,然后在沙发上坐下。早上的酒店,正处在一种善后和准备的忙碌之中。清洁工忙着打扫,柜台忙着为一批即将离去的客人结账,行李箱笼放了一地。咖啡座都空着,商店刚开门,也空着。在玻璃门外的阳光映照下,酒店里的光线显得黯然失色,打不起精神。阿三坐在沙发上,一条腿架在另一条腿上,悠闲且有事的样子。她的眼睛淡漠而礼貌地扫着大堂里忙碌着的人和事,是有所期待却不着急。她的视线落在空无一人的咖啡座,她和比尔来过这里,是在晚上,那弹钢琴的音乐学院的男生心不在焉,从这支曲子跳到那一支。

　　这时有人走过来问,阿三旁边的座位有没有人。阿三收回目光,冷着脸什么也不说,只是朝一边动了动身子,表示允许。那人便坐下了。这时候,一圈沙发都已坐满,人们脸对脸,却又都躲着眼睛,看上去就像有着仇似的。阿三对面是一对衣着朴素的老夫妇,他们很快被一个珠光宝气的香港女人接走了。香港女人说着吵架般地广东话,老夫妇的脸上带着疏远而害羞的表情,三个人朝电梯方向去了。他们的位子立即被新来的两个男人填上了。阿三左边的单人沙发上坐着一个中年人,派头倒不坏,却全叫那一身灰色西服穿坏了。说是西服,可跨肩和后背,以及袖口,全是人民装的样子。膝上放一个人造革的公文包,两眼直视前方,一动不动。他对面,也就是阿三右侧的单人沙发上那一位则正相反,脖子上了轴似的,转动个不停,虽是坐着,却给人翘首以望的感觉。好几次,他眼睛里闪出兴奋的光,手已经挥动起来,差一点就要喊出声来,最后,才发现认错了人。

阿三看见,前边一圈沙发上并没有坐满,一些外国人宁可站着,也不愿挤在一起。甚至本来坐着的,一旦旁边有人落座,也立即站起走了开去。阿三愤怒地想到,中国人连汽车上一站路的座位也不愿放过,而要争个不休的恶习,并且发现这么团团坐成一圈,不是一家、胜似一家的滑稽景象,便想站起来也走开去。可是再一想为什么是她走,而不是别人走?就又坐了下去。这时再一抬头,发现左右对面都换了新人,连坐在她身边的那位也换了个与她年纪相仿的小姐。

大堂里开始热闹起来。人的进出频繁了,隔壁咖啡座有了客人,大声说话,带了些喧哗。自动电梯开启了,将一些人送去二楼的中餐厅。一阵热闹过去,大堂重新安静下来。不过与先前的安静不同,先前是还未开场,这会儿却已经各就各位。阿三身边的沙发不知什么时候都空下了,咖啡座又归于寂静,自动电梯兀自运作,没有一个人。柜台里也清闲下来,一个个背着手站着,清洁工在角角落落里揩拭着,有外国小孩溜冰似的滑过镜子般的地面,转眼间又没了人影。阿三依然保持着悠闲沉着的姿态,只有一件事叫她着恼,就是她的肚子竟然叫得那么响,又是在这样安静的中午,几乎怀疑身后不远处那拉门的男孩都能听见了。一个男人在阿三对面沙发上坐下,看着阿三,眼光里有一种大胆的挑衅的表情,阿三装作看不见,动都没动,那人没得到期待的回应,悻悻地站起身,走了。阿三敏感到,大堂里的清洁工和小姐,本来已经注意到她,但因为那男人的离去,重又对她纠正了看法。

停了一会,她站起身来,向商场走去。她以浏览的目光看了一遍丝绸和玉石,慢慢地踱着,活动着手脚。人们都在吃饭或者观光,这一刻是很空寂的。虽然饥肠辘辘,可是阿三的心情没有一点不好。她喜欢这个地方。虽然只隔着一层玻璃窗,却是两个世界。她觉得,这个建筑就好像是一个命运的玻璃罩子,凡是被罩进来的人,彼此间都隐藏着一种关系,只要时机一到,便会呈现出来。她走到自动电梯口,忽然回过头,对着后她一步而到的一个外国人微笑着说:你先请。外国人也客气道:你先请。阿三坚持:你先。外国人说了声"谢谢",就走到她前面上了电梯。阿三站在外国人两格梯级之下,缓缓地上了二楼,看着那外国人进了中餐厅。她在二楼的商场徜徉着,看着那些明清式样的家具和瓷器。

她没有遇上一个人。

当她再回到大堂,她原先的座位已被几个日本人坐去,她也乐得换换位置,便来到另一圈沙发前,仍然挑了一具双人沙发坐下。这一回,她的神情更加轻松,带了股勃勃的生气。她一扫方才的冷漠和悠闲,脸上浮起亲切可爱的笑容,使人觉着她有着一些按捺不住的高兴事,她所以坐在这里,就是为了这高兴事。大堂里的大钟已指向一点,用过餐的人从自动电梯上下来。又到了一个外国旅游团,拥满了大堂,柜台里重新忙碌起来。外国人的合着浓重体味的香水气,顿时充满了空间。阿三喜欢这样的气氛,乱是乱了点,可却有些波澜起伏的。她已经不再感到肚饥。她向旅游团里的一个老太说了声"哈罗",她正摸索过来坐下歇歇脚,她也对阿三说了声"哈罗",因为初到这个国家受到欢迎而心感愉快。阿三又问她是从哪里来,她回答说:美国。正要继续攀谈,却听导游在招呼集合,老太只得归队去。阿三很怜悯地看着她蹒跚的背影,说:祝你好运。

这时候,她听见耳边有一个男声用英语说:劳驾,小姐。起先她不以为是对她说,可是那声音又重复了一遍:劳驾,小姐。她这才回过头去,看见身后站着一位亚洲脸形的先生,系在长裤里的T恤衫上印着"纽约"的字样。他面色白净,头发剪得很整齐,脸上带着温文尔雅的微笑。你是在叫我吗?阿三用英语问。那先生点点头,阿三就说:我能帮你什么忙呢?他微笑着说:我能否知道,你是从哪里来的。阿三头一偏,说:你猜。日本,那人猜。阿三摇头。香港,那人又猜。阿三还是摇头。那么,美国,那人再一次猜道。阿三就说:保密。那位先生笑了,他绕到沙发前来在阿三旁边坐下,阿三嗅到他嘴里口香糖的薄荷气味,十分清爽。

阿三已经断定他是一个亚裔的外籍人,中国男孩很少有这样清明的脸色,干净整洁的发型,和文雅的笑容,并且,她注意到他长得十分端正清秀。阿三等着他提出邀请,邀请她去那边咖啡座坐坐。在她看来,这是起码的礼节,当一个男人主动搭识一个女人。他却好像忘了有咖啡这回事,而是和她一个劲地攀谈下去。他和她说上海这城市的美丽,外滩有些像纽约,人也很开放,很国际化。阿三则故意反着他来,说这城市又脏又挤,人也粗鲁,踩了你的脚还要骂你不长眼。他则很具历史态度地说:那是因为十年"文化大革命"破坏了文明的缘故。阿三却反问:"文化大革命"顾名思义不是应当对文明有益,建设新文明吗?那先生耐心地向她解释"文化大革命"的实质,阿三便想:这一位倒是听了不少中国的政治宣传。她知道有这么一类外国人,比中国人更了解中国。就装作有兴趣的样子听着。她有意对他亲切而稔熟,好使柜台那边的小姐认为,她终于等到了她要等的人,一个老朋友。

等他终于说完,阿三带着讥讽的口吻:听起来,你就像个中国人。他谦虚地说:我就是个中国人,阿三等着他的下一句,"不过是出生在国外",好再去讥讽他的中国心,可那下一句却是:我出生在上海。阿三倒是一怔,再看那人的微笑,便觉带着些诡诈的意思。她沉下了脸,正过身子,往后一靠,说:我也是中国人,出生在上海。他站起身,依然以那温和礼貌的态度微笑着,说了声"再见",便不见了。阿三想着:难为他有这样的仪表,却不会请小姐喝一杯咖啡。而她忽然一转念,想到他也许正期待阿三提出邀请,请他去喝咖啡呢!阿三实在觉得荒唐,并且愚蠢。两个人还一句去一句来地说了一大通英语,直到最后一句"再见",也是用的英语,真好像两个外籍人似的。阿三这会儿才有些丧气,觉出了这大半天的不顺利。她恼火地站起身,将放长带子的小皮包一甩,走出了大门。她刚走了两步,却听身后有人叫:劳驾,小姐!这可是真正的美式英语,有些混沌的,她不由站住了脚步。

一个外国人疾步向她走来,是那类面色慈祥的老外国人,你既可以叫他一声"父亲",又可以与他谈恋爱。这就是外国人的好处,他们那种希腊种的长相,就像是一层浪漫的底色,无论何种身份,都可兼谈爱情。阿三等着他走近前来,准备问他:我能帮你什么。结果却是,他对阿三说:我能帮你什么?阿三想都没想,脱口而出道:请我喝杯咖啡。说这话时,她带了股怒气,将方才遇上的倒霉事,全怪罪到这个老头身上,谁让他自己找上门来的呢!老外国人说:很好。然后又问阿三,去什么地方。阿三沉吟一会儿,想这酒店她是不愿再回去了,还是换一个好。于是就带他进了邻近的一家老宾馆,上了二楼,在咖啡座就座了。

这宾馆的规模要小得多,客人也少,咖啡座只有他们两个。阿三要了一客蛋糕,眼睛一眨就下了肚,又要了一客。不动声色的,三客蛋糕下了肚。老外国人笑眯眯地望着她,说她吃这么多甜食,为什么一点都不胖,简直是魔术。阿三并不回答。她一直爱理不理,方才的气还没有出完。老人又称赞阿三长得美,尤其是她的头发,真是飘柔如丝啊!说着就伸手去抚摸她披在肩上的散发。阿三却将头一甩,头发滑向了另一边。老外国人摸了个空,却并不生气,笑得更慈祥了。这时,阿三才觉得气出得差不多了,心情开始恢复。她将餐巾纸铺开,摸出一支墨水笔,三笔两笔替老外国人画了幅速写。她几乎没有看他,在她眼睛里,所有的外国人都彼此相像,当然,除了比尔,还有马丁。她将画着速写的餐巾纸提起来,对着老外国人的脸。老外国人很孩子气地叫起好来,说,简直是魔术。阿三说:我有许多这样的魔术,你要不要,我们可以谈谈价钱。老外国人说:这样出色的魔术,应当由大都会博物馆来收藏。阿三听出老外国人的滑头,就顺着他话说:那就请你把这个转交给大都会博物馆。说着把餐巾纸叠起来,郑重地交到他手上。两人都笑了。

这时候,老外国人说:我叫乔伊斯,是美国人。阿三说:我叫苏珊,是中国人。因为这是不必说的,于是两人又笑。这样他们就算是认识了。乔伊斯接着告诉她,他住在美国的洛杉矶,开了一个加油站;儿女都大了,有的住在东,有的住在西,妻子去年死了;本来他们约好等将来老了,把加油站卖了,就来中国旅行,可是没想到,死神比将来先到一步,妻子走了,他这才明白,将来其实是永远到不了,又是永远在昨天的;过了一年,他便卖了加油站,到了中国,可是,他的妻子却永远不会来中国了。阿三听出了神,她开始怜悯这个老乔伊斯,并且开始消除他们这种邂逅方式里的天生的敌意。乔伊斯将领口里一个鸡心坠子掏出来,揭开盖,让阿三看他妻子的照片。阿三将脸凑近去,并没有看照片,而是眼睛溜了过去,看见老头领口里的脖颈上面长着斑点,起着皱,真是一个老人了。阿三退回身子,表示了她的同情。老人接着说他的妻子,是个老派女人,一生都在勤恳地劳动,抚育儿女,协助丈夫,料理家务,她生前很想来中国,是因为中国熊猫的缘故,她是一个爱护动物的女人,天性博爱。

阿三听着他的唠叨,心里有些不耐,惴惴的,不知道下一步会是什么。然而,事情立刻结束了。老人忽然把话头打住,招手让小姐来买单,然后笑盈盈地对阿三说,下午旅游团是去买东西,他对买东西向来没有兴趣,看见阿三之后就想,也许这位小姐会有兴趣听他谈谈,真是非常感激,上海真是个好地方,上海人那么友善,到处可以看见他们的笑脸,现在,他要赶回去和大家一起晚餐,然后去看杂技,那里有熊猫。阿三有些发懵,不知该回答什么,乔伊斯又加了一句:可是苏珊你真能吃甜食啊!阿三甚至没明白"苏珊"指的是谁,就跟着他一同站起,走出了咖啡座。

这一天的最后一件事,是去找评论家,向他讨来彼此都已忘却的一笔拖欠的画款,从此便两清了。

这一次酒店大堂的经验,很难说是成功还是失败。重要的是,阿三自己必须搞清楚,她期待的是什么,难道仅仅是与外国人同饮咖啡?阿三当然回答:不是。可是,喝咖啡是一个良好的开端,接下来的,谁又能预料呢?也不排斥会是乔伊斯的那种。天晓得他是不是叫乔伊斯,就好比天晓得阿三叫不叫苏珊。不管怎么说,和乔伊斯的事情至少证明了事情的开头是可能的,只要事情开了头,总要往下走,总会有结果。这样一想,阿三就安心了。

下一日,阿三直睡到日上三竿,下午三点才过江到浦西。这一回,她坦然地走进咖啡座,要了一杯饮料,然后,怀着新鲜的兴致望着四周。此时此刻,正是酒店大堂活跃的时分。咖啡座里几乎满了一半,三三两两,有的高谈,有的低语。惟有阿三是独自一人,但她沉着而愉快的表情,使人以为立即有人去赴她的约。这是幽暗的一角,从这里望过去,明亮的大堂就像戏剧开幕前的喧哗的观众席,而这里是舞台。大幕还未拉开,灯光还未亮起,演出正在酝酿之中。阿三心里很宁静。有人从她身边走过,不是她期待的那类人,所以她无动于衷。周围的人与她无关,都在说着自己的事,喝着自己的饮料,可就是这些人,这些低语,杯子里的饮料,咖啡的香,还有那一点点光,组成了一种类似家的温馨气氛,排遣了阿三的孤独和寂寞。这样有多好啊!她忘记了她的画,也忘记了比尔和马丁。因为这里除了有温馨的气氛之外,还有着一种矜持的礼节性的表情,它将私人性质的记忆隔离了。

有外国人走过来,眼光扫过她,向她微笑。阿三及时作了反应,可是没有抓住。那人走了过去,在角落里坐下,不一会儿,又来了他的中国男朋友。阿三就想:那是个同性恋。

阿三高兴她对这里感到稔熟,不像那边的一个中年女人,带着拘谨和瑟缩的神情,又穿得那么不合适,一件真丝的连衣裙,疲软地裹在她厚实且又下塌的肩背上。她喝咖啡是用小匙一下一下舀着喝的,也犯了错误。有了她的衬托,阿三更感自信了。她才是真正适合于此的。又有人来了,看上去像个德国人,严肃,呆板,且又傲慢,阿三作着判断。他是单身一人,在隔了走廊的邻桌坐下了。小姐走过去,送上饮料单,他看都不看就说了声"咖啡",然后从烟盒里取烟。一切都是那么自然,阿三站起来,向他走过去,问:对不起,先生,能给我一支烟吗?当然,他说,将烟盒递到她面前。阿三抽出一支,他用他的打火机点上,阿三又回到了自己的座位。两人隔了一条走廊吸着烟,谁也不再看谁。然后,他的咖啡送来了。小姐放下咖啡,从他们之间的走廊走过。似乎是,事情的一些成因在慢慢地积累着,这体现在他们两人看上去,都有些,僵。

当阿三抽完一支烟,在烟缸里揿灭烟头的时候,"德国人"又向她递过烟盒:再来一支?阿三谢绝了。两人相视而笑,神情放松下来。

先生从哪里来,德国吗?阿三问。美国,他回答。阿三就说:我错了。他问:为什么以为是德国?阿三戏谑地说:因为你看上去很严肃。美国人哈哈大笑起来。阿三心想:这就对了,一点小事就能逗乐他们美国人。美国人笑罢了说:你认识许多德国人?不,阿三慢慢地回答道,我有过一个美国朋友,他和你非常不同,所以,我以为你不是。美国人说:你的朋友到哪里去了?阿三将手指撮起来,然后一张开,嘴里"嘟"的一声,表示飞了。美国人就表示同情。阿三却说不,她微微扬起眉毛,表示出另外的见解,她说:中国人有句古话,筵席总有散的时候。美国人便不同意了,说:假如不是筵席,而是爱情。这回轮到阿三笑了,说:爱情?什么是爱情?

他们这样隔着一条走廊聊天,竟也聊到了爱情。两人都有些兴奋,都有许多话要说,可想了一会儿,却又都说不出什么来,就停住了。

停了一会儿,阿三问:先生到上海来观光吗?美国人回答说是工作,在某大学里教语言,趁今天星期日,到银行来兑钱,然后就到了这里。又问阿三是做什么的,阿三说是画家。问她在哪里学习,回说已经退学了。为什么,他问。不为什么,阿三回答,又说,知道吗?贵国的明星史泰龙,在他十三年的求学生涯中,被开除过十四次。美国人就笑了。

阿三很得意这样的对话,有着一些特别的意义,接近于创作的快感。这不是追求真实的,这和真实无关,倒相反是近似做梦的。这是和比尔在一起时初次获得的。当她能够熟练灵活地操纵英语,使对话越来越精彩的时候,这感觉越发加强了。这个异国的,与她隔着一层膜的,必须要留意它的发音和句法的语言,是供她制造梦境的材料,它使梦境有了实体。她真是饶舌啊,人家说一句,她要说三句。不久,便是她一个人说,美国人则含笑听着了。他显然没有她有那么多要说的。他看上去就是那种头脑简单的人,因为一个人在外工作,便更感寂寞,有人与他说话,自然很欢迎。

时间过去了,吧台那边亮了灯,演出将要开场的样子。灯光下调酒师的脸,也渲染了些戏剧的色彩。那边的形貌土气的女人早已与她的同伴走了,换上两个年轻小姐,一人对着一杯饮料,相对无言。阿三忽然提议道:一起吃晚饭,如何?美国人笑了,他正担心这女孩会一下子收住话头,起身告别,这一晚上又不知该怎么打发。他说:很好。并且说他知道这附近有一家小餐厅,麻辣豆腐非常好。于是两人各自结了账,起身走了。阿三感觉到那新到的两个小姐的眼光长久地停留在她的背上,吧台里的先生却低着头,摆弄他的家什,什么都没有看见。

晚餐是各付各的账,按美国人的习惯。虽然阿三手头拮据,但她却因此有了平等感。吃饭的时候,美国人告诉她,他的妻子儿女还在国内,倘若他再续职,就会将他们接来。阿三对他的家事并不感兴趣,心想:我又不打算与你结婚。也正是阿三漠不关心的表情,加强了美国人的信心。一走出餐馆,他就拉住阿三的手,说:让我们再开始一场筵席吧!阿三想起方才关于筵席的话,险些笑出来,想这些美国人都是看上去傻,关键时刻比鬼都精。阿三没有挣出她的手,抬头望着他的脸说:什么筵席?他认真地回答:就是总要散的筵席。他似乎受不了阿三的逼视,转过眼睛加了一句:我真的很寂寞。停了一会,阿三说:我也很寂寞。

后来,他们就到了他任教的大学专家楼的房间里。

这是一间老套房,新近才修缮过。现代装潢材料使它看上去更陈旧了。那些塑料的墙纸,单薄木料的窗帘盒,床头的莲花式壁灯,尤其是洗澡间的新式洁具:低矮的淋浴用的澡缸,独脚的洗脸池,在这穹顶高大,门扇厚重,有着木百叶窗的房间里,看上去有一种奇怪的捉襟见肘的局促感。阿三望着天花板上那盏新式却廉价的吊灯,垂挂于昔日的装饰图案的圆心之中,嗅着房间里的气味,混合着男用科隆水、烤面包和奶油香的气味。这使她想起她任家庭教师的那座侨汇公寓里的气味。那已经是多么久远的事了。她想起了比尔。

美国人被阿三所吸引。她在性上的大胆出乎他意外。相比之下,他倒是保守和慎重的。有一时,他甚至以为阿三是操那种行业的女孩。可是又感到疑惑,阿三并没有谈钱,连那顿晚饭都是一半对一半。当阿三套着他又长又大的睡袍去洗澡间冲澡的时候,他一直在心里为难着,要不要给阿三钱。最后决定他不提,等她来提。可阿三并没有提。她走出洗澡间后,就专心地摆弄着湿漉漉的长发。她盘腿坐在床上,有一些清凉的水珠子溅到他的身上。她的身子在他的睡袍里显得特别小,因而特别迷人。美国人忽觉得不公道,生出了怜惜的心情,他抱歉地说他不能留她过夜,因为门卫会注意到这个,并且他们还是陌生人。阿三打断了他的话,说,她知道。理完头发就开始穿衣服。等她收拾停当,准备出门时,他叫住她,红着脸,说:对不起,我不知道,是否……一边将一张绿色的美钞递了过去。阿三笑了,她沉吟了一下,好像在考虑应当怎样回答,而美国人的脸越发红了。阿三抬起手,很爽快地接过那张纸币,转身又要走,美国人又一次把她叫住,问他能否再与她见面。他说他下个星期日也没有课,还会去他们今天见面的酒店。

阿三走出专家楼,走到马路上,已经十二点了,末班轮渡开走了,她去哪里呢?这并没有使她发愁,她精神很好地走在没有人的偏离市区的马路上。载重货车哐啷啷地从她身边过去,脚下的地面都震动起来,她漫无目标地走着,嘴里还哼着歌。她洗浴过的裸着的胳膊和腿有着光滑凉爽的感觉,半干的头发也很清爽。一辆末班车从她身后驶过,在几步远的站头停下,连车门都没开。阿三疾步上去,叫道:等一等。才要起步的车又哗的开了车门。阿三也不看是几路车,去哪里,便跨上了汽车,门在她身后砰地关上了。

现在,阿三的生活又上了轨道,那就是,星期天的下午,与美国人约会,吃一顿晚饭,当然是美国人付钱,然后去专家楼的套房。这有规律的约会,并不妨碍她有时还到某个酒店的大堂咖啡座去,如遇到邀请,只要不是令她十分讨厌的外国人,她便笑纳。不光是消磨时间,也为了寻求更好的机会。什么样的机会呢? 阿三依然是茫然。可大堂里的经历毕竟开了头,逐步显出它的规律,阿三的目的便也将呈现出来。

有一点是清楚的,那就是她避免发生太过混乱的情形。在这些流水似的大堂相识里,她基本保持有一个相对稳定的关系。起初是美国人,后来他的妻子儿女要来,这种每周一约便结束了。其时她已经开始和一个日本商社的高级职员有了来往,但是真正的亲密关系是在美国人之后才发生的。这关系持续得并不长,因他本来就是阿三过渡时期的伴侣。阿三不喜欢日本人,觉得他们比中国人还要缺乏浪漫色彩。阿三与他相处的一段日子,是被她称为"抗日战争"的。她以她流利的英语制服了他来自经济强国的傲慢。此外,在性上面,阿三也克敌制胜,叫他乖乖地低下头来。最厉害的,决定性的一着,是在他已经离不开阿三的时候,阿三断然甩了他,投向一个加拿大人的怀抱。

然而,这种相对稳定的关系,也是别指望长久的。在这样的邂逅里面,谈不上有什么信任的。彼此连真姓名都不报。虽然阿三致力于发展,可也无济于事。对方并没有兴趣深入了解,也不相信了解的东西的真实性。他们大都说的是无聊的闲话,稍一稔熟了,话就说得有些放肆。阿三的英语到了此时便不够抵挡了,弄得不好,还会落入圈套。她无法及时地领会这语言的双关和暗示的意思,还有些俚语,就更是云里雾里。她也意识到,凡热衷于在大堂搭识女孩的外国人,大都是不那么正经的。这倒和中国的情形一样,无聊的人才会到马路上去勾引女孩。而且,这些为了生意和供职在中国长期逗留的外国人,生活又是相当枯燥的,其中有一些,意趣也相当低下。这是有些出乎阿三的意外,她以为这些卑俗的念头是不该装在这样希腊神轮廓的头脑里。所以,开始的时候,她尽往好处去理解他们,直到真正的上当吃亏,才醒悟过来。这种失望的心情,是她对自己也不便承认的。

尽管阿三希望关系稳定,可事与愿违,她的相识还是像走马灯似的换着,要想找到美国人那样一周一约的伴侣相当不易。因此,阿三很快就念起美国人的好处。在最后分手的时候,这个中年人显然对她怀着留恋的心情。当然,阿三也明白,留恋归留恋,她要再往前走一步也不可能。美国人防线严密,有着他那种方式的世故。

酒店大堂就这样向阿三揭开了神秘的帷幕。在那灯光幽暗的咖啡座里,卿卿我我的异国男女,把话说出声来,都是些无聊的,没什么意思的废话和套话。阿三现在坐在那里,不用正眼,只需余光,便可看出他们在做什么,下一步还将做什么。

阿三能够辨别出那些女孩了。要说,她和她们都是在寻求机会,可却正是她们,最严重地伤害了阿三,使她深感受到打击。她从不以为她们与她是一样的人,可是拗不过人们的眼光,到底把她们划为一类。有一回,她坐在某大堂的一角,等她的新朋友。大堂的清洁工,一个三十来岁表情呆板的女人,埋头擦拭着窗台、茶几、沙发腿。擦拭到阿三身边时,忽然抬起头,露出笑容,对她说:两个小姑娘抢一个外国人,吵起来了。阿三朝着她示意的方向,见另一头沙发上,果然有两个女孩,夹着一个中东地区模样的男人,挤坐在两人座上。虽然没有声音,也看不见她们的脸,可那身影确有股剑拔弩张的意思。阿三回过头,清洁工已经离开,向别的地方擦拭去了。阿三想起她方才的表情和口气,又想她为什么要与她说这个,似乎认为她是能够懂得这一些的,心里顿起反感。再看那女人蠢笨的背影,便感到一阵厌恶。

是这些女孩污染了大堂的景象,也污染了大堂里邂逅的关系,并且,将污水泼到了阿三身上。有时候,她的朋友会带着他的同事或老乡来,他们会去搭识那些女孩,然后,各携一个聚拢在一起。阿三为了表示与她们的区别,就以主人的姿态为她们作翻译,请她们点饮料。可是她也能看出,她与这些女孩,所受到的热情与欢迎是一样的。她想与她的朋友表现得更为默契一些,比如从他烟盒里拿烟抽。结果那两个女孩也跟着去拿,他呢,很乐意地看着她们拿。这样的时候,阿三是感到深深的屈辱,她几乎很难保持住镇静。到了最后,她总是陡然地冷淡下来,与女孩们之间,竖起了敌意的隔阂。

不过,现在阿三不用去大堂,她也有着不间断的外国朋友了。在中国的外国人,其实是连成一张网的,一旦深入,就是牵丝攀藤,缕缕不断的了。但大堂里的结识,自有着它的吸引力,它是从一无所知开始的,有一些难以预料的东西,是可以支撑人的期望的。虽然大堂里的经历带给阿三挫败感,与这些外国人频繁建立又频繁破灭的亲密关系,磨蚀着她的信心,她甚至已经忘了期望什么,可是有一桩事情是清楚了,那就是她缺不了这些外国人。她知道他们有这样或那样的缺点,可她还是喜欢他们。他们使得一切改变了模样,他们使阿三也改变了模样。

现在,当阿三很难得地呆在自己那房子里,看见自己的画和简陋的家具积满了灰尘和蛛网,厨房里堆积着垃圾,方便面的塑料袋,飘得满地都是,这里有着一种特别合乎她心境的东西,却是使她害怕。她不想呆在房子里,于是她不得不从这里逃出去。她一逃就逃到酒店的大堂:外国人,外国语,灯光,烛光,玻璃器皿,瓶里的玫瑰花,积起一道帷幕,遮住了她自己。似乎是,有些东西,比如外国人,越是看不明白,才越是给予人希望。这是合乎希望的那种朦胧不确定的特征。

为了减少回自己的房子,阿三更多地在外过夜。她跟随外国人走过走廊,地毯吞没了他们的脚步声,然后在门把手上挂着"请勿打扰",就悄然关上了房门。她在客房的冰箱里拿饮料喝,冲凉,将浴巾拦过身躯系在胸前,盘腿在床上看闭路电视的国际新闻,一边回答着浴室里传来的问话。这一切都已熟悉得好像回了家。透过一层窗纱,看底下的街市,这边不亮那边亮,几处灯火集中的地方,映得那些暗处格外的黑了。阿三晓得她是在那亮处里面,是在那蜂窝似的亮格子里面。

这些标准客房几乎一无二致,每一间都是那么相像。这也给阿三错觉,以为它们是和家一样的稳定的宿处,现在她就栖息在这里。她将她那些真丝的小衣物洗干净,晾在澡缸上扯出的细绳上,将她随意携带的梳洗用具和化妆品一一安置在镜台上,安居乐业的样子。外国人和外国人也是那么相像,仅仅一夜两夜之间,阿三根本无法了解他们的区别。也因此,阿三对他们的爱也是一无二致的,在他们身上,她产生着同样的遐想。

经过这么些,阿三知道自己是对外国人有吸引力的那类女孩,她特别能够与他们国度的女孩形成对比。他们对她的赞赏和激情使她想到比尔,甚至有过一个外国人,也称她作"九条命的猫",这是比尔曾经形容过她的。因此,渐渐的,对比尔的记忆便淹没在这些差不多的经验里了。马丁却是一个例外,始终没有人来重复他,尤其重复他关于"本来"的观念。所以,在所有这些经历中,马丁是鲜明地凸现着。有时候,阿三会想:倘若不是马丁,她现在会不会还继续画画和卖画?

自从马丁之后,阿三也再没使谁爱上过她了。这也是大堂邂逅的弊病,从一开始就注定不可能的。注意她的周围,那些比她更年轻,更摩登,也更开放的女孩们,似乎也都没有过爱情这回事。出于自尊,阿三也不去想爱情了,好像是你不爱我,我还更不爱你呢!爱情有什么?她想,我是再不能爱谁了,连马丁也不能,因为,因为我爱比尔。

由于没法有爱情,适得其反的,阿三对这些外国客人们,起了恨意。她常常生出一些恶作剧的念头,去报复他们一下。和他们吃饭,她点菜都拣最贵的点,点酒也是最贵的。进了客房,不等招呼,自己就去开冰箱吃东西。尤其遇到那些斤斤计较的守财奴。而另有一些特别好色的,她则将他们撩得欲火烧身,然后一个转身就不见了。这种游戏对她来说,已经得心应手,百发百中。现在,英语里的俚语,双关语,她也都掌握了一些,学会了不少俏皮话,专门对付那些下流话。她不免有些得意,有时候就收不住,玩得过火了。

事情就出在这里。

其实,要算起来,阿三已经有一段日子,没到酒店大堂来了。她结识了一个比利时人,是个单身,就住在她原先任家教的那幢侨汇房里。她看出这是个老实人,属保守派的。时过境迁,阿三开始对保守派有好感。她知道,惟有和这一类人,大约还可能谈到爱。虽然同样是对爱不抱希望,虽然同样是大堂里的邂逅方式,可这一个确实不同。这是她在大堂里偶然结识的。之所以说是偶然,那是因为,事实上,所有的大堂邂逅都是别有用心,机关算尽的。阿三是在他身后拾到遗忘的钱包,追上去送给他,然后认识的。

事情的毫无准备的开头,使阿三想到女作家赠送给她的话:有意栽花花不发,无心插柳柳成阴。

这天阿三的装束也帮了她的忙。她穿得朴素极了,白衬衣,花布裙,脚上是白帆布搭襻鞋,头发从中分开,编成两条长辫子,就像一个中学生。比利时人与她聊了几句,才发现她的英语这么流利,几乎没有口音。问她做什么的,她回答画画,这也博得了他的好感。阿三很珍视比利时人的好感,为使他保持对她的印象,她甚至回到了浦东的住处,每隔一天乘轮渡去与他约会,就像一个正经恋爱的女孩。她直到两个星期之后,才到他在侨汇房里的公寓去,这也像一个正经恋爱的女孩。比利时人的公寓使她吃惊,她没想到一个单身汉的生活会是这样井然有序。在这里,她并没有受到挽留过夜的暗示,她便在电视开播晚间新闻的时候离开了他的公寓。下一次也还是这样。又是两个星期过去,比利时人终于拥抱了她。然后,应该发生的都发生了。这一切,带有循序渐进的意思,也更使阿三以为,这会是一场正式的恋爱。虽然不够浪漫,然而却似乎意味着一个有现实意义的结果。

在比利时人的公寓里,阿三看见的是居家的景象:厨房洁白的瓷砖墙上排列整齐的平底锅,洗澡间白漆柜里,经过松软剂洗涤的一整柜浴巾,洗衣房里的柳条篮盛着等着熨烫的衣服,冰箱上用水果型磁铁吸着的日常开支表。这时候,阿三非常清晰地看见了自己的期望。她的期望其实很简单,就是一个家,一个像比利时人这样的家。

阿三将比利时人的公寓看作了自己的家,她还自己掏出钱来为它添置一些东西,一个花瓶,一套茶垫。她期望着再过两个星期之后,又会有新的情形发生。可是,新的情形却不是阿三期待的。比利时人国内的女朋友要来旅游,他请阿三再不要来了。阿三这才明白,这就是一个北欧人在中国的罗曼史,两个星期为一个台阶。她没有表示丝毫的不满,相反,她流露出的全是早就知道的表情。他们很友好地在马路上分了手,阿三叫了一辆出租车,想也没想,就报出了一个酒店的名字。

阿三走进酒店,扑面而来的是蒸蒸日上的气息。钢琴弹奏着一支舒伯特的夜曲。灯火通明里包着一处暗,有着烛光融融,就是咖啡座。柜台里的小姐忙碌着办理住房或者退房,红帽子推着行李车辚辘辘地穿行。电梯一会儿上,一会儿下。阿三将那比利时人抛在了脑后,只有一个念头,那就是要好好地痛快一下。她心里跃跃然的,大堂里所有的情景都在向她招手,灯光映着她的眼睛,她自己都能看见眼里盈盈的光亮。她想:还是这里好啊!谁也不求谁,人人有份。迎面而来的人脸上都带着微笑,就像一家人一样。这才是大家庭呢!全世界的有产者无产者都联合起来。阿三脸上也露出了微笑,她在大堂有些熙攘的人群里穿行,耳边不时传来各种语言的谈话。这里,夜夜都举行着盛会,想来就可以来。

阿三走进咖啡座。全都满了,张张桌上都摇曳着一支蜡烛。人们头碰头地低语着什么,钢琴改奏了一支小步舞曲,就是那首耳熟的,有着许多附点,一扬一挫,有些造作的快乐和得意的小步舞曲。阿三对着入口处桌上的三个外国人说:我能坐在这里吗?她指了指空着的那个座。没有等他们回答,她便笑盈盈地坐下了,并且摸出她的摩尔烟给大家吸。小姐过来了,她点了一杯"白俄罗斯",一种甜腻腻,像咖啡糖一样的鸡尾酒。然后,她说:晚上好,先生们。先生们略有些诧异地看着她。她问他们从哪里来,其中一个回答,英格伦岛。她说她的名字叫苏珊,他们呢?他们也都报了名字:查理,艾克,琼斯。彼此就算认识了。他们全是漂亮的小伙子,有着褐色或金色的头发,眼睛的颜色是蓝或者灰,是那种标准的雅里安人种,是可以上银幕做男主角的。只是他们都不爱说话,为什么?看来他们对我还不信任,阿三对自己说。于是笑得更可亲了。

你们是第一次来中国吧?阿三说,中国可是地大物博,而且,文明悠久,这些你们应当从地理书上学过,学过吗?艾克摇摇头。看起来他要比那两个更年轻一些,也嫩一些。她就先从他入手了。她说:武则天,听说过吗?就是和你们的伊丽莎白一样,也是女皇。江青,知道吗?看着艾克困惑的眼睛,阿三扑哧笑了,说:好,那么你说,你知道什么?小伙子眨了眨眼睛,说:黄山。啊,很好!阿三夸奖他。他笑了,像个大孩子似的。阿三很怜爱地看着他,说:你使我想起我的男朋友,他的名字叫比尔。于是她就对他们说起比尔。他们三个都认真听着,并不插话。她说着,暗底下用裸着的膝盖抵了抵艾克的膝盖。艾克先是一缩,然后又停住了。比尔,他非常温柔。阿三最后结束道。

我能不能再来一杯酒。阿三的眼光从他们三个的脸上轮流扫过,请求道。那三个交换了一下眼光,就有一个举手叫小姐来,又点了一杯白俄罗斯。阿三举着酒杯送到艾克眼前,劝他尝一口,真的很好。艾克犹豫着,眼睛在阿三的脸和酒杯之间来回走着,终于喝了一口。很好!阿三说,也在他喝过的地方喝了一口。阿三感到身心都很轻盈,特别有说话的欲望。并且,她听见自己的声音是那么柔和清晰。她看着艾克的眼睛,那里的神情越来越坦率,开始兴奋起来。现在,轮到艾克说话了。他说他在他们国家,看过一部中国电影,名字叫做"黄山",真叫他心向往之。阿三一边听着,一边在心里好笑着,笑这些外国人都是有些死心眼儿,说熊猫就一个劲儿地说熊猫,说黄山就一个劲儿地说黄山,一点不懂什么叫作闲聊。

艾克喝的是啤酒,啤酒也渐渐地上来劲了。他不顾那两个年长同伴的阻止的目光,渐对阿三纠缠起来。可因为他是那么腼腆,他的纠缠便是胆怯的、迟疑的,抱着些惭愧的。他红着脸,眼睛湿润着,老要让阿三喝他杯里的啤酒。阿三就在心里说:看,就连调情都是一根筋的,要说喝啤酒就非要喝啤酒。阿三不说喝,也不说不喝,与他周旋着。眼看着嘴唇含住啤酒杯沿了,可她头一扭,又不喝了。艾克再止不住满脸的笑意。好几次,阿三的头发抚在他脖子里,他的激动就增加一成。

这时候,那两个提出要回房间,不由艾克反对,就叫来小姐买单。阿三喝足了,乐够了,正好也想走。此时,虽然带了几分醉意,但她仍然清醒地感觉到这个小伙子有些愣,而他的同伴却很刻板,这种不一致的情形会惹出麻烦的。她何必呢?她可不是像他们那种脑筋,一棵树上吊死的。果然,艾克不让她走了。她好歹哄他站起身,离开咖啡座,挽着他的胳膊,将他送往电梯。那两个年长的对阿三说道再见,就要从她手里接过艾克。可是艾克却搂住了她,怎么也不松手。小姐为他们扶着电梯门,等他们进去,可他们却拉扯成一团,无从分手。阿三对艾克百般温柔,劝他松手。那两个显然恼火了,有个性急的,竟把阿三从艾克怀里往外拽。这情景说实在很不像样。一些人从他们身后走进了电梯,电梯门关上,上去了。小姐静立在他们身后,等待他们了断后再开电梯门。而他们相持不下。

他们奇异的姿态引来了人们的目光。那些外国人,尤其是日本人,事不关己高高挂起地低头走过,装作看不见。喜欢看热闹的中国人则不然了,都往这边伸头伸颈地张望。阿三心慌了,觉得大事不好。她带着求饶的目光对拉她的那个说:先上楼再说吧。想不到这话更加激怒了他,他一直对阿三没好感,她莫名其妙地参加进来,搅和了这个夜晚。阿三越向他解释,他越以为阿三是非进艾克的房间不可。他们都是第一次来中国,对这个开放的社会主义国家毫不了解。他们的心情一直很紧张,到了这时,受侵犯的恐惧就忽然成了事实。最终,他竟然叫起了"警察"。

此时,大堂里秩序依旧,钢琴在弹奏《魂断蓝桥》的插曲,《一路平安》。

阿三动了动身子,长久的坐车使她感到疲乏,风景又是那样单调。这时她注意到隔一条走廊的邻座上,那两个女劳教的脸上有奇怪的笑容。她不解地顺着她们低斜的目光看去,见其中一个正暗暗地做着一个下流的性交的手势。阿三感到了作呕,收回目光,扭过脸去。其实,在拘留所的日子里,她对她将要面临的生活,已经有所了解,做好了准备。

柏树终于走出视野,车停了。车门打开,那个年轻的女警察先下了车。然后,劳教人员络绎而下。阿三下车时,感觉有人在背后推了一下,险些儿没站住脚,几乎是从脚踏上跳下去的。她回头一看,正是那个先前做下流手势的女劳教,她若无其事地迎着阿三的目光,阿三瞪了她一眼。全体下车后,按照出发前分好的组排成小队,由前来迎候的管教中队长带领去各自的队里。

行李卸下来了,各人提了各人的,走进这座落于空旷农田中的大院。正午过后的阳光静静地照着,院子里除了她们这些新来的,没有别人。院墙上方是黛色的山影,由于天气晴朗,边缘分明,连萦绕不绝的白色雾气都清晰可见。阿三和另两个女孩属一个中队,包括那个向她寻事的。阿三的头上扣了一顶草帽,压得很低,帽檐的暗影完全遮住了她的脸。走在前边的中队长是瘦高的个子,穿着警服,没戴帽子,一束没加修剪的马尾辫垂在背上。她一直没有回头,似乎确信她们是跟在背后,老老实实地走着。走到院子深处的一个巷口,她拐进去了,前边是一扇铁门。她摸出钥匙开门,里面是一个天井,天井的三面是房间。房门口坐着一个女孩,手里编织着一件毛线活,一见中队长便站了起来。中队长让阿三几个在几张空床上安顿下来,先吃午饭。因考虑到她们坐了几个小时的汽车,就照顾休息到两点,再去工场间劳动。说话间,那房门口的女孩已替她们打来了三暖瓶热水和三盒饭菜。

阿三看看表,已经一点多了。她把褥铺开,在床沿坐下,没有去动铁盒里的饭。那两个已经与这一个老的熟识起来,问她为什么不去工场间,回答说是"民管",就是负责管理劳教们生活的。她们开始吃饭,铁勺搅得饭盒当当响。吃着吃着,其中一个便哭起来,说她父母要知道她在吃着这个,不知要多么伤心。老的就劝她,说吃官司都是这样的,再说,她父母在上海,怎么会知道?寻阿三事的那个则冷笑说:你会吃官司吧,不会吃官司不要吃。听起来是蛮横无理的。阿三看着她,心想这是头一个难对付的。她和阿三不是在一个收容所里,到了车上才第一回见面,阿三不知道她为什么对自己有仇。

阿三在床上躺下,伸直身子,双手枕在脑后。她看着门外的太阳地,太阳地上有一个水斗,边上放着一只鞋刷,在太阳下暴晒着。虽说是十月份,可是这里的太阳依然是酷热的。几个苍蝇嗡嗡地盘旋着,空气里散发有一股饭馊气。床头的那三个压低了声音在说着什么,很机密的样子。然后,两点钟就到了。

阿三的新生活开始了。来农场之前,阿三从收容所写给女作家一封明信片,请她帮忙送些日用品和被褥来。女作家来了,借着她的关系和名声,允许在办公室里和阿三单独会面。一上来,她几乎没有认出剪短了头发的阿三,等认出了,便说不出话来了。停了一会儿,阿三不好意思地一笑,说:现在,从你客厅走出来的,不仅是去美国,还有去吃官司的。女作家讥讽道:谢谢你改写历史。又干坐了一会儿,女作家打开她带来的大背囊,将被褥枕头,脸盆毛巾一件件取出,摆了一桌子,最后,将那大背囊也给了她。告诉她,已经将她的房子退了,东西暂时放在她家,还有一些带不走的,她自作主张送了隔壁的邻居,那一堆旧画,她想来想去,后来让评论家一车拉走,但是她让他写了个收据。阿三这时插嘴说:给他干吗?一把火烧掉算了。女作家并不理会,将一个小信封塞在她手里。阿三一看,是五百块钱,就说:以后我会还你。女作家说了声不要你还,声音有点哑,几乎要落下泪来。阿三皱了皱眉头,就站起来要进去。女作家说:我好不容易来了这里,你倒好,才几分钟就要我走路。阿三说:你知道我为什么不要我家里人来吗?就是不想看他们哭,现在,你代他们来哭了。女作家咬着牙说:阿三,你的心真硬啊!说罢站起身就走了。

现在,阿三的新生活是在羊毛衫后领上钉商标。商标要用两种线钉上。朝外的一面是分股的羊毛线,朝里的一面是丝线,两面都不能起皱。许多人都干不来这活,大批的需要返工,阿三却立刻掌握了。

这批活是生产大队长硬从上海的乡镇企业手里争来的,以缴纳管理费为条件。交货的期限本来就卡得死,再加上交通不便,又需要一个提前量。因为活计难做,老是返工,拖了时间,如今只得加班。大队长几乎一个星期没有睡觉,喉咙哑了,眼睛充血,嘴上起了一圈泡。如今,农场需要自负盈亏,农田上的产值毕竟有限,还是要抓工业和手工业。干部们调动了所有的,包括劳教人员在内的社会关系,争取来一些活儿,往往都是条件苛刻。由于这些活儿都是从各处求来的,形形种种,每一种都需要现学现做。这些劳动力又是流动的,无法进行技术培训,都是生手,因此便大量消耗了时间和体力。眼下这批羊毛衫的加工单,一上手大队长便明白她是被吃药了。显然是那乡镇厂自己吃不下来,转嫁于他们的,还可以从中赚取管理费。每一道工序都是难关,都需大队长亲自攻克,再传授传教。现在来了一个心灵手巧的阿三,大队长真有些喜出望外。她几乎要把她供起来,让那些手脚笨拙的女孩为她送茶送水,绞湿毛巾擦脸,不让她离开缝纫机半步。

阿三在这机械的劳动中获得了快感。活计在手里听话而灵活地翻转着,转眼间便完成一件。在她手下折叠羊毛衫的人,都几乎被她催逼着,不由也加快了手脚。工场间里所充斥的那股紧张的劳动气氛,倒是使这沉寂的丘陵上的大院活跃了起来,增添了生气。时间就在这样的埋头苦作中过去了,天渐渐黑到了底,开了电灯,饭车早已等在外头,就是停不下来去吃。却也不觉着饿。人,就像一件上了轴的机器,不停地运作下去。

阿三什么都想不起来了,她好像来到这里不是一天两天,而是十年二十年,一切都得心应手,异常顺利。

阿三甚至有些喜欢上了这劳动,这劳动使一切都变得简单了。它填满了时间,使之不再是难挨的。有时候,她猛一抬头,发现窗外已经漆黑一片,而窗里却明亮如昼,机器声盈耳,心里竟是有些温馨的感动。只是那张床铺是她几乎不敢躺上去的,一躺上去,便觉浑身再没一丝力气,深深地恐惧着下一日的到来。她甚至是不舍得睡着,好享受这宝贵的身心疏懒的时间,可是不容她多想,瞌睡已经上来,将她带入梦乡。就像一眨眼的工夫,哨子又响了。天还黑着,半睡半醒地磕碰着梳洗完毕,就走去工场间,那里亮着灯,生产大队长已经干开了。每个人都怀疑着究竟是昨天还是明天,是早晨还是夜晚,就这么懵懵懂懂地又坐到了机器旁边。当身体第一阵的软弱和不知所措过去之后,一切就又有了生气,又回到了昨日的节奏。不过体力却是新生的,像刚蓄满的水。接着,天就亮了。

现在,阿三成了技术指导,有哪一处没法解决的,阿三去了,便解决了。大队长看她的眼光里,几乎流露出讨好的神色。作为生产大队长,她最苦恼的是她不能够挑选她的劳动者,这阿三,真就是天上掉下来的。由于对阿三的偏爱,不自觉地,她便比较袒护她。比如阿三新蓄起修尖的长指甲,她就装作看不见地过去了。可是这却被同屋的劳教告发到中队长那里,受到扣分的处罚。

阿三知道是谁告发的她。

这是十六铺一带十分有名的人物,绰号叫"阳春面",意思是她的价格仅只是一碗阳春面。这使她在劳教中处于低下的地位。而像阿三这种她们所谓的，做外国人生意的，则是她们中间的最上层人物。随之排列的是港台来客，再是腰缠万贯的个体户，阳春面的对象，却主要是来自苏北的船工。这使她对阿三怀着特别嫉恨的心情。但恨归恨，却不至于让她事事向阿三挑衅，理由还有一条。

就像阳春面的来龙去脉在人们中间相互流传一样，阿三的流言也在劳教中间传播。那就是当她为自己辩护时，对承办员所说的：我不收钱的。就这样，阿三也有了一个外号，叫"白做"。阳春面对此一方面是不相信，觉得她是说谎抵赖假正经，另一方面却愿意相信，这样她似乎就可以把阿三看低了。因此，当她向阿三寻衅的时候，也是带着些试探的意思。试什么呢？似乎是，连她自己也不能确定的，试一试，她能不能与阿三做朋友。这种心情既是复杂的，又是天真的，甚至带有几分淳朴。

阿三当然知道自己的绰号，但她不动声色地听凭它悄悄流传。她才不屑于和她们计较。其实，当她对承办员说出那句"我不收钱"的时候，心里立刻就后悔了。她怎么能期望这个刚从专科学校毕业的，唇上刚长出一层绒毛却一脸正气的年轻人，理解这一切，这是连她自己都难以理解的啊！事实上，说什么都是白说，什么都无法改变，该发生的都已经发生了。总算，还都过得去。好虽好不到哪里去，可也绝没坏到哪里去。

那远处的黛色的山峦，看多了，便觉出一股寂寞，茶林也是寂寞的，柏树是寂寞之首。

阿三原本是不搭理阳春面的，可她那些粗鲁委琐的小动作，也实在叫她腻烦了。她也没有大的冒犯，因阿三是生产大队长的红人，真惹翻下她不合算，所以她只能小打小闹地骚扰她。比如偷她热水瓶里的开水，搞乱她的床铺好叫她扣分，藏起她的东西让她四处寻找，还有就是努力传播流言蜚语。阿三终于决定要有所反击。她也不愿把事情弄大，毕竟还要继续相处下去，何苦结个仇人，叫这日子再难受一些。但这反击必须要有效果，给她以彻底的教育，从此觉悟过来，决不再犯。阿三窥伺了几天，终于等来了机会。

这天，出齐了一批货，新的订单要下一日才来，破天荒让大家睡个午觉。大家都睡着了，阿三处于睡午觉时常有的半睡半醒之中，忽感到眼皮上有一丝热掠过，睁开眼睛，一道亮光一闪，她便去捕捉光的来源。最终发现是一面小镜子的反光，正来自于阳春面睡的斜对面的上铺。阿三暗暗一笑，悄悄地下了床。屋里一片酣畅的鼻息声，使这阳光灿烂的午后，显得分外的寂静。阿三走过去，蹬着下铺，猛地将她被子揭开一角，原来她正躲在被窝里，对了小圆镜修眉毛。

她涨红了脸，随后讨好地递上钳子和镜子：你要修吗？阿三没有接，只看着她的脸，笑着说：你看怎么办？阳春面垂下了眼睛：你也去报告好了。阿三说：我不报告，队长扣你的分，我有什么高兴？大家都是吃官司，都想日子好挨点，何必作对？你说是不是？说罢，将被子朝她脸上重重一摔，下去了。阳春面就这么被子蒙了脸，一动不动地躺到吹哨子起床。然后，一夜相安无事。第二天也安然过去。第三天，阿三在摇横机，是做一种花色编织衫，能上机的没几个，其余的都打下手，缝衣片，排花线，搬运东西。阳春面主动给阿三倒来一杯开水，一喝是甜的，里面掺了蜂蜜。阿三说声"谢谢"，她竟像个孩子似的红了脸。晚上，阿三在枕头下看见一张字条，歪七扭八写了几个字，称她为阿姐：阿姐，我一定对你忠心。阿三又好笑又厌恶，将纸条团了。

在这里，盛行着结伴关系，几乎都是成双成对，同起同坐。尽管朝夕相处却还互传书信。晚上熄灯之前,各自伏在枕头上写着的,除了家信,就是这种倾诉衷肠的字条了。是为生活上照应,也是为聊解寂寞。阿三对此很觉恶心。由于她的傲慢,又由于她因生产大队长器重的特殊地位,没有谁向她表示过这种愿望。而现在,阳春面找上她了。她几乎有些后悔那日的反击,这样的后果倒是始料未及。比较起来,她似乎更情愿受些小欺负。因此,她比先前还要躲着阳春面,惟恐招来她的殷勤。

可是阳春面却很执著。她有些认死理的,一旦决定了要与阿三好,便决不改变了。倒真合了她纸条上的誓言:我一定对你忠心。阿三的热水瓶已经由她承包,阿三的衣服不是她抢去洗,就是抢着收,抢着叠,整整齐齐地放回到阿三的床上。晚上,她泡方便面,必定也要替阿三泡一袋。出操站队,她则不时地隔了几个人回过头,朝着阿三颇有含意地笑一笑。

起初,阿三采取视而不见、置之不理的态度,可到底经不住这样坚持不懈地对她好,就对阳春面说,只要不来捣蛋就行了,完全不必如此厚待,叫人受之有愧。不料她却正色说道:阿姐,你一定还在为以前的事生我的气,我其实已经向你认错,你为什么还不肯原谅我。阿三说:我并没有不原谅你,你我之间的事就算两清了。她则说:你这么说,就是不原谅我。说罢眼圈就红了,要哭的样子。阿三不胜其烦,赶紧说:好了,好了,算我没说过这些话。于是,一切如故。阳春面继续待她好,她继续置之不理。

这里的生活,只要不去多想,也还是容易习惯的。由于起居的有规律和受约束,阿三反倒气色好起来,长期以来的黑眼圈消失了,身体比以前健壮了。有时候,她被生产大队长召去讨论一个技术问题,得了允许走出中队的铁门,走在宽阔的大院里,竟还有着自由的感觉。她想:这有什么不好?这样也挺好。在这青山环抱中的四堵白墙里面,人几乎谈不上有什么欲望,便也轻松了。阿三又不像那些女孩,会为些鸡毛蒜皮的小事争个不休。她们明里和暗里比较着谁比谁长得好,谁比谁家里阔,谁比谁男朋友多,然后借着些由头抢占上风。阿三好笑她们无聊和愚顽,看不开事理,落了这样的地步还凡心不灭。岂不知其实她是比她们都要来得危险,因为她不像她们那样,一小点一小点地释放了欲望。她把欲望压抑着,积累着,说不定哪天会爆发出来,酿成事端。

活计不那么忙的时候,七点来钟就放了工,梳洗完毕,离熄灯还有一刻钟或二十分钟,阿三就搬个小凳子坐在门前,望着碧蓝的夜空,心里是安宁的。好,现在可以去想些别的了,可是想些什么呢?她并不知道,于是什么都不想,只看那天空。这是城市里所没有的天空,没有一点遮掩和污染,全盛着一个空了。这才叫天空呢!使人想到无穷的概念。这种仰望的时间也无须多,正好就是熄灯前的一小会儿,让人将心里的杂念沉淀下去,却不至觉着空落落的没意思,就够了。人也乏了,呵欠一个接一个,起身回到屋里,上了床转眼间便睡熟了。

时间这么过去,春节就要来临。由于阿三劳动出色,大队批准她在春节期间接受家属探望。批条发到阿三手里,她并没有寄出而是悄悄撕了,谁都没有注意这个。直到春节来临,并没有人探望阿三,也不使人奇怪。因这些女孩们的家属,不少是大为恼怒,发誓永不见面的。发出去的接见批条没有回音,是常有的事。阳春面却来管闲事了。大年初一,大家坐在礼堂里等着场部电影院来放电影,阳春面硬挤在她身边,凑到她耳边说:阿姐,为什么不让家里人来接见?阿三偏偏头,躲开她嘴里的热气。这个女人,总是使她感到污浊,压抑不住嫌恶的心情。你不要多管闲事,好不好?阿三说。你家里人不肯认你了?阳春面依然热切而同情地凑着她的耳根,毫不顾忌阿三的脸色。阿三决定不理睬她,就再不回答,阳春面便不追问了。阿三以为完了,不料停了一会,她却无穷感慨地吐出两个字:作孽!

接下来的几天里,阳春面都对阿三无限体贴,几乎称得上是温柔。她替阿三打饭,阿三这边一吃完,那边茶已经泡好了。阿三要睡觉,被子就铺好了。阿三钻进被窝,闭上眼睛,避免去看她那张布满同情的伤感的面孔。感觉到她正将自己脱下的衣服一件件理好,放在椅子上。还轻着手脚,小心翼翼地替她披了披被角。这天晚上,因为过节,大家都去中队长办公室看电视,只有她们两个,一个躺,一个坐。阿三敛声屏息地躺在被窝里,没有一点睡意。她又生气又发愁,不知应当如何结束这种滑稽可笑的"单恋"。

春节过去。即便是在这样单调的满目空旷的环境里,依然可以感受到春意。远处的山影山黛色变为翠绿,好像近了一些似的,几乎可以分辨出那造成浓淡阴影的不同颜色的树木。四周围的茶林开始长叶了,有嫩绿的星星点点。风里面,是夹着草叶子的青生气。阳光,也变得瑰丽了。尤其是傍晚时,彩霞布满天空,有七八种颜色在交替变幻。这一切,合在一起,形成一股热闹的气氛,人心也变得活跃了。

就因着这种活跃,事情也多了。

最初是两个女孩因为错用了茶缸而斗起嘴来。这类事情以前也三天两头的不断,可是这次却不知怎么,其中一个忽然火起,将手里一盆菜汤兜头向另一个泼去,然后就扭打成一团。队长闻声过来,喝都喝不住,只能叫人们将她俩拉开。人拉开了,骂声却不断,互相揭着底,都是以往好成一团时交的心,如今都拿来作攻击的武器。最后是以双方都关禁闭而告结束。这事以为是过去了,其实是个开头。不过两天,又发生了一起,其中一个甚至试图自伤,用摔碎的茶杯的玻璃片在胳膊上割出血来。这一回是连手铐都用上了。这种暴烈的事件,就像传染病似的,迅速地在各个中队蔓延开来,并且越演越烈。都得了人来疯,每人都要发作这么一场。这一阵子可真是乱得不成样子,成天鸡飞狗跳。有时从工场间回到宿舍,才只几分钟,就听那边闹起来了,一场惊天动地过去,之后则是格外的平静。那哭过吵过的,就变成了个乖孩子,抽抽噎噎地上了床,能太平好一阵子。问题是东方不亮西方亮,这里太平了,那里呢,就该登场了。什么时候能有个完呢?

开春的日子,人们处于一种失控的状态,个个都是箭在弦上。同时又人人自危,生怕会遭到侵袭。那些队长们,比她们更紧张,时时不敢松懈,想尽了安抚的办法:放电影,改善伙食,个别谈心,增加接见。可这些就像是火上浇油,反使得人们更加肆意放纵。这是可怕而危险的时期,天天不知道会发生什么。平时相处熟悉的人,忽然都变得陌生了,不认识了。大家都别扭着,谁也碰不得谁。队长召集那些所谓"自控能力强"的劳教开会,阿三也是其中之一,动员她们一起维持正常秩序,在各自的宿舍里产生稳定的影响。可是,事情还是一桩接一桩地发生,酿成越来越剧烈的后果。终于有一个采取了最惨烈的行为,并且成功了。那就是将一把剪刀吞进了肚子。救护车连夜将她送进总场的医院,汽车的引擎声在暗夜里分外的刺耳,久久萦绕于耳边,将这丘陵地带的夜晚突出得更加寂静,而且空旷。

这一夜,人们悸动不安的心,被巨大的恐惧压抑住了,个个都敛声屏息。关于这类事件的传说听得很多,亲眼所见却是头一遭。人们想,那女孩立即就要死了。她的衣服、被子、碗筷,静静地放在原先的地方,已经染上了死亡的气息,看上去阴惨和伤感。人们睡在床上,却都没有合眼。月亮是在后半夜升起的,格外的明亮,院子里一地的白光。阿三起来上厕所，在院子里停了一会儿。她呼吸着带着潮气的清新空气，心里一阵清爽。这时候，她隐隐地体会到，在一场暴戾过去之后，那股宁静的心境。她甚至想，这么安宁的夜晚是以那女孩的生命换来的。

可是，当早晨来临，有消息说那女孩当晚在总场医院动了剖腹手术，生命已经没有危险，再过一周就可拆线出院。大家就又像没事人一样。昨晚的事变得平淡无奇，那恐惧的气氛烟消云散。然后，又有一种说法兴起了。那就是吞剪刀根本死不了人，农场曾经发生过吞缝衣针的，并且，那缝衣针至今还在肚里，那人不还好好的，劳教期满，回了上海，现正在青海路卖服装呢！好了，事情就这么过去了，波动的情绪没有一点改变，继续酿成事端。

现在，闹事已变成家常便饭，人们见多不怪。好像是非要引起大家注意似的，事情的激烈程度也不断升级。但所能唤起的反应已经不那么严肃，大家都有些看热闹似的，还跟着起哄，嬉笑，越来越成了闹剧。这类事对阿三的刺激，也逐渐为厌烦的心情所替代。这天，她们寝室里又在闹了，人们也不知是劝解还是激将，把两个当事人推推搡搡地轰来赶去。阿三推开门走出去，抱着胳膊站在院子里，等事情过去再回房间。不一会儿，阳春面也来了，颇有同感地说：真是烦死了。阿三照例不理她。过了一时，她忽地凑到阿三耳边，神秘地问：你知道她们都是为什么吵吗？阿三不回答。她接着说：春天到了，油菜花开了，所以就要发病了。

阿三不由惊愕地看她一眼，这一眼几乎使她欢欣鼓舞，便加倍耸人听闻地说道：对于这种病，其实只有一帖药，那就是——说着，她做了一个手势。阿三曾经在来农场的汽车上看见过这个手势。阿三厌恶地掉转头，向寝室走去。阳春面先是一怔，随后便涨红了脸，她冲着阿三背后破口大骂道：你有什么了不起的！给外国人X有什么了不起的！她的骂声又尖又高，盖过了整个院子的动静。有一刹那，院子里悄无声息，连那正进行着的吵闹也戛然而止，就好像是，意识到有更好更新的剧目登台，就识趣地退了场似的。

阿三冲进房间，将房门重重一摔，那"砰"的一声，也是响彻全院的。这种含有期待的静默鼓舞了阳春面。她被压抑了很久的委屈涌上心头，她想她一片真心换来的就是这副冷面孔，她怎么咽得下这口气啊！她扑簌簌地掉了一串眼泪，然后指着那扇被阿三摔上的门骂开了。

为了和阿三交朋友，她其实一直违着她的本性在做人。她极力讨阿三喜欢。因为阿三不骂脏话，所以她也不骂脏话；因为阿三对人爱理不理，她也对阿三以外的人爱理不理；甚至因为阿三拒绝家人探望，她也放弃了一次探望的机会。她暗中模仿阿三的举止行动，衣着习惯。虽然每个人只被允许带每季三套衣服，可她们依然能穿出自己的个性。然而，这一切努力全是白搭，阿三根本看不见，她的心高到天上去了。可这又有什么区别呢？不是还和大家一起喝青菜汤。阳春面心里的怨，只有自己知道，不想还好，想起来真是要捶胸顿足。

她压制了几个月没说的污言秽语，此时决了堤。她几乎不用思想，这些话自然就出了口，并且，是多么新奇，多么痛快，她又有了多少发明和创造。人们围在她身边，就像看她的表演。她越发得意，并且追求效果，语不惊人死不休，引起阵阵哄笑。她的眼泪干在脸上，微笑也浮在脸上，她只遗憾一件事，那就是阿三为什么不出来迎战。因此，她又气恼起来，更加要刺激她。她的谩骂基本围绕着两个主题，一个是给中国人X和给外国人X的区别,一个是收钱和不收钱的区别。她的论说怪诞透顶,又不无几分道理。有时候,她自觉到是抓住了理,便情不自禁地反复说明,炫技似的。

她骂得真是脏呀!那个年轻的还未结婚的中队长,完全不能听。她捂着耳朵随她骂去。这些日子她也已经厌倦透顶,疲劳透顶,只要动嘴不动手,她就当听不见。

阳春面被自己的漫骂激动起来,情绪抖擞。她还有无穷无尽的话要说呢!并且都是妙不可言。她的眼睛放光,看着一个无形的遥远的地方。她完全没有发觉,在她面前的人群闪开了一条道,从那里走来了阿三,煞白着脸,走到她跟前,给了她一个巴掌。她的耳朵嗡了一声,就有一时什么也听不见。这时她才恍惚看见了面前的阿三,似乎将手打疼了,在裤子上搓着,搓了一会儿,又抬起来给了一下。这一下就把她的牙齿打出血了。她抹一下嘴,看见了手上的血,这才明白过来。她说不出是气恼还是欢喜。阿三到底还击了。她不理她,不理她,可到底是理她了。她带着些撒娇的意思,咧开嘴哭了。

阿三却一发不可收拾了。她抡起胳膊,一下一下朝阳春面打去。她感觉到手上沾了阳春面的牙齿血,眼泪,还有口水,心里越发的厌恶,就越发的要打她。她感觉到有人来拉她的胳膊,抱她的腰,可她力大无穷,谁也别想阻止她打阳春面。这时,她也感到一股发泄的快感,她也憋了有多久了呀!她原先的镇定全都是故作姿态,自欺欺人。她体验到在这春天里,油菜花开的季节,人们为什么要大吵大闹的原因。这确是一桩大好事,解决了大问题。她根本看不见阳春面的脸,这张脸已经没了人样,可阿三还没完呢!她的手感觉到阳春面的身体,那叫她恶心,并且要阳春面偿还代价,谁让她叫她作呕的?

人们都惊愕了。不曾想到阿三也会发作。就如同队长们所认为的,阿三是属于自控能力强的一类。在这样的地方,她还保持着体面,人们称她是有架子的。可大家也并不排斥她,因她是生产大队长的红人,却并不仗势欺人,如同有些人一样。于是都对她敬而远之着。而她的这一发作,顿时缩短了她们之间的距离。人们一拥而上,强把她拉住。拉又拉不住,反遭到她的不分青红皂白的攻击,只得放开手,哄笑着四下逃散。这哄笑严重地刺激了阿三,她忘记了她已经错过严肃的闹事阶段,正处在一个轻佻的带有逗乐性质的时期,别指望谁能认真地对待她的发作。现在,阿三的攻击失去了目标,她抓住谁就是谁。院子里一片嘈杂,大家嬉笑着奔跑,和她玩着捉迷藏。最后,阿三筋疲力尽,由于激动而抽搐起来,颓然躺倒在院子的水泥地上。正午的日头,铁锤般的,狠狠砸在她的胸口。

自此,阿三开始绝食。起初,中队长为防止她自伤,给她上了手铐,后来以为她的绝食是为抗议上铐,便卸下了。可她依然不吃不喝,躺在床上。人们都去工场间了,只剩下民管和她。民管开始还守着她,与她说着开解的话,可统统没有回应,便也觉着了然无趣,自己坐到了门口。太阳很温和地照耀着,地上爬着一个奇怪的小虫子。她说:你来看呀,这里有一个怪东西,我保证你从来没见过!没有回答,她只得叹口气,不再说话了。等到晚上收工回来,人们看见她床边放着一动未动的饭盒,便都轻着手脚,不弄出一些儿声响,好像屋里有着一个重病的人。隔壁寝室的人也都过来,伸头张望一下。还有的陪坐在阿三的床边,对着她叹气。她的床边堆起了各种吃食,凡是小卖部能买到的,这里都有。有刚接受家人探视的,就将家人带来的好吃好喝贡献出来。似乎,这些能够诱使阿三放弃绝食,重新开始吃饭似的。

只有阳春面,一个人远远地躲在角落,不敢走近阿三的床铺。她脸上还留着阿三打的青肿。她本来也想跟着阿三绝食,是表示我不怕你不吃,还是表示声援,连她自己也弄不清的。可到底理由不充分,撑不起那股劲,熬不过肚子饿,也熬不过同伴与队长的嘲骂,只得照常吃饭。队长过来几次,劝阿三进食,见阿三不理,火了。嘴上说:后果你自己负责;心里却打着鼓,预备着再过一天,就送去总场医院输液。

阿三睡着,并不觉得怎么饿,她陷入一种深刻的反省。她想,她怎么能够在这样的生活里,平静地忍耐这么久。她这半年多是怎样过来的啊!所有的一切:钉商标、摇横机、缝衣片、打包、装车、再卸车;出操、上课、用铁盒吃饭、把头发剪短、指甲也剪短;一季只能换三套衣服,劳教们的污言秽语,结伴的情书,争风吃醋;还有阳春面的献媚献殷勤……一切的一切,多么叫她厌恶、烦闷,还不如死了好呢!

想到死,她倒平静下来。她回顾自己近三十年的生活,许多人和事都历历眼前。这些人和事在此时此地来临,竟使她激起了小小的兴奋。她想她也算是经历了跌宕起伏,领略了些声色,虽然没有把握在手的,可这正应了一句话:不求天长地久,只求曾经拥有。什么不是曾经拥有?生命都是曾经拥有。因是这样的计算得失,她对自己的人生就感到了满意,深觉着,死并不是可怕的,甚至都不是令她伤感,而是有些欣悦的。

她头脑特别清醒,思绪是轻快的,好像喝得微醺时的说话那样,带着些跳跃的动态。有几次她睡着了,思绪却还照旧,迈着小碎步前进,带许多画面,也都是活泼有生气的。她放下一切的责任,感到轻松得无所不往。所有人的说话声都成了耳边风,对她没有丝毫意义,全是白费劲。她这样很好,真的非常好。现在,闭着眼睛,她都看得见那高院墙后头的,远远的山影,在春天的明媚阳光下,变成了翠绿,有一些光点,野蜂似的嗡嗡飞舞着。

第四天的早上,阿三被送到了总场医院。

为了防止她拔去输液管,她的手臂被固定在床上,不能动弹。她反正是个不在乎,对她说什么也听不见。然而,随着葡萄糖液输进体内,她的思绪却变得迟缓了,并且笨重起来。与此同时,身体则蠢蠢欲动,一些感觉复活了。她觉出了饿。开饭时间,病房里的饭菜气味唤起着食欲,耳朵积极地捕捉着别人的谈话,并且力求理解。可是困倦袭来,她睡熟了。人们的谈话在她耳畔渐渐消散,远去,再也听不见了。

这一觉睡得可是真长。当她醒来的时候,费了很长时间,她才慢慢明白过来,了解了她的处境。

她发现房间里暗暗的,不是夜色,而是幽暗的日光。同屋的人都静静地躺在自己的床上。盈耳的是一股绵密而柔和的沙沙声。后来,她看见病房的门开了,有一个人进来,靠门放下一把湿淋淋的伞,她才明白外面在下雨。这人朝她走来,是生产大队长。

大队长走到她床前,看了她一会儿,说:好了,你也做够了,面子也挣足了,还不行吗?停了一下,又说:生产任务这样紧,我还来看你,全大队都知道了,你的面子还不够吗?阿三躲开大队长的眼睛。大队长说:你总要给我一点面子,也要给人民政府一点面子。后一句话说得很有意思,两个人不禁都微笑了一下,又都赶紧收住了,可是气氛到底是松弛下来了。

大队长扑通在她床边的椅子上坐下,将两条腿伸直了,双手压在腿下,撑着肩膀,舒展了一下身体,说:我晓得你们个个心里都觉得委屈,到这种穷乡僻壤来吃苦,心里不知怎么在骂我们;可是两年、三年一到,你们不都又要回上海去了,又是灯红酒绿,而我们呢?我们还要在这里待下去,我们委屈不委屈呢?我晓得我不应当与你说这种话,你也不必要理解我们,只要我们理解你就行了;可是,是人,总要将心比心。说到此处,大队长忽然忧伤起来,眼睛看着前方,想开了心事。

阿三朝她看了一眼。看她年轻的脸颊上没有一丝皱纹,目光很清澈,只是肤色不好,青黄色的,是缺觉的颜色。阿三心里暗想,大队长其实不难看,只是这套警服穿坏了她。

大队长忽然出声地笑了,说:有一次,和一个劳教谈话,她告诉我们,在上海的什么宾馆做了什么生意,什么宾馆又做了什么生意,说到后来,她就说,队长,你们不要问我去过什么宾馆,就问我没去过什么宾馆,你说,叫我们怎么问?她回过头看阿三,两个人的眼睛相遇了,停了一会,又闪开去。大队长向周围扫了一眼,病人们躺在床上,都闭着眼睛,似乎都入睡了。病房里很静,窗外还响着绵密的雨声。大队长说:你知道是什么支持我们在这里生活?阿三摇摇头。那就是,在这里,我们比别人都好。大队长看阿三的眼光里,既有着示威,又有着恳求,好像是:我把底都交给你了,你还不给面子吗?

阿三的绝食在这天晚上结束,前后一共坚持了六天。第一次进食的时候,她略有些不好意思,觉着人们都在嘲笑她。可是没有人注意她。似乎事情的开头与结尾,都在人们意料之中,没有一点特别的地方。这就更叫她难为情了。她好像吃偷来的食物似的,喝完一盆稀饭,然后在床上躺下,希望别人把她忘记。她头一回神志清醒地打量这间病房,这是要比普通病房更为整洁和安静,因为没有人来探视,病人也守纪律。一共有八张床并排放着,略微偏一偏头,便可看见窗外的树丛。枝叶里掩着一盏路灯,白玉兰花瓣的灯罩,透露出一些城市的气息。晚饭在下午四点半就开过了,剩下来的夜晚就格外的长。这时候,病房里总是稍稍有一些活跃,人们轻声聊着天,声音清晰地传入阿三的耳中。

她们在议论离总场最远的男劳改大队,一个犯人逃跑了。前一日的夜里,场部出动了三辆警车搜捕,至今没有结果。阿三看看窗外逐渐暗下来的天,那路灯亮了,因为电力不足,发出着昏黄的光。她想她怎么没有听见警笛的声音呢?继而又想起从上海来时,路上所见的孤独的柏树,在起伏不平的丘陵上,始终在视线里周游。

又过了一天,大队长用送货的卡车,捎回了阿三。阿三坐在车斗里,颠簸着。高地上的小麦都黄了梢,洼地的水田里,秧苗已插上了。茶叶绿油油的。远远的山丘,也都变得青翠。不知从哪里冒出一些树丛,形成一些绿色的屏障。连那柏树,也都成了对似的,这里两棵,那里两棵。天空飘着几丝白云,转眼间便被蓝天溶解,渗进了天空。阿三心里涌动起一股生机,她眯缝起眼睛,抵挡着风里的尘土。田野的景色,推远了,推到地平线上,成为狭长的一条。

生活再次照常进行。工场间的活堆成了山,收工的时间越推越迟,连出操上课的时间都挤掉了。寝室里的那种癫痫似的发作还时有发生,不过频率显然稀疏下来,好像是,那股子劲已经过去。随着夏季的逼近,人们的骚动情绪也渐渐被慵懒和倦怠所代替。人们都变得沉默了。至于阿三呢,果然如生产大队长所说,挣足了面子。大家对她都有些新认识,怀着折服的心情。阳春面则不敢接近她了,远远地躲着,这倒使阿三很满意。要说,日子是比先前好过得多,可是,阿三的心情却再不是先前了。

现在,当一切不习惯都克服了,为了适应严酷现实的全身心紧张,终于松弛,她这才认识到这生活的不可忍受。她就好像睁开了眼睛,看清了现实。原先,在这里活动着的,只是阿三的皮囊,现在,阿三的魂回来了。阿三想:时间只过去了大半年,剩下的一年多该怎么过啊!阿三真是愁苦了,她夜里睡不着觉,各种念头涌上脑海,咬噬着她的耐心。她明知道不能想这些,可偏偏就要想这些。她的脸瘦削了,下巴尖成了锥子。她每顿只吃猫食样的一口,经常的头晕。而她却像自虐似的拼命做活,一双手好像不是手,是工具,应付着各种劳动。只要仔细地去看她的眼睛,就知道她在受着怎样的煎熬。她的眼光变得锐利,闪着炽烈的光芒。她比以前更少说话,一天到头,听不见她一点声音。她无形中散播着压抑感,她在哪里,哪里的空气就变得莫名其妙的沉闷。

可是,在这种机械的生活中,人都变得麻木,而且头脑简单,没有人看到阿三的变化。只有一个人看见了,那就是老鼠躲着猫似的躲着阿三的阳春面。那一大场事故发生之后,阳春面却感到与阿三更贴近了。这种交手似乎消除了她与阿三之间的隔阂,虽然表面上她再不能走近她了。现在,阿三的所思所想,阳春面都一清二楚。只有她知道,阿三撑不住了。她真心地为阿三发愁。她知道,照这样下去,阿三得垮。这日子不是阿三这样过法的。

阿三不知道,在她痛苦的时候,有一个人比她更痛苦。并且,在她一筹莫展的时候,却有一个计划在那个人心中慢慢地形成了。

这一天,已经收工了,阿三却因为有一些活计需返工,留在了工场间,阳春面自己要求替她打下手。大队长同意了,阿三懒得反对,装作没听见。等人都走空以后,她忽然走近阿三,说道:阿姐,你跑吧!由于出了这么个好主意她兴奋得几乎战栗起来。阿三惊愕地抬起头,看着她凑得很近的脸。这张脸在日光灯下显得极其苍白,鼻凹里有粗大可见的毛孔,额角上还有一个乌青块,是她打的。

阿姐,你跑吧!阳春面又说,她压低了的声音在空阔的安静下来的工场间里,激起了回声。

我晓得你是和我们不一样的人,你在这种地方呆不下去,你跑吧!跑到南方去,那里都是外来人,不需要报户口,特别好混!

阿三镇静下来,她在心里掂量着阳春面的话,揣摩着这话的真伪虚实。

听那些二进宫、三进宫的人说,每年都有人跑,有一些再也没有回来过;出了大门,往后面山上去,先找个地方躲着,等天黑了,再翻下山去,那里有农民的房子,你给他们钱,在那里住一夜,第二天早上走到公路搭上卡车,就可以到火车站;真的,我都帮你打听清楚了,那些农民很贪钱的,多给些钱,他们都会送你去车站,不过,你不能说你是从这里去的,你不说,他们其实也知道,只是这样就没有责任了;你要跑,我会帮你应付,瞒过一夜就好办了。

阿三的眼睛慢慢地从阳春面脸上移开,埋下头重新做起活计,缝纫机声又嗒嗒地响起了。阳春面一脸失望,她喃喃道:你不相信算了,可是我说的都是真的。她离开阿三,远远地缩在角落里,双手抱着膝盖蜷在纸板箱上,眼睛望着窗外出神。她的脸色变得忧郁而且严肃,流露出受到巨大伤害的表情。

深夜,万籁俱寂,阿三轻轻地翻转身子,手伸到枕套里,撕开枕头上的一块补丁,在木棉芯子里摸索到一卷纸币,是女作家给她的五百块钱。她虽然没有想到过它们的用途,可却多了个心眼,没有交到大队上登记。现在,她将这卷钞票握在手心里,明白她要做什么了。她情不自禁地在黑暗中笑了一下。

阿三做好了逃跑的准备。她开始强迫自己多吃,试图使自己健壮。她将一瓶驱蚊油从早到晚带在身边,以备在山上躲着的时候,不致叫蚊子咬得太惨。她早已经走熟了从中队出大院的路线,那都是与生产大队长谈工作时来去的。她也了解到,星期日这一天,队长们都回总场,只留一个人值班。她甚至巧妙地藏匿下一张外出单,是有一次大队长找她去,走到大门口,门房正忙于接待总场来人,忘了收她单了。她兴奋而冷静地做着这些,脑子里无时不活动着这一个逃跑的计划,一千遍一万遍地在想象里进行演习。想到紧张的时候,她的脸上便浮起红晕,手指也微微颤抖起来。没有人发现这些,连阳春面都不再关注她,她变得消沉而安静了,现在很难听见她的聒噪,只看见她埋头苦作的身影。

　　阿三等待着时机。她知道,时机是最最重要的。什么是时机,不是依赖判断,而是来自于灵感,她静等着时机的来临。这应当是一种神之所至,她几乎凝神屏息地感受着它的来临。时间一天一天过去,天气渐渐变得炎热,白昼也变得漫长。夜晚,斗大的星在头顶,照得一片雪亮。月光也变得灼热。人人都被困之缠绕着,成天呵欠连天。而阿三的头脑一日比一日清醒,眼睛亮着,心却是按捺着,伺机而动的形势。

　　这一天,早晨起来天就阴着,午后飘起了毛毛雨。是星期天,上午,大队长还在工场间里和大家一同加班,下午,交代说提前收工,便走了。由值班中队长一个人带着。下午三点钟,是难挨的时候,人们打着瞌睡,头一点一点的,手上的活都掉到了地上,机器声也显得零零落落。满天的阴霾更叫人心绪沉闷。好容易又挨了一小时,中队长说收工了,于是大家纷纷起身,收拾起手里的活计,争先恐后地往外走,为了抢水池子洗衣服洗头发。阿三却说:中队长,我再做会儿,把这一打做完再走。中队长说好,交代她走时别忘了关灯锁门。这时候,阳春面突然抬起头,眼睛很亮地向她看了一眼,脸上显出一个压不住的笑容。她们的眼睛相遇了,有那么一刹那,彼此都没有躲闪,生发出心领神会的表情。阳春面便带着这笑容从她身边走过,她的手在阿三的缝纫机上有意识地扶了一扶,好像在等待一个回答。如不是十分十分地厌恶阳春面的身体,阿三几乎就要去触碰她的手了。可是,没有。阳春面从她身边走过,没有回头,可她焕发的笑脸却长久地在阿三跟前,挥之不去。

　　一切都是按照阳春面所说的进行,并且一切顺利。这天,天又黑得早,不过六点,天色已暗了下来。灰色的苍穹笼罩着雨濛濛的山丘,天地间便好像有了一层遮蔽。雨下得紧了,却不猛烈,只是严实而潮湿地裹紧了阿三的全身。那雨声充盈在整个空间,也是一层遮蔽。阿三几乎看不见雨丝,由于它的极其绵密,她只看见树叶和草尖有晶莹的水珠滴下来。

　　好了,阿三开始下山了。感谢丘陵,山路并不是陡峭的,甚至觉不出它的坡度,只有走出一段以后,再回过头去,才发现原来是在下山,或者上山。阿三在草丛里胡乱踩着,忽然发现她所下意识踩着的这条路,其实是原先就有着的,不过很不明显。难道是前一个逃跑的人留下的吗?那么,沿着它走就对了。可是当她刻意要追踪道路的时候,道路却不见了。

　　阿三抬起头,她的眼睫毛都在滴水,流进了她的眼睛。模糊中,她看见一片广袤的丘陵地带,矗立着柏树的隐约的身影。那身影忽然幻化出一个人形,是比尔?还是马丁?是比尔。想起比尔,阿三心里忽有些悲悯般的欢喜,想着:比尔,你知道我现在在哪里吗?她用比尔鼓舞着自己的信心,使自己相信,这一切都是不平凡的,决不会落入平凡的结局。

　　丘陵上没有一个人,只有阿三和那棵柏树。她茫然地走着,雨雾和夜色遮断了路途。她也不去考虑路途,只是机械而勤奋地迈着脚步。她打着寒噤,牙齿格格响,好像在发出笑声。她忘记了时间,以为起码是第二日的凌晨。当她眼前出现农舍的灯光,她竟有些意外,她以为那是永远不会出现的了。她停了停脚步,同时也定定神,发现那灯光其实离她很近,只一百米的光景。到了此时此刻,她才感到一阵恐惧,她惊慌地想:要是那农民去报告农场,该怎么办呢?她的腿忍不住有些发软,这一百米的距离走得很艰难。她心里想好,要是那农民流露出可疑的行迹,她立即拔腿。这么想定,心里才镇静下来。

走近灯光,她嗅到了饭菜的香气,还有烧柴灶的草木炭气。她恍悟到,这其实还是晚饭的时候。这人家的饭再迟,也不会过八点吧。她打量着这一座房子,是一座平房。正面一排三间砖瓦房,两侧各两间茅顶土坯屋,一边是灶屋,已经关灯熄火,一边是放杂物的,连着猪圈,没有院墙。正房的门紧闭着,就像没有人住,两边的窗洞里却透出些黯淡的灯光。阿三走近门前的时候,踩着一摊鸡屎,险些一跤,她轻轻叫了一声,稳住了身子,然后就去敲门。门里传来女人的声音,问是哪一个。阿三说大嫂,开开门。女人还是问哪一个。阿三说,大嫂,开开门,是过路的。女人执拗得厉害,非问她是哪一个不可。阿三再敲门,门里就嚷起来:再敲,再敲就喊人了,农场里住着警察呢!阿三这才想到,像这样靠近着劳改农场,单门独院的人家,是怀着多么强烈的恐惧。

阿三停了敲门,可她觉得疲乏透顶,再也迈不开步子了。她沿着灶屋慢慢走着,防止着脚下打滑,走到了屋后。那正房的背后,有一扇后窗,支着长长的雨檐,阿三便在雨檐下坐下,歇歇脚再作打算。

她蜷起身子,抱着双膝,埋下了头。这一切是怎么发生的,她忽然恍如梦中。她困倦得要死,睡意袭来,好几次她歪倒了身子,不由得惊醒过来,再又继续瞌睡。天地都浸润在细密的雨声和湿润里,是另一个世界。她渐渐学会了这么坐着睡觉,身体不再歪倒。她忘记了寒冷和下雨,瞌睡的甜暖罩住了她。她好像是睡在床上,阳春面的脸庞渐渐伏向她,她看见她额角上的青块,不由得一动,醒了。

这一回,她完全清醒了,听见有小虫子在叫,曜曜的,十分清脆。她有些诧异,觉得眼前的情景很异样。再一定睛,才发现雨已经停了,月亮从云层后面移出,将一切照得又白又亮。在她面前,是一个麦秸垛,叫雨淋透了,这时散发着淡黄色的光亮。她手撑着地,将身体坐舒服,不料手掌触到一个光滑圆润的东西。低头一看,是一个鸡蛋,一半埋在泥里。

她轻轻地刨开泥土,将鸡蛋挖出来,想这是天赐美餐,生吃了,又解饥又解渴。她珍爱地转着看这鸡蛋,见鸡蛋是小而透明的一个,肉色的薄壳看上去那么脆弱而娇嫩,壳上染着一抹血迹。

这是一个处女蛋,阿三想。忽然间,她手心里感觉到一阵温暖,是那个小母鸡的柔软的纯洁的羞涩的体温。天哪!它为什么要把这处女蛋藏起来,藏起来是为了不给谁看的?阿三的心被刺痛了,一些联想涌上心头。她将鸡蛋握在掌心,埋头哭了。

1995 年 9 月 11 日初稿
1995 年 10 月 17 日二稿

延伸阅读:《我爱比尔》《米尼》《妙妙》是王安忆这一时期集中描写女性堕落的中篇小说,如果加上长篇小说《长恨歌》,可以看做是作家从女性角度重绘上海的一种尝试。某种意义上,女性是都市的另一重心,它连接着过去与未来,是时尚、命运、社会变迁最为敏感的载体。主人公与比尔等几位男人之间的恩爱情仇,与其说是男女之间的古老游戏,不如说是开始重新步入现代社会的上海与西方世界的接轨。这种接轨可能由于历史沉淀、现实纠缠等原因,表现为多种复杂形式,而这种种形式,在小说中却由主人公与男人之间的复杂关系从不同角度加以呈现。

长恨歌(存目)

王安忆

延伸阅读：这个长篇好评如潮,但其实并不是王安忆最拿手的作品。像50后的许多重要小说家一样,她的成就主要还在中篇小说创作上。可惜研究界对这一现象的探讨和分析一直做得不够。《长恨歌》的评论已经很多,不过南帆这篇文章仍然值得重视,他认为王安忆企图绘制城市的图像的观点尤为精彩:"她把城市视为现代文明的一个必然阶段。王安忆似乎不愿意沉湎于遥远而悠扬的田园牧歌,她毫不掩饰对于城市的好感。《长恨歌》不时体现出鉴赏城市的眼光和趣味,王安忆深知咖啡厅气氛、花团锦簇的窗帘以及街上当当驶过的电车之间隐藏了何种迷人的性质。她甚至善意地体谅了城市所难以回避的庸俗、奢靡和工于心计。王安忆的城市不仅仅是一个宏伟的景观,不仅仅是一些方形、柱形、锥形以及球形建筑物在地表上的聚合;同时,王安忆潜入城市的纵深,用文字提供了一个个城市局部的速写。"参见南帆:《城市的肖像——读王安忆的〈长恨歌〉》,《小说评论》1998年第1期。

厚土(存目)

李 锐

延伸阅读：李锐是1980年代寻根文学思潮中开始受到关注的作家,他表现山西吕梁一带带着原始意识的山川地貌和人物,以木刻般的笨拙质朴展现在读者面前,曾经引起过轰动效应。1990年代后,他这些小说日益进入瑞典汉学家马悦然的视野,作家本人也倡导所谓"方块文字写作",不过这种态势在国内反应平平。其实,《厚土》并不是原创性的,它的知识谱系来自历史悠久的山西民间文艺和当代小说传统,1940年代延续至"十七年"的"山药蛋派",是其真正的文学营养。看过马烽、西戎的长篇小说《吕梁英雄传》等经典小说的研究者,会很快找到它与李锐小说之间的精神和文学联系。不过,在寻根思潮中植入"山药蛋派"的文学资源,并将之发扬光大,依然是李锐对当代文学的一个贡献。

新兵连(存目)

刘震云

延伸阅读:《新兵连》和《塔铺》是刘震云的成名作,但应该是水平很高且经得起历史考验的成名作,两篇小说至今仍然都有较高的阅读价值。两篇小说可视为"姊妹篇",它们无疑是作者本人的"自叙传小说"。前者叙及他1970年代初去甘肃沙漠当兵的经历,后者写他参加高考的个人记忆,如果放在1970年代/1980年代中国社会转型的视野中来认识,它们作为整整一代中国年轻人从沉沦到奋斗历程的"自叙传"也是能够成立的。这篇小说的价值,在于用写实的笔法,真实记录了入伍新兵一连串的独特经历,它对军营内幕的书写,对新兵个人经验的揭示,在当代文学中是非常罕见的。另外,这篇小说由于集中了作家本人的亲身经历,所以作家投入了相当强烈的感情体验,因此造成了对读者心灵的深度感染。

一地鸡毛

刘震云

一

小林家一斤豆腐变馊了。

一斤豆腐有五块,二两一块,这是公家副食店卖的。个体户的豆腐一斤一块,水分大,发稀,锅里炒不成团。小林每天清早六点起床,到公家副食店门口排队买豆腐。排队也不一定每天都能买到豆腐,要么排队的人多,排到,豆腐已经卖完了;要么还没排到,已经七点了,小林得离开豆腐队去赶单位的班车。最近单位办公室新到一个处长老关,新官上任三把火,对迟到早退抓得挺紧。最使人感到丧气的是,队眼看排到了,上班的时间也到了。离开豆腐队,小林就要对长长的豆腐队,咒骂一声:

"妈拉个X,天底下穷人多了真不是好事!"

但今天小林把豆腐买到了。不过他今天排队排到七点十五分,把单位的班车给误了。不过今天误了也就误了,办公室处长老关今天到部里开会,副处长老何到外地出差去了,办公室管考勤的临时变成了一个新来的大学生,这就不怕了,于是放心排队买豆腐。豆腐拿回家,因急着赶公共汽车上班,忘记把豆腐放到了冰箱里,晚上回来,豆腐仍在门厅塑料兜里藏着,大热的天,哪有不馊的道理?

豆腐变馊了,老婆又先于他下班回家,这就使问题复杂化了。老婆一开始是责备看孩子的保姆,怪她不打开塑料袋,把豆腐放到冰箱里。谁知保姆一点不买账。保姆因嫌小林家工资低,家里饭菜差,早就闹着罢工,要换人家,还是小林和小林老婆好哄歹哄,才把人家留下;现在保姆看着馊豆腐,一点不心疼,还一古脑儿责任都推给了小林,说小林早上上班走时,根本没有交代要放豆腐。小林下班回来,老婆就把怒气对准了小林,说你不买豆腐也就罢了,买回来怎么还让它在塑料袋里变馊?你这存的是什么心?小林今天在单位很不愉快,他以为今天买豆腐晚点上班没什么,谁知道新来的大学生很认真,看他八点没到,就自作主张给他画了一个"迟到"。虽然小林气鼓鼓上去自己又改成"准时",但一天心里很不愉快,还不知明天大学生会不会汇报他。现在下班回家,见豆腐馊了,他也很丧气,一方面怪保姆太斤斤计较,走时没给你交代,就不能往冰箱里放一放了?放几块豆腐能把你累死?一方面怪老婆小题大做,一斤豆腐,馊了也就馊了,谁也不是故意的,何必说个没完,大家一天上班都很累,接着还要做饭弄孩子,这不是有意制造疲劳空气?于是说:

"算了算了,怪我不对,一斤豆腐,大不了今天晚上不吃,以后买东西注意放就是了!"

如果话到此为止,事情也就过去了,可惜小林憋不住气,又补了一句:

"一斤豆腐就上纲上线个没完了,一斤豆腐才值几个钱?上次你失手打碎一个暖水壶,七八块钱,谁又责备你了?"

老婆一听暖水壶,马上又来了火,说:

"动不动你提暖水壶,上次暖水壶怪我吗?本来那暖水壶就没放好,谁碰到都会碎!咱们别说暖水壶,说花瓶吧!上个月花瓶是怎么回事?花瓶可是好端端地在大立柜上边放着,你抹灰尘给抹碎了,你倒有资格说我了!"

接着就戗到了小林跟前,眼里噙着泪,胸部一挺一挺的,脸变得没有血色。根据小林的经验,老婆的脸一无血色,就证明她今天在单位也很不顺。老婆所在的单位,和小林的单位差不多,让人愉快的时候不多。可你在单位不愉快,把这不愉快带回来发泄就道德了?小林就又气鼓鼓地想跟她理论花瓶。照此理论下去,一定又会盘盘碟碟牵扯个没完,陷入恶性循环,最后老婆会把那包馊豆腐摔到小林头上。保姆看到小林和小林老婆吵架,已经习惯了,就像没看见一样,在旁边若无其事地剪指甲。这更激起了两个人的愤怒。小林已做好破碗破摔的准备,幸好这时有人敲门。大家便都不吱声了。老婆赶紧去抹脸上的眼泪,小林也压抑住自己的怒气。保姆把门打开,原来是查水表的老头来了。

查水表的老头是个瘸子,每月来查一次水表。老头子腿瘸,爬楼很不方便,到每一个人家都累得满头大汗,先喘一阵气,再查水表。但老头工作积极性很高,有时不该查水表也来,说来看看水表是否运转正常。但今天是该查水表的日子,小林和小林老婆都暂时收住气,让保姆领他去查水表。老头查完水表,并没有走的意思,而是自作主张在小林家床上坐下了。老头一坐下,小林心里就发凉,因为老头一在谁家坐下,就要高谈阔论一番,说说他年轻时候的事。他说他年轻时曾给某位死去的大领导喂过马。小林初次听他讲,还有些兴趣,问了他一些细节,看他一副瘸样,年轻时竟还和大领导接触过;但后来听得多了,心里就不耐烦,你年轻时喂过马,现在不照样是个查水表的?大领导已经死了,还说他干什么?但因为他是查水表的,你还不能得罪他。他一不高兴,就敢给你整个门洞停水。老头子手里就提着管水闸的扳手。看着他手里的扳手,你就得听他讲喂马。不过今天小林实在不欢迎他讲马,人家家里正闹着气,你也不看一看家庭气氛,就擅自坐下,于是就板着脸没过去,没像过去一样跟他打招呼。

但查水表的老头不管这个,自己从口袋已经掏出了烟。划火点着烟,屋里就飘起了老头鼻腔的味道。小林知道老头接着就讲马,但小林猜错了,这次老头没有讲马,而是一脸严肃地说,他要谈些正事。他说,据群众反映,这个门洞有人偷水,晚上不把水管龙头关死,故意让水往下滴,下边放个水桶接着;滴水水表不转,桶里的水不成偷的了?这样下去是不行的,大家都偷水,自来水厂如何受得了?

听了老头的话,小林与小林老婆脸都一赤一白的,说来惭愧,因为上个礼拜小林家就偷过几次水,是小林老婆在单位闲聊中听到的办法,回来指使保姆试验。后来小林看不上,觉得这事太委琐,一吨水才几分钱,何必干这个?一夜水管嘀嘀嗒嗒个没完,大家也难心安理得睡觉。于是在第三天就停止了。但这事老头子怎么会知道?是谁汇报的?小林和小林老婆都不约而同想到了对门。对门住着一对胖子,女主人自称长得像印度人,眉心常点着一个红豆。他们家也有一个孩子,大小与小林家孩子差不多,两家孩子常在一起玩,也常打架;为了孩子,小林老婆与印度女人有些面和心不和。两家主人不和,两家保姆却很要好,虽然不是一个省来的,却常在一起共同商讨对付主人的办法。准是两家保姆乱串,印度女人得知小林家滴过两回水,就汇报了老头子,现在有了老头子一番话。但这种事如何上得了台面,如何说得出口?说出口以后在人前怎么站?小林赶紧到老头子跟前,正色声明,这门洞有没有人偷水他不知道,但他家是决不干这种事,他家虽然穷,但穷有穷的骨气!小林老婆也上去说,谁反映的这事,就证明谁偷水,不然他怎么会知道偷水的方法,这不是贼喊捉贼是什么?老头子听了他们的话,弹了一下烟灰:

"行了,这事就到这里为止了。以前大家偷没有偷,就既往不咎了,以后注意不偷就行了!"

说完,站起来,做出宽宏大量的样子,一瘸一瘸走了,留下小林和小林老婆在那里尴尬。

由于有偷水这件事的介入,使豆腐发馊事件变得不那么重要了。小林心里还责备老婆,一个大学生,什么时候学得这么市民气,偷了两桶水,值不了几分钱,丢人现眼让人数落了一顿。小林老婆也自感惭愧,就不好意思再追究馊豆腐一事,只是瞪了小林一眼,自己就下厨房做饭去了。因为这件事的介入,使本来要爆发战争的家庭平静下来,小林又有些感激老头子。

晚饭一个炒豆角,一个炒豆芽,一碟子小泥肠,一碗昨天剩下的杂烩菜。小泥肠主要是让孩子吃的,其他三个菜是让小林、小林老婆和保姆吃的。但保姆不吃剩菜,说她一吃剩菜就闹肚子。为此小林老婆还和保姆吵过一架,说你倒成贵族了,我还吃剩菜,你倒闹肚子,过去你在农村吃什么来着?保姆便又哭又闹,闹罢工,要换人家。最后还是小林从中斡旋,才又把她留下。把人留下人家就有了资本,从此更不吃剩菜。小林老婆也没办法,吃饭时只好和小林先吃剩菜,剩菜吃完再吃新的。吃饭时孩子很闹,抓东抓西的,看样子有些想流鼻涕。小林老婆怀疑她是否要感冒。好歹把饭吃完,已经快八点半了。按照惯例,这时保姆洗碗,小林给孩子洗澡,老婆应该上床睡觉。因老婆上班比小林远,清早上班要早起,早点上床睡觉理所当然。但今天老婆没有早睡,脚也没洗,坐在床前想心思。老婆一想心思,小林心里就有些发毛,不知老婆心思想过以后,会不会又提出什么新的话题。不过今天老婆不错,心思想过以后,没有说什么,草草洗完脚就上床睡觉了。老婆睡觉有这点好处,平时嘴唠叨,一上床就不唠叨了,三分钟就能入睡,响起轻微的鼾声,比孩子入睡还快。前几年刚结婚,小林对这点很不满意,哪能上床就入睡?问:

"你怎么躺倒就着,长此以往,可让人受不了!"

老婆不好意思地解释:

"累了一天,跟猪似的,哪有不躺倒就着的道理!"

后来有了孩子,生活越来越复杂,几次折腾搬家,上班下班,弄吃喝拉撒,弄大人小孩,大家都很疲劳,老婆也变得爱唠叨了,这时小林倒觉得老婆上床就入睡是个优点,大家闹矛盾有个盼头,只要头一挨枕头,战争就停止了。所以小林觉得世界上没有绝对的优点缺点,优点缺点是可以转化的。

老婆入睡,孩子入睡,保姆入睡,三个人都响起鼾声,小林检查了一下屋里的灯火水电,也上床睡觉。过去临睡觉之前,小林有看书看报的习惯,动不动还爬起来记笔记。现在一天家务处理完,两个眼皮早在打架,于是这一切过程都省略了。能早睡就早睡,第二天清早还要起床排队买豆腐。想起买豆腐,小林突然又想起今天那一斤变馊的豆腐，现在仍在门厅里扔着，没有处理。这是导火索。明天清早老婆起来再看到它，说不定又会节外生枝。于是又从床上爬起来，到门厅打开灯，去处理那包馊豆腐。

二

小林的老婆叫小李，没结婚之前，是一个文静的、眉清目秀的姑娘。别看个头小，小显得小巧玲珑，眼小显得聚光，让人见了从心里怜爱。那时她言语不多。打扮不时髦，却很干净。头发长长的。通过同学介绍，小林与她恋爱。她见人有些腼腆。与她在一起，让人感到轻松、安静，甚至还有一点淡淡的诗意。那时连小林都开始注意言语、注意身体卫生了。哪里想到几年之后，这位安静的富有诗意的姑娘，会变成一个爱唠叨、不梳头、还学会夜里滴水偷水的家庭妇女呢？两人都是大学生，谁也不是没有事业心，大家都奋斗过、发奋过，挑灯夜读过，有过一番宏伟的理想，单位的处长局长，社会上的大大小小机关，都不在眼里，哪里会想到几年之后，他们也跟大家一样，很快淹没到黑鸦鸦的千篇一律千人一面的人群之中呢？你也无非是买豆腐、上班下班、吃饭睡觉洗衣服、对付保姆弄孩子，到了晚上你一页书也不想翻，什么宏图大志，什么事业理想，狗屁，那是年轻时候的事，大家都这么混，不也活了一辈子？有宏图大志怎么了？有事业理想怎么了？"古今将相在何方，荒冢一堆草没了！"一辈子下来谁还知道谁！有时小林想想又感到心满意足，虽然在单位经过几番折腾，但折腾之后就是成熟，现在不就对各种事情应付自如了？只要有耐心、能等、不急躁、不反常，别人能得到的东西，你最终也能得到。譬如房子，几年下来，通过与人合居，搬到牛街贫民窟；贫民窟要拆迁，搬到周转房；几经折腾，现在不也终于混上了一个一居室的单元？别人家一开始有冰箱彩电，小林家没有，让小林感到惭愧，后来省着攒着，现在不也买了？当然现在还没组合家具和音响，但物质追求哪里有个完。一切不要着急，耐心就能等到共产主义。倒是使人不耐心的，是些馊豆腐之类的日常生活琐事。过去总说，老婆孩子热炕头，是农民意识，但你不弄老婆孩子弄什么？你把老婆孩子热炕头弄好是容易的？老婆变了样，孩子不懂事，工作量经常持久，谁能保证炕头天天是热的？过去老说单位如何复杂不好弄，老婆孩子炕头就是好弄的？过去你有过宏伟理想，可以原谅，但那是幼稚不成熟，不懂得事物的发展规律。千里之行，始于足下，小林，一切还是从馊豆腐开始吧。第二天早上六点，小林照例爬起来，去公家副食店前排队买豆腐。这时老婆已经睡醒，大睁着两眼在看天花板。老婆入睡快，醒来脑子清醒得也快，不像小林，睡觉起来头半天是木的，得半个小时才能缓过劲儿来，老婆只要五分钟就可以清醒，续上入睡前的思路。这是优点，也是缺点，如果两个人正闹矛盾，老婆早晨醒来，又会迅速续上昨天的事情，继续补课。看今天老婆发呆的样子，又回到了昨天入睡前坐在床沿上想心思的模样，小林心里就有些打鼓，不知老婆又要搞什么名堂。但老婆见他起床，并没有搭理他。小林就有些放心，赶忙刷牙洗脸，拿上塑料袋悄悄出门。但等小林刚要去拉门，老婆在床上发了言：

"我说你，今天的豆腐就别买了！"

原来老婆并没有放过他，仍要续昨天的豆腐事件。小林心里就"嘟嘟"地冒火，一斤馊豆腐，已经扔了，又过了一夜，还真纠缠个没完？于是说：

"馊了一斤豆腐，还至于今后不买了？今天买回放到冰箱里不就结了！你还要纠缠多少年！"

老婆向他摆摆手；

"我不是跟你说豆腐，今天我想了一夜，我再也不能在这个单位呆了，我一定得调，你得跟我来商量商量这事！你不能对我的事漠不关心！"

原来并不是豆腐事件，小林有些放心。但老婆说的是调工作，调工作也是个让人窝心烦躁的事，比馊豆腐事件还复杂。本来老婆的工作单位不错，大学毕业坐办公室，每天也就是摘摘文件，写写工作总结，余下的时间是喝茶看报纸。但老婆性格很直，像小林初到单位一样，各方面关系一开始没处理好，留下后遗症。后来觉悟了，改正了，但以前总留下伤疤，免不了有磕磕碰碰的时候。单位不愉快，回来就向小林唠叨，说要换个单位。小林就拿自己现身说教，说只要将幼稚不懂事的毛病改掉，时间长了自然会适应，换什么单位，天下单位都一样。再说换个单位是容易的？我们都无权无势，两眼一抹黑，哪个单位会要你？老婆就说小林没本领，看着老婆在水深火热之中，一点帮不上忙。小林说，外边帮不上忙，内里不也帮了？不也向你解释了？解释不也是帮忙？就把老婆劝下了。老婆唠叨一顿，怨气出了，第二天就不说了，仍照常上班。如果这样下去，老婆慢慢也会适应，没有单位非换不可的烦恼。但小林家搬了几次家，搬来搬去，住得离小林老婆单位越来越远。当初搬家时，因房子越搬越好，老婆很高兴，说咱们终于也在北京有个房子了，把主要精力花在布置房子上，怎么装窗帘，怎么布局，怎么摆冰箱和电视，还差什么东西，苦恼主要在这个方面。等家收拾得差不多了，老婆又不满意了，怪这个地方离她单位太远。因她的单位在这条线上没有班车，她得挤公共汽车上班，往返一趟，得三四个小时。清早六点起床，晚上八点回来，顶着星星出去，戴着月亮回来，天天如此，车又挤，老婆就受不了，觉得是非换单位不可了。小林看着老婆每天下班疲惫不堪的样子，也觉得这和在单位不愉快不同，在单位不愉快可以忍耐、改正，离单位太远无法人为缩短距离，是得换个离家近一点的单位。真要决定换单位，两人才感到面前的困难像山一样，因为换不换单位，并不是小林和小林老婆能决定的。瞎猫撞老鼠，小林和小林老婆找了几个单位，人家都是一口回绝，连个商量的余地都不留，弄得小林和小林老婆挺丧气。小林说：

"算了算了，别跑了，再跑也是瞎跑，你凑合着吧，北京还有比你上班更远的呢！别光想路程，想想纺织女工，人家上一天班，站着干一天活，你上班是喝茶看报纸，还不知足吗？"

小林老婆发了火：

"你没有本事，就让我凑合。你当然能凑合了，天天有班车坐，我挤四个小时车的滋味你哪里有体验？我非换单位不可，要不换单位，我明天就不上班，你挣钱养活我们娘俩！"

第二天就真不去上班，把小林急坏了。急了一次真管用，小林开动脑筋，真想出一个办法，前三门有一个单位，听有人说，那单位管人事的头头，和小林单位的副局长老张是同学。小林帮老张搬过家，十分卖力，老张对小林看法不错，老张自与女老乔犯过作风问题以后，夹着尾巴做人，对下边同志特别关心，肯帮助人，只要有事去求他，他都认真帮忙。小林觉得这事如去找老张，老张不至于一口回绝。通过老张介绍说不定前三门那个单位倒有些希望。前三门那个单位虽离小林家也很远，如坐公共汽车，也得两个小时，但前三门那里和小林家连地铁，地铁跑得快，四十分钟就够了，况且地铁不像公共汽车那么挤，有时上车还有座位。小林将这想法向老婆说了，老婆也很高兴，同意去那个单位,让小林去找老张。小林找到老张,将老婆的困难摆出来,又提出前三门那个单位,说听说老领导在那里有熟人,想请老领导帮帮忙。老张果然痛快,说:

"可以,可以,单位那么远,是应该换一换!"

又说:

"前三门那个单位,我也不熟,但管人事的同志,是我的同学,我给他写一封信,你找他,看他能不能给办!"

小林又大着胆子说:

"最好老领导再给他打一个电话!"

老张摸着胖脑袋"哈哈"笑了,照小林头上打了一巴掌:

"现在的年轻人,比我们那时精明多了!好,好,我给你打一个电话!"

老张打了一个电话,又给小林写了一封信。小林捧到这封信,如同捧到圣旨一样高兴。小林老婆看到信,也很高兴。小林拿着这信到前三门的单位去,果然管用。管人事的头头接见了他,看了那封信说:

"老张是我的老同学,当年在大学,我们两个都爱搞田径!"

小林斜欠着身子坐在头头办公桌前,忙接上去说:

"现在老张也爱锻炼!"

头头看他一眼,突然又问起老张前一段出事的事,让小林讲一讲细节。小林感到有些为难,讲不好,不讲也不好,于是只拣些重要的讲了讲,说老张也只是和女老乔在办公室坐了一坐,并没有真正在一起,其他一切都是谣传。那头头听后"哈哈"笑了,说:

"这个老张,还是那么可爱!"

最后才谈起小林老婆调动的事。那头头情绪正好,说:

"行,行,老张托的事,就是我的事,我看看下边哪个单位缺人!"

这不等于答应了?小林回来向老婆一汇报,老婆马上抱着他在脸上乱亲。两人度过了一个愉快的夜晚。如果就这样等着,小林老婆一定能调成,能每天坐地铁到前三门那个单位上班,但这时小林和小林老婆聪明反被聪明误,自己把事情办坏了。本来人家管人事的头头正在努力,小林和小林老婆仍不放心,小林老婆打听出一个熟人的丈夫,也在前三门那个单位工作,而且是一个处长,就同小林商量,单是一个管人事的头头是否太单薄,是否也找一找这个处长?当时小林也没犯考虑,觉得多一个人就多一份力量,找一找总没什么坏处。于是就又找了这个处长。谁知这一找不要紧,让人家管人事的头头知道了,管人事的头头马上停止了努力。小林再去找他,他比以前冷淡了,说:

"你不是也找某某了,让他给办办看吧!"

小林这才着了急,知道自己犯了路线性错误。找人办事,如同在单位混事,只能投靠一个主子,人家才死力给你办;找的人多了,大家都不会出力;何况你找多了,证明你认识的人多,显得你很高明,既然你高明能再找人,何必再找我?这时除了不帮忙不说,还容易产生抵触心理,说不定背后再给你帮点倒忙,看你不依靠我依靠别人这事能办成!小林和小林老婆认识到这个道理,明白过来,事情已经晚了。两人一开始是互相埋怨,埋怨以后,又共同想补救的办法。但这时能想出什么补救办法?小林只好再找老张,让他给同学再打电话。但老张又不是你的亲兄弟,人家是单位的副局长,老找人家也不好。于是小林老婆调工作的事,就这样不上不下地放着。时间一长,小林事情一忙就暂时把这件事给忘记了,但小林老婆忘不了,时常一个人坐在那里想心思。昨天发生了馊豆腐事件,馊豆腐事件过去以后,她没洗脚坐在床边想的,就是这件事,今天早早起来,她将这话题又重新向小林提出。小林一开始以为老婆又让他找老张,但再找老张小林已很怵头,于是说:

"事情已经让咱们办坏了,光让我找老张有什么用?"

小林老婆说:

"这次不让你找老张,还让你找前三门单位那个管人事的头头。"

再找管人事的头头,比让他找老张还怵头,小林说:

"因为找你那个熟人的丈夫,人家态度都冷淡了,如何有脸面再找人家?再找作用也不大!"

小林老婆说:

"为什么作用不大,这事我想了,你也别光怪我那个熟人的丈夫,这不是问题的关键,关键还是工夫下得不够。现在社会上办事,光动嘴皮子如何行?我考虑,咱得给他上个供。现在苍蝇没有不见血的,你不出血,他能给你来真的?还是得出血!"

小林说:

"只和人家见过几次面,熟都不熟,连人家家在哪里住都不知道,这供如何上?"

小林老婆发了火:

"看你说话的口气,就是对我的事情漠不关心!上次你要入党,给女老乔送了什么?那时咱家那么困难,孩子吃奶都没有钱,我不照样让你送了?轮到我的事,你怎么就这么推三挡四的,你这存的是什么心!"

说着说着脸就变白了。小林见她越说越多真生气了,忙说:

"好,好,咱送,咱送,看送了能起什么作用?"

话说到这里就算完了。白天两人照常上班。等晚上回来,两人匆匆吃完饭,交代保姆看好孩子,就一起到前三门单位管人事头头家里去上供。但真到上供,供上些什么,两人都犯了难。两人来到商店,逛了半个小时,拿不定主意。礼太小了送不出去,礼太大了又心疼钱。最后小林老婆相中了一个工艺品,一个玻璃匣子里镶嵌了几个花鸟和小鱼,美观大方,四十多元,可以买。但两人商量半天,觉得这个礼品也不合适,管人事的头头能会喜欢花鸟?别以为是随便十几块钱买的贱价货搪塞他,那样作用更不好。最后又转,转到食品冷饮柜,小林突然眼睛一亮,说:

"有了!"

小林老婆问:

"什么有了?"

小林便向老婆指了指一箱一箱的"可口可乐",上边挂着一块牌子:"大减价,一块九一听",而"可口可乐"的正常价格,却是三块五。"可口可乐"拿得出手,一听一块九,一箱二十四听,也就四十多块,看着体积大,又是名牌饮料,拿出来实用大方,管人事的头头肯定喜欢。只是不知它为何减价。小林老婆说:

"别是过期了吧,那样就不好了!"

问了问售货员,也不过期,实在是奇怪,好像是单为今天他们送礼准备的。小林说:

"看这样子,今天顺利,这事肯定能成!"

老婆兴致也高了,马上掏钱买了一箱,由小林扛着,两人挤上公共汽车去送礼。兴高采烈到了管人事头头家的楼下,已是晚上八点半,时间也合适。但等两人进楼道刚要上楼,从楼上走下来一个人,正是前三门单位管人事的头头。小林忙向他打招呼,到让正下楼的头头吃了一惊,等看清是小林,因在家门口,倒比在办公室客气,忙止住脚步笑着说:

"你们来了?"

小林说:

"王叔叔,这是我爱人,为她工作的事,老张让我们再来找您一次!"

头头说:

"我知道了,那个工作的事,我这里没有问题,关键是下边接收单位不好办,你们如能找到哪个处室可以接收,让他们再来找我不就行了?今天晚上我出去还有点事,车子在下边等着,恕不能接待你们了!"

小林和小林老婆心里都凉了半截。这不等于回绝了?等头头走到了楼外,小林才意识到自己肩上还扛着一箱"可口可乐",忙向楼外喊:

"王叔叔,我还给您带了一箱饮料!"

头头在楼外笑着答:

"我这里还缺几筒饮料?扛回去自己喝吧!"

接着,车子发动开走了。把小林和小林老婆干到了楼道里。干了半天,两人才缓过劲儿来。小林将箱子摔到楼梯上:

"X他妈的,送礼人家都不要!"

又埋怨老婆:

"我说不要送吧,你非要送,看这礼送的,丢人不丢人!"

小林老婆也说:

"这个人怎么这么恶劣,这个人怎么这么小心眼!"

两人便重新扛着饮料回家。因为礼没有送出去,回家以后两人又为买礼心疼了半天,四十多块钱买一箱"可口可乐"放到家里,这不是吃饱撑的?一箱"可口可乐"怎么处理?退回商店,入口的东西人家一律不退;自己喝了吧,哪能关起门没事喝"可口可乐"?过了两天,还是老婆聪明,把"可口可乐"打开,时常拿出一筒让孩子到院子里去喝。过去从来没买过饮料,也没买过带鱼,孩子穿得破烂,在院子里穷出了名。一次倒是买了些次带鱼,是贱价处理的,有些发臭,臭味跑到了楼道里,让对门印度女人到处宣扬,现在让小女儿拿着"可口可乐"到处喝,也起一个正面宣传的作用,也算这箱"可口可乐"买得没有白费。只是工作的事仍没有着落,仍是小林和小林老婆继续窝心的问题。

三

家里来了客人。小林晚上下班回来,一进楼道,就知道家里来了客人。因为他家的门大开着,里边传出外地老家人的咳嗽声。等小林回到家,果然,里间床上正坐着两个皮肤晒得焦黑、头上暴着青筋的老家人,脚边放着几个70年代的帆布提包,提包上还印着毛主席语录。两个人正在不住地抽烟、咳嗽,毫不犹豫地将烟灰和痰弹吐了一地。小林的小女儿也被烟呛得不住地咳嗽,在烟雾里乱跑。小林本来今天心情不错,办公室新到处长老关,别看平时一脸严肃,原来对人却没坏心眼,季度评奖,给小林评了个头奖,多发给他五十块钱。虽然五十块钱不算什么,但多五十总比少五十强,拿回来总能买老婆个高兴。谁知兴冲冲回家,老婆还没下班,家里却来了两个老家人。小林像被兜头浇了一桶凉水,一天的好兴致,立即跑得无影无踪。本来老家来人应该高兴,多年不见的乡亲,见了叙叙旧也没什么不可,但老家经常来人,就高兴叙旧不起来,反过来倒成了一种负担。家里来人不得招待?招待一次就得几十块钱。经常来人,家庭就受不了。老家来人和别的同学朋友来还不一样,别看老家来人焦黑、头上暴着青筋,是农村人,但农村人比城里人礼还多,同学朋友招待不好人家可以原谅,这些农村人招待不好他反倒不高兴,回到老家说你。他们认为你在北京,来到北京理应该你招待,全不知小林在北京也是社会的最底层,也整天清早排队买豆腐,只是客人来了,才多加两个菜。有时小林看老家人那故作傲慢的样子,不禁又好气又好笑:你们在家才吃什么! 老家人来,如果单是吃一顿饭,还好应付,往往吃过饭,他们还要交代许多事让小林办。搞物资,搞化肥,买汽车,打官司,走时还让小林给买火车票。小林哪里有那么强的办事能力! 自己老婆的工作都办不了,送礼人家都不收,还能给别人打官司买汽车? 买火车票小林照样得去北京站排队。一开始小林爱面子,总觉得如说自己什么都不能办,也让家乡人看不起,就答应试一试,但往往试一试也是白试,虽然有些同学分到了不同的单位,但都是刚到单位不久,还没到掌权的地步,哪里办得成? 免不了回头还是尴尬。后来渐渐学聪明了,学会了说:"不,这事我办不了!" 当然说这话人家会看不起,但看不起是早晚的事,早看不起倒可以省下麻烦。但老家仍是源源不断来人,来了起码吃你一顿饭。问题的复杂性还在于,小林老婆是城市人,城市到底比农村关系简单,来的人很少。人家家老不来人,自己家老来人,来了就要吃饭,农村人又不讲究,到处弹烟灰吐痰,也让小林不好意思。按说小林老婆在这方面还算开通,一开始来人不说什么,后来多了,成了常事,成了日常工作,人家就受不了,来了客人就脸色不好,也不去买菜,也不去下厨房。小林虽然怪老婆不给自己面子,但人家生气得也有道理,两人如倒个个儿,小林也会不高兴。于是除了责备妻子,也怪自己老家不争气,捎带自己让人也看不起。老家如同一个大尾巴,时不时要掀开让人看看羞处,让人不忘记你仍是一个农村人。对门印度女人就说过,看他们家那土样,一家子农村人。弄得小林老婆很不高兴。所以小林时常提心吊胆,一到下班,就担心今天老家是否来人了? 有时在家里坐,一听院子里有人说外地口音,他就心惊胆战,忙跑到阳台上看,看这外地口音是否进了自己的门洞,如不是进门洞,才松一口气。虽然小林不盼望自己老家来人,却盼望老婆那边来人。那边如也来人,小林故意热情些,也可抵消一些自己这边来人,让老婆心理平衡一些。但人家来人少,让小林时刻亏着良心。老家的父母也不懂小林心情,觉得自己儿子在北京,是个可炫耀的事情,时常说:"我儿子在北京,你们找他去!" 人家来了,小林就不能不热情。后来时间长了,小林发觉,你越热情,来的人越多,小林学聪明了,就不再热情。不热情怠慢人家,人家就不高兴,回去说你忘本。但忘本也就忘本,这个本有什么可留恋的! 小林也给自己父母写信,说我这里也很忙,经济很难,以后不要图你们面子好看,故意往这里介绍人。信写好以后,小林还故意让老婆看了看,老婆没领他这个情,照地下吐了一口唾沫:

"早知你家是这样,当初我就不会嫁你!"

小林马上火了,指着老婆说:

"当初我也把家庭情况向你说了,你说不在乎,照你这么说,好像我欺骗你!"

但斗气归斗气,家里还是照常来人。因人照常来,久而久之小林老婆也习惯了。习惯了就自然了。无非是脸色不高兴。这就使小林很满意。小林也自觉,客人来了,吃饭只加两个大路菜,无非是一条鱼,或一只鸡,没有酒水。老家人不满意,只好让他不满意,总比让老婆不满意要好。

但今天来的两个客人,使小林觉得只加两个菜绝对说不过去。这两个人,一个老头子,一个年轻人,一开始小林没有认出来,上去问他们是哪个村的,听那老头子一说话,小林认出来了,是自己小学时的老师。这老师姓杜,小林上小学时,跟他学了五年,杜老师既教数学,又教语文。一年冬天小林捣蛋,上自习跑出去玩冰,冰炸了,小林掉到了冰窟窿里。被救上来,老师也没骂他,还忙将湿衣裳给他脱下来,将自己的大棉袄给他披上。这样的老师,十几年没见,现在到了自己门上,如何使小林不激动?小林上去握住他的手:

"老师!"

老师见他激动,也激动起来,拉住小林说:

"小林!街上遇到你,肯定我认不出来!"

又忙把年轻人向他介绍,说是自己的儿子。

大家激动过,小林问老师来北京的意思。老师把意思一说,小林又有些胆战心惊,原来老师得了肺气肿,到底发展没发展成肺癌,老家医院水平低,诊断不出来,这时老师想起他培养的学生,还就数小林混得高,混到了北京,于是带儿子来投奔他,想让他找个医院给确诊确诊。如果是癌症,最好能住院治疗;如果不是癌症是肺气肿,也望能做一下手术。小林一边说:

"咱慢慢商量,咱慢慢商量!"

一边转动脑筋。可北京哪里有他熟悉的医院?这时门开了,小林老婆下班回来。小林一看表,已是晚上七点半。小林见了老婆又是一番胆战心惊,一边看老婆的脸色,一边向老婆介绍,这是自己的老师和儿子,这是自己的爱人。老婆见又来了一屋人,屋里烟气冲天,痰迹遍地,当然不会有好脸色,只是点点头,就进了厨房。一会儿,厨房就传来吵声,老婆在责备保姆,都七点半了,怎么还没给孩子弄饭?小林知道那责备声是冲着自己,也怪自己大意,只顾跟老师聊天,忘了交代保姆先给孩子弄饭。何况来了两个客人,加上小林、小林老婆、保姆、孩子,一下成了六口人,这饭还没准备呢。于是就让老师先坐着,自己去厨房给老婆解释。解释之前,他先掏出今天单位发的五十块钱,作为晋见礼;然后又解释说,实在没办法,这是自己小学时的老师,不同别人,好歹给弄顿饭,招待过去就完。谁知老婆一把将五张人民币打飞了,说:

"去你妈的,谁没有老师!我孩子还没吃饭,哪里管得上老师了!"

小林拉她:

"你小声点,让人听见!"

小林老婆更大声说:

"听见怎么了,三天两头来人,我这里不是旅馆!再这样下去,我实在受不了了!"

就坐在厨房的水池上落泪。

小林怒火一股股往头上冲。但现在生气也不是办法,客人还在里间坐着,只好先退出来,又去陪老师。但看老师的样子,已经听见了他们的争吵。老师到底有文化,不比别的老家人,招待不好故意傲慢,马上大声说:

"小林你不必忙,俺已经在外面吃过饭了,俺住在劲松地下旅馆,也就是来看看你,给你带了点老家土产,喝了这杯水,俺就该走了,晚了怕坐不上车!"

接着拉开了帆布提包,让儿子把两桶香油送到了厨房。

小林感到心中更加不忍。他知道老师肯定没有吃饭,只是怕他为难,故意说这话给他老婆听。也许是两桶香油起了作用,也许是老婆觉悟过来,饭到底还是做了,做得还不错,四个菜,把孩子吃的虾仁都炒了一盘。好歹吃完饭,小林将老师和他儿子送出门。路上老师一个劲儿地说:

"我一来,给你添了麻烦。本来我不想来,可你师母老劝我来看看你,就来了!"

小林看着老师的满头白发,蹒跚的步子,脸上皱褶里都是土,自己也没有让他在家洗洗脸,心里不禁一阵辛酸,说:

"老师身体有病,该来北京看看。我先给你们找个便宜旅馆住下,明天我就去给老师找医院!"

老头子忙用手止住小林:

"你忙你的,我还有办法!"

接着摘下帽子,从里边拿出一张纸条:

"来时怕找不到你,我找了县教育局李科长。李科长有一个同学,在某大机关当司长,看,都给我写了信!我投奔他,他那么大的干部,肯定有办法!"

老师话说到这里,小林就不再坚持。因让他找医院,他也肯定找不出什么好医院,是瞎耽误老师的时间,还不如让人家去找司长。于是就只好将老师和他儿子送到公共汽车上,和他们再见。看着公共汽车开远,老师还在车上微笑着向他招手,车猛地一停一开,老头子身子前后乱晃,仍不忘向他挥手,小林的泪刷刷地涌了出来。自己小时上学,老师不就是这么笑?等公共汽车开得看不见了,小林一个人往回走,这时感到身上沉重极了,像有座山在身上背着,走不了几步,随时都有被压垮的危险。

第二天上班,小林在办公室看报纸,看到一篇悼念文章,悼念一位已经死去好多年的大人物,说大人物生前如何尊师重教,曾把他过去少年时代仅存的两个老师接到北京,住在最好的地方,逛了整个北京。小林本来对这位死去的大人物印象不错,现在也禁不住骂道:

"谁不想尊师重教?我也想让老师住最好的地方,逛整个北京,可得有这条件!"

就把这张报纸扔到了废纸篓里。

四

孩子病了。流鼻涕,咳嗽。老婆说:

"你老师有肺气肿,上次他来咱们家一次,是不是把孩子给传染上了?"

孩子有病,小林也很着急。孩子一病,和不病时大不一样,小林和小林老婆,起码得一个人请假在家照顾。这时单靠保姆是不行的。但老婆胡乱联系,又责备他的老师,使小林心里很愤怒。上次老师走后,小林两天没理老婆,怪她破坏他的情感,当着老师的面让他下不来台。人家吃了你一顿饭,却给你提来两桶香油,两桶香油有十斤。现在北京自由市场一斤香油卖八块,十斤就是八十多块,你一顿饭值八十吗?两天来吃着老师的香油,老婆也面有愧色,也觉自己做得太过分。但现在孩子病了,她有气无处撒,又想反攻倒算，拿小林的老师做码子，小林就有些不客气，说：

"孩子有病，还是先检查。如检查出不是肺气肿传染，你提前这么责备人家，不就不道德了吗？"

于是两人都请假，带孩子去医院检查。但检查是好检查的？说来说去还是一个字：钱。现在给孩子看一次病，出手就要二三十；不该化验的化验，不该开的药乱开。小林觉得，别人不诚实可以，连医生都这么不诚实了，这还叫人怎么活？一次孩子拉稀，看下来硬是要了七十五。小林老婆又好气又好笑，抖着双手向小林说：

"一泡屎值七十五？"

每次给孩子看完病，小林和小林老婆都觉得是来上当。但孩子一病，这个当你还非上不可。你别无选择。譬如现在，路上孩子又有些发烧，温度还挺高，这时两人都忘记了相互指责，忘记了是去上当，精力都集中到孩子身上，于是加快步伐挤车去医院。到医院一检查，原来也无非是感冒。但拿着药单子到药房窗口一划价：四十五块五毛八。小林老婆抖着单子说：

"看，又宰人了吧！你说，这药还拿不拿？"

小林没"说"，也没理她。刚才小林有些着急，小孩发烧那么高，不知出了什么问题，不知是不是老师给传染了，现在诊断出是感冒，小林就放了心。放心之后，小林又开始愤怒，刚才你断定是我的老师传染，现在经过医院诊断，不成感冒了？小林本想跟她先理论理论这事，再说宰人不宰人的事，但看到药房前边排队的人很多，来往的人也很多，这个场合理论不对，就没有理她，只是没好气地向老婆说：

"怕宰人就别来呀，人家谁请你非拿药不可了？"

老婆马上抱起孩子：

"照这么说，我就真不拿药了！"

抱起孩子就走。看着老婆赌气不拿药，小林倒着了急。他知道老婆的脾气，赌上气九牛拉不回来。赌气不拿药，回家孩子怎么办？忙又撵出去，拦住老婆：

"哎，哎，这事你还能真赌气呀，把药单子给我！"

谁知老婆这次不是赌气，她看着小林说：

"这药不拿了，不就是感冒吗？上次我感冒从单位拿的药还没吃完，让她吃点不就行了？大不了就是'先锋''冲剂'、退烧片之类，再花钱不也是这个！"

小林说：

"那是大人药。大人小孩不一样！"

小林老婆说：

"怎么不一样，少吃一点就是了。这事你别管，不花四十五块，我也能让孩子三天好了。药吃完我再到单位要！"

小林觉得老婆说的也有道理。他用手摸了摸孩子的头，不知是孩子刚刚睡醒的缘故，还是嗅到了医院的味道，烧突然又退了下去。眼睛也有神了，指着医院对面的"哈密瓜"要吃。看情况有些缓解，小林觉得老婆的办法也可试一试。于是就跟老婆一块儿出医院，给孩子买了一块"哈密瓜"。吃了一块"哈密瓜"，孩子更加活泼，连咳嗽一时也不咳了，跳到地上拉着小林的手玩。小林高兴，老婆也高兴。大家一高兴，心胸也就开阔了，小林也不再追究老婆说过老师传染不传染的话了，那都是着急时没有办法乱发的火，不足为凭。既然不追究了，孩子的病也确诊了，老婆想出办法，看病又省下四十五块

钱,这不等于白白收入?大家心情更开朗。小林对老婆也关心了。路过小吃街,小林对老婆说:

"你不是爱吃炒肝,吃一碗吧!"

小林老婆咂巴咂巴嘴说:

"一块五一碗,也就吃着玩,多不划算!"

小林马上掏出一块五,递给摊主:

"来一碗炒肝!"

炒肝端上来,小林老婆不好意思地看了小林一眼,就坐下吃起来。看她吃得爱惜样子,这炒肝她是真爱吃。她捡了两节肠给孩子吃,孩子嚼不动又吐出来,她忙又扔到自己嘴里吃了。她一定让小林尝尝汤儿,小林害怕肠,以为肠汤一定不好喝,但禁不住老婆一次一次劝,老婆的声音并且变得很温柔,眼神很多情,像回到了当初没结婚正谈恋爱的时候,小林只好尝了一口。汤里有香菜,热腾腾的,汤的味道果然不错。老婆问他味道怎么样,他说味道不错,老婆又多情地看了他一眼。想不到一碗炒肝,使两人重温了过去的温暖。这种情绪一直持续到晚上。因孩子病得不重,回家后老婆让她吃了药,她就自己玩去了。晚上也不咳了,睡得很死。等外间保姆传来鼾声,小林和小林老婆都很有激情。事情像新婚时一样好。事情过去以后,两人又相互抚摸着谈起了天,重新总结今天孩子病的原因。小林老婆主动承认错误,说今天一时性急,错怪了小林的老师。小林说既然不怪老师,就怪我们夜里没看好,让孩子蹬了被子。老婆说也不怪夜里没看好,就怪一个人。小林心里一"咯噔",问是谁,老婆用手指了指外间门厅。这是指保姆。接着老婆说了保姆一大堆不是,说保姆斤斤计较,干活不主动,交代的任务故意磨蹭,爱在保姆间乱串,爱泄露家中的机密;对孩子也不是真心实意,两人上班不在家,她让孩子一个人玩水,自己睡觉或看电视,孩子还有个不感冒的?等今年九月份,一定送孩子入托,把她辞出去。她一个人工资四十元,吃喝费用得六十元,还用小林老婆的卫生巾、化妆品,再加上水果杂用,一月一百多,占一个人的工资,家里哪会不穷?等孩子入托,辞了保姆,一个月省下这么多钱,家里生活肯定能改善,前途还是光明的。小林也受了鼓舞,加上他平时对保姆印象也不好,也跟着老婆说了一阵子话。说完感到气都出了,心里很畅快。两人又亲了一下,才分开身子睡觉。老婆一转身三分钟睡着了,小林没睡着,想了想刚才的一番议论,又感到有些羞愧。两人温存一天,最后把罪过归到保姆身上,未免有些小气。人家一个十几岁的小姑娘,出门几千里在外,整天看你脸色说话,就是容易的?小林感到自己也变得跟个娘们差不多了,不由感叹一声。但接着疲倦也上来了,两个眼皮一合,也就睡着了,不再想那么多。

但等第二天早晨,小林又感到昨天对保姆的指责没有错。清早老婆上班,小林照常出去排豆腐。排完豆腐,小林本来应该去上班,但今天下着蒙蒙小雨,来排豆腐的人少,豆腐买得顺利,看看表,还有富余时间,因惦着孩子感冒,就又回家看了一趟。回家后,发现保姆床也没叠,孩子的饭也没做,药也没喂,给了孩子一盆洗脸水让她玩,她呢,正在给自己鼓捣吃的。清早起来小林和小林老婆都吃的剩饭,把昨天的剩饭泡了一泡,就着咸菜吃下了肚。保姆不吃剩饭,你再熬点新粥也就罢了,谁知她正在用给女儿做饭的小锅下挂面,进屋一股香气,她加了香菜,加了豆腐干,还卧里一个鸡蛋。保姆见他突然回来,也有些吃惊,忙用筷子将鸡蛋往面条底下捺。但不管怎么捺,还是让小林发现了。小林怒火一股股往脑门冲,这不是故意败坏人吗?起床孩子不弄,自己倒先偷着做好的吃。大家都不容易,我们背后议论你、把一切罪过归到你身上固然不对,但你也忒不自觉,忒不值得尊重和体谅。但小林没有再指责保姆。按说现在抓住了罪证,当面指责一顿十分痛快,但保姆是这种样子,你指责她一顿,岂敢保证你走了以后,她会不把气撒到孩子身上?孩子还不懂事,能让她再替你承担罪过?于是只是把孩子正在玩的保姆的洗脸水,气鼓鼓地夺过来倾到了马桶里。孩子一玩水,又开始流鼻涕;水被夺走,便坐在地上拧着屁股哭。小林没理,摔上门就上班去了。边匆忙下楼边心里骂:

"妈的,九月份一定让你滚蛋!"

晚上下班回家,孩子的感冒似乎又加重了,鼻子齉齉的,一个劲咳嗽;摸摸头,烧也有点升上来。小林知道,这和保姆一天捣蛋肯定有关系。但他又不敢把清早保姆捣蛋的事告诉老婆,那样肯定会引起另一场轩然大波。不过不知老婆今天怎么了,一脸喜色,对孩子病情加重也不在意,喜滋滋地自己坐在床前想心思。老婆一有这种脸色,肯定有好事。来厨房看看,果然,老婆买回来一截香肠。买了香肠不说,还买回来一瓶"燕京"啤酒。这肯定是给小林买的。过去单身汉时,小林最爱喝啤酒。自结婚以后,这种爱好渐渐就根除了。一瓶一块多,喝它干吗。就是不说钱,平时谁有喝啤酒的心思!小林摸不透老婆今天的心思,忙进里间问:

"喂,你今天怎么了?"

老婆"哧哧"地笑。

小林感到有些奇怪:

"你笑什么?说出来我听听!"

老婆说:

"小林,我告诉你,我的工作问题解决了!"

小林吃了一惊:

"什么?解决了?你去前三门单位了?管人事的头头答应了?"

老婆摇摇头。

小林问:

"找到新的单位了?"

老婆摇摇头。

小林禁不住泄气:

"那解决什么?"

老婆说:

"这工作我不调了!"

小林说:

"怎么不调了,你对单位又有感情了。你不怕挤公共汽车了?"

小林老婆说:

"感情谈不上,但以后不挤公共汽车了。我们单位的头头说,从九月份开始,往咱们这条线发一趟班车!你想,有了班车,我就不用挤公共汽车,四十分钟也到了。自己单位的班车,上车还有座位,这不比挤地铁去前三门单位还好?小林,我想通了,只要九月份通班车,我工作就不调了。这单位固然不好,人事关系复杂,但前三门那个单位就不复杂了?看那管人事头头的嘴脸!我信了你的话,天下老鸦一般黑。只要有班车,我就不调了,睁只眼闭只眼混算了。这不是工作问题解决了!"

小林听了老婆一番话,也很高兴。家中的一件大事,过去天天苦恼,时常为此闹矛盾,现在终于有了着落。虽然工作问题的解决实际上是以不解决为解决,但不管怎样,解决了老婆就安心了,就没有烦恼了,就不会情绪激动了,家里就不会再为此闹矛盾了。说来问题解决也简单,靠小林和小林老婆自己去求人,去送东西到处碰壁,最终解决无非是单位发了一趟班车。但不管怎么解决,小林也马上和老婆一样高兴起来,说:

"好,好,这不以后不存在这问题了?你就不再跟我闹了?"

老婆说:

"是不存在呀!"

又娇嗔道:

"谁跟你闹了?你没有本事解决,还怪我跟你闹!最后不还是靠我自己解决!就等九月份了!"

小林说:

"是呀,是呀,是靠你自己解决,就等九月份!"

大家情绪很好。孩子的病也压过去了。吃饭时大家喝了啤酒。晚上孩子保姆入睡,两人又欢乐了一次。欢乐时两人又很有激情。欢乐以后,两人都很不好意思。昨天欢乐,今天又欢乐,很长时间没这么勤了。接着两人又抚摸着谈心,说九月份。九月份真是个好日子,老婆工作问题解决,孩子入托辞退保姆,家里可节省一大笔开支。两人又展望起未来,憧憬九月份的幸福日子,讨论节省下的开支如何使用。后来老婆又说,现在孩子还小,要不要让孩子在家呆一年,再用一年保姆,等明年再送孩子入托。小林想起早晨保姆的事,马上恶狠狠地说:

"不,就今年,不为孩子,也为保姆,马上让她滚蛋!"

老婆与保姆矛盾很深,听小林这么说,也很高兴,又亲了他一下,翻过身就睡着了。

五

九月份了。九月份有两件事,一,老婆通班车;二,孩子入托辞退保姆。老婆通班车这一条比较顺,到了九月一号,老婆单位果然在这条线通了班车。老婆马上显得轻松许多,早上不用再顶星星。过去都是早六点起床,晚一点儿就要迟到;现在七点起就可以了,可以多睡一个小时。七点起床梳洗完毕,吃点饭,七点二十轻轻松松出门,到门口上班车;上了班车还有座位,一直开到单位院内,一点不累。晚上回来也很早,过去要戴月亮,七点多才能到家,现在不用戴了;单位五点下班,她五点四十就到了家,还可以休息一会儿再做饭。老婆很高兴。不过她这高兴与刚听到通班车时的高兴不同,她现在的高兴有些打折扣。本来听说这条线通班车,老婆以为是单位头头对大家的关心,后来打听清楚,原来单位头头并不是考虑大家,而是单位头头的一个小姨子最近搬家搬到了这一块地方,单位头头的老婆跟单位头头闹,单位头头才让往这里加一线班车。老婆听到这个消息,马上就有些沮丧,感到这班车通得有些贬值,自己高兴得有些盲目。回来与小林唠叨,小林听到心里也挺别扭,感到似乎是受了污辱。但这污辱比起前三门单位管人事的头头拒不收礼的污辱算什么?于是向老婆解释,管他娘嫁给谁,管是因为什么通的班车,咱只要跟着能坐就行了。老婆说:

"原来以为坐班车是公平合理,单位头头的关心,谁知是沾了人家小姨子的光,以后每天坐车,不都得想起小姨子!"

小林说:

"那有什么办法。现在看,没有人家小姨子,你还坐不上班车!"

小林老婆说:

"我坐车心里总感到有些别扭,感到自己是二等公民!"

小林说:

"你还像大学刚毕业那么天真,什么二等三等,有个班车给你坐就不错了。我只问你,就算沾了人家小姨的光,总比挤公共汽车强吧!"

小林老婆说:

"那倒是!"

小林又说:

"再说,沾她光的又不是你自己,我只问你,是不是每天一班车人?"

老婆说:

"可不是一班车人,大家都不争气!"

小林说:

"人家不争气,这时你倒长了志气。你长志气,你以后再去坐公共汽车,没人拉你非坐班车!你调工作不也照样求人巴结人?给人送东西,还让晾到了楼道里!"

老婆这时"扑哧"笑了:

"我也就是说说,你倒说个没完了。不过你说得对,到了这时候,还说什么志气不志气,谁有志气?有志气顶他妈屁用,管他妈嫁给谁,咱只管每天有班车坐就是了!"

小林拍巴掌:

"这不结了!"

所以老婆每天显得很愉快。但小孩入托一事,碰到了困难。小林单位没有幼儿园,老婆单位有幼儿园,但离家太远,每天跟着老婆来回坐车也不合适,这就只能在家门口附近找幼儿园。门口倒是有几个幼儿园,有外单位办的,有区里办的,有街道办的,有居委会办的,有个体老太太办的。这里边最好的是外单位办的,里边有幼师毕业的阿姨,可以教孩子些东西;区以下就比较差些,只会让孩子排队拉圈在街头走;最差的是居委会或个体办的,无非是几个老太太合伙领着孩子玩,赚个零用钱花花。因孩子教育牵扯到下一代,老婆对这事看得比她调工作还重。就撺掇小林去争取外单位办的幼儿园,次之只能是区里办的,街道以下不予考虑。小林一开始有些轻敌,以为不就给孩子找个幼儿园吗?临时呆两年,很快就出去了,估计困难不会太大,但他接受以前一开始说话腔太满,后来被老婆找后账的教训,说:

"我找人家说说看吧,我也不是什么领导人,谁知人家会不会买我的账,你也不能限制得太死!"

对门印度女人家也有一个孩子,大小跟小林家孩子差不多,也该入托,小林老婆听说,他家的孩子找到了幼儿园,就是外单位办的那个。小林老婆说话有了根据,对小林说:

"怎么不限制死,就得限制死,就是外单位那个,她家的孩子上那个,咱孩子就得上那个,区里办的你也不用考虑了!"

任务就这样给小林布置下了。等小林去落实时,小林才感到给孩子找个幼儿园,原来比给老婆调工作困难还大。小林首先摸了一下情况,外单位这个幼儿园办得果真不错,年年在市里得先进。一些区一级的领导,自己区里办的有幼儿园,却把孙子送到这个幼儿园。但人家名额限制得也很死,没有过硬的关系,想进去比登天还难。进幼儿园的表格,都在园长手里,连副园长都没权力收孩子。而要这个园长发表格,必须有这个单位局长以上的批条。小林绞尽脑汁想入,把京城里的同学想遍,没想出与这个单位有关系的人。也是病急乱投医,小林想不出同学,却突然想起门口一个修自行车的老头。小林常在老头那里修车,"大爷""大爷"地叫,两人混得很熟。平时带钱没带钱,都可以修了车子推上先走。一次在闲谈中,听老头说他女儿在附近的幼儿园阿姨,不知是不是外单位这个?想到这个碴儿,小林兴奋起来,立即骑上车去找修车老头。如果他女儿是在外单位这个,虽然只是一个阿姨,说话不一定顶用,但起码打开一个突破口,可以让她牵内线提供关系。找到修车老头,老头很热情,也很豪爽,听完小林的诉说,马上代他女儿答应下来,说只要小林的孩子想入他女儿的托,他只要说一句话,没有个进不去的。只是他女儿的幼儿园,不是外单位那个,而是本地居委会办的。小林听后十分丧气。回来将情况向老婆作了汇报,老婆先是责备他无能,想不出关系,后又说:

"咱们给园长备份厚礼送去,花个七十八十的,看能不能打动她!对门那个印度孩子怎么能进去?也没见她丈夫有什么特别的本事,肯定也是送了礼!"

小林摆摆手说:

"连认识都不认识,两眼一抹黑,这礼怎么送得出去?上次给前三门单位管人事的头头送礼,没放着样子?"

老婆火了:

"关系你没关系,礼又送不出去,你说怎么办?"

小林说:

"干脆入修车老头女儿那个幼儿园算了!一个三岁的孩子,什么教育不教育,韶山冲一个穷沟沟,不也出了毛主席!还是看孩子自己!"

老婆马上愤怒,说小林不能这样对孩子不负责任;跟修车的女儿在一起,长大不修车才怪;到目前为止,你连外单位幼儿园的园长见都没见一面,怎么就料定人家不收你的孩子?有了老婆这番话,小林就决定斗胆直接去见一下幼儿园园长。不通过任何人介绍,去时也不带礼,直接把困难向人家说一下,看能否引起人家的同情。路上小林安慰自己,中国的事情很复杂,别看素不相识,别看不送礼,说不定事情倒能办成;有时认识、有关系,倒容易关系复杂,相互嫉妒,事情倒不大好办。不认识怎么了?不认识说不定倒能引起同情。世上就没好人了?说不定这里就能碰上一个。但等小林在幼儿园见到园长,才知道自己的想法幼稚天真。幼儿园园长是个五十多岁的老太太,人倒挺和蔼,看了小林的工作证,听了小林的诉说,答复很干脆,说她这个幼儿园不招收外单位的孩子;本单位孩子都收不了,招外单位的大家会没有意见?不过情况也有例外,现在幼儿园想搞一项基建,一直没有指标,看小林在国家机关工作,如能帮他们搞到一个基建指标,就可以收下小林的孩子。小林一听就泄了气,自己连自己都保不住,哪能帮人家搞什么基建指标?如有本事搞到基建指标,孩子哪个幼儿园不能进,何必非进你这个幼儿园?他垂头丧气回到家,准备向老婆汇报,谁知家里又起了轩然大波,正在闹另一场矛盾。原来保姆已经闻知他们在给孩子找幼儿园;给孩子找到幼儿园,不马上要辞退她?她不能束手待毙,也怪小林和小林老婆不事先跟她打招呼,于是就先发制人,主动提出要马上辞退工作。小林老婆觉得保姆很没道理,我自己的孩子,找不找幼儿园还用跟你商量? 现在幼儿园还没找到,你就辞工作,不是故意给人出难题? 两人就吵起来。到了这时候,小林老婆不想再给保姆说好话,说,要辞马上辞,立即就走。保姆也不服软,马上就去收拾东西。小林回到家,保姆已将东西收拾好,正要出门。小林幼儿园联系得不顺利,觉得保姆现在走措手不及,忙上前去劝,但被老婆拦住:

"不用劝她,让她走,看她走了,天能塌下来不成!"

小林也无奈。可到保姆真要走,孩子不干了。孩子跟她混熟了,见她要走,便哭着在地上打滚;保姆对孩子也有了感情,忙上前又去抱起孩子。最后,保姆终于放下嗷嗷哭的孩子,跑着下楼走了。保姆一走,小林老婆又哭了,觉得保姆在这儿干了两年多,把孩子看大,现在就这么走了也很不好,赶忙让小林到阳台上去,给保姆再扔下一个月的工资。

保姆走后,家里乱了套。幼儿园没找着,两人就得轮流请假在家看孩子。这时老婆又开始恶狠狠地责骂保姆,怪她给出了这么个难题,又责怪小林无能,连个幼儿园都找不到。小林说:

"人家要基建指标,别说我,换我们的处长也不一定能搞到!"

又说:

"依我说,咱也别故意把事情搞复杂,承认咱没本事,进不了那个幼儿园,干脆,进修车老头女儿的幼儿园算了! 这个幼儿园不也孩子满满当当的!"

事到如今,小林老婆的思想也有些活动。整天这么请假也不是个事。第二天又与小林到修车老头女儿的幼儿园看了看,印象还不错。当然比外单位那个幼儿园差远了,但里面还干净,几个房间里圈着几十个孩子,一个屋子角上还放着一架钢琴。幼儿园离马路也远。小林见老婆不说话,知道她基本答应了,心里一块石头才算落了地。

回来,开始给孩子做入托的准备。收拾衣服、枕头、吃饭的碗和勺子、喝水的杯子、揩鼻涕的手绢。像送儿出征一样。小林老婆又落了泪。

"爹娘没本事,送你到居委会幼儿园,你以后就好自为之吧!"

但等孩子体检完身体,第二天要去居委会幼儿园时,事情又发生了转机,外单位那个幼儿园,又接受小林的孩子。当然,这并不是小林的功劳,而是对门那个印度女人的丈夫意外给帮了忙。这天晚上有人敲门,小林打开门,是印度女人的丈夫。印度女人的丈夫具体是干什么的,小林和小林老婆都不清楚,反正整天穿得笔挺,打着领带,骑摩托上班。由于人家家里富,家里摆设好,自家比较穷,家里摆设差,小林和小林老婆都有些自卑,与他们家来往不多。只是小林老婆与印度女人有些接触,还面和心不和。现在印度女人的丈夫突然出现,小林和小林老婆都提高了警惕:他来干什么? 谁知人家很大方,坐在床沿上说:

"听说你们家孩子入托遇到了困难?"

小林马上感到有些脸红。人家问题解决了,自己没有解决,这不显得自己无能? 就有些支吾。印度女人丈夫说:

"我来跟你们商量个事,如果你们想上外单位那个幼儿园,我这里还有一个名额。原来搞了两个名额,我孩子一个,我姐姐孩子一个,后来我姐姐孩子不去了,如果你们不嫌这个托儿所差,这个名额可以让给你们,大家对门住着!"

小林和小林老婆都感到一阵惊喜。看印度女人丈夫的神情,也没有恶意。小林老婆马上高兴地答：

"那太好了，那太谢谢你了！那幼儿园我们努力半天，都没有进去，正准备去居委会的呢！"

这时小林脸上却有些挂不住。自己无能，回过头还得靠人家帮助解决，不太让人看不起了？所以倒没像老婆那样喜形于色。印度女人的丈夫又体谅地说：

"本来我也没什么办法，只是我单位一个同事的爸爸，正好是那个单位的局长，通过求他，才搞到了名额。现在这年头儿，还不是这么回事！"

这倒叫小林心里有些安慰。别看印度女人爱搅是非，印度女人的丈夫却是个男子汉。小林忙拿出烟，让他一支。烟不是什么好烟，也就是"长乐"，放了好多天，有些干燥了，但人家也没嫌弃，很大方地点着，与小林一人一支，抽了起来。

孩子顺利地入了托。小林和小林老婆都松了一口气。从此小林家和印度女人家的家庭关系也融洽许多。两家孩子一同上幼儿园。但等上了几天，小林老婆的脸又沉了下来。小林问她怎么回事，她说：

"咱们上当了！咱们不该让孩子上外单位幼儿园！"

小林问：

"怎么上当？怎么不该去？"

小林老婆说：

"表面看，印度女人家帮了咱的忙，通过观察，我发现这里头不对，他们并不是要帮咱们，他们是为了他们自己。原来他们孩子哭闹，去幼儿园不顺利，这才拉上咱们孩子给他陪读。两个孩子以前在一块儿玩，现在一块儿上幼儿园，当然好上了。我也打听了，那个印度丈夫根本没有姐姐！咱们自己没本事，孩子也跟着受欺负！我坐班车是沾了人家小姨子的光，没想到孩子进幼儿园，也是为了给人家陪读！"

接着开始小声哭起来。听了老婆的话，小林也感到后背冷飕飕的。妈的，原来印度女人家没安好心。可这事又摆不上桌面，不好找人理论。但小林心里像吃了马粪一样感到龌龊。事情龌龊在于：老婆哭后，小林安慰一番，第二天孩子照样得去给人家当"陪读"。在好的幼儿园当陪读，也比在差的幼儿园胡混强啊！就像蹭人家小姨子的班车，也比挤公共汽车强一样。当天夜里，老婆孩子入睡，小林第一次流下了泪，还在漆黑的夜里扇了自己一耳光：

"你怎么这么没本事，你怎么这么不会混！"

但他扇的声音不大，怕把老婆弄醒。

六

今年大白菜丰收。

小林站在市民排起的长队里，嘴里哈着寒气，开始购买冬贮大白菜。大家一人手里捏着一个纸片。天冷了，有人头上已经扣上了棉帽子。大家排队时间一长，相互混熟了，前边一个中年人让给小林一支烟，两人燃着，说些闲话。一到购买冬贮大白菜，小林的心情是既焦急又矛盾。看着别人用自行车、三轮车、大筐往家里弄大白菜，留下一路菜帮子，他很焦急；生怕大白菜一下卖完，他落了空，冬天里没有菜吃。等到挤到人群里去买，他心里又觉得是上当。年年买大白菜，年年上当。买上几十棵便宜菜，不够伺候它的,天天得摆、晾、翻,天天夜里得收到一起码着。这样晾好,白菜已经脱了好几层皮。一开始是舍不得吃,宁肯再到外面买;等到舍得吃,白菜已经开始发干,萎缩,一个个变成了小棍棍,一层层揭下去,就剩一个小白菜心,弄不好还冻了,煮出一股酸味。每到第二年春天,面对着剩下的几根小棍棍,小林和小林老婆都发誓,等秋天再不买大白菜。可一到秋天,看着一堆堆白菜那么便宜,政府在里边有补贴,别人家一车一车推,自己不买又感到吃亏。这样矛盾焦急心理,小林感到是一种折磨,其心理损耗远远超过了白菜的价值。所以今年一到秋天小林便下定决心:坚决不买大白菜。与老婆商量,老婆也同意,说把冬贮菜的亏烂刨下去,也不见得便宜到哪里去。于是他们今年真没有买大白菜。但这样仅坚持了三天,小林又扣上棉帽子排到了买冬贮菜的行列。这并不是今年小林的意志不坚强,而是今年北京大白菜过剩,单位号召大家买"爱国菜",谁买了"爱国菜"可以到单位报销。这样,不买白不买,小林和小林老婆马上又改变了最初的决定,决定马上去买"爱国菜",而且单位能报销多少,就买多少。小林单位可以报销三百斤,小林老婆单位可以报销二百斤,于是两人决定买五百斤。这比往年自己决定买大白菜的量还多。小林专门借了办公室副处长老何家的三轮车。小林说:

"原来说不买大白菜了,谁知单位又要报销,逼着你非再麻烦一次!"

由于这麻烦是报销引起的而不是自己决定的,所以小林一边排队买菜,一边又感到委屈,叹了一口气,用脚踢了踢"爱国菜",漫不经心地看前边称菜。但小林很快又克服了漫不经心,因大家买菜都不花钱,竞争还挺激烈,生怕排到自己"爱国菜"脱销,眼珠子瞪得都挺大。小林也不由紧张起来,将棉帽子的帽翅卷了起来,露出耳朵。

五百斤大白菜买回家,家里便充满了大白菜的气味。小林心情不好。但由于这大白菜不花钱,老婆的积极性倒挺高,在那里晾晒。不过结果小林仍然知道,无非变成七八十个小棍棍。看着它堆积那么高,一个冬天要吃掉它,也叫人倒胃口。不过老婆心情开朗,小林也跟着心情好起来,家里气氛倒是比以前轻松。大白菜拉回家的第二天,小林老家又来了人,一队来了六个,小林心里一阵紧张,小林老婆的脸也变了颜色。不过这六个客人并没有吃饭,坐了一会儿就走了,说是去东北出差。小林才放下心来。小林老婆脸上的颜色也转了过来,送客人时显得很热情,弄得大家都很满意。

这天,小林下班早,到菜市场去转。先买了一堆柿子椒,又用粮票换了二斤鸡蛋(保姆走后,粮食宽裕许多,可以腾出些粮票换鸡蛋),正准备回家,突然看到市场上新添了一个卖安徽板鸭的个体食品车,许多人站队在那里买。小林过去看了看,鸭子太贵,四块多一斤;但鸭杂便宜,才三块钱一斤。小林女儿爱吃动物杂碎,小林就也排到队伍中,准备买半斤鸭杂。摊主有两个人,一个操安徽口音的在剁鸭子,另一个老板模样的人在收钱。可等排到小林,小林要把钱交给老板时,老板看他一眼,两人眼睛一对,禁不住都叫道:

"小林!"

"小李白!"

两人都丢下鸭杂和钱,笑着搂抱到一起。这个"小李白"是小林的大学同学,当年在学校时,两人关系很好,都喜欢写诗,一块儿加入了学校的文学社。那时大家都讲奋斗,一股子开天辟地的劲头。"小李白"很有才,又勤奋,平均一天写三首诗,诗在一些报刊还发表过,豪放洒脱,上下几千年,秦皇汉武,唐宗宋祖,都不在话下,人称"小李白"。惹得许多女同学追他。毕业以后,大家烟消云散。"小李白"也分到一个国家机关。后来听说他坐不了办公室,自己辞职跑到一个公司去了,现在怎么又卖起了板鸭? "小李白"见到小林,生意也不做了,一切交给剁鸭子的安徽人,拉小林到旁边树荫下聊天。两人抽着烟,小林问:

"你不是在公司吗?怎么又卖起了板鸭?"

"小李白"一笑:

"妈拉个X,公司倒闭了,就当上了个体户,卖起了板鸭!不过卖板鸭也不错,跟自己开公司差不多,一天也弄个百儿八十的!"

小林吓了一跳,又问:

"你还写诗吗?"

"小李白"朝地上啐了一口浓痰:

"狗屁!那是年轻时不懂事!诗是什么,诗是搔首弄姿混扯蛋!如果现在还写诗,不得饿死!混唯,你结婚了吗?"

小林说:

"孩子都三岁了!"

"小李白"拍了一巴掌:

"看,还说写诗,写姥姥!我可算看透了,不要异想天开,不要总想着出人头地,就在人堆里混,什么都不想,最舒服,你说呢?"

小林深有同感,于是点点头。又问:

"你有孩子吗?"

"小李白"伸出了三个手指头。小林吃了一惊:

"你敢不计划生育?"

"小李白"一笑:

"结了三个,离了三个,现在又结了一个。结一个下一个果,离婚人家不要孩子,我可不就落了三个!不卖鸭子成吗?家里五六张嘴等着吃食哩!"

小林也一笑,觉得"小李白"到底是"小李白",诗虽然不写了,但那股洒脱劲儿还没褪下。两人又谈了半天,天快黑了,"小李白"突然想起什么,照小林肩上拍了一掌:

"有了!"

小林吓了一跳:

"什么有了?"

"小李白"说:

"我得出去十来天,去外地弄鸭子,这里没人收账,我正愁找不到人,你以后每天下班,来替我收收账算了!"

小林忙摆手:

"别,别,我还得上班。再说,我也不会卖鸭子!"

"小李白"说:

"我知道你是爱那个面子!你还是天真幼稚,现在普天下谁还要面子?要面子一股子穷酸,不要面子享荣华富贵。就你小林清高?看你的穿戴神情,也是改不掉的穷酸受罪模样。你下班来替我收账,帮我十天,我每天给你二十块钱!"

然后,不由分说,将一个大鸭子塞到小林手里,把小林推走了。

小林边摇头边笑提着鸭子回到家,老婆正不高兴他这么晚才回来,孩子也没准时

接;又看他手里提鸭子,以为是花钱买的,叫道:

"你成贵族了,吃这么大的鸭子!"

小林将鸭子扔到饭桌上,瞪了老婆一眼:

"人家送的!"

小林老婆吃了一惊:

"你当官了?也有人给你送东西!"

小林便将菜市场的巧遇原原本本给老婆说了。最后把"小李白"让他看鸭子收账的事也说了。没想到老婆一听这事倒高兴,同意他去卖鸭子,说:

"一天两个小时,也不耽误上班,两个小时给你二十块钱,比给资本家端盘子挣得还多,怎么不可以!从明天起孩子我接,你去卖鸭子吧,这事你能干得下来!"

小林倒在床上,手扣住后脑勺说:

"干是干得下来,只是面子上挂不住,卖鸭子!"

小林老婆说:

"管他呢!讲面子不是穷了这么多年?你又不找老婆,我不怕你丢面子,你还怕什么!"

于是,从第二天起,小林每天下午下班,就坐在板鸭车后边卖鸭子收款。一开始还真有些不好意思,穿上白围裙,就不敢抬眼睛,不敢看买鸭子的是谁,生怕碰到熟人。回家一身鸭子味,赶紧洗澡。可干了两天,每天能捏两张人民币,眼睛、脸就敢抬了,碰到熟人也不怕了。回来澡也不洗了。习惯了就自然了。小林感到就好像当娼妓,头一次接客总是害怕,害臊,时间一长,态度就大方了,接谁都一样。这时小林觉得长期这样卖鸭子也不错,每月可多六百元的收入,一年下来不就富了?可惜"小李白"只出去十天,十天回来,小林就干不成了。如果自己早一点见到"小李白"就好了。

鸭子卖到第九天,这天小林正坐在车后卖鸭子,又碰到一个熟人。本来现在小林已经不怕熟人了,但这个熟人不同别的熟人,小林还是有些害怕,他是小林办公室的处长老关。老关家住别处,本来不逛这个菜市场,怎么他今天逛到这里来了?当老关看到板鸭车后坐的是自己的部下,吃惊得眼睛瞪得溜圆。小林也感到不好意思。小林第二天上班,就准备老关找他谈话。果然,老关找他单独"通气"。不过这时小林一点不怕老关,大家都在社会上混,又不是在单位卖鸭子,下班挣个零花钱有什么不可以?有钱到底过得愉快,九天挣了一百八,给老婆添了一件风衣,给女儿买了一个五斤重的大哈密瓜,大家都喜笑颜开。这与面子、与挨领导两句批评相比,面子和批评实在不算什么。当然小林在单位混了这么多年,已不像刚来单位时那么天真,尽说大实话;在单位就要真真假假,真亦假来假亦真,说假话都升官发财,说真话倒霉受罚。于是在老关要求他解释昨天的事时,小林故作天真地一笑,说卖板鸭的是他的同学,他觉得好玩,就穿上同学的围裙坐那里试一试,喊了两嗓子,纯粹是闹着玩,正好被领导碰上,他并没有真的卖鸭子,给单位丢名誉。老关听到情况是这样,就松了一口气,说:

"我说呢,堂堂一个国家干部,你也不至于卖鸭子!既然是闹着玩,这事就算了,以后别这么闹就是了!"

小林忙答应一声,两人便分了手。等老关走远,小林朝地上啐了一口唾沫,怎么不至于卖鸭子,老子就是卖了九天鸭子!可惜今天是最后一天。如果能长期这样,我这个鸭子还真要长期卖下去。

可惜,这天下午,"小李白"准时从外地回来了,小林就告别了板鸭车。临别时"小李白"把最后二十块钱交给小林,交代他以后想吃鸭子就来拿;以后他到外地去弄鸭子,还请他来看摊。小林这时一点也没不好意思,声音很大地答应:

"以后需要我帮忙,你尽管言声!"

七

孩子上幼儿园已经三个月了。小林或小林老婆每天接送。平心而论,孩子上幼儿园以后,家务比以前多了,家里没有保姆,刷碗、擦地、洗衣洗单子,都要自己动手;孩子每天清早送、晚上接,都要准时;不像过去家里有保姆担着,回去的早晚没关系。家务虽然重了,但因为家里没有保姆,孩子一天不在家,让人心理上轻松许多;孩子接回来,关起门也是自己一家人,没有外人。保姆一走,每月省下一百多元钱,扣除孩子的入托费,还剩五六十,经济上也显得宽裕了,老婆也舍得吃了,时不时买根香肠,有时还买只烧鸡。两人在一起讨论起来,都说没有保姆好处多,接着说了用保姆的一连串毛病。但现在人家已经走了,两人还边啃烧鸡边声讨人家,未免显得有些小气。不说她也罢。以后两人说保姆少了。

孩子入托好是好,但小林和小林老婆一直有一个心理问题,还没有解决。因为孩子入托是沾了印度女人家的光,是为了给人家孩子当陪读。清早一送孩子,晚上一接孩子,就想起这档子事,让人心理上不愉快。接送过程中,常碰到印度女人或她的丈夫,招呼还是要打,但打过招呼就有一种羞愧和不自然。不过孩子不懂事,有时从幼儿园出来,还和印度女人的孩子拉着手,玩得很愉快。但什么事情都有一个过程,时间一长,小林和小林老婆就把这事看得轻了。有时又一想,什么陪读不陪读,只要能进幼儿园,只要孩子愉快就行了。就好像帮人家卖鸭子,面子是不好看,领导也批评,但二百块钱总是到手了。只是有时见了他们家的人依然愤怒,愤怒起来心里要骂一句:

"帮我联系幼儿园,我也不承你的情!"

孩子在幼儿园也有一个习惯过程。开始几天,孩子哭着不去。送时哭,接时也哭。这是年幼不懂事,大人只要坚持下来,孩子也没办法。坚持一段孩子就习惯了。等孩子熟悉了新的环境,老师、别的孩子,她都认识了,于是也就不哭了。小林有时觉得那么小的孩子,在无奈中也会渐渐适应环境,想起来有些心酸。可老放在身边怎么成,她就不长大了吗?长大混世界,不更得适应?于是也就不把这辛酸放到心上。这时有了世界杯足球赛,小林前几年爱看足球,看得脸红心跳,觉得过瘾,世界级的明星,都能说出口。那时觉得人生的一大目的就是看足球,世界杯四年一次,人生才有几个四年?但后来参加工作、结婚以后,足球就渐渐不看了。看它有什么用?人家球踢得再好,也不解决小林身边任何问题。小林的问题是房子、孩子、蜂窝煤和保姆、老家来人。所以对热闹的世界充耳不闻。现在孩子入了幼儿园,小林心理轻松一些,看到今天晚上要决赛,也禁不住心里痒痒起来;由于转播是半夜,他想跟老婆通融通融,半夜起来看一次转播。于是下班接孩子回来,猛干家务。老婆看他有些反常,问他有什么事,他就觍着脸把这事说了,并说今天晚上上场的有马拉多纳。谁知老婆仍是那么不通情达理,她的思路仍没有转过弯来,竟将围裙摔到桌子上:

"家里蜂窝煤都没有了,你还要半夜起来看足球,还是累得轻!你要能让马拉多纳给咱家拉蜂窝煤,我就让你半夜起来看他!"

小林一阵扫兴,连忙摆手:

"算了,算了,你别说了,我不看了,明天我去拉蜂窝煤不就行了!"

于是也不再干家务,坐在床前犯傻,像老婆有时在单位不顺心回到家坐床边犯傻的样子。这天夜里,小林一夜没睡着。老婆半夜醒来,见小林仍睁着眼在那里犯傻,倒有些害怕,说:

"你要真想看,你看去吧!明天不误拉蜂窝煤就行了!"

这时小林一点兴致都没有了,一点不承老婆的情,厌恶地说:

"我说看了?不看足球,还不让我想想事情了!"

第二天早起,小林就请了一上午假,去拉蜂窝煤,拉完蜂窝煤下午到单位。新来的大学生便来征求他对昨晚足球的意见。小林恶狠狠地说:

"个鸡巴足球,有什么看的!我从来不看足球!"

接着就自己去翻报纸,倒把大学生吓了一跳。晚上下班回家,老婆见他仍在闹情绪,蜂窝煤也拉来了,倒觉得有点对不住他,自己忙里忙外弄孩子,还看着他的脸色说话。这倒叫小林有点过意不去,心里的恶气才稍稍出了一些。

这天晚上,小林和小林老婆正准备吃饭,查水表的瘸腿老头来了。本来今天不该查水表,但查水表的老头来了,就不敢不让他查。小林和小林老婆停止弄饭,让他查。这次老头除了拿着关水的扳手,身上还背着一个大背包,背包似乎还很重,累得老头满脸的汗。小林看着大背包,心里吓了一跳,不知老头又要搞什么名堂。果然,老头查完水表,又理所当然地坐到了小林家的床上。小林站在他跟前,不知他想说年轻时喂马,还是继续说上次偷水的事。但老头这两件事都没有说,而是突然笑嘻嘻的,对小林说:

"小林,我得求你一件事!"

小林吃了一惊,说:

"大爷,您说哪儿去了,都是我有事求您,您哪里会有事求我?"

老头说:

"这次真有事求你。你不是在某部某局某处工作吗?"

小林点点头。

老头说:

"某省某地区某县的一件批文,是不是压在你们处里?"

小林想了想,想起似乎是有这么一个文,压在处里,似乎是压在女小彭手上;女小彭这些天忙着去日坛公园学气功,就把这事给压下了。于是说:

"好像是有这件事!"

老头拍着巴掌说:

"这就对了!某省某县是我的老家呀!老家为这件事着急得不得了,县长书记都来了,找到我,让我想办法!"

小林吃一惊,县长书记进京,竟要求到一个查水表的老头身上?但又想起他年轻时曾给大领导喂过马,于是就想通了。

老头继续说:

"我能想什么办法?我让他们打听一下批文压在哪个部哪个局哪个处,他们打听出来,我一听真是凑巧,这个处正好是你在的处,我忽然想咱们俩认识,于是今天就求到你头上了!这事情好办吗?"

小林在机关呆了五六年,机关那一套还不熟悉?这事情说好办就好办,明天他给女小彭说一句话,女小彭抹口红的工夫,这批件就从她手里出去;说不好办也不好办,如果陌生人公事公办去找女小彭,如果女小彭正在做气功你打扰了她,或者因为别的事她正心情不好,这批件就难办了。她会给你找出批件的好多毛病,找出国家的种种规定,不能审批的原因,最后还弄得你口服心服,以为是批件本身有毛病而不是别的什么其他原因。瘸老头说的这批件,就看小林帮忙不帮忙,如果帮忙,明天就可以批,如果不帮忙,这批件就仍然得压一些日子。但瘸老头不是一般的老头,管着给他们查水表,这个忙看样子得帮。但小林已不是过去的小林,小林成熟了。如果放在过去,只要能帮忙,他会立即满口答应,但那是幼稚;能帮忙先说不能帮忙,好办先说不好办,这才是成熟。不帮忙不好办最后帮忙办成了,人家才感激你。一开始就满口答应,如果中间出了岔子没办成,本来答应人家,最后没办成,反倒落人家埋怨。所以小林将手搭在后脑勺上,将身子仰到被子垛上说:

"这事情不好办哪!批文是有这么一个批文,但我听说里边有好多毛病呢,不是说批就能批的!"

瘸老头虽然以前给大领导喂过马,但毕竟是多年以前的事了,现在已沦落成一个查水表的,不懂其中奥妙,已经多年矣,所以赶忙迎着小林笑:

"是呀是呀,我也给老家的县长书记说,北京中央不比地方,多项规定严着哩。不过小林你还是得帮帮忙!"

小林老婆这时也听出了什么意思,凑过来说:

"大爷,他就会偷水,哪里会帮您这大忙!"

瘸老头一脸尴尬,说:

"那是误会,那是误会,怪我乱听反映,一吨水才几分钱,谁会偷水!"

接着又忙把他的背包拉开,掏出一个大纸匣子,说:

"这是老家人的一点心意,你们收下吧!"

然后不再多留,对小林眨眨眼,瘸着腿走了。老头一走,小林老婆说:

"看来以后生活会有转变!"

小林问:

"怎么有转变?"

小林老婆指着纸盒子说:

"看,都有人开始送礼了!"

接着将纸盒子打开,掏出礼物一看,两人大吃一惊,原来是一个小型的微波炉,在市场上要七八百元一台。小林说:

"这多不合适,如果是一个布娃娃,可以收下,七八百元的东西,如何敢收!明天给他送回去!"

老婆也觉得是。晚上吃饭,两人都心事重重的。到了晚上,老婆突然问他:

"我只问你,那个批文好办吗?"

小林说:

"批文倒好办,我明天给女小彭说一下,马上就可以批!"

小林老婆拍了一下巴掌:

"那这微波炉我收下了!"

小林担心地说：

"这不合适吧？帮批个文，收个微波炉，这不太假公济私了？再说，也给瘸腿老头留下话柄了呀！"

小林老婆说：

"给他把事情办了，还有什么话柄？什么假公济私，人家几千几万地倒腾，不照样做着大官！一个微波炉算什么！"

小林想想也是，就不再说什么。小林老婆马上将微波炉电源插上，拣了几块白薯放到里边试烤。几分钟之后，满屋的白薯香。打开炉子，白薯焦黄滚烫，小林老婆、小林、孩子三人，一人捧一块"吸溜吸溜"吃。小林老婆高兴地说，微波炉用处多，除了烤白薯，还可以烤蛋糕，烤馍片，烤鸡烤鸭。小林吃着白薯也很高兴，这时也得到一个启示，看来改变生活也不是没有可能，只要加入其中就行了。这天晚上，他与老婆又亲热了一回。由于有微波炉的刺激，老婆又很有激情。昨天发生的足球事件，这时也显得无足轻重了。

第二天上班，小林找到女小彭。果然，谈笑之间，两人就把那个批件给处理了。

微波炉用了两个星期，孩子突然出了毛病。本来去幼儿园她已经习惯了，接送都不哭了，有时还一蹦一跳地进幼儿园。但这两天突然反常，每天早上都哭，哭着不去幼儿园，或说肚子疼，或说要拉屎；真给她便盆，什么也拉不出来。呵斥她一顿，强着送去，路上倒不哭了，但怔怔的，犯愣，像傻了一样。小林和小林老婆都有些害怕，断定她在幼儿园出了毛病，要么是小朋友欺负了她，使她见了这个小朋友就害怕；要么问题出在阿姨身上，阿姨不喜欢她，罚她站了墙根或是让她当众出丑，伤了她的自尊心，使她害怕再见阿姨。小林和小林老婆便问孩子因为什么，孩子倒哭着说：

"我没有什么呀，我没有什么呀！"

于是小林老婆只好接孩子时在其他家长中进行调查。调查的结果，原来毛病出在小林和小林老婆身上。他们大意了，大意之中过了元旦；元旦之前，别的家长都向阿姨们送东西，或多或少，意思意思，惟独小林家没有意思，于是迹象就出现在孩子身上。老婆埋怨小林：

"你也真是，孩子进了幼儿园，你连个元旦都记不住！幼儿园阿姨背地里不知嘲笑咱多少回了，肯定说咱抠门、寒酸！"

小林也说：

"大意了大意了，过去送礼被人家推出去，就害怕送礼，谁知该送礼的时候，又把这事给忘了！"

于是就跟老婆商量补救措施，看补送一些什么合适。真要说送什么，两人又犯了愁。送个贺年卡、挂历，显得太小气，何况新年已过去了；送毯子、衣服又太大，害怕人家不收。小林说：

"要不问问孩子？"

小林老婆说：

"问她干什么，她懂个屁！"

小林还是将孩子叫过来，问孩子知不知道其他孩子给老师送了什么，没想到孩子竟然知道，答：

"炭火！"

小林倒吃一惊：

"炭火?为什么送炭火?给老师送炭火干什么?"

于是让老婆第二天再调查。果然,孩子说对了,有许多家长在元旦给老师送了"炭火"。因为现在冬天了,冬天北京时兴吃涮羊肉,大家便给老师送"炭火"。小林说:"这还不好办?别人送炭火,咱也送炭火!"

但等真要去买炭火,炭火在北京已经脱销了。小林感到发愁,与老婆商量送点别的算了,何况别人家已经送了炭火,咱再送也是多余,不如送点别的。但孩子记住了"炭火",每天清早爬起来第一句话便是:

"爸爸,你给老师买炭火了吗?"

看着一个三岁孩子这么顽固地要送"炭火",小林又好气又好笑,拍了一下床说:"不就是一个炭火吗,我全城跑遍,也一定要买到它!"

果然,最后在郊区一个旮旯小店里买到了炭火。不过是高价的。高价能买到也不错。小林让老婆把炭火送到幼儿园。第二天,女儿就恢复了常态,高兴去幼儿园。女儿一高兴,全家情绪又都好起来。这天晚上吃饭,老婆用微波炉烤了半只鸡,又让小林喝了一瓶啤酒。啤酒喝下去,小林头有些发晕,满身变大。这时小林对老婆说,其实世界上事情也很简单,只要弄明白一个道理,按道理办事,生活就像流水,一天天过下去,也满舒服。舒服世界,寰球同此凉热。老婆见他喝多了,瞪了他一眼,一把将啤酒瓶给夺了过来。啤酒虽然夺了过去,但小林脑袋已经发蒙,这天夜里睡得很死。半夜做了一个梦,梦见自己睡觉,上边盖着一堆鸡毛,下边铺着许多人掉下的皮屑,柔软舒服,度年如日。又梦见黑鸦鸦无边无际的人群向前涌动,又变成一队队祈雨的蚂蚁。一觉醒来,已是天亮,小林摇头回忆梦境,梦境,已是一片模糊。这时老婆醒来,见他在那里发傻,便催他去买豆腐。这时,小林头脑清醒过来,不再管梦,赶忙爬起来去排队买豆腐。买完豆腐上班,在办公室收到一封信,是上次来北京看病的小学老师他儿子写的,说自上次父亲在北京看了病,回来停了三个月,现已去世了;临去世前,曾嘱咐他给小林写封信,说上次到北京受到小林的招待,让代他表示感谢。小林读了这封信,难受一天。现在老师已埋入黄土,上次老师来看病,也没能给他找个医院。到家里也没让他洗个脸。小时候自己掉到冰窟窿里,老师把棉袄都给他穿。但伤心一天,等一坐上班车,想着家里的大白菜堆到一起有些发热,等他回去拆堆散热,就把老师的事给放到一边了。死的已经死了,再想也没有用,活着的还是先考虑大白菜为好。小林又想,如果收拾完大白菜,老婆能用微波炉再给他烤点鸡,让他喝瓶啤酒,他就没有什么不满足的了。

延伸阅读:该小说是"新写实小说"代表作之一,它一发表就引起了轰动。被改编成电影上映后,在社会上广为传播,这是它成为文学史经典的原因之一。刘震云说:"《一地鸡毛》并不是特别新生的作品,但因为某种外在的因素而广为人知。美好的东西像夕阳一样总是瞬间的,持久的倒是阴雨连绵的天气或者是烈日当头在地里割毛豆的时候。少年和青年时代是多么值得怀恋,它的根本原因就在于:那时我们是多么地无知或者说是傻得可爱。"如果这样看,可以说《一地鸡毛》是一篇回忆和整理青春的小说,它通过对接待乡下来的亲人和老师的细节——展开,在无奈被迫的隐痛中忆及不可追回的乡村亲情。它也是一篇"进城"小说,因为它真实地道出了从乡村到城市的千百万读书人的一段难以忘却的经历。参见刘震云《〈一地鸡毛〉自序》,南京,江苏文艺出版社,1996年。

狗日的粮食(存目)

刘　恒

延伸阅读：在寻根文学思潮中，刘恒不是最抢眼的，但是是一个值得尊重的作家。他的叙述风格与李锐有些相似，都是采自北方农村充满原始风味的生活，但与李锐不同的是，他更注重对原始生活内部人的情欲的渲染性揭示。由于写实功底很好，生活根底扎实，且有捕捉独特细节的本领，《狗日的粮食》可能远比许多"观念性"的寻根小说更为丰实。如果重评当年的寻根小说，应该将其主张与其文学成就进行某种"剥离"性的工作，不能用"影响"来代替作家的"成就"，以思潮压作品，否则我们就很难告知后代读者真正的文学发展史，不能对作家成就的高低做出适当、准确的评价。在这个意义上，刘恒有些小说的粗鄙也是应该批评的，当然这不是他一个人的问题，也关涉对整个寻根小说的历史起落的更客观深入的认识。

烦恼人生(存目)

池　莉

延伸阅读：在中国文学的画廊里，一个作家写一座城市而且获得公众认可并载入史册的例子并不是很多的，如老舍、王朔与北京、张爱玲、王安忆与上海，等等。成功塑造了武汉市民形象的池莉，也应该进入这一行列。她笔下人物的活动范围，应该在武汉汉口六渡桥一带，周围有著名的中山大道、汉正街等商业区，也是传统的武汉市民生活区域。能够想象，一两百年来，自武汉开埠后集聚在这个地方，同时又操着标准和典型的武汉市民口音的民众，他们的生活意识、习俗和人生喜乐会是什么样子。《烦恼人生》以印家厚为中心，通过他一天的活动轨迹，观察了数十个武汉市民的生活活动态，同时迎合了当代文学1980年代末由精英文学向世俗文学转型的浪潮，这使它一发表就好评如潮，迅速成为"名作"。正如刘纳所评论的："已有一些论者把'新写实'作品所表现的烦恼与存在主义挂上钩，力图将其提升到形而上学的层次。这种提升常显牵强。'新写实'作品中常被人提起的烦恼偏重于日常性和实在性。"参见刘纳：《无奈的现实和无奈的小说——也谈"新写实"》，《文学评论》1993年第4期。

风景(存目)

方　方

延伸阅读：方方的《风景》是新写实小说中难得的具有哲学深度和观察力的作品。它虽然被人标榜为新写实小说，也像池莉一样取自武汉市民的生活，但作品中有历史深度和人物活动史，这就超出了新写实小说所热衷的"生活的表面"，而如许多现实主义小说一样有意识地向生活深处开掘。实际上，方方以后的很多小说，都在朝这方面努力，如《在火光中奔跑》等等。也正由于如此，刘纳认为："《风景》和《狗日的粮食》《伏羲伏羲》显示了相当的艺术水准，几乎能满足评论界对'新写实'表现力的全部期求。"然而，"更多的'新写实'作品尚不具备《风景》等篇的艺术表现力量"。参见刘纳：《无奈的现实和无奈的小说——也谈"新写实"》，《文学评论》1993年第4期。

洗澡(存目)

杨　绛

延伸阅读：杨绛是钱锺书的夫人，1930年代曾在苏州东吴大学、清华大学读书，但都未读完，后随其夫留学英国牛津和法国。抗战爆发后滞留上海，一边在补习学校和小学教书，一边写话剧，她的剧作曾有一些在上海上演。解放后，到清华教书，后转至中国社会科学院外国文学研究所，翻译过塞万提斯的《堂·吉诃德》等作品。她间或写些小说、随笔，其中《洗澡》《干校六记》和《我们仨》最为有名。《洗澡》叙述的是1950年代在知识分子思想改造运动中一些读书人的尴尬情状：迫于所谓思想改造运动，许多人失去了尊严，并且以此自保。小说采取喜剧式的手法，含蓄地挖苦了作品人物的心态和种种举动，风格上与钱锺书的《围城》有点相似，但似乎要温和内向一些。1990年代后，她因《我们仨》而成为当红的随笔作家。

白鹿原(存目)

陈忠实

延伸阅读:这部长篇试图延续柳青《创业史》那种史诗的风格,但表现角度完全异变。通过陕西西安附近几个家族的恩爱情仇,反映数十年来国共两党的激烈争斗,以及这种政治斗争对家族中几代人心灵所造成的巨大影响。小说人物众多,风格沉稳浑厚,叙述细致婉转,有鸿篇巨制的格局。自出版以来,一直受到高度赞扬。获得"茅盾文学奖"之后,这部小说也一版再版,发行量惊人。在文学史上,该小说被认为是新历史主义小说的代表作之一。然而仔细打量,它也存在一些问题,其中,对"历史问题"的处理方式和表现方式就是值得商量的。当"政党史"与"情爱史"纠缠在一起,甚至有以家族史叙述取代历史叙述的倾向的时候,这只会被看做是缺乏反省历史能力不足的问题。这也是1990年代以后出现的所谓新历史主义小说普遍存在的问题和不足。

尘埃落定(存目)

阿 来

延伸阅读:阿来1980年代的诗歌创作,已经开始露出藏族作家的眼光和艺术气质。他转入小说创作后,把诗歌的感觉和敏锐度带入小说世界,同时与藏族的历史地理和文化习俗相结合,形成了他独特的艺术风格。自1980年代藏族扎西达娃进入人们视野后,阿来应该是第二位受到评论界重视的藏族作家。明显可以看出,这部长篇仍在延续寻根小说的表现方式,受到马尔克斯《百年孤独》的启发和影响,不过,它对藏族文化心理的揭示比当年的寻根小说更加本土化。有人注意到:"所有发生的事件,关于外部世界的真相,土司家族由兴盛到衰亡的历史,种种人物的命运,都不是由主人公替代一个全知全能的作者作为叙事人从客观的视角叙述出来的,而是从自我意识中流出来的。"参见黄书泉:《论〈尘埃落定〉的诗性特质》,《文学评论》2002年第2期。

鞋(存目)

刘庆邦

延伸阅读：在新时期文学评论中，刘庆邦是一个寂寞的作家。他坚持从事短篇小说创作，但30年来，中篇小说和长篇小说不光创作活跃，而且是最受评论界关注的领域。但仅此不能断定一个作家创作成就的高低，实际上，刘庆邦在短篇小说创作上取得的成就，是人所共知的。他善于抓住生活中的某个细节，将其设置为作品的焦点，由此展开跌宕起伏的故事情节和人物命运。由于构思独特，生活底子深厚，这些小说往往巧妙新颖，给读者留下较深印象。作家出生于河南，长期供职于北京，他小说的素材仍然取材于故乡的人与事。

一个人的战争(存目)

林 白

延伸阅读：1990年代后，以"私人生活"为题材的女性小说一度大盛。与"十七年"文学中女性形象普遍男性化的状况相比，由于社会转型，作家开始把眼光投入女性独特的经验世界。在这一潮流中，林白、陈染和卫慧是三位最突出的女作家。林白从写诗开始，所以她的小说故事零碎，贯穿小说始终的仍然是诗歌的感觉方式，然而这种方式又特别易于揭示女性人性那种不确定的暧昧模糊的状态。所谓"一个人的战争"实际指涉的是"夫妻之间的战争"，通过家庭生活，以倒叙和补叙的方式，展开了女主人公自我寻找和个人成长的曲折历程，而婚姻生活不过为完成这种叙述提供了一个舞台。我们看到，从1980年代张辛欣的小说，到1990年代王安忆的某些作品，对社会转型后女性世界复杂性的探寻就一直没有停止过；林白的《一个人的战争》则把这一题材带入到更为私人化的经验领域。

私人生活(存目)

陈　染

延伸阅读：陈染创作经历与林白大同小异，先写诗，然后转入小说创作。她关注的主要是个人生活的某种创伤，如母女之间的冲突，以及这种冲突给女儿漫长的人生带来的持久伤害。与林白小说相比，陈染的小说受西蒙·波伏娃《第二性》的影响更为明显。主人公强烈尖锐的自述，体现了作者对女性精神世界的深刻认识和对重建女性主体性的诉求，当然这种认识中带有一定的偏执、怪异的角度。林白小说仍有某种潜在的温情，而到了陈染的《私人生活》中，它就被尖锐和无法回避的质疑性叙述风格所淹没了。不过，如果从史的角度看，这种过分个人化的文学作品只能在特定社会思潮中才能被人关注，它的艺术生命力远不如写实的小说那么持久。这种小说形式，实际上是五四时期谢冰心、冯沅君、庐隐等人小说的某种翻版，其在文学史上的命运大概也大致相同。

受活(存目)

阎连科

延伸阅读：阎连科1980年代主要从事中短篇小说创作。2000年后，他在长篇小说领域迅速崛起，成为一个叙述风格独特、文风强烈坚韧的作家。似乎回到1980年代某些伤痕文学阶段，阎连科的文学主题主要集中在文学与政治的关系上，当然这种重叙带着新世纪之后人们对历史的普遍看法。除《受活》外，作家值得称道的小说还有《日光流年》《丁庄梦》《风雅颂》《四书》等。对死亡和存在意义的思考，是阎连科长篇小说关注的主要领域；与此同时，这一思考又与现代社会政治密切关联。故事情节只是小说的基本结构，怪异、尖锐和深刻的对生活的认知，才是这些作品吸引读者的地方。与大多数从事长篇小说创作的当代作家相比，阎连科擅长于设计作品的结构和鲜明独特的主题，他对这些因素的兴趣要大于对小说细节的丰富性和缠绕性的表达。

诗 歌

回 答

何其芳

一

从什么地方吹来的奇异的风,
吹得我的船帆不停地颤动:
我的心就是这样被鼓动着,
它感到甜蜜,又有一些惊恐。

轻一点吹呵,让我在我的河流里
勇敢的航行,借着你的帮助,
不要猛烈得把我的桅杆吹断,
吹得我在波涛中迷失了道路。

二

有一个字火一样灼热,
我让它在我的唇边变为沉默。
有一种感情海水一样深,
但它又那样狭窄,那样苛刻。

如果我的杯子里不是满满地
盛着纯粹的酒,我怎么能够
用它的名字来献给你呵,
我怎么能够把一滴说为一斗?

三

不,不要期待着酒一样的沉醉!
我的感情只能是另一种类。
它像天空一样广阔,柔和,
没有忌妒,也没有痛苦的眼泪。

唯有共同的美梦,共同的劳动
才能够把人们亲密地联合在一起,
创造出的幸福不只是属于个人,
而是属于巨大的劳动者全体。

四

一个人劳动的时间并没有多少,
鬓间的白发警告着我四十岁的来到。
我身边落下了树叶一样多的日子,
为什么我结出的果实这样稀少?

难道我是一棵不结果实的树?
难道生长在祖国的肥沃的土地上,
我不也是除了风霜的吹打,
还接受过许多雨露,许多阳光?

五

你愿我永远留在人间,不要让
灰暗的老年和死神降临到我的身上。
你说你痴心地倾听着我的歌声,
彻夜失眠,又从它得到力量。

人怎样能够超出自然的限制?
我又用什么来回答你的爱好,
你的鼓励?呵,人是平凡的,
但人又可以升得很高很高!

六

我伟大的祖国,伟大的时代,
多少英雄花一样在春天盛开;
应该有不朽的诗篇来讴歌他们,
让他们的名字流传到千年万载。

我们现在的歌声却那么微茫!
哪里有古代传说中的歌者,
唱完以后,她的歌声的余音
还在梁间缭绕,三日不绝?

七

呵,在我祖国的北方原野上,
我爱那些藏在树林里的小村庄,
收获季节的手推车的轮子的转动声,
农民家里的风箱的低声歌唱!

我也爱和树林一样密的工厂,
红色的钢铁像水一样疾奔,
从那震耳欲聋的马达的轰鸣里
我听见了我的祖国的前进!

八

我祖国的疆域是多么广大:
北京飞着雪,广州还开着红花。
我愿意走遍全国,不管我的头
将要枕着哪一块土地睡下。

"那么你为什么这样沉默?
难道为了我们年轻的共和国,
你不应该像鸟一样飞翔,歌唱,
一直到完全唱出你胸脯里的血?"

九

我的翅膀是这样沉重,
像是尘土,又像有什么悲恸,
压得我只能在地上行走,
我也要努力飞腾上天空。

你闪着柔和的光辉的眼睛
望着我,说着无尽的话,
又像殷切地从我期待着什么——
请接受吧,这就是我的回答。

1952年1月写成前五节
1954年劳动节前夕续完

延伸阅读: 何其芳 1930 年代以散文诗《画梦录》而名世。抗战爆发后,他与卞之琳等游历延安,卞之琳由此转到昆明,他留下来先在鲁艺做教师,后做朱德秘书,继而赴重庆宣传毛泽东的《讲话》,参与对胡风文艺思想的批判运动。解放后,他长期担任中国社会科学院文学研究所所长,除写少数文学批评文章,主要精力转入研究《红楼梦》和古典文学。他的这种人生经历,在解放后文学艺术界是非常普遍的,很多人最后都保持了"老干部"的精神心态。但何其芳是一个特例。这首《回答》,表达了臣服于新时代的前提下个人意识朦胧的复苏,以及由此而引起的心灵的困惑,它仿佛又回到了《画梦录》年代,只是历史和个人环境已经大变。所以,读这首诗,需要贴近诗人的这种复杂心态,读出其中幽微的含义才是。

礁石(存目)

艾 青

延伸阅读:艾青与何其芳有相似的经历。他早年留学法国,归国后参加过左翼文艺活动,1941年奔赴延安,与毛泽东交往甚密。但与何其芳不同的是,1949年之后他依然是一个"职业诗人",解放后的许多作品都含蓄表现出与流行诗歌不同的地方。《礁石》表面上看不出什么倾向,内面的纯诗的风格却是十分明显的。正因为如此,"1956年春,在中国作协第二次理事扩大会上,周扬的报告以颇为特别(指名道姓)的方式,提出艾青'能不能为社会主义歌唱'的问题"。由于这种心态,新时期之后艾青又迎来了自己创作的第二个高峰,写过许多脍炙人口、传诵一时的佳作,如《在浪尖上》《古罗马大斗技场》《鱼化石》等。参见洪子诚、刘登翰:《中国当代新诗史》(修订版),第43、44页,北京,北京大学出版社,2005年。

鱼化石(存目)

艾 青

延伸阅读:解放后,艾青一度出任《人民文学》副主编,受到有关部门的信任。1956年被打成"右派",先去黑龙江完达山852农场,丁玲等"右派"作家当时也在此劳动。后来因受王震保护,举家迁到新疆建设兵团石河子农八师,享受师级干部待遇,"文革"中才真正落难。1979年,艾青恢复各种名誉。这种人生经历,对艾青思想的解放和迎来他创作的第二个高潮,起到了关键作用。洪子诚认为,在新时期,由于受到各种因素影响,诗人的艺术抱负并没有落实,而他的一些短诗如《鱼化石》等,倒显示出较高的水平:"从眼前事象出发的短章,有一种饱经忧患的豁达,也有不能流露的沉痛,给人较深的印象。"参见洪子诚、刘登翰:《中国当代新诗史》(修订版),第132页,北京,北京大学出版社,2005年。

光的赞歌(存目)

艾　青

延伸阅读：新时期初期，由于大量"文革"沉冤得以昭雪，民间社会情绪得以爆发和宣泄，北京的朗诵诗活动非常活跃。艾青的几首长诗，如《在浪尖上》《古罗马大斗技场》《光的赞歌》就是在这种情况下创作出来的。在这几首长诗中，《光的赞歌》艺术上比较成熟，影响也最大。作品歌颂了阳光和各种光亮给人类带来的自由民主，以隐喻笔法批判了非人性年代的愚昧和残酷。它反映了"文革"后许多受到迫害的家庭极其强烈的愤懑情绪，敏感地传达出人们对更光明明朗社会的向往。这首诗虽然比不上作者早年的《雪落在中国的土地上》《向太阳》《火把》等作品，但它在新时期诗歌中的影响和成就仍然获得了评论界的认可。作品比喻生动，意象充满活力，气象阔大，一个中国诗人在晚年能写出如此精彩的作品实属难得。

有的人(存目)

臧克家

延伸阅读：臧克家是成名于1930年代的老诗人，他的《老马》是诗歌史上的名作。解放后，他担任《诗刊》第一任编辑，一度还是民盟成员。也许是解放后政治运动频繁的缘故，诗人的兴趣似乎有转向社会政治方面的倾向，他为人称道的作品越来越少。《有的人》延续着诗人早期那种观察深刻、表达简练的风格，作者以睿智的语言方式，表达了对复杂世界中人的存在价值的深入认识。它的哲理性的思考，具有穿透力的反省，至今仍不失其艺术的魅力。

苹果树下(存目)

闻 捷

延伸阅读：1949年，闻捷随一兵团大军进军新疆，曾任新华社新疆分社社长。这种身份使他便于深入少数民族地区，接触到很多过去接触不到的民族风情和异地习俗，《天山牧歌》等诗集的问世即与此有关。1950年代后，内地诗歌中的"审美"因素逐渐受到限制，但闻捷取自维族和哈萨克族题材的作品反而合法地越过这种限制，因为它们被纳入"民族团结"的范围。这使他迅速蹿红，成为当时的重要诗人之一。何其芳评论说，它们的特点是"柔和而又清新的抒情风格，很久在我们的诗歌里就不大出现的对青年男女们的爱情的描写"。参见《诗歌欣赏》，第102页，作家出版社，1962年。

西盟的早晨(存目)

公 刘

延伸阅读：公刘1949年南昌大学毕业后，随军来到云南。因受边疆少数民族文化吸引，他开始尝试着以民族风情与现实感受相结合的方式创作新时代的诗歌。当时，很多从军的青年学生的创作都发生了这种转变，如李瑛、白桦等。这时候公刘的作品，主要在军旅诗的范畴。1956年调入北京后的创作，题材更加广泛。《西盟的早晨》反映了公刘清新硬朗的诗风，透出内在的骨气。艾青评价道：他的诗是一种"从云到火"的"健康的新的歌唱"。参见艾青：《公刘的诗》，《文艺报》1955年第13期。

雾中汉水(存目)

蔡其矫

延伸阅读:蔡其矫出身于南洋华侨家庭,抗战爆发后奔赴根据地。解放后,他创作的题材集中在家乡福建海边的生活领域,这些作品当时没有引起太多注意。1957年《川江号子》《雾中汉水》等表现晦涩的诗作问世后受到批判,蔡其矫开始受到人们关注。这些作品流露出"没有被改造好"的解放区诗人内心世界中个人化的成分,它在当时的社会气氛中是不能被容忍的。诗人写作风格独特,诗的触须与大多数诗人都不同,这限制了他的作品获得更大范围的认同,但同时又保持了自己鲜明的个性。由于革命者的出身与现实之间的距离,洪子诚认为:"因为个性和对艺术理解的差异,也明白在这方面,他其实并没有多大的施展空间。"参见洪子诚、刘登翰:《中国当代新诗史》(修订版),第50页,北京,北京大学出版社,2005年。

给他(存目)

林 子

延伸阅读:1950年代后,"爱情诗"的创作不再受到鼓励,它们被归入"小资产阶级情调"的政治范围。这种情况,压抑了诗歌对这一题材的充分开发,人们即使有写作它的冲动,也都在地下状态下完成。所以,在新时期初期,一遇该题材的作品,便立即会在读者那里引起强烈共鸣。林子写给其丈夫的组诗《给他》即有一个这样的阅读背景。"这是1958年的旧作;当时只作为个人感情生活一个真实组成部分,并不期望(也不大可能)发表。"参见洪子诚、刘登翰:《中国当代新诗史》(修订版),第146页,北京,北京大学出版社,2005年。

有 赠

曾 卓

我是从感情的沙漠上来的旅客,
我饥渴,劳累,困顿。
我远远地就看到你窗前的光亮,
它在招引我——我的生命的灯。

我轻轻地叩门,如同心跳。
你为我开门。
你默默地凝望着我
(那闪耀着的是泪光么?)

你为我引路,掌着灯。
我怀着不安的心情走进你洁净的小屋,
我赤着脚,走得很慢,很轻,
但每一步还是留下了灰土和血印。

你让我在舒适的靠椅上坐下,
你微现慌张地为我倒茶,送水。
我眯着眼——因为不习惯光亮,
也不能习惯你母亲般温存的眼睛。

我的行囊很小,
但我背负着的东西却很重,很重,
你看我的头发斑白了,我的背脊佝偻了,
虽然我还年轻。

一捧水就可以解救我的口渴,
一口酒就使我醉了,
一点温暖就使我全身灼热。
那么,我能有力量承担你如此的好意和温情么?

我全身颤栗,当你的手轻轻地握着我的,
我忍不住啜泣,当你的眼泪滴在我的手背。
你愿这样握着我的手走向人生的长途么?
你敢这样握着我的手穿过蔑视的人群么?

在一瞬间闪过了我的一生,
这神圣的时刻是结束也是开始,
一切过去的已经过去,终于过去了,
你给了我力量、勇气和信心。

你的含泪微笑着的眼睛是一座炼狱,
你的晶莹的泪光焚冶着我的灵魂,
我将在彩云般的烈焰中飞腾,
口中喷出痛苦而又欢乐的歌声……

1961 年 11 月

延伸阅读:1940 年代曾卓在重庆复旦大学读书时,对胡风创办的《七月》杂志曾抱着向往的心态。1950 年代"胡风事件"出现后,他受到牵连被捕入狱。"因为'胡风集团'案件被捕后,狱中曾用诗来缓解孤独的煎熬。这些标明写于 50—70 年代的作品,据作者所说,当时没有纸笔只是默记,后来才补录公开发表。一部分是为孩子们写的三十多首《给少年的诗》,另一部分则是有关受难者情感和信念的记载。"《有赠》是在这种独特心态中创作的,由于感情的压抑和积蓄,它对委曲婉转的个人情感的表达,才具有了十分动人的力量。参见洪子诚、刘登翰:《中国当代新诗史》(修订版),第159页,北京,北京大学出版社,2005年。

这是四点零八分的北京

食 指

这是四点零八分的北京,
一片手的海洋翻动;
这是四点零八分的北京,
一声尖厉的汽笛长鸣。

北京车站高大的建筑,
突然一阵剧烈的抖动。
我双眼吃惊地望着窗外,
不知发生了什么事情。

我的心骤然一阵疼痛,一定是
妈妈缀扣子的针线穿透了心胸。
这时,我的心变成了一只风筝,
风筝的线绳就在妈妈手中。

线绳绷得太紧了,就要扯断了,
我不得不把头探出车厢的窗棂。

直到这时,直到这时侯,
我才明白发生了什么事情。

——一阵阵告别的声浪,
就要卷走车站;
北京在我的脚下,
已经缓缓地移动。

我再次向北京挥动手臂,
想一把抓住她的衣领,
然后对她大声地叫喊:
永远记着我,妈妈啊,北京!

终于抓住了什么东西,
管他是谁的手,不能松,
因为这是我的北京,
这是我的最后的北京。

1968年12月20日

延伸阅读:这首诗创作于1968年。20世纪影响深远的知识青年上山下乡运动,始于1968年,终于1979年。表现这一运动并带有总结价值的文学作品,诗歌是《这是四点零八分的北京》,小说是王安忆的《本次列车终点》。有意思的是,前者是写它的开始,后者则反映了它的终结以及带来的一系列社会问题。就在这个意义上说,该诗是"划时代"的,不可重复的。也因为如此,1990年代出现的对"地下诗歌"的发掘热中,食指被认定为是启发了"朦胧诗"的诗人。不过,由于"文革"前食指与何其芳有过交往,并受"十七年"诗歌影响较大,他的所谓"前朦胧诗"在思想者的身份中,保留着较多这方面的痕迹。参见洪子诚、刘登翰:《中国当代新诗史》(修订版),第182—183页,北京,北京大学出版社,2005年。

乡 愁

余光中

小时候
乡愁是一枚小小的邮票
我在这头
母亲在那头

长大后
乡愁是一张窄窄的船票
我在这头
新娘在那头

后来啊
乡愁是一方矮矮的坟墓
我在外头
母亲在里头

而现在
乡愁是一湾浅浅的海峡
我在这头
大陆在那头

1961 年 1 月 21 日

延伸阅读：余光中是海峡两岸文学界评价不一的诗人和散文家。在台湾，他以功利态度介入文学与政治论争，使一些作家受到伤害。1980 年代后，他迅速登陆大陆，诗歌和散文大量出版，其中《乡愁》一诗赢得了很多同情者。他也成为台湾在大陆读者中影响最大、最受欢迎和作品传播最为广泛的诗人。刘登翰评价道："余光中所回归的实际上是中国古代文化的景致，是一种感情上的趋向，而非现实的体验。"这种评价是否反映了那些乡愁题材诗歌的问题，还有待进一步考察。不过，对分离 40 年的海峡对岸的外省人士来说，这种对"乡愁"的深厚表达，是他们心灵世界的真实写照。参见洪子诚、刘登翰：《中国当代新诗史》（修订版），第 182—183 页，北京，北京大学出版社，2005 年。

悼念一棵枫树

牛 汉

湖边山丘上
那棵最高大的枫树
被伐倒了……
在秋天的一个早晨

几个村庄
和这一片山野
都听到了,感觉到了
枫树倒下的声响

家家的门窗和屋瓦
每棵树,每根草
每一朵野花
树上的鸟,花上的蜂
湖边停泊的小船
都颤颤地哆嗦起来……

是由于悲哀吗?
这一天
整个村庄
和这一片山野上
飘忽着浓郁的清香

清香
落在人的心灵上
比秋雨还要阴冷

想不到
一棵枫树
表皮灰暗而粗犷
发着苦涩气息

但它的生命内部
却储蓄了这么多的芬芳

芬芳
使人悲伤

枫树直挺挺地
躺在草丛和荆棘上
那么庞大,那么青翠
看上去比它站立的时候
还要雄伟和美丽

伐倒三天之后
枝叶还在微风中
簌簌地摇动
叶片上还挂着明亮的露水
仿佛亿万只含泪的眼睛
向大自然告别

哦,湖边的白鹤
哦,远方来的老鹰
还朝着枫树这里飞翔呢

枫树
被解成宽阔的木板
一圈圈年轮
涌出了一圈圈的
凝固的泪珠
泪珠
也发着芬芳

不是泪珠吧
它是枫树的生命
还没有死亡的血球

村边的山丘
缩小了许多

仿佛低下了头颅

伐倒了
一棵枫树
伐倒了
一个与大地相连的生命

延伸阅读：这是一首为苦难时代写的悼亡诗。作品隐形的主人公是中共已故领导人张闻天，他因公正和主张民主而受到迫害，在"文革"中含冤去世。但这只是作品的表面主题，潜在主题所揭示的则是"文革"年代千百万个受辱的读书人，在广阔的中国乡村从事繁重的体力劳动，失去读书和写作权利的悲惨处境。因此，枫叶的飘落和枫树的被砍伐，象征着一个极端专制生活正在走向终结，它唤起的是许多人情感的深切悲悯。在解放后凋谢的七月派诗人中，牛汉可能是在世时间最长的诗人。有人评价说："在'复出'诗人中，牛汉是成绩显著，并对自身的局限做出不断调整的超越者。"参见洪子诚、刘登翰：《中国当代新诗史》（修订版），第182—183页，北京，北京大学出版社，2005年。

重读《圣经》

——"牛棚"诗抄第 n 篇

绿　原

儿时我认识一位基督徒，
他送给我一本小小的《福音》，
劝我用刚认识的生字读它；
读着读着，可以望见天堂的门。

青年时期又认识一位诗人，
他案头摆着一部厚厚的《圣经》，
说是里面没有一点科学道理，
但确不乏文学艺术最好的味精。

我一生不相信任何宗教，
也不擅长有滋味的诗文。
惭愧从没认真读过一遍，
尽管赶时髦，手头也有它一本。

不幸"贯索犯文昌"：又一次沉沦，
沉沦，沉沦到了人生的底层。
所有书稿一古脑儿被查抄，
单漏下那本异端的《圣经》。

常常是夜深人静，倍感凄清，
辗转反侧，好梦难成，
于是披衣下床，摊开禁书，
点起了公元初年的一盏油灯。

不是对譬喻和词藻有所偏好，
也不是要把命运的奥秘探寻，
纯粹是为了排遣愁绪：一下子
忘乎所以，仿佛变成了但丁。

里面见不到什么灵光和奇迹，
只见蠕动着一个个的活人。
论世道，和我们的今天几乎相仿，
论人品（唉！）未必不及今天的我们。

我敬重为人民立法的摩西，
我更钦佩推倒神殿的沙逊：
一个引领受难的同胞出了埃及，
一个赤手空拳，与敌人同归于尽。

但不懂为什么丹尼尔竟能
单凭信仰在狮穴中走出走进；
还有那彩衣斑斓的约瑟夫
被兄弟出卖后又交上了好运。

大卫血战到底，仍然充满人性：
《诗篇》的作者不愧是人中之鹰；
所罗门毕竟比常人聪明，
可惜到头来难免老年痴呆症。

但我更爱赤脚的拿撒勒人：
他忧郁，他悲伤，他有颗赤子之心；
他抚慰、他援助一切流泪者，
他宽恕、他拯救一切痛苦的灵魂。

他明明是个可爱的傻角，
幻想移民天国，好让人人平等。
他却从来只以"人之子"自居，
是后人把他捧上了半天云。

可谁记得那个千古的哑谜，
他临刑前一句低沉的呻吟：

"我的主啊,你为什么抛弃了我?
为什么对我的祈祷充耳不闻?"

我还向马丽娅·马格黛莲致敬:
她误落风尘,心比钻石更坚贞,
她用眼泪为耶稣洗过脚,
她恨不能代替恩人去受刑。

我当然佩服罗马总督彼拉多:
尽管他嘲笑"真理几文钱一斤?"
尽管他不得已才处决了耶稣,
他却敢于宣布"他是无罪的人!"

我甚至同情那倒楣的犹大:
须知他向长老退还了三十两血银,
最后还勇于悄悄自缢以谢天下,
只因他愧对十字架的巨大阴影……

读着读着,我再也读不下去,
再读便会进一步堕入迷津……

且看淡月疏星,且听鸡鸣荒村,
我不禁浮想联翩,惘然期待着黎明……

今天,耶稣不止钉一回十字架,
今天,彼拉多决不会为耶稣讲情,
今天,马丽娅·马格黛莲注定永远蒙羞,
今天,犹大决不会想到自尽。

这时"牛棚"万籁俱寂,
四周起伏着难友们的鼾声。
桌上是写不完的检查和交代,
明天是搞不完的批判和斗争。

"到了这里一切希望都要放弃。"
无论如何,人贵有一点精神。
我始终信奉无神论:
对我开恩的上帝——只能是人民。

1970 年

延伸阅读:作者绿原成名于 1940 年代,他当时创作的众多政治讽刺诗,曾在国统区的大学生和文学青年中广为流传,李瑛、公刘等诗人都受到他的影响。解放后,他供职于人民文学出版社,从事文学翻译和少量的诗歌创作。1970 年代,在湖北咸宁农场劳动时,又偷偷拿起了诗笔。这首诗就是在那时完成的。作品保持着作者早年的讽刺风格,它以《圣经》为叙述对象,暗含着对非人性年代的挖苦和担忧。与此同时,诗人的自省也夹杂其间,可以看出他是一个学识渊博和十分睿智的写作者。由于写诗太少,很少参加诗歌活动,绿原在新时期诗坛的影响力受到了一定的影响。

冬(存目)

穆 旦

延伸阅读：穆旦是1940年代西南联大时期最为活跃的诗人。他的《诗八首》代表了当时的诗歌创作水平。解放后，他响应号召从美国归来，在南开大学外文系任教，不久因所谓"历史问题"被打成历史反革命，受到长期迫害。在一种非常困难的情况下，他坚持翻译俄罗斯诗歌和外国诗歌，其中在普希金作品的翻译上取得了举世瞩目的成就；同时，断断续续地写了三十多首诗。这些诗作，与他1940年代那种充满朝气和生活活力的作品相比，有一种恍若隔世之别。它的沉潜、压抑、温和和无奈，充斥在作品的字里行间，印证着诗人晚年的真实境遇，读来不免令人悲从中来。

停电之后(存目)

穆 旦

延伸阅读："停电"在日常生活中可能司空见惯，然而作为对一个时代的隐喻，会感到作者令人吃惊的艺术观察力。放在一百年中国知识分子精神追求的长河中，进入当代的"停电"不是正说明某种挫折的存在吗？穆旦身陷困境，不仅没有放弃，反而愈加清醒地意识到自己的责任。他要用一种不可思议的方式，去揭破当代生活的本质，本诗就是一个证明。将"日常生活"思想化，加以提炼升华为一种普遍性的东西，源于穆旦1930年代的写作，它在1940年代达到高潮，虽然后来有所减弱，但并没有完全丧失。仅从这点来看，穆旦就是本世纪中国最伟大的诗人之一。

边界望乡(存目)

洛 夫

延伸阅读：顾彬对台湾文学有一个基本认识，他说："第一代著名'台湾'作家都是这些大陆来台人士。他们有别于后来才成名的第二代本土作家，作品也有明显差别。国民党政府号召第一代作家为对抗大陆创作反共的'战斗文学'，或者作为'政战学校'训练出来的'军中作家'，以文笔作武器，但是作家们并不总是响应号召。"洛夫就是作者指出的"第一代作家"，而且还是"军中作家"。不过，他完全没有涉足所谓"战斗文学"，相反以鲜明的现代诗人的姿态从事写作。这首诗，表现了作者少小离乡，深望大陆亲人的情怀。虽然语言近于晦涩，但透过云雾、远山的遮掩，读者当应体会到作者内心的伤感。

回　答

北　岛

卑鄙是卑鄙者的通行证，
高尚是高尚者的墓志铭。
看吧，在镀金的天空中，
飘满了死者弯曲的倒影。

冰川纪已过去了，
为什么到处都是冰凌？
好望角发现了，
为什么死海里千帆相竞？

我来到这个世界上，
只带着纸、绳索和身影，
为了在审判之前，
宣读那些被判决的声音：

告诉你吧，世界，
我——不——相——信！

如果你脚下有一千名挑战者，
那就把我算作第一千零一名。

我不相信天是蓝的；
我不相信雷的回声；
我不相信梦是假的；
我不相信死无报应。

如果海洋注定要决堤，
就让所有苦水都注入我心中；
如果陆地注定要上升，
就让人类重新选择生存的峰顶。

新的转机和闪闪的星斗，
正在缀满没有遮拦的天空。
那是五千年的象形文字，
那是未来人们凝视的眼睛。

1976年4月

延伸阅读： 顾彬在评价北岛这首诗时说，它"属于北岛的早期作品，即传达了乐观、又传达了悲观的情绪"。这种混合性的、同时流露出强烈反抗色彩的情绪，构成了北岛1970年代诗歌的主调。当时不少人认为北岛继承了前苏联政治抒情诗的传统，但根子上仍然与这些作品产生于一个灰暗年代，与诗人作为一个较早的思想觉醒者的姿态有关。新时期初期，一种以反抗姿态来展现人道主义精神诉求的作品，不光出现在朦胧诗和归来诗人作品中，也大量出现在小说、戏剧和散文中，这种现象足以说明1980年代文学的时代特质。参见顾彬：《二十世纪中国文学史》，第303页，上海，华东师大出版社，2008年。

迷 途

北 岛

沿着鸽子的哨音
我寻找着你
高高的森林挡住了天空
小路上
一颗迷途的蒲公英

把我引向蓝灰色的湖泊
在微微摇晃的倒影中
我找到了你
那深不可测的眼睛

延伸阅读：《迷途》具有极大的象征意义，"文革"后期，现代迷信破产后精神信仰失落的茫然情绪在很多青少年中广为传播，这使"地下文学"以手抄本的形式流行。北岛准确地捕捉到这种情绪，以他简练、有力而深刻的语言将它描绘了出来。更有意思的是，诗作避免了直露的方法，以象征手段将这暧昧晦涩的思想与读者展开交流。对于许多亲历者而言，它根本就不晦涩，而恰恰是因为不能直接说出所采取的迂回方式，这种手法反而使北岛的诗具有相当的丰富性和复杂性。有人指出："在这里，我们不妨把北岛的'不相信'看做是对郭路生'相信'的一种呼应"，它揭示了中国历史转折期人们精神生活的复调性。参见顾彬：《二十世纪中国文学史》，第304页，上海，华东师范大学出版社，2008年。

结局或开始

——献给遇罗克

北 岛

我,站在这里
代替另一个被杀害的人
为了每当太阳升起
让沉重的影子象道路
穿过整个国土

悲哀的雾
覆盖着补钉般错落的屋顶
在房子与房子之间
烟囱喷吐着灰烬般的人群
温暖从明亮的树梢吹散
逗留在贫困的烟头上
一只只疲倦的手中
升起低沉的乌云

以太阳的名义
黑暗在公开地掠夺
沉默依然是东方的故事
人民在古老的壁画上
默默地永生
默默地死去

呵,我的土地
你为什么不再歌唱
难道连黄河纤夫的绳索
也象绷断的琴弦
不再发出鸣响
难道时间这面晦暗的镜子
也永远背对着你
只留下星星和浮云

我寻找着你
在一次次梦中
一个个多雾的夜里或早晨
我寻找春天和苹果树
蜜蜂牵动的一缕缕微风
我寻找海岸的潮汐
浪峰上的阳光变成的鸥群
我寻找砌在墙里的传说
你和我被遗忘的姓名

如果鲜血会使你肥沃
明天的枝头上
成熟的果实
会留下我的颜色

必须承认
在死亡白色的寒光中
我,战栗了
谁愿意做陨石
或受难者冰冷的塑像
看着不熄的青春之火
在别人的手中传递
即使鸽子落在肩上
也感不到体温和呼吸
它们梳理一番羽毛
又匆匆飞去

我是人
我需要爱
我渴望在情人的眼睛里
度过每个宁静的黄昏

在摇篮的晃动中
等待着儿子第一声呼唤
在草地和落叶上
在每一道真挚的目光上
我写下生活的诗
这普普通通的愿望
如今成了做人的全部代价

一生中
我曾多次撒谎
却始终诚实地遵守着
一个儿时的诺言
因此,那与孩子的心
不能相容的世界
再也没有饶恕过我

我,站在这里
代替另一个被杀害的人
没有别的选择
在我倒下的地方
将会有另一个人站起
我的肩上是风
风上是闪烁的星群
也许有一天
太阳变成了萎缩的花环
垂放在
每一个不屈的战士
森林般生长的墓碑前
乌鸦,这夜的碎片
纷纷扬扬

延伸阅读:顾彬认为,《宣告》和《结局或开始》都是写给遇罗克烈士的:"1970年,批评政府的遇罗克(1942—1970)被处死,他也曾用诗的形式发出批评的声音。"作品写得痛苦而婉转,就像夜幕中徐徐传来的长调,抑制着自己的悲伤向所有人来表达对那个非人时代无言的愤怒。它的节奏徐缓有力,类似伏尔加船夫曲,有一种由远及近、由浅及深的深厚的旋律感。北岛这一时期以短诗为主,很少用较长篇幅来处理复杂立体的历史感受,这首诗可以看做作者的某种艺术尝试。与那些著名的短诗相比,这首长诗的内容和艺术手段一点都不逊色。参见顾彬:《二十世纪中国文学史》,第304页,上海,华东师范大学出版社,2008年。

致 橡 树

舒 婷

我如果爱你——
绝不像攀援的凌霄花
借你的高枝炫耀自己；
我如果爱你——
绝不学痴情的鸟儿
为绿荫重复单调的歌曲；
也不止像泉源
长年送来清凉的慰藉；
也不止像险峰
增加你的高度，衬托你的威仪。
甚至日光，
甚至春雨。
不，这些都还不够！
我必须是你近旁的一株木棉，
作为树的形象和你站在一起。
根，紧握在地下，
叶，相触在云里。
每一阵风过，
我们都互相致意，
但没有人
听得懂我们的言语。
你有你的铜枝铁干
像刀，像剑，
也像戟；
我有我的红硕花朵，
像沉重的叹息，
又像英勇的火炬。
我们分担寒潮、风雷、霹雳，
我们共享雾霭、云霞、虹霓。
仿佛永远分离，
却又终生相依。
这才是伟大的爱情，
坚贞就在这里：
不仅爱你伟岸的身躯，
也爱你坚持的位置，脚下的土地！

延伸阅读：老诗人蔡其矫是舒婷诗歌创作的引路人，通过他，舒婷阅读了中国现代诗人戴望舒、徐志摩等人的作品，也接触了不少古代诗人的创作，这使她的写作经验中渗透了中国人所常有的那种温婉含蓄的要素。本诗表面是写男女青年对爱情的执著，内面却是对人的尊严的强调，希望通过一种在精神上更为体面的方式来建立更有尊严感的生活。经历过"文革"动乱的人，都会对此深有感悟，而缺乏这种历史经验的读者是难以体察的。一定程度上，舒婷很多作品是写给有历史创伤的1980年代青年的。当然，由于诗歌本身具有哲理性，是对普遍人性的经验和表达，它在之后更为年轻的读者那里，仍然也能获得心灵上的震撼和共鸣。这首诗之所以在大学校园中广为传播，深受青年学生喜爱，除了曾被收入中学教科书的原因之外，与这种"普遍性"有较大的关系。

秋夜送友

舒 婷

第一次被你的才华所触动
是在迷迷蒙蒙的春雨中
今夜相别,难再相逢
桑枝间呜咽的
已是深秋迟滞的风

你总把自己比作
雷击之后的老松
一生都治不好燎伤的苦痛
不像那扬花飘絮的岸柳
年年春天换一次姿容

我常愿自己像
南来北去的飞鸿
将道路铺在苍茫的天空

不学那顾影自恋的鹦鹉
朝朝暮暮离不开金丝笼

这是我们各自的不幸
也是我们共同的苦衷
因为我们对生活想得太多
我们的心呵
我们的心才时时这么沉重

什么时候老桩发新芽
摇落枯枝换来一树葱茏
什么时候大地春常在
安抚困倦的灵魂
无须再来去匆匆

1975 年 11 月

延伸阅读:有人认为:"舒婷的诗,是写给同代青年人的。这构成了她作品的基本主题和独特的审美形态:理想、爱情、友谊、人的尊严、自由的渴望;审美上则取自怀旧、送别、重逢、伤感、对话、独白这样注重浪漫情感抒发的角度和形态。"《秋夜送友》源自中国古代诗歌的同类题材,历史境遇也大致相同,无非是在经受人生挫折之后,用一种安慰的语气抚慰朋友心头的创伤。如果在和平年代,这种情绪很难触动人们的心弦,但在新时期初期,尤其是在很多年轻人都曾有过这种经验的时候,它引起的心灵风暴是可以想见的。作品情绪温婉,姿态平和,透出温暖的诗意。参见程光炜:《中国当代诗歌史》,第 264 页,北京,中国人民大学出版社,2003 年。

小窗之歌

舒　婷

放下你的信笺　　　　　　海上的气息
走到打开的窗前　　　　　被阻隔在群山那边
我把灯掌得高高　　　　　但山峰决非有意
让远方的你　　　　　　　继续掠夺我们的青春
能够把我看见　　　　　　他们的拖延毕竟有限

风过早地打扫天空　　　　答应我，不要流泪
夜还在沿街拾取碎片　　　假如你感到孤单
所有的花芽和嫩枝　　　　请到窗口来和我会面
必须再经一番晨霜　　　　相视伤心的笑颜
虽然黎明并不遥远　　　　交换斗争与欢乐的诗篇

1979 年 12 月

延伸阅读：舒婷的诗有一种书卷气，是那种有教养的读书很多的作者创作的作品。她设置一个"小窗"，既回避了民间的乡野性，也暗示出男女双方的社会身份和精神生活状态。"小窗"还是一种含蓄的隐喻手段，透过时代的一个小小的角落，而非所谓的"广阔天地"，揭示了这代人在灰暗年代心灵的郁闷，以及希望走出去迎接新的生活的某种期许。一定意义上可以说，历史的存在意义就是对一代代人进行筛选，这种筛选把人进行各种归类，然后安排不同的职业。对于1977级、1978级大学生来说，这种筛选就是抓住历史机遇进大学读书，然后承担转型期社会的历史责任。也因为这个原因，这首诗在77级大学生中广受欢迎。

一代人

顾 城

黑夜给了我黑色的眼睛
我却用它寻找光明

1979 年 4 月夜半(北京)

延伸阅读：顾彬指出："北岛很自然地认为，自己的《回答》表达的是一代人对自我的寻找。在顾城那里，这种寻找也表现为一首诗，这就是著名的《一代人》(1979)。""这一代人冲破了黑暗，但同时他们自身又是由要摆脱的黑暗构成，因为他们的寻找注定负有沉重的原罪。"这种判断虽然不具有必然性的性质，但好像就如一个偶然的隐喻，诗人后来命运的结局仿佛是一个印证。顾彬对这代人精神生活及其结构的了解是惊人的，虽然作为一个汉学家，他对中国当代文学的了解往往会因文化差异而出现一定的偏差。参见顾彬：《二十世纪中国文学史》，第 307、308 页，上海，华东师范大学出版社，2008 年。

诺日朗(存目)

杨 炼

延伸阅读：这首诗的出现与作者的个人经历似乎相关。顾彬说："他 1980 年第一次参观了西北的中国汉文化边缘，在他的诗作中开始示范性地把祖国的古朴原始和西方现代美学相结合。""另一个原初经历是他母亲 1976 年的死。两者都被添加入一个语词总库中，它无论过去或现在都总是由死亡、墓地、土地、火焰、净化、再生等词所组成。对于杨炼来说，今天的人都行走在祖先的路上，传统继续活在他身上。"这样去解释《诺日朗》的内在含义和形式结构，可能具有说服力。不过，1980 年代中期开始的"文化热"，是这首诗诞生的一个更大的背景，这是必须意识到的。参见顾彬：《二十世纪中国文学史》，第 333、334 页，上海，华东师范大学出版社，2008 年。

春之舞(存目)

多 多

延伸阅读:1970年代,多多与岳重、芒克在河北白洋淀一带插队,因受北京地下诗歌沙龙影响而开始写诗,有《密周》《当人民从干酪上站起》等作品。不知什么原因,他后来没有进入《今天》和朦胧诗人圈子,1980年代中期赴欧洲定居。1990年代以后,多多从国外归来,他的诗风发生转变,日益受到国内诗歌界的重视。在白洋淀、《今天》和朦胧诗几个先后出现的诗歌圈子中,多多是写作时间最长的诗人之一,他对诗歌技巧的积极探索得到人们的肯定。

雪白的墙(存目)

梁小斌

延伸阅读:梁小斌1956年生于合肥,"文革"中插队,回城后当过工人。1980年发表《雪白的墙》《中国,我的钥匙丢了》等诗作,给他带来较大的声誉。"雪白""钥匙"在那个年代是两个不言自明的隐喻,暗示一代人在狂乱的政治运动中纯洁心灵的失落,这是作品在当时引起很多人精神共鸣的主要原因。在创作方法上,梁小斌主张简约、明快和包涵意蕴的艺术想象和处理方式,他说:"意义重大不是由所谓重大政治事件来表现的",强调从"晒台"上落下来的"一块蓝手绢"这种细微的事物变化中发掘诗意,在以小见大处做文章。参见梁小斌:《我的看法》,见《青年诗人谈诗》,内部杂志。

感谢父亲

于 坚

一年十二月
您的烟斗开着罂粟花
温暖如春的家庭　不闹离婚
不管闲事　不借钱　不高声大笑
安静如鼠　比病室干净
祖先的美德　光滑如石
永远不会流血　在世纪的洪水中
花纹日益古朴
作为父亲　您带回面包和盐
黑色长桌　您居中而坐
那是属于皇帝教授和社论的位置
儿子们拴在两旁　不是谈判者
而是金钮扣　使您闪闪发光
您从那儿抚摸我们　目光充满慈爱
像一只胃　温柔而持久
使人一天天学会做人
早年您常常胃痛
当您发作时　儿子们变成甲虫
朝夕相处　我从未见过您的背影
成年我才看到您的档案
积极肯干　热情诚恳　平易近人
尊重领导　毫无怨言　从不早退
有一回您告诉我　年轻时喜欢足球
尤其是跳舞　两步
使我大吃一惊　以为您在谈论一头海豹
我从小就知道您是好人　非常的年代
大街上坏蛋比好人多
当这些异教徒被抓走、流放、一去不返
您从公园里出来　当了新郎
一九五七年您成为父亲

作为好人　爸爸　您活得多么艰难
交代　揭发　检举　告密
您干完这一切　夹着皮包下班
夜里您睡不着　老是侧耳谛听
您悄悄起来　检查儿子的日记和梦话
像盖世太保一样认真
亲生的老虎　使您忧心忡忡
小子出言不逊　就会株连九族
您深夜排队买煤　把定量油换成奶粉
您远征上海　风尘仆仆　采购衣服和鞋
您认识医生校长司机以及守门的人
老谋深算　能伸能屈　光滑如石
就这样　在黑暗的年代　在动乱中
您把我养大了　领到了身份证
长大了　真不容易　爸爸
我成人了　和您一模一样
勤勤恳恳　朴朴素素　一尘不染
这小子出生时相貌可疑　八字不好
说不定会神经失常或死于脑炎
说不定会乱闯红灯　跌断腿成为残废
说不定被坏人勾引　最后判刑劳改
说不定酗酒打架赌博吸毒患上艾滋病
爸爸　这些事我可从未干过　没有自杀
父母在　不远游　好好学习　天天向上
九点半上床睡觉　星期天洗洗衣服
童男子　二十八岁通过婚前检查
三室一厅　双亲在堂　子女绕膝
一家人围着圆桌　温暖如春

这真不容易　我白发苍苍的父亲

1987 年 12 月 21 日

延伸阅读：在朦胧诗后第三代诗人群体中，于坚和韩东是两位代表性的诗人。于坚 1954 年出生于云南昆明，1984 年毕业于云南大学中文系。1984 年与韩东、丁当等创办《他们》杂志，深受美国诗人弗洛斯特影响，提倡表现人的日常生活和口语化写作。他说："我属于'站在餐桌旁的一代人'。上帝为我安排了一个局外人的遭遇，我习惯被时代和有经历的人们所忽视。"于坚语言睿智，表达简洁，擅长从日常生活的细节中发现生活的诗意。1990 年代后，他的主张和诗歌风格仍然在影响着许多年轻的诗人。参见于坚：《作者的话》，唐晓渡、王家新编：《中国当代实验诗选》，第 153 页，沈阳，春风文艺出版社，1987 年。

有关大雁塔

韩 东

有关大雁塔
我们又能知道些什么
有很多人从远方赶来
为了爬上去
做一次英雄
也有的还来第二次
或者更多
那些不得意的人们
那些发福的人们
统统爬上去

做一做英雄
也有有种的往下跳
在台阶上开一朵红花
那就真的成了英雄——
当代英雄
有关大雁塔
我们又能知道些什么
我们爬上去
看看四周的风景
然后再下来

延伸阅读：和于坚同为"他们"诗群代表诗人，韩东1982年毕业于山东大学哲学系，曾在西安某高校短期任教，并与于坚等创办《他们》杂志。后调回南京。代表性作品有《有关大雁塔》《你见过大海》《我们的朋友》等。他与于坚有共同的诗歌主张，认为人的最真实的状态是生命的形式及其表现，"写诗似乎不单单是技巧和心智的活动，它和诗人的整个生命有关"。基于这种见解，他倾向于从普通事物中发现生活的哲理，且又以一种近乎于零叙述的态度予以揭示，与此同时在其中不动声色地捕捉生命的含义。于坚的诗强于语感的掌握，而韩东除此之外具有哲学的深度。参见韩东：《作者的话》，唐晓渡、王家新编：《中国当代实验诗选》，第203页，沈阳，春风文艺出版社，1987年。

中 文 系

李亚伟

中文系是一条洒满钓饵的大河
浅滩边,一个教授和一群讲师正在撒网
网住的鱼儿
上岸就当助教,然后
当屈原的秘书,当李白的随从
然后再去撒网

有时,一个树桩般的老太婆
来到河埠头——鲁迅的洗手处
搅起些早已沉滞的肥皂泡
让孩子们吃下,一个老头
在讲桌上爆炒野草的时候
放些失效的味精
这些要吃透《野草》《花边》的人
把鲁迅存进银行,吃他的利息

当一个大诗人率领一伙小诗人在古代写诗
写王维写过的那块石头
一些蠢鲫鱼或一只傻白鲢
就可能在期末渔汛的尾声
挨一记考试的耳光飞跌出门外
老师说过要做伟人
就得吃伟人的剩饭背诵伟人的咳嗽
亚伟想做伟人
想和古代的伟人一起干
他每天咳着各种各样的声音从图书馆回到寝室

亚伟和朋友们读了庄子以后

就模仿白云到山顶徜徉
其中部分哥们儿
在周末啃了干面包之后还要去
啃《地狱》的第八层,直到睡觉
被盖里还感到地狱之火的熊熊
有时他们未睡着就摆动着身子
从思想的门户游进燃烧着的电影院
或别的不愿提及的去处

一年级的学生,那些
小金鱼小鲫鱼还不太到图书馆及
茶馆酒楼去吃细菌 常停泊在教室或
老乡的身边有时在黑桃 Q 的桌下快活地穿梭

诗人胡玉是个老油子
就是溜冰不大在行,于是
常常踏着自己的长发溜进
女生密集的场所 用腮
唱一首关于晚风吹了澎湖湾的歌
更多的时间是和亚伟
在酒馆里吐各种气泡

二十四岁的敖歌已经
二十四年都没写诗了
可他本身就是一首诗
常在五米外爱一个姑娘
由于没有记住韩愈是中国人还是外国人
敖歌悲壮地降了一级,他想外逃
但他害怕爬上香港的海滩会立即

被警察抓去,考古汉语
万夏每天起床后的问题是
继续吃饭还是永远
不再吃了
和女朋友一起拍卖完旧衣服后
脑袋常吱吱地发出喝酒的信号
他的水龙头身材里拍击着
黄河愤怒的波涛,拐弯处挂着
寻人启事和他的画箱

大伙的拜把兄弟小绵阳
花一个半月读完半页书后去食堂
打饭也打炊哥
最后他却被蒋学模主编的那枚深水
炸弹
击出浅水区
现在已不知饿死在哪个遥远的车站

中文系就是这样的
学生们白天朝拜古人和黑板
晚上就朝拜银幕或很容易地
就到街上去凤求凰兮
中文系的姑娘一般只跟本系男孩厮混
来不及和外系娃儿说话
这显示了中文系自食其力的能力
亚伟在露水上爱过的那医专的桃金娘
被历史系的瘦猴赊去了很久
最后也还回来了,亚伟
是进攻医专的元勋　他拒绝谈判
医专的姑娘就有被全歼的可能　医专
就有光荣地成为中文系的夫人学校的
可能

诗人杨洋老是打算
和刚认识的姑娘结婚　老是
以鲨鱼的面孔游上赌饭票的牌桌
这条恶棍与四个食堂的炊哥混得烂熟

却连写作课的老师至今还不认得
他曾精辟地认为大学
就是酒店就是医专就是知识
知识就是书本就是女人
女人就是考试
每个男人可要及格啦
中文系就这样流着
教授们在讲义上喃喃游动
学生们找到了关键的字
就在外面画上旋涡　画上
教授们可能设置的陷阱
把教授们嘀嘀咕咕吐出的气泡
在林荫道上吹过期末

教授们也骑上自己的气泡
朝下漂　像手执丈八蛇矛的
辫子将军在河上巡逻
河那边他说"之"河这边说"乎"
遇到情况教授警惕地问口令:"者"
学生在暗处答道:"也"

中文系也学外国文学
着重学鲍迪埃学高尔基,在晚上
厕所里奔出一神色慌张的讲师
他大声喊:同学们
快撤,里面有现代派

中文系在古战场上流过
在怀抱贞洁的教授和意境深远的
月亮下面流过
河岸上奔跑着烈女
那些洞里坐满了忠于杜甫的寡妇
后来中文系以后置宾语的身份
曾被把字句两次提到了生活的前面
现在中文系在梦中流过,缓缓地
像亚伟撒在干土上的小便,它的波涛
随毕业时的铺盖卷儿一叠叠地远去啦

延伸阅读:李亚伟是 1980 年代"非非"诗人群的代表诗人之一。他 80 年代毕业于西南师范大学中文系,参与过颠覆朦胧诗权威地位的"大学生诗歌运动"。在《非非》杂志高潮期,李亚伟的影响远不及周伦佑、蓝马和杨黎等人,但他的作品却是最具代表性的。这首《中文系》具有地标性意义,表明在77、78级大学生之后,校园青年对知识的信念开始发生转变。他们不再以本质化的态度面对人生和学习,一种倾向于轻松、自然和相对主义的生活态度日益在学生中盛行。如果要了解1980年代中期中国社会的悄然转型,读这首诗应该是一个较好的途径。

玻璃工厂

欧阳江河

一

从看见到看见,中间只有玻璃。
从脸到脸
隔开是看不见的。
在玻璃中,物质并不透明。
整个玻璃工厂是一只巨大的眼珠,
劳动是其中最黑的部分,
它的白天在事物的核心闪耀。

事物坚持了最初的泪水,
就像鸟在一片纯光中坚持了阴影。
以黑暗方式收回光芒,然后奉献。
在到处都是玻璃的地方,
玻璃已经不是它自己,而是
一种精神。
就像到处都是空气,空气近于不存在。

二

工厂附近是大海。
对水的认识就是对玻璃的认识。
凝固、寒冷、易碎,
这些都是透明的代价。
透明是一种神秘的、能看见波浪的
语言,
我在说出它的时候已经脱离了它,
脱离了杯子、茶几、穿衣镜,所有这些
具体的、成批生产的物质。
但我又置身于物质的包围之中,
生命被欲望充满。

语言溢出,枯竭,在透明之前。
语言就是飞翔,就是
以空旷对空旷,以闪电对闪电。
如此多的天空在飞鸟的躯体之外,
而一只孤鸟的影子
可以是光在海上的轻轻的擦痕。
有什么东西从玻璃上划过,比影子
更轻,
比切口更深,比刀锋更难逾越。
裂缝是看不见的。

三

我来了,我看见了,我说出。
语言和时间浑浊,泥沙俱下。
一片盲目从中心散开。
同样的经验也发生在玻璃内部。
火焰的呼吸,火焰的心脏。

所谓玻璃就是水在火焰里改变态度,
就是两种精神相遇,
两次毁灭进入同一永生。
水经过火焰变成玻璃,
变成零度以下的冷峻的燃烧,

像一个真理或一种感情
浅显,清晰,拒绝流动。

在果实里,在大海深处,水从不流动。

四

那么这就是我看到的玻璃——
依旧是石头,但已不再坚固。
依旧是火焰,但已不复温暖。
依旧是水,但既不柔软也不流逝。
它是一些伤口但从不流血,

它是一种声音但从不经过寂静。
从失去到失去,这就是玻璃。
语言和时间透明,
付出高代价。

五

在同一工厂我看见三种玻璃:
物态的,装饰的,象征的。
人们告诉我玻璃的父亲是一些混乱的
石头。
在石头的空虚里,死亡并非终结,
而是一种可改变的原始事实。
石头粉碎,玻璃诞生。
这是真实的。但还有另一种真实

把我引入另一种境界:从高处到高处。
在那种真实里玻璃仅仅是水,是已经
或正在变硬的、有骨头的、泼不掉
的水,
而火焰是彻骨的寒冷,
并且最美丽的也最容易破碎。
世间一切崇高的事物,以及
事物的眼泪。

延伸阅读: 欧阳江河原籍河北邯郸,在重庆出生和长大。早年从军,曾担任过参谋等职,1980年代中期转业至四川省社会科学院。1979年开始诗歌创作,曾用笔名江河、江帆、晓江等。1993年赴美国,现居北京。代表作有《玻璃工厂》《傍晚穿过广场》《天鹅之死》《聆听》等。他说:"伟大的诗人乃是一种文化氛围和一种生命方式,是'百万个钻石中总结我们'的人。"他的诗想象奇特,技巧高超,语言富有质感,能通过普通意象形成具有穿透性的力量;强调使用"虚拟性"和"双音",在对各种语词的整合中体现陌生化的综合性的阅读效果。欧阳江河的作品思想深刻,思考复杂并具深度,尤其善于在人们习以为常的现象中总结出历史的意义,这一点,在《玻璃工厂》和《傍晚穿过广场》等作品中得到鲜明的体现。参见欧阳江河:《作者的话》,第132页,唐晓渡、王家新编:《中国当代实验诗选》,第203页,沈阳,春风文艺出版社,1987年。

聆 听

欧阳江河

1

前额的历险　　　　　　　夜的盲目拱顶
触及背向空气的手指　　　水漫过天空
点点滴滴,甜蜜的火焰　　　少女赤裸而多腰

2

预先就在那里的耳朵　　　旅途无边,车站向谁啜泣
乐队悄然离去　　　　　　那么多忧伤的列车
星群在下　　　　　　　　停靠在不断到达的
泪水扰乱着大地的喜悦　　已经逝去的
我已忘掉今夜,正当月色温柔　丝绸一般的或泡沫的月光中

3

齐腰深的原则在崩溃中　　而置换的犹疑的面孔
光芒自倒影溢出　　　　　低语粘稠的用字法
舞台飘浮不定　　　　　　以及被表达所阻挡的世界
全部白天逼视月亮　　　　在走上浪漫形象的途中
　　　　　　　　　　　　倒下了

4

旋律使人茫然　　　　　　或只剩一半的神秘时间
及时的下颌落到手上
这年轻的玛祖卡的　　　　那被看见但从未显示的
向希腊幻觉微微拾起的　　那高高在上的
下颌　　　　　　　　　　那反复困扰灵魂的
胆寒的月亮

5

抒情的牙痛
给周身黑夜带来红晕
那些精神的恋物者
多病的不速之客
闪晃睡衣的如水柔情

隐忍或披露
莫测高深

一个人普遍的美
由于孤单而难以启齿

6

钢琴的啜泣不在此
耳朵里的花圈不在此
死亡
怒放的事态
低而又低地垂下头颅

如此多的头颅垂落之前
是否有一个身体在隐遁
有一双手在缩回
有一个意义
在取消

7

枪口
套上清音器的太阳
它松弛无吻的嘴唇
它骤然的
遥传四起的阴影如轻轻咳嗽

全部动词倒向血泊

为轻得不能再轻的定语所敲打
为密布的神经所拨弄
一头野兽
安放在毛发耸立的经过句中
这灿烂销魂的认命
这周期性的
多米诺骨牌的忧郁

8

风景以尖锐的骨头切入
一个词
自寂静抓紧
通过破碎与内心毗连

由来已久的瞬间呈现
生存的
高把位态度

9

修辞已成定局
一句话死去
倒下一片天意

赋格的书写或冥想
钢琴之水以及随之而来的

逐渐坚强的弱音　　　　　　　　月亮中不敢逼视的白天

10

以为沉重的肉体在复制玫瑰　　　以为音乐的奉献是虚无的
以为光亮不必解释
就能遍及现状的峰巅　　　　　　对于众多聆听者
　　　　　　　　　　　　　　　各自的沉默难以汇合

延伸阅读：诗人借肖邦的钢琴协奏曲，通过精准细致的弹琴技巧，以及对协奏曲的深入了解，含蓄地揭示了在一个令人震惊的年代，诗人自己无地彷徨的复杂心境。作品对"眼泪""弹奏""聆听"等视觉、动作和听觉的掌握，到了出神入化、坐忘山林的无人的程度，里面出现的那种安静，是同时期的诗歌作品中少有的，然而，正是在这种出奇的安静中，读者的心灵受到了震撼和感动。欧阳江河这首诗在阅读上，有一种"诗里""诗外"的特异效应，作者与读者仿佛相隔着历史的迷雾，正如当时人们对发生的事物完全处在惊讶之中，无法回到真实的情景之中一样。这一时期，作者写过一批这种具有纪念碑意义的诗作。

母 亲

翟永明

无力到达的地方太多了,脚在疼痛,母亲,你没有
教会我在贪婪的朝霞中染上古老的哀愁。
　　我的心只向你

你是我的母亲,我甚至是你的血液在黎明流出的
血泊中使你惊讶地看到你自己,你使我醒来

听到这世界的声音,你让我生下来,你让我与不幸构成
这世界可怕的双胞胎。多年来,
我已记不得今夜的哭声

那使你受孕的光芒,来得多么遥远,多么
　　可疑,站在生与死
之间,你的眼睛拥有黑暗而进入脚底的阴影何等沉重
在你怀抱之中,我曾露出谜底似的笑容,
有谁知道
你让我以童贞方式领悟一切,但我却无动于衷

我把这世界当做处女,难道我对着你
发出的
爽朗的笑声没有燃烧起足够的夏季吗?没有?

我被遗弃在世上,只身一人,太阳的光线悲哀地
笼罩着我,当你俯身世界时是否知道你遗落了什么?

岁月把我放在磨子里,让我亲眼看着自己被碾碎

呵,母亲,当我终于变得沉默,你是否为之欣喜

没有人知道我是怎样不着痕迹地爱你,这秘密
来自你的一部分,我的眼睛像两个伤口痛苦望着你

活着为了活着,我自取灭亡。以对抗亘古已久的爱
一块石头被抛弃,直到像骨髓一样风干,这世界

有了孤儿,使一切祝福暴露无遗,然而谁最清楚
凡在母亲手上站过的人,终会因诞生而死去

1984 年

延伸阅读:翟永明曾在成都电讯工程学院攻读工科专业。她 1970 年代末开始写诗,最初发表在《星星》上的作品受到新民歌的影响。朦胧诗兴起后,她的诗风开始转

变。到1980年代,她开始找到自己的题材,在女性经验的世界里寻找表现的对象,这是《女人》组诗出现的背景。这种诗歌观念显然还受到西蒙·波伏娃《第二性》一书的启发。对这种题材,作者采用了相对晦涩和没有结局的表现方式,问题主要在母女关系和作者与自我之间展开。她的诗,有内在的力度,诗意具有层次感,可以从不同角度去解读。与一般女诗人相比,她的作品在表面叛逆之外,富有思想深度和结实的思考的基础。作者富有艺术创造力,从1980年代中期至今,她一直有新作品问世,始终表现出活跃的姿态。

在哈尔盖仰望星空

西 川

有一种神秘你无法驾驭
你只能充当旁观者的角色
听凭那神秘的力量
从遥远的地方发出信号
射出光来,穿透你的心
像今夜,在哈尔盖
在这个远离城市的荒凉的
地方,在这青藏高原上的
一个蚕豆般大小的火车站旁
我抬起头来眺望星空
这时河汉无声,鸟翼稀薄

青草向群星疯狂地生长
马群忘记了飞翔
风吹着空旷的夜也吹着我
风吹着未来也吹着过去
我成为某个人,某间
点着油灯的陋室
而这陋室冰凉的屋顶
被群星的亿万只脚踩成祭坛
我像一个领取圣餐的孩子
放大了胆子,但屏住呼吸

延伸阅读:西川 1963 年生于江苏徐州,童年随父母迁居北京。1981 年考入北京大学英语系,毕业后先后在新华社国际部和中央美术学院工作。大学期间,与骆一禾、海子等交往,开始写诗。骆一禾和海子的先后去世,对他的人生和创作都产生了较大影响,其《怀念之一》《怀念之二》等文章反映了这种变化。他希望在西方现代诗和中国古典诗词之间找到一种平衡,用一种新古典主义的态度从事诗歌创作。他的作品有委婉的气质,在恰切的语言感觉中,试图揭示人的生存的隐秘,以及在此过程中的对生命的体悟。代表性作品有《重读博尔赫斯》《另一个我的一生》《致敬》《厄运》等。蓝棣之认为他的诗是"对命运沉默不语的坚韧,和它们那闲暇的姿态"。参见蓝棣之:《西川诗二首评点》,《诗探索》1994 年第 2 期。

衰 老 经

柏 桦

疲倦还疲倦得不够　　　　　并有趣地拿着绳子
人在过冬

　　　　　　　　　　　　　呵,我得感谢你们
一所房间外面　　　　　　　我认识了时光
铁路黯淡的灯光,在远方

　　　　　　　　　　　　　但冬天并非替代短暂的夏日
远方,远方人呕吐掉青春　　但整整三周我陷在集体里

1991 年 4 月

延伸阅读: 柏桦,1956 年生于四川,在南京大学中文系获得文学硕士学位。现在成都某高校任教。柏桦还有《夏天还很远》《唯有旧日子带给我们幸福》等作品。1990 年代,他的回忆性长篇诗学随笔《左边——毛泽东时代的抒情诗人》一书出版,产生了一定的影响。柏桦的诗风偏于阴柔,有一种陈旧和厌世的气质。他观察细腻,对细微事物的理解和表现在同代诗人中是相当突出的。这些因素,一方面可能来自中国古典诗词的影响,另一方面与四川成都的文化气氛也有一定关系。这首诗透露出作者未老先衰的心态,它传达的是经历了"文革"和 1980 年代社会剧烈转型而各种秩序并没有回归到理想状态,在生活中没有找到自己的位置,或者即使意识到有位置而无意自我重新定位的人们不乏茫然的特殊感受。1990 年代后,柏桦的这种诗歌,在青年诗人中比较常见。

镜 中

张 枣

只要想起一生中后悔的事
梅花便落了下来
比如看她游泳到河的另一岸
比如登上一株松木梯子
危险的事固然美丽
不如看她骑马归来
面颊温暖,
羞惭。低下头,回答着皇帝
一面镜子永远等候她
让她坐到镜中常坐的地方
望着窗外,只要想起一生中后悔的事
梅花便落满了南山

延伸阅读:前几年,张枣英年早逝,令人为这位有才华的诗人惋惜。诗人1962年生于湖南,本科毕业于湖南师范大学,硕士毕业于四川大学。1980年代中期赴德国图宾根大学留学,获得博士学位。1990年代后,他多年往返于中国与德国之间,曾在内地多所大学任教。他的诗,受到中国古典诗词意境的熏陶,飘逸婉约中隐含着人生的伤感。作品中还有一种早熟的气质和过分敏感的成分,这使他的语言透露出湿润、晦涩和含蓄的意蕴。张枣的主要作品有《入夜》《祖国丛书》《夜半的面包》和《哀歌》,诗集《春秋来信》等。

雨中的马(存目)

陈东东

延伸阅读：陈东东,1961年生于上海,毕业于上海师范大学中文系。先在上海第十一中学教书,后调上海市工商联。1990年代后,放弃职业在家专事写作,创办过民间诗刊《南方诗志》等。《雨中的马》和《从十一中学到南京路,想起一个希腊诗人》是较早引起人们注意的作品。1990年代后,陈东东先后出版过诗集和诗学著作《海神的一夜》《明净的部分》和《词的变奏》等。他诗歌创作的风格,介于李白、辛弃疾和西方超现实主义诗歌之间,秋天、雨、车站、花园、废园等充满伤感颓废色彩的季节和地点,是作者笔下精彩出现的诗歌意象。

瓦雷金诺叙事曲(存目)

王家新

延伸阅读：王家新,1957年生于湖北,1982年毕业于武汉大学中文系。曾在《诗刊》兼职,后赴英国两年。现在北京某高校任教。王家新1980年代的诗,受到朦胧诗的某种影响。1990年代,鉴于那场风波,以及羁留在英国的生活,使作者心境大变。作品中开始渗透一种强烈的忧患感和抑制不住的悲剧意识,这些在《瓦雷金诺叙事曲》《帕斯捷尔纳克》《词语》《日记》《卡夫卡》等诗作中达到高潮。他说:"卡夫卡向我们提示了一个尚待形成的'顶峰',一个作家应具备的良知和品格,提示了文学本身的性质。这不仅感人,重要的是它唤起了我们对于文学的某种自觉。"参见王家新:《夜莺在它自己的时代·代序》,北京,东方出版中心,1997年。

岁月的遗照(存目)

张曙光

延伸阅读：张曙光,1956年出生于黑龙江,1982年毕业于黑龙江大学中文系。1980

年代,张曙光的诗没有引起人们的注意。1990年代后,他创办民间诗刊《剃须刀》,诗风发生了很大转变,其重要作品有《岁月的遗照》《尤利西斯》《边缘的人》《西游记》《疾病》和《这场雪》等。张曙光的创作,有内在的质感,硬朗充实的内容中,含蕴着扑朔迷离的思想性。他常从多年前的某个生活细节中,发现历史巨变中某种必然的东西,它们带给读者令人震惊的经验,和一种无法言说的神秘性。他倡导诗歌的叙事性,但也注意含蓄地将抒情的成分隐蔽其中。

在无名小镇上(存目)

孙文波

延伸阅读：孙文波,1959年生于四川成都,曾经插队和当兵。1980年代在成都某报纸供职,1990年代后移居北京。与开愚合编过《九十年代》《反对》等民间诗刊。出版过诗集《地图上的旅行》和《孙文波的诗》等。他引起评论界注意,始于1990年代提倡诗歌叙事的主张。为此他也身体力行,写过大量反映这一主张的诗歌作品,并对年轻诗人的创作产生过一定影响。孙文波的诗,具有生活的实感,但也不同于1980年代的"他们"诗人,而是在生活表象之外,注重对存在价值和生命意义的思考;语言平实,有内在的质感和与人交流的对话性。

燕园纪事(存目)

臧 棣

延伸阅读：臧棣,1964年生于北京,曾在四川度过童年,后随父母定居北京。1987年毕业于北京大学中文系,做过短期记者,接着又在该校完成文学硕士和博士学位。现在北京某高校任教。读大学期间,臧棣的诗歌创作受到骆一禾、海子和西川等人的影响。1990年代后,他接续卞之琳、何其芳和李广田等精致的北大诗歌传统,发展出自己较为独特的表现手法,并对年轻诗人产生了一定影响。臧棣观察细腻独特,强调现代诗歌创作技巧,并擅长用客观的笔触去揭示生活的底蕴。诗歌作品之外,他还写过一批有影响的诗歌评论。出版过诗集《燕园纪事》和《风吹草动》等。

散　文

傅雷家书(节选)

傅　雷

1956 年 10 月 3 日晨

亲爱的孩子,你回来了,又走了;许多新的工作,新的忙碌,新的变化等着你,你是不会感到寂寞的;我们却是静下来,慢慢的回复我们单调的生活,和才过去的欢会与忙乱对比之下,不免一片空虚,——昨儿整整一天若有所失。孩子,你一天天的在进步,在发展:这两年来你对人生和艺术的理解又跨了一大步,我愈来愈爱你了,除了因为你是我们身上的血肉所化出来的而爱你以外,还因为你有如此焕发的才华而爱你;正因为我爱一切的才华,爱一切的艺术品,所以我也把你当作一般的才华(离开骨肉关系),当作一件珍贵的艺术品而爱你。你得千万爱护自己,爱护我们所珍视的艺术品!遇到任何一件出入重大的事,你得想到我们——连你自己在内——对艺术的爱!不是说你应当时时刻刻想到自己了不起,而是说你应当从客观的角度重视自己:你的将来对中国音乐的前途有那么重大的关系。你每走一步,无形中都对整个民族艺术的发展有影响,所以你更应当战战兢兢,郑重将事!随时随地要准备牺牲目前的感情,为了更大的感情——对艺术对祖国的感情。你用在理解乐曲方面的理智,希望能普遍地应用到一切方面,特别是用在个人的感情方面。我的园丁工作已经做了一大半,还有一大半要你自己来做的了。爸爸已经进入人生的秋季,许多地方都要逐渐落在你们年轻人的后面,能够帮你的忙将越来越减少;一切要靠你自己努力,靠你自己警惕,自己鞭策。你说到技巧要理论与实践结合,但愿你能把这句话用在人生的实践上去;那末你这朵花一定能开得更美,更丰满,更有力,更长久!

谈了一个多月的话,好像只跟你谈了一个开场白。我跟你是永远谈不完的,正如一个人对自己的独白是终身不会完的,你跟我两人的思想和感情,不正是我自己的思想和感情吗?清清楚楚的,我跟你的讨论与争辩,常常就是我跟自己的讨论与争辩。父子之间能有这种境界,也是人生莫大的幸福。除了外界的原因没有能使你把假期过得像个假期以外,连我也给你一些小小的不愉快,破坏了你回家前的对家庭的期望。我心中始终对你抱着歉意。但愿你这次给我的教育(就是说从和你相处而反映出我的缺点)能对我今后发生作用,把我自己继续改造。尽管人生那么无情,我们本人还是应当把自己尽量改好,少给人一些痛苦,多给人一些快乐。说来说去,我仍抱着"宁天下人负我,毋我负天下人"的心愿。我相信你也是这样的。

1960年8月29日

亲爱的孩子,8月20日报告的喜讯使我们心中说不出的欢喜和兴奋。你在人生的旅途中踏上一个新的阶段,开始负起新的责任来,我们要祝贺你,祝福你,鼓励你。希望你拿出像对待音乐艺术一样的毅力、信心、虔诚,来学习人生艺术中最高深的一课。但愿你将来在这一门艺术中得到像你在音乐艺术中一样的成功!发生什么疑难或苦闷,随时向一二个正直而有经验的中、老年人讨教,(你在伦敦已有一年八个月,也该有这样的老成的朋友吧?)深思熟虑,然后决定,切勿单凭一时冲动;只要你能做到这几点,我们也就放心了。

对终身伴侣的要求,正如对人生一切的要求一样不能太苛。事情总有正反两面:追得你太迫切了,你觉得负担重;追得不紧了,又觉得不够热烈。温柔的人有时会显得懦弱,刚强了又近乎专制。幻想多了未免不切实际,能干的管家太太又觉得俗气。只有长处没有短处的人在哪儿呢?世界上究竟有没有十全十美的人或事物呢?抚躬自问,自己又完美到什么程度呢?这一类的问题想必你考虑过不止一次。我觉得最主要的还是本质的善良,天性的温厚,开阔的胸襟。有了这三样,其他都可以逐渐培养;而且有了这三样,将来即使遇到大大小小的风波也不致变成悲剧。做艺术家的妻子比做任何人的妻子都难;你要不预先明白这一点,即使你知道"责人太严,责己太宽",也不容易学会明哲、体贴、容忍。只要能代你解决生活琐事,同时对你的事业感到兴趣就行,对学问的钻研等等暂时不必期望过奢,还得看你们婚后的生活如何。眼前双方先学习相互的尊重、谅解、宽容。

对方把你作为她整个的世界固然很危险,但也很宝贵!你既已发觉,一定会慢慢点醒她;最好旁敲侧击而勿正面提出,还要使她感到那是为了维护她的人格独立,扩大她的世界观。倘若你已经想到奥里维的故事,不妨就把那部书叫她细读一二篇,特别要她注意那一段插曲。像雅葛丽纳那样只知道 love,love,love!的人只是童话中人物,在现实世界中非但得不到 love,连日子都会过不下去,因为她除了 love 一无所知,一无所有,一无所爱,这样狭窄的天地哪像一个天地!这样片面的人生观哪会得到幸福!无论男女,只有把兴趣集中在事业上,学问上,艺术上,尽量抛开渺小的自我(ego),才有快活的可能,才觉得活的有意义。未经世事的少女往往会存一个荒诞的梦想,以为恋爱时期的感情的高潮也能在婚后维持下去。这是违反自然规律的妄想。古语说,"君子之交淡如水";又有一句话说,"夫妇相敬如宾"。可见只有平静、含蓄、温和的感情方能持久;另外一句的意义是说,夫妇到后来完全是一种知己朋友的关系,也即是我们所谓的终身伴侣。未婚之前双方能深切领会到这一点,就为将来打定了最可靠的基础,免除了多少不必要的误会与痛苦。

你是以艺术为生命的人,也是把真理、正义、人格等等看做高于一切的人,也是以工作为乐生的人,我用不着唠叨,想你早已把这些信念表白过,而且竭力灌输给对方的了。我只想提醒你几点。——第一,世界上最有力的论证莫如实际行动,最有效的教育莫如以身作则;自己做不到的事千万勿要求别人;自己也要犯的毛病先批评自己,先改自己的。——第二,永远不要忘了我教育你的时候犯的许多过严的毛病。我过去的错误要是能使你避免同样的错误,我的罪过也可以减轻几分;你受过的痛苦不再施之于他人,你也不算白白吃苦。总的来说,尽管指点别人,可不要给人"好为人师"的感觉。奥诺丽纳(你还记得巴尔扎克那个中篇吗?)的不幸一大半是咎由自取,一小部分也因为丈夫教育她的态度伤了她的自尊心。凡是童年不快乐的人都特别脆弱(也有训练得格外坚强的,但只是少数),特别敏感,你回想一下自己,就会知道对付你的恋人要如何 delicate,如何 discreet 了。

我相信你对爱情问题看得比以前更郑重更严肃了;就在这考验时期,希望你更加用严肃的态度对待一切,尤其要对婚后的责任先培养一种忠诚、庄严、虔敬的心情!

延伸阅读:傅雷是国内翻译巴尔扎克小说和法国文学最为著名的翻译家之一。他1940年代以"迅雨"笔名评论张爱玲小说的文章,也是一时名文。解放后,傅雷专事文学翻译,并以"家书"的形式给儿子傅聪等写过很多书信,结集出版后,在青年读者中产生了很大影响。这些家书,文字平实,语气客观,作者以平等的身份与儿子讨论人生、学术。由于傅雷的博学,它又不是普通的家书,而是兼家书和学问的一种特殊文体。"文革"爆发后,傅雷和夫人因不堪侮辱,双双在上海家中自杀。

怀念萧珊

巴　金

一

今天是萧珊逝世的六周年纪念日。六年前的光景还非常鲜明地出现在我的眼前。那天我从火葬场回到家中，一切都是乱糟糟的，过了两三天我渐渐地安静下来了，一个人坐在书桌前，想写一篇纪念她的文章。在五十年前我就有了这样一种习惯：有感情无处倾吐时，我经常求助于纸笔。可是一九七二年八月里那几天，我每天坐三四个小时望着面前摊开的稿纸，却写不出一句话。我痛苦地想，难道给关了几年的"牛棚"，真的就变成"牛"了？头上仿佛压了一块大石头，思想好像冻结了一样。我索性放下笔，什么也不写了。

六年过去了，林彪、"四人帮"及其爪牙们的确把我搞得很"狼狈"，但我还是活下来了，而且偏偏活得比较健康，脑子也并不糊涂：有时还可以写一两篇文章。最近我经常去龙华火葬场，参加老朋友们的骨灰安放仪式。在大厅里我想起许多事情。同样地奏着哀乐，我的思想却从挤满了人的大厅转到只有二三十个人的中厅里去了，我们正在用哭声向萧珊的遗体告别。我记起了《家》里面觉新说过的一句话："好像珏死了，也是一个不祥的鬼。"四十七年前我写这句话的时候，怎么想得到我是在写自己！我没有流眼泪，可是我觉得有无数锋利的指甲在搔我的心。我站在死者遗体旁边，望着那张惨白色的脸、那两片咽下了千言万语的嘴唇，我咬紧牙齿，在心里唤着死者的名字。我想，我比她大十三岁，为什么不让我先死？我想，这是多么不公平！她究竟犯了什么罪？她也给关进"牛棚"，挂上"牛鬼"的小牌子，还扫过马路。究竟为什么？理由很简单，她是我的妻子。她患了病，得不到治疗，也因为她是我的妻子。想尽办法一直到逝世前三个星期，靠开后门她才住进了医院。但是癌细胞已经扩散，肠癌变成了肝癌。

她不想死，她要活，她愿意改造思想，她愿意看到社会主义建成。这个愿望总不能说是痴心妄想吧。她本来可以活下去，倘使她不是"黑老K"的"臭婆娘"。一句话，是我连累了她，是我害了她。

在我靠边的几年中间，我所受到的精神折磨，她也同样受到。但是我并未挨过打，她却挨了"北京来的红卫兵"的铜头皮带，留在她左眼上的黑圈好几天以后才退尽。她挨打只是为了保护我，她看见那些年轻人深夜闯了进来，害怕他们把我揪走，便溜出大门，到对面派出所去，请民警同志出来干预，那里只有一人值班，不敢管。当着民警的面她被他们用铜头皮带狠狠地抽了一下，给押了回来，同我一起关在马桶间里。

她不仅分担了我的痛苦，还给了我不少的安慰和鼓励。在"四害"横行的时候，我在原单位给人当作"罪人"和"贱民"看待，日子十分难过，有时到晚上九十点钟才能回家。我进了门看到她的面容,满脑子的乌云都消散了。我有什么委屈、牢骚都可以向她尽情倾吐。有一个时期我和她每晚临睡前服两粒眠尔通才能够闭眼,可是天刚刚发白就都醒了。我唤她,她也唤我,我诉苦般地说:"日子难过啊!"她也用同样声音回答:"日子难过啊!"但是她马上加一句:"要坚持下去。"或者再加一句:"坚持就是胜利。"我说"日子难过",因为在那一段时间里我每天在"牛棚"里面劳动、学习、写交代、写检查、写思想汇报。任何人都可以责骂我、教训我、指挥我,从外地到作协来串联的人可以随意点名叫我出去"示众",还要自报罪行。上下班不限时间,由管"牛棚"的"监督组"随意决定。任何人都可以闯进我家里来,高兴拿什么就拿走什么。这个时候大规模的群众性批斗和电视批斗大会还没有开始,但已经越来越逼近了。

　　她说"日子难过",因为她给两次揪到机关,靠边劳动,后来也常常参加陪斗。在淮海中路大批判专栏上张贴着批判我的罪行的大字报,我一家人的名字都给写出来"示众",不用说"臭婆娘"的大名占着显著的地位。这些文字像虫子一样咬痛她的心。她让上海戏剧学院"狂妄派"学生突然袭击、揪到作协去的时候,在我家大门上还贴了一张揭露她的所谓罪行的大字报。幸好当天夜里我儿子把它撕毁,否则这一张大字报就会要了她的命!

　　人们的白眼、人们的冷嘲热骂蚕食着她的身心,我看出来她的健康逐渐遭到损害,表面上的平静是虚假的。内心的痛苦像一锅煮沸的水,她怎么能遮盖住!怎么能使它平静!她不断地给我安慰,对我表示信任,替我感到不平。然而她看到我的问题一天天地变得严重,上面对我的压力一天天地增加,她又非常担心,有时同我一起上班或者下班,走近巨鹿路口、快到作家协会,或者走到湖南路口、快到我们家,她总是抬不起头。我理解她,同情她,也非常担心她经受不起沉重的打击。我还记得有一天到了平常下班的时间,我们没有受到留难,回到家里,她比较高兴,到厨房去烧菜。我翻看当天的报纸,在第三版上看到当时做了作协的"头头"的两个工人作家写的文章《彻底揭露巴金的反革命真面目》。真是当头一棒!我看了两三行,连忙把报纸藏起来,我害怕让她看见。她端着烧好的菜出来,脸上还带笑容,吃饭时她有说有笑。饭后她要看报,我企图把她的注意力引到别处。但是没有用,她找到了报纸。她的笑容一下子完全消失。这一夜她再没有讲话,早早地进了房间。我后来发现她躺在床上小声哭着。一个安静的夜晚给破坏了。今天回想当时的情景,她那张满是泪痕的脸还历历在我眼前。我多么愿意让她的泪痕消失,笑容在她那憔悴的脸上重现,即使减少我几年的生命来换取我们家庭生活中一个宁静的夜晚,我也心甘情愿!

二

　　我听周信芳同志的媳妇说,周的夫人在逝世前经常被打手们拉出去当作皮球推来推去,打得遍体鳞伤,有人劝她躲开,她说:"我躲开,他们就要这样对付周先生了。"萧珊并未受到这种新式体罚。可是她在精神上给别人当皮球打来打去。她也有这样的想法:她多受一点精神折磨,可以减轻对我的压力。其实这是她的一片痴心,结果只苦了她自己。我看见她一天天地憔悴下去,我看见她的生命之火逐渐熄灭,我多么痛心,我劝她,安慰她,我想把她拉住,一点也没有用。

　　她常常问我:"你的问题什么时候才解决呢?"我苦笑地说:"总有一天会解决的。"

她叹口气说:"我恐怕等不到那个时候了。"后来她病倒了,有人劝她打电话找我回家,她不知从哪里得来的消息,她说:"他在写检查,不要打扰他,他的问题大概可以解决了。"等到我从五·七干校回家休假,她已经不能起床。她还问我检查写得怎样,问题是否可以解决。我当时的确在写检查,而且已经写了好些次了。他们要我写,只是为了消耗我的生命。但她怎么能理解呢?

这时离她逝世不过两个多月,癌细胞已经扩散。可是我们不知道,想找医生给她认真检查一次,也毫无办法。平日去医院挂号看门诊,等了许久才见到医生或者实习医生,随便给开个药方就算解决问题。只有在发烧到摄氏三十九度才有资格挂急诊号,或者还可以在病人拥挤的观察室里待上一天半天。当时去医院看病找交通工具也很困难,常常是我女婿借了自行车来,让她坐在车上,他慢慢地推着走。有一次她雇到小三轮车去,看好门诊回家,雇不到车,只好同陪她看病的朋友一起慢慢地走回来,走走停停,走到街口,她快要倒下了,只得请求行人到我们家通知。她一个表侄正好来探病,就由他去背了她回家。她希望拍一张X光片子查一查肠子有什么病,但是办不到。后来靠了她一位亲戚帮忙,开后门两次拍片,才查出她患肠癌。以后又靠朋友设法开后门住进了医院。她自己还高兴,以为得救了。只有她一个人不知真实的病情。她在医院里只活了三个星期。

我休假回家,假期满了,我又请过两次假留在家里照料病人,最多也不到一个月。我看见她病情日趋严重,实在不愿意把她丢开不管,我要求延长假期的时候,我们那个单位一个"工宣队"头头逼着我第二天就回干校去。我回到家里,她问起来,我无法隐瞒,她叹了一口气,说:"你放心去吧。"她把脸掉过去,不让我看她。我女儿、女婿看到这种情景自告奋勇跑到巨鹿路去向那位"工宣队"头头解释,希望他同意我在市区多留些日子照料病人。可是那个头头"执法如山",还说:"他不是医生,留在家里有什么用处!留在家里对他改造不利。"他们气愤地回到家中,只说机关不同意,后来才对我传达了这句"名言",我还能讲什么呢?明天回干校去!

整个晚上她睡不好,我更睡不好。出乎意外,第二天一早我那个插队落户的儿子在我们房间里出现了,他是昨天半夜里到的。他得到了家信,请假回家看母亲,却没有想到母亲病成这样。我见了他一面,把他母亲交给他,就回干校去了。

在车上我的情绪很不好。我实在想不通为什么会有这样的事情。我在干校待了五天,无法同家里通消息。我已经猜到她的病不轻了。可是人们不让我过问她的事。这五天是多么难熬的日子!到第五天晚上在干校的造反派头头通知我们全体第二天一早回市区开会。这样我才回到了家,见到了我的爱人。靠了朋友帮忙她可以住进中山医院肝癌病房,一切都准备好,她第二天就要住院。她多么希望住院前见我一面,我终于回来了,连我也没有想到她的病情发展得这么快。我们见了面,我一句话也讲不出来,她说了一句:"我到底住院了。"我答说:"你安心治疗吧。"她父亲也来看她,老人家双目失明,去医院探病有困难,可能是来同他的女儿告别了。

我吃过中饭就去参加给别人戴上反革命帽子的大会,受批判、戴帽子的人不止一个,其中有一个我的熟人王若望同志,过去,也是作家,不过比我年轻。我们一起在"牛棚"里关过一个时期,他的罪名是"摘帽右派"。他不服,不肯听话,他贴出大字报,声明"自己解放自己",因此罪名越搞越大,给捉去关了一个时期不算,还戴上了反革命的帽子监督劳动。在会场里我一直在做怪梦。开完会回家,见到萧珊我感到格外亲切,仿佛重回人间。可是她不舒服,不想讲话,偶尔讲一句半句,我还记得她讲了两次:"我看不到了。"我连声问她看不到什么?她后来才说:"看不到你解放了。"我还能回答什么呢?

我儿子在旁边,垂头丧气,精神不好,晚饭只吃了半碗,像是患感冒。她忽然指着他小声说:"他怎么办呢?"他当时在安徽山区农村插队落户已经待了三年半,政治上没有人管,生活上不能养活自己,而且因为是我的儿子给剥夺了好些公民权利。他先学会沉默,后来又学会抽烟。我怀着内疚的心情看看他,我后悔当初不该写小说,更不该生儿育女。我还记得前两年在痛苦难熬的时候她对我说:"孩子们说爸爸做了坏事,害了我们大家。"这好像用刀子在割我身上的肉,我没有出声,我把泪水全吞在肚里。她睡了一觉醒过来,忽然问我:"你明天不去了?"我说:"不去了。"就是那个"工宣队"头头在今天通知我不用再去干校,就留在市区。他还问我:"你知道萧珊是什么病吗?"我答说:"知道。"其实家里瞒住我,不给我知道真相,我还是从他这句问话里猜到的。

三

第二天早晨她动身去医院,一个朋友和我女儿女婿陪她去。她穿好衣服等候车来。她显得急躁又有些留恋,东张张、西望望,她也许在想是不是能再看到这里的一切。我送走她,心上反而加了一块大石头。

将近二十天里,我每天去医院陪她大半天,我照料她,我坐在病床前守着她,同她短短地谈几句话,她的病情变化,一天天衰弱下去,肚子却一天天大起来,行动越来越不方便。当时病房里没有人照料,生活方面除饮食外一切都必须自理。后来听同病房的人称赞她"坚强",说她每天早晚都默默地挣扎着下了床走到厕所。医生对我们谈起,病人的身体受不住手术,最怕她的肠子堵塞,要是不堵塞,还可以拖延一个时期。她住院后的半个月是一九六六年八月以来我既痛苦又感到幸福的一段时间,是我和她在一起度过的最后的平静时刻,我今天还不能将它忘记。但是半个月以后,她的病情又有了发展。一天吃中饭的时候,医生通知我儿子找我去谈话。他告诉我:病人的肠子给堵住了,必须开刀。开刀不一定有把握,也许中途出毛病。但是不开刀,后果更不堪设想,他要我决定,并且要我劝她同意。我做了决定,就去病房对她解释,我讲完话,她只说了一句:"看来,我们要分别了。"她望着我,眼睛里全是泪水,我说:"不会的……"我的声音哑了。接着护士长来安慰她,对她说:"我陪你,不要紧的。"她回答:"你陪我就好。"时间很紧迫。医生护士们很快作好了准备,她给送进手术室去了,是她的表侄把她推到手术室门口的。我们就在外面廊上等候了好几个小时,等到她平安地给送出来。由儿子把她推回到病房去。儿子还在她的身边守过一个夜晚。过两天他也病倒了,查出来他患肝炎,是从安徽农村带回来的。本来我们想瞒住他的母亲,可是无意间让他母亲知道了。她不断地问:"儿子怎么样?"我自己也不知道儿子怎么样,我怎么能使她放心呢?晚上回到家,走进空空的、静静的房间,我几乎要叫出声来:"一切都朝我的头打下来吧,让所有的灾祸都来吧。我受得住!"

我应当感谢那位热心而又善良的护士长,她同情我的处境,要我把儿子的事情完全交给她办。她作好安排,陪他看病、检查,让他很快住进别处的隔离病房,得到及时的治疗和护理。他在隔离病房里苦苦地等候母亲病情的好转。母亲躺在病床上,只能有气无力地说几句短短的话,她经常问:"棠棠怎么样?"从她那双含泪的眼睛里我明白她多么想看见她最爱的儿子。但是她已经没有精力多想了。

她每天给输血、打盐水针，她看见我去，就断断续续地问我："输多少CC的血？该怎么办？"我安慰她："你只管放心，没有问题，治病要紧。"她不止一次地说："你辛苦了。"我有什么苦呢？我能够为我最亲爱的人做事情，哪怕做一件小事，我也高兴！后来她的身体更不行了。医生给她输氧气，鼻子里整天插着管子。她几次要求拿开，这说明她感到难受。但是听了我们的劝告她终于忍受下去了。开刀以后她只活了五天，谁也想不到她会去得这么快！五天中间我整天守在病床前，默默地望着她在受苦（我是设身处地感觉到这样的），可是她除了两三次要求搬开床前巨大的氧气筒，三四次表示担心输血较多，付不出医药费之外，并没有抱怨过什么，见到熟人她常有这样一种表情：请原谅我麻烦了你们。她非常安静，但并未昏睡，始终睁大两只眼睛。眼睛很大，很美，很亮，我望着，望着，好像在望快要燃尽的烛火。我多么想让这对眼睛永远亮下去！我多么害怕她离开我！我甚至愿意为我那十四卷"邪书"受到千刀万剐，只求她能安静地活下去。

不久前我重读梅林写的《马克思传》，书中引用了马克思给女儿的信里的一段话，讲到马克思夫人的死。信上说："她很快就咽了气。……这个病具有一种逐渐虚脱的性质，就像由于衰老所致一样，甚至在最后几小时也没有临终的挣扎，而是慢慢地沉入睡乡，她的眼睛比任何时候都更大、更美、更亮！"这段话我记得很清楚，马克思夫人也死于癌症。我默默地望着萧珊那对很大、很美、很亮的眼睛，我想起这段话，稍微得到一点安慰。听说她的确也"没有临终的挣扎"，她也是"慢慢地沉入睡乡"。我这样说，因为她离开这个世界的时候，我不在她的身边，那天是星期天，卫生防疫站因为我们家发现了肝炎病人，派人上午来做消毒工作。她的表妹有空愿意到医院去照料她，讲好我们吃过中饭就去接替。没有想到我们刚刚端起饭碗，就得到传呼电话，通知我女儿去医院，说是她妈妈"不行"了。真是晴天霹雳！我和我女儿女婿赶到医院。她那张病床上连床垫也给拿走了。别人告诉我她在太平间。我们又下了楼赶到那里，在门口遇见表妹，还是她找人帮忙把"咽了气"的病人抬进来的。死者还不曾给放进铁匣子里送进冷库，她躺在担架上，但已经给白布床单包得紧紧的，看不到面容了。我只看到她的名字。我弯下身子，把地上那个还有点人形的白布包拍了好几下，一面哭着唤她的名字。不过几分钟的时间。这算是什么告别呢？

据表妹说，她逝世的时刻，表妹也不知道。她曾经对表妹说："找医生来。"医生来过，并没有什么。后来她就渐渐"沉入睡乡"。表妹还以为她在睡眠。一个护士来打针才发觉她的心脏已经停止跳动了。我没有能同她诀别，我有许多话没有能向她倾吐，她不能没有留下一句遗言就离开我！我后来常常想，她对表妹说："找医生来，"很可能不是"找医生"，是"找李先生"（她平日这样称呼我）。为什么那天上午偏偏我不在病房呢？家里人都不在她身边，她死得这样凄凉！

我女婿马上打电话给我们仅有的几个亲戚，她的弟媳赶到医院，马上晕了过去。三天以后在龙华火葬场举行告别仪式。她的朋友一个也没有来，因为一则我们没有通知，二则我是一个审查了将近七年的对象。没有悼词，没有吊客，只有一片伤心的哭声。我衷心感谢前来参加仪式的少数亲友和特地来帮忙的我女儿的两三个同学。最后我跟她的遗体告别，女儿望着遗容哀哭，儿子在隔离病房，还不知道把他当作命根子的妈妈已经死亡。值得提说的是她当作自己儿子照顾了好些年的一位亡友的男孩，从北京赶来只为了看见她的最后一面。这个整天同钢铁打交道的技术员和干部,他的心倒不像钢铁那样。他得到电报以后,他爱人对他说:"你去吧,你不去一趟,你的心永远安定不了。"我在变了形的她的遗体旁边站了一会。别人给我和她照了相。我痛苦地想:这是最后一次了,即使给我们留下来很难看的形象,我也要珍视这个镜头。

一切都结束了。过了几天我和女儿女婿再去火葬场,领到了她的骨灰盒。在存放室里寄存了三年之后,我按期把骨灰盒接回家里,有人劝我把她的骨灰安葬,我宁愿让骨灰盒放在我的寝室里,我感到她仍然和我在一起。

四

梦魇一般的日子终于过去了。六年仿佛一瞬间似的远远地落在后面了。其实哪里是一瞬间!这段时间里有多少流着血和泪的日子啊。不仅是六年,从我开始写这篇短文到现在又过去了半年,这半年中间我经常在火葬场的大厅里默哀,行礼,为了纪念给"四人帮"迫害致死的朋友。想到他们不能把个人的智慧和才华献给社会主义祖国,我万分惋惜。每次戴上黑纱、插上白花的同时,我也想起我自己最亲爱的朋友,一个普通的文艺爱好者,一个成绩不大的翻译工作者,一个心地善良的好人。她是我的生命的一部分,她的骨灰里有我的泪和血。

她是我的一个读者。一九三六年我在上海第一次同她见面,一九三八年和一九四一年我们两次在桂林像朋友似的住在一起。一九四四年我们在贵阳结婚。我认识她的时候,她还不到二十,对她的成长我应当负很大的责任。她读了我的小说,后来见到了我,对我发生了感情。她在中学念书。看见我之前,因为参加学生运动被学校开除,回到家乡住了一个短时期,又出来进另一所学校。倘使不是为了我,她三七、三八年可能去了延安。她同我谈了八年的恋爱,后来到贵阳旅行结婚,只印发了一个通知,没有摆过一桌酒席。从贵阳我们先后到重庆,住在民国路文化生活出版社门市部楼梯下七八个平方米的小屋里。她托人买了四只玻璃杯开始组织我们的小家庭。她陪着我经历了各种艰苦生活。在抗日战争紧张的时期,我们一起在日军进城以前十多个小时逃离广州,我们从广东到广西,从昆明到桂林,从金华到温州,我们分散了,又重见,相见后又别离。在我那两册《旅途通讯》中就有一部分这种生活的记录。四十年前有一位朋友批评我:"这算什么文章!"我的《文集》出版后,另一位朋友认为我不应当把它们也收进去。他们都有道理,两年来我对朋友、对读者讲过不止一次,我决定不让《文集》重版。但是为我自己,我要经常翻看那两小册《通讯》。在那些年代每当我落在困苦的境地里、朋友们各奔前程的时候,她总是亲切地在我的耳边说:"不要难过,我不会离开你,我在你的身边。"的确,只有在她最后一次进手术室之前她才说过这样一句:"我们要分别了。"

我同她一起生活了三十多年。但是我并没有好好地帮助过她。她比我有才华,却缺乏刻苦钻研的精神。我很喜欢她翻译的普希金和屠格涅夫的小说。虽然译文并不恰当,也不是普希金和屠格涅夫的风格,它们却是有创造性的文学作品,阅读它们对我是一种享受。她想改变自己的生活,不愿做家庭妇女,却又缺少吃苦耐劳的勇气。她听从一个朋友的劝告,得到后来也是给"四人帮"迫害致死的叶以群同志的同意到《上海文学》"义务劳动",也做了一点点工作,然而在运动中却受到批判,说她专门向老作家、反动权威组稿,又说她是我派去的"坐探"。她为了改造思想,想走捷径,要求参加"四清"运动,找人推荐到某铜厂的工作组工作,工作相当繁重、紧张,她却精神愉快。但是我快要靠边的时候,她也被叫回作家协会参加运动。她第一次参加这种急风暴雨般的斗争,而且是以反动权威家属的身份参加,她不知道该怎么办才好。她张皇失措、坐立不安,替我担心,又为儿女的前途忧虑。她盼望什么人向她伸出援助的手,可是朋友们离开了她,"同事们"拿她当作箭靶,还有人想通过整她来整我。她不是作家协会或者刊物的正式工作人员,可是仍然被"勒令"靠边劳动站队挂牌,放回家以后又给揪到机关。过一个时期她写了认罪的检查,第二次给放回家的时候,我们机关的造反派头头却通知里弄委员会罚她扫街。她怕人看见,每天大清早起来,拿着扫帚出门,扫得精疲力尽,才回到家里,关上大门,吐了一口气。但有时她还碰到上学去的小孩,叫骂:"巴金的臭婆娘。"我偶尔看见她拿着扫帚回来,不敢正眼看她,我感到负罪的心情。这是对她的一个致命的打击,不到两个月,她病倒了,以后就没有再出去扫街(我妹妹继续扫了一个时期),但是也没有完全恢复健康。尽管她还继续拖了四年,但一直到死,她并不曾看到我恢复自由。这就是她的最后,然而绝不是她的结局。她的结局将和我的结局连在一起。

我绝不悲观。我要争取多活。我要为我们社会主义祖国工作到生命的最后一息。在我丧失工作能力的时候,我希望病榻上有萧珊翻译的那几本小说,等到我永远闭上眼睛,就让我的骨灰和她的骨灰搀和在一起。

1979 年 1 月 15 日写

延伸阅读:巴金与萧珊也是文坛一个著名的"师生恋"。不过,萧珊不像张兆和那样是丈夫的直接的学生,她上中学时就是巴金的粉丝兼读者,从西南大学外文系毕业后才嫁给巴金,两人的爱情马拉松持续了十几年的时间。这种特殊经历以及巴金的为人,都使这篇散文具有独特价值。萧珊死于"文革",是巴金至为沉痛的一件事。所以,文章虽娓娓叙来,但笔意沉重、伤感,是作者写给亡妻的悼亡之文。作品曾被选入中学课本,在读者中有广泛影响。

干校六记(存目)

杨 绛

延伸阅读:"文革"期间,杨绛随中国社会科学院的前身——中国科学院哲学社会学部的一批知识分子下放农村劳动,这种名为"改造"实为监督劳动的不堪经历,是写作这部文学随笔的主要缘由。在作品中,作者尽量采取平实的语气,客观叙述了生活、劳动的某些细节,让后代读者通过它,了解到一代知识分子的心路历程。作为当代"干校实录"之一,它的文学价值和历史价值自不待言。在1940年代的老作家那里,像杨绛这种以当代人的身份写当代生活的文学创作实属少见。

静虚村记(存目)

贾平凹

延伸阅读:贾平凹的小说评论很多,散文却较少有人关注,但实际上,他散文的成就一点也不逊于小说。所以,在散文没落的年代,评论家周政保的文章就显得相当珍贵。他说:"贾平凹自70年代末至今,已经写下(发表与出版)了八十万字左右的散文作品。这样也就构成了一种值得研究的事实。特别是,就贾平凹散文创作的艺术质量而言,或者从贾平凹散文创作的题材择取、境界构造、叙述风格、氛围情调、传达方式等方面来考察,都足以说明自成一家的独特性了。"这种评价比较中肯,也符合实际。参见周政保:《优柔的月光——贾平凹散文的阅读笔记》,《上海文学》1991年第12期。

伤逝(存目)

台静农

延伸阅读：台静农 1920 年代在北大读书时，追随鲁迅从事小说创作，是乡土小说流派的成员之一。1940 年代末他随军政人员撤到台湾，历经患难，后来做过台湾大学校长。《伤逝》是步鲁迅同名小说的韵脚，但意思可能已经完全不同。对于大陆很多读者来说，较难理解台湾文学的乡愁主题。这种困难在于他们不会站在离散的角度去想象外省逃亡台湾的许多人那种悲伤失落的心情，自然就很难从这种特殊历史情结中解读乡愁主题。作为老作家，台静农的散文中也许还隐藏着许多别的东西，读者需要耐心下来走进他的文本。

忆青岛(存目)

梁实秋

延伸阅读：这是梁实秋去台湾后写的一篇散文，所以放在"当代文学"部分。他的散文，各种评价和研究已经很多，这里不再累述。不过，我们可以想象，一个渐入老年的人回忆多年前在大陆的生活片断，尤其是在有家不能回的情况下，这种回忆自然不会是赏心悦目和充满了温暖的。然而，作者毕竟是著名散文家，他知道好的文章要有转折，有埋伏，否则就变得简单，不好看了。他的文字中间，透出五四以来的文学传统，这种文人气比较重或者说相对书生气的文章气韵，在我们当代恐怕已经越来越少。

我与地坛

史铁生

一

　　我在好几篇小说中都提到过一座废弃的古园,实际就是地坛。许多年前旅游业还没有开展,园子荒芜冷落得如同一片野地,很少被人记起。

　　地坛离我家很近。或者说我家离地坛很近。总之,只好认为这是缘分。地坛在我出生前四百多年就座落在那儿了,而自从我的祖母年轻时带着我父亲来到北京,就一直住在离它不远的地方——五十多年间搬过几次家,可搬来搬去总是在它周围,而且是越搬离它越近了。我常觉得这中间有着宿命的味道:仿佛这古园就是为了等我,而历尽沧桑在那儿等待了四百多年。

　　它等待我出生,然后又等待我活到最狂妄的年龄上忽地残废了双腿。四百多年里,它一面剥蚀了古殿檐头浮夸的琉璃,淡褪了门壁上炫耀的朱红,坍圮了一段段高墙又散落了玉砌雕栏,祭坛四周的老柏树愈见苍幽,到处的野草荒藤也都茂盛得自在坦荡。这时候想必我是该来了。十五年前的一个下午,我摇着轮椅进入园中,它为一个失魂落魄的人把一切都准备好了。那时,太阳循着亘古不变的路途正越来越大,也越红。在满园弥漫的沉静光芒中,一个人更容易看到时间,并看见自己的身影。

　　自从那个下午我无意中进了这园子,就再没长久地离开过它。我一下子就理解了它的意图。正如我在一篇小说中所说的:"在人口密聚的城市里,有这样一个宁静的去处,像是上帝的苦心安排。"

　　两条腿残废后的最初几年,我找不到工作,找不到去路,忽然间几乎什么都找不到了,我就摇了轮椅总是到它那儿去,仅为着那儿是可以逃避一个世界的另一个世界。我在那篇小说中写道:"没处可去我便一天到晚耗在这园子里。跟上班下班一样,别人去上班我就摇了轮椅到这儿来。""园子无人看管,上下班时间有些抄近路的人们从园中穿过,园子里活跃一阵,过后便沉寂下来。""园墙在金晃晃的空气中斜切下一溜荫凉,我把轮椅开进去,把椅背放倒,坐着或是躺着,看书或者想事,撅一权树枝左右拍打,驱赶那些和我一样不明白为什么要来这世上的小昆虫。""蜂儿如一朵小雾稳稳地停在半空;蚂蚁摇头晃脑捋着触须,猛然间想透了什么,转身疾行而去;瓢虫爬得不耐烦了,累了祈祷一回便支开翅膀,忽悠一下升空了;树干上留着一只蝉蜕,寂寞如一间空屋;露水在草叶上滚动,聚集,压弯了草叶轰然坠地摔开万道金光。""满园子都是草木竞相生长弄出的响动,窸窸窣窣窸窸窣窣片刻不息。"这都是真实的记录,园子荒芜但并不衰败。

　　除去几座殿堂我无法进去,除去那座祭坛我不能上去而只能从各个角度张望它,地坛的每一棵树下我都去过,差不多它的每一米草地上都有过我的车轮印。无论是什么季节，什么天气，什么时间，我都在这园子里呆过。有时候呆一会儿就回家，有时候就呆到满地上都亮起月光。记不清都是在它的哪些角落里了，我一连几小时专心致志地想关于死的事，也以同样的耐心和方式想过我为什么要出生。这样想了好几年，最后事情终于弄明白了：一个人，出生了，这就不再是一个可以辩论的问题，而只是上帝交给他的一个事实；上帝在交给我们这件事实的时候，已经顺便保证了它的结果，所以死是一件不必急于求成的事，死是一个必然会降临的节日。这样想过之后我安心多了，眼前的一切不再那么可怕。比如你起早熬夜准备考试的时候，忽然想起有一个长长的假期在前面等待你，你会不会觉得轻松一点？并且庆幸并且感激这样的安排？

剩下的就是怎么活的问题了。这却不是在某一个瞬间就能完全想透的，不是能够一次性解决的事，怕是活多久就要想它多久了，就像是伴你终生的魔鬼或恋人。所以，十五年了，我还是总得到那古园里去，去它的老树下或荒草边 或颓墙旁，去默坐，去呆想，去推开耳边的嘈杂理一理纷乱的思绪，去窥看自己的心魂。十五年中，这古园的形体被不能理解它的人肆意雕琢，幸好有些东西是任谁也不能改变它的。譬如祭坛石门中的落日，寂静的光辉平铺的一刻，地上的每一个坎坷都被映照得灿烂；譬如在园中最为落寞的时间，一群雨燕便出来高歌，把天地都叫喊得苍凉；譬如冬天雪地上孩子的脚印，总让人猜想他们是谁，曾在哪儿做过些什么，然后又都到哪儿去了；譬如那些苍黑的古柏，你忧郁的时候它们镇静地站在那儿，你欣喜的时候它们依然镇静地站在那儿，它们没日没夜地站在那儿从你没有出生一直站到这个世界上又没了你的时候；譬如暴雨骤临园中，激起一阵阵灼烈而清纯的草木和泥土的气味，让人想起无数个夏天的事件；譬如秋风忽至，再有一场早霜，落叶或飘摇歌舞或坦然安卧，满园中播散着熨帖而微苦的味道。味道是最说不清楚的，味道不能写只能闻，要你身临其境去闻才能明了。味道甚至是难于记忆的，只有你又闻到它你才能记起它的全部情感和意蕴。所以我常常要到那园子里去。

二

现在我才想到，当年我总是独自跑到地坛去，曾经给母亲出了一个怎样的难题。

她不是那种光会疼爱儿子而不懂得理解儿子的母亲。她知道我心里的苦闷，知道不该阻止我出去走走，知道我要是老呆在家里结果会更糟，但她又担心我一个人在那荒僻的园子里整天都想些什么。我那时脾气坏到极点，经常是发了疯一样地离开家，从那园子里回来又中了魔似的什么话都不说。母亲知道有些事不宜问，便犹犹豫豫地想问而终于不敢问，因为她自己心里也没有答案。她料想我不会愿意她跟我一同去，所以她从未这样要求过，她知道得给我一点独处的时间，得有这样一段过程。她只是不知道这过程得要多久，和这过程的尽头究竟是什么。每次我要动身时，她便无言地帮我准备，帮助我上了轮椅车，看着我摇车拐出小院；这以后她会怎样，当年我不曾想过。

有一回我摇车出了小院，想起一件什么事又返身回来，看见母亲仍站在原地，还是送我走时的姿势，望着我拐出小院去的那处墙角，对我的回来竟一时没有反应。待她再次送我出门的时候，她说："出去活动活动，去地坛看看书，我说这挺好。"许多年以后我才渐渐听出，母亲这话实际上是自我安慰，是暗自的祷告，是给我的提示，是恳求与嘱咐。只是在她猝然去世之后，我才有余暇设想。当我不在家里的那些漫长的时间，她是怎样心神不定坐卧难宁,兼着痛苦与惊恐与一个母亲最低限度的祈求。现在我可以断定,以她的聪慧和坚忍,在那些空落的白天后的黑夜,在那不眠的黑夜后的白天,她思来想去最后准是对自己说:"反正我不能不让他出去,未来的日子是他自己的,如果他真的要在那园子里出了什么事,这苦难也只好我来承担。"在那段日子里——那是好几年长的一段日子,我想我一定使母亲作过了最坏的准备了,但她从来没有对我说过"你为我想想"。事实上我也真的没为她想过。那时她的儿子还太年轻,还来不及为母亲想,他被命运击昏了头,一心以为自己是世上最不幸的一个,不知道儿子的不幸在母亲那儿总是要加倍的。她有一个长到二十岁上忽然截瘫了的儿子,这是她唯一的儿子;她情愿截瘫的是自己而不是儿子,可这事无法代替;她想,只要儿子能活下去哪怕自己去死呢也行,可她又确信一个人不能仅仅是活着,儿子得有一条路走向自己的幸福;而这条路呢,没有谁能保证她的儿子终于能找到。——这样一个母亲,注定是活得最苦的母亲。

有一次与一个作家朋友聊天,我问他学写作的最初动机是什么?他想了一会说:"为我母亲。为了让她骄傲。"我心里一惊,良久无言。回想自己最初写小说的动机,虽不似这位朋友的那般单纯,但如他一样的愿望我也有,且一经细想,发现这愿望也在全部动机中占了很大比重。这位朋友说:"我的动机太低俗了吧?"我光是摇头,心想低俗并不见得低俗,只怕是这愿望过于天真了。他又说:"我那时真就是想出名,出了名让别人羡慕我母亲。"我想,他比我坦率。我想,他又比我幸福,因为他的母亲还活着。而且我想,他的母亲也比我的母亲运气好,他的母亲没有一个双腿残废的儿子,否则事情就不这么简单。

在我的头一篇小说发表的时候,在我的小说第一次获奖的那些日子里,我真是多么希望我的母亲还活着。我便又不能在家里呆了,又整天整天独自跑到地坛去,心里是没头没尾的沉郁和哀怨,走遍整个园子却怎么也想不通:母亲为什么就不能再多活两年?为什么在她儿子就快要碰撞开一条路的时候,她却忽然熬不住了?莫非她来此世上只是为了替儿子担忧,却不该分享我的一点点快乐?她匆匆离我去时才只有四十九呀!有那么一会,我甚至对世界对上帝充满了仇恨和厌恶。后来我在一篇题为"合欢树"的文章中写道:"我坐在小公园安静的树林里,闭上眼睛,想,上帝为什么早早地召母亲回去呢?很久很久,迷迷糊糊的我听见了回答:'她心里太苦了,上帝看她受不住,就召她回去。'我似乎得了一点安慰,睁开眼睛,看见风正从树林里穿过。"小公园,指的也是地坛。

只是到了这时候,纷纭的往事才在我眼前幻现得清晰,母亲的苦难与伟大才在我心中渗透得深彻。上帝的考虑,也许是对的。

摇着轮椅在园中慢慢走,又是雾罩的清晨,又是骄阳高悬的白昼,我只想着一件事:母亲已经不在了。在老柏树旁停下,在草地上在颓墙边停下,又是处处虫鸣的午后,又是鸟儿归巢的傍晚,我心里只默念着一句话:可是母亲已经不在了。把椅背放倒,躺下,似睡非睡挨到日没,坐起来,心神恍惚,呆呆地直坐到古祭坛上落满黑暗然后再渐渐浮起月光,心里才有点明白,母亲不能再来这园中找我了。

曾有过好多回,我在这园子里呆得太久了,母亲就来找我。她来找我又不想让我发觉,只要见我还好好地在这园子里,她就悄悄转身回去,我看见过几次她的背影。我也看见过几回她四处张望的情景,她视力不好,端着眼镜像在寻找海上的一条船,她没看见我时我已经看见她了,待我看见她也看见我了我就不去看她,过一会我再抬头看她就又看见她缓缓离去的背影。我单是无法知道有多少回她没有找到我。有一回我坐在矮树丛中，树丛很密，我看见她没有找到我；她一个人在园子里走，走过我身旁，走过我经常呆的一些地方，步履茫然又急迫。我不知道她已经找了多久还要找多久，我不知道为什么我决意不喊她——但这绝不是小时候的捉迷藏，这也许是出于长大了的男孩子的倔强或羞涩？但这倔强只留给我痛悔，丝毫也没有骄傲。我真想告诫所有长大了的男孩子，千万不要跟母亲来这套倔强，羞涩就更不必，我已经懂了可我已经来不及了。

儿子想使母亲骄傲，这心情毕竟是太真实了，以致使"想出名"这一声名狼藉的念头也多少改变了一点形象。这是个复杂的问题，且不去管它了罢。随着小说获奖的激动逐日暗淡，我开始相信，至少有一点我是想错了：我用纸笔在报刊上碰撞开的一条路，并不就是母亲盼望我找到的那条路。年年月月我都到这园子里来，年年月月我都要想，母亲盼望我找到的那条路到底是什么。母亲生前没给我留下过什么隽永的哲言，或要我恪守的教诲，只是在她去世之后，她艰难的命运，坚忍的意志和毫不张扬的爱，随光阴流转，在我的印象中愈加鲜明深刻。

有一年，十月的风又翻动起安详的落叶，我在园中读书，听见两个散步的老人说："没想到这园子有这么大。"我放下书，想，这么大一座园子，要在其中找到她的儿子，母亲走过了多少焦灼的路。多年来我头一次意识到，这园中不单是处处都有我的车辙，有过我的车辙的地方也都有过母亲的脚印。

三

如果以一天中的时间来对应四季，当然春天是早晨，夏天是中午，秋天是黄昏，冬天是夜晚。如果以乐器来对应四季，我想春天应该是小号，夏天是定音鼓，秋天是大提琴，冬天是圆号和长笛。要是以这园子里的声响来对应四季呢？那么，春天是祭坛上空漂浮着的鸽子的哨音，夏天是冗长的蝉歌和杨树叶子哗啦啦地对蝉歌的取笑，秋天是古殿檐头的风铃响，冬天是啄木鸟随意而空旷的啄木声。以园中的景物对应四季，春天是一径时而苍白时而黑润的小路，时而明朗时而阴晦的天上摇荡着串串杨花；夏天是一条条耀眼而灼人的石凳，或阴凉而爬满了青苔的石阶，阶下有果皮，阶上有半张被坐皱的报纸；秋天是一座青铜的大钟，在园子的西北角上曾丢弃着一座很大的铜钟，铜钟与这园子一般年纪，浑身挂满绿锈，文字已不清晰；冬天，是林中空地上几只羽毛蓬松的老麻雀。以心绪对应四季呢？春天是卧病的季节，否则人们不易发觉春天的残忍与渴望；夏天，情人们应该在这个季节里失恋，不然就似乎对不起爱情；秋天是从外面买一棵盆花回家的时候，把花搁在阔别了的家中，并且打开窗户把阳光也放进屋里，慢慢回忆慢慢整理一些发过霉的东西；冬天伴着火炉和书，一遍遍坚定不死的决心，写一些并不发出的信。还可以用艺术形式对应四季，这样春天就是一幅画，夏天是一部长篇小说，秋天是一首短歌或诗，冬天是一群雕塑。以梦呢？以梦对应四季呢？春天是树尖上的呼喊，夏天是呼喊中的细雨，秋天是细雨中的土地，冬天是干净的土地上的一只孤零的烟斗。

因为这园子，我常感恩于自己的命运。

我甚至现在就能清楚地看见，一旦有一天我不得不长久地离开它，我会怎样想念它，我会怎样想念它并且梦见它，我会怎样因为不敢想念它而梦也梦不到它。

四

　　现在让我想想,十五年中坚持到这园子来的人都是谁呢?好像只剩了我和一对老人。

　　十五年前,这对老人还只能算是中年夫妇,我则货真价实还是个青年。他们总是在薄暮时分来园中散步,我不大弄得清他们是从哪边的园门进来,一般来说他们是逆时针绕这园子走。男人个子很高,肩宽腿长,走起路来目不斜视,胯以上直至脖颈挺直不动;他的妻子攀了他一条胳膊走,也不能使他的上身稍有松懈。女人个子却矮,也不算漂亮,我无端地相信她必出身于家道中衰的名门富族;她攀在丈夫胳膊上像个娇弱的孩子,她向四周观望似总含着恐惧,她轻声与丈夫谈话,见有人走近就立刻怯怯地收住话头。我有时因为他们而想起冉阿让与柯赛特,但这想法并不巩固,他们一望即知是老夫老妻。两个人的穿着都算得上考究,但由于时代的演进,他们的服饰又可以称为古朴了。他们和我一样,到这园子里来几乎是风雨无阻,不过他们比我守时。我什么时间都可能来,他们则一定是在暮色初临的时候。刮风时他们穿了米色风衣,下雨时他们打了黑色的雨伞,夏天他们的衬衫是白色的裤子是黑色的或米色的,冬天他们的呢子大衣又都是黑色的,想必他们只喜欢这三种颜色。他们逆时针绕这园子一周,然后离去。他们走过我身旁时只有男人的脚步响,女人像是贴在高大的丈夫身上跟着漂移。我相信他们一定对我有印象,但是我们没有说过话,我们互相都没有想要接近的表示。十五年中,他们或许注意到一个小伙子进入了中年,我则看着一对令人羡慕的中年情侣不觉中成了两个老人。

　　曾有过一个热爱唱歌的小伙子,他也是每天都到这园中来,来唱歌,唱了好多年,后来不见了。他的年纪与我相仿,他多半是早晨来,唱半小时或整整唱一个上午,估计在另外的时间里他还得上班。我们经常在祭坛东侧的小路上相遇,我知道他是到东南角的高墙下去唱歌,他一定猜想我去东北角的树林里做什么。我找到我的地方,抽几口烟,便听见他谨慎地整理歌喉了。他反反复复唱那么几首歌。文化革命没过去的时候,他唱"蓝蓝的天上白云飘,白云下面马儿跑……"我老也记不住这歌的名字。文革后,他唱《货郎与小姐》中那首最为流传的咏叹调。"卖布——卖布嘞,卖布——卖布嘞!"我记得这开头的一句他唱得很有声势,在早晨清澈的空气中,货郎跑遍园中的每一个角落去恭维小姐。"我交了好运气,我交了好运气,我为幸福唱歌曲……"然后他就一遍一遍地唱,不让货郎的激情稍减。依我听来,他的技术不算精到,在关键的地方常出差错,但他的嗓子是相当不坏的,而且唱一个上午也听不出一点疲惫。太阳也不疲惫,把大树的影子缩小成一团,把疏忽大意的蚯蚓晒干在小路上。将近中午,我们又在祭坛东侧相遇,他看一看我,我看一看他,他往北去,我往南去。日子久了,我感到我们都有结识的愿望,但似乎都不知如何开口,于是互相注视一下终又都移开目光擦身而过;这样的次数一多,便更不知如何开口了。终于有一天——一个丝毫没有特点的日子,我们互相点了一下头。他说:"你好。"我说:"你好。"他说:"回去啦?"我说:"是,你呢?"他说:"我也该回去了。"我们都放慢脚步(其实我是放慢车速),想再多说几句,但仍然是不知从何说起,这样我们就都走过了对方,又都扭转身子面向对方。他说:"那就再见吧。"我说:"好,再见。"便互相笑笑各走各的路了。但是我们没有再见,那以后,园中再没了他的歌声，我才想到，那天他或许是有意与我道别的，也许他考上了哪家专业的文工团或歌舞团了吧？真希望他如他歌里所唱的那样，交了好运气。

还有一些人，我还能想起一些常到这园子里来的人。有一个老头，算得一个真正的饮者；他在腰间挂一个扁瓷瓶，瓶里当然装满了酒，常来这园中消磨午后的时光。他在园中四处游逛，如果你不注意你会以为园中有好几个这样的老头，等你看过了他卓尔不群的饮酒情状，你就会相信这是个独一无二的老头。他的衣着十分随便，走路的姿态也不慎重，走上五六十米路便选定一处地方，一只脚踏在石凳上或土埂上或树墩上，解下腰间的酒瓶，解酒瓶的当儿眯起眼睛把一百八十度视角内的景物细细看一遭，然后以迅雷不及掩耳之势倒一大口酒入肚，把酒瓶摇一摇再挂向腰间，平心静气地想一会什么，便走下一个五六十米去。还有一个捕鸟的汉子，那岁月园中人少，鸟却多，他在西北角的树丛中拉一张网，鸟撞在上面，羽毛氅在网眼里便不能自拔。他单等一种过去很多而现在非常罕见的鸟，其它的鸟撞在网上他就把它们摘下来放掉，他说他已经有好多年没等到那种罕见的鸟了，他说他再等一年看看到底还有没有那种鸟，结果他又等了好多年。早晨和傍晚，在这园子里可以看见一个中年女工程师，早晨她从北向南穿过这园子去上班，傍晚她从南向北穿过这园子回家。事实上我并不了解她的职业或者学历，但我以为她必是学理工的知识分子，别样的人很难有她那般的素朴并优雅。当她在园子穿行的时刻，四周的树林也仿佛更加幽静，清淡的日光中竟似有悠远的琴声，比如说是那曲《献给爱丽丝》才好。我没有见过她的丈夫，没有见过那个幸运的男人是什么样子，我想象过却想象不出，后来忽然懂了想象不出才好，那个男人最好不要出现。她走出北门回家去，我竟有点担心，担心她会落入厨房，不过，也许她在厨房里劳作的情景更有另外的美吧，当然不能再是《献给爱丽丝》，是个什么曲子呢？还有一个人，是我的朋友，他是个最有天赋的长跑家，但他被埋没了。他因为在文革中出言不慎而坐了几年牢，出来后好不容易找了个拉板车的工作，样样待遇都不能与别人平等，苦闷极了便练习长跑。那时他总来这园子里跑，我用手表为他计时，他每跑一圈向我招一下手，我就记下一个时间。每次他要环绕这园子跑二十圈，大约两万米。他盼望以他的长跑成绩来获得政治上真正的解放，他以为记者的镜头和文字可以帮他做到这一点。第一年他在春节环城赛上跑了第十五名，他看见前十名的照片都挂在了长安街的新闻橱窗里，于是有了信心。第二年他跑了第四名，可是新闻橱窗里只挂前三名的照片，他没灰心。第三年他跑了第七名，橱窗里挂前六名的照片，他有点怨自己。第四年他跑了第三名，橱窗里却只挂了第一名的照片。第五年他跑了第一名——他几乎绝望了，橱窗里只有一幅环城赛群众场面的照片。那些年我们俩常一起在这园子里呆到天黑，开怀痛骂，骂完沉默着回家，分手时再互相叮嘱：先别去死，再试着活一活看。现在他已经不跑了，年岁太大了，跑不了那么快了。最后一次参加环城赛，他以三十八岁之龄又得了第一名并破了纪录，有一位专业队的教练对他说："我要是十年前发现你就好了。"他苦笑一下什么也没说，只在傍晚又来这园中找到我，把这事平静地向我叙说一遍。不见他已有好几年了，现在他和妻子和儿子住在很远的地方。

这些人现在都不到园子里来了，园子里差不多完全换了一批新人。十五年前的旧人，现在就剩我和那对老夫老妻了。有那么一段时间，这老夫老妻中的一个也忽然不来，薄暮时分唯男人独自来散步，步态也明显迟缓了许多，我悬心了很久，怕是那女人出了什么事。幸好过了一个冬天那女人又来了，两个人仍是逆时针绕着园子走，一长一短两个身影恰似钟表的两支指针;女人的头发白了许多,但依旧攀着丈夫的胳膊走得像个孩子。"攀"这个字用得不恰当了,或许可以用"搀"吧,不知有没有兼具这两个意思的字。

五

我也没有忘记一个孩子——一个漂亮而不幸的小姑娘。十五年前的那个下午,我第一次到这园子里来就看见了她,那时她大约三岁,蹲在斋宫西边的小路上捡树上掉落的"小灯笼"。那儿有几棵大栾树,春天开一簇簇细小而稠密的黄花,花落了便结出无数如同三片叶子合抱的小灯笼,小灯笼先是绿色,继而转白,再变黄,成熟了掉落得满地都是。小灯笼精巧得令人爱惜,成年人也不免捡了一个还要捡一个。小姑娘咿咿呀呀地跟自己说着话,一边捡小灯笼;她的嗓音很好,不是她那个年龄所常有的那般尖细,而是很圆润甚或是厚重,也许是因为那个下午园子里太安静了。我奇怪这么小的孩子怎么一个人跑来这园子里?我问她住在哪儿?她随指一下,就喊她的哥哥,沿墙根一带的茂草之中便站起一个七八岁的男孩,朝我望望,看我不像坏人便对他的妹妹说:"我在这儿呢",又伏下身去,他在捉什么虫子。他捉到螳螂,蚂蚱,知了和蜻蜓,来取悦他的妹妹。有那么两三年,我经常在那几棵大栾树下见到他们,兄妹俩总是在一起玩,玩得和睦融洽,都渐渐长大了些。之后有很多年没见到他们。我想他们都在学校里吧,小姑娘也到了上学的年龄,必是告别了孩提时光,没有很多机会来这儿玩了。这事很正常,没理由太搁在心上,若不是有一年我又在园中见到他们,肯定就会慢慢把他们忘记。

那是个礼拜日的上午。那是个晴朗而令人心碎的上午,时隔多年,我竟发现那个漂亮的小姑娘原来是个弱智的孩子。我摇着车到那几棵大栾树下去,恰又是遍地落满了小灯笼的季节;当时我正为一篇小说的结尾所苦,既不知为什么要给它那样一个结尾,又不知何以忽然不想让它有那样一个结尾,于是从家里跑出来,想依靠着园中的镇静,看看是否应该把那篇小说放弃。我刚刚把车停下,就见前面不远处有几个人在戏耍一个少女,作出怪样子来吓她,又喊又笑地追逐她拦截她,少女在几棵大树间惊惶地东跑西躲,却不松手揪卷在怀里的裙裾,两条腿袒露着也似毫无察觉。我看出少女的智力是有些缺陷,却还没看出她是谁。我正要驱车上前为少女解围,就见远处飞快地骑车来了个小伙子,于是那几个戏耍少女的家伙望风而逃。小伙子把自行车支在少女近旁,怒目望着那几个四散逃窜的家伙,一声不吭喘着粗气,脸色如暴雨前的天空一样一会比一会苍白。这时我认出了他们,小伙子和少女就是当年那对小兄妹。我几乎是在心里惊叫了一声,或者是哀号。世上的事常常使上帝的居心变得可疑。小伙子向他的妹妹走去。少女松开了手,裙裾随之垂落了下来,很多很多她捡的小灯笼便洒落了一地,铺散在她脚下。她仍然算得漂亮,但双眸迟滞没有光彩。她呆呆地望那群跑散的家伙,望着极目之处的空寂,凭她的智力绝不可能把这个世界想明白吧?大树下,破碎的阳光星星点点,风把遍地的小灯笼吹得滚动,仿佛喑哑地响着无数小铃铛。哥哥把妹妹扶上自行车后座,带着她无言地回家去了。

无言是对的。要是上帝把漂亮和弱智这两样东西都给了这个小姑娘,就只有无言和回家去是对的。

谁又能把这世界想个明白呢?世上的很多事是不堪说的。你可以抱怨上帝何以要降诸多苦难给这人间,你也可以为消灭种种苦难而奋斗,并为此享有崇高与骄傲,但只要你再多想一步你就会坠入深深的迷茫了:假如世界上没有了苦难,世界还能够存在么?要是没有愚钝,机智还有什么光荣呢?要是没了丑陋,漂亮又怎么维系自己的幸运?要是没有了恶劣和卑下,善良与高尚又将如何界定自己又如何成为美德呢?要是没有了残疾,健全会否因其司空见惯而变得腻烦和乏味呢?我常梦想着在人间彻底消灭残疾,但可以相信,那时将由患病者代替残疾人去承担同样的苦难。如果能够把疾病也全数消灭,那么这份苦难又将由(比如说)相貌丑陋的人去承担了。就算我们连丑陋,连愚昧和卑鄙和一切我们所不喜欢的事物和行为,也都可以统统消灭掉,所有的人都一样健康、漂亮、聪慧、高尚,结果会怎样呢?怕是人间的剧目就全要收场了,一个失去差别的世界将是一条死水,是一块没有感觉没有肥力的沙漠。

看来差别永远是要有的。看来就只好接受苦难——人类的全部剧目需要它,存在的本身需要它。看来上帝又一次对了。

于是就有一个最令人绝望的结论等在这里:由谁去充任那些苦难的角色?又有谁去体现这世间的幸福、骄傲和快乐?只好听凭偶然,是没有道理好讲的。

就命运而言,休论公道。

那么,一切不幸命运的救赎之路在哪里呢?

设若智慧或悟性可以引领我们去找到救赎之路,难道所有的人都能够获得这样的智慧和悟性吗?

我常以为是丑女造就了美人。我常以为是愚氓举出了智者。我常以为是懦夫衬照了英雄。我常以为是众生度化了佛祖。

六

设若有一位园神,他一定早已注意到了,这么多年我在这园里坐着,有时候是轻松快乐的,有时候是沉郁苦闷的,有时候优哉游哉,有时候恓惶落寞,有时候平静而且自信,有时候又软弱,又迷茫。其实总共只有三个问题交替着来骚扰我,来陪伴我。第一个是要不要去死?第二个是为什么活?第三个,我干嘛要写作?

现在让我看看,它们迄今都是怎样编织在一起的吧。

你说,你看穿了死是一件无需乎着急去做的事,是一件无论怎样耽搁也不会错过的事,便决定活下去试试?是的,至少这是很关键的因素。为什么要活下去试试呢?好像仅仅是因为不甘心,机会难得,不试白不试,腿反正是完了,一切仿佛都要完了,但死神很守信用,试一试不会额外再有什么损失。说不定倒有额外的好处呢是不是?我说过,这一来我轻松多了,自由多了。为什么要写作呢?作家是两个被人看重的字,这谁都知道。为了让那个躲在园子深处坐轮椅的人,有朝一日在别人眼里也稍微有点光彩,在众人眼里也能有个位置,哪怕那时再去死呢也就多少说得过去了。开始的时候就是这样想,这不用保密,这些现在不用保密了。

我带着本子和笔,到园中找一个最不为人打扰的角落,偷偷地写。那个爱唱歌的小伙子在不远的地方一直唱。要是有人走过来,我就把本子合上把笔叼在嘴里。我怕写不成反落得尴尬。我很要面子。可是你写成了,而且发表了。人家说我写的还不坏,他们甚至说:真没想到你写得这么好。我心说你们没想到的事还多着呢。我确实有整整一宿高兴得没合眼。我很想让那个唱歌的小伙子知道，因为他的歌也毕竟是唱得不错。我告诉我的长跑家朋友的时候，那个中年女工程师正优雅地在园中穿行；长跑家很激动，他说好吧，我玩命跑，你玩命写。这一来你中了魔了，整天都在想哪一件事可以写，哪一个人可以让你写成小说。是中了魔了，我走到哪儿想到哪儿，在人山人海里只寻找小说，要是有一种小说试剂就好了，见人就滴两滴看他是不是一篇小说，要是有一种小说显影液就好了，把它泼满全世界看看都是哪儿有小说，中了魔了，那时我完全是为了写作活着。结果你又发表了几篇，并且出了一点小名，可这时你越来越感到恐慌。我忽然觉得自己活得像个人质，刚刚有点像个人了却又过了头，像个人质，被一个什么阴谋抓了来当人质，不定哪天被处决，不定哪天就完蛋。你担心要不了多久你就会文思枯竭，那样你就又完了。凭什么我总能写出小说来呢？凭什么那些适合作小说的生活素材就总能送到一个截瘫者跟前来呢？人家满世界跑都有枯竭的危险，而我坐在这园子里凭什么可以一篇接一篇地写呢？你又想到死了。我想见好就收吧。当一名人质实在是太累了太紧张了，太朝不保夕了。我为写作而活下来，要是写作到底不是我应该干的事，我想我再活下去是不是太冒傻气了？你这么想着你却还在绞尽脑汁地想写。我好歹又拧出点水来，从一条快要晒干的毛巾上。恐慌日甚一日，随时可能完蛋的感觉比完蛋本身可怕多了，所谓不怕贼偷就怕贼惦记，我想人不如死了好，不如不出生的好，不如压根儿没有这个世界的好。可你并没有去死。我又想到那是一件不必着急的事。可是不必着急的事并不证明是一件必要拖延的事呀？你总是决定活下来，这说明什么？是的，我还是想活。人为什么活着？因为人想活着，说到底是这么回事，人真正的名字叫做：欲望。可我不怕死，有时候我真的不怕死。有时候，——说对了。不怕死和想去死是两回事，有时候不怕死的人是有的，一生下来就不怕死的人是没有的。我有时候倒是怕活。可是怕活不等于不想活呀？可我为什么还想活呢？因为你还想得到点什么，你觉得你还是可以得到点什么的，比如说爱情，比如说，价值感之类，人真正的名字叫欲望。这不对吗？我不该得到点什么吗？没说不该。可我为什么活得恐慌，就像个人质？后来你明白了，你明白你错了，活着不是为了写作，而写作是为了活着。你明白了这一点是在一个挺滑稽的时刻。那天你又说你不如死了好，你的一个朋友劝你：你不能死，你还得写呢，还有好多好作品等着你去写呢。这时候你忽然明白了，你说：只是因为我活着，我才不得不写作。或者说只是因为你还想活下去，你才不得不写作。是的，这样说过之后我竟然不那么恐慌了。就像你看穿了死之后所得的那份轻松？一个人质报复一场阴谋的最有效的办法是把自己杀死。我看出我得先把我杀死在市场上，那样我就不用参加抢购题材的风潮了。你还写吗？还写。你真的不得不写吗？人都忍不住要为生存找一些牢靠的理由。你不担心你会枯竭了？我不知道，不过我想，活着的问题在死前是完不了的。

这下好了，您不再恐慌了不再是个人质了，您自由了。算了吧你，我怎么可能自由呢？别忘了人真正的名字是：欲望。所以您得知道，消灭恐慌的最有效的办法就是消灭欲望。可是我还知道，消灭人性的最有效的办法也是消灭欲望。那么，是消灭欲望同时也消灭恐慌呢？还是保留欲望同时也保留人生？

我在这园子里坐着，我听见园神告诉我：每一个有激情的演员都难免是一个人质。每一个懂得欣赏的观众都巧妙地粉碎了一场阴谋。每一个乏味的演员都是因为他老以为这戏剧与自己无关。每一个倒霉的观众都是因为他总是坐得离舞台太近了。

我在这园子里坐着,园神成年累月地对我说:孩子,这不是别的,这是你的罪孽和福祉。

七

要是有些事我没说,地坛,你别以为是我忘了,我什么也没忘,但是有些事只适合收藏。不能说,也不能想,却又不能忘。它们不能变成语言,它们无法变成语言,一旦变成语言就不再是它们了。它们是一片朦胧的温馨与寂寥,是一片成熟的希望与绝望,它们的领地只有两处:心与坟墓。比如说邮票,有些是用于寄信的,有些仅仅是为了收藏。

如今我摇着车在这园子里慢慢走,常常有一种感觉,觉得我一个人跑出来已经玩得太久了。有一天我整理我的旧相册,看见一张十几年前我在这园子里照的照片——那个年轻人坐在轮椅上,背后是一棵老柏树,再远处就是那座古祭坛。我便到园子里去找那棵树。我按着照片上的背景找很快就找到了它,按着照片上它枝干的形状找,肯定那就是它。但是它已经死了,而且在它身上缠绕着一条碗口粗的藤萝。有一天我在这园子里碰见一个老太太,她说:"哟,你还在这儿哪?"她问我:"你母亲还好吗?""您是谁?""你不记得我,我可记得你。有一回你母亲来这儿找你,她问我您看没看见一个摇轮椅的孩子?……"我忽然觉得,我一个人跑到这世界上来玩真是玩得太久了。有一天夜晚,我独自坐在祭坛边的路灯下看书,忽然从那漆黑的祭坛里传出一阵阵唢呐声;四周都是参天古树,方形祭坛占地几百平方米空旷坦荡独对苍天,我看不见那个吹唢呐的人,唯唢呐声在星光寥寥的夜空里低吟高唱,时而悲怆时而欢快,时而缠绵时而苍凉,或许这几个词都不足以形容它,我清清醒醒地听出它响在过去,响在现在,响在未来,回旋飘转亘古不散。

必有一天,我会听见喊我回去。

那时您可以想象一个孩子,他玩累了可他还没玩够呢,心里好些新奇的念头甚至等不及到明天。也可以想象是一个老人,无可置疑地走向他的安息地,走得任劳任怨。还可以想象一对热恋中的情人,互相一次次说"我一刻也不想离开你",又互相一次次说"时间已经不早了",时间不早了可我一刻也不想离开你,一刻也不想离开你可时间毕竟是不早了。

我说不好我想不想回去。我说不好是想还是不想,还是无所谓。我说不好我是像那个孩子,还是像那个老人,还是像一个热恋中的情人。很可能是这样:我同时是他们三个。我来的时候是个孩子,他有那么多孩子气的念头所以才哭着喊着闹着要来,他一来一见到这个世界便立刻成了不要命的情人,而对一个情人来说,不管多么漫长的时光也是稍纵即逝,那时他便明白,每一步每一步,其实一步步都是走在回去的路上。当牵牛花初开的时节,葬礼的号角就已吹响。

但是太阳,他每时每刻都是夕阳也都是旭日。当他熄灭着走下山去收尽苍凉残照之际,正是他在另一面燃烧着爬上山巅布散烈烈朝辉之时。那一天,我也将沉静着走下山去,扶着我的拐杖。有一天,在某一处山洼里,势必会跑上来一个欢蹦的孩子,抱着他的玩具。

当然,那不是我。

但是,那不是我吗?

宇宙以其不息的欲望将一个歌舞炼为永恒。这欲望有怎样一个人间的姓名,大可忽略不计。

1989年5月11日
1990年1月7日改

延伸阅读:这是作家史铁生最为感人的一篇散文。原因是作者本人就是残疾人,与母亲相依为命,这种境遇决定了他对生命状态的独特理解。值得注意的是,作品悲伤中有温暖,绝望中带着希冀,这种混合式的情绪基调在他1980年代的小说《遥远的清平湾》中已经出现过,由此足见史铁生的人生态度。地坛位于北京的东北部,这里庙宇红墙,柏树纵深,是一个极为幽静的去处。作者家住附近,大概经常坐着轮椅在这里徜徉、流连。在一片天地幽静的深处,一个人独处深想,难免要把身世之悲与这悠远的文化地标联系起来。有限的生命寄寓在无限的历史文化之中,则容易产生复杂的情绪。不过,读此文章我们反而感到了释然,因为作者让我们发现了生存中最有价值的东西。

西 湖 梦

余秋雨

一

西湖的文章实在作得太多了,作的人中又多历代高手,再作下去连自己也觉得愚蠢。但是,虽经多次违避,最后笔头一抖,还是写下了这个俗不可耐的题目。也许是这汪湖水沉浸着某种归结性的意义,我避不开它。

初识西湖,在一把劣质的折扇上。那是一位到过杭州的长辈带到乡间来的。折扇上印着一幅西湖游览图,与现今常见的游览图不同,那上面清楚地画着各种景致,就像一个立体模型。图中一一标明各种景致的幽雅名称,凌驾画幅的总标题是"人间天堂"。乡间儿童很少有图画可看,于是日日逼视,竟烂熟于心。年长之后真到了西湖,如游故地,熟门熟路地踏访着一个陈旧的梦境。

明代正德年间一位日本使臣游西湖后写过这样一首诗:

> 昔年曾见此湖图,
> 不信人间有此湖。
> 今日打从湖上过,
> 画工还欠费工夫。

可见对许多游客来说,西湖即便是初游,也有旧梦重温的味道。这简直成了中国文化中的一个常用意象,摩挲中国文化一久,心头都会有这个湖。

奇怪的是,这个湖游得再多,也不能在心中真切起来。过于玄艳的造化,会产生了一种疏离,无法与它进行家常性的交往。正如家常饮食不宜于排场,可让儿童偎依的奶妈不宜于盛妆,西湖排场太大,妆饰太精,难以叫人长久安驻。大凡风景绝佳处都不宜安家,人与美的关系,竟是如此之蹊跷。

西湖给人以疏离感,还有别一原因。它成名过早,遗迹过密,名位过重,山水亭舍与历史的牵连过多,结果,成了一个象征性物象非常稠厚的所在。游览可以,贴近去却未免吃力。为了摆脱这种感受,有一年夏天,我跳到湖水中游泳,独个儿游了长长一程,算是与它有了触肤之亲。湖水并不凉快,湖底也不深,却软绒绒地不能蹬脚,提醒人们这里有千年的淤积。上岸后一想,我是从宋代的一处胜迹下水,游到一位清人的遗宅终止的,于是,刚刚抚弄过的水波就立即被历史所抽象,几乎有点不真实了。

它贮积了太多的朝代,于是变得没有朝代。它汇聚了太多的方位,于是也就失去了方位。它走向抽象,走向虚幻,像一个收罗备至的博览会,盛大到了缥缈。

二

　　西湖的盛大，归拢来说，在于它是极复杂的中国文化人格的集合体。
　　一切宗教都要到这里来参加展览。再避世的，也不能忘情于这里的热闹；再苦寂的，也要分享这里的一角秀色。佛教胜迹最多，不必一一列述了，即便是超逸到家了的道家，也占据了一座葛岭。这是湖畔最先迎接黎明的地方，一早就呼唤着繁密的脚印。作为儒将楷模的岳飞，也跻身于湖滨安息，世代张扬着治国平天下的教义。宁静淡泊的国学大师也会与荒诞奇瑰的神话传说相邻而居，各自变成一种可供观瞻的景致。
　　这就是真正中国化了的宗教。深奥的理义可以幻化成一种热闹的游览方式，与感官玩乐溶成一体。这是真正的达观和"无执"，同时也是真正的浮滑和随意。极大的认真伴和着极大的不认真，最后都皈依于消耗性的感官天地。中国的原始宗教始终没有像西方那样上升为完整严密的人为宗教，而后来的人为宗教也急速地散落于自然界，与自然宗教遥相呼应。背着香袋来到西湖朝拜的善男信女，心中并无多少教义的踪影，眼角却时时关注着桃红柳绿、莼菜醋鱼。是山水走向了宗教？抑或是宗教走向了山水？反正，一切都归之于非常实际、又非常含糊的感官自然。
　　西方宗教在教义上的完整性和普及性，引出了宗教改革者和反对者们在理性上的完整性和普及性；而中国宗教，不管从顺向还是逆向都激发不了这样的思想习惯。绿绿的西湖水，把来到岸边的各种思想都款款地摇碎，溶成一气，把各色信徒都陶冶成了游客。它波光一闪，嫣然一笑，科学理性精神很难在它身边保持坚挺。也许，我们这个民族，太多的是从西湖出发的游客，太少的是鲁迅笔下的那种过客。过客衣衫破碎，脚下淌血，如此急急地赶路，也在寻找一个生命的湖泊吧？但他如果真走到了西湖边上，定会被万千悠闲的游客看成是乞丐。也许正是为此，鲁迅劝阻郁达夫把家搬到杭州：

　　　　钱王登假仍如在，
　　　　伍相随波不可寻，
　　　　平楚日和僧健翩，
　　　　小山香满蔽高岑。
　　　　坟坛冷落将军岳，
　　　　梅鹤凄凉处士林，
　　　　何似举家游旷远，
　　　　风波浩荡足行吟。

他对西湖的口头评语乃是："至于西湖风景，虽然宜人，有吃的地方，也有玩的地方，如果流连忘返，湖光山色，也会消磨人的志气。如像袁子才一路的人，身上穿一件罗纱大褂，和苏小小认认乡亲，过着飘飘然的生活，也就无聊了。"（川岛：《忆鲁迅先生一九二八年杭州之游》）
　　然而，多数中国文人的人格结构中，对一个充满象征性和抽象度的西湖，总有很大的向心力。社会理性使命已悄悄抽绎，秀丽山水间散落着才子、隐士，埋藏着身前的孤傲和身后的空名。天大的才华和郁愤，最后都化作供后人游玩的景点。景点，景点，总是景点。
　　再也读不到传世的檄文，只剩下廊柱上龙飞凤舞的楹联。

再也找不见慷慨的遗恨，只剩下几座既可凭吊也可休息的亭台。

再也不去期待历史的震颤，只有凛然安坐着的万古湖山。

修缮，修缮，再修缮。群塔入云，藤葛如髯，湖水上漂浮着千年藻苔。

三

西湖胜迹中最能让中国文人扬眉吐气的，是白堤和苏堤。两位大诗人、大文豪，不是为了风雅，甚至不是为了文化上的目的，纯粹为了解除当地人民的疾苦，兴修水利，浚湖筑堤，终于在西湖间留下了两条长长的生命堤坝。

清人查容咏苏堤诗云："苏公当日曾筑此，不为游观为民耳。"恰恰是最懂游观的艺术家，不愿意把自己的文化形象雕琢成游观物，于是，这样的堤岸便成了西湖间特别显得自然的景物。不知旁人如何，就我而论，游西湖最畅心意的，乃是在微雨的日子，独个儿漫步于苏堤。也没有什么名句逼我吟诵，也没有什么感慨来强加于我，也没有一尊庄严的塑像压抑我的松快，它始终只是一条自然功能上的长堤，树木也生得平适，鸟鸣也听得自如。这一切都不是东坡学士特意安排的，只是他到这里做了太守，办了一件尽职的好事。就这样，才让我看到一个在美的领域真正卓越到了从容的苏东坡。

但是，就白居易、苏东坡的整体情怀而言，这两道物化了的长堤还是太狭小的存在。他们有他们比较完整的天下意识、宇宙感悟，他们有他们比较硬朗的主体精神、理性思考，在文化品位上，他们是那个时代的峰巅和精英。他们本该在更大的意义上统领一代民族精神，但却仅仅因辞章而入选为一架僵硬机体中的零件，被随处装上拆下，东奔西颠，极偶然地调配到了这个湖边，搞了一下别人也能搞的水利。

也许正是对这类结果的大彻大悟，西湖边又悠悠然站出来一个林和靖。他似乎把什么都看透了，隐居孤山二十年，以梅为妻，以鹤为子，远避官场与市嚣。他的诗写得着实高明，以"疏影横斜水清浅，暗香浮动月黄昏"两句来咏梅，几乎成为千古绝唱。中国古代，隐士多的是，而林和靖凭着梅花、白鹤与诗句，把隐士真正做道地、做漂亮了。在后世文人眼中，白居易、苏东坡固然值得羡慕，却是难以追随的；能够偏偏到杭州西湖来做一位太守，更是一种极偶然、极奇罕的机遇。然而，要追随林和靖却不难，不管有没有他的才分。梅妻鹤子有点烦难，其实也很宽松，林和靖本人也是有妻子和小孩的。哪儿找不到几丛花树、几只飞禽呢？在现实社会碰了壁、受了阻，急流勇退，扮作半个林和靖是最容易不过的。

这种自卫和自慰，是中国知识分子的机智，也是中国知识分子的狡黠。不能把志向实现于社会，便躲进一个自然小天地自娱自耗。他们消除了志向，渐渐又把这种消除当作了志向。安贫乐道的达观修养，成了中国文化人格结构中一个宽大的地窖，尽管有浓重的霉味，却是安全而宁静。于是，十年寒窗，博览文史，走到了民族文化的高坡前，与社会交手不了几个回合，便把一切深埋进一座座孤山。

结果，群体性的文化人格日趋黯淡。春去秋来，梅凋鹤老，文化成了一种无目的的浪费，封闭式的道德完善导向了总体上的不道德。文明的突进，也因此被取消，剩下一堆梅瓣、鹤羽，像书签一般，夹在民族精神的史册上。

四

与这种黯淡相对照,野泼泼的,另一种人格结构也调皮地挤在西湖岸边凑热闹。

首屈一指者,当然是名妓苏小小。

不管愿意不愿意,这位妓女的资格,要比上述几位名人都老。在后人咏西湖的诗作中,总是有意无意地把苏东坡、岳飞放在这位姑娘后面:"苏小门前花满枝,苏公堤上女当垆";"苏家弱柳犹含媚,岳墓乔松亦抱忠"……就是年代较早一点的白居易,也把自己写成是苏小小的钦仰者:"若解多情寻小小,绿杨深处是苏家";"苏家小女旧知名,杨柳风前别有情"。

如此看来,诗人袁子才镌一小章曰:"钱塘苏小是乡亲",虽为鲁迅所不悦,却也颇可理解的了。

历代吟咏和凭吊苏小小的,当然不乏轻薄文人,但内心厚实的饱学之士也多的是。在我们这样一个国度,一位妓女竟如此尊贵地长久安享景仰,原因是颇为深刻的。

苏小小的形象本身就是一个梦。她很重感情,写下一首《同心歌》曰:"妾乘油壁车,郎跨青骢马。何处结同心,西陵松柏下。"朴朴素素地道尽了青年恋人约会的无限风光。美丽的车,美丽的马,一起飞驶疾驰,完成了一组气韵夺人的情感造像。又传说她在风景胜处偶遇一位穷困书生,便慷慨解囊,赠银百两,助其上京。但是,情人未归,书生已去,世界没能给她以情感的报偿。她并不因此而郁愤自戕,而是从对情的执著大踏步地迈向对美的执著。她不做姬做妾,勉强去完成一个女人的低下使命,而是要把自己的美色呈之街市,蔑视着精丽的高墙。她不守贞节只守美,直让一个男性的世界围着她无常的喜怒而旋转。最后,重病即将夺走她的生命,她却恬然适然,觉得死于青春华年,倒可给世界留下一个最美的形象。她甚至认为,死神在她十九岁时来访,乃是上天对她的最好成全。

难怪曹聚仁先生要把她说成是茶花女式的唯美主义者。依我看,她比茶花女活得更为潇洒。在她面前,中国历史上其他有文学价值的名妓,都把自己搞得太逼仄了。为了一个负心汉,或为了一个朝廷,颠簸得过于认真。只有她那种颇有哲理感的超逸,才成为中国文人心头一幅秘藏的圣符。

由情至美,始终围绕着生命的主题。苏东坡把美衍化成了诗文和长堤,林和靖把美寄托于梅花与白鹤,而苏小小,则一直把美熨帖着自己的本体生命。她不作太多的物化转换,只是凭借自身,发散出生命意识的微波。

妓女生涯当然是不值得赞颂的,苏小小的意义在于,她构成了与正统人格结构的奇特对峙。再正经的鸿儒高士,在社会品格上可以无可指摘,却常常压抑着自己和别人的生命本体的自然流程。这种结构是那样的宏大和强悍,使生命意识的激流不能不在崇山峻岭的围困中变得恣肆和怪异。这里又一次出现了道德和不道德、人性和非人性、美和丑的悖论:社会污浊中也会隐伏着人性的大合理,而这种大合理的实现方式又常常怪异到正常的人们所难以容忍。反之,社会历史的大光亮,又常常以牺牲人本体的许多重要命题为代价。单向完满的理想状态,多是梦境。人类难以挣脱的一大悲哀,便在这里。

西湖所接纳的另一具可爱的生命是白娘娘。虽然只是传说,在世俗知名度上却远超许多真人,因此在中国人的精神疆域中早就成了一种更宏大的切实存在。人们慷慨地把湖水、断桥、雷峰塔奉献给她。在这一点上,西湖毫无亏损,反而因此而增添了特别明亮的光色。

她是妖,又是仙,但成妖成仙都不心甘。她的理想最平凡也最灿烂:只愿做一个普普通通的人。这个基础命题的提出,在中国文化中具有极大的挑战性。

中国传统思想历来有分割两界的习惯性功能。一个混沌的人世间,利刃一划,或者成为圣、贤、忠、善、德、仁,或者成为奸、恶、邪、丑、逆、凶,前者举为天府,后者沦于地狱。有趣的是,这两者的转化又极为便利。白娘娘做妖做仙都非常容易,麻烦的是,她偏偏看到在天府与地狱之间,还有一块平实的大地,在妖魔和神仙之间,还有一种寻常的动物:人。她的全部灾难,便由此而生。

普通的、自然的、只具备人的意义而不加外饰的人,算得了什么呢?厚厚一堆二十五史并没有为它留出多少笔墨。于是法海逼白娘娘回归于妖,天庭劝白娘娘上升为仙,而她却拼着生命大声呼喊:人!人!

她找上了许仙,许仙的木讷和萎顿无法与她的情感强度相对称,她深感失望。她陪伴着一个已经是人而不知人的尊贵的凡夫,不能不陷于寂寞。这种寂寞,是她的悲剧,更是她所向往的人世间的悲剧。可怜的白娘娘,在妖界仙人呼唤人而不能见容,在人间呼唤人也得不到回应。但是,她是决不会舍弃许仙的,是他,使她想做人的欲求变成了现实,她不愿去寻找一个超凡脱俗即已离异了普通状态的人。这是一种深刻的矛盾,她认了,甘愿为了他去万里迢迢盗仙草,甘愿为了他在水漫金山时殊死拼搏。一切都是为了卫护住她刚刚抓住一半的那个"人"字。

在我看来,白娘娘最大的伤心处正在这里,而不是最后被镇于雷峰塔下。她无惧于死,更何惧于镇?她莫大的遗憾,是终于没能成为一个普通人。雷峰塔只是一个归结性的造型,成为一个民族精神界的怆然象征。

1924年9月,雷峰塔终于倒掉,一批"五四"文化闯将都不禁由衷欢呼,鲁迅更是对之一论再论。这或许能证明,白娘娘和雷峰塔的较量,关系着中国精神文化的决裂和更新?为此,即便明智如鲁迅,也愿意在一个传说故事的象征意义上深深沉浸。

鲁迅的朋友中,有一个用脑袋撞击过雷峰塔的人,也是一位女性,吟罢"秋风秋雨愁煞人",也在西湖边上安身。

我欠西湖的一笔宿债,是至今未到雷峰塔废墟去看看。据说很不好看,这是意料中的,但总要去看一次。

延伸阅读: 在1990年代以来的散文家中,余秋雨大概是最为畅销的作家,也是争议最多的一位。他曾为上海戏曲学院的教授,长期从事古代戏曲研究,这使他拥有了历史文化的眼光和古文功底,这是很多职业散文家所不具备的。陈剑晖评价说:"作者依仗渊博的文学和史学功底,借山水风物寻求文化灵魂和人生真谛,探索中国文化的历史命运和中国文人的人格构成,以及中国文人艰难的心路历程和文化良知。"参见陈剑晖:《论九十年代的中国散文现象》,《文艺评论》1995年第2期。

戏 剧

茶馆(存目)

老 舍

延伸阅读：老舍一生写过三四部话剧,解放前的话剧大多不太成功,为此作者曾经愤愤不已。解放后,他的小说创作基本停止,兴趣转向话剧创作,多年努力终于结出硕果,这就是著名的《茶馆》,其中第一幕最为人们称道。这主要借助了作者最熟悉的老北京市民生活的资源,第一幕中出现的人物基本都是民国时代的人物,他们活灵活现,把一座基本消失的古都风貌和人物习俗统统搬上了新中国的舞台。自作品诞生之日起,该话剧始终是北京人艺演出的保留剧目之一,与曹禺的《雷雨》《日出》享受同等经典地位。

关汉卿(存目)

田 汉

延伸阅读：与大多数现代作家不同,田汉解放后的文人习气丝毫不改,保持了鲜活的民国文人的精神情怀。剧本《关汉卿》可能就是借古代文人形象流露自己真实个性的一部作品。后来作家遭到迫害,应该与此有关。学者董健帮助读者复原了该剧创作的原始状态:"周贻白已经感觉到,田汉是写他眼中、心中的关汉卿。而他眼中、心中的那一面——'为民请命'到'抗上精神'也是史有所据、真实可信的。历史剧能做到这一步,就可以了。"参见董健:《田汉传》,第794页,北京,十月文艺出版社,1996年。

小站(存目)

高行健

延伸阅读： 高行健，1960年代毕业于北京外国语大学法语系，后从事话剧创作，在北京人艺担任专业创作员。在1980年代的新潮文学中，他的先锋话剧首屈一指，而且他对现代派文学的探索和研究，也都是走在很多人前面的。为此，冯骥才、李陀、刘心武著名的《关于"现代派"的通信》一文(载《上海文学》1982年第8期)，特别提到高行健的这个贡献。《小站》明显受到1980年代刚刚翻译进来的法国荒诞派戏剧如《秃头歌女》《等待戈多》等作品的影响。这种来自于现代社会中极其荒诞的文学叙述，对当时读者产生过很大影响。